HEYNE BÜCHER

SUSAN HOWATCH

DIE HERREN AUF CASHEMARA

Roman

WILHELM HEYNE VERLAG
MÜNCHEN

HEYNE-BUCH Nr. 5691
im Wilhelm Heyne Verlag, München

Titel der amerikanischen Originalausgabe
CASHEMARA
Deutsche Übersetzung von Günter Panske

2. Auflage

Genehmigte, ungekürzte Taschenbuchausgabe

Printed in Germany 1980
Umschlaggestaltung: Atelier Heinrichs & Schütz, München
Gesamtherstellung: Ebner Ulm

ISBN 3-453-01135-X

Inhalt

EDWARD

PFLICHT

1859–1860

1. KAPITEL

I

Zwei Dinge gab es, über die ich nie sprach: meine tote Frau und Cashemara. Als ich dann einem weiblichen Wesen begegnete, bei dem es mir leichtfiel, über beides zu sprechen, konnte es kaum verwundern, daß ich wieder einmal mit dem Gedanken an eine neue Ehe spielte.

Zur Zeit meines Besuches in Amerika, Anfang 1859, war ich seit acht Jahren Witwer, und meine Freunde glaubten schon lange, ich sei mit der Erinnerung an meine Frau verheiratet. Sie schienen nicht zu begreifen, daß selbst die teuerste Erinnerung gewisse Mängel hat. Weder kann man sich mit ihr angeregt unterhalten noch sie ins Theater oder gar ins Bett mitnehmen. Die Leere des Schlafzimmers ist noch das geringste Problem, denn einem Mann in meiner Position fällt es nicht schwer, eine Geliebte zu finden. Nein, es ist die Leere des Lebens schlechthin, die einen bedrückt; doch hatte ich inzwischen fast schon die Hoffnung aufgegeben, je einer Frau zu begegnen, deren Talent nicht darauf beschränkt war, mein Geld zu vergeuden, sich im Glanz meines Titels zu sonnen und mich zu Tode zu langweilen.

Natürlich hatte ich nicht die mindeste Absicht, mich zu verlieben. Ein Mann in meinem Alter macht sich lächerlich, wenn er sich irgendeiner absurden blinden Leidenschaft überläßt, und außerdem war ich zu stolz und zu vernünftig, um mich wie ein kopfloser Jüngling aufzuführen. Wonach es mich verlangte, war die Gesellschaft einer gereiften Frau, die genügend Attraktivität und Intelligenz besaß, um jenen Anforderungen gerecht zu werden, die durch meine Stellung in der Öffentlichkeit und meine privaten Neigungen vorgezeichnet waren. Doch leider schienen alle, die in Betracht kamen, bereits verheiratet zu sein.

„Es überrascht mich, daß du dich nicht für jüngere Frauen interessierst", sagte mein Bruder David einmal zu mir. Am dritten Todestag meiner verstorbenen Frau hatte ich ihm ein wenig unbedacht anvertraut, einer Wiederverheiratung nicht abgeneigt zu sein, wenn ich nur die Passende finden könnte. „Es ließe sich denken, daß für dich jemand in der Art . . ."

Ich unterbrach ihn ärgerlich: „Lieber Himmel, muß ich mir schon wieder ein Loblied auf Blanche Marriott anhören?"

Es schien damals nichts zu geben, worüber David lieber sprach. Er hatte Blanche Marriott in den Vereinigten Staaten kennengelernt, wohin er in diplomatischer Mission gereist war, um mit amerikanischen Regierungsstellen über einen sehr heiklen Gegenstand zu verhandeln: die Durchsuchung von Sklavenschiffen durch die Briten.

Washington für einige Zeit den Rücken kehrend, hatte David in New York den Marriotts, Anverwandten meiner verstorbenen Frau, seine Aufwartung gemacht. Ich kannte sie von einem früheren Aufenthalt in Amerika, doch lag mein Besuch schon viele Jahre zurück. Francis, das jetzige Oberhaupt der Familie, mochte seinerzeit etwa vierzehn gewesen sein, und Blanche und Marguerite, seine beiden Schwestern, waren noch nicht einmal geboren.

Nach Davids Rückkehr nach England mußte ich seine lyrischen Beschreibungen der erst fünfzehnjährigen Blanche über mich ergehen lassen.

„Fünfzehn!" rief ich kopfschüttelnd. „David, allmählich entwickelst du einen geradezu heidnischen Geschmack."

„Ich hege für sie rein väterliche Gefühle", erwiderte er arglos: eine Bemerkung, die nur jemand machen konnte, der selbst keine Tochter hatte. „Wenn ich sie bewundere, so aus rein platonischen Motiven – in aller Unschuld also."

„Nun, dann wollen wir nur hoffen, daß deine Frau dir das glaubt."

Wenn David eine seiner romantischen Anwandlungen bekam, konnte er unglaublich naiv sein, und so überraschte es mich nicht im mindesten, daß er sich mit dem Gedanken trug, Blanche nach England einzuladen, damit seine Gattin sie bei Hofe einführen könnte.

Wie seine Frau sich dazu äußerte, weiß ich nicht; aber als er mir dann seufzend gestand, er habe seine Absicht aufgegeben, dachte ich keine Sekunde daran, ihn zu bemitleiden. Für ein romantisches

Gemüt wie ihn bestand das Vergnügen zur Hälfte darin, daß er seine Träume wieder begraben mußte.

Ich hatte ihn sehr gern. Als er drei Jahre nach seiner Begegnung mit Blanche starb, empfand ich den Verlust sehr tief. Er war für mich das letzte Bindeglied zu einer fernen Vergangenheit gewesen, der einzige Mensch, der meine frühen Erinnerungen an Cashemara teilte.

Aus Amerika erhielt ich ein langes und beredtes Beileidsschreiben. Blanche Marriott war in der „Times" auf Davids Todesanzeige gestoßen und versicherte mir nun, daß sie mit mir um den Verblichenen trauere.

Der Brief überraschte und bewegte mich. Ich beantwortete ihn, ohne damit zu rechnen, daß Blanche sich je wieder melden würde. Doch das erwies sich als Irrtum, und noch ehe ich mir der Tatsache so recht bewußt geworden war, korrespondierten wir regelmäßig miteinander.

„Ich scheine in Blanches Wertschätzung Onkel Davids Platz eingenommen zu haben", sagte ich ein wenig belustigt zu meiner Tochter Nell. „Ihre Briefe sind wirklich bezaubernd."

„Es ist reizend von dir, daß du dir trotz all deiner Verpflichtungen die Zeit nimmst, ihr zu schreiben, Papa", sagte Nell. „Armes Mädchen – so jung verwaist! Zweifellos tut es ihr gut, in der Verwandtschaft einen reifen Mann zu haben, der bei ihr, wenn auch nur aus der Ferne, Vaterstelle vertreten kann."

Ich fand diese Bemerkung äußerst irritierend und vermied es fortan, mit Nell über ihre Kusine zu sprechen.

Blanche war inzwischen achtzehn und offenbar recht gebildet. Sie nahm Klavier- und Harfenunterricht, sprach Französisch und Italienisch und las alle Frauenromane, die gerade *en vogue* waren. Fragen der Tagespolitik schienen sie weniger zu interessieren, was ich mit Erleichterung registrierte, denn davon hörte ich in Westminster genug. Statt dessen berichtete sie mir von aktuellen Ereignissen in New York, der Vergrößerung der Astor-Bibliothek, der Einrichtung des Cooper-Institutes und auch von den Unruhen auf Staten Island und dem großen Feuer, dem der Kristallpalast in Bryant Park zum Opfer fiel. Ihre Schilderung des Brandes war so anschaulich, daß ich ihr riet, sich an einem Roman zu versuchen.

Kurz nach ihrem zwanzigsten Geburtstag schickte sie mir eine Zeichnung, die ein befreundeter Künstler von ihr angefertigt hatte.

„Ganz bezaubernd", sagte meine Tochter Nell, als ich der

Versuchung nicht widerstehen konnte, das Bild jemandem zu zeigen. „Aber warum schickt sie dir so etwas nur, Papa?"

„Ja, warum denn *nicht?*" fragte ich gereizt zurück, ein Ton, den ich meiner Lieblingstochter gegenüber nur selten anschlug. „Ich kann dabei nichts Merkwürdiges finden."

„So? Nun, dann nimm nur einmal an, ich wäre in ihrem Alter und würde deinem Freund Lord Duneden ein Bild von mir schicken."

„Aber das ist doch etwas ganz anderes", sagte ich noch ärgerlicher als zuvor. „Du bist mit Duneden schließlich nicht verwandt."

„Wie du meinst", lenkte Nell ein und wechselte taktvoll das Thema. Über Blanche sprach ich nie wieder mit ihr, denn bald darauf starb sie bei der Entbindung. Wieder hatte mich ein schwerer Verlust getroffen. Wieder hatte ich das Gefühl einer ringsum aufklaffenden Leere.

Dieses Mal jedoch verdrängte mein Zorn fast den Kummer, den ich empfand. Und zornig war ich auf alle Welt – vor allem auf Nells so unglaublich stupiden Gatten, der darauf bestanden hatte, sie für die Zeit der Niederkunft auf sein Herrenhaus zu bringen, statt sie in London zu lassen, wo ihr die beste Pflege sicher gewesen wäre. Zornig war ich auch auf das Totgeborene, das seine Mutter das Leben gekostet hatte, und auf jene Narren, die mir dann schrieben, ich könnte mich glücklich schätzen, weil meine drei noch lebenden Töchter mich gewiß über den erlittenen Verlust hinwegtrösteten. Schließlich wußte jeder, daß ich mich von Annabel und Madeleine entfremdet hatte und von Katherine durch fast zweitausend Kilometer getrennt war. Weder empfing ich ihren Trost, noch erwartete ich ihn.

Doch ausgerechnet, als mein engster Freund mich besuchte, um mir sein Beileid auszusprechen, verlor ich die Selbstbeherrschung.

„Was, zum Teufel, soll mir euer Beileid?" schrie ich Duneden erbittert an. „Es kann mir gestohlen bleiben! Alle, die ich wirklich geliebt habe, sind tot – nein, wage es nicht, mich daran zu erinnern, was mir noch geblieben ist! Das weiß ich selbst: Alter, Einsamkeit und Tod! Allmächtiger Gott, was für herrliche Aussichten!"

Er versuchte, mich für eine Idee zu erwärmen, von der er sich viel zu versprechen schien. „Verreise doch für eine Weile . . . nach dem Kontinent . . . oder nach Amerika . . . Das wird dich auf andere Gedanken bringen."

Kaum einen Monat später ging ich in Liverpool an Bord des Dampfers „Persia", um nach Amerika zu fahren, wo ich Blanche Marriott begegnen sollte.

II

Natürlich war das nicht der einzige Grund für meine Reise. Anders als mein Bruder machte ich mir kein romantisch verbrämtes Bild von einer zwanzigjährigen jungen Frau, die ich zu allem noch nicht einmal persönlich kannte. Aber da ich nun mal nach Amerika fuhr (unter anderem, weil mich die jüngsten Entwicklungen in der Landwirtschaft dort interessierten), schien es nur folgerichtig, auch die Marriotts in New York zu besuchen.

Am 12. Mai 1859, nach acht Tagen ruhiger Seereise, wappnete ich mich gegen den zu erwartenden Sturmwind der amerikanischen Zivilisation.

Hatte es je eine Stadt wie New York gegeben? Vielleicht kam dem Bild, das es bot, das mittelalterliche London noch am nächsten – mit seinen prachtvollen Palästen und dem unermeßlichen Reichtum, elender Armut unmittelbar benachbart. Die rauhen Schreie der Bettler, der Lärm und der Gestank, das ringsum aufragende Häusermeer.

New York ist eine primitive Stadt, die in ihren besseren Vierteln der Architektur des georgianischen London nacheifert, klägliche Versuche, wie mir scheinen will. Dennoch dürfte es kaum einen Fremden geben, den die Vitalität dieser aufstrebenden Metropole nicht fasziniert. An der Reling stehend und noch viele Meter vom Land getrennt, konnte ich schon jetzt deutlich spüren, wie mich der hämmernde Pulsschlag der Stadt betäubte.

Auf dem Pier, wo der Dampfer anlegte, erwartete mich Francis Marriott, den ich sofort erkannte, obwohl er jetzt ein Mann war, von stattlichem Äußeren und sicherem Auftreten. Seine Zähne, die er in einem strahlenden Lächeln zeigte, waren weiß, und seine Augen wirkten ungewöhnlich, braun, dabei jedoch sehr hell.

„Willkommen!" rief er. „Welch ein Vergnügen, Sie zu sehen! Welch eine Freude!"

Seine Überschwenglichkeit überraschte mich nicht. Sie ist für Amerikaner typisch und gehört nach meiner Meinung zu ihrem so unenglischen Charme. Lächelnd schüttelte ich ihm die Hand.

Die Zollformalitäten waren bereits auf dem Schiff erledigt worden. Zum Glück brauchte ein Mann in meiner Position sich nicht um die Vorschriften zu kümmern, die den gewöhnlichen Reisenden so arg behindern, ehe es ihm gelingt, als freier Mensch fremden Boden zu betreten. Ich wies meinen Diener an, sich um mein Gepäck zu kümmern, und nahm vom britischen Konsul, der gleichfalls zu meinem Empfang erschienen war, mit ein paar Höflichkeitsfloskeln eine Einladung zum Dinner entgegen.

Es war entsetzlich heiß. Während wir in der Kutsche der Marriotts dahinrollten, liefen mir kleine Schweißbäche den Rükken hinab. Staub kitzelte mich in der Nase. Erbarmungslos strahlte die Sonne auf das Gewimmel in den oft ungepflasterten Straßen.

Um die Pferde anzutreiben, aber auch um Bettler zu verscheuchen, ließ der Kutscher seine Peitsche knallen. Ich spähte durch das Fenster hinaus.

„Wie denn – keine Schweine?“ fragte ich.

„Schweine? Die sind aus dem Stadtinneren längst verbannt. Es ist wirklich eine Ewigkeit her, seit Sie hier waren, Mylord.“

„Gewiß. Vieles dürfte sich inzwischen verändert haben.“

„Das kann man wohl sagen. Das Anwachsen der Bevölkerung . . .“ Er fuhr fort, sich über Finanzprobleme auszulassen.

Ich hätte es mir kaum vorstellen können, daß das Haus der Marriotts noch vulgärer aussehen konnte, als ich es in Erinnerung hatte. Doch Francis' Vater hatte vor seinem Tod noch die Kannelüren und Gebälkträger der Fassade vergolden lassen, und damit war ein kaum zu übertreffender Höhepunkt der Geschmacklosigkeit erreicht. Die näheren Einzelheiten möchte ich mir sparen; es mag genügen, wenn ich hinzufüge, daß es aussah, als hätten sich ein altgriechischer und ein gotischer Architekt zusammengetan, um die Pläne zu diesem Haus zu entwerfen.

Die Kutsche bog von der 5. Avenue ab, rollte durch ein großes Tor (gleichfalls vergoldet, muß ich leider sagen) und kam auf dem weitgestreckten Hof schwankend zum Halt. Ein Lakai half mir heraus. Über die Eingangsstufen hatte man einen roten Teppich gebreitet. Ein zweiter roter Teppich lag in der Halle und strebte schier endlos in eine mir noch unbekannte Ferne.

„Meine Familie kann es kaum erwarten, Ihre Bekanntschaft zu machen, Mylord“, sagte Francis mit seinem strahlenden Lächeln. „Meine Schwester Blanche hat die Tage bis zu Ihrer Ankunft buchstäblich gezählt.“

„Ich freue mich schon auf Ihre beiden Schwestern", gab ich höflich zurück. Ohne seine Einwilligung hätte Blanche den Briefwechsel mit mir kaum bewerkstelligen können, doch brauchte er nicht zu wissen, ob und in welchem Maße ich ihr Interesse an mir erwiderte.

Sie warteten in der Halle auf mich.

Blanche erkannte ich sofort. Sie war kleiner, als ich angenommen hatte, hatte aber eine ausgezeichnete Figur. Ihre Haut, sehr hell, war makellos, und der Kopf mit den hohen Backenknochen saß auf einem schlanken Hals. Seit langem fest überzeugt, daß eine persönliche Begegnung mit ihr mich enttäuschen würde, fühlte ich mich völlig überwältigt. Nein, David hatte nicht übertrieben.

Francis' Frau, Amelia, war groß und unattraktiv: fast schon welkes Gesicht (was am New Yorker Klima liegen mochte) und braune Augen, die sehr bekümmert dreinblickten. Vielleicht machte sie sich wegen der Seitensprünge ihres Mannes Sorgen, denn daß diese recht zahlreich sein mußten, wurde mir klar, sobald ich Amelia sah. Sarah und Charles, die beiden Kinder, hatten ihr angenehmes Äußeres offenbar vom Vater geerbt. Sarah war recht hübsch, wirkte jedoch verzogen, während Charles, scheuer als seine Schwester, einen sehr intelligenten Eindruck machte.

„Und jetzt gestatten Sie mir", sagte Francis schließlich mit einer ausholenden Handbewegung, „daß ich Ihnen meine Schwester Blanche vorstelle. Blanche, dies hier ist, wie du natürlich weißt . . ."

Seine zweite Schwester schien er im Übereifer völlig zu vergessen. Zum Glück hatte ich mich inzwischen soweit gefaßt, daß ich, nach der freundlichen Begrüßung durch Blanche, meine Aufmerksamkeit der kleinen, siebzehnjährigen Dame zuwandte, die verdrossen im Hintergrund stand.

„Lieber Gott", sagte Francis lachend und wischte seine Unhöflichkeit mit einer lässigen Geste beiseite. „Ich bin so aufgeregt, daß ich bald noch meinen Namen vergesse. Mylord, dies ist meine Schwester Marguerite."

Sie tat mir leid, vor allem als ich bemerkte, wie glühend sie, die völlig Reizlose, Blanche wegen ihrer Anmut beneidete. Und so gab ich mir alle Mühe, sie genauso zuvorkommend zu begrüßen, was offenbar allgemeine Verwunderung auslöste, besonders bei Blanche. Erst in diesem Augenblick wurde mir bewußt, daß man unserem Briefwechsel einige Bedeutung beizumessen schien. Doch mochte ich in meiner Beurteilung der Sachlage auch recht naiv gewesen sein, so war ich doch noch längst kein romantischer Narr. Und so nahm ich mir vor, beide Mädchen in der gleichen väterlichen oder onkelhaften Art zu behandeln.

Aber es ließ sich nicht leugnen, daß Blanche eine außergewöhnliche Schönheit war.

III

„Sie werden mir sehr fehlen, wenn Sie morgen nach Washington abreisen, Vetter Edward", sagte Blanche drei Wochen später zu mir. „Könnten Sie Ihren Besuch nicht um ein oder zwei Wochen verschieben?"

Wir waren im Garten. Auf einer gußeisernen Bank unter einer Ulme sitzend, die uns vor der heißen Nachmittagssonne schützte, blickten wir auf den Rasen, dessen bräunliche Verfärbung mich daran erinnerte, wie fern ich meiner Heimat war. Links von uns stand ein Sommerhaus, und rechts befand sich ein Springbrunnen ohne Wasser. Von der anderen Seite der hohen Mauer, die den Garten umgab, klang das Getrappel der Kutschpferde auf der 5. Avenue.

„Es war so schön, Sie hier bei uns zu haben", sagte Blanche seufzend.

„Auch für mich war es ein Vergnügen", erwiderte ich, und diese Feststellung entsprach leider nur allzu sehr der Wahrheit. Francis war fast fieberhaft darauf bedacht gewesen, es an nichts fehlen zu lassen, und Blanche hatte sich stets bereitgehalten, um mir Gesellschaft zu leisten. Ich muß gestehen, daß soviel Aufmerksamkeit meiner Eitelkeit schmeichelte. Verwundern konnte mich das allerdings kaum. Amerikaner sind für englische Titel sehr empfänglich, und außerdem war ich durch meine politische Laufbahn ziemlich bekannt. Wenn die Oberen Zehntausend von New York mich also als Berühmtheit zu behandeln gedachten, so war ich keineswegs gesonnen, dagegen zu protestieren.

„Nachdem ich Washington, Wisconsin und Ohio besucht habe, komme ich wieder", versicherte ich Blanche.

„Daß Sie nach Washington wollen, verstehe ich ja", sagte sie und ließ mich, nicht ohne Charme, ihre leichte Verärgerung spüren. „Alle Welt spricht davon, wie großartig die Regierungsgebäude dort sind, und außerdem hat Lord Palmerston Sie ja beauftragt, dem Präsidenten Grüße zu übermitteln. Auch interessieren Männer sich ja immer für Politik und Diplomatie und ähnliches mehr. Aber was, um Himmels willen, suchen Sie in Ohio? Und in Wisconsin!? Das begreife ich einfach nicht."

„Nun, in Wisconsin hat ein Farmer gerade eine Maschine erfunden, die eine Revolution der herkömmlichen Erntemethoden zur Folge haben könnte", sagte ich und blickte unverwandt auf Blanches dunkles Haar, das sich in Flechten an ihren Nacken schmiegte. „Und in Ohio hat man eine Maissorte gezüchtet, die sich vielleicht in Irland anbauen läßt."

„Daß in Irland außer Kartoffeln irgend etwas wächst, hätte ich nie geglaubt", sagte Blanche.

Ich gab keine Antwort. Über Cashemara sprach ich nie.

„Als Kusine Eleanor noch lebte, hat sie da Ihr Interesse für die Landwirtschaft geteilt?"

Ohne zu wissen, wie sie dahingekommen war, hielt ich meine Taschenuhr in der Hand. „Du liebe Güte", sagte ich. „Sie werden noch zu spät zur Harfenstunde kommen."

„Ach, diese abscheuliche Harfe!" Sie lächelte mich an. Lange, seidige Wimpern und ein vollippiger, sehr ausdrucksvoller Mund. Die Luft im Garten war zum Ersticken. Ich begriff nicht, wie Blanche so erfrischend kühl wirken konnte. Und plötzlich verlangte es mich danach, ihr meine heißen Finger auf die helle Haut zu pressen, bis die Hitze in meinem Körper verströmte.

Ohne auch nur einen Augenblick nachzudenken, sagte ich fast schroff: „Wann kann ich hoffen, daß Francis mit Ihnen nach England kommt, um mich zu besuchen?"

„Nun, wenn wir Ihre Einladung haben, eher gewiß nicht!" erwiderte sie lachend, schlang ihre Arme um meinen Hals und hauchte mir einen Kuß auf die Wange.

„Blanche . . ." Doch sie war fort. Rasch überquerte sie den Rasen und blieb dann vor dem Haus stehen, um mir mit ihrer weißbehandschuhten Hand einen Abschiedsgruß zuzuwinken.

Noch Minuten, nachdem sie im Eingang verschwunden war, saß ich wie betäubt. Es war ja bekannt, wie keck amerikanische Mädchen in ihrer Art sein konnten; unmöglich durfte ich bei Blanche den gleichen Maßstab anlegen wie bei meinen Töchtern. Und meine eigenen Gefühle? Ich hatte mich zu keiner Torheit hinreißen lassen und war fest entschlossen, vernünftig zu bleiben.

Dennoch fühlte ich mich zunehmend verwirrt. Vernunft? Vorurteile gegen Amerikaner hatte ich nicht, doch konnte man diese Menschen für eine Ehe in Betracht ziehen? Die Frage ließ sich mit ziemlicher Sicherheit verneinen. Auf ihre Weise gehörten die Marriotts auch zur Aristokratie, aber nach englischen Begriffen waren sie vulgär. Andererseits: War ich denn ein Mensch, der sich, gleich einem Emporkömmling der Mittelklasse, furchtsam vor gesellschaftlichen Konventionen duckte?

„Ich werde verdammt noch mal tun, was mir paßt", sagte ich zu den erschlafften Vögeln auf der Sonnenuhr. „Auch wenn ich noch nicht genau weiß, was das ist."

Eigentümlich war, daß Blanches Nationalität für mich viel stärker ins Gewicht fiel als ihr Alter. Doch junge Frauen heirateten oft ältere Männer, das war an der Tagesordnung. Daß sie keines meiner tiefergehenden Interessen teilte, was tat's? Es lag mir eigentlich nicht viel an einer Frau, deren einzige Tugend darin bestand, mit mir einen rein geistigen Austausch zu pflegen.

Lange überlegte ich, wonach ich mich denn nun wirklich sehnte. Schließlich ging ich ins Haus zurück. Von den anderen war niemand da. Amelia befand sich mit den Kindern auf einer Spazierfahrt, Marguerite hatte sich in irgendeinen Winkel verkrochen, und Francis schien noch in der Wallstreet zu sein.

Von oben kamen leise, verhaltene Harfenklänge. Ich ging in den Salon neben dem Musikzimmer, wo Blanche Unterricht erhielt. Beide Räume waren durch eine Tür miteinander verbunden, die, wie meist, ein wenig offenstand. Leise nahm ich Platz, griff nach einer Zeitschrift, in der ich zerstreut blätterte, und hörte nicht ohne Belustigung, wie Blanche ihrem Musiklehrer versicherte, die Harfe sei ein sehr schwieriges Instrument.

Ich fand, daß sie bemerkenswert gut spielte.

Kaum hatte ich es mir bequem gemacht, als der Unterricht nebenan plötzlich unterbrochen wurde. Auf dem Gang vor dem Musikzimmer erklangen hastige Schritte, dann wurde, vom Korridor her, die Tür aufgerissen, und Francis' Stimme sagte barsch: „Blanche, ich muß mit dir unter vier Augen sprechen."

„Aber Francis, du störst mich bei meiner Harfenstunde."

„Und wenn schon. Ich würde nicht zögern, dich aus der Kirche herauszuholen. Guten Tag, Mr. Parker."

„Guten Tag, Sir", stammelte der kleine Musiklehrer. „Falls Sie wollen, daß ich unten warte . . ."

„Nicht nötig. Sie können gehen." Er wartete, bis Mr. Parker sich verschüchtert zurückgezogen hatte, und sagte dann heftig: „Was, zum Teufel, hast du dir da einfallen lassen?"

„Was meinst du? Und wie sprichst du überhaupt mit mir?"

„Führst dich auf wie eine Hure in einem Cowboy-Saloon! Ich kam gerade zurecht, um zu sehen, was du dir im Garten geleistet hast!"

„Aber du hast mir doch selbst gesagt, ich sollte nett zu ihm sein!"

„Aber doch nicht, indem du dich wie eine Dirne benimmst! Was muß der alte Narr über die Erziehung denken, die du bei mir genossen hast? Wahrscheinlich sind wir für ihn jetzt beide erledigt!"

„Und wessen Schuld ist das, wenn nicht deine? Ich wollte ja mit Vetter Edward nie etwas zu tun haben. Du warst es doch, der mich seit der finanziellen Katastrophe vor zwei Jahren fortwährend drängte: Schreib Vetter Edward einen Brief, geh ihm um den Bart, schmeichle dich bei ihm ein . . ."

„Wenn du in die Kalamitäten einen so tiefen Einblick hättest wie ich, dann würdest du begreifen, wie wichtig es ist, mit einem reichen Verwandten auf gutem Fuß zu stehen."

„Ja – mit einem englischen Verwandten! Ausgerechnet du, der Europa und alles Europäische so verachtet! Was für ein Heuchler bist du doch, Francis! Manchmal wird mir übel, wenn ich dir nur zuhöre."

„Willst du wohl den Mund halten!" schrie Francis. „Was für eine Unverschämtheit, so mit mir zu sprechen!"

„Eine Unverschämtheit? So? War es etwa nicht unverschämt von dir, mir zu sagen, ich sollte einen alten Mann umgarnen?"

Ich stand auf und verließ den Salon.

Im Korridor war es kühl und schattig. Ich lehnte mich an die Wand, die Stirn gegen die dunkle Tapete gepreßt, doch als ich immer noch die streitenden Stimmen hörte, tastete ich mich wie blind weiter.

Meine Finger fanden eine Vertiefung. Ich stand vor einer Tür, die meiner Aufmerksamkeit bislang entgangen war. Nur ein Gedanke erfüllte mich: irgendwo einen Winkel finden, wo ich allein sein konnte. Und so drückte ich die Klinke herab und trat ein.

Ich schloß die Augen und atmete tief. Rings um mich schien

völlige Stille zu herrschen. Doch dann hörte ich das leise höfliche Hüsteln und wußte, daß noch jemand hier war.

Rasch straffte ich mich.

Von einem Stuhl beim Fenster blickte Marguerite mich an, und während ich sie noch stumm betrachtete, fiel mir ein, daß ich sie nach meiner Ankunft hier im Haus fast genauso herzlich begrüßt hatte wie Blanche.

Ich öffnete die Lippen, doch zu meinem Entsetzen brachte ich kein Wort hervor, und es war Marguerite, welche die Situation meisterte. Mitfühlend, doch mit einem wohltuenden Sinn für das Praktische, fragte sie: „Kann ich Ihnen helfen, Vetter Edward?"

Dankbar begriff ich, daß sie meine frühere Freundlichkeit nicht vergessen hatte.

IV

Sie saß an einem Tisch voller Schachfiguren, von dem sie sich jetzt erhob. Sie war klein, unter einssechzig, und ihr widerspenstiges, sandfarbenes Haar fügte sich nur mit Mühe zum modischen Chignon in ihrem Nacken. Sie hatte ein spitzes kleines Gesicht mit einer langen Nase und einem etwas eckigen Kinn, und ihre blauen Augen wirkten so verkniffen, als blicke sie voller Mißtrauen in die Welt. Später erfuhr ich, daß sie kurzsichtig war; doch als ich jetzt das Pincenez sah, das an einem um den Hals geschlungenen Band hing, kam ich gar nicht auf den Gedanken, daß der skeptische Gesichtsausdruck einem Sehfehler entspringen mochte.

„Sie sehen aus, als ob Ihnen übel wäre", sagte sie. „Wollen Sie sich nicht setzen?"

Sie musterte mich besorgt.

„Danke", sagte ich. „Ich bin die Hitze nicht gewohnt. In England . . ." Mehr brachte ich nicht heraus.

Rasch setzte ich mich auf den Stuhl auf der anderen Seite des Tisches und starrte auf die Elfenbeinfiguren, welche die mir so vertrauten schwarzen und weißen Felder bevölkerten.

„Spielen Sie Schach?" fragte Marguerite. Ihr Blick haftete auf einem weißen Bauern. „Die Partie, die ich gerade nachspiele, stammt aus einem Buch, das Francis mir vor Jahren schenkte. Er hat sich früher viel mit Schach beschäftigt, doch vor lauter Geldverdienen kommt er jetzt nicht mehr dazu. Deshalb spiele ich für mich allein. Amelia behauptet zwar, Schach wäre nichts für Frauen, aber das habe ich immer für ein dummes Vorurteil gehalten."

Ich sagte, jetzt wieder Herr meiner selbst: „Merkwürdig. Genau das gleiche hat auch meine Frau immer gesagt."

„Wirklich? Das finde ich großartig! Hat sie selbst Schach gespielt?"

„Ja. Ihr älterer Bruder hatte es ihr beigebracht."

„Und? War sie gut?"

„Manchmal ließ sie mich gewinnen, ja."

Marguerite lachte, und erst jetzt wurde mir bewußt, daß ich doch nie von Eleanor sprach.

„Wären Sie bereit, diese Partie mit mir zu Ende zu spielen?" fragte sie.

„Aber gern – wenn Sie es wünschen."

Alle Erinnerungen verblichen vor der abstrakten Faszination des Schachbretts. Ich wandte mich den Figuren zu wie langentbehrten Freunden.

„Sie spielen für mich viel zu gut!" rief Marguerite nach dem letzten Zug bewundernd aus.

„Im Gegenteil, Sie sind ganz ausgezeichnet, und mir fehlt es an Übung."

„Wann haben Sie denn zum letztenmal gespielt?"

„Oh – vor vierzehn Jahren", sagte ich. „Auf Cashemara."

„Richtig, Ihr irischer Besitz." Sie begann, die Schachfiguren wieder aufzustellen. „Vierzehn Jahre sind eine sehr lange Zeit. Wie kommt es, daß Sie sich noch so genau an Ihre letzte Partie erinnern?"

Ich öffnete den Mund zu einer ausweichenden Antwort. Doch statt dessen sagte meine Stimme: „Weil es kurz vor Ausbruch der Hungersnot in Irland war. Weil meine Frau sich von der letzten Entbindung nur mühsam erholte und die Reise nach Irland die erste war, die sie seit Monaten unternahm. Weil wir unseren Sohn Louis nach Irland mitnahmen, obwohl wir, aus Furcht vor Krankheit, die Kinder sonst immer in England ließen. Weil einen Tag, nachdem Eleanor und ich zum letztenmal Schach spielten, Louis an Typhus erkrankte und noch vor Ablauf einer Woche starb."

Sie starrte mich an. Auf ihrem Nasenrücken sah ich winzige Sommersprossen.

„Er war elf Jahre alt“, sagte ich.

„Und Ihre Frau? Ist sie bald darauf gestorben?“

Die Frage traf mich unvorbereitet. Ganz automatisch hatte ich eine Platitüde erwartet, mit der sie mir ihr Mitgefühl auszudrücken versuchte.

„Nein“, sagte ich nach kurzem Schweigen. „Meine Frau hat noch sechs Jahre gelebt.“

„Und trotzdem hat es zwischen Ihnen nie wieder eine Schachpartie gegeben? Warum? War sie auf Sie zornig? Glaubte sie, daß Sie Schuld hätten am Tod Ihres Sohnes?“

Wieder verwirrte mich die Direktheit ihrer Frage. Unsicher erwiderte ich: „Es war ja auch zum Teil meine Schuld. Ich hätte nicht darauf bestehen dürfen, beide nach Irland mitzunehmen. Aber ich dachte, die Reise würde Eleanor guttun, und Louis war inzwischen alt genug, um sich für den Besitz zu interessieren, der eines Tages ja ihm gehören sollte.“

„Aber warum hat sie dann Sie verantwortlich gemacht?“

„Sie war schon sehr krank, und der Schock, den Louis' Tod bei ihr auslöste . . . brachte sie durcheinander. Als wir von Irland nach Warwickshire zurückkehrten, wollte sie niemanden mehr sehen und verließ kaum noch das Haus.“

„Sie schloß sich von allem ab, meinen Sie?“

„Ja. Sie erlitt einen totalen Nervenzusammenbruch . . . natürlich gab es noch weitere Gründe für die Entfremdung zwischen uns, aber . . .“ Ich brach ab. War ich nicht mehr bei Sinnen? Noch nie hatte ich von der Entfremdung gesprochen. Es mußte wirklich an der Hitze liegen – und an jener Szene im Musikzimmer, deren Ohrenzeuge ich geworden war.

„Und wie lange hat es gedauert, bevor Sie wieder nach Cashemara reisten?“

„Vier Jahre“, erwiderte ich und sah mich im Zimmer um. Auf der einen Seite eine chinesische Schirmwand, auf einem lackierten Tisch eine Ming-Vase. „Vier Jahre“, wiederholte ich, als könnte ich es selbst nicht glauben. „Die Hungerjahre. Vier Jahre lang habe ich Cashemara den Rücken gekehrt, und als ich dann wiederkam, waren meine Ländereien unfruchtbar, die noch lebenden Pächter vegetierten nur, und das ganze Tal glich einem Massengrab.“

Sie schwieg, doch ihre Gegenwart war mir ohnehin kaum noch bewußt. Vor meinem inneren Auge sah ich die Leichen am Rand der Straßen und Wege und die nicht bestellten Felder. Wieder vermeinte ich den Geruch des Todes zu spüren, der noch an den verödeten Hütten von Clonareen haftete. Und ich erinnerte mich, wie ich in die Kirche gegangen war, um dort irgendeinen Priester aufzuspüren, und nichts gefunden hatte als erloschene Kerzen.

„Ich habe mich um nichts besser benommen als die meisten anderen Grundbesitzer", sagte ich. „Viele hundert Menschen, denen ich in ihrer Not hätte helfen müssen, verhungerten oder gingen an Seuchen zugrunde."

„Aber gewiß haben Sie ..."

„Ja, natürlich habe ich seither versucht, das Versäumte nachzuholen. Ich habe meinen Besitz reorganisiert, die Pächter umgesiedelt, viel Geld in meine Ländereien gepumpt, mich für alle Neuerungen auf landwirtschaftlichem Gebiet interessiert ..." Ich stockte. Schließlich fügte ich, von meinen eigenen Worten überrascht, hinzu: „Ich fühlte mich so schuldig. Das war der Grund, weshalb ich nie über Cashemara sprach. Und über Eleanor sprach ich nicht, weil ich mich auch ihr gegenüber schuldig fühlte. Es war nicht nur Louis' Tod, nein. All die Kinder, die sie zur Welt brachte, und dann die letzte Entbindung, die sie beinahe nicht überlebt hätte ..."

Ohne zu wissen, wie ich dort hingelangt war, stand ich plötzlich beim Fenster. Der braune Rasen draußen verschwamm in einer Flut blendender Helle, welche die Schmerzen hinter meinen Augäpfeln nur noch steigerte. „Ich war Eleanor sehr ergeben", sagte ich nach langem Schweigen. „Unsere Ehe hätte nicht mit einer Entfremdung enden dürfen. Das hatten wir beide nicht verdient. Es war ungerecht."

Schmale, heiße Finger berührten mein Handgelenk, und eine leise, doch sehr klare Stimme sagte heftig: „Das Leben ist manchmal schrecklich, nicht wahr? Und so gemein! Ich weiß genau, wie Ihnen zumute ist." Und plötzlich wußte ich, daß es *dies* war, was ich seit Nells Tod hatte hören wollen – und nicht die endlosen Bekundungen verhaltenen Mitgefühls, nicht die frommen Banalitäten, nicht die salbungsvollen Sprüche. Ich brauchte jemanden, der mir klipp und klar sagte, ja, das Leben war oft brutal und das Schicksal oft ungerecht, und ich, ich hatte ein Recht auf meine Trauer und meinen Zorn.

„Ich weiß genau, wie Ihnen zumute ist", sagte Marguerite, und ich begriff, daß sie die Wahrheit sprach, daß sie es wirklich wußte und daß in diesem Wissen die Erlösung lag aus der Einsamkeit, der ich so lange vergeblich hatte entkommen wollen.

Ich sah sie an. Aller Zorn war verflogen. Es drängte mich nicht mehr, den Tod zu verfluchen, weil ich dankbar war, noch am Leben zu sein. Und während ich Marguerite über die uns trennende Alterskluft hinweg anblickte, wußte ich nicht nur, daß ich sie wollte, sondern auch, daß ich mich durch nichts und niemanden auf der Welt daran würde hindern lassen.

2. KAPITEL

I

Ich verließ New York gleich am nächsten Tag und kehrte erst zwei Monate später zurück.

Manhattan empfing mich mit einer geradezu wütenden Hitze. In Francis' Haus in der 5. Avenue war man im Begriff, in das Sommerhaus im Hudsontal überzusiedeln. Die Einladung, die Familie dorthin zu begleiten, schlug ich aus. Ich beauftragte meinen Sekretär damit, Schiffskarten nach England zu lösen. Als der Tag meiner Abreise dann feststand, konnte ich meine Aufmerksamkeit voll Marguerite zuwenden.

Sie schien nichts ausgeplaudert zu haben. Weder Francis noch Blanche gaben durch irgendeine Andeutung zu erkennen, daß sie etwas von dem wußten, was ich Marguerite damals im Gespräch anvertraut hatte. Ich brauchte nicht länger zu überlegen, mein Entschluß war gefaßt. Aber da ihr Bruder und ihre Schwester fortwährend um mich herumschwänzelten, war es gar nicht leicht, sie unter vier Augen zu sprechen.

Eines Tages glückte es mir endlich. Francis war in der Wallstreet, und Blanche nahm wieder Harfenunterricht. Ich verabredete mich mit Marguerite in dem kleinen chinesischen Zimmer, wo sie so oft allein vor dem Schachbrett saß.

„Es ist schön, daß wir noch einmal Gelegenheit haben, miteinander Schach zu spielen", sagte sie lächelnd, als ich eintrat.

„Ich muß mit Ihnen reden", sagte ich nervös und nahm Platz. „Natürlich können wir später auch noch Schach spielen, aber zuvor möchte ich Ihnen noch etwas sagen."

Sie musterte mich mit einem Blick, in dem sich Verwunderung und Bestürzung mischten. „Habe ich durch irgend etwas Ihr Mißfallen erregt?"

„Ganz im Gegenteil. Ich bin so sehr von Ihnen angetan, daß ich Sie für das kommende Frühjahr zu mir nach England einladen möchte."

„Nach England?" wiederholte sie fassunglos. „Sie laden *mich* nach England ein?"

„Falls es Ihnen lieber ist, damit noch zu warten, bis Sie ein paar Jahre älter sind . . ."

„O nein!" unterbrach sie mich. „Ich würde nur zu gern kommen. Allerdings . . ."

„Ja?"

„Allerdings wird Francis mir das nie erlauben", sagte sie verzweifelt. „Vielleicht haben Sie das noch nicht so gemerkt, aber er ist sehr antibritisch."

„Mögen Sie Ihren Bruder eigentlich?"

„Ja, sehr", erwiderte sie ohne das geringste Zögern. „Als kleines Mädchen war ich sein Liebling, doch jetzt zieht er Blanche vor, und da Blanche und ich uns überhaupt nicht verstehen . . ."

„Ja?"

„Nun, Sie wissen schon, was ich meine. Und Amelia ist abscheulich zu mir, schlimmer als eine Stiefmutter. Hätte Francis sie doch nur nie geheiratet!"

„Dann fühlen Sie sich hier in New York also nicht besonders glücklich."

„Nun ja, wenn ich zu Besuch in Europa wäre, würde ich nicht unbedingt an Heimweh sterben. Und in England würde es mir sicher so gut gefallen, daß ich gar nicht wieder fort wollte."

„Von mir aus könnten Sie auch gern bleiben."

„Bei Ihnen? Solange es mir paßt? Als eine Art Adoptivtocher?" Sie starrte mich an, als sei ich ein Magier, der sein Publikum mit unerwarteten Kunststücken zu verblüffen wußte. „Ich – ich kann's einfach nicht glauben. Aber es wäre wunderschön!"

„Nun", sagte ich in bemüht leichtem Tonfall, so daß ihr die Möglichkeit blieb, meine Worte als Scherz aufzufassen. „Bedarf an weiteren Töchtern habe ich eigentlich weniger, eher schon brauche ich eine Frau. Aber wenn Sie es vorziehen, in mir einen Vaterersatz zu sehen . . ."

Ihr Gesicht wirkte plötzlich völlig verändert. Ich beugte mich über das Schachbrett und sagte mit leisem Lachen: „Verzeihen Sie, wenn ich damit so herausgeplatzt bin." Während meine Finger mechanisch die Schachfiguren ordneten, fuhr ich überstürzt fort:

„Halten Sie mich bitte nicht für allzu ungehobelt. Ich bin nun mal ein wenig aus der Übung. Meinen letzten Heiratsantrag habe ich gemacht, als ich zweiundzwanzig war. Natürlich bin ich viel zu alt für Sie . . .“

„Alt?“ sagte Marguerite. „Was liegt mir schon daran? Und wenn Sie hundert wären!“

Ihr spitzes kleines Gesicht trug einen eigentümlich entschlossenen Ausdruck. Zuerst schien es, als sei sie zornig. Aber dann begriff ich, daß sie zutiefst erregt war.

Ich wollte sprechen, doch sie ließ mich nicht zu Worte kommen.

„Wenn ich im nächsten Frühjahr in England eintreffe“, sagte sie hastig, „bin ich schon achtzehn und richtig erwachsen, und Sie werden gar nicht mehr wissen, wie blutjung ich einmal gewesen bin. Ich verstehe, daß meine Jugend für Sie in Ihrer Position ein großer Nachteil sein könnte, doch ich verspreche Ihnen, das auf andere Weise wettzumachen. Wenn Sie mich heiraten, so werden Sie das nie bereuen.“

„Liebste Marguerite . . .“

„Natürlich ist es mir viel lieber, Ihre Frau zu sein als Ihre Adoptivtochter. Doch darauf konnte ich ja unmöglich hoffen, weil ich ja noch so jung bin – und dann hat mein Haar auch eine so scheußliche Farbe, und mein Gesicht ist voller Sommersprossen, während Sie . . .“

„Ja?“

„ . . . während Sie so klug und so distinguiert sind und . . .“

„Ja?“ fragte ich wieder, diesmal mit einem Lächeln.

„ . . . so groß und stattlich“, schrie sie fast und brach in Tränen aus.

Was in den nächsten Sekunden vor sich ging, weiß ich nicht mehr genau. Ich erinnere mich nur, daß ich sie auf einmal in den Armen hielt und ihre Tränen auf mein gestärktes Hemd tropften. Daß sich, der Konvention zufolge, unsere Vertraulichkeit eigentlich nicht schickte, daran dachten wir wohl beide nicht. Ich zog sie dichter an mich. Ich spürte ihren Körper. Der ausbauschenden Krinoline zum Trotz entdeckte ich, daß Marguerite, wenn auch leicht gebaut, bei weitem nicht so mager war, wie ich immer vermutet hatte.

„Wirst du mich nächstes Jahr in England heiraten?“

„Ich würde dich schon morgen heiraten – und wenn's im entlegensten Winkel Afrikas wäre.“

Ich lachte. „Nun, wir werden ein paar Monate warten, damit dir Zeit bleibt, dich anders zu besinnen." Ihr emporgekehrtes Gesicht war mir so nah, daß ich fast in Versuchung geriet, die Sommersprossen auf ihrer Nase zu zählen. Doch ich zog es vor, sie zu küssen, wenn auch nur auf die Wange, um sie nicht zu erschrekken. Während ich noch den frischen Duft ihrer Haut einatmete, drehte sie plötzlich den Kopf, und unsere Lippen streiften einander.

Zweifellos war es ein Instinkt, der sie drängte, mir ihren Mund willig zu überlassen, denn Erfahrung konnte sie ja kaum haben. Im Augenblick war ich darüber jedoch so verblüfft, daß ich keinerlei Reaktion zeigte. Sofort wich sie, über und über rot, vor mir zurück. Im Glauben, einen schrecklichen Fauxpas begangen zu haben, begann sie, Entschuldigungen zu stammeln.

Ich handelte spontan. Ohne mich auch nur einen Augenblick zu besinnen, zog ich sie wieder an mich, und wir küßten uns, bis wir beide außer Atem waren.

Schließlich sagte ich: „Wenn dein Bruder uns jetzt sehen könnte, würde er mich wohl auf der Stelle aus dem Haus weisen – und nicht ganz zu Unrecht."

„Francis!" rief sie entsetzt. „Lieber Himmel, ihn hatte ich ja ganz vergessen! Oh, Edward, er wird niemals erlauben, daß ich dich heirate, nein, nie!"

Ich lächelte, denn ich war meiner Sache völlig sicher.

„Liebste Marguerite", sagte ich vergnügt. „Dein Bruder wird sich vor Freude kaum zu fassen wissen."

II

„Ah, Vetter Edward!" begrüßte Francis mich überaus freundlich. „Ich wollte gerade nach Ihnen suchen."

„Nun ja", sagte ich, „da ich in zwei Tagen abreise, läßt sich denken, daß Ihnen daran liegt, gewisse Dinge mit mir zu besprechen. Darf ich mich setzen?"

„Aber selbstverständlich!" Beflissen deutete er auf einen bequemen Sessel.

Wir befanden uns im Rauchzimmer im Erdgeschoß des Hauses. Die Fenster gingen auf den Garten hinaus, in dem Charles und Sarah, Francis' Kinder, spielten.

„Wir werden es sehr bedauern, Ihre Gesellschaft entbehren zu müssen, Vetter Edward", sagte er mir mit seiner schön modulierten Stimme. „Vor allem Blanche dürfte darüber untröstlich sein."

„Blanche? Sie meinen gewiß Marguerite, nicht wahr?"

Er starrte mich an, und wieder fielen mir seine sonderbaren Augen auf. Das Braun der Iris war so hell, daß es fast gelb wirkte.

„Marguerite?" sagte er verwirrt.

„Ja, Marguerite. Oder haben Sie noch nicht bemerkt, daß sie in mich verliebt ist?"

Er schien fassungslos. Einen Augenblick saß er stumm da, dann stand er auf und ging im Zimmer hin und her, Hände auf dem Rücken verschränkt.

„Vetter Edward", sagte er. „Glauben Sie nicht, daß Sie sich da täuschen?"

„Nein, das glaube ich nicht." Ich lehnte mich im Sessel zurück und streckte die Beine aus. „Ich habe allen Grund zu der Annahme, daß sie den Wunsch hat, eines Tages meine Frau zu werden."

Er schwieg. Alles Blut war aus seinem Gesicht gewichen, und ich sah, wie angestrengt er sich bemühte, nicht die Fassung zu verlieren.

„Da Sie ihr Vormund sind", fuhr ich nach einer Weile fort, „wollte ich natürlich die Angelegenheit vor meiner Abreise mit Ihnen besprechen. Ich möchte Marguerite heiraten und bin überzeugt, daß sie mir eine gute Ehefrau sein wird. Sofern Sie keine Einwände haben, wäre es mir lieb, wenn sie im Mai des nächsten Jahres nach England käme, um meine Heimat ein wenig kennenzulernen. Sollte sie dann immer noch gewillt sein, meine Frau zu werden, so habe ich die Absicht, sie im Laufe des Sommers zu heiraten. Natürlich bin ich mir der Tatsache bewußt, daß unsere Bekanntschaft recht jungen Datums ist, doch meine ich, daß die bevorstehende Trennung uns helfen wird, unsere Gefühle füreinander zu überprüfen."

Offenbar immer noch unschlüssig, was er mir erwidern sollte, schwieg er auch jetzt, und so fügte ich nach kurzer Überlegung hinzu: „Da Sie von Marguerites Empfindungen für mich nichts geahnt zu haben scheinen, muß das für Sie sehr überraschend kommen, lieber Francis. Aber Sie haben mich immer mit soviel Herzenswärme behandelt, daß Sie sich gewiß freuen, wenn wir beide Schwäger werden."

„Sie ist noch so jung, Vetter Edward", brachte er mit Mühe heraus.

„Aber mit achtzehn heiraten doch viele Mädchen, mein lieber Francis."

„Sie ist noch sehr jung", beharrte er fast trotzig, und ich begriff, daß er noch immer an ihr hing, obschon er sie nach außenhin so wenig beachtete. „Sie ist doch ohne jegliche Lebenserfahrung. Da Sie so freundlich waren, ihr einige Aufmerksamkeit zu schenken, glaubt sie, daß sie Sie liebt. Aber in Wirklichkeit – in Wirklichkeit kann sie Sie gar nicht lieben."

„Ihre Meinung bleibt Ihnen unbenommen."

„Vetter Edward, ich kenne Marguerite besser als Sie. Seit ein oder zwei Jahren fühlt sie sich hier nicht mehr recht glücklich. Auch ist es, wie ich zu meinem Bedauern hinzufügen muß, nicht ganz leicht, mit ihr auszukommen. Sowohl Amelia als auch ich haben unser Möglichstes versucht, um ihr das Leben angenehm zu machen, doch . . ."

„Mein lieber Francis", unterbrach ich ihn. „Ich habe nicht die mindeste Lust, mir anzuhören, was Sie als Entschuldigung für Marguerites wirkliche oder eingebildete Fehler vorbringen wollen. Ich möchte sie heiraten, das ist alles. Gewiß wäre es wünschenswert, wenn sie ein paar Jahre älter wäre, aber ich für meinen Teil bin bereit, das in Kauf zu nehmen. Und so darf ich, mit Ihrer Erlaubnis, meine Frage wiederholen. Sind Sie bereit, Ihre Einwilligung zu geben?"

„Verzeihen Sie, Vetter Edward", sagte er, und aus seiner bekümmerten Miene sprach tiefe Betrübnis, „aber ich wüßte nicht, wie ich das mit meinem Gewissen vereinbaren könnte."

„Und ich", sagte ich, „wüßte nicht, wie Sie das nicht mir Ihrem Gewissen vereinbaren könnten."

Unvermittelt glich sein Gesicht einer leeren Fläche; ich kann mich nicht erinnern, je einen Menschen gesehen zu haben, der mich so ausdruckslos anblickte wie Francis Marriott in dieser Minute, da er begriff, daß ich ihn in die Knie zwingen würde.

„Ich verstehe nicht, wie Sie das meinen", sagte er hastig.

Mit betonter Langsamkeit zog ich meine Füße dichter zum Sessel, erhob mich dann, steckte die Hände in die Taschen und wartete schweigend ab.

Er versuchte, sich gelassen zu geben, konnte seine Nervosität jedoch nicht unterdrücken. „Sie irren sich sehr, wenn Sie glauben, mir drohen zu können", sagte er in gespieltem Selbstvertrauen – und sah dann, daß er sich in diesem Augenblick verraten hatte.

„Wer spricht denn hier von Drohungen, Francis?" fragte ich freundlich. „Ich habe wirklich nicht die Absicht, Ihnen zu drohen. Nur beklage ich mit Ihnen Ihre schwierige finanzielle Lage. Sie haben bei der Panik '57 sehr viel Geld verloren, nicht wahr? Seither bemühen Sie sich, die Verluste wieder wettzumachen, damit Sie ihren gewohnten Lebensstil aufrechterhalten können. Schließlich ist er sehr kostpsielig, vor allem wenn man bedenkt, daß Sie außer für das Haus hier in der 5. Avenue auch noch für die Villa beim Madison Square aufkommen müssen – jene Villa, die Ihre Geliebte sich ausbedungen hat."

„Woher, zum Teufel, wissen Sie . . ."

„Nennen wir es unstillbare Neugier, Francis", sagte ich. „Eine Neugier allerdings, zu der Sie mir allen Anlaß gegeben haben. Vor meiner Abreise nach Washington beauftragte mein Sekretär einen Privatdetektiv mit unauffälligen Nachforschungen, und als ich vor ein paar Tagen aus Wisconsin zurückkehrte, wartete hier ein Bericht auf mich, den ich recht schockierend fand. Daß Sie versucht haben, durch große Einsätze beim Glücksspiel finanziell wieder auf die Beine zu kommen, zeugt nicht gerade von viel Umsicht. Außerdem soll dieses Pharao, oder wie es sich nennt, besonders gefährlich sein."

Er starrte mich wortlos an, Unglauben in den Augen, den Mund eigentümlich verkniffen.

„Sie stehen am Rand des Bankrotts, Francis", fuhr ich fort. „Niemand will Ihnen Geld leihen. Niemand denkt daran, auch nur den kleinen Finger für Sie krumm zu machen. New York ist ein übles Pflaster für Leute in Ihrer Lage, nicht wahr? Wer hier bankrott ist, hört praktisch auf zu existieren. Keine sehr erfreulichen Aussichten für Sie. Doch trifft es sich ja recht glücklich, daß Sie einen reichen Verwandten haben, der unter Umständen bereit ist, Ihnen zu Hilfe zu kommen."

Plötzlich verlor er die Selbstbeherrschung. Vor Wut fast außer sich, schrie er: „Sie . . . Sie gottverdammter . . ."

Ich unterbrach ihn kalt: „Schonen Sie Ihre Kräfte. Sie werden Ihre Energie noch benötigen, um Ihre Einwilligung zur Heirat Ihrer Schwester zu geben."

„Ich?" schrie er in besinnungslosem Zorn. „Ich denke ja nicht daran! Nein, nicht im Traum denke ich daran!"

„Ihnen bleibt keine Wahl.“

Diese nüchterne Feststellung schien ihm den letzten Rest von Vernunft zu rauben. Die Faust ballend, holte er zum Schlag aus, doch ich wich rechtzeitig vor ihm zurück.

„Nehmen Sie sich zusammen, Francis“, sagte ich schroff. „Wenn Sie mich schlagen, so wird Sie das nicht vor dem Bankrott retten, wohl aber, wenn Sie einwilligen, daß Ihre Schwester mich heiratet. Und jetzt möchte ich Sie bitten, sich damit ein bißchen zu beeilen, denn ich bin es leid, noch länger zu warten.“

Er zitterte buchstäblich am ganzen Körper. Wahrscheinlich hätte er sich am liebsten wieder auf mich gestürzt. „Sie widerlicher alter Kerl“, sagte er, als er schließlich die Sprache wiederfand. „Womit mögen Sie sich wohl in England vergnügen? Mit Küchenmädchen, denen Sie unter den Rock greifen?“

Ich wandte mich zur Tür. „Viel Spaß bei Ihrer Bankrotterklärung, Francis“, sagte ich. „Guten Tag.“

Ehe er sich besinnen konnte, hatte ich das Rauchzimmer verlassen. Aber dann hörte ich seine hastigen Schritte hinter mir und seine gestammelten Entschuldigungen.

„Aber Vetter Edward . . . warten Sie doch . . . bitte . . . üben Sie Nachsicht mit mir . . . habe in letzter Zeit so unter Druck gestanden . . . bin im Augenblick gar nicht ich selbst . . .“

Wenn einer von uns beiden widerlich war, dann er. Er ekelte mich an.

„Schweigen Sie endlich“, sagte ich, außerstande, seinen Anblick auch nur noch eine Sekunde zu ertragen. „Ehe ich New York verlasse, werden wir einen Anwalt aufsuchen und einen Vertrag unterzeichnen. Unter der Bedingung, daß Sie Marguerite Ihre Einwilligung zur Ehe mit mir geben, erhalten Sie von mir die erforderliche Geldsumme. Sollten Sie jedoch auch nur das geringste unternehmen, um die Heirat zu verhindern, so werde ich auf Rückzahlung klagen und persönlich nach Amerika kommen, um dafür zu sorgen, daß Sie für bankrott erklärt werden. Haben Sie verstanden?“

„Natürlich, natürlich“, beteuerte er immer noch stotternd und stammelnd. „Es soll alles geschehen, wie Sie es wünschen, Vetter.“

„Marguerite darf von unserer Auseinandersetzung auf keinen Fall etwas erfahren. Ich möchte nicht, daß sie sich während der kommenden Monate anhören muß, was Sie an Freundlichkeiten über mich vorzubringen haben.“

„Ja, natürlich, natürlich. Ich verstehe schon."

„Ich bin noch nicht fertig, Francis. Wenn sie in England eintrifft, wird sie die schönste Garderobe besitzen, die sich ein junges Mädchen ihres Standes wünschen kann. Außerdem möchte ich, daß Ihre Gattin sie als Anstandsdame begleitet. Wenn Sie wollen, können auch Ihre beiden Kinder mitreisen, auf keinen Fall jedoch Ihre Schwester Blanche. Und was Sie selbst betrifft, so wagen Sie es nicht, sich je bei mir blicken zu lassen."

„Gewiß, Mylord. Ganz wie Sie wünschen, Mylord."

Ich hatte, was ich wollte. Erschöpft, doch zufrieden, stieg ich die Treppe zum chinesischen Zimmer hinauf und berichtete Marguerite, ich hätte ganz richtig vermutet: Francis sei über die freudige Botschaft geradezu entzückt gewesen.

3. KAPITEL

I

In der Bibliothek meines Londoner Hauses erwartete mich nicht nur eine Unmenge Briefe, sondern auch der letzte Lehrer meines Sohnes Patrick.

Von Patrick selbst hingegen fand sich keine Spur.

„Wo ist mein Sohn?“ fragte ich den jungen Mr. Maynard ungeduldig. „Ist er krank?“

Er musterte mich nervös. „Mylord, er . . . er . . .“

Ich verwünschte mich im stillen. Wie war ich nur auf den Gedanken gekommen, einen so jungen Menschen als Privatlehrer anzustellen?

„Wie lange ist er schon fort?“ fragte ich.

„Seit drei Tagen. Er hat einen Brief hinterlassen.“

„Wo ist der Brief?“

„Hier, Mylord.“

Patrick hatte mein Briefpapier benutzt. Kunstvoll verschnörkelte Schrift und dazu, an den Rändern, getuschte Blumen. Mein Sohn schien sich erstaunlich viel Mühe gegeben zu haben.

„Lieber Mr. Maynard“, las ich, „seien Sie mir bitte nicht böse, aber in London langweile ich mich zu Tode, und so habe ich beschlossen, nach Irland zu fahren, um meinen Freund Roderick Stranahan zu besuchen. Meinem Vater werde ich über Sie nur das Allerbeste sagen. Mit vielen guten Wünschen für Ihre Zukunft Ihr Ihnen ergebener Schüler Patrick Edward de Salis. P. S. Vielen Dank für den Unterricht, den Sie mir erteilt haben.“

„Mylord“, stammelte Mr. Maynard, „ich wußte nicht, ob ich ihm folgen sollte oder nicht. Aber da Ihre Rückkehr unmittelbar bevorstand, hielt ich es dann doch für richtig, hier auf Sie zu warten, um Ihnen erklären zu können . . .“

„Schon recht", sagte ich. „Sie werden von mir noch den letzten Monatslohn und ein entsprechendes Empfehlungsschreiben erhalten. Ansonsten bitte ich Sie, mein Haus zum frühest möglichen Zeitpunkt zu verlassen. Guten Tag, Mr. Maynard."

Nachdem er aus dem Zimmer gestolpert war, ließ ich meinen Sekretär rufen.

„Fielding, ich werde schon morgen nach Cashemara abreisen. Sie bleiben noch hier, um sich um meine Korrespondenz zu kümmern, und fahren dann direkt nach Woodhammer Hall, wohin ich Ihnen bald folgen werde. Und jetzt werden wir uns gemeinsam an die wichtigsten Briefe machen, um von ihnen so viele wie möglich zu erledigen . . ."

Wir arbeiteten bis halb neun Uhr abends, dann aß ich zu Abend und beauftragte den Diener, mir eine Droschke zu besorgen.

Ich war froh, wieder in London zu sein. Während ich durch die Straßen rollte, atmete ich voll Behagen die kühle Abendluft ein. Welch ein Kontrast zur stickigen Hitze in New York! Ob Marguerite London ebensosehr lieben würde wie ich?

Links und rechts sah ich die kleinen Villen von Maida Vale mit Vorgärten, die kaum größer zu sein schienen als Briefmarken. Platanen ragten auf, und bald hielt die Droschke vor einem der Häuser. Ehe der Kutscher mir dabei behilflich sein konnte, war ich ausgestiegen. Rasch schritt ich über den Weg zur Vordertür.

Knirschend fuhr mein Schlüssel ins Schloß. Dann trat ich ein und rief ihren Namen.

„Komm schon!" erwiderte sie.

Brennende Kerze in der Hand, erschien sie in der Tür des Wohnzimmers und begrüßte mich. Schon seit einer Woche habe sie Abend für Abend auf mich gewartet. Ende August hatte ich ja wieder in London sein wollen. Wie es mir denn ginge? Hoffentlich sei ich nicht überarbeitet. Im übrigen wolle sie sich dafür bedanken, daß ich sie zu dem Arzt in der Harley Street geschickt hätte. Sie sei gesundheitlich wieder völlig hergestellt und bedauere nur, daß ihr schlechter körperlicher Zustand vor meiner Reise nach Amerika uns beiden so ungelegen gekommen sei. Ob ich nicht für einige Minuten ins Wohnzimmer treten wolle? Oder . . .

„Sehr gern", sagte ich.

Ich folgte ihr, lehnte die angebotene Erfrischung ab und nahm auf dem Sofa Platz. Das Zimmer war klein, doch vollgestopft mit allerlei Zeug, Nippsachen, Plüsch, kitschigen Bildern.

„Wie war es in Amerika?" erkundigte sie sich höflich. „Hoffentlich nicht so heiß, wie du befürchtet hast."

„Leider doch."

Sie stellte weitere Fragen, schien dann jedoch zu spüren, daß ich etwas auf dem Herzen hatte, und verstummte, Hände auf dem Schoß gefaltet.

Ich sah die Angst in ihren Augen, und sie tat mir leid. Fünfundvierzig war sie jetzt, finanziell völlig von mir abhängig, und in ihrem Alter mußte ein Neubeginn schwerfallen. Ob sie überhaupt etwas für mich empfand, wußte ich nicht. Sie war eine kinderlose Witwe, Eleanors ehemalige Schneiderin, eine umgängliche, gefällige, ja fügsame Frau. Mehr hatte ich nicht erwartet und nicht verlangt. Sie ihrerseits war zufrieden gewesen mit dem Haus und der verhältnismäßig bescheidenen Summe, die es ihr ermöglichte, ein sorgenfreies Leben zu führen und sich ein Dienstmädchen zu halten. Unser Verhältnis war jetzt einige Jahre alt und hatte zweifellos für uns beide seinen Nutzen gehabt.

Ich erzählte von meiner Absicht, eine Verwandte Eleanors zu heiraten, und sie hörte mir schweigend zu und fragte dann behutsam: „Sie ist wohl noch sehr jung?"

„Ja."

„Dann möchte ich dir zu deinem Glück gratulieren. Verdient hast du es gewiß. Was tut's, daß sie noch blutjung ist? Du siehst höchstens wie fünfundvierzig aus. Auch sie kann von Glück sagen, daß sie dich bekommt." Sie zögerte kaum merklich. „Nun, in den vergangenen Jahren habe ich mich gleichfalls nicht zu beklagen brauchen."

„Dazu sollst du in Zukunft genausowenig Anlaß haben", sagte ich. „Mach dir also keine Sorgen. Das Haus wirst du natürlich behalten, und außerdem werde ich eine Rente für dich aussetzen."

Sie atmete fast hörbar auf. Dann lächelte sie und lehnte sich auf dem Plüschsofa zurück. „Das ist sehr anständig von dir", sagte sie. „Oder nein: mehr als anständig. Ich weiß gar nicht, wie ich meine Dankbarkeit ausdrücken soll." Sie schien nach Worten zu suchen. „Darf ich dir . . . unter den Umständen . . . vielleicht einen Rat geben?"

Ich lächelte. „Nun, du bist mit Ratschlägen immer sehr sparsam umgegangen. Also nur heraus damit."

Sie zögerte. „Was ich dir sagen möchte, ist sehr persönlicher Natur, und ich möchte nicht, daß du es falsch auffaßt. Mir ist nur immer wieder aufgefallen, daß Männer, die jünger wirken, als sie es ihrem Alter nach sind, in der Regel ein sehr aktives Leben führen, genau wie du. Hören sie damit jedoch auf, und sei es auch nur für kurze Zeit, so ... ach, du verstehst schon, was ich meine ... während deiner Flitterwochen willst du doch bestimmt nicht, daß ..." Sie brach ab. Frauen ihrer Art hält man meist für schamlos, doch sie wurde über und über rot. „Ich hätte nicht gewagt, dir das zu sagen, wenn ich dir nicht so dankbar wäre. Mir liegt daran, daß du im kommenden Jahr mit deiner neuen Frau glücklich wirst."

„Ich verstehe schon", sagte ich. „Danke."

„Bist du jetzt etwa böse?"

„Nein."

„Gott sei Dank", sagte sie mit einem Seufzer der Erleichterung.

Einen Augenblick schwiegen wir.

„Soll ich dir Tee kochen?" fragte sie schließlich zögernd.

„Hinterher."

Sie nickte. Wir erhoben uns und stiegen wortlos die Treppe zu ihrem Schlafzimmer hinauf.

II

Von London nach Cashemara braucht man etwa drei Tage, obwohl die Verbindungen von Jahr zu Jahr besser werden und die Straßen in Irland in erstaunlich gutem Zustand sind. Mit dem Schnellzug gelangt man von London nach Holyhead, von dort mit dem Dampfer nach Kingstown. Ab Dublin fährt man mit der Eisenbahn quer durch das Land nach Galway. Dort ist man auf eine Mietkutsche angewiesen, in der man in nördlicher Richtung reist. Etwa zwölf Kilometer vor Leenane bei Killary Harbour biegt eine recht holprige Seitenstraße ab, die sich durch die Berge nach Lough Nafooey und bis vor mein Haus schlängelt.

„Cashe-mara", – der steinerne Turm am Meer. Da es sich um Irland handelt, wird sich niemand wundern, daß das Haus kilometerweit von der See entfernt liegt und auch keinen steinernen Turm besitzt. Das ursprüngliche Cashemara allerdings, tatsächlich ein steinerner Turm, stand am Meer. Mein Ahnherr, ein normannischer Ritter namens Roger de Salis, der zusammen mit de Burgh Connaught eroberte, sicherte sich sein Herrschaftsgebiet nördlich von Galway indem er an der Mündung von Killary Harbour eine Feste erbaute. Wie vorauszusehen, waren die Iren nicht gesonnen, diesen ehrgeizigen Fremdling in ihrer Mitte zu dulden. Ihren wütenden Angriffen hielt die Burg nicht lange stand, und was den Burgherrn betraf, so kam er nur mit knapper Not mit dem Leben davon. Nach diesem recht entmutigenden Zwischenfall erhob längere Zeit niemand Anspruch auf das Land, doch so ganz vergaßen die kommenden Salisgeschlechter ihr unsicheres Erbe in Irland nie, und als ein de Salis dann die Gunst der Königin Elisabeth erlangte, erhielt er außer dem Titel eines Barons auch eine Urkunde, in der ihm die Cashemara-Ländereien zugesprochen wurden. Ein Jahr etwa lebte er in Irland, bevor er sich entsetzt nach Warwickshire zurückzog, um dort Woodhammer Hall zu erbauen.

Jahrhundertelang brachte kein de Salis mehr den Mut auf, seinen Fuß auf irischen Boden zu setzen. Erst mein Vater, ein naiver Exzentriker, verliebte sich während einer Reise hoffnungslos in Land und Leute und beschloß, im schönsten Teil seines Besitztums ein Haus zu errichten, in dem er und seine Frau wohnen konnten.

Nun war er zwar ein Mensch von außergewöhnlichem Charme, jedoch nicht besonders klug und völlig ohne Ehrgeiz. Hätte meine Mutter ihn nicht vorangetrieben, so wäre er wohl bereit gewesen, den Plan sehr bald wieder aufzugeben. Meine Mutter verabscheute ihre Schwiegermutter, die damals in Woodhammer Hall wohnte und der mein weichherziger Vater nie anzudeuten wagte, daß sie vom Herrenhaus ins Witwenquartier zu übersiedeln hätte. Daher erblickte meine Mutter in Cashemara den ersehnten Ausweg: einen Ort, wo sie endlich ihre eigene Herrin sein konnte. Sie war ein sehr praktischer Mensch und voller Energie und Entschlußkraft, jedoch völlig außerstande, Dinge unter einem anderen Blickwinkel zu betrachten als ihrem eigenen. Als sich das später in religiösem Fanatismus niederschlug, verbrachte sie ihre letzten Lebensjahre zum guten Teil mit dem Versuch, die Iren zu ihrer engstirnigen Auffassung vom anglikanischen Glauben zu bekehren.

Niemand begriff je so recht, wie meine Eltern es fertiggebracht hatten, einen Sohn von meinem Geschmack und mit meinen Neigungen in die Welt zu setzen. Mein Vater liebte mich sehr, und ich weiß noch, daß er mich, als ich klein war, oft auf seinem Rücken reiten ließ. Was meine Mutter betraf, so sah sie in mir nur den ihr zukommenden Gotteslohn für die ersten kinderlosen Ehejahre und das Ungemach, das sie durch ihre Schwiegermutter hatte erleiden müssen. Ich hielt die mir entgegengebrachte Zuneigung für selbstverständlich und fand, daß ich ein ganz außergewöhnlicher Kerl sei.

Ich war acht, als mein Vater mit mir nach Woodhammer Hall reiste, wo sein jüngerer Bruder wohnte.

„Sapperlot!" rief mein Onkel Richard, ein typischer Regency-Gentleman. „Was für ein verhätscheltes Gör!" Und ohne lange Umschweife nahm er mich unter seine Fittiche, um mir beizubringen, wie man auf die Hetzjagd ging, Pistolen und Gewehre handhabte und sich verteidigte, wenn meine Vettern, beide im Boxen recht geübt, die Lust verspürten, mich als eine Art Sandsack zu benutzen.

Erst als ich älter war, begriff ich, daß ich in viel stärkerem Maße meinem Onkel als meinem Vater glich. Onkel Richard war das natürlich sofort aufgefallen, und als seine Söhne dann starben (der eine fiel in der Schlacht von Waterloo, der andere bei irgendeinem Gefecht in Indien), setzte er mich als seinen Erben ein.

Meine Mutter hielt das für ungerecht, da mein Bruder David, ohne Land und ohne Geld, Woodhammer Hall offenbar viel nötiger gebraucht hätte als ich. Vergeblich versuchte David sie davon zu überzeugen, daß er an dem Besitztum gar nicht interessiert sei. Von ihrer einmal gefaßten Meinung vermochte sie niemand abzubringen, es sei denn der Allmächtige persönlich durch ein eigenes für sie erlassenes Gebot. Außerdem konnte sie auf diese Weise zum Ausdruck bringen, wie sehr sie den Einfluß meines Onkels auf mich mißbilligte. Entrüstet erklärte sie, aus mir sei ein ungeschlachter Rowdy geworden – „der womöglich voller Unmoral steckt", fügte sie dunkel hinzu und sagte dann zu meinem Vater: „Henry, du solltest mit ihm reden."

Natürlich wußte er nicht, wie er das hätte anstellen sollen, aber da er meiner Mutter nie zu widersprechen wagte, nahm er mich in irgendeinen Raum mit, wo wir, bei Portwein, eine gemütliche Stunde verbrachten, während er mir versicherte, meine Mutter sei eine wunderbare Frau, und er fühle sich mit ihr sehr glücklich.

„Allerdings", schloß er mit der für ihn typischen kindlichen Aufrichtigkeit, „kann ich für meinen Teil die Ehe nicht allzu sehr empfehlen. Solltest du dich einmal zu diesem Schritt entschließen, Patrick, so vergewissere dich, daß du die Richtige heiratest, denn erwischst du die Falsche – Herrgott, das kann die reine Hölle sein.“

Meine Eltern hatten mich immer nur Patrick gerufen, ein Name, in dem sich die Liebe meines Vaters zu Irland manifestierte. Erst als ich nach Woodhammer Hall kam, wurde ich bei meinem zweiten Vornamen genannt.

„Patrick!“ rief mein Onkel Richard. „Bei Gott, Henry, es konnte auch nur dir einfallen, den armen Jungen auf diese Weise zum Iren zu stempeln!“ Mich fragte er: „Hast du noch einen zweiten Vornamen?“

Und so nannte man mich in England fortan Edward, während ich in Irland immer nur Patrick hieß. Als ich dann älter wurde, wollte mir scheinen, daß sich in den beiden Namen der Zwiespalt verkörperte, der mich erfüllte. Wo gehörte ich eigentlich hin?

Dann starb mein Vater, und ich kehrte von England nach Cashemara zurück. Während ich die Straße einschlug, die von den Hügeln hinab nach Clonareen führte, stiegen, ungerufen, doch sehr willkommen, halbvergessene Kindheitserinnerungen in mir auf.

Und plötzlich wußte ich, wohin ich gehörte, wo meine Wurzeln lagen.

Cashemara: kein steinerner Turm am Meer, sondern ein weißes Haus, erbaut von James Waytt, dem zweifellos bedeutendsten Architekten gegen Ende des 18. Jahrhunderts – ein Mann, der das Genie eines Robert Adam durch klassische Schlichtheit und Anmut noch verfeinert hatte.

Es war ein großes Haus und dennoch nicht pompös. Acht Stufen führten zur einfachen Vordertür, zu deren beiden Seiten, je vier links und vier rechts, die unteren Fenster lagen. Auch die Fenster des oberen Stockwerks waren mit der gleichen geometrischen Präzision angeordnet, hoch und schmal und mit schlichten Architraven verziert. Die Fenster des Souterrains, halb unter, halb über der Erde, und jene des Dachgeschosses folgten dem einmal vorgesehenen Muster. Der strenge, klassische Giebel bildete mit den vertikalen Linien des Tores und den Säulen der Vorveranda ein harmonisches Ganzes. Nirgends fanden sich plumpe Verzierungen, kein in Stein gemeißelter Bombast. Nichts war da, um das Auge von den schönen klaren Linien abzulenken.

Cashemara – das schönste Haus, das ich je gesehen hatte. Doch für mich war es darüber hinaus das Lebenswerk meines Vaters und

Symbol für meine eigene idyllische Kindheit. Es verkörperte die Vergangenheit, die einfache, unkomplizierte Vergangenheit, ferner, goldglänzender Lichtpunkt am Ende des dunklen Tunnels der Nostalgie: die ländliche Welt von gestern, noch unberührt vom Lärm der Maschinen, dem Toben internationaler Revolutionen und dem erbarmungslosen wissenschaftlichen Fortschritt. Ich bin für alles Moderne aufgeschlossen und bringe wenig Geduld auf für Menschen, die hinter der Zeit zurückbleiben. Doch nach etlichen aufreibenden Monaten in London war es mir jedesmal ein Trost, mich in die friedvolle Abgeschiedenheit Cashemaras zurückziehen zu können.

So erging es mir auch diesmal, als ich, nach der Rückkehr von Amerika, von London nach Irland weiterreiste. Am Morgen des dritten Tages mietete ich in Galway für die letzten sechzig Kilometer eine Kutsche. Als wir gegen Sonnenuntergang durch den Paß zwischen Bunnacunneen und Knocknafaughy fuhren, hatte ich freien Blick auf mein Erbe. Langgezogen schlängelte sich die Lough durch das Tal, an dessen anderem Ende, an den Hütten von Clonareen vorbei, die gewundene Straße in Richtung Letterturk führte. Ringsum lagen Berge, alte Vertraute, die ich alle beim Namen kannte und in meiner Jugend bestiegen hatte.

Schließlich tauchte, weiter nach Norden hin, mein Haus in der Ferne auf. Ich sah die Waldung rundum, sah die hohe Steinmauer und die kleine Kapelle mit dem Turm, Freude und Stolz meiner Mutter.

Als die Kutsche das Tor erreichte, war es immer noch hell. An Sommerabenden läßt sich die Sonne hier viel Zeit. Die Lough spiegelte jetzt den goldenen Dämmerschein wider, und die Berge waren schwarze Schatten, karmesinrot gesäumt und wie trotzig geduckt unter dem verträumten Himmel.

Meine Ankunft schien alle im Haus sehr zu verblüffen, was mir nicht ganz verständlich war, da ich die Gewohnheit hatte, sie mindestens einmal im Jahr zu überrumpeln, um so etwaigen Nachlässigkeiten auf die Spur zu kommen. Wegen der Strenge, mit der ich vorging, wenn ich nicht alles in Ordnung fand, war ich gefürchtet.

„Sind Sie es wirklich, Mylord?“ fragte Hayes, der Butler, den ich vor zehn Jahren von Dublin hatte nach Cashemara holen müssen, weil jeder Einheimische auf diesem Posten in kürzester Zeit der Trunksucht verfallen wäre. Mochte Hayes auch seine

Fehler haben, mit zunehmendem Alter schien er wie Portwein zu reifen.

„Wer denn sonst?" fragte ich leicht gereizt zurück, während ich in die Vorhalle trat. Trotz meines Unwillens ließ ich es mir nicht nehmen, den Raum wieder einmal zu bewundern. Er war kreisförmig und wurde im oberen Stockwerk von Säulen gesäumt. Über dem schweren Kronleuchter spiegelte sich in der Deckenfläche das Muster des Marmorfußbodens. Auf der rechten Seite führte eine Tür in den Salon und zu einer Reihe von Empfangsräumen, auf der linken Seite lag die Bibliothek, und hinter der Treppe gelangte man durch Korridore zu jenem Teil des Hauses, der den Bediensteten vorbehalten war.

In behagliche Betrachtung versunken, seufzte ich und rief mich dann in die Wirklichkeit zurück.

„In spätestens einer halben Stunde möchte ich speisen, Hayes", sagte ich ziemlich barsch. „Und sagen Sie dem Zimmermädchen, sie soll diesmal mein Bett ordentlich auslüften. Eine Wärmeflasche genügt. Wo ist mein Sohn?"

„Mylord, ich glaube, er ist mit dem jungen Derry Stranahan nach Clonareen geritten."

„Wenn er zurückkommt, möchte ich ihn sofort sehen. Bringen Sie mir bitte Brandy und Wasser in die Bibliothek."

„Sehr wohl, Mylord."

Die Fenster der Bibliothek blickten auf das Tal hinaus. Allbeherrschendes Möbel im Raum war ein gigantischer Schreibtisch, den mein Vater selbst entworfen hatte. Ich setzte mich auf den Stuhl dahinter und sah zu dem Porträt Eleanors auf, das über dem Kamin aus weißem Marmor hing. Vor mir auf der Schreibtischplatte stand die Miniatur meines toten Sohnes Louis. Er lächelte, und wieder einmal fragte ich mich unwillkürlich, wie er sich wohl entwickelt hätte. Er wäre jetzt fünfundzwanzig gewesen. Ausbildung in Oxford, natürlich. Später dann Reisen ins Ausland. Irgendwann eine Ehefrau. Zweifellos Interesse für Politik: Sitz im Unterhaus, Mitgliedschaft beim Carlton Club . . . Eleanor wäre auf ihn sehr stolz gewesen.

„Hier sind der Brandy und das Wasser, Mylord", sagte Hayes. „Im übrigen kommen Ihr Sohn und Derry Stranahan gerade von ihrem Ausritt zurück."

Rasch stand ich auf und trat, ehe die beiden zu den Stallungen gelangen konnten, vor das Haus.

Sie lachten vergnügt. Beide wirkten betrunken, doch Roderick Stranahan (bei dem ich, da seine Familie während der Hungersnot umgekommen war, Vaterstelle vertreten hatte) schien weniger berauscht als mein Sohn. Mit siebzehn verträgt man Alkohol besser als mit vierzehn.

Ich wartete. Schließlich sahen sie mich. Das Gelächter brach ab.

Derry Stranahan erholte sich als erster von seiner Bestürzung. Er glitt von seinem Pferd und kam eilig auf mich zu.

„Willkommen daheim, Lord de Salis!“ rief er mit glänzenden Augen und streckte mir die Hand entgegen.

Verflixter Schlingel, dachte ich, doch es fiel schwer, ihm lange gram zu sein. Inzwischen hatte sich auch Patrick aus dem Sattel geschwungen. Überrascht stellte ich fest, daß er ein ganzes Stück gewachsen war und mir ähnlicher sah denn je.

„Papa!“ rief er, stolperte auf unsicheren Füßen und fiel der Länge nach hin.

Derry half ihm sofort hoch.

Ich sagte: „Zu meinem Bedauern sehe ich, daß du in deinem jetzigen Zustand nicht fähig bist, mich so zu begrüßen, wie es sich gehört. Gehe sofort auf dein Zimmer. Ich möchte nicht, daß dich das Personal so sieht.“

„Ja, Papa“, erwiderte er zerknirscht, schwankte jedoch wieder auf mich zu, um mich zu umarmen.

„Laß das“, befahl ich ärgerlich. Daß ein Junge in seinem Alter seine Zuneigung auf diese Weise zu demonstrieren versuchte, fand ich unmännlich. „Geh auf der Stelle auf dein Zimmer.“

Nachdem er verschwunden war, wandte ich mich Derry Stranahan zu und sagte scharf: „Vor meiner Abreise nach Amerika habe ich Patrick gesagt, daß er pro Tag nur ein Glas Wein trinken darf und nichts sonst, schon gar nicht den schwarz gebrannten Whisky hier in Irland. Da du der ältere bist, mache ich dich für diesen Unfug verantwortlich.“

„Ja, natürlich, Mylord, das verstehe ich“, erwiderte er. „Aber wir waren in Joyce Country bei meinen Verwandten, und dort gilt es als Todsünde, wenn man ausschlägt, was einem der Gastgeber anbietet.“

„Über die Sitten und Gebräuche hier brauchst du mich nicht zu belehren“, sagte ich. „So etwas darf nie wieder vorkommen, verstanden? Und jetzt bringe die Pferde in den Stall und geh auf dein Zimmer. Ich möchte dich heute nicht mehr sehen.“

„Gewiß, Mylord. Ich bitte Sie aufrichtig um Verzeihung ... darf ich noch etwas essen, ehe ich nach oben verschwinde?"

„Nein", sagte ich und verwünschte ihn insgeheim, weil sein Charme es mir so schwer machte, ihn mit der nötigen Strenge zu behandeln. „Gute Nacht, Roderick."

„Gute Nacht, Lord de Salis", erwiderte er bedrückt und lief dann mit behenden Schritten zu den Pferden.

Ich ging in die Bibliothek zurück, trank ein halbes Glas Brandy und aß dann im Speisezimmer das Mahl, das man in aller Hast für mich bereitet hatte. Erst danach brachte ich die Energie auf, den Rohrstock hervorzuholen und die Treppe hinaufzusteigen, um meiner väterlichen Pflicht zu genügen.

In Patricks Zimmer brannten beide Lampen. Als ich eintrat, war er gerade dabei, den Tisch in der Nähe des Fensters sauberzuwischen. Wahrscheinlich hatte er wieder mit einem Messer daran herumgeschnitzt, doch ich konnte keine verräterischen Spuren entdecken. Einige Tuschzeichnungen verrieten mir, womit er sich, seit er seinem Privatlehrer durchgebrannt war, die Zeit vertrieben hatte. Ein recht gut gelungenes Bild zeigte einen irischen Wolfshund, Patricks Liebling. Außerdem sah ich ein paar schlecht gezeichnete Vögel, eine recht interessante Skizze von Hayes' kleiner Tochter und das bunte Porträt eines langhaarigen Herren, von dem ich annahm, er sei Jesus Christus.

Ich schwieg. Daß ich die Art und Weise, auf die er sich die Zeit vertrieb, nicht billigte, war ihm bekannt, aber er wußte auch, daß ich die Malerei seinen anderen Vergnügungen bei weitem vorzog und deshalb stillschweigend duldete.

Einmal hatte ich ihn dabei ertappt, wie er auf Woodhammer Hall einen Graben aushob. Sehr ernsthaft erklärte er mir, es handle sich um einen verschütteten Grenzgraben, wie er noch im 18. Jahrhundert gebräuchlich gewesen sei. Ein anderes Mal entdeckte ich ihn auf dem Dach eines Pächterhauses, wo er einem Mann beim Ausbessern schadhafter Stellen half. Mit seiner Leidenschaft für die Tuscherei konnte er zumindest kein unliebsames Aufsehen erregen. Da er sich auch für den Gartenbau interessierte, hatte ich gehofft, seine Energien auf das Praktische lenken zu können, und ihm Landwirtschaftstheorien erläutert. Doch er gab nicht einmal vor, mir zuzuhören. Er erklärte, es kümmere ihn nicht im mindesten, wie man Rüben anbaue. Viel vergnüglicher sei es, auf einem Blumenbeet Unkraut zu jäten und Rosen zu züchten.

„Aber mein lieber Patrick", sagte ich fassungslos, „du wirst doch nicht dein Leben lang Unkraut jäten wollen wie ein gewöhnlicher Gärtner."

„Warum denn nicht?" fragte er und setzte dabei jene verwunderte Miene auf, die mich immer so in Harnisch brachte. Gereizt hielt ich ihm einen langen Vortrag: Welchem Stand er angehöre; was für Pflichten ihn im späteren Leben erwarteten; daß es für ihn wahrlich Wissenswerteres gäbe – Verwaltungsprozeduren und, ganz selbstverständlich, die Politik.

„Ach was", erwiderte er. „Großvater hat sich um solchen Kram auch nicht gekümmert. Er lebte ganz einfach friedlich auf Cashemara und tat, was ihm gefiel."

„Was hat das mit unserem Thema zu tun?" fragte ich unwillig. „Großvater lebte in einer anderen Zeit. Damals waren sich Leute unseres Standes nicht bewußt, daß sie für das soziale und moralische Wohlergehen der Masse die Verantwortung tragen. Im Laufe dieser einen Generation hat sich viel verändert, und selbst, wenn dem nicht so wäre – du bist nicht verpflichtet, in die Fußstapfen deines Großvaters zu treten. Schließlich bist du *mein* Sohn."

Das entsprach zwar der Wahrheit, doch oft hatte ich das Gefühl, in Patrick meinen Vater wiedererstanden zu sehen, eine recht ironische Fügung: Ich, der ich ihm so gar nicht nachgeschlagen war, hatte meinem Sohn viel vom Wesen seines Großvaters vererbt.

Jetzt, in Patricks Zimmer, gab ich mir alle Mühe, geduldig und gerecht zu sein.

„Erkläre mir bitte", begann ich mit ruhiger Stimme, „warum du deinem Lehrer davongelaufen bist, obwohl ich dich vor meiner Amerikareise gewarnt habe, welche Konsequenzen das nach sich ziehen würde."

Er hob hilflos die Hände und senkte dann beschämt den Kopf.

„Patrick – es muß doch irgend etwas geben, das du zu deiner Entschuldigung vorbringen kannst!"

„Nein, Papa."

„Aber weshalb hast du es getan?"

„Das weiß ich nicht."

Ich war so erzürnt, daß ich an mich halten mußte, um ihn nicht auf der Stelle zu verprügeln.

„War dein Lehrer grob zu dir?"

„Nein, Papa."

„Hast du dich in London unglücklich gefühlt?"

„Nein, Papa. Aber als mir einfiel, daß Derry ja von der Schule zurück sein mußte, hatte ich Sehnsucht nach ihm."

„Du hast ganz genau gewußt, daß ich dich mit Roderick nie ohne Aufsicht auf Cashemara gelassen hätte. Roderick ist ein anständiger Kerl, aber in seinem Alter treibt man zuviel Unfug. Du siehst ja, was er heute angerichtet hat. Dafür, daß du angetrunken bist, mache ich ihn verantwortlich. Dir muß ich allerdings vorwerfen, daß du dich seinem Einfluß unterwirfst."

„Ja, Papa."

„Hast du irgendeine Erklärung für deinen Ungehorsam? Wenn ja, dann heraus damit."

„Ich habe keine Erklärung, Papa", sagte er.

Jetzt war es an mir, hilflos die Hände zu heben. Ich wollte ihn nicht prügeln. Andererseits hatte ich ihm damit gedroht, falls er noch einmal seinem Lehrer davonlaufen sollte. Wie konnte ich Gewalt vermeiden, ohne daß er den Respekt vor mir verlor?

„Wenn du zu deiner Entschuldigung nichts weiter vorzubringen hast", sagte ich, „bleibt mir keine Wahl, als dir die verdiente Strafe zukommen zu lassen."

„Ja, Papa", erwiderte er und ließ die Züchtigung wortlos über sich ergehen.

Die Fügsamkeit, mit der er die Schläge akzeptierte, beunruhigte mich, doch ich war viel zu müde, um darüber nachzudenken. So rasch ich nur konnte, zog ich mich in meine Räume zurück.

Auch am nächsten Morgen fühlte ich mich nicht in der Stimmung, Patricks Probleme anzugehen. Nach dem Frühstück schickte ich meinem Agenten einen Brief, in dem ich ihn bat, mich aufzusuchen. Dann setzte ich mich, um endlich an Marguerite zu schreiben, was meine Laune beträchtlich hob. Ich hatte gerade meine Rückreise geschildert und versicherte ihr jetzt, wie sehr ich mich nach ihr sehnte, als es an der Tür klopfte und Hayes eintrat, um mir zu melden, daß Annabel, meine älteste noch lebende Tochter, da sei und mich zu sprechen wünsche.

III

Eleanor und ich hatten viele Kinder gezeugt, doch waren die meisten schon früh gestorben. In einer Zeit, da die verheerende Kindersterblichkeit von einst allmählich eingedämmt werden konnte, schien gerade uns das Unglück zu verfolgen. Die Ärzte schüttelten ratlos die Köpfe: Eleanor und ich waren beide kerngesund gewesen. Dennoch waren vier unserer Töchter schon im ersten Lebensjahr gestorben, und unsere beiden ältesten Söhne wurden auch nicht sehr viel älter. Acht Jahre lang war Nell, die Erstgeborene, das einzige unserer Kinder, das dem Zugriff des Todes entkam; und wahrscheinlich wuchs sie uns aus diesem Grund ganz besonders ans Herz.

Wieder starben uns zwei Töchter und zwei Söhne weg, ehe dann Annabel zur Welt kam, in regelmäßigen Abständen gefolgt von Louis, Madeleine, Katherine; dann drei Mädchen, die bald wieder aus dem Leben schieden; und schließlich Patrick.

Zu meinem Unwillen hatte Madelaine den religiösen Fanatismus meiner Mutter geerbt und wurde Nonne. Katherine heiratete einen Diplomaten und wohnt jetzt in St. Petersburg. Was Annabel betraf, so hatte sie eine von vielen Wechselfällen begleitete und skandalöse Ehe hinter sich und lebte im Augenblick in Clonagh Court, dem Witwenhaus, das ich für meine Mutter auf der anderen Seite des Tals erbaut hatte.

„Guten Tag, Papa“, begrüßte sie mich lebhaft, während sie mit gewohntem Elan die Bibliothek betrat, ehe ich Hayes instruieren konnte, sie in ein anderes Zimmer zu führen. „Von meinem Personal habe ich heute morgen erfahren, daß du gestern abend hier eingetroffen bist, und da dachte ich mir, daß ich dich am besten gleich aufsuche. Ich möchte etwas mit dir besprechen. Lieber Himmel, siehst du aber müde aus! In deinem Alter darf man nicht mehr soviel in der Welt herumreisen. Du bist nicht mehr so jung, wie du einmal warst.“

Wenn es ein Wort gab, das Annabels hervorstechendsten Charakterzug zutreffend bezeichnete, so war es das Wort Taktlosigkeit – eine Taktlosigkeit von geradezu unglaublichem Ausmaß. Von Eleanor hatte sie die schwungvolle Art geerbt, das Leben gleichsam bei den Hörnern zu packen, doch äußerte sich das bei ihr in einer völlig unweiblichen Aggressivität. Allerdings war sie recht hübsch, und, wie ich zu meiner Überraschung immer wieder entdecken muß, es gibt Männer, die gerade für solche Amazonen eine Schwäche haben: für Frauen mit einem eisernen Willen und einem Mundwerk, das dem in keiner Weise nachsteht.

Als Annabel mit achtzehn einen um gut zwanzig Jahre älteren Mann, einen meiner politischen Freunde, geheiratet hatte, waren Eleanor und ich erleichtert gewesen. Seine Reife, so glaubten wir, würde einen mäßigenden Einfluß auf sie ausüben. Doch wir irrten uns, und wir irrten uns sogar sehr. Eleanor starb, als die Ehe kaum drei Monate bestand. Ich hingegen hatte das zweifelhafte Vergnügen, mitansehen zu müssen, wie die Eskapaden meiner Tochter ihren Gatten derart aufrieben, daß er nach sechs Jahren anstrengenden Ehelebens ins frühe Grab sank. Für die beiden kleinen Mädchen, die sie in die Welt gesetzt hatte, zeigte Annabel wenig Interesse. Sie überließ sie den Eltern ihres verstorbenen Gatten, die in Northumberland wohnten, und kehrte nach London zurück. Aus Sorge, Annabel könnte in ihrer Witwenfreiheit die halbe Stadt auf den Kopf stellen, hielt ich eilends unter meinen Freunden Umschau und fand tatsächlich einen, der weibliche Wesen dieser Art für unwiderstehlich hielt. Doch als ich ihn schon fast soweit hatte, ihr einen Antrag zu machen, verblüffte Annabel mich – und alle Klatschtanten der Gesellschaft –, indem sie mit dem Chefjockey des Rennstalls durchbrannte, der ihrem Mann in Epsom gehört hatte.

Ich war vor Wut so außer mir, daß ich mich drei Tage lang einschloß, um meinen Zorn nicht an einem Unschuldigen auszulassen. Dann ließ ich meinen Rechtsanwalt kommen, enterbte Annabel und schrieb ihren Schwiegereltern einen Brief, in dem ich sie bat, meine Tochter nicht zu ihren Kindern zu lassen. Die entsetzten Großeltern beeilten sich, mir beizupflichten, und wir harrten alle der Dinge, die nun kommen würden.

Was als nächstes geschah, war, daß Annabel ihr Leben in vollen Zügen genoß. Wohlversorgt mit dem Geld, das ihr verstorbener Gatte ihr hinterlassen hatte, mietete sie in Epsom ein entzückendes Haus und unternahm, Pferdenärrin, die sie seit jeher gewesen war, tagtäglich mit ihrem neuen Mann lange Ritte. Die Gesellschaft hatte sie endgültig und für immer abgeschrieben, aber niemand schien dies mehr zu genießen als sie.

Ein Jahr verging. Daß ich mit Annabel wieder Verbindung aufnahm, war einem Zufall zuzuschreiben. Ich erhielt im Sommer eine Einladung zum Derby, und obwohl mein Interesse an Pferden sich mehr auf ihre Brauchbarkeit bei der Jagd beschränkte, war ich neugierig, Annabels Mann einmal bei seiner Arbeit zu sehen. Das Rennen nahm einen für ihn sehr unglücklichen Verlauf. Er stürzte, und als ich mich nach der Schwere seiner Verletzungen erkundigte, fand ich mich Annabel gegenüber. Wie wir die Streitaxt zwischen uns begruben, ist mir bis auf den heutigen Tag nicht klar, doch wenn sie will, kann Annabel sehr charmant sein. Als sie mir dann später sagte, der Unfall habe der Rennkarriere ihres Mannes ein Ende gesetzt, und sie hätten beide den Wunsch, Epsom, der verlorenen Wunderwelt, so rasch wie möglich den Rücken zu kehren, willigte ich ein, daß sie mit dem ehemaligen Jockey das Witwenhaus auf Cashemara bezog.

Keiner meiner Freunde wollte zuerst glauben, daß ich mich bereit gefunden hatte, ihr zu verzeihen. Man hielt mich für einen Narren. Aber ich bin ein praktischer Mensch und fand es unsinnig, einer Ehe die Anerkennung zu verweigern, die längst eine vollendete Tatsache war. Natürlich war ihr Mann vulgär und ungebildet, doch mir gegenüber verhielt er sich stets höflich, und für Annabel empfand er offenbar eine echte Zuneigung. War es wirklich ein so großes Unglück, daß sie ihn geheiratet hatte? Es gibt für eine Frau schlimmere Schicksale als die Bindung an einen einfachen, aber sehr zärtlichen Ehemann.

Jetzt bot sie mir die Wange zum Kuß. „Hoffentlich hast du deine Amerikareise genossen“, sagte sie. „Aber ich bin froh, daß du endlich wieder in Cashemara bist. Papa, ich möchte mit dir über Patrick reden. Ich habe mir um ihn große Sorgen gemacht.“

„Weil er wieder einmal seinem Lehrer davongelaufen ist? Ich habe ihn mir gleich gestern abend vorgeknöpft. Die Angelegenheit hat sich soweit erledigt. Wie geht es deinem Mann?“

„Ganz ausgezeichnet, danke. Papa, ich finde, du solltest dafür sorgen, daß Patrick nicht so oft mit Derry Stranahan zusammenkommt. Ich an deiner Stelle ...“

„Aber du bist nicht an meiner Stelle und wirst es wohl auch nie sein“, sagte ich.

Natürlich nahm Annabel die Zurechtweisung nicht zur Kenntnis. „Papa, du kannst ja nicht wissen, was sich hier abgespielt hat. Als ich hörte, daß Patrick auf Cashemara war, eilte ich her und traf hier Zustände an, die jeder Beschreibung spotten. Patrick und Derry waren im Speisezimmer, in dem es nach billigem Fusel stank. Sie hatten ein Mädchen bei sich – eine von den O'Malleys, ich glaube, sie heißt Bridget – und die tanzte mit Derry auf dem Tisch. Und das um fünf Uhr nachmittags! Natürlich sagte ich ihnen beiden meine Meinung und schickte das Mädchen fort. Es wird wohl nicht viel geschehen sein, falls du weißt, was ich meine. Ich bat Patrick, mit mir nach Clonagh Court zu kommen, aber er wollte nicht, und hätte ich nicht gewußt, daß du bald von Amerika zurückkehren würdest, so wäre ich sehr beunruhigt gewesen."

„Gewiß, aber . . ."

„Papa, ich erzähle dir das nicht, weil ich will, daß du Patrick bestrafst. Er ist ja kaum alt genug, um zu wissen, was er tut. Aber ich finde, du solltest Derry einen Denkzettel geben. Mir sind Gerüchte zu Ohren gekommen, und ich frage mich, was wohl noch im Speisezimmer geschehen wäre, wenn ich nicht rechtzeitig eingegriffen hätte. Denke doch nur an die etwaigen Folgen bei der jungen O'Malley! Du weißt ja, daß die O'Malleys und Derrys Verwandte sich fortwährend in den Haaren liegen, und wenn dein Sohn irgendwie in den Streit zwischen den beiden Familien geriete, würde dich das in eine sehr peinliche Lage bringen."

„Ich werde die Sache schon in die Hand nehmen", sagte ich schroff. „Darf ich dir eine Erfrischung anbieten, Annabel?"

„Nein, danke. Es tut mir leid, daß du meinen Worten so wenig Bedeutung beizumessen scheinst. Ich hätte gedacht . . ."

„Ich sagte schon, ich werde die Sache in die Hand nehmen." Auf der Suche nach einem anderen Thema machte ich in meiner Wut einen Fehler. „Ich möchte mit dir über die Marriotts sprechen." Ehe ich mich besinnen konnte, war es heraus.

„So?" sagte Annabel verärgert. Ihr rechter Fuß begann ungeduldig zu wippen.

Plötzlich wußte ich nicht, was ich sagen sollte.

„Papa, so sprich doch schon. Was wolltest du mir von den Marriotts erzählen?"

Vielleicht war es ihr Tonfall, die Gleichgültigkeit in ihrer Stimme – jedenfalls beschloß ich, mich auf das Notwendigste zu beschränken. Eher beiläufig sagte ich: „Im nächsten Frühjahr kommen Francis Marriotts jüngere Schwester Marguerite und seine Frau Amelia nach London."

„So?" sagte Annabel. „Wie reizend. Aber da ich, wie du weißt, nicht mehr nach London fahre, werde ich kaum Gelegenheit haben, sie kennenzulernen, es sei denn, du lädst sie nach Cashemara ein."

„Marguerite wird im kommenden Sommer in London heiraten", sagte ich mit einer Stimme, die so uninteressiert klang, als spräche ich über das Wetter. Warum, Himmelherrgottnochmal, sollte ich mit meiner eigenen Tochter nicht über meine Zukunftspläne sprechen? „Ich hatte gehofft, daß du zu den Hochzeitsgästen zählen würdest."

„Das glaube ich kaum", erwiderte Annabel und unterdrückte ein Gähnen. „Ich kann Hochzeiten nicht ausstehen, und außerdem kenne ich Marguerite ja überhaupt nicht. Warum will sie sich eigentlich in London trauen lassen und nicht in New York?"

„Weil es so einfacher ist und sie keine Einwände hat", sagte ich und überschritt den Rubikon mit einer Selbstsicherheit, die fast schon verwegenem Übermut gleichkam. „Ihr zukünftiger Mann besitzt in England und in Irland Ländereien."

„In Irland!?" Endlich war es mir gelungen, ihre Aufmerksamkeit zu erregen, doch während sie ihren Oberkörper kerzengerade aufrichtete, wurde mir bewußt, daß ich einen kapitalen Fehler begangen hatte. „Kusine Marguerite kommt nach Irland? Wo wohnt ihr zukünftiger Gatte?"

„Auf Cashemara."

Tiefes Schweigen. Zum erstenmal in ihrem Leben schien Annabel sprachlos zu sein. Stumm blickten wir einander an, sie auf dem Sofa, ich auf der vorderen Kante meines Schreibtischstuhls. Die Uhr auf dem Kaminsims begann die volle Stunde zu schlagen.

„Du?" fragte Annabel schließlich gedehnt. „Du willst Kusine Marguerite Marriott heiraten?"

Es blieb mir keine andere Wahl, als in dieser verfahrenen Situation wenigstens nach außenhin Haltung zu wahren. Trotz meiner Wut auf mich selbst, gelang es mir, mit ruhiger Stimme zu erwidern: „Ja, ganz recht. Sie ist ein entzückendes Mädchen, und ich hoffe, daß du mit ihr Freundschaft schließen wirst."

„Trügt mich mein Gedächtnis, oder stimmt es, daß sie erst siebzehn ist?"

„Bei unserer Hochzeit wird sie achtzehn sein, und mit achtzehn ist man kein Kind mehr. Annabel, ich begreife durchaus, daß das ein Schock für dich ist, aber . . ."

„Ein Schock!" Abrupt stand sie auf und begann, die Handschuhe überzustreifen. „Ja, es ist ein Schock. Aber deine Scheinheiligkeit hat mich schon immer schockiert. Wie entrüstet warst du doch über meinen vulgären Geschmack, als ich Alfred heiratete!"

„Hüte dich, etwas zu sagen, was du später bereuen könntest, Annabel. Wenn du Marguerite kennenlernst . . ."

„Ich habe nicht den Wunsch, sie kennenzulernen. Es ist mir widerlich." Mit eigentümlich steifen Bewegungen ging sie auf die Tür zu. „Sehr widerlich sogar. Du wirst zum Gespött von ganz London werden. Man wird sagen, daß du senil geworden bist. Wie kannst du nur dich und dieses junge Ding so schamlos zur Schau stellen? Also wirklich – noch nie im Leben ist mir so speiübel gewesen!"

Ich packte sie bei den Schultern, zwang sie zu mir herum und schüttelte sie, bis ich plötzlich die Tränen in ihren Augen sah. Ich erschrak. Seit ihrer Kindheit hatte ich sie nicht mehr weinen sehen. Sie fuhr sich mit der behandschuhten Hand über die Augen und langte dann zur Türklinke.

„Annabel", sagte ich und bereute tief, daß ich mich so hatte hinreißen lassen. Doch es war nicht mehr ungeschehen zu machen.

„Ich werde Kusine Marguerite nie als deine Gattin akzeptieren", unterbrach sie mich schroff. „Du wirst natürlich darauf bestehen, daß Alfred und ich Clonagh Court verlassen."

Ich fühlte mich so niedergeschlagen, daß ich kaum die Kraft zu einer Antwort aufbrachte. „Warum", fragte ich erschöpft, „sollte ich deinen Mann für deine Torheit bestrafen? Nein, bleibt nur in Clonagh Court. Vielleicht wird dir eines Tages bewußt, wie gemein du dich benommen hast. Aber auf Cashemara möchte ich dich erst wieder sehen, wenn du bereit bist, dich für deinen unglaublichen Auftritt heute morgen zu entschuldigen."

Sie gab keine Antwort, sondern ging rasch hinaus. Ihre Schritte klappten über den Marmorfußboden der Halle und verklangen. Ich setzte mich wieder an den Schreibtisch, um den Brief an Marguerite zu beenden. Doch ich konnte keinen klaren Gedanken fassen. Stumm saß ich und sah mich im Zimmer um. Doch nichts fand sich, was den Aufruhr in mir beschwichtigt hätte. Nur die Uhr auf dem Kaminsims tickte verschlafen vor sich hin, und dicht vor mir, neben dem Tintenfaß auf der Schreibtischplatte, sah ich das Bild meines Sohnes Louis, der mich aus dem kostbar gearbeiteten Goldrahmen vergnügt anlächelte.

4. KAPITEL

I

Nach der unheilvollen Szene mit Annabel fragte ich mich immer wieder, weshalb ich mich nur hatte hinreißen lassen, zu ihr von meinen Plänen zu sprechen. Vielleicht hatte ich in ihr die Vertraute gesucht, die Nell für mich immer gewesen war. Oder sie hatte mich durch ihre Art so gegen sich aufgebracht, daß in mir der Wunsch wachgeworden war, es ihr irgendwie heimzuzahlen. Eine dritte Möglichkeit war, daß ich, wie ein verliebter Jüngling, unter dem Zwang litt, bei jeder Gelegenheit über meine Liebste zu plaudern. Aber dieser Gedanke erschien mir so absurd, daß ich ihn sofort von mir wies.

Eines war klar: Da Annabel jetzt im Bilde war, mußte ich auch Patrick ins Vertrauen ziehen, damit er es nicht erst von ihr erfuhr. Zehn Minuten lang überlegte ich angestrengt, was ich ihm sagen sollte. Dann ließ ich ihn zu mir in die Bibliothek rufen.

„Es gibt da etwas, das ich mit dir besprechen möchte", begann ich und bemerkte überrascht, daß sich in seinen Augen sofort Beunruhigung zeigte. Waren es wirklich so selten erfreuliche Dinge, die uns zu einem Gespräch zusammenführten? „Keine Sorge", sagte ich rasch. „Mit deinem schlechten Betragen hat das nichts zu tun. Es geht um ganz etwas anderes, nämlich um die Marriotts, die Verwandten deiner Mutter, und vor allem um Marguerite Marriott, die jüngere von Francis' beiden Schwestern."

Er musterte mich schweigend.

„Da ich Marguerite sehr . . . sympathisch fand", fuhr ich fort, „habe ich sie für das kommende Frühjahr nach England eingeladen."

Er schwieg auch jetzt, und sein Gesicht wirkte noch ausdrucksloser als zuvor.

Ich räusperte mich und sagte dann: „Ich habe den Entschluß gefaßt, sie in unsere Familie aufzunehmen, Patrick. Vor meiner Abreise von New York hatte ich mit ihr ein längeres Gespräch, und wir kamen überein, im Sommer in London zu heiraten."

Immer noch stumm, starrte er mich an, als erwarte er von mir mehr als nur diese Mitteilung. Doch als ich eben daran zweifeln wollte, daß er mir überhaupt zugehört hatte, sagte er plötzlich hastig: „Oh, das ist ja reizend, Papa. Schickt es sich für mich, dir zu gratulieren?"

„Das will ich meinen, zum Donnerwetter nochmal."

„Oh. Also gut, Papa, dann gratuliere ich dir. Papa?"

„Ja?"

„Wird sie . . ." Er stockte und wurde rot.

„Wird sie was?"

„Wird sie Kinder haben?"

„Mein lieber Patrick!"

„Ach", sagte er, noch überstürzter, „ich hätte gar nichts dagegen. Ich mag Babys. Aber meinetwegen brauchst du es wirklich nicht zu tun, Papa. Ich kann mir vorstellen, daß es in deinem Alter langweilig ist, noch einmal zu heiraten, und wenn du es nur tust, um außer mir noch einen Sohn zu haben, so brauchst du dir die Mühe wirklich nicht zu machen, denn ich gelobe dir hoch und heilig, mich zu bessern und ein ganz neues Leben anzufangen. Glaube mir, ich werde so fleißig lernen, daß du nie wieder von mir enttäuscht sein wirst . . ."

„Patrick", sagte ich. „Patrick."

Er brach ab. Sein Gesicht war rot, und in seinen Augen schimmerte es feucht.

„Mein liebes Kind", sagte ich verwirrt, „ich fürchte, daß du meine Motive mißverstehst. Du bist mein Erbe, und du bleibst es auch trotz deines nicht immer einwandfreien Betragens während der letzten Monate. Mit meinem Entschluß, wieder zu heiraten, hat das nichts zu tun, und auch, wenn Marguerite Söhne haben sollte, kannst du sicher sein, daß meine Gefühle für dich sich nicht ändern."

Zu meiner Bestürzung begann er zu weinen. Laut schluchzend vergrub er das Gesicht in den Händen, um seine Tränen vor mir zu verbergen.

„Patrick", sagte ich fassungslos, „nimm dich doch bitte zusammen. In deinem Alter weint man nicht mehr. Das ist unmännlich."

Doch er schluchzte noch lauter. Während ich mich noch fragte, was, zum Teufel, ich jetzt tun sollte, klopfte es an der Tür.

„Ja?“ rief ich unwillig.

„Mylord“, sagte Hayes, „Ian MacGowan ist gekommen und möchte Eure Lordschaft sprechen.“

MacGowan war mein Beauftragter für Cashemara.

„Er soll warten.“ Sobald sich die Tür hinter dem Butler wieder geschlossen hatte, blickte ich zu Patrick und sah, daß er sich jetzt mit einem Taschentuch die Tränen trocknete.

„Papa“, versicherte er mit ernstem Gesicht, „ich werde mich wirklich bessern und von Grund auf ändern. Du wirst mich gar nicht wiedererkennen – das verspreche ich dir.“

Ich sagte ihm, das würde mich freuen. Mit ein paar freundlichen Worten ließ ich ihn schließlich gehen. Dann gab ich Anweisung, mein Pferd zu satteln, und ging nach oben, um mich umzukleiden. Eine halbe Stunde später ritt ich mit MacGowan in Richtung Clonareen.

Das war ein anstrengender Morgen gewesen.

II

MacGowan war ein Schotte, den ich nach den Jahren der Hungersnot eingestellt hatte, weil ich mir von seiner Hilfe einiges versprach.

Ein Ire als Verwalter wäre seiner Aufgabe kaum gerecht geworden. Es liegt diesem Menschenschlag nun einmal nicht, die Dinge mit dem nüchternen Sinn für Notwendigkeiten zu betreiben, also etwa Pachtgelder einzuziehen und ein großes Gut rationell zu verwalten.

MacGowan, ein etwas düsterer Presbyterianer, besaß nicht nur das Talent, mit der leicht schrulligen Widerspenstigkeit der Iren beim Bezahlen der Pacht fertig zu werden, er war auch gescheit genug, mitunter einen Zug christlicher Nächstenliebe zu zeigen, was ihm zwar nicht die Zuneigung, wohl aber die Achtung der Pächter einbrachte. Er wohnte in einem hübschen, gemütlichen Haus, doch vermutete ich, daß sein Familienleben nicht sehr behaglich war, denn seine Frau war eine jener sehnigen Schottinnen, deren finstere Miene selten etwas Gutes verheißt. Einziges Kind war ein jetzt dreizehnjähriger Sohn, der wegen der Herkunft und der Stellung seines Vaters unter seinen irischen Altersgenossen keine Freunde fand. In der Hoffnung, bei Patrick und Derry Anschluß zu finden, ließ er sich bisweilen auf Cashemara sehen.

„Wie geht es Ihrem Sohn, MacGowan?"

„Danke der Nachfrage, Mylord, soweit gut. Ich will ihn nach Schottland schicken."

„So? In ein Internat?" Die Vorstellung, MacGowan könnte sich, seinem Sohn zuliebe, in Schottland eine Stellung als Verwalter suchen, behagte mir recht wenig.

„Nein, Mylord, auf eine Höhere Schule in Glasgow, wo meine Frau Verwandte hat, bei denen er wohnen könnte."

„Ach so", sagte ich erleichtert. „Eine ausgezeichnete Idee, MacGowan."

Der Zustand, in dem sich meine Ländereien befanden, schien sich weder gebessert noch verschlechtert zu haben. Nach englischen Maßstäben eher kärglich, waren sie für irische Verhältnisse recht ertragreich. Nach der Hungersnot war es mir gelungen, viele der kleineren Bauernhöfe zu größeren zusammenzulegen, doch es gab immer noch zahllose winzige „Kartoffeläcker". Es lag mir nicht, so rigoros zu verfahren wie mein Nachbar Lord Lucan, der, um aus seinem Grundbesitz mehr Profit herauszuholen, die Pächter nach der Hungersnot gleich scharenweise vertrieben hatte.

In Clonareen sprach ich mit dem Priester und mit den Patriarchen der beiden einflußreichsten Familien im Tal, den O'Malleys und den Joyces. Weizen und Hafer standen gut. Doch im Wald oberhalb des Dorfes kam dann eine Enttäuschung. Ich hatte mir von der Aufforstung einiges versprochen, doch während meiner Abwesenheit waren viele der jungen Bäume eingegangen.

„Das liegt am Boden, Mylord", sagte MacGowan verdrossen. „Ist ja kaum mehr als kahler Fels. Da kann nichts richtig gedeihen."

Was er damit zum Ausdruck bringen wollte, begriff ich nur zu gut: „Ich habe es Ihnen ja gleich gesagt." Geduldig ertrug er meine phantasievollen Bestrebungen, das Land ertragreicher zu machen, doch wußte ich, daß er immer in Verzweiflung geriet, wenn ich ein neues Experiment ankündigte.

„Ich bin fest überzeugt, daß man hier im Tal mit Erfolg aufforsten kann", sagte ich störrisch, während wir die verdorrten Bäume betrachteten. „Die Stelle hier oben ist anscheinend ungeeignet. Ich werde es woanders versuchen."

„Mylord, wenn Sie sich dazu entschließen könnten, die O'Malleys von ihren Höfen zu den oberen Hängen von Leynabricka umzusiedeln . . ."

„Ich denke nicht daran. Dort würden sie verhungern, und Leichen hat es hier im Tal schon genug gegeben."

„Es gäbe noch eine andere Möglichkeit, Mylord", beharrte MacGowan. „Sie könnten ihnen bei der Auswanderung nach Amerika behilflich sein." Er schätzte die O'Malleys nicht. Bei der Zahlung der Pacht waren sie meist besonders saumselig.

„Damit sie drüben in irgendeinem feuchten Kellerloch wie die Fliegen sterben?"

„Hilf dir selbst, dann hilft dir Gott", murmelte er. „Mylord, es ist meine Pflicht, Sie darauf hinzuweisen, daß ein Boden, auf dem sich Kartoffeln anbauen lassen, zweifellos auch für Bäume taugt, und da man wegen des starken Gefälles nichts anderes anpflanzen kann . . ."

„Ganz recht", unterbrach ich ihn. „Leider können aber die O'Malley keine Bäume essen, und so müssen wir uns nach einem anderen Platz umsehen. Meinen Plan, das Gelände aufzuforsten, gebe ich nicht auf, MacGowan."

Aber während wir nach Clonareen zurückritten, mußte ich mir eingestehen, daß die Aussichten nicht gerade rosig waren.

In Clonareen trennten wir uns voneinander, und ich überlegte, ob ich nach Lough Mask reiten sollte, wo der Sohn meines Bruders David noch in dem Haus wohnte, das sein Vater erbaut hatte. Schließlich entschied ich dagegen und ritt nach Cashemara zurück. George war ein netter Kerl, doch seine Liebedienerei ging mir auf die Nerven. Nach Patrick war er bisher mein nächster Erbe gewesen, und es ließ sich denken, daß er die Nachricht von meiner bevorstehenden Wiederverheiratung nicht gerade mit Freuden aufnehmen würde.

Um Clonagh Court machte ich einen weiten Bogen. Schon der Anblick des hohen grauen Hauses auf der südlichen Seite des Tals genügte, um mir die Auseinandersetzung mit Annabel ins Gedächtnis zu rufen.

Was sie über Derry gesagt hatte, erschien mir übertrieben. Gewiß, er war ungestüm, doch fand ich das eher liebenswert, und bislang hatten seine Eskapaden noch nie zu ernsthaften Schwierigkeiten geführt. Überdies hielt ich ihn für viel zu klug, um es sich mit mir, seinem Wohltäter, zu verderben.

Derry konnte mit sich allein fertig werden; es war Patrick, der meiner vollen Aufmerksamkeit bedurfte. Allerdings fand auch ich, daß es ratsam war, meinen Sohn Derrys Einfluß zu entziehen. Es wurde Zeit, daß er seinen Horizont erweiterte und mehr von der Welt zu sehen bekam.

Rückblickend frage ich mich jetzt oft, was wohl geschehen wäre, wenn ich Annabels Ratschlag befolgt hätte. Aber solche Spekulationen sind natürlich unergiebig. Ich versuchte nur zu tun, was ich für das Beste hielt.

Immerhin – vielleicht wäre ich damals zu einem anderen Schluß gekommen, hätte Annabel es sich nur nicht so angelegen sein lassen, meine Beziehungen zu Marguerite in den Schmutz zu zerren.

III

Da Annabel und Patrick jetzt von meinen Heiratsabsichten wußten, hielt ich es für angebracht, auch meine Töchter Madeleine und Katherine davon zu unterrichten, und schrieb ihnen sofort. Gleich am nächsten Tag traf ich Vorbereitungen, um mit Patrick nach Woodhammer Hall zurückzukehren.

Am Abend nach unserer Ankunft entschloß ich mich zu einem Gespräch unter vier Augen. Nach der Mahlzeit lud ich meinen Sohn zu einem Glas Portwein ein. Die getäfelten Wände des Speisezimmers schimmerten dunkel im Schein der Kerzen, und von seinem Porträt starrte verachtungsvoll jener de Salis auf uns herab, der es verstanden hatte, vor Jahrhunderten die Gunst der Königin Elisabeth zu erlangen. Dunkel getäfelte Räume und Porträts mit verachtungsvoll blickenden Gentlemen in Halskrausen fanden sich überall auf Woodhammer Hall.

Ich mag das Haus. Schließlich war es für gut dreihundert Jahre der einzige Wohnsitz meiner Familie. Dennoch läßt sich nicht leugnen, daß es schlecht entworfen, altmodisch und im Vergleich zu Cashemara völlig reizlos ist. Außerdem finde ich seine Atmosphäre bedrückend. Die dunkel getäfelten Wände verleihen ihm einen düsteren Anstrich, der durch flackernde Kerzen nicht gerade gemildert wird. Aus irgendeinem Grunde, Gleichgültigkeit vielleicht, habe ich es immer versäumt, Gaslicht installieren zu lassen.

„Ich glaube“, begann ich, jedes Wort sorgfältig abwägend, „daß es für dich an der Zeit ist, neue Freunde zu gewinnen, und zwar Freunde aus unseren Kreisen. Ich weiß, daß du dich hier auf Woodhammer mit den Kindern des Personals recht gut verstehst, und auf Cashemara hattest du den jungen Hugh MacGowan und vor allem natürlich Derry. Doch mir will scheinen, daß diese Freundschaften für dich nicht in dem Maße befriedigend sind, in dem sie es sein sollten. Während ich in Amerika war, hast du dich in London ja recht einsam gefühlt und bist dann deinem Lehrer davongelaufen, weil du dich nach Derrys Gesellschaft gesehnt hast. Mir wäre es in deinem Alter unter den gleichen Umständen nicht anders gegangen. Zum Glück hatte ich damals meinen Bruder David. Nun ja, Patrick, ich habe über dieses Problem viel nachgedacht und schließlich eine Lösung gefunden, die du gewiß begrüßen wirst. Ich werde dich auf die Schule schicken."

Seine Augen weiteten sich vor Überraschung, und er schien außerstande, auch nur ein Wort hervorzubringen. Überzeugt, daß es Freude war, die aus seinem Blick sprach, fuhr ich fort: „Ja, es wird dir bestimmt Spaß machen. Ich habe lange geglaubt, daß es wegen deiner schwachen Leistungen vernünftiger wäre, dir Privatunterricht geben zu lassen, doch da die Versuche deiner Lehrer nicht gerade übermäßig von Erfolg gekrönt waren, scheint es sich um einen Irrtum gehandelt zu haben. Dir fehlt ganz zweifellos die Stimulanz, dich mit anderen Schülern messen zu können. Ich werde dich nach Rugby schicken. Das ist eine sehr berühmte Schule. Noch heute abend werde ich an den Direktor schreiben, so daß du gleich im nächsten Jahr dort Aufnahme finden kannst."

Ich unterbrach mich. Erst jetzt wurde mir bewußt, daß er weniger erfreut als bedrückt wirkte.

„Habe ich dir denn schon wieder Kummer gemacht, Papa?"

„Natürlich nicht!" wehrte ich ab. Warum fiel es mir nur so schwer, meinen Sohn davon zu überzeugen, daß ich nur das Beste für ihn wollte?

„Aber warum schickst du mich fort?" fragte er vorwurfsvoll.

„Das habe ich dir doch gerade erklärt." Ich schwieg einen Augenblick, versuchte es dann wieder. „Begreif doch, Patrick, daß es keine Schande, sondern eine Auszeichnung ist, wenn man eine der besten Schulen im Lande besuchen darf. Ich möchte nicht, daß du dich weiterhin so unglücklich fühlst, und dort auf der Schule wärst du in Gesellschaft vieler Gleichaltriger und könntest neue Freundschaften schließen."

„Aber das will ich gar nicht", sagte er trotzig. „Derry als Freund genügt mir."

Ich bezwang mich. „Mein lieber Patrick, ich kann nur hoffen, daß du immer mit ihm befreundet bleibst. Aber wenn ich es aus gewissen Gründen auch für richtig gehalten habe, mich seiner anzunehmen und ihm ein Dach über dem Kopf zu geben, so darfst du doch nicht vergessen, daß er nur der Sohn eines irischen Pachtbauern ist."

Unwillkürlich kam die Erinnerung zurück: Die Zeit kurz nach der Hungersnot, als ich wieder auf Cashemara war; das ausgemergelte Kind in der Küche, wo ihm die Köchin etwas Brei einzuflößen versuchte. Vom gesamten Personal hatten nur die Köchin und ihr Mann überlebt, und dieses Kind, das nur aus Haut und Knochen zu bestehen schien, war für mich ein neuer Beweis meiner Schuld. Als ich erfuhr, daß die Familie des Jungen an Typhus gestorben war, stand mein Entschluß fest. „Behalten Sie ihn hier", sagte ich zur Köchin. In einem der überfüllten Waisenhäuser, wo die Kinder wie die Fliegen starben, hätte er nicht mehr lange zu leben gehabt. Gerade die Jüngsten fielen dem Tod nach wie vor zum Opfer. Noch am selben Morgen hatte ich am Rande der Straße von Galway etwa ein Dutzend Kinderleichen gesehen.

Mit Mühe rief ich mich in die Gegenwart zurück. „Du und Derry", sagte ich zu Patrick, „ihr seid jetzt an einem Punkt angelangt, wo ihr euch voneinander trennen müßt. Derry hat gewisse Vorrechte genossen, das stimmt. Wenn er sich nach seinem Schulabschluß im nächsten Sommer beim Jurastudium bewährt, hat er die besten Aussichten, später ein geachtetes Mitglied des Mittelstandes zu werden. Doch selbst dann wird sein Leben in einer gänzlich anderen Richtung verlaufen als deines. Das zu verstehen, dürfte einem Heranwachsenden wie dir eigentlich nicht schwerfallen, und da wir gerade vom Heranwachsen sprechen . . ."

Es war notwendig, gewisse Dinge zur Sprache zu bringen, die sein späteres Privatleben betrafen.

Viele Eltern halten es für ratsam, sich ihren Kindern gegenüber nicht über heikle Themen zu verbreiten, was durchaus zutreffen mag, sofern es sich um Töchter handelt. Bei Söhnen ist das etwas gänzlich anderes, und ich habe wenig Verständnis für Väter, die eine rechtzeitige Aufklärung unterlassen. Zwar hatte das auch mein Vater versäumt, doch er war ein naiver Exzentriker gewesen. Stellvertretend für ihn hatte dann, während eines Sommers auf

Woodhammer Hall, Onkel Richard der väterlichen Pflicht genügt, wofür ich ihm stets sehr dankbar gewesen war.

„Es dürfte dir kaum entgangen sein“, sagte ich zu Patrick, „daß Derry dem anderen Geschlecht ein ganz natürliches Interesse entgegenbringt, und sicher weißt du auch, was der Ausdruck ‚Fleischeslust‘ bedeutet.“

Er nickte mit hochrotem Kopf.

„Gut. Es ist nicht meine Absicht, dir einen Vortrag über moralische Fragen zu halten. Erstens bin ich kein Priester, und zweitens bist du alt genug, um zwischen Recht und Unrecht unterscheiden zu können. Nein, mir geht es um praktische Dinge. Wir wissen beide, daß Unzucht eine Sünde ist. Aber die menschliche Natur ist nun einmal so beschaffen, daß zwischen dem, was erlaubt ist, und dem, was man wirklich tut, oft eine Lücke klafft. Mir ist es darum zu tun, dir klarzumachen, wie man sich am besten verhält, wenn man sich mit diesem Zwiespalt konfrontiert sieht. Hast du auch alles verstanden, was ich bisher gesagt habe?“

Immer noch über und über rot, nickte er wieder und starrte auf sein leeres Weinglas.

„Als gutaussehender und reicher junger Mann“, fuhr ich, meiner Sache jetzt sicherer, fort, „wirst du bald großen Versuchungen ausgesetzt sein. Es wäre unmenschlich und, aus rein praktischer Sicht, auch kaum ratsam, jeder Versuchung widerstehen zu wollen. Aber wenn du ihr schon erliegst, mußt du gewisse elementare Vorkehrungen treffen, damit du nicht Gefahr läufst, ein Kind zu zeugen oder dir eine unangenehme Krankheit zuzuziehen, wahrscheinlich gar beides.“

Vor lauter Verlegenheit brachte er immer noch kein Wort heraus, und so sagte ich ihm in aller Kürze, was zu sagen war, und ließ ihm dann einige Sekunden Zeit, um darüber nachzudenken. Schließlich fragte ich: „Gibt es in diesem Punkt noch etwas, das du gerne wissen möchtest?“

Er schüttelte den Kopf.

„Nun gut. Aber ich sollte wohl von mir aus noch etwas hinzufügen, das nun einmal in diesen Rahmen gehört. Es gibt Menschen – eigentlich möchte ich sie unglückliche Kreaturen nennen –, deren Fleischeslust ausschließlich auf das eigene Geschlecht gerichtet ist. Natürlich ist so etwas für jeden, der normal empfindet, schon als Vorstellung äußerst widerwärtig; auch widerspricht es aller Moral. Ich erwähne das auch nur, weil solche Kreaturen oft begierig auf Knaben in deinem Alter sind, und da es, anders als bisher, in deinem zukünftigen Leben durchaus vorkommen kann, daß du dich häßlichen Situationen ausgesetzt findest, mußt du natürlich wissen, welcher Art die Gefahren sind, die dir drohen können."

Er schluckte hart, wie um die aufsteigende Übelkeit zu unterdrücken.

„Nun ja", sagte ich, „ich habe mich recht freimütig geäußert, aber das mußte sein, zu deinem eigenen Wohl. Die Welt ist in so mancher Hinsicht alles andere als ein Paradies, und die dunkleren Seiten der menschlichen Natur sind in der Tat oft sehr dunkel. Es wäre von mir falsch, dich auf die Schule zu schicken, ohne dir vorher in gewissen Punkten reinen Wein einzuschenken."

Er bat mich, das Zimmer verlassen zu dürfen.

„Ja, du kannst jetzt gehen", sagte ich und fragte mich sofort, ob es vielleicht vernünftiger gewesen wäre, mit solchen Dingen noch zu warten. Aber dann fiel mir wieder ein, was ich durch Annabel wußte. Nein, dachte ich, wenn Patrick alt genug ist, um billigen Fusel zu trinken und Derry zuzusehen, wie er mit einem Bauernmädchen auf dem Tisch tanzt, dann ist er auch alt genug, um über sexuelle Fragen aufgeklärt zu werden.

Dennoch war mir unbehaglich bewußt, daß unser Gespräch nicht den gewünschten Verlauf genommen hatte.

IV

Auf Woodhammer blieb ich bis November, denn in diesem Teil Warwickshires ist die Jagd ausgezeichnet.

Marguerite schrieb mir jede Woche aus New York. Ihre Briefe waren sehr unterhaltsam. Ich erfuhr, daß in Amerika soeben Dickens' Roman „Zwei Städte" erschienen war; daß der Herbst in diesem Jahr mit besonders schönen Farben prunkte; daß Francis sie gebeten hatte, mir zu schreiben, er hätte ihr einen pelzbesetzten Schottenmantel geschenkt. „Warum er bei dir Eindruck machen will, begreife ich nicht ganz", fügte sie hinzu. „Gibt es zwischen euch etwa irgendein Geheimnis, von dem ich nichts erfahren soll?"

Ich lächelte und gab ihr eine ausweichende Antwort. Nein, abfällig würde ich mich über ihren Bruder nie äußern.

Keiner meiner Bekannten in Warwickshire wußte von meinen

Heiratsabsichten. Nur Lord Duneden, meinen engsten Freund, der eine Zeitlang auf Woodhammer zu Gast war, weihte ich in mein Geheimnis ein. Er, der Witwer und Vater erwachsener Töchter, konnte gewiß am besten verstehen, welcher Art die Gefühle waren, die zwei sehr unerfreuliche Briefe in mir auslösten – einer von Madeleine und einer von Katherine.

Madeleine hatte sich auf wenige frostige Zeilen beschränkt: „Ich danke Dir für die Mitteilung, daß Du Kusine Marguerite Marriott zu ehelichen gedenkst. Natürlich wünsche ich Dir Glück und werde Dich jeden Tag in mein Gebet einschließen. Deine Dir ergebene Schwester in Christo . . .“

„Liebster Papa“, schrieb Katherine aus St. Petersburg. „Vielen Dank für Deinen Brief. Andrew und ich waren natürlich recht überrascht, als wir von Deinen Plänen hinsichtlich einer Verheiratung mit Kusine Marguerite Marriott lasen. Wir wünschen Dir Glück, können uns jedoch nur schweren Herzens entschließen, Dir zu gratulieren. Da mir aufrichtig an Deinem Wohlergehen gelegen ist, würde ich Dich gern bitten, Deinen Entschluß noch einmal zu überdenken, wäre mir nicht sehr deutlich bewußt, daß ich nicht das Recht habe, Dir in so persönlichen Dingen einen Rat zu geben. Dennoch erlaube ich mir, Dich daran zu erinnern, daß auch in unseren Kreisen ein derart gravierender Altersunterschied zwischen Ehepartnern sehr ungern gesehen wird. Überdies werden Amerikanerinnen, sofern sie über gute Beziehungen verfügen, gesellschaftlich zwar akzeptiert, jedoch selten bewundert, da ihre Art, sich zu geben, recht selten der englischen Etikette entspricht. Ich möchte nicht, daß Kusine Marguerite sich in unseren Kreisen unglücklich fühlt, nur weil ihr gewisse Unzulänglichkeiten anhaften, für die man sie nicht verantwortlich machen kann. Auch wäre es mir ein unerträglicher Gedanke, liebster Papa, wenn Du, der Du von allen so geachtet wirst, unter der Mißbilligung jener zu leiden hättest, die eine eheliche Verbindung, wie Du sie zu schließen beabsichtigst, für durch und durch unpassend halten. Mit der Versicherung, daß Andrew und ich Dir nur unsere tiefste Liebe und Sorge ausdrücken möchten, verbleibe ich Deine Dir ergebene Tochter Katherine.“

Ich gab Duneden den Brief zu lesen. „Guter Gott!“ rief er. „Daß eine junge Dame wie Katherine den Mut besitzt, dir all dies ins Gesicht zu sagen! Und ich hatte sie als schüchterne kleine Maus in Erinnerung! Was sagt man dazu!“

Das war nicht gerade das, was ich hatte hören wollen.

„Himmelherrgott, Duneden", sagte ich, „nimm einmal an, eine deiner Töchter hätte dir einen solchen Brief geschrieben. Billigst du etwa diesen Brief?"

„Nein, ganz gewiß nicht", sagte er. „Aber wenn ich offen sein darf – bist du sicher, daß es klug war, deine Familie lange vor der Bekanntgabe deines Verlöbnisses über deine und Miß Marguerites Absichten zu unterrichten? Schließlich kann man nicht wissen, was bis zum nächsten Frühjahr noch alles geschieht."

„Willst du damit vielleicht andeuten . . ."

„Junge Damen von siebzehn sind recht wankelmütig. De Salis, wenn du mir nicht ein sehr enger und sehr lieber Freund wärst, würde ich dir das gewiß nicht sagen . . ."

„Du glaubst also, daß ich mich in Amerika wie ein Narr aufgeführt habe."

„Davon ist nicht die Rede. Aber du hast dich in fremder Umgebung befunden. Nun behaupte ich zwar nicht, daß deine Urteilsfähigkeit dadurch beeinträchtigt wurde, aber . . ."

„Du bist also überzeugt, daß ich, als ich Marguerite den Heiratsantrag machte, zeitweilig nicht ganz bei Sinnen war", sagte ich kalt. „Nun gut, lassen wir das Thema. Ich bedaure, daß ich dich durch meine Vertraulichkeit in Verlegenheit gebracht habe."

„Aber lieber Freund . . ."

„Reden wir nicht mehr darüber", sagte ich mit aller Entschiedenheit.

Doch seine Reaktion hatte mich so aus der Fassung gebracht, daß ich zu Weihnachten nicht wie sonst nach Cashemara fuhr, sondern nach London. Mich um die Probleme meines Gutes zu kümmern, hatte ich jetzt nicht die mindeste Lust. Auch widerstrebte mir plötzlich der Gedanke an die Einsamkeit Cashemaras. Ich verbrachte viel Zeit in meinem Klub, wo ich über politische Fragen diskutierte. Außerdem besuchte ich meine Geliebte, denn sie war der einzige Mensch, der meine Verbindung mit Marguerite für richtig und völlig natürlich zu halten schien. Merkwürdig war nur, daß ich von Mal zu Mal weniger Lust verspürte, mit ihr ins Bett zu gehen, und da es außerhalb des Schlafzimmers wenig Gemeinsames zwischen uns gab, wurde es mir schließlich lästig, überhaupt nach Maida Vale zu fahren.

„Jetzt treiben schon große Eisschollen den Hudson hinab", schrieb Marguerite mir im Dezember, „und die Bettler auf den

Straßen sind blau vor Kälte. Ein abscheuliches Wetter! Im Augenblick kann ich mir überhaupt nicht vorstellen, daß es je wieder Frühling werden wird. Aber keine Sorge, ich will Dich mit meiner Jammertirade nicht weiter plagen. Außerdem gibt es wirklich Gewichtigeres, von dem ich Dir, schon um den Geboten der Briefsteller zu gehorchen, sogleich berichten möchte. John Brown ist nun doch aufgehängt worden – ist das nicht einfach gräßlich? Aber es beweist nur, wie barbarisch man unten in den Südstaaten vorgeht, und ich finde, wir hätten allen Grund, uns zu freuen, wenn die sich von uns abspalten. Jetzt werde ich von den interessanten Dingen sprechen, zum Beispiel, wie anschaulich Du Deinen Bekanntenkreis in Warwickshire geschildert hast . . ."

Am Schluß des Briefes schrieb sie noch einmal: „Hast Du nicht auch das Gefühl, daß es niemals wieder Frühling werden wird?"

Ich schrieb ihr jetzt häufiger, wenn ich mich, rückblickend, auch frage, woher ich nur die Zeit dafür nahm; denn ich war sehr beschäftigt. Im neuen Jahr fuhr ich mit Patrick nach Rugby, und nachdem ich ihn in der Schule untergebracht hatte, reiste ich in aller Eile nach Dublin, um dort im Royal Agricultural College einen Vortrag zu halten. Danach fühlte ich mich sehr versucht, nach Cashemara zu fahren, besann mich jedoch anders, weil im Parlament die nächste Sitzungsperiode bevorstand und ich, wie gewöhnlich, begierig war, meinen Platz im Oberhaus einzunehmen.

Immer stärker spürte ich in mir den Drang, mich in alle möglichen Aktivitäten zu stürzen, was mir für eine Weile auch sehr gut gelang. Den ganzen Februar hindurch hatte ich in Westminster vollauf zu tun. Anfang März, und zwar am selben Tage, da einer von Marguerites mir so kostbaren Briefen eintraf, erhielt ich vom Direktor von Rugby ein Telegramm, in dem mir mitgeteilt wurde, daß Patrick der Schule auf eigene Faust den Rücken gekehrt hatte.

5. KAPITEL

I

Sofort sagte ich meine sämtlichen Verpflichtungen ab und nahm den ersten Zug nach Mittelengland. Fest überzeugt, daß ich Patrick später auf Woodhammer antreffen würde, machte ich dort gar nicht erst Zwischenstation, sondern fuhr unverzüglich nach Rugby, um mit dem Direktor zu sprechen.

Eine erfreuliche Unterredung war es nicht. Ohne lange Umschweife wurde mir erklärt, Patrick habe sich nicht in das Schulleben eingefügt und sei gegenüber dem Unterricht sowie den Versuchen, ihn in strengere Zucht zu nehmen, völlig gleichgültig geblieben. Da er offensichtlich die Vorzüge der Schule nicht zu würdigen wisse, schien es, in seinem eigenen Interesse, ratsam, ihn von Rugby zu entfernen und für seine weitere Ausbildung und Erziehung einen Privatlehrer zu engagieren.

„Heißt das, daß Sie ihn hinauswerfen?" fragte ich wütend.

„Hinauswerfen wäre hier nicht das richtige Wort, Lord de Salis. Wir geben ihm nur den Rat, die Schule zu verlassen."

„Sie werfen ihn hinaus, weil Sie unfähig sind, ihn zu erziehen. Für Ihr Versagen machen Sie ihn verantwortlich!"

„Da befinden Sie sich im Irrtum, Lord de Salis." Im Gegensatz zu mir verlor er keinen Augenblick die Selbstbeherrschung. „Es wäre mir ein Leichtes, Ihnen zu sagen, daß der Sohn eines so eminenten Mannes, wie Sie es sind, seinem ungebührlichen Betragen und dem Davonlaufen zum Trotz, auch weiterhin in Rugby willkommen ist. Doch wenn ich diesen Weg des geringsten Widerstandes ginge, würde ich meine Pflicht vernachlässigen, die von mir als Direktor fordert, für jeden meiner Schüler das Beste zu tun. Ich kann nur wiederholen, daß es für Patrick keinen Sinn hätte, nach Rugby zurückzukehren."

Ich ging. Es war zwecklos, eine verlorene Sache verteidigen zu wollen. Doch zornig war ich nach wie vor, und als ich auf Woodhammer anlangte, näherte meine Wut sich dem Siedepunkt.

„Teilen Sie meinem Sohn mit, daß ich ihn auf der Stelle sehen möchte", sagte ich kurzangebunden zu dem Butler, als ich in die Halle trat.

„Ihrem Sohn, Mylord?" fragte Pomfret erstaunt, und kaum wurde mir klar, daß Patrick sich gar nicht auf Woodhammer befand, da verging auch mein Zorn.

Ich ging ins Rauchzimmer, ließ mir von Pomfret Brandy und Wasser bringen und starrte durch das Fenster in den Garten. Patrick mußte in Irland sein. Er wußte, daß Derry um Ostern von seiner kleinen katholischen Schule in Galway zurückkehren würde, und wartete sicher auf ihn. Daß er meine Ermahnungen nicht befolgen würde, hätte ich mir eigentlich denken können.

Gleich am nächsten Morgen brach ich auf, um so schnell wie möglich nach Irland zu fahren.

II

In Galway gab es Schwierigkeiten mit der Mietkutsche, und so fuhr ich mit der Postkutsche in Richtung Leenane, um dann bei der Abzweigung nach Cashemara auszusteigen. Um den Rest des Weges nicht zu Fuß zurücklegen zu müssen, lieh ich mir von einem meiner Pächter einen alten Klepper, doch während des Ritts schüttete es aus den tiefhängenden Wolken herab, und als ich an meinem Ziel anlangte, war ich durchgefroren und entmutigt.

„Wo ist mein Sohn?" fragte ich Hayes, noch bevor er Gelegenheit fand, mich auf wortreiche irische Weise willkommen zu heißen.

„Ihr Sohn, Mylord?" fragte er genauso erstaunt wie Pomfret auf Woodhammer Hall.

„Ja, um Himmels willen, er ist doch hier, oder nicht?"

„Er war hier, Mylord, gewiß. Doch gestern machten er und Derry Stranahan sich mitten in der Nacht auf, um Ihren Neffen, Mr. George de Salis von Letterturk Grange, zu besuchen."

„Was!?"

„Im Tal hat es Ärger gegeben, Mylord, und die beiden wollten sich, wenn man so sagen darf, ungesehen von hier verdrücken . . ."

„Ärger? Was für Ärger?"

„Eine schreckliche Sache, Mylord. Möge die heilige Muttergottes uns alle beschützen."

Ich war so aufgebracht, daß ich ihn beinahe bei den Rockaufschlägen gepackt und gegen die Wand geschleudert hätte. „Hayes ..." begann ich und brach sofort wieder ab. Es war zwecklos, sich von ihm eine zusammenhängende Erklärung zu erhoffen, und außerdem widerstrebte es mir, einen Bediensteten nach Gerüchten zu befragen, vor allem, da anscheinend mein Sohn und mein Schützling aus gewiß nicht sehr erbaulichen Gründen gezwungen gewesen waren, das Tal im Schutz der Nacht zu verlassen. Sie mußten verzweifelt gewesen sein, denn Patrick verabscheute George und hätte sich unter normalen Umständen an Annabel in Clonagh Court gewandt.

„Was ich jetzt brauche, Hayes", sagte ich, „sind ein heißes Bad, eine Mahlzeit und Brandy. Später werde ich nach Clonareen reiten. Sorgen Sie bitte dafür, daß dann mein Pferd bereitsteht. Und noch etwas. Schicken Sie die Kutsche zum Hotel in Leenane, wo Pierce mit meinem Gepäck warten wird. Außerdem soll einer der Stallburschen den entsetzlichen Schinder dort draußen zu Timothy Joyce zurückschaffen."

Wenn ich erfahren wollte, was eigentlich vorgefallen war, so mußte ich mit dem Priester sprechen.

Während des Ritts nach Clonareen ließ der Regen nach. Obwohl es noch Nachmittag war, schien niemand auf den Feldern zu arbeiten. Eine bedrückende Leere und Stille. Ich fühlte mich an vergangene Zeiten, an meine Rückkehr nach der Hungersnot erinnert, so öde und trostlos wirkte alles. Ich schlug eine schnellere Gangart an.

Clonareen ist kein Dorf, wie man es in England findet. Es gibt keine Läden und kein Postamt, keinen Dorfanger und keine Schenke oder gar ein Gasthaus. Die Mehrzahl der Einwohner verfügt kaum über das Lebensnotwendige. Waren tauscht man untereinander aus oder kauft sie von einem wandernden Händler. Hübsche kleine Häuschen mit hübschen kleinen Gärten sind nirgends zu sehen, nur windschiefe Hütten am Straßenrand, eine wirre Mischung aus Lehmmauern und Strohdächern. Der Gestank der Exkremente verbindet sich mit dem ätzenden Geruch brennenden Torfs und den üblen Dünsten wühlender Schweine. Die Kirche steht abgesondert von den Hütten, und der Friedhof, sehr groß und wie von Geheimnissen umwittert, erstreckt sich hangaufwärts und scheint dem Himmel zuzustreben.

Sobald ich die Ecke erreicht hatte, welche die Kirche meinem Blick entzog, vernahm ich unverkennbare Geräusche: Eine Prügelei war im Gange. Irische Flüche und Schlachtgeschrei zerrissen die Stille, und ich hörte das dumpfe Krachen von Schlagstöcken.

Der Anblick zweier einander befehdender Gruppen bringt mich immer in Wut. Nachdem ich viele Jahre meines Lebens damit verbracht habe, in Westminster dafür zu plädieren, daß der irische Bauer ein besseres Leben verdient als ein englischer Leibeigener im Mittelalter, packt mich Verzweiflung, wenn ich sehe, wie die Bauern sich in ihren primitiven Verhältnissen geradezu suhlen.

Ich reckte mich in den Steigbügeln hoch und schrie, so laut ich konnte, auf irisch: „Was, im Namen des Allmächtigen und seiner Heiligen, geht hier vor sich?"

Es ist sonderbar, daß man im Irischen wie von selbst papistische Redewendungen gebraucht.

Einige Männer hörten auf zu kämpfen und drehten sich verblüfft zu mir um. Das Überraschungsmoment nutzend, ritt ich mitten in den sich balgenden Haufen und brüllte jene an, die einander immer noch an der Kehle saßen. Als endlich Ruhe eintrat, zählte ich drei auf dem Boden liegende Körper, etwa vierzig schweratmende Mitglieder der O'Malley- und der Joycefamilie und Gott weiß wie viele Weiber und Kinder, die aus allen möglichen Winkeln und Ecken herüberspähten.

„Ihr kohlköpfigen Narren!" schrie ich und rief dann hinter der flappenden und hastig das Weite suchenden Soutane her: „Vater Donal!"

Betreten entschloß er sich, wieder umzukehren. Er war ein junger Mann, etwa dreißig, und da er für gewöhnlich recht besonnen wirkte, vermutete ich, daß sein behender Fluchtversuch einen ganz bestimmten Grund hatte: Er wollte nicht, daß ich zum Augenzeugen seiner Unfähigkeit wurde, den Streit zu schlichten.

„Warum rennen Sie vor Ihrer Herde davon?"

„Ich . . ."

„Sehen Sie zu, daß die Verletzten von der Straße fortgeschafft werden, und kümmern Sie sich um sie. Wo ist Sean Denis Joyce?"

„Hier, Mylord", sagte der Familienälteste der Joyces, dem aus einer Stirnwunde Blut sickerte.

„Und wo ist Seamus O'Malley?"

Sie starrten mich schweigend an. Der Regen hatte aufgehört. Die Luft war kalt und klar.

„Heraus mit der Sprache! Wo ist er?"

Ein junger Mann trat vor. Ich kannte ihn, konnte mich jedoch im Augenblick nicht an seinen Namen erinnern. Er war dunkelhaarig und wirkte sehr grobschlächtig: ein Unruhestifter, wie man auf den ersten Blick sehen konnte.

„Seamus O'Malley ist tot, Lord de Salis", sagte er, und zu meiner Überraschung hörte ich, daß er englisch sprach, und zwar nicht nur fließend, sondern auch sehr korrekt.

„Wie heißen Sie?" fragte ich ihn.

„Maxwell Drummond, Mylord."

Ein klangvoller Name für einen Bauern. Doch während ich noch überlegte, ob ich auch richtig gehört hatte, löste das Wort Drummond eine Erinnerung in mir aus, und ich wußte, wer er war. Sein Vater, einer meiner besten Pächter, war aus dem Norden gekommen.

„Ah, ja", sagte ich. „Drummond. Sie sind aber ein beträchtliches Stück gewachsen, seit ich Sie das letztemal sah. Was haben Sie hier zu suchen?"

„Meine Mutter war eine O'Malley, Mylord."

„Ja, richtig, natürlich", sagte ich, über meine eigene Vergeßlichkeit erbost, und blickte zu den O'Malleys. Sie beobachteten uns schweigend.

„Ich möchte, daß einer für euch den Sprecher macht", sagte ich zu ihnen auf irisch. „Wer spricht für die O'Malleys?"

„Ich, Mylord", erwiderte der junge Drummond und fügte, sich an die Seinen wendend, hinzu: „Wenn ich mit ihm in seiner Sprache spreche, wird er bald auf unserer Seite stehen."

Ich lächelte spöttisch, doch die O'Malleys, trotz ihrer Vielzahl der ärmste Clan im Tal, schienen von diesem Gedanken sehr angetan.

„Vater Donal?" rief ich.

„Ja, Mylord?" Man war dabei, die Verwundeten in die nächstgelegene Hütte zu schaffen, in die jetzt auch der Priester treten wollte.

„Ist jemand getötet worden?"

„Nein, Mylord."

„Oder liegt im Sterben?"

„Nein, Mylord."

„Gut, dann sind Sie im Augenblick hier entbehrlich und können mich und Sean Denis Joyce und den jungen Drummond in Ihr Haus führen, damit wir die Angelegenheit dort friedlich beilegen können." Ich setzte eine strenge Miene auf. „Die anderen haben sich auf der Stelle wieder an die Arbeit zu scheren. Wer es heute nachmittag wagt, noch einmal einen Streit vom Zaun zu brechen, wird sich im Gefängnis wiederfinden."

Sie zerstreuten sich mürrisch, mir verübelnd, daß ich ihnen den Spaß verdorben hatte. Während ich zum Haus des Priesters ritt, hörte ich, wie sie ärgerlich miteinander murmelten.

Das Haus war für diesen Teil Irlands ungewöhnlich groß. Es besaß nicht nur Fenster, sondern auch zwei Schornsteine, einen für den Herd und einen für den Raum, in dem der Priester schlief. Auf der anderen Seite der Küchenwand befand sich noch ein weiterer Raum, das Schlafzimmer von Vater Donals Schwester, die zugleich auch seine Haushälterin war. Die Küche selbst war verhältnismäßig geräumig. Sie enthielt einen Tisch, einige Stühle, eine große Truhe und einen Schrank. Beim Herd fanden sich Unmengen von Töpfen und Pfannen. In einem Eimer, der an einem Haken über dem Feuer hing, brodelte Wasser.

Die Schwester des Priesters beeilte sich, mir Tee anzubieten, was ich dankend annahm, während ich mich in der Nähe des Herdes auf einen Stuhl setzte.

„Also gut, Maxwell Drummond", sagte ich zu dem jungen Mann. „Sie können als erster sprechen – aber auf irisch, wenn ich bitten darf, denn ich möchte nicht, daß Sean Denis Joyce mir später in den Ohren liegt, weil er von dem, was Sie gesagt haben, kein Wort verstanden hat."

Drummond warf mir einen vernichtenden Blick zu, besann sich dann und setzte zu einer kurzen Rede an. Ich nahm mir vor, MacGowan zu fragen, wie der junge Mann auf dem Pachtland zurechtkam, das er seit dem Tod seines Vaters vor einem Jahr bewirtschaftete. Aufmerksam folgte ich dem ersten Bericht über die Vorfälle, die zu der Straßenschlacht geführt hatten. Drummond verstand sich geschickt auszudrücken.

Die Sache war schlimmer, als ich geglaubt hatte. Schweigend hörte ich zu, nahm dann, als er verstummte, einen Schluck Tee und wandte mich dem Familienältesten der Joyces zu.

„Und jetzt, Sean Denis Joyce", sagte ich, „sind Sie an der Reihe."

Er war wenigstens dreimal so alt wie der junge Mann. Was er zu sagen hatte, klang recht verworren. Wenn ich recht verstand, so war von „aus der Art geschlagenen Weibern“ und vom „Tod als Lohn für die Sünde“ die Rede.

„Und ist das etwa nicht die Wahrheit, Vater?“ setzte er, sich an den Priester wendend, am Schluß hinzu.

„Das ist es wohl, Sean Denis Joyce“, erwiderte Vater Donal zweifelnd und warf mir einen bekümmerten Blick zu.

„Nun ja“, sagte ich, ehe Joyce sich erneut in Belehrungen ergehen konnte. „Das, was ich von euch beiden gehört habe, läßt sich wohl folgendermaßen zusammenfassen: Roderick Stranahan, der nicht nur Sean Denis Joyces Verwandter, sondern zufällig auch mein Schützling ist, hat Seamus O'Malleys Frau verführt oder zu verführen versucht. Seamus ist mit Ihnen verwandt, Maxwell Drummond. Als Seamus vor einigen Tagen seine Frau im Gespräch mit Stranahan sah, befürchtete er das Schlimmste. Deshalb folgte er seiner Frau gestern heimlich zu der halbverfallenen Hütte der Stranahans auf der anderen Seite der Lough, wo er sein Weib und Stranahan dann in einer gewissen Situation antraf. Welcher Art diese Situation genau war, darüber sind eure Meinungen geteilt, doch steht fest, daß sich O'Malley so sehr erregte, daß er Stranahan mit einem Messer erstechen wollte. In diesem Augenblick stürzte mein Sohn Patrick aus irgendeinem dunklen Winkel hervor und stieß O'Malley um, damit Stranahan davonlaufen konnte. O'Malley war zwar gleich wieder auf den Beinen, doch inzwischen hatten Stranahan und mein Sohn einen so großen Vorsprung, daß eine Verfolgung sinnlos war. Als O'Malley das sah, geriet er so in Raserei, daß er zuerst auf seine Frau und dann auf sich selbst einstach. Seine Frau kam wie durch ein Wunder mit dem Leben davon und hatte sogar noch die Kraft, zur nächsten Hütte zu kriechen, um dort um Hilfe zu bitten.“ Ich schwieg einen Augenblick. „Wird diese Darstellung in etwa beiden Seiten gerecht?“

Sie nickten. Ich trank meinen Tee aus und stand auf. „Ich möchte mit der Witwe sprechen“, sagte ich zu Vater Donal. „Bringen Sie mich bitte zu ihr.“

Seamus O'Malleys Hütte stand am Südufer der Lough, gar nicht sehr weit von Clonagh Court. Ich stieg wieder von meinem Pferd und folgte Vater Donal in die dunkle, rauchgeschwängerte Hütte.

Die Frau lag fiebernd auf einem Strohlager. Da sie noch alle

Zähne hatte, war sie wahrscheinlich Anfang zwanzig. Nachdem Vater Donal ihr freundlich erklärt hatte, daß ich sie sprechen wollte, stellte ich ihr einige Fragen, auf die sie mit tonloser Stimme und sehr zögernd antwortete. Ich blieb nur kurze Zeit. Vater Donal bei der Fiebernden zurücklassend, kehrte ich zu meinem Pferd zurück, neben dem Joyce und Drummond warteten.

Ich schwang mich in den Sattel. „Bevor ich eine Entscheidung treffe", sagte ich zu ihnen, „muß ich noch mit meinem Sohn und Roderick Stranahan sprechen. Wenn ich alle Seiten gehört habe, werde ich Gerechtigkeit üben, darauf könnt ihr euch verlassen."

„Und wenn Sie finden, daß es tatsächlich Derry Stranahan ist, der an allem schuld hat, Mylord?" fragte Drummond in seinem so ungewöhnlich guten Englisch. „Werden Sie ihn dann ein für allemal aus Ihrem Haus weisen?"

„Nimm dir nicht zuviel heraus, mein Junge!" fauchte ich ihn an. „Ich habe versprochen, Gerechtigkeit zu üben. Jede Forderung, die darüber hinausgeht, ist eine Unverschämtheit. Guten Tag allerseits." Bedrückt und erschöpft lenkte ich mein Pferd in Richtung Letterturk, wo das Haus meines Neffen George stand.

III

George war Junggeselle, offenherzig und von plumper Gutmütigkeit. Einmal im Jahr fuhr er nach Dublin, um „sich sehen zu lassen", doch ansonsten beschränkte sich sein Umgang auf mich und einige Landedelleute in der Nachbarschaft.

Ich hatte es immer bedauert, daß mein Bruder David einen so langweiligen Sohn gezeugt hatte, empfand bei diesem Gedanken jedoch stets Gewissenbisse; denn eines mußte man George lassen: Er war ein sehr anhänglicher Neffe.

„Lieber Onkel", rief er und kam mir, während ich vor seinem Haus mein Pferd zügelte, mit raschen Schritten entgegen. „Ich danke Gott, daß du gekommen bist!"

„Ist Patrick hier?"

„Ja – und auch dieser Flegel Stranahan! Ich war sehr versucht, ihn hinauszuwerfen, das schwöre ich dir. Schließlich gibt es gewisse Grenzen, über die hinaus . . ."

„Ich bin verflucht müde, George. Hast du jemanden, der sich um mein Pferd kümmern kann?"

„Ja – ja, natürlich, Onkel. Entschuldige bitte . . . Peter! Lord de Salis' Pferd! Tritt ein, Onkel, und mach es dir gemütlich . . ."

Bald hielt ich ein Glas voll Brandy in der Hand. Ich erklärte George, daß ich Patrick unter vier Augen sprechen wollte. Doch erst zehn Minuten später faßte mein Sohn sich ein Herz und kam geduckt herein. Er sah blaß aus, und noch ehe ich den Mund öffnen konnte, begann er zu weinen.

„Um Himmels willen, Patrick", fuhr ich ihn an. „Nimm dich doch gefälligst zusammen!" Ich zwang mich zur Ruhe. „Fangen wir von vorne an – warum bist du von der Schule weggelaufen?"

„Weil ich sie hasse", schluchzte er. „Ich hab' versucht, zurechtzukommen, wirklich. Aber es ging einfach nicht."

„Wieso ging es nicht?"

„Es war wie ein Gefängnis. Ich konnte nicht einsehen, warum ich da eingesperrt bleiben sollte. Ich habe ja nichts verbrochen."

„Hattest du Schwierigkeiten im Unterricht?"

„Latein und Griechisch liegen mir nicht. Ich habe mir wirklich Mühe gegeben." Er schluchzte noch lauter.

„Hast du dich mit anderen Jungen angefreundet?"

„Ach – keinem von denen machte Spaß, was mir Spaß macht."

Bei seinen künstlerischen Neigungen und den anderen Dingen, mit denen er sich die Zeit vertrieb, konnte das kaum verwundern. „Einige werden wahrscheinlich etwas rauh mit dir umgesprungen sein", sagte ich und versuchte, die Dinge von seiner Warte zu sehen. „Aber, Patrick, du mußt lernen, dich zur Wehr zu setzen und auf deinen eigenen Füßen zu stehen! Sich in eine Gemeinschaft einzuleben, fällt zuerst immer recht schwer, aber . . ."

„Ich gehe nicht wieder zurück! Nein, nie!"

„Nun", sagte ich, „man will dich dort auch gar nicht mehr haben." Verzweifelt fragte ich mich, was, um alles in der Welt, ich nur mit ihm tun sollte. „Deine Rückkehr nach Irland – wessen Idee war das?"

„Derry schrieb mir, daß seine Schule wegen Typhusgefahr vorzeitig geschlossen worden war."

„Und? Schlug er dir vor, die Schule zu verlassen, um ihm hier Gesellschaft zu leisten?"

„Nein", sagte er und schüttelte heftig den Kopf. „Er schrieb nur, er wünschte, ich könnte bei ihm auf Cashemara sein."

„So? Damit er jemanden hatte, der ihm bei seinen Liebesabenteuern Beifall klatschen konnte?"

„Papa, ich habe nichts Unrechtes getan, nur manchmal – da sah ich zu, wie er ein Mädchen oder eine Frau küßte. Und bei O'Malley, also dem habe ich einen Schlag auf den Kopf gegeben. Aber nur, weil mir nichts anderes übrigblieb, denn sonst hätte er Derry umgebracht. Er hatte ein Messer und war in seiner Wut zu allem fähig."

„Schon möglich", sagte ich trocken. „Wahrscheinlich muß ich noch dankbar dafür sein, daß du wenigstens zu deinen Freunden hältst. Nun gut, Patrick, du kannst jetzt gehen und Derry zu mir schicken. Aber sofort!"

„Ja, Papa . . . Aber – aber, Papa, werde ich denn nicht bestraft?"

Es klang fast enttäuscht. Aber ich tat diesen Gedanken als absurd ab.

„Natürlich wirst du bestraft", sagte ich rasch. „Sobald sich eine Gelegenheit dazu findet, werde ich dich auf eine andere Schule schicken. Und jetzt geh endlich und schicke Derry zu mir."

Mit unsicheren Schritten verließ er den Raum. Ich wollte mir gerade ein drittes Glas Brandy einschenken, als die Tür aufging und Derry Stranahan eintrat.

In Haltung und Gesichtsausdruck hatte er sich der Situation geradezu mustergültig angepaßt. Er ging gleichsam im Büßerhemd. Einige Schritte vor dem Stuhl, auf dem ich saß, blieb er stehen und starrte auf seine Füße.

„Nun, Roderick", sagte ich gelassen, nicht gewillt, ihm zu Gefallen meine Selbstbeherrschung zu verlieren, „ich habe mir in aller Ruhe angehört, was Sean Denis Joyce und Maxwell Drummond und Patrick mir zu sagen hatten, und ich gedenke es bei dir ebenso zu halten. Sprich also. Was hast du zu deinen Gunsten anzuführen?"

„Ich bin unschuldig, Mylord", antwortete er wie aus der Pistole geschossen. „Es tut mir nur leid, daß ich Ihnen in meiner Unschuld Kummer gemacht habe."

„So ist das also", sagte ich. „Ein Mann ist tot, seine Frau liegt vielleicht im Sterben, bei einer Straßenschlacht sind mehrere Männer verletzt worden, mein Sohn hat sich deinetwegen zu einer Tätlichkeit hinreißen lassen, aber du bist unschuldig. Sprich nur weiter."

„Mylord, ich habe keinen Ehebruch begangen. Die Frau wollte unbedingt, daß ich mich mit ihr traf."

„In eurer alten, halbverfallenen Hütte?"

„Ja, Mylord. Sehen Sie . . .“

Meine Geduld war erschöpft. „Das genügt!“ rief ich und sprang auf. Unwillkürlich zuckte er vor mir zurück. „Deine Lügen habe ich satt! Heraus mit der Wahrheit! Du hast die Frau verführt, gib's schon zu!“

„Nein, Mylord“, beharrte er und sah dann mein Gesicht und verbesserte sich rasch: „Ja, Mylord.“

In seinen Augen flackerte jetzt Angst. „Ich – ich wollte doch nichts Böses tun.“

„Was du nicht sagst! Du hast Seamus O'Malley Hörner aufgesetzt und eine Tragödie ausgelöst, aber das geschah in aller Unschuld, denn du wolltest ja nichts Böses tun!“

Mit einem Schlag hatte sich seine Glattzüngigkeit verloren. Er war aschfahl.

„Hör mir gut zu, Roderick“, sagte ich. „Erst vor kurzem habe ich Patrick erklärt, daß ich für junge Männer, die das andere Geschlecht unwiderstehlich finden, durchaus nicht ohne Verständnis bin. Aber Verständnis für einen egoistischen jungen Mann, der eine Frau ohne einen Funken Anstand behandelt und dem die voraussehbaren Konsequenzen egal sind – nein, das habe ich nicht. Seamus O'Malley starb durch eigene Hand, soviel steht fest. Doch nicht weniger klar ist auch, daß die O'Malleys dir nicht ohne Grund die Mitschuld an der Tragödie geben. Besinn dich endlich, Roderick! Kannst du mir mit reinem Gewissen versichern, daß du dich unschuldig fühlst?“

Natürlich konnte er das nicht. Nach kurzem Zögern bekannte er stockend, daß er sehr gern alles ungeschehen machen würde.

„Das will ich dir glauben“, sagte ich. „Doch leider geht das nicht. Im Augenblick sehe ich für dich nur eine Lösung. Du mußt Cashemara verlassen. Wenn du im Tal bleibst, werden die O'Malleys keine Ruhe geben.“

Er starrte mich aus aufgerissenen Augen an. Der Gedanke schien ihm unvorstellbar.

„Bitte, Mylord“, stammelte er und fügte dann, sich jedes Wort abringend, hinzu: „Schicken Sie mich wenigstens nicht ohne einen Schilling in die Welt hinaus.“

„Mein lieber Roderick“, erwiderte ich kalt, „ich habe in den vergangenen Jahren viel Zeit und Geld für dich aufgewandt, und es gibt nichts, das mir mehr zuwider ist, als die Vergeudung von Zeit und Geld. Du hast dir große Mühe gegeben, mir zu beweisen, wie unreif du bist. Andererseits warst du auf der Schule immer einer der Besten, und so habe ich nach wie vor die Absicht, dich auf eine Universität zu schicken. Aber ich werde auch dafür sorgen, daß du Irland für einige Jahre verläßt."

Es war ihm vom Gesicht abzulesen, was er dachte: Studium in Oxford und während der Ferien Woodhammer Hall. In England war er noch nie gewesen. Daß er bisher ausschließlich auf Cashemara gelebt hatte, war von mir nicht ohne Absicht so gehandhabt worden: Ich brachte damit zum Ausdruck, daß ich zwar sein Wohltäter, nicht jedoch sein Pflegevater war

„Das ist sehr großzügig von Ihnen, Mylord", sagte er glücklich. „Denn eigentlich durfte ich ja nicht erwarten, daß Sie mich nach diesem – Vorfall noch auf die Universität schicken würden."

„Aber natürlich werde ich dich auf eine Universität schicken", sagte ich. „Du wirst nach Deutschland fahren, um dort an der Frankfurter Universität zu studieren. Und mehr noch: Du wirst auf dem Kontinent bleiben und dich drei Jahre lang weder in England noch in Irland sehen lassen. Hast du verstanden?"

Ja, das hatte er. Er sah mich entsetzt an. „Frankfurt! Aber, Mylord, ich spreche doch nicht Deutsch!"

„Dann wirst du es eben lernen", sagte ich.

Er schwieg. Nach und nach schien er zu begreifen, daß ich einen Urteilsspruch gefällt hatte, der sowohl für die Joyces als auch für die O'Malleys akzeptabel war: eine zeitweilige Verbannung, ohne ihn endgültig zu verstoßen.

„Es wird für dich eine wertvolle Erfahrung sein", sagte ich nach kurzer Pause. „Versuche, das Beste daraus zu machen."

„Aber . . ." Plötzlich wirkte er sehr jung. „. . . ich kenne dort doch keine Menschenseele. Ich werde sehr einsam sein."

„Nun", sagte ich, „besser allein in Frankfurt mit meinem Geld in deiner Tasche, als allein in der Welt ohne auch nur einen Penny. Einstweilen ist ein Schlußstrich gezogen. Solltest du je wieder in eine solche Lage geraten, so brauchst du dich gar nicht erst an mich zu wenden. Von mir hättest du nichts mehr zu erwarten."

Er nickte nervös und versicherte mir dann, daß er meine Worte nicht vergessen würde. Ich fragte mich, wie weit ich ihm glauben konnte. Als dann George eintrat und mich drängte, in seinem Haus zu übernachten, wünschte ich, ich hätte ihn nie gesehen, diesen ausgemergelten Waisenknaben, der auf Cashemara an die Hintertür geklopft und um Essen gebettelt hatte.

6. KAPITEL

I

„Manchmal glaube ich, daß es nie wieder Frühling werden wird", schrieb Marguerite, und plötzlich erschien mir der Satz, von ihr den ganzen Winter hindurch wiederholt, sehr mechanisch und kalt. Hatte sie irgendeinen Kummer, den sie mir nicht anzuvertrauen wagte? Über ein halbes Jahr hatten wir uns nicht mehr gesehen, und manchmal kam es mir vor, daß sie kaum noch recht wußte, wer ich überhaupt war.

Ich befand mich wieder in London. Ehe ich von Cashemara abgereist war, hatte ich Derry zu seinen Verwandten geschickt. Dort sollte er bleiben, bis für seinen Aufenthalt in Deutschland alles Notwendige in die Wege geleitet worden war. Was Patrick betraf, so hatte ich mich entschlossen, ihn zum Beginn des neuen Schuljahres nach Eton zu schicken, da ich mich zu erinnern glaubte, daß man dort auf Knaben seiner Art mehr Rücksicht nahm. Vielleicht fügte er sich in Eton besser ein als in Rugby.

Im April, eine Woche nach dem Eintreffen von Marguerites letztem, mich sehr verstörenden Brief, hatte ich Geburtstag. Zum Glück erinnerte sich niemand daran. Ich verbrachte den Tag wie jeden anderen. Doch am Abend, nachdem Patrick schon zu Bett gegangen war, trank ich so viel Portwein, daß ich zum erstenmal seit Wochen ohne die geringste Schwierigkeit einschlief.

Am nächsten Morgen schämte ich mich meiner Schwäche. Ich versuchte, meiner Verworrenheit wieder Herr zu werden. Selbst wenn Marguerite mich nicht mehr heiraten wollte, konnte ich während ihres Aufenthalts in England ihre Gesellschaft genießen. Warum sollten nicht wenigstens freundschaftliche Beziehungen zwischen uns bestehen? Ich würde sie wie eine Tochter behandeln, und außerdem war ich selbst es ja gewesen, der auf der langen

Trennungszeit bestanden hatte, damit wir beide unseren Entschluß noch einmal reiflich überdenken konnten.

Aber je beharrlicher ich Gedanken dieser Art verfolgte, desto näher fühlte ich mich der Verzweiflung; und während ich, unfähig, mich zu irgend etwas aufzuraffen, träge und entschlußlos an einem Fenster saß, fiel mir plötzlich auf, daß draußen die Bäume ja schon Knospen trieben und die Osterblumen zu blühen begannen.

„Manchmal glaube ich, daß es nie wieder Frühling werden wird", hatte Marguerite den ganzen Winter hindurch wieder und wieder geschrieben, doch jetzt war der Frühling endlich da; und in kaum sechs Wochen würde ich Marguerite wiedersehen.

Doch eben davor fürchtete ich mich.

II

Natürlich traf ich keine Vorbereitungen für die Hochzeit. Damit hätte ich nur das Schicksal herausgefordert. Es fiel mir sogar schwer, von Marguerite zu sprechen; und als Duneden sich bei mir höflich erkundigte, wann sie eintreffen würde, nannte ich ihm nur das Datum und wechselte rasch das Thema.

Der April ging, der Mai kam. Falls Marguerite sich mit dem Gedanken trug, unsere Verbindung zu lösen, so war es ihr gewiß angenehmer, nicht in meinem Haus zu wohnen. Daher ließ ich für sie und Amelia im Mivart Hotel eine Zimmerflucht reservieren. Die beiden Frauen würden allein reisen, weil Francis der Ansicht war, daß seine Kinder für die lange Schiffspassage über den Atlantik noch zu jung seien; und Blanche blieb natürlich in New York.

An dem Tag, an dem das Schiff einlaufen sollte, fuhr ich mit dem Zug nach Liverpool. Es war vorgesehen, daß wir alle dort übernachteten. Patrick befand sich zu dieser Zeit bereits in Eton, und so hatte ich nur meinen Diener bei mir, als ich an diesem kühlen und feuchten Frühlingstag im Adelphi Hotel eintraf.

Drei Stunden blieben mir noch bis zur Ankunft meiner Gäste, und so betrat ich die Hotelhalle ohne jede Eile und fand zu meinem Erstaunen, daß sie mit Menschen überfüllt war. Überall stand Gepäck, und während ich noch auf die durcheinanderflutende Menge starrte, wurde mir plötzlich bewußt, daß die Leute in meiner Nähe zwar englisch sprachen, jedoch ein Englisch mit amerikanischem Akzent.

Das Herz schlug mir bis zum Hals. Ich drängte mich durch die Umstehenden zum Portier.

„Ist das Schiff von New York früher eingetroffen?"

„Ja, Sir, schon vor zwei Stunden. Eine sehr ruhige Seereise, soweit ich weiß." Plötzlich erkannte er mich. Nach meiner Rückkehr von Amerika hatte ich hier übernachtet. „Oh, Lord de Salis! Verzeihen Sie, Mylord, daß ich Sie nicht sofort . . ."

„Hat jemand nach mir gefragt?"

„Gewiß, Mylord. Im großen Salon warten eine Mrs. und eine Miß Marriott."

Um mich her klang lautes Stimmengewirr. Erst nach Sekunden wurde mir bewußt, daß mein Diener mich fragte, ob er das Gepäck sofort in meine Zimmer bringen sollte.

Ich nickte, ohne ihn anzusehen. Die Panik, die mich erfaßt hatte, war so lähmend, daß ich kaum einen Fuß vor den anderen setzen konnte. Es war, als schritte ich, sehr zögernd zwar, doch unaufhaltsam, meinem Verderben entgegen: der Zurückweisung durch Marguerite.

Der Salon befand sich ganz am anderen Ende der Halle. Ich trat durch die große Tür.

Marguerite entdeckte mich, bevor ich sie sah. Der Raum war voller Menschen, und sekundenlang wirbelte eine Vielzahl fremder Gesichter vor meinen Augen, bis dann jemand herbeidrängte zu der Tür, bei der ich stehengeblieben war.

Sie trug ein dunkelblaues Reisekleid und einen kleinen dunkelblauen Hut, und die dunkelblauen Augen in ihrem spitzen Gesicht glänzten. Sie wirkte verändert, und da sie so anders war, als meine Erinnerung an sie, schien es mir, als sei sie gar nicht wirklich hier. Einen Augenblick glaubte ich tatsächlich, es handle sich um eine Halluzination; erst als ich bemerkte, daß sie vor Erregung leichenblaß war, begriff ich endlich wie durch einen betäubenden Schmerz hindurch, daß mich kein Phantasiegebilde zum Narren hielt.

Der Schmerz. Ich mußte ihn vor ihr verbergen. Sie durfte nicht davon wissen. Nur meine Freude sollte sie gewahren: die Gewißheit, daß ich nichts sehnlicher wünschte als ihr Glück.

„Edward . . ."

Ihre Stimme, deutlich und klar. In meiner Kehle saß ein Würgen.

„Oh, Edward, Edward, ich habe schon geglaubt, es würde nie

wieder Frühling werden!" rief sie, und dieser Satz, den ich so oft in ihren Briefen gelesen hatte, war plötzlich ganz und gar nicht tot, sondern erfüllt von heißem, leidenschaftlichem Leben. Ich starrte sie an und konnte nicht recht begreifen, und sie, durch mein Schweigen verschreckt, stieß atemlos hervor: „Oh, bitte, sag nicht, daß du dich anders besonnen hast! Bitte, bitte, sag das doch nicht!"

Und während ich wie blind die Arme vorstreckte, stürzte sie Hals über Kopf auf mich zu.

III

„Deine Briefe wurden im Lauf der Zeit so anders!" Sie war es, die sprach, und nicht ich. „Alles klang so kühl, und ich erfuhr nur wenig über das, was du tatest – oh, Edward, ich habe mir solche Sorgen gemacht! Wie gern wollte ich dich fragen, ob du Kummer hättest, aber ich traute mich einfach nicht, und schließlich wußte ich gar nicht mehr recht, was ich dir schreiben sollte . . ."

Ich hatte nicht die Absicht gehabt, sie mit meinen Problemen zu behelligen, doch noch ehe ich richtig begriff, was ich da tat, erzählte ich ihr alles, was ich in meinen Briefen verschwiegen hatte. Ich sprach von meinem Streit mit Annabel, von den Schwierigkeiten mit Patrick, von meinen Sorgen auf Cashemara, doch in Wirklichkeit sprach ich weder von meinem Besitztum noch von meinen Kindern, sondern nur von meiner Einsamkeit: von meiner Isolierung und der Angst, die mich überkam, wenn ich daran dachte, die Zukunft allein meistern zu müssen.

„Jetzt sind wir wenigstens beide nicht mehr allein", sagte Marguerite. „Wie bald können wir heiraten?"

Ich wandte ein, daß sie vielleicht genügend Zeit haben wolle, um sich auf eine große Hochzeit vorzubereiten. Doch sie schüttelte entsetzt den Kopf.

„Daran liegt mir gar nichts!" protestierte sie. „Warum sollen wir uns wochenlang mit den Vorbereitungen für ein großes Fest strapazieren, wo eine kleine Zeremonie vor einem Priester und zwei Trauzeugen es doch auch tut? Ich will deine Frau werden, Edward, das ist alles, wonach ich mich sehne . . ."

IV

Fünf Wochen später, am 20. Juni, wurden wir in der Berkeley-Kapelle in Mayfair getraut. Etwa dreißig Gäste aus meinem engsten Bekanntenkreis und dazu der amerikanische Botschafter, den Marguerite in New York kennengelernt hatte. Er war es auch, der mir die Braut übergab. Von meinen Kindern war keines anwesend. Daß Madeleine in ihrem Kloster und Katherine in St. Petersburg bleiben würden, hatte ich erwartet. Annabel? Meine Einladung an sie war unbeantwortet geblieben, und was Patrick anging, so ließ sein Betragen nur eine Konsequenz zu: Er durfte nicht zur Hochzeit.

Ende Mai, zwei Wochen nach Marguerites Ankunft, brannte er von Eton durch und versteckte sich auf Woodhammer Hall. Der Brief des Butlers dort traf einen Tag nach dem Telegramm des Direktors von Eton bei mir ein.

Ich besann mich keinen Augenblick. Meine Geduld war erschöpft, und schon allzu lange hatte ich den Zorn auf meinen Sohn gewaltsam gezügelt. Sofort schrieb ich meinem Neffen George und bat ihn, Patrick von Woodhammer zu holen und ihn bis zu meiner Rückkehr aus den Flitterwochen bei sich auf Letterturk Grange zu behalten.

Danach nahm ich mir fest vor, mich wegen der Sorgen um Patrick nicht des Vergnügens zu berauben, das Marguerites Gesellschaft mir bereitete. Zu ändern war es ja doch nicht. Ich hatte für ihn getan, was ich konnte, und er hatte mich enttäuscht. Aber jetzt fiel das nicht länger ins Gewicht. Überhaupt war nichts mehr wichtig außer Marguerite, und als ich mit ihr an jenem heißen Juninachmittag im Jahre 1860 auf den Altar zuschritt, hatte ich das Gefühl, mich im Rückwärtsgang wieder alten Zeiten zu nähern – jenen Zeiten, da ich noch in der Blüte meiner Jugend gestanden hatte.

V

Wir waren verheiratet.

Marguerite trug ein einfaches weißes Kleid und einen ebenso schlichten weißen Schleier. Im Arm hielt sie einen Strauß gelber Rosen. Sie wirkte sehr klein, sehr adrett und erstaunlich gefaßt.

Weder an die Zeremonie noch an den anschließenden Empfang erinnere ich mich deutlich. Duneden hielt eine reizende und gottlob nicht zu lange Rede, die Gäste wünschten uns bei vollen Champagnergläsern wie üblich Glück, und nach dem Empfang, der im Mivart Hotel stattgefunden hatte, fuhren wir nicht zum Bahnhof, sondern zu meinem Haus am St. James' Square. Inzwischen war es fünf Uhr geworden, und ich fand, daß es vernünftiger war, die Nacht in London zu verbringen, statt mit dem ersten Zug in aller Eile in Richtung Kontinent abzudampfen.

Wir speisten um acht. Es war ein einfaches Dinner, kalter Lachs, in Butter gedünstete Kartoffeln mit Petersilie und winzige, äußerst schmackhafte Erbsen. Zum Schluß gab es Sillabub, von Marguerite heiß geliebt, und danach folgte ich ihr, ohne auch nur einen Schluck Portwein zu trinken, in den Salon.

Sie trug ein Kleid aus gelbem Brokat, das ihre Schultern freiließ und mit goldfarbenen Spitzen besetzt war. Noch heute entsinne ich mich genau, wie das Licht des Kronleuchters auf den Diamanten funkelte, die ich ihr geschenkt hatte, und an das leise Rascheln ihrer Schleppe, als sie die Stufen zum Salon emporstieg.

Als wir zu Bett gingen, war es draußen noch hell; doch Ende Juni sind die Tage ja sehr lang.

Am nächsten Morgen verpaßten wir beinahe den Zug nach Dover. Ich weiß noch, wie wir uns in unserem Abteil atemlos lachend auf unsere Sitze fallen ließen, während der Zug sich schon in Bewegung setzte.

Marguerite trug einen hellblauen Mantel, vorn sehr eng geschnitten, hinten mit breitem Faltenwurf. Auf ihrem Kopf saß ein großer Rundhut. Unter dem Saum ihres Kleides lugte gelegentlich ein Paar Stiefelchen hervor, sehr schmal und winzig.

Die Überfahrt nach Calais verlief glatt. Einige Tage verbrachten wir in Paris, dann fuhren wir in die Schweiz. Jener Teil Europas hatte mich immer angezogen. Deutsch spreche ich ganz leidlich, und ich muß auch sagen, daß ich mich bei den deutschsprachigen Völkern wohler fühle als bei den Franzosen. Je weiter wir fuhren, desto gelöster war ich; und als wir in Basel eintrafen, schienen alle Probleme, die mich in England bedrückt hatten, genauso fern zu sein wie das Innere Afrikas.

In Bern, wo wir einige Tage zubrachten, drängte es mich dann, Marguerite zu fragen: „Bist du glücklich?"

„So glücklich, daß ich gar nicht glücklicher sein könnte",

erwiderte sie lachend. „Steht mir das nicht ins Gesicht geschrieben?“

„Ich wollte nur sichergehen.“

„Ja, hast du etwa geglaubt, daß ich dir etwas vorspiele?“

Ich sagte, bei manchen Frauen sei das in der Tat so; sie fühlten sich auf Höflichkeit dazu verpflichtet. „Und wenn es auch bei dir so wäre – wie könnte ich dir das verübeln?“ fügte ich behutsam hinzu. „Du tätest es ja, weil du mich liebst und mir nicht wehtun willst. Aber bitte, Marguerite, wenn ich je zuviel von dir verlangen sollte, mußt du es mir unbedingt sagen, denn ich möchte nicht, daß du unglücklich bist. Fürchte nie, daß ich nicht verstehen werde.“

„Aber wie könntest du von mir zuviel verlangen?“ fragte sie, und als ich ihr zu erklären versuchte, was ich damit meinte, sah sie mich verwundert an.

„Edward“, unterbrach sie mich energisch, „einer von uns beiden scheint begriffsstutzig zu sein, und ich habe das scheußliche Gefühl, daß ich das bin; denn ich begreife immer noch nicht, wovon du eigentlich sprichst. Könntest du dich nicht ein bißchen deutlicher erklären?“

So versuchte ich es noch einmal, und wieder stürzte uns das nur in Verwirrung, bis Marguerite schließlich ungläubig rief: „Aber es ist doch himmlisch! Empfinden denn das nicht alle Frauen so?“ Und dann, ein wenig erschrocken: „Guter Himmel, sollten Frauen gar nicht so empfinden?“

Erst in diesem Augenblick begriff ich deutlich, was mir während meiner Ehe mit Eleanor immer gefehlt hatte.

VI

„Ich habe nie verstanden, warum Eleanor sich so veränderte“, sagte ich. „Wenn ich es verstanden hätte, wäre es leichter gewesen.“

Wir waren in Interlaken. Vor den Fenstern unseres Appartements schimmerten dunstig die blumenbesäten Matten der Gebirgshänge. Doch während ich sprach, sah ich die Berge nicht mehr, sondern blickte zurück in die Vergangenheit mit ihren bleichen Schatten, ungläubig meiner eigenen Stimme lauschend, die meine geheimsten Gedanken verriet.

„Ja, schon während der Flitterwochen gab es Schwierigkeiten, aber wir waren jung und verliebt. Auch nach den ersten Kindern schien alles noch ungetrübt. Entbindungen machten Eleanor nie zu schaffen, und sie hatte den Ehrgeiz, als Mutter genauso erfolgreich zu sein wie als Ehefrau. Ja, Eleanor war sehr ehrgeizig. Wäre sie ein Mann gewesen, so hätte sie sich vielleicht mit der Politik befaßt. Doch für eine Frau sind die Möglichkeiten begrenzt, und so konzentrierte sie ihre ganze Energie auf meine Karriere und unsere Familie. Wir wußten genau, wie viele Kinder wir wollten: zwei Jungen und zwei Mädchen. Ich weiß noch, wie vergnügt wir waren, als uns das auch programmgemäß zu gelingen schien – erst ein Mädchen, dann zwei Knaben, dann wieder ein Mädchen. Eleanor meinte, auf so viel Tüchtigkeit könnten wir stolz sein, und wir lachten beide. Wir waren sehr glücklich."

Marguerites Anwesenheit hatte ich vergessen. Einzig Eleanor war für mich gegenwärtig, schön und elegant, dunkelhaarig und dunkeläugig, eine strahlende Erscheinung.

„Doch das Baby starb." Die Erinnerung an Eleanor verblaßte. „Das kleine Mädchen. Ihr Name war Beatrice. Als Eleanor sich von dem Schock erholte, wollte sie nur eines, wieder ein Baby. Aber unsere zweite Tochter lebte nur drei Monate, und dann zeigten sich bei den beiden Knaben, John und Henry, Zeichen von Schwindsucht . . . Ich kann dir nicht sagen, wie fürchterlich das für uns war. Zuerst schien es uns nur enger miteinander zu verknüpfen, aber nach dem Tod unserer beiden Söhne erkannte ich, daß Eleanor unter einem morbiden Gefühl des Versagens litt – als ob es ihre Schuld sei, daß von unseren Kindern bisher nur eines überlebt hatte. Ich gestehe, daß ich mir wieder einen Sohn wünschte, denn für einen Mann meines Standes war es wichtig, einen Erben zu haben. Doch ich hätte warten können. Mich trieb nicht dieser fieberhafte Drang, das Verlorene sofort wieder zu ersetzen. Aber Eleanor konnte an nichts anderes denken. Sie verlor alles Interesse an der Welt, bis dann endlich, Gott sei es gedankt, Annabel und Louis geboren wurden und wir wieder drei gesunde Kinder hatten. Für mich war das genug. Ich wollte keine weiteren Kinder."

Die Sonne ließ ihr Licht durch das Fenster fluten, und plötzlich war ich wieder in einem der Kinderzimmer auf Woodhammer und hielt Nell bei der Hand, während wir beide in Louis' Wiege spähten.

„Eleanor verstand, und sie war es auch, die meinte, wir sollten eine Zeitlang verreisen. Sie fühle sich schuldig, weil sie mich während unserer schwersten Zeit so vernachlässigt hätte. Das wolle sie jetzt wieder wettmachen. ‚Ich will dir eine gute Frau sein, Edward', sagte sie. ‚Die beste Frau, die du dir wünschen kannst.' Sie strebte in allem und jedem nach Perfektion, mußt du wissen – die Maßstäbe konnten ihr gar nicht hoch genug sein. Meine Mutter sagte oft zu ihr: ‚Was wirst du tun, Eleanor, wenn du eines Tages entdeckst, daß du deinen hohen Maßstäben nicht gerecht werden kannst?' Aber ich glaube, sie sagte das nur, weil sie insgeheim ein wenig eifersüchtig war, so wie es Mütter ja oft gegenüber erfolgreichen Schwiegertöchtern sind . . .

Jedenfalls griff ich Eleanors Vorschlag, auf Reisen zu gehen, bereitwillig auf, und damals fuhren wir nach Amerika."

Ich war jetzt in Boston. Aus dem Hotelfenster blickend, sah ich in der Ferne die Lichter von Beacon Hill.

„Aber irgend etwas schob sich zwischen uns", sagte ich. „Eleanor fühlte sich von unseren intimen Beziehungen abgestoßen. Warum, weiß ich nicht. Sie meinte, das läge daran, daß Antikonzeptionsmittel in ihr Schuldgefühle auslösten; sie habe das Gefühl, die Gebote der Kirche zu verletzen. Aber ich glaubte ihr das nicht so ganz, denn sie war nicht sehr religiös. Schließlich erklärte Eleanor, sie sei sicher, alles würde wieder gut werden, wenn wir weitere Schwangerschaften nicht zu verhüten suchten, und tatsächlich behielt sie recht. Alles war wieder wie früher, doch . . ." Ich brach ab. Erst nach längerer Zeit brachte ich mit Mühe heraus: „Nein, es war nicht wieder wie früher, es war nicht wieder gut. Ich wollte es glauben, nur zu gern, doch es stimmte nicht."

Zum erstenmal sah ich Marguerite an. Sie stand so bewegungslos, daß sie kaum zu atmen schien. Das Blau ihrer Augen war sehr klar und ruhig.

„Meine Freunde glaubten, mit uns sei alles in bester Ordnung. Mitunter sagten sie zu mir: ‚Was bist du doch für ein unverschämter Glückspilz!' Ihre Frauen schliefen schon seit Jahren nicht mehr mit ihnen, ihre Frauen wurden deshalb auch nicht mehr schwanger. Und als ich sah, wie meine Freunde Geliebte nahmen, dachte ich, sie hätten vielleicht recht und ich sei wirklich ein Glückspilz. Eleanor war noch mein, eine wunderbare Gefährtin, die meine Interessen teilte, meine Karriere förderte und alles daran setzte, mir nur eine gute, nein, perfekte Frau zu sein . . . Schließlich sagte ich mir, ich hätte zweifellos allen Grund, zufrieden zu sein, und nahm mir vor, nicht wieder in Zorn zu geraten, wenn sie ein Kind empfing, das ich gar nicht wollte."

Ich schwieg einen Augenblick. Im Zimmer war es sehr still. Stockend fuhr ich fort: „So ging es einige Jahre lang – bis Patrick geboren wurde. Damit endete alles. Der Arzt sagte später, sie dürfe nie wieder ein Kind bekommen, und sie, sie schlief nie wieder mit mir."

Die Vergangenheit schien ganz nah zu sein, doch wie so oft zuvor, versuchte ich vergeblich, sie zu verstehen. „Das Merkwürdige war", fuhr ich fort, „daß Eleanor, nachdem sie mir keine musterhafte Gattin sein konnte, auch keinen Wert mehr darauf legte, eine gute Mutter zu sein. Sie zog sich von mir zurück, und sie zog sich von den Kindern zurück. Natürlich war sie lange Zeit recht krank, vor allem nach Louis' Tod, als sie einen nervösen Kollaps erlitt, doch auch später interessierte sie sich nie mehr so für ihre Kinder wie früher. Ich begriff zur Not noch, daß ihr Patrick gleichgültig war – er hatte schließlich ihre Gesundheit ruiniert. Doch nicht weniger gleichgültig waren ihr offenbar auch die Mädchen . . . Es schien, als fürchte sie sich nicht mehr davor, zu versagen, als sei sie, nach einem entsetzlichen Kampf, der Anstrengungen überdrüssig und bereit, die Niederlage zu akzeptieren. Wie sehr hatte sie sich doch geändert . . .

Doch so eingehend ich auch nach dem Warum und Wieso forschte, ich begriff es nie. Warum konnte sie nicht dasselbe Schlafzimmer mit mir teilen, wenn sie wußte, daß unserer Vereinigung kein Kind entspringen würde? Nur wenn spätere Mutterfreuden nicht auszuschließen waren, schien sie sich als meine Frau zu empfinden. Aber warum? War es meine Schuld? Hatte ich etwas getan oder unterlassen, was alles ändern konnte? Ich liebte sie so sehr – vor unserer endgültigen Entfremdung war ich ihr immer treu gewesen. Wenn sie schwanger war, empfahl der Arzt ihr strikte Enthaltsamkeit, und so schlief sie oft lange Monate in einem anderen Raum als ich. Doch ich schickte mich drein, weil ich sie liebte und weil ich wußte, daß all unseren Schwierigkeiten zum Trotz sie auch mich liebte."

Wieder blickte ich zu Marguerite. In ihrer Miene las ich etwas, den Anflug einer Enthüllung, die mir vielleicht Klarheit bringen konnte, eine schmerzliche Gewißheit; doch ein Instinkt sagte mir, daß es klüger war, nicht zu verstehen. „Eleanor hat mich wirklich geliebt", sagte ich, ohne zu begreifen, warum ich das so betonte, doch überzeugt, daß es für uns beide wichtig war, das zu glauben. „Gute Frauen lieben ihre Männer doch, nicht wahr? Und Eleanor war eine so perfekte Ehefrau . . .“

VII

Marguerite hatte sich in die Schweiz verliebt. Als wir in meinem Lieblingshotel am Vierwaldstätter See eintrafen, besaß sie bereits fünfzig Drucke der verschiedensten Landschaften, drei Dutzend Bilder für ihre Laterna magica, Unmengen bestickter Stoffe sowie drei Kuckucksuhren. Das Wetter war warm, ein Sonnentag folgte dem anderen, und von unserem Balkon hatten wir freien Ausblick über den See auf die schwindelerregende Höhe des Pilatus.

„So ist es also, wenn man nach und nach der Senilität verfällt“, sagte ich eines Tages zu Marguerite. „Ich weiß überhaupt nicht, was sich in der Weltgeschichte tut.“ Ich lachte vergnügt. „Vielleicht steht das Parlament in Flammen, vielleicht nähert sich das britische Imperium mit Riesenschritten dem Zusammenbruch – ich weiß es nicht, und es ist mir auch völlig gleichgültig. Ich habe keine Lust, eine Zeitung oder ein Buch zu lesen – frivole Romane vielleicht ausgenommen –, das einzige, woran mir liegt, ist deine Gesellschaft. Früher habe ich immer geglaubt, daß man Senilität aus gutem Grund verachtet, aber jetzt weiß ich, daß die Leute bloß neidisch sind.“

Marguerite, die gerade mit Eintragungen in ihr Tagebuch beschäftigt war, hob den Kopf. „Wenn du senil bist“, sagte sie ernst, „ist mein neuer Name nicht Marguerite de Salis. Edward, Liebster, du solltest nicht so viel über dein Alter nachdenken. Ich tu's ja auch nicht, warum also du?“

„Ich denke gar nicht so viel darüber nach, aber manchmal wünschte ich doch, ich wäre einige Jahre jünger.“

„Und was für einen Unterschied würde das machen? Alter ist ein Zustand des Geistes, wie das Liegen auf einem Nagelbett“, erklärte sie etwas dunkelsinnig und fügte dann, als sei sie des Themas überdrüssig, rasch hinzu: „Jedenfalls bist du so kerngesund und so bärenstark, daß du wahrscheinlich hundert Jahre alt wirst.“

„Das wäre für dich ja ein entsetzliches Schicksal!“

Sie lachte. „Ich werde dich immer und ewig lieben“, sagte sie mit der Zuversicht, die für junge Menschen so kennzeichnend ist. „Glaubst du das etwa nicht?"

„Ich . . . möchte es sehr gern glauben."

Trotz des scherzenden Tonfalls schien etwas von meinem Zynismus durchzuklingen, von meiner Schwermut; denn sie sprang sofort auf, stürzte auf mich zu und küßte mich. „Dann mußt du es auch glauben", sagte sie. „Es ist die Wahrheit. Edward, Liebster, du hast mir alles gegeben, was ich mir nur wünschen konnte – ich fühle mich wie ein ganz anderer Mensch. Glaubst du im Ernst, daß ich aufhören würde, dich zu lieben, weil du vor mir alt sein wirst? Was für eine schlechte Meinung mußt du von mir haben!"

„Du weißt doch ganz genau, wie ich über dich denke", sagte ich lächelnd, und plötzlich verlor sich alle Schwermut und alle Traurigkeit, und ich war wieder ich selbst. Ich sah sie an, und in meinen Augen war sie schön, so klein und adrett, so hübsch gekleidet, so frisch und so lebhaft und so vergnügt. „Ich liebe dich sehr", sagte ich und spürte, wie das Alter an Gewicht immer mehr verlor. In der Welt unserer Gefühle spielte die Zeit keine Rolle, so daß die junge Frau dort nichts war als Marguerite, die mich liebte und mich lieben würde, solange ich lebte, um diese Liebe dankbar zu empfangen und zu erwidern.

VIII

Als wir in Zürich ankamen, schrieb ich meinem Neffen George einen Brief, in dem ich ihn bat, Patrick kurz vor unserer Rückkehr vom Kontinent nach London zu schicken. Wenigstens eines meiner Kinder sollte im Haus am St. James' Square sein, um ihre Stiefmutter daheim willkommen zu heißen.

An Patrick schrieb ich: „Dein abscheuliches Betragen kannst Du am besten wettmachen, indem Du Dich Marguerite gegenüber korrekt und anständig verhältst. Entsprechend erwarte ich von Dir, daß Du Dich in Deinem besten Anzug zeigst und mit ordentlich geschnittenem und gekämmtem Haar. Außerdem bitte ich mir eine aufmerksame, höfliche und entgegenkommende Haltung aus. Das, so meine ich, dürfte von Dir nicht zuviel verlangt sein." Nachdem ich meinen Namen darunter gesetzt hatte, fügte ich noch hinzu: „P. S. Solltest Du wieder gewachsen sein, so lasse den Schneider kommen und Dir einen neuen Cutaway mit dazu passender Hose machen. Auch eine neue Weste empfehle ich, doch darf sie auf keinen Fall aus grellbuntem Tartan oder einem ähnlich auffälligen Stoff sein."

Anfang September verließen wir die Schweiz, und am späten Nachmittag des 19. Septembers fuhr meine Kutsche vor meinem Haus am St. James' Square vor.

Patrick stand in der Vorhalle zu unserem Empfang bereit, und nicht ohne Zufriedenheit stellte ich fest, wie recht ich mit meiner Vermutung gehabt hatte: Er war in der Tat wieder ein ganzes Stück gewachsen und schon fast so groß wie ich. Sein Haar, blond wie meines früher einmal, saß makellos. Wegen seiner Länge wirkte er älter als fünfzehn.

„Willkommen daheim, Papa", sagte er pflichtgemäß, während er auf mich zutrat, um mir die Hand zu schütteln. „Ich hoffe, du hattest eine gute Reise."

Ich lächelte, um ihm zu zeigen, daß sein Benehmen meine Billigung fand. „Es war eine sehr angenehme Reise, danke", sagte ich vergnügt. „Und jetzt will ich dich deiner Kusine Marguerite vorstellen. Liebes . . ."

Doch als ich mich zu ihr umdrehte und ihr Gesicht sah, erkannte ich mit erschreckender Klarheit, daß sie von ihm wie geblendet war.

MARGUERITE

TREUE

1860–1868

1. KAPITEL

I

Edward war neunundfünfzig, als ich ihn kennenlernte, und sechzig, als wir heirateten, doch da seine Lebensjahre für mich überhaupt nicht ins Gewicht fielen, war es recht unsinnig, wenn die Leute meinten, er sei für mich zu alt und eine Ehe unter solchen Umständen töricht. Denn töricht oder nicht: Ich *wollte* ihn ganz einfach heiraten.

Wenn ich jetzt zurückblicke, so erkenne ich, daß ich mich aus völlig falschen Gründen zu einem so entscheidenden Schritt entschloß – weil ich von daheim fort wollte; weil in unserer Gesellschaft reizlose Mädchen meiner Art als Versagerinnen galten; weil ich mich davor fürchtete, einmal als alte Jungfer zu sterben. Edwards Heiratsantrag war der rettende Strohhalm in meinem Meer des Jammers, und wie eine Ertrinkende griff ich mit beiden Händen zu. Der Strohhalm erwies sich als eine Art Floß, ich war dem Unheil entronnen, und in aufwallender Erleichterung und Dankbarkeit redete ich mir ein, ich sei in meinen Retter unsterblich verliebt. Überflüssig zu sagen, daß das eine Illusion war. Dennoch war es ebendiese Überzeugung, die mir die Kraft gab, den öden Winter zu überstehen, bis wir endlich verheiratet waren, obschon mich dauernd die Angst quälte, er könnte sich anders besinnen.

Doch er blieb bei seinem Entschluß, und als ich ihn dann wiedersah, enthüllte sich meinem Blick, wofür ich zuvor blind gewesen war. Es schien, als sähe ich ihn zum erstenmal. Damals in New York zu sehr mit meinen eigenen Nöten beschäftigt, hatte ich von Edwards Charakter nur einen flüchtigen und von seinem Äußeren fast gar keinen Eindruck gewonnen. Und so war ich, Monate später in Liverpool, sehr überrascht, als ich entdeckte, wie gut er aussah: hochgewachsen, schlank und elegant. Seine Haare waren dunkelbraun, an den Schläfen grau. Er hatte tiefliegende blaue Augen, ein bezauberndes Lächeln, und sein Kinn wirkte sehr energisch.

Wieder bildete ich mir ein, ich sei leidenschaftlich in ihn verliebt, und wieder war es nur eine zärtlich gehegte Illusion. Doch was Leidenschaft in Wahrheit bedeutete, sollte ich nach unserer Hochzeit erfahren. Wunschträume wurden Wirklichkeit. Ich weiß, daß man es nicht für schicklich erachtet, wenn ein junges Mädchen sich zu Leidenschaften bekennt, die in Romanen notorischen Abenteuerinnen vorbehalten sind; doch da diese Memoiren der Wahrheit entsprechen sollen, muß ich gestehen, daß ich jeden Augenblick meiner Flitterwochen genoß und mich von dem Fremden, der mein Gatte war, von Tag zu Tag mehr bezaubern ließ.

Wohl kein Volk auf der Erde versteht es besser, sich in eine Maske der Fremdartigkeit zu hüllen, als die Briten. Sie verkriechen sich in einem Panzer aus Förmlichkeiten, sie richten eine verwirrende Vielfalt sorgsam gewählter Fassaden vor sich auf. Mein Bruder Francis hielt Edward für einen exzentrischen Schwächling, während ich meinte, daß unser Vetter nur typisch europäisch und somit altmodisch sei. Beide begriffen wir nicht, daß in der aristokratischen Hülle ein ebenso harter Kern steckte wie bei einem New Yorker, der gerade seine erste Million gemacht hat. Amerikaner glauben, daß ein Mann sich nur durchsetzen kann, wenn er laut spricht und die Fäuste ballt. Engländer halten ein solches Benehmen für tölpelhaft und verstehen sich seit langem auf die lautlose Kunst der Vernichtung, auf das Lächeln in allen Lebenslagen.

Mir gegenüber verhielt sich Edward höflich, zuvorkommend, freundlich, geduldig und sehr verständnisvoll. Erst nach unserer Hochzeit entdeckte ich, wie hartnäckig und unerbittlich er sein konnte. Er besaß einen eisernen Willen, der ihn das einmal gesetzte Ziel so gut wie immer erreichen ließ.

Zweifellos hätte eine ältere und erfahrenere Frau schon sehr bald erkannt, daß es nicht leicht war, mit ihm auszukommen.

Warum ihm so viel daran lag, mich zu heiraten, weiß ich nicht. Er sagte mir natürlich, einziger Grund sei seine grenzenlose Liebe zu mir, was ich ihm auch glaubte. Doch weiß ich inzwischen, daß Liebe ein sehr dehnbarer Begriff ist, und oft frage ich mich, ob seine Motive ebenso verworren waren wie meine. Er fühlte sich einsam, und was ihm offenbar noch stärker zusetzte, war sein fortschreitendes Alter, das er zu hassen schien.

Was seine Liebe zu mir betraf, so konnte sie durch mein damals so reizloses Äußeres kaum geweckt worden sein: sie galt wohl eher meiner Jugend. Über die Leidenschaft älterer Männer für junges Blut fallen ja oft bissige Bemerkungen, so daß ich mich versucht fühlen könnte, diesen Punkt in meinen Beziehungen zu Edward zu vernachlässigen. Doch das entspräche nicht der Wahrheit; denn so gleichgültig mir sein Alter auch war, *mein* Alter fiel für ihn offenbar ganz entscheidend ins Gewicht.

Unmittelbar nach den Flitterwochen waren wir beide zweifellos aufrichtig ineinander verliebt, und als wir schließlich nach London zurückkehrten, konnte keiner von uns ahnen, daß unser erster Ehekrach schon auf uns wartete.

II

Auseinandersetzungen zwischen Eheleuten war ich nicht gewohnt. Meine Eltern waren gestorben, als ich noch viel zu jung war, um dergleichen überhaupt zu bemerken; und mein Bruder Francis und seine Frau, obwohl einander wahrlich nicht verfallen, gaben sich nach außenhin den Anschein völliger Harmonie.

Als wir in Edwards Haus am St. James' Square eintrafen, stand sein Sohn Patrick schon bereit, um uns zu begrüßen. Ich hatte der Begegnung mit einiger Nervosität entgegengesehen. Ich wußte von Edward, daß Patrick nur drei Jahre jünger war als ich und ihm viel Schwierigkeiten machte. Daher erwartete ich, einen trotzigen Bengel ohne Umgangsformen vorzufinden. Um so erstaunter war ich, als ich jetzt den freundlichsten, höflichsten und reizendsten jungen Mann vor mir sah, der sich denken ließ. Ich konnte es einfach nicht fassen. Ich starrte ihn an und mußte mich erst auf meine guten Manieren besinnen, um ihm wenigstens guten Tag zu sagen. Die unverkennbare Diskrepanz zwischen Edwards Beschreibung seines Sohnes und dem, was ich mit eigenen Augen sah, verwirrte mich zutiefst.

Stutzig geworden, begann ich damals zu argwöhnen, daß ich Edward vielleicht doch nicht ganz so gut kannte, wie ich angenommen hatte.

„Ich bin entzückt, dich endlich kennenzulernen, Kusine Marguerite“, sagte mein Stiefsohn. „Ich habe es sehr bedauert, daß es mir unmöglich war, zur Hochzeit zu kommen. Sieh es mir bitte nach. Soweit ich gehört habe, war es eine sehr hübsche Zeremonie.“

„Hm“, sagte ich. „Ja, ganz entzückend. Danke.“

„Darf ich dich mit ‚Kusine Marguerite‘ anreden?“

„Wenn du willst, kannst du die ‚Kusine‘ auch weglassen“, sagte ich lächelnd.

„Meine Liebe“, sagte Edward zu mir gewandt, und es klang, als spräche er zu einer Sechsjährigen, „ich glaube kaum, daß zu diesem Zeitpunkt eine solche Formlosigkeit angebracht ist.“

Ich war über den Rüffel, den er mir in Gegenwart seines Sohnes erteilte, so verblüfft, daß ich keine Antwort fand. Er befand sich bereits auf dem Weg zur Treppe. Überall in der Halle schwirrten Lakaien herum, die unser Gepäck aus der Kutsche geholt hatten, und der Butler eilte zwischen ihnen hin und her und gab Anweisungen.

Patrick stammelte: „Soll ich dafür sorgen, daß Tee gekocht wird, Papa?“

„Nein.“ Die Antwort hätte kaum schärfer ausfallen können. Mir rief Edward über die Schulter zu: „Hier entlang.“

Patrick blickte so unglücklich drein, daß ich ihm aufmunternd zulächelte und sagte, ich würde unser Gespräch gerne später fortsetzen. Dann folgte ich Edward nach oben.

Er sprach nicht mit mir. In herrischem Ton hatte er um heißes Wasser gebeten, und als es ihm nicht auf der Stelle gebracht wurde, war er darüber sehr aufgebracht. Sein Kammerdiener stolperte über ein Gepäckstück und wurde ausgescholten. Meine Zofe hatte Mühe, ihre Nervosität zu beherrschen. Die ganze Atmosphäre war mit Spannung geladen. Schließlich zog Edward sich ins Ankleidezimmer zurück, während ich mich mit Hilfe der Zofe vom gröbsten Reisestaub befreite, meine Frisur in Ordnung brachte und in ein frisches Tageskleid schlüpfte. Nachdem ich das Mädchen hinausgeschickt hatte, lauschte ich an der Tür zum Ankleideraum. Da ich nichts hörte, nahm ich an, daß der Kammerdiener bereits gegangen war, und so faßte ich mir ein Herz und klopfte.

Er stand am Fenster, Hände aufgestützt, Mund nur ein schmaler Strich. Während die Tür aufschwang, wandte er sich ganz zu mir.

„Du hättest wenigstens warten können, bis ich dir erlaube, bei mir einzutreten", sagte er schroff.

Das Klügste wäre es zweifellos gewesen, sofort in Tränen auszubrechen, doch habe ich nie zu den Frauen gehört, die bei jeder Gelegenheit weinen. Auch war ich viel zu entsetzt, um daran auch nur zu denken. Noch nie hatte jemand, den ich liebte, so zu mir gesprochen.

„Wie kannst du es wagen, mich wie ein kleines Kind zu behandeln?" schrie ich, und die nackte Furcht in mir verlieh meiner Stimme den Anschein von ausbrechender Wut. „Warum bist du überhaupt so schlechter Laune?"

Jetzt verlor er die Selbstbeherrschung – für mich ein häßlicher Schock, da ich bislang geglaubt hatte, er sei die verkörperte Gelassenheit. Er sagte mir ins Gesicht, daß ich mich nicht zu benehmen wüßte und er ein Narr gewesen sei, ein Mädchen zu heiraten, das viel zu sinnlich war, um ihm auch nur einen Augenblick Ruhe zu gönnen. „Du bist keinen Deut anders als dein lüsterner Bruder", fügte er hinzu, und ich schrie ihn an: „Wage es nicht, über meinen Bruder herzuziehen! Wage es ja nicht!" Aber er wagte es leider doch und bedachte Francis' moralisches Verhalten mit weiteren Bemerkungen, bis ich schließlich hysterisch kreischte: „Im Gegensatz zu dir liebt er mich wenigstens, und ich fahre auf der Stelle zu ihm nach Amerika zurück!"

Gottlob hatte ich damit einen Zustand erreicht, wo mir gar nichts mehr übrigblieb, als in Tränen auszubrechen, und ich heulte, daß es nur so auf seine Hemdbrust tropfte. Wie sie so rasch vor mein Gesicht gelangt war, wußte ich nicht, aber plötzlich stand sie mir zu Verfügung, und als ich dann Edwards Arme um mich fühlte, begriff ich, daß die Krise vorüber war. Ich hatte unseren ersten Streit überstanden, und da ich ihn einfach schrecklich fand, beschloß ich sofort, daß der erste Krach auch der letzte sein sollte. Das Schlimmste an dem ganzen Vorfall war, daß ich nach wie vor keine Ahnung hatte, was Edwards Zorn auf mich ausgelöst haben konnte.

Als er sich entschuldigte, klang seine Stimme so zittrig, daß ich sie kaum wiedererkannte. „Verzeih mir bitte", sagte er. „Für gewöhnlich führe ich mich wirklich nicht so auf. Aber an dir liegt mir so viel, daß ich einfach nicht anders konnte. Der Gedanke, du könntest für mich weniger empfinden, als ich für dich, ist mir unerträglich."

„Aber du Dummer!“ sagte ich verwirrt unter Tränen. „Du weißt doch, wie sehr ich dich liebe! Wie konntest du nur glauben ...“

„Es war, als ich dich so mit Patrick sah“, sagte er, und ich spürte, wieviel Mühe es ihn kostete, aufrichtig zu mir zu sein. An mir, das begriff ich, war es jetzt, ihn nach Möglichkeit zu verstehen. „Ihr habt beide so jung ausgesehen“, fuhr er fort. „Und Patrick erinnert mich so sehr an mich selbst – als ich in seinem Alter war.“

Angestrengt suchte ich nach Worten, um ihm zu versichern, daß ich ihn zu verstehen glaubte. Doch ehe ich sprechen konnte, tat er den ganzen Vorfall mit einem Schulterzucken ab und sagte: „Es war nichts weiter. Nur eine Torheit von mir, schon vorüber. Du brauchst nicht zu fürchten, daß ich jedesmal, wenn du einem jungen Mann zulächelst, in Zorn gerate. Verzeih mir, wenn du kannst, und laß uns nicht mehr davon sprechen.“

Ich küßte ihn. Und dann antwortete ich so einfach wie möglich, weil ich wußte, daß ich viel zu unerfahren war, um etwas anderes zu tun. „Es tut mir leid, daß du dich so erregt hast“, sagte ich. „Mit sechzig kommt man sich manchmal wahrscheinlich so vor wie ein Mauerblümchen beim Tanz. Ich haßte es, wenn Blanche ihre Partner anlächelte, obwohl ich genau wußte, daß sie ihr völlig schnuppe waren.“ Ich küßte ihn wieder und fragte ihn, ob wir jetzt nicht nach unten zum Tee gehen wollten. Minuten später, nachdem unsere Küsse jeden Zweifel an unseren Gefühlen füreinander beseitigt hatten, sagte ich: „Übrigens wird nächstes Jahr im April wohl Thomas ankommen, aber ich muß, um sicherzugehen, bald einen Arzt fragen.“

Verdutzt starrte er mich an. Bislang hatte ich ihm meinen Zustand verschwiegen, und als er jetzt fragte, warum ich ihm denn nichts davon gesagt hätte, erwiderte ich nur, ich wollte ihn mit der Neuigkeit überraschen.

„Die Überraschung ist dir gelungen!“ rief er lachend, und da er sich aufrichtig zu freuen schien, nahm ich meinen Mut zusammen und fragte ihn, ob es ihm denn auch nichts ausmache, wieder Vater zu werden.

„Aber woher denn?“ sagte er leichthin und erinnerte sich dann an das, was er mir über seine erste Ehe anvertraut hatte: „Dies ist dein Kind, Liebste, und nicht Eleanors. Und das ändert alles von Grund auf.“

Ich stellte keine weiteren Fragen. Was sein Verhältnis zu Eleanor betraf, so hielt ich es für das Beste, nicht zu tief einzudringen; denn je mehr ich darüber erfuhr, desto mehr wurde es mir zum Rätsel. Es schien, daß sie so oft wie möglich schwanger geworden war, um so wenig wie möglich mit ihm schlafen zu müssen. Ich versuchte, für Eleanor Mitgefühl aufzubringen. Edward sprach oft von ihr, als hätte sie an irgendeiner abstrusen Krankheit gelitten – was nicht völlig auszuschließen war, da sich bei Frauen über vierzig eine gewisse Verschrobenheit mitunter in recht sonderbarer Form zeigt. Aber so sehr ich auch versuchte, mich in sie hineinzuversetzen, ich kam regelmäßig zu dem Schluß, daß ihr Verhalten weniger verrückt als widerspruchsvoll gewesen war. Natürlich hatte ich für dieses Behauptung keine wirkliche Handhabe. Trotz aller damaligen Schwierigkeiten hatte Edward sehr an ihr gehangen, und wenn es ihr gelungen war, sich seiner Ergebenheit zu versichern, obwohl sie an seiner Seite eine Art Nonnendasein führte – nun, dann mußte sie schon über einige Qualitäten verfügt haben, wie ich mir widerstrebend eingestand.

„Du darfst auf Eleanor nicht eifersüchtig sein", hatte Edward während unserer Flitterwochen freundlich zu mir gesagt.

„Eifersüchtig? Ich? Aber kein Gedanke!" war meine lachende Antwort gewesen. Aber natürlich war ich geradezu rasend eifersüchtig und hatte den Ehrgeiz, sie in jeder Hinsicht auszustechen. Es beglückte mich, daß Edward mir versicherte, im Schlafzimmer sei ich eine bessere Ehefrau als die schöne, geistreiche und intelligente Eleanor, die ich gewiß auf den ersten Blick gehaßt haben würde.

„Es wird ein Junge werden", sagte ich später, nachdem ein namhafter Arzt aus der Harley Street meine Vermutung bestätigt hatte. „Ich bin sicher, daß es ein Junge wird."

Eleanor hatte hauptsächlich Mädchen zur Welt gebracht.

„Nun, Thomas ist ein hübscher Name", meinte Edward, sich offenbar recht genau an meine erste Erwähnung des Babys erinnernd, „und es würde mich freuen, noch einen Sohn zu haben."

Mit dem armen Patrick war er wirklich ganz und gar nicht zufrieden.

Patrick war der attraktivste Junge, den ich je gesehen hatte. Er besaß eine starke Ähnlichkeit mit seinem Vater, vor allem um die Augen, doch sein Gesichtsausdruck unterschied sich von dem

Edwards so sehr, daß diese Ähnlichkeit nur selten auffiel. Sein Haar hatte den matten Glanz von Gold, genau wie bei Edward früher, wie ich erfuhr. So groß wie sein Vater war Patrick noch nicht, aber er befand sich ja noch im Wachstum. Schon jetzt ließ sich ahnen, daß er in absehbarer Zeit nicht nur langaufgeschossen, sondern auch wohlproportioniert sein würde. Er war ja noch ein Knabe, und während unserer ersten Gespräche fühlte ich mich alt genug, um seine Mutter zu sein. Andererseits war ich für männliche Schönheit keineswegs unempfänglich, und es ließ sich nicht leugnen, daß er ganz außergewöhnlich schön war. Natürlich dachte ich nicht daran, zu Edward davon zu sprechen, aber insgeheim freute ich mich, daß Patrick so umgänglich war und seinerseits mit meiner Gesellschaft zufrieden schien. Ich fand es tröstlich, jemanden in meiner Nähe zu haben, der wie ich noch unter zwanzig war.

Edward hatte einen riesigen Kreis von Bekannten, von denen jedoch keiner unter vierzig war. Der Gedanke, ausschließlich mit älteren Leuten Umgang pflegen zu müssen, war mir zuerst schrecklich gewesen, doch hatte ich mich inzwischen mit ihm versöhnt. Seine Freunde behandelten mich mit erlesener Höflichkeit, aber Briten verfügen da über eine ganze Skala feinster Schattierungen, und ich vermutete, daß sie diese junge Amerikanerin, die so unversehens in ihren Kreis geplatzt war, ein wenig als den häßlichen kleinen Kuckuck in ihrem so prächtig ausgestatteten Nest betrachteten.

Bald glich mein gesellschaftliches Leben einem Hindernisrennen, das für mich von Hürde zu Hürde beschwerlicher wurde. Als Jungverheiratete wird man von Besuchern nicht geradezu überschwemmt, denn sowohl Amerikaner als auch Briten huldigen der Sitte, „die Braut zu behüten“. Doch wegen Edwards Stellung im öffentlichen Leben sah ich mich schon bald gezwungen, die Frauen seiner engeren Freunde zu empfangen und ihre Besuche zu erwidern. Eine Pflicht von tödlicher Langeweile, denn was konnte ich, junge Amerikanerin und kaum aus der Schule, zu einer verwitweten Herzogin sagen, die es noch nie für nötig befunden hatte, England zu verlassen? Hektisch vertiefte ich mich in die Lektüre aller möglichen Zeitungen, um über aktuelle Ereignisse mitreden zu können, und studierte außerdem Burkes Adelskalender, denn wie sollte ich mich sonst in der Vielfalt der englischen Aristokratie zurechtfinden?

Aber es sollte noch ärger kommen. Edwards größtes Interesse galt der Politik, und so gab es denn bald politische Dinnerpartys und unzählige qualvolle Soireen. Ich hätte mich darum drücken und mit meiner Schwangerschaft herausreden können, doch ich fühlte mich ausgezeichnet und wollte Edward nichts vorspiegeln. Außerdem hasse ich es, klein beizugeben. Also machte ich mich daran, in die Geheimnisse der britischen Politik einzudringen. Ich las John Stuart Mills „Über die Freiheit" und sogar, völlig abseits der politischen und sozialen Probleme, Darwins „Über die Entstehung der Arten". Als Edward herausfand, womit ich mich beschäftigte, hatte das allerdings ein Ende.

„Um Himmels willen, sprich in unseren Kreisen ja nicht von Sozialismus und Evolution!" rief er entsetzt. „Lies lieber Samuel Smiles' ‚Selbsthilfe', wenn du dich denn schon unbedingt mit dem sozialen Wohlergehen der Masse befassen mußt. Auch wären für deine Bildung Gedichte ratsamer als deine gewohnten seichten Romane. Hast du ‚Idylle eines Königs' gelesen?"

Nein, das hatte ich nicht. Ich verabscheute Poesie und fand Darwins Theorien wesentlich faszinierender als Tennysons Phantasien.

„Wir werden dir wahrscheinlich sehr konservativ vorkommen", sagte Edward einmal mit einem Anflug von Mitgefühl.

Und vorgestrig, fügte ich den Gedanken hinzu, während ich mir die unglaubliche Verworrenheit des englischen Klassensystems ins Gedächtnis rief. Laut sagte ich jedoch nichts. Natürlich gibt es auch in New York ein Klassensystem und einen Haufen Snobismus – auch ich selbst hatte mitunter verächtlich auf Mädchen herabgeblickt, deren Väter nicht mehr als zwanzigtausend im Jahr verdienten –, aber in Amerika ist das Klassensystem anders, nicht so strikt, sondern mit fließenden Grenzen, und überhaupt mehr ... Wie soll ich es nennen? Demokratisch ist wohl das einzige Wort dafür.

„O ja", sagte Edward ironisch, nachdem ich ihm das klarzumachen versucht hatte. „Wir verfolgen das amerikanische Experiment in Sachen Demokratie mit großem Interesse."

Seine Ironie hatte ihren Grund wohl darin, daß er meinte, die Demokratie würde in einem baldigen Bürgerkrieg zugrunde gehen. Doch der Meinung war ich nicht. Ich glaubte überhaupt nicht, daß es zum Krieg kommen würde – genau wie Francis, der seine Ansicht damit begründete, eine kriegerische Auseinandersetzung müsse sich auf den Handel verheerend auswirken. Bei den kommenden Präsidentschaftswahlen wollte er gegen Lincoln stimmen.

„Und wie würdest du dich entscheiden, wenn du das Wahlrecht hättest?“ erkundigte sich Edward, nachdem ich ihm Francis' Brief gezeigt hatte.

Zuerst meinte ich, er wollte mich zum besten halten. „Aber Edward, was für eine Frage! Du weißt doch, daß Frauen unfähig sind, was politische Dinge anbelangt!“

„Ja. Aber nur, weil die meisten von ihnen ungebildet sind. Unfähig sind sie keineswegs.“

Immer wieder kam es vor, daß Edward mich mit einer unerwarteten Ansicht verblüffte. Er vertrat erzkonservative Überzeugungen, um dann, wenn man schon alle Hoffnung aufgegeben hatte, ganz beiläufig eine so radikale Bemerkung fallenzulassen, daß man sich fragte, wie er es nur vermied, seine altmodischen politischen Kollegen gegen sich aufzubringen.

„Eleanor besaß in politischen Dingen eine ganz außergewöhnliche Auffassungsgabe“, erklärte er. „Zum Teil lag das an ihrer natürlichen Veranlagung dafür, doch war sie auch von einer erstklassigen Gouvernante erzogen worden. Zwar halte ich es nicht für wünschenswert, Frauen genauso zu erziehen wie Männer, aber ich finde, daß man ihnen in viel stärkerem Maße Möglichkeiten geben sollte, wie Eleanor sie erhielt. Bevor es allerdings dazu kommt, wird man erst einmal die Männer zu erziehen haben.“ Unwillkürlich schlug er jenen energischen Tonfall an, mit dem er im Oberhaus zu sprechen pflegte. „Jeder Mann in diesem Land hat zumindest auf eine elementare Schulbildung Anspruch, und es ist barer Unsinn, wenn viele behaupten, daß die arbeitenden Stände unfähig sind, daraus einen Vorteil zu ziehen . . .“

Bei dieser Gelegenheit erzählte er mir von seinem pädagogischen Experiment. Er hatte Roderick Stranahan, den Sohn eines irischen Bauern, zuerst auf die Schule in Galway und später auf eine Universität in Deutschland geschickt. „Und jetzt spiele ich mit dem Gedanken, ein weiteres Experiment in die Wege zu leiten“, fügte er enthusiastisch hinzu. „Da ist ein junger Pächter namens Drummond, der mich sehr interessiert. Zweifellos würde er von einem Studium am Agricultural College viel profitieren – und für mich wäre das auch von Vorteil!“ ergänzte er rasch, als ich seinen

Altruismus loben wollte. „Er würde die anderen Pächter beeinflussen, die in landwirtschaftlichen Dingen hoffnungslos rückständig sind . . ."

Landwirtschaft war das Gebiet, dem, nach der Politik, Edwards Hauptinteresse galt; doch da mich dieses Thema herzlich wenig kümmerte, sprachen wir nur sehr selten darüber.

Unterdessen war ich in meinem Bemühen, die panzergleiche Höflichkeit von Edwards Bekanntenkreis zu durchdringen, um keinen Schritt vorangekommen. Schließlich war ich darüber so verzweifelt, daß ich mir einen Stoß gab und ihm mein Leid klagte. Doch das erwies sich als reine Energievergeudung. Er bestritt einfach, daß Schwierigkeiten dieser Art für mich existieren, und sagte mir, jedermann sei über mich entzückt.

„Das freut mich", sagte ich und versuchte, meiner Stimme einen fröhlichen Klang zu geben. Doch in Wirklichkeit war mir zum Heulen zumute. Ich konnte die unausgesprochene Ablehnung, auf die ich stieß, nicht länger mit meiner Unkenntnis des englischen Lebens begründen. Mein unentschuldbarer Frevel schien darin zu bestehen, daß ich erst achtzehn und außerdem Ausländerin war. An meinem Alter ließ sich nichts ändern, doch zweifellos konnte ich versuchen, etwas weniger ausländisch zu wirken.

„Ich habe beschlossen, englischer als die Engländer zu sein", sagte ich eines Morgens zu Patrick. Edward war bereits in der Bibliothek verschwunden, wo er seinem Sekretär Briefe diktierte. Patrick und ich saßen noch im Speisezimmer. „Ich werde lernen, mit englischem Akzent zu sprechen."

„Aber Engländer haben doch gar keinen Akzent", erwiderte Patrick erstaunt. „Sie sprechen ganz einfach englisch. Einen Akzent haben nur Ausländer."

„Ach, Unsinn!"

„Warum willst du dich denn überhaupt ändern?" fragte er. „Ausländer, die ihre Herkunft zu verleugnen suchen, liebt man bei uns nicht. Das ist gegen die Spielregeln."

„Aber was soll ich bloß tun?" jammerte ich.

„Tun?" sagte er. „Na, gar nichts. Ich finde dich schrecklich nett, so wie du bist."

„Da scheinst du aber der einzige zu sein", meinte ich verdrossen. „Jetzt bin ich schon einen ganzen Monat hier, und noch immer behandelt man mich, als sei ich ein seltenes Exemplar aus dem Zoo."

„Aber ein Monat, das ist doch keine Zeit!" protestierte Patrick. Ich stürzte aus dem Zimmer, lief die Treppe hinauf und vergrub mich tief im Himmelbett. Dort ließ ich meinem kläglichen Selbstmitleid freien Lauf und weinte, bis ich erschöpft war. Sofort fühlte ich mich besser. Mich im Bett aufrichtend, dachte ich daran, daß man mich in New York entweder ignoriert oder hinter meinem Rücken häßlich genannt hatte. Edward verdankte ich, daß ich jetzt nicht mehr unbeachtet blieb, und ich selbst sorgte dafür, daß ich immer attraktiv gekleidet war. Ich stand auf und betrachtete meine Figur im Spiegel. Zu sehen war nichts, dazu war es noch zu früh. Aber der Gedanke an das Baby munterte mich so auf, daß es plötzlich gleichgültig schien, ob ältliche Briten in mir ein jugendliches Monstrum sahen oder nicht. Ich gestand mir sogar ein, daß Patrick womöglich recht hatte: Ich erwartete allzu bald allzu viel.

Stolz darauf, kraft meiner Vernunft einen stoischen Gemütszustand erreicht zu haben, fühlte ich mich jetzt besser gewappnet. Doch als Edward am Abend dann davon sprach, allmählich werde es für uns Zeit, aufs Land überzusiedeln, war ich sofort bereit, den Glanz Londons gegen den Frieden von Woodhammer Hall einzutauschen.

III

Edwards alljährliche Reisen unterlagen, genau wie bei den anderen Angehörigen seines Standes, einem gleichbleibenden Rhythmus. Während der Sitzungsperiode des Parlaments wohnte er in London und unternahm nur gelegentlich kurze Abstecher nach Woodhammer oder Cashemara. Sobald sich das Parlament vertagte, zog er sich für mehrere Monate nach Irland zurück. Im Oktober kam er dann wieder nach England und leistete den Einladungen seiner Bekannten Folge, ehe er nach Woodhammer Hall reiste, wohin er seinerseits Freunde einlud und jagen ging. Um die Weihnachtszeit war er wieder in Irland und Mitte Januar, wenn das Parlament zusammentrat, in London. Doch hatte ich in diesem Jahr seine Gewohnheiten durcheinandergewirbelt: zuerst durch die Hochzeit im Juni, mitten in der Saison, dann durch die zwei Monate dauernden Flitterwochen und schließlich durch meine Schwangerschaft, welche die lange Reise nach Irland nicht ratsam erscheinen ließ. Da ich mich sehr wohl fühlte, wäre ich gern nach Cashemara gefahren. Aber Edward lehnte das rundweg ab. Er riet mir sogar, bis zur Geburt des Kindes in London zu wohnen, doch der Gedanke behagte mir nicht. Und so reisten wir, nachdem sich der Arzt nicht ohne Widerstreben damit einverstanden erklärt hatte, im November nach Woodhammer, und ich freute mich auf die vor mir liegenden, ach so friedvollen zwei Monate.

Doch ich war das Landleben nicht gewohnt. In der Riesenstadt New York in hektischer Aktivität und Betriebsamkeit aufgewachsen, fand ich die ländliche Stille beängstigend und die ungetrübte Muße recht langweilig.

Gleich nach unserer Ankunft stellte Edward fest: „Bei deinem jetzigen Zustand brauchst du weder Besucher zu empfangen, noch selbst Besuche abzustatten. Du mußt ein ruhiges und zurückgezogenes Leben führen."

„Wie eine Nonne!" rief ich und versuchte, meine Verzweiflung hinter einem Lächeln zu verbergen. „Liebster, ich möchte so gern mehr von deinen Freunden kennenlernen – könnten wir nicht ein paar kleine Dinner-Partys geben?"

Und so saß ich denn wieder zwischen ältlichen Engländern und ließ ihre eisige Höflichkeit über mich ergehen. Diesmal hatte ich mir das selbst eingebrockt. Doch Edward war sehr darauf bedacht, unseren gesellschaftlichen Verkehr auf ein Minimum zu beschränken, und während er den ganzen Tag auf der Jagd war und Patrick bei seinem neuen Privatlehrer Unterricht hatte, beschäftigte ich mich damit, lange Briefe nach Amerika zu schreiben und das Heimweh nach New York abzuschütteln.

Dabei gefiel mir Woodhammer sehr: ein wunderschönes, verträumtes Haus mit hohen Schornsteinen und einem elisabethanischen Garten. In der weiteren Umgebung fand man eine Reihe zauberhafter Dörfer. Die Häuschen hatten Strohdächer, und die Kirchen, aus grauem Stein, waren alle viele hundert Jahre alt. Warwick erwies sich als reizendes Städtchen mit vielen Fachwerkbauten und einer Burg wie aus einem Märchenland. Die englische Landschaft konnte einen wahrlich in ihren Bann ziehen. Allerdings war das Klima, ganz wie man immer sagt, nebelig und feucht, und die Engländer schienen unfähig zu sein, ihre Häuser richtig zu heizen. Meine Mußestunden auf Woodhammer verbrachte ich meist, in drei dicke Wollschals gehüllt, unmittelbar neben dem

Feuer. Das Personal hielt mich zweifellos für exzentrisch, doch zum Glück sieht man schwangeren Frauen vieles nach.

Außer der fehlenden Wärme hatte ich auf Woodhammer noch etwas zu bemängeln – das Essen. Ewig das gleiche Gemüse und immer wieder Pasteten und Kartoffeln und Pudding. Einmal sah ich diese drei Urelemente britischer Kochkunst sogar auf einem einzigen Teller vereint. Doch als ich dem Personal zu erklären versuchte, daß ich diese eintönige Kost entsetzlich fand, erntete ich nur verständnislose Blicke.

Doch trotz all dieser Schwierigkeiten schien es, als würde ich nach und nach mit dem englischen Wesen besser vertraut. Inzwischen wußte ich zum Beispiel, daß Edwards Freunde hier über ganz andere Themen sprachen als Francis' Freunde in New York. New Yorker unterhalten sich fast ausschließlich über Europa. Mit angehaltenem Atem harrt man der neuesten Mode, die aus Europa kommt. Und europäische Kunst und europäisches Theater werden importiert und beliefern die Kreise der Gebildeten mit dem ergiebigsten Gesprächsstoff, der sich denken läßt.

In England ist das anders. Das Wort Europa wird überhaupt nicht erwähnt. Kein einziger Engländer ist der Meinung, daß seine Insel zu diesem Erdteil gehört, und die anderen europäischen Länder faßt man mitleidig unter dem Begriff ‚Der Kontinent' zusammen: eine große, minderwertige Landmasse irgendwo östlich der weißen Klippen von Dover. Zum Kontinent begibt sich ein Brite nur, um dort zu reisen, zu beobachten und mitunter gegen die Franzosen zu kämpfen. Briten niederen Standes mögen dort sogar Handel treiben, doch übergeht man diese Tatsache meist mit taktvollem Schweigen.

„Wie gut du dich hier eingelebt hast!" sagte Edward freundlich zu mir, während wir Weihnachtsvorbereitungen trafen. „Glaube nicht, daß mir nicht bewußt gewesen wäre, wie viele Schwierigkeiten du zu überwinden hattest."

Nun – trotz dieser Feststellung näherten wir uns wieder einer Krise, und meine Schwierigkeiten waren noch längst nicht überstanden.

Weihnachten ist für einen Emigranten eine gefährliche Zeit. Mit meinen periodischen Anfällen von Heimweh war ich im großen und ganzen fertig geworden. Doch als jetzt die Dezembertage vorüberglitten, überwältigte mich die Sehnsucht nach meiner Heimat. Francis schrieb mir einen langen, liebevollen Brief, über dem ich so viele Tränen vergoß, daß schließlich jede Zeile verschmiert war. Blanche schrieb mir, Amelia schrieb mir (daß mich ein Brief von ihr je rühren würde, hatte ich mir nie träumen lassen); auch Charles, mein Neffe, und sogar Sarah, meine Nichte, schrieben mir. Sarah, zehn inzwischen und Francis' Augapfel, haßte es, Briefe zu schreiben, doch jetzt schickte sie mir zwei engbeschriebene Seiten mit Berichten über die Partys, die sie besucht, und die Kleider, die sie sich gewünscht hatte; und natürlich mußte ich wieder wie ein Schloßhund heulen.

Blanche berichtete mir, wer geheiratet hatte und wer geschieden worden war. Amelia berichtete mir vom finanziellen Ruin dieser und jener Familie. Francis berichtete mir, wieviel Geld er machte. All das war so herrlich unenglisch, und mir war, als könnte ich einen Blick erhaschen auf New York, weit, weit entfernt vom öden, düsteren, steifen und würdevollen Woodhammer Hall.

„Sagt Francis etwas über die politische Situation?" erkundigte sich Edward, der offenbar spürte, daß es mich danach verlangte, über meine Familie zu sprechen; und ich erwiderte überhastet, um der aufsteigenden Tränen nur ja Herr zu werden: „Nein. Jedenfalls nur kurz. Daß er fürchtet, Lincoln könnte die Wahl gewinnen. Und daß er seine Kapitalsanlagen ein bißchen herummanövriert. Für den Fall, daß es eine Baisse gibt. Was geschieht, wenn es zum Krieg kommt, wagt er gar nicht zu denken. Alles deckt sich mit Kleidung ein, weil man befürchtet, die Baumwollpreise könnten in die Höhe klettern. Überall gibt man Partys, um den Frieden auszukosten. Nachbarn von uns haben sogar einen Maskenball veranstaltet, auf dem der Champagner in Strömen floß – aus einem goldenen Springbrunnen im Vestibül."

„Großer Gott", sagte Edward. „Hoffentlich haben sie auch eine Möglichkeit gefunden, den Champagner zu kühlen."

Kein Ehemann hätte rücksichtsvoller sein können, als Edward es während dieser schwierigen Tage zu mir war; und es mochte das hundertste Mal sein, daß ich darüber nachdachte, wie sehr eine glückliche Ehe selbst das quälendste Heimweh erträglich machte, als aus dem Ausland zwei wichtige Nachrichten eintrafen. Die erste betraf Lincolns Wahl zum Präsidenten, und die zweite – in meinem gegenwärtigen Zustand für mich viel bedeutsamer – besagte, daß Edwards Tochter Katherine, durch den plötzlichen Tod ihres Gatten tief gebeugt, ihren Vater bat, unverzüglich nach St. Petersburg zu kommen, um sie heimzuholen.

IV

„Du kannst nicht fahren!" schrie ich. „Das Baby . . . ich könnte dich nicht begleiten . . . Weihnachten vor der Tür . . . du kämst doch nie zur Zeit zurück . . ." Zu meiner Beschämung brach ich wieder in Tränen aus. „Ich benehme mich abscheulich", sagte ich. „Aber wenn ich das auch selber weiß, ich kann einfach nicht anders. Katherine tut mir leid, aber ich möchte nicht, daß du fährst."

„Das möchte ich auch nicht", erwiderte er. „Glaubst du, ich würde Weihnachten fern von dir verbringen, wenn ich nicht müßte? Aber Katherine ist meine Tochter. Sie ist Witwe geworden, fühlt sich elend und krank und bittet mich um Hilfe. Begreife doch, daß ich ihr gegenüber die Pflicht habe . . ."

„Und wie steht es mit deiner Pflicht *mir* gegenüber?" rief ich schrill und stürzte aus dem Zimmer. Im Schlafzimmer verkroch ich mich wieder hinter die Vorhänge des Himmelbetts, gewillt, mich bis zur Erschöpfung auszuweinen. Doch bevor ich auch nur eine einzige Träne vergießen konnte, spürte ich tief in meinem Körper eine leise Bewegung. Mit weit aufgerissenen Augen stützte ich mich im Bett hoch. Das Baby hatte sich gemeldet, und plötzlich fühlte ich mich viel weniger feige, ja fast schon mutig. Als wenige Augenblicke später Edward ins Schlafzimmer trat, um mich zu trösten, warf ich mich in seine Arme und versuchte wieder, mich zu entschuldigen.

„Ich werde doch nicht so einsam sein", sagte ich und erzählte ihm, was soeben geschehen war. Am nächsten Tag reiste er nach St. Petersburg ab. Sehr gut möglich, daß er sich im letzten Moment noch anders besonnen hätte, aber ich war fest entschlossen, mein kindisches Verhalten wieder wettzumachen. Und so schob ich ihn, als für uns die Zeit zum Abschiednehmen kam, fast mit Gewalt zur Vordertür hinaus. Doch als ich dann wenig später auf den Stufen stand und der Kutsche nachblickte, die jetzt den Fahrweg hinabrollte, fühlte ich mich sehr tief entmutigt und hätte den Kopf ganz hängen lassen, wäre da nicht Patricks Hand gewesen, die sich liebevoll in meine stahl.

„Bis Papa zurückkommt, werde ich mich um dich kümmern", sagte er und umspannte meine Finger mit tröstlichem Druck. „Wir werden zusammen ein schönes Weihnachtsfest verleben."

Er war wirklich ganz entzückend, mein Stiefsohn.

2. KAPITEL

I

Patricks Lehrer, ein ältlicher, vertrockneter kleiner Mann namens Bull, hatte sich bereit erklärt, in diesem Jahr auf seinen Weihnachtsurlaub zu verzichten, um Patrick während Edwards Abwesenheit zu beaufsichtigen. Aber kaum war Edward eine Stunde fort, als Patrick eine Zeichnung anfertigte, auf der Mr. Bull lüstern nach einer sorglosen Kuh schielte. Dieses Bild hängte er im Speisezimmer an den Kronleuchter, so daß es alle Bediensteten sehen konnten.

„Das war sehr dumm von dir“, sagte ich streng zu ihm, als er einige Stunden später wieder erschien (nachdem er den Unterricht geschwänzt hatte). „Mr. Bull war sehr wütend und will sich bei deinem Vater über dich beschweren.“

„An die Klagen meiner Lehrer ist Papa gewöhnt“, erwiderte Patrick und gähnte. „Ich hasse diese Pauker. Mein Freund Derry Stranahan meint, nur wer nichts wird, wird Lehrer.“

Zur Strafe mußte Patrick ein längeres Stück aus Cäsars: „De Bello Civili“ übersetzen. Das heißt, er sollte es tun. Doch als er nach etlichen Stunden Morgenklausur wieder hervortauchte, hatte er sechs recht gekonnte Skizzen produziert, die Julius Cäsar im Kampf mit Gnäus Pompejus zeigten. Cäsar war groß und blond wie Patrick, während Pompejus unverkennbar die Züge von Mr. Bull trug.

„Ja, *willst* du mit deinem Vater denn Streit haben?“ fragte ich verdutzt.

„Nein, aber ich finde, Latein ist die reine Zeitverschwendung. Mein Freund Derry Stranahan meint, es sei morbide, eine tote Sprache am Leben erhalten zu wollen ... Möchtest du noch andere Zeichnungen von mir sehen?“

Mit einem Bleistift verstand er wirklich umzugehen. Seine Aquarelle fand ich nicht besonders gut, doch Zeichnen lag ihm zweifellos. Bemerkenswerter als die Bilder waren jedoch die Holzschnitzereien, die er mir zeigte – alle möglichen Tiere, darunter auch Vögel. Er arbeitete in einer winzigen Dachkammer, deren Fußboden dick mit Sägemehl bestreut war. An Hand früherer Versuche konnte ich seine Entwicklung verfolgen. Er hatte erstaunliche Fortschritte gemacht. Ich sah eine Katze mit ihren Jungen, eine entzückende Studie, und einen Setter mit einem Fasan in der Schnauze.

„Du bist sehr geschickt", sagte ich und versuchte mir vorzustellen, was Edward über die künstlerischen Neigungen seines Sohnes dachte.

„Ach, wenn man etwas gern tut, fällt es einem nicht schwer, geschickt zu sein", meinte Patrick. Er lächelte scheu. „Gefallen dir meine Schnitzereien wirklich?"

„Ja, sehr sogar." Instinktiv vermied ich es, ihn zu fragen, was sein Vater davon hielt. „Hast du diese Arbeiten schon anderen gezeigt?"

„Nein, denn Papa hat etwas gegen meine Schnitzereien. Für ihn ist das etwas Ähnliches, wie es auch Tischler machen, und Tischler sind Handwerker."

„Weiß er von deiner Kammer hier oben?"

„O ja. Doch solange niemand sonst davon weiß, nimmt er keine Notiz. So hält er es ja bei allem, was ihn nicht interessiert. Mein Freund Derry Stranahan meint . . ."

„Du zitierst ihn ziemlich oft, deinen Mr. Derry Stranahan, findest du nicht?" fragte ich mit einem Lächeln.

„Darf ich nicht ab und zu von meinem besten Freund sprechen? Hier, Kusine Marguerite, nimm die Katze mit den Jungen als mein Weihnachtsgeschenk."

„Das würde ich liebend gern tun", erwiderte ich. „Aber da Edward deine Schnitzereien nicht gebilligt hat, darf ich das wohl nicht. Es wäre nicht richtig von mir."

Er war enttäuscht. Um ihn abzulenken, schlug ich rasch einen gemeinsamen Spaziergang vor, was für uns beide bald zur Gewohnheit wurde. Schließlich fragte er mich, ob ich nicht auch Lust hätte, mit ihm auszureiten.

„Oh, das geht leider nicht!" sagte ich überrascht. „Das ist bei meinem Zustand völlig ausgeschlossen!"

„Zustand? Was für ein Zustand?“ fragte er naiv wie ein Sechsjähriger und wurde dann bis in die Haarwurzeln rot.

„Hat dir denn Edward nichts davon gesagt?“ rief ich erstaunt.

Er schüttelte wortlos den Kopf, und seine Verlegenheit wirkte auf mich so ansteckend, daß ich gleichfalls schwieg. Es war ein milder, nebliger Morgen, typisch für den englischen Winter. Wir befanden uns auf dem Rückweg vom Dorf. Vor uns ragten, jenseits des Parks, die hohen Schornsteine von Woodhammer Hall auf.

„Nun“, sagte ich schließlich und hatte das vage Gefühl, Edward verteidigen zu müssen, „zweifellos gehört es sich nicht, von solchen Dingen schon lange im voraus zu sprechen, aber da ich es nun einmal erwähnt habe – das Baby wird im April zur Welt kommen, und es soll ein Junge werden und Thomas heißen. Aber behalte das bitte für dich, denn ich möchte nicht, daß dein Vater durch eine Unschicklichkeit gekränkt wird.“

„Nein“, versicherte er ernst. „Natürlich nicht.“

Er wirkte immer noch so verlegen, daß ich mich außerstande sah, das Thema zu wechseln.

„Hoffentlich ist es dir recht, einen kleinen Bruder zu bekommen“, sagte ich. „In mancher Hinsicht wird es dir lästig sein, aber denke nur, wie schön es für Thomas sein wird, einen so viel älteren Bruder zu haben. Mein Bruder Francis ist achtzehn Jahre älter als ich. Ich spreche aus Erfahrung.“

„O ja“, sagte Patrick. „Natürlich. Papa ist bestimmt sehr zufrieden, davon bin ich überzeugt.“

„Ja“, sagte ich und ließ das Thema jetzt endlich fallen. „Patrick, erzähle mir von deinem Freund Derry Stranahan. Er scheint ein amüsanter Mensch zu sein. Ist es denn wirklich ausgeschlossen, daß er während der drei Jahre, die er an der Frankfurter Universität studiert, zu uns zu Besuch kommt?“

„Völlig ausgeschlossen“, erwiderte Patrick. „Er geriet drüben in Irland fürchterlich in die Klemme, und Papa hat ihn mehr zur Strafe als zum Studium nach Frankfurt geschickt.“

„Was hat er denn verbrochen? Ich hatte bisher nicht den Mut, danach zu fragen.“

Patrick war nur allzu gern bereit, Edwards Verschwiegenheit in diesem Punkt wettzumachen. Ich erfuhr, daß Derry Stranahan fälschlicherweise des Ehebruchs bezichtigt worden war, und zwar von einem betrunkenen irischen Ehemann, der sowohl ihn als auch das arme, unschuldige Weib hatte umbringen wollen.

„Wie schrecklich!" rief ich, doch insgeheim fand ich die Geschichte faszinierend.

„Ja, eine Schande, nicht? Und er hatte überhaupt keine Schuld, was Papa aber nie zugeben wird, es sei denn . . . Sag mal, Kusine Marguerite, könntest du nicht ein gutes Wort für Derry einlegen, wenn Papa wieder hier ist? Ich habe es bereits versucht, aber auf mich hört er ja nicht."

„Ich bezweifle sehr, daß er auf mich hören würde."

„O doch, natürlich! Frage ihn doch ganz einfach, ob Derry während der Ferien einmal nach Hause kommen darf."

„Vielleicht tue ich das wirklich", sagte ich, plötzlich begreifend, daß sich eine unerwartete Möglichkeit bot. „Aber du kannst nur dann damit rechnen, wenn du dich bei Mr. Bull ordentlich aufführst, Patrick. Keine Streiche mehr, die den armen Kerl zum Wahnsinn treiben – wie dieses Bild, auf dem er sich in eine Kuh verliebt."

Patrick lachte laut und machte vor Freude einen Luftsprung. „Einverstanden!" rief er. „Einverstanden, einverstanden, einverstanden!" Und er tänzelte auf dem Weg vor mir her wie ein goldhaariger Welpe, dem man ein besonders saftiges Stück Fleisch versprochen hat.

II

Weihnachten kam. Am Morgen gingen wir zur Kirche, und anschließend legte ich mich hin, ehe wir dann um drei zu Mittag aßen. Am Abend blieb mir keine Zeit, sehnsüchtig an Edward im fernen St. Petersburg zu denken. Wir spielten Blackgammon und Cribbage, und als Patrick später, kostümiert, seine Ein-Mann-Scharaden aufführte, mußten wir beide über seine Possen so lachen, daß uns der Bauch wehtat. Schließlich fanden wir, es sei Zeit für ein musikalisches Zwischenspiel, und so attackierte ich das Klavier (um meine diesbezüglichen Künste ist es miserabel bestellt), und Patrick schmetterte ein Lied – in seinem Fach kein größerer Meister als ich in meinem. Und so vollführten wir im Grunde nur einen furchterregenden Lärm.

„Früher konnte ich ganz gut singen", meinte Patrick bedauernd. „Ich war ein Sopran. Aber jetzt nach dem Stimmbruch weiß ich überhaupt nicht mehr, was ich bin."

„Wenn du den erst einmal hinter dir hast, wirst du eine hübsche Baritonstimme haben."

„Aber ich *habe* ihn doch bereits hinter mir!" versicherte er mit gekränkter Miene, und wieder fingen wir an zu kichern wie ausgelassene Schulkinder. Nach dem Abendessen gingen wir in den Saal, wo die Bediensteten das heilige Fest feierten, und Patrick stellte mir einige der jungen Frauen und Männer vor, die früher seine Spielgefährten gewesen waren: jetzt Messerputzer oder Stallknecht, Küchenhilfe oder Stubenmädchen. Alle wirkten sehr vergnügt, und als wir wieder gingen, sagte ich zu Patrick mit einem Seufzer: „Ich muß zugeben, daß es hier auf Woodhammer sehr nett ist, aber anfangs hat mir das Stadtleben doch sehr gefehlt."

„Woodhammer gefällt mir viel besser als London", erwiderte er. „Hier bin ich geboren und aufgewachsen, und hier fühle ich mich zu Hause."

„Mehr als auf Cashemara?"

„Cashemara?" Er zog ein Gesicht. „Cashemara liegt am Ende der Welt." Er nahm meine Hand, ließ einen Arm um meine Taille gleiten und begann, mit mir in der großen Halle zu den Takten einer unhörbaren Musik einen Walzer zu tanzen.

„Patrick, nicht so schnell!" rief ich, doch als er lachte, lachte ich auch, und wir wirbelten zusammen durch die Schatten. „Aufhören!" keuchte ich schließlich. „Ich muß mich setzen!" Wir ließen uns auf die Sitzbank vor dem großen Kamin fallen, und plötzlich sehnte ich mich nach Edwards Umarmung, nach der Nähe seines Körpers. Sehr still saß ich und starrte auf die brennenden Holzscheite, während Patrick mir ausführlich zu erklären versuchte, warum er Woodhammer liebte. Doch erst nach einer ganzen Weile gelang es mir, ihm aufmerksam zuzuhören.

Die Treppe aus Eichenholz, sagte er verträumt, sei von Gringling Gibbons geschnitzt worden.

„Sie ist wirklich wunderschön", sagte meine Stimme, und ich sah Edward, sah ihn deutlich hier in seinem Sohn, und wollte die Hände ausstrecken, um die Ähnlichkeit zu greifen, doch im nächsten Moment war sie schon fort, und Patrick sagte mit knabenhafter Naivität: „Darf ich dich, bevor du zu Bett gehst, unter dem Mistelzweig küssen?" Und er sah so schön aus, mit seinem mattgoldenen Haar und seinen Augen von einem so intensiven Blau, wie ich es noch nie zuvor gesehen hatte.

„Ach, ich halte nicht viel von Küssen unter dem Mistelzweig", sagte ich. „Die Sitte ist mir zu heidnisch. Gute Nacht, Patrick. Vielen Dank für den schönen Weihnachtsabend."

Ich erhob mich und ging. Ohne Zögern trugen meine Füße mich hinauf in mein Zimmer. Doch ich lag in der Dunkelheit noch lange wach. Wie verderbt mußte ich im Grunde meiner Seele doch sein! Denn es wurde immer behauptet, daß eine Frau sich während ihrer Schwangerschaft nicht nach leidenschaftlichen Umarmungen sehnte! Mich aber verlangte es jetzt nicht weniger stark nach Edward als während der Flitterwochen. Und tief in mir saß, wie ein kleiner Knoten, ein Kern von Unbehagen, ja Zorn: darüber, daß er mich so lange allein ließ.

III

Zwei Wochen später kehrte er zurück. Er wirkte sehr groß und sehr attraktiv, und ich liebte ihn mehr als jeden anderen auf der Welt. Am liebsten wäre ich mit ihm sofort auf unser Zimmer gegangen, um ihm zu sagen, wie sehr er mir gefehlt hatte. Aber natürlich ging das nicht, denn in Edwards Begleitung befand sich seine trauernde Tochter Katherine, in ein Kleid aus schwarzem Krepp gehüllt, das Gesicht hinter einem abscheulichen Schleier gänzlich verborgen.

„Wie geht es dir, Kusine Katherine?" fragte ich, fest zu Höflichkeit entschlossen, obwohl sie den Brief, den ich ihr nach meiner Hochzeit schrieb, nie beantwortet hatte. „Ich möchte dir zu deinem Verlust mein tiefempfundenes Mitgefühl ausdrücken."

„Danke, Kusine Marguerite", erwiderte sie förmlich und kalt.

Eine Verlegenheitspause trat ein. Schließlich fragte Edward seine Tochter, ob sie sich vielleicht bis zum Tee auf ihr Zimmer zurückziehen wolle. Sie nickte, und ich sah mich gezwungen, sie die Treppe hinaufzubegleiten.

„Schön, daß die strapaziöse Reise jetzt hinter dir liegt", sagte ich. „Ich hoffe, dein Gesundheitszustand wird jetzt besser und du kommst bald wieder zu Kräften."

„Danke", sagte Katharine.

„Die lange Reise hat dich sicher sehr mitgenommen."

„Ja."

„Sicher warst du sehr erleichtert, als dein Vater in St. Petersburg eintraf."

„Ja."

Ihre Einsilbigkeit mochte noch hingehen. Was mich verdroß, war der völlige Mangel an Dankbarkeit. Wenn sie meine Gefühle auch schon außer acht ließ – begriff sie nicht, daß es ihrem Vater kaum angenehm gewesen sein konnte, Weihnachten fern von England (und nicht zuletzt von mir) zu verbringen? Ihr Verhalten abstoßend zu finden, konnte nicht schwerfallen, aber – nun ja, man durfte nicht vergessen, daß sie in letzter Zeit viel durchgemacht hatte.

Als sie in ihrem Zimmer den Schleier abnahm, sah ich, wie schön sie war: dunkles Haar, langbewimperte Augen, hellschimmernde Haut. Sehr jung wirkte sie, und plötzlich fiel mir ein, daß sie ja auch nur zwei Jahre älter war als ich.

Ein Mädchen brachte heißes Wasser. Katherines Zofe hatte bereits mit dem Auspacken begonnen.

„Kann ich noch etwas für dich tun?" fragte ich höflich. Doch Katherine schüttelte den Kopf, und ich war froh, wieder zu Edward eilen zu können.

Wie hatten einander viel zu erzählen. Für ihn wie für mich war Weihnachten recht trist gewesen (wie gut ich mich in Patricks Gesellschaft unterhalten hatte, verschwieg ich wohlweislich), und nachdem er sich eingehend nach Thomas erkundigt hatte, berichtete er mir von der langen Reise, die ihn quer durch Europa in die eisige Pracht von St. Petersburg geführt hatte.

Vor Jahren war er zusammen mit Eleanor in Rußland gewesen und kannte daher etliche Angehörige der britischen Botschaft dort. Nichts habe sich im Lande verändert, und dabei würde es auch wohl bis in alle Ewigkeit bleiben. Mit erzwungener Aufmerksamkeit hörte ich ihm zu, denn unablässig ging es mir durch den Kopf, daß dieser so stattliche Mann hier *mein* Mann war und mir ein Nonnendasein wirklich niemand zumuten durfte.

„Was meint denn der Arzt dazu?" fragte er mich besorgt, als wir, nachdem die Kerzen ausgelöscht worden waren, nebeneinander im Bett lagen und meine Haut glühte.

„Ach, das wollte ich dir ja schon vorhin sagen", sagte ich und bat Gott, mir die Lüge nachzusehen. „Dr. Ives meinte, nach dem fünften Monat gäbe es da kaum ein Risiko. Das ist die neueste wissenschaftliche Erkenntnis."

„Wirklich eine wunderbare Sache, der wissenschaftliche Fortschritt", erwiderte Edward mit jenem trockenen Humor, den ich so liebte. Und danach brauchte ich mir nicht länger Sorgen über die Qualen der Enthaltsamkeit zu machen.

Am nächsten Morgen empfand ich dann Gewissensbisse, die jedoch bald zerstreut wurden, denn Thomas schien nicht weniger aktiv als sonst. Offenbar war es unsinnig, alles zu glauben, was einem die Ärzte sagten. Was wußten sie im Grunde schon? Und änderten sie nicht in einem fort ihre Meinung darüber, wie ein Patient zu behandeln sei?

Doch meine Gedanken wandten sich bald anderen Dingen zu. Mr. Bull hatte Edward um eine Unterredung gebeten, und mir war nur allzu klar, daß er an Patrick kein gutes Haar lassen würde.

„Edward", sagte ich, als wir mit dem Frühstück fast fertig waren, „kann ich dich einen Augenblick allein sprechen, ehe Mr. Bull zu dir in die Bibliothek kommt?"

„Selbstverständlich." Er schickte die Lakaien hinaus und lächelte mich an. „Worum geht es denn?"

„Um Patrick. Nach deiner Abreise war er zuerst ein wenig aufsässig, aber als ich ihm dann ins Gewissen redete, benahm er sich geradezu mustergültig. Ich wollte nur, daß du das weißt, bevor du dich mit Mr. Bull unterhältst."

„Ich verstehe", sagte er, plötzlich wie auf der Hut. Doch ich kümmerte mich nicht darum.

„Da wir gerade bei Patrick sind, Edward – ich möchte noch etwas sagen. Er sehnt sich so sehr nach seinem Freund Mr. Stranahan. Natürlich ist mir bewußt, daß Mr. Stranahan sein Studium nicht lange unterbrechen darf, aber könnte er nicht wenigstens für kurze Zeit zu uns kommen? Patrick würde sich riesig freuen, und mir wäre es sehr recht, den jungen Mann einmal kennenzulernen."

„So", sagte Edward mit messerscharfer Stimme, „das war also die Bedingung, unter der Patrick sich zum Wohlverhalten bereitgefunden hat."

„Nun ..."

„Leider muß ich dir deine Bitte abschlagen. Derry hat sich unmöglich benommen, und ich habe ihm mein Haus für drei Jahre verboten – nicht nur, um ihn zu bestrafen, sondern auch, um ihn von Patrick zu trennen. Einen Grund, meine damalige Entscheidung rückgängig zu machen, kann ich beim besten Willen nicht sehen, und ich habe auch nicht die Absicht, das zu tun."

„Ich verstehe", sagte ich. Angesichts seiner Strenge blieb mir nichts übrig, als die Segel zu streichen. Immerhin konnte ich

Patrick sagen, daß ich alles versucht hatte, um seinen Vater zum Nachgeben zu bewegen.

„Im übrigen, Marguerite", sagte Edward, „wäre ich dir sehr verbunden, wenn du künftig in Dingen, die dich nichts angehen, für keine Seite Partei ergreifen wolltest."

„Aber es ging mir doch nicht darum, für jemanden Partei zu ergreifen", erwiderte ich niedergeschlagen.

„So?" Er musterte mich mit eisigem Blick. „Freut mich, das zu hören. Es würde unser Verhältnis zueinander empfindlich stören. Also bitte, versuche nicht wieder, zu Patricks Gunsten zu intervenieren. Ich würde es begrüßen, wenn du dich ausschließlich um mich und dein Kind kümmern würdest."

„Ja", sagte ich, „natürlich. Aber ich kann mich von meinen Stiefkindern ja nicht völlig abschließen."

„Das ist auch gar nicht mein Wunsch. Doch Stiefmutter zu sein ist nicht leicht, und wenn man selbst erst achtzehn ist und die Stiefkinder bereits erwachsen sind . . . Jedenfalls würde ich dir raten, dich bei Meinungsverschiedenheiten soweit wie möglich im Hintergrund zu halten."

„Wie du willst", sagte ich und dachte: Bei Katherine dürfte das nicht schwerfallen – doch bei Patrick?

Tatsächlich bestätigte sich, daß der Umgang mit Katherine äußerst schwierig war. Auf Woodhammer konnte ich ihr wenigstens ausweichen, doch als wir bald nach der Jahreswende nach London zurückkehrten, wurde das anders. Hier, im wesentlich kleineren Stadthaus, stieß man zwangsläufig immer wieder aufeinander. Gleich einer Durchschnittsschauspielerin in einem tränenreichen Melodrama, trug Katherine ihr Witwentum wie eine Maske, und bereits Anfang Februar war mir ihre Gegenwart kaum noch erträglich.

Was das Faß dann zum Überlaufen brachte, war Edwards Entschluß, Cashemara einen kurzen Besuch abzustatten. Daß ich ihn in meinem Zustand nicht begleiten konnte, war klar. Doch Patrick reiste mit, und ich hoffte sehr, daß sich auch Katherine ihrem Vater anschließen würde.

Doch sie dachte anders darüber.

„Im Februar über die Irische See – eine gräßliche Vorstellung", sagte sie, und als ich meinte, daß sie doch gewiß ihre Schwester Annabel gern wiedersehen würde, entgegnete sie, seit Annabels Heirat mit diesem Menschen habe sie ihr nichts mehr zu sagen.

„Dann“, sagte ich mit kläglicher Stimme, „hast du wohl die Absicht, hierzubleiben.“

„Allerdings“, erwiderte sie kalt und fügte dann nach einer kurzen Pause hinzu: „Sollte dir das zuwider sein, so könnte ich bei den Eltern meines verstorbenen Gatten wohnen, in Kent.“

„Aber nein, nein, nein!“ rief ich schuldbewußt, obwohl mir diese Lösung natürlich sehr behagt hätte. „Du darfst uns natürlich nicht verlassen, Katherine!“

„Und warum nicht? Du möchtest mich doch gerne loswerden, oder nicht?“

Ich zuckte zusammen. Konnte ich meine Gefühle wirklich so schlecht verbergen?

„Aber da irrst du dich“, begann ich, „da irrst du dich sicher . . .“

Doch sie unterbrach mich: „Ist dir noch nie der Gedanke gekommen, daß es für mich genauso unerträglich sein könnte, mit dir unter einem Dach zu wohnen, wie für dich? Christliche Barmherzigkeit gebietet mir, dich eher zu bemitleiden als zu verdammen, weil du mit einem Mann im Alter meines Vaters Intimitäten pflegst. Es widert mich an, dich in diesem Zustand zu sehen. Bei deinem Anblick wird mir übel.“

Ungläubig sagte ich: „Du bist ja eifersüchtig!“

„Eifersüchtig? Etwa auf dich?“ rief sie schrill.

„Ja, eifersüchtig auf mich“, versicherte ich in aufsteigender Wut. „Neidisch darauf, daß dein Vater mich liebt.“

„Was für eine absurde Unterstellung.“ Sie hatte sich wieder gefaßt. Ihre Stimme war von schneidender Kälte. „Nein wirklich, einfach lächerlich. Was mein Vater dir gegenüber empfindet, weiß ich nicht, wohl aber weiß ich, was er für mich fühlt. Ich bin seine Lieblingstochter, ich bin es immer schon gewesen. Nell war viel älter als wir und daher für ihn so etwas wie ein guter Kamerad, als Mama krank wurde. Aber selbst sie hat ihn am Ende enttäuscht, weil sie unter ihrem Stand heiratete. Ich bin die einzige, die ihm nie Kummer bereitet hat. Nie habe ich vergessen, wie er an meinem Hochzeitstag sagte, daß er stolz auf mich sei. Nur das hat mir die Kraft gegeben, diese beiden schrecklichen Ehejahre und die langen, furchtbaren Winter in St. Petersburg zu ertragen . . . Aber jemand wie du wird das niemals begreifen! Mir ist es jedenfalls ein Trost zu wissen, daß Papa mich noch genauso liebt wie früher – hätte er sonst die beschwerliche Reise nach St. Petersburg unternommen?

Ich wußte, daß er kommen würde. Ich bin seine Lieblingstochter, und du kannst nichts daran ändern."

Sie war unausstehlich.

„Und ich bin seine Frau!" rief ich. „Und daran kannst du nichts ändern, du kaltes, egoistisches Biest! Wie konntest du dich unterstehen, ihn nach St. Petersburg zu rufen – bloß weil du dir beweisen wolltest, daß er sofort herbeieilt, wenn du nur laut genug um Hilfe schreist!? Ohne deine Unverschämtheit hätten wir in Frieden unser erstes gemeinsames Weihnachtsfest verbracht! Aber bilde dir ja nichts ein. Er war gar nicht beglückt darüber, mitten im Winter quer durch Europa reisen zu müssen. Für ihn war es eine Pflicht, der er sich nur widerstrebend unterzog!"

„Du böse, giftige kleine Lügnerin!"

„Wie kannst du es wagen, mich so . . ."

„Und wie kannst du es wagen zu behaupten, daß Papa mich nicht liebt!" schrie sie und stürzte schluchzend aus dem Zimmer.

Überrascht sah ich ihr nach. Sie war also tatsächlich fähig, Tränen zu vergießen? Hatte ich sie falsch eingeschätzt? Während mein Zorn sich allmählich legte, versuchte ich, die Situation kühl abzuwägen. Ich konnte Katherine wie Luft behandeln und hoffen, daß sie möglichst bald das Haus verließ. Oder ich versuchte, sie davon zu überzeugen, daß ich nicht das Ungeheuer war, für das sie mich hielt. Natürlich zog mich die erste Möglichkeit stärker an. Doch dann fiel mir ein, wie sehr ich sie verletzt haben mußte, als ich von Edwards widerstrebender Pflichterfüllung sprach. Wie tief hätte es mich getroffen, wenn mir, in einer vergleichbaren Lage, so etwas über Francis gesagt worden wäre!

Um ihr Zeit zu geben, die Fassung wiederzugewinnen, wartete ich eine halbe Stunde, ehe ich an die Tür ihres Schlafzimmers klopfte.

„Katherine", sagte ich, nachdem ich eingetreten war, „wir haben uns beide dumm benommen – du, weil du in meiner Ehe mit deinem Vater etwas Niedriges siehst, während sie in Wirklichkeit eher romantisch ist – und ich, weil ich dir in all diesen Wochen aus dem Weg gegangen bin, obwohl ich mich seit meiner Hochzeit so sehr nach einer gleichaltrigen Freundin sehne. Vielleicht gibt es nichts, was uns miteinander verbindet – aber wir könnten doch wenigstens versuchen, uns näherzukommen, meinst du nicht auch? Wenn wir unsere Vorurteile vergessen und uns . . ." Ich suchte nach einem Wort, das bei ihr Anklang finden mochte.

„– und uns in christlicher Nächstenliebe üben, dann geht es bestimmt."

Es war ein Köder, dem sie nicht widerstehen konnte. „Nun", sagte sie, „ich bin gewiß die erste, die bereit ist, dem Gebot der christlichen Nächstenliebe zu folgen." Dennoch schien sie außerstande, sich einen kleinen Seitenhieb zu verkneifen. „Daß dir der Umgang mit Gleichaltrigen fehlt, wundert mich nicht. Nur hättest du dir das vor der Ehe mit Papa überlegen sollen."

„Ich weiß", erwiderte ich ruhig, obwohl sie meine Geduld auf eine harte Probe stellte. „Ja, ich weiß . . . Wie ich dich beneide, Katherine! Gewiß kennst du in London viele Mädchen unseres Alters."

„Natürlich", sagte sie, immer noch sehr von oben herab. „Doch ist mir im Augenblick kaum danach zumute, diese alten Bekanntschaften aufzufrischen."

„Für mich wären solche Besuche jetzt auch nicht das Richtige", sagte ich. „Aber vielleicht später einmal . . . im Frühjahr . . ."

„Nun ja, diese oder jene könnte ich ja im Juni besuchen. Wenn du willst, kannst du mich ja begleiten."

„Nur zu gern!" rief ich sofort. „Ich danke dir vielmals, Katherine."

Als Edward von Cashemara zurückkehrte, konnte man uns zwar noch nicht Busenfreundinnen nennen, doch verstanden wir uns jetzt ganz leidlich. Nach dem Frühstück unternahmen wir gemeinsame Spaziergänge durch den Garten, und abends unterhielten wir uns über die neueste Mode, und sie erbot sich sogar, mir auf dem Klavier vorzuspielen. Sie spielte ausgezeichnet. Überhaupt schien sie es in allem, was sie unternahm, zur Vollkommenheit zu bringen.

„Nähen kann sie wie keine zweite", seufzte ich Edward vor. „Und erst ihre Stickereien! Klavier spielt sie besser als Blanche, und was ihre Zeichnungen betrifft . . ."

So steht sie Patrick darin kaum nach, wollte ich sagen, doch ich besann mich rechtzeitig.

„Ich freue mich, daß du dich so um sie bemühst", sagte Edward zufrieden. „Eigentlich hatte ich befürchtet, daß du sie langweilig finden würdest."

Ich mußte mich zu der Antwort zwingen: „Katherine und langweilig? O nein! Sie ist nur ein wenig schüchtern."

„So? Nun, den Eindruck hatte ich eigentlich nie. Nur recht steif kommt sie mir vor. Eleanor sagte immer, sie gliche einer kleinen Wachspuppe."

Ich suchte wieder nach Worten. „Wirklich?" fragte ich schließlich. „Einer Wachspuppe? Nun, das verrät mir einiges über Katherine, aber noch mehr über Eleanor." Langsam erhob ich mich und trat an das Fenster, das auf den St. James' Square hinausging. Die Bäume draußen waren kahl, und vom bleifarbenen Himmel fiel Schnee.

„Eltern lassen sich oft zu einer unbedachten Bemerkung hinreißen, wenn sie über ihre Kinder erzürnt sind", sagte Edward, der mir sofort gefolgt war. Er küßte mich. „Vater oder Mutter zu sein ist gar nicht so leicht. Aber das wirst du ja bald selbst herausfinden."

„Ja. Vorausgesetzt, daß Thomas sich entschließt, überhaupt zur Welt zu kommen. Im Augenblick habe ich das Gefühl, schon immer so herumgelaufen zu sein, und fast fürchte ich, daß es dabei bleibt."

Doch drei Wochen später war Thomas dann da.

IV

Thomas war klein, wog nur sechs Pfund, wirkte aber äußerst lebendig. Haare hatte er noch nicht, dafür sehr blaue Augen und ein Schmollmündchen. Ich fand natürlich, daß er das schönste Baby war, das es je gegeben hatte.

„Sieh doch nur, wie hübsch er ist!" sagte ich stolz zu Edward und fügte, als das Baby zu schreien begann, bewundernd hinzu: „Was für kräftige Lungen er hat!"

„Seine Energie ist bemerkenswert", sagte Edward mit ernstem Gesicht. Doch dann lächelte er, und als er mich küßte, war ich überzeugt, daß es auf der ganzen Welt keine glücklichere Frau geben konnte als mich.

Es war eine leichte Geburt gewesen, und ich erholte mich rasch, woran mir auch sehr lag, was angesichts meiner Abneigung gegen Enthaltsamkeit kaum verwundern konnte. Aber als mir Dr. Ives dann Ende Mai versicherte, ich könne wieder ein normales Leben führen, fiel mir das gar nicht so leicht. Die ersten Wochen waren für Edward wie für mich recht schwierig, und nur ganz allmählich wurde es besser.

Als das Parlament sich schließlich vertagte, fand Edward, daß es für mich jetzt an der Zeit sei, Cashemara zu besuchen. Lange genug hätte ich darauf ja warten müssen.

„Herrlich!" sagte ich. „Ich freue mich schon darauf."

Meine Begeisterung entzückte ihn offenbar. „Ich wollte dir immer schon Cashemara zeigen, Marguerite", sagte er. „Wir können allein reisen und einige Monate dort bleiben. Ich werde Fielding sofort losschicken, damit er alles arrangiert."

„Wir beide allein? Und Thomas?"

„Nun, Irland ist für ein Baby in seinem Alter kaum empfehlenswert. Das Kindermädchen und die Amme können ihn nach Woodhammer bringen, wo wir ihn dann im Oktober wiedersehen."

„Oh", sagte ich. „Verzeih bitte, Liebster, aber das wäre mir gar nicht recht. Ließe sich vielleicht eine andere Lösung finden?"

Er musterte mich überrascht. „Eleanor hielt es immer für das Beste, die jüngeren Kinder in England zu lassen."

„Aber ich bin nun mal nicht Eleanor", sagte ich.

„Natürlich nicht", sagte er rasch. „Aber nachdem ich erleben mußte, daß mein Lieblingskind in Irland starb . . ."

„Das war gewiß fürchterlich für dich, aber weißt du, was Krankheiten betrifft, so neige ich zum Fatalismus. Ebenso gut wie auf Cashemara könnte Thomas auch auf Woodhammer Hall krank werden – und wie wäre mir, eine Dreitagereise von ihm entfernt, dann zumute?"

„Willst du damit andeuten, daß Eleanor . . ."

„Nein, Liebster, ich will damit gar nichts andeuten. Ich kritisiere Eleanors Verhalten in keiner Weise, sondern stelle nur fest, daß ich anders bin als sie. Auch brauchst du nicht zu fürchten, daß ich es nicht ertragen kann, auch nur einen Tag von Thomas getrennt zu sein. Sehr gern will ich mit dir allein nach Irland reisen, aber etwa zwei Wochen später muß Thomas bei uns sein."

„Und auch meine anderen Kinder", sagte er sofort, offensichtlich bemüht, niemanden zu benachteiligen.

„Natürlich", sagte ich. „Warum denn auch nicht? Doch zuvor haben wir diese zwei Wochen ganz für uns."

Er lachte. „Du bist wohl auch nur zufrieden, wenn du alles haben kannst", sagte er.

Ich seufzte erleichtert. Diesmal war es mir gelungen, einem möglichen Ehestreit noch rechtzeitig aus dem Weg zu gehen.

V

Patrick hatte gemeint, Cashemara läge am Ende der Welt. Doch was für eine großartige Landschaft war das, dieses Ende der Welt! Machtvolle Berge, wie von Gigantenhand aus dem schwarzen Boden gerissen und rings um den See zu unregelmäßigem, gezacktem Kreis emporgetürmt. Als die Kutsche den höchsten Punkt des Passes hoch über dem Tal erreicht hatte und ich endlich auf Cashemara hinabblicken konnte, fühlte ich mich von so viel Schönheit wie betäubt – und verschreckt.

Berge, Täler, Seen, das war für mich nicht neu. Überall im Staat New York findet man sie, doch stets sieht man auch üppigen Baumbestand. Hier in Connaught aber war die Landschaft nackt und kahl, die schroffen Kanten und Linien wurden durch nichts gemildert. Für mich, die Städterin, hatte die Szenerie etwas Bedrohliches: die wie unverhüllt aufragenden Berge, die schlummernden Tieren zu ähneln schienen; die weiten Flächen von Sumpf- und Heideland; selbst die hoch oben treibenden Wolken, jetzt gefächert, dann wieder geballt – sich unablässig wandelnde Gebilde am endlosen Himmel.

„Der Berg dort drüben heißt Teufelsmutter", sagte Edward. „Viele Geschichten ranken sich um ihn. Weiter nach Osten zu siehst du Knocklaur, Benwee, Leynabricka, Skeltia." Er sprach von diesen Bergen wie von Menschen. „Dahinter liegt der Maumtrasna, der höchste von allen. Die Grenze der Grafschaft folgt den Gipfeln. Weiter drüben liegt Mayo . . . Die Einheimischen nennen dieses Gebiet Joyce-Country nach dem Clan gleichen Namens. Connemara, die Gegend, durch die wir nach unserer Abfahrt von Oughterard gekommen sind, fällt teilweise mit Joyce-Country zusammen, gilt jedoch als gesondertes Gebiet . . ."

Connemara, Oughterard, Mayo – in meinem Kopf wirbelten irische Namen wild durcheinander. Seit drei Tagen befand ich mich im Lande. Nach unserer Ankunft in Dublin hatten wir auf Dublin-Castle als Gäste des Vizekönigs übernachtet, ehe wir am nächsten Tag mit der Bahn nach Galway weitergefahren waren. Heute morgen dann die Reise in der Mietkutsche, die uns nach Cashemara bringen sollte.

Wieviel hatte ich in New York über dieses Land doch gehört! In der Stadt wimmelt es von Menschen, die irischer Abstammung sind und sich nur allzu gern bereit finden, von ihrer alten Heimat zu erzählen. Wie andere Familien von Stand hatten auch wir Küchen- und Stubenmädchen namens Bridget oder Kitty gehabt, die nicht müde wurden, ein Loblied auf Irland zu singen. Und so war mir berichtet worden von den unendlich vielen Schattierungen von Grün, die es auf der Insel gab, und von den entzückenden Häuschen mit ihren Strohdächern und von den Kobolden, irrlichternde Irrwische über den Mooren. Nichts hatte ich vernommen über den Schmutz, die Armut, die Bettler, die Lehmhütten und die ausgedörrten, verödeten Felder. Je weiter wir nach Westen gelangten, desto schlimmer wurde es, bis schließlich die große Hungersnot der vierziger Jahre nicht länger nur noch Geschichte war, sondern ein immer noch drohendes Unheil.

„Edward", sagte ich und versuchte so taktvoll wie möglich zu sein, „ich weiß, daß du als Großgrundbesitzer alles für Irland getan hast, was in deiner Macht stand. Aber warum folgen die anderen nicht deinem Beispiel?"

„Es gibt sehr viele, über die sich nur Gutes sagen läßt, Marguerite. Doch wie es so ist in der Welt – man hört immer nur von den Schlechten."

„Aber wenn es wirklich so viele anständige Großgrundbesitzer gibt – warum befindet sich Irland dann in einem so trostlosen Zustand der Verarmung? Ich meine . . . nun, weshalb erachten die Engländer es überhaupt für notwendig, Irland zu behalten? Wäre es für die Iren nicht vielleicht besser, sich selbst zu regieren?"

„Liebes", sagte Edward, „angenommen, du fändest an der Türschwelle deines luxuriösen Hauses einen Bettler – was würdest du tun? Ihn ignorieren unter dem Vorwand, er habe ja das Recht, für sich selbst zu sorgen; oder ihn ins Haus bitten, um ihn zu speisen und sein Leid zu lindern?"

„Nun . . ."

„Wir haben gegenüber Irland eine moralische Pflicht", fuhr er fort. „Wir haben die Pflicht, früheres Unrecht wiedergutzumachen. Was die irischen Geheimbünde von Unabhängigkeit schwatzen, ist Unsinn. Ohne englische Hilfe würden die Iren verhungern."

„Edward", sagte ich, „nimm es mir bitte nicht übel, wenn ich als Ausländerin eine Meinung zu äußern wage. Ist es nicht auch Tatsache, daß viele Iren bereits verhungert sind?"

Er gab keine direkte Antwort. „Auch wenn die Iren es nicht

wahrhaben wollen: Während der Hungersnot hat England für die Menschen hier viel getan. Wir müssen ein Mittel finden, um diesen periodischen Hungersnöten wirksam zu begegnen. Solange sich die Landbevölkerung allerdings auf den Anbau weniger Produkte wie zum Beispiel Kartoffeln beschränkt, ist das nicht möglich. Man muß versuchen, ihnen neue Ideen näherzubringen ..." Und er begann, von der Bodenreform zu sprechen. „Man muß sie in stärkerem Maße am Ertrag beteiligen, damit sie mehr Initiative entwickeln ... Nach der Hungersnot habe ich experimentiert – habe meinem besten Pächter einen Pachtvertrag gegeben, der über fünfzig Jahre läuft ... erstaunlich, wie das Bewußtsein der Sicherheit seine Einstellung von Grund auf veränderte ... aber Pachtverträge dieser Art sind in Irland so gut wie unbekannt ... werfen für den Grundbesitzer kurzfristig weniger Gewinn ab ... auf weite Sicht jedoch ..."

Während er weitersprach, glaubte ich zu begreifen, warum er so sehr an Cashemara hing. Es war eine Herausforderung, der er sich stellen mußte. Ich konnte mir vorstellen, wie er in jüngeren Jahren hier auf Cashemara nach der Hungersnot auf jene Aufgabe gestoßen war, die den ganzen Mann verlangte: verödetes und verwüstetes Land, das hoffnungslos verloren schien.

Inzwischen war die Kutsche, der Straße folgend, zu einem Tor gelangt und rollte jetzt die lange, gewundene Auffahrt entlang.

„... und dies hier", sagte Edward schließlich mit glänzenden Augen, „ist mein Zuhause."

Es war ein altmodisches Gebäude, so einfach, daß es fast schon kahl wirkte; doch wer die Architektur vergangener Tage liebte, mochte es schön finden.

„Weiße Häuser wirken immer so elegant", sagte ich im Bemühen, gleichzeitig aufrichtig und höflich zu sein. Aber natürlich entging mir nicht, daß die Eleganz keineswegs makellos war: wucherndes Unkraut auf dem Weg, abbröckelnde Steinstufen. Unwillkürlich mußte ich an das so gut erhaltene und tadellos gepflegte Woodhammer denken. In den beiden Häusern schien sich der Unterschied zwischen England und Irland zu verkörpern: Reichtum und Behaglichkeit auf der einen, Armut und Verfall auf der anderen Seite.

„Gibt es hinter dem Haus einen hübschen Garten?" fragte ich, um irgend etwas zu sagen.

„Die Iren halten nichts von Gärten", erwiderte Edward vergnügt. „Dort ist Rasen, und früher gab es auch Sträucher, die ich herausreißen ließ, um an ihrer Stelle Gemüse zu ziehen. In Irland darf man sich kein Fleckchen Nutzfläche entgehen lassen."

Wie hatte ich ihn je für einen typischen Engländer halten können? Einem waschechten Briten wäre es nie eingefallen, Sträucher so einfach zu beseitigen.

„Bestimmt wirst du dich hier schon bald zu Hause fühlen", sagte er, doch ich bezweifelte das. Noch nie war ich mir so fremd vorgekommen. England erschien mir plötzlich kaum weniger vertraut als Amerika.

Doch mit neunzehn ist man noch sehr anpassungsfähig, und ich war fest entschlossen, für die Zeit meines Aufenthaltes mit allem zurechtzukommen, wobei ich Gott insgeheim dafür dankte, daß ich hier nicht das ganze Jahr leben mußte. Mein Vorhaben wurde durch die Freundlichkeit des Personals sehr erleichtert. Die meisten sprachen kaum englisch, so daß die Verständigung recht mühselig war. Doch sie lächelten so erfreut und zeigten sich so willig, daß ich ihnen alles nachsah, die tropfende Wärmflasche in meinem Bett ausgenommen. Aber selbst in diesem Punkt gab ich mich schließlich gern geschlagen, denn die phantasievolle Erklärung, die Hayes, der Butler, für das Leck lieferte, war das Anhören wert.

Mit ihm und seiner Frau, die als Haushälterin fungierte, unterhielt ich mich oft. Sie waren nicht nur die einzigen im Haus, die ein verständliches Englisch sprachen, sondern versicherten mir auch immer wieder, wie reizend sie meinen amerikanischen Akzent fänden; und nach den langen Monaten unter Engländern, welche die Mängel meiner Aussprache ostentativ *nicht* kritisiert hatten, waren solche Komplimente für mich der reine Nektar.

Später lernte ich Edwards Neffen George kennen, einen etwas pompösen kleinen Mann, der zu Pferde von seinem Haus in Letterturk kam. Danach besuchten uns noch andere Landedelleute, Mr. Plunket von Aaslegh, Mr. Knox von Clonbur und Mr. Courtney von Leenane. Ihre Frauen, nicht mehr ganz taufrische und recht altmodisch gekleidete Damen, brannten so sehr darauf, meine Bekanntschaft zu machen, daß ich mich des Eindrucks nicht erwehren konnte, meine Ankunft auf Cashemara sei hier seit vielen Jahren das aufregendste Ereignis. Als wir die Besuche dann erwiderten, lernte ich Irland besser kennen: sah Georges Haus am schilfgesäumten Ufer von Lough Mask und die berühmte Kutscherschenke in Leenane, das an der fjordähnlichen Küste von Killary Harbor lag.

„Sollte ich die Armen besuchen?" fragte ich Edward zwei Wochen nach unserer Ankunft. Tag für Tag war er mit seinem Verwalter MacGowan unterwegs, und ich begann mich zu langweilen. Bücher und selbst mein geliebtes Schachbrett boten mir, während ich sehnsüchtig auf Thomas wartete, nur einen unvollkommenen Zeitvertreib.

Edward schien von meinem Vorschlag sehr angetan. „Keine schlechte Idee. Wenn du bereit wärst, die wichtigsten Wortführer im Tal zu besuchen, würde das den Leuten ganz bestimmt gefallen."

„Und wer wären die Wortführer?"

„Sean Denis Joyce und Maxwell Drummond – aber von dem habe ich dir ja schon erzählt."

Die Geschichte der hiesigen „Stämme" war überaus kompliziert, doch Edward erklärte mir, daß der junge Mr. Drummond, den er auf das Agricultural College schicken wollte, über seine Mutter mit dem O'Malley-Clan versippt sei und daß die O'Malleys und die Joyces der Zahl nach die stärksten Familien im Tal waren.

Mr. Drummond wohnte mit zwei unverheirateten Tanten in einer hübschen, weißgetünchten Hütte, die so groß war, daß man sie fast schon als Bauernhaus bezeichnen konnte. Hinter der Hütte lag ein Kartoffelacker, seitlich davon ein Hof mit Hühnern und Schweinen, und vor der Vordertür türmte sich, völlig ungeniert, ein Misthaufen. Zu meiner Überraschung stank er nicht. Man hatte den Dung mit Sumpfboden vermischt, der irgendeine Chemikalie enthielt, welche die ätzenden Ausdünstungen verhinderte.

Das Innere der Hütte wirkte zwar nicht besonders sauber, doch tadellos aufgeräumt. Zweifellos um mich zu beeindrucken, hatte man auf den Tisch drei Bücher gelegt: eine Bibel (lateinisch), eine englische Grammatik (offenbar unbenutzt, denn die Seiten waren nicht aufgeschnitten) und einen fast schon zerfledderten Band mit dem Titel: „Sagen, Mythen und andere Geschichten aus dem altehrwürdigen Irland".

„Mein Vater konnte nämlich lesen", sagte der junge Drummond, der etwa so alt war wie ich und offenkundig nicht an falscher Bescheidenheit litt. „Ich lernte es bereits mit fünf Jahren – stimmt das nicht, Tante Bridgie?"

Tante Bridgie versicherte, das sei die heilige Wahrheit, und nur der Herr und die Gebenedeite wüßten, was für einen wundersamen Anblick der Fünfjährige damals geboten hätte: nur ein Dreikäsehoch und die Nase schon in einem gelehrten Buch.

„Und gereist bin ich auch schon, Mylady", sagte der junge Drummond. „Ich kenne nicht nur Joyce-Country, denn mein Vater stammte aus Ulster, und während der Hungersnot kehrte er heim, weil dort eher Hoffnung auf Arbeit und Brot bestand. Ganz Mayo kenne ich und Sligo und Leitrim und Cavan und Monaghan und Armagh. Es gibt kaum eine Ecke, die ich nicht kenne, und eines Tages werde ich alles wiedersehen, so Gott mir hilft."

„Mr. Drummond scheint mir ein rechter Prahlhans zu sein", sagte ich später zu Edward. „Solange ich dort war, sprach er in einem fort von sich selbst."

Edward musterte mich amüsiert. „Er steht weit über dem Durchschnitt der Bauern hier, und das weiß er. Und wenn er nicht gerade an mangelndem Selbstbewußtsein krankt, nun, mir soll es recht sein. Das macht ihn ehrgeizig, und du kannst mir glauben – unter den Pächtern gibt es bedauernswert wenige, die den Ehrgeiz haben, aus sich und ihrem Land mehr zu machen."

Gleich am nächsten Tag ließ er Drummond nach Cashemara kommen und eröffnete ihm, er sei bereit, ihn für ein Jahr auf das Agricultural College in Dublin zu schicken. Als ich von meinem Besuch bei dem Familienältesten der Joyces zurückkehrte, begegnete ich Drummond in der Halle.

„Gott beschütze Sie, Mylady!" rief er, und ich muß gestehen, daß ich seinen ungestümen irischen Charme in diesem Augenblick unwiderstehlich fand. Außerdem entdeckte ich, daß er keineswegs so unattraktiv war, wie ich zuerst geglaubt hatte.

„Ich fahre nach Dublin!" sagte er mit leuchtenden Augen. „Lord de Salis ist der edelmütigste Herr, der je irische Luft geatmet hat!" Sein Lächeln war so strahlend, daß mir gar nichts anderes übrigblieb, als es zu erwidern und ihm Glück zu wünschen.

„In Wirklichkeit mag ich ihn nicht besonders", sagte ich später zu Patrick. „Er wirkt so ungehobelt und aufgeblasen, hat aber irgend etwas Anziehendes. Ich glaube, ein Romanschreiber würde von ‚Erdhaftigkeit' sprechen."

„Erdhaftigkeit!" wiederholte Patrick mit einer Verbitterung, die eigentlich gar nicht zu ihm paßte. „Gewiß – erdhaft wie ein

Misthaufen! Du hast einen merkwürdigen Geschmack, wenn du Drummond anziehend findest, Marguerite. Warte, bis du meinen Freund Derry Stranahan kennenlernst! Dann wirst du sehen, daß Drummond nicht anziehender ist als die Schweine, die er hält."

Auf Umwegen erfuhr ich, daß Drummond bei der Verbannung Stranahans seine Hand im Spiel gehabt hatte – was ihn in Patricks Augen natürlich zu einer Art Monstrum stempelte.

Katherine hatte es vorgezogen, in England zu bleiben und ihre Schwiegereltern zu besuchen. Patrick und Mr. Bull und selbstverständlich auch die Kinderschwester und die Amme und nicht zuletzt Thomas waren inzwischen auf Cashemara eingetroffen. Ich war überglücklich, meinen kleinen Sohn endlich wieder bei mir zu haben. Selbst während der kurzen Zeit unserer Trennung war er gewachsen, und ich hielt mich oft stundenlang im Kinderzimmer auf, wo ich ihn ermutigte, sich auf den Unterarmen voranzubewegen wie eine kleine Robbe. Seine Muskeln, vor allem auf dem Rücken, waren schon erstaunlich kräftig, und er besaß geradezu verwegenen Unternehmungsgeist.

„Ob Annabel wohl kommen wird, um ihn sich anzusehen?" fragte Patrick, während er Thomas' frischerworbene Kunstfertigkeit bewunderte. „Oder war sie schon hier?"

„Nein. Edward meint, daß sie uns nicht besuchen wird, und ich darf auch nicht zu ihr. Es ist ein Jammer, findest du nicht? Ich würde sie so gern kennenlernen."

„Weißt du, was?" sagte Patrick. „Ich werde versuchen, ihr klarzumachen, wie nett du bist. Vielleicht ist sie dann bereit, nach Cashemara zu kommen."

Da Annabel die Wiederverheiratung ihres Vaters von Anfang an mißbilligt hatte, konnte es kaum verwundern, daß Patricks Überredungskünste bei ihr nichts auszurichten vermochten. Dennoch war ich überzeugt, daß sie auf mich nicht weniger neugierig war als ich auf sie. Irgendwie mußte sich das Problem doch lösen lassen. Schließlich kam mir ein Gedanke. Ich bat Patrick, einige Zeichnungen von Thomas anzufertigen, kaufte einen jungen irischen Setter und schickte Zeichnungen und Hund mit den besten Empfehlungen nach Clonagh Court.

Am Tag darauf ließ Annabel sich kurz auf Cashemara sehen, um ihre Karte zu hinterlassen.

Einen Tag später fand ich mich auf Clonagh Court ein, um dort meine Karte zu hinterlassen.

„Aber du solltest doch keinen Kontakt mit ihr aufnehmen", rief Edward, als ich ihn pflichtgemäß unterrichtete.

„Sie hat ja den ersten Schritt getan", sagte ich und zeigte ihm zum Beweis Annabels Karte.

„Und warum hast du mir das verschwiegen?"

„Weil ich dich nicht unnötig beunruhigen wollte, Liebster."

Am nächsten Tag erhielt ich einen Brief mit folgendem Wortlaut:

„Liebe Kusine Marguerite, vielen Dank für den Setter und die Zeichnungen vom Baby. Beide scheinen wahre Prachtexemplare zu sein. Für gewöhnlich interessiere ich mich nicht sehr für Kinder, aber Thomas und ich werden uns eines Tages bestimmt sehen. Deine Kusine Annabel Smith."

Ich schrieb sofort zurück: „Liebe Kusine Annabel, es wäre mir eine große Freude, Dich und Thomas miteinander bekannt zu machen. Am Dienstag und am Donnerstag bin ich vormittags zwischen zehn und zwölf zu Hause. Deine Dir sehr ergebene Kusine Marguerite Marriott de Salis."

Zwei Tage später, um genau zehn Uhr morgens, kam Annabel den Fahrweg entlanggetrabt, schwang sich aus dem Sattel, schlang die Zügel des Pferdes lässig um einen Baum und ging dann auf die Treppe zu und stieg die Stufen zur Vordertür hinauf.

VI

„Sicher bist du der Meinung, daß ich mich dir gegenüber abscheulich benommen habe", sagte Annabel eine halbe Stunde später, als wir vom Kinderzimmer in den Salon zurückkehrten. „Und das stimmt natürlich auch. Aber manchmal bringt Papa mich so gegen sich auf, daß ich alles daran setze, ihn gegen mich aufzubringen. Wenn ich's recht bedenke – eigentlich bin ich fast immer mit ihm zerstritten gewesen. Doch Männer können einem oft wirklich auf die Nerven gehen, findest du nicht?"

„Frauen aber auch", murmelte ich leise, als sie einen Augenblick schwieg.

„Vielleicht", sagte Annabel. „Aber Frauen müssen in dieser Welt so viel über sich ergehen lassen, daß sie ein Recht haben, gelegentlich lästig zu sein. Für Männer hingegen gibt es keine Entschuldigung, wie ich schon zu meinem ersten Gatten sagte, als ich mich entschloß, ihn zu verlassen (was ich dann allerdings nicht tat, weil ich damals nicht den rechten Mut dazu aufbrachte). Aber was war er auch langweilig! Mir ist heute noch unerfindlich, warum ich ihn überhaupt geheiratet hatte. Nein, das stimmt nicht, ich weiß es sogar sehr genau. Ich wollte unbedingt fort von Woodhammer Hall! Woodhammer! Puh! Wie in einer Gruft fühlte ich mich dort – eher noch wie in einem Weihetempel. Louis' Tempel. Papa hat dir doch von Louis erzählt?"

„Ja. Armer kleiner Kerl . . ."

„Unsinn. Er war ekelhaft und abscheulich verzogen. Ich weiß, man soll über die Toten nur Gutes sagen, aber ich denke nicht daran, dir Lügen aufzutischen. Die tristen Jahre auf Woodhammer Hall, als Mama sich von allem zurückzog, sind lange genug beschönigt worden. Natürlich hing ich sehr an Mama, die bildschön und sehr tapfer war. Selbstverständlich hänge ich auch sehr an Papa, obwohl es oft eine Plage mit ihm ist. Aber wie konnten es beide nur wagen, nach Louis' Tod so zu tun, als ob ihnen das letzte Kind weggestorben wäre? Vier ihrer Töchter lebten doch noch und dazu ein kleiner Sohn! Natürlich war Louis' Tod eine Tragödie. Aber statt unentwegt um den Toten zu trauern, hätten sie sich lieber mehr um die Lebenden kümmern sollen. Ich habe nie begreifen können, was an Louis in ihren Augen so außergewöhnlich war. Ich war nicht weniger klug als er, ich sah keinen Deut schlechter aus. Doch Papa hat Frauen ja schon immer als minderwertige Wesen betrachtet. Mama hat es oft sicher nicht ganz leicht gehabt."

„Aber noch heute ist er voll Bewunderung für die Intelligenz deiner Mutter. Und was Frauen im allgemeinen betrifft, so hat er hinsichtlich ihrer Erziehung und Bildung einige radikale Ideen."

„Papa ist radikal? Guter Gott, wenn er ein Radikaler ist, dann bin ich der Kaiser von China! Aber daß du mich nicht falsch verstehst – Papa ist ein sehr bemerkenswerter Mann, und es gibt wohl niemanden, der seiner politischen Karriere mehr Bewunderung zollt als ich. Aber der Umgang mit ihm ist für mich so beschwerlich, weil ich praktisch nur im Streit zu einem Gespräch mit ihm komme, und Auseinandersetzungen in der Familie sind höchst anstrengend – wie du sicher weißt, Kusine Marguerite."

Es klopfte. „Verzeihen Sie bitte, Mrs. Smith", sagte Hayes, während er den Kopf zur Tür hereinstreckte. „Aber Sie werden verstehen . . ."

„Mein Vater ist von Clonareen zurück?"

„Kommt gerade den Fahrweg entlang, Ma'am."

„Ich muß gehen." Annabel sprang auf, griff nach ihrer Reitpeitsche und begann, sich die Handschuhe überzustreifen. „Es war nett, dich kennenzulernen, Kusine Marguerite. Reizend von dir, mich so freundlich zu empfangen. Und das Baby ist einfach süß."

„Aber willst du nicht noch bleiben?"

„Nein, lieber nicht. Sonst gibt es zwischen Papa und mir höchstwahrscheinlich wieder Streit. Sei doch so lieb, ihm einen Gruß von mir auszurichten – eine Friedenspalme nach den vielen Monaten, die wir nun schon miteinander zerstritten sind."

„Ja, gern. Aber . . ."

„Und vergiß nicht, vor deiner Rückkehr nach England meinen Mann und mich auf Clonagh Court zu besuchen. Papa hat dir wahrscheinlich erzählt, daß Alfred abscheulich vulgär ist, und das stimmt auch, nur gibt es keinen netteren und amüsanteren Mann als ihn, und du kannst mir glauben, er ist niemals langweilig, nein, nie. Jeden Mittwoch zwischen elf und zwölf bin ich zu Hause."

„Mittwochs zwischen elf und zwölf. Gut. Aber, Kusine Annabel, dein Vater hat sich über deinen Gatten nur lobend geäußert. Er freut sich sehr, daß du jetzt glücklich verheiratet bist."

„So?" rief Annabel aufgebracht. „Und weshalb, Himmelherrgott, hat er mir das nie gesagt? Es ist ja eine noch schlimmere Plage mit ihm, als ich dachte!"

Und schon war sie hinaus und die Treppe hinab, um einem Zusammentreffen mit ihrem Vater aus dem Weg zu gehen.

VII

„Nun, es freut mich, daß sie höflich zu dir war", sagte Edward, als ich ihm von Annabels Besuch berichtete. „Sie kann so aufsässig sein – manchmal die reine Plage! Ich darf gar nicht daran denken, wie viele Ungelegenheiten sie mir schon bereitet hat."

„Aber es ist ganz offenkundig, daß sie sehr an dir hängt, Edward."

„Ich wünschte, daß es auch für mich offenkundig wäre", sagte er unwillig, taute dann jedoch ein wenig auf, gestand, daß auch er seiner Tochter zugeneigt sei, und erlaubte mir sogar, sie auf Clonagh Court zu besuchen.

Ich machte davon jedoch nicht sofort Gebrauch. Es schien mir besser, nichts zu überstürzen. Erst gegen Ende meines Aufenthalts auf Cashemara fuhr ich in der Kutsche nach Clonagh Court. Doch obwohl es der richtige Tag und die richtige Stunde war, traf ich niemanden an. Der Herr und die Herrin seien auf dem Pferdemarkt in Letterturk und würden erst gegen Abend zurückkehren. Ich hinterließ eine Karte und fuhr wieder nach Cashemara.

Drei Tage später betrat mein Fuß dann wieder englischen Boden.

Wir waren auf Cashemara durchaus nicht von der Außenwelt abgeschnitten gewesen, denn jeden Tag wurde ein Stallbursche nach Leenane geschickt, um die Zeitungen zu holen, die im „Wagen" von Galway kamen. Dennoch hatte ich das Gefühl gehabt, auf einem fernen Stern zu wohnen.

Wie veränderte sich doch alles mit einem Schlag, als wir auf Woodhammer eintrafen! Jetzt wurde mir erst das gewaltige Ringen bewußt, das über mein Vaterland hinwegwalzte und überall tiefe Wunden und blutige Spuren hinterließ.

Thomas war im April geboren worden, zur gleichen Zeit, da Fort Sumter beschossen wurde. Zwei Tage später hatte Lincoln zu den Waffen gerufen, und danach überstürzten sich die Meldungen vom Abfall der Südstaaten, einer nach dem anderen – Virginia, North Carolina, Arkansas, Tennessee. Amerika war in zwei Teile zerspalten.

Zuerst begriff keiner so recht, worum es in diesem Krieg überhaupt ging. Selbst jene, die mit den Nordstaaten sympathisierten, waren der Meinung, es handle sich ausschließlich um das Problem der Sklaverei, und ahnten nicht, daß es im Grunde um Fragen der Verfassung ging. Doch zu dieser Zeit befanden sie sich ohnehin in der Minderheit, denn die öffentliche Meinung schlug sich auf die Seite des Südens.

Vergeblich versuchte Edward mir klarzumachen, daß Engländer im Zweifelsfall stets für den Schwächeren Partei ergriffen. Meinen Zorn vermochte eine solche Erklärung nicht besänftigen. Ich wußte sehr gut, daß England die Nordstaaten schon seit einiger Zeit argwöhnisch beäugte, weil man hier einen Rivalen fürchtete, der in der Weltpolitik mitzusprechen gedachte. Die Aussicht, diesen Rivalen um einiges zurechtgestutzt zu sehen, war viel zu verlockend, um nicht mit Behagen genossen zu werden.

Doch trotz der bedrückenden Nachrichten aus Amerika freute ich mich aus ganzem Herzen, wieder auf Woodhammer Hall zu sein. Unter den Gästen, die Edward zur Jagd eingeladen hatte, befand sich auch sein engster Freund Lord Duneden, dessen jüngere Tochter ich ganz besonders sympathisch fand.

Lord Dunedens Situation glich der Edwards vor unserer Hochzeit. Seit Jahren Witwer, spielte er oft mit dem Gedanken, sich wieder zu verheiraten. Manchmal schien es, als wolle er Edwards Beispiel folgen und sich gleichfalls eine junge Frau nehmen, denn er war Katherine gegenüber ganz ungewöhnlich aufmerksam. Doch sie tat meine Vermutung mit einem Schulterzucken ab: Ich läse zu viele Romane und hätte eine allzu lebhafte Phantasie.

„Außerdem", sagte sie, die ihrer Witwenkleidung ein eigentümliches Wohlbehagen abzugewinnen schien, „außerdem denke ich vorerst nicht daran, ein zweites Mal zu heiraten. Und wenn – nun, dann würde ich ganz sicher einen Mann vorziehen, der nicht so alt aussieht und kahlköpfig ist."

„Aber er ist sehr charmant", sagte ich, „und nett."

„Mag sein", erwiderte Katherine mit betonter Gleichgültigkeit, und wir sprachen nicht wieder über Lord Duneden.

Das Weihnachtsfest auf Woodhammer Hall war herrlich. Thomas konnte sich jetzt schon an den Gitterstäben seines Laufstalls hochziehen, so daß er auf seinen winzigen Füßen stand, und so zeichnete Patrick ihn denn auch, wie er ehrgeizig in die Höhe schielte. Patrick kam mit Thomas überhaupt gut zurecht. Zu dritt spielten wir oft stundenlang im Kinderzimmer. Edward erschien zwar jeden Abend, um Thomas gute Nacht zu sagen, aber er blieb immer nur wenige Augenblicke.

„Wenn er älter ist, wird er dir sicher Spaß machen", sagte ich. „Warte nur, bis er laufen kann!"

„Aus Kindern werden nur allzu rasch Erwachsene", erwiderte er lächelnd. „Genieße diese Zeit also, so gut du kannst."

„Aber ich genieße sie ja! Nur entwächst Thomas so allmählich dem Babyalter, und das kann mir nur recht sein, weil . . ." Ich brach ab. Weil schon wieder Nachwuchs unterwegs ist, hatte ich sagen wollen, brachte jedoch aus irgendeinem Grund kein Wort hervor.

„Weil was?" fragte Edward natürlich, und als ich immer noch nicht antwortete, erriet er es und gab mir einen Kuß. „Und wie heißt er?" fragte er belustigt. „Und wann kommt er an?"

„Ende Juni, glaube ich", sagte ich, durch seine gute Laune erleichtert. „Und einen Namen hat er noch nicht, weil diesmal du damit an der Reihe bist. Bei Thomas bin ich recht autokratisch verfahren."

„David", sagte er sofort, „nach meinem Bruder. Ich hatte ihn sehr gern, und du hast mir ja erzählt, daß er dir bei seinem Besuch in New York gut gefallen hat."

Ich fühlte mich beschwichtigt. Schließlich brachte ich mit Mühe hervor: „Freust du dich denn auch?"

„Natürlich", versicherte er, mich dicht an sich pressend. Mit der Hand strich er mir über das Haar. Da mein Kopf noch an seine Brust gelehnt war, konnte ich nicht sehen, welche Gefühle sich auf seinem Gesicht widerspiegelten.

„Das wird doch zwischen uns nichts ändern", sagte ich, „nicht wahr?"

„Gütiger Himmel – warum auch?"

„Nun, mit Thomas ... manchmal war es schon recht schwierig ... oder hast du das nicht gefunden?"

Nach kurzem Zögern sagte er: „Nein, ganz und gar nicht. Überhaupt nicht." Als ich protestieren wollte, fügte er scharf hinzu: „Du mußt mich ja für sehr egoistisch halten, wenn du meinst, daß ich nicht will, daß du Kinder hast."

„Aber ..."

„Jede Frau hat das Recht, Kinder zu bekommen."

„Und jeder Ehemann hat die Pflicht, seiner Frau dazu zu verhelfen? Ach, Edward, laß uns doch bitte nicht über Rechte und Pflichten sprechen! Wenn du das Baby nicht haben willst ..."

„Liebste Marguerite", begann er mit leiser, doch fester Stimme, „wenn ich dieses Kind nicht gewollt hätte, dann hätte ich dir das vor der Empfängnis klargemacht, dessen kannst du versichert sein.

Nach Weihnachten reiste ich nicht mit Edward nach Cashemara, sondern kehrte nach London zurück. Nach einiger Zeit kam dann auch Edward nach London, die Königin berief das Parlament ein, und ehe wir es uns recht versahen, war der Winter dem Frühling gewichen.

Während der gesamten Schwangerschaft hatte ich mich wohlauf gefühlt, aber einen Monat vor meiner Niederkunft trat dann ein Ereignis ein, das sich recht störend auswirken sollte: Edwards Tochter Madeleine gab ihr Klosterleben auf und fragte ihren Vater in einem Brief, ob sie zu uns kommen und bei uns wohnen dürfe.

3. KAPITEL

I

Ich hatte gemeint, Madeleine müsse eine Frau von der Tugendhaftigkeit einer Radcliffe-Heldin und dem religiösen Fanatismus frühchristlicher Märtyrer sein. Sie war die erste Nonne, die ich kennenlernen sollte. Edward weigerte sich, über sie zu sprechen, da sie ihn tief verletzt hatte, indem sie zum römisch-katholischen Glauben konvertierte und auch noch in ein Kloster ging. Selbst nachdem sie ihren Entschluß kundgetan hatte, wieder ins weltliche Leben zurückzukehren, bemerkte er nur: „Gottlob kommt sie zu Verstand, ehe sie zu alt ist, um noch einen Mann zu finden."

„Ist es deine Absicht, sie bei uns wohnen zu lassen?"

„Natürlich", erwiderte er. „Es ist meine Pflicht, einer unverheirateten Tochter ein Dach über dem Kopf zu geben, doch wenn sie sich einbilden sollte, daß ich sie behandle wie den verlorenen Sohn, dann, so fürchte ich, wird sie eine Enttäuschung erleben."

Da es mir unangenehm war, ihm weitere Fragen zu stellen, versuchte ich, von Katherine mehr zu erfahren. Doch sie setzte sofort ihre abweisendste Miene auf und erklärte, sie könne mir über ihre Schwester kaum etwas sagen.

„Aber sie ist doch nur ein Jahr älter als du!" protestierte ich.

„Wir hatten nichts miteinander gemein", sagte Katherine und fügte dann mit einem Anflug ihrer alten Eifersucht hinzu: „Sie war Großmamas Liebling. Kein Wunder, daß sie sich zur religiösen Fanatikerin entwickelte."

Ich erfuhr, daß mit „Großmama" Edwards Mutter gemeint war, die einem papistischen Zweig des anglikanischen Glaubens angehangen hatte – eine unangenehme alte Dame, engstirnig und nicht totzukriegen.

„Sie hat sogar noch Mama überlebt", sagte Katherine, „und als

Papa nach Mamas Tod ins Ausland reiste, kam sie nach Woodhammer, und wir mußten jeden Tag um Trost beten."

„War das nicht gräßlich!" rief Patrick voll Inbrunst. „So etwas Langweiliges!"

„Nun, Madeleine fand offenbar Gefallen daran", sagte Katherine. „Plötzlich wurde sie sehr fromm. Papa meinte später, daran sei einzig Großmama schuld."

„Ich kann mir gar nicht vorstellen, daß Edward eine Mutter gehabt hat", sagte ich. „Sind sie denn miteinander ausgekommen?"

„Sie sind sogar recht gut miteinander ausgekommen. Seine Mutter hat sehr an ihm gehangen."

Je näher der Zeitpunkt für Madeleines Ankunft rückte, desto nervöser wurde ich. Schließlich mußte ich meinen ganzen Mut zusammennehmen, um sie im Salon zu empfangen.

Zum Glück war Edward bei mir. Als sie eintrat, begrüßte er sie mit einem kühlen: „Willkommen daheim, Madeleine", aber gab ihr trotzdem einen Kuß. „Darf ich euch miteinander bekanntmachen . . ."

Ich sah sie ungläubig an. Niemand hatte mir gesagt, wie reizvoll sie war. Sie war weder hübsch wie Annabel noch schön wie Katherine. Dafür besaß sie jene sacht gerundete Zartheit, die viele Männer unwiderstehlich finden. Sie war klein, keinesfalls größer als ich, und ein wenig mollig. Blaue Augen, welliges Blondhaar – kein Mädchen hätte süßer und fügsamer aussehen können.

Sie grüßte mich und warf einen interessierten, doch keineswegs feindseligen Blick auf meinen recht unförmigen Leib. Dann schloß sie ihren kleinen Rosenknospenmund mit solcher Entschiedenheit, daß ich das Gefühl hatte, sie wolle mich nie wieder eines Wortes würdigen. Sie wandte sich ihrem Vater zu. „Es ist nett von dir, mich zu empfangen, Papa", sagte sie höflich, „aber wenn alles gut geht, hoffe ich, dir nicht lange zur Last zu fallen. Ich habe mich um eine Stellung als Krankenschwester im East End Charity Hospital beworben, das meinem Orden untersteht, und ich will dort sobald wie möglich mit der Arbeit beginnen."

„Ich dachte, du seist aus dem Orden ausgetreten!" rief Edward zornig.

„Das bin ich ja auch. Ich fand, daß das Nonnenleben nichts für mich ist. Aber der Orden will mir trotzdem helfen, und als ich mich entschloß, Krankenschwester zu werden . . ."

„Krankenschwester? Du willst Krankenschwester werden? Aber das ist doch lächerlich!"

„Ich glaube kaum, daß Miß Nightingale da deiner Meinung wäre, Papa."

„Deine Miß Nightingale interessiert mich nicht!" rief Edward gereizt. „Nimm gefälligst zur Kenntnis, daß ich dir das verbiete!"

„Ja, Papa. Aber meine Gehorsamspflicht gegen Gott ist größer als gegen dich."

Nie hätte ich es gewagt, so mit Edward zu reden. Unwillkürlich schloß ich die Augen, um mich gegen seinen Wutausbruch zu wappnen. Doch dann hörte ich, wie eine leise Stimme zitternd sagte: „Kusine Madeleine, nach deiner langen Reise wirst du sicher müde sein und dich ausruhen wollen. Darf ich dich nach oben auf dein Zimmer bringen?" Überraschend wurde mir bewußt, daß die leise, zittrige Stimme mir gehörte. Ehe Edward explodieren konnte, hatte ich mit Madeleine den Raum verlassen. Auf dem Weg nach oben schwätzte ich ununterbrochen: über die neue Tapete in ihrem Zimmer; über die Eisenbahnfahrt von Holyhead her; und wünschte sie vielleicht eine kleine Erfrischung?

„Wie reizend", sagte sie und schien mich mitleidig zu betrachten. „Aber das hat noch Zeit. Ich kann bis zum Essen warten." Als ich erschöpft auf das Bett sank, fügte sie beschwichtigend hinzu: „Das zwischen Papa und mir darfst du nicht so ernst nehmen, weißt du. Es ist für ihn ja nichts Neues, daß ich das genaue Gegenteil von Katherine bin."

„Das genaue Gegenteil?" fragte ich mit schwacher Stimme. „Von Katherine?"

„Ja. Katherine glaubt, daß die Welt untergeht, wenn sie keine gehorsame Tochter ist. Und ich glaube, daß die Welt untergeht, wenn ich es je wäre. Im übrigen dürfte Papa sich bereits den Kopf darüber zerbrochen haben, wo er für mich einen passenden Ehemann hernimmt. Es wäre nett von dir, wenn du ihm mitteilen wolltest, daß ich weder jetzt noch später Heiratsabsichten habe."

„Aber . . ."

„Wirst du mich zum Kinderzimmer bringen, damit ich den kleinen Thomas kennenlernen kann? Ich liebe Babys. Sollte ich eines Tages über die notwendigen Mittel verfügen, so würde ich ein Kinderspital gründen."

„Wenn du so für Babys schwärmst – hättest du dann nicht gern eigene?"

„Als Unverheiratete!?“ fragte Madeleine ernst und brach dann so übermütig in Gelächter aus, daß ich unwillkürlich einstimmte. „Bitte, mißverstehe mich nicht“, sagte sie schließlich. „Die Ehe ist ein heiliges Sakrament, aber daß Gott sie für *jeden* vorgesehen hat, steht nirgends geschrieben. Leider wird das nur allzuoft vergessen, und zwar gerade von uns Frauen, denen man von Kind an einredet, die Gebote der Gesellschaft über die Gebote Gottes zu stellen . . . Ja, die Tapete ist wirklich sehr hübsch . . . Und so modern! Es hat schon seine Vorteile, aus Amerika zu kommen, wo einem die Traditionen nicht wie Bleigewichte am Hals hängen.“

Mit dieser Bemerkung gewann sie mich endgültig für sich. Es war, als seien wir schon seit langem miteinander vertraut, und bald fragte ich mich, wie ich sie wohl dazu bewegen konnte, bei uns am St. James' Square zu bleiben.

II

Doch meine Freude über ihre Anwesenheit wurde tagtäglich durch Edwards schlechte Laune getrübt. Madeleines Schuld war das nicht. Sie benahm sich stets höflich und zuvorkommend, stieß aber damit bei ihrem Vater auf wenig Gegenliebe.

„Hättest du einen Mann und ein halbes Dutzend Kinder, dann würdest du nicht auf den Gedanken kommen, in einem Krankenhaus verlauste Patienten pflegen zu wollen, Madeleine“, sagte er einmal, um später, als ich mit ihm allein war, ärgerlich hinzuzufügen: „Wenn ich ihr diesen Unfug doch nur ausreden könnte! Hoffentlich kommt sie noch zur Vernunft und überlegt es sich anders. Für sie wäre es doch ein leichtes, einen geeigneten Mann zu bekommen und ein eigenes Heim zu gründen . . .“

Es wollte ihm einfach nicht in den Kopf. Daß Madeleine seine Verständnislosigkeit als unabänderlich hinnahm, schien ihn nur noch mehr gegen sie aufzubringen. Zweifellos war sie die Tochter, die ihm die meisten Rätsel aufgab. Annabel konnte er verstehen. Beide waren aus einem Holz, und wenn sie ihn auch oft in Rage gebracht hatte, so sprach er nie ohne eine gewisse Zärtlichkeit von ihr. Was Katherine anging – nun, sie war so begierig darauf, ihm in allem zu Gefallen zu sein, daß er sich einfach geschmeichelt fühlen mußte. Auf Madeleine traf weder das eine noch das andere zu, und hätten beide nicht auf meinen Zustand Rücksicht genommen (ich war jetzt im neunten Monat), so wären sie im Laufe einer einzigen Woche hoffnungslos miteinander zerstritten gewesen.

Mir gefiel Madeleine. Mir gefiel, daß sie bereitwillig zuhörte, wenn ich von Davids bevorstehender Geburt sprach oder von den Fortschritten, die Thomas machte. Wenn man im neunten Monat ist, dann denkt man fast ausschließlich an Wiegen und Windeln, und Madeleine schien das besser zu begreifen als jeder andere. Mir war ihre Anwesenheit mehr als willkommen, und ich wollte, daß sie bei uns blieb.

Katherine wirkte sehr gereizt, und ich versuchte, sie zu beschwichtigen. Da sie für Babys nicht das geringste übrig hatte, mußte ihr meine Gesellschaft jetzt langweilig sein.

„Ich verstehe nicht, was dir an Madeleine so gefällt", sagte sie, eifersüchtig wie immer, und fügte dann, quenglig wie ein kleines Kind, hinzu: „Ich habe nie eine richtige Freundin gehabt, und Madeleine hatte immer so viele!"

„Guter Gott, Katherine!" sagte ich ungehalten. „Warum, um Himmels willen, kann ich nicht mit euch beiden befreundet sein?"

Sie schwieg. Was hätte sie auch antworten sollen? Nach und nach schien sie sich besser in die Situation zu fügen, aber ich bedauerte es doch sehr, daß sie und Madeleine einander so gleichgültig blieben. Sehnsüchtig dachte ich an Blanche. Im Frühjahr hatte sie einen reichen jungen Mann geheiratet, dessen Familie bei Philadelphia einen größeren Landsitz besaß. Sie schrieb ekstatische Briefe über ihn, aber sehr interessant schien er trotzdem nicht zu sein, und als sie mir dann ein Bild von ihm schickte, sah ich, daß er halb so gut aussah wie Edward. Aber da sie glücklich zu sein schien, freute ich mich für sie – und freute mich noch mehr, als Francis mir schrieb, die glänzende Partie, die er Blanche gewünscht habe, sei es nun leider doch nicht geworden. Ich liebte meine Schwester und war längst nicht mehr neidisch auf sie, aber, nun ja, allzu menschliche Gefühle waren mir durchaus nicht fremd.

„Ich hoffe, daß sie miteinander glücklich werden", sagte ich an Blanches Hochzeitstag zu Edward. „Ich hoffe, daß sie miteinander so glücklich werden wie wir."

„Die Hälfte davon genügt vielleicht auch", meinte Edward, dessen Abneigung gegen Blanche sich mit den Jahren gemildert hatte. „Und das heißt, daß ich ihnen schon *sehr* viel Glück wünsche."

Gegen Ende einer Schwangerschaft war er immer besonders rücksichtsvoll zu mir, weil er wußte, wie schwerfällig und erschöpft ich mich dann fühlte.

„Wenn doch nur David endlich da wäre!“ seufzte ich, doch er ließ sich Zeit, und als er schließlich ankam, schien es immer noch zu früh.

Thomas' Geburt war mühelos vonstatten gegangen, und insgeheim fand ich, daß werdende Mütter viel Geschrei um nichts machen. Mir war zwar bewußt, daß ich von Glück sagen konnte, doch eben dieses Glück erwartete ich auch als selbstverständlich bei meiner zweiten Entbindung. In meiner Unwissenheit ahnte ich nicht, daß eine Frau dabei völlig unterschiedliche Erfahrungen machen kann.

David war eine Zangengeburt. Hätten mir nicht der beste Arzt und die beste Hebamme Londons zur Verfügung gestanden, so wäre er wahrscheinlich tot zur Welt gekommen, und vielleicht hätte auch ich es nicht überlebt. Jedenfalls glaubte ich, im Sterben zu liegen. Madeleine wich keinen Augenblick von meiner Seite. Es war ihr Wunsch, und ich bestand darauf, daß man sie nicht fortschickte. Schließlich fühlte ich mich so elend, daß ich sie sogar darum bat, mir die Sterbesakramente der katholischen Kirche zu spenden. Statt dessen gab sie mir ihren Rosenkranz, damit ich, um die unerträglichen Schmerzen zu überstehen, auf die Perlen beißen konnte – eine sehr vernünftige und sehr praktische Anwendung, die mir bewies, daß aus Madeleine eine vortreffliche Krankenschwester werden würde.

Bald darauf verlor ich das Bewußtsein. Als ich vor der Geburt wieder aus meiner Ohnmacht erwachte, verabfolgte mir der Arzt das umstrittene Betäubungsmittel Chloroform, das mich auf wundersame Weise von allen Schmerzen erlöste. Später war ich sogar ein wenig ärgerlich, weil er es nicht schon früher angewendet hatte; aber Ärzte nehmen bekanntlich ungern Eingriffe in den natürlichen Ablauf einer Geburt vor, und er sagte mir, ich könnte außerdem noch froh sein, daß er sich überhaupt dazu entschlossen hätte.

David war viel größer, als Thomas es seinerzeit gewesen war, und sah auch ganz anders aus als sein Bruder. Unmittelbar nach der Entbindung verlangte es mich nicht sehr nach ihm, der es mir so unglaublich schwer gemacht hatte, und selbst als ich ihn dann sah, wäre ich vielleicht gleichgültig geblieben, wenn nicht – ja, wenn er nicht ein so bildhübsches Baby gewesen wäre. Ihm mußte ich die erlittene Mühsal einfach nachsehen.

Natürlich brauchte ich einige Zeit, um wieder zu Kräften zu kommen. Wochenlang lag ich entweder im Bett oder auf einer Chaiselongue. Doch ich war guter Dinge. Ich las viel, schrieb an meine Familie lange Briefe, führte Tagebuch und versuchte, mich über aktuelle Ereignisse zu informieren. Während einer Schwangerschaft war mir immer völlig gleichgültig, was draußen in der Welt vor sich ging. Jetzt beschäftigte mich der furchtbare Krieg drüben in meinem Vaterland um so mehr. Englands elender Versuch, sich neutral zu verhalten, löste in mir flammende Empörung aus. Wie kann sich ein Land als neutral bezeichnen, das für die insgeheim begünstigte Seite Kriegsschiffe baut? Ich fand ein solches Lavieren verächtlich und machte Edward gegenüber aus meiner Meinung kein Hehl.

Wir sprachen oft über den Krieg, doch als ich mich dann wieder wohler fühlte, tauchten andere, privatere Probleme auf.

Bevor wir für den Herbst nach Woodhammer fuhren, sagte Edward zu mir: „Trotz der unangenehmen Erfahrungen bei deiner letzten Entbindung wirst du sicher noch mehr Kinder haben wollen. Wäre es aber für deine Gesundheit nicht besser, die nächste Schwangerschaft eine Zeitlang hinauszuschieben?"

„Von mir aus braucht es überhaupt keine mehr zu geben", erwiderte ich mit einem Schauder und versuchte, die Erinnerung an den Geruch des Chloroforms und den zwischen meinen Zähnen knirschenden Rosenkranz zu verdrängen. „Thomas und David genügen mir vollauf."

Er schwieg, doch ich glaubte ihm anzumerken, wie erleichtert er war.

„Was muß ich tun?" fragte ich neugierig, während ich in Gedanken viele Möglichkeiten durchspielte, angefangen vom Keuschheitsgürtel bis zur Schwarzen Magie.

„Tun? Du?" fragte er fast schockiert. „Guter Gott, gar nichts. Was getan werden muß, werde ich schon tun."

„Und was wäre das?"

„Nichts, worüber wir sprechen müßten", erwiderte er kurz. „Eine Frau braucht davon nichts zu wissen."

Seine Antwort beunruhigte mich, und als ich dann – völlig unvermeidlich – entdeckte, worum es sich handelte, gefiel mir diese Neuerung ganz und gar nicht; und ich mußte mir sehr eindringlich klarmachen, daß die einzige Alternative bei Chloroform und Rosenkranz lag. Nach und nach gewöhnte ich mich jedoch an die Veränderung, und schließlich fand ich gar nichts mehr dabei – was nur beweist, wie anpassungsfähig man ist, wenn man ein starkes Motiv dafür hat.

Madeleine weigerte sich, uns nach Woodhammer zu begleiten. Auf meine Bitte erwiderte sie, langsam würde es für sie Zeit, sich um ihren Beruf zu kümmern, und da ich ja wieder bei Kräften sei, gäbe es für sie keinen Vorwand mehr, länger bei mir zu bleiben.

„Aber es ist mir ein unerträglicher Gedanke, daß du dich in einem Krankenhaus im übelsten Teil Londons bis auf die Knochen schindest!“ rief ich verzweifelt und fügte, New Yorkerin, die ich war, hinzu: „Nicht einmal bezahlt wirst du dafür! Nur Kost und Logis erhältst du! Das ist einfach gemein!“

„Das ist es gar nicht!“ erwiderte Madeleine ruhig. „Denn während ich arbeite, lerne ich ja auch.“

„Aber wenn du nur an der Nightingale Training School studieren würdest, wäre das doch viel angenehmer! Ich weiß, daß du kein Geld hast, doch ich könnte dir ja welches leihen . . .“

„Marguerite, du weißt, daß Papa das nie erlauben würde, und ich möchte auf keinen Fall, daß du mit ihm aneinandergerätst. Hoffentlich komme ich von hier fort, ohne mit ihm streiten zu müssen.“

Sie hoffte vergebens. Als sie Edward ihren Entschluß verkündete und er sie nicht zum Bleiben bewegen konnte, lagen sie sich prompt in den Haaren. Madeleine war lieb und nett und blieb stahlhart, während Edward mit Gereiztheit, Zorn und schließlich blanker Wut reagierte.

„Ich danke Gott, daß deine Mutter das nicht mehr erleben muß!“ brüllte er.

„Bitte, Papa“, sagte Madeleine, „sollten wir nicht meine Mutter aus dem Spiel lassen? Es könnte sonst nämlich sein, daß auch ich wütend werde.“

„Was soll das? Willst du hier etwa Anschuldigungen vorbringen?“

„Wozu? Was zu diesem Punkt zu sagen wäre, weißt du ja selbst – daß du meine Mutter abscheulich behandelt und mit deinen widerwärtigen und selbstsüchtigen Ansprüchen ihre Gesundheit ruiniert hast.“

„Das ist eine Lüge!“ rief Edward mit aschfahlem Gesicht.

„Das ist die Wahrheit! All dein Gerede über eure glückliche Ehe – nichts als Schwindel! Und deine Trauer nach ihrem Tod – die reine Heuchelei!"

„Ich habe sie geliebt . . ."

„Ja – und das Beispiel deiner Gattenliebe war es, das mich zu dem Entschluß bewog, einer Ehe unbedingt aus dem Weg zu gehen! Ich hatte keine Lust, gleich meiner Mutter zum Opferlamm zu werden!"

„Du kannst dich an deine Mutter ja nicht einmal richtig erinnern. Als sie nach Louis' Tod den Nervenkollaps hatte, warst du erst sechs . . ."

„. . . und mußte während der folgenden sechs Jahre mitansehen, wie sie wegen deiner geschlechtlichen Exzesse immer mehr dem Grab entgegensank! Nein, unterbrich mich nicht – es ist besser, daß wir dieses Thema fallenlassen. Mit Gottes Hilfe war es mir möglich, dir zu vergeben – aber fordere mich bitte nicht heraus. Wenn du mir weiter nichts Wichtiges mitzuteilen hast, so kann ich jetzt gehen und mich meiner beruflichen Ausbildung zuwenden."

„Erwarte nicht, daß ich dir auch nur einen einzigen Penny gebe! Nach dem, was du mir soeben an den Kopf geworfen hast, kannst du von mir aus betteln gehen!"

„Das wird wohl nicht nötig sein", sagte Madeleine, „der Orden versorgt mich mit allem Lebensnotwendigen. Guten Tag, Papa."

„Warte doch!" rief ich, obwohl ich genau wußte, daß hier jede Hoffnung vergeblich war. „Madeleine . . . Edward . . ." Verzweifelt suchte ich nach Worten. „Edward, Krankenpflege ist heutzutage ein geachteter Beruf – wäre es nicht vernünftig, Madeleine etwas Geld zu geben, damit sie während ihrer Ausbildung ein respektables Leben führen kann?"

„Meine Liebe", sagte Edward mit einer Stimme wie aus Stahl, „ich wäre dir sehr verbunden, wenn du dich unter den gegebenen Umständen jeglicher Äußerung enthalten wolltest. Falls dich diese Szene zu sehr erregt, so gestatte ich dir gern, dich zurückzuziehen."

Ich stolperte aus dem Zimmer.

Nachdem Madeleine dann mit dem schäbigen Koffer, der ihre kümmerlichen Habseligkeiten enthielt, das Haus verlassen hatte, wurde er mir gegenüber fast redselig. Es sei ihm klar, daß ich es nur gut gemeint hätte. Er wüßte, wieviel Mühe ich mir gäbe, mit seinen Töchtern auf freundschaftlichem Fuß zu stehen. Dafür wolle er mit danken. Wenn ich jedoch bei einem Streit mit seinen Kindern gegen ihn Partei ergriffe, so sei das unserer Ehe abträglich.

„Ich verlange von dir keineswegs, daß du heuchelst und Ansichten vertrittst, die nicht die deinen sind", sagte er. „Nur schweigen sollst du, wenn es zwischen mir und Eleanors Kindern einen Konflikt gibt. Du beklagst dich doch über Englands nur vorgetäuschte Neutralität in eurem Bürgerkrieg. Aber wie steht es mit der neutralen Haltung bei dir selbst? Findest du nicht, daß sie bei solchen Auseinandersetzungen oberstes Gebot für dich sein muß? Ich will nicht, daß die Nachwehen meiner ersten Ehe auf meine zweite abfärben."

Seine Erklärung klang plausibel, dennoch konnte ich mich damit nicht ganz abfinden. Aber ich schwieg, weil sich sonst wohl der Streit zwischen uns zugespitzt hätte. Außerdem war es mir unmöglich, ihm lange böse zu sein.

In diesem Herbst reiste er mit mir wieder ins Ausland, nach Südeuropa. Zwei Monate hatten wir Zeit, die griechische Inselwelt kennenzulernen. Eigentlich war geplant, nach vier Wochen Italien zu besuchen, doch in Rom hallten noch Garibaldis revolutionäre Reden wider, und Edward hielt es für ratsam, politisch unsicheren Boden zu meiden.

Wir waren sehr glücklich. Dem Rahmen unseres gewohnten Alltags entrissen, kam ich dem Verständnis seines komplexen Charakters näher als je zuvor. Zum erstenmal begann ich zu ahnen, daß Edward für das Leben in einer Familie gar nicht so recht geschaffen war – viel zu ruhelos und viel zu sehr auf seine Unabhängigkeit bedacht. Mochte er auch ein zufriedener Ehemann sein – am glücklichsten fühlte er sich, wenn seine Frau für ihn weniger angetrautes Weib als Geliebte war. Im Grunde seines Herzens war er unkonventionell, und von seiner besten Seite zeigte er sich, wenn er aller Bande, die sein Stand und sein Rang ihm auferlegten, ledig war – so wie damals in New York, so wie auch jetzt wieder, da wir fern von England waren.

All unsere Auseinandersetzungen schienen weit hinter uns zu liegen, und als wir nach England zurückkehrten, war ich davon überzeugt, daß es zwischen uns nie wieder Streit geben würde.

Dann entschied Edward, daß wir Weihnachten in Irland verleben sollten, und während meines zweiten Aufenthaltes auf Cashemara lernte ich seinen Schützling Derry Stranahan kennen.

III

Ich faßte zu Derry eine starke Zuneigung. Er war fast einundzwanzig, genauso alt wie ich: dunkelhaarig und sehr attraktiv. Der irische Akzent, mit dem er sprach, klang in meinen Ohren bezaubernd. Auch besaß er Charme und messerscharfen Mutterwitz. Insgeheim faszinierte mich auch die Art und Weise, in der er sich, wie man so sagt, „die Hörner abgestoßen" hatte. Ein Mann mit einer romantischen Vergangenheit übt wohl auf jede Frau einen gewissen Reiz aus, und ich war da sicher keine Ausnahme.

Nach seinem mehrjährigen Exil in Frankfurt kehrte er jetzt mit Edwards Erlaubnis für einen Monat nach Cashemara zurück, ehe er nach Dublin weiterfuhr, um sich dort auf den Anwaltberuf vorzubereiten.

„Es ist mir eine Ehre, endlich die Dame des Hauses kennenzulernen", sagte er zu mir und verbeugte sich tief. Daß er ein Bauernsohn war, in irgendeiner schmutzigen Hütte zur Welt gekommen, schien kaum begreiflich.

Zuerst sah ich nur wenig von ihm. Ich war vollauf mit den Weihnachtsvorbereitungen beschäftigt, und er ging mit Patrick draußen auf irgendwelche Abenteuer. Weihnachten verbrachte er nicht bei uns – auf Anordnung Edwards, der darauf bestand, daß Derry seine Verwandten bei Maams Cross besuchte. Mürrisch verabschiedete er sich am Heiligen Abend von uns.

Am zweiten Weihnachtsfeiertag erschien er wieder und schilderte seine Erlebnisse so amüsant, daß Patrick und mir die Lachtränen über die Wangen liefen. Es konnte mir kaum verborgen bleiben, daß er meine Gesellschaft sehr oft suchte, und das machte mich nervös, denn Edward hatte ein scharfes Auge für jeden jungen Mann, der mich mit Aufmerksamkeit bedachte. Mit großer Erleichterung wurde mir schließlich klar, daß sein Interesse gar nicht mir galt, sondern der fast stets in meiner Nähe zu findenden Katherine.

Auch sie mochte ihn, das war unverkennbar. Natürlich sagte sie nicht, daß er ihr gefiel – das entsprach nicht ihrer reservierten Art. Doch ich bemerkte deutlich, wie bereitwillig sie in seiner Gegenwart lächelte und daß sie seine geschickten Versuche, sie mit seinem Charme zu umschmeicheln, nie zurückwies.

Insgeheim freute ich mich für die beiden. In den romantischen Geschichten, die ich las, war es die natürlichste Sache der Welt, daß sich zwei Menschen ineinander verliebten. Katherine war jetzt schon seit zwei Jahren verwitwet, reich, schön und begehrenswert. Seiner Geburt nach weit unter ihr stehend, wirkte Derry doch durchaus präsentabel, und was seine Zukunftsaussichten betraf, so waren sie ausgezeichnet. Zudem verstand er sich ausnehmend gut darauf, Katherine ihre Befangenheit zu nehmen, während sie genau das aufmerksame Publikum war, das er für seine witzigen Geschichten brauchte. Sie ergänzten einander vorzüglich.

Die Sache wurde noch romantischer, als sich herausstellte, daß Katherine noch einen zweiten Anbeter hatte. Nach Weihnachten besuchte uns Edwards Freund Lord Duneden, und wenn er Katherine schon in den frühen Tagen ihrer Witwenschaft ein wenig umworben hatte, so verdoppelte er seine Bemühungen jetzt. Katherine war eine Meisterin im Verbergen ihrer Gefühle, und so wußte der arme Derry bald nicht aus noch ein.

„Lord Duneden ist gewiß ein untadeliger Edelmann", sagte er, sich mir in seiner Verzweiflung schließlich anvertrauend, „und er ist so reich und von so hohem Rang, daß ich nie hoffen kann, es ihm darin gleichzutun. Aber, Lady de Salis, zu meinen Gunsten läßt sich doch auch einiges anführen. Glauben Sie, daß Miß Katherine – Lady Rokeby, meine ich natürlich – sich dessen bewußt ist?"

Er hatte mir auf dem oberen Treppenpodest den Weg verlegt. Ich war soeben von meinem zweiten Besuch auf Clonagh Court zurückgekehrt. Alfred, den Exjockey, hatte ich zwar auch diesmal nicht zu Gesicht bekommen, aber die halbstündige Plauderei mit Annabel war recht unterhaltsam verlaufen, und ich hegte sogar die leise Hoffnung, daß sie das nächste Weihnachtsfest bei uns auf Cashemara verleben würde, falls wir dann dort waren.

„Wie denken Sie darüber, Mylady?" fragte mich Derry, während seine Augen eifrig in meinem Gesicht forschten; und da ich in aufgeräumter Stimmung war und seine Gefühle für Katherine so romantisch fand, sagte ich: „Nun, Mr. Stranahan, ich zweifle nicht daran, daß sich zu Ihren Gunsten nicht weniger ins Feld führen läßt, als zu Gunsten Lord Denedens."

„Sie glauben nicht, daß sie etwas für ihn empfindet?" fragte er mich mit solcher Inbrunst, daß mein romantisches Gemüt ganz entzückt war; und genau wie einer der Helden aus meinen Romanen fügte er hinzu: „Meinen Sie, daß ich es wagen darf, zu hoffen?"

„Nun, Mr. Stranahan", sagte ich, „eine Antwort auf diese Frage steht mir kaum zu." Aber natürlich lächelte ich dabei und ließ so keinen Zweifel daran, daß ich seine Aussichten für ausgezeichnet hielt.

Mein Entzücken über diese Liebesromanze war so groß, daß ich es mir nicht versagen konnte, Edward gegenüber eine Andeutung fallenzulassen.

Wir kamen gerade von den Kinderzimmern und waren auf dem Weg zu unseren Räumen, um uns für das Abendessen umzukleiden, zu dem auch Edwards Neffe George erwartet wurde. Da ich gerade darüber nachgrübelte, ob es vernünftig gewesen war, in der Küche Currysauce zu bestellen, hörte ich Edward nur mit halbem Ohr zu.

Er ließ seinem Ärger über seinen zweiten Schützling, Maxwell Drummond, freien Lauf. Der junge Mr. Drummond hatte ihn tief verletzt. Nach nur kurzem Studium am Agricultural College war er mit der Tochter eines Lehrers durchgebrannt, die er als sein Weib ins Tal heimgeführt hatte. Offenbar nicht begreifend, wie undankbar er Edward gegenüber gewesen war, hatte er am Morgen angefragt, ob er nun das verfallene Stranahan-Gehöft, Derrys einstiges Zuhause, pachten könne. Es grenzte unmittelbar an seinen eigenen Hof, und Edward hatte es ihm vor einiger Zeit gegen ein geringes Entgelt in Aussicht gestellt – als Lohn für ein Jahr Studium am Agricultural College. Daß die Abmachung unter den veränderten Umständen hinfällig sein könnte, schien Maxwell Drummond gar nicht in den Sinn zu kommen.

„Unverschämter junger Narr!" sagte Edward wenigstens schon zum zehnten Mal. „Wenn ich ihm den Stranahan-Hof gebe, so zahlt er mir dafür die normale Pacht – das ist ihm hoffentlich ein Denkzettel, falls er wieder einmal Lust gekommt, seine Chancen einfach über Bord zu werfen! Mich wundert nur, daß das Mädchen noch nicht über alle Berge ist, wo sie jetzt doch weiß, daß sie das Leben einer einfachen Bäuerin erwartet. Heiratet dieser junge Kerl eine Lehrerstochter! Einfach absurd!"

„Aber sehr romantisch!" seufzte ich, mich endlich von der Currysauce losreißend. „Natürlich wäre es für beide besser, wenn sie Geld hätten – das ist mir klar. Aber weißt du, Edward, ich frage mich, ob das im Grunde irgend etwas zwischen beiden ändern würde."

„Nun, Marguerite, wie sich dergleichen in Amerika auswirken

würde, weiß ich nicht; aber ich kann dir versichern, daß, gesellschaftlich gesehen, zwischen Mr. und Mrs. Drummond eine ganz beträchtliche Lücke klafft."

„Eine Lücke? Und wenn eine solche Lücke nun bestünde zwischen, sagen wir einmal, Derry Stranahan und – Katherine?"

Wir befanden uns inzwischen in unseren Räumen, und Edward hatte gerade die Hand ausgestreckt, um nach seinem Kammerdiener zu läuten. Jetzt verhielt er mitten in der Bewegung.

„Derry?" fragte er gedehnt. „Und Katherine?"

„Oh, Edward!" rief ich glücklich. „Es ist ja so aufregend! Ich bin sicher, daß beide unsterblich ineinander verliebt sind! Gewiß, Derry ist ein bißchen jünger als sie, und natürlich steht er der Geburt nach weit unter ihr, aber er ist ein so gebildeter und vielversprechender junger Mann und außerdem dein Pflegesohn."

„Er ist nicht mein Pflegesohn", sagte Edward. „Ich habe ihn nie in meine Familie aufgenommen, und es ist auch nicht meine Absicht, das zu tun. Er ist der Sohn eines irischen Bauern. Sollte er irgendwelche Ideen haben, die ihm seinem Stand nach nicht zukommen, so wird er eine große Enttäuschung erleben, fürchte ich."

Ich war wie vor den Kopf geschlagen. „Aber . . ."

„Hast du ihn etwa ermutigt, Marguerite?"

„Ich . . . eigentlich nicht . . . das heißt, jedenfalls nicht ausdrücklich . . ."

„Hast du Katherine zu verstehen gegeben, daß er für sie als Freier in Frage kommen könnte?"

Ich schluckte. „Nicht eigentlich, aber . . ."

„Warst du wirklich so töricht zu glauben, daß ich eine solche Verbindung je gutheißen würde?"

„Nun, ich . . . ich dachte, Derry sei dein Pflegesohn . . . mir war nicht klar . . . ich verstand nicht ganz . . ."

„Nein", sagte er, und mir wurde voll Schrecken bewußt, daß er vor Zorn fast außer sich war. „Du hast nicht verstanden, obwohl du genau wußtest, daß ich Derry aus einem höchst unerfreulichen Anlaß ins Ausland schickte; obgleich dir bekannt war, daß ich seinen früheren Einfluß auf Patrick ausdrücklich mißbilligte. Daß ich ihn jetzt für einen Monat nach Cashemara kommen ließ, war reine Freundlichkeit von mir. All das wußtest du und hast trotzdem angenommen, ich würde es begrüßen, wenn Katherine etwas für ihn empfindet! Du hast die Stirn, mir ins Gesicht zu sagen, du hättest nicht ganz verstanden, wie ich mich dazu stellen würde!"

Ich erwiderte steif: „Natürlich habe ich von seinem damaligen Vergehen gewußt, aber ich glaubte, das sei alles vergeben und vergessen. Und da er Katherine wirklich von Herzen zugeneigt ist . . ."

„Das bezweifle ich", sagte Edward. „Das bezweifle ich sogar sehr. Er ist hinter ihrem Geld her, damit er nicht zu arbeiten braucht."

„Ehrlich gesagt, finde ich, daß du ein wenig zynisch bist, Edward . . ."

„Ehrlich gesagt, finde ich, daß du unglaublich naiv bist!" schrie er mich zornig an. „Wieder hast du deine Nase in die Angelegenheiten meiner Kinder gesteckt und gegen meinen ausdrücklichen Wunsch für sie Partei ergriffen!"

„Dessen war ich mir wirklich nicht bewußt", stammelte ich. „Wenn ich dich gekränkt habe, so verzeih mir bitte. Es soll nicht wieder geschehen."

Ohne seine Antwort abzuwarten, stürzte ich aus dem Zimmer. Tränen liefen mir über die Wangen. Stolpernd stieg ich die Treppe zum Kinderzimmer empor und blieb dann einen Augenblick stehen, um meine Fassung wiederzugewinnen. Auf Zehenspitzen trat ich ein.

Thomas schlief bereits, rotes Haar verwuschelt, Stupsnäschen seitlich gegen das Laken gepreßt; aber David war noch wach. Leise summend beobachtete er das Flackern der Nachtlampe. Als er mich sah, lächelte er. Ich hob ihn hoch. Er ließ einen gurgelnden Laut hören, zog dann zärtlich an meinen Haaren. Fett und friedlich lag er in meinen Armen.

„Lieber David", sagte ich zu ihm, „weißt du, daß du ein bißchen zu mollig bist?"

Und dann begann ich so hemmungslos zu weinen, daß ich mich voll Schrecken fragte, ob ich etwa wieder schwanger war. Doch hinterher fühlte ich mich besser, sehr ruhig und gefaßt.

Behutsam legte ich David wieder in seine Wiege, ging leise hinaus und stieg zielstrebig die Treppe hinab, um nach Katherine zu suchen.

IV

„Bitte, nimm es nicht so schwer, Marguerite", sagte Katherine. „Natürlich konntest du nicht wissen, wie Papa darüber denken würde. Ich habe auch geglaubt, daß er Derry als seinen Pflegesohn betrachtet."

„Nie wäre es mir eingefallen, dich zu ermutigen, wenn ich auch nur die leiseste Ahnung gehabt hätte, daß ..."

„Daß du mich so ausdrücklich ermutigt hast, würde ich gar nicht sagen", erwiderte Katherine ruhig. „Aber es spielt jetzt keine Rolle mehr. Eine Ehe, die Papa mißbilligt, kommt für mich sowieso nicht in Betracht."

„Oh, aber ..." begann ich und biß mir auf die Zunge.

„In gewisser Weise vereinfacht das die Situation", sagte Katherine. „Ich werde Lord Duneden heiraten. Er sieht nicht sehr gut aus, aber du hast ja selbst einmal gesagt, daß er charmant und nett ist. Ich glaube, ich werde mit ihm ganz glücklich werden."

„Aber Katherine", sagte ich entsetzt, „du mußt doch keinen Mann heiraten, den du nicht liebst. Warum muß es denn jetzt sein und warum ausgerechnet Lord Duneden? Warte doch noch eine Weile. Bestimmt werden sich bald andere finden, die um dich werben, und darunter ist ganz gewiß einer, der dir genau so gut gefällt wie Derry ..."

„Aber keiner dürfte eine so passende Partie für mich sein wie Duneden. Papa hält große Stücke auf ihn, und sie sind alte Freunde. Genau wie Papa hat er eine Besitzung in Irland und ein Haus in London, und er ist auch im Parlament. Wenn ich ihn heirate, würde Papa sich sehr freuen."

Das konnte ich unmöglich hinnehmen. „Katherine", sagte ich. „Du bist Witwe. Du bist deine eigene Herrin. Deinem Vater zuliebe hast du schon einmal geheiratet – aber damals warst du achtzehn und wußtest es nicht besser. Du hast es mir selber gesagt, daß du nicht glücklich verheiratet warst. Mußt du den gleichen Fehler noch einmal begehen, obwohl du diesmal niemandem etwas zu Gefallen tun mußt außer dir selbst?"

„Wenn ich Papa nichts zu Gefallen tue", erwiderte sie, „dann tue ich auch mir nichts zu Gefallen." Sie wirkte hölzern, völlig ausdruckslos. Mir fiel ein, daß ihre Mutter sie eine Wachspuppe genannt hatte, und plötzlich stieg Zorn in mir hoch – doch auf wen, das wußte ich nicht genau.

„Du bist so abgrundtief dumm, Katherine", sagte ich. „Bildest du dir im Ernst ein, daß dein Vater dich mehr liebt, wenn du Duneden heiratest?"

Sie erstarrte. Ein eiskalter Ausdruck trat in ihre Augen, und ich wußte, daß sie für mich verloren war. Viel später, als ich Gelegenheit hatte, die ganze Katastrophe rückblickend zu überschauen, glaubte ich zu begreifen, daß dies der Punkt gewesen war, an dem meine Ehe eine Wendung zum Schlechten nahm.

4. KAPITEL

I

Daß meine Ehe in ein neues Stadium getreten war, begriff ich zuerst gar nicht. Als Katherine in jenem Frühjahr Lord Duneden heiratete, war der Same des Unfriedens bereits ausgesät, doch vielleicht hätte er keine Wurzeln getrieben, wenn ich nicht so unreif gewesen wäre – und Edward nicht so aufgebracht durch die von mir begangenen Fehler. Wir hatten uns Madeleines wegen gestritten, wir hatten uns Katherines wegen gestritten, und wahrscheinlich hätten wir uns auch wegen Annabel gezankt, wäre sie nicht so darauf bedacht gewesen, ihr Leben abseits von uns zu führen. Stand nicht zu erwarten, daß wir uns wegen Patrick in die Haare gerieten? Die Bühne war schon vorbereitet. Und doch wäre sie von uns vermutlich nie betreten worden, hätte nicht eine ganze Anzahl unvorhersehbarer Umstände daran mitgewirkt, uns gewissermaßen aus den Kulissen zu zerren.

Ein erstes war, daß Edward mich jetzt anders behandelte als früher. Nach dem heillosen Wirrwarr, den ich in Katherines Liebesromanze angerichtet hatte, war er durchaus im Recht, mich als vorwitziges Kind zu behandeln. Sein Fehler bestand darin, daß er fortfuhr, mich als vorwitziges Kind zu behandeln, als Derry schon längst in Dublin Jura studierte und Katherine zu seiner großen Freude seinen besten Freund geheiratet hatte. Natürlich war er nicht mehr zornig auf mich. Sein leicht erregbares Gemüt beruhigte sich ja immer sehr rasch, ein angenehmer Zug. Doch er behandelte mich weiterhin wie ein Kind, das, zärtlich geliebt, dennoch der strengen Zucht bedurfte. Ich begriff jetzt, was es bedeutete, ihn zum Vater zu haben.

Ich begann, mich ratlos und unzufrieden zu fühlen.

Mein Fehler war, daß ich das vor ihm verbarg. Meine Angst vor

Streitigkeiten war mit den Jahren so gestiegen, daß ich es gefügig hinnahm, wenn er mich, wie in der Frühzeit unserer Ehe, darüber belehrte, wie ich mich bei einer Dinner-Party zu verhalten oder welches Buch ich zu lesen hatte. Nur konnte ich mir selbst nicht gut verheimlichen, daß ja auch ich inzwischen über einige Erfahrungen verfügte. In den Kreisen seiner ältlichen Bekannten kam ich am besten zurecht, wenn ich mich so gab, wie ich war. Als er mir jetzt vorschrieb, in welche Rolle ich jeweils zu schlüpfen hätte, wurde ich unsicher und begann mich vor Dinner-Partys zu fürchten, weil ich Angst hatte, ihn zu enttäuschen.

Vielleicht hätten sich die Dinge eher zugespitzt, wenn auch im Schlafzimmer die Barriere zwischen uns bestanden hätte. Doch kaum hatte sich die Tür hinter uns geschlossen, so fanden wir noch bereitwilliger zueinander als früher. Genau wie Katherine war ich geradezu versessen darauf, ihm zu Gefallen zu sein, ihn zufriedenzustellen. Hier im Bett konnte ich das. Leider übersah ich dabei, daß ja auch ich ein Recht hatte, gewisse Ansprüche geltend zu machen; doch vor lauter Übereifer kam ich nie dazu, ihn seinen Teil beitragen zu lassen. Lange Zeit nahm ich das gleichmütig hin, doch am Ende blieb die Wirkung nicht aus: Ich fühlte mich zunehmend enttäuscht und beunruhigt.

Doch wieder verbarg ich das vor ihm. Wie lange dieser für mich so quälende Zustand angehalten hätte, wenn nicht bestimmte Ereignisse eingetreten wären, weiß ich nicht. Doch während der beiden Jahre, die Katherines Vermählung mit Lord Duneden im Frühling 1863 folgten, begann Edward aus unerfindlichen Gründen an Impotenz zu leiden, so daß unsere Beziehung im Schlafzimmer, seit jeher ein starker Anziehungspunkt für uns beide, wie ein leckgeschlagenes Schiff auf Grund lief.

II

Wie es bei so vielen schlimmen Dingen ist, begann es völlig unauffällig. Er versagte einmal, dann war für einige Zeit wieder alles gut. Doch dann geschah es wieder und wieder, und schließlich zog er sich von mir zurück, um sich gänzlich in seine Arbeit zu vertiefen. Er sprach im Oberhaus, er nahm an Ausschußsitzungen teil, er schrieb an einer neuen These, er hielt am Agricultural College in Dublin Vorlesungen, er besuchte ein Mustergehöft in

Ostengland und stattete Cashemara einen seiner Blitzbesuche ab, mit denen er das Personal dort in Atem hielt. Er hatte Tag und Nacht zu tun, und ich war kaum weniger beschäftigt. Ich lud ein und kam Einladungen nach, ich organisierte einen Wohltätigkeitsball, ich stattete mich für das Frühjahr mit neuer Garderobe aus, ich versuchte, David sprechen zu lehren und hielt mich gnadenlos auf dem laufenden, was aktuelle Ereignisse betraf. Ich verschlang geradezu die Zeitungen, und als Edward von Cashemara zurückkehrte, drückte er mir für meine Wohlinformiertheit seine Anerkennung aus.

Danach schien unser Verhältnis für einige Zeit gebessert.

Doch die Schwierigkeiten begannen erneut, und diesmal stürzte sich Edward nicht in Aktivitäten, sondern brachte den Tag und auch die Nacht fast ausschließlich in der Bibliothek zu. Er arbeite an einer neuen These, sagte er. Äußerlich war er sehr höflich und zuvorkommend zu mir, doch in der eigentümlich befangenen Atmosphäre, die uns umgab, spürte ich deutlich, wie er sich völlig von mir zurückzog.

Ich wußte nicht, was ich tun sollte. Noch schlimmer war, daß ich niemanden hatte, an den ich mich um Rat wenden konnte. Immer wieder versuchte ich mir einzureden, daß unsere Schwierigkeiten vorübergehender Natur waren und alles wieder gut werden würde, doch wir versanken immer tiefer im Morast der Entfremdung.

Plötzlich verwendete Edward nicht mehr das gewohnte Mittel zur Empfängnisverhütung. Ob ich damit einverstanden war, kümmerte ihn nicht. Als ich schließlich den Mut aufbrachte, dagegen zu protestieren, erwiderte er kurz, eben dieses Ding sei es gewesen, das ihn behindert und ihm die Schwierigkeiten bereitet habe. Ich war verzweifelt. Vor einer dritten Schwangerschaft fürchtete ich mich immer noch, und diese Angst ließ ein inneres Widerstreben in mir wach werden. Vergeblich versuchte ich, mir nichts anmerken zu lassen. Er spürte es nur zu deutlich, und als es für uns schließlich keinen Unterschied mehr machte, ob er das Verhütungsmittel benutzte oder nicht, drehte er mir den Rücken zu und gab mir an allem die Schuld.

In dieser Zeit, da unsere Ehe einen neuen Tiefpunkt erreichte, wurde Patrick von Oxford relegiert.

Es war der Februar des Jahres 1866. In Amerika hatten der Krieg und Lincoln ein blutiges Ende gefunden, doch Francis schrieb bereits, daß in diesen Tagen der sogenannten Rekonstruktion im Norden viel Geld gemacht wurde. Ihm selbst war es, nachdem sich die anfängliche Panik in Wallstreet gelegt hatte, während des Krieges nicht schlecht gegangen: Sollte ich Lust verspüren, meine frühere Heimat einmal zu besuchen, so könnte ich eines fürstlichen Willkommens gewiß sein. Aber natürlich ging das nicht. Edward war viel zu sehr in seine Arbeit vertieft, um die lange Reise nach Amerika auch nur in Betracht zu ziehen. Und ich allein . . . nein, das hätte sich nicht geschickt. Daher brachte ich die Angelegenheit nicht einmal zur Sprache, doch bald schon fragte ich mich, ob eine Trennung nicht uns beiden gutgetan hätte.

Nicht ohne Grund, denn auch seinem Verhältnis zu Patrick schien die Trennung zu bekommen. Im Frühjahr 1864 hatte Edward seinen Sohn mit Mr. Bull auf eine Reise durch Europa geschickt, und im Herbst war Patrick dann nach Oxford gegangen. Sein erstes Jahr dort verlief so glatt, daß Edward sehr zufrieden war. Daß Patrick viel lernte, bezweifle ich, aber wahrscheinlich genoß er in vollen Zügen die ungewohnte Freiheit. Im zweiten Jahr wurde er dann während des Sommertrimesters relegiert, und zwar aus Gründen, die im amtlichen Schreiben auf folgenden Nenner gebracht wurden: „Fortwährende Trunkenheit, ungebührliches Benehmen, strikte Weigerung, sich am Studium zu beteiligen, häufiges Fernbleiben."

Edward war außer sich. Zu allem Überfluß hatte Patrick auch noch Schulden, vor allem durch das Glücksspiel, und Edward blieb nichts übrig, als selbst nach Oxford zu fahren, um die unbezahlten Rechnungen zu begleichen.

Als er einen Tag später zurückkehrte, berichtete er mir voll Groll, er habe Patrick zweihundert Pfund gegeben und ihm verboten, während des kommenden Jahres den Fuß in eines seiner Häuser zu setzen.

„Sonst erhält er keinen Penny von mir", sagte er grimmig. „Mit den zweihundert Pfund muß er ein Jahr lang auskommen. Mal sehen, wie ihm das behagt. Und, Marguerite – wenn er es sich einfallen lassen sollte, am St. James' Square zu erscheinen und dich um Geld anzubetteln, so rührst du keinen Finger für ihn, verstanden? Wäre Cashemara nicht unveräußerlicher Familienbesitz, so würde ich ihn enterben!" Mit eiligen Schritten ging er in die Bibliothek und schlug krachend die Tür hinter sich zu.

Ich schwieg: schwieg wie jetzt fast immer, um ihn nicht unnötig aufzubringen. Ich ging ihm aus dem Weg, und als er schließlich nach Cashemara abreiste, fühlte ich mich erleichtert. Wieder stürzte ich mich in einen Wirbel gesellschaftlicher Aktivitäten und verbrachte meine freie Zeit fast ausschließlich bei meinen beiden kleinen Söhnen. Thomas war jetzt fast schon fünf und so lebhaft, daß die arme Nanny es gewiß nicht leicht mit ihm hatte. Selbst ich fühlte mich nach einer halben Stunde in seiner Gesellschaft völlig erschöpft. David hingegen war friedlich, rundlich und gelassen wie ein kleiner Buddha und völlig unempfänglich für Thomas' Versuche, ihn zu energievollerem Treiben anzustacheln.

„Dieser dumme Kerl", sagte Thomas mürrisch. „Aus dem wird doch nie was Gescheites. Und er ist so dick."

„Bin ich aber gern", erwiderte David, der jetzt drei war und eine sehr hübsche, sanfte Stimme besaß. „Nanny ist auch dick. Und ich mag Nanny."

David hatte weißblondes Haar, blaue Augen, rosenfarbige Wangen und ein Grübchen im Kinn. Es kam mir wie ein Wunder vor, daß ich, reizlos wie ich war, ein solches Kind geboren hatte.

Kaum einen Monat nach seiner Relegierung von Oxford tauchte Patrick am St. James' Square auf. Edward, wieder von Cashemara zurück, war mit einer Kutsche zu einer Verabredung gefahren, und ich saß im Salon an meinem Sekretär und beschäftigte mich mit meiner Korrespondenz. Soeben hatte ich einen letzten Stoß Dinnereinladungen erledigt, als mir der Butler meldete, daß Patrick in der Vorhalle warte.

Mir sank das Herz.

„Lomax", sagte ich zum Butler, „Lord de Salis hat Ihnen doch, was Mr. Patrick betrifft, gewisse Verhaltensregeln nahegelegt."

„Ja, Mylady. Aber Mr. Patrick war so sehr davon überzeugt, daß Sie ihn empfangen würden, daß ich es für meine Pflicht hielt . . ."

„Schon gut. Sagen Sie ihm bitte, daß ich nicht zu Hause bin."

„Ja, Mylady."

Sobald er den Salon verlassen hatte, legte ich die Schreibfeder aus der Hand, stürzte zum Fenster und riß es auf. Ich wartete. Bald trat Patrick mit gebeugtem Kopf und hängenden Schultern aus dem Haus.

Ich hörte, wie sich die Vordertür schloß. Rasch beugte ich mich vor und rief leise:

„Patrick!"

Er fuhr herum. Ich legte einen Finger auf meine Lippen und flüsterte: „Warte im Garten." Dann holte ich rasch meinen Mantel.

Es war ein milder, frühlingshafter Tag. Unter den Bäumen im Garten blühten die Krokusse, und im leisen Windhauch nickten die Narzissen. Ich verließ das Haus, und schon kam Patrick mir entgegengelaufen, die Arme zur Begrüßung vorgestreckt.

Es ist nicht leicht zu beschreiben, was ich in diesem Augenblick empfand. Zum erstenmal begriff ich, daß Patrick kein Knabe mehr war. Als er mich sah, leuchtete es in seinen Augen auf, und mir gab es einen Stich. Er war nicht Edward und würde auch nie Edward sein. Und doch sah ich Edward in ihm, einen jüngeren und glücklicheren Edward, zart und zärtlich zugleich. Und als ich meinen Blick über sein schmerzlich vertrautes Gesicht und über seine kraftvollen Glieder gleiten ließ, spürte ich in mir ein schreckliches Verlangen, das ich kaum zu beherrschen vermochte. Hilflos dem wilden Wirrwarr meiner Gefühle ausgeliefert, stand ich ohne Bewegung und ohne Wort, und ironischerweise war es gerade diese Hilflosigkeit, die mich rettete.

Da ich mich zu nichts aufraffen konnte, war es an Patrick, etwas zu tun; und wenige Augenblicke später entdeckte ich, daß er sich, meinen Erwartungen zum Trotz, völlig gleich geblieben war.

„Marguerite!" rief er und umarmte mich so herzlich, wie ein Bruder seine Lieblingsschwester umarmt. „Wie schön, dich endlich wiederzusehen – und wie lieb von dir, dich mit mir hier zu treffen!" Er wies auf eine nahe Bank. „Komm, setzen wir uns doch."

Ich nickte. Auf der Bank verschränkte ich meine Finger ineinander und starrte auf die von sachtem Luftstrom bewegten Krokusse.

„Oh, Marguerite", sagte mein Stiefsohn, „ich sitze ganz scheußlich in der Klemme, das kannst du mir glauben. Ich habe nur noch einen Schilling und sechs Pence und wohne in einer schrecklichen kleinen Taverne östlich von Soho, wo es im Bett nur so wimmelt von gräßlichen Sachen. Meine Strümpfe sind voller Löcher, und ich habe keine Ahnung, wie man so etwas stopft. Meine Hemden sind auch schmutzig, und seit gestern habe ich nichts mehr gegessen. Könntest du Papa nicht sagen, daß ich alles tief bereue und ihm von jetzt an bestimmt ein gehorsamer Sohn sein werde? Nie wieder will ich um Geld spielen, wenn er mir nur verzeiht und mir eine neue Chance gibt. Bitte, Marguerite. Bitte frage ihn um meinetwillen."

Ich suchte nach Worten. Ihn anzusehen, wagte ich nicht. Doch sehr deutlich war mir bewußt, daß sich sein Schenkel dicht neben meinem Mantel befand.

„Die zweihundert Pfund, die er mir gegeben hat, habe ich verloren", sagte Patrick. „Mit tausend glaubte ich, ein Jahr lang ganz gut leben zu können, und zuerst gewann ich im Spiel ja auch . . ."

Zwischen den Narzissen tänzelte ein Eichhörnchen. Aus dem Gesträuch tauchte eine schwarze Katze hervor und begann sich zu putzen.

„. . . und so fuhr ich nach Irland, und Annabel lieh mir etwas Geld, aber die Standpauke, die sie mir hielt, war so fürchterlich, daß ich nicht wieder hingehen wollte. Also sprach ich auf Duneden-Castle vor, aber diese niederträchtige Katherine empfing mich nicht, weil ich bei Papa in Ungnade gefallen bin. Duneden gab mir eine Fünf-Pfund-Note, damit ich wieder weggehe. Dann fuhr ich nach Dublin und blieb eine Zeitlang bei Derry, aber, Herrgott, ich konnte ja nicht ewig bei ihm schmarotzen, nicht wahr? Derry hat gerade genügend Geld für sich selbst, weil Papa ja so gräßlich knauserig ist. Gestern bin ich nach London zurückgekommen, und nur der Himmel weiß, was werden wird, wenn du mir nicht hilfst, Marguerite. Was soll ich bloß tun?"

„Ich werde mit Edward reden", sagte ich.

„Oh, Marguerite . . ." Er umarmte mich wieder. Ich spürte seinen Schenkel und die kräftigen Muskeln seiner Arme. „Du bist so gut zu mir", sagte er. „Du bist immer gut zu mir gewesen, Marguerite."

Ich stand auf. Ich entfernte mich ein Stück von der Bank. Die Luft war plötzlich zum Ersticken heiß.

„Kannst du nicht noch ein wenig bleiben?" bat Patricks Stimme hinter mir. „Ich würde so gern mit dir reden."

„Das können wir später tun", erwiderte ich. „Erst muß ich mit Edward sprechen. Wo, sagst du, liegt dein Hotel?"

„In der Mercer Street. Aber fahre bitte nicht dorthin, Marguerite. Es ist ein schreckliches Loch und absolut nichts für eine Dame."

„Ich werde dir eine Nachricht schicken", sagte ich und ging rasch weg. Seinen enttäuschten Abschiedsgruß erwiderte ich nicht.

So schnell ich konnte, eilte ich ins Haus, und als ich dann auf meinem Zimmer war, grübelte ich verzweifelt darüber nach, woher ich den Mut nehmen sollte, mit Edward über seinen Sohn zu sprechen.

III

Bald darauf kehrte Edward zurück. Ich war noch auf meinem Zimmer, als ich hörte, wie die Tür zum Ankleideraum aufging. Dann vernahm ich ein Räuspern. Eine Reihe weiterer Geräusche folgte: das leise Klirren eines Glases, das Plätschern einer Flüssigkeit – Gurgeln aus einer Flasche. Ich lauschte angespannt. Was tat er da? Soweit ich wußte, war er kein heimlicher Trinker. Verwirrt blieb ich, wo ich war, bis er dann unvermutet die Verbindungstür öffnete und hereintrat.

Er bemerkte mich nicht sofort, und da er allein zu sein glaubte, machte er sich nicht die Mühe, Rücken und Schultern zu straffen und mit den gewohnten energischen Schritten zu gehen. Er ging sehr langsam und hinkte leicht. Die eigentümlich krumme Haltung ließ ihn viel kleiner wirken als sonst, und da er den Kopf gebeugt hielt, bemerkte ich zum erstenmal, daß sein Haar schon sehr grau war. Erschöpfung zeichnete tiefe Falten in sein Gesicht, das einen mürrischen Ausdruck trug. Er sah alt aus.

Er erblickte mich, und sofort nahm er sich zusammen – straffte Rücken und Schultern, beschleunigte seine Schritte. Aber auf seinem Gesicht spiegelte sich wider, wieviel Anstrengung ihn das kostete. Dann gelang es ihm, seine Miene zu beherrschen, und er lächelte höflich.

„Verzeih bitte“, sagte er. „Ich wußte nicht, daß du ruhst, sonst hätte ich dich nicht gestört. Ich werde ins Umkleidezimmer zurückgehen.“

Er verschwand. Ich stand auf und folgte ihm in den angrenzenden Raum, wo er auf der Couch Platz nahm.

„Edward . . .“ begann ich und brach wieder ab.

Er hob sich und wartete höflich in sehr aufrechter, steifer Haltung.

Ich weiß nicht mehr, was mir alles durch den Kopf schoß, doch eine vernünftige Einleitung zu dem, was ich sagen wollte, fand sich nicht. Und so war schließlich er es, der sprach.

Mit unsicherer Stimme sagte er: „Ich nehme an, daß du mit mir über Patrick reden willst. Von Lomax weiß ich, daß er heute morgen hier war."

„Ja, das stimmt." Wieder stockte ich und hörte dann erschrokken, wie er im gleichen schwankenden Tonfall fortfuhr: „Ich sah euch zusammen auf der Bank, und um euch nicht in Verlegenheit zu bringen, befahl ich Lacy, nicht vor dem Haus zu halten, sondern zu meinem Club zu fahren. Ich hoffe, daß ihr einander alles Notwendige gesagt habt."

In aufsteigender Panik starrte ich ihn wortlos an. Mein Gesicht glühte.

„Ich habe genau gesehen, wie er dich auf der Bank umarmt hat", sagte er. „Zweifellos hat das Personal, das euch ja durch das Fenster in der Halle beobachten konnte, seine Freude daran gehabt."

Hätte ich mich völlig ohne Schuld gefühlt, so wäre es mir ein leichtes gewesen, mich trotz meiner Angst zur Wehr zu setzen. Doch mein schlechtes Gewissen zwang mir eine schuldbewußte Haltung auf.

„Nun", sagte er so beiläufig, als kümmere ihn das im Grunde kaum, „ich habe so etwas schon seit einiger Zeit erwartet. Ob zwischen Patrick und dir in der Vergangenheit etwas gewesen ist, weiß ich nicht, aber das fällt auch nicht weiter ins Gewicht – denn wenn es nicht Patrick war, so muß es inzwischen ein anderer gewesen sein. Nun gut. Wie könnte ich dir auch Vorwürfe machen, wo ich meinen Pflichten als Ehemann schon so lange nicht mehr richtig nachkommen kann? Das Versagen liegt bei mir und nicht bei dir. Es tut mir leid. Ich hätte dich nie heiraten dürfen. Wie kann man von einem jungen Mädchen erwarten, daß sie mit einem Mann meines Alters auf die Dauer glücklich ist? Jetzt begreife ich, daß ich von dir zuviel verlangt habe. Du hast mir sechs wunderschöne Jahre geschenkt, und es wäre undankbar von mir, dir das mit einer kleinlichen Haltung zu entgelten. Suche dir einen anderen, wenn du mußt, aber . . .", er unterbrach sich und mied meinen Blick, „nicht meinen Sohn", fügte er hastig hinzu. „Nicht ihn. Bei jedem anderen soll es mir recht sein. Ich liebe dich und möchte, daß du glücklich bist. Alles andere ist gleichgültig."

Und alles andere war gleichgültig. Kein Gedanke mehr an Patrick, an liebenswürdige junge Männer, an irgendwelche Verehrer. Lachend sagte ich unter Tränen: „Oh, Edward!" Und dann küßte ich ihn, schlang die Arme um seinen Hals und zog ihn mit aller Kraft an mich. Ich sagte: „Solange du mich liebst, ist alles gut. Außer dir hat es keinen Mann gegeben, und es wird auch keinen geben, wenn du mich nur wirklich liebst . . ."

„Ich liebe dich", sagte er.

„Dann ist ja alles gut."

„Alles?"

„Lieber Himmel", sagte ich. „Ist denn Liebe nicht mehr als das Herumtollen in einem Doppelbett?"

Er lachte: halbvergessener Klang, wie ein Zeichen zum Neubeginn. Was immer zwischen uns gestanden hatte, schwand dahin. Wir berührten einander, wir umarmten uns. Die Schatten der Entfremdung zwischen uns fielen ab wie totes Laub.

Er wachte vor mir auf. Als ich die Augen öffnete, blickte er mit zusammengezogenen Brauen auf das Licht, das durch einen Spalt im Vorhang einfiel.

„Was hast du?" fragte ich sofort.

Seine Miene hellte sich auf. „Ach, nichts weiter", erwiderte er. „Nur mein Bein macht mir in letzter Zeit ein wenig zu schaffen. Am Morgen war ich wieder beim Arzt, doch das neue Mittel, das er mir gegeben hat, scheint auch nicht so recht zu helfen."

„Das war es also, was ich vorhin aus dem Umkleideraum hörte! Du hast dir von der Medizin etwas in ein Glas gegossen!" Ich küßte ihn und betrachtete dann besorgt sein Bein. „Seit wann setzt es dir denn so zu?" fragte ich und begriff plötzlich so vieles: seine Schwierigkeiten im Bett; das für ihn so uncharakteristische Widerstreben, auf Reisen zu gehen; die häufige Mißstimmung.

Kerzengerade setzte ich mich im Bett auf. „Edward, heißt das etwa, daß du daran leidest, seit . . ."

„Die Schmerzen sind spasmodisch", sagte er. „Sie quälen mich nicht immer. Ich sah keine Veranlassung, dich damit zu belasten."

„Aber, Edward, du weißt doch, daß ich Märtyrer nicht ausstehen kann!" Ich war zugleich ärgerlich und bekümmert. „Warum hast du mir nicht von Anfang an reinen Wein eingeschenkt?"

„Ich – ich wollte nicht gern darüber reden."

„Weshalb?"

„Weil ich in deinen Augen nicht alt wirken wollte", sagte er und fügte, um seiner Verbitterung die Schärfe zu nehmen, rasch hinzu: „Als ich jung war, verabscheute ich alte Leute, die unentwegt über alle möglichen Wehwehchen jammerten."

„Du und jammern? Aber das ist ja absurd! Du bist wirklich albern. Was ist schon so beschämend daran? Ich könnte deine Geheimniskrämerei ja noch verstehen, wenn dich ein Leiden plagen würde, das bei älteren Herren nicht ganz ungewöhnlich ist, aber . . .“

„Es handelt sich nicht nur um ein paar Wehwehchen“, sagte er. „Es ist Arthritis. Erinnerst du dich an das schmerzhafte Fieber, das ich kurze Zeit nach Katherines Hochzeit hatte?“

„Natürlich . . . aber du hast dich davon doch wieder erholt.“

„Eine Zeitlang ging es, aber dann kehrten die Schmerzen zurück.“ Er schwieg einen Augenblick und fuhr dann fort: „Der Arzt sagt, daß man da wenig tun kann.“

Ich spürte, wie mir ein Frösteln über den Rücken lief. Schließlich nahm ich mich zusammen und sagte mit fester Stimme: „Aber an Arthritis stirbt man doch nicht, nicht wahr?“

„Nein“, erwiderte er, „nicht, soweit ich weiß.“ Doch voll Schrecken begriff ich, daß er jenen Tod vor Augen hatte, den ein Leben im Rollstuhl für ihn bedeuten würde. Offenbar waren mir meine Empfindungen anzusehen, denn er sagte mit betonter Munterkeit: „Im Augenblick ist es nur ein wenig beschwerlich, und es besteht kein Grund zu der Annahme, daß es sich entscheidend verschlechtern wird. Als ich Dr. Ives heute morgen konsultierte, war er recht optimistisch.“

„Weshalb hast du ihn überhaupt aufgesucht? Er hätte zu dir kommen sollen!“ rief ich und setzte sofort hinzu: „Aber natürlich – ich sollte ja nichts merken!“

„Ich sehe ein, daß das falsch von mir war“, sagte er.

Ich kleidete mich an, und er sah mir zu, blieb jedoch liegen. Offenbar wollte er, daß ich das Zimmer verließ, damit er sich so viel Zeit nehmen konnte, wie seine Behinderung es erforderte. Ich schlüpfte gerade in meinen obersten Unterrock, als er fragte:

„Was hatte Patrick auf dem Herzen? Es ist vielleicht ganz interessant, das zu erfahren.“

„Das hätte ich ja beinahe vergessen.“ Es verwirrte mich, daß die Begegnung mit Patrick so völlig aus meinem Gedächtnis entschwunden war. „Edward, er ist unglücklich und verzweifelt und möchte, daß du ihm verzeihst. Er verspricht auch, dir in Zukunft ein gehorsamer Sohn zu sein.“

„Daß er wieder einmal gute Vorsätze hat, bezweifle ich nicht. Aber sprich nur weiter.“

„Er bereut und möchte, daß du ihm noch einmal eine Chance gibst."

„Ich weiß wirklich nicht, was ich mit ihm anfangen soll. Das Beste wird es sein, wenn er in aller Ruhe auf Woodhammer lebt, bis es mir gelingt, ihm ein Offizierspatent in der Armee zu verschaffen. Auf Woodhammer dürfte er kaum Gelegenheit finden, Schulden zu machen."

„Aber Edward . . . glaubst du im Ernst, daß eine Offizierslaufbahn für Patrick das Richtige ist?"

„Welche Wahl bleibt mir schon? Irgend etwas muß er ja schließlich tun."

„Könntest du nicht versuchen, ihm ein wenig Verantwortung zu übertragen . . . auf einem deiner Besitztümer, meine ich. Es könnte doch sein, daß er sich dann für die Verwaltung zu interessieren beginnt."

„Das werde ich wohl nie erleben", sagte Edward verdrossen. „Patrick und Verwaltungsarbeit – ein unvorstellbarer Gedanke."

Ich steckte mir das Haar hoch. Mit den Nadeln hantierend, sagte ich behutsam: „Ich bin sicher, daß mit Patrick alles in Ordnung kommen wird, Edward, denn im Grunde ist er ein sehr . . ." Vergeblich suchte ich nach dem passenden Wort. „Ich weiß, daß er es ziemlich wild getrieben hat, aber müssen sich nicht alle jungen Männer erst die Hörner abstoßen? Und Patrick ist jung, Edward, jung und . . . unreif." Die Nadeln saßen schlecht. Der Chignon fiel unter dem Netz wieder zusammen, und ich mußte von vorn beginnen. „Patrick ist im Grunde ein sehr friedfertiger Mensch", sagte ich plötzlich. „Ja, friedfertig – das ist das Wort, nach dem ich eben suchte. Ich glaube, für ihn gäbe es nichts Schöneres, als die Verwaltung von Woodhammer zu übernehmen und dort mit Frau und Kindern ein ruhiges Leben zu führen. Ja – denk doch nur daran, wie gut er mit Kindern umzugehen versteht. Thomas und David beten ihn an. Wenn er eines Tages heiratet und selbst eine Familie gründet . . ." Wie durch ein Wunder war es mir gelungen, die störrische Frisur zu bändigen. „Ja, Patrick muß heiraten", fuhr ich fort. „Nicht auf der Stelle natürlich, denn er ist ja noch so jung, aber in ein oder zwei Jahren vielleicht. Ja, eine hübsche, nette junge Frau, das ist es, was er braucht. Eine mit eigenem Willen, die sich um ihn kümmert und ihn – wie sagt man doch? – ein wenig auf Trab bringt. Beides hat er sehr nötig. Ich weiß genau, wie das Mädchen sein müßte, das er heiratet . . ."

„Marguerite!“ unterbrach mich Edward streng, doch als ich mich erschrocken zu ihm umdrehte, sah ich, daß er lächelte. „Wann wirst du wohl endlich lernen, deine Nase nicht in anderer Leute Angelegenheiten zu stecken?“

„Aber ich meine es doch nur gut!“ verteidigte ich mich und lief dann, mit ihm lachend, zum Bett, um ihn zu umarmen.

Später sagte er zu mir: „Was du da über Patrick gesagt hast, könnte schon stimmen. Und sicher wäre es für mich eine angenehme Überraschung, wenn er seßhaft würde und sich für die Verwaltung meiner Besitztümer interessierte.“ Er zögerte und fügte dann ein wenig undeutlich hinzu: „Tut mir übrigens leid ... ich meine, was ich da vorhin gesagt habe ... sehr dumm von mir ...“

„Schon gut“, unterbrach ich ihn. „Ich liebe dich sehr und weiß jetzt, daß auch du mich liebst. Aber bitte, Edward ... verschweig mir in Zukunft nicht, wenn dich die Arthritis plagt. Wie kann ich dir helfen, wenn du dich weigerst, dir helfen zu lassen?“

„Gut“, sagte er lächelnd. „Von Zeit zu Zeit werde ich dir etwas vorjammern. Ich verspreche dir alles, Marguerite – sogar das.“

Ich nickte zufrieden und lief dann leichtfüßig hinaus und die Treppe zum Kinderzimmer hinauf. Erst als ich später im Umkleideraum die Medizinflasche sah, überlief es mich wieder kalt. Ich versuchte, alle trüben Gedanken zu verscheuchen, aber das Wort „Arthritis“ verfolgte mich wie ein Gespenst, und mir war, als stünden wir am Rande eines dunklen Abgrunds, der sich bis in die Unendlichkeit erstreckte.

5. KAPITEL

I

Als ich entdeckte, daß ich wieder schwanger war, versetzte mir das einen Schock. Die Gefahr hatte bestanden, seit Edward das Verhütungsmittel nicht mehr benutzte. Doch lange Zeit war alles gut gegangen, so gut, daß ich schließlich glaubte, das Glück würde mir ewig zur Seite stehen. Nach unserer Aussöhnung hatte mir so viel daran gelegen, daß er nicht länger unter dem Gefühl der Impotenz litt, daß für andere Gedanken kaum noch Platz war. Über die Antikonzeption, das verbotene Thema, wußte ich so gut wie nichts und sah auch keine Möglichkeit, mehr darüber zu erfahren, denn kein geachteter Arzt hätte es gewagt, mich ohne Edwards Erlaubnis einzuweihen, und meine Freundinnen schienen auch nicht mehr zu wissen als ich. So war mir nichts übriggeblieben, als das Beste zu hoffen, und jetzt mußte ich mich ins Unvermeidliche schicken.

Tiefe Niedergeschlagenheit überkam mich.

Edward verschwieg ich meinen Zustand nicht, im Gegenteil. Sobald ich zu wissen glaubte, was geschehen war, sagte ich es ihm, weil ich hoffte, daß ihm das Bewußtsein einer neuen Vaterschaft ein Stück Jugend zurückgeben würde. Tatsächlich schien er sehr erfreut und meinte, es sei doch gut, daß ich wieder ein Baby bekäme, da Thomas und David bald alt genug für den Unterricht waren.

Ich nickte lächelnd. Ihm meine wahren Gefühle anzuvertrauen, wagte ich nicht aus Furcht, ihn zu verschrecken. Für unsere Ehe war es von äußerster Wichtigkeit, daß er nichts von meiner Absicht wußte, ihm keine Kinder mehr zu schenken, denn sonst glaubte er womöglich, daß ich ihn nicht aufrichtig liebte – ein Signal für neue Schwierigkeiten zwischen uns.

Doch auf heimliches Märtyrertum verstand ich mich weniger gut als er, und als er mich eines Tages in meinem Zimmer in Tränen fand, strömte es wie von selbst über meine Lippen, und ich bekannte ihm erbarmungslos, wie ich in Wirklichkeit empfand.

„Ich dachte mir schon, daß du dich nicht unbedingt darüber freuen würdest", sagte er schließlich so verständnisvoll, daß ich mich sofort besser fühlte. „Ich wußte ja, daß du auf ein weiteres Kind nicht gerade versessen warst. Aber, Marguerite, die Schwierigkeiten bei Davids Geburt bedeuten doch nicht notwendigerweise, daß die nächste Entbindung auch so schwer wird. Was meint denn Dr. Ives dazu?"

„Er behauptet, Davids Geburt sei ein Ausnahmefall gewesen, und ich brauchte mir keine Sorgen zu machen."

„Na, bitte."

„Aber ich glaube ihm nicht", sagte ich schluchzend.

„Nun, da läßt sich leicht Abhilfe schaffen. Konsultiere einen zweiten und, wenn du willst, auch einen dritten Arzt. Wenn sie dir Ives' Ansicht bestätigen, wirst du zuversichtlicher sein."

Ich ließ mir von ihm ein Taschentuch geben und trocknete meine Tränen. Mit aller Anstrengung nahm ich mich zusammen.

„Das ist eine ausgezeichnete Idee", sagte ich mit fester Stimme. „Warum bin ich nicht selbst darauf gekommen? Dumm von mir." Wieder würgte es mir in der Kehle. Ich schluckte. „Ganz bestimmt werde ich das Baby liebhaben, das versichere ich dir." Schluchzen erstickte meine Worte.

„Wir müssen sofort einen Namen für ihn aussuchen", meinte Edward listig. „Thomas und David waren für dich schon richtige Menschen, ehe sie überhaupt zur Welt kamen – weil du ihnen bereits Namen gegeben hattest. Vielleicht kann dir das bei dem neuen Baby auch gelingen."

„Oh, ja", sagte ich, mir mit dem feuchten Taschentuch vergeblich die Augen wischend. „Ein Name. Ach, Liebster, mir fällt einfach keiner ein. Denk du dir einen aus, Edward."

Er reichte mir ein zweites Taschentuch. „Wie wär's mit Richard?" fragte er. „Das war der Name des Onkels, der so großen Einfluß auf mich hatte und von dem ich Woodhammer Hall erbte."

„Richard? Ja. Ja, der Name gefällt mir sehr", sagte ich hastig, und danach fiel es mir viel leichter, mich mit dem Gedanken an das Unvermeidliche auszusöhnen.

II

Natürlich wurde es ein Mädchen.

Die Entbindung erwies sich als überraschend mühelos. In drei Stunden war alles vorbei. Verwirrt sagte ich zu Dr. Ives: „Aber das ist bestimmt ein Irrtum. Es kann doch noch gar nicht geboren sein." Der Arzt zeigte jenes hochmütige Lächeln, das in mir den Wunsch wachrief, ihm ins Gesicht zu schlagen; und das Baby schrie; und die Hebamme zog ein enttäuschtes Gesicht, weil die Entbindung so uninteressant verlaufen war.

„Jetzt haben Sie endlich eine Tochter, Mylady", sagte sie.

Ich fühlte, wie es mir einen Stich gab. Nie hatte ich darüber nachgedacht, warum ich mir immer nur Söhne wünschte. Ich begriff nicht, weshalb ich auf einmal so niedergeschlagen war.

„Es kann unmöglich ein Mädchen sein", sagte ich verzweifelt. „Bestimmt ist es ein Junge. Wir haben ja bereits den Namen ausgesucht. Richard soll er heißen."

„Aber, aber, Mylady", versuchte Dr. Ives zu beschwichtigen. „Wir erleben alle unsere kleinen Enttäuschungen. Ruhen Sie sich jetzt aus, damit Sie wieder zu Kräften kommen."

Ich schlief, doch als ich wieder aufwachte, wurde meine Erleichterung über die so glimpflich verlaufene Geburt sofort durch das Bewußtsein getrübt, daß Richard ein Mädchen war. Hände ins Laken gekrampft, starrte ich zur Zimmerdecke empor und überlegte, was ich zu Edward sagen sollte. Als später die Schwester eintrat, um mir noch einmal das Baby zu zeigen, fühlte ich mich noch mehr entmutigt. Das Kind war häßlich: knallrote Haut, großer, kahler Kopf, schwächlicher Körper.

„Ah ja", sagte ich und verbarg meine Verzweiflung, so gut ich es vermochte. „Sehr nett. Danke, Schwester."

Das Neugeborene lag kaum wieder in der Wiege, als Edward erschien. Die Schwester ließ uns allein.

Er umarmte mich und sagte dann mit einem Lächeln: „Es ist also alles gut gegangen?"

„O ja", erwiderte ich mit bemühter Munterkeit. „Dr. Ives ist zwar ein recht ermüdender Mensch, doch zweifellos versteht er sich auf sein Fach. Daß die Geburt so leicht sein würde, habe ich nicht einmal im Traum zu hoffen gewagt."

„Gott sei Dank dafür", sagte er und küßte mich wieder.

„Ja, Gott sei Dank dafür", wiederholte ich.

Einen Augenblick schwiegen wir.
„Nun", meinte Edward schließlich, „wir werden wohl wieder einen Namen aussuchen müssen."
„Gut, daß du davon sprichst", sagte ich hastig. „Mir ist nämlich eine ausgezeichnete Idee gekommen. Wie wäre es mit Nell, Edward? Ein hübscher Name und angenehm kurz. Mich hat es schon oft gestört, daß mein Name so lang ist. Außerdem dachte ich mir, daß es dir vielleicht gefällt, wenn sie den Namen der Tochter trägt, die du so sehr geliebt hast. Was meinst du dazu?"
Er musterte mich überrascht. „Das ist ganz reizend von dir, Liebes, aber ..."
„Es wäre so nett", unterbrach ich ihn, „wenn sie genauso hieße wie deine Lieblingstochter. Mir würde das jedenfalls sehr gefallen."
„Mir auch, Marguerite, aber Nell ist die Kurzform für Eleanor, und die Leute würden es merkwürdig finden, wenn ich die Tochter meiner zweiten Frau nach meiner ersten Frau benenne."
„Nun, wenn schon", sagte ich, „was kümmert's mich?" Zum erstenmal wurde mir bewußt, wie sehr ich seit den frühen Tagen unserer Ehe gereift war: Damals hatte Eleanors Name in meinen Ohren wie eine Verwünschung geklungen. „Außerdem hat Eleanor die Abkürzung Nell ja nie gebraucht", fuhr ich fort. „Und Nell wird nie den Namen Eleanor gebrauchen. Warum also sollten die Leute sich daran stoßen?"
„Nun, wenn du sicher bist, daß ..."
„Völlig sicher ... oh, Edward, macht es dir viel aus, daß es kein Junge geworden ist?"
„Aber liebste Marguerite, natürlich nicht! Ich freue mich, daß ihr beide, du und das Kind, wohlauf seid. Das ist für mich viel wichtiger als die Frage, ob es nun ein Junge oder ein Mädchen geworden ist."
Ich fühlte mich wie von einer großen Last befreit. Als er mich dann mit wachsamem Blick fragte: „Oder bist du etwa sehr enttäuscht?" konnte ich ihm aufrichtig antworten: „Nein, ich bin froh, daß ich jetzt auch eine Tochter habe. Ich bin wirklich sehr froh."

III

Die Kleine gedieh nicht recht. Zuerst weinte sie viel, genau wie Thomas seinerzeit. Doch hatte er trotz allem rasch zugenommen, und niemand hatte sich seiner Gesundheit wegen Sorgen gemacht. Bei Nell war das anders. Dr. Ives erschien regelmäßig, um nach ihr zu sehen. Die Schwester blieb im Haus, damit das Baby besondere Pflege genoß. Sobald ich wieder aufstehen konnte, verbrachte ich den größten Teil meiner Zeit in Nells kleinem Kinderzimmer.

„Ist sie krank?" wollte Thomas wissen.

„Nein, Liebling, nur ein wenig schwächlich."

„Wann wird sie denn mit uns spielen können?" fragte David.

„Das wird wohl noch eine Weile dauern. Aber eines Tages ist es bestimmt so weit."

Nach und nach verlor sich ihre rötliche Gesichtsfarbe. Die Haut wurde blaß und wirkte eigentümlich durchsichtig. Nell hatte hübschgeformte blaue Augen, und auf ihrem Kopf sproß jetzt weicher Flaum. Wahrscheinlich, so dachte ich, wird sie später einmal blond sein. Oft malte ich mir aus, wie sie größer wurde, und freute mich darauf, Kleidchen für sie auszusuchen. Später konnte sie dann mit mir in Modejournalen blättern. Ob sie im Umgang mit der Nähnadel einmal mehr Geschick beweisen würde als ich? Nun, dazu gehörte nicht viel. Wenn für Thomas und David die Zeit kam, eine Privatschule zu besuchen, so blieb mir ja immer noch Nell – ein sehr trostvoller Gedanke.

Im März, zwei Monate nach ihrer Geburt, weinte sie nicht mehr so oft. Aber sie begann zu husten.

„Wann lächelt denn das Baby endlich?" fragte Thomas enttäuscht.

„Später, Liebling, ein bißchen später. Wenn der Frühling kommt."

„Können wir mit ihr dann spazierengehen?"

„Spazierenfahren, meinst du wohl. Ja, das könnt ihr. Babys sind gern in der Sonne. Du wirst schon sehen, wie sie dann lächelt und lacht."

Ich nähte für sie ein Kleidchen, das sie tragen konnte, wenn sie älter war – wunderschöne, rosafarbene Seide. Den Saum bestickte ich mit Blumenmustern. Während ich daran arbeitete, saß ich oft stundenlang an Nells Wiege und begriff nicht, was mich auf einmal zu dieser mir sonst so unangenehmen Tätigkeit trieb. Die Londoner Saison näherte sich mit Riesenschritten, doch gesellschaftliche Verpflichtungen interessierten mich nicht, und ich hatte überhaupt all meine sonstigen Aktivitäten vorerst aufgegeben.

„Darum kann ich mich ja wieder kümmern, wenn Nell kräftiger ist", sagte ich zu Edward.

Ich bestellte ihr einen neuen Kinderwagen. Der, in dem einmal Thomas und David gelegen hatten, erschien mir jetzt zu schäbig, und nicht anders war es mit dem Spielzeug, das ich in einer Kiste auf dem Dachboden aufbewahrte. Ich kaufte für sie eine prachtvolle Puppe. Schon das Auswählen bereitete mir großes Vergnügen. Wie schön, dachte ich, einen Spielzeugladen zu betreten und einmal nicht nach den endlosen Reihen von Stofftieren und Zinnsoldaten zu schauen, sondern nach hübschen Puppen.

Der Frühling kam. Nell schien es viel besser zu gehen. Sie weinte überhaupt nicht mehr. Ich wurde nicht müde, allen zu erklären, wie zufriedenstellend ihr Zustand jetzt doch schon war.

„Aber sie lächelt immer noch nicht", sagte Thomas.

„O doch, doch", beteuerte ich. „Ich sehe sie oft lächeln."

„Aber ihr Husten scheint sich ein wenig verschlimmert zu haben, Mylady", meinte die Schwester. „Heute morgen . . ."

„Nein", unterbrach ich sie, „es ist besser geworden. Das habe ich Dr. Ives gerade erst gestern gesagt."

Und als später die Anlagen auf dem St. James' Square eine einzige Blütenpracht waren und die Frühlingssonne durch die Fenster der Kinderzimmer fiel, sagte ich nur: „Es ist so schön, eine Tochter zu haben. Wenn sie heranwächst, werden wir wohl viel miteinander lachen."

Eine Stunde später starb sie.

IV

Ich ging auf mein Zimmer und blieb dort lange allein. Im Haus war es totenstill. Nur einmal hörte ich Thomas' laute Stimme, die jedoch sofort wieder verstummte, als Nanny ihn ärgerlich anzischte: „Pssst!" Offenbar verließ die Kinderschwester dann mit den beiden Jungen das Haus, denn es herrschte wieder tiefes Schweigen. Ich trat ans Fenster. Wie schön es jetzt im Frühling draußen auf dem Platz doch war. Ein herrlicher Tag.

Ich zog mich um. Im schwarzen Kleid setzte ich mich vor den

Spiegel. Die Sommersprossen auf meinem Nasenrücken wirkten eigentümlich ausgeblaßt.

Es klopfte. Edward trat ein und fragte: „Möchtest du noch weiter allein bleiben?"

Ich zuckte die Schultern. Ich wußte es nicht.

Er setzte sich neben mich und griff nach meiner Hand. „Marguerite, ich ... ich weiß, daß dich jetzt nichts wirklich trösten kann, aber wenigstens ..."

„Ja?"

„Wenigstens war es keiner von den Jungen, denn ..."

Ich sprang auf. Der Zorn nahm mir fast die Besinnung. „Wage nicht, so etwas zu mir zu sagen!" schrie ich Edward an. „Wage nicht, mich zu behandeln, als sei ich eine zweite Eleanor, der deine ungeliebten Töchter genauso gleichgültig sind wie dir!"

„Ich habe doch nur gemeint ..."

„Ungeliebt!" rief ich. „Ja, ungeliebt! Ist es ein Wunder, daß ich nie eine Tochter wollte, nachdem ich gesehen hatte, was für Frauen aus deinen Töchtern geworden sind? Katherine – für die Liebe eine Belohnung für gutes Betragen ist. Annabel – die mit dir streitet, um von dir nicht ignoriert zu werden. Madeleine – die sich deiner frömmelnden alten Mutter zuwandte, weil du nicht da warst, als sie dich brauchte. Ja, du und deine Töchter! Es ist ein Wunder, daß ich es wagte, Söhne haben zu wollen, nachdem ich mitansehen mußte, wie du manchmal mit Patrick umspringst!"

Sein Gesicht war so blutleer, daß es fast grau wirkte. Und seine Stimme klang völlig anders als sonst, als er jetzt stockend sagte: „Ich habe immer versucht, meine Pflicht als Vater zu tun ..."

„Deine Pflicht!" rief ich zornig. „Deine Pflicht! Ja begreifst du denn nicht, daß es bei Kindern mit simpler Pflichterfüllung nicht getan ist? Du fühlst dich von deinen Kindern schlecht behandelt und meinst, sie hätten dir gegenüber versagt. In Wahrheit ist es genau umgekehrt. Nicht sie waren dir schlechte Kinder, sondern du ihnen ein schlechter Vater!"

Ich brach ab. Einan Augenblick stand ich bewegungslos, dann besann ich mich nicht länger. Ich stürzte hinaus, schlug krachend die Tür hinter mir zu und lief die Treppe hinauf. Thomas und David waren noch nicht wieder zurück. Ich ging in Nells kleines Zimmer, hob meine Tochter hoch und hielt sie in den Armen, während mir die Tränen über das Gesicht liefen. Erst nach einer Weile begriff ich, daß sie unwiderruflich tot war. Ich küßte sie, legte sie in die Wiege, deckte sie zu. Noch nie in meinem Leben war ich so verwirrt, so tief verstört gewesen. Was hatte mich nur getrieben, Edward solche Grausamkeiten ins Gesicht zu schleudern?

Während ich noch darüber nachgrübelte, hörte ich seine Schritte auf der Treppe. Er ging sehr langsam. Offenbar setzte ihm die Arthritis wieder zu.

Den ganzen Winter über hatte sie ihn sehr geplagt, und unverkennbar war er erleichtert gewesen, als mich zuerst die Schwangerschaft und dann Nells kurzes Leben voll in Anspruch nahmen.

Als er jetzt das obere Treppenpodest erreichte, blieb er stehen, um Luft zu schöpfen. Ich hörte sein leises Keuchen. Schließlich öffnete er die Tür und kam herein.

Wieder fiel mir auf, wie sehr er doch gealtert war. Er ging sehr ungelenk, und einzig sein Stolz ließ ihn auf einen Spazierstock verzichten. Sein Haar war silbrigweiß geworden.

Schweigend stand er bei der Tür. War er immer noch außer Atem? Wußte er nicht, was er sagen sollte?

Schließlich brachte er mühsam hervor: „Du hast mich mißverstanden."

Ich blieb stumm.

„Als ich sagte: ‚Wenigstens war es keiner von den Jungen', da meinte ich, daß es leichter ist, über den Verlust hinwegzukommen, wenn das Kind noch sehr klein ist. Natürlich trifft es einen immer sehr hart. Aber wenn das Kind kein Baby mehr ist . . . wenn sich mit ihm nicht nur Monate, sondern Jahre von Erinnerungen verbinden . . . Es tut mir leid. . . . Ich habe mich sehr ungeschickt ausgedrückt . . ."

„Ja, das hast du", sagte ich.

„. . . aber, Marguerite, ich war nicht weniger fassungslos als du."

„Nun", sagte ich, „das mag schon sein. Aber du hast gar nicht erwartet, daß sie lange leben würde. Niemand außer mir hat das erwartet. Wahrscheinlich fanden es alle bemitleidenswert, daß ich eine Puppe und einen neuen Kinderwagen kaufte. So ist es doch!"

„Wir haben deinen Mut bewundert. Ganz gewiß hat dich deswegen niemand für . . ."

Ich sagte: „Ich habe geglaubt, sie würde am Leben bleiben, wenn ich etwas für sie kaufte. Es war dumm von mir." Ich trat ans

Fenster. „Wenn doch nur die Jungen endlich zurückkommen wollten."

Er kam näher, legte dann eine Hand auf meine Schulter. Seine Finger zitterten. „Meinst du nicht, daß es dir guttäte, eine Weile zu verreisen? Ein oder zwei Monate auf dem Kontinent . . ."

„Nein, danke", sagte ich. „Ich bin nicht Eleanor und habe nicht die Absicht, die Kinder oder dich zu vernachlässigen, während ich mir einen Nervenkollaps leiste."

Er schwieg.

Sekunden später fuhr ich fort: „Es tut mir leid, daß ich so – so hemmungslos spreche. Aber ich kann einfach nicht anders. Verzeih mir bitte."

„Das ist der Schock", sagte er. „Ich verstehe schon." Er stützte sich auf die Kommode und verlagerte sein Körpergewicht vom einen Bein auf das andere. Wieder schwiegen wir.

„Was kann ich tun?" fragte er schließlich. „Gibt es denn nichts, was ich tun kann?" Ich begriff, daß er wissen wollte, was er nicht nur für mich, sondern auch für die Kinder tun könnte.

„Ich möchte nach Woodhammer", sagte ich. „Jetzt im Frühling ist es dort wunderschön. Und, Edward – auch alle Kinder sollen hinkommen. Ich will, daß du Madeleine verzeihst, damit auch sie nicht ausgeschlossen bleibt."

„Madeleine? Sie wird nicht kommen. Und Annabel bestimmt auch nicht."

„O doch. Madeleine wird auf die Jungen neugierig sein, und bei Annabel bezweifle ich nicht, daß sie ihre Töchter wiedersehen möchte – wir können die Mädchen ja von Northumberland einladen. Seit wann hast du deine Enkelinnen nicht mehr gesehen, Edward?"

„Aber so viele Gäste – ob das für dich jetzt das Richtige ist?"

„Ich will nicht, daß mir viel Zeit bleibt, um Nell zu trauern", sagte ich und rief dann aus: „Ja, natürlich – wir werden ein Familienfest feiern – und gleichzeitig auch unseren Hochzeitstag. Aber nicht auf Woodhammer, sondern auf Cashemara. Es soll das schönste Fest werden, das ich je gegeben habe – und nur Cashemara kommt dafür in Frage!"

6. KAPITEL

I

Endlich trafen wir auf Cashemara ein, inmitten jener wilden Schönheit, mit der sich Erinnerungen an Tod und Verfall verbanden: die zerklüftete Landschaft, wo Edward geboren worden war.

Es war Mai. Nach den Regenfällen im Winter wuchs das Gras jetzt in üppigem Grün, und die Erde roch sauber und frisch und schien voller Verheißungen.

Als erster stellte sich Patrick ein. Seit über einem Jahr hatte ich ihn nicht gesehen, denn während ich, Nells wegen, in London gewesen war, hatte er ja, auf Befehl seines Vaters, auf Woodhammer bleiben müssen. Von einer Offizierslaufbahn für Patrick war zwar nicht mehr die Rede, doch Edward weigerte sich nach wie vor, ihm irgendwelche Verantwortung zu übertragen. Daher widmete Patrick sich ausschließlich seinen künstlerischen Neigungen, was ihm natürlich sehr behagte. Der Einladung nach Cashemara leistete er vermutlich nur widerstrebend Folge, doch pflichtgemäß traf er eine Woche nach unserer Ankunft ein, sehr zum Entzücken meiner beiden Söhne. Als ich sah, wie erfreut auch er war, sie wiederzusehen, besann ich mich auf die Pläne, die ich für ihn geschmiedet hatte: eigene Familie, eigene Kinder. Neuen Auftrieb erhielten meine Überlegungen dann durch einen Brief von Francis, dem eine Photographie meiner Nichte Sarah beigefügt war.

Sarah. Jetzt siebzehn Jahre alt und, sofern das Bild nicht log, eine Zierde für jeden zukünftigen Ball. Ihre Ähnlichkeit mit Francis war verblüffend, und während ich noch verwundert auf die Photographie starrte, sehnte ich mich plötzlich danach, meine Nichte, die ich vor sieben Jahren in New York zurückgelassen hatte, wiederzuentdecken. Verstärkt wurde dieses Verlangen noch durch die Tatsache, daß sie nicht nur ihrem Vater, sondern natürlich auch Blanche ähnlich sah – Blanche, die zu meinem Kummer nicht mehr lebte. Im vorigen Sommer war sie bei der Geburt eines Kindes gestorben.

„Donnerwetter!" rief Patrick begeistert, als ich ihm Sarahs Bild zeigte. „Entzückend! Kannst du sie nicht zu uns nach England einladen, Marguerite?"

„Dafür ist sie im Augenblick noch ein wenig zu jung", erwiderte ich. „Aber in ein oder zwei Jahren vielleicht . . ." In der Phantasie malte ich mir das bereits in jeder Einzelheit aus: Sarahs inständige Bitte, Francis möge mit ihr nach Europa reisen; seine Bereitwilligkeit, ihr diesen Wunsch zu erfüllen; beider Ankunft in England . . . und dann . . . Meine Vorstellungskraft zeichnete noch romantischere Bilder. Kaum daß sie einander sahen, würden Sarah und Patrick sich unsterblich ineinander verlieben und natürlich heiraten . . .

„Ja, sie ist ganz hübsch, nicht wahr?" sagte ich beiläufig zu Patrick. Nach sieben Jahren in England verstand ich mich allmählich auf die List der Untertreibung. „Ich dachte, es würde dich vielleicht interessieren, ihr jüngstes Porträt zu sehen, da ich ja recht oft von ihr spreche."

Und damit ließ ich das Thema fallen wie ein heißes Eisen, an dem wir uns beide die Finger verbrennen konnten.

II

Sie kamen alle. Katherine traf mit Gatten und Gepäck, Zofe und Diamanten ein, Madeleine im marineblauen Kleid und mit einem schäbigen schwarzen Koffer; und Annabel erschien auf einer prachtvollen braunen Stute, den sonst für mich unsichtbaren Alfred im Schlepptau.

Annabels Freude, endlich ihre Töchter wiederzusehen, war unverkennbar: die Großeltern, bei denen die Mädchen in Northumberland lebten, hatten nicht erlaubt, daß sie bei ihrer Mutter auf Clonagh Court wohnten. Clara war jetzt fünfzehn und Edith vierzehn – beide alt genug, um über ihre Mutter und mehr noch über deren Mann die aristokratischen Näschen zu rümpfen. Armer Alfred! Er war ein so netter Mensch und fühlte sich auf Cashemara so befangen. Mir an seiner Stelle wäre es nicht anders gegangen.

In altgewohnter Weise mußte ich mich natürlich wieder einmal in anderer Leute Angelegenheiten mischen, allerdings nicht ohne Erfolg, wie ich meinte.

„Bitte, Edward, versprich mir, Madeleine nicht wieder mit Heiratsplänen zu kommen“, sagte ich, und er versicherte mir mit einem Lachen, er habe sich bereits damit abgefunden, daß aus ihr eine alte Jungfer würde.

„Und was ist mit ihrem Beruf als Krankenschwester? Findet der jetzt auch deine Billigung?“

„Nun, wenn ich ihr schon verzeihe, dann gehört das wohl auch dazu“, entgegnete er widerstrebend, doch zu meiner Genugtuung behandelte er sie recht freundlich, und da sie Gleiches mit Gleichem erwiderte, kam es zwischen ihnen nicht zum Streit. Sie verdiente jetzt ein wenig Geld, doch die rauhe Haut ihrer Hände verriet nur zu deutlich, daß sie schwer arbeiten mußte. Ich fragte mich oft, wie sie ein solches Dasein ertrug – vor allem, da es ihr ja freistand, in genau dem gleichen Luxus zu leben, der Katherine so behagte.

„Oh, Edward, du wirst dir doch Mühe geben, zu Katherine nett zu sein, nicht wahr?“ fragte ich – und wagte mich mit meiner langen Nase schon wieder sehr weit vor. Aber was Katherine betraf, bedurfte es keiner Ermahnung. Bei ihrer Ankunft küßte Edward sie sehr herzlich und sagte ihr, sie sei schöner denn je.

„Papa wirkt verändert“, sagte sie später grübelnd. „Mit den Jahren scheint er geradezu sanftmütig zu werden.“

„Wie ein alternder Löwe“, meinte Patrick und entwarf in Gedanken offenbar eine Skizze, die diesem Vergleich gerecht wurde. „Wie ein Löwe, der des Jagens überdrüssig ist und sich im Schatten ausruhen möchte.“

„Edward“, sagte ich bei der nächsten Gelegenheit behutsam, „was Patricks Zukunft angeht, so könntest du vielleicht . . .“

„Da habe ich bereits vorgesorgt“, erwiderte er lächelnd. „Nur Geduld!“

So ließ ich es dabei bewenden und konzentrierte mich ganz auf die Vorbereitungen zu der Dinner-Party, die am Abend des 20. Juni, unserem Hochzeitstag, stattfinden sollte.

Da es ein so besonderer Anlaß war, durften Thomas und David länger aufbleiben, um mit uns zu speisen. Überraschend ergab sich eine Schwierigkeit: Zusammen mit den Kindern waren wir bei Tisch dreizehn Personen.

„Wenn doch nur George wegbleiben könnte!" sagte ich seufzend, doch Edward meinte, sein einziger Neffe habe ein Recht darauf, an diesem Tage unser Gast zu sein. Schließlich löste ich das Problem, indem ich Lord Dunedens verheiratete Töchter und deren Ehemänner einlud, vier weitere Personen also. Siebzehn war auch nicht gerade eine glückliche Zahl, aber dann entschuldigte sich Alfred Smith mit leichtem Fieber, und sechzehn – nun, ich war zufrieden.

Der Abend wurde zu genau dem Erfolg, den ich erwartet hatte. Noch heute ist die Erinnerung daran in mir sehr lebendig. Das Speisezimmer – sanftes Kerzenlicht und schimmerndes Silber und im Hintergrund das üppige Rot der Samtvorhänge. Hayes – geöffnete Champagnerflasche in der Hand und mit fast unhörbaren Schritten den Tisch umkreisend, um den Gästen einzuschenken. Und vor allem Patrick – jetzt sich erhebend, um einen Trinkspruch auszubringen.

Ich weiß noch, wie stolz ich auf ihn war, weil er keinen Augenblick stammelte oder auch nur stockte. Offenbar hatte er seine kleine Ansprache gut vorbereitet.

„. . . und so hoffe ich, mit Papas Einverständnis zu handeln, wenn ich jetzt alle bitte, mit mir ganz besonders auf Marguerites Wohl zu trinken, der wir es verdanken, daß wir hier zusammengekommen sind, um . . ." . . . um ein Familienfest zu feiern, wollte er wohl sagen, doch er besann sich rechtzeitig und wiederholte nur: „daß wir hier zusammengekommen sind."

„Hört, hört!" rief Annabel, während Madeleine mich mit einem zärtlichen Lächeln bedachte und sogar durch Katherines hochmütige Miene so etwas wie eine kindliche Zuneigung schimmerte.

Patrick fuhr fort: „So laßt uns denn an diesem, ihrem siebten Hochzeitstag, auf Papas und Marguerites Wohl trinken!" Und während alle ihre Gläser erhoben, ließ David sein hübsches Stimmchen erschallen: „Mama ist ja so rot wie eine Tomate – das paßt aber gar nicht zu ihrem Haar."

Auf das allgemeine Gelächter, das die Bemerkung auslöste, schien Thomas einen Augenblick neidisch zu sein; aber dann winkte ihn Patrick zu sich und gab ihm das Geschenk, das unser Ältester uns dann voll Stolz überreichte. Es war ein Präsentierteller mit eingravierter Widmung.

Nachdem wir ihn gebührend bewundert hatten, erhob sich Edward, um Patricks Trinkspruch zu erwidern.

Er dankte seinen Kindern für das Geschenk und dafür, daß sie so bereitwillig nach Cashemara gekommen waren. Er dankte mir „für mehr, als sich in Worte kleiden läßt", und während David mein hochrotes Gesicht wieder voller Interesse betrachtete, sagte Edward zu seinem ältesten Sohn: „Auch auf dich, Patrick, möchte ich trinken, um mit dir, wenn auch mit einiger Verspätung, den Tag deiner Großjährigkeit zu feiern. Jetzt, da du erwachsen bist, freue ich mich, dir einen Teil deines Erbes zu überlassen, das du verwalten magst, wie du es für richtig hältst. In meinem Alter ist es für mich ein großer Trost, einen Sohn zu besitzen, auf den ich zählen kann, wenn ich Hilfe brauche."

Patrick war völlig überwältigt. In seinen Augen schimmerte es feucht. Zum Glück bemerkte Edward das nicht, weil er, sein Glas erhebend, zu den anderen blickte.

„Ich verspreche dir, mein Bestes zu tun, Papa", versicherte Patrick, als er sich wieder gefaßt hatte. „Welchen Teil Woodhammers willst du mir denn zur Verwaltung überlassen?"

„Woodhammer?" fragte Edward überrascht. „O nein, ich habe nicht an Woodhammer gedacht, denn dort kennst du dich ja bereits recht gut aus. Ich meine, es ist an der Zeit, daß du dich ein wenig mit den Problemen auf Cashemara befaßt."

Ich sah Patricks Bestürzung, und mir sank das Herz. Um zu verhindern, daß er gegen Edwards Angebot protestierte, versuchte ich, ihn unter dem Tisch anzustoßen – und traf mit der Fußspitze prompt Annabels Schienbein.

„Allmächtiger!" sagte sie. „Ist da unten etwa ein Fohlen versteckt?"

„Oh, Annabel!" rief ich nervös. „Erzähle Edward doch von dem Fohlen, das du neulich in Letterturk gekauft hast!"

Weiterer Worte bedurfte es nicht. Annabels Bericht rettete uns aus der Situation.

Nachdem die Gäste dann in den Salon gegangen waren, sagte ich zu Edward unter vier Augen: „Liebster, wenn du wüßtest, wie glücklich ich bin, daß du in Patrick so viel Vertrauen setzt! Er muß sich ja so geehrt und geschmeichelt fühlen. Wenn wir wieder nach England fahren, dürfte es für ihn hier allerdings ziemlich einsam werden. Könnte nicht Derry für ein oder zwei Wochen herkommen? Er hat sich in Dublin doch sehr bewährt, und für diese Geschichte mit Katherine damals kann man ihn ja nicht verantwortlich machen, denn das war ja ganz und gar meine Schuld. Und jetzt, wo Patrick erwachsen ist ... nun, wir haben eine ganz andere Situation als früher ... er ist doch nicht mehr das Kind, das sich leicht zu irgendeinem Unfug verführen läßt. Auch Derry dürfte gesetzter sein, wo er jetzt doch als Anwalt zugelassen ist. Sein Besuch auf Cashemara kann also niemandem schaden – du bist doch einverstanden?"

Natürlich war er einverstanden. An diesem so wunderschönen Abend dachte er nicht daran, mir einen Wunsch abzuschlagen, und wieder einmal hatte ich meine Nase in anderer Leute Angelegenheiten gesteckt – doch mit viel Klugheit und Umsicht, wie ich meinte.

III

Zwei Wochen später kam Derry an. Es war am Morgen nach Katherines und Dunedens Abreise. Madeleine arbeitete inzwischen längst wieder in ihrem Krankenhaus, und da Edward der Schlußsitzung des Parlaments beiwohnen wollte, war es unsere Absicht, in der folgenden Woche nach London zurückzukehren. Ich fragte mich allerdings, ob er reisefähig sein würde, denn nach der Party hatte ihm seine Arthritis wieder so zugesetzt, daß er nicht einmal ein Pferd besteigen konnte. So war Patrick genötigt gewesen, MacGowan auf dessen Inspizierungsritten allein zu begleiten, und Edward, der sich schon darauf gefreut hatte, seinen Sohn zu instruieren, fühlte sich bitter enttäuscht.

Noch etwas bedrückte ihn tief. Wenn wir beide ganz für uns waren, nahmen die Schmerzen manchmal überhand, und ihm blieb nichts übrig, als sich eine kräftige Dosis Laudanum zu verabfolgen und auf Linderung zu hoffen.

„Bitte, Edward", sagte ich, seine Beunruhigung spürend. „Was mich betrifft, so brauchst du dir wirklich keine Sorgen zu machen."

„Aber was wollen wir nur tun?" fragte er. „Was soll aus unserer Ehe werden?" Die Schmerzen hatten ihn so geschwächt, daß er nicht länger gegen die Verzweiflung ankämpfen konnte.

„Alles ist gut, solange du mir vertraust", sagte ich. „Wenn deine Liebe dafür groß genug ist, dann wird auch meine Liebe groß genug sein, um dich nicht dem nachtrauern zu lassen, was wir vorher hatten."

Er sah mich an, und ich spürte nur allzu deutlich, wie sein Zynismus im Widerstreit lag mit dem brennenden Wunsch, mir zu glauben. Plötzlich erfüllte mich Zorn, eine rasende Wut gegen das Schicksal, das mich so ungerecht behandelte. Wäre Edward über siebzig geworden, so hätte ich mich mit seinem schlechten Gesundheitszustand eher abgefunden. Aber er war ja noch längst nicht so alt, und wenn schon nicht sein Körper, so war doch sein Geist jung und aktiv.

„Versprich es mir!“ fuhr ich ihn fast an, während ich die Bilder zu verscheuchen versuchte, die mir die vor uns liegenden Jahre zeigten: endlose Jahre im Zwielicht, im Dämmer. „Versprich mir, daß du mir vertrauen wirst!“

„Ich verspreche es“, sagte er. Seine Stimme war unter der Einwirkung des Laudanums kaum mehr als ein undeutliches Flüstern, und dann schlief er, während seine Hand noch meine Hand hielt, übergangslos ein.

Und am nächsten Tag war dann Derry Stranahan da. Annabels Töchter himmelten ihn sofort an, was kaum verwundern konnte: Bei ihren Großeltern in Northumberland lebten sie sehr zurückgezogen, und wahrscheinlich war Derry der erste gutaussehende junge Mann, dem sie begegneten. Aber Stranahan war durch schlechte Erfahrungen gewitzt. Obwohl ihm die hübsche Clara zu gefallen schien, dachte er nicht daran, mit ihr zu flirten. Überhaupt war sein Benehmen auf Cashemara von geradezu peinlicher Korrektheit.

Die Tage vergingen. Unser Leben auf Cashemara verlief ohne besondere Ereignisse, bis dann eines Morgens Anfang Juli Maxwell Drummond mit seinem Eselskarren den Fahrweg entlanggezuckelt kam und dafür sorgte, daß der von mir so sorgsam gehütete Familienfrieden in Scherben ging.

IV

Maxwell Drummond, grobschlächtig und verwegen, die Stiefelabsätze frech auf den Marmorfußboden der Halle knallend – ich stand oben in der Galerie, als er Edward zu sprechen verlangte, und dachte daran, wie wütend Edward auf ihn war, als er das Studium am Agricultural College aufgab, um mit der Tochter eines Schullehrers durchzubrennen.

„Mylord ist unpäßlich“, sagte Hayes vorsichtig. „Er wird heute keine Besucher empfangen, Maxwell Drummond.“

Drummond antwortete mit einem unbeschreiblich vulgären Ausdruck.

„Aber das ist die reine Wahrheit!“ rief Hayes indigniert.

„. . . die reine Wahrheit“, wiederholte Drummond. „Nun, die reine Wahrheit ist, daß ich hierbleibe, bis Lord de Salis mit mir spricht, Robert Hayes, und ich würde dir raten, ihm das zu sagen, ehe dieses Schwein Derry Stranahan zurückkommt, denn sonst wirst du erleben, wie ich ihn vor deinen Augen umbringe, das schwöre ich dir.“

Ich ging rasch zur Treppe. Hayes hob den Kopf und schien sehr erleichtert, als er mich sah. „Mylady . . .“

„Ich bin bereit, Mr. Drummond zu empfangen, Hayes.“

Drummond zwinkerte Hayes zu und verbeugte sich dann tief vor mir. „Gott schütze Sie, Mylady.“

„Guten Morgen, Mr. Drummond“, sagte ich kühl und betrat das blaue Morgenzimmer, das Besuchern von geringerem Rang vorbehalten war.

„Nun, Mr. Drummond?“ fragte ich.

Im Zimmer war es feucht und kalt. Draußen kroch der Nebel von den Bergen herab und streckte unten im Tal tastende Fühler vor. Ich fröstelte.

„Lord de Salis fühlt sich nicht ganz wohl“, fuhr ich fort. „Aber vielleicht kann ich Ihnen helfen. Soweit ich verstanden habe, möchten Sie sich über Mr. Stranahan beschweren.“

„Allerdings, Mylady“, sagte Drummond. „Mylady, ich bin ein friedfertiger Mensch und nicht ungebildet. Solange es einigermaßen gerecht zugeht, bin ich der letzte, der den Mund aufreißt. Lord de Salis, das möchte ich ausdrücklich feststellen, ist der anständigste Grundbesitzer westlich vom Shannon, und deshalb bin ich sicher, daß es sich hier um einen Irrtum handeln muß. Von Ian MacGowan lasse ich mir ja allerhand gefallen. Ist zwar ein schottischer Schweinehund, aber doch ein grundehrlicher Mann, dem es nur darum geht, ordentlich seine Arbeit zu tun. Kommt mir jedoch so ein Miststück wie dieser Roderick Stranahan in die Quere, so darf er sich mir gegenüber nichts herausnehmen – mehr habe ich dazu nicht zu sagen.“

„Mr. Drummond, wenn Sie zum Kern der Sache kommen wollten, wäre ich Ihnen sehr verbunden.“

„Kommt sich vor wie ein Gentleman, wo doch jeder hier weiß, daß er als Kind barfuß im Dreck gespielt hat und der schlimmste Säufer und Haderlump der ganzen Umgegend sein Vater war."

„Mr. Drummond . . ."

„Mylady, stimmt es, daß Lord de Salis Mr. Patrick das ganze Land am Nordufer überlassen hat und daß Mr. Patrick damit machen kann, was er will?"

Ich starrte ihn wortlos an.

„Und stimmt es auch, daß Derry Stranahan nicht nach Dublin zurückfahren wird, weil Mr. Patrick seinerseits *ihm* das Land überlassen hat und Stranahan dort jetzt schalten und walten kann, wie es ihm paßt?"

Ein leises Geräusch ließ mich herumfahren. Weder Drummond noch ich hatten gehört, daß die Tür aufgegangen war. Erst das Knarren der Fußbodendielen ließ uns jetzt aufmerken. Dicht bei der Türschwelle stand Edward, schwer auf einen Krückstock gestützt. Ein kurzer Blick auf sein Gesicht verriet mir, daß ihn flammender Zorn gepackt hatte.

V

„Laß uns bitte allein", sagte er zu mir, und ich gehorchte sofort. In der Halle stieß ich auf Hayes, der gerade aus dem Speisezimmer kam.

„Hayes, wissen Sie, wo Mr. Patrick ist?"

„Mylady, er ist soeben den Fahrweg heraufgeritten . . ."

Ich stürzte zu einer Seitentür und lief durch den Regen zu den Stallungen. Von Patrick war nichts zu sehen. Aber als ich dann zum Haus zurückeilen wollte, kam er mit Derry auf den Hof geritten. Beide winkten mir zu, stutzten jedoch, als sie näher kamen.

Patrick schwang sich sofort aus dem Sattel. „Marguerite! Was, um Himmels willen, ist denn los?"

Ich war zu wütend und zu erregt, um meine Worte lange abzuwägen. „Du Narr!" sagte ich mit zitternder Stimme zu ihm. „Du unglaublicher Narr! Was fällt dir ein, das dir überlassene Land sofort an Derry weiterzugeben! Es war eine sehr großzügige Geste deines Vaters, ein Beweis seines Vertrauens – und du wirfst ihm das vor die Füße, als ob es nichts wäre!"

„Lady de Salis“, sagte Derry glattzüngig, während Patrick mich noch verblüfft anstarrte, „in Amerika scheinen die Sitten ein wenig rauh zu sein, denn sonst würden Sie einen Menschen kaum verurteilen, ohne ihn zuvor anzuhören.“

„Ich habe genug gehört, um zu wissen, daß es ausschließlich Ihre Schuld ist!“ schrie ich, über seine kühle Gelassenheit erbost.

„Nun, dann haben Sie offenbar nicht genug gehört“, erwiderte Derry völlig unbewegt, „denn die Schuld liegt nicht bei mir, sondern bei Ihnen.“

„Wie können Sie es wagen ...“

„Ihnen verdanke ich die Einladung nach Cashemara. Und Sie waren es auch, die mir zu verstehen gab, daß ich Patrick helfen sollte.“

„Was für eine Unterstellung! Ich wollte nur, daß Sie ihm ein wenig Gesellschaft leisten, weil er ...“

„Oh, wie rührend Sie doch immer um Patricks Wohlergehen bemüht sind!“ sagte Derry. Das bösartige Funkeln in seinen Augen versetzte mir einen Schock. Es war, als hätte ich einen kostbaren Stein aufgelesen, um dann zu entdecken, daß der Boden darunter von Würmern wimmelte. „Es fügt sich doch recht glücklich, daß Ihr Gatte alt genug ist, um gegen Ihre Philanthropien blind zu sein – nicht wahr, Lady de Salis?“

Ich starrte ihn fassungslos an. Für eine Sekunde schien es, als könnte ich bei ihm hinter die Kulissen blicken und der tieferliegenden Wahrheit auf den Grund kommen. Doch der Moment verging, ohne daß ich erkannte, was diese Wahrheit war; und mein Zorn gewann wieder die Oberhand.

„Mr. Stranahan“, brachte ich mit Mühe hervor, „es ist unter meiner Würde, mich mit einem Mann Ihres Schlages zu streiten – Herr kann man Sie ja wohl nicht nennen. Ich finde Ihr Benehmen grob, flegelhaft und unerträglich. Natürlich werde ich meinem Gatten unverzüglich mitteilen, daß Sie, soweit es mich betrifft, auf Cashemara nicht länger willkommen sind. Guten Tag!“

Beiden den Rücken zukehrend, schritt ich durch den aufgeweichten Boden auf das Haus zu. Die Nebelschwaden, sich jetzt auch auf dem Hof zu Ballen verdichtend, schienen den Stoff meines Kleides zu durchdringen und mit klammem Hauch über meine Haut zu gleiten.

VI

Der Zusammenstoß war unausbleiblich.

Ich versuchte wegzuhören, doch mir blieb keine Wahl, denn der Lärm erfüllte das ganze Haus.

Durch das Fenster der Galerie beobachtete ich, wie Drummond auf seinen Eselskarren zuschlenderte. Er pfiff vergnügt vor sich hin, und das schrille Geräusch zerrte an meinen Nerven. Eine ganze Weile später ging dann auch Derry. Mit seinem Gepäck wartete er draußen auf den Zweisitzer, der wenige Minuten später von den Stallungen kam. Da er mir den Rücken zuwandte, konnte ich sein Gesicht nicht sehen. Er rollte davon, ohne sich auch nur ein einziges Mal umzublicken.

Jetzt schrien Edward und Patrick aufeinander ein. Ich zog mich in den Westflügel zurück, der für gewöhnlich unseren Gästen vorbehalten war. Dort setzte ich mich in einem Schlafzimmer auf einen Stuhl am Fenster. Eine Zeitlang starrte ich auf die Gemüsebeete und den Lärchenhain dahinter.

Schließlich raffte ich mich zusammen und ging auf mein Zimmer. Zu meinem Schrecken wartete Edward dort auf mich. Am liebsten wäre ich davongeflüchtet. Doch ich sah, daß ihn wieder Schmerzen quälten. Er hatte gerade zum Laudanum gegriffen.

„Da bist du ja", sagte er sehr ruhig. „Ich wollte schon die Zofe bitten, nach dir zu suchen. Marguerite, in Westport gibt es einen Arzt – ich habe seinen Namen leider vergessen, doch ab und zu behandelt er Lord Sligo auf Westport House. Könntest du dafür sorgen, daß er so schnell wie möglich herkommt? Es geht mir gar nicht gut. Es geht mir sogar so schlecht, daß weder die Arthritis noch Patricks Unverstand ausschließlich die Ursache dafür sein können."

„Natürlich!" sagte ich erschrocken. „Ich werde sofort nach ihm schicken. Hast du Fieber?"

„Das glaube ich nicht. Aber mein Magen schmerzt ganz scheußlich. Seit einiger Zeit läßt meine Verdauung sehr zu wünschen übrig." Er schwieg einen Augenblick. „Gott, wie ich es hasse, alt zu werden!" rief er dann in ausbrechender Verzweiflung und schlug die Hände vor das Gesicht.

Ich küßte ihn. „Es tut mir leid, daß dir in diesem Zustand auch noch von anderer Seite zugesetzt wird", sagte ich mit unsicherer

Stimme. „Es ist ganz und gar meine Schuld, denn ich war es ja, die dich gedrängt hat, Patrick mehr Verantwortung zu überlassen."

Er schüttelte den Kopf. „Nein, der Gedanke war durchaus richtig und gut. Es war meine Schuld. Ich habe bei Derry Stranahan zu oft beide Augen zugedrückt."

„Wenn Patrick doch nur nicht so töricht gewesen wäre, die ihm übertragene Verantwortung sogleich an Derry weiterzugeben."

„Weißt du, was er zu mir gesagt hat? Es sei ihm nur darum gegangen, mich zufriedenzustellen. Er habe gefürchtet, der Arbeit nicht gewachsen zu sein. Deshalb hätte er Derry um Hilfe gebeten. Daß ihm die Verantwortung einen wahren Schrecken einjagte, sollte ich auf keinen Fall erfahren."

„Und Derrys Motiv?" fragte ich zweifelnd. „Doch gewiß nicht reine Nächstenliebe."

„Allerdings", erwiderte Edward verbittert. „Ihn hat Habsucht getrieben – und außerdem der Wunsch, sich an jenen rächen zu können, die vor Jahren dafür gesorgt haben, daß er das Tal verlassen mußte. Er hat versucht, aus Drummond und den O'Malleys Geld herauszupressen."

Ich schwieg einen Augenblick. „Ich muß gestehen, daß ich mich sehr in ihm getäuscht habe", sagte ich schließlich. „Er weiß seine wahren Gefühle gut zu tarnen."

Edwards Antwort war kurz und bündig: „Er taugt nichts." Unwillkürlich ballte er die Fäuste. Seine Augen hafteten auf irgendeinem Punkt auf dem Fußboden.

„Edward – habe zu Patrick bitte Vertrauen. Ich weiß, das ist nach dem Vorgefallenen ein wenig viel verlangt, aber ich meine doch, daß . . ."

„Patrick ist ein guter Kerl", sagte er. Die Feststellung kam für mich so unerwartet, daß ich zuerst glaubte, ich müßte mich verhört haben. Seine Stimme klang völlig verändert, sehr leise und wie überanstrengt. „Er schlägt meinem Vater nach", fuhr er fort. „Mein Vater war ein ganz reizender Mensch. Ich wünschte, du hättest ihn gekannt. Er und meine Mutter mochten einander sehr. Trotzdem sagte er einmal zu mir: ‚Für meinen Teil kann ich die Ehe nicht allzusehr empfehlen.' Ich erinnere mich noch sehr deutlich daran."

Ich begriff nicht ganz, worauf er hinauswollte. Wahrscheinlich bewirkte das Laudanum, daß er ein wenig unzusammenhängend sprach.

Trotzdem sagte ich rasch: „Vielleicht würde auch Patrick solche Weisheiten von sich geben – um dann prompt zu heiraten und seßhaft zu werden."

„Heiraten ... seßhaft werden ... ja", sagte er, und jetzt war ich sicher, daß ihn das Laudanum benebelte, denn die Worte klangen sehr verschwommen. „Wären bestimmt das Beste für ihn ... guter Junge ... ist ja auch mein Sohn ... kann gar nicht anders sein ..."

„Ich werde sofort nach dem Arzt schicken", sagte ich behutsam und läutete nach dem Diener.

Als eine Viertelstunde später die Botschaft für den Arzt unterwegs war, machte ich mich auf, um im Haus nach Patrick zu suchen.

VII

Ich fand ihn schließlich in einem der unbenutzten Treibhäuser. Er saß in einer Ecke auf einer umgedrehten Kiste zwischen wucherndem Kraut, Ellbogen auf den Knien, Kopf in die Hände gestützt. Als ich eintrat, blickte er auf, mied dann jedoch meine Augen.

„Es ist besser, wenn wir nicht miteinander reden", sagte er sofort. „Ich weiß, daß du mich verachtest."

„Oh, Patrick!" Plötzlich fühlte ich mich hilflos. Mein Zorn war verraucht, und ich mußte mich beherrschen, um nicht ins gegenteilige Extrem zu verfallen – ihn hemmungslos zu trösten. „Es tut mir leid, daß ich vorhin so aus der Haut gefahren bin", sagte ich hastig. „Ich habe Dinge gesagt, die ich jetzt bedaure, und Derry hatte schon recht: Ehe man jemanden verurteilt, muß man ihn anhören. Von Edward weiß ich inzwischen, daß du in guter Absicht gehandelt hast – um ihn zufriedenzustellen."

„Er wird mir bestimmt nie verzeihen, aber ..."

„Natürlich wird er dir verzeihen! Das weiß ich genau! Und ich will dir auch sagen, was du tun kannst, um ihn ganz für dich zu gewinnen – heiraten. Patrick, heiraten und seßhaft werden ... auf Woodhammer natürlich ... das kann ich bestimmt arrangieren ..."

„Aber, Marguerite, ich kenne ja kein Mädchen, das ich heiraten möchte!"

„Ach, diese englischen Mädchen!" rief ich hitzig. „Entweder werden sie dauernd puterrot, oder sie betrachten einen so kritisch, daß einem angst und bange wird. Eine Amerikanerin müßtest du mal kennenlernen. Amerikanische Mädchen sind so unvoreingenommen, so frisch! Meine Nichte Sarah zum Beispiel, sie würde dir sicher gefallen. Schade, daß sie so weit weg ist. Ich könnte natürlich meinem Bruder Francis schreiben und ihn bitten, mit Sarah nach England zu kommen und uns zu besuchen – aber nein! Ich habe eine viel bessere Idee! Wie wär's, wenn *du* Sarah schreiben würdest? Da ich dich in meinen Briefen schon oft erwähnt habe, weiß sie über dich schon sehr viel, und bestimmt würdest du ihr eine große Freude machen, wenn du ein paar Zeilen an sie richtest."

„Aber es schickt sich für mich doch nicht, ihr zu schreiben. Schließlich bin ich mit ihr ja noch nicht bekannt gemacht worden."

„Ich werde Francis mitteilen, daß ich dir die Erlaubnis gegeben habe, ihr zu schreiben."

„Nun ja – aber ich wüßte auch gar nicht recht, was ich ihr sagen soll."

„Für den Anfang", sagte ich, „genügt es, wenn du ihr erklärst, daß du ihr neues Photo bezaubernd findest und entzückt wärst, sie persönlich kennenzulernen."

Aus dem Blick, mit dem er mich musterte, sprach unverhohlene Bewunderung. „Himmelherrgott, bist du aber klug, Marguerite!" sagte er, und zum erstenmal, seit ich ihn im Treibhaus gefunden hatte, hellte sich seine Miene auf. „Ich kenne kein Mädchen, das auch nur annähernd so findig ist wie du!"

Findig – das Wort klang sehr hübsch, aber Tatsache war natürlich, daß ich es wieder einmal nicht lassen konnte, meine Nase in anderer Leute Angelegenheiten zu stecken. Doch wie dem auch immer sein mochte: Ich nahm sein Kompliment mit erfreutem Lächeln zur Kenntnis.

Manche Menschen lernen ihre Lektion eben nie.

7. KAPITEL

I

Wir reisten nicht von Cashemara ab.

Edwards Arthritis besserte sich, doch die Magenbeschwerden setzten ihm so unerträglich zu, daß er seine Absicht, nach London zurückzukehren, aufgeben mußte. Der Arzt aus Westport diagnostizierte ein Geschwür und verordnete eine milde Diät. Doch Edward ließ sich nicht gern vorschreiben, was er essen durfte und was nicht, und so ließ er seinen Arzt aus London kommen. Zu seinem Unwillen wurde ihm wieder Schonkost verordnet, doch diesmal wurde ihm gestattet, während der Mahlzeit ein Gläschen Wein und anschließend ein Glas Brandy zu genießen. Ich wurde den Verdacht nicht los, daß Dr. Ives Edward nach dem Mund redete, schwieg jedoch. Mein einziger Wunsch war, Edward wieder wohlauf zu sehen – und Cashemara endlich zu verlassen. Seit fast zwei Monaten lebten wir jetzt hier, Zeit genug, sich an der wilden Landschaft zu erfreuen. Jetzt verlangte es mich wieder nach der Zivilisation, nach London oder der kultivierten Behaglichkeit von Woodhammer Hall.

Doch wir blieben auf Cashemara. Am Rande der Straße nach Clonareen wucherte üppig das Gras, und auf dem Hang oberhalb des Lärchenhains blühten Stechginster und Heidekraut. Ein schöner Tag folgte dem anderen. Die Berge schimmerten in graublauem Dunst, und ein Stück entfernt strebte der Fooey River noch träger als sonst durch die Sümpfe dem goldenen Strand an der Westküste entgegen.

Patrick drängte es noch mehr als mich, Cashemara den Rücken zu kehren. Sehnsüchtig sprach er von Woodhammer. Doch als er den Vorschlag machte, allein vorauszureisen, wies ich ihn zurecht und ließ keinen Zweifel daran, daß ich ihm das sehr verübeln würde. Jetzt habe er Gelegenheit, seinem Vater zu beweisen, was in ihm stecke, erklärte ich hitzig. Edward, nun schon seit Tagen ans Bett gefesselt, würde sich freuen, wenn ihm über Verwaltungsangelegenheiten nicht MacGowan Bericht erstattete, sondern sein eigener Sohn.

Patrick senkte zerknirscht den Kopf und versprach, sein Bestes zu tun. Als ich sah, wie widerstandslos er sich mir fügte, änderten sich meine Empfindungen für ihn. Wirklich lieben konnte ich nur einen Mann, dessen Wille stärker war als mein eigener. Gewiß liebte ich Patrick immer noch, doch so, wie man einen Bruder liebt, den man zu gut kennt, um sich über seine Schwächen zu täuschen. Wirklich lieben und wirklich achten konnte ich nur Edward. In diesem Sommer liebte ich ihn mehr, als ich ihn je zuvor geliebt hatte, und als dann der Herbst kam und ging und das Laub von den Bäumen verschwand, liebte ich ihn womöglich noch mehr.

Und wir waren immer noch auf Cashemara.

Nun war er schon sehr lange bettlägerig. Doch während er sich zu Anfang darüber beklagt hatte, nahm er es jetzt schweigend hin. Fühlte er sich besser, so diktierte er seinem Sekretär Briefe und spielte später mit mir Schach, eine Partie nach der anderen, wobei über Gewinn und Verlust genau Buch geführt wurde. Ging es ihm weniger gut, so las ich ihm vor oder begnügte mich damit, still an seinem Bett zu sitzen und zu nähen. Die Medikamente machten ihn schläfrig, und gottlob nickte er oft ein und spürte dann nichts von den Schmerzen.

Jeden Tag brachte ich die Kinder zu ihm. An seinen guten Tagen erkundigte er sich freundlich nach ihren Problemen und ließ sich in jeder Einzelheit berichten, was sie so trieben. An seinen schlechten Tagen durften sie ihm nur gute Nacht sagen. Oft sprachen wir über ihre Entwicklung. Thomas erhielt jetzt Unterricht von einer Gouvernante und konnte schon sehr gut lesen, während David, ihm nacheifernd, gerade das Alphabet lernte.

Kurz vor Weihnachten sagte Edward: „Ich wünschte, ich könnte sie aufwachsen sehen, doch leider . . . nun, ich bedaure das sehr . . ."

„Ja", sagte ich. „Es ist wirklich schade." Ich nähte gerade an einem Samtjäckchen für David und versuchte, den Faden in die Nadel einzufädeln. Die Jacke hatte eine höchst merkwürdige Form, weil David so rundlich war.

Es war in dieser Zeit das erstemal, daß wir von der Zukunft sprachen, doch als ich schon glaubte, Edward würde es bei dieser kurzen Bemerkung bewenden lassen, fuhr er fort: „Ich möchte, daß du dann so bist, wie ich dich in bester Erinnerung habe – lustig und vergnügt und voller Leben. Von dieser abscheulichen Tradition, daß Witwen sich bis auf den Grund ihrer Seele in Trauer kleiden, halte ich nichts, und Leute, die mit einer Erinnerung verheiratet sind, haben mir nie gelegen. Hätte ihnen der Ehestand wirklich so viel Freude gemacht, so würden sie schon sehr bald mit einem anderen Partner einen neuen Versuch wagen. Für mich wäre es ein großes Kompliment, wenn du wieder heiraten würdest."

„Wie unkonventionell", sagte ich und dachte flüchtig an Madeleine, „aber wie vernünftig."

Ich versuchte ein Lächeln, und es gelang mir sogar. Die Hände auf der kleinen Samtjacke auf meinem Schoß, saß ich ohne Bewegung. Nadel und Faden hatten nicht zueinander finden wollen, und ich wußte, daß ich die Arbeit nie beenden würde, weil mich das Jackett sonst unausweichlich an Edward erinnern mußte: an Edward, der jetzt von einer Zukunft sprach, von der er ausgeschlossen bleiben würde.

Ich legte die Jacke beiseite. „Nun", sagte ich. „wenn ich je einen Mann finden sollte, der sich mit dir messen kann – was ich bezweifle: und wenn dieser Mann bereit ist, eine dürre, reizlose, vorwitzige und manchmal recht herrische Ausländerin zur Frau zu nehmen – was ich noch mehr bezweifle: dann werde ich sehr ernsthaft erwägen, mich wieder zu verheiraten, das verspreche ich dir."

Er erwiderte mein Lächeln. Lange blieb es zwischen uns still, doch kurz vor dem Einschlafen sagte er: „Es gehört schon Mut dazu, sich und anderen nichts vorzumachen. Ich bin dir dankbar."

Ich wollte antworten: Ich folge ja nur deinem Beispiel. Doch die Worte weigerten sich, über meine Lippen zu kommen, und danach sprachen wir nie wieder von der Zukunft.

Weihnachten verlebten wir in aller Stille, doch im neuen Jahr kamen dann Katherine und Duneden für eine Weile zu Besuch, und auch George erschien häufiger als zuvor.

Edward erlitt einen Blutsturz und bald darauf einen zweiten. Wieder reiste Dr. Ives aus London herbei, und diesmal blieb er, um sich um den Kranken ständig kümmern zu können. Ende Januar schrieb ich Madeleine und bat sie, sofort zu kommen.

Ich hatte alle Hände voll zu tun. Die Gäste wollten versorgt sein. Der Haushälterin mußte ich einschärfen, daß, wann immer notwendig, warmes Essen und heißes Wasser verfügbar waren. Mochte so etwas schon auf Woodhammer nicht ganz leicht zu bewerkstelligen sein, so vervielfachten sich die Schwierigkeiten auf Cashemara, denn die Hälfte des Personals war oft abwesend, um irgendwo ein Fest mitzufeiern, und daran, die Uhren pünktlich aufzuziehen, dachte hier ohnehin niemand. Je mehr Gäste eintrafen, desto intensiver mußte ich mich mit Haushaltsangelegenheiten befassen, und so blieb mir nicht einmal genügend Zeit, um mich richtig um die Kinder zu kümmern, was natürlich wichtig gewesen wäre.

Fast jede freie Minute verbrachte ich bei Edward.

Er war sehr dünn. Das Fleisch auf seinen so kräftigen Knochen schien von Tag zu Tag mehr zu schrumpfen. Er konnte nicht essen. Sein Schlaf war sehr unruhig, und die Medikamente erlösten ihn immer nur kurze Zeit von den Schmerzen.

Ich erinnere mich, wie bedrückt alle im Hause umherschlichen. Ich erinnere mich, daß jeder sich scheute, das Krankenzimmer zu betreten, was ich nicht verstehen konnte, denn mich zog es unwiderstehlich dorthin. Aber die Kinder brachte ich nicht mehr zu Edward. Er war jetzt zu hinfällig, und ich wollte nicht, daß ihr Besuch zur Qual wurde.

Ich erinnere mich an die verstaubten Schachfiguren und die ungelesenen Zeitungen auf dem Nachttisch. Ich erinnere mich an die Muster, die Licht und Schatten in das Zimmer woben, und an Edwards Haar, schimmerndes Weiß auf dem verknitterten Kopfkissen.

Ich erinnere mich, wie ich Gott darum bat, Edward noch eine Frist zu gewähren, und ihn gleichzeitig anflehte, dem Todkranken zuliebe schon bald ein Ende zu machen.

Ich erinnere mich, daß ich, die Finger ineinanderkrallend, Patrick zuzischte: „Wage es ja nicht zu weinen! Wage ja nicht, wie ein Schuljunge an seinem Bett zu heulen!“

Ich erinnere mich an die Fragen, die mir alle stellten: Sollten sie zu ihm ins Krankenzimmer gehen? Fühlte er sich auch wohl genug? Was sollten sie nur tun? Und ich erinnere mich an meine Antworten, sehr klare, nüchterne und praktische Anweisungen. Über dem Haus lag eine eigentümliche Stille, und die Stimmen klangen gedämpft wie in einem Traum.

Ich erinnere mich, wie ich zu Thomas und David sagte: „Papa ist sehr krank, und er möchte euch Lebewohl sagen, bevor er stirbt. Ich weiß, daß das für euch traurig ist, aber seine Schmerzen sind so arg, daß er im Himmel viel besser aufgehoben ist. Versucht also, es nicht zu schwer zu nehmen."

„Wann kommt er denn wieder vom Himmel zurück?" fragte David, während Thomas, älter und klüger, zu weinen begann.

Ich ließ die Jungen nur für kurze Zeit zu ihm, weil ich nicht wollte, daß der Abschied sie zu sehr mitnahm. Ihn verlangte es so sehr danach, sie ein letztesmal zu sehen.

Am Ende sagte er zu mir nur: „Sei glücklich." Und zu Patrick sagte er: „Kümmere dich um Marguerite und deine kleinen Brüder."

Und dann war es so weit, und die rötliche Abenddämmerung flammte dunkel über dem schimmernden Wasser der Lough.

II

Lange Zeit fand ich keinen Schlaf. Immer wieder dachte ich an die Vergangenheit, an die glücklichsten Stunden, die wir miteinander verlebt hatten, und in einer dieser schlaflosen Nächte, kurz vor Morgengrauen, wußte ich, nicht nach langer Überlegung, sondern durch eine Art Instinkt, daß ich nie wieder heiraten würde. Vor dem Begräbnis dachte ich dann oft darüber nach, und je mehr ich mich in die Vorstellung vertiefte, desto nachhaltiger war ich davon überzeugt, daß ich für eine Ehe gar nicht taugte. Für die meisten Männer war ich zu eigenwillig, und es ließ sich nicht leugnen, daß ich mich allzu gern in fremde Angelegenheiten einmischte. Ein halber Gedanke galt der Frage, ob ich irgendwann den Mut aufbringen würde, mir einen Liebhaber zu nehmen. Enthaltsamkeit war nie meine Sache gewesen, und die Aussicht, gänzlich ohne Mann leben zu müssen, erschien mir nicht weniger bedrückend als die Vorstellung, einen Mann zu heiraten, der Edward nicht das Wasser reichen konnte. Nein, Edward hatte gewiß nichts dagegen, wenn ich bei dieser oder jener Gelegenheit ein heimliches Verhältnis einging. Er war in solchen Dingen ja immer sehr pragmatisch gewesen.

Mit Ruhe und Umsicht traf ich die Vorbereitungen für das Begräbnis. Es gab sehr viel zu tun, doch mir blieb genügend Zeit, denn ich hatte es aufgegeben, schlafen zu wollen. Es verlangte mich einfach nicht danach, und sonderbarerweise hatte ich auch nicht das Gefühl, etwas zu entbehren.

Daß trotz des schlechten Februarwetters und der weiten Anreise nach Cashemara viele Menschen zum Begräbnis kommen würden, hatte ich von vornherein angenommen, doch war ich nicht darauf gefaßt, daß außer Edwards Freunden und Bekannten auch seinen Pächtern daran lag, ihm die letzte Ehre zu erweisen – schließlich war er ein protestantischer Grundbesitzer und mithin einer der verhaßtesten Gruppen in ganz Irland zugehörig. Und hatten ihn nicht auch jahrelang Schuldgefühle gequält, weil er seinen irischen Besitz während der Hungersnot im Stich gelassen hatte?

„Aber wissen Sie auch, daß er auf die Pachtgelder verzichtet hat, Mylady?“ fragte Sean Denis Joyce, und einer der älteren O'Malleys fügte hinzu: „Während der Hungerjahre ist hier keiner von Haus und Hof vertrieben worden“, und ein dritter meinte: „Als es vorüber war, kam er zurück und gab uns Samen für unsere Kartoffeln und unseren Hafer, und immer noch erließ er uns die Pacht, bis wir die Ernte einbrachten und wieder zahlen konnten.“

„Er war ein großer Mann, Mylady“, sagte der junge Maxwell Drummond mit einer Liebenswürdigkeit, die bei ihm fast befremdlich klang, „und wir stehen alle in seiner Schuld.“

Zu Hunderten kamen sie die Straße von Clonareen herauf und verharrten dann still beim Fahrweg. Als der Sarg aus dem Haus getragen wurde, folgten sie ihm zur Kapelle und blieben dort an der Tür stehen, während wir Protestanten eintraten. Später am Grab sah ich dann, daß die Menschenmenge sich bis zum Lärchenhain erstreckte. Andachtsvolles Schweigen herrschte, eine völlig unirische Stille, durchbrochen nur vom leisen Rhythmus der klickenden Rosenkranzperlen.

Während ich noch stand, spürte ich, wie mir schwindlig wurde. Ein Ohnmachtsanfall? dachte ich überrascht. Daß ich vielleicht krank war, dieser Gedanke kam mir nicht, obwohl ich natürlich wußte, daß der Schlafmangel meiner Gesundheit nicht gerade förderlich sein konnte. Doch ich hatte geglaubt, mein Körper würde sich schon holen, was er unbedingt brauchte. Daß ich mich an den Wachzustand klammerte, um bis zur letzten Sekunde mit Edward verbunden zu bleiben, begriff ich nicht. Erst als der Sarg ins Grab hinabgelassen wurde, dachte ich plötzlich: Ich bin allein. Mein Leben mit ihm ist zu Ende.

Und dann wurde ich ohnmächtig.

Als ich wieder zu mir kam, waren meine ersten Worte: „Ich brauche Francis." Auch das überraschte mich. Schließlich war ich schon sehr lange ohne ihn ausgekommen. Aber gewiß: Jetzt, wo Edward von mir gegangen war, schien es nur natürlich, daß ich mich nach Francis sehnte.

„Edward ist tot", sagte ich. Seine Kinder spähten besorgt zu mir herab, und in jedem einzelnen sah ich ihn, entdeckte ihn hinter ihren Augen. „Doch keiner von euch hat ihn gekannt", sagte ich. „Das war traurig. Ich war die einzige, die ihn kannte. Ja, das war ich."

Irgend jemand brachte Riechsalz. Ringsum hörte ich flüsternde und zischelnde Stimmen, doch alle Geräusche erstarben, bis nichts blieb als ein undeutliches Murmeln, wie das ferne Dröhnen der See, während ich ausgestreckt lag unter dem hochgewölbten, endlos weiten Himmel. Und für einen kurzen Augenblick war er wieder bei mir. Ich sah sein Haar, dunkel noch und nur hier und dort silbrig überhaucht; so wie es gewesen war, als wir uns kennengelernt hatten. Ich sah seine blauen Augen und wußte, daß er lächelte, obwohl ich das Lächeln nicht genau erkennen konnte. Sehr deutlich, um auch ja nicht mißverstanden zu werden, sagte ich: „Nein, ich könnte keinen anderen lieben." Und dann überzog sich der Himmel pechschwarz, und tosend schlug die See über meinem Kopf zusammen, und ich wußte: Wenn ich wieder wach wurde, würde ich weinen können.

III

Ja, ich weinte. Ich konnte einfach nicht aufhören zu weinen. Und weil ich so viel weinte, mußte ich im Bett bleiben. Dr. Ives war freundlich, doch unnachgiebig. Bei herabgelassenen Vorhängen mußte ich im Bett liegen und zu Mittag Hühnerbrühe schlürfen und jeden Tag zum Frühstück ein gekochtes Ei essen. Vor allem jedoch brauchte ich Ruhe, absolute Ruhe, damit ich schlafen konnte. Nur undeutlich wurde mir bewußt, daß alle wie auf Zehenspitzen gingen und nur im Flüsterton zu sprechen wagten.

Als ich darum bat, brachte Nanny die Kinder zu mir. Arme Knirpse! Sie hatten gerade ihren Vater verloren und schienen jetzt zu fürchten, daß ihnen auch die Mutter wegstarb. Ich umarmte sie so heftig, daß sie unwillkürlich aufschrien. Zu meinem Bedauern muß ich gestehen, daß ich gleich wieder zu weinen begann und meine Tränen auf ihre Gesichter tropften. Sie ließen es über sich ergehen wie richtige kleine Kavaliere.

Edwards andere Kinder bemühten sich sehr um mich. Um mich pflegen zu können, gab Madeleine sogar ihr Hospital auf, und auch Katherine blieb auf Cashemara, obwohl Duneden nach London zurückkehren mußte. Doch die meiste Freude machte mir Patrick. Als ob er ahnte, daß ich mir kaum etwas sehnlicher wünschte, arbeitete er mit MacGowan fleißig in der Verwaltung und kümmerte sich um Thomas und David wie um eigene Söhne. Da ich sie bei ihm gut aufgehoben wußte, fürchtete ich nicht länger, daß sie vernachlässigt würden.

Im März hörte ich von Francis. Ich sollte nach Amerika kommen, um mich im Kreis meiner Familie von dem schweren Schicksalsschlag zu erholen. Falls ich nicht allein reisen wollte, könnte mich ja mein Stiefsohn begleiten. Der neue Lord de Salis sei jederzeit willkommen.

Patrick hörte von Sarah am selben Tag, da ich den Brief von Francis erhielt. Beide korrespondierten inzwischen bereits sechs Monate miteinander, und zu meinem großen Entzücken hatte Patrick, sonst in diesen Dingen sehr saumselig, jedes Schreiben postwendend beantwortet. Sarahs Briefe waren ganz reizend, und da Patrick ihren lebendigen Stil sehr bewunderte, drängte er mich geradezu, jede Zeile zu lesen. Als Sarah sich jetzt dem Wunsch ihres Vaters anschloß und uns bat, nach New York zu kommen, bedurfte es von meiner Seite keines Wortes, um ihn zur Annahme der Einladung zu bewegen.

„Laß uns so bald wie möglich abreisen", sagte er glücklich zu mir. „Verwaltungsfragen kann ich hier mit MacGowan und auf Woodhammer mit Mason regeln. Die Londoner Anwälte erhalten von mir für die Zeit meiner Abwesenheit die notwendigen Vollmachten. Eine Reise ins Ausland würde uns beiden sehr guttun, Marguerite! Natürlich ist mir bewußt, daß du dich nicht wohl fühlst und noch in Trauer bist und eigentlich noch für wenigstens ein Jahr ein ruhiges und zurückgezogenes Leben führen solltest, aber . . ."

„Oh, nein", sagte ich. „Das wäre ganz und gar nicht in Edwards Sinn." Sein Name auf meinen Lippen – ein eigentümliches Gefühl. Tränen wollten aufsteigen, doch ich unterdrückte sie. „Du hast ganz recht. Laß uns so bald wie möglich abreisen. Ich glaube, daß ich mir jetzt nichts sehnlicher wünsche, als das Wiedersehen mit meiner Heimat.“

IV

Ende Mai fuhren wir. Es war uns gelungen, auf dem wegen seines luxuriösen Komforts bereits berühmten neuen Passagierschiff „Russia“ die nötigen Kabinen zu bekommen, und sobald die Plätze reserviert waren, befand ich mich auch schon auf dem Wege der Besserung. Als wir in Liverpool an Bord gingen, schien mir, daß es nur der Seeluft bedurfte, um meine Gesundheit wieder völlig herzustellen. Ich gab der Zofe die notwendigen Anweisungen und suchte dann an Deck meine Familie.

Die Jungen waren nirgends zu sehen. Wahrscheinlich hatten sie Nanny dazu überredet, mit ihnen auf Erkundung zu gehen. Patrick hingegen entdeckte ich an der Reling. Ellbogen aufgestützt und Oberkörper vorgebeugt, starrte er grübelnd auf die Menschenmenge am Kai. Doch als ich ihn anrief, straffte er sofort den Rücken und wandte sich mir mit einem Lächeln zu.

„Du warst in Gedanken“, sagte ich. „Was ging dir denn durch den Sinn?“

„Nun ja“, erwiderte er. „Offen gestanden, habe ich an Sarah gedacht. Marguerite, ich werde sie heiraten, da bin ich ganz sicher. Ich weiß, daß ich mich in sie verlieben werde. Alles andere folgt von selbst, die Hochzeit, das Seßhaftwerden – ein neuer Anfang, genau wie Papa es sich gewünscht hätte.“

„Nun, hoffentlich wirst du von Sarah nicht enttäuscht sein“, sagte ich nervös. „Meinst du nicht, daß es ratsam ist, mit solchen Äußerungen vorsichtig zu sein? Du mußt sie doch erst einmal kennenlernen.“

„Ach was! Durch die vielen entzückenden Briefe, die sie mir geschrieben hat, kenne ich sie ja schon sehr gut. Herrgott, was bin ich aufgeregt – und dir so dankbar, Marguerite! Wenn es dich nicht gegeben hätte – nur Gott allein weiß, was dann mit mir geworden wäre. Du hast mich verändert, zum Besseren umgewandelt. Du hast mich zu dem gemacht, der ich heute bin, und ...“ Er unterbrach sich. Unter uns in der durcheinanderdrängenden Menge am entfernteren Ende des Kais schien etwas seine Aufmerksamkeit auf sich zu ziehen. Und dann strahlte er plötzlich über das ganze Gesicht und beugte sich weit über die Reling.

„Endlich!" rief er voll Freude. „Ich fürchtete schon, das Schiff würde ablegen, bevor er hier erscheint!" Als ich ihn verständnislos anstarrte, fügte er mit einem Lachen hinzu: „Er weiß von mir, wann das Schiff ausläuft – und er hatte mir versprochen, von Dublin herüberzukommen, um sich von uns zu verabschieden. War das nicht reizend von ihm?" Und sich noch weiter über die Reling lehnend, rief er den Namen, den ich nur allzugut kannte, so laut, daß es mir in den Ohren gellte.

Unvermeidlich entdeckte ich unten in der Menschenmenge Derry Stranahan.

Als ich, kaum eine Sekunde später, den Kopf wieder zurückwandte, war Patrick von der Reling verschwunden. Mit riesigen Schritten strebte er auf das Fallreep zu, und Derry, sich unten durch die Menschenmasse windend, lief in genau die gleiche Richtung. Er war jetzt ein ganzes Stück von mir entfernt. Trotzdem sah ich sehr deutlich die glühenden schwarzen Augen im angespannten weißen Gesicht.

Am Fuße des Fallreeps fanden sie zueinander. Erstaunt starrten die Umstehenden, als sie sich um den Hals fielen, doch niemand starrte angestrengter als ich. Sie lachten, gestikulierten, umarmten sich wieder. Patricks Gesicht konnte ich zuerst nicht sehen. Ich gewahrte nur die unverhüllte, nackte Freude in Derrys Zügen, die alles andere auszulöschen schien.

Aber dann wandte sich Patrick wieder dem Fallreep zu, und plötzlich verriet mir ein einziger Blick, wofür ich so lange so blind gewesen war. Jetzt endlich – doch leider zu spät – begriff ich, daß er zu jenen Männern gehörte, die lieber nie heiraten sollten.

PATRICK

ERGEBENHEIT

1868–1873

1. KAPITEL

I

Auf den Tag genau ein Jahr nach unserer ersten Begegnung heiratete ich Sarah im Juni 1869 in New York, und nach kurzen Flitterwochen im Landhaus ihres Vaters brachte ich sie nach Cashemara. Dort begannen dann ernsthaft unsere Schwierigkeiten.

Auf Cashemara widerfuhr mir nie etwas Gutes.

Trotzdem: Einen Grund, mich zu beklagen, hatte ich bis dahin eigentlich nicht. Das Leben meinte es gar nicht so übel mit mir. Ich war gesund, sah nicht schlecht aus, besaß einen Titel, verfügte über genügend Geld. Als ich zum erstenmal amerikanischen Boden betrat, war ich dreiundzwanzig, hatte also auch noch die Jugend für mich. Mein Freund Derry Stranahan hatte mich oft den „verdammt noch mal glücklichsten Glückspilz auf der ganzen weiten Welt" genannt, und ich muß gestehen, daß ich an meinem Hochzeitstag sehr geneigt war, ihm zuzustimmen.

Derry meinte immer, die Ehe sei ein klägliches Ende für einen Mann, der seine Freiheit zu genießen wüßte, doch mir lag an dieser sogenannten Freiheit gar nicht so viel.

Dabei mochte ich Frauen durchaus. Aber während ich heranwuchs, hatte ich entdeckt, daß ich ihre Gesellschaft nur dann genoß, wenn ich sicher sein konnte, daß sie mich weder zum Altar noch zum Bett schleppen wollten. Ich weiß, das klingt nach Hochmut und Eitelkeit – als wäre alles, das Röcke trug, wie der Teufel hinter mir her gewesen. Doch eitel oder eingebildet war ich gewiß nicht. Eher schon empfand ich die Vorrechte, die ich auf Grund meiner Geburt genoß, als peinlich und beschämend, und manchmal wünschte ich mir, als armer Leute Kind und mit einem Klumpfuß auf die Welt gekommen zu sein.

„Den Klumpfuß kannst du getrost beiseite lassen", spottete

Derry. „Wärst du so bettelarm geboren wie ich, so könntest du auch ohne diese kleine Beigabe das unergründliche Walten eines grausamen Geschicks voll auskosten."

Er brachte das so komisch vor, daß ich lachen mußte. Überhaupt riß er über alles und jedes Witze, selbst über Dinge, über die sonst niemand zu scherzen wagte; und wenn ich mit ihm zusammen war, so fiel alles ins Lot. Die Welt war hell und klar, und gar nichts konnte mir etwas anhaben.

In gewisser Weise glichen wir wohl Brüdern – doch Brüdern, die sich grundlegend voneinander unterschieden. Aber gerade aus diesem Grunde ergänzten wir uns so wunderbar, daß es manchmal schien, als seien wir die beiden Seiten ein und derselben Münze. Waren wir voneinander getrennt, so fühlte er sich ohne mich wohl genauso verloren, wie ich mich ohne ihn. Aber natürlich hätte er das nie zugegeben. Derry haßte Sentimentalitäten.

Bald nach meiner Ankunft in New York fragte mich Sarah neugierig: „Du, dein Freund Derry Stranahan – kannst du mir nicht mehr über ihn erzählen?" Und so begann ich zu sprechen und sprach wohl eine halbe Ewigkeit. Trotzdem gelang es mir nicht, ein getreues Bild von ihm zu entwerfen. Ich zählte Tatsache nach Tatsache auf, ich kramte aus meinem Gedächtnis alles hervor, was ich über ihn wußte. Doch am liebsten hätte ich zu Sarah gesagt: „Es hat ja alles keinen Zweck. Ich kann ihn dir einfach nicht schildern. Einen wie ihn gibt es wohl kein zweites Mal. Er hat verdammt viel durchgemacht, schon in seiner Kindheit, die reine Hölle, und er pfeift auf alles und jedes . . ."

„Mir ist nur eines wichtig", hatte Derry vor langer Zeit einmal zu mir gesagt. „Nie wieder Hungersnot. Nie wieder der Gestank verfaulender Kartoffeln. Und nie, nie wieder der Geruch der Sterbenden."

All dies wollte ich Sarah erklären. Doch es gelang mir nicht, und so sagte ich nur: „Während der Epidemie, die der Hungersnot folgte, starb seine ganze Familie an Typhus. Auch Derry wurde krank, aber er kam mit dem Leben davon. Er war damals sechs."

In der Erinnerung hörte ich währenddessen Derrys Stimme: „Alles war vollgekotzt, und der Bauch des Babys war so geschwollen, daß es aussah, als wollte er jeden Augenblick platzen, und meine Mutter lag steif wie ein Brett, und ihre Zunge hing heraus, und in ihren Haaren wimmelte es von Läusen . . ."

„Was für ein Wunder, daß er überlebt hat!" rief Sarah erstaunt.

„... und ich habe überlebt", sagte Derrys Stimme aus der Vergangenheit. „Auch mich hätte es eigentlich erwischen müssen, aber dank der Hilfe deines Vaters kam ich davon. Er gab mir Essen und Kleidung und eine Ausbildung. Manchmal scheint es mir fast, als ob ich zu den Auserwählten Gottes gehörte, denn sonst hätte er mich doch mit den anderen sterben lassen, oder nicht? Es muß einen Grund dafür geben. Ja, ich bin überzeugt, daß Gott etwas Besonderes mit mir vorhat."

Einen tief religiösen Menschen konnte man ihn kaum nennen. Doch geradezu fanatisch kam er den Pflichten nach, die sein Glaube ihm auferlegte. Offenbar fürchtete er, bei Gott in Ungnade zu fallen, wenn er wöchentlich nicht wenigstens dreimal zur Messe und an jedem Sonntag zur Beichte ging. Mir schien, daß Gott für ihn eher so etwas wie ein heidnischer Götze war, den man regelmäßig besänftigen mußte, um seinen Zorn von sich abzuwenden.

In eine Krise geriet Derry, als er alt genug war, um bei der Beichte Sünden des Fleisches bekennen zu müssen. Eine Zeitlang beobachtete ich interessiert, wie seine Furcht vor Gott und seine Empfänglichkeit für weibliche Reize miteinander in Widerstreit lagen. Als die weiblichen Reize dann die Oberhand behielten, bedauerte ich das, denn ich war von Jugend an mit jenen Geschichten gefüttert worden, in denen keusche Helden von der Art eines Sir Galahad die entscheidende Rolle spielten. Aber da Derry in meinen Augen kein Unrecht begehen konnte, beeilte ich mich, meine Bewunderung von Galahad auf Lancelot zu übertragen.

Was meinen Freund betraf, so war er um eine Erklärung nicht verlegen. „Gott muß doch wollen, daß ich Frauen glücklich mache", sagte er mit der Logik des Abergläubischen, „sonst würde er mich ja nicht immer wieder in Versuchung führen."

Um sich jedoch für alle Fälle der Gunst Gottes zu versichern, besuchte er nach jedem Sündenfall die Messe und zündete in der Kirche für seine tote Familie eine Unmenge Kerzen an.

Über seine Familie sprach er nur, wenn er betrunken war, und dann konnte er kein Ende finden. Stets begann er damit, daß er erklärte, er habe alle von Herzen geliebt. Kurze Zeit später fing er regelmäßig an, einen nach dem anderen zu schmähen. Bei seinem Vater verstand ich das noch, denn der war offensichtlich ein Taugenichts gewesen. Aber bei seiner Mutter? Wenn man ihn so sprechen hörte, konnte man fast glauben, es sei ihre Absicht gewesen, ihn durch ihren Tod dem Verhungern auszuliefern.

„Auch meine Mutter ist gestorben, als ich sechs war“, betonte ich oft. „Aber wie kann ich ihr das zum Vorwurf machen?“

Tatsache war, daß ich mich an meine Mutter kaum noch erinnerte. Bei meiner Erziehung hatten zwei andere Frauen eine Rolle gespielt: eine dünne, schmallippige Nanny, die fortwährend murrte, daß Knaben viel schwieriger als Mädchen seien; und meine Schwester Nell, die bei aller Freundlichkeit stets bedrückt wirkte. Ich weiß jetzt, daß sie sich besorgt fragte, wann sie denn wohl der Pflichten im Hause meines Vaters ledig wäre, um endlich selbst heiraten zu können. Damals spürte ich nur, daß es sie nicht gerade froh stimmte, den Platz meiner Mutter einnehmen zu müssen, und so ging ich ihr so weit wie möglich aus dem Wege, um sie nicht noch unglücklicher zu machen.

„Du Ärmster!“ sagte Sarah mitfühlend. In ihren Augen hatte meine Kindheit einen tragischen Anstrich, den sie in Wirklichkeit gar nicht besaß. „Deine Mutter muß dir doch sehr gefehlt haben.“

Was hätte ich darauf erwidern sollen? Daß dem ganz und gar nicht so war? Das entsprach zwar der Wahrheit, schickte sich jedoch nicht. Wenn ich ehrlich sein wollte, konnte ich nicht leugnen, daß die Erinnerung an meine Mutter weder gute noch schlechte Empfindungen in mir weckte. Sie war mir ganz einfach gleichgültig.

„Und dein Vater?“ sagte Sarah nicht ohne Sentimentalität. „Erzähle mir von deinem Vater, Patrick.“

Das war weniger schwierig. Sehr erleichtert wechselte ich das Thema.

„Mein Vater war ein wunderbarer Mann“, begann ich und sah ihn dann, während ich weitersprach, wieder deutlich vor mir: nicht von Krankheit gezeichnet und ausgemergelt, sondern so, wie er in früheren Jahren gewesen war – groß und kraftvoll und gottgleich, mit federnden Schritten das Kinderzimmer durchquerend, während wie in sichtbaren Wellen Energiestöße von ihm auszugehen schienen, eine überwältigende Vitalität.

Ich erinnere mich, wie er einmal, statt die Steigbügel zu benutzen, mit einem mächtigen Satz auf den Rücken eines Pferdes sprang. Wenn er mich anlächelte, kam ich mir vor wie ein Soldat, der von seinem König einen Orden erhält. Als die Leute dann später von mir sagten: „Er ist seinem Vater wie aus dem Gesicht geschnitten!“ platzte ich fast vor Stolz und betrachtete mich im Spiegel, mit dem Zeigefinger Zug für Zug nachzeichnend, worin ich ihm ähnlich war: die gleichen blauen Augen; die gleiche breite Stirn; der gleiche Haaransatz, oberhalb der Schläfen kaum merklich zurückweichend; die gleiche kräftige und sehr gerade Nase; der gleiche – nein, nicht der gleiche Mund; mein Vater hatte eine dünnere Oberlippe als ich. Auch nicht das gleiche Kinn. Sein Unterkiefer sprang stärker hervor und wirkte auch eckiger. Aber ich fand, daß meine Züge ebenmäßiger wirkten, was niemanden verwundern wird. In jungen Jahren huldigt man meistens einem entsetzlichen Narzißmus.

„Mein Vater war mir genauso ergeben wie ich ihm“, sagte ich voller Genugtuung zu Sarah. „Gewiß habe ich oft gemurrt, weil er so streng mit mir verfuhr, aber das tat er ja nur, weil ich ihm nicht gleichgültig war. Ich hatte wirklich Glück, einen solchen Vater zu haben, aber, nun ja, ich habe ja immer verflixt viel Glück gehabt . . .“ Und ich fuhr fort, ihr zu versichern, was für ein Glückspilz ich doch sei.

Während ich sprach, betrachtete ich sie mit bewundernden Blicken und hoffte gegen alle Hoffnung auf noch mehr Glück.

II

Sarahs Vater Francis Marriott wohnte in einem etwas klobigen, doch prachtvollen Haus, das aus Lebkuchen gemacht zu sein schien. Es gab einen gepflasterten Hof, eine breite Freitreppe, eine Unmenge dunkler, doch blinkender Fenster, und überall fanden sich goldene Verzierungen, Engel und Teufel und Vögel, exotische Kreaturen, die einander höhnisch anzustarren schienen.

„In so einem Haus möchte ich auch gerne wohnen“, sagte mein kleiner Halbbruder David, der alles bewunderte, was ihn an seine Lieblingsmärchen erinnerte.

„Was hat es gekostet?“ fragte Thomas, mein zweiter kleiner Halbbruder, der schon sehr früh einen ausgeprägten Sinn für Ziffern und Zahlen bewies. Über sein Taschengeld führte er genau Buch.

„Das ist eine sehr vorwitzige Frage, Thomas“, sagte Marguerite, die sich, seit sie vor Jahren meines Vaters zweite Frau geworden war, immer mehr zur Engländerin gewandelt hatte. „Ich kann sie dir nicht beantworten, und es ist auch nicht nötig, daß du das weißt."

Über seinen blonden Schopf hinweg lächelte sie mich an, und mir fiel ein, daß Derry immer behauptete, sie sei heimlich in mich verliebt – was natürlich blanker Unsinn war, denn schließlich wußte jeder, wieviel ihr mein Vater bedeutet hatte.

Derry hatte Marguerite nie gemocht. Warum, weiß ich nicht. Mir gefiel sie immer sehr, und ich hatte sie sogar lieber als irgendeine meiner Schwestern. Sie ihrerseits schien mich nicht weniger zu mögen als ihren Bruder Francis. Sie war ein prachtvolles Mädchen, immer vergnügt. Hübsch? Nein, hübsch konnte man sie kaum nennen. In gewissem Sinn glich sie frisch geputztem Silber – ein wenig kantig und eckig vielleicht, doch voller Glanz und geheimer Strahlkraft. Außer Derry gab es niemanden, mit dem ich lieber zusammen war als mit ihr; und als der Dampfer in Liverpool ablegte, freute ich mich schon auf die vielen unterhaltsamen Stunden während der Seereise.

Doch ich sah mich enttäuscht. Tag für Tag war sie vollauf mit ihren beiden kleinen Söhnen beschäftigt, denn David wurde seekrank, und Thomas war ohnehin schon immer das gewesen, was Nanny mit „eine Handvoll" umschrieb. Marguerite ließ die beiden kaum eine Minute allein, und wenn dann der Abend kam und die Jungen endlich in ihren Kojen lagen, zog sie sich sofort in ihre eigene Kabine zurück, um sich von den Strapazen zu erholen.

Gegen Ende der Reise brachte ich wie von ungefähr das Thema meiner Eheschließung ins Gespräch, doch zu meiner Überraschung zeigte sie auf einmal kein Interesse mehr dafür und riet mir sogar, mit einem solchen Schritt zu warten, bis ich dreißig sei, denn eine Ehe binde einen Mann doch sehr. Es war das genaue Gegenteil ihrer früheren Ansichten, und nachdem ich mich von meiner Verblüffung erholt hatte, bemerkte ich denn auch, wie erstaunlich ich eine so plötzliche Kehrtwendung fände.

„Ich habe meine Meinung eben geändert", sagte sie ziemlich schnippisch, wie mir schien. „Und das wird eine Frau von Zeit zu Zeit doch wohl dürfen – oder nicht?"

Nun, das klang ganz und gar nicht nach der Marguerite, die ich schon so lange kannte. Ich konnte mir einfach keinen Vers darauf machen.

New York bietet ein unvergleichliches Panorama, wenn man sich von der See her nähert.

„Dort ist Sandy Hook!“ rief Marguerite, vor Aufregung wie ein Schulmädchen hin und her hüpfend. „Und die weißen Häuser da drüben gehören zu Rockaway Beach und Fire Island . . . oh, seht doch nur, man kann schon die Hotels von Coney Island erkennen! Wie klar es heute ist . . . dort in der unteren Bucht liegt die Quarantänestation . . .“ Sie geriet immer mehr in Ekstase. „The Narrows . . . und seht doch nur – Thomas – David – all die kleinen Schiffe und Boote dort!“

Wir liefen in den großen Hafen ein, die Stadt jetzt genauer und deutlicher vor Augen: Brooklyn rechts und Jersey City links. Der Hudson River erstreckte sich weit nach Norden hin, und die Farbe des Wassers hätte selbst den Golf von Neapel beschämt.

„Das Licht ist italienisch“, sagte ich fasziniert. „Es ist überhaupt nicht englisch.“

„Natürlich ist es nicht englisch!“ rief Marguerite, sich im Handumdrehen als glühende amerikanische Patriotin entpuppend, und beugte sich weit über die Reling vor.

Francis wartete natürlich schon am Kai. Eilig kam er uns entgegen, und Marguerite stürzte sich so überhastet in seine Arme, daß sie beinahe über ihr langes Kleid stolperte. Francis, ein nicht mehr junger, doch recht sportlich wirkender Mann, war über das Wiedersehen mit seiner Schwester zweifellos sehr glücklich. Mich behandelte er sehr höflich, und Thomas und David tätschelte er den Kopf.

„Lieber, liebster Francis!“ schluchzte Marguerite und trocknete sich mit seinem seidenen Taschentuch die Tränen. Da es ein amerikanisches Taschentuch war, hatte es in etwa die Größe einer Tischdecke.

New York ist eine beschwingte Stadt, äußerlich nicht von allzu großem Reiz, doch voller Energie und Lebenskraft, ganz wie ein junger Terrier. Ich mag Städte nicht besonders, doch wer etwas dafür übrig hat, dürfte New York ziemlich aufregend finden.

Aufgeregt war ich sicherlich, als ich endlich den Salon des Hauses in der 5. Avenue betrat, aber nicht wegen der Stadt, sondern weil ich jetzt zum erstenmal Sarah begegnen sollte.

Ich sehe den Salon noch vor mir. Zum Schutz gegen die drückende Sommerhitze waren die Jalousien herabgelassen, und drei livrierte Negerknaben schwenkten riesige Fächer. Mein Hemd klebte mir am Rücken, und der Schweiß lief mir in Bächen die Beine hinab.

Sarah trug ein fliederfarbenes Kleid. Ihre Haut, von der Sonne unberührt, schimmerte hell, so daß im Kontrast dazu ihr Haar ungewöhnlich dunkel wirkte. Die braunen Augen schienen wie von Gold überhaucht und besaßen eine eigentümliche Form, weit auseinanderstehend und ein wenig schräg. Die hohen Jochbögen wurden dadurch noch betont. Der Mund, sehr vollippig, war üppig rot. Sie hatte eine unglaublich schmale Taille und einen sehr schlanken Hals.

Sie war hinreißend. Ich vergaß alles um mich her. Ich vergaß New York, vergaß die Hitze – und vergaß sogar, guten Tag zu sagen.

„Gestatte mir, mein lieber Patrick", begann Francis Marriott mit einer Samtstimme, die mich sofort an schlechte Schauspieler in Vororttheatern denken ließ, „gestatte mir, daß ich euch miteinander bekannt mache. Eigentlich erübrigt sich nach eurer Korrespondenz in den vergangenen Monaten eine formelle Vorstellung fast, aber ..." Endlos schwatzte er weiter, brach dann aber doch irgendwann ab, und ich würgte mit Mühe hervor: „Nun ... äh ... entzückt, Miß Marriott. Kusine Sarah, meine ich. Guten Tag."

Mein Gesicht (so vermutete ich jedenfalls) hatte jetzt die Farbe eines Hummers, und mir war heiß, so entsetzlich heiß, daß selbst ein Guß aus einem brodelnden Wassertopf wie eine Erfrischung gewirkt hätte.

Sie musterte mich. Von oben bis unten. Von unten bis oben. Nicht einmal das Eis am Nordpol konnte so kühl sein wie Miß Sarah Marriott am 18. Juni 1868 in New York City.

„Ich bin entzückt, dich endlich persönlich kennenzulernen, Vetter Patrick", sagte sie höflich und gelassen. „Willkommen in New York. Es ist recht heiß, nicht wahr?" Und dann hatte ich nur noch Gelegenheit, ihren Nacken und ihren Rücken zu bewundern, denn schon war sie an mir vorbeigeglitten und zu meinen beiden kleinen Brüdern getreten.

Meine mir so peinliche Unbeholfenheit war ihr kaum aufgefallen. Mit ihren achtzehn Jahren konnte sie bereits auf eine ganze Reihe von Heiratsanträgen zurückblicken, unter anderem von einem russischen Prinzen, einem italienischen Grafen und einem Millionär aus Kalifornien. Sie war eine der großen Schönheiten in der Gesellschaft New Yorks und so an Reichtum und Bewunderung gewöhnt, daß ihr dergleichen nur noch wenig bedeutete. Meine wortlose Verblüffung hatte sie nur am Rande registriert.

Ich begriff sofort, daß sie verzogen war. Ich begriff sofort, daß es ihr Spaß machte, ihre Verehrer zappeln zu lassen. Und ich wußte auch, daß meine Erfolgsaussichten in etwa so groß waren wie die eines Esels bei einem Hindernisrennen für Vollblütler. Doch das war mir gleichgültig.

Zu meiner Überraschung wurde mir bewußt, daß ich mich in einer gänzlich ungewohnten Lage befand. Vom Glück sonst überreichlich bedacht, mußte ich mich hier damit abfinden, daß ich für Sarah Marriott nur einer unter vielen war.

III

Als sie mir sagte, sie sei bereit, mich zu heiraten, konnte ich es zuerst nicht glauben. Wir saßen im Garten unter einem schattigen Baum, und Sarah zeichnete mit der Spitze ihres Sonnenschirms verschlungene Muster auf den Weg. Die Hitze war nach wie vor unerträglich, doch da ich mich jetzt schon seit drei Wochen in New York befand, schien mir die Höllenglut fast normal.

Wir sprachen über Hunde und Katzen. Sarah besaß einen widerwärtigen, überzüchteten Pekinesen namens Ulysses und wünschte sich im Augenblick nichts sehnlicher als einen weißen Kater.

Sie wiederholte gerade, daß sie sehr darauf hoffte, ihr Vater würde ihr ein solches Tier zum Geschenk machen, als ich mich plötzlich sagen hörte: „Sarah, ich möchte dir gern jeden Wunsch erfüllen. Hättest du nicht zufällig Lust, mich zu heiraten? Denn das würde mich riesig freuen."

Sie lachte laut auf.

„Das ist der netteste Antrag, den man mir je gemacht hat!" rief sie, immer noch lachend. „Hast du schon mit Papa gesprochen?"

„Nein, denn ich wußte ja selbst nichts davon. Das heißt . . . ich meine . . . ich wollte noch lieber warten . . ."

„Wenn du dich beeilst, erwischt du Papa noch, ehe er zur Wall Street fährt."

„Heißt das, daß du . . ."

„O ja", sagte sie. „Nur zu gern. Ich fürchtete schon, du würdest mich nie fragen. Wir kennen uns seit beinahe einem Monat. Ich hatte die Hoffnung eigentlich fast aufgegeben."

„Aber . . . ich meine, da sind so viele, die dich gern . . ."

Sarah gähnte und fächelte sich Kühlung zu. „Du bist so anders als die andern. Du sprichst mit mir wie mit einem richtigen Menschen und nicht wie mit einem Gemälde oder einer Statue. Außerdem hast du nie versucht, mich in einem dunklen Winkel mit Küssen zu besabbern. Männer, denen bei zärtlichen Gefühlen der Speichel trieft wie bei einem Spaniel, kann ich nicht ausstehen."

„Darf ich dich jetzt küssen?"

„Wenn du willst ... aber sabbere nicht."

Ich tat mein Bestes, ihre Anordnung zu befolgen. Meine Arme um ihre Taille legend, küßte ich sie auf beide Wangen und dann flüchtig auf den Mund. Sie schmiegte, nein, preßte sich an mich, und plötzlich war mir zumute, als hätte ich einen irischen Whisky getrunken.

Rasch wich ich zurück, doch Sarah bemerkte die hastige Bewegung kaum, weil sie schon wieder sprach, dunkles Organ mit für mich so fremdartigem Akzent: Von Herzen gern würde sie heiraten, denn ihre Mutter habe kein Verständnis für sie, und Charles, ihr Bruder, sei ohnehin meist in Boston, so daß sie fast ganz ohne seine Gesellschaft auskommen müsse. Was Papa beträfe, so würde es ihr sehr, sehr schwerfallen, ihn zu verlassen, aber ...

„... in seinen Augen werde ich immer ein Kind sein", sagte sie. „Doch ich bin kein Kind mehr. Ich bin erwachsen und möchte auch als erwachsen gelten. Ich möchte mein eigenes Haus haben und mein eigenes Leben führen, selbst wenn das bedeuten sollte, daß ich mich von meinem geliebten Papa trennen muß ..."

„Vetter Francis Marriott ist Mitte Vierzig und hält sich für großartig", hatte ich Derry bald nach meiner Ankunft geschrieben. „Jeden Tag trinkt er zwei Flaschen Portwein. Von Marguerite weiß ich, daß er England haßt, aber *er* erzählt mir, daß er recht einträgliche Verbindungen zu einem großen Handelshaus in Manchester geknüpft hat. Sarah ihrerseits brennt darauf, Europa zu besuchen, und ist in alles Englische vernarrt. Da Sarah der Liebling ihres Vaters ist, wagt er es nicht, seine antibritische Einstellung zu stark hervorzukehren. Marguerite zeigt sich entsetzt, weil ihr Bruder seiner Tochter so hörig ist, doch ich glaube, sie ist nur eifersüchtig, weil Francis für sie immer so eine Art Ersatzvater war. Sogar meine Bewunderung für Sarah scheint Marguerite ein wenig gegen den Strich zu gehen. Jedenfalls gibt sie sich alle Mühe, mich für andere Mädchen zu interessieren. Es ist schwer, aus ihr klug zu werden. Allem Anschein nach habe ich bei Sarahs Mutter einigen Anklang gefunden, es ist also nichts zu fürchten ...

Kusine Amelia ist massig, wiegt mindestens zwei Zentner, hat ein Tripelkinn, einen enormen Busen und große, traurige Kuhaugen. Wie Vetter Francis inmitten dieser Unmenge Fleisch seine ehelichen Rechte geltend machen kann, ist mir unerfindlich, aber ich habe auch läuten hören, daß ihm, über ganz New York verstreut, eine Reihe von Geliebten zur Verfügung steht ...

... das Glücksspiel hier wäre nach Deinem Geschmack", schrieb ich weiter. „Es verstößt zwar gegen die Gesetze des Staates New York, doch in diesem Punkt nimmt es niemand so genau, am wenigsten die Polizei. Das Lieblingsspiel der Amerikaner ist Pharao. In den besseren Häusern geht es meist ehrlich zu, und dort findet man auch eine luxuriöse Ausstattung sowie gutgeschulte schwarze Bedienstete, in der Regel ehemalige Sklaven aus dem Süden ... Herrgott, dieser Bürgerkrieg! Als Gesprächsstoff rangiert er immer noch unmittelbar hinter der Anklage gegen Präsident Johnson wegen Amtsmißbrauchs, und da wir gerade bei diesem Thema sind – was Vetter Francis unentwegt über die ‚Gefahren für die Verfassung' daherschwatzt, ist noch nervtötender als das Gerede in England über die Parlamentsreform! Aber ich will hier gar nicht über den guten Francis herziehen, denn er gibt sich alle Mühe, den perfekten Gastgeber zu spielen, und sollte er mein Schwiegervater werden – nun, dann werde ich mich wohl oder übel an seine langweiligen politischen Exkurse gewöhnen müssen ..."

Derrys Antwortbrief erhielt ich kurze Zeit, nachdem Sarah mir ihr Jawort gegeben hatte.

„In Sachen Marguerite", begann er in typischer Juristensprache. „Es ist so klar wie der helle Tag, daß sie auf Sarah eifersüchtig ist – aber nicht, weil diese bei Deinem Vetter Francis die erste Geige spielt. Manchmal bist Du ziemlich begriffsstutzig, Lord de Salis.

In Sachen Vetter Francis und Kusine Amelia: Es ist sehr rätselhaft, wie zwei Leute dieses Schlages die sinnliche Sarah gezeugt haben können. Wie ist eigentlich Sarahs Bruder? Da Du ihn nicht erwähnst, nehme ich an, daß er seinen Studien obliegt – in Harvard oder wie immer diese koloniale Imitation von Oxford heißt.

In Sachen Leidenschaft des Lord de Salis: Nun, Grillen hast Du ja schon immer gehabt. Für mich gehört das zu Deinem Charme, aber ehrlich, Patrick, Hand aufs Herz – Du spielst doch nicht im Ernst mit dem verrückten Gedanken, eine Amerikanerin zu heiraten, nicht wahr? Du mit Deinen dreiundzwanzig Jahren, das wäre ja eine Tragödie. Schließlich geht es Dir ja nicht wie mir. Du mußt nicht des Geldes wegen heiraten. Offenbar hat Dich da wieder Deine Stiefmutter beeinflußt. Aber da sie gegen Deine Verbindung mit Sarah ist, verkneife ich mir jede Unfreundlichkeit, denn zumindest in diesem Punkt scheint sie ja meine Verbündete zu sein. Also wirklich, die Umstände verhelfen einem manchmal zu merkwürdigen Bettgenossen, wie man so sagt. Apropos Bettgenossen – sollte ich je mit einer Amerikanerin ins Bett steigen, so würde ich ihr einen Knebel verpassen, um nicht abgelenkt zu werden. Dieser Akzent! Außerdem sind Amerikanerinnen verdammt herrschsüchtig. Die würden einem Mann noch die genaue Gebrauchsanweisung liefern, wenn sie die Beine spreizen. Ich beschwöre Dich – komm nach England zurück, bevor Du mit offenen Augen in Dein Unglück läufst. Dein etc. Derry."

Der Brief amüsierte und verärgerte mich. Derrys Anspielung auf Marguerite – nun, das mochte noch hingehen. Er hatte über Marguerite ja schon so manchen Unsinn zusammengefaselt. Aber seine Bemerkungen über amerikanische Frauen irritierten mich, auch wenn sie Sarah nur unmittelbar betrafen. Ich war sogar so gereizt, daß ich Marguerite von Derrys Ansichten berichtete.

„Und was wird er erst sagen, wenn er erfährt, daß ich jetzt verlobt bin?" fügte ich verdrossen hinzu.

„Er wird sich schon daran gewöhnen", erwiderte Marguerite scharf und fuhr dann etwas versöhnlicher fort: „Schließlich habe auch ich mich daran gewöhnt, warum also nicht er? Eine Zeitlang war ich ja gegen deine Heirat mit Sarah, wie ich gestehen muß. Aber jetzt . . ."

„. . . jetzt bist du dafür?" fragte ich erfreut.

„Ja." Sie zögerte einen Augenblick, bevor sie wiederholte: „Ja, ich bin dafür. Eine Weile war ich meiner Sache nicht ganz sicher, aber jetzt bin ich überzeugt, daß es für euch beide das Beste ist – völlig überzeugt", betonte sie, als müsse sie die letzten Schatten eines Zweifels verjagen. Dann lächelte sie. „Du wirst sehen, Patrick – Derrys nächster Brief wird anders sein. Er wird dir von Herzen gratulieren. Mit dir Streit haben möchte er gewiß nicht."

Sie sollte recht behalten. Doch ehe ich den Brief in den Händen hielt, war ich voller Unruhe. Ich hatte sogar Angst, ihn zu öffnen.

„Meinen Glückwunsch", schrieb Derry. „Dein rascher Entschluß hat mich ziemlich überrumpelt, aber es scheint, daß Sarahs Gegenwart den Gedanken an eine Ehe für Dich unwiderstehlich macht! Ich hoffe jedoch, daß Du nicht die Absicht hast, bis zu Deiner Hochzeit im nächsten Juni in Amerika zu bleiben. Da Du jetzt mit ihr verlobt bist, besteht wohl kaum die Gefahr, daß sie mit einem anderen durchbrennt. Wie wär's also mit einem Besuch in England? Vergiß nicht, daß Trennung zärtliche Gedanken fördert, oder, in anderen Worten: Enthaltsamkeit (in Maßen natürlich!) schürt die Leidenschaft. Wenn Du zu Weihnachten hier wärst, könnten wir auf Woodhammer Hall herrliche Tage verleben – Du weißt ja, daß ich Woodhammer schon seit langem kennenlernen möchte! Aber ich muß jetzt zum Schluß kommen. Entschuldige bitte, daß dieser Brief so kurz ausfällt, aber ich habe für morgen noch einen Schriftsatz anzufertigen, und es ist jetzt schon nach Mitternacht. Meine Empfehlung an die zukünftige Lady de Salis. Dein etc. Derry."

Nach dem ersten erleichterten Aufatmen begann ich zu überlegen. Der Gedanke, Weihnachten auf Woodhammer zu verleben, reizte mich sehr. Aber Sarah allein lassen? Das widerstrebte mir. Genauer gesagt: Ich wagte nicht, sie allein zu lassen. Konnte es nicht sein, daß sie sich während meiner Abwesenheit anders besann?

„Aber natürlich mußt du bleiben", sagte Marguerite, als ich sie fragte. „Wir werden alle bleiben."

„Du wolltest doch noch vor Jahresende nach England zurück", erwiderte ich erstaunt.

„Oh, so genau kommt es auf den Zeitpunkt doch nicht an", sagte sie. „Schließlich handelt es sich um außergewöhnliche Umstände. Wir werden bis zum nächsten Sommer bleiben. Dann können bei deiner Hochzeit Thomas und David Brautknaben sein, während ich von der ersten Reihe aus alles mit viel Freude beobachte."

„Aber wir könnten doch im Dezember nach England fahren und im kommenden Frühjahr wieder zurückkehren . . ."

„Viel zu strapaziös für die Kinder", sagte Marguerite. „Diese so entsetzlich lange Seereise – nein, es ist schon besser, wenn wir in der Zwischenzeit hierbleiben."

„Wahrscheinlich hast du recht, doch andererseits – ist diese furchtbare Hitze für Thomas und David nicht ungesund?"

„Nächste Woche siedeln wir in Francis' Landhaus im Hudsontal um. Du brauchst ja nicht die ganze Zeit über in New York zu bleiben, nicht wahr? Nutze die Gelegenheit und versuche, so viel wie möglich von Amerika zu sehen. Boston, Washington, Philadelphia und Chikago vielleicht . . ."

Amerikanische Frauen können manchmal in der Tat sehr herrschsüchtig sein.

„Aber was soll ich ihm nur schreiben?" fragte ich.

„Was du ihm schreiben sollst?" Marguerite schüttelte verwundert den Kopf. „Aber ganz einfach. Du möchtest Sarah nicht allein lassen. Oder genügt das etwa nicht?"

Eine gute Frage. Eine ganz verflixt heikle Frage. Ich brauchte Stunden, um darauf eine Antwort zu finden. Schließlich glaubte ich, eine Lösung zu haben. Wenn ich ihn für meine Abwesenheit irgendwie entschädigte, so mochte das ihn und zugleich auch mein schlechtes Gewissen beschwichtigen.

„Lieber Derry", schrieb ich. „Ich befinde mich hier in einer etwas verzwickten Lage und sehe keine Möglichkeit, zu Weihnachten nach Woodhammer zurückzukehren. Vor meiner Hochzeit werde ich überhaupt nicht nach England kommen können. Ich habe schon versucht, sie vorzuverlegen – leider vergeblich. Offenbar gilt es, allerlei Vorbereitungen zu treffen, und außerdem besteht Francis, liebender Papa, der er nun mal ist, auf einer einjährigen Verlobung. Da ich, ob ich nun möchte oder nicht, hier in Amerika bleiben muß, wäre es mir lieb, wenn Du für mich einen wichtigen Auftrag übernehmen wolltest. Könntest Du Dich, in Deiner Eigenschaft als Anwalt, ein wenig um die Angelegenheiten auf Cashemara kümmern? Um Woodhammer ist mir nicht bange, denn Mason ist ein ausgezeichneter Verwalter, aber auf Cashemara liegen die Dinge anders. Wie leicht dort die Schlamperei einreißt, wenn man sich unbeobachtet fühlt, weißt Du ja. Sorge doch bitte dafür, daß das Personal seine Arbeit tut, statt sich zu betrinken und sich in die Wolle zu geraten.

Übrigens habe ich heute morgen von Annabel gehört. Clara und Edith wohnen jetzt bei ihr auf Clonagh Court – diese gräßlichen Großeltern in Northumberland segneten fast zur gleichen Zeit das Zeitliche und können sich also nicht mehr zwischen die Mädchen und ihre Mutter stellen. Da ich der engste männliche Verwandte bin, hat mich das Kanzleigericht zum Vormund bestimmt, was ich ganz lustig finde. Sobald ich das von den Familienanwälten erfuhr, bat ich Annabel, die Mädchen zu sich zu nehmen. Wie sich herausstellte, hatte sie das bereits getan, aber was sie mit zwei heiratsfähigen Töchtern anfangen soll, weiß sie sicher selbst nicht recht. Warum trittst Du da nicht auf den Plan? Clara hat mir einmal verraten, daß sie Dich entzückend fände, und da Annabel große Stücke auf Dich hält, wäre das für Dich vielleicht eine Gelegenheit, doch noch zu einer reichen Frau zu kommen! Petri Heil. Dein etc. Patrick."

„Lieber Patrick", antwortete Derry postwendend, „eigentlich sehe ich nicht ein, warum ich freiwillig ein so schweres Los auf mich nehmen soll (Maxwell Drummond wieder zum Nachbarn zu haben, ist wirklich kein erfreulicher Gedanke), aber da Gott es nun mal gefügt hat, daß ich aus jener Gegend stamme, und da ich das Advokatendasein und das Leben überhaupt im Augenblick ziemlich satt habe (warum, zum Teufel, kannst Du nicht wenigstens für kurze Zeit nach Hause kommen, damit wir wieder einmal etwas zusammen unternehmen könnten) . . . nun, um's kurz zu machen: Ich werde Deinen verfluchten Auftrag übernehmen, wenn Du mir monatlich hundert Pfund zahlst (mit weniger als tausend pro Jahr kann man nicht anständig leben, wie wir beide wissen) und mir außerdem uneingeschränkte Handlungsvollmacht erteilst, damit ich Deine Interessen in gebührender Weise wahrnehmen kann. Diesem verdammten Schotten MacGowan vertraust Du viel zu sehr, und mich würde es nicht wundern, wenn er sich an allen Ecken und Enden gesundstößt. Hat er nicht das Land meines Vaters für zwanzig Pfund pro Jahr an diesen Mistkerl Drummond verpachtet!? Ich erinnere mich noch sehr genau, wie Dein Vater sagte, daß er Drummond das Land für eine nominelle Summe überlassen wollte. Was glaubst Du also, in wessen Tasche die zwanzig Pfund gewandert sind? Jedenfalls nicht in die Deines Vaters, darauf kannst Du Deinen Kopf verwetten.

Guter Gott, wie ich mich schon darauf freue, in Clonareen wieder mit Vater Donal über die Vorzüge der Keuschheit zu debattieren! Vergiß nicht, sofort Deinen Londoner Anwälten zu schreiben, damit ich die Handlungsvollmacht so bald wie möglich in meinen Händen habe. Dann werde ich mich um Cashemara kümmern, als ob es mir gehörte. Dein etc. Derry.

P. S. Sehr interessant, was Du mir da über Clara berichtet hast.

Welcher Art ist denn ihr Vermögen, weißt Du das? Sicher kann sie darüber so ziemlich nach Belieben verfügen, wenn sie heiratet. Wenn alles glattgeht, werde ich Weihnachten vielleicht auf Clonagh Court verleben! Meinst Du nicht doch, daß Du herüberkommen und in unserer Mitte mitfeiern könntest?"

Nein, es ging nicht. Ich blieb in Amerika bei Sarah, und es sollten noch viele Monate vergehen, ehe ich Derry wiedersah.

IV

In dieser Nacht träumte ich von Sarah. Ich träumte, daß sie die Straße nach Clonareen hinabritt, immer am Ufer der Lough entlang, umwoben vom strahlenden Gelb des Stechginsters. Sie saß auf einem Schimmel und trug ein schwarzes Reitkleid. In der linken Hand hielt sie eine Peitsche.

Sie ritt an den Feldern auf dem Hügelhang vorbei, doch als sie zu der verfallenen Hütte kam, in der einmal die Stranahans gewohnt hatten, bog sie von der Straße ab und lenkte ihr Pferd direkt zur Vordertür.

Und plötzlich tauchte Derry hervor und ging ihr mit ausgestreckten Händen entgegen.

Ich stand hinter einer Mauer, wie ich es früher so oft getan hatte, und als ich durch den Spalt zwischen den abbröckelnden Steinen spähte, sah ich, daß sie, mitten im wuchernden Unkraut, ihm gegenüber still verharrte.

Dann legte sie ihre Reitpeitsche beiseite und begann sich zu entkleiden, wobei Derry ihr half. Unter ihrem Kleid trug sie nichts als einen seidenen Unterrock und ein winziges Mieder. Derry zog ihr den Unterrock über den Kopf. Seine Schultern verdeckten mir die Sicht auf ihren Körper, und da er mit dem Rücken zu mir stand, konnte ich seine Augen nicht sehen. Trotzdem spürte ich deutlich, wie erregt er war. Rasch schlüpfte er aus seinen Kleidern. Ungeduldig streifte er sein Hemd ab. Die Unterhose fiel, und ich sah seine muskulösen Beine.

Er küßte Sarah. Langsam glitten beide zu Boden, und plötzlich verwandelte sich der Untergrund in ein blühendes Kleefeld, auf das, aus wolkenlosem Himmel, die heiße Sonne herniederstach. Derrys Hände strichen über das zarte Fleisch. Sein Körper verschmolz mit Sarahs Körper, bis ihr Atem in kurzen, harten

Stößen kam, ein Keuchen, aufgerissener Mund und straff gespannter Rücken. Doch dann klaffte unvermittelt die Erde unter mir auf, und ich fiel und fiel – in einen Abgrund, der keinen Boden zu haben schien.

Mit einem Ruck erwachte ich.

Ich erwachte so übergangslos, daß ich zuerst nicht wußte, wer ich war und wo ich war und, was zum Teufel, ich getan hatte. Sekunden später begriff ich dann: ein Traum, nichts als ein Traum. Erleichtert sank ich auf die Kissen zurück. Doch mein Herz pumpte wie der Kolben einer Maschine, und ich war in Schweiß gebadet. Schließlich zündete ich eine Kerze an, tauchte einen Schwamm in die Wasserschüssel und wusch und trocknete mich von oben bis unten. Meine Hände zitterten. Was für ein scheußlicher Traum, dachte ich und hätte mich am liebsten betrunken, um die Erinnerung daran auszulöschen.

Ja, ein scheußlicher Traum, aber eben doch nur ein Traum. Als ich am nächsten Morgen aufwachte, lächelte ich über das absurde Phantasiegebilde und fragte mich, warum ich so verstört gewesen war. Ärgerlich schien mir nur, daß ich von der Rolle, die Sarah im Traum gespielt hatte, kaum noch etwas wußte. Allein Derrys Bild blieb klar und scharf umrissen. Aber so waren Träume nun einmal – ohne jede Logik.

Jeden Gedanken an den Traum resolut verdrängend, wandte ich meine Aufmerksamkeit voll Sarah zu, die wie gewöhnlich von unserer noch weit entfernten Hochzeit sprach.

„Papa hat mir gesagt", bemerkte sie verträumt, „daß es die schönste Hochzeit werden wird, die man für Geld bekommen kann."

Ich habe nie begriffen, was Amerikaner treibt, sich immer so brennend für Geld zu interessieren. Als Gesprächsthema ist es wohl das Langweiligste, was sich denken läßt.

„Erzähle mir mehr über London!" bat sie mich zum soundsovielten Mal. „Wie viele Textilgeschäfte gibt es dort? Habt ihr so vornehme Geschäfte wie Lord und Taylor oder so große wie Stewart?"

Amerikaner leiden an der fixen Idee, daß man alle Waren unter einem Dach beisammen haben müßte: Je größer das Geschäft, desto besser, meinen sie. Überhaupt haben sie es mit der Größe. Der größte dies, die größte das – nichts kann ihnen groß genug sein.

„Kann ich so viele Kleider haben, wie ich möchte? Ein Ballkleid trage ich nie zweimal, mußt du wissen. Papa sagt, meine Kleiderrechnungen seien einfach ruinös."

Nun, die Kosten für die Hochzeit würde man wohl auch ruinös nennen müssen. Doch das schien niemanden zu interessieren. Die Gästeliste enthielt bereits fünfhundert Namen, und ein Ende war noch immer nicht abzusehen. Die Flut der Hochzeitsgeschenke, die sich ins Haus ergoß, war so gewaltig, daß mir schien, eine ganze Frachterflotte würde nicht ausreichen, sie über den Atlantik zu transportieren.

„Ich liebe Hochzeiten", sagte mein kleiner Bruder David, der noch nie eine Hochzeit erlebt hatte, aber schon ein unverbesserlicher Romantiker war. „Die Leute haben alle feine Kleider an, und die Orgel spielt, und gesungen wird auch. Nanny hat mir alles ganz genau erzählt."

Thomas bedachte ihn mit einem mitleidigen Blick und zupfte Marguerite dann am Ärmel, was er oft und gern tat – vor allem wenn seine Mutter seinen Bruder anlächelte.

„Mama . . ."

„Ja, Liebling?"

„Wann fahren wir wieder nach England?"

„Nach der Hochzeit . . ."

Nach der Hochzeit. Irgendwie klang das in meinen Ohren nach niemals wieder. Unterdessen hatte Marguerite eine Reihe kurzer Besuche für mich arrangiert, und ich reiste mit dem Zug zuerst nach Boston, dann nach Philadelphia und schließlich Washington.

„Ist Amerika nicht wunderbar?" fragte Sarah voll Begeisterung, als ich ihr, von meiner letzten Reise zurückgekehrt, Bericht erstattete.

„Recht bemerkenswert", erwiderte ich sofort, denn inzwischen wußte ich, daß man Amerikanern fortwährend versichern muß, daß sie in einem prachtvollen Lande leben. Doch offen gesagt: Was ich hier an Szenerie gesehen hatte, konnte nach meiner Meinung den Landschaften in England oder in Europa bei weitem nicht das Wasser reichen.

„Findest du, daß Neuengland dem alten England ähnelt?" erkundigte sich Sarah voll Wißbegier.

„Nun, eigentlich nicht", erwiderte ich, „obwohl es natürlich ganz entzückend ist."

„Aber inwiefern ist es denn anders?“

„Nun, England ist bewohnter, falls du verstehst, was ich meine.“

Sie verstand es nicht, und nach einigen vergeblichen Anläufen gab ich den Versuch einer Erklärung auf. „Schließlich“, sagte ich, „wirst du es ja bald mit eigenen Augen sehen. Nach der Hochzeit.“

Aber bis dahin war es weit.

Oder auch gar nicht so weit. Denn plötzlich trennte uns von dem bewußten Tag nur noch ein Monat, dann eine Woche, dann eine Nacht – bis ich schließlich, über mein Glück immer noch verwundert, mit Sarah durch das Mittelschiff der St.-Thomas-Kirche schritt und hinaustrat in den strahlenden Sonnenschein dieses Juninachmittages. Die Menge jubelte uns zu und schleuderte Reiskörner. Im Marriott-Haus in der 5. Avenue floß der Champagner wie Wasser, und siebenhundertundfünfzig Gäste erhoben sich, um uns Glück zu wünschen.

Unter einem günstigeren Stern konnte eine Ehe wohl kaum beginnen.

V

Was die Flitterwochen betraf, so hatte ich ihnen mit einiger Besorgnis entgegengesehen. Nicht daß ich ohne Erfahrung gewesen wäre, aber um ehrlich zu sein: Ich habe Geschlechtsverkehr immer für einen überschätzten Sport gehalten, bei weitem nicht so vergnüglich wie Schnitzen oder Zeichnen oder Tuschen. Aber nicht einmal zu seinem besten Freund kann ein Mann sagen, daß er sich lieber in ein Stück Holz als in lebendes Fleisch verbohrt, und, weiß der Himmel, ich hatte auch nicht die mindeste Lust, anders zu sein als andere Männer. Wenn ich die Gelegenheit hatte, mich wie ein normaler Erdenbürger zu verhalten, so mußte ich sie natürlich beim Schopfe packen.

Und das fiel mir auch gar nicht schwer. Tatsächlich dachte ich oft, daß ich für Frauen eigentlich viel mehr übrig hatte als Derry; denn aus irgendwelchen Gründen verfluchte er sie fortwährend und jammerte darüber, daß es ihn so häufig trieb, mit ihnen ins Bett zu gehen. Einmal hatte ich sogar zu ihm gesagt: „Warum bist du denn so hinter den Weibern her, wenn du sie nicht magst?“ Die

Bemerkung regte ihn sehr auf, und er erwiderte fast wütend, keiner wüßte einen Weiberrock mehr zu schätzen als er – worauf, zum Teufel, wollte ich also hinaus? „Ich bin ein Mann, ein richtiger Mann", fügte er trotzig hinzu.

Derry nahm mich oft mit, wenn er zu einem Stelldichein ging. Er war drei Jahre älter als ich, und bei der ersten Verführung, die ich beobachtete, konnte ich vor Schrecken kaum atmen. Derry versicherte mir später, daß die Frau voll auf ihre Kosten gekommen sei, und von da an war ich weniger zimperlich. Von mir aus hätte ich mich sogar für alle Zeiten mit der Rolle des Zuschauers begnügt, aber mir wurde klar, daß Derry es merkwürdig finden mußte, wenn ich den Genuß immer nur aus zweiter Hand bezog; und als er mich eines Tages zum Mitmachen aufforderte, hatte ich nicht den Mut, das auszuschlagen. Später unternahm ich auch auf eigene Faust einige Abstecher, doch ich mußte mich vorher immer mit Alkohol in die richtige Stimmung versetzen. Ich bin im Grunde sehr schüchtern, was mir allerdings wegen meiner Körperlänge und meines Aussehens niemand glaubt. Ich legte meine Schüchternheit immer nur ab, wenn ich mit Derry zusammen war. Er gab mir so viel Selbstvertrauen und – es ist schwer zu erklären. Tatsache bleibt jedenfalls, daß ich mich in seiner Gegenwart immer als ganz anderer Mensch fühlte.

Aber jetzt, während meiner Flitterwochen, war Derry nicht dabei.

Ich hatte nicht die Absicht gehabt, beim Hochzeitsfrühstück viel zu trinken, aber Champagner ist ein so verflixt gefährliches Getränk, und die Lakaien schenkten so unauffällig nach, daß ich plötzlich nur noch einen Wunsch hatte – mich irgendwo in eine Ecke zu kuscheln und zu schlafen. Irgendwie gelang es mir, die Augen offenzuhalten, und nach endlosen Verzögerungen befreiten wir uns endlich aus den Wirren des Empfangs und wurden durch die Stadt zum Hudson gefahren, wo wir an Bord von Vetter Francis' Jacht gingen. Dann strebten wir flußaufwärts zu seinem Landhaus, wo wir die ersten beiden Flitterwochen verbringen sollten. Als wir ankamen, war es schon dunkel, und ich hatte mir inzwischen hoch und heilig geschworen, nie wieder Champagner anzurühren. Mit einer undeutlich gemurmelten Entschuldigung an Sarahs Adresse sank ich im Umkleideraum auf die Couch und fiel Morpheus unverzüglich in die Arme.

Als ich die Augen mit großer Anstrengung wieder öffnete, war es sieben Uhr morgens, und mein Schädel fühlte sich an, als hätte er mit einem Gewehrkolben Bekanntschaft gemacht.

Von Sarah fand sich keine Spur.

Ich wälzte mich von der Couch und starrte an mir hinab. Offenbar war man bedacht gewesen, mich nicht zu stören, denn ich trug immer noch den Anzug von gestern. Benommen versuchte ich, von meiner Umgebung ein klares Bild zu gewinnen. Vor dem Fenster erstreckte sich eine äußerst gepflegte Rasenfläche bis zum Ufer des Hudson. Jenseits des Flusses erhoben sich unter dem wolkenlosen Himmel bewaldete Hügelkuppen. Schon jetzt, am frühen Morgen, war es verteufelt heiß.

Ich hatte fürchterlichen Durst. Meine Zunge schien aus den Nähten platzen zu wollen. Ob man das Wasser in dem Krug auf der Waschkommode wohl trinken konnte? Vergeblich hielt ich nach einer Klingel Ausschau, um einen Bediensteten herbeizuläuten. Nein, diese Qual hielt ich keinen Augenblick länger aus. Ich erstickte ja noch an meiner eigenen Zunge. Und so schöpfte ich ein wenig Wasser und trank. Schon fühlte ich mich besser. Ich gestattete mir noch einige Schluck und schlich dann auf Zehenspitzen zu der Tür, die zum Hauptschlafzimmer führte. Einen Augenblick lauschte ich angespannt. Dann streckte ich die Hand vor, um die Klinke herabzudrücken.

Doch im selben Moment ging von der anderen Seite die Tür auf.

Sarah. Da stand sie im langen, weißen Nachthemd, das bis zum Hals zugeknöpft war, und unter ihren Augen zeichneten sich violette Schatten ab.

Wir sahen einander schuldbewußt an. Ja, einander; denn auch sie hatte ein schlechtes Gewissen, wie ich nach Sekunden begriff.

„Patrick ..." Sie stürzte auf mich zu, schlang die Arme um meinen Hals und brach in Tränen aus. „Oh, Patrick, verzeih mir. Ich wollte doch nicht ... ich wollte doch nur ein winziges Gläschen Champagner trinken, aber ..."

Mir ging ein Licht auf und ich begann laut zu lachen.

„Also wirklich!" rief Sarah, empört über meinen Mangel an pflichtschuldigem Mitgefühl. „Ich begreife beim besten Willen nicht, was dich so belustigt!"

„Nicht böse sein, Sarah ... bitte ..." Immer noch lachend, brachte ich nur abgerissene Wortfetzen hervor.

Zum Glück ließ sie sich von meiner Heiterkeit anstecken. Als sie in das Gelächter einstimmte, war die Situation gerettet. In ihrem keuschen weißen Nachtgewand sah sie so hinreißend aus, daß ich ihr einen Kuß gab und sie zum Bett zog.

Doch sie wich zurück. „Nicht am hellichten Tag!“ sagte sie so entsetzt, als hätte ich sie zu einer Perversion verleiten wollen.

„Guter Gott, woher denn?“ stimmte ich aus tiefster Seele zu, mich rechtzeitig meines dröhnenden Schädels und meines alkoholdurchtränkten Körpers entsinnend. „Aber ich würde mich gern hinlegen und dich in den Armen halten und ein bißchen plaudern und ein bißchen dösen . . . Wir haben wirklich keine Eile, denn für ein Frühstück ist es sicher auch dir noch zu früh.“

Sarah schüttelte sich. „Frühstück? Mir würde schon beim Anblick des Frühstücktabletts übel werden!“

Wie Schulkinder begannen wir zu kichern, und obwohl wir uns beide miserabel fühlten, waren wir doch beide glücklich. Um sie nicht in Verlegenheit zu bringen, zog ich mich nur teilweise aus und behielt Hose und Hemd an. Und dann lagen wir nebeneinander, hielten uns sacht umschlungen und versuchten, uns den gestrigen Tag ins Gedächtnis zurückzurufen.

„Was für eine wunderschöne Hochzeit!“ seufzte Sarah. „Wie habe ich mich über alles gefreut!“

Nachdem wir einander versichert hatten, eine schönere Hochzeit könne es unmöglich geben, nickten wir beide ein, und als wir wieder aufwachten, war es elf, und der Gedanke an ein Frühstück wirkte schon wesentlich verlockender.

Wir aßen draußen auf der Terrasse und beobachteten die Pfauen, die über den Rasen stolzierten.

„Ich bin ja so glücklich!“ rief Sarah. „Wie schön, so zu zweit zusammenzusitzen, ohne daß einem jemand vorschreibt, was man zu tun hat! Ich liebe Flitterwochen!“

Später, während der Abendmahlzeit, verspürte ich keinen Durst, zwang mich jedoch, etwas zu trinken, weil ich wußte, daß es notwendig war. Nach dem Essen schlug ich vor, möglichst früh zu Bett zu gehen, und Sarah erhob keine Einwände. Wir stiegen die Treppe hinauf, entkleideten uns (jeder in seinem eigenen Zimmer), schickten die Bediensteten hinaus. So weit, so gut. Ich ging zu Sarah ins Hauptschlafzimmer, bewunderte ihr gelbes Nachtgewand, glitt ins Bett und blies das Licht aus. Wieder: so weit, so gut. Leider erwies sich, daß wir es allzu eilig gehabt hatten. Draußen war es noch hell, und im Zimmer ließ sich so ziemlich jede Einzelheit deutlich erkennen.

„Wir wollen uns erst küssen, wenn es dunkel ist“, sagte Sarah.

Aber ich wußte nur zu gut, daß sich jede Verzögerung für mich zur Katastrophe auswachsen konnte. Die Wirkung des Weins, den ich während der Mahlzeit getrunken hatte, würde nicht ewig anhalten. „Was ist dabei, wenn wir uns bei Tageslicht küssen?“ fragte ich ziemlich schroff.

„Es ist einfach nicht romantisch!“

„Wer sagt, daß es nicht romantisch ist?“

„Ich!“ Ich sah, wie sie ärgerlich die Lippen zusammenpreßte. „Ich möchte warten, bis es dunkel ist.“

„Du bist es gewohnt, deinen Kopf durchzusetzen, nicht wahr?“ sagte ich, durch meine panische Angst zur Unbeherrschtheit getrieben. „Nun, du hast dir dafür den falschen Augenblick ausgesucht, denn diesmal bin ich es, der bekommt, was er will, und kein Widerwort mehr, sonst schicke ich dich stracks zu deinem verdammten Papa zurück ...“

„Patrick!“

„... und du kannst mir glauben: Entzückt wird er über das Wiedersehen mit dir kaum sein!“

„Wie kannst du dich unterstehen, so etwas zu sagen!“ schrie sie wütend. „Und schämst du dich denn gar nicht, mir ins Gesicht zu fluchen!“ Aber in ihren Augen zeigte sich ein erregtes Glitzern, und ich begriff plötzlich, daß die Aggressivität, meinem Wesen sonst so fremd, einen starken Reiz für sie besaß. Rasch zog ich sie an mich, und nach wenigen Sekunden gab sie ihren Widerstand auf. Wir küßten uns leidenschaftlich. Mein Körper drängte gegen sie, doch mir war nicht nur meine Begierde bewußt, sondern auch die in der Tiefe lauernde Furcht. Es mußte schnell gehen – sonst wußte einzig Gott, was werden würde. Aber meine Finger waren so verflixt steif, und an meinen Gliedern schienen Bleigewichte zu hängen, und die Bettdecke geriet mir immer wieder in die Quere.

„Patrick, nicht doch ...“

„Hör gefälligst auf, mich herumzukommandieren!“ brüllte ich und dachte an Derrys Bemerkung, amerikanische Frauen seien nur zu gern bereit, das Zepter in der Hand zu halten.

Wie stets war es der Gedanke an Derry, der mir Selbstvertrauen verlieh. Jetzt wußte ich, das alles glattgehen würde.

Ich täuschte mich nicht. Als es vorüber war, durchströmte mich Erleichterung, drang in jeden Muskel. Mich von Sarah lösend, lag ich erschlafft, während mir Schweiß in die Augen rann und das

Herz in meinem Brustkasten wie ein Maschinenkolben stampfte. Völlig in mich versunken, bemerkte ich nicht sofort, daß Sarah weinte.

Doch dann hörte ich es, und sofort schlug mir das Gewissen, schlimmer als je zuvor. Ich kann es nicht ertragen, einem Menschen wehzutun oder ihn leiden zu sehen.

„Sarah, verzeih mir . . .“ Ich versuchte, sie in die Arme zu nehmen, doch sie stieß mich von sich fort. „Sarah, ich wollte doch nicht . . . ich habe mich nur danach gesehnt, mit dir . . .“

Sie stützte sich hoch. Sie stand auf. Laut schluchzend wandte sie sich von mir ab.

„Es tut mir so leid“, sagte ich und wiederholte sinnlos: „Es tut mir ja so leid, Sarah.“

Ich versuchte ihr zu folgen, doch sie drehte sich rasch herum und stieß mich wieder zurück, diesmal mit geballten Fäusten.

Ich war tief bestürzt. Wortlos starrte ich sie an, bis sie schließlich mit zitternder Stimme sagte: „Ich möchte eine Weile allein sein.“

„Ja. Natürlich. Wenn du willst.“ Ich tastete mich zur Tür des Umkleidezimmers. „Soll ich später zurückkommen?“

Sie gab keine Antwort, und so blieb mir nichts übrig, als hinauszugehen.

Auf der Couch im Umkleideraum lag ich noch lange wach. Und als ich dann einschlief, geschah es mit der festen Absicht, früh wieder auf den Beinen zu sein, um zu Sarah ins Bett zu schlüpfen, damit sie beim Aufwachen vollendete Tatsachen vorfand und gar nicht erst auf den Gedanken kam, mir noch länger zu zürnen. Aber ich schlief durch, bis mein Diener eintrat, um die Vorhänge aufzuziehen.

Lange wagte ich es nicht, ins Schlafzimmer zu gehen. Erst als ich hörte, daß Sarah ihre Zofe hinausschickte, faßte ich mir ein Herz, klopfte leise an die Tür und zwang mich, die Schwelle zu überqueren, eine Entschuldigung schon auf den Lippen.

Doch Sarah gab mir keine Gelegenheit, auch nur ein Wort zu sagen. Als ich linkisch stehenblieb, stürzte sie auf mich zu und schlang ihre Arme um meinen Hals.

„Oh, Patrick . . . bist du mir sehr böse?“

„Ich?“ fragte ich verdutzt. „Böse? Auf dich? Aber natürlich nicht. Ich nahm an, daß du . . .“

„Oh, bei mir ist alles in Ordnung“, erklärte sie mit einem

bereitwilligen Lächeln. „Ich fühle mich wohl, pudelwohl sogar. Wollen wir nach unten gehen?"

„Sarah, wegen gestern nacht ..."

„Ich möchte nicht darüber reden", sagte sie.

„Aber ..."

„Ich möchte wirklich nicht darüber reden, Patrick."

Ich starrte sie an. Ihr Lächeln verlosch. Ehe der Ausdruck ihrer Augen sie verraten konnte, wandte sie sich rasch ab, und ich hörte, wie sie undeutlich fragte: „Muß es oft sein, Patrick?"

Meine Beschämung lähmte mir fast die Zunge. Nur mit Anstrengung brachte ich hervor: „Nicht, wenn du es nicht haben willst."

„Ich verstehe", sagte sie leise. „Ich begreife natürlich, daß es ab und zu sein muß, und du brauchst auch nicht zu fürchten, daß ich nicht immer meiner Pflicht nachkommen werde, Patrick, denn ich will dir eine gute Frau sein, und ich liebe dich doch so sehr, liebe dich aus ganzem Herzen ..."

Sie weinte jetzt, und ich war darüber so bestürzt, daß ich einfach nicht die Energie aufbrachte, sie in die Arme zu nehmen und irgend eine Banalität zu murmeln, gleichgültig, was für eine Phrase, was für eine Floskel. Schließlich gelang es ihr, die Tränen zurückzudrängen. Ihren ganzen Mut zusammennehmend, fragte sie mich, wann es nötig werden würde, die „Erfahrung" zu wiederholen.

„Oh, frühestens in einem Monat", erwiderte ich und wollte im Grunde nur freundlich zu ihr sein. Ohne selbst recht zu wissen, wie es geschehen konnte, lauschte ich ungläubig meinen eigenen Worten nach.

So kam es, daß ich Sarah erst jenseits des Atlantiks wieder berührte, unter dem schwarzen Schieferdach von Cashemara.

VI

Es war Juli, als wir auf Cashemara eintrafen. Die wilde Fuchsienecke hinter dem Gemüsegarten stand in voller Blüte, und jenseits des struppigen Rasens wuchsen Kartoffeln. Mein Vater hatte für Blumen nichts übrig gehabt. Für ihn galt nur der ewige Kreislauf von Werden und Vergehen: Düngung und Saat und Ernte, Düngung und Saat und Ernte ...

Meine Absicht war es gewesen, mit Sarah eine ausgedehnte Reise durch Europa zu machen, um dann im Spätherbst nach Woodhammer Hall zurückzukehren. Doch nach der einjährigen Abwesenheit von England verspürte ich nicht die geringste Lust, einige Monate auf dem Kontinent zuzubringen. Als ich Sarah vorschlug, unsere Reise zu verschieben, war sie zuerst enttäuscht, doch bald schon gewann ihre Vorfreude auf meine Heimat die Oberhand.

„Werden wir in London wohnen, ehe wir nach Woodhammer fahren?“ wollte sie wissen, und ich erklärte ihr, daß im August kein Mensch in London bliebe.

„Aber wenn wir ankommen, ist es Juli!“

„Nun, ich dachte, wir könnten vielleicht erst Cashemara besuchen, bevor wir nach England fahren“, sagte ich. „Die Passagierschiffe legen in Queenstown an, und wir könnten von dort mit der Eisenbahn nach Galway reisen.“

„Aber ich weiß von dir noch, daß du Cashemara haßt!“

„Nun ja, zumindest läßt sich nicht behaupten, daß ich es liebe. Andererseits hätte mein Vater es bestimmt für meine Pflicht gehalten, dort jedes Jahr wenigstens einmal nach dem Rechten zu sehen. Außerdem möchte ich so gern, daß du meinen Freund Derry Stranahan kennenlernst.“

„Ich bin mit allem einverstanden“, erklärte Sarah wesentlich bereitwilliger, als ich es erhofft hatte. „Ein wenig von Irland zu sehen, kann ja nichts schaden. Das erweitert nur den Gesichtskreis.“

Schöner Gesichtskreis, dachte ich mit unwillkürlichem Schauder. Andererseits gewann Cashemara durch Derrys Anwesenheit natürlich sehr an Reiz. Ich schrieb ihm sofort und auch meiner Schwester Annabel, daß wir kommen würden; sonst niemandem. Weder mit meiner Schwester Katherine noch mit meinem Vetter George verband mich etwas, und was Marguerite betraf, so befand sie sich mit Thomas und David jetzt in London, und ich wußte, daß Vetter Francis sie bereits über unsere Absicht unterrichtet hatte.

Das Stadthaus hatte mein Vater Marguerite auf Lebenszeit vermacht. Später sollten es meine Stiefbrüder erben. Auch in finanzieller Hinsicht war für die „zweite“ Familie gut vorgesorgt. Die beiden Güter hatte jedoch ich erhalten. Kein Zweifel, daß mein Vater über Cashemara anders verfügt hätte, wenn es nicht ein unveräußerliches Erbteil gewesen wäre.

Entscheidender für mich war, daß ich mich Herr über Woodhammer nennen durfte. Mein Vater hatte gewußt, wie sehr mein Herz daran hing, und er war zu gütig und zu gerecht, es mir vorzuenthalten, nur weil mir durch irgendeinen juristischen Hokuspokus diese schauderhaften Äcker und Felder in Irland aufgehalst worden waren.

Ich mußte viel an meinen Vater denken, als wir in Queenstown an Land gingen und dann in nördlicher Richtung durch die unbeschreibliche Wildnis fuhren, die für ihn ein Stück Heimat gewesen war.

„Sieht es überall in Europa so aus?“ fragte Sarah entsetzt.

„Natürlich nicht!“ erwiderte ich. „Irland ist das rückständigste und ärmste Land in ganz Europa. Versuche, die Bettler zu ignorieren, Liebling.“

„Aber dieser Geruch!“ rief sie mit kreideweißem Gesicht und befahl ihrer Zofe, ein Fläschchen mit Eau de Cologne zu bringen.

„In Queenstown findet man die übelsten Bettler“, sagte ich, ohne zu wissen, ob diese Behauptung der Wahrheit entsprach. „Hier trifft sich der ganze Abschaum, um auszuwandern.“

„Aber sie gehen doch in Lumpen. Woher nehmen sie da das Geld für die Überfahrt?“

„Die bezahlt ihnen oft der Grundbesitzer. Auf diese Weise wird er sie am billigsten los und kann wieder über sein Land verfügen“, sagte ich und erinnerte mich an die sogenannten „Sarg-Schiffe“ in der Zeit der Hungersnot. Ob solche Schiffe auch heute noch ihre menschliche Fracht über den Atlantik brachten, wußte ich nicht. Offen gestanden wußte ich überhaupt sehr wenig über Irland, abgesehen von der einen Tatsache, daß die meisten Iren Säufer waren. Meine Besuche auf Cashemara hatten mich nie ermutigt, über das Land mehr erfahren zu wollen.

„Das Wetter!“ rief Sarah. „Der Schlamm!“

„Ja, ich weiß, Liebling“, erwiderte ich bedrückt. „Es tut mir leid, daß es eine so fürchterliche Reise ist, aber in Galway wird es besser. Beim Bahnhof gibt es ein ausgezeichnetes Hotel.“

Nun, es war wirklich ein ausgezeichnetes Hotel – nach irischen Maßstäben.

„Das Essen!“ rief Sarah beim Mittagsmahl, und später protestierte sie: „Patrick, soll dies hier etwa Kaffee sein?“

„Ich kann Tee bestellen . . .“

„Ich kann Tee nicht ausstehen“, sagte Sarah voller Mißmut.

Zoll für Zoll kroch diese grauenvolle Reise voran. Früher hatte ich auf die Lehmhütten kaum geachtet. Sarahs Entsetzen machte mir die Zustände mit einem Schlag bewußt, und ich hatte das Gefühl, alles zum erstenmal zu sehen. Unwillkürlich begann ich zu beten: Gott, erspare uns bitte das nächste Lehmloch; doch wenig später bogen wir um eine Ecke, und nicht eine, sondern gleich zwei Hütten erwarteten uns, mit dem gewöhnlichen Haufen halbnackter Kinder dicht beim Misthaufen und dem Gestank wühlender Schweine, der sich mit dem Rauch des Torffeuers mischte.

„Aber warum ist Irland nur so?“ fragte Sarah verzweifelt. „Weshalb versucht denn niemand, die Zustände zu ändern?“

„Nun“, sagte ich mit einem Anflug von Patriotismus, „die Engländer versuchen es ja, aber die Iren wollen es nicht anders. Es ist hoffnungslos mit ihnen. Mit dem ganzen Land ist es hoffnungslos. Sieh doch selbst – ein Blick genügt vollkommen.“

Sarah zuckte zusammen.

Ja, es war wirklich eine häßliche Landschaft. Aus einer Wüste aus schwarzem Sumpf und leerer Heide hoben sich große, kahle Berge hervor, und als wir uns den Tälern näherten, umhüllte uns die Einsamkeit wie ein Schleier.

„Patrick, ich möchte nicht weiterfahren“, brach es aus Sarah heraus. Angst schien sie zu schütteln. „Sage dem Fahrer, er soll umkehren.“

„Liebling, bitte . . .“ Ich legte einen Arm um ihre Schultern und gab ihr einen Kuß. „Sieh doch nur“, sagte ich mit gespielter, dick aufgetragener Munterkeit. „Endlich kommt die Sonne hervor, und wir sind fast schon am Ziel – dort drüben hinter der nächsten Hügelhöhe . . .“

Tatsächlich gelang es mir, sie zu beruhigen, doch sie hielt die Hand vor die Augen, um nicht sehen zu müssen, was sie so tief verschreckte. Inzwischen waren wir von der Hauptstraße abgebogen und strebten durch einen engen Paß hinauf. Die Sonne verstrahlte etwa zwei Minuten lang ein mattes Licht, doch sobald wir von der Höhe oben ins Tal hinabblicken konnten, verschwand sie wieder.

„Da ist die Lough“, sagte ich, immer noch den Vergnügten spielend. „Der genaue Name lautet Lough Naffooey: der See der wehenden Winde. Und dort drüben liegt Cashemara – kannst du das weiße Haus zwischen den Bäumen sehen?“

Sarah warf einen Blick auf das Tal und verbarg wieder ihre Augen. „Alles ist so eingeschlossen“, flüsterte sie. „Diese Berge rundum im Kreis. Alles ist wie von der übrigen Welt abgetrennt.“

„So arg ist das mit den Bergen gar nicht, jedenfalls nicht vom Haus aus. Und das Haus selbst ist sehr hübsch“, fügte ich hinzu im Bemühen, aufrichtig zu sein, ohne allzu verdrossen zu klingen. Ehrlich gesagt, war ich Sarahs entsetzter Miene ein wenig überdrüssig, und ich wäre ihr dankbar gewesen, wenn sie sich ein bißchen zusammengenommen hätte, statt unentwegt am Rande der Hysterie entlangzutänzeln.

In Serpentinen fuhren wir zum Tal hinab, überquerten über die Steinbrücke den Fooey River und strebten am Westufer der Lough entlang. Auf dem Hügelhang ein Stück voraus war klar und deutlich Cashemara zu erkennen, und plötzlich begriff ich, daß ich trotz der beschwerlichen Reise freudig erregt war. Der Regen, der Nebel, die Feuchtigkeit – auf einmal zählte das alles nicht mehr. Meinen Arm von Sarahs Taille lösend, steckte ich den Kopf durch das Fenster der Kutsche.

Der Wagen bog in das Tor von Cashemara ein und folgte schwankend dem langen, gewundenen Fahrweg zwischen den Bäumen.

Ich sah ihn, sobald die letzte Kurve hinter uns lag. Er stand oben auf der Freitreppe vor der geöffneten Vordertür, und sobald er die Kutsche bemerkte, winkte er lässig und kam herabgeschlendert.

„Hurra!“ rief ich, von der Wiedersehensfreude hingerissen. Ich warf den Verschlag auf, sprang hinaus und lief Derry entgegen.

Er begann zu lachen.

„Derry!“ schrie ich. „Derry, du alter Schurke!“

Er winkte wieder. Plötzlich fiel auch er in Laufschritt und hastete immer schneller auf mich zu, und als wir uns endlich umarmten, sagte er, immer noch lachend: „Du verdammter Narr, was, zum Teufel, hat dich so lange aufgehalten?“ Zu meiner Verblüffung sah ich, daß in seinen Augen Tränen standen.

2. KAPITEL

I

Wahrscheinlich wirkten wir geschwätzig wie ein paar Fischweiber, als wir so standen und das Blaue vom Himmel herunterredeten. Wir merkten nicht einmal, wie die Kutsche an uns vorüberrollte und vor dem Haus hielt. Erst als ich sah, wie Derrys Blick an mir vorüberglitt, wurde mir bewußt, daß Sarah uns offenbar beobachtete. Der Kutscher hatte ihr aus dem Wagen geholfen. Sie stand sehr still, nur ihr Schleier bewegte sich sacht. Vor dem trüben, dunklen Hintergrund der Bäume sah sie sehr schön und eigentümlich fremdartig aus.

„Sarah!" rief ich, froh, jetzt endlich jene beiden Menschen miteinander bekannt machen zu können, die ich am meisten liebte. „Darf ich dir meinen Freund Roderick Stranahan vorstellen? Derry – meine Frau!"

Sie sahen einander an, und der Kältestrom, der zwischen ihnen zu pulsieren schien, war für mich wie ein Schlag ins Gesicht. Die Schuld lag bei Derry. Er musterte Sarah von Kopf bis Fuß, als sei sie eines von seinen verdammten Weibern, und sie reagierte, indem sie ihn von oben herab betrachtete, wie jemanden, der nach Kloake stank. Derry lachte, was alles natürlich nur noch schlimmer machte; und Sarah wandte ihm mit betonter Unhöflichkeit den Rücken zu und fragte mich hochmütig: „Patrick, Liebling, ist es wirklich nötig, daß wir hier draußen im Regen bleiben? Bei deinem angeregten Gespräch mit Mr. Stranahan hast du offenbar völlig vergessen, wie mir nach der langen Reise zumute sein mag. Ich fühle mich völlig erschöpft und möchte sofort in das Haus gehen."

„Aber selbstverständlich", murmelte ich, vor Verlegenheit hochrot. „Verzeih mir bitte."

Doch als ich ihr meinen Arm bot, ignorierte sie das wütend.

Ihren Rock ein Stückchen hochraffend, stieg sie ohne meine Hilfe die Treppe hinauf.

Das Personal war in der Halle versammelt. Zwanzig Augenpaare starrten angestrengt, und zwanzig Hälse reckten sich. Die neue Lady de Salis stand im Mittelpunkt einer fast kindlichen Neugier. Hayes, der Butler, setzte zu einer seiner berühmten Begrüßungsreden an, doch ohne auf die blumigen Wendungen zu achten, sagte Sarah verdrossen zu mir: „Patrick, ich habe entsetzliche Kopfschmerzen. Wenn ich mich nicht sofort hinlege, werde ich bestimmt auf der Stelle ohnmächtig."

Mein Zorn, der soeben noch Derry gegolten hatte, übertrug sich jetzt auf sie. Hayes war ein langweiliger alter Knabe, aber er meinte es gut, und es wäre ein Gebot der Höflichkeit gewesen, ihn seine Rede beenden lassen.

Ich sagte verlegen: „Entschuldigen Sie bitte, Hayes, aber meine Gattin ist nach der Reise sehr erschöpft. Wir danken Ihnen beide aus ganzem Herzen für diese Begrüßung."

Hayes war zweifellos enttäuscht, besaß jedoch genügend Selbstbeherrschung, um sich davon kaum etwas anmerken zu lassen. Ich führte Sarah nach oben zu unseren Räumen.

„Was!" rief Sarah. „Kein Feuer? Und ist das Zimmer denn nicht gelüftet worden?"

„Ich werde sofort läuten", sagte ich hastig.

„Auch heißes Wasser brauche ich", sagte Sarah. „Sofort. Ich bin bis auf die Knochen durchgefroren."

Ich seufzte. Wer auf Cashemara im Handumdrehen heißes Wasser haben wollte, konnte ebensogut in einer Dorfschenke Champagner verlangen.

„Nun, dann werde ich dich jetzt wohl am besten allein lassen", sagte ich unbehaglich, nachdem ich den Auftrag gegeben hatte, schleunigst heißes Wasser herbeizuschaffen. Inzwischen war Sarahs Zofe gekommen, die Lakaien schleppten sich auf der gewundenen Treppe mit dem riesigen Arsenal amerikanischer Gepäckstücke ab, und das Stubenmädchen versuchte, Feuer zu machen.

Im Umkleideraum spülte ich mir rasch mit kaltem Wasser Gesicht und Hände ab. Dann eilte ich durch die Galerie zum Salon. Derry war nicht zu sehen. Auch unten konnte ich ihn nicht finden. Nachdenklich blieb ich in der Bibliothek stehen.

Wie oft hatte mein Vater dort hinter dem gewaltigen Schreibtisch gesessen, Rücken dem Fenster zugekehrt, Ellbogen in einem Meer aus Papier vergraben. Die Schreibtischplatte wirkte jetzt eigentümlich kahl und leer. Einem Impuls folgend, nahm ich daran Platz und ließ meine Augen durch den Raum gleiten. Die vielen Bücher verliehen allem einen düsteren Anstrich, doch gab es einen Kamin aus italienischem Marmor, auf dessen Sims ein Porträt meiner Mutter stand. Ich betrachtete ihre dunklen Augen und überlegte, wie sonderbar es doch war, daß zwischen uns nie eine Bindung bestanden hatte.

Hinter dem Tintenfaß stand eine Miniatur, die meinen Bruder Louis zeigte. Mich vorbeugend, faßte ich die Miniatur mit Daumen und Zeigefinger und ließ sie in der obersten Schublade verschwinden. Dies zu tun, war schon seit langem mein Wunsch gewesen.

Die Tür ging auf, und Derry sagte in schleppendem Tonfall: „Bei Gott, es ist wirklich komisch, dich dort sitzen zu sehen!"

„Derry, was, zum Teufel, hast du dir dabei gedacht, Sarah so zu behandeln?" fragte ich ärgerlich. „So von oben herab."

„Aber hast du nicht gesehen, wie sie mich gemustert hat!?"

„Ich . . ."

„Schon gut, tut mir leid!" unterbrach er mich, ungeduldig und versöhnlich in einem. „Ich werde beim Essen mit der Friedenspalme wedeln. Nur keine Bange, ich bringe das schon wieder in Ordnung. Aber sag einmal – das ist ja ein eiskaltes Weib. Friert dir da im Bett nicht einiges ab?"

„Hör auf", sagte ich.

Er lachte. „Nun komm schon, Patrick! Willst du mir etwa nicht erzählen, wie sich dein Leben zwischen Bettüchern abspielt?"

„Diesmal nicht", erwiderte ich und versuchte vergeblich, zornig auf ihn zu sein. Statt dessen fühlte ich mich eher verlegen. „Sarah ist meine Frau."

„O Gott, ein Romantiker!" sagte er im gleichen gedehnten Tonfall wie zuvor und trat dann ans Fenster. Er gähnte.

Als ich schwieg, drehte er sich wieder zu mir um. Flüchtig zeigte sich in seinen Augen ein eigentümlicher Ausdruck, den ich nicht zu ergründen vermochte.

Im nächsten Moment lächelte er schon wieder und sagte leichthin: „Nun sei nicht beleidigt, es war ja nur ein Scherz. Du bist schon zu beneiden, Patrick. Noch nie habe ich eine Frau gesehen, die auch nur halb so hinreißend ist wie deine Sarah, das kannst du mir glauben. Wie wär's, wenn wir jetzt Whisky kommen ließen, damit du nach der langen Reise wieder richtig zu dir findest? Ich habe dir so viel zu erzählen, daß ich gar nicht recht weiß, wo ich anfangen soll."

Ich begann, mich besser zu fühlen.

Wenig später brachte Hayes uns Whisky und Wasser, und wir setzten uns in die Lehnstühle beim Kamin. Ich erkundigte mich, was es von Cashemara zu berichten gäbe. „Während der letzten Wochen in Amerika habe ich von dir keinen Brief bekommen", fügte ich hinzu, bemüht, nichts als eine nüchterne Feststellung zu treffen. „Hoffentlich ist hier nichts vorgefallen."

„Keinen Brief? Auch nicht den, in dem ich über deinen Vetter George schrieb?"

„Nein . . . gütiger Himmel, hat George sich vielleicht wieder eingemengt?"

„Verdammt!" sagte Derry. „Dann hast du den Brief also nicht mehr bekommen – dachte mir schon, daß er dich womöglich nicht mehr rechtzeitig erreichen würde. Nun, um's kurz zu machen, Patrick, alter Freund, ich bin zu dem Schluß gekommen, daß mir ein Wechsel der Szenerie guttun würde – wann wollt ihr nach Woodhammer?"

„Sobald wie möglich", sagte ich. „Eigentlich sind wir nur gekommen, um dich zu besuchen. Hättest du nicht Lust, uns nach Woodhammer zu begleiten und dort eine Weile zu bleiben? Gleich morgen werde ich Annabel aufsuchen und sie bitten, auch den Mädchen zu erlauben, nach Woodhammer zu kommen. Edith dürfte uns ja ziemlich langweilen, aber ich kann Clara nicht gut allein einladen . . ."

„Ich fürchte, daß Annabel damit nicht einverstanden sein wird. Vor einigen Wochen hat sie mir deutlich zu verstehen gegeben, daß sie für Clara andere Pläne hat."

„Nein! Wirklich?"

„Ich hatte mit ihrem Albert eine kleine Auseinandersetzung", sagte Derry unbeschwert. „Dreckiges kleines Wiesel. Paßte ihm nicht, daß ich Clara den Hof machte, und als er mich einen billigen Mitgiftjäger nannte . . . nun, ich ließ keinen Zweifel daran, was ich von Jockeys halte, die lieber Gäule als Weiber reiten. Daraufhin geriet Annabel in Rage und verbot mir das Haus."

„Lieber Himmel", sagte ich bedrückt. „Aber was hat George mit all dem zu tun?"

„Nun, nach dem Krach mit Smith kam Vetter George von Letterturk herübergekeucht und erklärte, Annabel hätte sich bei ihm über meine Unverschämtheit beschwert. Er stand da und fauchte mich an wie ein vollgefressener Drache – aber nicht etwa wegen Clara, sondern wegen MacGowan. Ja, du hast ganz richtig gehört – wegen MacGowan, diesem schottischen Mistkerl! Seit Monaten, so sagte George, hätte er sich äußerste Zurückhaltung auferlegt, aber der Vorfall in Annabels Haus sei der Tropfen, der das Faß endgültig zum Überlaufen brächte. Und als ich ihn fragte, was ich denn verbrochen hätte, sagte er: ‚Sie haben MacGowan arg zugesetzt.' "

„Aber . . ."

„Und so erwiderte ich: ‚Natürlich habe ich ihm zugesetzt! Gekauft habe ich mir diesen Betrüger und Dieb! Dank meiner Vollmacht konnte ich ihm eins auf seine geldgierigen Krallen geben!' MacGowan ist hier schließlich als Verwalter angestellt und soll nicht versuchen, den Despoten zu spielen. Nun ja – Vetter George läuft rot an und schreit, sein Onkel habe auf MacGowan immer große Stücke gehalten, und als ich ihn – voller Respekt wohlgemerkt – darauf hinweise, daß der verblichene Lord de Salis nicht mehr unter den Lebenden weilt, da gerät Vetter George noch heftiger in Wut und stößt dunkle Drohungen aus: Er wolle dich, wenn du kämst, unverzüglich ins Bild setzen. Er ist ein lästiger kleiner Mann, dein Vetter!"

„Lieber Himmel", sagte ich wieder.

„Macht nichts", sagte Derry beschwichtigend. „Wenn ich Clara nicht kriegen kann, habe ich auch keine Lust, hier auf Cashemara zu bleiben. Von mir aus können Vetter George und MacGowan zur Hölle fahren und Maxwell Drummond gleich mit."

„Bist du etwa auch mit dem aneinandergeraten?" rief ich entsetzt.

„Der würde sich doch selbst mit der Königin anlegen, wenn er die Gelegenheit dazu hätte. War aber nichts weiter – nur ein Sturm im Wasserglas, als ich beschloß, die Pacht zu erhöhen, die er für das frühere Land meines Vaters zahlt. Zwanzig Pfund waren eine so lächerliche Summe, und da ich sicher bin, daß der größte Teil davon ohnehin in MacGowans Tasche wanderte – nun, ich habe nur versucht, deine Interessen wahrzunehmen, Patrick! Aber natürlich hat Drummond von der neuen Pachtsumme keinen Penny bezahlt. Er besteht darauf, dich persönlich zu sprechen."

„Jetzt habe ich endlich einen Grund, ihn exmittieren zu lassen!"

„Das glaube ich kaum. Das frühere Land meines Vaters wirst du ihm sicher wegnehmen können, aber was die Exmittierung betrifft – sein Vertrag läuft über fünfzig Jahre, und da sind dir die Hände gebunden. Sollte er es versäumen, die Grundpacht zu entrichten, so ginge das, aber die ist so niedrig, daß es ihm nie schwerfallen wird, das nötige Geld zusammenzukratzen."

„Aber das gibt es doch gar nicht. In Irland sind doch alle Pächter jederzeit kündbar. Wie, zum Teufel, sollte ausgerechnet Drummond zu einem langfristigen Vertrag gekommen sein?"

„Weil dein Vater – Gott habe ihn selig – von der fixen Idee besessen war, das Los der Iren zu verbessern. Nach der Hungersnot gewährte er Drummonds Vater diesen Vertrag, den Drummond dann erbte. Los wirst du ihn erst am Tage des Jüngsten Gerichts oder im Jahre 1900 – je nachdem, was zuerst kommt."

Die Neuigkeiten waren so unerfreulich, daß ich mir rasch noch etwas Whisky einschenkte. „Guter Gott, wenn wir doch bloß auf Woodhammer wären", sagte ich voll Inbrunst.

„Wann können wir abreisen?"

„Nun, Sarah wird ein oder zwei Tage brauchen, um sich ein wenig zu erholen. Gegen Ende der Woche vielleicht . . ."

Es klopfte, und Hayes brachte auf einem Silbertablett einen Brief herein.

„Der Brief ist soeben von Letterturk eingetroffen, Mylord."

„Guter Gott", sagte ich. „Vetter George hat es aber wirklich sehr eilig."

Hayes zog sich zurück. Derry wies mit einer flüchtigen Handbewegung auf den Brief. „Am besten verbrennst du ihn ungelesen", meinte er.

Doch meine Neugier erwies sich als unwiderstehlich.

„Mein lieber Patrick! Als erstes möchte ich Dich nach Deiner langen Abwesenheit willkommen heißen. Meine Empfehlung an Dich und Deine junge Gattin. Ich freue mich schon sehr darauf, sie persönlich kennenzulernen." Nachdem er sich der Formalitäten entledigt hatte, verfiel Vetter George, einen neuen Absatz beginnend, sofort in einen überladenen Stil. „Trotz aufrichtigen Bedauerns sehe ich mich auf Grund meiner Ehre und meines Pflichtgefühls veranlaßt . . ." George sah sich immer auf Grund seiner Ehre und seines Pflichtgefühls zu irgend etwas veranlaßt. Sehr oft schon hatte ich gewünscht, daß er daran einmal ersticken möge.

„. . . Dich davon in Kenntnis zu setzen, daß es in den vergangenen Monaten auf Cashemara Schwierigkeiten gegeben hat, die nach meinem Dafürhalten einzig und allein auf Roderick Stranahan zurückzuführen sind . . ."

„Allmächtiger", sagte ich angewidert und überflog den letzten Absatz, in dem George damit drohte, mich gleich am nächsten Tag aufzusuchen, um die Situation mit mir zu besprechen. Ich reichte den Brief Derry. „Lies!"

„Nicht nötig", erwiderte er. „Ich kann mir auch so denken, was er schreibt." Er wölbte die Lippen vor, rümpfte verachtungsvoll die Nase und verwandelte sich in Vetter George. „Kann diesen Kerl Stranahan nicht ausstehen!" bellte er. „Ist mir immer über, dieser unverschämte junge Dachs – bei Gott!"

Ich lachte. „Da capo!" bat ich schließlich. „Da capo!"

Er stand auf und kämmte sich mit den Fingern das Haar über die Ohren. Dann band er seine Krawatte ab, knöpfte sein Hemd am Hals auf und zog den Stoff ein Stück zurück, um nackte Schultern vorzutäuschen.

„Patrick, Liebling", parodierte er Sarahs wohlmodulierten amerikanischen Akzent. „Ich möchte dies, ich möchte das, ich möchte einfach alles . . ."

Er unterbrach sich. Ich wollte gerade protestieren, als ich von der geöffneten Tür her Zugluft spürte: An der Schwelle stand Sarah, und sie schien alles gesehen und gehört zu haben.

II

Derry reagierte blitzschnell. Liebenswürdig sagte er: „Wie schön, daß Sie hier sind, Lady de Salis! Ich habe versucht, Patrick mit einer kleinen Parodie aufzumuntern, aber er ist so erschöpft, daß es vergebliche Mühe war. Mit Ihrer Erlaubnis darf ich mich jetzt empfehlen, um mich zum Essen umzuziehen."

Er glitt an Sarah vorbei und verschwand. Hinter ihm klappte die Tür zu.

„Wie kannst du dich unterstehen!" explodierte Sarah, rot vor Zorn. „Wie kannst du dich unterstehen, mich von ihm so verhöhnen zu lassen!"

„Ich wollte ihm gerade den Kopf zurechtsetzen, als du kamst." Zum Glück machte mich der Whisky ruhig. „Außerdem war es bestimmt nicht seine Absicht, dich zu verhöhnen . . . Liebling, ist irgend etwas passiert? Ich dachte, du wolltest ein Bad nehmen."

Prompt brach Sarah in eine Flut von Tränen aus und schluchzte irgend etwas Undeutliches über das Personal . . . wenn sie doch nur in New York geblieben wäre!

„Meine arme Sarah . . ." Ich brauchte fast eine halbe Stunde, um sie zu beschwichtigen. Endlich stand dann auch das heiße Wasser zur Verfügung, und ich nahm ihr das Versprechen ab, nach dem Bad sofort zu Bett zu gehen. „Dein Abendessen kann man dir ja hinaufbringen", sagte ich. „Und sobald ich fertig bin, leiste ich dir noch ein wenig Gesellschaft – einverstanden?"

Das war auch wirklich meine Absicht, doch nach der Mahlzeit tranken Derry und ich dann noch ein Gläschen Wein, und bevor wir uns recht versahen, standen zwei leere Flaschen da, und die Großvateruhr in der Ecke schlug zwölf – Mitternacht.

„Zeit zum Schlafengehen", sagte ich und versuchte, meiner Stimme einen festen Klang zu geben. Doch es hörte sich eher überrascht an.

„In deinen Schuhen möchte ich stecken, bei Gott", versicherte Derry. „Wenn Sarah oben auf mich warten würde – teilen wir sie uns doch, du unverschämter Glückspilz."

„Rede keinen Unsinn", sagte ich freundlich. Er war noch betrunkener als ich. „Und versuche nicht, mir weiszumachen, daß du einsam bist, denn bestimmt gibt es da irgendein Küchenmädchen, das dir in den vergangenene Monaten als Wärmflasche gedient hat."

„Pah!" machte er. „Was interessieren mich Küchenmädchen? Was interessieren mich Wärmflaschen? Wenn ich morgen krepiere, kümmert das niemanden."

Wenn er betrunken war, sprach er oft vom Tod, und wenn er an den Tod dachte, sagte er manchmal zu mir: „Ist das Leben nicht großartig?" Er schien sehr darüber verwundert, daß es zum Tod ein so rätselhaftes Gegenstück gab. Das Thema besaß für ihn eine geradezu morbide Faszination, aber das lag wohl daran, daß er Katholik war.

„Mir wäre es durchaus nicht gleichgültig, wenn du morgen sterben würdest", sagte ich und klopfte ihm auf die Schulter, während ich mich erhob. „Nun dann, gute Nacht, alter Junge."

Brennende Kerze in der Hand, verließ ich mit unsicheren Schritten den Raum. Heißes Wachs tropfte mir auf die Finger.

Ärgerlich murmelnd, stieg ich die Treppe hinauf und schwankte den langen Gang entlang.

Mein Kammerdiener wartete geduldig. Um ihn nicht länger aufzuhalten, zog ich mir rasch die Kleider vom Leibe und schlüpfte in mein Nachthemd.

Ich hatte erwartet, das Schlafzimmer dunkel zu finden, doch zu meinem Schrecken war die Nachttischlampe eingeschaltet. Sarah saß gegen die Kissen gestützt, ein Buch in der Hand.

„Wo warst du so lange?" fragte sie sofort mit zornbebender Stimme.

Allmächtiger, dachte ich. Plötzlich fühlte ich mich müde und recht verwirrt. Die Kissen auf meiner Seite des Bettes schienen mir einladend zuzuzwinkern.

„Du hattest versprochen, sofort nach dem Abendessen heraufzukommen. Ich warte schon seit Stunden."

„Tut mir leid", sagte ich hilflos. „Aber mir ist einfach entgangen, wie spät es war." Ich glitt ins Bett und beugte mich vor, um ihr einen Kuß zu geben, doch sie wandte ihr Gesicht ab.

„Wahrscheinlich warst du vollauf damit beschäftigt, mit Mr. Stranahan ein Plauderstündchen zu halten."

„Ja, warum denn auch nicht?" fragte ich bekümmert. „Er ist doch mein bester Freund. Sei jetzt bitte still, Sarah, und laß uns schlafen! Ich bin einfach zu müde, um jetzt deine schlechte Laune zu ertragen."

„Schlechte Laune? Ja, habe ich denn kein Recht darauf, wütend zu sein!? Seit wir dieses schreckliche Haus betreten haben, behandelst du mich schändlich!"

„In wenigen Tagen reisen wir wieder ab." Ich schmiegte meinen Kopf in das Kissen und genoß die Frische und den behaglichen Luxus des irischen Leinens.

„Hoffentlich nicht zusammen mit Mr. Stranahan!" sagte sie, ihren Oberkörper steif aufrichtend.

Irgendein Instinkt warnte mich davor, das jetzt zuzugeben. Nein, eine schlaflose Nacht war wirklich nicht das, wonach mir der Sinn stand. Und so nahm ich all meine Energie zusammen, setzte mich gleichfalls im Bett auf und versuchte, den Herrn des Hauses hervorzukehren. „Sarah", sagte ich streng, „du bist müde und abgespannt. Hör schon auf, mich anzufauchen. Mach endlich die Lampe aus und laß uns schlafen."

„Ich fauche dich nicht an!" In hohem Bogen schleuderte sie ihr

Buch durch das Zimmer. Wenn sie wütend war, gewann sie noch an Reiz. Ihre Augen glitzerten, ihre Wangen glühten, und das Haar, in dieser Nacht nicht geflochten, flutete in wilder Kaskade über ihre schlanken Schultern. „Wie kannst du dich unterstehen zu behaupten, daß ich dich anfauche!"

„Du fauchst, stöhnst und jammerst und bist im Augenblick ziemlich unausstehlich", sagte ich, die Geduld verlierend. „Auf der Stelle bist du jetzt still!"

Sie schlug mir mit der flachen Hand ins Gesicht.

Ich starrte sie an. Ein zweiter Schlag traf mich, und nach Sekunden, vielleicht Minuten, wußte ich plötzlich, daß ich sie lieben würde – jetzt, sofort. Ich griff nach ihr, mit groben Händen, auf Widerstand gefaßt. Doch sie leistete keinen Widerstand. Gefügig legte sie sich auf die Kissen zurück und ließ mich gewähren, und später nahm sie sogar meine Hand, eine eher scheue Geste, die wohl besagen sollte, daß mir verziehen sei. In plötzlicher Gefühlsaufwallung nahm ich Sarah in die Arme und drückte sie so fest an mich, daß sie kaum Luft bekam. Obwohl keiner von uns auch nur ein Wort sagte, wußte ich, daß wir beide glücklich waren.

Eine schlaflose Nacht gab es also trotz meiner anfänglichen Befürchtungen nicht. Aber als ich dann am nächsten Morgen aufwachte, fragte ich mich, wie um alles in der Welt ich Sarah nur beibringen sollte, daß Derry uns nach England begleiten würde.

III

Wie sich herausstellte, brauchte ich es ihr nicht sofort zu sagen, denn bald nach dem Frühstück traf von meinem Schwager Alfred Smith ein hastig gekritzelter Brief ein, in dem mir mitgeteilt wurde, daß Annabel schwer vom Pferd gestürzt sei. Ich möge doch sofort nach Clonagh Court kommen.

Sarah reagierte so verdrossen, als wäre die arme Annabel nur vom Pferd gefallen, um ihr Ungelegenheiten zu machen. Keinesfalls fühle sie sich von den Reisestrapazen genügend erholt, um mich nach Clonagh Court zu begleiten. „Ich hatte gehofft, daß wir beide den Morgen zusammen verbringen könnten", fügte sie hinzu, „aber ich begreife natürlich, daß du sofort zu Annabel mußt, wenn sie sich ernsthaft verletzt hat."

„Komm du doch mit", bat ich Derry, inzwischen sehr erregt, und er erwiderte teilnahmsvoll, gewiß könne er mit mir nach Clonagh Court reiten, aber nur bis zum Tor – weiter vorzudringen sei für ihn nicht ratsam.

Also brachen wir gemeinsam auf und ritten die Straße nach Clonareen hinab. Es war ein schöner Morgen. Auf dem Gras am Straßenrand funkelte Tau, und von ihren Feldern oder ihren Hütten lächelten mir meine Pächter zu. Derry tat, als bemerkte er keine Menschenseele. Die Situation war für ihn heikel, weil er früher einmal zu diesen Leuten gehört hatte. Viel zu sehr mit der Erwiderung der freundlichen Grüße beschäftigt, achtete ich kaum auf die Blicke, die man ihm zuwarf; aber ich dachte doch, wie bedauerlich es war, daß Menschen in so starkem Maße zum Neid neigten. Wir folgten dem Bogen, den die Straße schlug, und sahen Maxwell Drummond vor uns, den Hauptunruhestifter im Tal.

Derry behauptete immer, Drummond sei schottischer Abstammung, und tatsächlich war Drummonds Vater von Ulster gekommen, wo sich viele Schotten niedergelassen haben. Doch für mich war Drummond irisch bis auf die Knochen: genauso starrköpfig wie der Esel, der seinen Karren zog, und tausendmal aggressiver. Er hatte breite Schultern, einen massigen Hals und eine gebrochene Nase. Ein Kerl von einer derartigen Häßlichkeit war mir sonst noch nie zu Gesicht gekommen. Das einzige, was an ihm angenehm auffiel, war, daß er nicht mehr so durchdringend roch wie früher. Seine Frau, eine Lehrerstochter und offenbar bessere Gerüche gewohnt, schien darauf zu achten, daß immer ausreichend Seife vorhanden war.

Um uns vorbeizulassen, lenkte er seinen Eselskarren jetzt dicht an den Straßenrand. Dann bedachte er mich mit einem flüchtigen Nicken. „Willkommen daheim, Lord de Salis", sagte er. Seine Aussprache klang breit, doch die Worte verstand er zu wählen wie ein geborener Engländer. „Ich hoffe, daß Sie gekommen sind, um in Ihrem Haus Ordnung zu schaffen." Er maß Derry mit einem so unverschämten Blick, daß es mich nicht gewundert hätte, wenn der abgestiegen wäre, um ihn durchzuprügeln.

Doch Derry war viel zu kultiviert, um Frechheit mit Gewalt zu entgelten. Er gähnte, betrachtete eine über den Himmel treibende Wolke und sagte beiläufig zu mir: „Wenn wir Clonagh Court erreichen wollen, bevor es zu regnen beginnt, sollten wir uns lieber beeilen, Patrick."

„Hoffentlich schickt Gott genügend Regen, um dich darin zu ersäufen, du Schweinehund", sagte Drummond. „Denn erst, wenn du krepiert bist, gibt es in diesem Tal wieder Ruhe und Frieden. Guten Tag, Lord de Salis." Er gab seinem Esel einen Schlag mit der Rute, und das Tier begann sich in Bewegung zu setzen.

„Augenblick!" rief ich wütend. Ich war nicht gesonnen, diese Beleidigung meines Freundes stillschweigend hinzunehmen. „Wenn Sie glauben, Mr. Stranahan sei begierig darauf gewesen, während meiner Abwesenheit hier meine Interessen wahrzunehmen, so irren Sie sich! Er wüßte mit seiner Zeit Besseres anzufangen, als einer so undankbaren Aufgabe nachzukommen und mit Leuten wie Ihnen aneinanderzugeraten. Im übrigen fährt er Ende dieser Woche mit mir nach England, und ..."

„Gott segne Sie, Lord de Salis!" unterbrach mich Drummond mit einem triumphierenden Lachen, das mich noch mehr gegen ihn aufbrachte. „Wußte doch, daß Sie klarsehen und diesen Schurken sofort nach Ihrer Rückkehr von Cashemara entfernen würden! Als Sohn Ihres Vaters, dessen Andenken wir alle in Ehren halten, konnten Sie gar nicht anders handeln. Viel Vergnügen in England, Derry Stranahan!"

Der Esel fiel in Trab, und von den Rädern des Karrens spritzte Schlamm hoch und besudelte Derrys Kleider. Ich rief Drummond eine Verwünschung nach, die er nicht zu hören schien.

„Gottverdammte Impertinenz!" schrie ich. Sogar mein Pferd tänzelte vor Wut.

„Laß ihn gehen, Patrick! Soll zur Hölle fahren und verflucht sein – jedenfalls ist er es nicht wert, daß du dich über ihn erregst!" sagte Derry mit verachtungsvollem Lächeln, und als ich protestieren wollte, zog er die Schultern hoch, spreizte die Lippen und sagte in Drummonds breiter Mundart: „Ewige Verdammnis wird das Schicksal dieses Schurken sein, und auf dem ganzen Erdenrund wird sich keine Menschenseele bereitfinden, für ihn bei den Priestern eine Messe zu kaufen."

Natürlich mußte ich lachen. Plötzlich schien nur noch eines wichtig zu sein: daß wir hier im Sonnenschein nebeneinander ritten.

„Ist das Leben nicht großartig?" fragte Derry.

Wie immer, wenn er auf dieses Thema kam, fiel mir ganz automatisch das Gegenstück ein, der Tod; und während wir auf Clonagh Court zustrebten, wuchs wieder meine Unruhe.

In den Koppeln vor dem Haus grasten Pferde. Ich fragte mich, ob darunter auch jenes Tier sein mochte, das Annabel abgeworfen hatte, und meine Beunruhigung stieg noch.

Ich band mein Pferd an einen Baum und scheuchte die Hunde zurück, die mich wütend ankläfften. Die Vordertür war geöffnet, und mein Schwager Alfred Smith kam mir bereits entgegengeeilt. Er trug einen geflickten Rock, schmutzige Reithosen und irgend etwas, das den Namen Krawatte nicht verdiente. Sein kurzes, dunkles Haar stand hoch und erinnerte mich an eine Bürste.

„Himmel“, sagte er. „Bin ich froh, dich zu sehen. Komm herein.“

„Ist sie . . .“

„Nein, sie ist nicht tot, aber es hat sie ziemlich böse erwischt. Mrs. O'Shaughnessy, Danny und Millie und ich haben es ihr so bequem wie nur möglich gemacht, aber sie braucht jemanden, der sie richtig untersucht, und wo, zum Teufel, kriege ich hier einen Arzt her, wo es weit und breit nicht mal eine Apotheke gibt? Mrs. O'Shaughnessy und Millie können nicht weg, und Dannys Rheumatismus ist so schlimm, daß man ihn schon mit einem Flaschenzug auf ein Pferd hieven müßte. Was mich selbst angeht, so habe ich Angst, Annabel hier zurückzulassen – Himmel, du solltest nur sehen, wie sie daliegt, blaß wie eine Lilie“, sagte Alfred mit einem überraschenden Abstecher in das Poetische. „Es ist mir fürchterlich, sie so still zu sehen.“

„Ich werde sofort zur Apotheke reiten“, sagte ich, froh, daß es etwas gab, was ich tun konnte.

„Nun, ich weiß, daß du noch in den Flitterwochen bist, aber vielleicht könntest du jemanden schicken . . . Und dann die Mädchen, Clara und Edith, wie es die getroffen hat, die armen, kleinen Dinger. Wärst du so nett, mit ihnen zu sprechen? Sicher würden sie sich freuen, dich zu sehen . . .“

Des einen Unglück ist des andern Glück, heißt es im Sprichwort. Ich tat also, worum Alfred mich bat, und nachdem ich Clara mein Taschentuch gegeben hatte, schlug ich beiden Mädchen vor, einige Tage auf Cashemara zu verbringen, wo meine Frau ihnen Gesellschaft leisten könnte.

„Aber wir dürfen doch unsere arme Mama nicht allein lassen!“ schluchzte Clara, ein nettes, zartfühlendes Geschöpf.

„Wieso denn nicht?“ fragte Edith, die in allem das genaue Gegenteil ihrer Schwester war und immer so brummig wirkte wie ein Bär, den qualvolle Kopfschmerzen plagen. „Sie hat uns ja auch jahrelang allein gelassen. Warum sollten wir es nicht wenigstens für ein paar Tage tun? Außerdem liegt sie ja nicht im Sterben, und im Augenblick weiß sie nicht einmal, daß es uns überhaupt gibt."

„Du bist so unbarmherzig, Edith!" rief Clara vorwurfsvoll. Doch als ich sagte, mein Freund, Mr. Stranahan, warte draußen und könne beide nach Cashemara begleiten, folgte sie Edith sehr rasch nach oben, um ihre Sachen zu packen.

Derry war natürlich nur allzu bereit, die für ihn vorgesehene Rolle zu übernehmen, und bald rollten die Mädchen, zusammen mit ihrer alten Kinderschwester, die jetzt eine Art Zofe spielte, in der Kutsche in Richtung Cashemara davon. Derry ritt neben ihnen her und machte ein Gesicht wie ein Kater, der eine Schüssel voll süßer Sahne vor sich sieht.

Mir blieb jetzt Zeit, mich um einen Arzt zu kümmern. Wo sich die nächste Apotheke befand, schien niemand zu wissen, doch die Haushälterin meinte, in Cong gäbe es möglicherweise einen Arzt. Das Städtchen lag näher als Westport oder Galway, doch fast zwanzig Kilometer waren es trotz allem, und so machte ich erst einmal in Clonbur halt, um bei Willie Knox, einem kleineren Gutsbesitzer, Erkundigungen einzuziehen.

Knox erwies sich als sehr gefällig. Sobald er hörte, was geschehen war, erbot er sich, nach Letterturk zu reiten, um von dort einen pensionierten Arzt zu holen. Ich nahm sein Angebot an und ritt zu Alfred zurück, um ihm zu versichern, daß Hilfe im Anmarsch sei. Jetzt fand ich auch Gelegenheit, einen Blick auf Annabel zu werfen, doch sie war immer noch bewußtlos.

„Ich werde später wiederkommen", sagte ich zu Alfred. „Doch jetzt ist es wohl besser, wenn ich erst einmal nach Cashemara reite und mich ein bißchen um die Mädchen kümmere."

„Wenn doch nur deine Schwester hier wäre", sagte Alfred. „Die, die im Krankenhaus arbeitet, meine ich."

Der Gedanke gefiel mir. „Ich werde Madeleine schreiben", sagte ich, „obwohl, wenn der Brief in London ankommt, Annabel längst wieder auf den Beinen sein dürfte."

„Entweder auf den Beinen oder im Sarg", erwiderte Alfred und stieß, um seinen aufgestauten Gefühlen Luft zu machen, mit dem Fuß nach einer Truhe. Ich weiß noch, daß ihn mir das zum erstenmal sympathisch machte, denn wie alle anderen auch war ich der Meinung gewesen, er hätte Annabel ihres Geldes wegen geheiratet. Jetzt wollte mir scheinen, daß er sie wirklich liebte.

Als ich auf Cashemara ankam, war ich halbverhungert. Sarah war hysterisch, weil ich ihr aus heiterem Himmel die Mädchen aufgehalst hatte, MacGowan stand mit finsterem Gesicht in der Vorhalle, um mir seine Kündigung zu überreichen, und im Salon tanzte mein Vetter George de Salis auf und ab wie ein wutgeblähter Truthahn und verlangte, mich sofort zu sprechen.

IV

Ich kam seinem Wunsch nach. Eine Wahl blieb mir allerdings nicht, denn ehe ich mich recht versah, fand ich mich in den Salon gezerrt.

Seine ersten Worte waren: „Du wirst Stranahan natürlich auf der Stelle ersuchen, Cashemara zu verlassen. Unmöglich kannst du gestatten, daß er mit deinen unschuldigen jungen Nichten unter ein und demselben Dach wohnt."

„Guter Gott, George!" protestierte ich. „Die Mädchen haben ihre alte Kinderschwester bei sich. Außerdem ist ja auch Sarah da, um ein Auge auf sie zu haben. Du nimmst doch nicht etwa an, daß irgend etwas Ungehöriges . . ."

Leider war er genau dieser Ansicht. „Ich weiß ganz sicher, daß Stranahan es auf Clara abgesehen hat."

„Aber du kannst doch unmöglich glauben, daß er sie verführen würde!"

„Dem traue ich alles zu", erwiderte George dunkel. „Hör zu, Patrick, was sein muß, muß sein. Der Kerl muß weg von hier."

„Versuche nicht, mich herumzukommandieren!" brüllte ich ihn an. Für gewöhnlich bin ich ein ruhiger, ausgeglichener Mensch, aber es war schon halb drei, ich hatte noch nicht zu Mittag gegessen, meine Lieblingsschwester rang mit dem Tode, und ich war einfach nicht in der Stimmung für Vetter George. „Du bist nicht mein Vater, misch dich nicht in meine Angelegenheiten, du halsstarriger alter Esel!"

Er glotzte mich an wie ein Goldfisch, den man soeben aus dem Aquarium geklaubt hat. Dann explodierte er. Er schrie, ich sei undankbar, ein freches Balg, und er würde sich nicht wundern, wenn es mit mir ein schlimmes Ende nähme. Er sei nur froh, daß mein Vater nicht mehr lebe. Einzig Gott wüßte, wie viele Enttäuschungen ich meinem Vater bereitet hätte ...

„Das ist eine gemeine Lüge!" schrie ich ihn an. „Mein Vater war stolz auf mich! Aus dir spricht ja nur Neid, weil mein Vater der ältere der beiden Brüder war und weil ich Cashemara und Woodhammer geerbt habe und du nichts als dein rattenverseuchtes Loch in Letterturk!"

„Wie kannst du dich unterstehen, so etwas zu sagen!" Sein Gesicht glich einer Tomate. „Meine Sorge um Cashemara entspringt den reinsten Motiven!"

Ich lachte ihm ins Gesicht.

„Wie du willst", brüllte er mich an. „Wenn du meinen Rat nicht befolgst, so werde ich meinen Mund halten. Von mir aus kannst du zusammen mit dem jungen Stranahan zur Hölle fahren!"

Derry wäre an dieser Stelle sicher ein vernichtender Witz eingefallen, aber ich war zu erschöpft, um das letzte Wort behalten zu wollen. Sobald George aus dem Haus gestürmt war, rief ich Hayes und bat ihn, Bier und Sandwiches in die Bibliothek zu bringen, wo ich hinter dem Schreibtisch meines Vaters auf den Stuhl sackte.

Zehn Minuten später erschien der Butler mit einem Krug voll Ale, einem sorgsam in Scheiben geschnittenen Laib Brot und einem Teller mit Butter und Käse.

„Herrgott, Hayes, ist denn kein kaltes Fleisch da?"

„Ein hübscher Hühnerschenkel war da, Mylord ... aber keiner weiß, was damit geworden ist ... Mylord, Ian MacGowan würde Sie jetzt gerne sprechen, wenn es Ihnen genehm ist."

„Her mit der Hühnerkeule", sagte ich und widmete mich dem Brot mit einer Konzentration, die keinen anderen Gedanken mehr zuließ. Hayes flüchtete davon.

Als er etwas später pflichtgemäß zurückkehrte, meldete er mir, daß das Hühnerbein offenbar vom Erdboden verschwunden sei. Er hatte sogar die Stirn, von Kobolden zu sprechen. Danach überkam mich das Verlangen, mit einem nüchternen, praktisch denkenden Menschen zu sprechen. Also befahl ich Hayes, MacGowan hereinzurufen. „Und bringen Sie mir mehr Bier!" schrie ich wütend hinter dem Butler her, während ich mich (und das nicht zum erstenmal) fragte, wie ein Engländer es in Irland aushalten konnte, ohne darüber den Verstand zu verlieren.

MacGowan kam hereingetrottet, wünschte mir säuerlich einen

guten Tag und erklärte, er wolle kündigen. Nur mit letzter Mühe verkniff ich mir die Bemerkung: „Na, dann ziehen Sie schon ab!" Statt dessen biß ich in einen weichen Klumpen Käse. Warum die Iren keinen anständigen Hartkäse herstellen können, ist ein Geheimnis, das nur ihnen selbst bekannt sein dürfte.

„Mylord", sagte MacGowan, „Cashemara ist für zwei Verwalter nicht groß genug. Vor allem, wenn der eine zunichte macht, was der andere in harter und mühevoller Arbeit erreicht hat. Es steht mir nicht zu, an Ihnen Kritik zu üben, weil Sie Mr. Stranahan hier zu Ihrem Sachwalter ernannt haben. Meine Position ist dadurch aber unhaltbar geworden. Gestatten Sie mir also, Mylord, Ihnen mit allem schuldigen Respekt meine Kündigung zu überreichen, damit ich Cashemara zum frühestmöglichen Zeitpunkt verlassen kann."

Das Mahl hatte mich neubelebt. Ich begriff sofort, daß MacGowans Kündigung das letzte war, was ich brauchen konnte, wenn mir daran lag, in den nächsten Tagen mit Derry nach Woodhammer Hall zu reisen. Mochte der Verwalter auch seine Fehler haben, so war er doch imstande, die Dinge hier auf seine Weise in Gang zu halten. Für ihn einen Ersatz zu finden, konnte sich als recht schwierig erweisen. Noch schlimmer war, daß ich gezwungen sein würde, Gott wer weiß wie lange auf Cashemara zu bleiben, bis ich einen neuen Mann angestellt und eingewiesen hatte. Lieber einen Teufel, den du kennst, dachte ich entschlossen, als einen, der für dich ein unbeschriebenes Blatt ist.

„MacGowan", sagte ich, „Mr. Stranahan und ich beabsichtigen, schon in Kürze nach England abzureisen. Ich bedaure es, daß Ihre Position in letzter Zeit ein wenig schwierig gewesen ist. Das lag keineswegs in meiner Absicht, und ich verspreche Ihnen, daß Sie von heute an alle Angelegenheiten so regeln können, wie Sie es für richtig halten. Was Sie während meiner langen Abwesenheit hier geleistet haben, weiß ich wohl zu schätzen, und ich würde mich freuen, wenn Sie bereit wären, eine Gehaltserhöhung zu akzeptieren, sagen wir in Höhe von . . ." Ich stockte. Plötzlich wurde mir bewußt, daß ich nicht die geringste Ahnung hatte, wieviel er verdiente. Sein Gehalt wurde ihm jeden Monat von meinen Anwälten in London überwiesen.

„Mein Bruder, der in Schottland beim Marquis von Lochlyall Verwalter ist, bekommt jährlich fünfundzwanzig Pfund mehr als ich", sagte MacGowan mit typisch schottischer Verschlagenheit.

Seine Stimme klang so schwermütig, daß ihn selbst sein ärgster Feind nicht bezichtigen konnte, unverschämt zu sein, weil er meinem Vorschlag so behende zuvorkam.

„Nun, wir sind hier nicht in Schottland, MacGowan, nicht wahr?“ sagte ich. „Trotzdem bin ich der Meinung, daß Sie die fünfundzwanzig extra pro Jahr verdient haben.“ Sobald es heraus war, wurde mir klar, daß er erwartet hatte, ich würde ihn auf fünfzehn herabdrücken. Um meine Verwirrung zu tarnen, fuhr ich rasch fort: „Da Sie gerade Ihren Bruder in Schottland erwähnt haben – wie geht es eigentlich Hugh?“

Hugh war sein Sohn und ein Jahr jünger als ich. Seit er vor nunmehr einem Jahrzehnt nach Glasgow gefahren war, um dort eine Schule zu besuchen, hatte ich ihn nicht mehr gesehen. Im übrigen war ihm bald seine Mutter gefolgt, eine grimmige Frau, die es sich nicht nehmen ließ, ihren Sohn aus nächster Nähe zu überwachen. Wie der Verwalter darüber dachte, daß seine Frau ihn allein gelassen hatte, wußte niemand, aber wer sich an Mrs. MacGowan erinnerte, konnte nur vermuten, daß ihm ein Stein vom Herzen gefallen war. Er lebte ganz für sich in einem hübschen Steinhaus auf der anderen Seite des Fooey River, und es hieß, daß er in einem geheimen Versteck einen Sack voll Gold aufbewahre.

„Hugh geht es ausgezeichnet, danke der Nachfrage, Mylord“, sagte MacGowan, nahezu gesellig jetzt, da ihm die fünfundzwanzig Pfund extra den Blick in die Zukunft vergoldeten. „Mein Bruder in Schottland hat ihm auf den Ländereien von Lochlyall eine Anstellung als Anlernling verschafft und weiht ihn in die Geheimnisse der Verwaltung ein.“

„Das ist gut“, sagte ich. „Grüßen Sie Hugh von mir, wenn Sie ihm das nächste Mal schreiben.“ In Wahrheit hatte ich mir aus Hugh MacGowan nie etwas gemacht – mürrischer kleiner Kerl, der sich fortwährend prügelte oder in einer Ecke schmollte, weil ich Derrys Gesellschaft der seinen vorzog.

MacGowan war endgültig beschwichtigt, Hayes erschien mit dem nächsten Krug Bier, und so allmählich keimte in mir die Hoffnung, den Tag lebend zu überstehen. Allerdings war da noch Sarah . . .

Doch zu meiner großen Erleichterung stellte sich heraus, daß sie sich inzwischen beruhigt hatte und ihr Bestes tat, um meinen Nichten eine gute Gastgeberin zu sein. Derry seinerseits gab sich alle Mühe, sie mit seinem Charme zu bezaubern, und wenn sie ihn auch nach wie vor recht kühl behandelte, so schien die Situation doch keineswegs so verfahren, wie ich ursprünglich befürchtet hatte. Zu meiner Überraschung fand ich sogar Zeit für einen Brief an Madeleine, in dem ich sie um Hilfe bat. Da ich keine Zeit verlieren wollte, beauftragte ich einen Stallburschen damit, ihn sofort zum Postwagen in Leenane zu bringen.

Endlich konnte ich nach Clonagh Court zurückreiten. Doch kaum hatte ich die Türschwelle überquert, als die Haushälterin schluchzend die Treppe herabkam und mir mitteilte, daß meine Schwester gestorben sei.

V

Ich weinte und Alfred fluchte, doch ins Leben zurückholen konnten wir sie beide nicht mehr. Im Haus war es sehr still.

„Komm, trink einen Schluck“, sagte er schließlich und holte eine riesige Flasche mit irischem Whisky hervor.

Wir setzten uns und begannen zu trinken. Er erzählte von sich. Sechs Brüder und sieben Schwestern hatte er gehabt, und soweit er wußte, war er in einem Stall in Epsom zur Welt gekommen; beschwören konnte er das allerdings nicht. Sein Vater hatte dem alten Lord Rustington (dem Vater von Annabels ersten Mann) als Stallbursche gedient, und als ältester Sohn folge Alfred bald den Fußstapfen seines Vaters. Zum Glück erwies sich, daß er für einen Jockey genau die richtige Größe besaß, und so lebte er glücklich wie ein König und war sogar in der Lage, seinen Eltern, als sie alt wurden, Not und Elend zu ersparen. Er hatte die Hoffnung aufgegeben, eine passende Frau zu finden, denn er mochte nur große Mädchen, und große Mädchen lehnten ihn ab, weil er ihnen zu klein war.

Die einzige Frau, die ihn je anständig behandelt hatte, war Annabel, und da sie ihm sehr gefiel, fand er sich sogar bereit, ihr nachzusehen, daß sie einen Adligen zum Vater hatte.

„Komm, trink noch was“, forderte er mich auf und griff nach meinem Glas.

„Ein schauderhaft starkes Zeug“, murmelte ich benommen, während er für mich einschenkte.

„Sie brauen es in einer Schenke gar nicht weit von hier, aber ich habe Stein und Bein geschworen, daß ich keiner Menschenseele verraten würde, wo das ist, damit die Polizei keinen Wind davon bekommt. Aber wie ich gerade sagte ..."

Er sagte noch viel mehr und beschrieb Kindheit und Jugend mit liebevoller Ausführlichkeit. Schließlich war ich an der Reihe, meine Lebensgeschichte vor ihm auszubreiten. Wir redeten und redeten, längst war die Sonne untergegangen, und nachdem wir uns dann irgendwann ewige Freundschaft gelobt hatten, schliefen wir beide am Tisch des Speisezimmers ein. Als ich die Augen wieder öffnete, schnarchte Alfred noch mir gegenüber, die Morgensonne war schon ein ganzes Stück über den Horizont gestiegen, und wäre ein Priester durch die Tür hereingekommen, so hätte ich ihn unverzüglich um die Letzte Ölung gebeten. Tatsächlich fühlten wir uns beide so sterbenselend, daß es mir an diesem Tag unmöglich war, nach Cashemara zurückzureiten. Das einzige, wozu ich mich mit letzter Kraft aufraffte, war ein Brief an Sarah: Ich sähe mich gezwungen, bei Alfred zu bleiben, um für das Begräbnis alles Notwendige in die Wege zu leiten.

Die nächsten Tage waren so wirr wie ein Alptraum und bei weiten bedrückender. Tröstlich schien nur der Gedanke, daß sich auf Cashemara Derry um die Frauen kümmern konnte. Ich hatte auf Clonagh Court alle Hände voll zu tun. Fieberhaft versuchte ich, das Begräbnis zu arrangieren, und als ich schließlich die Hoffnung aufgegeben hatte, in diesem gottverlassenen Winkel der Erde auch nur das mindeste bewerkstelligen zu können, blieb mir keine andere Wahl, als mich zu überwinden und Vetter George um Hilfe zu bitten.

Das Grab wurde auf dem kleinen Flecken neben der Familienkapelle auf Cashemara ausgehoben, und der Priester kam von Letterturk, wo sich die nächste protestantische Kirche befand. Eine kleine Trauergemeinde versammelte sich, die Courtneys von Leenane, die Knoxes von Clonbur und die Plunkets von Aaslegh. Nach einer kurzen, einfachen Andacht wurde der Sarg in die Erde gesenkt.

Den Brief, den ich Madeleine geschrieben hatte, hatte ich inzwischen völlig vergessen, und als sie am nächsten Tage ankam, verstand ich es zuerst nicht recht. Sie hatte die letzten fünf Kilometer von der Leenane-Straße nach Cashemara zu Fuß zurücklegen müssen und war natürlich erschöpft und sehr ungehalten, daß ich mit dem Begräbnis nicht auf sie gewartet hatte.

„Aber wie konnte ich denn wissen, daß du überhaupt kommen

würdest?" fragte ich bekümmert. „Ich konnte ja nicht ahnen, wie lange mein Brief unterwegs sein würde."

„Nun, jetzt ist es nicht mehr zu ändern", erwiderte Madeleine ärgerlich, „aber ich muß schon sagen, daß die ganze Angelegenheit von Anfang an falsch angefaßt worden ist. Warum hast du statt dieses alten Mannes aus Letterturk nicht einen vernünftigen Arzt holen lassen?"

„Weil es hier meilenweit keinen Arzt gibt!" rief ich hitzig. „Die Leute wissen ja nicht einmal, wo die nächste Apotheke ist!"

„Das ist ein Skandal. Aber darum werde ich mich noch kümmern."

„Tu das", sagte ich erleichtert, weil jetzt Irland und nicht mehr ich für die Tragödie verantwortlich gemacht wurde.

„Ich werde in Clonareen eine Apotheke eröffnen", verkündete Madeleine schließlich. „Das Geld besorge ich mir vom Erzbischof – oder sogar vom Papst, wenn es sein muß. Und du kannst zum Gedenken an Annabel den Grund und Boden zur Verfügung stellen und ein kleines Haus bauen lassen, wo ich Patienten behandeln kann."

Wenn das der Preis war, den ich entrichten mußte, um sie wieder zu versöhnen – nun gut. Madeleine sah immer so aus, als könnte sie kein Wässerchen trüben, doch unter dem sanften Äußeren war sie so zäh wie ein Paar alte Stiefel.

„Marguerite war sehr aufgebracht, weil sie über Annabels Unfall nicht unterrichtet worden ist", sagte Madeleine streng. „Ich besuchte sie noch, ehe ich von London abfuhr. Du hättest ihr schreiben sollen, Patrick!"

„Aber Annabel war doch nicht tot! Ich meine, damals als ich dir schrieb . . ."

„Es bestand doch wohl kaum ein Zweifel, daß sie jeden Augenblick sterben konnte. Hast du Katherine geschrieben?"

„Noch nicht."

„Patrick!"

„Nun, ich wußte doch, daß sie sich in London befand, und meinte, die Reise zum Begräbnis auf Cashemara sei ihr sicher zu weit."

Der Blick aus ihren porzellanblauen Augen war vernichtend, doch ihre Stimme klang sehr höflich, als sie sagte: „Ich werde Katherine sofort schreiben. Wirst du hier sein, falls sie sich entschließt, nach Cashemara zu kommen?"

„Nein, ich fahre nach Woodhammer", erwiderte ich nicht ohne Erleichterung. „Sarah und ich reisen übermorgen ab."

„Ja, aber was soll mit Clara und Edith werden? Du denkst doch nicht etwa daran, sie bei diesem erbarmungswürdigen Smith zu lassen?"

„Alfred Smith", sagte ich wütend, „ist ein ganz verdammt netter Kerl, und ich werde es nicht zulassen, daß du auch nur ein abfälliges Wort über ihn äußerst."

„Mit dem Ausdruck ‚erbarmungswürdig' meinte ich nur, daß er zu bedauern ist. Du wirst ihn natürlich auf Clonagh Court wohnen lassen? Es freut mich, daß es deine Absicht ist, Barmherzigkeit zu üben. Was aber die Mädchen betrifft, so möchte ich . . ."

„Sie werden mit uns nach Woodhammer kommen."

„Eine ausgezeichnete Lösung! Bei aller Nachsicht – Clonagh Court ist für beide eine unpassende Umgebung gewesen, und außerdem hat Vetter George mir versichert, daß es ratsam sei, Clara von Derry Stranahan zu trennen . . ."

„Nun, Derry wird uns nach Woodhammer begleiten", sagte ich, außerstande, mich zu beherrschen und Madeleine diese Tatsache zu verschweigen. „Und wenn er Clara heiraten will, werde ich ihm gewiß nichts in den Weg legen."

Einen Augenblick saß sie stocksteif da. Dann musterte sie mich mit einem undurchdringlichen Ausdruck. Schließlich sagte sie: „Ich verstehe. Natürlich ist es nicht meine Sache, mich da einzumischen, aber es scheint mir, daß du einen Fehler begehst."

Eine halbe Stunde später kam Sarah wutschnaubend zu mir in die Bibliothek gestürzt und sagte, wenn Derry mit uns nach Woodhammer käme, würde sie auf dem erstbesten Dampfer nach New York zurückfahren.

VI

Es gelang mir, sie zu beschwichtigen, aber es war verdammt schwere Arbeit.

„Nur dieses eine Mal muß ich Derry noch helfen", beschwor ich sie. „Sollten er und Clara sich einig werden, nun, das würde für ihn sehr viel bedeuten, und schließlich . . . er ist doch mein ältester Freund, Liebling. Versuche bitte, das zu verstehen."

„Aber es wird doch noch viele Monate dauern, bis er sie heiratet, und während dieser ganzen Zeit haben wir ihn und Clara und diese unausstehliche Edith um uns . . ."

„Aber, Liebling, ich hatte gehofft, daß du dich in Claras Gesellschaft wohlfühlen würdest."

„In deiner Gesellschaft würde ich mich wohlfühlen."

„Ich würde dir gerne Gesellschaft leisten, aber du weißt, daß das in letzter Zeit verflixt schwierig gewesen ist . . ."

„Du liebst mich nicht! Sonst würdest du mit mir nach Europa reisen!"

„Woodhammer ist viel hübscher als der Kontinent", sagte ich und küßte sie. „Warte nur ab." Im Augenblick schien mir, daß ich sehr vernünftig mir ihr gesprochen hatte, doch später begriff ich dann, daß es mehr als nur Worte bedurft hätte, um ihr meine Liebe zu beweisen. Nun, ich gab mir Mühe. Sarah wurde ins Bett geschmeichelt, und wieder einmal war alles gut. Zumindest zu dem Zeitpunkt, da wir von Cashemara abfuhren, sprachen wir noch miteinander.

Die Reise nach Woodhammer schildern zu wollen, wäre ein unsinniges Unterfangen. So mag denn die Feststellung genügen, daß das Durchqueren Irlands, das Übersetzen über die Irische See, die anschließende Eisenbahnfahrt nach Warwickshire mit vielfachem Umsteigen und schlechten Anschlüssen und das in Gesellschaft von drei Frauen, einem Haufen von Bediensteten und einem Riesenberg Gepäckstücke vollkommen ausreicht, um zwei Männer in der Blüte ihres Lebens völlig zu entkräften. Als wir endlich ankamen, sahen Derry und ich ziemlich blaß aus. Ich war wohl noch nie so froh gewesen, das gute alte Woodhammer vor mir zu sehen: unter der warmen Sonne schlummernd inmitten jener schönen und ordentlichen und kultivierten englischen Landschaft.

Daheim, dachte ich dankbar und hätte vor Glück fast geweint. Derry, der Sentimentalitäten verabscheute, warf mir mißtrauische Seitenblicke zu; aber, Herrgott nochmal, wie herrlich war es doch, wieder auf Woodhammer zu sein! Auf Woodhammer war ich geboren worden, auf Woodhammer hatte ich meine Kindheit verbracht, Woodhammer war ganz einfach ein Teil von mir. Viele Menschen hatten meinen Lebensweg gekreuzt und waren meinem Gesichtskreis wieder entschwunden, Eltern, Brüder, Schwestern, Diener, Freunde – nie war eine Begegnung mit ihnen wirklich von Dauer. Woodhammer jedoch, Woodhammer war immer da.

Woodhammer war Beständigkeit, war Sicherheit und Wärme und Trost und Frieden. Generation nach Generation von de Salises hatte hier gelebt und war hier gestorben.

Als Kind hatte ich alle möglichen Bediensteten gefragt, wo ich denn eigentlich herkomme. Natürlich war ich mit der altangestammten Geschichte vom Storch abgespeist worden – bis dann eines Tages die Köchin die richtigen Worte fand. Sie sagte: „Aber, Liebes, natürlich von Woodhammer Hall wie alle anderen kleinen de Salises." Von da an wußte ich es: wußte, wer ich war und woher ich kam. Ich war ein de Salis von Woodhammer Hall, und Woodhammer Hall war der Mittelpunkt des Universums. Und wenn ich dann allein war, wenn meine Nanny wieder einmal betonte, daß Knaben soviel schwieriger seien als Mädchen, wenn meine Schwester Nell noch bedrückter umherwandelte als sonst – dann tröstete mich die Gewißheit, daß ich ja ein Zuhause hatte, und ich liebte dieses Zuhause mit all der Leidenschaft, die Menschen zu bezeugen ich nie Gelegenheit fand.

Was für ein herrliches Haus war es doch! Im Elisabethanischen Stil erbaut, mit dem traditionellen E als Grundform, hohen Schornsteinen, verwitterten Wänden und Fenstern, die überhaupt nicht zueinander paßten. Es blickte auf einen ausgedehnten Park, den einer meiner Vorfahren im achtzehnten Jahrhundert anlegen ließ. Hinter dem Haus befand sich ein faszinierender Elisabethanischer Garten mit einem Labyrinth, das dem von Hampton Court fast den Rang ablief. In weiteren kleinen Gärten blühten den ganzen Sommer über Blumen, und das Gras war sehr grün und sehr weich. Aus dem 18. Jahrhundert stammten auch das Aussichtstürmchen und die Orangerie. Doch am meisten gefielen mir die Gärten selbst. Und dort war es auch gewesen, wo ich mich für das Anpflanzen von Blumen zu interessieren begann, um später voller Anteilnahme zu beobachten, wie sie wuchsen und blühten.

Und im Hause ... Ich sehe noch die getäfelte Halle vor mir ... und der Kamin mit den gekreuzten Schwertern über dem Sims ... und der riesige Perserteppich ... und dahinter die Treppe, *meine* Treppe, die schönste Treppe auf der ganzen Welt, handgeschnitztes Holzgeländer von Grinling Gibbons. Diese Treppe war es, die mich dazu inspirierte, es selbst mit der Holzschnitzerei zu versuchen.

Auf Woodhammer gab es viele Schnitzereien, doch keine kam der prachtvollen Treppe gleich. Die getäfelten Räume wirkten warm und würdig und das Gewirr der Korridore geheimnisvoll. Für ein Kind war das Haus mit seiner Umgebung eine Wunderwelt, und ich freute mich immer wieder, wenn ich daran dachte, daß meine Kinder auch auf Woodhammer Hall aufwachsen würden.

Natrülich sprach ich zu meinem Vater nie davon, weil ich wußte, daß er das nicht verstehen würde. Er stammte aus einer Generation der De-Salis-Familie, die nicht auf Woodhammer Hall großgezogen worden war. Mein armer Vater! Er wurde auf Cashemara geboren, das kahle, neue Cashemara, von eiskalter Symmetrie – eine perfekte, doch völlig uninspirierte Architektur. Mitten in der Wildnis erbaut, bar jeder Atmosphäre des Geschichtlichen, durchtränkt von der feuchten, lähmenden irischen Luft und umgeben vom feindseligen irischen Bauernvolk, wirkte Cashemara auf mich furchteinflößend, bedrückend und abstoßend. Wenn ich, und sei es selbst von einem ganz kurzen Besuch, von Cashemara nach Woodhammer zurückkehrte, so fühlte ich mich jedesmal versucht, niederzuknien, um Gott für die Erlösung aus diesem Übel zu danken.

Ja, lieber Gott, ich danke dir, dachte ich auch jetzt, während mein Blick über die Bediensteten glitt, die sich zu unserem Empfang in Reih und Glied aufgestellt hatten. Cashemara war nur noch der Schatten einer unangenehmen Erinnerung irgendwo in der Tiefe meines Unterbewußtseins.

Ich schüttelte dem Verwalter gerade voller Überschwang die Hand, als jemand die Treppe herabgeeilt kam. Ich sah das rötliche Haar, den funkelnden Widerschein auf dem Pincenez und das hübsche dunkle, sehr modisch geschnittene Kleid, und mein Herz schlug vor Freude rascher.

„Marguerite!“ rief ich. „Was für eine wundervolle Überraschung!“

Doch Marguerite bedachte mich nicht einmal mit einem Lächeln. Starr haftete ihr Blick auf irgendeinem Punkt hinter meiner rechten Schulter, und als mir gerade dämmerte, daß meine Begeisterung unerwidert bleiben würde, stürzte Sarah an mir vorbei wie ein Fuchs, der in wilder Flucht einen Schlupfwinkel sucht, und warf sich weinend in die ausgestreckten Arme ihrer Tante.

3. KAPITEL

I

„Die Lösung“, sagte Marguerite nachdrücklich, „liegt auf der Hand.“ Die gute Marguerite – sie besaß ein einzigartiges Talent, das Leben anderer zu organisieren. „Du und Sarah, ihr müßt mehr Zeit für euch allein haben.“

Es war eine Stunde später. Sarah, von Marguerite getröstet, lag inzwischen im Bett, auch die beiden Mädchen erholten sich jetzt von den Reisestrapazen, und Derry war noch nicht wieder aus seinem Zimmer aufgetaucht. Ich hatte mich gerade auf der Suche nach einem stillen Eckchen befunden, am liebsten oben in der Dachkammer inmitten meiner Sammlung von Holzschnitzereien, als Marguerite mir auf dem Gang begegnet war und mich, mit festem Griff meinen Ärmel packend, in einen Raum zu einem Sofa manövriert hatte, von wo man, über die Terrasse hinweg, auf den Garten blicken konnte. Mir blieb nichts anderes übrig, als mich dreinzuschicken. Verdrossen hörte ich mir Marguerites Vortrag über Sarahs Kümmernisse an und wurde erst gegen Schluß ihrer Rede etwas munterer, als sie sagte: „Es ist mir natürlich bewußt, daß die Schuld nicht ausschließlich bei dir liegt.“

„Meinst du?“ fragte ich erfreut.

„Allerdings. Ich war durchaus imstande, zwischen den Zeilen von Sarahs Briefen zu lesen, in denen sie um Hilfe flehte und mich bat, hierher nach Woodhammer zu kommen. Ich dachte, ein schneller Besuch könnte unter den gegebenen Umständen nicht schaden.“

„Ich freue mich sehr, dich zu sehen, Marguerite. Laß doch Thomas und David nachkommen und bleibe noch ein paar Monate. Ich verstehe gar nicht, warum du die beiden in London gelassen hast.“

An dieser Stelle war es, daß Marguerite sagte, Sarah und ich müßten mehr Zeit für uns allein haben. „Und darum habe ich mich auch entschieden, meinen Besuch hier so kurz wie möglich zu halten", sagte sie. „Eigentlich möchte ich nur Clara und Edith nach London holen. Wenn ich später mit den Jungen nach Bournemouth an die See reise, können sie mitkommen."

„Aber ..." begann ich und brach wieder ab.

„Oh, ich verstehe schon!" sagte Marguerite. „Du bist so großmütig, daß es dir nie eingefallen ist, diese Mädchen nicht unter deine Fittiche zu nehmen. Aber glaube mir, im Augenblick ist es wirklich besser, wenn sie bei mir leben."

„Das ist sehr anständig von dir, Marguerite, aber ..."

„Gibt es irgendwelche Schwierigkeiten?" erkundigte sie sich mit Luchsaugen.

„Nicht eigentlich Schwierigkeiten, aber, siehst du, Derry mag Clara schrecklich gern, und er hat sich schon so darauf gefreut, sie etwas öfter zu Gesicht zu bekommen ..."

„Großartig!" sagte Marguerite. „Warum auch nicht? Bestimmt hat er immer schon London kennenlernen wollen, und für einen aufgeweckten jungen Mann wie ihn ist es nie schwer, eine passende Arbeit zu finden."

„Hm", machte ich, weil ich nicht wußte, was ich sagen sollte. Dann versuchte ich's mit Offenheit. „Nun, ich meinerseits habe mich darauf gefreut, eine Zeitlang mit Derry zusammensein zu können, aber es ist wohl wichtiger, daß er Clara nach London folgt. Er ist ziemlich in sie verknallt, weißt du."

„Wunderbar!" sagte Marguerite. „Ich liebe Romanzen."

„Du bist also nicht gegen eine Verbindung?" fragte ich überrascht. „Außer uns beiden scheinen alle zu meinen, daß Derry ein Verbrechen begeht, wenn er auch nur einen Blick auf Clara wirft."

„Nach meiner Meinung wird es höchste Zeit, daß Derry deinem Beispiel folgt und seßhaft wird", erwiderte Marguerite. „Derry ist sehr begabt und sehr ehrgeizig, aber wir alle wissen, daß Begabung und Ehrgeiz allein noch längst nicht den Erfolg verbürgen. Um in der Welt voranzukommen, braucht er eine reiche Frau, die über gute Verbindungen verfügt. Clara ihrerseits braucht, wie jedes andere junge Mädchen, einen gutaussehenden, charmanten und klugen Ehemann. Fügt sich das nicht großartig?"

„Guter Gott, Marguerite!" rief ich mit Bewunderung. „Warum, um alles in der Welt, ist nicht jeder Mensch so vernünftig wie du?

Dann wäre das Leben viel einfacher und gemütlicher . . . Du hast Derry also verziehen, ja? Ich meine, für all die Scherereien auf Cashemara, ehe Papa starb . . ."

„Es wäre wenig christlich, so nachtragend zu sein", erwiderte sie freundlich. „Also, Patrick, wenn wir alle fort sind und du mit Sarah allein auf Woodhammer bist, dann vergiß bitte nicht, wie sehr sie dich gerade im Augenblick braucht. Sie muß sich nicht nur in ein neues Land eingewöhnen, sondern auch in eine ihr fremde Lebensweise, und da kann es gar nicht ausbleiben, daß sie sich zuerst unsicher fühlt. Du wirst doch daran denken und Rücksicht auf sie nehmen, ja?"

„Aber natürlich. Arme Sarah. Es war wirklich nicht meine Absicht, sie in Irland so viel allein zu lassen, aber durch Annabels Tod und das Begräbnis . . ."

„Das war für dich gewiß eine schwere Zeit", sagte Marguerite mitfühlend. „Aber laß nur. Was du damals Sarah gegenüber versäumt hast, kannst du jetzt, da du wieder daheim in England bist, mit Leichtigkeit wettmachen."

Die Aussicht, mich mit Sarah wieder zu vertragen, erleichterte mich. Ich wollte in ihren Räumen nach ihr sehen und mich nach ihrem Befinden erkundigen. Aber dann fiel mir Derry ein, und ich beschloß, zuerst mit ihm ein paar Worte zu wechseln.

„Oh, mein Gott", sagte er, sobald ich Marguerites Namen erwähnte. „Ich habe mir schon gedacht, daß sie sofort versuchen würde, dich zu beeinflussen." Aber nachdem ich ihm versichert hatte, Marguerite stehe ganz auf seiner und Claras Seite, taute er auf. „Ich würde natürlich lieber hier auf Woodhammer bleiben", sagte er, „aber da ich mir nun schon mal die Mühe gemacht habe, nach England zu kommen, sollte ich wohl wirklich London kennenlernen. Außerdem möchte ich selbstverständlich nicht, daß Clara mir durch die Finger schlüpft – stell dir vor, sie trifft in London einen anderen, der sich für sie interessiert!" Die Vorstellung schien ihm einen Schrecken einzujagen. „Wann wirst du mit Sarah nach London kommen?"

„Du lieber Gott, das weiß ich nicht. Ich habe noch nicht darüber nachgedacht."

„Nun, du glaubst doch nicht etwa, daß Sarah sich lange mit einem ruhigen Leben auf dem Lande zufriedengibt?" fragte er lachend.

„Ich hoffe, daß es ihr hier wenigstens eine Zeitlang gefällt", sagte ich beklommen. In der Tat hatte ich mich schon auf eine Reihe friedlicher Monate gefreut, ehe ich später mein Versprechen einlösen und im Frühjahr mit Sarah ins Ausland reisen wollte.

„Mach dir doch nichts vor, Patrick. Sie wird keine Ruhe geben, ehe sie nicht Londons Lichterglanz gesehen hat. Fahr doch schon bald für einige Wochen mit ihr hin."

„Also . . ."

„Teufel, Patrick, was soll ich in London anfangen, wenn du nicht da bist?" protestierte er amüsiert, und mir fiel sofort ein, was wir alles zusammen unternehmen konnten.

„Ja, das könnte lustig werden", sagte ich widerstrebend.

„Aber natürlich wird es lustig, und du kannst sicher sein, daß Sarah die erste ist, die das zugibt. Ich wette fünf Pfund, daß sie drei Tage, nachdem wir nach London abgereist sind, alles daran setzt, uns dicht auf den Fersen zu folgen!"

Wie sich erwies, waren es fünf Tage, nicht drei. Sobald sich in Sarahs Stimme, wenn sie von London sprach, ein unverkennbar sehnsuchtsvoller Klang einschlich, wußte ich, was die Glocke geschlagen hatte. Meine Ruhe würde ich erst haben, wenn ich mich zumindest mit einem kurzen Besuch einverstanden erklärte. Doch ich versuchte, das Unausweichliche hinauszuschieben. Im August, so erklärte ich ihr, sei kein Mensch in der Stadt, und es wäre viel vernünftiger, bis Ende September auf dem Lande zu bleiben.

„Aber auf dem Lande ist ja auch niemand!" widersprach sie, und ich mußte zugeben, daß diese Feststellung den Nagel so ziemlich genau auf den Kopf traf. Alle unsere Nachbarn waren nach Schottland abgereist, um dort Moorhühner zu schießen. Trotzdem gelang es mir, den Besuch Londons auf Anfang Oktober zu verlegen. Nachdem ich mit Sarah soweit ins reine gekommen war, ging ich daran, Woodhammer in vollen Zügen zu genießen. Leider stellte sich nur allzu bald heraus, daß Sarah dazu einfach nicht fähig war, und es trübte mein Vergnügen sehr, zu wissen, wie ruhelos sie durch Gänge und Räume schritt, weil sie sich so entsetzlich langweilte.

Das Problem bestand nicht nur darin, daß Sarah es nicht ertragen konnte, allein zu sein. Als Hauptschwierigkeit erwies sich, daß sie kein Hobby hatte. Sie versuchte es mit Sticken, doch bereits nach einer halben Stunde legte sie ihre Arbeit gelangweilt beiseite. Sie las auch einige Romane, aber mehr als ein Kapitel pro Tag war ihr zuviel. Im Gegensatz zu Marguerite war sie nicht im mindesten an Literatur interessiert oder an aktuellen Ereignissen oder an der Politik.

Ich ging mit ihr spazieren, ritt und fuhr mit ihr aus. Ich tat mein Bestes, um für jene Unterhaltung zu sorgen, derer sie fortwährend bedurfte. Doch insgeheim sehnte ich mich danach, zumindest gelegentlich mit meinen Holzschnitzereien allein zu sein, und da das am Tage nicht möglich war, begann ich nachts aufzubleiben, um in Ruhe und Abgeschiedenheit arbeiten zu können. Aber natürlich brauchte ich meinen Schlaf nicht weniger als sie ihren, und gewiß war es verständlich, daß sie mir grollte, wenn ich mich tagsüber zu einem längeren Nickerchen zurückzog.

Anfang Oktober drängte es mich schließlich fast genauso sehr wie sie, Woodhammer zu verlassen. Ich schrieb Marguerite einen Brief, in dem ich anfragte, ob wir bei ihr am St. James' Square wohnen könnten.

Derry ging es gar nicht schlecht. Marguerite war es gelungen, ihm eine Stellung im Kolonialministerium zu verschaffen. Als irischer Anwalt konnte er seinen Beruf in London nicht ausüben, aber das bekümmerte ihn wenig.

Seine Absicht war es, Weihnachten um Claras Hand anzuhalten. Da es um seine Zukunft sehr rosig bestellt schien, rang er sich sogar ein paar gute Worte über Marguerite ab.

„Und wie gefällt dir London?" fragte ich. Er zog ein Gesicht und meinte, gar so übel sei es nicht, wenn man sich hier als irischer Katholik auch schwer täte.

„Aber da du jetzt hier bist, werde ich mich nicht mehr so fremd fühlen", sagte er erleichtert und fügte eifrig hinzu: „Wie lange wirst du denn hier bleiben?"

Da ich es selbst nicht wußte, mußte ich ihm die Antwort schuldig bleiben. Doch bald schon fragte mich Sarah, ob wir uns nicht, da wir ja nicht ewig bei Marguerite wohnen könnten, ein eigenes Haus kaufen wollten. Da die Idee vernünftig schien, willigte ich ein, und so machten wir uns auf die Suche, eine Aufgabe, die uns tagelang in Atem hielt. Sarah kostete jede Sekunde voll aus. Nachdem wir in der Curzon Street ein geeignetes Haus gefunden hatten, ging sie voll Begeisterung daran, das passende Mobiliar auszuwählen, und da sie das von morgens bis abends in Anspruch nahm, fand ich endlich Zeit, mich meinen Schnitzereien zu widmen. Ein amerikanisches Backenhörnchen, an dem ich mich versuchte, mißlang kläglich. Mehr Erfolg hatte ich mit einem Fries, der eine Gruppe von Eichhörnchen zeigte. Ich benutzte Kiefernholz, ein ziemlich weiches Material, und verarbeitete die kleinen Knötchen und Verhärtungen zu einem Hintergrund aus Bäumen, Blättern und Eicheln.

Die Beschäftigung tat mir gut. Ich fühlte mich wieder glücklich. Da Sarah, als der Fries fertig war, immer noch mit der Ausstattung des Hauses zu tun hatte, kümmerte ich mich jetzt in stärkerem Maße darum, Derry in London heimisch zu machen. In der Park Street gab es einen neuen Klub, den Albatros, und ich sorgte dafür, daß wir als Mitglieder aufgenommen wurden. Zum Klub gehörten auch einige meiner ehemaligen Mitschüler in Oxford, und ich meinte, daß ihre Gesellschaft auch Derry behagen würde. Soweit ich wußte, verband sich mit dem Klub auch irgendein vager politischer Zweck, doch Tatsache war, daß man dort nie über Politik sprach. Es gab einen ausgezeichneten Brandy, und stets war ein Spiel im Gange, so daß man über einen Mangel an Unterhaltung kaum klagen konnte. Derry zeigte sich denn auch recht angetan.

Gegen Weihnachten fühlte ich mich in London so wohl, daß ich mich, im Gegensatz zu sonst, überhaupt nicht nach Woodhammer sehnte. Ja es überraschte mich sogar, daß ich der Stadt früher nicht mehr abgewonnen hatte. Allerdings schien das nicht ganz unverständlich. Schließlich war ich ja noch nie mit Derry dort gewesen.

Flüchtig kam mir der Gedanke, das Weihnachtsfest auf Woodhammer zu feiern, doch ich verwarf ihn bald wieder. Also blieben wir in London, und zu Silvester veranstaltete Sarah in unserem neuen Haus einen großen Ball, der bei den Gästen, unter denen sich auch der Prinz von Wales befand, einen tiefen Eindruck hinterließ. Sarah war in solchen Dingen eine wahre Meisterin.

Das Haus selbst war sehr elegant, obschon die Ausstattung ein klein wenig überladen wirkte, was zweifellos an Sarahs amerikanischer Herkunft lag. Doch sie hatte einen sicheren Geschmack. Billig war es gewiß nicht gewesen, aber ein Mann in meiner Position mußte über ein angemessenes Stadthaus verfügen – worauf ich denn auch Fielding hinwies, als er mir von einer wahren Flut eintreffender Rechnungen berichtete.

Fielding war der Sekretär meines Vaters gewesen, und ich hatte ihn engagiert, weil ich jemanden brauchte, der sich um die Begleichung der Rechnungen kümmerte und um jene Briefe, in denen ich um Beiträge für irgendwelche Wohltätigkeitsaktionen ersucht wurde. Er arbeitete in engem Einvernehmen mit den Familienanwälten, die gleichzeitig die Aufgabe hatten, seine Tätigkeit zu überwachen.

Im neuen Jahr machte Derry Clara einen Heiratsantrag, der, wie nicht anders zu erwarten, angenommen wurde. Um die Sache zu feiern, fuhren wir zum Klub, wo er bei einem Glücksspiel, das sich Lu nannte, fast fünfhundert Pfund gewann. „Wenn das kein gutes Zeichen ist", sagte ich, als wir seinen doppelten Erfolg mit Champagner begossen, und er erwiderte, ja, er spüre es in den Knochen, daß sich für ihn endlich alles zum Guten wende.

Am folgenden Tag gab er seine Stellung im Kolonialministerium auf, weil er bis zu seiner Hochzeit einmal auskosten wollte, wie es war, zu jenen Gentlemen zu gehören, die begütert genug waren, um nicht arbeiten zu müssen.

„Nun, warum auch nicht?" sagte ich, und von da an hatten wir beide ausreichend Muße, um uns gemeinsam in London zu vergnügen. Wenn er Clara seinen Besuch abgestattet hatte, stand uns der Rest des Tages zur freien Verfügung.

Was Sarah betraf, so brauchte ich mich um sie nicht weiter zu kümmern, da sie vollauf damit beschäftigt war, gesellschaftliche Verbindungen zu vertiefen und sich neue Kleider machen zu lassen. Unangenehm schien höchstens, daß wir gezwungen waren, unsere Reise zum Kontinent bis zum Herbst zu verschieben, da die Hochzeit im Frühjahr stattfinden sollte. Doch Sarah nahm das widerspruchslos hin, weil sie dadurch Gelegenheit hatte, die ganze Saison in London zu verbringen.

Ich beschloß, Derry zur Hochzeit ein Haus zu schenken. Schließlich heiratete er eine reiche Frau, und ich konnte ihn ja nicht gut mit leeren Händen vor den Altar treten lassen. Ganz in unserer Nähe, in der Clarges Street, fand ich ein passendes kleines Haus, und Clara zeigte sich entzückt. Da Derry nicht wußte, wo er das Geld für die Ausstattung auftreiben sollte, übernahm ich schließlich auch noch diese Kosten, was Fielding ziemlich in Wallung brachte.

Derry schien tatsächlich in eine Glückssträhne geraten zu sein, denn in den ersten Monaten des neuen Jahres gewann er regelmäßig beim Kartenspiel, was mich, wie ich gestehen muß, ein wenig neidisch machte; denn ich selbst verlor gerade zu dieser Zeit nicht unbeträchtliche Summen. Aber ich tröstete mich: Bei Glücksspielen ist auch das ärgste Pech nie von Dauer, und so besteht immer die Hoffnung, alles wieder wettmachen zu können.

Der Frühling kam. Ich hatte geglaubt, daß meine Schwestern zur Hochzeit in London erscheinen würden, sah mich jedoch getäuscht. Madeleine baute in Clonareen ihre Apotheke (von mir finanziert, da der Erzbischof kein Geld herausgerückt hatte und die Regierung jegliche Verantwortung für das Projekt ablehnte), und Katherine dachte nicht daran, Derry als Verwandten zu akzeptieren, geschweige denn zu seiner Hochzeit zu kommen.

„Weißt du", sagte Derry zu mir mit jenem leicht verächtlichen Lächeln, das er stets zeigte, wenn er gekränkt worden war, „der Fall scheint mir recht klar zu liegen. Lady Duneden ist neidisch, weil ihre Nichte einen Mann bekommt, der vierzig Jahre jünger ist als ihr eigener – und nicht nur jünger, sondern auch vergnüglicher."

Darin mochte ein Körnchen Wahrheit stecken, obwohl Katherine allem Anschein nach recht glücklich verheiratet war. Kinder hatte sie nicht (allerdings hörte ich von ein oder zwei Fehlgeburten), und Duneden behandelte sie, als wäre sie ein Kronjuwel.

Die Hochzeitsfeier, die ich für Clara gab, wurde ein großes Ereignis. Als Clara und Derry dann für sechs Wochen nach Italien reisten, wurden Sarah und ich sofort vom Strudel der Londoner Saison eingesogen.

„Wie himmlisch aufregend das alles ist!" rief Sarah begeistert und ließ sich unverzüglich fünfundzwanzig neue Ballkleider anfertigen.

Auf seine Weise war der Sommer ganz vergnüglich. In Hofkreisen konnte man sich natürlich nach wie vor zu Tode langweilen, und die Königin wurde von Tag zu Tag unpopulärer. Doch die Gesellschaft, die man im Marlborough House antraf, verstand es, allem die beste Seite abzugewinnen. Nun, ich war Vergnügungen gewiß nicht abgeneigt, und als ich sah, daß Sarah großen gesellschaftlichen Erfolg hatte, empfand ich nicht nur Stolz, sondern auch Genugtuung, weil sie so glücklich zu sein schien.

Insgeheim bedauerte ich allerdings, daß es keine Anzeichen dafür gab, ich würde bald Vater werden, aber da Sarah nie davon sprach, schwieg ich auch. Eine Schwangerschaft hätte mir einen Vorwand geliefert, die Reise zum Kontinent wieder zu verschieben. So mußte ich darauf hoffen, daß die heikle internationale Lage mir im Herbst zu einer Ausrede verhalf. Der unverbesserliche

Bismarck befand sich schon wieder auf dem Kriegspfad, und die Franzosen gerieten offenbar jetzt schon in Panik.

Als Derry und Clara Anfang August von ihrer Hochzeitsreise zurückkehrten, kamen sie zu uns nach Cowes, wo die Segelsaison gerade im Gang war. Später lud ich beide dann nach Woodhammer ein.

„*Was* hast du getan?“ rief Sarah, als ich ihr davon berichtete.

„Nun, du weißt doch, wie sehr du dich auf Woodhammer langweilst. Und da dachte ich . . .“

„Dachtest du was? Daß ich mich, während du den ganzen Tag mit Derry draußen bist, mit dieser albernen Clara noch mehr langweile als sonst? Außerdem scheinst du vergessen zu haben, daß wir nach Schottland eingeladen sind, und zwar zu . . .“

„Wir fahren nicht nach Schottland“, sagte ich. „Wir fahren nach Woodhammer.“

„Aber . . .“

„Wir fahren nach Woodhammer!“ Ich bin in vieler Hinsicht ein gelassener und auch nachgiebiger Mensch, aber wenn es darauf ankommt, kann ich auch meinen Kopf durchsetzen.

„Also gut“, sagte Sarah, fliegende Röte auf den Wangen. „Aber ohne Derry und Clara.“

„Verflixt noch mal, Sarah, im August können sie unmöglich in der Stadt bleiben. Wo sollen sie sonst hin?“

„Jedenfalls nicht nach Woodhammer!“ schrie sie. „Ich habe beide lange genug ertragen müssen!“

„Wie kannst du so etwas behaupten, wo sie erst seit einer Woche von der Hochzeitsreise zurück sind?“

„Und vorher? Waren sie da etwa nicht auf Woodhammer und später in London? Nein, ich habe es endgültig satt, dich und Derry dauernd Arm in Arm zu sehen. Vor seiner Hochzeit meinte Marguerite, ich sollte auf seinen Abschied vom Junggesellenleben Rücksicht nehmen. Nun gut, ich habe Rücksicht genommen. Aber damit es es jetzt endgültig vorbei.“

Ihr unerwarteter Gefühlsausbruch bestürzte mich. Daß sie auf Derry derart eifersüchtig war, hatte ich nicht geahnt. Auf der Suche nach einer mitfühlenden Seele wandte ich mich wie gewöhnlich an Marguerite, doch zu meiner Überraschung reagierte sie recht kühl und sagte, es sei an der Zeit, daß ich Derry sich selbst überließe. Er müsse sich aus eigener Kraft auf den Beinen halten.

„Du hast für ihn alles getan, was ein Freund tun kann, und mehr als nur das", erklärte sie mir unverblümt. „Jetzt ist es an ihm, sein eigenes Leben zu führen. Soll ihn doch jemand anders aufs Land einladen."

„Aber ich bin der einzige richtige Freund, den er hat. Und das macht es mir zur Verpflichtung . . ."

„Ja, eine Verpflichtung hast du!" sagte Marguerite so heftig, daß ich zusammenfuhr. „Aber nicht gegenüber Derry, sondern gegenüber Sarah." Der Blick, mit dem sie mich musterte, hätte genügt, um eine Eichenplanke zu durchbohren.

„Also gut", sagte ich resigniert. „Vielleicht hast du recht. Aber ich habe Derry bereits nach Woodhammer eingeladen. Wie soll ich ihm erklären, daß daraus nun nichts wird?"

„Da du sein einziger Freund bist", erwiderte Marguerite, „sollte er doch Verständnis zeigen, wenn du ihm sagst, daß die Umstände dich zwingen, deine Pläne zu ändern."

Es war eine verdammt peinliche Angelegenheit, doch ein glücklicher Zufall fügte es, daß ganz in der Nähe von Woodhammer ein kleines Grundstück mit dem Namen Byngham Chase zu mieten war. So deutete ich Derry gegenüber denn taktvoll an, daß Clara sich wahrscheinlich freuen würde, den Sommer über dort nach Belieben schalten und walten zu können. Heikel war die Sache trotzdem, denn ich wollte natürlich nicht, daß er sich von mir zurückgewiesen fühlte. Sarah ihrerseits machte ein Riesentheater, weil ihr schon der Gedanke zuwider war, die Stranahans auch nur als Nachbarn zu haben. Um sie zu besänftigen und abzulenken, begann ich, von unserer bevorstehenden Reise zum Kontinent zu sprechen, und schon bald vertiefte sie sich in Reiseführer und Landkarten. Da ein Krieg zwischen Frankreich und Preußen in der Luft lag, schlug ich vor, Paris jetzt lieber nicht zu besuchen. Empfehlenswerter schien mir eine Reise nach Italien, das ich ohnehin lieber mochte als Frankreich.

„Du wirst dich in das Land verlieben", sagte ich zu Sarah und stellte zu meiner Überraschung fest, daß auch ich mich jetzt auf die Reise freute. Da für die dreimonatige Tour größere Geldmittel erforderlich waren, schrieb ich meinen Anwälten einen entsprechenden Brief. Am Tage vor unserer Abfahrt nach Woodhammer besuchte mich unerwartet Mr. Rathbone von der Kanzlei Rathbone, Armstrong und Mather.

Er war keineswegs ein vertrockneter alter Mann, wie man das bei Familienanwälten so oft findet. Er war noch nicht einmal vierzig, modisch gekleidet und sein Gesicht zierte ein stattlicher Backenbart. „Der junge Rathbone ist sehr tüchtig“, hatte mein Vater gesagt, nachdem der alte Rathbone gestorben war. „Er bringt alle Voraussetzungen mit, in die väterlichen Fußstapfen zu treten.“

Aus irgendeinem Grunde hatte mich diese Bemerkung irritiert. Selbst jetzt noch war mir die Erinnerung daran unangenehm. Trotzdem versuchte ich, Rathbone unvoreingenommen zu begegnen.

„Lord de Salis“, sagte er, nachdem wir die üblichen Begrüßungsformalitäten hinter uns gebracht hatten, „ich fürchte, daß wir uns über eine Angelegenheit unterhalten müssen, die, Gott sei's geklagt, heikel und peinlich ist.“

Ich hatte nicht die geringste Ahnung, worauf er hinauswollte, und so sagte ich ihm, daß ich in einer halben Stunde zum Essen verabredet sei: Wenn er also die Güte hätte, sich kurz zu fassen ...

„Selbstverständlich, Mylord“, sagte er. „Die Angelegenheit betrifft bedauerlicherweise Ihre gegenwärtige pekuniäre Situation.“

„Ach so“, sagte ich und unterdrückte ein Gähnen. „Haben Sie dafür gesorgt, daß mir für die Reise nach Italien die notwendigen Geldmittel zu Verfügung stehen?“

„Mylord“, erwiderte Rathbone, „es scheint, daß im Augenblick für die von Ihnen geplante Reise nach Italien keinerlei Geldmittel vorhanden sind.“

Er war offenbar übergeschnappt. Keinerlei Geldmittel? Ich besaß dieses Haus in London, besaß Woodhammer Hall, besaß Cashemara. Meine Einkünfte betrugen pro Jahr viele tausend Pfund, und er wollte mir weismachen, daß sich nicht genügend Kleingeld zusammenkratzen ließ, um mit Sarah für ein paar Monate nach Italien zu fahren?

„Mylord, Sie schulden Ihren Bankiers eine ganz beträchtliche Summe“, sagte Rathbone.

„Ja, und? Es ist doch wohl nichts Ungewöhnliches, daß Bankiers Geld ausleihen.“

„Lord de Salis, an irgendeinem Punkt sind auch Bankiers gezwungen, einen Strich zu ziehen. Zudem gibt es da außer den Bankiers leider auch noch die Geldverleiher. Kürzlich war ein gewisser Mr. Goldfarb bei mir.“

„Ach ja, die Spielschulden“, sagte ich. „Ich habe im Klub eine ganze Menge Schuldscheine ausgestellt, und als ich sie einlösen mußte, griff mir Mr. Goldfarb unter die Arme. Er ist ein Freund von Captain Danziger, dem Klubsekretär, und erwies mir einen großen Gefallen."

„Selbst Mr. Goldfarb kann nicht auf unabsehbare Zeit gefällig sein, Mylord."

„Einen Augenblick", sagte ich, dieser Absurdität endgültig überdrüssig. „Es mag ja zutreffen, daß ich in diesem Jahr einen Haufen Geld ausgegeben habe, aber ich bin schließlich kein armer Mann. Ich kann beim besten Willen nicht verstehen, warum meine Gläubiger so ein Theater machen. Zweifellos gibt es in London viele, die wesentlich größere Schulden haben als ich."

„Gewiß, Mylord, doch dürfte es sich kaum empfehlen, diesen Leuten nachzueifern. Ich jedenfalls halte es für unbedingt erforderlich, daß Sie Ihre Schulden reduzieren, ehe sie sich zu einer schweren Belastung für Ihren Besitz auswachsen. Und daher empfehle ich Ihnen, zum gegenwärtigen Zeitpunkt von einer so kostspieligen Auslandsreise Abstand zu nehmen."

„Tut mir leid", sagte ich, „aber ich kann unmöglich meine Gattin enttäuschen. Ich muß das Geld haben. Beschaffen Sie mir es von einem anderen Bankier."

„Mylord, ich bezweifle, daß es in London einen Bankier gibt, der im Augenblick bereit wäre, Ihnen Geld zu leihen, ohne eine Art Pfandrecht auf Ihren Besitz zu erhalten . . ."

„Nun, dann geben Sie ihnen dieses Pfandrecht oder was immer sie verlangen! Herrgott nochmal, Rathbone, ich habe mich doch wohl klar genug ausgedrückt."

Er schwieg einen Moment. „Mylord wollen wirklich", sagte er dann, „daß ich Woodhammer Hall verpfände?"

„Was!?" rief ich und sprang auf.

„Das ist die einzige Möglichkeit, zu Geld zu kommen, Mylord. Ihre Schulden sind einfach zu groß."

„Von Woodhammer Hall wird mir kein einziger Ziegel verpfändet!"

„Nun ja, Mylord", sagte Rathbone. „Aber Sie wissen doch, daß Cashemara unantastbar bleibt, weil es unveräußerlicher Erbbesitz ist."

„Eine solche Verfügung läßt sich doch durch Gerichtsbeschluß aufheben – gerade in Irland! Soweit mir bekannt ist, hat das Parlament damals nach der Hungersnot ein Gesetz erlassen, das es ermöglicht, derartige Erbbesitzungen rückgängig zu machen, damit man sich seines Besitzes entledigen kann."

„Dieses Gesetz ist auf Cashemara nicht anwendbar, Mylord."

„Wieso nicht, Teufel nochmal?"

„Weil es sich um ein begrenztes Lehen handelt, das gegebenenfalls an die Krone zurückfällt oder, um es anders auszudrücken . . ."

„Ja, drücken Sie es gefälligst anders aus!"

„. . . als Königin Elisabeth Ihrem Vorfahren den Grundbesitz überließ, mit der Vorkehrung, daß nur männliche Mitglieder des Geschlechts erbberechtigt sind, umschloß das auch den Vorbehalt, daß im Falle des Aussterbens besagter männlicher Mitglieder der Besitz wieder an die Krone fällt. Das hat zur Folge, daß Cashemara unveräußerlicher Erbbesitz bleibt. So etwas kommt zwar nicht oft vor, doch hat zum Beispiel auch der Herzog von Marlborough . . ."

„Der Herzog von Marlborough interessiert mich nicht!"

„Sehr wohl, Mylord. Dann darf ich vielleicht noch einmal darauf hinweisen, daß in Anbetracht dieser Umstände Woodhammer Mylords einziger veräußerbarer Grundbesitz ist."

Ich sank auf meinen Stuhl zurück.

„Ganz abgesehen von dieser Reise zum Kontinent, Mylord, halte ich es für ratsam, von Ihren Schulden wenigstens dreißigtausend Pfund zu tilgen, denn sonst werden Sie, selbst wenn Sie Ihre Ausgaben sehr beschränken, kaum in der Lage sein, die für die Restsumme nötigen Zinsen aufzubringen. Wenn Sie sich vielleicht entschließen könnten, dieses Haus in London zu verkaufen . . ."

„Nein", sagte ich und dachte daran, wie Sarah darauf reagieren würde. „Kommt nicht in Frage."

„Oder einen Teil des Grundbesitzes von Woodhammer . . ."

„Nie!" rief ich leidenschaftlich.

„Nun, in diesem Fall dürfte es das Beste sein, Mylord, wenn Sie Ihre Schulden konsolidieren, indem Sie auf Woodhammer eine Hypothek aufnehmen. Sollten Sie nach wie vor entschlossen sein, nach Italien zu reisen, so ließe sich wahrscheinlich die dafür erforderliche Summe abzweigen."

Eine Hypothek auf Woodhammer? Der Gedanke war mir unerträglich. „Es muß eine andere Lösung geben", sagte ich starrköpfig.

„Nicht, wenn Sie sich weigern, auch nur einen Teil Ihres

Grundbesitzes zu verkaufen, Mylord", erwiderte Rathbone. „Und nicht, solange Mr. Goldfarb für das Ihnen gewährte Darlehen vierzig Prozent Zinsen verlangt. Wenn Sie Ihre Schulden schon nicht reduzieren wollen, so müssen Sie sie zumindest konsolidieren. Im Endeffekt ist es jedenfalls viel besser, einem einzigen respektablen Gläubiger eine Zinssumme zu zahlen, die sich in vertretbaren Grenzen hält."

Ich überlegte fieberhaft. Wahrscheinlich würde Francis Marriott bereit sein, mir das Geld zu leihen. Aber nein, ich hatte keine Lust, meinen Schwiegervater anzubetteln. Doch da war ja noch Vetter George, vermögend, ohne Kinder. Und Lord Duneden, auch nicht gerade ein armer Mann. Wenn mir der Gedanke an einen Bittgang zu George oder Duneden auch genauso wenig behagte wie die Vorstellung, meinen Schwiegervater um Hilfe zu bitten, so wußte ich doch, daß beide britische Gentlemen waren mit viel Verständnis für ein Dilemma dieser Art.

„Ich werde mir das Geld auf andere Weise verschaffen", sagte ich schroff. „Sobald die Angelegenheit geklärt ist, lasse ich Sie das wissen. Guten Tag, Mr. Rathbone."

II

Sarah gegenüber erwähnte ich Rathbones Besuch mit keinem Wort. Später, nach der Reise, mochte es allerdings notwendig werden, ihren Extravaganzen mit einer behutsamen Warnung vorzubeugen.

Doch mir blieb die Aufgabe, Vetter George und Duneden ins Bild zu setzen. Also biß ich die Zähne zusammen und schrieb die notwendigen Briefe. Bemüht, auf keinen Fall einen verzweifelten Ton anzuschlagen, erklärte ich ihnen, in was für einer peinlichen Lage ich mich befand. Nervös wartete ich auf Woodhammer, was sie mir antworten würden.

Zwei Wochen vergingen, ehe ich den von ihnen gemeinsam verfaßten Antwortbrief in den Händen hielt. Ich hatte bereits vermutet, daß sie sich miteinander beraten würden. Duneden Castle lag zwar über hundert Kilometer von Letterturk entfernt, doch Vetter George war nicht der Mann, sich durch solche Kleinigkeiten beirren zu lassen, wenn es galt, einen Kriegsrat zu halten.

„Mein lieber Patrick“, hatte George in einem so kühlen Ton geschrieben, daß die Diktion meines Schwagers unverkennbar durchschimmerte, „Lord Duneden und ich bestätigen Dir den Empfang Deiner Briefe vom 23., und da ich heute das Vergnügen hatte, mit ihm zu speisen, ergab sich die Gelegenheit, Deine Situation eingehend zu erörtern. Allerdings stellte sich schon bald heraus, daß uns noch allzu viele Details unbekannt sind. Daher wären wir Dir sehr verbunden, wenn Du es einrichten könntest, uns so bald wie möglich aufzusuchen, damit wir die Angelegenheit besprechen können. Darf ich vorschlagen, daß wir uns alle Ende der Woche, am 15. August, auf Cashemara treffen. Bitte laß mich wissen, wie Du darüber denkst, damit wir gegebenenfalls die notwendigen Vorbereitungen treffen können. Mit den besten Empfehlungen Dein Vetter . . .“

Mir blieb keine Wahl. Ich mußte fahren. Sarah erzählte ich, eine Krise auf Cashemara habe MacGowan veranlaßt, mich um rasche Hilfe zu bitten. Sie war voller Verständnis und erbot sich sogar, mich zu begleiten, was ich verdammt anständig von ihr fand, da sie Cashemara ja nie gemocht hatte. Aber natürlich lehnte ich ab. Zum Glück war Marguerite mit ihren Söhnen für die allernächste Zeit nach Woodhammer eingeladen, so daß Sarah sich ohne großen Widerspruch dreinschickte. Derry gegenüber konnte ich selbstverständlich mehr Offenheit an den Tag legen. Von meiner widerwärtigen Unterredung mit Rathbone wußte er bereits, und jetzt erleichterte es mich doch sehr, ihm mein Unbehagen vor den bevorstehenden Gesprächen anvertrauen zu können.

„George wäre kein Problem“, sagte ich. „Mit dem kann ich jederzeit fertig werden. Aber Duneden, der ist von anderem Schlag. Jetzt wäre es mir lieber, ich hätte ihn nicht hineingezogen. Doch George verfügt kaum über die Mittel, mir eine derart große Summe vorzustrecken, und daher blieb nur noch Duneden. Bei Gott, Derry, ich wünschte, du würdest mich begleiten! Ich bin nervös wie ein junger Hund.“

„Wenn du willst, komme ich mit“, sagte er sofort. Es gab keinen besseren Freund als ihn. „Ich habe keine Angst vor diesem graubärtigen alten Ziegenbock und dem vollgefressenen Ochsenfrosch.“

„Nein“, sagte ich, meinen ganzen Mut zusammennehmend. „Ich habe die Karre selbst in den Dreck gefahren und muß sehen, daß ich sie auch allein wieder herausbekomme. Es wäre nicht fair von mir, auch dich da hineinzuziehen. Bleibe bei deiner Clara und halte eine Novene für mich oder sonst irgendein katholisches Ritual, das dir Freude macht."

Er protestierte, doch ich blieb standhaft und brach gleich am nächsten Morgen nach Irland auf.

Als ich auf Cashemara eintraf, regnete es. Das Haus war so feucht wie eine klamme Gruft. Bevor ich mich dazu überwinden konnte, auf mein Zimmer hinaufzugehen, trank ich am Kamin in der Bibliothek eine Riesenmenge Brandy, und als ich am nächsten Morgen aufwachte, lief mir die Nase und ich tat mir schrecklich leid. Es regnete immer noch. Die Lough hatte die Farbe von rauchigem Glas, und auf den Bergen lag der Nebel wie eine schwere Last. Da ich nichts Besseres zu tun hatte, kauerte ich mich wieder ans Kaminfeuer in der Bibliothek, trank noch mehr Brandy und fing gerade an, mich etwas besser zu fühlen, als Vetter George und Duneden ankamen, was mich prompt auf den Zustand eines Kakerlaken im Keller reduzierte.

Warum Cashemara und nicht etwa Duneden Castle oder Letterturk Grange als Treffpunkt ausersehen worden war, erfuhr ich nur allzu bald. Meine Inquisitoren wollten MacGowan befragen, die Bücher prüfen und ganz allgemein feststellen, ob Cashemara zu meinem besten Nutzen verwaltet wurde.

„Offen gestanden, Patrick", sagte Duneden mit seiner Politikerstimme, „fällt es mir schwer zu glauben, daß du in einem solchen Maße über deine Verhältnisse gelebt haben kannst, daß du jetzt ein Darlehen von derart gigantischem Ausmaß benötigst."

„Ich hatte in diesem Jahr ganz enorme Ausgaben", sagte ich mit meiner demutsvollsten Stimme.

„Was für Ausgaben?" wollte Vetter George sofort wissen.

Da es wohl wenig sinnvoll gewesen wäre, über meine Pechsträhne beim Kartenspiel oder Derrys Hochzeit zu sprechen, sagte ich nur: „Himmel, George, du erwartest von mir doch nicht etwa, daß ich dir eine Liste vorlege. Derartige Details kannst du von Rathbone erfahren, obwohl ich nicht ganz begreife, weshalb sie dich interessieren."

„Mein lieber Patrick", sagte Duneden, und für einen Augenblick glaubte ich die Stimme meines Vaters zu hören, „du möchtest, daß wir dir eine beträchtliche Geldsumme zu Verfügung stellen. Daher dürften wir darauf Anspruch haben, etwas über deine finanziellen Angelegenheiten zu erfahren."

„Ja, natürlich", murmelte ich, um ihn nur nicht gegen mich aufzubringen. „Das ist mir bewußt. Also bitte – wo fangen wir an?"

Nun, es wurde ein ganz verteufelter Tag. Die beiden nahmen sich MacGowan vor, sahen die Bücher durch und kalkulierten die Einkünfte, die Cashemara brachte, so ziemlich bis auf den letzten Penny aus. Während der folgenden drei Tage saßen wir (bei unentwegt fallendem Regen) im Sattel, und Vetter und Schwager inspizierten alles höchstpersönlich. George fand, daß die Pachtgelder, in vielen Fällen seit Anfang der fünfziger Jahre nicht erhöht, erschreckend niedrig waren, und auch Duneden meinte, es sei ein Fehler, diese Summe nicht realistischer abzustufen.

„Sobald die Iren sich daran gewöhnen, für einen Pappenstiel ein Dach über dem Kopf zu haben", sagte er, „kämpfen sie verbissen darum, daß es auf alle Zeiten dabei bleibt." Und Vetter George fügte hinzu: „Wenn du bankrott gehst, kannst du ihnen nicht helfen, Patrick. Ich habe nach der Hungersnot zu viele ruinierte Güter gesehen, um nicht zu wissen, wie sehr gerade die Pächter unter solchen Umständen zu leiden haben."

Immerhin räumten beide, wenn auch widerstrebend, ein, daß MacGowan ein ehrlicher Mann war und unter den gegebenen Verhältnissen eine recht ordentliche Arbeit geleistet hatte.

„Also gut", sagte Duneden, nachdem MacGowan angewiesen worden war, erhöhte Pachtgelder durchzusetzen, „das wäre alles für Cashemara. Jetzt müssen wir nach Woodhammer."

Ich versuchte zu protestieren, doch ich hätte mir die Mühe sparen können, denn sie saßen ja am längeren Hebel, wie wir alle wußten. Mich versetzte das in die peinliche Lage, Sarah erklären zu müssen, wie meine Verwandten dazu kamen, ihre Nase in meine Angelegenheiten zu stecken. Die unangenehme Prozedur von Cashemara wiederholte sich auf Woodhammer. Sie überprüften alles haargenau.

Das Ironische daran war, daß ich, der ich immer geglaubt hatte, auf Woodhammer sei alles in bester Ordnung, mich bald eines Besseren belehren lassen mußte. Mason, der alte Verwalter, war sehr nachlässig geworden, was sich in entsprechend niedrigen Erträgen auswirkte. Hinzu kam, daß die Landwirtschaft in England im Augenblick ohnehin schwer zu kämpfen hatte. Vetter George schob das auf die schlechten Ernten, und Duneden machte die wachsende Macht der Vereinigten Staaten dafür verantwortlich. Ich kannte den wahren Grund zwar auch nicht, war jedoch überzeugt, daß sie sich beide irrten.

Doch wie auch immer – nach einer Woche auf Woodhammer verkündeten Duneden zu meinem Schrecken, wir müßten nach London fahren, um mit Mr. Adolphus Rathbone von Rathbone, Armstrong und Mather zu sprechen.

Ich konnte ihn unmöglich daran hindern. Und so saß ich zwei Tage später im Morgenzimmer meines Hauses in der Curzon Street und hörte verzweifelt zu, wie Rathbone munter eine ganze Liste herunterbetete: elegante Stadthäuser in London, hochherrschaftliche Hochzeiten, Apotheken in Westirland, zahllose neue Ballkleider und schließlich Mr. Goldfarb mit seinen ruinösen Zinssätzen.

Zu allem Unglück hatte Duneden inzwischen auch noch erfahren, daß ich an einem einzigen Abend im Albatros beim Kartenspiel dreitausend Pfund verloren hatte. Mir war nur allzu klar, daß ich nach alledem nun nicht mehr auf eine schonende Behandlung rechnen könne.

Der Gemütszustand, in dem ich mich befand, war eine Mischung aus Wut, Groll und erlittener Demütigung. Mich brachte in Rage, daß sie sich in meine Angelegenheiten mischten, und wenn ich ihnen auch das Recht einräumte, sich über den Stand der Dinge zu informieren, so meinte ich doch, daß es bei einem Darlehen unter Gentlemen nur zwei Möglichkeiten gab; entweder man gewährte oder man verweigerte es – beides jedoch, ohne überflüssige Fragen zu stellen. Wären sie nicht mit mir verwandt gewesen, so hätten George und Duneden es nicht gewagt, mich derart in die Zwickmühle zu nehmen. Zornig war ich auch, weil sie mich vor meinem Anwalt und meinen Bediensteten demütigten; sie behandelten mich wie ein dummes Kind. Schließlich begann ich mich zu fragen, ob der Preis nicht zu hoch war für diese Behandlung, die ich über mich ergehen lassen mußte.

Die Stunde der Abrechnung kam an einem schönen Morgen im Salon von Dunedens Haus in der Bruton Street. Möglicherweise war meinem Schwager inzwischen bewußt geworden, daß seine hochfahrende Haltung um so unentschuldbarer war, als zwischen uns keine Blutsverwandtschaft bestand. Jedenfalls hatte er George zum Sprecher bestimmt.

„Nun, Patrick“, begann Vetter George, pompös wie immer, „wir sind schließlich zu einer Entscheidung gekommen.“

Ist ja verdammt nett von euch, dachte ich wütend, während ich mir alle Mühe gab, eine höflich interessierte Miene aufzusetzen.

„Wir haben uns nach reiflicher Überlegung entschlossen, dir das Geld zu leihen."

Erleichterung durchströmte mich. „Das ist wirklich anständig von euch beiden", sagte ich aufrichtig. „Ich danke euch vielmals."

„Allerdings unter gewissen Voraussetzungen", fuhr George fort, ohne auch nur eine Silbe auf meine Dankbarkeitsbezeugung zu verschwenden.

Da haben wir die Bescherung, dachte ich.

„Erstens dürfte es klar sein, daß du dich während der nächsten zwei Jahre einschränken mußt, bis deine Schulden um ein Beträchtliches reduziert sind."

„Ja, natürlich", sagte ich. „Es macht mir nichts aus, den größten Teil des Jahres auf Woodhammer zu verbringen." Wie Sarah dazu stehen würde, wagte ich mir gar nicht auszumalen – nun ja, ich konnte mit ihr ja jederzeit für ein paar Tage nach London fahren.

Aber Duneden, dieser verfluchte Kerl, las offenbar meine Gedanken.

„Woodhammer liegt zu nahe bei London", sagte er sofort. „Ich fürchte, daß wir dir raten müssen, Woodhammer für wenigstens zwei Jahre zu schließen und das Haus in der Curzon Street zu vermieten. Als eine Art Sicherheit für die große Summe, die wir dir leihen, werden dein Vetter und ich die Besitzurkunde des Stadthauses an uns nehmen. Davon, das Stadthaus zu verkaufen, halte ich nichts, da du die enormen Kosten, die du für die Ausstattung aufgewendet hast, nie wieder hereinholen würdest. Wenn es dein Eigentum bleibt, kannst du sogar darauf hoffen, daß sich sein Wert im Laufe der Zeit erhöht."

„Aber hört doch!" sagte ich beunruhigt. „Wenn ich weder auf Woodhammer noch in London leben soll, wo, zum Teufel, dann!?"

Ich wußte die Antwort natürlich, noch ehe ich den Satz beendet hatte. Es war das erste Mal, daß ich die Bedeutung des Ausdrucks „Entsetzensschauer" voll begriff.

„Auf Cashemara natürlich", erwiderte Vetter George ein wenig überrascht. „Wo auch sonst?"

Ich öffnete den Mund, schloß ihn wieder. Es war sicherlich nicht der richtige Augenblick, ihnen zu sagen, daß mich keine zehn Pferde dazu bringen würden, auf Cashemara zu leben.

„Nun, ich kann kaum behaupten, daß ich nicht viel lieber auf Woodhammer leben würde“, sagte ich nach einer Pause, „aber wenn ihr beschlossen habt, daß ich auf Cashemara leben soll, so muß es wohl sein. Sind mit eurem Darlehen noch weitere Bedingungen verknüpft?“

Duneden hatte die Rolle des Sprechers übernommen. „Wir erwarten von dir, daß du uns dein Wort gibst, dich während der nächsten zwei Jahre an keinem Glücksspiel zu beteiligen, welcher Art es auch immer sei.“

„Nun gut“, sagte ich. „Ich weiß, daß ich mich damit in eine dumme Geschichte hineingeritten habe. Ja, ich gebe euch mein Wort. Kann ich jetzt das Geld haben?“

„Es gibt noch eine Bedingung, die bisher unerwähnt geblieben ist.“

„Ja?“ fragte ich.

„Wir bestehen darauf, daß du dich in Zukunft mit Roderick Stranahan weder triffst noch irgendwie in Verbindung setzt.“

Eine zweite Pause, tiefe und tödliche Stille. Durch die Fenster fiel die Morgensonne auf den kostbaren Axminsterteppich. Nach einer Weile ratterten draußen zwei Landauer vorbei.

Ich erhob mich. Für jeden kommt einmal die Zeit, wo es kein Ausweichen mehr gibt. Ich weiß, daß ich viele Fehler habe. Aber ich weiß auch, daß ich eine Tugend besitze, die noch nie jemand angezweifelt hat.

Ich bin meinen Freunden immer treu ergeben.

„In diesem Fall, Gentlemen“, sagte ich, „gibt es zwischen uns nichts weiter zu besprechen, Behaltet euer Geld. Meine Freundschaft mit Roderick Stranahan ist mir für keine Summe feil, und sei sie auch zehnmal so hoch wie das Darlehen, das ihr mir gewähren wollt.“

Der Hieb saß. Sie starrten mich an, als wollten sie ihren Ohren nicht trauen. Ihre perplexen Mienen entschädigten mich für all die Demütigung, die ich durch sie erlitten hatte.

„Das meinst du natürlich nicht im Ernst“, sagte Duneden schließlich.

„Du kannst dir eine solche Haltung einfach nicht leisten“, polterte Vetter George, der mit gewohntem Geschick genau die falsche Taktik einschlug, denn kaum eine andere Bemerkung hätte mich so in meinem Entschluß bestärkt, sein und Dunedens Geld auszuschlagen.

Die Augen meines Schwagers waren so grau wie Cashemara an einem Regentag. Obwohl er meinem Vater äußerlich nicht im geringsten ähnelte, erinnerte er mich doch sehr an ihn. Als ich jetzt in Dunedens Augen blickte, entdeckte ich dort einen Ausdruck, den ich zuerst nicht verstand. Aber dann begriff ich, daß er mich bemitleidete, und das brachte mich in Wut.

„Schert euch zum Teufel, alle beide", sagte ich und gestattete mir den Luxus, ihm in unzweideutigen Worten mitzuteilen, was er von mir aus mit seinem dreckigen Geld machen konnte. Dann drehte ich beiden den Rücken zu, verließ das Haus und fuhr mit einer Droschke nach Temple Bar.

Eine halbe Stunde später saß ich Rathbone in seinem Büro gegenüber und gab ihm den Auftrag, Woodhammer Hall zu verpfänden.

4. KAPITEL

I

Sobald das getan war, fühlte ich mich befreit. Im Grunde war an einer Hypothek gar nichts so Schreckliches. Rathbone zeigte sich sehr erfreut und versicherte mir, ich hätte, da meine Schulden jetzt konsolidiert werden könnten, einen entscheidenden Schritt zur Überwindung meiner Schwierigkeiten getan.

„Dennoch, Mylord", sagte er, „ist es unerläßlich, daß Sie eine Zeitlang bescheidener leben, damit Sie kein Land zu verkaufen brauchen."

„Ja, natürlich", beruhigte ich ihn. „Das verstehe ich schon." Ich war so erleichtert, Vetter George und Schwager Duneden endlich vom Hals zu haben, daß mich nicht einmal der Gedanke an künftige Einschränkungen schrecken konnte.

Nachdem ich die Anwaltskanzlei verlassen hatte, schlenderte ich durch die sonnenüberfluteten Straßen zu meinem Haus zurück. Noch am selben Tage fuhr ich nach Woodhammer, um Sarah mitzuteilen, daß unsere Schwierigkeiten für die nächsten Monate ausgestanden seien.

„. . . und so können wir sofort ins Ausland reisen!" rief ich und küßte sie, erfreut, ihr wenigstens diese Enttäuschung erspart zu haben.

Nun, die Reise lohnte sich wirklich. Kaum daß wir im Lande waren, öffnete uns die vornehme italienische Gesellschaft die Türen, und wir wurden mit Einladungen geradezu überschüttet – auf Landgüter und in Stadthäuser, in die Oper, ins Theater, in Salons. Sarah hatte großen Erfolg. Obwohl ich des gesellschaftlichen Lebens in Rom, Venedig und Florenz rasch überdrüssig wurde, war ich sehr stolz darauf, daß sie die Fremden mit ihrer Eleganz bezauberte. Am Ende gelang es uns, an den nördlichen

Seen ein paar ruhige Tage zu verbringen, und ich malte einige Aquarelle vom Comer See und vom Lago Maggiore. Am liebsten hätte ich mich den ganzen Tag damit beschäftigt, doch Sarah beklagte sich darüber, daß ich sie vernachlässigte, und ihre Rastlosigkeit erinnerte mich daran, daß ich ihr ja noch erklären mußte, was für ein Leben uns zumindest für die nächsten zwei Jahre erwartete.

Ich teilte es ihr mit, als wir an einem Dezembertag bei aufgewühlter See mit dem Dampfer in Richtung Dover fuhren. Die Rückreise hatte uns durch die Schweiz und den neuen deutschen Staat geführt, und in Ostende waren wir an Bord des Dampfers gegangen.

„Sarah, Liebling", sagte ich behutsam, „damit ich aus meinen Kalamitäten herauskomme, werden wir in den nächsten Monaten versuchen müssen, Geld einzusparen. Ich weiß, das ist kein angenehmer Gedanke, aber da jetzt Woodhammer verpfändet ist, bin ich gezwungen, vorsichtig zu sein. Das verstehst du doch, nicht wahr?"

„Ja, natürlich", erwiderte sie. „Ich werde die Gästeliste für den Silvesterball zusammenstreichen."

Ich begann, mich unbehaglich zu fühlen. „Nun, ich glaube, wir werden dieses Jahr am besten den ganzen Ball streichen. Denn, siehst du . . ."

„Den Ball streichen!" Sie musterte mich, als hätte ich den Verstand verloren. „Aber wie können wir das? Man erwartet von uns doch, daß wir den Erfolg vom letzten Jahr wiederholen."

„Das läßt sich leider nicht machen. Wir werden eine Zeitlang auf Woodhammer ein recht ruhiges Leben führen müssen, fürchte ich. Ich glaube, wir sollten das Stadthaus sogar für ein Jahr vermieten . . ."

„Das Stadthaus vermieten!" Sie sah mich so entsetzt an, als hätte ich ihr befohlen, nackt durch die Curzon Street zu reiten.

„Nun ja, vielleicht auch nicht", sagte ich bedrückt. Es war mir in tiefster Seele zuwider, sie enttäuschen zu müssen. „Auf jeden Fall müssen wir aber unseren Aufenthalt in London sehr beschränken, Sarah. Es kostet zuviel Geld."

„Hör doch endlich auf, von Geld zu reden!" fuhr sie mich aufgebracht an. „Ich sehe beim besten Willen nicht ein, warum ich zu sparen anfangen soll, nur weil du mit Derry Stranahan Unsummen verspielt hast."

„Mit Derry hat das überhaupt nichts zu tun."

„Und ob es was mit Derry zu tun hat!" fauchte sie. Wir standen am Fenster des geschützten Decks, und unter unseren Füßen schwankte das Schiff genauso unbehaglich wie unsere Ehe. Sarahs Augen glichen schmalen Schlitzen, und ihr Mund bildete einen schroffen Strich. „Höre mir jetzt gut zu", sagte sie. „Ich denke nicht daran, auf Woodhammer zu bleiben, solange er sich auf der anderen Seite des Flusses auf Byngham Chase aufhält. Und in London bleibe ich auch nicht, solange er gleich um die Ecke in der Clarges Street wohnt. Ich verachte und verabscheue ihn. Das war von Anfang an so, und das wird auch immer so sein. Hätte ich vor unserer Hochzeit gewußt, daß ich seinen Anblick fast jeden Tag würde ertragen müssen, so hätte ich unsere Verlobung gelöst und wäre in Amerika geblieben."

„Wie bedauerlich, daß du das nicht getan hast!" schrie ich und ließ sie stehen. Wir waren so wütend aufeinander, daß wir während der Fahrt nach London kein Wort miteinander wechselten, und als wir endlich in unserem Haus in der Curzon Street waren, schlief ich in meinem Umkleidezimmer, wie ich es sonst nur tat, wenn sie unpäßlich war.

Am nächsten Morgen teilte ich ihr mit, daß ich mich entschlossen hatte und daß wir Ende der Woche auf jeden Fall nach Woodhammer fahren würden.

„Das magst du halten, wie du willst", sagte Sarah. „Aber ich habe dir bereits erklärt, daß ich nicht auf Woodhammer wohnen werde, solange Derry auf Byngham Chase ist. Wenn du London verläßt, ziehe ich in Marguerites Haus am St. James' Square. Dadurch dürfte, für den Augenblick jedenfalls, Klatsch vermieden werden."

Ich war so wütend auf sie, daß ich drauf und dran war zu sagen: „Nur zu – mir kann's doch verdammt egal sein!" Aber ich hatte meinen Stolz und dachte nicht daran, den Pantoffelhelden zu spielen, der sich den Launen seiner Frau widerspruchslos fügt. „Du bleibst nicht hier in London!" sagte ich entschieden.

„Dann versuche es doch, mich davon abzuhalten!" schleuderte sie mir ins Gesicht.

Wir kamen fast gleichzeitig bei Marguerite an. Während Sarah noch unsere Kutsche anspannen ließ, war ich schon hinausgestürzt, um eine Droschke herbeizuwinken, was mir einen kleinen Vorsprung einbrachte. Ich hatte Marguerite gerade erklärt, wie verständnislos Sarah sich für meine finanziellen Schwierigkeiten zeige, als auch schon Lomax eintrat, um sie anzukündigen.

„Oh, mein Gott!“ stöhnte ich.

„Warte hier“, sagte Marguerite, findig wie stets. Wir befanden uns im Salon. „Ich werde sie unten empfangen. Und jetzt, Patrick, warte hier auf mich und beruhige dich. Wehe dir, wenn du uns zu unterbrechen wagst.“

Eine halbe Stunde ging ich im Salon rastlos auf und ab. Als Marguerite endlich wieder erschien, war ich so erregt, daß ich fast stotterte.

„Was – was gibt es zu berichten?“

„Es ist mir zumindest gelungen, Sarah deine finanziellen Schwierigkeiten klarzumachen“, sagte Marguerite und setzte sich auf einen Stuhl. „Warum du so oft mit Derry zusammen sein mußt, konnte ich ihr allerdings beim besten Willen nicht erklären. Sarah und du, ihr werdet beide Kompromisse schließen müssen, Patrick. Sie hat sich bereits dazu überreden lassen, das nächste Jahr auf Woodhammer zu bleiben, sofern du ihr entgegenkommst, indem du dich nicht mehr so oft mit Derry triffst. Wie du das allerdings bewerkstelligen willst, wo er praktisch immer vor deiner Türschwelle steht, weiß ich nicht.“

„Und ich weiß nicht“, sagte ich bissig, „wie Sarah das ganze Jahr über auf Woodhammer leben will, ohne uns beide zum Wahnsinn zu treiben.“

„Wenn nur . . .“

„Ja?“

„Ach, nichts. Mir fiel nur gerade ein, wie schade es doch ist, daß sie noch kein Baby hat.“ Sie fingerte nervös an ihrem Ärmel und wechselte dann das Thema. „Derry müßte irgendeiner Tätigkeit nachgehen“, sagte sie. „Dann wäre er vielleicht nicht so sehr auf deine Gesellschaft angewiesen. Hast du nicht einmal davon gesprochen, daß er gerne Parlamentsmitglied werden möchte? Nun, wenn er nach Weihnachten mit Clara nach London käme, könnte ich es sicher arrangieren, daß er ein paar einflußreiche Leute kennenlernt.“

„Das würde ihm bestimmt gefallen“, sagte ich verdrossen. „Aber wie soll ich Sarah nur dazu bringen, bis dahin nach Woodhammer zu kommen?“

„Nun, wie wär's, wenn wir alle zu Weihnachten hinkämen?“ fragte sie. „Wenn ich dabei bin, wird Sarah sich vielleicht eher dazu bewegen lassen, selbst wenn Derry immer noch auf Byngham Chase ist.“

Das schien ein akzeptabler Kompromiß zu sein.

„Bei Gott, Weiber sind doch die reinsten Teufel, findest du nicht?“ sagte Derry, als wir am zweiten Weihnachtsfeiertag gemeinsam auf Woodhammer ausritten. „Ewig haben sie sich über etwas zu beklagen!“

„Ja, jammert dir denn Clara so viel vor?“ fragte ich überrascht.

„Und ob! Jetzt, wo sie schwanger ist, klagt sie fortwährend über Übelkeit. Nun ja, das gibt ihr zumindest etwas, worüber sie stöhnen kann, das arme Kind.“

„Aber ihr beide seid doch miteinander glücklich, oder nicht?“

„Aber natürlich. Im Grunde ist so eine Ehe wirklich nicht übel, und wenn Clara ihr Baby bekommt, werde ich so stolz sein wie ein Pfau.“

Ich schwieg. So sehr ich ihm sein Glück auch gönnte, ein wenig neidisch war ich doch, weil er eine Frau hatte, die ihn liebte und ihm im kommenden Frühjahr sogar ein Kind schenken würde. Sarah und ich sprachen zwar miteinander, doch wenn wir allein waren, zeigte sie sich so frostig, daß ich nach wie vor lieber im Umkleideraum schlief. Würde sie mir wohl je einen Sohn und Erben bescheren?

Nachdem die Stranahans mit Marguerite nach London gefahren waren, begann sie allerdings aufzutauen. Wir schliefen wieder im selben Bett und hofften bald beide, daß es ihr gelingen möge, Claras Beispiel nachzueifern. Doch wir sahen uns enttäuscht.

Als ich an einem Märztag von einem Ritt zurückkehrte, fand ich sie weinend auf ihrem Zimmer.

„Laß nur“, sagte ich, nachdem sie mir gestanden hatte, was sie bekümmerte. „Irgendwann werden auch wir Glück haben. Man muß sich in Geduld fassen.“

„Geduld?“ rief Sarah mit tränenüberströmtem Gesicht. „Ich habe es satt, geduldig zu sein! Wie kann ich Geduld aufbringen, wenn Mama mir unentwegt Babykleidung über den Ozean schickt und sogar diese dumme Gans, die Clara, während der Flitterwochen schwanger wird . . .“

Aber Clara verlor das Baby. Es war eine Frühgeburt und lebte nur wenige Stunden.

„Das nächste Mal klappt es vielleicht besser“, schrieb Derry mit philosophischer Gelassenheit, doch wie niedergeschmettert er in

Wirklichkeit war, bewies die Tatsache, daß er die Politik nur flüchtig erwähnte. Es wurde davon gesprochen, daß er bei der nächsten Wahl irgendwo in Lancashire als Kandidat für die Liberalen aufgestellt werden sollte, was ihm natürlich die Brust schwellen ließ.

„Wenn wir nur nach London zurück könnten!" weinte Sarah. „Hier fühle ich mich so unglücklich, daß ich bestimmt nie ein Baby bekomme!"

„Meine arme Sarah ..." Nun, kein Mann kann es ertragen, seine Frau unglücklich zu sehen. Ich mußte unbedingt etwas tun, um sie auf andere Gedanken zu bringen. Also versprach ich, mit ihr für ein paar Wochen nach London zu fahren. Es war April, die ganze Londoner Saison stand noch bevor, und da wir fünf Monate lang so zurückgezogen gelebt hatten, fand ich, daß wir beide eine Belohnung verdienten.

Ich hatte nicht die Absicht, mich zusammen mit Derry an irgendwelchen Spielen um Geld zu beteiligen. Aber man weiß doch, wie es ist, wenn man mit seinem besten Freund einer Flasche Champagner den Hals bricht und drüben am anderen Tisch schon die Karten gemischt werden und sich alle so freuen, einen wiederzusehen. Und von Lu wollte ich schon gar nichts wissen – das ist ein so albernes Spiel, daß jeder vernünftige Mensch einen großen Bogen darum macht. Und dann Poker. Auch nicht mein Fall. Doch an diesem Abend war ein Amerikaner im Klub, und jedermann weiß, wie wild Amerikaner aufs Pokern sind, und auch, wie es ist, wenn man gleich zwanzig Pfund gewinnt und jemand nach Brandy schreit und das Spielzimmer so warm und behaglich ist.

Es war meine Absicht aufzuhören, solange ich gewann. Ich wollte Schluß machen, wenn ich fünfzig Pfund gewonnen hatte, doch kurz bevor mir das gelang, bekam ich schlechte Karten und verlor, nicht viel, nur ein paar Pfund. Und danach blieb mir natürlich nichts anderes übrig, als weiterzumachen. Wenn das fahle gelbe Licht verlockend auf das grüne Boi-Tuch fällt und ein Mitspieler die Karten rascheln läßt und ein neuer Gang bevorsteht – da ist alles möglich. Nichts ist ausgeschlossen. Irgendwann muß man ja wieder gewinnen. Also weitermachen. Und dann bestellt jemand Brandy, und bald spürt man nichts mehr, keinen Kummer, keinen Schmerz, nur die Karten sind noch wichtig und das Muster, das sie bilden, wenn sie auf den Tisch fallen, und das Klimpern der

Münzen oder das Rascheln der Scheine, bald Verlust, bald Gewinn.

Ich mußte weiterspielen.

Erst gegen Morgengrauen war Schluß. Erst im frühen Dämmerschein brachen alle auf. Ich fühlte mich so benommen, als hätte mir jemand mit einem Pistolengriff über den Schädel gehämmert, und es war Derry, der die Droschke auftrieb, die uns zur Curzon Street brachte.

Bevor wir uns voneinander trennten, sagte er: „Wenn du willst, kannst du von mir das Geld bekommen, das ich gewonnen habe."

„Rede keinen Unsinn", erwiderte ich. „Ich habe an die anderen mehr verloren als an dich. Außerdem, was tut's? Schließlich bin ich kein armer Mann, und ich werde es alles zurückgewinnen. Du wirst sehen, bald habe ich eine Glückssträhne."

Und so blieb ich den ganzen Sommer über in London, immer auf der Suche nach meiner Glückssträhne, und Sarah war so entzückt, daß sie mir sogar die regelmäßigen Abstecher nachsah, die ich mit Derry zum Albatros unternahm. und als sie sich neue Sommergarderobe bestellte und die untere Etage unseres Hauses frisch renovierte und dekorierte, hatte ich nicht das Herz, ihr in den Arm zu fallen, wo ich ja doch wußte, daß ich jeden Augenblick im Spiel wieder Glück haben würde. Und so war es denn auch. Eine ganze grandiose Woche lang konnte ich am Kartentisch einfach nichts Verkehrtes tun. Aber bevor ich dazu kam, meine Gewinne zusammenzuzählen, war mir das Glück schon wieder durch die Finger geschlüpft. Nun, es war eine so verdammt kurze Glückssträhne gewesen, daß das unmöglich alles sein konnte. Eine Fortsetzung mußte folgen, in ein oder zwei Tagen schon. Also spielte ich weiter, doch zu meinem Entsetzen löste eine Katastrophe die andere ab, und als wir uns im August aufs Land zurückzogen, hatte ich Rathbone bereits damit beauftragt, das Stadthaus zu verkaufen und auf Woodhammer Hall eine zweite Hypothek aufzunehmen.

II

Sarah erzählte ich, es sei meine Absicht, für den nächsten Sommer ein Stadthaus zu mieten. Nur so war sie zu besänftigen. Aber als ich im Oktober ihren Vorschlag ablehnte, auf Woodhammer einen

Weihnachtsball zu geben, gerieten wir heftig aneinander und waren einige Wochen lang zerstritten. Da Derry in London noch immer seinen politischen Ambitionen nachging, hielt ich mich fast ausschließlich in der Dachkammer auf. Die Arbeit mit Messer und Holz beruhigte mich. Ich versuchte mich an einer kunstvollen Schale, wie aus Blumen gewirkt, ganz in der Manier von Gringling Gibbons, doch die Stiele waren zu steif, und die Blätter wirkten schwer wie Blei. Die Enttäuschung darüber riß mich aus meinen Träumen, und ich fand, daß es mir unmöglich war, die Sorgen noch länger von mir abzuwehren. Sarahs dauernde Verdrossenheit war inzwischen so unerträglich geworden, daß ich in einem Brief bei Marguerite anfragte, ob wir Weihnachten nicht bei ihr in London verleben könnten.

Dort in London (im Albatros natürlich) hörte ich dann von den Eisenbahnaktien. Alle sprachen darüber, und jeder meinte, das sei eine großartige Geldanlage. Man wußte, daß in Amerika bei der Entwicklung der Eisenbahn Vermögen gemacht worden waren, und diese neue Gesellschaft, gegründet, um die Strecke von San Diego nach Tucson zu bauen, würde jede Investition in kürzester Frist vervierfachen.

Derry hatte in die Sache bereits viel Geld gesteckt, und da ich ihm und den anderen nicht nachstehen wollte, lieh ich mir von meinem alten Freund Mr. Goldfarb zweitausend Pfund. Sehr klug von Ihnen, hieß es allgemein, eine solche Gelegenheit darf man sich nicht entgehen lassen.

Ja, das sagten sie. Alle sagten sie das.

Der Rückschlag kam im April, als die Gesellschaft Pleite machte. Wir waren noch in London. Ich hatte schon ein Stadthaus gemietet, weil ich meinte, daß ich mir mindestens das leisten könnte bei den etlichen tausend Pfund, die meine Investition an Profit abwerfen würde. Doch diese Hoffnung war jetzt endgültig zunichte, das geliehene Geld blieb verloren, und Mr. Goldfarb stattete Rathbone wieder mehr oder minder regelmäßige Besuche ab.

Jetzt packte mich doch die Verzweiflung, denn ich steckte wirklich in der Klemme. Derry hätte mir nur zu gern ausgeholfen, aber auch er hatte bei dem Bankrott sein ganzes Geld verloren und war jetzt völlig auf Claras Einkünfte angewiesen.

Mir abermals zweitausend Pfund leihend, diesmal von einem Mr. Marks, machte ich mich erneut zum Kartentisch auf.

Es war meine einzige Hoffnung, die mir noch blieb. Und irgendwie . . . nun, es ist schwer zu erklären, aber ich war absolut davon überzeugt, daß ich gewinnen und alles wieder ins Lot bringen würde.

Einen Monat später, als ich genau wußte, daß Woodhammer verloren war, wenn ich mich nicht dazu überwand, in Sack und Asche zu gehen, setzte ich mich ein zweites Mal hin, um an Duneden und meinen Vetter George zu schreiben.

III

Ich träumte von meinem Haus, wie es inmitten der Bäume schlummerte. Ich träumte von dem Haus, das ich liebte, von den hohen Schornsteinen und der strengen Ordnung der elisabethanischen Gärten. Ich träumte von der schimmernden Holztäfelung und von meinen Ahnen mit ihren Halskrausen und dem so stabilen Mahagonimobilar. Und am Schluß träumte ich von der Treppe, der zierlichen Schnitzerei von Gringling Gibbons, dessen Schöpfungen mir so viel mehr bedeuteten als irgendein Meisterwerk von Michelangelo oder Leonardo oder Raffael. Ich sah jedes zerbrechliche Blatt, jede einzelne Traube, jede spinnwebenfeine Spur von Blumen in voller Blüte. Mein Leben lang mochte ich versuchen zu schnitzen, wie er geschnitzt hatte, nie würde auch nur ein Funke seines Könnens auf mich überspringen. Doch die Treppe dort gehörte mir, und niemand sollte sie mir nehmen, niemand durfte mir mein Zuhause nehmen. Der Gedanke, daß ich vielleicht der de Salis war, der Woodhammer auf immer verlor, schien so entsetzlich, daß meine Phantasie sich weigerte, das Haus als Ganzes zu sehen und statt dessen nur die Treppe wahrnahm: die so unvergleichlich schöne Treppe, in der sich alles verkörperte, was mir mein Zuhause bedeutete.

Duneden sagte: „Du bist offenbar unfähig, mit Geld umzugehen. Solange du deinem Vetter und mir nicht die völlige Kontrolle über deine finanziellen Angelegenheiten überläßt, verweigern wir dir jedes Darlehen. Findest du dich dazu bereit, so erhältst du von uns monatlich eine Zuwendung in bestimmter Höhe . . ."

Die wunderschöne Treppe. Ich sah, wie das goldene Abendlicht schräg durch die länglichen Fenster fiel und auf dem durch Gibbons Hand verwandelten Holz glühte.

„Woodhammer muß geschlossen werden, das Ackerland verpachtet, das Personal entlassen ... ein neuer Verwalter wird eingesetzt ..."

Ich sah, wie der Staub auf die gebogenen Blätter fiel, aber das machte nichts, denn sie gehörten trotzdem mir.

„Du mußt auf Cashemara leben. Keine üppigen Feste, keine Reisen nach London ..."

Ich sah die Frucht, die reife, schwellende Frucht. Wie konnte Holz nur je so wirken? Aber ihm war es gelungen, er hatte es vollbracht, ein Wunder. Es würgte mir in der Kehle, und meine Augen brannten.

„... und keinerlei Verbindung mit Roderick Stranahan. Solange du dich an diese Bedingungen hältst, sind wir bereit, dir zu helfen. Solltest du auch nur gegen eine einzige verstoßen, so magst du zum Teufel gehen, und weder dein Vetter noch ich werden einen Finger krümmen, um dich davor zu bewahren. Dies ist deine letzte Chance, hast du verstanden? Deine allerletzte Chance."

Und so rettete ich meine Treppe. Ich rettete das Holz, das Gibbons geschnitzt hatte. Doch es war ein fürchterlicher Preis, den ich dafür zu zahlen hatte.

„Verdammt sollen sie beide sein!" schrie Derry. Seine schwarzen Augen blitzten vor Zorn. „Was fällt ihnen ein, dir solche Bedingungen zu stellen? Was habe ich ihnen denn angetan, daß sie mich so hassen? Wieso soll die Freundschaft zwischen uns ein Verbrechen sein? Ich habe keine Eltern und keine Geschwister – darf ich nicht wenigstens einen Freund haben? Sage doch selbst – habe ich je etwas von dir genommen, was du mir nicht selbst angeboten hast? Höre, Patrick, sollte ich dich je ausgenutzt haben, so will ich das wettmachen. Ich werde mein eigenes Geld beiseitelegen, um dir bei der Bezahlung deiner Schulden zu helfen."

„Aber ..."

„Ja, ich weiß, im Augenblick besitze ich nur so viel, wie Claras Einkünfte bringen. Aber warte nur! Sobald man mich wählt, bin ich auf dem richtigen Wege, und wenn ich bei der Regierung einen Posten bekomme, so bekomme ich auch ein Gehalt, und das sollst du bis auf den letzten Penny haben."

Wir sagten einander nicht Lebewohl. Er ging die Straße hinab, und ich stand vor dem Albatros und sah ihm nach. Deprimiert, wie ich mich fühlte, hatte ich nicht den Mut, Sarah zu sagen, was für eine trostlose Zukunft uns erwartete. Statt dessen suchte ich Marguerite am St. James' Square auf und fragte sie, ob sie das nicht für mich übernehmen wollte.

„Könntest du nicht für eine Weile zu uns nach Irland kommen?" schloß ich verzweifelt. Die Vorstellung, daß Sarah dort nichts zu tun hatte, als den strömenden Regen zu beobachten, genügte, um mich in Panik zu versetzen. „Wenn du auf Cashemara wärst, könntest du ihr helfen, sich einzugewöhnen . . ."

Marguerite schwieg.

„Bitte", sagte ich. „Es kommt so sehr darauf an. Bitte."

Plötzlich sagte sie: „Patrick, du kannst nicht immer zu mir gelaufen kommen, damit ich die Wogen zwischen Sarah und dir glätte. Es ist deine Ehe, deine und Sarahs, und im Grunde seid ihr die beiden einzigen, die sie zusammenhalten können."

„Aber es handelt sich diesmal um eine so schwere Krise, daß ich nicht weiß, was werden soll, wenn du uns nicht hilfst. O Gott, wenn ich daran denke, tagaus, tagein auf Cashemara leben zu müssen . . ."

„Es könnte sich als Segen erweisen", sagte Marguerite überraschend. „Vielleicht findet ihr jetzt Gelegenheit, mehr Zeit miteinander zu verbringen."

„Ja, aber . . ."

„Alles, was Sarah braucht, ist ein bißchen Aufmerksamkeit, Patrick! Wenn sie so viel Geld verschwendet hat, so doch nur, um von dir überhaupt bemerkt zu werden."

„Aber ich habe ihr doch alle Aufmerksamkeit geschenkt! Fast bankrott bin ich gegangen, um ihr zu geben, was sie will."

„Bist du sicher, daß sie wirklich weiß, was sie will?"

„Zumindest weiß ich genau, was sie nicht will, nämlich zwölf Monate im Jahr auf Cashemara leben! Marguerite, bitte – wenn du auch nur ein bißchen Mitgefühl übrig hast . . ."

„Ach, mit euch beiden ist es zum Auswachsen!" sagte Marguerite mürrisch. „Gut – ich werde mit Sarah sprechen und für einige Zeit nach Irland kommen, um dir die Hand zu halten. Wehe euch, wenn ihr euch von morgens bis abends in den Haaren liegt. Dann packe ich sofort meine Sachen und verschwinde. Ich bin es leid, fortwährend zwischen euch beiden vermitteln zu müssen."

Ich war viel zu erleichtert, um ihr die Übellaunigkeit zu verargen. Während sie in die Kutsche stieg und zu Sarah fuhr, um mit ihr zu sprechen, sah ich nach meinen kleinen Brüdern, die ich in der letzten Zeit vernachlässigt hatte. Doch so klein waren sie gar nicht mehr. Thomas, elf jetzt, wirkte recht schlaksig und streitsüchtig. David, fast schon zehn, interessierte sich nicht im mindesten für Ringkämpfe. Dafür liebte er Kricket um so mehr. Sein Hauptinteresse galt jedoch der Musik. Er hatte sich gerade aus Pappmaché eine Opernbühne gebaut, auf der er Ausschnitte aus der „Hochzeit des Figaro" aufführen wollte; für die tragenden Rollen bastelte er Puppen, deren Partien er sang.

„Du kommst doch, nicht wahr?" fragte er, nachdem er mich zur Galavorstellung eingeladen hatte.

Hastig versprach ich ihm, mit von der Partie zu sein, und überhaupt: Bald würden wir ja alle auf Cashemara wohnen und mehr voneinander haben als bisher. Meine Antwort stellte ihn offenbar zufrieden.

Was Marguerite zu Sarah sagte, erfuhr ich nie. Zwei Tage lang lief Sarah mit rotgeweinten Augen herum, doch zu einer Szene zwischen uns kam es nicht. Am Tag unserer Abreise von London versuchte ich, ihr zu versichern: „Es ist ja nur für eine kurze Zeit. Bald sind wir wieder in London, das schwöre ich dir." Und als sie, ohne mich anzusehen, wortlos nickte, nahm ich ihre Hände und gelobte, alles zu tun, um sie auf Cashemara glücklich zu machen.

„Und ich werde alles tun, um dich glücklich zu machen", erwiderte sie leise. Ihre Antwort kam für mich so überraschend, daß ich ihre Hände losließ und sie mit offenem Munde anstarrte. „Ich weiß, daß ich in letzter Zeit nicht meine . . . Pflicht getan habe. Marguerite hat mir gesagt, wenn du dich zu Hause glücklich gefühlt hättest, wärst du bestimmt nicht so oft zum Kartenspielen gegangen."

In diesem Lichte hatte ich es bisher nicht gesehen, aber ich muß gestehen, daß mir Marguerites Haltung sehr verständnisvoll erschien.

Derrys Namen erwähnte Sarah nicht, und mir fiel ein, daß auch Marguerite nicht von ihm gesprochen hatte. Nun, in meinen Augen gab es ohnehin keine klügere Frau als sie. Wenn doch nur Sarah mehr von ihr lernen wollte! Vielleicht bald schon auf Cashemara?

IV

Vor der Rückkehr nach Irland hatte ich mich gefürchtet. Zu meiner Überraschung stellte sich heraus, daß das Leben dort gar nicht so fürchterlich war. Wie versprochen, widmete ich mich jetzt mehr meinen Brüdern, und wie stets war mir Marguerites Gesellschaft höchst willkommen. Meine Nichte Edith war zum Glück in London bei Clara geblieben, was nicht besagen soll, daß ich sie unausstehlich fand, aber, nun ja – schwierig war es mit ihr schon. Ich bewunderte Marguerite, daß sie immer so viel Geduld für Edith aufbrachte.

„Sie ist gar nicht so übel", sagte Marguerite, als ich das Thema einmal ins Spiel brachte, „aber Stacheln hat sie wie ein Igel. Natürlich tut sie, als ob eine Heirat das letzte wäre, wonach ihr der Sinn steht – weil sie fürchtet, daß nie jemand um ihre Hand anhalten wird. In London ist sie nur geblieben, um das Ende der Saison abzuwarten. Hier auf Cashemara gibt es keine jungen Männer, die für sie interessant werden könnten."

„Nun, auf Cashemara kann man tagelang umherwandern, ohne überhaupt jemandem zu begegnen", sagte ich bedrückt. Ich hatte meinen Schwager Alfred Smith besucht, der nach wie vor auf Clonagh Court wohnte, doch in seinem niedergeschlagenen Zustand war er nicht gerade das, was ich brauchte, um auf andere Gedanken zu kommen. Ohne Annabel sei es ihm im Tal zu einsam, sagte er. Er spiele mit dem Gedanken, nach Epsom zurückzukehren, um dort Pferde zu trainieren. Schließlich bat er mich um ein Darlehen, damit er in England wieder festen Fuß fassen könne. Als ich ihm erklärte, daß ich praktisch mittellos sei, schüttelte er ungläubig den Kopf. Er möge doch Vetter George bitten, ihm zu helfen, fügte ich hinzu. Er gab keine Antwort, und die Atmosphäre zwischen uns wurde unweigerlich, wenn schon nicht frostig, so doch recht beklommen. Ich besuchte ihn nicht wieder auf Clonagh Court.

Der einzige andere Mensch, mit dem wir wirklich Kontakt hatten, war meine Schwester Madeleine. Meine Angst, sie könne mich wieder um Geld bitten, erwies sich gottlob als unbegründet. Der Erzbischof hatte sich endlich erweichen lassen. Außerdem wurde ihr Apothekenprojekt von anderen wohltätigen Quellen unterstützt. Sie plante sogar die Einrichtung eines kleinen Seitenflügels als eine Art Hospital, und bei ihrer Tatkraft zweifelte ich keinen Augenblick daran, daß sie ihre Absicht ausführen würde. Es gibt Menschen, die, wie Katzen, immer auf die Füße fallen.

„Also, Sarah“, sagte Marguerite, nachdem wir Madeleine besucht und vor der Apotheke eine große Schar kranker Iren gesehen hatten (sie waren so zahlreich, daß sie sich anstellen mußten). „Hier wartet eine Aufgabe für dich, praktische Nächstenliebe. Wie wäre es, wenn du dich bei Marguerite ein wenig nützlich machen würdest? Sobald das Hospital fertiggestellt ist, könntest du dich dort jede Woche mit Blumen und Lebensmitteln sehen lassen.“

„Gut, ich werde die Sachen hinschicken“, erwiderte Sarah hastig. Arme Menschen zu besuchen, war ihr stets fürchterlich gewesen, und bisher hatte sich ihre Wohltätigkeit darauf erstreckt, an Wohltätigkeitsbällen teilzunehmen.

Träge trieben die Sommertage vorbei. Ich ruderte mit meinen Brüdern auf der Lough oder ritt mit ihnen ins Gebirge. Einmal führte unser Weg uns bis nach Leenane, wo wir in der Schenke aßen und zusahen, wie die Boote Seetang an Land brachten –, für viele der Bauern, die an der Küste von Killary Harbour lebten, eine wichtige Erwerbsquelle. Ein anderes Mal ritten wir nach Letterturk (um Vetter Georges Haus machten wir einen Bogen) und nach Clonbur, wo wir die Knoxes besuchten. Später kamen wir auch nach Cong, wo wir die Ruinen der Abtei besichtigten.

Ich muß gestehen, daß ich mich in Gesellschaft meiner beiden Brüder wohlfühlte. Thomas' Energie und Enthusiasmus gefielen mir, und David besaß ein erstaunlich gutes Auge für die Schönheit, die sich in so vielem offenbarte. Ich begann zu begreifen, daß er mir nicht nur äußerlich, sondern auch in seinen Neigungen glich. Einen Sohn zu haben wie ihn . . .

Augenscheinlich war es Sarah unmöglich, einen echten Zeitvertreib zu finden. Sie schrieb ihrer Familie ellenlange Briefe. Marguerite versuchte, sie dazu zu überreden, ein Tagebuch zu führen, doch Sarah behauptete, das Leben auf Cashemara verliefe für sie so eintönig, daß sie nicht wüßte, wie sie die leeren Seiten füllen sollte.

„Ach“, sagte Marguerite, „aber Stoff genug, um deinem Vater Briefe zu schreiben, findest du offenbar!“

Sie gab sich alle Mühe, für Sarah eine neue Beschäftigung auszudenken, doch was immer sie vorschlug, fiel in taube Ohren. Sarah gab sich Mühe, ihre „Pflicht“ zu erfüllen, wie sie es nannte;

aber wie, Herrgott nochmal, soll man zu seiner Frau zärtlich sein, wenn man genau weiß, daß ihr das in tiefster Seele zuwider ist? Wie zuvor gab ich es auf, mit oder auch nur bei ihr zu schlafen, und je öfter ich mit meinen Brüdern zusammen war, desto weniger sah ich von ihr.

Mitte August sagte Marguerite beiläufig zu uns: „Die Jungen und ich müssen bald abreisen. Ich habe den Fenwicks versprochen, Anfang September zu ihnen nach Yorkshire zu kommen, und vorher möchte ich noch eine Woche in London bleiben."

Fieberhaft bemühten wir uns, sie zum Bleiben zu bewegen, doch vergebens. Sie reisten ab. Jetzt waren wir auf Cashemara auf uns allein angewiesen, und während wir der davonrollenden Kutsche nachsahen, begann Sarah plötzlich zu weinen, und ich fühlte mich wie ein Robinson Crusoe – ausgesetzt auf einer einsamen und gottverlassenen Insel.

V

„Warum schläfst du nicht bei mir?" fragte Sarah.

„Ich dachte, es sei dir so lieber", erwiderte ich.

„Das ist es auch."

Obwohl ich genau wußte, daß sie es vorzog, allein zu schlafen, taten mir ihre Worte weh.

„Warum fragst du mich dann, warum ich es nicht tue?"

„Weil wir zusammen schlafen *müssen.*"

„Aber du hast doch gerade gesagt . . ."

„Ich möchte ein Baby haben", schluchzte sie. „Ja, ich möchte ein Baby, und wie soll ich eines bekommen, wenn du mich nie umarmst, nie küßt und nie . . ."

Wir versuchten es, doch – nun ja, es stellte sich heraus, daß ich sie gar nicht lieben konnte, so viel Mühe ich mir auch gab.

„Warum geht es nicht?" fragte Sarah. „Warum nicht?" Sie weinte wieder.

„Sei bitte still", sagte ich.

„Aber ich begreife nicht . . ."

Ich verließ das Schlafzimmer. Ihre ewigen Nörgeleien waren unerträglich. Unten im Speisezimmer betrank ich mich und schlief am Tisch ein. Als ich aufwachte, ging ich in den verwucherten Garten, um den Sonnenaufgang zu beobachten.

Dieses an sich so nebensächliche Erlebnis war es wohl, das mir den Anstoß gab, es mit der Gärtnerei zu versuchen. Während ich, auf einer Bank sitzend, dieses ungepflegte Stück Erde betrachtete, erschienen vor meinen Augen grüne Rasenflächen, üppige Blumenbeete und Wege, die sich durch Rhododendron und Azaleen schlängelten. O ja, was ließ sich daraus nicht alles machen – kleine Terrassen, Laubengänge, ein Springbrunnen, vielleicht sogar ein Teich mit Wasserlilien; und ein oder zwei Statuen, reiner, weißer Marmor im Schatten von Zypressen . . . ein italienischer Garten. An Florenz würde er mich erinnern, an glücklichere Zeiten.

Zwar hatte ich von der Gärtnerei nicht allzuviel Ahnung, doch das ließ sich ja lernen. Vielleicht machte es mir sogar mehr Spaß als die Holzschnitzerei, weil ich ja wußte, daß ich meinem Vorbild Gringling Gibbons nicht einmal das Wasser reichen konnte. Ja, ein Garten . . . endlich würde ich auf Cashemara etwas zu tun haben. Blumen und Bäume und Sträucher, Erde und Steine, Licht und Wasser. Ja, es mußte ein ganz einzigartiger Garten werden, so schön, daß man noch nach meinem Tode sagen würde: „Der Schöpfer dieses Gartens war Patrick de Salis."

Grübelnd schritt ich auf und ab und ging schließlich in die Bibliothek, um meine Vorstellungen zu Papier zu bringen. Und dort entdeckte ich dann, daß unter den vielen Bänden auch Bücher über Gärtnerei waren. Bislang hatte ich immer angenommen, daß nichts von dem gedruckten Zeug für mich von Interesse sein könnte. Die Bücher, die mir auf einmal so wichtig waren, befanden sich in einer kleinen Nische neben dem Kamin, und als ich sie durchblätterte, sah ich in jedem den Namen meines Großvaters Henry de Salis.

So kam es, daß ich für meinen Großvater ein geradezu leidenschaftliches Interesse entwickelte. Ich durchstöberte den Dachboden, und als ich ein Porträt des Toten fand, brachte ich es nach unten in die Bibliothek. Schon lange war es meine Absicht gewesen, das Bild meiner Mutter vom Kaminsims zu nehmen. Jetzt konnte ich es durch das Porträt eines mir völlig Fremden ersetzen. Es war ein unauffälliges Gesicht mit sanftmütigen blauen Augen und fast naivem Ausdruck. Der Maler hatte es primitiv und gleichgültig hingepinselt, doch das Bild bedeutete mir viel mehr als das so kunstvoll ausgeführte Porträt meiner schönen und eleganten Mutter.

Für das, was ich vorhatte, zeigte Sarah nicht das geringste

Verständnis, doch etwas anderes war ja auch kaum zu erwarten. Nach Marguerites Abreise lebten wir einige Wochen hoffnungslos aneinander vorbei, bis uns etwas von unseren privaten Kalamitäten ablenkte: Katherine fragte an, ob sie uns besuchen dürfe.

Katherine, ausgerechnet Katherine. Aber natürlich waren wir sofort einverstanden, denn ein Gast, wer immer es auch sein mochte, befreite uns aus dem Zwang, mit uns allein zu sein. Also reiste Katherine von Duneden Castle an, um den September bei uns zu verbringen (ohne ihren Mann, der mich, wie ich wußte, verachtete). Daß sie wenigstens kam, hatte natürlich seinen Grund. Sie sah es als ihre „Pflicht" an, Bruder und Schwägerin, die nur rund hundert Kilometer von ihr entfernt wohnten, nicht zu „schneiden".

Als sie uns verließ, versuchte ich erneut, mit Sarah zu schlafen – ohne Erfolg, obwohl ich mir zuvor genau die richtige Menge Alkohol einverleibt hatte. Bald darauf begann es zu regnen, endlos, unaufhörlich, und es gab nichts, was ich in meinem Garten hätte tun können. So vertiefte ich mich in die Bücher meines Großvaters und träumte davon, was ich im Frühjahr alles tun würde – und vergaß doch keinen Augenblick, daß erst einmal Weihnachten überstanden sein wollte, Weihnachten allein mit Sarah, denn Marguerite hatte Katherine versprochen, das Fest auf Duneden Castle zu verbringen. Ich hoffte gleichfalls auf eine Einladung dorthin, leider vergeblich.

Alfred Smith war nach Epsom gereist, und Madeleine plante ein Weihnachtsfest für jene Bauern, die ihr vorjammerten, daß sie am Hungertuch nagten. Wir waren allein.

Am 15. Dezember stand ich in aller Frühe auf, kleidete mich an und ging hinunter in die Bibliothek.

„Bitte, komm", schrieb ich an Derry. „Vetter George und Duneden können von mir aus zum Teufel gehen. Ich bin so niedergeschlagen, daß mir sogar egal ist, was mit Woodhammer passiert. Wie Du Dir denken kannst, ist es hier zum Sterben langweilig, und ich möchte wenigstens ein fröhliches Weihnachtsfest verleben. Hoffentlich ist Clara wieder auf dem Posten. Sarah geht es soweit recht gut. Wir freuen uns schon darauf, euch bei uns zu sehen. Bitte, bitte, komm. Dein Patrick."

Es war ein ziemlich kläglicher Brief, doch ich wußte nicht, was ich sonst noch schreiben sollte. Also versiegelte ich ihn, sattelte ein Pferd und ritt zu der Schenke in Leenane, wo sich, später am Tag, der Postwagen einstellen würde. Als ich die Lough entlangritt und die Steinbrücke über den Fooey River überquerte, stieg die Sonne über den Horizont. Mühsam arbeitete sich mein Tier hügelaufwärts zum Paß hinauf. Ich blickte über die Schulter zurück. Die Berge standen schwarz vor dem rötlich überhauchten Himmel.

Nicht weit von der Straße, die von Galway nach Leenane führte, sah ich einen Reiter.

Ich wußte sofort, wer es war, wenn ich auch nicht sagen kann, warum; denn in der Morgendämmerung erkannte ich nichts als eine unscharf umrissene Silhouette. Doch ich wußte es. Und ebenso wußte er, daß ich es war. Im selben Augenblick gaben wir unseren Pferden die Sporen und trieben sie zum Galopp. Unter den hämmernden Hufen spritzte die aufgeweichte Erde, der Wind sang in meinen Ohren, und schon waren wir beieinander und lachten und schüttelten uns lachend die Hände, und Derry sagte in dem gedehnten, kühlen Tonfall, der mir so schmerzlich vertraut war:

„Ist das Leben nicht großartig?"

5. KAPITEL

I

„Als du fort warst, wurde es in London für mich stinklangweilig, Patrick", sagte Derry. „Außerdem bekam ich beim Kartenspiel so oft das Pik-As in die Finger, daß ich es in England einfach nicht mehr aushielt." Er blickte so mißtrauisch über die Schulter zurück, als fürchte er, der Tod säße ihm im Nacken, und als ich lachte, protestierte er: „In London als Ire zu leben, kann tödlich sein! Ihr Engländer seid so verflucht steif und kalt!"

„Ich habe aber nicht bemerkt, daß man zu dir steif und kalt war ..."

„Sicher, solange du da warst, behandelten mich alle recht freundlich, aber nach deiner Abreise – Herrgott, Patrick, eine Welt von Vorurteilen! Watermill und Huntingford weigerten sich, meine Schuldscheine zu akzeptieren, und dieser Dreckskerl Danziger forderte mich auf, dem Albatros fernzubleiben. Man habe sich darüber beschwert, daß ich falsch spiele – *falsch*, um alles auf der Welt! Schade, daß es bei dem Gespräch keine Ohrenzeugen gab, sonst hätte ich ihm wegen übler Nachrede das Hemd vom Hintern geklagt."

„Aber wer ..."

„Was weiß ich, wer ihm die Ohren vollgeblasen hatte! Wahrscheinlich Steele, der mir einige Hundert Pfund schuldete und nicht bezahlen wollte, als ich das Geld brauchte, um meine eigenen Schulden zu begleichen. Aber was kommt's darauf an, wer mich angeschwärzt hat? Jedenfalls verbreitete sich die Lüge, ich sei aus dem Albatros ausgestoßen worden, und bald wollte mich in der Politik niemand mehr auch nur mit der Kneifzange anfassen. Genau das war wohl das Omen, das aus dem Pik-As sprach – mein Tod als vielversprechender Politiker!"

„Aber das ist ja ungerecht, einfach gemein."

„Sicher, doch das kümmert mich nicht mehr. Meine Absicht ist es, mich wieder als Anwalt in Dublin niederzulassen. Clara habe ich bei Marguerite gelassen, um für uns erst einmal eine Behausung aufzutreiben. Aber als ich in Dublin ankam, dachte ich, warum nicht ein kurzer Abstecher nach Galway, und in Galway . . . nun ja, wie du siehst, bin ich jetzt hier. Allerdings hat dieser elende Schinder kaum genug Kraft, um einen Huf vor den anderen zu setzen . . ."

„Von wo bist du denn losgeritten?"

„Von Oughterard."

„Was? Dann warst du ja die ganze Nacht unterwegs."

„Welche Wahl blieb mir schon? Ich hätte sonst in irgendeinem Gasthaus schlafen und mich von den Flöhen beißen lassen müssen."

„Du mußt ja völlig erschöpft sein! Sehen wir zu, daß wir so schnell wie möglich nach Cashemara kommen."

„Nun, ich will dich nicht in Schwierigkeiten bringen – ich weiß ja, was für Kummer du mit deinem Herrn Schwager von Duneden Castle hast. Andererseits ist gegen einen kurzen Besuch von mir wenig einzuwenden, nicht? . . . Was gibt's bei euch Neues? Wie geht's Sarah?"

Ich hätte es für mich behalten sollen, aber ich tat es nicht. Und so erfuhr er die ganze Geschichte, ausgenommen nur die Tatsache, daß ich bei Sarah zweimal impotent gewesen war. „Heilige Mutter Gottes, Weiber sind doch die reinen Teufel, nicht wahr?" sagte er leichthin, und plötzlich fand ich meine Einsamkeit viel weniger bedrückend. „Womit wir Männer uns doch abplagen müssen", fügte er hinzu, während seine dunklen Augen blitzten, übermütig wie eh und je. Und ich lachte und lachte, denn auf einmal schien das Leben wieder voller Verheißungen.

II

Kaum daß Sarah Derry sah, ging sie nach oben auf ihr Zimmer und schrieb an Vetter George. Auf eine Antwort brauchte sie nicht lange zu warten. Noch am selben Nachmittag kam George von Letterturk herübergedonnert, stürmte in die Bibliothek, wo Derry mit mir Brandy trank, und verkündete, ich hätte mein Wort gebrochen, bei Gott, und das würde mir noch leid tun. Die ganze Szene war so lächerlich, daß Derry der Versuchung nachgab, George in dessen Gegenwart zu parodieren. Mein Vetter geriet so in Rage, daß ich ernstlich fürchtete, ihn würde auf der Stelle der Schlag treffen.

„Morgen fahre ich nach Duneden Castle!“ schrie er, während er aus der Bibliothek ging.

Noch ehe George verschwunden war, schüttelten wir uns vor Gelächter.

„Wie wichtig ist sein Geld im Augenblick für dich?“ fragte Derry. „Ich meine, wie steht es bei dir finanziell?“

Genau wußte ich das selbst nicht, aber ich versuchte eine Erklärung. „Er und Duneden haben meine dringlichsten Schulden bezahlt, und solange ich auf Cashemara lebe und mit dir nicht in Verbindung trete, wollen sie für die Hypothek, die auf Woodhammer liegt, auch die Zinsen bezahlen. Wenn alles glatt geht, müßte ich in etwa drei Jahren diese zweite Hypothek loswerden können und auch wieder vernünftige Einkünfte haben – vielleicht kann ich es mir sogar leisten, auf Woodhammer zu leben und ab und zu nach London zu reisen. Inzwischen fließt alles, was Cashemara abwirft, direkt an George und Duneden, die mir monatlich eine gewisse Summe zukommen lassen.“

„Und was tun sie mit dem übrigen Geld? Investieren Sie es?“

„Keine Ahnung. Wahrscheinlich.“

„Bekommst du die Zinsen, die die Investierung bringt?“

„Weiß ich nicht, doch ich glaube es kaum, denn sie müssen ja die Zinsen für die Hypothek bezahlen. Ist doch auch in Ordnung so, oder nicht?“

„Patrick, so einen vertrauensseligen Menschen wie dich gibt es wohl kein zweites Mal! Arbeitet Fielding immer noch für dich? Vielleicht könnte er dich genauer ins Bild setzen.“

„Nein, Fielding wurde entlassen, aus Ersparnisgründen. Sämtliche Rechnungen gehen an Duneden, und ich nehme an, daß sein Sekretär sich um die Bezahlung kümmert.“

„Teufel, Patrick, du hast dich ja völlig deinen ärgsten Feinden ausgeliefert. Wer weiß, um wie viele hundert Pfund pro Jahr sie dich betrügen!“

„Nun, was blieb mir übrig“, sagte ich bedrückt. „Sonst hätte ich ja Woodhammer verloren. Und mögen sie auch meine ärgsten Feinde sein, so sind sie doch wenigstens englische Gentlemen.“

„Englische Gentlemen!“ höhnte Derry. „Mir ist ein Schock bis an die Zähne bewaffneter irischer Geheimbündler lieber als zwei englische Gentlemen, die über eine Handlungsvollmacht verfügen. Wie hoch sind denn die jährlichen Zinsen für die Hypothek auf Woodhammer? Ich wette, daß du bei einigem finanziellen Geschick und vorsichtigen Investierungen durchaus imstande wärst, die Zinsen zu bezahlen, die zweite Hypothek zu löschen und trotzdem noch Geld übrigzubehalten – und das, ohne daß Duneden und Vetter George auch nur einen Finger für dich krumm machen müßten.“

„Ich weiß nicht recht“, sagte ich zweifelnd. „Ich verstehe nicht mit Geld umzugehen.“

„Aber ich“, versicherte Derry. „Mir hat die Erfahrung eingebleut, jeden Penny zweimal zu zählen. Gewiß habe ich bei diesen verdammten Eisenbahnaktien danebengegriffen, aber irren ist ja menschlich. Jedenfalls werde ich dir helfen, Patrick. Und nur ruhig Blut, wenn die beiden englischen Gentlemen aus dem Häuschen geraten. Clara und ich können nach Cashemara kommen und hier leben, und ich werde dich wieder zum reichen Mann machen, darauf kannst du Gift nehmen.“

III

Duneden und George zerrissen das Papier, das ihnen die Handlungsvollmacht gab, und erklärten, die Aktion, „mich vor mir selbst zu retten“, sei damit null und nichtig.

„Wir haben für dich alles getan, was in unserer Macht stand“, sagte Duneden. „Mehr können wir nicht tun.“

Gott sei Dank, dachte ich. Ich hätte es ihnen gern ins Gesicht gesagt, doch ehe ich dazu kam, waren sie schon hinaus. Später brachen Derry und ich einer Flasche Champagner den Hals: zur Feier meiner wiedergewonnenen Unabhängigkeit.

Das nächste Problem war Sarah.

„Ich weigere mich, mit Derry unter demselben Dach zu wohnen“, sagte sie mit steinerner Miene. „Entweder geht er – oder ich.“

Ich überlegte, für wen wohl Marguerite Partei ergreifen würde, und hatte das unbehagliche Gefühl, daß Sarah in dieser Hinsicht bessere Chancen besaß als ich. Trotz ihrer Drohungen glaubte ich nicht, daß sie mich endgültig verlassen würde, doch ich fürchtete, sie könnte nach London fahren, um dort für längere Zeit bei Marguerite zu wohnen. Mir widerstrebte der Gedanke, ein Ehemann zu sein, der unfähig war, seine Frau an sich zu binden. Noch mehr mißfiel mir die Vorstellung, meine Freundschaft mit Marguerite zu gefährden. Also lag mir daran, Sarah zu besänftigen, wenn ich nur gewußt hätte, wie. Was Derry betraf, so brauchte ich in finanziellen Dingen seine Hilfe, und außerdem – nein, ihn aus meinem Haus zu jagen, kam gar nicht in Frage.

„Ich sehe beim besten Willen nicht, was es da für Schwierigkeiten gibt", sagte er, gelassen wie stets. „Clara möchte genauso ihren eigenen häuslichen Kreis haben wie Sarah, und da Alfred Smith wieder in England ist – ja, warum sollten wir eigentlich nicht auf Clonagh Court wohnen? Das liegt am anderen Ende der Lough, und wir sind weit genug entfernt, um Sarah aus den Augen zu sein. Andererseits hast du die Möglichkeit, uns so oft zu besuchen, wie du willst."

Das schien die ideale Lösung zu sein. Sarah hatte keinen Grund mehr, sich über Derrys Nähe zu beschweren, und ich achtete peinlich darauf, jeden Abend mit ihr zu verbringen. Doch nach wie vor schlief ich nicht bei ihr – mir fehlte ganz einfach der Mut, es wieder zu versuchen.

Inzwischen tauchten andere Probleme auf. Derry handhabte meine Geldangelegenheiten sehr geschickt. Mit dem anfallenden Mehrertrag bezahlte er die Zinsen für die Woodhammer-Hypothek. Auch hielt er strikt darauf, MacGowan nicht dreinzureden, und da die Pachtgelder erst kürzlich neu festgesetzt worden waren, konnte er in diesem Punkt wenig tun. Wir vier (das heißt, Derry und Clara auf Clonagh Court, Sarah und ich auf Cashemara) lebten bescheiden, doch behaglich, und ich konnte mich nicht beklagen – nur daß ich nicht sah, wie ich je die verfluchten Hypotheken auf Woodhammer löschen sollte.

Aber Derry entwickelte bald einen Plan.

„Durch Forstwirtschaft kann man ein Vermögen machen", sagte er und erzählte mir eine lange Geschichte von einem irischen Adeligen, der zu einer Unmenge Geld gekommen war, weil er auf seinem Grund und Boden ein paar Bäume angepflanzt hatte. „Ich glaube, es würde sich lohnen, einen Fortwirtschaftsexperten um Rat zu fragen. Er könnte uns sagen, wo eine Aufforstung sich empfiehlt."

Da ich den Gedanken sehr vernünftig fand, schrieb ich an die Royal Agricultural Society in Dublin, die mir als zuverlässigen Fachmann einen gewissen Mr. MacDonald nannte.

Er kam, und es war ihm anzusehen, daß ihn die baumlosen Flächen von Cashemara entsetzten. Immerhin fand er ein Gebiet, das er für eine Aufforstung für geeignet hielt. Auf halbem Wege nach Clonareen biegt die Straße landeinwärts in Richtung Leynabricka, und auf den Hängen dort liegt über dem sonst kahlen Feld eine Schicht Erde, karger Boden, auf dem ein paar wagemutige Pächter Kartoffel zogen. Ich fand, daß sie das auch an anderer Stelle versuchen konnten. Auf Cashemara gab es noch genügend brachliegendes Land, wo sie siedeln konnten.

So entschloß ich mich, den Plan durchzuführen. Eine Sorge blieb allerdings. Woher sollte ich nur das Geld nehmen, um die Sache überhaupt in die Wege zu leiten? Sämlinge mußten gekauft, gepflanzt und gepflegt werden. Irgendwie gelang es mir, ein gewisses Grundkapital zusammenzukratzen, aber nachdem die Rechnungen bezahlt waren, stand ich fast ohne einen Penny da.

„Vielleicht könnte ich ein paar Erbstücke verkaufen", sagte ich zu Derry, obwohl mir der Gedanke, mich von dem wunderschönen georgianischen Silber zu trennen, zuwider war. Auch wußte ich nicht, ob ich überhaupt das Recht dazu hatte. Viel lieber wäre es mir gewesen, Sarahs so nutzlosen Schmuck zu versetzen, aber das kam natürlich nicht in Frage, denn bei Sarah mußte ich verflixt auf der Hut sein.

„Verkaufe nichts", sagte Derry und zauberte mit gewohnter Behendigkeit eine Lösung hervor. „Warum auch? Du hast auf der anderen Seite des Atlantiks einen reichen Schwiegervater, mit dessen Gesundheit es nicht zum besten steht. Schreibe ihm und erinnere ihn darin, daß er sein Geld nicht mitnehmen kann, wenn er seine letzte Reise antritt."

Das erschien mir vernünftig, vor allem, weil ich Vetter Francis ja noch nie um einen Penny gebeten hatte. Trotzdem scheute ich mich, den Brief an ihn aufzusetzen, und wartete erst ab.

„Sehen wir zu, daß wir erst einmal das Land freibekommen", sagte ich zu Derry und ließ MacGowan kommen, dem ich meinen Aufforstungsplan darlegte. Anschließend beauftragte ich ihn, den betroffenen Pächtern zu kündigen.

„Das wird Schwierigkeiten geben, Mylord", erwiderte MacGowan in düsterem Tonfall.

Ich erwähnte Derrys Vorschlag, die Pächter südlich der Lough anzusiedeln.

„Das Land dort ist jetzt nicht besser als ein Sumpf, Mylord“, sagte MacGowan. „Früher war das anders, doch inzwischen hat sich der Fluß ein neues Bett gegraben, was zur Folge hatte, daß die Felder dort aufgegeben werden mußten. Deshalb ist das Land nicht wieder besiedelt worden.“

„Nun . . . dann schicken Sie die Pächter nach Amerika oder wohin Sie immer wollen“, sagte ich. „Sie leben in einem solchen Elend, daß sie für eine derartige Chance bestimmt dankbar wären.“

„Wenn man sie wegschicken will, werden sie bleiben wollen“, sagte MacGowan aus seiner tiefen Kenntnis der perversen irischen Seele, und mit einer Stimme, die schicksalsschwanger klang, fügte er hinzu: „Sie sind doch alle O'Malleys, Mylord, einer wie der andere.“

„Was kümmert's mich, wer sie sind“, sagte ich gereizt und erinnerte mich dann mit wachsendem Unbehagen, daß der Anführer der O'Malleys ja kein anderer war als mein alter Feind Maxwell Drummond. „Guter Gott“, murmelte ich. „Wie lästig. Vielleicht ist es besser, wenn wir ihnen eine Abfindung zahlen.“

„Das würde ziemlich teuer werden, Mylord, und außerdem einen gefährlichen Präzedenzfall schaffen. Später würde jeder exmittierte Pächter von Ihnen eine Abfindung verlangen, und Sie hätten viel Ärger.“

„Oh. Nun . . .“ Ich wußte einfach nicht weiter. „Ich werde mit Mr. Stranahan darüber sprechen“, sagte ich schließlich, fest darauf bauend, daß Derry schon irgendeine Lösung einfallen würde. „Er wird die Angelegenheit sicher für mich erledigen.“

Doch zu meiner Überraschung sah Derry nur einen Ausweg: Sollten die O'Malleys protestieren, so mußten wir uns unnachgiebig zeigen. „Und was MacGowan da über das Land am Südufer sagt – kein Wort glaube ich ihm. Was müssen sie denn schon anbauen außer Kartoffeln? Und dafür brauchen sie nicht den besten Boden im Tal.“

„Und wenn Drummond Scherereien macht?“

„Mit Maxwell Drummond werde ich schon fertig“, sagte Derry streitlustig. „Den überlasse nur mir.“

Das tat ich denn auch, aber ich kann nicht behaupten, daß es mir behagte, und je mehr Wochen verstrichen, desto weniger wollte es mir gefallen. Von Vetter Francis bekam ich schließlich das erbetene Geld, doch mein Aufforstungsplan erlitt Schiffbruch, weil es unmöglich war, das betreffende Land freizumachen. Während MacGowan, nicht ohne die gewohnte Düsterkeit, eine neutrale Position bezog, verteilte Derry die Kündigungsschreiben, und prompt rotteten sich die O'Malleys zusammen, marschierten zu unserem Haus und verlangten, mich zu sprechen. Und als ich mich weigerte, weil ich mich von dieser Horde nicht erpressen lassen wollte, zersplitterten zwei Scheiben. Sarah geriet darüber so in Angst, daß ich zähneknirschend Maxwell Drummond rufen ließ, das heißt, rufen lassen wollte; denn jetzt war *er* es, der sich weigerte, mit *mir* zu sprechen. In einem sorgfältig abgefaßten Brief teilte er mir mit, daß es, solange Derry auf Cashemara sei, zwischen uns keine Verhandlungen geben könne.

„Höre nicht auf ihn!" rief Derry hitzig. „Welches Recht hat er, von Verhandlungen zu sprechen? Wie kommt er dazu, dir etwas vorschreiben zu wollen? Du hast die Kündigungen unterschrieben, Patrick – steh jetzt dazu! Wenn du den Rückzug antrittst, wird das kein Ende nehmen!"

Das mochte schon stimmen. Doch wer es unternimmt, sich mit unzufriedenen Iren anzulegen, dem ergeht es wie einem Mann, der mit einem lecken Eimer Wasser schöpfen will. Kaum hat er ein Loch zugestopft, so quillt es zu einem anderen heraus. Es gelang uns schließlich, die Pächter zu vertreiben – aber erst, nachdem der Unterinspektor von Letterturk seine gesamte Polizeistreitmacht in unser Tal beordert und die Räummaschinen den Leuten die Lehmhütten fast über den Köpfen niedergerissen hatten. Wenn ich gehofft hatte, daß der gröbste Ärger damit vorüber sei, so sah ich mich getäuscht: Jetzt ging es erst richtig los. Mein Vieh, das friedlich auf den Weiden am Fooey River graste, wurde verstümmelt. Einer meiner Lieblingssetter, Polonius, verschwand und wurde eine Woche später auf dem Altar in der Kapelle entdeckt. Er war enthauptet worden, und sein Kopf lag neben ihm. Außerdem hatte man die Kapelle entweiht. Der Altar stank nach Urin, und scharfe Messer hatten in den Sitzreihen schlimme Verwüstungen angerichtet.

Meine Wut war unbeschreiblich. Aber noch tiefer saß Verwirrung, Fassungslosigkeit. Hätte ich die Folgen auch nur im entferntesten geahnt, so wäre ich nie bereit gewesen, meinen Aufforstungsplan durchzusetzen. Schließlich hatte ich niemandem wirklich wehtun wollen. Wer konnte auch auf den Gedanken kommen, daß die O'Malleys die wenigen Exmittierungen so schwernehmen würden? Am liebsten hätte ich das ganze Unternehmen sofort abgeblasen, aber das wäre nur Wasser auf die Mühlen der O'Malleys gewesen, und Derry weigerte sich zu Recht, einen solchen Gedanken auch nur zu erwägen.

Also versuchte ich fest zu bleiben, doch das Leben wurde so ungemütlich, daß ich mich bald fragte, ob es zu verantworten sei, Sarah nicht nur Unbequemlichkeiten, sondern wirklichen Gefahren auszusetzen. Anfang März war es dann so weit: Als Sarah nach einem Besuch bei Madeleine nach Hause fuhr, wurde ihre Kutsche mit faulen Eiern beworfen.

Ich war so bestürzt, daß ich ihr versprach, sie sofort nach London zu bringen.

„Aber das Geld!" schluchzte sie, sich offenbar endlich der Tatsache bewußt, daß wir auf Gedeih und Verderb sparen mußten.

„Wir werden einen Teil von dem Geld verwenden, das uns dein Vater geschickt hat", sagte ich, „und in London können wir ja bei Marguerite wohnen."

Kaum war die Entscheidung gefallen, fühlte ich mich wie erlöst. „Ich würde auch dir und Clara raten, nach London mitzukommmen", sagte ich zu Derry. „Hierzubleiben hat ja keinen Sinn."

„Ich muß hierbleiben", erwiderte er. Noch nie hatte ich ihn so entschlossen gesehen. „Aber du reise nur ab und nimm die beiden Frauen mit – für mich wäre es eine Erleichterung, Clara in Sicherheit zu wissen. Was mich selbst betrifft, so muß ich diese Sache bis zum Ende durchstehen. Das ist eine persönliche Angelegenheit zwischen Drummond und mir, verstehst du, und ich werde keine Ruhe geben, ehe er nicht wegen Aufruhr, Verschwörung, Landfriedensbruch und was weiß ich hinter Gittern sitzt. Einmal, nur ein einziges Mal, möchte ich ihm verpassen, was er verdient, und glaube mir, Patrick – danach herrscht wieder Ruhe und Frieden im Tal."

Der Gedanke, Derry allein auf Cashemara zurückzulassen, behagte mir nicht. Ich hätte es vorgezogen, wieder die Polizei zu rufen, damit das Haus unter dauernder Bewachung stand. Doch davon wollte Derry nichts wissen.

„Das sähe ja aus, als ob ich Angst hätte", sagte er, „und warum, zum Teufel, sollte ich mich vor einer Horde stinkender Bauern fürchten, Ich habe eine Pistole, und wenn sie mich zwingen, meine

Schießkünste zu beweisen, so wird sich zeigen, daß ich Manns genug bin, um mich gegen sie zur Wehr zu setzen. Mach dir um mich keine Sorgen, Patrick. Sobald Drummond im Kittchen sitzt, schreibe ich dir."

Im Schutz einer bewaffneten Eskorte, die ich vom Unterinspektor in Letterturk erbeten hatte, verließ ich am nächsten Tag zusammen mit Sarah und Clara das Tal.

Ich konnte mich nicht erinnern, je im Leben mit so leichtem Herzen von einem Ort Abschied genommen zu haben.

IV

Es war erstaunlich, welche Wandlung in Sarah vor sich ging, kaum daß wir Irland den Rücken gekehrt hatten. Je mehr wir uns London näherten, desto augenfälliger wurde diese Veränderung. Hatte sie auf Cashemara, ewig gelangweilt, ewig verdrießlich, ihre Reize fast völlig eingebüßt, so gewann sie ihre Schönheit jetzt zurück und strahlte wieder jene Lebensfreude aus, die ich von früher her so gut an ihr kannte. Jetzt gehörte für mich kein Mut dazu, mit ihr ins Bett zu gehen. Ein schöner Theaterbesuch, ein spätes Abendessen zu zweit im Haus am St. James' Square, Sarahs neues Nachtgewand mit Amethysten am Hals, das geflochtene, hochgesteckte Haar, die braunen Augen über den hervortretenden Jochbögen – das war alles, was es brauchte. Um ihre Bereitwilligkeit zu zeigen, küßte sie mich, aller Ärger und aller Kummer war vergessen, und ich begriff mit schmerzlicher Klarheit, was unsere Ehe hätte sein können – und immer noch sein konnte, wenn wir uns die Gelegenheit nicht wieder durch die Finger schlüpfen ließen.

„Ich liebe dich, Sarah", sagte ich. „Ich liebe dich wirklich. Ich werde eine neue Seite anfangen, und alles soll ganz anders werden, das schwöre ich dir."

Wir sprachen über die Zukunft, und als Sarah verzweifelt meinte: „Wenn wir doch nur nicht auf Cashemara leben müßten!" versprach ich, mit ihr nach New York zu reisen. Das geschah nicht ohne Überlegung, denn ich wollte bei dieser Gelegenheit Vetter Francis bitten, für mich bei der New Yorker Börse etwas Geld zu investieren. War ein entsprechender Gewinn beisammen, so konnte ich ihm sein Darlehen zurückzahlen, die zweite Hypothek löschen und endlich wieder auf Woodhammer wohnen. Wir setzten einen Tag im Mai fest, und während Sarah ihrer Familie gleich Dutzende aufgeregter Briefe schrieb, um sie von unserem Vorhaben zu verständigen, buchte ich die Plätze und bezahlte dafür wieder mit dem Geld, das Vetter Francis für die Aufforstung geliehen hatte.

Drei Tage vor der geplanten Abreise erhielt ich eine Nachricht von Derry. Er habe seine Meinung geändert. Jetzt wünsche er eine polizeiliche Bewachung Cashemaras, doch der Unterinspektor, ein guter Bekannter von Vetter George, habe sein Ersuchen zurückgewiesen.

„Am liebsten würde ich selbst nach Letterturk reiten", schrieb Derry, „um mir diese Null einmal gehörig vorzuknöpfen, aber die Dinge haben sich hier so zugespitzt, daß ich es nicht wage, das Haus allein zu verlassen, und jemanden, der vertrauenswürdig genug wäre, um mir als Leibwächter zu dienen, gibt es hier nicht. Diesen Brief befördert MacGowan für mich zur Post. Ich habe ihm dafür eine Belohnung versprochen. Kannst Du so schnell wie möglich kommen? Du weißt, daß ich Dich nie darum bitten würde, wenn ich es nicht für absolut notwendig hielte, aber dieser Satan Drummond wird mich noch in die Hölle expedieren, wenn ich nicht etwas Verzweifeltes unternehme – aber ich will verdammt sein, wenn ich ihn nicht bei der Gurgel packe und mitzerre."

Mir blieb keine Wahl. Er setzte sich für mich ein, er tat alles, was ein treu ergebener Freund nur tun konnte – was für ein Freund wäre ich gewesen, wenn ich seine Bitte um Hilfe ignoriert hätte, um vergnügt und munter nach New York abzudampfen?

„Laß Derry seine Schlachten doch selbst kämpfen!" fuhr Sarah mich an.

„Er hat's ja versucht, doch offensichtlich befindet er sich jetzt in einer verflixten Lage . . ."

„Das war sein eigener Wille!"

„Ja – weil er mir helfen wollte! Wie kann ich ihm meine Hilfe verweigern, wenn er sie braucht?"

„Ich glaube nicht, daß er sie braucht!" schrie Sarah, außer sich vor Wut. „Er will dich nur wieder bei sich haben. Er ist neidisch und eifersüchtig, weil wir beide jetzt zusammen sind."

„Liebling, so etwas darfst du nicht behaupten. Du kannst doch deine eigenen weiblichen Gefühle nicht auf einen Mann wie Derry übertragen."

„So? Und warum nicht? Er ist doch immer auf mich eifersüchtig gewesen. Er war es von Anfang an."

„Ach, Unsinn. Sieh doch, Sarah . . ."

„Wenn du unsere Reise nach New York jetzt ins Wasser fallen läßt und nach Irland fährst, dann werde ich dir das nie verzeihen. Nie. Das wäre das Ende unserer Ehe."

„Sei doch nicht so melodramatisch! Nur weil es auf Cashemara eine Krise gibt . . ."

„Das hat mit Cashemara nichts zu tun", schrie sie mich an. „Es handelt sich einzig und allein um Derry. Zwischen ihm und mir mußtest du wählen, und du hast dich für ihn entschieden!"

Was soll man mit einer Frau anfangen, die in ihrer Besessenheit die Wahrheit auf den Kopf stellt und hysterische Behauptungen von sich gibt? Ich beschloß, auf keinen Fall die Fassung zu verlieren und Sarah etwas Zeit zu lassen, damit ihre Wut verrauchen konnte. Mit den Schultern zuckend, wandte ich mich zur Tür. Sie packte mich beim Handgelenk, und als ich mich zu ihr umdrehte, versuchte sie, mich zu schlagen, was ich durch eine Umarmung zu verhindern wußte. Aber als ich sah, daß sie wie angeekelt vor mir zurückwich, verlor ich doch die Selbstbeherrschung.

„Du Luder!" brüllte ich sie an. „Du verzogenes, selbstsüchtiges Balg!" Weitere Schimpfwörter folgten, Ausdrücke, die sie noch nie gehört hatte; und plötzlich entschwand der Zorn aus ihren Augen, und ich wußte, daß sie sich fürchtete.

Jetzt war es an mir, vor ihr zurückzuzucken. Da stand sie, zitternd vor Angst, Schweißtropfen auf ihrer Stirn, der Geruch der Furcht, einfach zum Erbrechen. Ich blickte auf ihre runden Brüste und fand sie häßlich. Ich blickte auf ihren langen Hals und fand ihn grotesk.

„Was für eine elende Kreatur bist du doch", sagte ich erbittert. „Welchen Nutzen hast du schon für einen Mann?" Blinde Wut durchpulste mich. Über das, was ich sagte, hatte ich keine Kontrolle mehr. Ein Fremder schien mit meiner Stimme zu sprechen. „Du bildest dir ein, schön und begehrenswert zu sein", sagte ich, „aber du bist es nicht. Du bist eine Null, geschlechtslos, eine Entartung der Natur und, bei Gott, der größte Schwindel, dem je ein Mann aufgesessen ist, der sich dazu entschloß, vor den Altar zu treten . . ."

Sie begann zu weinen. Nur undeutlich gewahrte ich wäßrige

Augen und zerzaustes Haar und fühlte mich so angeekelt, daß ich auf der Stelle das Zimmer verließ. Aber sie kam hinter mir her, laut schluchzend jetzt, und dann fiel sie tatsächlich vor mir auf die Knie und umklammerte meine Beine und flehte mich an, bei ihr zu bleiben.

Ich stieß sie zurück, lief die Treppe hinauf und übergab mich. Wider Erwarten war das keine Erleichterung. Mein Gehirn fühlte sich wie gelähmt, ich konnte keinen klaren Gedanken fassen. Nur eines sagte ich mir wieder und wieder vor: Das war nicht ich. Nicht ich habe solche Worte gebraucht. Das war ein anderer.

Ein anderer, von dem ich nichts wissen wollte.

Ich rief meinen Diener und befahl ihm, meine Sachen zu packen. Später klopfte Marguerite an die Tür, doch ich ließ sie nicht herein.

Mit dem Nachmittagszug fuhr ich nach Holyhead, um dann am nächsten Morgen nach Kingstown überzusetzen. Als ich schließlich, von Dublin kommend, in Galway eintraf, war ich so erschöpft, daß mir keine Wahl blieb, als in dem Hotel am Eyre Square zu übernachten.

Als ich in der Früh aufwachte, waren die Kopfschmerzen fort, doch nur für kurze Zeit. Ohne auch nur einen Bissen zu mir genommen zu haben, brach ich auf. Da mir die Mühe, eine Mietkutsche zu finden, zu groß war, fuhr ich mit der Postkutsche, die täglich in Richtung Clifden abging. Meinen Diener hatte ich in London zurückgelassen. Ich wollte allein sein. Zwischen einem Priester und einer Bauersfrau sitzend, betrachtete ich zerstreut die Landschaft.

Bei Maams Cross, wo die Straßen nach Clifden und Leenane auseinanderstrebten, stieg ich aus und lieh mir von einem entfernten Verwandten Derrys, der dort wohnte, ein Pferd. Sosehr ich es auch anzutreiben versuchte, das verdammte Vieh ging keinen Schritt schneller, und so dauerte es über eine Stunde, ehe ich von der Straße nach Leenane abbog und bergaufwärts dem Paß zwischen Knocknafaughey und Bunnacunneen zustrebte.

Es war ziemlich heiß. Selten hatte das Tal so still und friedlich auf mich gewirkt. Selbst die rauhen Ufer der Lough schienen wie von unsichtbarer Hand geglättet, und auf dem Hang auf der anderen Seite des Tals stand Cashemara, geheimnisvoll schimmernd in der fast unnatürlich strahlenden Helle.

Er mußte mich schon von weitem entdeckt haben, denn als ich am schmalen Ausläufer der Lough vorbei mein Pferd wieder bergauf lenkte, sah ich, daß er über den dunklen Fahrweg auf das Tor zulief.

Er hob die Hand und winkte vergnügt. Wäre ich in Hörweite gewesen, so hätte er mir wohl lachend zugerufen: „Ist das Leben nicht großartig?" Plötzlich wußte ich wieder, wer ich war, und was immer mich bedrückt haben mochte, zählte nicht mehr.

Er begann, das Tor mit einem Riesenschlüssel aufzuschließen. Ich war immer noch ein Stück von ihm entfernt, doch als die Flügel des Tores aufschwangen, stellte ich mich in den Steigbügeln auf, um ihm einen Gruß zuzurufen.

Er sollte ihn nie mehr hören. Atemlos kam er auf mich zugestürzt, und noch ehe ich den Mund öffnen konnte, sah ich den blitzenden Widerschein des Sonnenlichts auf nacktem Metall und vernahm, wie die Pistole, seiner Hand entfallend, zu Boden polterte.

Er war stehengeblieben. Einen langen Augenblick stand er aufrecht, mit funkelnden Augen, das Haar vom leichten Lufthauch sacht zerzaust, und dann kippte er vornüber, kurz auf die Knie sackend, ehe er lang hinschlug.

Das Messer in seinem Rücken glitzerte.

Da mein Pferd seinen gemächlichen Trott beibehielt, glitt ich rasch hinab und begann zu laufen. Ich lief und lief, die scharfen Steine stießen hart durch die dünnen Sohlen meiner Stadtschuhe, und aus dem heißen Himmel prallte die Sonne auf das Tal.

Endlich stand ich bei ihm. Er war bei Bewußtsein. Wir sahen einander an, doch keiner sprach, und der Fremde in mir wollte uns verhöhnen: Wirklich miteinander gesprochen hätten wir ja nie. Wie um diese Behauptung zu widerlegen, versuchte Derry, die Lippen zu öffnen, doch es war zu spät, kein Laut drang hervor. Ihn in den Armen haltend und dichter an mich ziehend, sah ich, wie sein Gesicht starrer und die Augen dunkler wurden. Und dann quoll ihm Blut aus dem Mund, und er starb.

V

Seinen Mörder sah ich nicht. Wahrscheinlich hatte er sich hinter einem der großen Steinblöcke am Straßenrand versteckt und war dann, einen günstigen Augenblick nutzend, zwischen Felsgeröll verschwunden. Nein, ich sah ihn nicht. Ich sah nur Derry.

Aber von da an war ich hinter Maxwell Drummond her. Ich ließ den Unterinspektor kommen. Ich ließ andere Polizeibeamte kommen. Ich schrieb an jeden, der in der Grafschaft Galway die gesetzliche Gewalt verkörperte. Ich schrieb sogar an den Generalinspektor der Royal Irish Constabulary und an den Staatssekretär und an den Vizekönig auf Dublin Castle. Und als die Leute die Schultern zuckten und meinten, Verbrechen dieser Art seien nun mal an der Tagesordnung, schrieb ich an Gladstone in Westminster und erklärte ihm, nicht geheime Wahlen oder Landreformen seien das, was Irland brauche, sondern Gesetz und Ordnung.

„Am liebsten würde ich in der Umgegend jeden O'Malley erschießen", sagte ich zu George, als er sich mit anderen Mitgliedern des Magistrats und dem Unterinspektor endlich auf Cashemara einfand. „Als erstes muß Drummond ins Gefängnis geworfen werden. Er hat an allem schuld. Werft ihn ins Gefängnis und prügelt ihn, bis er gesteht."

Sie musterten mich mit ausdruckslosen Gesichtern. Ich begann zu brüllen: beschuldigte sie, sich auf die Seite von Mördern zu schlagen. Und als sie mich zu unterbrechen versuchten, verfluchte ich sie, bis ich völlig erschöpft war. Danach fand ich mich allein mit George, der zu mir sagte, ich solle mich zusammennehmen.

„Zusammennehmen?" fragte ich. „O ja, das werde ich – um den Mörder zu finden und ihn aufgeknüpft zu sehen!"

„Mein lieber Patrick", sagte George, „mach dir das doch klar: Weder du noch sonst jemand wird je herausbekommen, wer es getan hat. Zur Zeit des Mordes befand sich Drummond in Leenane – das kann ein halbes Dutzend Zeugen bestätigen."

„Aber wenn wir eine Belohnung aussetzen, wird sich bestimmt jemand bereit finden . . ."

Doch George sagte nur: „Hast du noch nie von den Blackbooters gehört?"

Und als ich ihn fragend ansah, erklärte er: „In Irland wimmelt es von Geheimbünden. Ständig schüren sie die Unzufriedenheit unter den Pächtern und führen aus dem Hinterhalt einen Krieg gegen die Großgrundbesitzer. Der Geheimbund, der in diesem Tal dominiert, nennt sich die Blackbooters, und ich bin davon überzeugt, daß sie von niemand anderem unterstützt werden als von der Republikanischen Bruderschaft . . ."

„Oh, die Bruderschaft, die Fenier – die kann doch kein Engländer ernst nehmen!"

„Nun, wie du darüber denkst, ist deine Sache, aber glaube mir – du wirst niemanden finden, der in einem Fall, wie er hier vorliegt, bereit wäre, mit den Behörden zusammenzuarbeiten. Er müßte mit härtesten Repressalien rechnen. Also zähle nicht auf irgendwelche Zeugenaussagen."

„Und was soll ich tun?" fragte ich verbittert. „Die Hände im Schoß falten und den Mörder meines Freundes unbehelligt lassen?"

George gab keine Antwort. Sein Schweigen brachte mich noch mehr in Zorn. Ich sagte: „Eines Tages werde ich mit Drummond abrechnen, darauf kannst du Gift nehmen. Ich werde nicht vergessen, und ich werde nicht vergeben, und es wird der Tag kommen, an dem er hängt."

Doch im Augenblick konnte ich nichts anderes tun als abwarten und dafür sorgen, daß Derry begraben wurde. Leicht war das nicht. In Clonareen, das wußte ich, würde sein Grab sofort geschändet werden. So beschloß ich, meinen toten Freund auf dem Familienfriedhof bei unserer Kapelle auf Cashemara zu bestatten. Doch bald schon stellte sich heraus, daß kein katholischer Priester bereit war, ihn zur letzten Ruhestätte zu geleiten. Vater Donal entschuldigte sich mit Schmerzen im Bein, und als ich mich erbot, die Kutsche zu schicken, redete er sich auf plötzliches Fieber aus.

Offenbar steckte also doch etwas hinter Georges Gerede von der Macht der ländlichen Geheimbünde. Zum Glück kam mir Madeleine zu Hilfe, die ein besonderes Talent dafür besaß, in verfahrenen Situationen eine Lösung zu finden. Sie überredete einen Kaplan des Erzbischofs dazu, nach Cashemara zu kommen, und so konnte ich Derry doch endlich gemäß den Riten seiner Kirche bestatten lassen. Es tat mir leid, daß Clara nicht zugegen war – auf meinen eigenen ausdrücklichen Wunsch. Nie hätte ich es mir verziehen, wenn ihr etwas zugestoßen wäre.

Nach dem Begräbnis wurde mir zunehmend bewußt, wie einsam ich jetzt war. Ich machte keine Anstalten, Cashemara zu verlassen. Vor dem Gedanken, nach London zurückzukehren, schrak ich zurück. Erst wollte ich wissen, wie ich dort aufgenommen werden würde. Die unangenehme Erinnerung an den Streit mit Sarah versuchte ich zu verdrängen. Irgendwann raffte ich mich dann auf und schrieb an sie. Ich bat sie, mir zu verzeihen. Wir müßten uns unbedingt miteinander aussprechen.

Eine Antwort auf meinen Brief erhielt ich nicht. Schließlich schrieb ich ein zweites Mal: Ich wollte nach London kommen, um mit ihr, wie versprochen, nach Amerika zu reisen. Als ich auch diesmal nichts von ihr hörte, war ich davon überzeugt, daß ihre Briefe von meinen Feinden hier abgefangen wurden.

Ich ließ MacGowan kommen. Ich war es leid, wie in einer Festung zu wohnen und mir das Leben durch unzufriedene Pächter erschweren zu lassen. Und so erklärte ich MacGowan, er möge an Maßnahmen treffen, was immer er für geeignet hielte, um den Frieden im Tal wiederherzustellen. Als er sich erkundigte, was mit meinem Aufforstungsplan werden sollte, erwiderte ich kurz, ich hätte ihn fallenlassen, und von mir aus könnten die O'Malleys wieder auf dem Gelände dort siedeln.

Als nach einer weiteren Woche immer noch keine Antwort von Sarah eintraf, schrieb ich ihr einen dritten Brief. Zum erstenmal brachte ich den Mut auf, mich der Erinnerung an unseren Streit zu stellen. Nach vielen vergeblichen Entwürfen kam folgender Wortlaut zustande: „Meine liebste Sarah, ich weiß, daß ich damals unverzeihliche Dinge gesagt habe. Wenn ich jetzt daran zurückdenke, so habe ich das Gefühl, daß nicht ich es war, der das sagte. Doch dieser Fremde, der da aus mir sprach, ist jetzt fort, und ich bin wieder ich selbst. Ich bin nicht mehr der Mensch, der Dich so unglücklich gemacht hat, und glaube mir: Ich liebe Dich wie eh und je. Bitte, gib mir noch eine Chance. Ich möchte doch nichts, als Dich glücklich machen und Dir beweisen, daß ich Dich über alles liebe. Bitte, schreibe mir. Sobald ich weiß, daß Du mir vielleicht verzeihen wirst, werde ich zu Dir kommen. In Liebe, Dein Patrick."

Ich wartete. Die Tage krochen dahin. Schließlich schrieb ich in meiner Verzweiflung an Marguerite. War Sarah entschlossen, unversöhnlich zu bleiben? Befand sie sich bereits auf dem Wege nach Amerika? Litt sie an einer Krankheit? War ihr sonst etwas Schreckliches zugestoßen?

„Bitte, schreibe", bettelte ich. „Bitte, bitte, schreibe mir doch."

Ich fühlte mich völlig isoliert. Trotz MacGowans Friedensouvertüren für die O'Malley hielt ich es für ratsam, mich nicht allzuweit hinauszuwagen, Ritte zu unternehmen oder meinen Nachbarn Besuche abzustatten. Statt dessen beschäftigte ich mich mit meinem geplanten Garten. Ich hatte beschlossen, die Rasenfläche so zu formen, daß sie einem von Blumen und Sträuchern gesäumten See glich; denn in den Büchern war davon die Rede, daß man auf diese Weise einen befriedigenden optischen Ersatz für ein kleines Gewässer schaffen konnte. Allerdings hatte ich die Absicht, später auf dem Hügelhang in Höhe des Waldes einen Lilienteich anzulegen. Dieser Teich, Teil meines „italienischen" Gartens, sollte mit dem tiefer liegenden Gelände durch eine lange Treppenflucht verbunden werden. Waren die störenden Bäume erst einmal gefällt, so hatte man über das Dach des Hauses hinweg Ausblick auf die Lough und die Berge. Als Krönung schwebte mir eine Art Pavillon vor – ein italienisches Teehaus vielleicht oder eine Tempelruine. Der Garten sollte nicht Renaissance-Charakter haben, sondern von toskanischer Prägung sein, basierend auf Petrarcas Vorstellung von einem römischen Garten: Nicht Blumen würden das Bild bestimmen, sondern Wasser und Steine. Als Rahmen für den eigentlichen Garten mochte ein Park mit zurechtgestutzten Bäumen dienen. Der Gedanke, den Baumkronen bald diese, bald jene Gestalt zu geben, bestach mich . . .

Noch glich alles einer Wildnis, doch als ich jetzt an die Arbeit ging, war das für mich Ablenkung und Trost zugleich. Ich mähte den Rasen, formte die Fläche. In einem der Gewächshäuser fand ich eine Walze und ebnete damit überall, wo es nötig war, den Boden.

Das Personal schien zu glauben, daß Derrys Tod mich völlig aus dem seelischen Gleichgewicht gebracht hatte, doch ich kümmerte mich nicht darum; und als der Zustand des Rasens sich trotz all meiner Bemühungen nicht bessern wollte, schrieb ich an das Royal Agricultural College, um Informationen über Grassamen zu erhalten. Sollte dieser Teil des Gartens je meinen Vorstellungen entsprechen, so mußte ich unbedingt etwas tun, um die Fläche umzuwandeln, die jetzt eher einem Kleefeld glich.

Von Sarah kam nach wie vor kein Wort.

Als ich an einem grauen Nachmittag dabei war, den Klee zu beseitigen, erschien Hayes, um mir zu melden, daß Besucher eingetroffen seien.

„Besucher?" fragte ich überrascht, während ich mich aufrichtete, um meine Hemdsärmel herabzurollen und mir den Schweiß von der Stirn zu wischen. „Wer denn?"

Hayes warf einen Blick auf das Tablett, das er in der Hand hielt. Erst jetzt bemerkte ich die dort liegende Karte. „Ein Mr. Rathbone aus London", verkündete er.

Ich sah ihn ungläubig an, griff dann nach der Karte. Was mochte

Rathbone von mir wollen? Hatte Sarah etwa die Scheidung eingereicht?

„Eigentlich ist Mr. Rathbone nur als Begleiter gekommen", sagte Hayes. „Für eine Dame würde es sich in diesen Zeiten auch kaum empfehlen, allein zu reisen."

„Eine Dame?" fragte ich erstaunt.

Hayes musterte mich mit einem Blick, aus dem jene mitfühlende Behutsamkeit sprach, die man unheilbar Geisteskranken entgegenbringt.

„Ja, eine Dame, Mylord", sagte er. „Lady de Salis, Ihre Gattin."

Ich rannte ins Haus.

VI

Rathbone war im Morgenzimmer, und er war allein.

Ich sagte nur zwei Wörter: „Meine Frau?"

„Mylord, ich glaube, sie ist nach oben gegangen, um sich nach der Reise zu erfrischen", erwiderte er.

Also stürzte ich die Treppe hinauf, stolperte dann, prallte gegen die Wand. Mit wildschlagendem Herzen fand ich benommen den Weg zum Schlafzimmer.

Ja, sie war dort, sehr blaß, doch wohl nicht nur von der Reise erschöpft; und während wir einander wortlos anblickten, gewahrte ich an ihr eine Ruhe und einen Ernst, die für mich völlig neu waren.

„Sarah", sagte ich schließlich mit unsicherer Stimme.

Sie machte einen Schritt auf mich zu, wollte sprechen, brachte jedoch kein Wort hervor. Ihre Augen füllten sich mit Tränen.

„Sarah . . ." wiederholte ich. „Hast du mir verziehen? Bist du zu mir zurückgekehrt?"

Sie nickte. Tränen strömten über ihr Gesicht, und plötzlich begriff ich, was ich eigentlich nicht begreifen konnte: daß es Freudentränen waren.

„Oh, Patrick", sagte sie mit sonderbar ruhiger Stimme, „Patrick, es ist wie ein Wunder . . . ich werde ein Baby bekommen."

SARAH

LEIDENSCHAFT

1873–1884

1. KAPITEL

I

Er kam im Dezember zur Welt, kurz vor Weihnachten, und wog genau acht Pfund.

„Francis!“ flüsterte ich bewundernd, sobald ich ihn in den Armen hielt.

„Edward!“ sagte Patrick im selben Augenblick genauso hingerissen.

Wir konnten uns nie über etwas einig werden.

„Ich finde, diesmal solltest du nachgeben, Sarah“, sagte meine Tante Marguerite, die Friedensstifterin. „Schließlich wird der Kleine einmal den Titel erben, und nach englischer Tradition wäre es angemessen, wenn er nicht nach deinem Vater benannt würde, sondern nach Patrick.“

Marguerite hatte immer recht. Für gewöhnlich kann ich solche Menschen nicht ausstehen. Doch bei ihr artete das nie in Rechthaberei aus. Vielmehr geschah es auf eine so kluge Art, daß ich Marguerite immer noch liebte wie eine Schwester. Also gab ich Patrick auch diesmal nach. (Zum wievielten Mal wohl schon? Und wie entsetzlich schwer fiel es mir immer, einen Herzenswunsch aufzugeben!)

Das Kind wurde in der Kapelle von Cashemara auf den Namen Patrick Edward getauft.

Kaum waren bei der anschließenden Feier unsere Champagnergläser leer, als Patrick und ich auch schon darüber zu streiten begannen, ob unser Sohn mit Patrick oder Edward angesprochen werden sollte.

„Patrick klingt viel hübscher als Edward“, sagte ich, da ich schon immer der Meinung gewesen war, Edward sei ein unerträglich steifer englischer Name.

„Nein, Patrick können wir ihn nicht rufen", sagte Patrick. „Das wäre zu verwirrend."

„Aber Edward klingt so förmlich für einen kleinen Jungen!"

„Es muß ja nicht unbedingt Edward sein. Wir können ihn auch Ned rufen."

„Ned!" rief ich entsetzt. „Genau wie einen Esel? Unmöglich, Patrick!"

„Mir gefällt's", erwiderte Patrick mit jenem starrsinnigen Gesichtsausdruck, den ich so fürchtete. „Außerdem ist der Spitzname für einen Esel nicht Ned, sondern Neddy. Wenn du ordentlich englisch sprechen könntest, würdest du das wissen."

„Wie kannst du behaupten, daß ich nicht ordentlich englisch spreche!" rief ich aufgebracht.

Nach dieser kleinen Auseinandersetzung sagte Marguerite unter vier Augen zu mir: „Sarah, ich halte es für vernünftig, wenn du Patrick bei diesem Kind seinen Willen läßt. Bei dem nächsten kann es dann ja nach deiner Nase gehen, verstehst du?"

„Gut", sagte ich verbittert. „Falls es noch eines gibt."

„Natürlich wirst du wieder ein Baby bekommen!" sagte Marguerite scharf. „Sei nicht dumm, Sarah. Du hast jetzt die Chance, deine Ehe von vorn zu beginnen, und du wirst nicht so kurzsichtig sein, dir diese Gelegenheit entgehen zu lassen."

Dieser Appell an meine Klugheit blieb nicht ohne Wirkung. Außerdem führten Marguerites Worte den unsinnigen Streit zwischen Patrick und mir auf die richtigen Proportionen zurück. Ich muß sogar gestehen, daß ich mich ein klein wenig schämte. Was kam es schon darauf an, wie unser Sohn gerufen wurde? Was zählte, war die Tatsache, daß es ihn gab, daß er prachtvoll gedieh und daß er fraglos das schönste Baby auf der ganzen Welt war. Alle Mütter behaupten das von ihren Kindern, ich weiß, doch bei Ned traf es wirklich zu; dieser Ansicht waren alle, nicht nur ich.

„Dein Schicksal meint es jetzt gut mit dir, Sarah", sagte Marguerite zu mir, ehe sie im neuen Jahr nach London zurückreiste. „Ich bin fest davon überzeugt, daß zwischen dir und Patrick alles gutgehen wird, doch darfst du nie vergessen, daß es drei Dinge gibt, die du auf jeden Fall unterlassen mußt. Beklage dich nie über den Mangel an Geld, bringe nie eure früheren Kalamitäten zur Sprache und erwähne nie, nie, nie . . ."

„. . . Derry Stranahans Namen", ergänzte ich und versuchte, meine Ungeduld zu bemeistern. Nach anderthalbjähriger Ehe war ich um einige Erfahrungen reicher, und ich hatte gewiß nicht die Absicht, frühere Fehler zu wiederholen. „Ich weiß, Marguerite, ich weiß. Das hast du mir alles schon gesagt."

„Manches kann man gar nicht oft genug sagen", betonte sie und fügte dann, meinen Unmut bemerkend, hastig hinzu: „Halte mich bitte nicht für voreingenommen – ich habe Patrick den Kopf genauso zurechtgesetzt wie dir!" Offenbar darauf bedacht, ihrer Feststellung die Schärfe zu nehmen, fuhr sie fort: „Wenn ich bedenke, wie sehr Patrick dich früher vernachlässigt hat, Sarah, erscheint es mir fast als Wunder, daß du ihm die Treue gehalten hast."

Ich wurde rot und murmelte betreten etwas von den Flirts, die ich in London gehabt hatte.

„Aber du bist doch nie mit einem Mann ins Bett gegangen, oder?" fragte Marguerite scharf, und die unbemäntelte Geradlinigkeit ihrer Worte verwirrte mich so sehr, daß ich, noch ehe ich es selbst begriff, die Wahrheit sagte: die Wahrheit, die ich noch nie jemandem anvertraut hatte.

„Ins Bett? Um Himmels willen – das ist ja schon mit Patrick schlimm genug. Wie könnte es mir da einfallen, das mit einem anderen zu tun?"

Wir starrten einander wortlos an, und ich sah zu meiner Verblüffung, daß meine Antwort sie weit mehr schockiert hatte als mich ihre Frage.

II

Oft frage ich mich, ob wir in stärkerem Maße das Produkt unserer Umwelt oder unserer Erbanlagen sind. Eigentlich habe ich mich immer für ein Opfer der Umstände gehalten und geglaubt, daß mein Leben mit Beginn meiner unglücklichen Ehe einen verhängnisvollen Verlauf nahm. Doch bleibt die Frage, warum ich mich überhaupt dazu bereitfand, diese Ehe zu schließen. Lag es daran, daß ich auf Grund meiner Erziehung meinte, höchstes Ziel für ein junges Mädchen sei die Heirat mit einem reichen Aristokraten? Oder war ich, Tochter meines Vaters, allzusehr auf ein Leben in Luxus bedacht? Wirkte noch etwas anderes mit? Strebte ich (schrecklicher Gedanke!) unbewußt meiner Mutter nach, indem ich, genau wie sie, darauf bedacht war, „das Richtige zu tun"?

Eines läßt sich jedenfalls mit Sicherheit sagen: Durch nichts war ich auf eine unglückliche Ehe vorbereitet. O ja, ich weiß, daß ich in meiner Jugend extravagant und launisch gewesen bin, verzogen und verzärtelt durch einen nachgiebigen Vater – wie klar sehe ich das jetzt! Doch ich wurde geliebt. Zu sehr geliebt vielleicht und durch einen goldenen Kokon vor der rauhen Wirklichkeit des Lebens geschützt. Und so kam es mir als junges Mädchen nie in den Sinn, daß es eine Zeit geben könnte, in der das einmal anders war.

„In deiner Familie sind alle so glücklich!" sagte Patrick sehnsüchtig zu mir, als er zum erstenmal in New York war. Seine Feststellung entsprach der Wahrheit. Papa und Mama waren einander sehr zugetan und stritten sich nie in unserer Gegenwart. Jahre später erfuhr ich von Charles, daß Papa sich eine Geliebte gehalten hatte, doch nehme ich an, daß dieses Arrangement nicht nur Papas, sondern auch Mamas Wünschen entsprach. Charles, zwei Jahre jünger als ich, war ernsthafter und lernbegieriger als ich, was aber nur natürlich schien, da er, als Sohn und Erbe, eine gewisse Verantwortung trug. Ich fand ihn hinreißend und liebte ihn sehr. Genau wie Mama. Da ich Papas Liebling war, schien es nur recht und billig, daß Mama Charles bevorzugte.

Immerhin muß ich Mama lassen, daß sie die erste und damals wohl auch einzige war, die ahnte, was keiner von uns vermutete – den harten Schock, der mich in meiner Ehe erwartete. Sie wirkte immer faul und ein wenig beschränkt, aber das lag nur an ihrer Beleibtheit. In Wahrheit besaß sie sehr viel nüchternen Wirklichkeitssinn. Doch sie litt unter Schüchternheit und brachte nie das Herz auf, sich gegen Papa und mich zu stellen, selbst wenn wir noch so autokratisch verfuhren. Doch daß sie sich um mich vor der Hochzeit Sorgen machte, begriff ich, als sie den Mut hatte, mit mir über „Unaussprechliches" zu sprechen – für sie gewiß eine harte Probe.

Noch jetzt höre ich, wie sie sagte: „Oh, Liebes, wenn du nach deiner Hochzeit doch nur nicht so weit wegziehen würdest." Ihre großen, braunen Augen wirkten sehr bekümmert. „Wie schön wäre es doch, wenn du in New York leben könntest."

„Ich habe in London doch Marguerite bei mir", erwiderte ich ungeduldig.

„Aber Marguerite ist nur acht Jahre älter als du", sagte sie, „und außerdem . . ." Sie und Marguerite hatten sich nie besonders gut verstanden, was sie natürlich nicht betonen wollte. „. . . außerdem gibt es Zeiten, in denen ein Mädchen ihre Mutter braucht."

„O ja", erwiderte ich und unterdrückte ein Gähnen. Ich hielt mich für sehr gescheit. „Nun, du kannst ja nach London kommen und uns besuchen."

„Vorläufig wohl kaum", sagte Mama. Vernünftig wie stets, gestattete sie sich auch jetzt keine Illusionen. „Dein Vater hat so viel zu tun, und außerdem mag er Europa nicht. In einigen Jahren werden wir natürlich nach England kommen, aber bis dahin wirst du dich längst eingelebt haben und mich nicht mehr so nötig brauchen."

„Mama, ich bin überzeugt, daß ich ausgezeichnet zurechtkommen werde. Ich begreife nicht, warum du dir über mich so viele Gedanken machst!"

„Im Zusammenleben zweier Menschen gibt es immer Schwierigkeiten, Sarah, und wenn du Patrick jetzt auch sehr freundlich und rücksichtsvoll findest, so kann sich dieser Eindruck doch ändern." Und sie begann, sich über die „ehelichen Pflichten" zu verbreiten, und während sie sprach, lief sie immer röter an, hielt aber fast ohne Atempause bis zum Ende durch. Rückblickend bewundere ich ihren Mut, doch damals fand ich es einfach gräßlich, daß sie mir so viele schreckliche Dinge erzählte: Als sie fertig war, reagierte ich mit einem patzigen: „Ach, das weiß ich doch alles schon seit Jahren!" – eine faustdicke Lüge, denn in meinem goldenen Kokon wäre mir nicht einmal bewußt gewesen, daß Männer und Frauen sich unterhalb der Hüften voneinander unterschieden, hätte ich meinen Bruder Charles nicht einmal in frühester Kindheit nackt gesehen. Selbst die klassizistischen Statuen in den Häusern der 5. Avenue trugen an den betreffenden Stellen immer Feigenblätter.

Während der Hochzeitszeremonie mußte ich unentwegt an die „ehelichen Pflichten" denken, und je mehr ich darüber nachdachte, desto nachhaltiger war ich davon überzeugt, daß ich daran Gefallen finden würde – schon Mama zum Trotz, weil sie allem einen so abstoßenden Anstrich gegeben hatte. Beim Verlassen der Kirche war ich sogar sehr vergnügt, denn unmöglich konnte diese eheliche Pflicht eine solch beschwerliche Last sein, weil sonst kein Paar darauf hoffen konnte, je miteinander glücklich zu werden.

Ich weiß noch, wie wütend ich auf Mama war, weil sie mich so verschreckt hatte, und als Patrick und ich später vom Hochzeitsfrühstück aufbrachen, fiel mein Abschiedskuß für sie recht kühl aus.

Als Patrick und ich dann in Papas Sommerhaus waren, wo wir den ersten Teil unserer Flitterwochen verleben sollten, fühlte ich mich verärgert und verstimmt und nicht dazu aufgelegt, Patrick auch nur einen Kuß zu geben. Aber als er dann, zu betrunken, um etwas anderes zu tun, in der Hochzeitsnacht schlief, war ich auf ihn nicht weniger böse als auf Mama. Überhaupt muß ich sagen, daß das Gefühl, das mich während meiner gesamten Ehe am stärksten beherrschte, dieser Groll war, der an meinem Hochzeitstag begann: ein dumpfes, schwelendes Ressentiment, das ich weder zu erklären noch zu begreifen vermochte; es entsprang wohl der tiefwurzelnden Überzeugung, daß ich irgendwie betrogen worden war – um das gebracht, was mir von Rechts wegen zustand. Meist war ich mir dieses Grolls gar nicht bewußt. Manchmal schaffte er sich, bis zum Unerträglichen aufgestaut, während einer Auseinandersetzung Luft. Für gewöhnlich jedoch blieb er unter der Oberfläche: ein kleiner, harter Kern aus Mißbehagen, der von innen her unaufhörlich gegen die Wände meines eleganten, goldenen Kokons stieß.

Überflüssig zu sagen, daß die eheliche Pflicht genauso schrecklich war, wie Mama sie mir geschildert hatte. Nein – viel schrecklicher. Zuerst glaubte ich es einfach nicht ertragen zu können, doch zum Glück schien Patrick auf Intimitäten ebenso wenig begierig wie ich, und so wurde die eheliche Pflicht wirklich zum allmonatlichen Pflichtpensum, dem wir uns widerstrebend unterzogen, weil wir uns beide Kinder wünschten.

Ich weiß nicht mehr genau, wann ich schließlich herausfand, daß nicht alle Frauen darüber so dachten wie ich. Wahrscheinlich geschah es, als ich nach den ersten Monaten in London die Bekanntschaft einiger Engländerinnen machte, die mit Behagen über anderer Leute Seitensprünge herzogen. Zuerst begriff ich gar nicht recht, was dieses Wort eigentlich bedeutete. Dann schien mir unvorstellbar, daß es so etwas Abscheuliches geben konnte. Im England der späten sechziger Jahre herrschte unter den oberen Klassen viel Immoralität, doch sprach man darüber nur hinter der vorgehaltenen Hand. Es traf zwar zu, daß der Prinz von Wales bereits jenen Weg eingeschlagen hatte, der seinen Kreis zum leichtlebigsten in ganz Europa machte, doch der würdige Ernst der Königin und ihres Hofstaates gaben dem nationalen Moralempfinden in so starkem Maße das Gepräge, daß ich zuerst nicht begriff, wie groß die Kluft war zwischen dem, was viele Menschen sagten, und dem, was sie in Wirklichkeit taten.

Im Grunde hatte ich ganz instinktiv angenommen, daß keine „gute" Frau an der ehelichen Pflicht Gefallen finden könne. Um so entsetzter war ich jetzt, als ich entdeckte, daß nicht nur so manche scheinbar „gute" Frau wie eine Kurtisane lebte, sondern auch viele wirklich „gute" Frauen entweder überhaupt nichts gegen die eheliche Pflicht einzuwenden hatten oder sie nur „ein wenig langweilig" fanden.

Unvermeidlich stellte sich bei mir die Überzeugung ein, mit mir stimme irgend etwas nicht. Lange ehe Patrick mich im Zorn ein geschlechtsloses Etwas und eine miserable Ehefrau nannte, schämte ich mich meiner Abnormität wie eines körperlichen Gebrechens. Einziger Trost war für mich, daß außer Patrick und Marguerite niemand davon wußte, und ich war entschlossen, dafür zu sorgen, daß es dabei blieb. Folglich durfte ich mich auch auf keine Liebschaft einlassen. Obschon ich so manchem attraktiven Mann begegnete, war die Vorstellung, seine Bewunderung für mich würde sich in desillusionierten Widerwillen wandeln, so ernüchternd, daß es mir nicht schwerfiel, die kalte Schulter zu zeigen, wenn es der Augenblick verlangte.

Der Gedanke, auch andere Frauen könnten mit der ehelichen Pflicht ihre Schwierigkeiten haben, kam mir überhaupt nicht. Natürlich hätte ich mir überlegen können, daß niemand dergleichen an die große Glocke hängt. So jedoch empfand ich mich als Ausnahmefall und fühlte mich mit meinen Problemen völlig allein. Ich trug mein Kreuz, so gut es ging – und das war gewiß nicht leicht, vor allem, wenn ich mit Patrick besonders hart aneinandergeriet. Alle Welt, Marguerite nicht ausgeschlossen, hielt ihn für einen Menschen, der Tag und Nacht gleichbleibend nett und zuvorkommend war. Doch hatte sein Wesen auch eine dunklere Seite, die er zeigte, wenn er betrunken war. Er konnte sehr jähzornig sein und verletzend.

„Du bist eine verdammte Heuchlerin, Sarah!" schrie er mich einmal an. „Erst umgarnst du einen Mann, und wenn du ihn dann wild gemacht hast, verwandelst du dich in einen Klumpen Eis. Für Frauen dieser Art gibt es ein sehr vulgäres Wort, aber da dir solche Ausdrücke ja zuwider sind, werde ich es mir aufsparen, bis du mich einmal mit deinen Küssen in Hitze bringst, um sofort hysterisch zu werden, wenn ich dir unters Kleid lange. Wie ich dich kenne, werde ich darauf nicht lange warten müssen."

„Und wie ich dich kenne", gab ich aufgebracht zurück, „scheust du dich, mir unter das Kleid zu langen, und wir werden also ewig warten müssen."

Unausweichlich entbrannte ein hitziger Wortwechsel, und jetzt gebrauchte er natürlich die Bezeichnung, von der er gesprochen hatte. Auch andere unflätige Ausdrücke fehlten nicht. Wenn er in Wut war, schreckte er vor nichts zurück. Obwohl ich wußte, daß sich in meiner Empfindlichkeit gegenüber einer solchen Sprache nur meine Schwäche zeigte, konnte ich einfach nicht anders. Jegliche Anspielung auf den Geschlechtsakt verursachte mir körperliche Übelkeit.

Nach einer derartigen Szene erfand ich meist einen Vorwand, um einige Tage lang allein schlafen zu können, doch eine Lösung für unsere Probleme war das natürlich nicht. Patricks nur allzu bereitwilliges Eingehen auf meine Bitte schmerzte mich. Es demütigte mich, ihn später sogar daran erinnern zu müssen, daß wir uns doch beide Kinder wünschten. Ich geriet in Verzweiflung, wenn ich mich genötigt sah, ihn zu verführen.

Ja, in Verzweiflung. Doch nicht nur, weil ich mir ein Kind wünschte, sondern auch, weil ich Patrick selbst besitzen wollte; denn die Einsamkeit war kaum noch zu ertragen. Doch mit der Zeit änderte sich das, und ich fragte mich schließlich, was mich wohl unglücklicher machen würde: ein Leben mit Patrick und der ehelichen Pflicht – oder ein Leben ohne beide. Eine Weile glaubte ich sogar, ich könnte den Mut aufbringen, Patrick zu verlassen.

Doch das wäre Wahnsinn gewesen. Eine Frau, die ihren Mann verläßt, wird von der Gesellschaft ausgeschlossen und hat keine Zukunft. Für mich selbst hätte ich mit einer gescheiterten Ehe vielleicht fertig werden können, doch vor aller Welt am Pranger zu stehen, war einfach undenkbar.

Um mich von meinen Problemen abzulenken, stürzte ich mich in alle möglichen Aktivitäten. In London fiel das nicht schwer, gab es doch viele gesellschaftliche Veranstaltungen, auf denen man immer wieder neuen Gesichtern begegnete; doch auf dem Land... Schon der Gedanke an ein Leben dort ließ mich schaudern.

„Ich will dir sagen, wo bei dir der Hase im Pfeffer liegt", meinte Patrick. „Du hast für nichts Interesse. Wozu taugst du überhaupt?

Du kannst bloß Geld verschwenden, dekorativ aussehen und in Wintergärten hinter Palmen herumflirten.“

Er brachte mich oft zum Weinen, doch versuchte ich, meine Tränen in seiner Gegenwart zu verbergen. Erst wenn ich allein war, brach es aus mir heraus, vor allem, wenn er wieder behauptet hatte, daß ich zu nichts taugte. Denn es stimmte. Patrick war künstlerisch um so vieles begabter als ich, daß ich mich scheute, einen Pinsel oder einen Zeichenstift in die Hand zu nehmen. Zwar konnte ich Klavierspielen, aber auch das ohne besonderes Talent. Ich las ein wenig, nähte und versuchte das und jenes. Doch Patrick ließ keinen Zweifel daran, daß ich bestenfalls Mittelmaß war.

Dennoch glaubte ich fest daran, für irgend etwas begabt zu sein. Das Problem war nur herauszufinden, wofür. Ich dachte viel darüber nach, und als Monate und Jahre verstrichen, ohne daß ich Mutter wurde, begriff ich, daß eben hierin mein Talent und meine Begabung lag – in der Mutterschaft. War ich früher nie sehr religiös gewesen, so begann ich jetzt zu beten, und wunderbarerweise wurden meine Gebete erhört: Ich brachte Ned zur Welt.

Als ich das winzige Bündel dann in den Armen hielt, wurde mir bewußt, daß ich nicht nur zur Mutterschaft geboren war, sondern zu mehr: zur Liebe. Ich betrachtete meinen kleinen Sohn und liebte ihn genauso leidenschaftlich, wie ich meinen Vater und meinen Bruder geliebt hatte. Noch lange klang ein Gedanke in mir nach: Würde ich je einem Mann begegnen, den ich so lieben konnte, wie ich meinen Mann gern geliebt hätte, so würde meine Liebe sich zu einer Leidenschaft entfachen, die ihn geradezu dazu zwang, mich ein wenig widerzulieben.

III

Nach Neds Geburt gelobten Patrick und ich einander hoch und heilig, alles daranzusetzen, unsere Ehe intaktzuhalten. Vorausgegangen war das Eingeständnis unserer früheren Fehler und das Bedauern darüber. Ich glaube nicht, daß ein Ehepaar je bessere Vorsätze hatte.

„Ich liebe dich sehr, Sarah“, sagte Patrick. „Und ich verspreche dir, mich zu bessern.“

„Auch ich werde mir alle Mühe geben, mich zu bessern“, versicherte ich bewegt.

Also schickten wir uns, harmonisch vereint, beide an, ein neues Leben zu beginnen.

Ich brauchte einige Monate, um mich von der Entbindung zu erholen. Natürlich schliefen wir während dieser Zeit getrennt. Doch schließlich fand sich kein Vorwand mehr, einander nachts zu meiden; und sobald die eheliche Pflicht wieder ihr häßliches Haupt erhob, begriff ich, daß alle noch so guten Vorsätze nichts nützten, wenn es galt, das Unheilbare zu heilen.

Aber ich schwieg. Auch wenn es mir sehr schwerfiel, konnte ich doch wenigstens so tun, als ob ich mich in diesem Punkt geändert hätte. Schließlich war ich jetzt älter und klüger. Früher hatte ich mich zu oft über alles mögliche beklagt, häufig ein Opfer meiner eigenen Launenhaftigkeit und ganz das Gegenteil einer gefügigen Ehefrau. Das konnte und mußte anders werden. Ich wollte meine Versprechungen unbedingt erfüllen, und da auch Patrick sich alle Mühe gab, fühlte ich mich doppelt verpflichtet, ihn und letztlich auch mich nicht zu enttäuschen.

Bald wurde es uns zur Gewohnheit, jede Woche einen Abend, und zwar den Freitagabend, der ehelichen Pflicht vorzubehalten. Das mag lächerlich klingen, erwies sich jedoch als sehr nützlich, weil wir auf diese Weise wußten, was wir zu erwarten hatten: An den übrigen sechs Abenden konnten wir einander völlig gelöst begegnen, was dem Verhältnis zwischen uns sehr zugute kam.

Und am Freitagabend? Nun, da wir wußten, was vor uns lag, konnten wir uns in aller Ruhe darauf vorbereiten. Wir tranken Wein (ich kaum weniger als Patrick) und zogen uns, statt im Salon in wachsender Anspannung herumzusitzen, schon früh zurück. Der Wein milderte mein Unbehagen, und manchmal betäubte er es ganz, so daß ich in jenen ersehnten Zustand hinüberglitt, in dem ich die Augen schließen und an etwas anderes denken konnte. War es dann vorbei, so fühlten wir uns beide sehr erleichtert. Einander in den Armen haltend, sprachen wir über dies und das, und ich muß sagen, daß ich recht glücklich war und fest davon überzeugt, daß es sich mit der ehelichen Pflicht besser leben ließ als ohne.

So war es denn auch nicht dies, was mich nach Neds Geburt am meisten bedrückte. Als viel schlimmer erwies sich, daß mich der Zwang der Umstände zu einem Dasein in der lähmenden Abgeschiedenheit Cashemaras verdammte. Gegen ein Leben auf dem Lande hatte ich an sich nichts mehr einzuwenden. Da war Ned, der einen großen Teil meiner Zeit in Anspruch nahm, und außerdem bildete ich mir ein, endgültig jene Phase überwunden zu haben, in der ich wie ein Schmetterling von Ball zu Ball und von Dinner-Party zu Dinner-Party flattern mußte, um die Süße gesellschaftlicher Betriebsamkeit in mich einzusaugen. Auf Woodhammer Hall hätte ich sehr wohl leben können, ohne London übermäßig nachzutrauern. Doch auf Cashemara!? Es war einer der wenigen Punkte, bei dem Patrick und ich völlig übereinstimmten.

„Ich weiß nur zu gut, wie scheußlich es hier ist", sagte er, als wir uns wechselseitig Besserung gelobten, „aber zwei oder drei Jahre müssen wir es ertragen. Duneden und Vetter George sind bereit, sich wieder um meine finanziellen Angelegenheiten zu kümmern, und beide haben mir versichert, daß wir bestimmt wieder nach Woodhammer können, wenn wir es fertigbringen, hier eine Zeitlang zurückgezogen zu leben. Sei also bitte geduldig, Liebling . . ."

„Natürlich, Patrick", beteuerte ich.

Aber es fiel mir sehr schwer. Was mich an Cashemara am meisten abstieß, weiß ich nicht genau – wahrscheinlich die Stille. Auf Woodhammer gab es immer alle möglichen Laute und Geräusche: das Zwitschern der Vögel, das Rascheln der Wiesel, das Aufklatschen der Ottern im Fluß, das Rattern der Eisenbahn in der Ferne. Auf Cashemara hingegen – nichts. Selten sah ich im benachbarten Wald einen Vogel und nie ein wildes Tier. Während der großen Hungersnot in den vierziger Jahren war der Wildbestand arg dezimiert worden, und wenn es auch hieß, daß es wieder genügend Tiere gab, so schienen sie sich in sicherer Distanz zu halten. Von der Lough drang kein Geräusch herüber, und der Fooey River floß lautlos dahin. Selbst der Regen fiel so sacht, daß er nie gegen die Fensterscheiben trommelte.

Noch jetzt kann ich die Stille hören, und wer behauptet, daß Stille unhörbar sei, irrt sich, denn auf Cashemara konnte man sie vernehmen. Es war eine lebende Stille, doch unirdisch und enervierend. Wie sehr sie mir zusetzte, sagte ich Patrick nie. Wenn er Cashemara klaglos ertragen konnte, dann konnte ich das auch.

Er trug sich mit dem Plan, aus der Wildnis hinter dem Haus einen Garten zu machen, und im Frühjahr ging er geradezu besessen an die Arbeit und grub und ebnete und fällte Bäume oder pflanzte sie sogar um. Vier Männer stellte er als Hilfskräfte ein, und da Iren für einen Bettellohn arbeiten, konnte selbst Vetter George nicht von Extravaganz sprechen. Aber er fand es kauzig, daß Patrick mit den Leuten wie ein Kuli Schulter an Schulter schuftete; und ich muß gestehen, daß ich es nicht nur kauzig fand, sondern schlechthin erniedrigend. Doch ich äußerte mich nicht dazu. Da Patrick mir bei Ned meinen Willen ließ, ließ ich ihm seinen Willen bei dem Garten. Schließlich brauchten wir beide etwas, das uns das Leben auf Cashemara erträglich machte.

Im Sommer kam Marguerite mit ihren Söhnen zu Besuch und war des Lobes voll, als sie Ned sah.

„Er ist sehr aufgeweckt", meinte sie bewundernd. „Das sieht man auf den ersten Blick."

„Marguerite sagt, Ned ist sehr aufgeweckt", berichtete ich Patrick voll Stolz. Ich wußte das natürlich längst, doch es war angenehm, meine Meinung bestätigt zu hören.

„Ein Bild der Gesundheit", sagte meine Schwägerin Madeleine anerkennend. Sie, die in Clonareen eine Apotheke besaß, besuchte uns jede Woche und war mir vor und während der Niederkunft ein großer Trost gewesen. Sie hatte mir meine Angst vor der Entbindung in der Abgeschiedenheit von Cashemara genommen. Nicht nur ich erlag dem Reiz ihrer Persönlichkeit, sondern auch ein gewisser Dr. Townsend.

Sie hatte ihn in Dublin während eines Besuches beim Erzbischof kennengelernt. Obwohl schon über sechzig und seit einiger Zeit ohne eigene Praxis, ließ er sich von ihr überreden, nach Clonareen zu kommen, um ihr zu helfen – ein völlig verwandelter Mensch, wie es allgemein hieß.

„Aber heiraten wird Madeleine nie", sagte meine andere Schwägerin Katherine mitleidig. „Dafür ist sie viel zu exzentrisch."

Ich mochte Katherine. Bei der Auswahl ihrer Garderobe bewies sie immer einen herrlichen Geschmack, und ihre Frisuren waren stets so modern, daß ich vor Neid erblaßte.

„Das ganze Geheimnis", sagte Katherine, „besteht darin, eine französische Zofe zu haben. Alles andere geht dann von selbst seinen Gang."

Ich überlegte, wie hoch der Lohn einer französischen Zofe sein mochte, doch zu fragen wagte ich nicht. Meine eigene Zofe stammte aus London, ein recht geschicktes und gewissenhaftes Mädchen, doch ohne einen Funken Phantasie. Wehmütig dachte ich an Lucy, meine amerikanische Zofe, die jedoch bald nach unserer Ankunft in England geheiratet hatte. Wie sehr sie hier fehlte, bewies der Zustand meiner Garderobe.

„Ich begreife nicht, was du an Katherine findest“, sagte Patrick. „Einen guten Einfluß hat sie auf dich jedenfalls nicht. Sie macht dich unzufrieden.“

„Das stimmt nicht!“ protestierte ich, doch er hatte recht. In der schönen, eleganten Katherine verkörperte sich für mich jenes Leben, das ich so gern geführt hätte: als charmante Gastgeberin, als gesellschaftlicher Mittelpunkt, als Gattin eines geachteten und einflußreichen Aristokraten. „Wahrscheinlich bin ich es, die sie unzufrieden macht“, sagte ich trotzig zu Patrick. „Sie ist ja kinderlos.“ Und während ich sprach, dachte ich: nur nicht klagen, nur nicht jammern, nur nicht nörgeln – und auch nicht daran denken, wie schön es wäre, an einem Ort zu leben . . .

Patricks Brüdern gefiel Cashemara, doch für zwei heranwachsende Knaben gab es zweifellos eine Menge Aufregendes, endlos weites Gelände, das man durchstreifen und erforschen konnte. Marguerite ließ ihnen viel freien Willen, doch begegnete ihre Erziehungsmethode allgemeiner Skepsis. Ich fand, daß ihr der Erfolg recht gab. Thomas und David benahmen sich sehr gesittet, ohne dabei langweilig zu wirken. Beide waren recht lebhaft, aber keineswegs aufdringlich.

Thomas mochte ich nicht besonders. Er schien allzu sehr von sich eingenommen. David hingegen war ein entzückendes Kind, voller Phantasie und Charme. Er erbot sich sogar, Ned im Kinderwagen spazierenzufahren.

„Albern!“ sagte Thomas hochmütig.

„Überhaupt nicht“, widersprach David, der mit seinen zwölf Jahren manchmal ein wenig altklug war. „Einen Kinderwagen durch Patricks Garten zu schieben, erfordert viel Mut und Umsicht.“

Damit hatte er leider nur allzu recht. Inzwischen war nämlich der Rasen umgepflügt worden, weil Patrick beabsichtigte, einen sogenannten Azaleenweg anzulegen, der später die Rasenfläche mit der Kapelle verbinden sollte. Das Durcheinander war so groß, daß ich es vorzog, den Kinderwagen auf dem Fahrweg entlang zu rollen.

Ich verbrachte viel Zeit bei Ned – zuviel Zeit, wie seine Nanny wahrscheinlich fand. Bei allem wollte ich zur Hand gehen, gleich ob er gebadet, angekleidet oder gekämmt wurde.

Meiner Familie schickte ich ekstatische Briefe. „Liebste Mama, liebster Papa, hier ist alles wohlauf, und wir freuen uns ja so . . .“

Oder: „Liebste Mama, liebster Papa, wann kommt Ihr uns besuchen? Jetzt, wo unsere Meinungsverschiedenheiten beigelegt sind, braucht Ihr davor nicht mehr zurückzuscheuen . . ." Oder: „Liebste Mama, liebster Papa, Patrick und ich hoffen so sehr, daß Ihr uns auf Cashemara besuchen werdet . . ."

Im Juni traf dann aus Amerika der schwarzumrandete Brief ein. Er war an Patrick adressiert. Charles bat, mir die Nachricht von Papas Tod so schonend wie möglich beizubringen. Ende Mai war er nach kurzer Krankheit gestorben. Ehe Mama nach Cashemara kam, würden noch viele Monate vergehen.

IV

Ich war so verzweifelt, daß ich Hals über Kopf nach New York aufbrechen wollte. Doch Patrick und Madeleine machten mir klar, daß Papas Begräbnis ja schon stattgefunden hatte und ich also nicht mehr daran teilnehmen konnte.

„Außerdem", sagte Madeleine in ihrer sachlichen Art, „wäre eine so lange Seereise für den kleinen Ned kaum empfehlenswert."

„Wir könnten ihn natürlich hier lassen", meinte Patrick unschlüssig.

„Nein, niemals!" rief ich und brach wieder in Tränen aus.

Zum Glück war Marguerite auf Cashemara. Ich empfand es als sehr tröstlich, über Papa mit jemandem sprechen zu können, der ihn genauso geliebt hatte wie ich. Als ich mich dann besser fühlte, schrieb ich an Mama und Charles einen Brief, in dem ich erklärte, daß ich mir die lange Seereise im Augenblick nicht zumuten könne. Außerdem bat ich Mama, ihren bisherigen Vorbehalten zum Trotz, nach Cashemara zu kommen.

In ihrem Antwortbrief schrieb sie mir, daß es mit ihrer Gesundheit nicht zum Besten stünde und der Arzt ihr eine Reise verboten hätte. Was Charles beträfe, so stecke er so tief in Geschäften, daß er auf nicht absehbare Zeit unabkömmlich sei. Papas Vermögen habe während der Wall-Street-Krise von '73 eine beträchtliche Einbuße erlitten, und wegen seiner Kränklichkeit sei es ihm unmöglich gewesen, das vor seinem Tode wieder wettzumachen.

Folglich erwartete ich nicht, viel oder überhaupt etwas zu erben. Doch trotz all seiner Schwierigkeiten hatte mein guter Papa es verstanden, für mich fünfzigtausend Dollar zu erübrigen. Da er die meiste Zeit seines Lebens Millionär gewesen war, mochte man die Summe eher bescheiden nennen, doch uns, die wir so tief verschuldet waren, erschien sie gigantisch.

Patrick meinte nicht ohne Widerstreben: „Wir sollten das gesamte Geld wohl zur Bezahlung unserer Schulden verwenden!"

Doch ich wollte davon nichts wissen. Papas Wunsch war es zweifellos gewesen, mir eine Freude zu machen, und wenn ich auch bereit war, einen Teil der Summe für die Tilgung zu opfern, so sah ich nicht ein, daß jeder Penny draufgehen mußte.

„Patrick, denk doch nur!" rief ich und fühlte mich wie ein Verdurstender beim Anblick einer Oase. „Fünfzigtausend Dollar! Schon für einen Bruchteil davon könnten wir ein bis zwei Monate in London leben, meinst du nicht?"

„Und Woodhammer", sagte Patrick sehnsüchtig. „Wir könnten die zweite Hypothek löschen und das Haus wieder eröffnen . . ."

„Und Gäste bei uns haben", ergänzte ich, in Gedanken bereits dabei, mir Ballkleider zu kaufen und eine französische Zofe zu engagieren. „Oh, Patrick, nur ein einziger Monat in London, bevor wir nach Woodhammer fahren . . ."

„Natürlich sollst du deinen Monat in London haben", sagte er und küßte mich. „Du hast dich in der letzten Zeit so tapfer gehalten – ein Monat in London ist das mindeste, was du verdienst."

Ich weinte vor Freude. Wir küßten uns wieder, sehr leidenschaftlich jetzt, und die Aussicht, Cashemara den Rücken kehren zu können, berauschte uns so, daß wir im Salon im Dreivierteltakt herumwirbelten, während Patrick aus voller Kehle „An der schönen blauen Donau" sang.

V

Muß ich berichten, was in London geschah? Hätten wir nicht wissen müssen, daß all unseren Schwüren und guten Vorsätzen zum Trotz diese Stadt für uns die verkörperte Versuchung war?

„Aber das ist doch jetzt alles ganz anders", sagte ich zu Marguerite, als sie mich mit behutsamen Andeutungen zu warnen versuchte. „Wir sind doch beide durch Schaden klug geworden und wirklich nicht mehr so dumm wie früher."

Ja, das sagte ich. Und fuhr nach London, wunderschönes, aufregendes London. Und glaubte, Extravaganz sei meine Sache nicht mehr. Glaubte es sogar noch, als ich mir neue Kleider kaufte. War das nach den tristen Monaten auf Cashemara nicht gerechtfertigt? Hatte ich nach so vielem klaglosen Erdulden denn keinen Lohn verdient? Und so kaufte und kaufte ich. Abendkleider, prachtvoll und üppig, und Kleider für den Tag, apfelgrün und moosgrün, pastellblau und lasurblau ... oh, wie hinreißend sah ich in ihnen aus! Und dazu einen Mantel und ein dreifach gestuftes Cape und drei Sealjacken – warum ich gleich drei kaufte, vermag ich wirklich nicht zu erklären, nur daß sie sich in Schattierungen voneinander unterschieden und ich mich in allen so wohl und glücklich fühlte. Dann kaufte ich Muffe, die natürlich dazu passen mußten, und drei Paar Glacéhandschuhe und einen Dolly-Varden-Hut mit wehender Feder und zehn Paar hochhackige Schuhe.

Natürlich kam mir meine Unterwäsche jetzt so schäbig vor, daß ich keine Ruhe fand, ehe ich nicht eine völlig neue Ausstattung an Unterröcken und Seidenstrümpfen besaß. Und was gab es nicht noch alles, worüber man sich freuen konnte, Fichus und Berthes und Chemisettes – sämtlich wunderschön und für mich wie der Festtagsstaat einer Königin ... Und Patrick, der gute, liebe Patrick, schenkte mir Schmuck, weil er, wie er sagte, so stolz auf mich war: eine lange Halskette mit Smaragden. Ich fand, daß ich ein passendes Paar Ohrringe dazu brauchte – er kaufte es mir.

Alte Freunde, neue Freunde, alle freuten sie sich, uns zu sehen, und bewunderten uns. Und alle versicherten sie, wie schön es sei, uns so glücklich zu finden.

„Oh, Patrick!“ sagte ich, als sich der Monat dem Ende näherte. „Wie können wir es je ertragen, nach Cashemara zurückzukehren, wenn die Zeit dafür kommt?“

Ja, das sagte ich. Es war unverantwortlich von mir, aber ich sagte es. Und ich sagte noch mehr, Sätze, deren genauen Wortlaut ich lieber nicht wiederholen möchte: Wie sehr ich die Pfennigfuchserei haßte. Wie sehr ich das Leben auf dem Lande haßte. Daß ich nur in der Stadt wirklich glücklich werden könnte.

Nachdem ich an diesem Abend zu Bett gegangen war, schlüpfte Patrick aus dem Haus, das wir in der Stadt gemietet hatten. Das tat er fünf Nächte hinereinander, doch sein Verschwinden entdeckte ich erst, als ich eines Morgens seinen Stuhl am Frühstückstisch leer fand.

Um zwei Uhr nachmittags erschien er wieder. Inzwischen war ich vor Sorge außer mir, und nur der Gedanke an das unvermeidliche Aufsehen hielt mich davon zurück, die Polizei zu verständigen, damit sie nach ihm suche. Was, um Himmels willen, trieb er nur draußen? Eine andere Frau? Nein, bestimmt nicht, dessen war ich sicher. Etwa irgendwelche Spiele um Geld? . . . Aber er hatte doch gelobt, sich zu bessern.

Sehr still trat er ein, Gesicht vor Erschöpfung grau, Augen blutunterlaufen. Eine Wolke aus Whiskydunst hüllte ihn ein. Hastig eilte ich die Treppe hinab. Er sah mich an, schwieg aber.

„Wo bist du gewesen?“ flüsterte ich und warf einen Blick über die Schulter, um mich zu vergewissern, daß sich der Lakai außer Hörweite befand. „Wie kannst du dich unterstehen, die ganze Nacht auszubleiben! Ich habe mich fast zu Tode gesorgt!“

Er gab keine Antwort, sondern ging an mir vorbei.

„Patrick!“ Wütend packte ich seine Schulter, doch er stieß mich so heftig zurück, daß ich beinahe das Gleichgewicht verlor.

Natürlich brachte mich das noch mehr in Zorn. „Willst du wohl damit aufhören!“ schrie ich. „Was ist denn nur in dich gefahren?“

„Sei still!“ sagte er und stieg die Treppe hinauf. Als ich hinter ihm herlief, zog er mich oben in den Salon und warf die Tür hinter uns zu. Und dann begann er mich zu beschimpfen. Ich sei verrottet und verderbt, und an all unseren Schwierigkeiten trüge einzig ich die Schuld.

„Du hast mich dazu getrieben!“ brüllte er mich an. „Was ist denn mit deinen Versprechungen? Keine Extravaganz, keine Klagen über Cashemara. *Nur* Extravaganz, *nur* Klagen über Cashemara. – Du hast mich dazu getrieben!“

„Getrieben? Aber wozu denn getrieben?“ schrie ich zurück. Aber ich wußte es natürlich. Mein Zorn verrauchte. Ich empfand nichts als nacktes Entsetzen.

„Dazu, das Geld, das du verschwendet hast, wieder zurückgewinnen zu wollen!“ Und noch ehe er zu seiner langen, umständlichen Erklärung ansetzte, begriff ich, daß er alles verloren hatte, was wir besaßen – und noch viel mehr.

Er sprach und sprach. Jede Stunde und jede Sekunde der vergangenen fünf Nächte schien er wieder zu durchleben. Er berichtete, wie er gewonnen hatte und fast gewonnen und beinahe gewonnen, und wie er gewonnen haben würde, „wenn nur“.

„Und du trägst die Schuld“, wiederholte er, als es nichts weiter zu sagen gab. Er weinte. Sein Gesicht war wie eingeschrumpft, und große Tränen ließen seine Augen verschwimmen, so daß er blind aussah. „Du trägst die ganze Schuld."

Ich öffnete meinen Mund, um zu protestieren, aber meine Lippen schlossen sich wieder. Es hatte ja keinen Zweck. Ich wollte ihn beschimpfen, wie er mich beschimpft hatte. Doch auch das war sinnlos. Während ich ihn stumm anstarrte, wußte ich nur eines: Wir befanden uns wieder auf demselben schmalen Grat wie früher, und meine Zukunft hing von dem ab, was ich als nächstes sagte.

Ich dachte an Ned und an die anderen Kinder, die ich mir wünschte und ich dachte an die neunzehnjährige Sarah Marriott, stolze Braut, die kindergläubig in eine verheißungsvolle Zukunft geblickt hatte. Nein, es darf nicht sein, dachte ich verbissen: Ich will nicht scheitern.

Zu Patrick sagte ich ruhig: „Laß uns jetzt nicht darüber sprechen. Du siehst so entsetzlich müde aus. Leg dich doch eine Weile hin. Der Schlaf wird dir guttun. Später können wir dann über alles in Ruhe reden und unsere Entscheidungen treffen."

Er hatte sich inzwischen auf einen Stuhl gesetzt, und soviel Überwindung es mich auch kostete: Ich beugte mich zu ihm und küßte ihn auf die Stirn.

Er klammerte sich an mich, beteuerte, daß er sich verachte, daß er nichts tauge, daß er das schon immer gewußt habe, daß er ein Narr und ein Tor sei und ein Versager in allem, was er unternähme.

„Hör doch mit diesem Unsinn auf", sagte ich und versuchte, mir nicht anmerken zu lassen, wie sehr mich dieser Ausbruch von Selbstmitleid anwiderte. „Denke doch an deine künstlerische Begabung. Denke an Ned. Wie kannst du ein Versager sein, wenn du einen Sohn wie Ned hast?"

Er erwiderte, er verdiene Ned nicht, er verdiene mich nicht, wir seien zu gut für ihn.

Diese Selbsterniedrigung stieß mich immer mehr ab. Mit Gewalt mußte ich mir ins Gedächtnis zurückrufen, daß er der Vater meines Kindes war und daß er im allgemeinen höflich und rücksichtsvoll und sogar zärtlich sein konnte. Viele Frauen hätten mich um ihn beneidet. Aber dann begann wieder jener schreckliche Gedankenstrom durch meinen Kopf zu kreisen: Wenn ich ihn nun verließe, nein, ich kann nicht, ich wäre ruiniert, aber wenn ich mich auch damit abfände, nein, das ist ausgeschlossen, denn wenn ich ihn verlasse, muß ich Ned aufgeben, es gibt nichts Verachtenswerteres als eine Frau, die ihren Mann im Stich läßt, das sagen alle Richter, erinnere dich nur an den Fall, von dem du neulich in der Zeitung gelesen hast.

„Ich liebe dich, Sarah", sagte Patrick, immer noch wie ein Schuljunge weinend, und nach einer Pause erwiderte ich: „Ich liebe dich auch." Ob es stimmte, wußte ich zwar nicht mehr, ich meinte nur, daß es stimmen müßte, wenn ich zu ihm halten wollte. „Leg dich jetzt schlafen, Patrick", sagte ich, „du brauchst Ruhe", und während ich sprach, dachte ich: Ich sitze in der Falle. Es gibt keinen Ausweg. Nirgends.

Gefügig wie ein Kind war er, als ich ihn zum Bett führte. Ich rief seinen Diener, zog mich in den Salon zurück. Regen fiel. Der Baum im winzigen Garten war ein üppiges Grün. Lange stand ich am Fenster und starrte hinaus. Wieder begann der Zorn in mir zu brennen, und meine Fingernägel gruben sich tief in die Innenflächen meiner Hände.

VI

Er mußte Woodhammer Hall verkaufen. Bei der schon unmäßig starken Belastung war die Aufnahme weiterer Hypotheken unmöglich. Sein Vetter George, sein Schwager Duneden, der Familienanwalt Rathbone, sie alle stimmten darin überein, daß er sich von Woodhammer Hall trennen mußte.

Zu dieser Zeit befanden wir uns wieder auf Cashemara, doch Patrick kehrte nach England zurück, um einen letzten Blick auf das Haus zu werfen, in dem er seine Kindheit verbracht hatte. Da sich niemand bereitfand, ihm das Geld für die Reise zu geben, versetzte er etwas von dem Silber. Zwei Wochen war er fort, doch als ich mir dann Sorgen zu machen begann, erschien er wieder. Er sah krank aus, und seine Kleidung befand sich in einem fürchterlichen Zustand, weil er es sich nicht hatte leisten können, seinen Diener mitzunehmen.

„Was hast du denn die ganze Zeit getrieben?" fragte ich scharf und fügte argwöhnisch hinzu: „Hast du etwa wieder gespielt?"

„Nein, ich war ja nur auf Woodhammer", erwiderte er. „Ich bin nicht nach London gefahren." Er zog rund zwei Dutzend Zeichnungen hervor, sämtlich von Woodhammer, darunter sechs, welche die kunstvoll geschnitzte Treppe in der Vorhalle zeigten. „Meine Treppe", sagte er, und ich entschuldigte mich rasch unter irgendeinem Vorwand, ehe er wieder in Tränen ausbrechen konnte. Nicht daß ich ohne Mitgefühl für ihn war. Doch mir war jetzt selbst oft so sterbenselend zumute, daß ich niemanden brauchte, der sich auf mich stützen wollte, sondern jemanden, auf den ich mich stützen konnte.

Die Tage vergingen.

Es war so still auf Cashemara.

Patrick widmete sich seinem Garten und verließ das Grundstück nur selten, während ich eine Betriebsamkeit entwickelte, die mich oft von Cashemara fortführte. Mit der Kutsche fuhr ich nach Aaslegh, Leenane und Clonbur und stattete dort Besuche ab, die dann von den Plunkets, den Knoxes und den Courtneys erwidert wurden. Die Gespräche kreisten stets um Kinder, um die protestantische Kirche und um die Frage, was man für die Armen tun könne. Patrick wollte niemanden sehen, und so war an Dinner-Partys natürlich nicht zu denken. Selbst ich bekam ihn immer seltener zu Gesicht. Unser Pflichtpensum am Freitagabend hatten wir aufgegeben, zu den Mahlzeiten erschien Patrick häufig nicht, und am ehesten begegnete ich ihm noch im Kinderzimmer: Ned schien der einzige zu sein, an dem ihm noch lag.

Ich schrieb oft an Charles und an Mama in Amerika. Ich schrieb an Marguerite in London. Ich begann sogar ein Tagebuch zu führen, obwohl ich mir geschworen hatte, mich auf eine solche Absurdität nie einzulassen. Doch wenn man mit seiner Zeit nichts anzufangen weiß, greift man nach jedem Strohhalm. Gewiß, wenn Ned älter war, würde das anders werden. Doch jetzt schlief er am Tage noch sehr viel und mußte um spätestens halb sieben ins Bett.

Und die ganze Zeit über war da diese Stille, diese endlose, lähmende Stille.

Ich muß etwas tun, sagte ich mir wieder und wieder vor. Ich muß mich beschäftigen. Muß die leeren Stunden irgendwie füllen, damit ich nicht wahnsinnig werde.

Eines Tages ging ich, dem neuen Azaleenweg folgend, zur Kapelle. Nicht, weil ich beten wollte, sondern weil ich nichts Besseres zu tun hatte. Noch ehe ich das kleine Gotteshaus erreichte, glaubte ich plötzlich ersticken zu müssen. Die Stille brandete gegen mich an, bis ich vor Entsetzen laut aufschrie – nein, aufschreien wollte; denn kein Laut kam über meine Lippen.

Wie gehetzt lief ich zum Haus zurück und ließ die Kutsche vorfahren. Offenbar stand ich wirklich im Begriff, wahnsinnig zu werden. Doch vielleicht konnte mir dieser Arzt, der Madeleine zur Hand ging, etwas verschreiben. Als ich die Apotheke erreichte, stellte sich heraus, daß er sich an diesem Tage in Letterturk befand, um irgendwelche Medikamente in Empfang zu nehmen, die aus Dublin eintreffen sollten.

„Was für eine nette Überraschung, dich zu sehen!“ rief Madeleine, ehe ich Gelegenheit fand, ihr zu erklären, was mich hergeführt hatte. Natürlich nahm sie an, daß ich sie besuchen wollte. „Endlich kommst du einmal zu uns . . . Wie wär's mit einer Tasse Tee in meinem Büro, bevor du unser Hospital besichtigst?“

In dem Zustand tiefer Beunruhigung, in dem ich mich befand, war es mir unmöglich, ihr zu sagen, daß mich Krankheiten abstießen. So folgte ich ihr ins Büro, einen winzigen Raum, kaum größer als eine Speisekammer, und setzte mich auf einen Stuhl, während sie eines der Dorfmädchen hereinrief und ihr auftrug, für uns Tee zu machen.

„Ich hätte ja ein paar Blumen mitgebracht“, sagte ich mit schwacher Stimme, „aber der Garten . . .“

„Du hast dich mitgebracht“, sagte Madeleine, „und das ist viel wichtiger.“ Sie schob auf dem kleinen Tisch einen Papierstapel beiseite und nahm von dem zweiten Holzstuhl eine Korb mit Eiern. „Du hast für deinen Besuch eine sehr günstige Zeit gewählt. Ich bin in der Apotheke gerade mit dem letzten Patienten fertig geworden und wollte jetzt, ehe ich zum Krankenrevier gehe, einen Brief an den Erzbischof schreiben.“

„Ich hoffe . . . ich meine, es gibt da doch keine ansteckenden Krankheiten, nicht wahr? Verstehe mich bitte richtig . . . ich muß an Ned denken . . .“

„Natürlich. Aber du brauchst nichts zu befürchten. Wir haben nur neun Betten, weißt du, und da nehmen wir nur Patienten auf, die im Sterben liegen und keine Angehörigen haben, die sich um sie kümmern können. Im Augenblick gibt es bei uns eine bösartige Wucherung, zwei Lebererkrankungen, und der Rest sind Hungerfälle, schon zu weit fortgeschritten, um noch geheilt zu werden. Wir hatten auch drei Schwindsüchtige, doch sie sind gestorben, Gott gebe ihren Seelen den ewigen Frieden.“ Sie bekreuzigte sich gerade flüchtig, als es an die Tür klopfte. „Herein!“ rief Madeleine sofort.

Eine junge Frau trat ein. Sie war älter als ich, doch gewiß noch nicht dreißig. Ihr hübsches schwarzes Kleid und tadellose Umgangsformen ließen mich annehmen, daß Madeleine sie, genau wie Dr. Townsend, aus Dublin mitgebracht hatte.

„Hier ist Ihr Tee, Miß de Salis", sagte sie zu Madeleine.

„Ah ja, recht herzlichen Dank . . . Sarah, gestatte, daß ich dir eine unserer treuesten und wertvollsten freiwilligen Helferinnen vorstelle, Mrs. Maxwell Drummond. Mrs. Drummond, dies ist meine Schwägerin, Lady de Salis."

Natürlich wußte ich sofort, wer Maxwell Drummond war. Doch unvorstellbar schien mir, daß diese so wohlerzogene junge Frau einen Schurken geheiratet haben sollte, der, Patrick zufolge, nicht nur der Hauptunruhestifter im Tal war, sondern auch jener Mann, der Derry Strahanans Ermordung auf dem Gewissen hatte.

„Guten Tag, Mrs. Drummond", sagte ich formell, ohne mir meine Überraschung anmerken zu lassen.

„Guten Tag, Mylady", erwiderte sie und machte vor mir einen kleinen Knicks. Allerdings fiel mir auf, daß sie mich beim Sprechen nicht ansah.

„Mrs. Drummonds jüngstes Kind ist im gleichen Alter wie dein Ned", sagte Madeleine, die weder von meiner Verwirrung noch von Mrs. Drummonds Verlegenheit Notiz nahm. „Bleiben Sie doch hier und trinken Sie mit uns Tee, Mrs. Drummond. Hinter dem großen Mehlsack in der Ecke dort steht ein Schemel."

„Aber ich möchte nicht stören, Miß de Salis . . ."

„Sie stören nicht", versicherte Madeleine mit süßer, sanfter Stimme. „Sie würden mir einen Korb geben, wenn Sie jetzt gehen."

Mrs. Drummond kannte Madeleine offenbar lange genug, um zu wissen, auf welche Weise sie Befehle zu geben verstand.

„Das ist sehr freundlich von Ihnen, Miß de Salis", sagte sie. „Ich werde mir nur rasch eine Teetasse holen."

Sobald die junge Frau verschwunden war, sagte Madeleine zu mir: „Das Mädchen tut mir so leid, Sarah. Wie du selbst gesehen hast, ist sie gebildet und kultiviert – die Tochter eines Schullehrers in Dublin. Aber sie hat den gräßlichen Fehler gemacht, mit Drummond durchzubrennen – kennst du Drummond?"

„Gehört habe ich von ihm natürlich, aber ihn persönlich kennen – Gott, Patrick würde außer sich geraten, wenn er auch nur in meine Nähe käme!"

„Nun, er ist schon sehr ungehobelt, um es schonend zu umschreiben. Und unmoralisch ist er auch", sagte Madeleine und spitzte ihre Lippen. „Doch es steht mir nicht zu, mich zu seinem Richter aufzuwerfen, das überlasse ich dem lieben Gott. Immerhin habe ich dem armen Mädchen helfen können. Jetzt hat sie eine Beschäftigung, die sie interessiert, und ein wenig Gesellschaft. Zum Glück leben auf ihrem Hof zwei unverheiratete Tanten ihres Mannes, die sich um die Kinder kümmern, wenn sie einmal fort will; und so kommt sie jede Woche einmal her, um mir für ein paar Stunden in der Apotheke zu helfen. Gerade erst neulich hat sie mir versichert, wieviel Freude es ihr macht . . ." Draußen erklangen Mrs. Drummonds Schritte, doch als die Tür aufging, erkundigte Madeleine sich bereits nach Neds Befinden.

Als ich Mrs. Drummond jetzt betrachtete, geschah es mit anderen Augen. Ich begriff, wie glücklich ich im Grunde war. Cashemara, wenn auch recht einsam und abgelegen, war ein sehr schönes Haus, und Patrick – nein, betrogen hatte er mich nie.

„Wieviele Kinder haben Sie, Mrs. Drummond?" fragte ich, bemüht, freundlich zu sein.

„Sechs, Mylady, wofür ich Gott danke. Vier Mädchen und zwei Jungen."

„Und Ihr Jüngstes, das etwa im gleichen Alter ist wie mein Ned?"

„Das ist Denis, Mylady. Er kam Dezember zur Welt."

Wir entdeckten, daß Neds und Denis' Geburtstage nur wenig auseinander lagen, und bald waren wir in ein Gespräch vertieft, das uns beide faszinierte, drehte es sich doch um die Fortschritte, die unsere kleinen Söhne machten. Zu Madeleines Ehre sei gesagt, daß auch sie dieses Thema faszinierend zu finden schien. Erst nach der zweiten Tasse Tee meinte sie schließlich, es sei jetzt Zeit, das Krankenrevier zu besichtigen – ein Gedanke, der mich in meiner gehobenen Stimmung nicht mehr schrecken konnte.

„Hoffentlich kommen Sie bald wieder einmal her, Lady de Salis", sagte Mrs. Drummond, nachdem ich die neun Patienten angelächelt und ihnen gute Besserung gewünscht hatte.

„Aber ganz gewiß!" erwiderte ich spontan und sah, daß Madeleine zufrieden nickte.

In diesem Augenblick kehrte Dr. Townsend von Letterturk zurück, und Mrs. Drummond ging in die Küche, um die Zubereitung der Mittagssuppe zu überwachen.

„Ich hoffe, daß Sie uns die Ehre geben, mit uns zu speisen, Lady de Salis", sagte Dr. Townsend, ein schlanker, springlebendiger Mann, dem man seine weit über sechzig Jahre nicht ansah. Doch ich dachte an Ned und zuckte bedauernd die Schultern: Leider sei es mir unmöglich zu bleiben. Ich wollte mich gerade verabschieden, als im Krankenrevier nebenan ein Patient plötzlich um Hilfe schrie. Da Madeleine und Dr. Townsend sofort davonstürzten, blieb ich allein in der Halle zurück.

Da sie jenen, die zur Apotheke kamen, als Warteraum dienen mußte, war sie verhältnismäßig groß: ein kahles Geviert mit einer ganzen Anzahl Schemel an den weißgetünchten Wänden. Während ich auf Madeleine wartete, begann ich gemächlich umherzuschlendern, meine Wanderung nur hier und dort unterbrechend, um die frommen Sprüche zu lesen, die zwischen Bildern von der Jungfrau und dem Kind an den Wänden hingen. Ich fragte mich, was die Iren, sofern sie überhaupt lesen konnten, von einer Sentenz wie: „Gesegnet sind die Armen", halten mochten.

Ein plötzliches Geräusch unterbrach meine Gedanken. Am anderen Ende des Raums flog eine Tür auf, ein Windstoß fuhr herein, und während ich darauf wartete, daß die Tür wieder geschlossen wurde, hüllte ich mich dichter in mein Cape.

Doch die Tür blieb geöffnet. Gegen das von draußen einfallende Licht, sah ich die Gestalt eines Mannes. Er trug schmutzige Hosen, lehmverschmierte Stiefel und einen schäbigen Rock.

Hinter mir erklang Mrs. Drummonds Stimme: „Max! Was führt dich denn her? Stimmt zu Hause irgend etwas nicht?"

Während sie auf ihn zustürzte, warf er die Tür krachend ins Schloß, und jetzt, nicht mehr geblendet vom Gegenlicht, erkannte ich das Gesicht des Mannes, der Patricks Todfeind war, das Gesicht Maxwell Drummonds.

2. KAPITEL

I

Er war groß, doch seine sehr breiten Schultern ließen ihn kleiner erscheinen, als er in Wirklichkeit war. Sein langes, sehr dunkles Haar wirkte unordentlich, Kinn und Oberlippe waren glatt rasiert. Die Augen waren noch dunkler als sein Haar.

„Max ..." sagte Mrs. Drummond stockend, durch meine Gegenwart offenbar in Verlegenheit gesetzt. Sie schien nach den richtigen Worten zu suchen, um uns einander vorzustellen. „Lady de Salis, dies ist mein Mann ... Max, dies ist ..."

„Schon verstanden", unterbrach er sie. „Hast den Namen ja gerade genannt. Guten Tag, Mylady. Eileen, du mußt so rasch wie möglich nach Hause. Sally hat sich den Fuß verstaucht und will sich von Bridgie keinen Umschlag machen lassen."

„Ich komme sofort", erwiderte Mrs. Drummond besorgt. „Ich muß nur noch meinen Umhang holen und Miß de Salis verständigen. Soll ich Dr. Townsend bitten, daß er uns begleitet?"

„Himmel, nein! Sally braucht ihre Mutter und keinen Arzt!"

„Ich dachte nur ..."

„Wo ist dein Umhang?"

Mrs. Drummond gab keine Antwort. Die Lippen aufeinandergepreßt ging sie an mir vorbei und verschwand. Meinen Blick schien sie zu meiden. Ich streifte einen meiner Handschuhe über.

Zwischen Drummond und mir fiel kein Wort. Doch ich spürte, daß er mich beobachtete. Nervös ließ ich den zweiten Handschuh fallen, doch wenn ich geglaubt hatte, Drummond würde ihn für mich aufheben, so sah ich mich getäuscht. Er rührte sich nicht von der Stelle.

Es drängte mich, diesen Mann, von dem ich soviel gehört hatte, genauer zu betrachten.

Mir fiel auf, daß seine Nase deformiert war, die Nase eines Kämpfers, der viele erbitterte Gefechte hinter sich hatte. Sein Unterkiefer wirkte sehr breit, fast massig.

Der Handschuh lag nach wie vor auf dem Boden. Ich starrte darauf, als stelle er ein unlösbares Rätsel dar, und spürte dann, wie mir, vom Hals her, glühende Röte ins Gesicht stieg.

Ich werde sonst nie rot. Es ist einfach nicht meine Art.

Drummond fuhr ungeniert fort, mich zu mustern.

Ich drehte mich um und ging mit raschen Schritten zum Krankenrevier. „Madeleine!" rief ich. „Madeleine, wo steckst du denn?"

Dann sah ich sie. Sie stand über einen Patienten gebeugt. „Einen Augenblick bitte, Sarah", sagte sie, ohne den Kopf zu heben.

Langsam kehrte ich in die Halle zurück. Alles war wie zuvor. Drummond stand ohne Bewegung. Der Handschuh lag immer noch auf dem Boden.

Ich hob ihn auf und streifte ihn über. Was trieb nur Mrs. Drummond so lange? Warum kam sie nicht endlich mit ihrem Umhang? Ich trat zur Wand und las, ohne die Worte zu begreifen, einen der frommen Sprüche. Doch plötzlich zwang mich etwas, über die Schulter zurückzublicken.

Drummond lächelte mich an.

„Oh, Max, entschuldige bitte, daß du warten mußtest." Erst jetzt bemerkte ich, daß Mrs. Drummond wieder eingetreten war. Doch ich sah sie kaum.

Er wandte sich zur Tür. Seine Frau verabschiedete sich von mir, und ich murmelte ein undeutliches Aufwiedersehen. Nachdem beide gegangen waren, blieb ich noch einige Minuten in der leeren Halle stehen. Dann trat ich hinaus und befahl dem Kutscher, mich nach Cashemara zurückzufahren. Der Gedanke, mich von Madeleine zu verabschieden, kam mir überhaupt nicht.

II

Während der Rückfahrt befahl ich mir: Nicht mehr daran denken. Und als ich dann doch daran dachte, sagte ich mir: Es hat nichts zu bedeuten. Wieviele Männer hatten mich nicht schon angelächelt.

Als wir auf Cashemara ankamen, fühlte ich mich heiß und verschwitzt. Ich beschloß, ein Bad zu nehmen. Doch ein Bad, mitten am Tag, war in diesem Haus so etwas wie eine Staatsaktion. Es grenzte fast schon an ein Wunder, daß die Wanne um drei Uhr tatsächlich mit warmem Wasser gefüllt war.

Sorgfältig wusch ich mich mit dem letzten Stück der teuren Seife, die ich in London gekauft hatte. Erst als mir meine Zofe später in mein Kleid half, fiel mir ein, daß ich noch gar nicht bei Ned gewesen war, vom ausgefallenen Mittagessen ganz zu schweigen.

Rasch ging ich zum Kinderzimmer. Später kam auch Patrick vom Garten herein und ließ Ned auf seinem Rücken reiten. Während ich ihnen zufrieden zusah, dachte ich plötzlich: Ob ich ihn wohl wiedersehen werde? Ich hob Ned von Patricks Rücken und drückte ihn fest an mich. Drummonds Bild schien zu verlöschen.

Nach dem Abendessen sagte ich zu Patrick: „Ich hätte so gern noch ein Baby. Glaubst du nicht, daß . . . ich meine . . .“

So nahmen wir denn unser freitägliches Ritual wieder auf. Doch kein Baby wollte sich ankündigen, und als ich der ehelichen Pflicht dann fast bis zum Ekel überdrüssig war, bat ich Patrick, für wenigstens einen Monat damit auszusetzen, da ich mich unwohl fühle. Er willigte sofort ein und wünschte mir gute Besserung.

Trotz aller Bemühungen konnte er seine Erleichterung nicht ganz verbergen.

Inzwischen fuhr ich jede Woche einmal zur Apotheke. Drummond sah ich nie, doch mit seiner Frau wechselte ich regelmäßig ein paar Worte. Anfang Dezember besuchte ich sie sogar und brachte für ihren kleinen Denis ein Geschenk mit. Natürlich blieb nicht aus, daß man auf Cashemara davon erfuhr, und Patrick war so wütend, daß ich mir vornahm, eine solche Dummheit in Zukunft zu vermeiden. Zum Glück kamen zu Weihnachten Marguerite und ihre Söhne zu uns, so daß wir gezwungen waren, uns wenigstens nach außenhin versöhnt zu zeigen.

Der Frühling kam, der Sommer ging vorbei, doch nie wieder sah ich während meiner allwöchentlichen Besuche in Clonareen Maxwell Drummond. Mehr und mehr verblaßte die Erinnerung an ihn. Dennoch erfüllte mich, wenn ich nach Clonareen fuhr, jedesmal ein Gefühl der Erwartung. Dieses Gefühl war es, das mir das Leben auf Cashemara erträglicher machte, die Leere und die Langeweile, die durch nichts zu vertreiben waren, nicht durch Strickarbeiten und nicht durch das Führen meines Tagebuches.

Im Herbst erhielt ich von Charles einen Brief, in dem er mir mitteilte, daß Mama gestorben war. Erst jetzt wurde mir bewußt, wie sehr ich mich darauf gefreut hatte, sie irgendwann einmal auf Cashemara zu sehen, und die Nachricht von ihrem Tod bedrückte mich sehr. Eilig lud ich Charles zu einem Besuch bei uns ein. Zu meiner bitteren Enttäuschung erwiderte er, daß es ihm seine Geschäfte im Augenblick unmöglich machten, nach Irland zu kommen, denn in Wall Street löse eine Krise die andere ab. Jahre später erfuhr ich von ihm, daß er, als Mama starb, vor dem Bankrott gestanden hatte. Jetzt lud er Patrick und mich nach New York ein. Unsere finanziellen Kalamitäten waren natürlich noch größer als seine, aber ich war zu stolz, ihm einzugestehen, daß wir uns eine Reise über den Atlantik nicht leisten konnten.

Wieder wurde es Winter, und mit dem Winter kam Neds zweiter Geburtstag. Wir veranstalteten ihm zu Ehren eine kleine Feier. Die Kinder der Köchin und Hayes Enkelinnen erschienen, und es gab einen großen Biskuitkuchen, auf dem zwei blaue Kerzen brannten. Ned bekam von Patrick ein Schaukelpferd geschenkt, das er natürlich sofort bestieg. Für etwas anderes hatte er kaum noch Augen.

Am Weihnachtsabend brachte ich zwei Körbe mit Lebensmitteln nach Clonareen. Der erste war für die Patienten im Krankenrevier bestimmt. Der Inhalt des zweiten sollte an die Armen verteilt werden. Da ich meinte, daß der Gemeindepriester dafür zuständig sei, suchte ich ihn auf.

Madeleine hielt nicht viel von ihm. Sie behauptete, daß er ungebildet und abergläubisch war, um kein Stück besser als die Bauern. Doch ich fand ihn reizend und unterhaltsam. Er interessierte sich leidenschaftlich für Amerika, und wenn wir einander gelegentlich begegneten, mußte ich ihm zahllose Fragen über New York beantworten.

„Hier sind ein paar Lebensmittel, Vater Donal“ rief ich ihm zu, als er aus seinem Häuschen trat, um mich zu begrüßen. „Vielleicht sind Sie so freundlich, die Sachen morgen unter den Armen zu verteilen.“

„Gott segne Sie, Mylady!“ sagte er, während er dem Kutscher den Korb abnahm. „Mögen die Heiligen im Himmel herablächeln auf Sie und Ihr gutes Herz.“

Er bat mich um die Ehre, mit ihm in seinem Haus eine Tasse Tee zu trinken.

Bisher waren wir einander stets bei Madeleine begegnet, doch Patrick konnte kaum etwas dagegen haben, wenn ich die Einladung des Priesters jetzt annahm. Also stieg ich aus der Kutsche und folgte Vater Donal in sein Heim, das kaum mehr als eine Hütte war. Undefinierbare Gerüche schlugen mir entgegen. Der Priester führte mich zu einem Stuhl, dem besten im Raum, und ich setzte mich auf das harte Holz. Zwei übelriechende Hunde beschnüffelten meine Füße. Vater Donals Haushälterin erschien, knickste mindestens viermal und jagte die Tiere fort. Dann stellte sie einen Kessel mit Wasser auf den Herd.

Der Priester war inzwischen wieder bei seinem Lieblingsthema – New York. In einem Winkel des Raums legtc eine Henne ein Ei.

„Gelobt sei Gott!" rief die Haushälterin und bekreuzigte sich. „Seit ein paar Tagen ist sie sehr fleißig."

„Und stimmt es nicht, Mylady", sagte Vater Donal, „daß der Altar in der Kapelle von St. Patrick mit einem golddurchwirkten Tuch bedeckt und mit Edelsteinen von der Größe eines Hühnereis geschmückt ist?"

Es klopfte an die Tür.

„Ich bin nicht da, Kitty", sagte Vater Donal, „es sei denn, jemand liegt im Sterben. Sollte er schon tot sein, so sage, daß ich später komme."

„Das ist ja eine schöne Begrüßung für einen alten Freund", rief Drummond, der, die Tür öffnend, inzwischen eingetreten war.

Er erblickte mich, und ich nickte ihm nach kurzem Zögern zu.

„Wie du sehen kannst, Max", sagte Vater Donal mißbilligend, „habe ich heute einen hohen Gast bei mir."

„O ja, natürlich", sagte Drummond und fügte dann, ohne näher zu treten, hinzu: „Guten Tag, Lady de Salis."

Ich versuchte, seinen Gruß zu erwidern, brachte jedoch kein Wort hervor.

„Ja, hast du denn nicht die Kutsche vor dem Haus gesehen?" fragte der Priester unwirsch.

„Doch", erwiderte Drummond und drehte sich langsam um. „Ich werde später wiederkommen."

„Falls du etwas Besonderes auf dem Herzen hast . . ."

„Nein, nichts Besonderes", sagte Drummond.

Und dann war er fort. Hinter ihm schloß sich die Tür.

„Wie sonderbar er war!" sagte Kitty, während sie den Tee aufgoß.

„Manieren hat er ja noch nie gehabt!“ sagte Vater Donal scharf. „Ich muß Sie um Nachsicht bitten, Mylady. Hoffentlich beklagen Sie sich bei Ihrem Gatten nicht darüber, daß Sie unter meinem Dach Maxwell Drummond begegnet sind.“

„Natürlich nicht“, versicherte ich. Mein Atem ging immer noch sehr unregelmäßig. Zum Glück begann Vater Donal wieder von St. Patrick zu sprechen, und ich war wenigstens imstande, an den richtigen Stellen ein Ja oder ein Nein einzuwerfen. Als meine Tasse leer war, konnte ich endlich aufstehen, ohne daß sich alles um mich drehte.

„Gott schütze Sie, Mylady“, sagte Vater Donal und begleitete mich zur Kutsche. „Ich möchte Ihnen sowie Ihrem Gatten und Master Patrick Edward ein fröhliches Weihnachtsfest wünschen.“

„Vielen Dank“, erwiderte ich, wissend, daß es mir jetzt unmöglich sein würde, das Weihnachtsfest in Ruhe zu genießen.

Während der Rückfahrt nach Cashemara fragte ich mich immer wieder: Bist du toll, daß dich der Anblick eines Mannes, den du kaum kennst, derartig verwirrt?

III

Während des Abendessens trank ich mehrere Gläser Wein und wurde bald schläfrig, so daß ich mich schon früh zurückzog.

Ich hatte einen Traum. Ich sah Drummond, weit, sehr weit von mir entfernt. Er jätete auf einem Kartoffelacker Unkraut. Dann kam Patrick und zeigte mir ein paar Blumen aus dem Garten. Sie waren wunderschön. „Es ist Freitag“, sagte er. „Hast du das vergessen?“ Und so gingen wir nach oben und legten uns ins Bett. Die Kerze verlosch, und Schrecken erfaßte mich. Ich schrie. Dann flackerte ein Streichholz, die Kerze brannte wieder, doch ich wagte nicht, die Augen zu öffnen, weil ich mich fürchtete, in das Gesicht über mir zu blicken. „Es kann ja nur Patrick sein“, sagte ich. „Nur er, denn kein anderer darf je davon wissen.“ Aber ich wußte, daß Patrick gar nicht mehr bei mir war, sondern jetzt in seinem Zimmer lag. „Nein!“ schrie ich, ohne die Augen zu öffnen. „Nein!“ Doch es war bereits zu spät. Jemand lachte und schien mich zu verhöhnen wegen meines Versagens.

„Nein, nein, nein!“ rief ich wieder – und erwachte schweißgebadet. Fieberhaft suchte ich nach einem Streichholz, um die Kerze anzuzünden, und ich rief Patricks Namen. Endlich erschien er, und in dem schwachen Schein, den das brennende Streichholz verbreitete, sah ich, daß er, Haarsträhnen auf der Stirn, schläfrig gähnte.

„Was, um Himmels willen, ist denn los?“ sagte er. Als ich ihm schluchzend erklärte, ich hätte einen entsetzlichen Alptraum gehabt, nahm er mich tröstend in die Arme. „Ist ja wieder gut. Wovon hast du denn geträumt?“

„Ach, das weiß ich gar nicht mehr“, erwiderte ich, immer noch am ganzen Leibe zitternd. „Patrick . . .“

„Hm?“ Er unterdrückte ein Gähnen.

„Ich muß wieder cin Baby haben. Bitte.“

„Ja, warum auch nicht? Das wäre doch wunderschön. An mir soll es nicht liegen, wenn du keines bekommst. Schließlich warst du es, die vor einigen Wochen darauf bestanden hat, daß wir getrennt schlafen.“

„Ja, ich weiß. Es war dumm von mir, aber . . .“

„Schon gut. Wenn du es willst, werden wir es wieder versuchen – freitags abends wie immer.“

„Aber, Patrick . . .“

„Ja, was ist?“

„Ich dachte . . . ich meine, müssen wir unbedingt bis Freitag warten? Können wir es nicht schon heute versuchen?“

„Guter Gott, um diese Zeit? Wo dich dein Alptraum fast hysterisch gemacht hat und ich gar nicht richtig wach bin?“

Ich begriff, wie unvernünftig mein Wunsch war. „Verzeih, bitte“, sagte ich mühsam gefaßt. „Ich scheine wirklich nicht ganz bei mir zu sein.“

„Schon recht, Sarah.“ Er küßte mich zärtlich. „Ich werde für den Rest der Nacht bei dir bleiben“, sagte er und glitt neben mir ins Bett. „Dann wirst du dich nicht so fürchten, im Dunkeln zu schlafen. Alpträume können scheußlich sein, nicht wahr?“

Wenig später hörte ich seine ruhigen, gleichmäßigen Atemzüge. Ich hingegen lag bis zum Morgengrauen wach, und als der erste Dämmerschein hereindrang, sah ich immer noch die Szene in Vater Donals Haus vor mir: Wie Maxwell Drummond an der Tür stand und – nein, nicht stutzte, als er mich ansah, sondern offenbar fand, was er gesucht hatte.

IV

Noch Monate später dachte ich an diese zweite Begegnung mit ihm – während der ganzen Zeit, in der ich vergeblich darauf wartete, wieder schwanger zu werden; während der ersten neun Monate des Jahres 1876.

In diesem Zeitraum sah ich ihn noch zweimal: einmal im Mai (aus weiter Entfernung, er war auf dem Wege nach Letterturk) und dann später im Sommer, als ich bei Madeleine aus dem Fenster blickte und er mit seinem Eselskarren vorbeizog.

Doch in der Phantasie war er mir viel näher als in der Wirklichkeit. Ich malte mir aus, wie wir uns trafen und lange, höfliche Gespräche miteinander führten. Bald geschah das in der Apotheke, bald auf der Hauptstraße von Clonareen, gelegentlich sogar auf Drummonds Hof. Doch mit der Zeit wandelte sich die Szenerie. Wir befanden uns irgendwo in der gebirgigen Wildnis, in einer verfallenen Hütte etwa. Wir führten immer noch Gespräche, doch sie waren weniger formell. Manchmal nahm er meine Hand und blickte mir forschend in die Augen. Genauso spielte es sich immer in den Romanen ab, die Marguerite mir lieh, wenn sie zu Besuch kam. Die Stille der Natur, die ineinanderverschränkten Hände, das Gelöbnis ewiger Ergebenheit . . . Natürlich würde es eine Liebe ohne Hoffnung sein, weil sie ja nie Wirklichkeit werden konnte. Wir mußten endgültig voneinander Abschied nehmen, und er würde mich küssen, flüchtiger Hauch auf meinen Lippen vielleicht, doch vermutlich nur auf der Stirn. Romanheldinnen wurden immer auf die Stirn geküßt. Das hatte etwas Tröstliches. Keine unangenehmen Umarmungen, nackte Intimitäten, kein Schmerz . . . Immer tiefer versank ich in meine Phantasien.

Als ich dann im Herbst entdeckte, daß ich schwanger war, glaubte ich, daß mich das von den Tagträumen befreien würde. Doch ich irrte mich. Den ganzen Winter über mußte ich auf Cashemara bleiben, und den ganzen Winter über träumte ich von Maxwell Drummond. Erst als im Frühjahr mein zweiter Sohn zur Welt kam, schien mich das von dem Zwang zu befreien, Drummond in meiner Phantasie ständig bei mir zu haben.

Wir glaubten nicht, daß das Kind überleben würde. Es war so klein und zerbrechlich und besaß nicht einmal genügend Kraft, um Milch zu trinken. Nach der Geburt verlor es so viel Gewicht, daß es nur noch Haut und Knochen war. Ich hörte, wie die Hebamme zu Madeleine sagte: „Manchmal ist es besser, wenn sie sterben", und dieser Satz erregte mich so, daß ich die Frau aus dem Haus wies. Ich wollte, daß mein Sohn am Leben blieb. Und so widmete ich ihm meine ganze Zeit und meine ganze Energie und fand in den folgenden Monaten kaum noch Gelegenheit, von Drummond zu träumen.

Das Personal begann darüber zu tuscheln, daß Patrick und ich, wenn auch nur entfernt, miteinander blutsverwandt seien, und das ... nun, man wüßte ja, was bei einer Heirat zwischen Blutsverwandten herauskommen könne. Es waren schreckliche Altweibergeschichten, unverantwortliches Geschwätz und die perverse Lust an drohendem Unheil. Hinter meinem Rücken hörte ich das Flüstern, und ich haßte es, haßte sie alle.

Wir nannten ihn John. Ursprünglich wollte ich ihn Francis taufen lassen, aber da ich anfangs fürchtete, daß er sterben würde, beschloß ich, den Namen meines Vaters für einen Sohn aufzuheben, der genauso kräftig und gesund war wie Ned; und John war einer der wenigen Namen, die sowohl Patrick als auch mir gefielen.

Aber John starb nicht. Zuerst schlürfte er die Milch von einem winzigen Silberlöffel, der ihm an die Lippen geschoben wurde, und schließlich konnte er auch aus der Flasche trinken. Dann kam der Tag, an dem er mich zum erstenmal anlächelte, und plötzlich vergaß ich Cashemara, vergaß unsere Nöte, denn mein Baby war lebenskräftig, und alle, von der Nanny bis zum jüngsten Küchenmädchen, meinten, das sei einzig mir zu verdanken.

Doch als das Frühjahr kam, konnte John kaum aufrecht sitzen. Er war nach wie vor sehr schwächlich, und wenn er auch nur nieste, so jagte mir das einen tiefen Schrecken ein. Aber er war ein reizendes Baby, sehr zartgliedrig und mit ungewöhnlich geformten Augen und dunklem Haar.

„Er mag sich ein wenig anders entwickeln als andere Kinder, Sarah", sagte Madeleine zu mir, als John immer noch nicht laufen konnte.

„Ach, Unsinn!" erwiderte ich aufgebracht. „Alles, was er braucht, ist Liebe und Pflege und Aufmerksamkeit."

Madeleine kam nie wieder auf das Thema zurück. Als Marguerite uns dann im Sommer mit den Jungen besuchte, klangen ihre Feststellungen wesentlich trostvoller.

„Guter Gott!" sagte sie. „Als David so alt war wie John, war er so dick, daß ich meinte, er würde nie laufen lernen – und jetzt!?" Ich betrachtete David: Er war jetzt sechzehn, immer noch ein wenig rundlich, doch sehr agil. Ich fühlte mich beruhigt.

Im September, als Marguerite noch bei uns war, traf von Duneden Castle die Nachricht ein, daß Katherine eine Lungenentzündung hatte. Sie wollte, daß wir sie besuchten.

„Ich fahre nur, falls sie im Sterben liegt", sagte Patrick, der den alten Lord Duneden haßte. „Du und Marguerite und die beiden Jungen, ihr könnt von mir aus gerne reisen. Ich bleibe mit den Kindern hier."

„Nein", sagte ich sofort. „Ich nehme Ned und John mit."

Wie gewöhnlich war es Marguerite, die einen für beide Teile akzeptablen Kompromiß fand: John sollte mit der Nanny auf Cashemara bleiben, während Patrick und Ned mich nach Duneden Castle begleiteten. „Denn", sagte Marguerite streng zu Patrick, „es wäre doch recht kläglich von dir, wenn du nicht mitkommen würdest. Katherine muß sich sehr krank fühlen, sonst hätte sie gewiß nicht um unseren Besuch gebeten."

Wir trafen in aller Eile unsere Vorbereitungen zur Abreise. Doch wir kamen zu spät. Als wir auf Duneden Castle ankamen, sagte uns Lord Duneden, daß es mit Katherine rasch zu Ende ginge. Drei Stunden nach unserer Ankunft war sie tot. Sie starb im Alter von achtunddreißig Jahren.

V

„Allmächtiger Gott", sagte Patrick bedrückt, nachdem wir uns vom ersten Schock erholt hatten. „Jetzt sitze ich wirklich in der Tinte."

Wir befanden uns in unseren Zimmern. Draußen vor den Fenstern zogen Nebelschwaden vorbei und verhüllten die grüne irische Landschaft. Da ich noch an Katherine und ihren so frühen Tod dachte, hörte ich zuerst gar nicht, was Patrick sagte, und auch als er die Worte wiederholte, begriff ich nicht, was sie bedeuten sollten.

„Wie meinst du das?" fragte ich erstaunt.

„Ich hatte so auf ein Darlehen von Duneden gehofft, aber unter diesen Umständen kann ich ihn ja kaum darum bitten, nicht wahr? Irgendwie wäre das doch verflixt peinlich."

„Ein Darlehen!?“ Das Wort versetzte mir einen solchen Schock, daß ich Katherine völlig vergaß. „Aber, Patrick, ich habe geglaubt, daß es uns seit Johns Geburt finanziell ganz gut geht! Du hast doch sogar davon gesprochen, nächstes Jahr mit mir nach Amerika zu fahren!“

„Das stimmt schon“, sagte er zögernd.

„Aber was ist denn geschehen?“

„Werde bitte nicht hysterisch, Liebling . . .“

„Ich bin nicht hysterisch! Ich möchte nur wissen, was los ist!“

„Nun, es liegt an diesen fürchterlichen Ernten“, sagte Patrick. „Die im vorigen Jahr war miserabel, und in diesem Jahr ist es offenbar nicht anders. Die Bauern können die Pacht nicht bezahlen, und . . . nun, ich fange an zu spüren, daß es knapp wird, um es milde auszudrücken. Wenn ich noch andere Einkünfte hätte, wäre das alles nicht so schlimm, aber jeder Penny, der in meinen Geldbeutel wandert, stammt von Cashemara, und Cashemara hat selbst in den besten Zeiten nie zu den ertragreichsten Grundbesitzen in Irland gehört.“

„Aber warum können die Pächter nicht bezahlen? Sie haben doch bestimmt etwas Geld gespart!“

„Was immer sie gehabt haben mögen, ist bei der ersten schlechten Ernte draufgegangen, und MacGowan meint, es sei zwecklos, an sie Forderungen zu richten, die sie nicht erfüllen können. Sarah, du begreifst einfach nicht, wie arm diese Menschen sind. Die Kartoffeln bauen sie für sich selbst an, und den Weizen und den Hafer verkaufen sie, damit sie die Pacht bezahlen können. Bringt die Ernte nichts ein, so sitzen sie mit leeren Händen da. MacGowan meint, wir könnten von Glück sagen, daß wenigstens die Kartoffelernte leidlich ausgefallen ist, denn sonst wären wir alle schlimm dran.“

„Aber irgend etwas mußt du doch tun können“, sagte ich verzweifelt. „Wenn es um ein Darlehen geht, so kann vielleicht George . . .“

„George ist auf seine Pächter genauso angewiesen wie ich. Nein, Duneden war meine einzige Hoffnung. Nun, vielleicht nach dem Begräbnis . . .“

Es war eine sehr unangenehme Situation, und am liebsten hätte ich nichts mehr darüber gehört. Doch nach der Bestattung bat mich Patrick, dabei zu sein, wenn er die Angelegenheit mit seinem Schwager besprach, und als ich mich weigern wollte, beharrte er darauf, daß er in meiner Gegenwart größere Aussichten hätte, ans Ziel zu gelangen. Am Morgen vor unserer Abreise empfing uns Lord Duneden in seinem Arbeitszimmer, und das Gespräch nahm genau den Verlauf, den ich vorausgeahnt hatte.

„Wie kannst du dich unterstehen, mich ausgerechnet jetzt daraufhin anzusprechen!?" sagte Lord Duneden. Er war ein alter Mann, weit über siebzig, besaß jedoch sehr viel natürliche Würde. „Und noch dazu vor deiner Gattin, die von solchen Dingen nichts wissen sollte!? Hast du gar keinen Stolz?"

Patrick stammelte Entschuldigungen und Hinweise auf die schlechten Ernten, doch Lord Duneden schnitt ihm mit einer schroffen Handbewegung das Wort ab.

„Ich bin mit dir fertig", sagte er. „All die Jahre habe ich dir nur aus einem einzigen Grunde geholfen – weil du Katherines Bruder warst. Aber jetzt, wo sie tot ist, kann mich keine Macht der Welt dazu bewegen, dir wieder zu helfen. Verlasse auf der Stelle mein Haus und wage nicht, es noch einmal zu betreten!"

Jedes weitere Wort erübrigte sich. Nur mit Mühe brachte ich die Kraft auf, das Zimmer zu verlassen. Da ich fürchtete, bei einem Wortwechsel mit Patrick völlig die Kontrolle über mich zu verlieren, ging ich nach oben zu Marguerite.

„Aber die Lösung liegt doch auf der Hand", sagte sie überrascht, nachdem ich ihr meinen Kummer anvertraut hatte. „Um Geld zu sparen, müßt ihr Cashemara sofort schließen und für ein paar Monate zu mir kommen."

„Aber, Marguerite", erwiderte ich, durch ihre Großzügigkeit fast zu Tränen gerührt, „London . . . ich glaube nicht, daß wir dort . . . du weißt ja, wozu uns die Stadt immer verführt hat . . ."

„Ich meinte ja auch nicht London", sagte sie. „Ich habe die Absicht, mir auf dem Land ein kleines Grundstück zu kaufen. Meine Investitionen haben vor kurzem einen bescheidenen Profit abgeworfen, und ich bin es leid, das ganze Jahr über in London zu leben. Vielleicht finde ich in Surrey etwas Passendes. In der Stadt wohne ich dann nur während der Saison."

„Surrey liegt so nahe bei London", sagte ich ängstlich.

„Ich hoffe, ein Haus zu finden, das ein ganzes Stück vom Bahnhof entfernt ist", versicherte Marguerite, und so war es also beschlossene Sache. Thomas und David zeigten sich sehr erfreut, und selbst Patrick, die Enttäuschung über Lord Dunedens Haltung rasch abschüttelnd, meinte vergnügt, es handle sich um einen unverhofften Glücksfall. Was mich betraf, so wurde meine Genugtuung, Irland für ein paar Monate den Rücken zu kehren, nur durch das Bewußtsein getrübt, daß wir als Bettler zu Marguerite kamen. Doch da das Patrick nichts auszumachen schien, war es wohl unsinnig, wenn ich mir darüber den Kopf zerbrach.

Ich fühlte mich sehr erschöpft. Jetzt erst begriff ich, in wie starkem Maße ich mich früher mit Katherine identifiziert hatte. In ihren leblosen Zügen schien ich mich widerzuspiegeln, und ich gestand mir ein, daß ich mich vor der Zukunft fürchtete; denn nichts im Leben konnte offenbar Sicherheit und Geborgenheit verbürgen. Alles war vergänglich, Gesundheit und Reichtum. Wie blind tappte man von Geburt an dem Grab entgegen.

Einige Tage lang war ich tief verstört, und als Patrick wieder Silber versetzte, um MacGowan den Lohn zu zahlen, der ihm während unserer Abwesenheit zustand, fiel es mir schwer, mich zu den Reisevorbereitungen aufzuraffen. Doch bald war ich so sehr damit beschäftigt, daß ich nicht einmal Zeit fand, zur Apotheke zu fahren. Und so fuhr ich erst Ende Oktober, als Madeleine uns auf Cashemara besuchte, daß Eileen Drummond wieder ein Baby bekommen hatte. Bis zu unserer Abreise waren es noch drei Tage.

„Die Drummonds brauchen sich wegen der schlechten Ernte wenigstens nicht so viele Sorgen zu machen wie die meisten anderen", sagte Madeleine und erzählte irgend etwas von einem langfristigen Pachtvertrag, der den Drummonds große Sicherheit gewährte. „. . . und Maxwell Drummond ist nicht der Dümmste", fuhr sie fort. „Irgendwie wird er schon zurechtkommen."

„Madeleine", sagte ich, ehe ich mich besinnen konnte, „ich würde dem Baby gern etwas schenken . . . wenn ich dir jetzt was geben würde . . ."

„. . . dann gebe ich es bei der nächsten Gelegenheit Mrs. Drummond", sagte Madeleine und nickte zufrieden. „Eine ausgezeichnete Idee, Sarah."

„Aber daß du es ja nicht Patrick sagst. Du weißt ja, wie böse er war, als ich Mrs. Drummond damals besuchte."

„Verlaß dich nur auf mich", erwiderte Madeleine, und so holte ich von oben die drei Kleider, die John als Neugeborenes getragen hatte. Ich hatte sie aus feinster Seide genäht und reich bestickt.

Als ich zwei Tage später John im Kinderwagen spazierenfuhr, lenkte Maxwell Drummond seinen Eselskarren durch das große eiserne Tor von Cashemara.

VI

Ich war allein. Ned half Patrick, der jetzt, vor unserer Abreise, fast seine ganze Zeit im Garten verbrachte, und Nanny war oben in den Kinderzimmern, wo sie Spielzeug einpackte.

„Guten Tag, Mylady", sagte Drummond, während er den Eselskarren vor mir zum Stehen brachte. Er sprang vom Sitz herab auf den Boden. Sein Haar war wild zerzaust, die langen Koteletten reichten bis zum Unterkiefer, und in den Händen hielt er die drei Babykleider, die ich seiner Frau geschickt hatte.

„Da wir auf Ihre Wohltätigkeit nicht angewiesen sind, bringe ich Ihnen die abgelegten Kleider Ihres Sohnes zurück", sagte er, warf die Sachen über eine Seitenwand des Kinderwagens und wandte sich wieder dem Eselskarren zu.

Ich war so wütend, daß es mir nicht schwerfiel, die richtigen Worte zu finden. „Mr. Drummond", sagte ich mit fester Stimme, „diese Kleider, die ich Ihrer Frau schickte, sollten ein Zeichen der Sympathie sein, die ich für sie empfinde. John hat sie nur wenig getragen, und sie sind so gut wie neu."

„Das sind sie auch jetzt noch", sagte er und verscheuchte ein paar Fliegen, die sich auf dem Rücken des Esels niedergelassen hatten. „Wir haben nämlich keine Verwendung für sie gehabt."

„Aber . . ."

„Das Baby ist tot", fuhr er fort und sah mich an. „Eileen hat sich über die Geschenke gefreut, meint jedoch, es sei unsere Pflicht, sie Ihnen zurückzugeben."

Ich schluckte hart, wollte dann sprechen, doch er kam mir zuvor.

„Wahrscheinlich ist es so das Beste", sagte er. „Es ist schon schwer genug, sechs Kinder den ganzen Winter durchzufüttern. Das Kleine hätte nicht genug zu essen bekommen."

Ich dachte an Eileen und ihr totes Kind, und wieder stieg Zorn in mir auf. „Wie können Sie so etwas sagen?" rief ich. „Babys brauchen so wenig zu essen . . ."

„Immer noch genug, um anderen etwas wegzufuttern."

„Aber . . ."

„Sie haben doch keine Ahnung", sagte er. „Sie haben nicht die geringste Ahnung, was Hunger bedeutet, und wenn Sie mir weismachen wollen, daß es besser ist, wenn Kinder langsam zugrunde gehen statt einen raschen und schmerzlosen Tod zu sterben, so möchte ich Sie bitten, Ihren Mund zu halten und sich um Ihre eigenen Angelegenheiten zu kümmern."

„Mr. Drummond . . ."

„Ach, ich weiß schon, was Sie sagen wollen! Sie denken: ‚Da jammert er mir was vor und ist zehnmal besser dran als jeder andere im Tal!' Aber ich bin mit den O'Malleys verwandt, und es gibt hier niemanden, der ärmer wäre als sie. Soll ich etwa die Hände in den Schoß legen und zusehen, wie sie krepieren? Und sagen Sie mir nicht, ich könnte meine Frau und meine Kinder zu meinem Schwiegervater nach Dublin schicken. Der will seit unserer Hochzeit nichts mehr von ihr wissen. Sie liegt hier genau so fest wie wir anderen auch. Aber was geht Sie das überhaupt an? Was kümmert Sie das? Sie können ja weg von hier, können nach England – bei Gott, ihr könnt es euch leisten! Das Haus wird geschlossen, die Bediensteten werden alle arbeitslos, und MacGowan wird angewiesen, die Exmittierungen in die Wege zu leiten. Die Ratten verlassen das sinkende Schiff . . ."

„Hören Sie auf!" schrie ich, vor Wut zitternd.

John, im Kinderwagen, begann zu weinen.

„Sehen Sie, was Sie angerichtet haben!" rief ich und brach in Tränen aus.

„Heilige Mutter Gottes!" sagte Drummond ärgerlich. „Ist ja schon gut, Baby." Er streichelte John den Kopf, und während der Kleine sich beruhigte, gewann auch ich meine Selbstbeherrschung zurück.

„Das genügt", sagte ich scharf. „Guten Tag." Ich versuchte, den Kinderwagen an ihm vorbeizuschieben, doch eines der Räder hatte sich in der ausgefahrenen Wagenspur verfangen. Ich zog und zerrte, bekam es jedoch nicht frei. Drummond sah mir bewegungslos zu.

„So helfen Sie mir doch schon", stieß ich atemlos hervor. „Helfen Sie mir!"

„Oh, meine Hilfe wollen Sie", sagte Drummond. „Aber vergißt man denn das ‚Bitte', wenn man als Lady einen Gentleman um Hilfe ersucht?" Ich hob die Hand, wollte ihm ins Gesicht schlagen, doch schon hatten seine Finger mein Handgelenk umklammert. „Entschuldigen Sie", sagte er leise und lächelte mir zu.

John begann wieder zu weinen, doch ich drehte nicht einmal den Kopf, um ihn anzusehen.

Drummonds Finger spannten sich enger um mein Handegelenk.

Was geschehen wäre, wenn wir nicht die Hufschläge des Pferdes gehört hätten, auf dem MacGowan saß, weiß ich nicht. Er kam den Fahrweg entlanggeritten, und Drummond wandte sich sofort zu ihm um. John weinte immer noch. Ich nahm ihn aus dem Kinderwagen und drückte ihn an mich, und er begann zu lächeln.

„Schaffen Sie Ihren Karren fort", sagte MacGowan schroff zu Drummond, um mich dann mit gewohnter Höflichkeit zu begrüßen: „Guten Tag, Mylady."

„Guten Tag, Mr. MacGowan."

MacGowan wandte sich wieder Drummond zu. „Was suchen Sie hier?"

„Das ist meine Sache." Er lenkte den Esel mit dem Karren herum. „Wenn Sie mit Ihrem dürren Klepper freundlicherweise den Weg frei machen wollen, so kann ich mich jetzt empfehlen. Guten Tag, Lady de Salis."

„Guten Tag, Mr. Drummond", sagte ich und blickte ihm nach, während er mit dem Esel und dem Karren auf das Tor zustrebte.

3. KAPITEL

I

„Marguerite, ich muß mit dir reden", sagte ich mit unsicherer Stimme.

Es war am Abend nach unserer Ankunft in London. Marguerite und ich saßen im Salon des Hauses am St. James' Square. Patrick und seine beiden jungen Halbbrüder befanden sich noch im Speisezimmer. Edith, Patricks Nichte, die gleichfalls hier wohnte, war bei ihrer Schwester Clara zu Besuch. Derry Stranahan war ja tot, und seine Witwe hatte inzwischen wieder geheiratet.

„Ich muß unbedingt mit dir reden, Marguerite", wiederholte ich.

Doch plötzlich wußte ich nicht, wie ich anfangen sollte. Ich stand auf, ging vom Sofa zum Kamin. Durch das Fenster sah ich, wie draußen auf dem Platz der Laternenanzünder an seine Arbeit ging. Licht nach Licht flammte auf.

„Es ist mir schon bei eurer Ankunft aufgefallen, daß du sehr aufgeregt warst", sagte Marguerite, von ihrem Lieblingsstuhl zu mir herüberblickend, „aber ich habe das auf das Wiedersehen mit London geschoben. Apropos London, Sarah – du wirst doch vernünftig sein, ja? Ich wünschte, du hättest mit Patrick sofort zu dem neuen Haus fahren können, wie wir es ja auch vorhatten, aber Mr. Rathbone meint, ein Vertragsabschluß sei immer eine so langwierige Angelegenheit, daß . . ."

„Marguerite, hast du Maxwell Drummond einmal persönlich kennengelernt?"

„Drummond? Den Bauern? Ja. Er war eine Zeitlang Edwards Schützling."

„Und – welchen Eindruck hat er auf dich gemacht?"

Marguerite krauste die Stirn. „Er wirkte auf mich ziemlich

gefährlich", sagte sie nach einer Pause. „Und schien sich sehr zu überschätzen."

„Oh. Ich verstehe."

„Warum? Gefällt er dir?"

„Ganz und gar nicht", sagte ich hastig. „Ich kann ihn nicht ausstehen. Trotzdem muß ich fortwährend an ihn denken. Es ist so sonderbar, so absurd. Ich kann mir überhaupt keinen Vers darauf machen, doch jedesmal, wenn ich ihm begegne . . ."

„Ich verstehe", sagte Marguerite mit ausdruckslosem Gesicht. Die blauen Augen hinter dem Pincenez musterten mich eingehend.

„. . . er ist ja nicht einmal attraktiv, sondern eher häßlich. Und dann die Art, wie er spricht. Ich hatte zwar erst einmal Gelegenheit mit ihm zu reden, aber . . ."

„Ich verstehe", wiederholte Marguerite. „Erst einmal."

„. . . es war das fünfte Mal, daß ich ihn sah." Hastig berichtete ich: vom ersten Zusammentreffen in der Halle des Krankenreviers; von den beiden flüchtigen Blicken, die ich aus der Ferne auf Drummond geworfen hatte; von der Begegnung in Vater Donals Häuschen; von dem Gespräch auf dem Fahrweg von Cashemara. Meine Worte überstürzten sich, und der Name Drummond schien lauter und lauter nachzuhallen, bis die ganze Luft davon erfüllt war. „Und jedesmal, wenn ich ihn sehe . . ."

„Natürlich", sagte Marguerite.

„Ich verstehe das einfach nicht. Wenn er wenigstens gut aussähe . . ."

„Darauf kommt es sehr oft gar nicht an."

„Wenn er ein Mann meines eigenen Standes wäre . . ."

„Das würde die Sache natürlich sehr vereinfachen", sagte Marguerite. „Du könntest ein Verhältnis mit ihm haben und im Nu wieder geheilt sein."

„Marguerite!"

„Meine liebe Sarah, schau doch nicht so entsetzt drein. Wir wissen doch beide, was in der Welt vorgeht, und ich sehe nicht ein, warum wir so tun sollten, als ob wir es nicht wüßten."

„Aber wie könnte ich je daran denken, mich auf so etwas einzulassen . . ."

„So? Könntest du das nicht? Nun, dann hat es dich vielleicht gar nicht so schlimm erwischt, wie du glaubst. Aber lassen wir das. Im Grunde ist unser Gespräch sinnlos, weil du unmöglich ein Verhältnis mit einem Mann haben kannst, der kaum besser ist als ein einfacher Bauer. Selbst Liebesaffären folgen schließlich gewissen Konventionen."

„Aber was soll ich nur tun? Seit der letzten Begegnung mit ihm muß ich fortwährend an ihn denken!"

„Versuche, klar zu denken und deine Gefühle als das zu erkennen, was sie sind – eine vorübergehende Verblendung. Du magst dir ja einbilden, daß dich sein Äußeres nicht anzieht. Doch Tatsache dürfte sein, daß gerade sein Aussehen dich so fasziniert. Schließlich kennst du ihn nicht gut genug, um dich in seine edle Seele verliebt zu haben, falls er überhaupt eine besitzt – was ich bezweifle."

„Aber . . ."

„Himmel, Sarah, es kann für dich doch nichts Neues sein, daß man sich einmal in jemanden vergafft! Hast du mir nicht einmal geschrieben, daß du mit vierzehn besinnungslos in deinen Tanzlehrer verliebt warst?"

„So wie damals ist es aber nicht", sagte ich.

„Doch, meine Liebe."

„Nein, du verstehst nicht." Meine Stimme klang scharf, was Marguerite sofort bemerkte, denn sie sagte rasch: „Oh, ich glaube doch! Schließlich habe auch ich so etwas erlebt, und es war gar nicht leicht, damit fertig zu werden. Man muß warten, bis diese Empfindungen eines ganz natürlichen Todes sterben."

„Es ist vier Jahre her, daß ich Drummond das erstemal sah", sagte ich. „Wäre es wirklich nur eine Schwärmerei, so hätte sie schon längst eines natürlichen Todes sterben müssen."

„Wenn es so lange vorgehalten hat, so dürfte es daran liegen, daß du Drummond so selten begegnet bist. Enger Umgang mit einem Menschen ist das beste Mittel gegen Illusionen. Sarah . . ."

„Ja?"

„Weiß er von deinen Gefühlen?"

Ich schwieg.

„Sarah, du hast ihm gegenüber doch hoffentlich nichts durchblicken lassen . . ."

„Das war nicht nötig", sagte ich. „Er hat es auch so gewußt, von Anfang an. Genau wie ich."

„Aber das ist doch unmöglich! Du dramatisierst das Ganze, legst dir einen romantischen Traum zurecht . . ."

„Was kann ich denn dafür, wenn es stimmt?" rief ich und fühlte, wie mir die Tränen über die Wangen liefen.

„Nun, nun . . . tut mir ja leid", sagte Marguerite beunruhigt und verwirrt. „Ich wollte nicht unfreundlich zu dir sein, aber . . . Sarah, du mußt dich zusammennehmen, du mußt vernünftig sein. Ich weiß, daß du mit Patrick nicht so glücklich bist. Ich weiß, wie groß die Versuchung für dich sein muß, nach anderen Männern Ausschau zu halten, aber, Sarah, doch nicht nach einem Mann wie Drummond! Das wäre eine Katastrophe, begreifst du das nicht? Patrick würde dich auf der Stelle verlassen. Wäre dein Geliebter ein Mann deines eigenen Standes, so könnte er dafür vielleicht Verständnis aufbringen. Aber so? Es käme zur Scheidung, du wärst entehrt, gesellschaftlich ausgestoßen. Und die Kinder . . ."

Von draußen kam Patricks Lachen. Auf der Treppe in der Halle klangen Schritte.

„Nie dürftest du die Kinder sehen", sagte Marguerite. „Nein, nie."

Es gab nichts weiter zu sagen. Mir blieb keine Wahl, als nicht mehr an Drummond zu denken – und doch tat ich eben das: Während der folgenden glücklichen Monate fand ich mich völlig außerstande, diese furchtbare Sehnsucht nach ihm zu unterdrücken.

II

Wahrscheinlich hatte Marguerite nach unserem Gespräch Patrick ein wenig ins Gebet genommen, denn er war sehr liebevoll zu mir, und zum erstenmal seit Monaten teilten wir wieder das Bett miteinander. Zu Beginn des neuen Jahres wußte ich, daß ich schwanger war. Erleichtert dachte ich, daß mich ein schwerer Leib mit einiger Sicherheit davor bewahren würde, mir ein ganzes Arsenal neuer, schicker und dementsprechend teurer Kleider zuzulegen. Wir lebten in London sehr zurückgezogen und kamen mit unseren alten Freunden nur selten zusammen. Dennoch wußten Patrick und ich, daß stets die Gefahr bestand, daß wir wie früher den Versuchungen dieser Stadt erlagen.

Doch er mied die Fallen des Glücksspiels ebenso wie ich die Verlockungen der Extravaganz. Vielleicht waren wir endlich durch Schaden klug geworden. Für Patrick hatte sein Garten auf Cashemara auch hier im fernen London eine ungeminderte Faszination. Auf Unmengen von Papier häuften sich neue Entwürfe und neue Pläne. Die Holzschnitzerei hatte er völlig aufgegeben. Dafür beschäftigte ihn um so intensiver die Lektüre uralter Gartenbücher. Oft fuhr er auch mit Ned zum botanischen Garten in Kew.

Im Januar fand er dann ein neues Betätigungsfeld: den Garten von Marguerites Haus in Mickleham, einem malerischen Dorf in den Surrey Hills südlich von London. Um diese Jahreszeit war der Boden natürlich hartgefroren, doch Patrick ging unverzüglich daran, einige Entwürfe zu skizzieren: Rosenbeete, Sträucher, zwei Springbrunnen, ein Aussichtstürmchen.

„Aber, Patrick, das würde ja ein Vermögen kosten!" protestierte Marguerite, als er davon sprach, für die Springbrunnen italienischen Marmor zu verwenden.

„Ja, aber stell dir doch nur vor, wie einzigartig sich das ausnehmen würde!" rief er. „Das wäre ein Monument für dich, Marguerite."

„Entsetzlich – wie auf einem Friedhof! Nein, Patrick. Mit Blumen und Sträuchern bin ich einverstanden. Aber Springbrunnen und Aussichtstürmchen und überhaupt italienischer Marmor – das kommt nicht in Frage."

Thomas und David kehrten zu ihrer Schule in Harrow zurück, und Ned, der ihre Gesellschaft sehr genossen hatte, kam sich jetzt natürlich grenzenlos verlassen vor.

„Wann fahren wir denn endlich wieder nach Cashemara?" fragte er Patrick, der ihm die Antwort schuldig bleiben mußte. Allmonatlich kam ein Brief von MacGowan, der uns berichtete, die Verhältnisse hätten sich eher verschlechtert. Von Madeleine hörten wir, daß eine wahre Flut von Kranken bei ihr Hilfe suchte. Auch sei das Arbeitshaus in Letterturk von Verzweifelten überfüllt. Doch im Frühjahr schrieb sie dann: „Was die diesjährige Ernte betrifft, so sind alle sehr zuversichtlich. Vor allem die Kartoffeln scheinen ausgezeichnet zu gedeihen. So Gott will, werdet ihr im Herbst nach Cashemara zurückkehren können."

Einige Tage später teilte uns MacGowan mit, daß er sein Möglichstes tue, um von den zahlungsfähigen Bauern das Pachtgeld einzuziehen. Drei Familien hätten sich allerdings geweigert, die Pacht zu entrichten, und so sei er gezwungen gewesen, sie zu exmittieren.

„Schuld ist die Politik", fuhr er in grimmigem Ton fort. „Solange dieser Schurke Parnell den Bauern eintrichtert, sie hätten das moralische Recht, die Bezahlung des Pachtgeldes zu verweigern, wird es weder hier noch sonstwo in Irland Frieden geben. Glaubt mir, Mylord, für einen pflichtgetreuen Verwalter sind dies schwere Zeiten. Nicht selten kommt es vor, daß man mit faulen Eiern beworfen wird, und meine eigenen Leute haben Angst, für mich zu arbeiten, weil sie die Repressalien der Blackbooters fürchten. Sogar Hayes und seiner Frau hat man nahegelegt, Cashemara zu verlassen, und seine Furcht ist so groß, daß er zweifellos beim ersten Anzeichen einer Gefahr davonlaufen wird. Sollte es dazu kommen, so werde ich die Polizei darum ersuchen, für das Haus eine Wache abzustellen, was natürlich Geld kosten wird. Ich erwähne das nur, damit Sie, Mylord, im voraus Bescheid wissen. Auch ist es wohl meine Pflicht, Sie davon zu informieren, daß in der weiteren Umgebung immer mehr Verwalter ihre Stellung aufgeben, ausgenommen nur jene, die eine Art Gefahrenzulage erhalten. – Ihr ergebener und treuer Diener Ian MacGowan."

Es war eine kaum bemäntelte Erpressung. Damit Patrick MacGowans Forderung erfüllen konnte, verkaufte ich ein Paar diamantene Ohrringe, obwohl ich meinte, daß der Brief eine einzige Unverschämtheit sei. Patrick behauptete jedoch, ohne MacGowan wäre auf Cashemara alles verloren.

Im übrigen verlief der Sommer sehr friedlich. Ned half Patrick im Garten, der benachbarte Landadel gab sich bei Marguerite die Klinke in die Hand, und als Thomas und David von ihrer Schule zurückkehrten, unternahmen sie lange Ausritte in den Box Hill oder ins Mole Valley. Thomas war jetzt achtzehn, nicht mehr so unattraktiv wie früher, doch immer noch sehr linkisch. Für eine unterhaltsame Konversation hatte er weder die Begabung noch das Interesse. Was ihn hingegen stark anzog, war der Gedanke an ein Medizinstudium. Mäuse konnte er jedenfalls, nach seiner eigenen Behauptung, schon ausgezeichnet sezieren. Im Gegensatz zu ihm erwies sich David als äußerst gesellig und umgänglich. Anders als Thomas zeigte er sich Ned sehr zugetan. Oft wanderten die beiden über die Wiesen zum Fluß, oder sie fuhren mit der Ponykutsche nach Dorking, um in den Geschäften herumzustöbern.

Ned wurde im kommenden Dezember sechs.

„Ein kluges Kind", meinte die Nanny stolz.

„Und so groß für sein Alter", sagte das Kindermädchen, das der Nanny bei dem neuen Baby zur Hand gehen sollte.

„Ein ganz entzückender Bengel!" behauptete die Köchin.

„Wir können wirklich von Glück sagen", sagte Patrick.

„Ich weiß", sagte ich. „Ich weiß."

Immer wieder betete ich mir vor, wie glücklich ich war.

„Manche Menschen sind unter einem Glücksstern geboren", sagte Patricks Nichte Edith, die im Frühjahr von dem Besuch bei ihrer Schwester Clara zurückgekehrt war. Ich konnte Edith nicht ausstehen. Sie war mit ihren sechsundzwanzig Jahren noch immer unverheiratet, und wenn man sie sah, begriff man sehr gut, was das Wort „altjüngferlich" bedeutete.

„Wie kannst du ihre Gegenwart nur ertragen", sagte ich zu Marguerite. „Du mußt ja eine wahre Engelsgeduld besitzen."

„Nun, etwas Verständnis sollte man für sie aufbringen", erwiderte Marguerite und sprach von den Schwierigkeiten in Ediths Leben: Von ihrer Mutter arg vernachlässigt, habe sie zudem stets im Schatten ihrer hübschen älteren Schwester gestanden. „Arme Edith! Ich weiß, wonach sie sich sehnt, doch ich fürchte, daß sie das nie bekommen wird."

„Nun, von mir kann sie jedenfalls eine Ohrfeige bekommen, wenn sie sich weiter so aufführt", sagte ich.

Zum Glück fuhr Edith zum Saisonbeginn nach London, wo sie bei irgendwelchen Freunden Marguerites wohnte. Erst Ende Juli kehrte sie wieder zurück.

Im August kam mein neues Baby zur Welt. Es war ein Mädchen mit einer Haut wie Milch und hübschen, sehr ebenmäßigen Zügen.

„Wieviel Glück du doch hast, Sarah!" seufzte Marguerite, deren kleine Tochter früh gestorben war.

„Wieviel Glück wir doch haben!" rief auch Patrick. „Zwei Jungen und jetzt ein Mädchen – besser konnte es gar nicht kommen!"

Er wollte das Baby auf den Namen Eleanor taufen lassen.

„Nach deiner Mutter?" fragte ich.

„Ich habe dabei weniger an meine Mutter gedacht", erwiderte er, „sondern an meine Schwester Nell, die mich großgezogen hat."

Wir einigten uns auf Eleanor Marguerite.

Am Tag nach der Taufe traf dann der unheilschwangere Brief von MacGowan ein. „Bei den unaufhörlichen Regenfällen", schrieb er, „scheint der Hafer einfach nicht reifen zu wollen. Die Heuernte war ein großer Reinfall. Meinen früheren Hoffnungen zum Trotz ist dies ein schlimmer Sommer geworden, Mylord."

Doch es sollte noch ärger kommen. Von Madeleine, der wir Eleanors wohlbehaltenen Einzug in diese Welt mitgeteilt hatten, erfuhren wir bald darauf, wie übel die Dinge drüben standen. „Die Kartoffeln sind auf den Feldern verrottet", schrieb sie. „Wieder hat Gott den Iren eine schwere Prüfung auferlegt. Betet für uns."

Marguerite ging unverzüglich daran, durch eine Reihe von Wohltätigkeitsaktionen für die Armen auf Cashemara Geld zu sammeln, und Edith und ich halfen ihr dabei. Für Edith schien das Vergnügen dabei allerdings hauptsächlich darin zu bestehen, andere herumzukommandieren.

„Sehr lange halte ich es mit Edith nicht mehr unter demselben Dach aus", gestand ich Patrick. „Wenn wir doch nach Cashemara zurückkönnten!"

Wie als Antwort auf meinen Wunsch berichtete MacGowan im Oktober, daß die Dinge eine Wendung zum Besseren genommen hatten. Es regnete nicht mehr, und falls das gute Wetter anhielt, bestanden für die Kartoffelernte leidliche Aussichten. Was die Fäule betraf, so gab es sie nicht überall, und in Letterturk wurden Kartoffeln für vier Pence pro Stone verkauft.

„Ich habe der Polizei mitgeteilt, daß sich eine Bewachung Cashemaras jetzt erübrigt", fügte er hinzu. „Da sich die Lage beruhigt hat, wird wohl dieser Feigling Hayes von Dublin zurückkehren . . ."

„Ich möchte nur wissen, warum uns eigentlich Madeleine nicht schreibt, daß sich die Lage nun doch gebessert hat", sagte ich einige Tage später.

„Sie wird wohl noch immer alle Hände voll zu tun haben", meinte Marguerite, die für den Wohltätigkeitsball, den sie im neuen Jahr in London geben wollte, gerade die Gästeliste zusammenstellte. Die hungernden Iren waren inzwischen in der Öffentlichkeit zu einem Lieblingsthema geworden, und Marguerite hoffte, daß sich sogar der Prinz von Wales auf ihrem Ball sehen lassen würde.

„Tante Madeleine macht es offenbar nur Spaß, uns schlechte Neuigkeiten mitzuteilen", bemerkte Edith, die sich mit mäßigem bis miserablem Erfolg an einer Stickerei versuchte. „Es wundert mich kaum, daß sie jetzt nichts mehr von sich hören läßt."

„Du hast es gerade nötig", sagte ich, unfähig, noch länger an mich zu halten. „Schließlich wissen wir alle, daß du jeden glühend beneidest, der mehr Glück hat als du!"

„Jedenfalls kann ich Menschen nicht ausstehen, die in der unbescheidensten Weise mit ihrem Glück prahlen!"

„Edith!" rief Marguerite streng wie eine Gouvernante. „Sarah! Wollt ihr wohl aufhören, euch so kindisch zu benehmen!" Nachdem Edith beleidigt das Feld geräumt hatte, sagte Marguerite vorwurfsvoll zu mir: „Sarah, du solltest inzwischen doch wissen, daß die bloße Erwähnung des Wortes ‚Glück' auf Edith wie ein rotes Tuch wirkt!"

Glück. Glück, wenn ich mein neues, wunderhübsches Baby spazierenfuhr, wenn ich mit meinem allerliebsten John spielte, wenn ich Ned küßte, ehe er in den Garten hinausstürmte, um dort Kricket zu spielen. So unfaßbar viel Glück. Glück auch, einen so stattlichen Mann zu haben, der mich zärtlich umarmte und mir versicherte, wie sehr er mich liebte. Glück.

„Patrick", sagte ich im November, „wir können Marguerites Großzügigkeit nicht ewig ausnutzen. Meinst du nicht, daß es nach der Lage der Dinge möglich ist, nach Cashemara zurückzukehren!"

Er machte aus seiner Erleichterung keinen Hehl. „Weißt du", sagte er, „ich hatte nicht den Mut, das vorzuschlagen, weil ich meinte, daß du dich, trotz Edith, hier bei Marguerite glücklicher fühlst. Um ehrlich zu sein – ich brenne geradezu darauf. Ich habe für den Garten nämlich einen neuen Plan . . ."

Während er sich über Einzelheiten zu verbreiten begann, überlegte ich, wie sonderbar das doch alles war. Hatten wir beide Cashemara früher aus tiefster Seele verabscheut, so zog es uns jetzt mit übermächtiger Gewalt dorthin zurück.

III

Als Marguerite von unserer Absicht erfuhr, protestierte sie so energisch, daß wir sie sofort einluden, Weihnachten bei uns in Irland zu verbringen.

„Uns liegt so sehr daran, dir deine Gastfreundschaft zu entgelten", sagte ich. „Und je eher du uns dazu Gelegenheit gibst, desto lieber ist es uns."

„Aber meint ihr nicht, daß ihr ein wenig übereilt handelt, wenn ihr jetzt schon nach Cashemara zurückkehrt? An Pachtgeldern wird vor dem nächsten Frühjahr kaum etwas hereinkommen."

„Da sind ein paar Gemälde, die ich verkaufen kann. Das wird uns über das Ärgste hinweghelfen", sagte Patrick. „MacGowans letzte Berichte klingen jedenfalls so optimistisch, daß es für uns kaum Schwierigkeiten geben dürfte."

„Nun, wenn du so davon überzeugt bist . . ."

„Völlig überzeugt."

„. . . dann will ich gern kommen", sagte Marguerite und fügte dann verwundert hinzu: „Aber daß Madeleine nicht schreibt, ist doch wirklich sonderbar."

Wir beschlossen, Ende November abzureisen. Da Thomas und David um diese Zeit noch auf ihrer Schule waren, baten wir sie, später mit Edith nach Cashemara nachzukommen. Zu meiner großen Genugtuung suchte Edith im Augenblick wieder einmal ihre Schwester Clara heim, so daß wir von ihrer Gegenwart befreit waren.

„Es geht nach Hause!" rief, nein sang Ned und hüpfte vor Freude herum. „Es geht endlich nach Hause!"

Seine Begeisterung wirkte ansteckend. Selbst ich vergaß völlig, was mich auf Cashemara immer so bedrückt hatte: die lähmende Stille, der Nebel, der Regen, die Feuchtigkeit. Unversehens erschien in der Erinnerung auf einmal alles wie von Sonnenschein übergossen, das funkelnde Wasser der Lough, die in bläulichem Dunst schimmernden Berge. Am Tag unserer Abreise erfüllte mich eine fieberhafte Erregung.

Und dann war es soweit: Holyhead, die rauhe Überfahrt nach Kingstown, beschwerliche Bahnreise nach Dublin (das Baby schrie, John weinte, und die Bediensteten schwirrten umher), Übernachtung in Dublin, am nächsten Tag nach Galway, wieder eine Nacht im Hotel, Mietkutschen, sehr schäbig und mit quietschenden Rädern, die uns nach Cashemara bringen sollten.

Bei Maam's Cross wurden die Pferde gewechselt.

„Warum sind denn nirgends Menschen zu sehen?" fragte Ned. „Und warum sind die Hütten so verfallen?"

„Die Leute sind alle nach Amerika ausgewandert, Ned", sagte Nanny. „Dort können sie besser leben als hier."

„Aber weshalb haben sie denn vorher ihre Hütten niedergerissen?"

„Nun, das werden sie wohl nicht selber gemacht haben, Ned. Sicher waren sie so ungezogen, ihre Pacht nicht zu bezahlen, und da hat das der Gutsbesitzer machen lassen."

„Aber wieso haben sie ihre Pacht nicht bezahlt?"

„Vielleicht hatten sie nicht genügend Geld."

„Warum nicht?"

„Er kann einen mit seinen vielen Fragen wirklich zur Verzweiflung bringen", sagte ich lächelnd zu Marguerite.

„Genau wie Thomas früher ... Aber ich finde, das Land wirkt schon sehr verödet. So habe ich es noch nie gesehen."

Am späten Nachmittag kamen wir durch den Paß oberhalb von Lough Nafooey und blickten auf Cashemara hinab.

Die Mauern waren so weiß wie ein ausgebleichter Totenschädel.

In diesem Moment begann für uns der Alptraum. Unten im Tal fuhren wir an verlassenen Hütten und verwüsteten Feldern vorbei. Nirgends ein lebendes Wesen, weder Mensch noch Tier. Doch drüben, auf der anderen Seite, stand starr Cashemara, das makabre Cashemara mit Fenstern, die schwärzlichen Löchern in einem Leichnam glichen.

„Was stinkt denn da so?" fragte Ned.

Wir wußten es nicht. Doch der widerwärtige Geruch wurde von Minute zu Minute unerträglicher, bis ich schließlich in meiner Handtasche nach dem Lavendelfläschchen zu kramen begann.

„Was ist denn das?" fragte Ned und wies mit der Hand nach draußen.

In einem Graben lag eine dunkle, verwesende Masse. Sofort zerrte Nanny Ned vom Fenster fort. Ich unterdrückte den aufsteigenden Brechreiz.

„Was war das?" fragte Ned, während die Kutsche weiterfuhr.

Er erhielt keine Antwort. John, der auf meinen Knien saß, preßte die Nase gegen meine Brust.

„Was war das?" beharrte Ned. „Ich will es wissen."

„Da, nimm", sagte Marguerite und reichte mir ihr Riechsalz.

„Tante Marguerite ..."

„Es war ein toter Körper, Ned."

„Und der hat so gestunken?"

Als er keine Antwort bekam, versuchte er es wieder. „War das vielleicht ein ..."

„Wir wollen nicht mehr davon sprechen", sagte Nanny, die sich von ihrem Schock allmählich erholte. „Komm, setz dich und sei ein braver Junge."

„Schade, daß Papa nicht in dieser Kutsche ist", bedauerte Ned. „Der sagt mir immer alles, was ich wissen will."

Endlich fuhren wir durch das Tor von Cashemara. Zu beiden Seiten ragten dunkel die Bäume auf.

„Auf dem Fahrweg wächst ja so viel Unkraut", sagte Ned.

Wir hielten vor dem Haus.

„Seht doch nur!" rief Ned entsetzt. „Wer hat denn das getan?"

Die Fensterscheiben waren zerbrochen. Die Tür hing wie betrunken in den Angeln. An den Mauern schien der Geruch von Zerstörung und Verfall zu haften.

„Dann hat MacGowan die Polizei also zu früh fortgeschickt", sagte Marguerite zornig. „Sarah – hat Patrick ihm nicht geschrieben, an welchem Tag wir ankommen würden?"

„Aber natürlich!" erwiderte ich stockend. „Und ich habe an Hayes und seine Frau geschrieben. MacGowan berichtete ja, daß sie von Dublin zurückkehren würden. Ich bat sie, alles für uns vorzubereiten."

Doch als wir eintraten, fand sich nirgends ein Zeichen, daß man uns erwartete. Das Mobilar war zum Schutz gegen den Staub mit Tüchern bedeckt. Küche und Vorratsräume waren leer. Auf dem Fußboden sahen wir Spuren von Meltau und Mäuseköteln. Hayes und seine Frau waren nicht da.

„Was sollen wir nur tun?" fragte ich Marguerite.

Wir waren allein in der Küche. Die Kinder und das Personal warteten in der Halle, und Patrick durchstreifte das Haus in der Hoffnung, doch noch jemanden zu finden.

Zum erstenmal in ihrem Leben schien Marguerite um eine Antwort verlegen. Während ihre Augen mit raschem Blick den unsäglichen Schmutz registrierten, stand sie sehr still, mit völlig ausdruckslosem Gesicht.

„Wir müssen hierbleiben", sagte sie schließlich. „Wenigstens über Nacht. Bald wird es dunkel, und die Kinder sind müde."

„Aber ich kann sie doch nicht zu Bett schicken, ehe sie etwas gegessen haben!"

„Eine der Kutschen kann ja nach Clonareen fahren. Madeleine hat bestimmt etwas vorrätig. Für heute abend wird es schon reichen. Gleich morgen früh fahren wir dann nach Galway zurück." Sie drehte sich um und ging zur Tür. „MacGowan hat Patricks Brief offenbar nicht bekommen. Ist Madeleines langes Schweigen vielleicht damit zu erklären, daß auch sie nichts von uns gehört hat? Nun, das wird sich ja bald herausstellen. Komm, gehen wir in die Halle zurück."

„Hayes und seine Frau werden vermutlich immer noch in Dublin sein", sagte ich, während ich ihr folgte. „Da MacGowan schrieb, die Lage habe sich gebessert, dachte ich natürlich . . ."

„Ich fürchte, wir haben MacGowan mißverstanden", sagte Marguerite. „Es mag ja zutreffen, daß die Ernte gerettet ist und daß man in Letterturk Kartoffeln kaufen kann. Aber für viele Menschen hier dürfte diese Wendung zum Besseren zu spät gekommen sein."

Als wir die Halle betraten, kam Patrick gerade die Treppe herab. Er hatte niemanden gefunden. Marguerite wiederholte ihren Vorschlag, Madeleine um Hilfe zu bitten, und Patrick erbot sich sofort, nach Clonareen zu fahren.

„Nein, lieber nicht", sagte Marguerite leise zu ihm. „Ich halte es für wichtiger, daß du hierbleibst. Das kleine Kindermädchen dort sieht aus, als ob es jeden Augenblick hysterisch werden könnte. Gib ihr etwas zu tun – gib allen etwas zu tun –, das beugt am wirksamsten einer Panik vor. Zu Madeleine werden Sarah und ich fahren."

„Aber wenn ihr unterwegs Plünderern begegnet?"

„Das glaube ich kaum. Hier scheint es ja nichts zu geben als faulende Äcker und verwesende Leichen. Im übrigen hat der ältere Kutscher ein Gewehr."

„Wenn du wirklich meinst, daß es so das Beste wäre . . ."

„Ja, das meine ich. Komm, Sarah."

Als wir den Kutscher baten, uns nach Clonareen zu fahren, grunzte er nur mürrisch. Erst Marguerites Hinweis, wir müßten sonst alle bis morgen ohne einen Bissen auskommen, veranlaßte ihn, wieder auf den Kutschbock zu klettern. Sein jüngerer Kollege erhielt den Auftrag, Futter für die Pferde aufzutreiben. Als wir losfuhren, starrte er verzweifelt auf die leeren Ställe.

Zum Glück behielt Marguerite recht. Wir begegneten unterwegs weder Marodeuren noch sonst einer Menschenseele. Dämmerlicht kroch herbei, und in der Luft lag ein fröstliger Hauch. Trotz der wärmenden Sealjacke, die ich trug, überlief mich ein Zittern.

„Ich werde Madeleine um etwas Arsen bitten", sagte Marguerite. „Es gibt nichts, womit sich Ungeziefer besser bekämpfen läßt. Während eurer Abwesenheit haben sich die Mäuse auf Cashemara festgenistet, fürchte ich."

Ich fröstelte noch heftiger. „Marguerite – ich bleibe dort keine Minute länger, als ich unbedingt muß! Und wenn du mit dem ersten Schiff nach England zurückfährst, so würde ich dir das wirklich nicht übelnehmen ..."

„Unsinn! Natürlich bleibe ich, bis ihr hier Ordnung geschaffen habt!"

Es roch so durchdringend nach verwesendem Fleisch, daß ich zu keiner Antwort fähig war. Diesmal fand ich mein Lavendelfläschchen sofort. Marguerite hielt ihr Riechsalz bereits in der Hand.

Als wir Clonareen erreichten, war es immer noch nicht ganz dunkel. Dennoch schien die Hauptstraße völlig verwaist. Die schmutzigen Hütten kauerten wie verendende Tiere. Hinter der Kirche erhoben sich im ungewissen Licht die dunklen Umrissen der Apotheke. Als die Kutsche hielt, gellte uns die Stille in den Ohren. Kein Hund bellte, kein Vogel sang, keine Katze miaute.

„Ja, sind denn alle tot?" flüsterte ich.

„Ich glaube, ich sehe in der Apotheke Licht", sagte Marguerite und beugte sich vor. „Warum öffnet der Kutscher denn nicht den Verschlag?"

In diesem Augenblick hörten wir es. Es war ein Wispern, fast wie das Schilpen von Vögeln, die, stimmlos geworden, zu singen versuchen. Und dann drang auch der Geruch zu uns. Nicht der Geruch verwesenden Fleisches, aber doch der Auflösung, des Verfalls. Als ich Marguerites kalkweißes Gesicht sah, beugte auch ich mich vor, um durch das Fenster zu spähen.

Es waren lebende Skelette, halbnackte, geschlechtslose, grauhäutige Wesen, früher einmal Männer und Frauen und Kinder. Kinder, deren Bäuche jetzt grotesk geschwollen waren. Und da drüben, in den dürren Armen jener Frau, ein totes Baby: hervorquellende schwarze Zunge.

Wieder erklang das tonlose Plappern, Laute ohne Sinn, nichts, was aus Menschenmund zu kommen schien. Und bittend, bettelnd streckten sich uns Knochenhände entgegen.

„Marguerite ..."

„Bleibe hier", sagte sie. „Ich werde gehen."

„Nein, bitte nicht! Laß uns nach Cashemara zurückfahren!"

„Erst müssen wir Madeleine finden", sagte sie.

„Aber ..."

„Gib mir alle Münzen, die du bei dir hast."

Ich gehorchte.

Als sie den Verschlag öffnete, wurde der Geruch so unerträglich, daß sie beinahe die Fassung verlor. Da der Kutscher auf seinem

Bock sitzen blieb, half ihr niemand herab. Sie strauchelte, fiel fast hin, schleuderte der ausgemergelten Schar dann einige Münzen hin und lief rasch zur Apotheke.

Die Tür schwang auf. Ich sah einen Raum voller Menschen. Und dann verlor ich das Bewußtsein.

Als ich wieder zu mir kam, kehrte Marguerite gerade zur Kutsche zurück. Das tonlose Plappern wurde lauter, und als sie jetzt den Rest der Münzen auf den Boden warf, ließ sich die Menge nicht mehr ablenken, sondern drängte, um einen Bissen bettelnd, immer dichter heran. Doch Marguerites Hände waren leer. Sie versuchte, der Menge zu entkommen. Spitze Finger tasteten nach ihr, hielten sie fest. Dann feuerte der Kutscher seine Büchse ab, Warnschuß in die Luft, der die Bettelnden in Schach hielt. Ich stieß den Verschlag auf und zog und zerrte Marguerite mit aller Kraft herein.

Ihr Gesicht war so weiß, daß die Sommersprossen auf ihrer Nase wie Tintenflecken aussahen. Zitternd sackte sie neben mir auf den Sitz.

Mit einem Ruck fuhr die Kutsche an. Hinter uns verblich das Schreckensbild im Dämmerlicht.

Erst nach Minuten brachte Marguerite mühsam hervor: „Das Krankenrevier ... das kleine Krankenrevier mit den neun Betten ..."

„Ja?"

„Vierzig Menschen lagen dort, und alle schon fast tot."

„Verhungert?"

„Hungerödeme. Fieber." Ihre Hände krampften sich zusammen. „Sie hat uns nichts zu essen geben können, nur Suppe ... aber ich habe keine genommen ... es wäre nicht richtig gewesen ... Briefe hat sie nicht erhalten, und sie sagte, sie habe keine Zeit gehabt, selber welche zu schreiben. Seit Wochen schon haben sie und Dr. Townsend keine Nacht mehr richtig geschlafen. Das Fieber griff vor einem Monat von Letterturk her auf das Tal über, und die Menschen sterben wie die Fliegen. Madeleine meinte, wenn sie gewußt hätte, daß es uns mit der Rückkehr nach Cashemara ernst war ..." Sie brach ab.

Die Kutsche fuhr am Ufer der Lough entlang. Die Pferde waren so müde, daß sie oft strauchelten, und das Gefährt schwankte auf der schmalen Straße beängstigend hin und her. Inzwischen war es völlig dunkel geworden. Nur die Sterne funkelten verschwommen.

„Wir werden abreisen", sagte meine Stimme. „Sofort. Sobald wir auf Cashemara sind."

„Nein", erwiderte Marguerite mit neuerwachter Energie. „Das geht nicht. Dazu ist es jetzt zu spät. Aber die Nanny und das kleine Kindermädchen müssen gleich morgen früh mit den Kindern fort, und zwar in der anderen Kutsche mit dem anderen Kutscher."

„Aber . . ."

„Das Fieber wird durch die Kleidung übertragen, Sarah. Es kann durchaus sein, daß wir bereits angesteckt sind. Wir dürfen die Kinder nicht wiedersehen, ehe feststeht, daß wir für sie keine Gefahr sind." Nach kurzem Schweigen fügte sie hinzu: „Vor dreißig Jahren starb Edwards Lieblingssohn Louis hier auf Cashemara an Fieber. Wir werden alles tun, um zu verhindern, daß sich so etwas wiederholt."

Als wir auf Cashemara ankamen, sahen wir, daß man während unserer Abwesenheit nicht müßig gewesen war.

In den Kinderzimmern, in der Bibliothek und in der Küche brannte Feuer. Patrick hatte selbst eine Axt zur Hand genommen, um Holz zu hacken. Einen Augenblick hoffte ich, an den wärmenden Flammen die Erstarrung zu lösen, die mich umfangen hielt. Doch die Kälte der Nacht und die grauenvollen Bilder von Clonareen ließen mich nicht los.

Früh am nächsten Morgen reisten die Kinder ab. Über Galway sollten sie nach England zurückkehren.

Natürlich zerriß es mir fast das Herz. Ich nahm mich zusammen, so gut es ging. In der Nacht hatte keiner von uns ein Auge zugetan. Während Patrick, Marguerite und ich uns in die Sessel vor dem Kamin in der Bibliothek kauerten, versuchten der Kammerdiener und die Zofen sich in der warmen Küche auszuruhen. Jetzt ließ sich Patrick von dem älteren Kutscher, der bei uns geblieben war, ein Pferd geben und ritt nach Letterturk, um Lebensmittel zu kaufen.

„Wir dürfen die Hände keine Minute in den Schoß legen, Sarah", sagte Marguerite. „Die Dienstboten sollen oben unsere Sachen auspacken, während wir beide hier unten die Staubhüllen von den Möbeln nehmen."

„Aber, Marguerite . . ."

„Wir werden wenigstens eine Woche hierbleiben, und wir müssen einfach etwas tun."

Ich fügte mich widerspruchslos. Als Patrick von Letterturk zurückkam, war Marguerite gerade dabei, die Halle zu fegen, während ich die Staubhüllen säuberlich stapelte.

„Gütiger Himmel!“ rief Marguerite. „Soviel zu essen!“

„Ja, sonderbar, nicht wahr?“ sagte Patrick. „In Letterturk gab es wirklich genug davon. Aber von George erfuhr ich, daß viele Leute sich nicht einmal eine Kartoffel kaufen können – so arm sind sie. Ihr letztes Hab und Gut haben sie beim Wucherer verpfändet. Nicht einmal zu lumpigen Kartoffeln reicht es.“

„Aber das ist doch ungeheuerlich!“ rief Marguerite. „Wie kann in einem Land, wo es genügend zu essen gibt, eine Hungersnot ausbrechen? Ich werde sofort an die ‚Times‘ schreiben. Eine Regierung, die einer solchen Situation nicht rechtzeitig vorbeugt, handelt kriminell.“

„Aber die Engländer unternehmen doch wirklich alles, um den Iren zu helfen!“ sagte Patrick. „Denk doch nur an das viele Geld, das man für diesen Zweck sammelt . . .“

„So? Und wo ist es? Was geschieht damit? Warum ist es nicht dort, wo es Menschen vor dem Verhungern retten könnte?“ sagte Marguerite zornig. „Es ist ein Skandal!“

Ihre Anteilnahme wirkte zu übersteigert, um als normal gelten zu können. Offenbar hatte sie alle Mühe, ihre aufsteigende Furcht zu unterdrücken. Mir erging es nicht anders.

„Wir dürfen die Hände nicht in den Schoß legen“, sagte sie und wiederholte beschwörend: „Nein, wir dürfen die Hände nicht in den Schoß legen. Komm, Sarah, versuchen wir zu kochen. Das war immer schon mein Wunsch. Weißt du vielleicht, wie man eine Kartoffel kocht?“

„Man kocht sie, bis sie weich ist“, erwiderte Patrick sofort. „Das dauert etwa eine halbe Stunde.“

„Woher weißt du das?“ fragte ich erstaunt.

„Als kleines Kind war ich auf Woodhammer viel in der Küche“, sagte er glücklich lächelnd. „Mit dem Kochen kenne ich mich gut aus. Es macht Spaß.“

Wir riefen die Dienerschaft zusammen und teilten mit den Leuten einen Laib Brot, um den ärgsten Hunger zu stillen. Inzwischen ging Patrick an die Arbeit. Er kochte die Eier genauso lange wie die Kartoffeln und war enttäuscht, daß die Eier nach dieser Behandlung eher Granitsteinchen glichen. Doch wir waren so hungrig, daß uns das kaum störte. Auch den letzten Rest schlangen wir in uns hinein. Als Marguerites Zofe sich erbot, für uns ein Huhn zu kochen, war Marguerite so erfreut, daß sie versprach, dem Mädchen fortan mehr zu zahlen.

Wir waren gerade mit unserer Mahlzeit fertig, als MacGowan erschien. Er hatte den Rauch gesehen, der aus den Schornsteinen kräuselte. Doch uns schien er keinesfalls erwartet zu haben. Als er Patrick mit aufgekrempelten Hemdsärmeln am Küchenherd sah, schüttelte er verdutzt den Kopf.

„Mylord – wenn Sie mir doch nur geschrieben hätten, daß Sie kommen . . ." Wie wir schon vermutet hatten, war Patricks letzter Brief nicht auf Cashemara eingetroffen.

MacGowan entschuldigte sich für den Zustand des Hauses, für die zerbrochenen Fenster und die beschädigte Vordertür. Auch das Vieh sei ja verschwunden, und zwar, weil . . . trotz all seiner Bestechungsversuche habe die Polizei die Wache von Cashemara abgezogen, und . . .

Marguerite unterbrach ihn schroff: „MacGowan – wie konnten Sie schreiben, die Lage im Tal habe sich gebessert? Die Menschen hier stehen ja vor dem Verhungern!"

„Gestatten Sie, Mylady, daß ich Ihnen mit allem schuldigen Respekt widerspreche. Die da zu verhungern drohen, sind fast ausschließlich O'Malleys, und jedermann weiß, daß die O'Malleys immer schon damit zufrieden waren, einen Kartoffelacker zu bestellen. Dies ist die gerechte Strafe Gottes für ihre unermeßliche Faulheit, Mylady."

„Reden Sie nicht von der gerechten Strafe Gottes!" rief Marguerite aufgebracht. „Dies ist nicht sein Werk, sondern die Folge englischer Schlamperei!"

„Wie Mylady meinen", erwiderte MacGowan mürrisch. „Aber die Joyces und die O'Flaherties haben ihre Ernte jetzt in der Scheuer, und wenn der Ertrag auch nicht gerade üppig ausgefallen ist, so wird er ihnen doch über das Gröbste hinweghelfen. Nein, glauben Sie mir – die Berichte über die Hungersnot sind gewaltig übertrieben. Wenn Mylady die Iren so gut kennen würde wie ich, dann würden Mylady auch wissen, daß die Iren um ihre Probleme immer ein großes Geschrei machen – ja sie freuen sich sogar über ihre Schwierigkeiten. Dann können sie nämlich die Engländer dafür verantwortlich machen."

„Blech!" sagte Marguerite, und dieses Wort klang aus ihrem Munde so ungewöhnlich, daß wir sie alle anstarrten. „Ich habe

Menschen gesehen, die am Hungerfieber sterben werden – und da haben Sie die Stirn zu behaupten, sie wären darüber noch froh!!"

„Es ist die Strafe Gottes, Mylady", wiederholte MacGowan starrsinnig. „Seine Strafe und sein Wille. Mylord, darf ich mich jetzt mit Ihrer Erlaubnis zurückziehen?"

„Ja. Das heißt, nein. MacGowan, wir brauchen mehr Personal. Eine Köchin, einige Dienstmädchen. Sorgen Sie dafür, daß wir sie bekommen, und schicken Sie sie sobald wie möglich her."

„Ich werde mein Möglichstes tun, Mylord, aber diese Bauernweiber verstehen sich bestenfalls darauf, Kartoffeln zu kochen. Um Dienstboten zu bekommen, die diesen Namen verdienen, werde ich jemanden nach Galway schicken müssen."

Er verschwand, und Marguerite sagte mit zitternder Stimme: „Patrick, du mußt diesen Menschen entlassen. Er ist unerträglich."

„Marguerite . . ." Er sah, daß sie völlig überreizt war, und versuchte, den Arm um sie zu legen. Doch sie stieß ihn zurück.

„Komm nicht in meine Nähe."

„Wegen des Fiebers? Aber, Marguerite, du brauchst deswegen keine Angst zu haben. Viele sind dagegen immun. Man hört immer wieder von Leuten, die Kranke pflegen und sich trotzdem nie anstecken. Auch dir wird das Fieber nichts anhaben. Warte nur – bald läuft alles wieder seinen gewohnten Gang."

„Nicht, solange MacGowan dein Verwalter ist", sagte sie hart und drehte ihm den Rücken zu. „Er wird noch viel Ärger verursachen, davon bin ich überzeugt."

„Marguerite – jetzt kann ich ihn unmöglich entlassen. Später, wenn alles wieder normal ist, kann er gehen."

Tatsächlich war MacGowan für uns von großem Nutzen. Schwerbewaffnet ritt oder fuhr er nach Letterturk, um dort einzukaufen. Nie brach er zur gleichen Tageszeit auf. Die Gefahr, von Wegelagerern überfallen zu werden, war zu groß. Bald trieb er ein altes Weib und zwei junge Mädchen für uns auf. Die Alte sollte kochen, die jungen Mädchen das Haus in Ordnung halten.

Jene menschlichen Wracks, die wir in Clonareen gesehen hatten, kamen auch nach Cashemara. Sie drängten sich auf dem Fahrweg, sie belagerten das Haus. Und auch, als wir ihnen zu essen gaben, was wir entbehren konnten, gingen sie nicht weg. Stunde um Stunde standen sie draußen in der Kälte und verschwanden erst, wenn die Nacht fiel.

„Wir müssen eine Armenküche einrichten", sagte Marguerite.

Also wurde Suppe gekocht. Mit der Verteilung beauftragten wir eines der Dienstmädchen, das selbst einmal an Hungerfieber gelitten hatte.

„Was können wir als nächstes tun?" fragte Marguerite mit ungebrochener Energie, während ich fast zu Tode erschöpft war. „Oh, ich weiß schon – die Kinderzimmer! Dort können wir alles für die Rückkehr der Kinder vorbereiten. Glaube mir, Sarah, das wird dich aufmuntern. Komm, wir nehmen uns Staubtücher und Staubwedel und fangen sofort an."

Da die Dienstmädchen mit schwereren Arbeiten beschäftigt waren, hatten wir auch in den anderen Räumen des Hauses Staub gewischt. Noch jetzt sehe ich Marguerite vor mir: mit umgebundener Schürze, strähniges Haar unters Kopftuch geschoben, Brille fest auf dem schmalen Nasenrücken. Ja, Brille, denn ein Pincenez trug sie seit etwa einem Jahr nicht mehr, weil das widerspenstige Ding fortwährend herabgerutscht war. In ihrem Alter könne sie auf Eitelkeiten dieser Art verzichten, hatte sie erklärt. In der Tat ließ die Brille sie älter erscheinen, doch für ihre siebenunddreißig Jahre wirkte sie, zierlich wie sie war, immer noch sehr jung. Einzig ihr Haar, nicht mehr so feuerrot wie früher, ließ erkennen, daß sie keine junge Frau mehr war.

Ihre Energie schien indessen unverbraucht. Um so mehr verwunderte es mich, daß sie, als wir jetzt in den Kinderzimmern dem Staub zu Leibe gingen, unvermittelt erschlaffte. Ich war gerade dabei Neds Schaukelpferd abzuwischen, als sie ihre Arbeit plötzlich unterbrach und die Fenster öffnete.

„Was tust du denn da?" fragte ich überrascht. Die Luft draußen war sehr kühl, und in den ungeheizten Kinderzimmern fror man ohnehin.

„Ist dir denn nicht heiß?" wollte Marguerite wissen.

„Heiß? Wirklich nicht."

„Ich werde jetzt nach unten gehen, um nachzusehen, ob der Suppentopf inzwischen fertig ist. Dann kann ich draußen ein wenig frische Luft schnappen. Ich komme bald zurück."

Doch sie kam nicht zurück. Ich stieg zur Küche hinab, aber niemand hatte sie dort gesehen.

Ich ging zu ihrem Zimmer. „Marguerite?" rief ich und klopfte an die Tür. „Marguerite, fühlst du dich jetzt besser?"

Ich erhielt keine Antwort und trat ein. Sofort schlug mir der unverkennbare Geruch von Erbrochenem entgegen.

Ein Arzt mußte her, unbedingt. Aber als Patrick nach Clonareen ritt, erfuhr er, daß Dr. Townsend am Morgen an Fieber gestorben war. Madeleine mußte sich allein um die Kranken kümmern.

In Letterturk sollte es einen Arzt geben. Patrick machte sich sofort auf. Auch dieser Arzt war tot.

Inzwischen hatte uns die irische Dienerschaft verlassen, ausgenommen jenes Mädchen, dem es gelungen war, das Hungerfieber heil zu überstehen. Marguerites Zofe weigerte sich, das Zimmer ihrer Herrin zu betreten, und von meiner eigenen Zofe konnte ich das auch nicht verlangen. Das irische Dienstmädchen erschien mir für Krankenpflege nicht geeignet. So versuchte ich, die Sache selber in die Hand zu nehmen.

„Sarah", sagte Marguerite mit schwacher Stimme, „es muß sich doch jemand anders dafür finden lassen. Ich weiß doch, daß du dich vor Krankheiten fürchtest."

„Ich habe mich nur vor dem Gedanken gefürchtet", sagte ich. „Aber jetzt macht es mir nichts."

„Du darfst auf keinen Fall in meine Nähe kommen."

„Liebste Marguerite", sagte ich.

„Ich will nicht, daß du dich ansteckst, Sarah, Geh bitte."

„Nein."

„Aber . . ."

„Ich gehe nicht."

Sie litt schrecklich. Kopfschmerzen quälten sie so arg, daß sie laut schrie. Sie erbrach sich immer wieder.

Patrick war nach Galway geritten, um dort einen Arzt zu holen. Bei der weiten Entfernung mußte das mehrere Tage in Anspruch nehmen.

Ich versuchte, das Fieber zu lindern. Ich wechselte oft die Bettwäsche. Ich unternahm alles, um Marguerite das Liegen erträglicher zu machen. Den Geruch nahm ich nicht länger wahr. Stunde um Stunde saß ich an ihrem Bett und sah schließlich nichts als sie. Mitunter dachte ich an meine Kinder und war froh, sie in Sicherheit zu wissen. Was mich selbst betraf, so empfand ich nichts als Gleichgültigkeit. Leben? Sterben? Es lag ja nicht in meiner Hand. Da ich täglich, stündlich dem Unvorstellbaren ausgesetzt war, verschwendete ich keinen Gedanken darauf, sondern griff nur nach Marguerites Hand und hielt sie fest, als könne ich die Kranke so vor dem Absturz in jenes Dunkel bewahren, vor dem ich mich mein Leben lang gefürchtet hatte.

Auch Marguerites Zofe erkrankte. Doch sie überlebte, und wenn ich sie später sah, so löste ihr Anblick in mir immer Erbitterung aus. Ich konnte es ihr nicht verzeihen, daß sie davongekommen war.

Von Galway schickte Patrick Marguerites Söhnen einen Brief, aber natürlich erhielten sie ihn nicht rechtzeitig.

Auf Cashemara begann es zu regnen. Schwarz stand der Lärchenhain gegen den Winterhimmel, und der Turm der Kapelle ragte eisengrau auf.

Das Ende kam, das Delirium vor dem endgültigen Koma. Marguerite sprach viel von Edward, ihrem verstorbenen Mann, und als Patrick aus Galway zurückkehrte, hielt sie ihn für seinen Vater und sagte ihm, es sei schön, ihn endlich wiederzusehen, er habe ihr so sehr gefehlt. Auch von Thomas und David sprach sie, und manchmal klang es, als rede sie beschwörend auf Edward ein: Er möge für Thomas' Leidenschaft für die Medizin Verständnis aufbringen; man müsse Kinder das tun lassen, was ihrer Neigung und Begabung entspräche; keinesfalls dürfe man erwarten, daß sie in allem ihren Eltern nacheiferten; sie müßten eigenständig werden. Mitunter sprach sie auch von Woodhammer und London und sogar von New York. Selbst von den Flitterwochen, die sie mit Edward verlebt hatte, war die Rede; und er, ihr toter Mann, schien für sie wirklich am Bett zu sitzen, viel deutlicher und klarer erkennbar als wir Lebenden.

Der Arzt, den Patrick von Galway mitgebracht hatte, konnte nichts mehr tun.

Kurz bevor sie zum letztenmal in Bewußtlosigkeit versank, ließ das Delirium nach, und sie erkannte mich. Ich war mit ihr allein. Draußen stieg die Sonne über den Horizont, und fahles weißes Licht erfüllte den Raum.

„Sarah, ich habe mich so schuldig gefühlt", sagte sie. Während der Nachtstunden war ich auf meinem Stuhl eingeschlummert und hatte ihre Hand losgelassen. Hastig ergriff ich sie wieder und hielt sie mit beiden Händen.

„So schuldig", wiederholte Marguerite. „Und meine Schuld ist es ja auch gewesen." Ihre Stimme, sehr schwach jetzt, war ein tonloses Flüstern. „Ich habe ihn gedrängt, zu heiraten – und ihr seid beide so unglücklich gewesen."

Ich schüttelte den Kopf. „Wir sind jetzt glücklich." Ich suchte nach Worten. „Alles ist gut . . . das neue Baby . . ."

„Wie schade", sagte sie. „Wie schade."

„So darfst du das nicht sehen, Marguerite . . ."

Lange Zeit blieb sie stumm. Doch als ich schon glaubte, sie sei eingeschlafen, sagte sie laut und deutlich: „Gib gut auf dich acht, Sarah, ja?"

Es waren ihre letzten Worte.

Eine Stunde später hörte sie auf zu atmen. Ich wollte es nicht glauben und beugte meinen Kopf dicht an ihre Brust. Nichts war zu vernehmen. Ich war allein.

Immer noch hielt ich ihre Hand.

Ich betrachtete ihr Gesicht und sah erstaunt, wie jung sie wirkte, viel jünger als ich. Doch ihre Züge waren mir eigentümlich unvertraut. Die Tote dort im Bett glich einer Fremden, die ich jetzt zum erstenmal sah.

Als Patrick eintrat, saß ich immer noch am Bett.

„Sie ist tot", sagte ich. „Marguerite ist tot." Und wieder betrachtete ich das Gesicht, das mir so fremd geworden war.

Ich hörte Patricks Schluchzen. Verbittert sagte er: „Immer sterben die Menschen, die ich am meisten liebe."

Er preßte die Hände gegen seine Wangen. Wie ein kleiner Junge schien er seinen Blick vor der gnadenlosen Wirklichkeit schützen zu wollen. Und sein stoßhaftes Schluchzen wurde immer lauter, als ob es ihm das Herz zerrisse.

IV

Wir bestatteten sie auf dem Familienfriedhof neben ihrem Mann. Es war ein klarer, nicht allzu kalter Tag, und das weiße Gewand des Priesters, der aus Letterturk gekommen war, bauschte sich im sachten Wind. Thomas und David, einen Tag zuvor eingetroffen, standen Seite an Seite mit Vetter George und Madeleine am Grab. Nur sie und Patrick und ich. Eine größere Trauergemeinde gab es nicht. Die Leute fürchteten sich zu sehr vor dem Fieber, und Marguerites zahlreiche Freunde befanden sich ohnehin in England.

Ich weinte nicht. Ich sah zu, wie der Sarg ins Grab gesenkt wurde, und wußte, daß es keinen Gott gab. Alle glaubten an Gott, es geziemte sich nicht, seine Existenz zu bestreiten, jedenfalls nicht vor anderer Leute Ohren. Aber ich, ich glaubte nicht länger, und das war beunruhigend, denn jetzt konnte ich ihn für Marguerites

Tod nicht mehr verantwortlich machen. Irgendwer mußte aber doch schuld sein daran.

Eine Handvoll Erde klatschte auf den Sarg, und ich dachte: Sarah Marriott, Sarah de Salis, Sarah, das Glücks- und Sonntagskind, sie hat immer bekommen, was sie wollte. Und da es ihr Wunsch war, Marguerite zu Weihnachten bei sich auf Cashemara zu haben, war Marguerite natürlich mitgekommen . . .

Aber nein. Es ist nicht meine Schuld. Ich habe mir nichts vorzuwerfen. Ich wollte nicht nach Cashemara zurück. Patrick wollte das. Patrick wollte wieder zu seinem Garten.

Doch du hast ihn gefragt: „Patrick, wollen wir denn ewig Marguerites Gastfreundschaft ausnutzen . . ." Du hast an Maxwell Drummond gedacht und du wolltest zurückkehren.

„Sarah", sagte eine Stimme neben mir. Der Sarg war inzwischen mit Erde bedeckt. Der Geistliche hatte sein Gebetbuch sacht zugeklappt. Die Trauernden traten vom Grab zurück. „Sarah . . ."

„Ich möchte einen Augenblick allein bleiben", sagte ich, ohne zu wissen, zu wem ich sprach. „Ich muß nachdenken."

„Du darfst nicht hierbleiben . . . laß uns ins Haus gehen." Es war Patrick. Ich roch den Whisky in seinem Atem und streifte seine Hand von mir ab.

„Nein."

„Sarah . . ."

„Laß mich allein!" schrie ich ihn an und lief über den Friedhof zur Tür der Kapelle.

Drinnen war es dunkel und sehr still. Ich setzte mich und lauschte auf das, was mich sonst so bedrückt und verstört hatte: die lähmende Lautlosigkeit von Cashemara. Doch jetzt bedrückte sie mich nicht mehr, jetzt war sie mir ein Trost. Endlich konnte ich klar denken. Drummond existierte für mich nicht mehr. Er war verantwortlich für Marguerites Tod, mochte seine Schuld auch noch so indirekt sein. Ohne ihn wäre ich jedenfalls nie auf den absurden Gedanken verfallen, nach Irland zurückkehren zu wollen.

Nein, ich wollte ihn nicht mehr wiedersehen. Bei seinem Anblick würde mir übel werden. Und wenn ich das akzeptierte, so gab es keinen Grund, warum meine Ehe nicht erträglich sein sollte. Ich würde weitere Kinder bekommen. Drei noch. Jeweils im Abstand von drei Jahren. Machte insgesamt neun Jahre. Ich war jetzt neunundzwanzig. Bei der Geburt des letzten Kindes würde ich achtunddreißig sein. Jung genug, um vielleicht noch einmal Mutter zu werden.

Und dann war ich über vierzig. Schrecklicher Gedanke. Doch ich würde teilnehmen können am Leben der Kinder, die dann schon fast oder ganz großjährig waren. Eleanors Einführung in die Gesellschaft . . . Parties und Bälle . . .

Tausend Pläne gingen mir durch den Kopf. Bisher hatte ich Cashemara immer hingenommen wie es war, doch sicher ließ sich aus dem Haus etwas machen. Wie Marguerite war es auch mir schrecklich altmodisch vorgekommen, ein schmuckloser weißer Klumpen. Doch nach und nach hatten mich die langen, geraden Linien und die außergewöhnliche Symmetrie fasziniert. Es war keine Schönheit, die dem Heute entsprang. Ein tausendfaches Gestern floß darin zusammen, vielleicht auch ein tausendfaches Morgen: zeitloses Cashemara – perfekte Geometrie, vollkommene Schmucklosigkeit. Es war eine Schönheit, die mich abstieß, doch endlich glaubte ich zu begreifen, wie ich sie für mich nutzen konnte. Eine Renovierung, phantasievolles, aber keineswegs kostspieliges Mobiliar, ein gepflegter Garten . . .

Vielleicht empfahl es sich doch, Patrick bei der Anlage seines Gartens zu ermutigen. Und in der Umgebung von Cashemara fand sich Gelegenheit zur Jagd und zum Fischfang. Wenn der Prinz von Wales die Browns von Westport mit seinem Besuch beehrte, warum dann nicht auch uns? Natürlich würde es Geldprobleme geben, doch in normalen Zeiten warf Cashemara genügend ab, und wenn ich es endlich lernte, mit Geld umzugehen . . . ja, das war der springende Punkt. Ich selbst mußte die Sache in die Hand nehmen. Kein blindes Vertrauen mehr zu einer schlecht wirtschaftenden Haushälterin. Nicht länger die unsinnige Hoffnung, daß Patrick, durch Erfahrung gewitzt, in Gelddingen vorsichtig handeln würde. Und von meiner Seite nicht mehr die hochmütige Feststellung, ich sei nicht dazu erzogen worden, Pennies zu zählen. Bettler haben sich einzurichten.

Meiner Kinder wegen mußte getan werden, was menschenmöglich war. Gelang es mir, ihnen, den Umständen zum Trotz, für ihr späteres Leben eine gute Ausgangsposition zu verschaffen, so hatte ich die mageren Jahre nicht umsonst durchgelitten. Ja, meine Kinder. Nur auf sie kam es jetzt noch an, nur sie zählten noch. Sie sollten das Beste haben.

Und meine Ehe? Nun, irgendwie würden Patrick und ich schon

miteinander zurechtkommen. Warum auch nicht? Schließlich waren wir nicht die einzigen, denen es so erging; und was andere konnten, konnten wir auch.

Es kam mir nicht in den Sinn, daß ich auf Unmögliches hoffte. Jetzt begreife ich sehr wohl, daß ich damals die Augen verschloß vor der einen Tatsache, die mir schmerzlich hätte klar sein müssen: Einzig Marguerite hatte Patrick und mich zusammengehalten. Ohne sie war unsere Ehe zum Scheitern verurteilt.

4. KAPITEL

I

Kaum drei Wochen nach Marguerites Tod kam Hugh MacGowan, der Sohn des Verwalters, nach Cashemara.

Meine Kinder befanden sich noch mit der Nanny und dem Kindermädchen in Marguerites Londoner Haus. Obwohl ich mich verzweifelt nach ihnen sehnte, wagte ich es nicht, sie nach Irland kommen zu lassen. Im Tal klang die Fieberepidemie zwar ab, doch in anderen Teilen des Landes wütete sie immer noch, und man sprach davon, daß sie wohl den ganzen Winter über anhalten würde, bis die Kartoffelernte der Hungersnot ein Ende machte.

Nach Marguerites Begräbnis war es mein erster Impuls gewesen, nach England zurückzukehren, bis sich die Verhältnisse auf Cashemara besserten. Der Gedanke, meine Kinder nicht vor dem Frühjahr wiederzusehen, war mir unerträglich. Doch Patrick meinte, wir sollten das neue Jahr abwarten, um sicherzugehen, daß niemand von uns Fieber hatte. Widerstrebend gab ich ihm recht.

Marguerites Söhne waren noch bei uns. Thomas hatte gerade sein erstes Semester in Oxford begonnen, während David dabei war, sein letztes Schuljahr in Harrow zu absolvieren. Da sich für die verbleibende Frist eine Rückkehr nach England für beide nicht lohnte, verlebten sie Weihnachten bei uns. Sie schienen in Patricks Gegenwart Trost zu suchen und zu finden, und Patrick erging es mit seinen beiden Halbbrüdern wohl nicht anders.

Mir blieb das versagt. Auch zu normaler Trauer war ich nicht fähig. Ich weinte nicht, ich klagte nicht. Statt dessen stürzte ich mich geradezu besessen auf jede Aufgabe, die der Haushalt mir bot. Ich führte Marguerites Armenküche fort, versuchte die neuen Dienstboten anzulernen und gab mir alle Mühe, im Haus für leidliche Ordnung zu sorgen.

Patrick kaufte in Galway neue Pferde. Stallburschen wurden eingestellt, die Kutsche repariert, die Nebengebäude geflickt und ausgebessert. Wenn MacGowan nach Letterturk fuhr, um dort Nahrungsmittel zu kaufen, so begleiteten ihn die Knechte, obwohl er meinte, daß sie ihm bei einem Überfall nicht helfen, sondern sich auf die Seite der Angreifer schlagen würden.

„Patrick", sagte Thomas kurz vor Weihnachten. „Ist dir noch nicht aufgefallen, daß MacGowan verrückt ist?"

Es war nach dem Frühstück, und wir saßen alle im Morgenzimmer. Zwar haftete noch der dumpfe Geruch der Feuchtigkeit an den Wänden, doch im Kamin prasselte ein Feuer. Ich war in meine Näharbeit vertieft; auf dem Dachboden hatte ich einen Ballen Seide gefunden, und jetzt war ich dabei, für Eleanor ein kleines Kleid zu nähen.

„Übertreibst du da nicht ein wenig?" fragte Patrick vage. Er stand am Fenster und blickte auf seinen nebelverhüllten Garten hinaus.

„Natürlich übertreibe ich nicht! Ich dachte, es sei kein Geheimnis, daß MacGowan völlig übergeschnappt ist. Er leidet an religiösem Wahn."

„Offen gestanden", sagte David und blickte von seinem Tennyson–Band auf, „finde ich, daß es eine Gemeinheit von ihm ist, den Iren immer wieder zu erklären, die Hungersnot sei ihre eigene Schuld, weil sie Papisten sind."

„Es heißt, daß er alle O'Malleys exmittieren will", sagte Thomas. „Er behauptet, Gottes Werkzeug zu sein, und Gott bestrafe die Faulen. Wolltest du nicht bis zum nächsten Sommer von Exmittierungen Abstand nehmen, Patrick?"

„MacGowan wird schon wissen, was er tut", erwiderte Patrick. Der träumerische Ausdruck in seinen Augen verriet nur allzu deutlich, daß er kaum zuhörte.

„Marguerite wollte doch, daß du MacGowan entläßt", sagte ich, um ihn zu provozieren.

Ihr Name klang nach. Alle starrten mich an. Dann beugte David den Kopf wieder über sein Buch, und Thomas wandte sich, Hände in den Hosentaschen, zur Tür.

„Ja, sie wollte es", sagte Patrick, seinen Garten vergessend. „Wie wütend er sie gemacht hat! Vielleicht ist es vernünftig, wenn ich mit MacGowan über die Exmittierungen spreche, ehe er etwas zu unternehmen gedenkt."

Damit war das Thema vorerst abgeschlossen. Erst als wir uns am Abend im Salon zusammenfanden, kam es wieder zur Sprache.

Patrick erschien als letzter.

„Du hattest recht, Thomas", sagte er, als er eintrat. „MacGowan ist wirklich verrückt. Er weiß von nichts anderem zu erzählen als vom Zorn Gottes und vom Tag des Jüngsten Gerichts und von der ewigen Verdammnis für die Katholiken. Teufel nochmal, wenn ich nur wüßte, was ich tun soll."

„Ihn entlassen natürlich", erwiderte Thomas prompt.

„Das habe ich ja versucht – obwohl mir im Augenblick weiß Gott nicht danach zumute ist, nach einem neuen Verwalter Ausschau zu halten. Aber MacGowan hat mir überhaupt nicht zugehört. Himmel, was soll ich nur tun?"

„Selbstverständlich mußt du ihn entlassen!" sagte ich aufgebracht. „Willst du die Verwaltung Cashemaras etwa in den Händen eines Wahnsinnigen lassen?"

„Aber nach dreißig Jahren im Dienste . . ."

„Ja", sagte David. „Es wäre grausam, das so übers Knie zu brechen. Außerdem leidet er ja nur zeitweilig an dem Wahn. Könntest du ihn nicht dazu bringen, einen Arzt zu konsultieren!"

„Bei MacGowan hilft keine Konsultation!" rief Thomas. „Da hilft nur eine Zwangsjacke!"

„Aber Patrick hat doch nicht die Macht, ihn in ein Irrenhaus einweisen zu lassen . . ."

„Dann muß er eben jemanden finden, der das kann. Hat MacGowan keine Verwandten?"

„Doch", sagte ich. „Er hat einen Sohn, der einen schottischen Grundbesitz verwaltet – Lochlyall Castle in Wester-Ross, glaube ich."

„Ich könnte ihm vielleicht schreiben", meinte Patrick zögernd.

„Er sollte zumindest vom zeitweilig gestörten Zustand seines Vaters wissen", sagte ich. „Selbst wenn sich MacGowans Sohn nicht dazu entschließen sollte, seinen Vater ins Irrenhaus zu stecken, müßte er für ihn doch die Verantwortung übernehmen."

Patrick atmete tief ein und seufzte dann. „Nun, das wird wohl die beste Lösung sein", sagte er widerstrebend.

Und so kam es, daß nur zehn Tage später Hugh MacGowan auf Cashemara eintraf. Trüb und neblig war es draußen, als er, dem langen, gewundenen Fahrweg folgend, mitten in unser Leben ritt.

II

Patrick war mit Thomas und David nach Leenane unterwegs, um einige Briefe zum Postwagen zu bringen. Ich saß allein im Salon über Eleanors Kleid, das ich mit einem Rosenmuster bestickte. Es sah sehr hübsch aus, und ich war mit meiner Arbeit zufrieden.

„Entschuldigen Sie bitte, Mylady“, sagte Kathleen, eines der beiden Dienstmädchen, und steckte den Kopf zur Tür herein. „Da ist ein Mr. MacGowan, der Sie sprechen möchte. Aber es ist gar nicht Mr. MacGowan, sondern ein ganz anderer.“

Nachdem ich begriffen hatte, was sie meinte, bat ich sie, Mr. MacGowan in das blaue Morgenzimmer zu führen und ihm zu sagen, daß ich sofort kommen würde.

Das blaue Morgenzimmer war dem Empfang von Besuchern niederen Standes vorgehalten und lag am Ende des Ganges, der zum Dienstbotenquartier führte. Ich legte das Kleidchen beiseite und ging nach unten. Unwillkürlich hatte ich erwartet, den jungen MacGowan noch in der Halle zu finden, da ich in Kathleens Auffassungsgabe kein rechtes Vertrauen setzte. Doch sie hatte meinen Auftrag getreulich ausgeführt. Als ich in das blaue Morgenzimmer trat, sah ich mich einem Fremden gegenüber.

Er stand beim Fenster und drehte sich jetzt ganz zu mir herum. Durch die Scheiben sah ich, daß die Wolken tief über den Bergen hingen. Wie so oft sprühte Regen herab.

„Mr. MacGowan?“ fragte ich. „Guten Tag. Mein Gatte ist im Augenblick nicht hier, dürfte jedoch bald zurückkehren. Er wird sich freuen, Sie zu sehen. Er macht sich um Ihren Vater große Sorgen.“

„Tut mir leid, das zu hören, Lady de Salis.“ Er trat auf mich zu, nahm höflich meine ausgestreckte Hand und verbeugte sich leicht. Als er sich wieder aufrichtete, fand ich Gelegenheit, ihn genauer zu betrachten. Er war mehr als mittelgroß und wirkte ziemlich muskulös. Sein Haar war weder hell noch dunkel, und wenn er auf den ersten Blick vielleicht etwas farblos schien, so täuschte das, wie mir Sekunden später bewußt wurde; denn seine grauen Augen hatten einen eigentümlich intensiven Blick, und auch aus seiner Haltung sprach etwas, das Aufmerksamkeit gebot. Auffällig war der breite, brutale Mund.

„Sie sind wahrscheinlich eine Ewigkeit nicht auf Cashemara gewesen“, sagte ich zu ihm.

„Als ich von hier fortging, war ich dreizehn", erwiderte er. „Und das ist zwanzig Jahre her."

Seine Redeweise war, wie bei den meisten Schotten, ein wenig abgehackt, doch von der Sprache abgesehen konnte ich zwischen ihm und seinem Vater keinerlei Ähnlichkeit entdecken.

„Vielleicht darf ich Ihnen eine Erfrischung anbieten, während Sie auf meinen Gatten warten", sagte ich.

„Nein, danke, Mylady. Ich habe mit meinem Vater vor weniger als einer Stunde geluncht", erwiderte er lächelnd.

Aus einem mir unerfindlichen Grund wandte ich mich von ihm ab. Gerade wollte ich sagen: „Wenn mein Gatte kommt, werde ich ihn sofort verständigen", als ich aus der Halle Gelächter hörte. Patrick war aus Leenane zurück.

Bevor ich dazu kam, den Mund zu öffnen, trat Patrick ein. Offenbar hatte er schon von den Stallburschen erfahren, daß ein Besucher auf ihn wartete.

„Guten Tag, Lord de Salis", sagte Hugh MacGowan.

„Hugh! Mein Gott, ich hätte dich nicht wiedererkannt!" rief Patrick und warf seine Reitpeitsche so achtlos beiseite, daß sie vom Stuhl auf den Boden polterte. Mit ausgestreckter Hand trat er auf den jungen MacGowan zu. „Wie geht es dir? Willkommen auf Cashemara!"

„Vielen Dank, Mylord."

„Nimm Platz und mach es dir bequem! Gott, tut das gut, dich wiederzusehen! Scheint ja kaum ein paar Tage her zu sein, daß wir als Kinder zusammen . . ."

„In der Tat, Mylord." Er stand noch. Seine Stimme klang sehr höflich und gelassen. „Mylord, ehe wir Erinnerungen auffrischen, würde ich gern über den Anlaß meines Besuchs reden."

„Natürlich, selbstverständlich", erwiderte Patrick verlegen.

„Dann darf ich mich jetzt wohl entschuldigen", sagte ich taktvoll, doch zu meinem Unwillen protestierte Patrick sofort: „Das ist nicht nötig, Liebling. Mag der Anlaß für Hughs Reise nach Cashemara an sich recht bedauerlich sein, so ist sein Besuch doch auch persönlicher Natur. Schließlich gehört er zu meinen ältesten Freunden."

Ich begriff, daß er nervös nach einer Ausrede suchte, um mit dem jungen MacGowan nicht unter vier Augen über dessen Vater sprechen zu müssen. Auch MacGowan erkannte das offenbar. Die Muskeln um seinen Mund verhärteten sich wieder.

„Ich würde trotzdem lieber gehen“, sagte ich, doch als ich das unruhige Zucken in Patricks Gesicht sah, fügte ich hinzu: „Aber wenn dir daran liegt, kann ich natürlich auch bleiben.“ Mit bemüht munterem Lächeln ging ich zu einem Stuhl bei der Tür und setzte mich.

Patrick und MacGowan standen immer noch.

„So nimm doch Platz, Hugh“, sagte Patrick.

„Ich ziehe es vor zu stehen.“

Die unverhohlene Feindseligkeit, die aus den Worten klang, ließ Patrick kaum merklich zusammenfahren. Doch er beherrschte sich. „Was nun deinen Vater betrifft . . .“

„Soweit ich unterrichtet bin, wollen Sie ihn entlassen“, sagte MacGowan.

„Ich habe vorgeschlagen, daß er in Pension geht, allerdings. Es ist nämlich . . .“

„Er hat Ihnen und Ihrem Vater dreißig Jahre lang gedient“, sagte MacGowan, „und jetzt werfen Sie ihn hinaus.“

„Aber woher denn! Er soll in Pension gehen . . . eine großzügige Pension, die ich ihm zahle . . .“

„Für meinen Vater heißt leben arbeiten. Er ist noch nicht bereit, sich zur Ruhe zu setzen.“

„Aber ich habe wirklich das Gefühl . . .“

„Ihre Gefühle taugen da nicht, Lord de Salis“, sagte MacGowan. „Sie taugen einfach nicht.“

Seine bodenlose Frechheit machte mich sprachlos. Auch Patrick schwieg. Ich wollte ihm zurufen: „So gib ihm doch die gebührende Antwort! Wirf ihn aus dem Haus!“ Aber Patrick schien nicht weniger fassungslos als ich. Ungläubig starrte er MacGowan an.

„Mein Vater ist nicht ganz gesund“, sagte MacGowan schließlich. „Er hat sich für Sie zu Tode geschunden. Hat sich mit den Folgen der Hungersnot und aufsässigen Pächtern herumgeschlagen. Wissen Sie denn nicht, was in Irland vor sich geht? Sagt es Ihnen nichts, daß die augenblicklichen politischen Wirren die schlimmsten sind, die es hier im ganzen Jahrhundert gegeben hat? Bedeutet es Ihnen nichts, daß das Land am Rande der Anarchie steht? Charles Stewart Parnell hämmert den irischen Bauern ein, sie sollen nicht mehr Pacht bezahlen, als ihnen recht und billig erscheint, aber was kümmert Sie schon ein Charles Stewart Parnell, Mylord, nicht wahr? Da Sie ja vollauf damit beschäftigt sind, in England der Muße zu frönen, hat mein Vater die ganze Last der

Pächterrebellion zu tragen. Mein Vater muß darüber entscheiden, ob eine Massenexmittierung sich als unumgänglich erweist. Mein Vater muß Nacht für Nacht eine Pistole griffbereit neben dem Bett haben. Und warum? Weil er den Mut und die moralische Kraft besitzt, Ihnen treu zu dienen. Und was machen Sie nach Ihrer Rückkehr von England? Sie sagen ihm, er soll sich zur Ruhe setzen! Nicht Ihre Verachtung hat er verdient, Mylord, sondern Ihre Dankbarkeit, und es ist ein Armutszeugnis für Sie, daß Sie von ‚großzügiger' Pension reden."

„Aber . . ."

„Er ist erschöpft. Einen Monat Pause, mehr braucht er nicht, um wieder ganz der alte zu sein."

„Ich . . . ich verstehe nicht, wie Sie dessen so sicher sein können", sagte Patrick, vor Verwirrung stammelnd. „Ich finde, daß er ziemlich krank ist. Außerdem wird er ja nicht jünger. Es wäre wohl wirklich das Beste, wenn . . ."

„Er wird sich nicht zur Ruhe setzen", sagte MacGowan.

„Aber ich kann einen Geistesgestörten nicht als Verwalter gebrauchen!"

„Nennen Sie meinen Vater nicht geistesgestört!"

„Hören Sie auf, mich hier herumzukommandieren!" schrie Patrick, und wohl zum erstenmal war ich froh, daß er die Selbstbeherrschung verlor. „Scheren Sie sich aus meinem Haus und nehmen Sie Ihren verrückten alten Vater mit nach Schottland – zur Hölle mit euch beiden!"

Was dann geschah, ging so schnell vor sich, daß ich es zuerst gar nicht recht begriff.

Ich betrachtete Patrick erleichtert, und er drehte sich, noch vor Zorn zitternd, mit halber Körperwendung zu mir herum. Bevor er die Bewegung vollenden konnte, packte MacGowan ihn beim Arm, wirbelte ihn zurück und versetzte ihm einen fürchterlichen Schlag quer über den Mund.

Ich schrie und sprang auf. Patrick war zurückgetaumelt, hatte sich aber schon wieder gefangen.

„Patrick!" rief ich und eilte auf ihn zu. Doch er schob mich beiseite.

„Bleib, wo du bist", sagte er mit zusammengebissenen Zähnen und schwang seine Faust gegen MacGowans Kinn.

MacGowan duckte sich, machte dann einen Ausfall und versuchte, Patrick durch eine rasche Gewichtsverlagerung zu Boden zu werfen. Patrick stürzte, war jedoch stark genug, MacGowan mit sich zu reißen. Sie begannen zu ringen, schnaufend, keuchend, und während ich die Tür aufstieß, sahen beide im selben Augenblick Patricks Reitpeitsche, dort vor dem Stuhl.

Wie gelähmt blieb ich in der Türöffnung stehen und sah zu, wie es MacGowan gelang, die Peitsche zu packen. Ich wartete. Worauf nur? Dann begriff ich, daß ich als selbstverständlich nahm, Patrick würde MacGowan die Peitsche entwinden. Er hätte es tun können. Er war größer und zweifellos auch stärker als der andere. Doch er tat es nicht. Lethargisch und willenlos lag er lang auf dem Boden und ließ es zu, daß der andere auf ihn einzupeitschen begann.

„Aufhören! Aufhören!" Nicht Patricks, sondern meine Stimme war es, die MacGowan anschrie. Patrick blieb stumm. Und plötzlich war sein Schweigen für mich beredter als alle Worte.

Blitzhaft stiegen Erinnerungen auf: Wie Patrick immer so sonderbar sehnsüchtig von den Prügeln sprach, die ihm sein Vater verabfolgt hatte; wie es ihn so stark stimulierte, wenn ich ihn in frühen Ehejahren während einer Auseinandersetzung schlug. Ja, das wußte ich schon lange – wenn ich ihn sinnlich erregen wollte, so mußte ich nicht nur leidenschaftlich, sondern auch gewalttätig sein. Noch nie hatte ich darüber nachgedacht, und als ich es jetzt tat, begriff ich auch, warum dieser Punkt von mir gemieden worden war. Ein solches Verhalten machte keinen Sinn, denn niemand konnte Freude daran haben, ein Opfer von Grausamkeit und Gewalttätigkeit zu werden . . . völlig unmöglich . . .

Und doch geschah das Unmögliche hier vor meinen Augen. Ungläubig starrte ich darauf, und selbst als ich es dann als Tatsache akzeptierte, war ich außerstande, es mir zu erklären. Es widersprach meiner Natur, es widersprach meinen Lebenserfahrungen, und eben deshalb wirkte es auf mich so entsetzlich und ekelhaft.

Ich wich zurück, stieß gegen den Türrahmen, wirbelte dann herum und begann, den Gang entlangzulaufen. Es war, als sei ich auf der Flucht vor einem Alptraum, jener furchtbaren Vision, in der die eigenen Füße wie aus Blei sind und der Korridor kein Ende hat und hinter einem das Grauen lauert. Ich schrie nach Thomas, nach David, selbst nach Hayes, der nie aus Dublin zurückgekehrt war, und meine Stimme hallte mir in den Ohren wider.

Bevor ich ohnmächtig wurde, sah ich noch das erschrockene, kalkweiße Gesicht des Dienstmädchens. Dann fiel ich auf den Marmorboden der Halle.

Als ich wieder zu mir kam, waren Thomas und David bei mir. Es roch durchdringend nach billigem Fusel.

„Trink einen Schluck davon, Sarah. Den Brandy konnte ich leider nicht finden . . ."

Es war Davids Stimme. Halb sitzend, halb liegend fand ich mich in seinen Armen, das Glas kaum eine Handbreit von meiner Nase entfernt. Ich schob es zurück und kämpfte gegen des aufsteigende Schwindelgefühl an.

„Dort kommt Patrick", sagte Thomas Stimme weit über mir und wandelte sich plötzlich zum Entsetzensschrei: „Um Gottes willen, Patrick, was ist denn passiert?"

Ich öffnete die Augen ganz. Die Szene, eben noch verschwommen, trat mit schmerzhaft klaren Umrissen vor meinen Blick. Patricks Gesicht war entstellt: Schwellung unter einem Auge, aufgespaltete Lippe, rote Strieme quer über der Wange. Doch er lächelte. Und MacGowan, an seiner Seite, ohne die geringsten Spuren eines Kampfes, lächelte auch.

„Patrick", sagte ich und stand plötzlich. Wie ich auf die Füße gelangt war, wußte ich nicht. „Patrick . . ."

„Aber meine arme Sarah, was hast du denn nur? Ich glaube es ist besser, wenn du nach oben gehst und dich ein wenig hinlegst. Übrigens, Hugh, gestatte, daß ich dir meine Brüder vorstelle . . . Thomas – David – dies ist Hugh MacGowan. Du bleibst doch zum Essen, Hugh, nicht wahr?"

„Patrick", wiederholte meine Stimme, ehe MacGowan antworten konnte. „Ich verstehe nicht. Der Streit – die Prügelei . . ."

„Prügelei? Um Himmels willen, Sarah, das war doch nichts als ein Spaß, eine freundschaftliche Balgerei. Stimmt's nicht, Hugh?" Und als MacGowan lächelnd nickte, sah ich, daß Patrick ihn mit jener treuen Bewunderung anstarrte, die früher seinem Freund und meinem Feind Derry Stranahan vorbehalten gewesen war.

III

Es war die reinste Ironie: Ich, die ich mir wegen meiner möglichen Untreue so viele Gedanken gemacht hatte, mußte, als meine Ehe endgültig Schiffbruch erlitt, die Entdeckung machen, daß es Patrick war, der mir untreu wurde.

Es dauerte lange, bevor ich begriff, was eigentlich vor sich ging. Dabei war ich durchaus nicht blind. Ich sah von Anfang an, daß Hugh Derrys Platz einnehmen würde. Doch eben weil ich glaubte, daß er für Patrick nichts als ein zweiter Derry war, verschloß ich meine Augen vor Tatsachen, die offen auf der Hand lagen. Noch etwas trug zu meiner Begriffsstutzigkeit bei. Im neuen Jahr fuhr ich nach England, um meine Kinder wiederzusehen und Marguerites Hinterlassenschaften zu ordnen. Das nahm einige Zeit in Anspruch. Ich war etliche Wochen von Cashemara fort.

„Ich würde dich natürlich gern begleiten", sagte Patrick. „Aber ich glaube, daß es im Augenblick meine Pflicht ist, hierzubleiben."

Die Situation war für ihn in der Tat nicht leicht. Hugh hatte sich erboten, seine Stellung aufzugeben, um seinem alternden Vater auf Cashemara zur Hand zu gehen. Doch natürlich mußte er erst nach Schottland zurück, um seine Angelegenheiten zu regeln. Seinen Vater nahm er mit auf die Reise. „Ein kleiner Erholungsurlaub", erklärte Patrick, „damit er wieder auf die Beine kommt." Da Cashemara einige Wochen lang ohne Verwalter war, blieb Patrick nichts übrig, als sich selbst um alles zu kümmern.

Ich fuhr nach London. Ich sah meine Kinder wieder. Und pflichtgemäß schrieb ich Patrick lange Briefe, in denen ich ihm mitteilte, was ich für wissenswert hielt: John konnte jetzt schon richtig laufen; und Eleanor sah so hübsch aus, wenn sie lächelte; war für Ned eher eine Gouvernante oder ein Privatlehrer angebracht?

David befand sich inzwischen wieder auf seiner Schule, aber Thomas kam an jedem Wochenende von Oxford nach London, um mir beim Ordnen und Aussortieren von Marguerites Sachen zu helfen. Als ich mit dem Haus am St. James' Square fertig war, fuhr ich nach Surrey – ein schmerzliches Wiedersehen mit jener Stätte, wo wir so viele glückliche Monate verlebt hatten. Ich mußte fast unablässig an Marguerite denken.

Thomas wollte das Haus in Mickleham verkaufen, doch David sträubte sich dagegen. Ihm schien die Erinnerung an glücklichere Zeiten weniger Schmerz als Trost zu sein. Schließlich einigten wir uns darauf, das Haus für eine kurze Zeit an eine Familie zu vermieten, die gerade aus Indien zurückgekehrt war. Das Stadthaus hingegen blieb Marguerites Sohnen verfügbar. Wir hatten ihnen zwar angeboten, bei uns auf Cashemara zu leben, doch sie waren alt genug, um einem eigenen Zuhause den Vorzug zu geben.

„Außerdem", sagte Thomas, „scheint mir Irland heutzutage für einen Engländer nicht der richtige Platz zu sein ..."

„Ach", fiel David rasch ein, „das Land ist ja wunderhübsch, und ich bin nur zu gern bereit, jedes Jahr für einige Zeit auf Cashemara zu leben, aber ..."

„... aber nicht das ganze Jahr über", ergänzte ich. „Ich verstehe."

Patrick schrieb, Hugh sei von Schottland zurückgekehrt.

„Hugh ist von einer geradezu beängstigenden Tüchtigkeit", schrieb er. „Ich kann wirklich von Glück sagen, daß er bereit war, nach Cashemara zu kommen, um hier zu arbeiten."

Wenn Hugh mithalf, unsere finanziellen Verhältnisse in Ordnung zu bringen, so hatte ich wahrhaftig nichts dagegen.

„Dem alten MacGowan geht es jetzt besser", schrieb Patrick im März, „aber er und Hugh kommen nicht sehr gut miteinander aus, und so habe ich Hugh angeboten, auf Cashemara zu wohnen, bis Clonagh Court renoviert ist. Es steht ja schon lange leer und ist ziemlich heruntergekommen. Allerdings meint Hugh, daß ich mir im Augenblick eine Renovierung nicht leisten kann. Deshalb habe ich ihn ja auch nach Cashemara eingeladen. Er kann die Gästezimmer im Westflügel haben, und ich glaube nicht, daß er uns auch nur im mindesten im Wege sein wird ..."

Mir schon, dachte ich. Andererseits war ich sehr davon angetan, wie nüchtern Hugh taxierte, was Patrick sich leisten konnte und was nicht. Und einem erstklassigen Verwalter mußte man auch eine erstklassige Unterkunft bieten.

Inzwischen traf ich die notwendigen Vorbereitungen zur Rückreise nach Irland. Für Ned war eine Gouvernante engagiert worden, mit Mr. Rathbone, dem Familienanwalt, hatte ich ein letztes Gespräch geführt, und von Patrick traf die Nachricht ein, daß es im Tal seit drei Wochen keinen neuen Fieberfall gab.

„... und gerade ist ein Brief von Edith angekommen", schloß er. „Sie hat sich mit Clara zerstritten und möchte wissen, ob sie bei uns wohnen kann. Verflixt unangenehm, nicht? Jetzt, wo Marguerite tot ist, kann sie ja nicht gut bei Thomas und David am St. James' Square wohnen. Und außer Clara, wer bleibt ihr da noch? Nur wir. So werden wir wohl in den sauren Apfel beißen und sie zu uns einladen müssen."

Ich erinnerte mich daran, wie Marguerite gesagt hatte: „Arme Edith ... man muß Nachsicht gegen sie üben."

„Ja, du mußt sie einladen", schrieb ich Patrick, und bald traf Edith am St. James' Square ein, um sich mir anzuschließen, wenn ich nach Irland aufbrach.

Eines will ich zu ihren Gunsten sagen: Nie konnte sie Marguerites Namen erwähnen, ohne daß ihr Tränen in die Augen traten. Ich nahm mir fest vor, geduldig und freundlich zu ihr zu sein.

Leicht fiel mir das allerdings nicht. Edith war wütend, weil sie niemand eingeladen hatte, die Saison in London zu verbringen.

„Die Ehe ist mir gar nicht so wichtig", sagte sie mit ihrer schrecklichen Nörgelstimme, „aber ein Mädchen gilt ja nichts, wenn es nicht verheiratet ist, Sarah, das wissen wir doch beide, und außerdem hätte ich gern ein eigenes Zuhause und die Freiheit, zu kommen und zu gehen, wie es mir gefällt. Ich sehe nicht ein, warum ich ein Versager sein soll, während Clara Erfolg hat, bloß weil sie sich so gräßlich anmalt und im richtigen Augenblick wie ein Schulmädchen kichert."

Während der ganzen Reise nach Irland schwatzte sie unentwegt weiter. Ich war ihrer so überdrüssig, daß ich mich sogar über das Wiedersehen mit Patrick freute.

Er umarmte mich herzlich, sagte mir, ich sähe jetzt viel besser aus, und umarmte die Kinder. Im allgemeinen Freudentumult nahm ich nur undeutlich wahr, daß oben auf der Galerie Hugh stand. Wenig später rief Patrick ihn dann herab, um ihn mit Edith und den Kindern bekannt zu machen.

Sie waren unzertrennlich. Ich nahm mir fest vor, mich auf keinen Fall zu beklagen, obwohl sie praktisch den ganzen Tag zusammen waren und auch gemeinsam Abendbrot aßen. Ich war jetzt neunundzwanzig, und ich bildete mir ein, reif genug zu sein, um mich mit der Tatsache abzufinden, daß Patrick mit Männern so enge Freundschaft hielt. Als er zu mir ein wenig schuldbewußt sagte: „Es gefällt dir sicher nicht, daß ich so viel mit Hugh zusammen bin", erwiderte ich sofort: „Aber woher denn, Liebling. Die Jungen waren ja so lange in England und haben dir gewiß sehr gefehlt. Da ist es wirklich nett, daß du einen guten Freund gefunden hast, der dir Gesellschaft leisten konnte."

Marguerite wäre zweifellos sehr stolz auf mich gewesen.

Hugh war ganz anders, als Derry es gewesen war. Hatte ich Derry einst gehaßt, so fand ich jetzt plötzlich, daß ich der Erinnerung an ihn auch gute Seiten abgewinnen konnte: sein Witz, seine gute Laune, sein Charme. Auf einmal begriff ich, warum

Patrick, als Kind sehr vereinsamt, auf Derrys Freundschaft so viel Wert gelegt hatte. Um so weniger verstand ich, wie er darauf verfallen war, einen Mann wie Hugh Derrys Platz einnehmen zu lassen. Hugh benahm sich mir gegenüber stets so höflich und zuvorkommend, daß ich ihn nicht unsympathisch finden konnte. Dennoch hielt ich ihn für humorlos, temperamentlos und unglaublich langweilig.

„Aber er ist wirklich recht gescheit", meinte Edith. „Ich möchte gerne wissen, warum er nie geheiratet hat."

„Nun, so unansehnlich, wie er ist – da muß eine Frau schon recht verzweifelt sein, um ihn eines zweiten Blickes zu würdigen", sagte ich bissig. Wie stets verstand sie es, mich zu provozieren, und zehn Minuten ihrer unausstehlichen Gegenwart genügten, um mich Dinge sagen zu lassen, die mir sonst nie über die Lippen gekommen wären.

„Aber er ist doch sehr männlich", beharrte Edith, „findest du nicht auch?"

Darüber hätte ich wirklich noch nicht nachgedacht, erwiderte ich, um mich dann schleunigst mit Haushaltspflichten zu entschuldigen.

Inzwischen war das Personal auf Cashemara wieder vollzählig. Hayes und seine Frau, irgendwann doch von Dublin zurückgekehrt, hatten auf Betreiben des jungen MacGowan entlassen werden müssen. Ich bedauerte das. Mrs. Hayes war immer sehr umgänglich gewesen, und Hayes – nun, man konnte sagen, daß er schon seit langem als fester Bestandteil zu Cashemara gehörte. Zu Anfang schienen die Schwierigkeiten schier unüberwindlich. Irisches Personal neigt nicht gerade zu übermäßiger Tüchtigkeit, und ich fragte mich oft verzweifelt, ob es mir je gelingen würde, die Haushaltsangelegenheiten wenigstens leidlich zu ordnen. Doch nach und nach lernte ich aus meinen zahllosen Fehlern, bis ich schließlich wußte, was Lebensmittel kosteten, wie viele Pächter die Pacht in Naturalien entrichteten, welche Arbeitsleistung man von den Bediensteten erwarten konnte und wie oft sie durch irgendwelche Feiern von ihren Aufgaben abgehalten wurden. All dies hielt mich so in Atem, daß ich erst Anfang Juni entdeckte, wie die Dinge zwischen Patrick und Hugh MacGowan eigentlich standen.

An einem Vormittag kam Vetter George von Letterturk herüber, und als ich ihn empfing, erzählte er mir, Patrick habe ihm eine Einladung zum Lunch geschickt. Natürlich machte ich mir sofort meine eigenen Gedanken. Wenn Patrick sich bereitfand, George zu sich zu bitten, so steckte zweifellos etwas dahinter: vermutlich die Absicht, den Vetter um ein Darlehen zu ersuchen, und zwar um ein kleineres; mehr hätte Patrick nicht gewagt.

Ich verbarg meine Überraschung und beauftragte Flannigan, den neuen Butler aus Dublin, Patrick zu suchen.

„Hoffentlich hat Patrick die Einladung an mich nicht vergessen", sagte George. Ärgerlich schritt er im Zimmer auf und ab. „Ich habe seinetwegen eine wichtige Verabredung abgesagt."

In diesem Augenblick kehrte Flannigan zurück und meldete, Patrick sei nirgends zu finden.

„Dann werde ich nach ihm suchen", sagte ich hastig und lief so rasch wie möglich die Treppe hinauf. In unseren Räumen war Patrick nicht zu sehen. Also ging ich zum Badezimmer, dem einzigen, das es neuerdings auf Cashemara gab. Auch da war er nicht und auch nicht in den Kinderzimmern. Schließlich fiel mir der Gästeflügel ein, wo Hugh wohnte.

„Patrick!" rief ich und klopfte an die Tür. Keine Antwort. Nun, vielleicht befanden sich die Männer nicht im vorderen Raum. Ich trat ein. Vor dem offenen Fenster blähten sich die Gardinen.

Und plötzlich hörte ich Patricks Lachen. Ich fuhr herum. Das Lachen kam aus dem benachbarten Schlafzimmer.

Natürlich hätte ich mich umdrehen und fortgehen sollen. Doch es war soviel einfacher, nicht zu überlegen, sondern nur zu empfinden: Gott sei Dank, da ist er ja.

Also stürzte ich zur Schlafzimmertür und riß sie ohne anzuklopfen auf.

„Patrick . . ." begann ich.

Und plötzlich war alles zu Ende, all meine Illusionen, meine falschen Hoffnungen, mein Wunsch, wenigstens dem Anschein nach meine Ehe aufrechtzuerhalten.

Ich sah die Wahrheit, und die Wahrheit war schrecklich.

Keiner von uns sprach. Klar und tief in mich eingeätzt, so hätte mir die Szene wohl in Erinnerung bleiben müssen. Doch ich war so entsetzt, daß ich, rückschauend, nichts mehr vor mir sehe als das von hellem Sonnenlicht übergossene Bett und MacGowans breiten, brutalen Mund, zu einem belustigten Lächeln verzogen.

5. KAPITEL

I

Patrick sagte: „Wir sollten miteinander reden, meinst du nicht?“

Ich konnte nur nicken. Daß George unten wartete, hatte ich vergessen. Stunden später erfuhr ich, daß er, allein gelassen, schließlich voll Zorn davongestampft war.

Wir befanden uns in meinem Zimmer. Malvenfarbene Bettdecke, malvenfarbene Vorhänge, Möbel aus Satinholz, alles sehr hübsch, und hinter dem Fenster der vertraute Ausblick auf die Lough, die in der Hitze dieses Sommermittags schimmerte.

Patrick sagte, es täte ihm leid, und es hätte ihm ferngelegen, mich verletzen zu wollen.

Ich lachte, und diese Reaktion zeigte mir, wie verstört ich doch war.

„Nein, Sarah . . . bitte . . . höre doch . . . ich weiß zwar, daß du nicht verstehen wirst, aber . . .“

„Ich verstehe vollkommen“, sagte ich. „Ich bin sehr naiv und sehr dumm gewesen. Vermutlich geht das schon lange so. Mit anderen Männern.“

Er schüttelte den Kopf. „Es hat keinen anderen gegeben.“

„Keinen anderen seit Derry, meinst du!“

Wieder schüttelte er den Kopf, und wieder sagte er: „Es hat keinen anderen gegeben.“

„Ich glaube dir nicht“, sagte ich.

Ich zitterte. Und ehe ich mich zurückhalten konnte, begann ich, auf ihn loszuschreien. Ich beschimpfte ihn, nannte ihn verderbt und pervers und widerlich. Er ließ es über sich ergehen, völlig passiv, und das brachte mich noch mehr in Wut. Schließlich verstummte ich. Es gab nichts mehr, was ich hätte sagen können, und im nachfolgenden Schweigen empfand ich weniger Zorn als

Verwirrung. Patricks Passivität demütigte mich, denn aus ihr sprach, wie ich mir widerstrebend eingestand, sehr viel Würde. Ich wollte weinen, doch keine Tränen kamen. Ich versuchte zu verstehen, warum ich mich so erniedrigt fühlte, aber das einzige, was ich begriff, war meine Vereinsamung, meine Hilflosigkeit und die Überzeugung, versagt zu haben.

Nach einer Weile brachte ich mit Mühe hervor: „Wenn es eine andere Frau wäre, dann könnte ich kämpfen, könnte versuchen, mich zu ändern, könnte versuchen, dich zurückzugewinnen. Aber so ... Es gibt nichts, was ich tun kann. Denn ich bin nun mal eine Frau und kann aus mir keinen Mann machen."

„Du bist, was du bist", sagte er, „und ich bin, was ich bin. Vor kurzem bin ich zu dem Entschluß gekommen, mir in diesem Punkt nichts mehr vorzumachen."

„Aber ..."

„Keine Sorge, Sarah. Vor der Welt werde ich die mir zugedachte Rolle spielen, nur nicht vor mir selbst. Damit ist es vorbei."

Der Druck auf meinen Schläfen nahm zu. Es fiel mir schwer, einen klaren Gedanken zu fassen.

„Höre, Sarah", sagte er. Seine Augen wirkten sehr blau. „Es ist doch sinnlos, uns noch länger selbst zu täuschen – unsere Ehe ist schon vor Jahren gescheitert. Wenn die Kinder nicht wären, so müßten wir die zehn Jahre als verloren abschreiben, aber die Kinder gleichen vieles aus, unsere ewigen Streitereien, unsere Unverträglichkeit, unser Nebeneinanderleben ... Wie wir beide wissen, kommt eine Scheidung nicht in Frage, und ebenso klar ist, daß wir, der Kinder wegen, weiterhin unter demselben Dach wohnen müssen. Doch es ist an der Zeit, daß wir uns eingestehen, daß jeder von uns ein Recht auf sein eigenes Leben hat. Wenn du dir einen Geliebten nimmst, so bin ich damit durchaus einverstanden. Ich erwarte nur, daß du dich dabei ebenso diskret verhältst, wie ich das mit Hugh tun werde."

Ich sagte überhastet: „Soll das heißen, daß du nicht daran denkst, dein ... dein Verhältnis mit Hugh aufzugeben?"

„Aber natürlich nicht", sagte er verwundert. „Was hast du denn geglaubt?"

„Aber du kannst doch nicht ... du wirst doch nicht ..."

„Keine Sorge, Sarah. Niemand wird davon erfahren."

„O doch! So etwas läßt sich auf die Dauer nicht verheimlichen! Patrick, wenn du dich von diesem Mann nicht trennst ..."

„Sarah, er bedeutet mir mehr, als ich dir sagen kann. Ich denke nicht daran, mich von ihm zu trennen."

„Dann verlasse ich dich." Ich stand auf. „Ich werde mich von dir scheiden lassen und die Kinder für mich beanspruchen."

Auch er erhob sich. Seine Passivität war verschwunden. Um den Mund zeigte sich ein harter, trotziger Zug. „Du glaubst doch nicht im Ernst, daß ich dir die Kinder überlassen würde!"

„Wir werden ja sehen. Jedenfalls bist du nicht geeignet, sie zu erziehen."

Ich ging auf die Tür zu.

„Sarah . . . so höre doch . . ." Er packte meinen Arm. Mit einem Ruck befreite ich mich von seinem Griff.

„Laß mich gehen!" schrie ich und tastete, von Tränen geblendet, nach der Türklinke.

„Nein . . . so warte doch . . ." Wieder umklammerte er mein Handgelenk, doch schon hatte ich die Klinke herabgedrückt, und die Tür schwang weit auf.

Zu meinem Schrecken sah ich mich Hugh MacGowan gegenüber, der auf der anderen Seite der Schwelle stand.

II

Während ich wie erstarrt dastand, sagte Patrick erleichtert: „Gott sei Dank, da bist du ja – du hättest ruhig hereinkommen können."

„Nun", erwiderte MacGowan mit seiner so angenehm und höflich klingenden Stimme, „ich meinte, Lady de Salis sollte Gelegenheit zur Einsicht haben, ohne daß es besonderer Überredungskünste bedarf."

Er zog die Tür hinter sich zu und drehte den Schlüssel im Schloß. Ich wich unwillkürlich einige Schritte zurück, doch erst als er sich zu mir umwandte, wurde mir bewußt, daß ich mich fürchtete.

„Bitte, nehmen Sie doch Platz, Lady de Salis", sagte er.

Wir waren einander immer sehr zuvorkommend begegnet. Er erwies mir die Achtung, die der Frau seines Dienstherren zukam, und ich behandelte ihn als Patricks Freund und nannte ihn in Gedanken sogar „Hugh".

Von diesem Tage an wurde das anders. Jetzt hieß er für mich nur noch MacGowan.

„Ich glaube, es ist an der Zeit, daß wir uns miteinander unterhalten", sagte er, während ich, weiter vor ihm zurückweichend, den Weg zu meinem Bett fand und mich setzte.

Er beobachtete mich. Die grauen Augen wirkten sehr konzentriert. Kopf ein wenig zur Seite geneigt, schien er irgend etwas sorgfältig zu überlegen. Ich bemerkte, daß seine Arme nicht locker herabhingen, sondern leicht gewinkelt waren. Die Finger krümmten sich wie Haken den Handflächen zu.

„Zunächst einmal", fuhr er fort, „werde ich Ihnen erklären, was passiert, wenn Sie nicht tun, was Ihnen gesagt wird."

Ich blickte zu Patrick. Er stand am Fenster und schien in die Betrachtung seines Daumennagels vertieft. In der Helle des frühen Nachmittags wirkte sein Haar noch blonder als sonst.

„Hören Sie mir auch zu, Sarah?" fragte Hugh MacGowan.

Der Zorn machte mich mutig. „Wie können Sie sich unterstehen, mich mit Sarah anzureden!" sagte ich heftig. „Und wie kommen Sie dazu, mir vorschreiben zu wollen, was ich tun soll!"

„Halten Sie den Mund." Seine Stimme klang genauso ruhig wie zuvor, doch seine Finger spannten sich enger, und die Knöchel wirkten plötzlich weiß. „Bilden Sie sich nicht ein, daß Sie mich so behandeln können wie Patrick."

Er schwieg einen Augenblick, trat dann ans Fußende des Bettes. Meine Hand krampfte sich ins Kopfkissen, als könnte ich dort Schutz finden.

„Es wird keinen Skandal geben", fuhr er fort. „Sie haben doch verstanden, Sarah? Kein Skandal. Und das heißt natürlich auch: keine Scheidung. Wir werden ein Arrangement treffen, und wenn Sie vernünftig sind, so gibt es keinen Grund, warum Sie es nicht akzeptabel finden sollten. Sie werden die Herrin von Cashemara bleiben und mit Ihren Kindern zusammenleben können – was wollen Sie mehr? Doch sicher nicht einen zärtlichen Gatten, der auf der Erfüllung der ehelichen Pflichten besteht, oder einen Liebhaber, der das Bett mit Ihnen teilt. Natürlich können Sie sich, wie Patrick bereits festgestellt hat, sehr gern einen nehmen, nur . . . da wir gerade so schön aufrichtig miteinander sind, lassen Sie uns doch auch in diesem Punkt nicht heucheln . . . schließlich wissen wir alle drei, daß Sie gewiß nicht die Frau sind, der das Herz bricht, wenn sie jede Nacht allein schlafen muß."

„Natürlich werden wir alle unsere kleinen Opfer bringen müssen", sagte er. „Doch Patrick und ich mehr als Sie. Bei Ihnen,

Sarah, ist es nur der Stolz, und wenn man bedenkt, wie wenig es gibt, worauf Sie stolz sein können, so ist das wohl nicht zuviel verlangt."

Einen Augenblick stand er stumm. Seine rechte Faust öffnete sich, und der Zeigefinger strich sacht über einen Bettpfosten.

„Haben Sie alles verstanden, Sarah? Gut. Und jetzt lassen Sie mich erklären, was geschieht, falls Sie etwa Miß de Salis Ihr Leid klagen oder Patricks Brüdern oder vielleicht auch Ihrem eigenen Bruder in New York ... Es könnte ja sogar sein, daß Sie auf den Gedanken verfallen, mit den Kindern durchzubrennen oder einen Rechtsanwalt ins Vertrauen zu ziehen oder sonst etwas zu tun, was einen Skandal hervorrufen würde. Aber glauben Sie mir, Sarah, das wäre nicht ratsam. Sie dürfen nämlich nicht vergessen, daß Cashemara ziemlich weit vom Schuß liegt. Und da ist es nie auszuschließen, daß unangenehme Dinge geschehen und daß sie vor allem Leuten widerfahren, die ihr Wort brechen oder aber einen Handel rückgängig machen wollen ... denn einen Handel wird es geben, Sarah, täuschen Sie sich da nicht. Sie werden uns Ihr Wort geben, daß Sie alles tun werden, um den Status quo aufrechtzuerhalten. Es bleibt Ihnen keine Wahl, denn sämtliche Trümpfe haben wir in der Hand; und falls es Ihnen, aufgrund außergewöhnlich günstiger Umstände, gelingen sollte, vor das Scheidungsgericht zu gelangen, so werden Sie sehr bald herausfinden, daß Sie die Hauptleidtragende sind. Eine Frau, die ihren Mann verläßt ... dazu vielleicht ein paar fabrizierte Beweise für eheliche Untreue ... was würden Sie da wohl zum Richter sagen? ‚Herr Richter, mein Gatte pflegt einen unziemlich lasterhaften Umgang mit einem anderen Mann'? Wer würde Ihnen das wohl glauben? Weder in England noch in Irland gibt es einen Menschen, der bezeugen könnte, daß Patrick je zuvor derartige Neigungen hat erkennen lassen, und was mich selbst betrifft ... nun, ich habe die Absicht zu heiraten, sobald ich nach Clonagh Court umgezogen bin – das ist eines der Opfer, die ich unserem Arrangement zuliebe bringen werde. Jeder Richter wird es sich zweimal überlegen, ehe er den hysterischen Anschuldigungen, zu denen Sie sich vielleicht hinreißen lassen könnten, Glauben schenkt ... Aber so töricht wären Sie sicher auch gar nicht, Sarah, nicht wahr? Erstens halte ich Sie dafür zu intelligent, und zweitens ... nun, ich würde sehr böse werden, wenn Sie Ihr Wort brächen. Das verstehen Sie doch, Sarah, nicht?"

Er stand halb über mich gebeugt. Ich starrte auf den Teppich, spürte jedoch, kaum eine Handbreit vor meinem Gesicht, MacGowans geballte Faust.

„Einen Skandal darf es doch nicht geben, Sarah, nicht wahr?"

„Nein", sagte ich.

„Denn das wäre für uns alle sehr schlimm. Besonders für die Kinder."

„Ja."

„Gut. Ich freue mich, daß wir da einer Meinung sind. Und jetzt geben Sie mir Ihr Wort, daß Sie alles tun werden, damit es mit dem Arrangement klappt."

„Ich . . . gebe Ihnen mein Wort . . ."

„Weiter!"

„. . . daß ich alles tun werde, um das Arrangement meinerseits einzuhalten."

„Und Sie werden nach außenhin weiter Patricks treuergebene Gattin sein. Sie werden sich nicht beklagen."

„Ja."

„Ich möchte Ihr Wort, Sarah. Ich will es aus Ihrem eigenen Munde hören."

„Ich verspreche . . ."

„Ja?"

„. . . treuergebene Gattin . . . keine Klagen . . ."

„Ausgezeichnet." Er berührte mich. Unwillkürlich schrie ich auf. Er lächelte. „Schon besser", sagte er und zwang meinen Kopf hoch, so daß ich ihm in die Augen blicken mußte. „Ich mag es, wenn eine Frau fügsam ist." Seine Finger spannten sich enger. Ich konnte kaum atmen. „Hören Sie mir jetzt genau zu", fuhr er leise und ohne zu lächeln fort. „Halten Sie sich an das, was Sie versprochen haben, denn sonst, das schwöre ich Ihnen, werde ich Ihnen an Stellen wehtun, die noch nicht einmal Ihre Zofe zu Gesicht bekommen hat."

Er ließ mich los. Ich sank auf das Bett zurück.

„Gibt es noch etwas, was du ihr sagen möchtest, Patrick!"

Kein Laut. Nur das Schweigen, die Stille von Cashemara, leer und gefühllos und grausam.

„Gut, dann laß uns gehen. Adieu, Sarah. Und vergessen Sie unsere Abmachung nicht."

Ich vergaß sie nicht. Ich vergaß nichts, kein Wort, keine Geste. Tag für Tag mußte ich daran denken, und während ich verzweifelt nach einem Ausweg aus der Zwangsjacke meiner Ehe suchte, dehnte sich vor meinen Augen unabsehbar der Alptraum von MacGowans Arrangement.

III

Eine Woche verging. Sie ließen mich in Frieden. Wenn ich MacGowan begegnete, so benahm er sich mir gegenüber stets so untadelig, daß ich fast glauben mochte, die Szene in meinem Zimmer sei meiner Phantasie entsprungen. Als ich schließlich imstande war, die Situation leidenschaftslos zu betrachten, fand ich sogar, daß ich in einem Punkt mit MacGowan übereinstimmte: Einen Skandal durfte es, der Kinder wegen, auf gar keinen Fall geben.

Nach Marguerites Tod war mir klargeworden, daß die Zukunft der Kinder auch meine Zukunft war, und es erschien mir immer wichtiger, diese Zukunft nicht zu gefährden. Der Gedanke an eine Scheidung mit etwaigen Enthüllungen über widernatürliche Laster . . . nein, einfach unvorstellbar. Dann doch lieber MacGowans Arrangement. Sobald er nach Clonagh Court übersiedelte, würde ich ihn ohnehin kaum zu Gesicht bekommen.

Das Arrangement – vielleicht würde es gar nicht so schlimm werden, wie ich zuerst gefürchtet hatte. Mit meiner Demütigung mußte ich allein zurechtkommen. Doch zumindest wußte niemand davon.

Ned wußte es nicht und würde es auch nie erfahren. Ned mit seinem hellen Haar und den hellen Augen, Ned mit seiner unbändigen Energie, die so sehr im Gegensatz zu Johns zurückhaltender Art stand. Manche meinten zwar, es sei verwunderlich, daß er so wenig sprach, aber er konnte sprechen, das wußte ich genau, und außerdem war er so zärtlich und so liebevoll, während Ned höchstens Zeit für eine flüchtige Umarmung hatte. Was Johns Entwicklung betraf, so durfte man nicht ungeduldig werden. Marguerite hatte das verstanden.

Marguerite fehlte mir sehr.

„Das Baby macht sich ganz prächtig, Mylady“, sagte Nanny, als Eleanor an meiner Hand durch das Kinderzimmer stolperte. „Bestimmt kann sie laufen, ehe sie ein Jahr alt ist.“

Eleanor hatte genauso helles Haar und so helle Augen wie Ned und versprach, besonders hübsch zu werden. Ich konnte es kaum erwarten, daß sie älter wurde, weil ich ihr Kleider kaufen wollte, viele, viele Kleider aus Seide und Musselin und Organdy, und auch Hüte, entzückende Strohhüte mit rosafarbenen Bändern ... ich sah uns den Azaleenweg entlangschreiten, meine Finger sacht auf Patricks Arm, die Kinder Hand in Hand ... und niemand würde je wissen ...

Im September ordnete MacGowan die Renovierung von Clonagh Court an und sprach davon, im neuen Jahr dort einziehen zu wollen.

Gott sei Dank, dachte ich und begann, das neue Jahr herbeizusehnen, wie ein Strafgefangener den Tag seiner Entlassung herbeisehnen mag.

„Sarah", sagte Edith Anfang Oktober, „könnte ich dich einen Augenblick sprechen?"

Sie trug ein olivfarbenes Kleid. Es hatte einen üppigen roten Besatz, der dem Rouge auf ihren Wangen entsprach. Ihre Figur wirkte eigentümlich verschoben. Zuerst glaubte ich, sie sei wagemutig genug gewesen, sich mit den inzwischen veralteten Tournüren zu polstern. Doch dann wurde mir bewußt, daß nur ihr Korsett schlecht geschnürt war.

„Ja, natürlich, Edith", erwiderte ich, meinen Brief an Charles unterbrechend.

Edith setzte sich. „Ich möchte dir etwas Wichtiges mitteilen", sagte sie.

„Oh? Wie aufregend. Erzähl mir doch." Ich dachte, sie sei vielleicht von Clara zu Weihnachten eingeladen worden. Sie hatten sich wieder versöhnt und korrespondierten regelmäßig miteinander.

„Ich werde heiraten", sagte Edith.

Schweigend starrte ich auf das flackernde Feuer im Kamin. Draußen vor dem Fenster zogen Nebelschwaden vorbei.

„Wie reizend, Edith", sagte ich schließlich. „Wer ist denn der Glückliche?"

Sie nannte den Namen. Ich saß wie vor den Kopf geschlagen und brachte kein Wort hervor.

„Der *jüngere* MacGowan natürlich", fügte Edith lächelnd hinzu und musterte mich spöttisch.

„Natürlich", sagte ich.

„Wir werden im nächsten Jahr heiraten. Dann ist Clonagh

Court fertig, und Hugh wird dafür sorgen, daß es dort auch gemütlich ist. Aber", fuhr sie, wieder lächelnd, fort, „wir werden bestimmt auch oft auf Cashemara sein."

Ich schwieg.

„Du findest wohl, daß es sich um keine standesgemäße Heirat handelt", sagte Edith mit eigentümlicher Gelassenheit.

„Allerdings. Oder willst du etwa behaupten, daß Hugh MacGowan ein Mann deines Standes ist?"

„Nun ja", erwiderte sie kühl. „Wenn er für Patrick gut genug ist, dann sollte er auch für mich gut genug sein, meinst du nicht?"

Wieder trat eine Pause ein.

„Sei unbesorgt, Sarah", sagte Edith. „Ich versichere dir, daß ich ein Muster an Diskretion sein werde. Natürlich erwarte ich dafür ab und zu eine kleine Gegenleistung, doch nichts, was sich nicht mühelos einrichten ließe. Zum Beispiel möchte ich regelmäßig nach Cashemara eingeladen werden und in euren Kreisen verkehren . . ." Sie hielt inne. „Sarah, du wirst doch nicht etwa Schwierigkeiten machen! Hugh findet es ausgezeichnet, daß wir so nahe beieinander wohnen werden, weil er meint, daß du eine Gefährtin deines Alters gut gebrauchen kannst – jemanden, der dich aufmuntert, wenn du dich niedergeschlagen fühlst; jemanden, der . . . nun ja, der ein Auge auf dich hat. Sehr aufmerksam von ihm, findest du nicht?"

Ich legte den Federhalter aus der Hand und starrte in den Kamin.

„Im Augenblick, Edith, ist zwischen uns wohl alles gesagt, was es zu sagen gibt. Wenn du jetzt so freundlich wärst, mich zu entschuldigen, so würde ich gern den Brief an meinen Bruder beenden."

„Sieh einer an", sagte Edith. „Wie hochnäsig wir doch auf einmal sind, nicht wahr?"

„Edith, ich kann es einfach nicht glauben, daß du im Ernst daran denkst, einen solchen Mann zu heiraten."

„Aber warum denn nicht? Ich bin es leid, übergangen, bemitleidet und vergessen zu werden! Und ich mag Hugh. Er ist der einzige Mann, der mir je Intelligenz zugesprochen hat. ‚Ich brauche eine kluge, außergewöhnliche Frau', das waren seine Worte, ‚eine Frau, die fähig ist, eine Ausnahmesituation mit Geschick und Diskretion zu meistern. Ich brauche eine Partnerin – jemanden, dem ich vertrauen kann und der meinen Ehrgeiz teilt.' "

„Er heiratet dich nur, um sein Verhältnis mit Patrick zu tarnen“, sagte ich.

„Da irrst du dich. Er mag mich genausosehr, wie ich ihn mag.“

„Ich glaube eher, daß ihm der Gedanke gefällt, eine reiche Frau zu heiraten. Dein Geld würde ihn dafür entschädigen, daß er mit dir zusammenleben muß.“

„Wie kannst du dich unterstehen, so etwas zu sagen!“

„Weil es die Wahrheit ist. Denn das Zusammenleben mit dir ist eine harte Prüfung – bei Gott, das weiß niemand besser als ich!“

„Du gemeines, hinterhältiges Biest! Du Schlange!“ schrie sie. Ihr Gesicht war rot, und ihre vorquellenden Augen funkelten vor Zorn. „Das wirst du noch bitter bereuen!“

„Und du wirst es noch bereuen, daß du es nicht vorgezogen hast, eine alte Jungfer zu werden“, sagte ich. „Denn wie deine Ehe aussehen wird, das weiß nur Gott.“

Sie stürzte aus dem Zimmer. Und als die Tür hinter ihr zuschlug, dachte ich zitternd daran, daß sie MacGowan berichten würde, was ich soeben gesagt hatte.

IV

„Das war unvernünftig von Ihnen, Sarah“, sagte er. Ohne anzuklopfen, trat er ein, und der unerwartete Anblick erschreckte mich so, daß ich aufsprang. Das Modemagazin, in dem ich geblättert hatte, entglitt mir und fiel zu Boden. Ich ließ es liegen.

„Setzen Sie sich“, sagte er.

Ich nahm auf der Fensterbank Platz und starrte ihn schweigend an.

„Wenn Ihnen daran liegt, daß ich Sie höflich behandle“, sagte er, „so würde ich Ihnen empfehlen, Ihr Verhalten Edith gegenüber schleunigst zu ändern.“

„Ja. Tut mir leid.“

„Das will ich hoffen. Im übrigen werden Sie sich heute abend vor dem Essen im Salon bei Edith entschuldigen, aber nicht bevor auch Patrick und ich da sind. Ich möchte Ihre Entschuldigung mit eigenen Ohren hören.“

„Ja.“

„Und sollten Sie es sich je wieder einfallen lassen, mit Edith derart umzuspringen . . .“

„Das werde ich nicht."

Die Tür schloß sich. Er war fort, die unausgesprochene Drohung hing noch in der Luft. Ich hob das Modemagazin auf und sah, daß meine Hände zitterten. Schließlich ging ich in mein Schlafzimmer, nahm einen Schal aus der Kommode, schlang ihn um meine Schultern und stieg vorsichtig die Treppe hinab.

Patrick war im Garten. Sein Haar, von der Sommersonne ausgebleicht, wirkte ungewöhnlich hell. Er trug alte Hosen und Stiefel, einen ausgeblichenen Tweedrock, und in den Händen hielt er einen Rutenbesen, mit dem er das herbstliche Laub auf dem Rasen zusammenkehrte. Ned und John, gleichfalls mit kleinen Besen bewaffnet, halfen ihm dabei, und ein Stück entfernt saß auf einer Steinbank Nanny, Eleanors Kinderwagen neben sich, Strickzeug in der Hand.

„Patrick", sagte ich, „kann ich dich bitte einen Augenblick sprechen?"

„Natürlich." Lächelnd sah er zu Ned, der, die Arme voll Laub, auf die Schubkarre zustolperte. „Worum handelt es sich denn?"

„Bitte nicht vor den Kindern, Patrick."

„Papa, dürfen wir ein Feuer anzünden?"

„Gleich. Erst möchte ich Mama noch die neue Sonnenuhr im italienischen Garten zeigen. Bleib hier bei John, Ned, und paß auf, daß er das Laub nicht wieder aus der Schubkarre wirft."

Über den Rasen gingen wir zu einem Weg, der zu einer neuen Lichtung emporführte. Steinbalustraden umschlossen eine lange, tiefe Grube, die später mit Wasser gefüllt werden sollte.

Auf der anderen Seite befand sich ein kleiner, gepflasterter Platz, in dessen Mitte die Sonnenuhr zu sehen war, von Patrick aus einem Steinblock geformt.

„Was gibt es denn?" fragte er und ließ die Finger verspielt über die Platte gleiten. Ich hüllte mich fester in meinen Schal. Die vom Wald herüberstreichende Luft ließ mich frösteln. Vom Laub auf dem Boden stieg schwacher Geruch, Zeichen des Herbstes, und über uns sank die Sonne bereits dem späten Nachmittag entgegen.

„Edith hat mir von ihrer Verlobung erzählt", sagte ich, sorgsam meine Worte wägend, denn natürlich mußte ich damit rechnen, daß MacGowan von unserer Unterhaltung erfuhr. „Ich freue mich für sie und hoffe, daß sie in dieser Ehe ihre Erfüllung findet. Aber, Patrick, du weißt, daß ich nie mit ihr auskommen konnte – schließlich hast du selbst immer gesagt, daß sie äußerst schwierig ist! Und nun dringt sie auf einmal darauf, nach ihrer Hochzeit mit mir engen Umgang zu pflegen. Patrick – ich weiß einfach nicht, was ich tun soll. Irgendwann, vielleicht schon bald, gerate ich mit ihr bestimmt wieder aneinander. Vielleicht macht sich Hugh das nicht ganz klar."

„Hm", machte Patrick, Hand noch auf der Sonnenuhr. Ich sah, daß an seinem Tweedrock ein Knopf fehlte. „Ich glaube, es ist besser, du tust, was Hugh sagt."

„Ich weiß, aber ..." Ich brach ab und zwang mich zur Ruhe. „Patrick, das bringt mich in eine äußerst schwierige Lage, siehst du das denn nicht?"

„Warum sprichst du nicht mit Hugh darüber?"

„Weil ..." Meine Fingernägel gruben sich in meine Handflächen. „Patrick, ich habe Angst vor ihm. Ich glaube, daß ihm jeder Vorwand recht ist, mich zu quälen. Natürlich werde ich mir alle Mühe geben, höflich zu ihr zu sein. Aber wenn ich sie doch einmal kränke, unwissentlich ... Patrick, du wirst es doch nicht zulassen, daß Hugh mir etwas tut, nicht wahr? Ich meine ... sosehr kannst du mich doch gar nicht hassen."

Er sah mich erstaunt an und legte seine Hand beschwichtigend auf meinen Arm. „Dich hassen? Aber woher denn? Und wegen Hugh brauchst du dir keine Sorgen zu machen. Er wird dir nichts tun, es sei denn, du hättest es verdient. Er ist sehr anständig und sehr gerecht, und ... nun, ich bin fest davon überzeugt, daß er schon das Richtige tut. Er gehört nicht zu den Menschen, die Fehler machen."

„Wir machen alle Fehler", sagte ich und fühlte, wie mir schwindlig wurde. Ich lehnte mich gegen die Sonnenuhr.

„Wenn du gegen Hugh doch nur nicht so voreingenommen wärst!" rief er in einer Mischung aus Gereiztheit und Ungeduld. „Wenn du ihn doch nur sehen könntest, wie er wirklich ist! Er ist so gescheit, so faszinierend, und er liebt die Erde genausosehr wie ich, wenn er von Blumen auch nur wenig versteht. Dafür interessieren ihn Bäume um so mehr, und er hat da für meinen Garten einige Ideen entwickelt, einfach großartig ... Er ist überhaupt der einzige, der versteht, worauf es mir hier ankommt. Oft sprechen wir stundenlang über den Garten, und ... aber, Sarah, du hörst mir ja gar nicht zu."

„Ich muß mich einen Augenblick setzen."

„Mach dir doch endlich klar, daß du Hugh in einem völlig

falschen Licht siehst. Wenn du nicht so starrsinnig wärst, hättest du deine Meinung über ihn schon längst geändert!"

„Starrsinnig? Ich? Nun, in dem Punkt kann ich dir bestimmt nicht das Wasser reichen", sagte ich.

Das Schwindelgefühl wurde so unerträglich, daß ich die Augen schloß. Als ich sie wieder öffnete, fand ich mich allein.

Es war sehr still.

Nach Minuten kehrte ich zur Rasenfläche zurück. Nanny war mit John und Eleanor im Haus verschwunden. Ned half seinem Vater dabei, einen Haufen Reisig für das Feuer aufzuschichten. Ich sah ihnen zu, und als Ned winkte, dachte ich: Was soll ich nur tun?

Die Frage blieb ohne Antwort. Während Flammen emporzüngelten und Rauch aufstieg, hob ich hilflos die Schultern und ging auf mein Zimmer, um mich für das Abendessen umzuziehen.

6. KAPITEL

I

Im Dezember kamen Thomas und David, um Weihnachten bei uns zu verbringen. Thomas wollte Oxford verlassen und in London Medizin studieren, und David, jetzt achtzehn, hatte die Absicht, die berühmten Opernhäuser auf dem Kontinent zu besuchen. Später wollte er in Cambridge englische Literatur studieren und nebenbei Libretti schreiben.

Da sie mit eigenen Problemen beschäftigt waren, bemerkten sie zuerst nichts von der veränderten Situation auf Cashemara. Doch bald schon zeigte sich, daß sie MacGowan mißtrauten.

„Du magst ihn nicht besonders, Sarah, nicht wahr?“ fragte Thomas.

Ich zuckte die Schultern. „Er ist Patricks bester Freund.“

„Patrick wird sicher nicht ewig so von ihm fasziniert sein.“

„Möglich“, erwiderte ich.

Tatsächlich war eben dies die Hoffnung, die mich in Augenblikken ärgster Niedergeschlagenheit aufrecht hielt. Liebesverhältnisse währten meist nur kurze Zeit. Irgendwann kam es in der Regel zu Reibereien. Doch zwischen Patrick und MacGowan schien es dergleichen nicht zu geben. Nur ein nicht eindeutiges Symptom fiel mir auf: Nach Davids und Thomas' Abreise begann Patrick aus irgendeinem Grund im Übermaß zu trinken.

„Schon am Vormittag“, wies ihn MacGowan zurecht. „Das ist mehr als unvernünftig.“

„Aus dir spricht ja nur deine verdammte presbyterianische Erziehung.“

„Ich bin um deine Gesundheit besorgt“, sagte MacGowan – eine sehr geschickte Antwort, denn Patrick war genau der Mann, sich durch Mitgefühl rühren zu lassen.

Der Februar kam. Da Edith auf Clonagh Court die letzten Renovierungsarbeiten beaufsichtigte, bekam ich sie nur selten zu Gesicht. Die Hochzeit sollte Mitte März stattfinden.

„Vielleicht ist eine Ehe gerade das, was die arme Edith zu ihrem Glück braucht", meinte Madeleine, die mich jetzt öfter besuchte. Es war ihr gelungen, wieder einen Arzt zur Mitarbeit zu gewinnen, diesmal sogar einen jungen, einen gewissen Dr. Cahill. „Natürlich ist MacGowan keine passende Partie für sie, aber Annabel hat mit ihrem Smith ihren Töchtern ja nicht gerade ein gutes Beispiel gegeben. Ich bin entschlossen, nachsichtig zu sein, und daß endlich wieder jemand auf Clonagh Court wohnt, ist nur zu begrüßen. Als meine liebe Großmutter noch am Leben war . . ."

Meine Gedanken schweiften ab.

„. . . war das wirklich Whisky, den ich roch, als Patrick mich küßte, oder habe ich mir das nur eingebildet?"

„Ich . . . ich weiß nicht, Madeleine. Mir ist nichts aufgefallen."

„Hat er Kummer?"

„Nein, Madeleine, bestimmt nicht."

„Du wirkst seit einigen Monaten bedrückt. Quält dich etwas?"

„Nichts weiter. Nur der Haushalt . . . die Arbeit verlangt mir viel ab. Ich habe immer alle Hände voll zu tun."

„Aber eure finanzielle Lage hat sich doch gebessert. Warum stellst du nicht eine Haushälterin ein?"

„Das geht nicht. Wir müssen so viel Geld sparen, wie wir nur können . . . die Kinder . . . ihre Zukunft . . ." Und ich sprach und sprach, denn es war so viel leichter, über die Zukunft zu sprechen als über die Gegenwart.

Wir lebten in einer unruhigen Zeit. Tagtäglich mußten MacGowan und sein Vater, der ihm noch bei der Verwaltung half, sich mit feindseligen und aufsässigen Pächtern herumschlagen. Für MacGowan war es von entscheidender Wichtigkeit, über alles im Bilde zu sein, was im Lande vor sich ging, und so kam es, daß auch ich viel von der Land League hörte, Parnells Organisation zur Durchsetzung der Bodenreform, und nicht zuletzt über Parnell selbst, der mit seiner Gruppe von sechzig irischen Parlamentsmitgliedern in Westminster die Selbstregierung forderte. Im vergangenen Jahr waren Parnell und die übrigen Führer der Land League verhaftet worden. Doch nach einem dreiwöchigen Prozeß hatte man die Anklage, sie stifteten die Pächter zum Aufruhr an, wieder fallengelassen.

„Ein schwarzer Tag für uns Verwalter", meinte MacGowan grimmig, und der Boycott-Fall gab ihm recht.

Boycott, ein Verwalter, der etwa sechzig Kilometer von Cashemara entfernt lebte, hatte mit seinen Pächtern Schwierigkeiten bekommen. Das niedrige Pachtgeld, das sie ihm boten, wies er zurück und ließ sie unnachsichtlich exmittieren. Daraufhin fand er sich in der Gemeinde völlig isoliert. Um die Ernte einzubringen, mußte er Arbeiter aus dem Norden holen, zu deren Schutz Militär herbeibeordert wurde. Die Kosten für das Unternehmen waren so hoch gewesen wie der Ertrag, den die gerettete Ernte abwarf.

„Allmächtiger Gott!" rief Patrick. „Wenn ich mir vorstelle, daß das bei uns passiert!"

„Ausgeschlossen", erwiderte MacGowan kurz. „Oder hältst du es für denkbar, daß sich die O'Malleys mit den Joyces für mehr als fünf Minuten verbünden? Außerdem besteht die Land League in diesem Tal nur aus jenem lächerlichen Geheimbund, der sich die Blackbooters nennt und von diesem Strolch Maxwell Drummond angeführt wird."

Maxwell Drummond – die unvermutete Wiederbegegnung mit diesem Namen verwirrte mich so, daß ich kaum zuhörte, als Patrick seinem Freund einschärfte, ja auf der Hut zu sein.

„. . . vergiß um Gottes Willen nicht, was mit Derry passiert ist", schloß er eindringlich.

„Derry Stranahan hat geglaubt, mit Worten erreichen zu können, was sich oft nur mit den Fäusten erreichen läßt", sagte MacGowan. „Hätte er weniger geredet und mehr gehandelt, so würde er heute noch leben."

„Aber Drummond hat ihn umbringen lassen, Hugh!"

„Maxwell Drummond würde ich mit einer Hand zusammenschlagen. Hoffentlich gibt er mir eines Tages Gelegenheit dazu."

Es hieß, daß zu dieser Zeit insgesamt siebentausend Polizisten und Soldaten nötig waren, um den Frieden in Mayo-Country aufrechtzuerhalten. Und Cashemara lag unmittelbar vor der Türschwelle dieses Gebietes.

Bei der Parlamentseröffnung im Januar sprach die Königin von dem beunruhigenden Charakter, den die sozialen Verhältnisse in Irland angenommen hätten. Die wenigen Freunde, die mir in London geblieben waren, baten mich in ihren Briefen eindringlich, nach England zu kommen, ehe man mich hier in meinem Bett ermordete.

„Wie denkst du darüber, Hugh?“ fragte Patrick.

„Sarah muß im Augenblick hierbleiben“, erwiderte MacGowan ohne langes Überlegen. „Wenn sie abreist, glauben die Iren, du hättest sie fortgeschickt, weil du vor ihnen Angst hast. Sie muß bleiben.“

„Nun gut, aber vielleicht die Kinder . . .“

„Patrick, wenn jemand aus dem Hinterhalt erschossen werden sollte, so gewiß nicht die Kinder, sondern ich.“

Die Vorstellung war zu verlockend, als daß ich sie mir nicht in allen Einzelheiten ausgemalt hätte. Doch leider hoffte ich vergeblich. Kein Schuß aus dem Hinterhalt fällte Patricks so hochgeschätzten Freund, und am 12. März wurden MacGowan und Edith in aller Stille in der Kapelle auf Cashemara getraut, um anschließend auf Clonagh Court Einzug zu halten.

Genau wie ich vermutet hatte, war ich sie damit noch längst nicht los. Edith besuchte mich jeden Tag, und mindestens zweimal in der Woche kam sie mit Hugh zum Essen. Dennoch war die Situation jetzt erträglicher. Als Edith sich dann im Frühjahr erbot, mich bei den Höflichkeitsbesuchen, die ich den Nachbarn abstattete, zu begleiten, erhob ich keinen Widerspruch.

Stets reisten wir mit zwei bewaffneten Lakaien, und wenn wir überhaupt einen Bauern zu Gesicht bekamen, so nur aus der Ferne. Drummond sah ich nie, aber das war auch nicht wichtig, weil ich nur noch selten an ihn dachte. Mit Marguerites Tod schien auch er für mich dahingegangen zu sein, und meine Freundschaft mit seiner Frau war ebenso verblaßte Erinnerung wie meine allwöchentlichen Fahrten zur Apotheke, die ich in der Hoffnung unternommen hatte, ihm irgendwann zu begegnen.

Der Sommer verging. Zu Neds Entzücken kündigte seine Gouvernante, und Patrick inserierte nach einem Privatlehrer. John feierte seinen vierten Geburtstag und blies voll Stolz die Kerzen auf seinem Kuchen aus. Sein Gesundheitszustand machte mir noch immer Sorgen, doch war er im vergangenen Jahr zweifellos ein ganzes Stück gewachsen. Er konnte jetzt richtige Wörter aussprechen, wenn auch nicht sehr viele. Doch was man ihm sagte, verstand er genau. Eleanor war schon mit ihren nicht ganz zwei Jahren soweit. Sie plapperte pausenlos.

„Bald werden wir eigens für sie eine Gouvernante engagieren müssen!“ sagte Patrick lachend. „Hoffentlich finde ich für Ned einen guten Lehrer.“

„Nimm doch einen Schotten", sagte MacGowan. „Wir Schotten brauchen uns mit unserer Erziehung hinter niemandem zu verstecken."

„Ich möchte nicht, daß Ned mit schottischem Akzent spricht", scherzte Patrick, doch MacGowan, der keinen Humor besaß, erwiderte sehr ernst, bei einem gebildeten Schotten sei der mundartliche Einschlag minimal.

„Bei deinem Vater ist er nicht so minimal."

„Mein Vater ist ja auch ungebildet."

Wie die beiden MacGowans zueinander standen, begriff ich eigentlich nie. Der Alte bezeugte seinem Sohn eine Art widerwilligen Respekt, und Hugh ließ es sich nicht nehmen, seine Pflicht getreulich zu erfüllen und seinen Vater allwöchentlich zu besuchen. Doch ich kannte Hugh MacGowan inzwischen gut genug, um zu vermuten, daß sich unter der untadeligen Oberfläche eine tiefwurzelnde Verachtung verbarg.

In Westminster debattierte man unentwegt über das irische Landgesetz, und als sich das Parlament dann im August vertagte, kamen Thomas und David nach Cashemara und brachten aus London die allerneuesten Nachrichten mit.

Thomas studierte zu dieser Zeit in London Medizin, und David, der im Oktober nach Cambridge sollte, schrieb inzwischen nicht etwa Libretti, sondern eine Detektivgeschichte.

„Das macht mir noch mehr Spaß", sagte er zu mir. „Wäre es nicht lustig, wenn die Geschichte gedruckt würde?"

„Lästig meinst du wohl", korrigierte Thomas, der Romane grundsätzlich für unnützes und frivoles Zeug hielt. „Sarah – trinkt Patrick eigentlich immer soviel wie jetzt, oder stimuliert ihn unser Besuch zu besonderer Geselligkeit?"

„Aber natürlich, das wird es sein", erwiderte ich mit einem erzwungenen Lächeln.

„Nun, dann kann ich nur hoffen, daß er nicht im selben Stil weiterfeiert. Es war entsetzlich, wieviel er gestern abend nach dem Essen in sich hineingeschüttet hat. Vor kurzem hatte ich einen Säufer unter dem Messer, der im Arbeitshaus von Marylebone gestorben war. Wenn Patrick dessen Leber gesehen hätte, würde er nie wieder einen Tropfen Portwein anrühren."

„Erzähle nicht so widerliche Geschichten, Thomas", sagte David. „In letzter Zeit hast du es dir zur Gewohnheit gemacht, jedem deine Leichen haarklein zu beschreiben. Einfach ekelhaft.

Im übrigen bin ich nicht im geringsten überrascht, daß Patrick so viel trinkt. Wenn ich diesen MacGowan um mich hätte, würde ich auch zur Flasche greifen."

„Finde ich auch", meinte Thomas. „Mein Gott, wer Patrick nicht so gut kennt wie wir, könnte fast glauben, diese Freundschaft hat etwas Widernatürliches."

„Aber Thomas, was sagst du da!" rief David ärgerlich und wurde rot. Meine Gegenwart setzte ihn offenbar in Verlegenheit.

„Ich habe doch nur gesagt, wer Patrick *nicht* so gut kennt wie wir, könnte fast glauben . . ."

Aber so gut, wie sie meinten, kannten sie ihn nicht. Patrick trank und spielte seine Rolle, und auch ich begann zu trinken und spielte meine Rolle. Tagsüber gestattete ich mir dann und wann ein Gläschen Madeira, und beim Abendessen trank ich wesentlich mehr als früher.

„Sarah", sagte Thomas, als er mich einen Tag vor seiner und Davids Rückkehr nach England im Speisezimmer allein bei der Karaffe entdeckte, „was geht in diesem Haus eigentlich vor?"

„Nichts", erwiderte ich, Blick auf der Karaffe. „Ich habe seit einiger Zeit so scheußliche Kopfschmerzen, und der Wein scheint dagegen zu helfen."

„Warst du schon bei einem Arzt? Es gibt da ein neues Mittel gegen Kopfschmerzen, und . . . Sarah, irgend etwas stimmt hier doch nicht."

„Aber woher denn? Ich mache mir nur zuviel Sorgen. Ob wir einen Lehrer finden, der bereit ist, nach Cashemara zu kommen. Ob das Personal vielleicht kündigt. Ob Nanny es womöglich nicht länger in Irland aushält."

„Ich verstehe schon. Die politische Lage ist ja auch wirklich sehr heikel. Wenn du nach London kommen könntest . . ."

„Nein, das geht nicht. Völlig ausgeschlossen. MacGowan hat nämlich gesagt . . ." Ich brach ab, doch es war bereits zu spät.

„MacGowan", sagte Thomas. „MacGowan hier, MacGowan dort. Immer und überall MacGowan. Der hat hier auf allem seine Hand, nicht wahr?"

„So ist es das Beste, Thomas. Patrick braucht jemanden, der die Angelegenheiten für ihn ordnet."

„So ist es das Beste? Das glaube ich kaum, wenn ich sehe, wie MacGowan hier umgeht, als ob ihm das Haus gehört. Unerträglich, wie er euch beide herumkommandiert!"

„Dazu kann ich nichts sagen, Thomas. Da müßtest du schon mit Patrick sprechen."

Aber soweit konnte er sich offenbar doch nicht überwinden. Patrick war sechzehn Jahre älter als er und das Idol seiner Kindheit. Wenig später reisten er und David ab. Sie versprachen, zu Weihnachten wiederzukommen.

Aber sie kamen nicht. Statt dessen schickten sie einen Brief, in dem sie sich darauf herausredeten, sie seien sehr dringend von Marguerites besten Freunden eingeladen worden ... Weihnachten in Yorkshire ... konnten das beim besten Willen nicht abschlagen ... Patrick und ich würden das hoffentlich verstehen.

Patrick verstand und betrank sich. Ich hatte die heimliche Trinkerei inzwischen aufgegeben, doch Patrick, MacGowans Ermahnungen zum Trotz, dachte nicht daran, sich in diesem Punkt auch nur den geringsten Zwang aufzuerlegen.

Nachdem er Thomas' und Davids Brief gelesen hatte, trank er zwei Flaschen Portwein. Später hörte ich dann aus seinem Zimmer MacGowans wütendes Gebrüll. In meinem Boudoir konnte ich jedes Wort verstehen.

„Du verdammter Narr!" schrie MacGowan. „Steh auf!"

Das Geräusch klatschender Schläge drang herüber, und ich hielt mir die Ohren zu, stürzte hinaus und lief die Treppe empor zu den Kinderzimmern. Das Unglück wollte es, daß gerade an diesem Nachmittag Vetter George zu seinem alljährlichen Höflichkeitsbesuch kam. Als ich ihn unten empfing, bemerkte er sofort, daß irgend etwas nicht stimmte.

„Meine liebe Sarah ... gibt es Probleme ... kann ich dir vielleicht helfen?" Seine Stimme klang so freundlich, daß ich ihn überrascht ansah. Bisher hatte ich ihn immer als bärbeißigen Junggesellen abgetan, der Patrick genausowenig ausstehen konnte wie Patrick ihn. Jetzt entdeckte ich auf einmal, daß sich unter der rauhen Schale ein weicher Kern verbarg: ein liebenswertes Gesicht und scheue, mitfühlsame Augen. „Falls es irgendwelche Schwierigkeiten gibt ... hoffe sehr, daß du Vertrauen zu mir hast ... habe dich immer für eine prächtige Frau gehalten ... Patrick verdient dich gar nicht ... schlimm, ein so hübsches Geschöpf wie dich so durcheinander zu sehen ..."

Ich weinte. Aber ich weinte nur, weil er mich hübsch genannt hatte.

„Entschuldige bitte ..."

„Du darfst unmöglich hierbleiben. Viel zu nervenaufreibend für dich. Mußt nach London fahren, die Kinder mitnehmen ... Falls Patrick die Reise nicht bezahlen kann, gebe ich ihm das Geld."

„Du bist sehr freundlich, aber ... wir müssen bleiben." Über MacGowan kein Wort, um Gottes willen, kein einziges Wort. „Patrick meint ..."

„Also wenn du mich fragst – Patrick scheint in letzter Zeit überhaupt keine eigene Meinung mehr zu haben. Madeleine sagt, es ist schändlich, wie er sich von seinem schottischen Verwalter herumstoßen läßt, und ich sage, es ist mehr als schändlich, es ist ein Skandal, bei Gott. So schlimm war es ja nicht einmal, als dieser unverschämte Stranahan hier freie Hand hatte."

„Es ... es steht mir nicht zu, Kritik zu üben ..."

„Natürlich, ich verstehe schon. Du bist Patrick eine gute und ergebene Frau. Trotzdem ist es wohl an der Zeit, daß jemand ein ernstes Wort mit ihm redet. Bin gern bereit, das zu übernehmen. Habe mich, bei Gott, noch nie vor meiner Pflicht gedrückt, so unangenehm sie auch immer sein mochte."

„Nein ... Vetter George ... bitte ..."

„Zermartere dir nicht länger deinen hübschen, kleinen Kopf, liebe Sarah. Ich werde mit Patrick sprechen."

„Nein!" schrie ich, vor Angst halb hysterisch. „Er würde glauben, daß ich mich bei dir über ihn beklagt haben ... das gäbe eine entsetzliche Szene ... bitte, Vetter George, bitte sage nichts ..."

Er fügte sich schließlich meinem Wunsch, doch war ihm deutlich anzusehen, daß er es nur widerstrebend tat und mich noch mehr bemitleidete.

Als er mir zum Abschied die Hand schüttelte, sagte er eindringlich: „Solltest du meine Hilfe brauchen, Sarah, ich bin immer für dich da. Laß mir auf Letterturk Grange eine kurze Nachricht zukommen. Das genügt."

Sonderbarerweise trösteten mich seine Worte sehr. Es tat gut, zu wissen, daß jemand da war, der mir im Notfall beistehen würde. Doch genau wie sich nach einem stürmischen Zwischenspiel der Wind oft völlig legt, kehrte auch unser Leben auf Cashemara in normale Bahnen zurück. Patrick (von MacGowan offenbar windelweich geprügelt) gab das Trinken auf, eine Erkältung hielt mir Edith eine ganze Woche lang vom Halse, und die Kinder begannen sehnsüchtig von Weihnachten zu sprechen.

Ihnen zuliebe gaben wir uns immer alle Mühe, Weihnachten auf Cashemara zum festlichen Ereignis zu machen. In der Halle schmückten wir nach deutschem Brauch eine Tanne, Patrick fertigte bunte Papierketten für die Kinderzimmer, die Köchin und die Küchenmädchen zauberten Unmengen von Kuchen und Puddings hervor, und für den größten Truthahn auf dem Hof schlug die letzte Stunde. Ich legte die hübsch eingewickelten und mit Schildchen versehenen Geschenke unter den Tannenbaum in der Halle, wo wir dann am Heiligen Abend zusammen mit den Bediensteten Lieder sangen, während die so verlockenden Päckchen und Pakete erst am nächsten Morgen geöffnet werden durften.

Etwas später kam dann der Pastor, Mr. McCardle, nach Cashemara, um in der Kapelle Andacht zu halten, ehe er zu seiner protestantischen Gemeinde in Letterturk zurückkehrte. Sonst gab es in der Kapelle zweimal monatlich Gottesdienst, und das eigentlich nur, um den äußeren Schein zu wahren, doch das Heilige Fest ohne christlichen Rahmen – das schien einfach undenkbar.

Nach Weihnachten dann Silvester: Silvester, das ich haßte, weil es die Vorstellung von Vergänglichkeit und rasch entschwundenem Leben in mir wachrief. Jetzt, da die Zukunft so düster schien, wirkte der letzte Tag des alten Jahres doppelt trostlos. Gedanken kamen und nisteten sich fest – wie anders sich doch alles gestaltet hätte, wenn nur MacGowan nicht nach Cashemara gekommen wäre; ein neues Baby vielleicht; etwas, worauf ich mich freuen könnte; etwas, das mich meiner tiefen Niedergeschlagenheit entreißen würde.

Ja, ein neues Baby. Das wäre eine wahre Erlösung, vielleicht meine Errettung aus diesem Teufelskreis.

Immer wieder mußte ich daran denken. Der Wunsch, das Verlangen danach nahm von mir Besitz, wurde zur Besessenheit. Vielleicht war ich nicht ganz bei Verstand. Vielleicht hatte der Druck, dem ich in den vergangenen Monaten ausgesetzt gewesen war, mich tiefer verstört, als ich wahrhaben wollte; doch am Ende dachte ich: Warum eigentlich nicht? Ich habe mein gegebenes Wort gehalten. Verdiene ich da nicht eine Belohnung? Weshalb sollte MacGowan gegen ein neues Baby sein? Das würde doch genauso in seine Pläne passen wie die Scheinheirat mit Edith. Und hätte ich nicht endlich etwas, worauf ich mich freuen könnte?

„Nein“, sagte Patrick. „Endgültig nein.“

„Warum?“ fragte ich und versuchte, die Tränen zu unterdrücken.

„Weil ich vor der Welt schon genug Theater spielen muß. Zu mehr habe ich wirklich keine Lust.“

„Aber mir zuliebe . . .“

„Es wäre falsch von uns, noch ein Kind in die Welt zu setzen“, sagte er, und auf seinem Gesicht erschien jener starrsinnige Ausdruck, den ich so gut an ihm kannte. „Dein Wunsch, ein Baby zu bekommen, ist nach Lage der Dinge völlig verfehlt.“

Ich war so enttäuscht, daß ich, wenn schon nicht mit den Fäusten, so doch mit Worten um mich schlug. Verächtlich sagte ich: „Das sagst du doch nur, weil du dir gar nicht mehr zutraust, ein Kind zu zeugen!“

Er wurde kreideweiß, drehte sich dann um und verließ das Zimmer.

Kaum zehn Minuten später öffnete sich die Tür des Boudoirs wieder. Ich blätterte gerade in einem Magazin, war jedoch noch zu erregt, um mehr als ein verschwimmendes Etwas vor mir zu sehen.

„Nun erzähle mir ja nicht, du hättest dir's anders überlegt“, sagte er erbittert, ohne den Kopf zu heben; und dann fiel ein Schatten über die Couch, und ich wußte, daß nicht Patrick, sondern MacGowan hier bei mir war.

II

„Schau doch nicht so verängstigt drein, Sarah“, sagte er und trat zum Kamin, auf dessen Sims er lässig den Ellenbogen stützte. „Ich bringe dir nämlich eine gute Nachricht. Von Patrick habe ich erfahren, daß du aus gewissen Gründen mit ihm ins Bett gehen willst, und es mag dich interessieren, daß ich nichts dagegen habe.“

Ich starrte ihn an. Er erwiderte meinen Blick, und für einen kurzen Moment konnte ich seinen Zorn und seine Eifersucht spüren. Dann hatte er sich wieder in der Gewalt.

„Also hat Patrick es sich anders überlegt“, sagte er. „Er wird nun doch eine Nacht bei dir verbringen.“ Er sah meine Verwirrung und lächelte. „Das war doch dein Wunsch, nicht wahr?“

„Mein Wunsch ist es, ein Baby zu bekommen“, sagte ich mit erstarrten Lippen.

„Natürlich, natürlich. Allerdings bist du besorgt, daß Patrick dir vielleicht gar nicht geben kann, was du dir so wünscht, nicht wahr?"

Ich schwieg.

„Aber ich kann dir versichern, Sarah, in dem Punkt brauchst du wirklich nicht besorgt zu sein. An deiner Stelle würde ich mir weniger um Patricks Zeugungskraft als um deine Fähigkeit, zu empfangen, Sorgen machen. Damit hattest du doch schon immer Schwierigkeiten, nicht wahr?"

Ich versuchte zu sprechen, brachte jedoch kein Wort hervor.

„Auch jetzt noch besorgt? Nun ja, es ist nicht sehr wahrscheinlich, daß es gleich in der ersten Nacht klappen wird. Aber es gibt ja noch mehr Nächte, nicht wahr? Und wenn du derart besessen bist von dieser lächerlichen Idee, unbedingt wieder ein Kind bekommen zu wollen . . ."

„Nein", sagte ich.

„Du bist nicht davon besessen? Ah ja, ich glaube zu verstehen. Meine Lösung, dir zu deinem Glück zu verhelfen, gefällt dir nicht ganz. Wie bedauerlich! Mir gefällt sie nämlich. Wenn die Gesellschaft einen zwingt, das zu führen, was sie ein normales christliches Leben nennt, so neigt man dazu, sich an unkonventionellen Vergnügungen zu ergötzen. Seltsam, nicht? Wie wäre das wohl in einer Gesellschaft, wo es gar keine Regeln gäbe, die man brechen könnte? Zweifellos würden alle bald an Langeweile sterben."

„Bleiben Sie mir vom Leibe . . ."

„O nein. Jedenfalls nicht, solange du Patricks Selbstachtung zerstörst und ihm die Trümmer auch noch ins Gesicht schleuderst, du Luder!" Sein eben noch sehr beherrschtes Gesicht wirkte plötzlich völlig entstellt, und die Grausamkeit des Mundes schien auf den ganzen Körper überzugreifen.

„Ich habe es nicht so gemeint . . ."

„O doch, das hat du", sagte er. „Ich kenne Weiber von deinem Schlag – ein wenig Sarkasmus hier, eine bissige Bemerkung dort – du zerstörst einen Mann Stück für Stück."

„Ich . . ."

„Halte den Mund. Du hast mit deinen Worten schon genug Schaden angerichtet, und bald schon wirst du mir dafür büßen!"

Kaum eine Sekunde später war er verschwunden. Hinter ihm schlug die Tür mit solcher Wucht ins Schloß, daß die Wände bebten.

Nach einer Weile erhob ich mich, nahm aus der Schublade meines Schreibtisches das Papiermesser und steckte es mir, Kleid und Unterröcke hochraffend, oben in den Strumpf. Danach fühlte ich mich sicherer, obwohl ich genau wußte, daß ich nie den Mut aufbringen würde, es zu gebrauchen, nicht einmal in Notwehr.

Einen Augenblick spielte ich mit dem Gedanken, an Charles zu schreiben. Doch das war gefährlich. Denn falls ich mich dazu hinreißen ließ, meinen Bruder um Hilfe zu bitten, und MacGowan den Brief abfing . . . nein, ausgeschlossen. Ich hatte einen Fehler begangen und eine Krise ausgelöst. Jetzt blieb mir nichts anderes übrig, als die Krise durchzustehen. Irgendwann würden sich die Wogen schon wieder glätten. MacGowan hatte mir oft genug gedroht, seine Drohungen jedoch noch nie wahrgemacht. Warum sollte er es jetzt tun, wenn ich die Zerknirschte spielte? Und so entschuldigte ich mich später vor dem Abendessen in seiner Gegenwart bei Patrick und bat zur Sicherheit auch MacGowan selbst um Verzeihung, und Patrick meinte verlegen, es sei besser, nicht mehr davon zu sprechen.

Zwei Wochen lang schloß ich jeden Abend die Tür meines Schlafzimmers ab und schob sogar die Kommode davor. Aber niemand belästigte mich. Meine Furcht ebbte ab. Schließlich legte ich das Papiermesser in die Schublade des Schreibtischs zurück, und als mir Patrick am nächsten Tag sagte, daß er auf Clonagh Court übernachten würde, fand ich, daß ich meine Schlafzimmertür nicht abzuschließen brauchte.

Das war ein Irrtum. Während ich zum erstenmal seit zwei Wochen tief und fest schlief, kamen sie zurück. Es war lange nach Mitternacht. Sie kamen in mein Zimmer, alle beide, und nachdem MacGowan die Tür abgesperrt hatte, gab es für mich kein Entkommen mehr.

Zuerst glaubte ich, MacGowan wolle mich nur festhalten, während Patrick mich vergewaltigte. Ich meinte, MacGowans bloße Anwesenheit genüge, um Patrick zu erregen und mich zu erniedrigen.

Ich war sehr naiv.

Sie zündeten die Lampe an – das heißt, Patrick machte das wohl, denn MacGowan preßte mich aufs Bett, während ich gegen ihn ankämpfte und schrie. Patrick war betrunken: nicht so betrunken, daß er geschwankt hätte, doch betrunken genug, um unaufhörlich laut daherzuschwatzen. Zuerst verstand ich nicht, was er sagte;

doch dann, als ich nicht mehr schrie, hörte ich etwas von einer Schaustellung. Ich begriff nicht, was er meinte, und wollte ihn fragen; doch kein Wort kam über meine Lippen.

Plötzlich vernahm ich MacGowans Stimme. Ich müsse endlich aufhören, in Patrick meinen Mann zu sehen. Patrick gehöre einzig und allein ihm. Doch da ich zu starrsinnig sei, um das einzusehen, müsse man mich zwingen, der Wahrheit ins Auge zu blicken.

„Und die Wahrheit ist, daß ich jetzt nur auf diese Weise mit dir ins Bett gehen kann", sagte Patrick. „Nur auf diese Weise." Und im nächsten Augenblick war er es, der mich festhielt, während MacGowan, jetzt hinter ihm, irgend etwas aus dem Gürtel zog.

Es war eine Peitsche, deren verzierter Silbergriff im Schein der Lampe schimmerte.

Ich begriff immer noch nicht.

MacGowan zerrte an Patricks Kleidern, während ich, halb vom Licht der Lampe, halb von den Reflexen auf dem Silbergriff geblendet, die Augen schloß. Doch als ich wieder schreien wollte, spürte ich Patricks Mund feucht auf meinen Lippen, und sein übelriechender Atem drang mir in die Nase. Ich wollte mich erbrechen, weil der Alkoholdunst mir den Magen umzustülpen schien, aber ich war nicht imstande, mich zu erleichtern, ich mußte es wieder herunterwürgen. Und dann hörte ich das Sausen der Peitsche und ihr Klatschen. Nein, ich sah sie nicht, ich hielt die Augen ja geschlossen. Doch meine Ohren konnte ich nicht verstopfen, und obwohl kein einziger Schlag meinen Körper traf, spürte ich doch jeden in Patricks ekstatischem Zusammenschaudern.

Seine Erregung steigerte sich zur Siedehitze. Keuchend und stöhnend schien er sich über mir hin und her zu wälzen, und seine schroffen, abrupten Bewegungen waren für mich wie eine Folter. Nie zuvor war es so gewesen. Nie zuvor hatte es so bestialisch weh getan. Wahrscheinlich wäre ich vor Schmerzen ohnmächtig geworden, hätte ich nicht im selben Augenblick bemerkt, daß das Sausen und Klatschen der Peitsche plötzlich verstummt war.

Die Augen zum winzigen Spalt öffnend, sah ich, daß Patrick über die Schulter zurückblickte, und der Ausdruck auf seinem Gesicht entsetzte mich so tief, daß ich den letzten Rest meiner Selbstbeherrschung verlor. Ich strampelte und stieß, und in meiner Hysterie hatte ich sogar die Kraft, einen Arm freizubekommen. Im nächsten Augenblick krachte die Lampe auf den Fußboden. Die

Flamme erlosch, das Glas zersplitterte, und für einige Sekunden herrschte in der Dunkelheit nichts als wildes Durcheinander.

MacGowan fluchte. Patricks Erregung schien mit einem Schlag abzubrechen, sein Körper erschlaffte und lag auf mir wie ein totes Gewicht.

MacGowan riß ein Streichholz an.

Das ist die einzige klare Erinnerung, die ich habe, und diese Erinnerung werde ich bis zu meinem Tod nicht loswerden können. Was danach kam, erscheint verwischt, durch die dazwischenliegenden Jahre getrübt. Doch wie das Streichholz angerissen wurde, kann ich selbst heute noch deutlich hören, und ebenso klar sehe ich MacGowans Augen, die mich über die kleine Flamme hinweg beobachteten.

Für eine grell umrissene Sekunde sah ich mich, wie er mich sah: als seine Rivalin, als ständige Bedrohung, als die Widersacherin, die ihm Patrick vielleicht rauben konnte. Ich begriff, daß mein Wunsch nach einem Kind ihm als List erschienen war, als übler Trick, um zwischen Patrick und ihn einen Keil zu treiben. Und noch etwas wurde mir klar: Daß ich ihn bei seiner Befriedigung an Patrick gestört hatte, mußte seinen Zorn bis zur Besinnungslosigkeit steigern.

Er sprach nicht.

Als das Streichholz seine Finger versengte, ließ er es fallen, trat es aus und riß ein anderes an. Dann entzündete er eine zweite Lampe und brachte sie dicht an das Bett. Patrick lag noch immer schlaff auf mir, doch MacGowan stieß ihn so brutal beiseite, daß er vom Bett auf den Fußboden stürzte, wo er, undeutlich murmelnd, sofort einzuschlafen schien. Meine Schreie hörte er offenbar nicht.

Niemand hörte sie. Niemand kam, um mich zu beschützen. Und während MacGowan sich lautlos auf mich zubewegte, wußte ich, daß für seinen perversen Trieb jetzt nicht Patrick herhalten mußte, sondern ich.

7. KAPITEL

I

Als ich wieder zu mir kam, hatte ich nur einen Gedanken: daß ich MacGowan eines Tages töten würde. Wo und wann und wie, das wußte ich nicht, aber darauf kam es jetzt auch nicht an. Wichtig war nur, daß ich an Hugh MacGowan Rache üben würde. Er sollte bereuen, daß er je nach Cashemara gekommen war.

Die Lampe an der Seite des Bettes brannte noch, und ich war allein. Ich zitterte, Wirkung des Schocks und der Kälte. Doch dann begann der Zorn in mir zu wühlen, und ich spürte die Kälte nicht mehr. Der Zorn wuchs und wuchs, eine Gewalt von so unglaublicher Stärke, daß sie ein eigenes Leben zu besitzen schien und einen Willen, den ich nicht kontrollieren konnte. Ich erschrak. Und dann dachte ich: Vielleicht werde ich verrückt; vielleicht ist das, was ich jetzt fühle, ein Zeichen dafür. Doch eben der Zorn und seine Macht ließen mich weiterdenken: Wenn ich verrückt werde, gewinnt MacGowan. Dann läßt er mich in eine Anstalt einweisen, und ich sehe die Kinder nie wieder.

Die Vorstellung machte mich fast rasend. Nein, ich würde nicht verrückt werden. Ich würde den Kampf aufnehmen und siegen.

Doch wie war dieser Kampf zu führen? Eine offene Schlacht durfte ich nicht wagen. Ich mußte zur List greifen. Zunächst einmal galt es, zu überleben.

MacGowan mußte in dem Glauben gewiegt werden, ich sei völlig unterjocht. Also hatte ich die Rolle des gebrochenen Opfers so überzeugend zu spielen, daß er von meinem Zorn nicht einmal etwas ahnte. Bei Patrick konnte ich anders verfahren. Ihm gegenüber durfte ich, in Grenzen natürlich, etwas von meinen wahren Gefühlen zeigen. Das wirkte nur normal. Doch in MacGowans Augen mußte ich als die Widersacherin erscheinen, die er endgültig vernichtet hatte. Gelang es mir, ihn auf diese Weise zu täuschen, so konnte ich an Flucht denken.

Ja, Flucht, ein gefährliches und vor allem äußerst schwieriges Unternehmen, denn natürlich durfte ich die Kinder nicht zurücklassen. Doch es mußte eine Möglichkeit dazu geben. Wenn ich nur lange und ausdauernd genug darüber nachgrübelte . . . MacGowans Tod . . . nein, das war keine Lösung. Denn die Polizei würde mich verhaften, und eine Verhaftung war nicht weniger schlimm als eine Einweisung ins Irrenhaus. Beides bedeutete das Ende meiner Hoffnungen.

Unwillkürlich schrak ich zusammen. Wie kam ich dazu, an Mord auch nur zu denken? Das mußte am Schock liegen, eine vorübergehende Verwirrung. Einzig Geistesgestörte oder Verbrechernaturen begingen einen Mord. Und ich war weder das eine noch das andere.

Aber ich wollte ihn töten. Ich wollte meine Rache.

Doch es war unsinnig, im Augenblick daran zu denken. Jetzt mußte ich alle Kraft einsetzen, um zu überleben. Erst nach der Flucht von Cashemara durfte ich meine Rache wieder ins Auge fassen. Dann, wenn ich in Sicherheit war.

Ich blieb den ganzen Tag über in meinem Zimmer, und als ein Bediensteter kam und mir meldete, Patrick wünsche mich zu sprechen, schüttelte ich nur den Kopf. Es verlangte mich sehr danach, die Kinder zu sehen, doch ich hatte Angst, sie zu berühren, weil ich mich so besudelt fühlte. Ich nahm ein Bad, nahm ein zweites und drittes. Auch am folgenden Tag badete ich mehrere Male, und wenn ich damit schließlich aufhörte, so nur, um vor dem Personal nicht zu exzentrisch zu erscheinen. Als ich mich dann aufraffte und zu den Kindern ging und sie wiedersah, da begriff ich noch deutlicher als zuvor, daß meine Überlegungen richtig waren. Ja, ich mußte das Spiel spielen, das die Voraussetzung bildete für alles, was später kommen sollte.

Ich verließ die Kinderzimmer, stieg die Treppe hinab. Und begegnete unten im Salon Patrick. Ich besaß die Kraft, meine Gefühle in Schach zu halten, und diese Kraft, deren Quelle mein Zorn war, nahm noch weiter zu. Sie befähigte mich, meiner Alltagsarbeit mit Ruhe und Gelassenheit nachzugehen. Ich führte den Haushalt, schlichtete Streitereien zwischen den Bediensteten. John bekam eine Lungenentzündung, und ich pflegte ihn Tag und Nacht. Meine Gesundheit hatte offenbar keinen Schaden genommen. Nur die allmonatliche Unpäßlichkeit blieb plötzlich aus, zweifellos eine Folge des erlittenen Schocks.

MacGowan ließ sich im Haus nicht sehen, und Patrick ging mir nach Möglichkeit aus dem Wege. Ich erledigte mechanisch, was immer es zu tun gab, und dachte sogar daran, meine Höflichkeitsbesuche bei den Nachbarn wiederaufzunehmen. Doch Patrick verbot es mir. Da es zu der Rolle gehörte, die ich jetzt spielte, die Rolle der fügsamen und einsichtsvollen Frau, ließ ich es sogar zu einem Gespräch unter vier Augen kommen.

Mit unsicherer Stimme versuchte er mir klarzumachen, daß es draußen immer noch sehr gefährlich war. Von Ruhe und Frieden im Land könne keine Rede sein. Ich erinnerte mich an Parnells Verhaftung im vergangenen Oktober und an das Verbot der Land League eine Woche danach.

„Aber das ist doch schon lange her", sagte ich. „Das liegt Monate zurück. Die Unruhen müssen inzwischen doch aufgehört haben."

„Ganz im Gegenteil. Jetzt schwelt die Unzufriedenheit unter der Oberfläche, um ab und zu um so heftiger zum Ausbruch zu kommen. In der letzten Woche wurden auf Clonagh Court Fensterscheiben eingeworfen, und Hugh geht nicht mehr allein auf Besichtigungsritte. Apropos Hugh, Sarah . . ."

„Ich möchte nicht, daß in meiner Gegenwart auch nur sein Name genannt wird", sagte ich aufgebracht, besann mich jedoch sofort. Ich mußte mich beherrschen. Ich mußte das Spiel spielen. Niemand durfte etwas von meinen wahren Gefühlen ahnen.

„Sarah, es tut mir so leid . . . ich habe nie gedacht, daß er . . . daß er dich je berühren würde . . ."

Da ich nicht wußte, ob ich mich ganz in der Gewalt hatte, schwieg ich. Er blickte mich flehend an, und um sein Gesicht nicht mehr sehen zu müssen, schloß ich rasch die Augen – doch aus der Dunkelheit vor mir stieg, wie ein Alptraum, die flackernde Streichholzflamme, und darüber starrten Hugh MacGowans Augen mich an . . .

„Sarah . . . ich wollte doch nur, daß du begreifst, was für ein Mann er ist . . ."

„Das ist dir gelungen", sagte ich.

„Nein, du verstehst nicht, hör mir einen Augenblick zu . . ."

Ich konnte sein Gesicht nicht ertragen. Und so betrachtete ich meine Hände.

„Versteh doch, Sarah. Ehe Hugh mein Freund wurde, habe ich mein ganzes Leben versucht, so zu sein, wie andere Menschen mich haben wollten: für meinen Vater ein Sohn, der seinen Vorstellungen entsprach; für Marguerite eine Art Bruder, den sie bewundern konnte; für dich der Mann, nach dem du dich sehntest. Doch ich war es nicht, ich war nichts davon, und je mehr Mühe ich mir gab, desto schlimmer wurde es. Mein Leben war wie ein Scherbenhaufen. Aber als Hugh dann kam . . . kannst du das nicht verstehen, Sarah? Endlich wußte ich, wer ich war. Ich wurde erwachsen. Ich konnte die Wahrheit akzeptieren. Ich war ein Durchschnittsmensch, der sich für Gartenbau interessierte, und wäre ich ein einfacher Handwerker oder selbst ein kleiner Gutsbesitzer gewesen, so hätte es nicht die geringsten Schwierigkeiten gegeben. Doch mein Unglück wollte es, daß ich in die falsche Gesellschaftsklasse hineingeboren worden war und auch in das falsche Jahrhundert und das falsche Land. Wäre ich vor zwei oder drei Jahrtausenden in Griechenland zur Welt gekommen, so hätte mein Verhältnis mit Hugh nirgends Anstoß erregt."

„Ich verstehe", sagte ich, unfähig, mich ganz zu beherrschen. „Du bist nicht etwa lasterhaft, verderbt und degeneriert, du hast nur ganz einfach Pech gehabt. Wie tröstlich, das zu wissen!"

„Sarah, dein Zorn ist sehr begreiflich, und ich weiß, daß du mir nicht glauben wirst – aber der Vorfall von neulich . . . nicht im Traum habe ich geglaubt, daß es dazu kommen würde. Ich wollte dir nur zeigen, daß ich nicht länger bereit war, die Rollen zu spielen, die andere – auch du – mir aufzwangen. Du solltest eigentlich nur Zuschauerin sein. Aber ich war so betrunken, und als ich dann die Erregung spürte . . ."

„. . . da fandest du, es müßte doch schön sein, mich zu vergewaltigen, während Hugh dich vergewaltigte – aber was sage ich da . . . das hat Hugh bei dir ja nicht nötig, nicht wahr? Bei ihm bist du nur zu willig. Nun, leider ist es mir unmöglich, deinem Beispiel zu folgen, Patrick, so außergewöhnlich dieser Mann in deinen Augen ja auch sein mag. Und jetzt entschuldige mich bitte. Ich muß mit Flannigan über die letzte Rechnung des Weinhändlers in Galway sprechen."

„Sarah, es wird nicht wieder vorkommen, das schwöre ich dir. Bitte, laß uns versuchen, diese häßliche Geschichte zu vergessen. Kann es zwischen uns nicht wieder so werden wie früher?"

Seine Frage verblüffte mich so, daß ich ihn einen Augenblick ungläubig anstarrte. Dann sah ich wieder auf meine Hände. Ich durfte mir nicht anmerken lassen, was in mir vorging.

„. . . . den Kindern zuliebe, Sarah . . ."

Ich schrie nicht: „Wage es nicht, die Kinder und deine Perversitäten im selben Atemzug zu nennen!", sondern sagte gelassen: „Nun gut, Patrick. Hugh möchte ich trotzdem nicht wiedersehen, jedenfalls vorläufig nicht. Dafür wirst du doch Verständnis haben."

„Oh, Gott, er kommt morgen abend zum Essen! Bitte, Sarah, sei vernünftig. Früher oder später würdet ihr einander ja doch wieder begegnen . . ."

MacGowan hatte sich also entschlossen, wieder auf Cashemara zu erscheinen. Zweifellos, um sich davon zu überzeugen, daß ich jetzt wirklich die gefügige Kreatur war, als die er mich zu sehen wünschte. Für einen kurzen, tief befriedigenden Augenblick spielte ich mit dem Gedanken an eine baldige Rache. Dann hatte ich mich wieder gefaßt und gab Patrick die Antwort, die er hören wollte.

„Also gut", sagte ich mit unbewegter Miene. „Ich werde ihn empfangen – aber nur, um der Kinder wegen den äußeren Schein zu wahren. Für die Zukunft wäre es mir lieber, wenn du ihn auf Clonagh Court besuchen würdest, statt mit ihm hier zusammenzutreffen."

Er versicherte, meinem Wunsch entsprechen zu wollen, doch ich wußte, daß er log.

Ich drehte mich rasch um und verließ den Raum, um nach Flannigan zu suchen.

Am nächsten Abend kam MacGowan wie angekündigt zum Essen. Den ganzen Tag über war ich voll Unruhe gewesen. Doch als es dann soweit war, fand ich die Kraft, das Unumgängliche zu tun. Nur in die Augen blicken durfte ich MacGowan nicht, denn dann, das wußte ich, würde wieder das Streichholz aufflackern, greller Schein inmitten von Pechschwärze. Und so starrte ich meist auf den Tisch oder auf den Teppich und sprach nur, wenn ich angesprochen wurde.

Doch MacGowan unterhielt sich ausschließlich mit Patrick. Während ich scheinbar aufmerksam seinen Worten lauschte, dachte ich wieder an Mama, an das, was sie vor langer Zeit einmal zu mir gesagt hatte: „Manchmal braucht ein Mädchen seine Mutter." Und ich dachte an weiße Kleider, an das Gelübde ewiger

Ergebenheit und Treue – an Hochzeiten. Was für ein widerlicher Mummenschanz! Wie lächerlich und wie wirklichkeitsfremd!

Mein Brautkleid – wie hatte es nur ausgesehen? Ich wußte es nicht mehr.

„Meine liebe Sarah!“ rief Madeleine, als sie nach Wochen wieder einmal nach Cashemara kam. „Ist es noch zu früh, um dir zu gratulieren?“

Und ich dachte: Wenn ich es nicht glaube, wird es auch nicht passieren.

Doch noch während ich Madeleine versicherte, daß sie sich irrte, begriff ich, daß mir gar keine Wahl blieb: Tatsachen ließen sich nicht leugnen.

II

Zuerst war ich sehr ruhig. Ich dachte an Stricknadeln, an einen Sturz von der Treppe, an das Trinken von Gin – an all die schrecklichen Altweibererzählungen, die mir während meiner Ehe zu Ohren gekommen waren. Ich wollte das Baby nicht haben. Ich konnte es nicht haben, ohne darüber den Verstand zu verlieren.

Ich fühlte mich wie ein in die Enge getriebenes Tier. An Flucht war während der kommenden Monate nicht zu denken. Ich würde warten müssen . . .

Ich weinte und weinte und konnte einfach nicht aufhören damit.

Doch als dann, irgendwann später, keine Tränen mehr kamen, dachte ich plötzlich: armes, armes kleines Baby.

Und mir fiel ein, wer das Kind gewollt hatte. Nicht Patrick. Nicht MacGowan.

Sondern ich.

Warum entsetzte mich meine Schwangerschaft eigentlich so? Hatte ich sie mir denn nicht gewünscht? Hatte ich Patrick denn nicht verachtet, weil er der Meinung gewesen war, es sei verkehrt, noch ein Kind in die Welt zu setzen, in diese Welt von Cashemara? Und plötzlich begriff ich, daß an dem, was vorgefallen war, einzig ich selbst die Schuld trug.

Ich begann wieder zu weinen, und dann dachte ich: Ich werde dieses Kind mehr lieben als die anderen, um gutzumachen, was ich ihm in Gedanken angetan habe. Ja, mein Kind, mein Baby. In allen Einzelheiten versuchte ich mir auszumalen, wie es aussehen würde: ein Mädchen, mir ähnlich und nicht Patrick. Ich wollte nie, niemals wieder an jene Nacht denken; nicht an das in der Dunkelheit aufflammende Streichholz und nicht an MacGowans auf mich gerichteten Blick.

Diese furchtbare Nacht – konnte es nicht sein, daß Gott mir das Kind schenkte, um die Erinnerung daran, wenn schon nicht völlig auszulöschen, so doch zu mildern? Natürlich! So war es! Meine bevorstehende neue Mutterschaft war keine Niederlage, sondern Triumph, ein Vorgeschmack auf den Sieg, den ich eines Tages über MacGowan erringen würde. Schon jetzt begann die Erinnerung an die Steichholzflamme und die starrenden Augen ein wenig zu verblassen . . .

Ich schloß die Augen. Ich fühlte mich müde, doch endlich wieder im Frieden mit mir selbst. Kein Zweifel mehr: Ich hatte die Kraft zu überleben.

III

Patrick sagte ich von meiner Schwangerschaft nichts. Ich ließ meine Kleider von der Schneiderin ändern, und daß ich, entgegen der herrschenden Mode, meine Figur versteckte, schien er nicht zu bemerken. Allerdings sahen wir einander auch nur selten, meist in den Kinderzimmern.

Als Madeleine im Juli zum Tee kam, trat er zu uns in den Salon.

„Hoffst du diesmal auf einen Sohn oder auf eine Tochter, Patrick?“ erkundigte Madeleine sich freundlich, während sie nach dem zweiten Stück Kuchen griff.

Patrick gab keine Antwort. Er warf mir nur einen Blick zu, drehte sich dann um und ging hinaus.

„Du gütiger Himmel!“ rief Madeleine bestürzt.

„Er . . . er will kein Kind mehr“, sagte ich und machte mich nervös auf weitere Fragen gefaßt, doch Madeleine meinte nur: „Man muß sich dem Willen Gottes fügen.“

Sobald sie gegangen war, machte ich mich auf, um nach Patrick zu suchen. Schließlich entdeckte ich ihn im Speisezimmer: am Tisch sitzend, einen Krug voll Fusel vor sich.

„Du hättest Madeleine gegenüber wenigstens so tun können, als ob du dich freust“, rief ich wütend. „Wer von uns beiden legt denn immer so viel Wert darauf, daß der äußere Schein gewahrt bleibt?“

„Tut mir leid.“ Sein Gesicht verriet, daß er über meinen Zustand genauso entsetzt war wie ich zuerst. „Verdammt, daß so etwas passieren mußte.“

„Das ist kaum die Schuld des Babys. Du magst das ja später halten, wie du willst – ich werde es jedenfalls nicht weniger lieben als unsere anderen Kinder.“

„Das ist ja auch das mindeste, was wir unter den Umständen tun können“, sagte er.

Seine Antwort überraschte mich. Diese Reaktion hatte ich nicht erwartet.

„Nun, ich sollte wohl dankbar sein, daß du so darüber denkst“, sagte ich. „Da ich das Baby wollte, nahm ich eigentlich an, daß du mir die Schuld gibst.“

„Glaubst du, ich würde so trinken, wenn ich meinte, ich hätte mir nichts vorzuwerfen?“

Sein unerwartetes Eingeständnis schien mich, wenigstens zum Teil, von einer Last zu befreien. Eine Zeitlang fühlte ich mich besser. Doch dann suchten mich plötzlich, anders als bei meinen früheren Schwangerschaften, alle möglichen Unpäßlichkeiten heim. Meine Fußgelenke begannen anzuschwellen. Spasmodische Schmerzen quälten mich. Ich fühlte mich müde und unwohl.

Dr. Cahill kam zweimal wöchentlich von der Apotheke, um nach mir zu sehen. Er riet mir dringend zur Ruhe und meinte, unter den augenblicklichen Umständen dürfte ich auf gar keinen Fall etwa an eine Reise denken. Wenige Tage später fand MacGowan, Nanny müsse mit den Kindern das Tal verlassen, bis nach dem sogenannten Exmittierungstag.

Den ganzen Sommer über hatte es in Irland gebrodelt. Im Mai war Parnell auf freien Fuß gesetzt worden, und nach den Attentaten in Phoenix Park . . . selbst MacGowan war über die Mordanschläge erschüttert, denen der neue Minister für Irland und sein Staatssekretär zum Opfer gefallen waren. In Westminster wollte man die irischen Unruhen im Keim ersticken, doch Irland glich einem Topf mit kochenden Wasser. Je länger man den Deckel mit Gewalt daraufdrückte, desto größer wurde die Gefahr einer Explosion. Im Tal hatten sich die Pächter geweigert, die Pacht zu bezahlen, worauf MacGowan mit unnachsichtlicher Härte zu reagieren gedachte. Für den 1. September war die Abbruchmaschine und eine Abteilung Soldaten herbeordert worden, um die Exmittierungen durchzuführen.

Ich hatte MacGowan lange nicht gesehen, und ich sah ihn auch jetzt nicht. Patrick versicherte er, für Cashemara sei zwar nichts Ernsthaftes zu befürchten, doch könne es keinesfalls schaden, der Kinder wegen gewisse Vorkehrungen zu treffen.

„Du wirst die Kinder sicher begleiten wollen", sagte Patrick zu mir.

„Natürlich", erwiderte ich. „Aber leider geht das nicht, selbst wenn Hugh es mir erlauben würde."

„Wahrscheinlich wäre er damit einverstanden, daß du mit Edith zu Clara reist."

„Patrick, ich kann nicht reisen – hast du das vergessen?"

Er trank in letzter Zeit so viel, daß er sehr oft vergaß, was man ihm gesagt hatte.

Die Kinder reisten mit ihren Betreuerinnen ab. Wenigstens einen Monat sollten sie in Salthill am Meer bleiben. Ohne sie wirkte das Haus wie eine Gruft. Obwohl ich mich mit der Kleidung für das neue Baby und mit meiner Wintergarderobe beschäftigte, verging die Zeit nur langsam.

Dr. Cahill kam nach wie vor, und mindestens einmal in der Woche wurde er von Madeleine begleitet.

„Ich bin froh, daß die Kinder nicht mehr hier sind, Sarah", sagte sie zu mir am 31. August „Daß es morgen bei den Exmittierungen nicht ohne Schwierigkeiten abgehen wird, steht fest, und wenn ich für Cashemara auch keine unmittelbare Gefahr befürchte, so könnte es doch zu einer Protestdemonstration kommen. Patrick wird doch hier bei dir sein, ja?"

„Ich nehme es an."

„Dann brauche ich mir um dich ja keine Sorgen zu machen."

Der Morgen des 1. September dämmerte herauf. Es war ein klarer Tag, und als ich aufwachte, wußte ich, daß es heiß werden würde. Da Hitze meinen Fußgelenken nicht guttat, beschloß ich, den ganzen Tag über im Haus zu bleiben, wo es kühler war.

Ich lag noch im Bett, als Patrick an die Tür klopfte und sich nach meinem Befinden erkundigte. Da das sonst nicht seine Art war, nahm ich an, daß Madeleine ihm wegen meines Gesundheitszustandes Vorhaltungen gemacht hatte.

„Es geht mir nicht anders als sonst", erwiderte ich.

„Oh." Er schien angestrengt zu grübeln. Schließlich sagte er etwas verlegen: „Möchtest du, daß ich dir ein paar Blumen bringe?"

Nur um ihn so schnell wie möglich loszuwerden, erwiderte ich: „Ja, bitte. Das wäre sehr nett."

Er verschwand erleichtert und erschien dann eine Stunde später mit einem riesigen Strauß und zwei großen Vasen.

„Darf ich das für dich ordnen?" fragte er.

„Gern."

Es war das längste Gespräch, das wir in der letzten Zeit miteinander geführt hatten. Es kostete mich Mühe, ruhig und höflich zu bleiben. Der Druck auf meinen Schläfen nahm von Sekunde zu Sekunde zu.

Patrick begann, die Blumen sorgfältig zu arrangieren, und während ich ihn dabei beobachtete, wollte mir scheinen, daß wir beide gleichzeitig an MacGowan dachten.

Ich hatte mich nicht geirrt.

„Ich würde gern nach Clonareen reiten, um im Notfall zur Hand zu sein", sagte Patrick, während er die Stiele der Gladiolen zurechtstutzte. „Aber Hugh meint, ich solle mich lieber fernhalten."

Seit MacGowan von meiner Schwangerschaft wußte, hatte er mich gemieden. Vermutlich fühlte er sich nicht nur abgestoßen, sondern war auch zornig, weil er es ja nicht ändern konnte; und das Bild seines in ohnmächtiger Wut verzerrten Gesichts, das ich mir in jeder Einzelheit ausmalte, befriedigte mich.

„... wenn man mit den Iren doch nur nicht so viele Schwierigkeiten hätte", sagte Patrick. „Weiß der Himmel, ich möchte wirklich keinen von ihnen exmittieren. Aber was bleibt einem übrig bei Leuten, die sich weigern, ihre Pacht zu bezahlen? Wäre ich reich, so könnte mir das ja ziemlich egal sein. Aber ich bin nun mal nicht reich, und die Pächter sind nicht etwa zahlungsunfähig. Kann ich etwas dafür, daß der Landbesitz in Irland so ist, wie er ist? Schließlich gibt es diese Verhältnisse schon seit vielen Jahrhunderten. Wie kann ich sie ändern und trotzdem finanziell zurechtkommen?"

„Wahrscheinlich wüßte Mr. Parnell eine Antwort darauf", sagte ich, in Gedanken wieder bei MacGowan und meiner Rache an ihm. Irgendwann würde sie Wirklichkeit werden.

„Parnell!" rief Patrick. „Bei Gott, dieser Kerl ist ein Verräter an seiner eigenen Klasse!" Er richtete sich auf und ging zur Tür. Mit dem Arrangieren der Blumen war er fertig. „Möchte nur wissen, wie Hugh zurechtkommt", sagte er, ehe er das Zimmer verließ.

Erst nach langer Zeit sollte ich ihn wiedersehen.

Als ich am Nachmittag nach zweistündigem Schlaf erwachte und nach den Bediensteten läutete, erschien niemand. Meine Zofe hatte ich zusammen mit Flannigan nach Galway geschickt. Sie sollte für mich Stoff für ein paar Winterkleider kaufen, während der Butler die Aufgabe hatte, die Bücher der Weinhändler zu überprüfen, die uns so hohe Rechnungen zukommen ließen.

Ich läutete wieder und mußte schließlich einsehen, daß alles Läuten zwecklos war. Was mochte geschehen sein? Ich mußte unbedingt unten nachsehen. Ich schlüpfte in meine Pantoffeln, hüllte mich fest in einen Peignoir und stieg die Treppe zur Halle hinab.

Niemand war zu sehen.

„Terence!“ rief ich. „Gerald!“ Doch kein Lakai zeigte sich. Widerstrebend bewegte ich mich durch den Gang, der zum Küchentrakt führte.

Doch die Räume waren leer. Keine Köchin, kein Küchenmädchen, niemand, der mit der Vorbereitung zum Abendessen beschäftigt war. Ich stand wie erstarrt. Leere Küchen bedeuteten Unheil.

Mich mit Mühe zusammenraffend, trat ich durch die Hintertür in den Küchenhof und ging, an Gemüsebeeten und Obstbäumen vorbei, zu Patricks wunderschönem Garten.

„Patrick!“ rief ich. „Patrick, wo bist du?“

Ich erhielt keine Antwort. Die Sonne schien, und die Blumen schwankten sacht im Wind. In den zierlichen Pantoffeln kam ich nur unbeholfen voran, und ich wäre am liebsten umgekehrt. Aber ich mußte unbedingt Patrick finden.

Ich rief seinen Namen ein drittes, ein viertes Mal. Wieder keine Antwort. Ich suchte in den Gewächshäusern, stolperte den Weg zum italienischen Garten hinauf, warf einen Blick durch die Fenster des noch nicht fertiggestellten Teehauses. Bis zur Kapelle war es mir zu weit, vor allem, da ich kaum annehmen konnte, daß Patrick sich dort befand. Meine Fußknöchel begannen stärker anzuschwellen. Ich mußte mich unbedingt ausruhen. Langsam kehrte ich zum Haus zurück und ging in die Bibliothek. Vielleicht hatte Patrick sich dort auf die Couch gelegt und war eingeschlafen.

Doch ich fand ihn nicht. Statt dessen entdeckte ich auf dem Schreibtisch unter dem Briefbeschwerer einen Zettel. Ich setzte mich und las.

„Sarah, ich will jetzt doch nach Clonareen. Es ist mir einfach unmöglich, hier zu warten, während Hugh womöglich in Schwierigkeiten ist. Bis später. P.“

Ich starrte lange auf die Zeilen. Als ich mich wieder kräftiger fühlte, ging ich in die Küche und verriegelte Hinter- und Seitentür. Dann kehrte ich in die Bibliothek zurück und setzte mich auf die Fensterbank.

Auf Patrick sollte ich lange warten müssen.

IV

Nach Minuten wurde mir so schwindlig, daß ich mich für eine Weile auf die Couch legte. Am liebsten hätte ich die Tür zur Bibliothek abgeschlossen, aber ich hatte keinen Schlüssel. Leise Geräusche waren zu hören, wahrscheinlich von den Mäusen hinter der Wandtäfelung. Ich mußte mir von Madeleine wieder Arsen besorgen.

Ich versuchte, an das Baby zu denken. Insgeheim hatte ich ihm schon einen Namen gegeben, Camille, aber vermutlich würde er Patrick nicht gefallen. Wir hatten uns ja nie über Namen einig werden können, außer über Eleanor, was ich dann nach Patricks Meinung zu amerikanisch aussprach. Aber jetzt war ich nicht mehr amerikanisch. Dreizehn Jahre war es her, seit ich New York verlassen hatte.

Ich stand auf und trat langsam zum Fenster. Vor dem Haus fiel der Boden so steil ab, daß ich über die Baumwipfel hinweg zur Lough blicken konnte, und als ich das Fenster öffnete und mich hinauslehnte, sah ich in der Ferne, ganz am anderen Ende des Tals, eine Rauchwolke. Wurden die Hütten angezündet, nachdem sie niedergerissen worden waren? Ich versuchte, mich an die Stelle einer irischen Bauersfrau zu versetzen, im achten Monat, Mann ein Faulpelz, drei Kinder, kein Dach über dem Kopf. Wie lebten solche Menschen? Was dachten sie?

War Parnell vielleicht im Recht, wenn er für Irland die Selbstregierung verlangte? Den Zeitungen zufolge glaubten das viele Engländer. Und ich? Wie dachte ich darüber? Nun, ich hatte mich für Politik nicht interessiert, mir war es lieber gewesen, mich hinter der Maxime zu verschanzen, daß Politik Männersache sei. Aber in diesem Fall ging es nicht mehr ausschließlich um Politik.

Mein eigener Mann war es, der zuließ, daß sein Verwalter Frauen und Kinder aus ihren Hütten verjagte. Selbst hier auf Cashemara wurden die Wirkungen der Ereignisse draußen spürbar. Aus Furcht vor Unruhe und Aufruhr hatten die Dienstboten das Haus verlassen, und ich, jetzt im achten Monat, war allein, völlig allein ...

Nur nicht daran denken. Auf etwas anderes konzentrieren. Der Rauch dort auf der anderen Seite des Tals – kam er etwa von Clonagh Court? Nein, unmöglich. Aber vom oberen Stockwerk aus konnte ich das sicher besser erkennen ...

Der Rauch kam von Clonagh Court. Jetzt war ich dessen sicher. Ich kniete mich in meinem Schlafzimmer auf die Fensterbank und versuchte, das aufsteigende Panikgefühl zu beherrschen. Nur ruhig bleiben. Nüchtern und sachlich überlegen, was jetzt zu tun war. Vielleicht konnte ich mich in der Kapelle verstecken. Nein, zu weit, viel zu anstrengend für mich! Plötzliche Schwäche überkam mich. Ich mußte unbedingt etwas zu essen finden.

Ich stieg die Treppe hinab, doch in der Halle wurde mir so schwindlig, daß ich mich auf die unterste Stufe setzte. Endlich hatte ich wieder einen klaren Kopf. Ich stand auf, legte mich in der Bibliothek auf die Couch. Wie lange ich dort lag, weiß ich nicht, aber offenbar war ich eingeschlafen, denn als ich die Augen öffnete, herrschte draußen schon Abenddämmerung.

Plötzlich vernahm ich das Geräusch galoppierender Pferdehufe. Sie kamen den Fahrweg herauf.

Ich lief zum Fenster, sah, wer es war, und stürzte in die Halle, um die Eingangstür zu öffnen.

Patrick war unverletzt. Sobald die Pferde vor der Treppe hielten, schwang er sich aus dem Sattel. MacGowans Rock hingegen war voll Blut, und ein Arm baumelte schlaff.

„Schnell, Sarah!“ keuchte Patrick. „Rufe Terence und Gerald und sage ihnen ...“

„Es ist niemand da, kein einziger Bediensteter“, erwiderte ich und lehnte mich erschöpft gegen den Türrahmen.

„Was soll das heißen? Wo sind sie denn?“

„Das weiß ich nicht.“

„Allmächtiger ... nun, steh nicht so herum, sondern hole uns etwas Brandy, zum Donnerwetter!“

„Hole ihn dir selbst“, sagte ich und ging zu der Treppe in der Halle, um mich dort wieder auf die unterste Stufe zu setzen.

Durch die offene Tür sah ich, wie Patrick MacGowan aus dem Sattel half. Obwohl er große Schmerzen zu haben schien, gab der Verletzte keinen Laut von sich.

„Komm in die Bibliothek, Hugh ..." Sie verschwanden, doch gleich darauf kam Patrick zurück.

„Verdammt nochmal!" schrie er mich wütend an. „Ist es dir zuviel, für einen Mann, der eine Kugel im Arm hat, auch nur den kleinen Finger zu krümmen?"

Ich schwieg. Der Gedanke, daß MacGowan von einer Kugel getroffen worden war, befriedigte mich so sehr, daß ich ein kleines Lächeln nicht ganz unterdrücken konnte.

Patrick drehte sich schroff um und ging ins Speisezimmer.

„Verflucht, ist denn wirklich kein Brandy mehr da?" fragte er aufgebracht, als er nach kurzer Zeit wieder erschien. „Wo ist denn der Schlüssel zum Keller?"

„Einen hat Flannigan", erwiderte ich kühl. „Der andere befindet sich in der obersten Schublade meines Schreibtisches." Er begann, die Treppe hinaufzusteigen. „Aber eines kann ich dir sagen, der Brandy ist weg", fügte ich hinzu. „Du hast nichts davon übriggelassen."

Er warf mir einen erbosten Blick zu und lief nach oben, um aus dem Schränkchen im Badezimmer Verbandzeug zu holen.

Als er nach einer Weile wieder herunterkam, hielt er außer Watte und Binden auch einen Krug voll Fusel in den Händen. Er sprach nicht. Ich schien für ihn überhaupt nicht zu existieren. Daß er mir vor einigen Stunden Blumen gebracht und sich besorgt nach meinem Gesundheitszustand erkundigt hatte, kam mir plötzlich völlig unwirklich vor.

Er verband MacGowans Arm. Ich hörte, wie er sagte: „Sieht wie eine Fleischwunde aus ... trink noch was von dem Zeug ... hat das wehgetan? ... tut mir leid ... du mußt zum Arzt ... sobald wie möglich ..."

MacGowans Stimme vernahm ich nur ein einziges Mal. Er sagte: „Der Tag wird kommen, an dem ich dieses Schwein Maxwell Drummond vernichte." In seiner Aussprache schlug plötzlich der harte schottische Akzent durch.

Am liebsten wäre ich nach oben gegangen. Doch sonderbarerweise zwang es mich geradezu, hier sitzenzubleiben. Die Gegenwart anderer Menschen, und mochte einer davon auch der mir so verhaßte MacGowan sein, gewährte mir irgendwie Trost. Und so hockte ich immer noch auf der Treppe, als fünf Minuten später in der Ferne ein Geräusch aufklang, eine Art Gemurmel.

Ich trat vor die Eingangstür. Vor den Toren von Cashemara, ein Stück hügelab, sah ich brennende Fackeln. Dann hörte ich das Stampfen marschierender Füße.

„Da kommen Leute!" rief ich, während ich in die Bibliothek stürzte.

Patricks Gesicht wurde aschfahl. Mit einem Ruck drehte er sich zu MacGowan herum. „Wir können den Azaleenweg entlangreiten, an der Kapelle vorbei. Von dort entkommen wir leicht in die Berge. Meinst du, daß du auf dein Pferd steigen kannst?"

MacGowan nickte und stützte sich mit dem gesunden Arm hoch.

„Du willst mich doch nicht etwa allein lassen", sagte ich zu Patrick. „Du darfst nicht fort. Außer mir ist ja niemand hier."

Er schob seine Hand unter MacGowans gesunden Arm. „Ich muß Hugh begleiten."

Ich starrte ihn wortlos an.

„Wenn sie ihn hier finden, bringen sie ihn um. Ich muß ihm bei der Flucht helfen."

„Patrick, du kannst mich hier nicht allein lassen. Ich bin im achten Monat, und es ist nicht nur mein, sondern auch dein Kind. Bitte, bleibe doch. Du mußt bleiben. Bitte."

„Einer Schwangeren werden sie nichts tun."

„Wie kannst du das wissen? Sie sind wahrscheinlich außer Rand und Band. Sie schrecken vor nichts zurück."

Doch selbst meine Tränen brachten ihn nicht zur Besinnung. Er sah mich nicht. Er sah nur MacGowan.

Sie waren mit ihren Pferden kaum entschwunden, als der zügellose Haufen um die letzte Krümmung des Fahrwegs bog. Eine Masse schreiender Münder wälzte sich auf mich zu.

Ich drehte mich um und lief in die Bibliothek. Mit aller Kraft versuchte ich, einen Sessel vor die Tür zu schieben, doch er war mir zu schwer. Keuchend ließ ich mich auf die Couch gleiten. Tränen strömten über mein Gesicht. Ich legte die Hände auf meinen schweren Leib, als könnte ich das Baby so schützen.

Ich hörte, wie die Eingangstür krachend gegen die Wand schlug. Stimmengewirr, rauhes, heiseres Irisch. Ich stand auf, wischte mir die Tränen vom Gesicht und trat hinter den Schreibtisch. Und dort stand ich, als sie in die Bibliothek eindrangen.

Die Tür flog auf. Eine Fackel flackerte. Wie eine Woge prallte der Lärm gegen mich. Der Geruch von Rauch und der Gestank ungewaschener Körper schien über mich hinwegzuspülen.

Vor mir tauchte ein Bärtiger auf und schrie mich an. Doch ich konnte nicht verstehen. Das Zimmer begann zu kreisen, und dankbar glitt ich über die Grenze des Bewußtseins in ein wohltuendes Dunkel.

V

Als ich wieder zu mir kam, umgab mich Stille. Dabei mußte der Raum voller Menschen sein, denn ich roch sie und sah, wenn auch nur verschwommen, ihre Gesichter. Jemand war ganz in meiner Nähe.

Dann sprach – ja, wer? Ich wußte es nicht. Es war ein sehr leises und sehr sanftes Irisch. Ich spürte den kalten Rand eines Glases an meinen Lippen. Fusel füllte meinen Mund, brannte mir in der Kehle. Ich hustete, keuchte. Ein Arm stützte meine Schultern, und ich nahm den schwachen Geruch von Karbolseife wahr, in den sich, kaum spürbar, Tabakdunst mischte.

„Sie brauchen keine Angst zu haben, Mylady", sagte Maxwell Drummond.

Ich hob den Kopf. Ja, er war es, der mich stützte. Seine Augen wirkten sehr ernst.

„Erlauben Sie mir, Sie zur Couch zu tragen."

Irgend jemand nahm mir das Glas aus der Hand. Ich fühlte, wie ich emporgehoben und sacht auf die Polster gelegt wurde. Die Schar bewaffneter Bauern schien nicht nur die Bibliothek, sondern auch die Halle zu füllen. Doch keiner bewegte sich, keiner sprach.

„Mylady, ich muß Ihnen einige Fragen stellen." Ich sah ihn an, und er schwieg. Erst nach einer Weile sagte er: „Wo ist Ihr Mann?"

„Mein Mann? . . . fort." Meine Stimme klang höher als sonst, doch erstaunlich kräftig.

„Mit MacGowan?"

„Ja."

„Wohin?"

„An der Kapelle vorbei und dann in die Berge", sagte ich.

Er wandte sich der schweigenden Schar zu und gab auf irisch

einige Befehle. Sofort geriet alles in Bewegung, Stimmen klangen durcheinander, und über den Marmorboden in der Halle schlurften und stampften viele Füße. Ich schloß die Augen. Geräusche und Stimmengewirr entfernten sich, es wurde still. Unwillkürlich atmete ich erleichtert auf. Doch als ich die Augen wieder öffnete, sah ich, daß Drummond bei mir geblieben war.

Erschrocken fuhr ich zusammen.

Er machte eine beschwichtigende Geste. „Sie brauchen sich vor mir nicht zu fürchten. Haben Sie Schmerzen?"

„Nein. Ich fühle mich nur etwas schwach . . . habe seit heute mittag nichts gegessen . . . die Dienstboten sind alle fort . . . wollte eigentlich in die Küche, um mir etwas zu holen . . . aber . . ." Ich versuchte, mir zurückzurufen, was vorhin geschehen war. Doch es fiel mir nicht ein. Es war auch nicht mehr wichtig.

„Soll das heißen, daß Sie ganz allein im Haus sind?"

„Ja."

„Und Ihr Mann wußte das?"

„O ja", sagte ich und fand, daß auch das nicht mehr von Bedeutung war.

„Guter Gott, was für eine Kreatur!" Er trank das Glas leer und stellte es krachend auf den Tisch.

„Aus demselben Glas hat MacGowan vorhin getrunken", sagte ich.

„Und damit rücken Sie erst jetzt heraus? Nachdem ich mich vergiftet habe?"

Wir lächelten einander an. Plötzlich fühlte ich mich wohl. „Ich möchte mit MacGowan abrechnen", sagte ich.

„Darauf will ich mir noch einen genehmigen." Er schenkte sich nach, reichte mir dann das Glas. „Darauf sollten wir beide trinken", sagte er, und ich nahm einen Schluck, nur einen kleinen, weil der billige Fusel so entsetzlich brannte. Dann gab ich Drummond das Glas zurück. Er erhob es und sagte mit einem Lachen: „Auf den schwärzesten der schwarzen Protestanten, die je aus Schottland kamen – mag er in der Hölle rösten!" Und als ich lachte, fügte er hinzu: „Eines Tages werde ich Ihnen etwas schenken."

„Etwas schenken? Ja, was denn?"

„Etwas, das man sich um den Hals hängen kann, kein wertvoller Schmuck, ganz gewiß nicht – ein Strick, an dem Hugh MacGowans unaussprechliche Mannesmerkmale baumeln."

Er lachte wieder, und das Seltsame war, daß ich wieder in sein Lachen einstimmte. Wahrscheinlich hätte ich schockiert sein müssen. Aber ich dachte nicht im Traum daran. Erregung durchflutete mich, lief prickelnd über meinen ganzen Körper. Seit einer Ewigkeit hatte ich mich nicht mehr so unbeschwert gefühlt. Ein einziger Wunsch erfüllte mich: daß er, der jetzt bei mir war, auch bei mir blieb.

Doch das ging natürlich nicht. Er mußte fort.

„Aber bevor ich gehe, werde ich Ihnen noch etwas zu essen holen", sagte er. „Wie finde ich die Küche?"

Die brennende Kerze in der Hand, verschwand er und kehrte fünf Minuten später mit einem kleinen Silbertablett zurück, auf dem ein Laib Brot, ein halbes Huhn und ein Krug voll Milch zu sehen waren. Über den Balanceakt, den er aufführte, mußte ich lächeln.

„Falls Sie einen Butler suchen", sagte er, „so werde ich von einer Bewerbung wohl lieber Abstand nehmen. Was für einen Zweck hat so ein winziges Tablett?"

„Für eine so nahrhafte Ladung ist es jedenfalls nicht gedacht. Man hinterläßt darauf Visitenkarten."

„Oho", sagte er. „Na, die Visite habe ich abgestattet, und eine Karte hinterlassen habe ich auf meine Weise auch." Er blickte sich im Zimmer um. „Ein schönes Haus." Er goß Milch in das Glas, in dem vorher der Fusel gewesen war, und reichte es mir. „Ich werde dafür sorgen, daß Miß de Salis erfährt, daß Sie hier allein sind. Sie kann dann mit dem Doktor kommen, um nach Ihnen zu sehen. Im übrigen brauchen Sie keine Angst zu haben, daß Ihnen bis dahin jemand etwas tut, das können Sie mir glauben . . . Haben Sie auch wirklich keine Schmerzen?"

Ich sah die Lachfalten um seinen Mund und an den Augenwinkeln, und dann konnte ich sie plötzlich nicht mehr sehen, weil er sein Gesicht dicht zu mir beugte. Er saß neben mir auf der Couch, und während seine Hände sacht hinter meinen Kopf glitten, sah ich nichts als seine straffe, schmale Oberlippe.

Und ich öffnete meine Lippen seinem Mund. Nie zuvor hatte ich das getan, aber ich hatte Küssen ja auch stets verabscheut, feuchte und schmierige Berührung, später dann rauh und oft fast grob. Aber jetzt war das anders. Jetzt wollte ich geküßt werden. Und zu meiner Überraschung wurde alles sehr glatt und fest, während mein Körper völlig entspannt in Maxwells Armen lag.

Dann löste er sich von mir, und ich fühlte, wie er sich aufrichtete. Die Augen geschlossen haltend, versuchte ich alle Energie zusammenzunehmen, um ... jetzt würde er gehen, es mußte sein. Aber nein, er ging noch nicht, sondern beugte sich wieder zu mir und strich mir mit den Händen über Hals und Schultern. Tränen ließen meinen Blick verschwimmen. Er löste wieder seine Arme von mir. Ich zwinkerte heftig und sah, daß er jetzt vor der Couch stand.

„Du weinst", sagte er, „und bist doch die tapferste Frau, der ich je begegnet bin! Tränen haben keinen Zweck, Tränen helfen dir nicht, wenn du mit MacGowan abrechnen willst." Er schob mir die Hand unter das Kinn und sah mich eindringlich an. „Bringe das Kleine gesund zur Welt", sagte er, „und werde du vor allem bald gesund. Wenn du wieder bei Kräften bist ..." Er hielt kurz inne, die Augen kaum eine Handspanne von meinem Gesicht entfernt. „... dann komme ich, um nach dir zu sehen."

Ohne meine Antwort abzuwarten, verließ er das Zimmer. Seine Schritte klangen durch die Halle. Dann war er fort, doch obwohl ich allein war, fühlte ich mich nicht verlassen.

Ich trank von der Milch, aß Brot und Fleisch, und Minuten später fiel mir plötzlich ein, daß ich Drummond ja die Schuld an Marguerites Tod gegeben hatte. Wie sehr war ich doch davon überzeugt gewesen, daß mich schon sein bloßer Anblick abstoßen würde.

Erst fünf Stunden später erschien Madeleine mit Dr. Cahill, doch das Warten wurde mir nicht lang. Ich lag auf der Couch in der Bibliothek und dachte an Maxwell Drummond. Und jedesmal, wenn mir das Geschenk einfiel, das er mir versprochen hatte, der Strick, spürte ich, wie sich meine Lippen zu einem Lächeln verzogen.

8. KAPITEL

I

MacGowan entkam. Zusammen mit Patrick gelangte er über die Berge ins Errifftal, von wo er nach Westport fuhr, während Patrick in entgegengesetzter Richtung ritt, zur Schenke in Leenane.

Einer nach dem anderen kamen die Bediensteten nach Cashemara zurück, und Madeleine, die beschlossen hatte, bei mir zu bleiben, bis die Gefahr einer Fehlgeburt überstanden war, kanzelte die Leute so ab, daß einige sogar weinten. Dann befahl sie ihnen, nach Clonareen zur Messe zu gehen, um ihre Sünden vor Gott zu bereuen. Einer der Stallknechte erhielt den Auftrag, nach dem Gottesdienst nach Letterturk zu reiten, um George zu holen.

George berichtete, daß Clonagh Court nur noch eine rauchende Ruine war. Das Haus des älteren MacGowan hatte man sich mit der Gründlichkeit einer Abbruchmaschine vorgenommen. Dem Alten selbst war nichts geschehen, da Hugh ihn rechtzeitig nach Galway geschickt hatte. Doch drei Bauern waren beim Kampf mit den Soldaten umgekommen, und vom Hauptmann der Abteilung erfuhren wir, daß viele seiner Leute Blessuren davongetragen hatten.

Polizisten erschienen, um Verhaftungen vorzunehmen, doch George setzte sich dagegen energisch zur Wehr: Nein, das kam gar nicht in Frage, einzig Gott mochte wissen, was passieren würde, wenn nach den Exmittierungen und der Schießerei auch noch Leute ins Loch wandern mußten.

„Wir müssen auf Sarahs Zustand Rücksicht nehmen", sagte er zu Madeleine. „Wieder Gewalttätigkeiten auf Cashemara? Nein, das können wir jetzt wirklich nicht brauchen."

„Wie einfühlsam George doch sein kann", sagte Madeleine später zur mir. „Das hätte ich nie geglaubt." Sie war von Anfang an gegen die Exmittierungen gewesen und hatte Patrick wiederholt ans Herz gelegt, MacGowans Rat nicht zu befolgen.

„Nun ja", meinte George, „was MacGowan betrifft, so ist Patrick einfach blind."

„Darüber sollten wir wohl in Sarahs Gegenwart nicht sprechen", wies ihn Madeleine zurecht.

„Warum denn nicht?" sagte ich. „Schließlich weiß ich besser als jeder andere, wie blind er ist."

Beide mieden meinen Blick. „Wir müssen mit Patrick sprechen, George", erklärte Madeleine schließlich.

„Ich bezweifle, daß sich dazu eine Gelegenheit finden wird", sagte ich. „MacGowan kann es vorläufig nicht wagen, ins Tal zurückzukommen, und Patrick . . . Patrick wird bei ihm bleiben wollen."

Sie musterten mich erstaunt.

„Aber liebste Sarah, natürlich wird er zurückkommen!" rief Madeleine. „Selbst, wenn man von dir und dem Baby absieht – wo will er sonst hin? Er hat ja kein Geld."

Ich war trotzdem davon überzeugt, daß Patrick bei MacGowan bleiben würde, aber ich irrte mich. Er kam tatsächlich zurück. MacGowans Pferd im Schlepptau, ritt er eines Abends von Leenane herbei und schloß sich auf seinem Zimmer ein. Doch am folgenden Tag war er gezwungen, seine Klause zu verlassen. Drummond und Michael Joyce, der neue Familienälteste des einflußreichsten Clans im Tal, erschienen auf Cashemara, um gewisse Forderungen zu stellen, und George, der noch bei uns war, weigerte sich, sie an Patricks statt zu empfangen.

Ich bekam Drummond nicht zu Gesicht. Daß er überhaupt in der Nähe war, erfuhr ich erst, als George in mein Boudoir kam, um sich mit Madeleine zu beraten, die mir Gesellschaft leistete.

„Patrick muß mit ihnen sprechen", sagte er besorgt. „Wenn wir sie heute wegschicken, kommen sie morgen wieder. Daß die Joyces und die O'Malleys sich wirklich einmal verbündet haben, einfach nicht zu fassen! Soweit ich zurückdenken kann, haben sie einander immer an der Kehle gesessen! Nun, wenn MacGowan dem Tal auch keinen Frieden gebracht hat, so doch wenigstens Einigkeit."

„Ich werde Patrick holen", sagte Madeleine und legte ihr Nähzeug beiseite. „Sarah darf durch diese Geschichte auf gar keinen Fall beunruhigt werden." Vom Boudoir ging sie durch mein Schlafzimmer zu der Tür, die zu Patricks Räumen führte. Sie klopfte, und offenbar öffnete er ihr, denn ich hörte, wie sie sagte: „Das ist ja widerlich! Wie kannst du jetzt am frühen Morgen schon Whisky trinken?"

Er schrie sie an, sie solle ihn in Frieden lassen.

„Guter Gott", sagte George und eilte Madeleine zu Hilfe.

Es kam zu einer heftigen Auseinandersetzung.

„Ich denke nicht im Traum daran, dieses Schwein Drummond zu empfangen!" brüllte Patrick.

„Das wäre aber verdammt idiotisch von dir!" rief George. „Entschuldige meine Ausdrucksweise, Madeleine, aber . . ."

„Ich bitte dich, George", sagte Madeleine. „Mach dir deswegen keine Kopfschmerzen. Patrick, du mußt mit Drummond und Joyce sprechen. Wenn du das nicht begreifst, so bist du ein noch größerer Narr, als ich dachte."

„Halte doch deinen verdammten Mund", sagte Patrick. Offenbar war er sehr betrunken, denn eine Frau derart grob anzufahren, lag nicht in seiner Art.

„Das könnte dir so passen!" sagte Madeleine resolut. „Ich habe meinen Mund lange genug gehalten, jetzt ist es an der Zeit, daß ich ihn endlich aufmache! Du mußt dich zusammennehmen, Patrick. Es ist eine Schande mir dir. Du betrinkst dich unmäßig, läßt deine schwangere Frau im Stich und kriechst vor deinem MacGowan in der widerlichsten Weise auf dem Bauch . . ."

„Halte mir keine Predigten! Schere dich 'raus!"

„Den Kopf werde ich dir zurechtsetzen! Das ist meine moralische Pflicht als deine Schwester und als Christin! Was würde Papa wohl sagen, wenn er dich so sehen könnte?"

„Wir sollen Gott danken, daß Onkel Edward das erspart geblieben ist", sagte George nüchtern. „Ich kann dir nur sagen, Patrick, daß dein Privatleben von hier bis Dublin, ja wohl sogar bis London im Gerede ist und daß man allerlei häßliche Gerüchte darüber hört."

„Verdammt nochmal, was spielt das jetzt für eine Rolle? Hugh ist doch fort. Und ich bin hier bei meiner schwangeren Frau. Oder etwa nicht?"

„Patrick, du hast Pflichten gegenüber Sarah, gegenüber deinen Kindern und auch gegenüber dem noch ungeborenen Kind . . ."

„Ich will nur, daß man mich in Ruhe läßt. Ich will in meinem Garten arbeiten. Ich will, daß die Kinder zurückkommen."

„Dann ..."

„Ach, sagt Drummond und Joyce doch, was ihr wollt! Hauptsache, ihr laßt mich alle in Frieden!"

„Natürlich war er schandbar betrunken", sagte Madeleine zu mir, nachdem George nach unten gegangen war, um Drummond und Joyce zu empfangen. „Am liebsten hätte ich ihn ja richtig ins Gebet genommen, aber das hatte bei seinem Zustand kaum einen Sinn."

Erst zwei Tage später hatte ich mit Patrick ein Gespräch unter vier Augen. Madeleine war inzwischen wieder zu ihrer Apotheke zurückgekehrt, und George hatte sich erschöpft nach Letterturk zurückgezogen, allerdings nicht, ohne Drummond und Joyce zu versprechen, daß für MacGowan ein gemäßigter Verwalter engagiert werden würde.

Da es im Tal ruhig war, entschloß ich mich, mit Patrick über die Rückkehr der Kinder zu sprechen.

„Das habe ich bereits in die Wege geleitet", sagte er. „Gestern ist an Nanny ein entsprechender Brief abgegangen."

„Und warum erfahre ich erst jetzt davon?" rief ich ärgerlich, denn ich hatte in der vergangenen Nacht kaum eine Auge zugemacht, weil ich mit mir nicht ins reine kommen konnte, ob es besser war, die Kinder noch in ihrem Hotel in Salthill zu lassen oder nicht.

„Warum?" sagte er. „Nun, ganz einfach. Ich wollte nicht mit dir sprechen."

„Ja, aber ..." begann ich und stutzte. Was war mit ihm? Schroffheit, Grobheit, jetzt auch in nüchternem Zustand. Steckte etwas dahinter? Aber was nur? „Patrick", fuhr ich schließlich fort, „du mußt dich zusammennehmen. Sonst spüren die Kinder, daß zwischen uns nicht alles stimmt."

Noch während ich sprach, dachte ich: Wenn das Baby geboren ist, werde ich ihn verlassen. Ich werde die Kinder nehmen und nach Dublin oder London fahren und mich von einem Rechtsanwalt beraten lassen. Jetzt, wo MacGowan nicht mehr da ist, brauche ich mich vor einer Flucht nicht mehr zu fürchten.

Aber dann dachte ich: Ohne MacGowan wird das Leben auf Cashemara zumindest wieder erträglich sein; und wenn ich Patrick auch ebensowenig verzeihen kann wie MacGowan, so fürchte ich mich doch wenigstens nicht vor ihm, und sicher läßt es sich einrichten, daß wir einander soweit wie möglich aus dem Wege gehen; der Kinder wegen darf es zu keinem Skandal, zu keiner Scheidung kommen; wenn es nur irgend geht, muß ich versuchen, auf Cashemara zu bleiben, und außerdem ... hat Drummond nicht gesagt, daß er später „nach mir sehen“ will?

„Patrick“, begann ich wieder, doch er unterbrach mich sofort.

„Ich habe die Lügen satt“, sagte er. Obwohl es erst elf Uhr vormittags war, trank er schon von dem Brandy, den Flannigan aus Galway mitgebracht hatte. „Ich habe es satt, mich um das zu kümmern, was die Leute denken.“

„Aber es kann dir doch nicht gleichgültig sein, was deine eigenen Kinder denken! Ned zum Beispiel ... Jetzt ist er schon fast neun ... und wenn er die Wahrheit später auch nur ahnen sollte ...“

„Er wird sie eines Tages nicht nur ahnen. Er wird sie entdecken.“

„Aber das darf nicht sein! Wie kannst du so etwas nur so gelassen sagen!“

„Weil ich andere Maßstäbe habe als du. Weil ich nicht will, daß mein Sohn eines Tages von mir sagt: ‚Mein Vater war ein großartiger Lügner und ein ausgezeichneter Schauspieler. Nur wer er wirklich war, habe ich nie herausfinden können.‘ Ich will, daß er sagt: ‚Mein Vater hat mich geliebt und ist aufrichtig zu mir gewesen – und nur darauf kommt es an.‘“

„Du bist ja schon wieder betrunken!“ rief ich wütend, bezwang mich jedoch sofort. Wenn ich meinen Zweck erreichen wollte, so durfte ich Patrick nicht gegen mich aufbringen. „Wir müssen versuchen, den äußeren Schein zu wahren“, sagte ich, jene Wendung benutzend, die er sonst immer gebraucht hatte. „Wenn wir damit jetzt aufhören, ist all unsere Mühe umsonst gewesen. Versprich mir bitte, daß du das Deine dazu tun wirst ... um der Kinder willen ...“

„Ich verspreche dir, was du willst“, sagte er, „wenn du mich nur in Ruhe läßt.“

Zum Glück besserte sich seine Stimmung, als die Kinder endlich wieder da waren, aber die unmäßige Trinkerei hatte Spuren hinterlassen. Er wirkte gealtert, sein Gesicht war gefurcht, die Haut fleckig, das Weiß der Augen rötlich unterlaufen. Jetzt, wo er seinen Freund verloren hatte, verlor er plötzlich auch das Interesse an seinem Garten, und der Mangel an körperlicher Übung brachte es mit sich, daß er Pfund um Pfund ansetzte. Wenn die Kinder nicht da waren, so wirkte er mürrisch und verschlossen. Nur in ihrer Gegenwart taute er auf.

Das Baby kam.

Ich war sehr krank. Die Entbindung war diesmal langwierig und kompliziert, und ich verlor dabei so viel Blut, daß ich noch Stunden danach ohne Bewußtsein war. Erst viel später erfuhr ich von den Tumoren, und selbst dann war Dr. Cahill so sehr darauf bedacht, mir zu versichern, es handle sich nicht um Krebs, daß ich nur undeutlich begriff, was eigentlich geschehen war.

Alle hatten geglaubt, ich würde sterben. Dr. Cahill war gezwungen gewesen, ein Chirurgenmesser zu benutzen, und ich konnte von Glück sagen, daß er mit den modernen Erkenntnissen der Medizin wohlvertraut war. Dennoch bekam ich eine Infektion, und tagelang spürte ich nichts als den Schmerz des Fiebers.

Doch eines Morgens fühlte ich mich besser und erinnerte mich daran, daß ich irgendwann vor langer Zeit ein Baby bekommen hatte.

„Ein kleines Mädchen, Sarah", sagte Madeleine, die mich treu umsorgt hatte. „Sehr hübsch. Brünett wie du und Patrick überhaupt nicht ähnlich."

„Wird sie . . . wird sie denn auch lebensfähig sein?" fragte ich stockend.

„Aber ja. Wo denkst du denn hin", erwiderte Madeleine.

„Du willst mich nur schonen", beharrte ich ungläubig. Aber als man mir das Kind dann zeigte, konnte ich mit eigenen Augen sehen, wie gesund es war; muntere Augen, rosige Haut. „Wieviel Glück habe ich doch", sagte ich, während ich auf die Kissen zurücksank. „Wieviel Glück . . ."

Erst Wochen später brachte Madeleine mir nach und nach bei, daß ich nie wieder gebären würde. Sie erklärte es sachlich und nüchtern und gebrauchte viele medizinische Ausdrücke, doch ich hatte über die weibliche Anatomie nie sehr gut Bescheid gewußt, und so nickte ich nur und versuchte, eine interessierte Miene aufzusetzen.

Zuerst empfand ich nicht die leiseste Enttäuschung, weil es ohnehin selbstverständlich schien, daß ich von Patrick kein Kind mehr empfangen würde. Aber als mir dann klar wurde, was Unfruchtbarkeit bedeutete, etwas Endgültiges und Unwiderrufliches, bedrückte es mich, und wenn ich in meinem Zimmer allein war, weinte ich oft.

Das Baby wurde zu Weihnachten getauft, als ich wieder soweit hergestellt war, daß ich gehen konnte. Natürlich hatte Patrick tausend Einwände gegen den Namen Camille und ich nicht weniger gegen den Namen Louisa, seine Wahl. Eine Stunde, nachdem der Geistliche eingetroffen war, saßen wir noch immer in der Sackgasse.

„Versucht es doch mit etwas Einfachem", riet uns Madeleine, ganz automatisch in Marguerites Vermittlerrolle schlüpfend. „Jane vielleicht oder Joan."

„Nicht Joan", sagten Patrick und ich in einem seltenen Augenblick der Übereinstimmung, und so wurde die Kleine Jane getauft – sehr zur Enttäuschung der anderen Kinder, denen der Name zu gewöhnlich klang.

„Guinevere wäre hübsch gewesen", meinte Ned, der die Sagen vom König Artus gelesen hatte.

„Butterblume", sagte John, der Blumen liebte.

„Viktoria nach der lieben Königin", rief Eleanor, etwas vorlaut und altklug wie meist, und blickte rasch zu ihrem Vater, der ihr mit einem Lachen versicherte, einem klügeren Mädchen als ihr sei er noch nie begegnet.

Ob sie wohl später einmal gescheiter sein wird als ihre kleine Schwester hier? dachte ich, während ich dem Baby einen Kuß gab. Ich konnte Jane gar nicht oft genug küssen. Sie sollte spüren, daß sie geliebt wurde.

Armes, kleines Balg.

Thomas und David kamen zur Taufe und verbrachten Weihnachten auf Cashemara. Aus ihrer Freude über MacGowans Verschwinden und seine Ablösung durch einen neuen Verwalter machten sie kein Hehl, und Thomas erklärte auch ganz offen, er sei sehr froh, daß Patrick das Trinken aufgegeben habe.

Doch das stimmte nicht. Er wußte es jetzt nur besser zu verbergen. Wie es in Wirklichkeit damit stand, bewies die steigende Zahl der Rechnungen, die uns die Weinhändler schickten.

Von Edith kam zu Weihnachten ein Brief. Sie hatte in Edinburgh ein Haus gemietet, das sie mit MacGowan bewohnte. Sein verletzter Arm war immer noch nicht verheilt, doch da es in der Stadt hervorragende Ärzte gab, bestand zu irgendwelcher Sorge kein Anlaß. Im übrigen lebte jetzt auch der alte MacGowan in Edinburgh, wenn auch in einer eigenen Wohnung, da Hugh ihn nicht in seinem Haus haben wollte.

Ob Patrick sich mit dem Gedanken trug, nach Schottland zu fahren, um MacGowan zu besuchen?, überlegte ich. Am liebsten hätte ich ihn selbst gefragt, unterließ es dann jedoch. Und das war gut so, denn es zeigte sich immer deutlicher, daß es klüger war, in Patricks Gegenwart Hughs Namen nicht zu erwähnen.

Der Januar ging vorbei. Jetzt fühlte ich mich schon viel kräftiger. Ich dachte viel an Maxwell Drummond. Wann würden wir einander wiedersehen? Eigentlich konnte ich jetzt doch mit der Kutsche zur Apotheke in Clonareen fahren. Dann würde er wissen, daß ich nicht mehr bettlägerig war. Die Vorstellung, seiner Frau zu begegnen, störte mich nicht. Irgendwie gehörten Eileen und Maxwell für mich nicht zusammen, und diese Überzeugung ging soweit, daß ich die Tatsache, daß ja auch er verheiratet war und Kinder hatte, völlig ignorierte.

Noch aus einem anderen Grund hatte ich kein schlechtes Gewissen. Ich wollte mit ihm ja kein Verhältnis anfangen. Davor schützte mich schon die Angst, meiner mangelnden Liebesfähigkeit wegen verachtet zu werden. Und wenn ich dann und wann mit ihm zusammentraf, so konnte das niemandem schaden.

Wie hatte Drummond noch gesagt? „Wenn du wieder bei Kräften bist, dann komme ich, um nach dir zu sehen."

Doch ehe es dazu kam, erschien eines Tages MacGowan, um mit ihm abzurechnen. In Begleitung einer riesigen Soldatenschar sowie sämtlicher Polizisten von Galway-County ritt er von Letterturk herbei, und bevor abends die Sonne sank, war der Drummond-Hof niedergebrannt und Drummond selbst saß im Gefängnis.

II

Eileen Drummond fuhr mit ihren Kindern nach Dublin zu ihren Eltern. Madeleine lieh ihr Geld. Auch ich wollte ihr helfen, wagte es jedoch nicht.

„Was für ein herrliches Gefühl, wieder hier zu sein!" rief MacGowan und nahm im Speisezimmer am Kopfende des Tisches Platz. „Flannigan, bringen Sie eine Flasche Champagner!"

Flannigan kündigte am nächsten Tag.

Der Schock, den MacGowans Rückkehr in mir auslöste, hatte eine eigentümliche Wirkung auf mich. Mein Kopf fühlte sich gleichzeitig benommen und schwerelos, und von Zeit zu Zeit sah ich mich selbst wie aus großer Entfernung: Aufmerksam beobachtete ich jene Marionette, die so tat, als sei sie die Herrin des Hauses.

„Du brauchst dir wegen der Haushaltsführung nicht mehr den Kopf zu zerbrechen, Sarah", sagte Edith. „Jedenfalls nicht, was den finanziellen Teil betrifft. Hugh will nämlich, daß ich das übernehme. Er sagt, du bist zu extravagant und gibst zuviel Geld für Kleider aus. Du erhältst ein Taschengeld, und Hugh meint, du solltest ja achtgeben, es nicht zu überziehen."

Auch die übrigen Bediensteten begannen zu kündigen, und als Edith das Personal nach und nach durch einfache und recht unbeholfene Mädchen aus dem Tal ersetzte, ging im Haus vieles drunter und drüber. Doch das sei, so wurde mir versichert, eine vorübergehende Unannehmlichkeit, die man in Kauf zu nehmen habe, bis hier überall wieder Ordnung herrsche. Im übrigen sollten auf Clonagh Court die Schäden beseitigt werden, damit Edith und Hugh wie früher dort wohnen konnten.

Inzwischen gedachten sie, auf Cashemara zu bleiben.

Neds Privatlehrer ging, und sein Nachfolger hielt es kaum eine Woche aus. Selbst Nanny kündigte, als Edith ihr die Brennholzmenge für die Kinderzimmer kürzte, und nur meine Tränen konnten sie bewegen, ihre Kündigung rückgängig zu machen.

Meine Angst, Nanny zu verlieren, hatte auch etwas Gutes. Sie löste mich aus meiner Lethargie. Der Zorn kehrte zurück, ein tiefes, verzehrendes Brennen. Ich war vorsichtig genug, mir nichts davon anmerken zu lassen, hatte jedoch wieder so viel klaren Verstand, um mir sagen zu können, daß irgend etwas getan werden mußte. Natürlich würde ich abwarten müssen, bis die MacGowans wieder auf Clonagh Court wohnten, aber dann . . .

Für seinen Lilienteich ließ Patrick den feinsten Connemara-Marmor kommen, und während dieses schrecklichen Sommers glich sein Garten einer einzigen Blütenpracht. Noch heute kann ich die Rhododendren sehen, üppig und exotisch, satte Farbe vor dem grünen Laub der Bäume, und die Azaleen am Weg zur Kapelle glühten in einem Feuer, dessen Intensität fast schon beklemmend war. In diesem Jahr blühte der Magnolienbaum, und im Küchengarten beugten sich die Pfirsichbäume unter der Last ihrer Früchte.

Ich wartete. Irgendwann mußte der Tag kommen, an dem die MacGowans endlich nach Clonagh Court zogen.

Im Juni traf es mich dann wie ein Schlag. Hugh und Edith beschlossen, auf Cashemara zu bleiben. Zum erstenmal kam mir der Gedanke, ohne die Kinder zu fliehen. Endgültig trennen wollte ich mich von ihnen natürlich auf gar keinen Fall, und deshalb brauchte ich unbedingt die Gewißheit, daß ich meine Rechte auf sie später gerichtlich geltend machen konnte. Wäre doch nur ein Rechtsanwalt zur Hand gewesen!

Ich grübelte und grübelte, und endlich fiel mir ein, daß Georges Hilfe von großem Wert sein mochte. Er war vielleicht in der Lage, Rat für mich einzuholen.

Ich schrieb ihm einen Brief, den ich Madeleine gab, als sie zum Tee kam. Dazu bedurfte es einer List, die mir viel Genugtuung bereitete. Da Edith mich keine Sekunde aus den Augen ließ, stieß ich eine Tasse um, und während Edith über die gräßlichen Flecken auf ihrem neuen Kleid jammerte, reichte ich Madeleine den Brief, den sie, ohne auch nur eine Miene zu verziehen, im Ärmel ihrer Jacke verschwinden ließ.

In meinem Brief beschrieb ich unverhüllt die Situation und bat ihn, bei einem Rechtsanwalt für mich Rat einzuholen.

Zum Schluß schrieb ich: „. . . Bitte glaube mir, daß es keinen Zweck hat, mit Patrick darüber zu reden. Er wird sich nie bereit finden, MacGowan aufzugeben. Vernichte diesen Brief, sobald Du ihn gelesen hast, und verrate niemandem etwas über seinen Inhalt . . .“

Wenigstens in diesem letzten Punkt schien er meiner Bitte zu entsprechen. Doch daß Patrick sobald ein Skandal drohte, immer noch an MacGowan festhalten würde, wollte ihm offenbar nicht in den Kopf. Jedenfalls kam er nach Cashemara, um Patrick ins Gewissen zu reden.

Patrick und MacGowan empfingen ihn gemeinsam im Morgenzimmer. Mir gelang es, Edith zu entkommen, indem ich Kopfschmerzen vorschützte. Heimlich schlich ich mich zur Galerie, wo ich in einem dunklen Winkel warten wollte, bis George wieder heraustrat. Vielleicht ließ sich von seinem Gesicht ablesen . . . ja, was? Ich wußte nur, daß ich fürchtete, er könnte den Männern von meinem Brief erzählen.

Doch ich sah ihn nicht wieder, jedenfalls nicht lebendig. Stimmen schrien zornig aufeinander ein, und plötzlich schlug etwas krachend zu Boden. Dann Stille.

„Er ist unglücklich gestürzt“, sagte MacGowan Stunden später zu Dr. Cahill. „Ein Schlaganfall vielleicht? Er schien das Gleichgewicht zu verlieren, und ehe wir ihn auffangen konnten, prallte er mit dem Kopf auf den Kaminvorsatz ..."

Dr. Cahill sprach davon, daß George schon seit langem an hohem Blutdruck gelitten habe, und nannte als Ursache für den Sturz einen momentanen Schwindelanfall „... und das Aufprallen auf den Kaminvorsatz führte dann den Tod herbei. Ein bedauernswerter Unfall, an dem niemand die Schuld trägt ..."

Ich schwieg. Was ich glauben sollte, wußte ich selbst nicht recht, denn ... nein, Dr. Cahill würde sich nicht gescheut haben, eine andere Todesursache zu nennen, wenn es nach seinem Dafürhalten eine andere gegeben hätte. Und was mich betraf: Mir war die Möglichkeit eines wirklichen Unfalls nur recht, weil ich nicht wollte, daß sich meine Angst vor MacGowan noch mehr vertiefte. Dennoch träumte ich Nacht für Nacht von seiner harten Faust und wachte schweißgebadet auf.

Wieder grübelte ich. Sollte ich versuchen, Thomas und David eine Nachricht zukommen zu lassen? Nein, zu gefährlich, für mich wie für sie. Konnte Madeleine vielleicht helfen? Aber sie war so religiös. Vermutlich würde sie, die fromme Katholikin, mir versichern, daß es, allen unseligen Umständen zum Trotz, meine Pflicht sei, bei meinem Mann zu bleiben. Blieb noch mein Bruder Charles. Leider auch unmöglich, denn meine Briefe nach Amerika ließ MacGowan sich von mir aushändigen, bevor sie zur Post gebracht wurden, und ich zweifelte nicht, daß er sie sehr aufmerksam las. Aber konnte Madeleine den Brief nicht für mich aufgeben? Ich hätte ihn ihr wieder vor Ediths Augen zustecken müssen, und ich wußte nicht, ob ich das ein zweitesmal wagen durfte.

Inzwischen hatte ich die Hoffnung aufgegeben, juristischen Rat einholen zu können, ehe ich mich zu dem entscheidenden Schritt entschloß. Viel zu erwarten war von dieser Seite wohl ohnehin nicht, denn eine Frau, die ihren Mann „treulos verließ", galt bei den Gerichten von vornherein als der schuldige Teil. Außerdem würde MacGowan zweifellos die besten Anwälte engagieren. Nein, ich durfte nicht damit rechnen, daß mir später die Kinder zugesprochen wurden.

Also stand ich wieder oder immer noch mit leeren Händen da. Ich mußte unbedingt fliehen, mit den Kindern, doch wie ich das je bewerkstelligen sollte ...

Im Juli wurde Maxwell Drummond in Galway der Prozeß gemacht. Er erhielt eine zehnjährige Freiheitsstrafe.

Drummond, dachte ich, Drummond: Er würde mir helfen, wenn er nur die Möglichkeit dazu hätte.

Und dachte weiter: Es muß auch so einen Ausweg geben. Es muß.

Im September entkamen zwei politische Gefangene aus einem Gefängnis bei Dublin, und in den Zeitungen hieß es, daß die Irish National League die Wärter bestochen hätte. Die Irish National League war eine neue Organisation, der sowohl Mitglieder der aufgelösten Land League als auch Parteigänger der Home Rule Party angehörten. Wenn es mir irgendwie gelang, mit Mr. Parnell zu sprechen ... MacGowan und Patrick hatten beim Prozeß gegen Drummond ausgesagt, und es mochte die Führer der National League durchaus interessieren, daß Drummonds Verurteilung nur der Schlußpunkt eines privaten Racheaktes war ... Aber ich wagte es nicht, Parnell zu schreiben, und ihn sprechen ... wie hätte ich das wohl anstellen sollen? Ich war hier auf Cashemara fast genauso eingekerkert wie Drummond in Galway.

„Gott segne Sie, Mylady!" sagte Vater Donal, als ich ihn, zusammen mit Edith, in Madeleines Apotheke traf. Ich erwiderte seinen Gruß, und plötzlich fiel mir ein, daß der alte MacGowan einmal über den Priester geschrieben hatte, er schlüge sich auf die Seite der irischen Aufwiegler.

Am Abend nahm ich meinen ganzen Mut zusammen und sagte in Gegenwart der MacGowans zu Patrick: „Ob es sich wohl einrichten ließe, daß Vater Donal mich hier besucht? Ich trage mich schon seit einiger Zeit mit dem Gedanken, zum römisch-katholischen Glauben zu konvertieren, und würde mich von ihm gern unterweisen lassen."

MacGowan warf mir einen Blick zu, den ich jedoch nicht erwiderte. Ich sah zu Patrick und wiederholte mit leiser, demütiger Stimme meine Frage.

MacGowans Mißtrauen schien beschwichtigt.

„Wie faszinierend, Sarah", sagte er spöttisch zu mir. „Allerdings sieht dir das gar nicht ähnlich!"

„Ja, ich weiß", erwiderte ich und versuchte ein Lächeln. „Aber seit Janes Geburt habe ich viel über religiöse Fragen nachgedacht ..." Die Bemerkung war, wie ich meinte, nicht ungeschickt. Vor allem klang sie plausibel, weil ich damals auf Leben und Tod gelegen hatte; und nach einer solchen Erfahrung wenden sich ja viele Menschen der Religion zu.

„Ich glaube schon, daß sich das einrichten ließe", meinte MacGowan großmütig. „Patrick, wenn Sarah das möchte, kannst du an ihrer Stelle an Vater Donal schreiben. Und für dich, Edith, wäre es vielleicht auch ganz interessant, mehr über die katholische Kirche zu erfahren."

Edith schien protestieren zu wollen, überlegte es sich dann jedoch. „Gewiß, das wäre eine Abwechslung", sagte sie und bedachte mich mit einem mitleidigen Blick.

Nachdem Vater Donal viermal auf Cashemara erschienen war, wurde sie der Sache überdrüssig. Der Geistliche sprach über alles mögliche, nur nicht über seinen Glauben, und später hörte ich, wie Edith zu MacGowan sagte: „Muß ich das noch länger über mich ergehen lassen?"

„Wieso?" fragte MacGowan amüsiert. „Macht dir die Sache etwa keinen Spaß?"

„Spaß? Um Himmels willen! Dieser Vater Donal ist ja von geradezu tödlicher Langeweile."

„Und Sarah? Wie steht die dazu?"

„Oh, sie scheint Gefallen daran zu finden. Es ist absurd."

Ich hätte vor Freude jubeln mögen. Endlich hatte ich die Möglichkeit, mit Vater Donal allein zu sprechen. Rasch brachte ich die Rede auf die National League, die politischen Gefangenen und das Gefängnis in Galway.

Vater Donal hörte mir mit wachsender Verwunderung zu. Seine Augen waren geweitet, die Lippen klafften leicht auf.

„Gott segne Sie, Mylady", sagte er schließlich. Vor lauter Verblüffung schien ihm nichts anderes einzufallen.

„Danke, Vater", erwiderte ich. „Aber mag er vor allem erst einmal Drummond segnen und ihm zur Flucht aus dem Gefängnis verhelfen. Hören Sie, ich habe einen Plan. Ich möchte, daß Drummond nach New York reist und für meinen Bruder eine Nachricht mitnimmt. Das ist von äußerster Wichtigkeit für meine Sicherheit und die Sicherheit meiner Kinder. Es muß ein Geheimnis bleiben, denn wenn MacGowan etwas davon erfährt, sind wir unseres Lebens nicht mehr sicher. Sagen Sie mir also: Kann einer der Geheimbünde, gleichgültig ob Blackbooters oder Bruderschaft oder wie sie sich heute nennen, nicht Drummonds Flucht nach Amerika organisieren?"

Er zögerte keinen Augenblick. „Mylady, da gibt es nur ein Problem, aber so Gott will, sind Sie in der Lage, es zu lösen. Es erfordert viel Geld."

„Wieviel?"

Er dachte kurz nach. „Da sind die Bestechungssummen, Sie verstehen schon . . . Viele halten die Hand auf und können nicht genug bekommen. Ach, es ist schon eine schreckliche Welt, in der wir leben, und am schlimmsten von allem ist die ewige Geldgier . . ."

„Hundert Pfund?"

„Wenigstens, Mylady, wenigstens."

Doch ich besaß kein Geld, und mein Schmuck war für Patricks Garten draufgegangen.

So griff ich auf das zurück, was mir geblieben war, meinen Verlobungs- und meinen Ehering. Ich zog sie von den Fingern und reichte sie Veter Donal. „Verkaufen Sie das."

Er schien zurückzuschrecken. „Aber, Mylady, ich kann doch unmöglich . . ."

„Doch, Sie können", sagte ich. „Drummond muß nach Amerika. Davon hängt alles für mich ab."

„Aber wenn Ihr Gatte nun entdeckt, daß Sie die Ringe nicht mehr haben . . ."

„Das wird ihm nicht auffallen."

„Vielleicht aber Mr. MacGowan."

Wir tauschten einen kurzen Blick. „Dann werde ich ihm sagen, daß ich sie verloren habe. Das Gegenteil kann er ja nicht beweisen."

Er öffnete den Mund, schloß ihn wieder. Etwa eine Minute verging. Schließlich meinte er: „Ich werde für Sie beten, Mylady – selbst, wenn Sie Protestantin bleiben sollten." Diese Bemerkung aus dem Mund eines ungebildeten Landpriesters hatte etwas Bewegendes. Aus ihr sprach eine Christlichkeit, die nicht nur in Irland selten war.

„Nun, wer weiß, Vater", sagte ich mit einem Lächeln. „Vielleicht werden Sie eines Tages in der Kapelle auf Cashemara die Messe lesen."

Bis alles für Drummonds Flucht organisiert war, verging viel Zeit. Doch das schlug ihm zum Vorteil aus, denn inzwischen wurde es Frühling, und bei dem milden Wetter war es für ihn weniger strapaziös, von Galway in unser Tal zu kommen.

In das Tal? Ja. Vor seiner Abreise nach Amerika wollte ich unbedingt mit ihm zusammentreffen. Erstens scheute ich mich, meinen Brief an Charles einem anderen anzuvertrauen, und zweitens . . . ich mußte ihn ganz einfach wiedersehen. Die Hoffnung darauf gab mir die Kraft, die langen Monate des Wartens zu ertragen.

Der Mai kam, der 13. Mai, und die Verheißung des Sommers schien Patricks Garten ein magisches Leben einzuhauchen.

Drummond gelang die Flucht aus dem Gefängnis. Der Wärter kehrte ihm den Rücken zu, während er die durchgesägten Gitterstäbe vor dem Fenster lockerte und hinauskletterte. Das Haupttor fand er aufgeschlossen, die Wache schlief. Und draußen wartete die Bruderschaft und brachte ihn zu einem Schlupfwinkel.

In der nächsten Nacht fuhr er nach Oughterard, wo in einer abgelegenen Hütte eine warme Mahlzeit und ein Schlaflager auf ihn warteten.

Inzwischen fahndete man nach ihm. Daß er in nördlicher Richtung fliehen würde, vermutete allerdings niemand. Man durchkämmte Galway und Claddagh und legte sich auf der Straße nach Dublin auf die Lauer. Natürlich fand man ihn nicht.

In der folgenden Nacht erreichte er Maam's Cross und in der Nacht darauf Clonareen, wo Vater Donal ihm Kleider und Geld gab.

Am nächsten Morgen, noch vor Sonnenaufgang, wanderte er in die Berge hinauf und strebte dann in westlicher Richtung auf Cashemara zu.

„Oberhalb von Cashemara liegt eine verfallene Hütte", hatte ich zu Vater Donal gesagt. „So etwa einen bis anderthalb Kilometer von unserem Haus entfernt."

In der Nacht konnte ich nicht schlafen. Endlich fiel ein erster fahler Dämmerschein durch das Fenster. Ich stand auf, kleidete mich im ungewissen Licht des beginnenden Morgens an.

Im Halbdunkel war es mir unmöglich, meine Haare aufzustekken. So kämmte ich sie nur und band sie dann mit einem von Eleanors Bändern straff nach hinten.

Mich dicht in einen Mantel hüllend, verließ ich mein Zimmer und schlich mich aus dem Haus.

Niemand sah mich. Um Patricks so makellosen Rasen machte ich einen weiten Bogen und stolperte dann über den dunklen Azaleenweg hügelauf. Immer wieder blickte ich über die Schulter zurück. Doch kein Mensch folgte mir. Schließlich ragte vor mir zwischen den Bäumen in geisterhaftem Grau der Turm der Kapelle auf. Ich schritt rasch vorüber. Der Aufstieg war sehr steil. Endlich erreichte ich die Mauer, die das Grundstück umgrenzte. Wo war die Tür, die dicke Holztür, durch die man zum eigentlichen Berghang gelangte? Dort drüben, ja. Nervös zog ich den Schlüssel hervor, ließ ihn fallen, hob ihn auf. Meine Hand zitterte so stark, daß ich kaum den Schlüssel im Schloß drehen konnte. Doch dann schwang die Tür endlich auf, klappte wieder zu. Vor mir sah ich den fast kahlen Berghang, auf dem die verfallene Hütte stand.

Immer wieder glitt ich auf losem Geröll aus, und immer wieder dachte ich: Wenn er nun gar nicht da ist, wenn ihn irgend etwas aufgehalten hat, wenn sie ihm aufgelauert haben. Was wußte ich denn schon? Daß ihm vor drei Tagen die Flucht aus dem Gefängnis geglückt war. Doch inzwischen konnte so vieles geschehen sein.

Der Himmel war jetzt lichter, und als ich mich das letztemal umblickte, sah ich, daß weit unten in der Ferne große goldene Finger über die Lough hinwegtasteten.

Die verfallene Hütte. Dort stand sie. Der offene Türrahmen. Niemand war zu sehen. Niemand war da. Dennoch zwang es mich weiterzugehen, mit schmerzenden Beinen, mit keuchender Lunge, mit Augen, vor denen plötzlich alles verschwamm. Wenig später blieb ich stehen. Ich mußte erst wieder zu Atem kommen, mußte mich verschnaufen. Und als ich den Kopf dann hob und wieder hügelaufwärts blickte, sah ich, daß dort, im verfallenen Eingang der Hütte, ein Schatten auf den Boden fiel, und begriff mit einer Erleichterung, die mir ein Gefühl der Schwerelosigkeit gab, daß ich mich nicht geirrt hatte: Er war da.

III

Er hatte abgenommen, was ihn jedoch nur größer wirken ließ. Die Furchen um seinen Mund waren tiefer, doch an seinem Lächeln änderte das nichts.

Er sprach nicht. Statt mir entgegenzukommen, trat er einen Schritt zurück und wartete ruhig, bis ich heran war, und nahm mich dann in die Arme. Ich stand mit dem Rücken an einer Innenwand der Hütte und spürte seine Nähe.

Er begann mich zu küssen. Er küßte meine Wangen, meine Augen, mein Haar, meine Stirn, meine Nase und schließlich meinen Mund. Seine Hände glitten von meiner Taille zu meinen Hüften, dann wieder zurück zur Taille, wo sie einen Moment verharrten, ehe sie sich höher schoben; und während ich sie auf mir fühlte, wußte ich: Ich würde alles tun, was er von mir verlangte.

Doch ich hatte Angst. Stockend sagte ich: „Bitte, nicht ... ich ... ich bin nicht sehr ... sehr leidenschaftlich ... ich war es noch nie ... immer habe ich versagt ..."

Er schwieg. Ich wagte nicht, ihn anzusehen. Voll innerer Anspannung wartete ich darauf, daß er sprach. Nicht was er sagte, würde wichtig sein, nur seine Stimme ... auf den Klang seiner Stimme kam es an.

Schließlich fragte er gelassen: „Wer hat dir das weisgemacht? Dein Mann etwa?" Und als ich beschämt nickte, warf er den Kopf in den Nacken, lachte dröhnend und rief ungläubig: „Und das hast du ihm abgenommen?"

Der Zerrspiegel, in den ich während meiner ganzen Ehe geblickt hatte, zersplitterte in tausend Scherben. Das nicht entstellte Abbild, das ich jetzt von mir fand, war so ganz anders ... und danach brauchte es keine Worte mehr. Tief verwundert sah ich mich, wie ich wirklich war, und als er mich wieder berührte, waren meine Tränen fort, und das Gefühl des Versagens, das mich so lange bedrückt hatte, fiel von mir ab.

Es schien, als sei ich von schwerer Krankheit geheilt. Zum erstenmal begriff ich, was Leben war und was Leidenschaft: Sie brandete in mir auf wie eine alles niederreißende Woge.

MAXWELL DRUMMOND

EHRGEIZ

1884–1887

1. KAPITEL

I

Sie verließ ihn.

Sie verließ ihren Mann, ihr Haus und sogar ihre Kinder. Natürlich war es ihre Absicht, sie später wiederzubekommen, aber als sie dann einsehen mußte, daß MacGowan sie nie mit den vieren am Rockzipfel davonziehen lassen würde, fuhr sie allein nach Amerika ab.

Ich war schon dort und wartete auf sie. Und wie ich wartete! Den ganzen Sommer hindurch und dann den Herbst, bis in den Winter. Ich wartete und wartete und glaubte schließlich, ich hätte nie etwas anderes gekannt als diesen Höllenpfuhl von einer Stadt, wo es heißer war als in der Hölle selbst. Schon morgens um acht klebte einem das Hemd am Leibe, und nachts war es so stickig, daß man sich schlaflos hin und her wälzte, weil man keine Luft bekam. Warten, ja, warten. Und ich hatte mir eingebildet, darin so etwas wie ein Experte zu sein, nachdem das Gefängnis in Galway hinter mir lag.

Es gab für mich viel zu lernen, aber ich lernte schnell, und die ganze Zeit über wartete ich auf Sarah: wartete darauf, daß es ihr endlich gelang, MacGowan durchs Netz zu schlüpfen; wartete darauf, daß das Eis auf dem Hudson schmolz; wartete auf den verfluchten Luxuskahn, auf dem Sarah im Frühjahr in den New Yorker Hafen dampfen sollte. Ich wartete, bis mir fast der Schädel platzte und ich meinte, ich hätte nie etwas anderes getan. Und als die Warterei dann vorbei war und ich am Hafen stand und den feudalen Kasten sah, auf dem Sarah sein mußte, da hätte ich schwören können, daß ich träumte, wäre das Wasser nicht so blau und so stinkig gewesen und der Lärm von der Werft nicht so infernalisch.

Sie ließen die Gangway runter, weißes, glänzendes, hochvornehmes Ding, und die Schiffsoffiziere in ihren goldbetreßten Uniformen überschlugen sich fast, während sie vor den eleganten Passagieren dienerten; und ich wartete und starrte mir fast die Augen aus dem Kopf, um in der Menge Sarah zu sehen, und meine geballten Fäuste waren wie zwei Knoten, und mein Genick schmerzte, und mein Mund schien angefüllt zu sein mit trockenem Brot. Ich wartete und wartete, und dann passierte so etwas wie ein Wunder. Ich sah sie, Sarah.

Die Feststellung, daß ich überschnappte, drückte es noch sehr milde aus. Wie ein Berserker stieß ich mit den Ellenbogen die Leute beiseite – diese Kunst hatte ich in New York inzwischen erlernt – und hörte, wie jemand sagte: „Himmel, schon wieder so ein besoffener Ire!" Aber mir war das stinkegal, mir war alles stinkegal, außer daß ich bei Sarah sein wollte, ehe ihr aufgeblasener Bruder mir zuvorkommen konnte, um sie in seinen lumpigen kleinen Palast abzuschleppen. Ich sah ihn, diesen Charles Marriott, und sah auch seine Lakaien, die durch die Menge einen Weg für ihn bahnten; und er, er sah mich, denn er zuckte zusammen, als sei ich Abschaum direkt aus der Gosse.

Aber ich war vor ihm unten an der Gangway und begrüßte Sarah als erster: Willkommen in diesem stinkenden, wimmelnden Höllenloch von einer Stadt. Sie hastete die Gangway herab, stolperte und fiel fast, und ich stürmte ihr entgegen – und vergessen war der ganze Schlamassel, das ewige Warten und die endlosen Nächte. Ich packte sie wie ein Fiebernder, und es war schon ein kleines Wunder, daß wir nicht beide seitlich ins Wasser kippten. Und während ich sie an mich quetschte, dachte ich zurück an den Tag, wo ich in Galway verurteilt worden war. Ich sah ihn noch vor mir, wie er im Gerichtssaal saß, der Lord de Salis.

Und deutlich, sehr deutlich erinnerte ich mich, wie ich geschworen hatte, mich an seiner Lady zu verlustieren oder wie ein räudiger Köter in mein Grab zu kriechen.

II

Meine Feinde nennen mich einen Schurken, der jeden Tag und jede Stunde der aufgebrummten zehn Jahre getreulich hätte absitzen sollen; und selbst meine Frau Eileen, die nie bestritten hat, daß ich ein Opfer der Fehljustiz wurde, erzählt wahrscheinlich unseren Kindern noch jetzt, daß ich nie mehr als ein ungebildeter Bauer war; was aber eine Lüge ist, denn ich habe die beste Schule westlich vom Shannon besucht – ihr guter Ruf reichte weit, sogar bis nach Clonbur und Cong. Lesen und Schreiben hatte ich im übrigen schon von meinem Vater gelernt.

Er stammte aus Ulster und kam nach Connaught, weil er als Jüngster der Familie von seinem Vater kein Land mehr kriegen konnte. Jetzt versuchen meine Feinde, einen Schotten aus ihm zu machen, aber das ist auch so eine verdammte Lüge: Die Leute aus Connaught hängen denen aus Ulster gern sowas an. Dabei weiß jeder, daß es in alten Zeiten Drummonds gegeben hat, die in Fermanagh-County Bischöfe waren, und die Familie meiner Mutter, die O'Malleys, stammt von der glorreichen Königin Grace O'Malley ab.

Folglich bin ich bis auf die Knochen Ire, und was meinen Vornamen angeht, der ja nicht irisch, sondern sächsisch ist, so kann ich nur sagen, daß ich nach einem guten Freund meines Vaters benannt wurde, dessen Vorfahren vielleicht schottische Ketzer waren, der jedoch selbst ein guter Katholik gewesen sein muß, denn mein Vater hätte es sich nicht im Traum einfallen lassen, mich nach einem schwarzen Protestanten zu benennen. Außerdem gefällt mir mein Vorname. Er klingt nach was und gibt mir ein Selbstbewußtsein, das mir vielleicht fehlen würde, wenn ich Paddy Murphy hieße. Als ich damals bei Eileen auf Freiersfüßen ging, sagte sie mir, Maxwell, das höre sich doch an wie der Name eines Gentleman. Das habe ich nie vergessen. Und wenn es auch stimmt, daß ich auf einem armseligen Bauernhof in Connaught zur Welt kam, so steht doch auch fest, daß ich mit dem Namen eines Gentleman geboren wurde.

Ganz so armselig war der Bauernhof nicht einmal. Eileen fand das zwar, aber im Tal stach er alles aus. Nicht umsonst war mein Vater, nachdem er in die O'Malley-Familie eingeheiratet hatte, wie ein Kuli an die Arbeit gegangen und hatte sich abgerackert und abgeschuftet, um statt der Kartoffeln, auf die sich die meisten beschränkten, auch Weizen und Hafer anzubauen. Fünfundzwanzig Morgen bestellbaren Boden hatten wir und dazu fünfundzwanzig Morgen Sumpfgelände. Vom bestellbaren Boden waren zehn Morgen bebaut, während auf dem Rest Gras wuchs, weil er zu steinig und zu hüglig war, als daß sich die Arbeit gelohnt hätte.

Doch den Schafen gefiel's dort, und den Kühen schien's auch nicht übel zu bekommen. Im Winter trabten sie zum Sumpf hinab, wo sie mit ihren Mäulern die schwarzen Binsen aus dem Boden zerrten, um die weißen, saftigen Wurzeln zu fressen, was bei den Rindviechern noch besser anzuschlagen schien als das Gras. Aber auch anderes nützliches Zeug fand man unten am Sumpf, zum Beispiel Heidekraut als Streu für meinen Esel und auch Unmengen gutes Brennholz; und ich kann nur denen zustimmen, die sagen, für einen gescheiten Bauern ist so ein bißchen Sumpf die reine Fundgrube.

In früheren Zeiten hatte die Pacht, die wir zahlen mußten, sechsundzwanzig Pfund betragen, ein Pfund für jeden Morgen bestellbaren Boden und das sechsundzwanzigste Pfund für das Sumpfgebiet. Aber nach der Hungersnot überließ der alte Lord de Salis meinem Vater das Land zu einer Vorzugspacht und schloß einen Vertrag mit ihm ab, der über fünfzig Jahre lief, was nichts anderes hieß, als daß wir jetzt keine gewöhnlichen Pächter mehr waren – ein echtes Wunder, worüber meine Mutter denn auch Freudentränen vergoß, während mein Vater es mit Schwarzgebranntem begoß, um dann lauthals Lord de Salis' Loblied zu singen, daß es zum Himmel schallte.

Es ging uns also gut, wir hatten sogar Bücher im Haus, ab und zu besuchte uns Lady de Salis, und wir waren durchaus wer; vielleicht nicht ganz so viel, wie Eileen sich das wünschte, aber doch mehr als irgendeine andere Familie im Tal.

Ich war das einzige Kind gewesen. Mir gefiel das, denn so hatte mein Vater immer Zeit für mich, und meine Mutter wurde nicht durch ein halbes Dutzend Rotznasen verrückt gemacht, die ihr dauernd zwischen den Füßen herumkrabbelten. Außerdem gab es dadurch für mich immer genug zu essen, und anständige Kleider und ein Paar Schuhe hatte ich auch. Egal also, was Eileen darüber sagen mag – ich schnitt durchaus nicht auf, als ich ihr vor langen Jahren in Dublin erzählte, mein Vater sei fast schon so etwas wie ein kleiner Gutsbesitzer. Ich hatte immer das Gefühl, ein Stückchen über den anderen im Tal zu stehen, denn schließlich war meine Mutter eine O'Malley und mit halb Clonareen verwandt, und als Vater Donal mir riet, zum Heil meiner unsterblichen Seele möglichst jung zu heiraten, da konnte es kaum verwundern, daß ich, statt mich lange um die Bauernmädel zu scheren, meine Blicke sofort auf eine Lehrerstochter warf.

Als ich Eileen in Dublin kennenlernte, glaubte Eileen, ich sei gut genug für sie. Der alte Lord de Salis hatte mich zum Studium ans Agricultural College geschickt und mir auch Geld gegeben, wofür ich mir in der Hauptsache Kleider kaufte, weil ich nicht wollte, daß die anderen Studenten ihre Nase über mich rümpften. Die Dubliner machen sich gern über einen aus Connaught lustig, und natürlich sahen sie mich trotz meiner feinen Kleider an wie ein Stück Torf, den man gerade aus dem Sumpf gestochen hat.

Was das Agricultural College angeht – also ehrlich gesagt, mir hing's bald zum Halse raus, die reine Zeitverschwendung, lauter Geschwafel über Zeug, das mich nicht im mindesten interessierte; und als man mir sagte, ich sei nicht gebildet genug, um davon zu profitieren, da dachte ich bei mir: Wenn es das ist, dann zum Henker damit, ich bin bereits gebildet genug. Kannte ich von der Schule denn nicht Lateinisch und Griechisch? Und konnte ich nicht jede Einzelheit rezitieren von der Schlacht von Clontarf, wo Brian Boru (mögen die Heiligen sein ruhmreiches Andenken ehren) über die Wikinger triumphierte? Und ob ich gebildet war! Eileen fand das auch, wenn wir zusammen Zeitung lasen und über Politik debattierten – wie aufmerksam hörte sie mir doch zu, wenn ich von dem Tag sprach, an dem Irland das Joch der Tyrannei abschütteln würde. Sie meinte sogar, irgendwann würde ich bestimmt in Westminster als Politiker neben dem heldenhaften O'Connel sitzen.

Ja, damals hielt sie große Stücke auf mich. Ich wohnte in ihrem Haus. Das hatte der alte Lord de Salis so arrangiert, weil er meinte, daß ich, als Fremder in der Stadt, bei einem der Lehrer am besten aufgehoben sei. Er dachte, Eileens Vater würde sich schon um mich kümmern.

Aber Eileen kümmerte sich noch mehr um mich. Lange Zeit waren wir in unserer Ehe glücklich miteinander, was sie jetzt aber vergessen zu haben scheint. Der Bauernhof, den sie sich viel größer vorgestellt hatte, war für sie zuerst sicher ein Schock, aber sie kam darüber hinweg, das schwöre ich, obwohl sie dann beim ersten schlimmen Krach, den es zwischen uns gab, alles mögliche ungereimte Zeug von sich gab.

Wir hatten uns nie gestritten – bis zu dem Tag, als ich zum erstenmal Sarah de Salis sah.

Ich wollte Eileen von der Apotheke abholen, wo sie so eine Art freiwillige Helferin spielte. Bei uns zu Hause hatte es einen Unfall gegeben, und ich war wütend, weil ich meinte, eine Mutter sollte lieber bei ihren Kindern bleiben, statt sich in irgendeinem Krankenrevier als barmherzige Schwester zu versuchen. Aber dann stellte sich heraus, daß auch sie wütend war. Und warum? Weil ich sie in Gegenwart von Lady de Salis angeblich grob behandelt hatte. „Wenigstens höflich hättest du sein können", sagte sie scharf, und ich schrie sie an: „Und du hättest wenigstens zu Hause sein können!" So gab ein Wort das andere. „Seit wann ist dir deine Familie nicht mehr gut genug?" brüllte ich sie an, und dann sagte ich ihr, sie sollte verdammt noch mal mehr zu Hause bleiben und sich um ihren Mann und ihre Kinder kümmern.

„Ich kümmere mich ja um euch!" fauchte sie.

„Nicht genug!" antwortete ich. „Was fällt für mich denn jetzt noch ab? Einmal in der Woche zehn Minuten im Dunkeln – wenn ich Glück habe, und oft habe ich's nicht!"

Herrgott, ein Mordskrach, und jetzt ging's erst richtig los. Eileen war überhaupt nicht mehr zu bremsen. Ich hatte es gerade nötig, wann kümmerte ich mich schon um sie? Dauernd Saufgelage mit den O'Malleys oder politische Versammlungen. Wann denn, falls sie sich erkühnen dürfe, diese Frage zu stellen, hätte ich schon Zeit für sie? Oder habe sie sich damit zu begnügen, als Ersatz für Rosie Costelloe zu dienen? Worauf ich natürlich sagte, bei Rosie Costelloe käme ich wenigstens auf meine Kosten, was sie noch mehr in Fahrt brachte. Sie beschimpfte mich wild, und ich erklärte, die zwei oder drei Seitensprünge von mir seien nicht weiter wichtig, ich hätte sie nur schonen wollen. Wie könnte ich so etwas behaupten?, rief sie. Wann hätte sie mich je um Schonung gebeten? Nein, natürlich nicht, sagte ich, aussprechen würde sie das nie, sie sei ja das Musterbild einer pflichtgetreuen Ehefrau, bloß an den Fingern könnte ich's mir schließlich abzählen, nicht?

Das brachte sie in Rage. Sie beschimpfte mich noch wilder. Ich sei ungehobelt, ein grober Klotz, ein ungeleckter Bär, und sie hätte es immer schon bereut, unter ihrem Stand geheiratet zu haben.

„Immer?" fragte ich. Das saß.

„Immer!" sagte sie. „Glaubst du etwa, ich würde nicht lieber wie eine Lady in einem schönen Haus in Dublin wohnen, statt wie eine Bäuerin in dieser verräucherten kleinen Hütte?"

„Das hier ist ein schöner Hof", sagte ich. „Und wir leben doch wirklich nicht wie die Drecksbauern."

Sie lachte, und dieses Lachen verzieh ich ihr nie. Irgendwie verkleisterten wir zwar den Riß zwischen uns, aber das junge Paar, das durchgebrannt war, um in Dublin zum nächsten Altar zu rennen, das gab es nicht mehr, und das wußten wir beide. Wäre ich wirklich so ein Schuft, wie Eileen behauptete, so würde ich ihr die Schuld geben an der Entfremdung zwischen uns, bevor wir uns endgültig trennten. Aber da ich aufrichtig sein will, muß ich eingestehen, daß die Schuld nicht bei Eileen, sondern bei mir lag. Weil ich ihr nicht verzeihen konnte, daß sie mir ins Gesicht gesagt hatte, in ihren Augen sei ich eben nichts anderes als ein plumper Bauer. Und weil ich wußte, daß Lady de Salis sich mir hingeben würde, wenn ich einmal Gelegenheit fand, mehr als nur fünf Minuten mit ihr allein zu sein.

III

Vielleicht hatte Eileen recht, als sie mich bei unserem Krach den räudigen Sohn einer läufigen Hündin nannte, aber ich kann kaum glauben, daß ein Mann, der noch Blut in den Adern hatte, auf Sarah de Salis nicht scharf gewesen wäre, sobald er sie sah.

Sie war bildschön.

Eine ungewöhnliche Schönheit. Sie ähnelte niemandem, den ich kannte. Sie hatte schmale Augen, die gleichzeitig dunkel und hell wirkten, weil sie goldbraun waren, und mit ihren hohen Jochbögen glich sie den Damen auf dem chinesischen Wandschirm in ihrem Schlafzimmer auf Cashemara. Ihre Haut war sanft und schimmerte fahl, von Wind oder Regen oder Sonne unberührt. Sie hatte volle Lippen, die sie meist aufeinanderpreßte, als fürchtete sie, der Mund könnte zu üppig wirken. Erst wenn sie lachte, erkannte man, wie hübsch er war, und als ich sie kennenlernte, lachte sie nicht oft. Sie hatte langes, dichtes Haar, das bis zu den Hüften herabwallte, wenn sie die Flechten löste, und wenn man sie nackt sah, so konnte man einfach nicht glauben, daß sie vier Kinder geboren hatte, denn an ihr war nichts von der schlaffen Überreife, wie man sie bei irischen Frauen über fünfundzwanzig findet. Sie hatte eine schmale Taille, wunderschöne wohlgerundete Hüften, perfekte Brüste und lange, geschmeidige Beine.

Daß ich sie wollte, hatte ich von Anfang an gewußt, doch daß wir auch zueinander paßten, wurde mir erst klar, als sie ihren Ehering verkaufte, um mich aus dem Gefängnis herauszuholen.

Während ich meine Kühe melkte oder den Dreschflegel schwang, träumte ich von Sarah, wie ich neben ihr im Himmelbett lag. Dieser Tagtraum kam mir selbst so ausgefallen vor, daß ich nie darüber nachdachte, wie es hinterher weitergehen sollte. Das änderte sich, als sie mich aus dem Gefängnis freikaufte. Mein erster Gedanke war: was für eine Frau! Und als ich mich dann daran erinnerte, wie ich Monate zuvor in der Bibliothek auf Cashemara bei ihr auf der Couch gesessen und auf MacGowans Höllenfahrt und Verdammnis getrunken hatte, da sagte ich leise: Donnerwetter, mit der kann man wohl sogar Pferde stehlen!

Zwischen meinem Ausbruch aus dem Gefängnis und meiner Abreise nach Amerika sah ich sie nur einmal, und da war kein Himmelbett. Ich nahm meinen Rock und ihren Mantel und legte beides auf den harten, feuchten Boden der verfallenen Hütte. Sie war nicht mehr nur die Frau, die schöne Frau, die ich besitzen wollte. Sie war Sarah, gleichzeitig mutig und tief verängstigt, voller Hoffnung, aber auch sehr verzweifelt, vor Freude lachend, dann wieder weinend, weil uns so wenig Zeit blieb und keiner von uns wußte, wann wir einander wiedersehen würden.

In meinen Tagträumen hatte ich mir alles so schön ausgemalt: Sarah willig, doch ohne auch nur einen Augenblick die Selbstbeherrschung zu verlieren, während ich im Vorübergehen mitnahm, was sich mir bot – ganz Herr der Situation.

Doch plötzlich kam alles ganz anders. Weder war ich Herr der Situation, noch übte Sarah Selbstbeherrschung. Sie war nicht einmal willig; denn dieser besoffene Perverse, der sich ihr Mann nannte, hatte ihr eingeredet, daß sie als Frau nichts tauge, und so litt sie Todesängste bei dem Gedanken, sich mir hinzugeben. Und als ich ihre Angst sah, wurde auch mir ziemlich mulmig, und ich dachte: Um Himmels willen, hoffentlich tue ich ihr nicht weh, denn dann ist alles aus – bitte, lieber Gott, verlaß mich jetzt nicht.

Sie sagte: „Ich liebe dich. Ich will nie einen anderen haben." Und als ich sie ansah, da sah ich nicht länger die zerbrechliche Lady, weil sie in mir nicht mehr den Bauern sah. Sie fragte sich nicht, ob ich für sie gut genug war, sondern sie für mich. Und so war es leicht, sanft zu sein. Es kam ganz von selbst und glich in nichts den Erlebnissen, die ich früher mit Frauen gehabt hatte.

Hinterher, als wir wieder sprechen konnten, sagte sie: „Mir ist, als sei ich ein ganz anderer Mensch", und ich sagte, mir ginge das genauso.

Und so war es auch. Ich hatte das Gefühl, von einer Welt in eine andere hinübergewechselt zu sein, und als ich Sarah wieder ansah, dachte ich: Mit dieser Frau an meiner Seite gibt es nichts, was ich nicht erreichen könnte. Und in diesem Augenblick hörte ich auf, an eine Zukunft ohne sie zu denken.

„Komm doch jetzt mit mir", sagte ich zu ihr. „Wir werden zusammen nach Amerika fahren." Aber sie schüttelte den Kopf und meinte, erst müsse sie dafür sorgen, daß auch die Kinder mitkönnten. Sie hätte ihren Plan, und wenn sie sich an den nicht hielte, so sei sie verloren. Sie habe so lange daran getüftelt, daß sie ihn unmöglich aufgeben könne.

„Natürlich würde ich am liebsten mit dir fahren", sagte sie weinend, und dann liebten wir uns zum zweitenmal, und diesmal war ich nicht ganz so sanft; doch als sie reagierte, stieg ein verlockendes Bild vor mir auf – wie unsere Nächte erst werden würden, wenn sie meine Frau war.

Aber das lag noch in ferner Zukunft. Erst in fast einem Jahr sollte ich sie wiedersehen, elf Monate Heimweh, Elend und Verzweiflung für mich, und für Sarah elf Monate unablässiger List und Verschlagenheit und Pläneschmiederei.

IV

Die Griechen hatten ein Wort dafür. Nemesis. Mein Lehrer in der Schule sagte, das hieße soviel wie Unheil und Unglück und Böses, alles in einem, und ich vergaß das Wort nie. Auch bei meinem ersten Zusammenstoß mit Hugh MacGowan ging es mir blitzartig durch den Kopf.

MacGowan war ein kleiner Mann mit großen Ideen. Ich meine nicht, daß er körperlich klein war, aber sein Gehirn schien einer kleinen, geballten Faust zu gleichen, wo nur für ein Bündel verkrüppelter Leidenschaften Platz sein mochte. Einzig sein Ehrgeiz und seine Gier besaßen Format, und da sie von seinem Dienstherrn dauernd genährt wurden, wucherten sie immer weiter aus. Doch ich stellte mich ihm in den Weg. Es war eine Zeit des Erwachens in Irland, die Morgendämmerung des Tages, der Charles Stewart Parnell gehörte, und wir alle hatten von schwarzen protestantischen Verwaltern wie Hugh MacGowan die Nase endgültig voll.

Eileen hielt mich natürlich für verrückt, weil ich uns soviel Ärger auf den Hals lud. „Du hast doch deinen Pachtvertrag", sagte sie. „Dieses Land ist dir bis 1900 sicher, und du brauchst nur die Grundpacht zu bezahlen – warum mußt du dich in diese Streitereien einmischen und uns alle zugrunde richten?" Nun, im Gefängnis gab es eine Zeit, wo ich so niedergeschlagen war, daß ich meinte, sie hätte vielleicht recht gehabt. Aber sie hatte nicht recht, jetzt sehe ich das ganz deutlich. Es ging nicht nur darum, daß es meine moralische Pflicht war, meinen Verwandten, den O'Malleys, in ihrer Not zur Seite zu stehen, obwohl das natürlich auch dazu gehörte. Nein, der Hauptgrund fand sich woanders. Parnell sprach zu allen Iren, ganz gleich, ob sie wirtschaftlich abgesichert waren wie ich, oder auf Gnade und Ungnade dem Großgrundbesitzer ausgeliefert wie meine Vettern. „Erhebt euch und vereinigt euch!" sagte Parnell, und was für ein elender Ire wäre ich denn gewesen, wenn ich tatenlos mitangesehen hätte, wie MacGowan die Hütten meiner Verwandten über ihren Köpfen niederreißen ließ und sie obdachlos machte.

MacGowan sagte, es gäbe eine neue Verfügung des Parlaments, die es uns ermöglichte, vor Gericht gegen Pachtgelder zu klagen, die uns zu hoch erschienen – aber Gerichte, was sollten uns die? Selbst der allergrößte Schwachkopf wußte, daß sie völlig in der Hand der Sachsen waren, und Sachsen würden sich immer bedingungslos auf die Seite von Lord de Salis und seinem Verwalter schlagen. Der, bei dem die Abbruchmaschine vor der Tür steht, hat keine Zeit, zu Winkeladvokaten und voreingenommenen Gerichten zu kriechen. Parnell wußte das. Schert euch aus unserem Land, sagte er zu den Sachsen. Wir wollen uns selbst regieren und in Dublin unser eigenes Parlament haben. Solange ihr uns von Westminster aus tyrannisiert, gibt es für uns keine Gerechtigkeit.

Man hätte meinen sollen, daß MacGowan, ein Schotte, die Tyrannei der Engländer kaum weniger satt hatte als wir; aber das einzige, woran er dachte, war Geld, und um es zu bekommen, war er bereit, vor den Sachsen im Staub zu kriechen und ihnen die Füße zu küssen.

MacGowan, mein Feind, meine Nemesis . . . und auch Sarahs Nemesis; denn er war ja der Mann, der über Cashemara herrschte und dafür sorgte, daß Sarah nicht nach Amerika kam, als ich schon so ungeduldig wartete. Ich wußte damals nicht, wie schlimm er sie terrorisierte, sonst hätte ich nie zugelassen, daß sie in jenes Haus zurückkehrte.

Aber sie wollte unbedingt zurück, und so fuhr ich ohne sie nach Amerika: unendlich viele Tage auf einem Schiff, das so gesteckt voll war wie einst die Arche Noah. Nach nur einer Woche auf See fühlte ich mich so dreckig und hungrig und krank, daß ich Angst hatte zu krepieren, bevor ich wieder Land sah. Nun, dazu kam es dann doch nicht, und als ich in Castle Garden endlich trockenen Boden unter den Füßen fühlte und man mir mit dem Einwandererhospital drohte, da fühlte ich mich wie durch ein Wunder wieder kerngesund. Mit Hospitälern kannte ich mich aus – dort fing man sich ein Fieber ein und kratzte ab. Nein, nichts für mich. Also schwatzte ich, bis sie mich endlich laufen ließen. Ich fand eine Herberge, so eine richtige billige Penne, wo ich mich langmachen konnte, bis ich mich von dieser sogenannten Seereise erholt hatte.

Während ich schlief, wurde ich dreimal ums Haar beklaut (in diesem Punkt ist New York einfach konkurrenzlos und läßt selbst Dublin weit hinter sich), aber ich krallte mich an dem Bißchen, was mir noch geblieben war, fest und kaufte mir, als ich mich wieder kräftiger fühlte, neue Kleider, einen Riegel Seife, Läusepulver und machte, daß ich ins nächste Bad kam. Danach reichte mein Geld gerade noch, um zum Frisör zu gehen oder mir endlich wieder den Bauch vollzuschlagen – beides zusammen ging nicht. Aber ich hatte schon so lange gehungert, daß es da auf ein paar Stunden mehr oder weniger nicht mehr ankam. Auf gar keinen Fall jedoch wollte ich bei Sarahs Bruder als der abgerissene irische Immigrant aufkreuzen.

Sarah hatte mir einen Brief für ihn mitgegeben, und als ich dann einigermaßen manierlich aussah, machte ich mich zu Fuß zur 5. Avenue auf.

Die Wohnviertel im oberen Stadtteil von New York! Meine Augen wurden immer größer, weil alles so prächtig war – nicht prächtiger als in Dublin natürlich, da will ich nicht übertreiben, aber groß, Herrgott nochmal, ganz gewaltig: die Rennbahn in Letterturk hätte auf dem Washington Square glatt dreimal Platz gehabt! Ich war so beeindruckt, daß ich nicht mal merkte, wie mir die Brieftasche geklaut wurde – Gott sei Dank war sie leer. Ich ging weiter und weiter und starrte aus aufgerissenen Augen. Ich habe New York nie was abgewinnen können, aber, heilige Muttergottes, hätte ich je eine Chance gehabt, in diesem Stadtteil zu wohnen, wer weiß, ob ich dann nicht anderer Ansicht gewesen wäre und New York über den grünen Klee gelobt hätte – Charles Marriott war mit allem bestimmt ganz zufrieden, wenn er täglich von Wall Street zu seinem Märchenhaus in der 5. Avenue zurückfuhr.

Ich brauchte etwa zwei Minuten, um mir ein Herz zu fassen und durch das vergoldete Tor zu gehen. Nachdem ich den Hof überquert hatte, blieb ich wieder stehen. Endlich hatte ich den Mut zu klingeln.

„Guten Morgen", sagte ich zu dem Butler, einem pechschwarzen Neger, der aufgeblasen wirkte wie ein Frosch. „Ich möchte Mr. Charles Marriott sprechen, wenn's recht ist."

„Mr. Charles Marriott", sagte der Butler, „ist nicht zu Hause."

„Na, wenn's nur das ist", sagte ich, „dann werde ich eben auf ihn warten. Ich habe nämlich einen Brief für ihn, und zwar von seiner Schwester Lady de Salis, Gemahlin des Barons de Salis von Cashemara, mögen die Gebenedeite und die Heiligen sie schützen."

Ich meinte, ich hätte sehr höflich und sehr respektvoll gesprochen, aber das zog bei ihm nicht, weil er mir nämlich nicht glaubte. Und so brüllten wir denn ein paar Sekunden später aufeinander ein, und er rief nach den Lakaien und befahl ihnen, mich hinauszubefördern. In diesem Augenblick tauchte Marriott auf, der natürlich doch zu Hause war. Er kam die Treppe herunter und sagte: „Was, zum Teufel, geht hier vor sich?" und als ich Sarahs Brief vor seiner Nase schwenkte, streckte er seine weiche, weiße Hand aus und hielt das Kuvert fest, um die Schrift darauf zu prüfen.

Nach einer Weile sagte er schließlich. „Danke. Wie ich sehe, stammt der Brief tatsächlich von meiner Schwester."

Und er fischte einen Dollar aus der Tasche und hielt ihn mir so nachlässig hin, als wäre ich ein Herumlungerer aus der Bowery.

„Halten zu Gnaden, Euer Ehren", sagte ich und mußte an mich halten, um ihm nicht ins Gesicht zu springen, „aber ich bin ein Freund Ihrer Schwester und nicht bloß ein Botenjunge."

Er betrachtete mich von Kopf bis Fuß, und ich betrachtete ihn von Kopf bis Fuß.

Etwa Mitte dreißig, gehörte er offensichtlich zu jenem Schlag, der kaum je die Nase vor die Tür steckt und Schreikrämpfe kriegt, wenn ihm ein bißchen Dreck auf die Stiefel spritzt. Eine gewisse

Ähnlichkeit zwischen Sarah und ihm ließ sich nicht bestreiten, aber man mußte schon sehr genau hinsehen, um sie überhaupt zu bemerken. Seine Augen waren dunkelbraun, sein Mund dünnlippig und sein Schädel bis auf ein paar dünne blonde Strähnen kahl wie ein Hühnerei.

Wir haßten einander auf den ersten Blick.

„Wer sind Sie?" fragte er. „Wie heißen Sie?"

„Ich heiße Maxwell Drummond", sagte ich, und wie immer gab mir mein Name Selbstvertrauen. „Ich bin Gutsbesitzer, und mein Land liegt etwa drei Kilometer östlich von Cashemara."

„Meine Schwester hat Sie nie erwähnt."

„Nun, wenn Ihnen daran liegt", sagte ich, „warum lesen Sie dann nicht den Brief?"

Eins muß ich Charles Marriott lassen: Auf seine verknöcherte Art hatte er Sarah wirklich gern, und sobald er sah, was in dem Brief stand, wollte er am liebsten mit dem nächsten Schiff nach Irland, um Sarah zu Hilfe zu eilen. Nur mit Mühe konnte ich ihn davon zurückhalten. Er war so erregt, daß er sogar seinen Abscheu gegen mich vergaß und mich in sein Arbeitszimmer führte, wo wir die Situation unter vier Augen besprechen konnten.

„Als erstes", sagte ich selbstbewußt, „müssen Sie sich klarmachen, daß Sie nicht nach Cashemara stürmen können wie ein Bulle. Sarah hat mich gebeten, Ihnen das einzuschärfen. So ist schon einmal einer vorgegangen, Mr. George de Salis. Jetzt ist er ein toter Mann."

„Aber ich vermag einfach nicht zu glauben, daß ein Mord so unbemerkt bleiben kann . . ."

„Warum nicht?" sagte ich. „In Irland ist so etwas an der Tagesordnung."

„Aber . . ."

„Sehen Sie, Mr. Marriott. Sarah möchte die Kinder behalten. Wenn sie bei Nacht und Nebel flüchtet, so wird MacGowan sie zurückholen und bestrafen, weil es in seinem und in Lord de Salis' Interesse liegt, die Ehe aufrechtzuerhalten. Lord de Salis möchte die Kinder nicht hergeben, und weder er noch MacGowan wollen, daß die Öffentlichkeit von ihrem perversen Verhältnis erfährt. Sarah kann also nur fort, wenn MacGowan damit einverstanden ist, und sein Einverständnis kriegt sie nur, wenn sich die Sache für ihn irgendwie lohnt – womit wir bei Ihnen wären, Mr. Marriott. Ich weiß zwar nicht, was Sarah in ihrem Brief schreibt, aber . . ."

„Geld. Dieser MacGowan soll ganz versessen darauf sein.“ Er schien es immer noch nicht glauben zu können.

„Also muß man Geld vor seiner Nase schwenken, damit er einen verlockenden Köder hat. Sie müssen Ihrem Schwager schreiben und ...“

„Ganz recht“, unterbrach er mich schroff, sich offensichtlich darauf besinnend, wer er und wer ich war. „Sie können versichert sein, daß ich alles Notwendige in die Wege leite. Ich werde Sie auf dem laufenden halten.“

„Nun“, sagte ich rasch, „das ist wirklich reizend von Ihnen. Im Augenblick wäre allerdings etwas anders für mich wichtig. Ich brauche Geld. Die Reise, die ich unternommen habe, um Ihnen den Brief Ihrer Schwester zu bringen, hat mich meinen letzten Penny gekostet; aber Sarah meinte, Sie würden schon dafür sorgen, daß ich nicht verhungere.“ Als er wieder anfing, in seinen Taschen herumzufischen, sagte ich: „Ihre Wohltätigkeit können Sie sich schenken, denn ich bin kein Bettler und habe auch nicht die Absicht, einer zu werden. Geben Sie mir Arbeit, dann kann ich für mich selbst sorgen.“

Wieder musterte er mich von Kopf bis Fuß, und ich konnte fast hören, wie er dachte: Um Himmels willen, was fang' ich mit diesem Menschen bloß an?

„Können Sie lesen und schreiben?“ fragte er mich schließlich zweifelnd.

Du sächsischer Hurensohn, dachte ich: Dir sieht man's am Gesicht an, daß du in gerader Linie von Cromwell abstammst.

„Ich habe die beste Schule westlich des Shannon besucht“, sagte ich, „und später meine Ausbildung am Royal Agricultural College in Dublin vervollständigt.“

Er bedachte mich mit leicht zynischem Lächeln und meinte, über eine Anstellung in seiner Firma in der Wall Street ließe sich reden.

„Gut“, sagte ich. „Dann nehme ich ein Monatsgehalt im voraus, und was die Wohltätigkeit betrifft – eigentlich könnten Sie mir zweihundert Dollar als Lohn für meine guten Dienste geben.“

Er stand auf. „Hören Sie, Drummond ...“

„Ich finde“, sagte ich, „daß es für Sie ratsam wäre, sich großzügig zu zeigen. Sarah dürfte es kaum gefallen, wenn ich nicht als Freund der Familie behandelt würde.“

Er lief rot an. „Ich weiß nicht, welcher Art die Beziehung ist, die zwischen Ihnen und meiner Schwester besteht; doch ich vermag kaum zu glauben, daß sie Ihnen je gestattet hat, sie mit ihrem Vornamen anzusprechen ..."

Ich lachte. Er wurde noch roter.

„... zwischen Ihnen und mir besteht jedoch keinerlei Beziehung, und so bin ich auch nicht verpflichtet, Ihnen zu helfen. Ist das klar? Wenn ich nur wollte, könnte ich Sie hinauswerfen lassen, und Sie müßten sehen, wie Sie in der Gosse zurechtkommen. Glauben Sie mir, es gibt kein übleres Pflaster als das Pflaster von New York City. Aber gut – Sie sollen das Monatsgehalt im voraus haben und keinen Cent darüber hinaus. Wenn Sie, bis meine Schwester kommt, nicht wirklich zum Bettler herabsinken wollen, dann nehmen Sie, was man Ihnen gibt und sind dankbar dafür."

Offen gesagt – daß er den Mumm haben würde, so zu mir zu sprechen, hatte ich nicht erwartet. Es brachte mich ziemlich aus der Fassung. Aber ich versuchte, mir nichts anmerken zu lassen, und zuckte die Schultern: Na schön, sagte ich, wenn er es richtig fand, einen Freund seiner Schwester so zu behandeln, dann stand das Urteil darüber nicht mir, sondern dem Allmächtigen zu. „Besten Dank also", fügte ich hinzu, „und sprechen wir nicht weiter darüber. Ich bin nicht nachtragend."

So ganz ehrlich war das natürlich nicht, aber ich hielt es für vernünftig, die Wogen ein bißchen zu glätten, ehe er es sich einfallen ließ, sein Angebot rückgängig zu machen.

Die nächsten zwei Wochen waren für mich nicht gerade ein Hochgenuß. Charles Marriott spielte seine Rolle – er schrieb an Lord de Salis und bat ihn, Sarah und die Kinder sehen zu dürfen, wobei er, der reiche Mann, daran erinnerte, daß er selbst leider keine hatte. Ich bekam den Brief natürlich nicht zu Gesicht, bin aber sicher, daß er fürchterlich geschraubt klang – was jedoch einen Mann wie MacGowan bestimmt nicht davon abhielt, Morgenluft zu wittern, da von Reichtum und Geld die Rede war. Seit der Hungersnot von '79 war es auf Cashemara sehr knapp zugegangen, wie ich von Sarah wußte, und ein Bluthund wie MacGowan verstand es, eine verheißungsvolle Fährte schon von weitem aufzunehmen.

Ich arbeitete inzwischen in Marriotts Kontor, hatte aber nach einer Woche die Nase so voll, daß ich kündigte.

„Und wie gedenken Sie, sich Ihren Lebensunterhalt von nun an zu verdienen?" erkundigte er sich sarkastisch.

„Nun, Mr. Marriott", antwortete ich, „darüber zerbrechen Sie sich nicht Ihren Kopf."

„Dann kommen Sie mir aber auch nicht angebettelt, wenn Sie am Verhungern sind", sagte er.

Ich dachte nicht im Traum daran, ihm diesen Gefallen zu tun, und ich verhungerte auch nicht.

Inzwischen hatte ich andere Iren kennengelernt. In meinem Logierhaus wohnten welche, und bald kannte ich die irischen Bars und die irischen Restaurants und die verschiedenen irischen Cliquen – und ich fand genau den Job, den ich suchte. Da war dieser Jim O'Malley, und er besaß eine Kaschemme südlich von der Canal Street, wo im Hinterzimmer um Geld gespielt wurde, während ein Stockwerk höher – also da waren Mädchen. Jedenfalls brauchte Jim jemanden, der für Ordnung sorgte, wenn die Gäste außer Rand und Band gerieten. Bald hatte ich eine Pistole und kannte mich mit den faulen Tricks beim Pokern aus. Nein, mir ging's wirklich nicht schlecht – zwei neue Anzüge, ein anständiges Quartier und freie Kost: jeden Abend ein saftiges Steak. Doch wenn ich mich soweit auch nicht beklagen konnte – Sarah war immer noch auf Cashemara.

Lord de Salis (den Brief schien ihm MacGowan diktiert zu haben) schrieb, vier kleinen Kindern könne er die beschwerliche Reise nach Amerika nicht zumuten und seine Gattin wolle sich nicht von ihnen trennen. Falls sich jedoch Charles Marriott dazu entschließen könne, den Ozean zu überqueren . . .

Charles Marriott erwiderte, leider sei ihm das aus Geschäftsgründen unmöglich, und außerdem wären die Kinder gar nicht mehr so klein, wahrscheinlich würde ihnen eine Seereise sogar großes Vergnügen bereiten. Jedenfalls hoffe er, sie und Sarah im Spätherbst in New York willkommenheißen zu können.

Lord de Salis' Antwort enthielt wieder allerlei Ausflüchte, und ich begriff, daß dieser Briefwechsel noch einige Zeit dauern würde. Aber Charles Marriott war, wenn es darauf ankam, nicht nur geduldig, sondern auch ziemlich gerieben. Er dachte weder daran, die Flinte ins Korn zu werfen, noch hatte er die Absicht, mit einem Knüppel in der Hand auf Cashemara aufzutauchen.

„Das ist nur eine Frage der Zeit, Drummond", sagte er zu mir, als ich ihn, wie jede Woche, besuchte, um zu erfahren, wie die Dinge standen. „Irgendwann werden ihm die Ausreden ausgehen – oder aber das Geld."

Inzwischen tickten die Tage weg wie flüchtige Minuten. Jim O'Malley kaufte sich einen sogenannten Austernsaloon nicht allzu weit vom Broadway, sehr elegant, und richtete ein feudales Bordell ein. Das ließ prompt die O'Flaherties, eine andere irische Clique, auf den Plan treten, die von dem dicken Kuchen auch was abhaben wollten – und ich hatte dadurch natürlich alle Hände voll zu tun.

Die O'Flaherties waren immer schon eine wilde Bande gewesen, wie jeder weiß, der Galway City kennt. Aber hier in New York, wo alles in Cliquen aufgespalten war und sich viel Geld verdienen ließ, wenn man die richtige Branche erwischte, gerieten sie völlig außer Rand und Band. Nur ein einziges Mal schlugen sie sich auf unsere Seite – als die Deutschen gleichzeitig sie und uns aufs Korn nehmen wollten.

Lord de Salis schrieb, es sei von Charles Marriott sehr aufmerksam, sich so eingehend für die Wirtschaftlichkeit von Cashemara zu interessieren, und falls er zwanzigtausend Dollar erübrigen könne, ließe sich vielleicht über eine Investition reden ... und Charles Marriott erwiderte, gewiß, womöglich würde er das in Betracht ziehen, und wenn Sarah ihn mit den Kindern im Frühjahr besuche, wolle er mit ihr gern darüber sprechen.

Man hätte meinen sollen, daß mir Sarah mit der Zeit weniger fehlen würde, aber genau das Gegenteil war der Fall. Schließlich hörte ich auf, dem Priester von meinen sündigen Träumen zu erzählen, weil ich's leid war, ihn im Beichtstuhl dauernd zu Tode zu entsetzen.

Ich konnte keine Frau ansehen, ohne spätestens nach zwei Sekunden daran zu denken, wie sehr sie gegen Sarah abfiel. Außerdem hatte ich große Angst vor den Krankheiten, die man sich bei Stadtweibern einfangen kann – was ich da von anderen hörte und in New York auch mit eigenen Augen sah, konnte einem die Haare zu Berge stehen lassen. Enthaltsamkeit war zwar noch nie mein Fall gewesen, aber jetzt lebte ich tatsächlich so keusch wie ein Benediktiner.

Lord de Salis schrieb, er könne beim besten Willen nicht zulassen, daß seine Kinder die weite Reise zum fernen Amerika machten, doch falls Sarah ohne sie fahren wolle, so würde er ihr nichts in den Weg legen.

An einem Sonntagmorgen im Februar wachte ich auf, im Ofen brannte kein Feuer, und es war so elend kalt, daß ich meine Seele verkauft hätte, um mich ordentlich wärmen zu können. Ich blieb im Bett liegen und dachte an Irland. Noch nie im Leben hatte ich mich so unglücklich gefühlt. Ich war so entmutigt, daß ich nicht einmal zur Messe ging.

Jetzt, dachte ich, wird mich gewiß Gottes Racheschwert treffen. Zuerst drücke ich mich vor der Beichte, und dann kehre ich sogar der Heiligen Kirche den Rücken. Ihr Seligen, steht mir bei, irgend etwas Schreckliches wird geschehen.

Aber gar nichts Schreckliches geschah. Vielmehr gewann ich in der darauffolgenden Woche beim Pharaospiel zweihundert Dollar, und außerdem erfuhr ich von Charles Marriott, daß Sarah sich entschlossen hatte, im April nach New York zu kommen – ohne die Kinder.

Von da an ging ich nicht wieder zur Messe. Wenn ich mich selbst nicht mehr belügen konnte, wie sollte ich da Gott belügen können? Wichtig war mir nur Sarah, und daß wir beide noch mit anderen verheiratet waren, kümmerte mich nicht. Was uns miteinander verbinden würde, war größer als jede Ehe.

Sarah bedeutete mir mehr, als jede noch so gute Ehefrau jedem noch so guten Ehemann bedeuten konnte. Viel mehr sogar.

V

Wir konnten nicht warten. Zwar fuhr sie mit ihrem Bruder – und ich mit ihr – zur 5. Avenue, aber schon bald sagte sie ihm, daß sie mit mir einen Spaziergang machen wollte. Er preßte die Lippen aufeinander und starrte wütend vor sich hin, aber das war uns egal.

Wir fuhren zu mir. Ich hatte jetzt in der Nähe der 4. Avenue zwei hübsch möblierte Zimmer. Das Haus war sauber und gepflegt, und als Sarah meine Wohnung betrat, da kamen mir die Zimmer vor wie königliche Gemächer.

Herrgott, wie schön war sie doch! Ich glaube, ich glotzte andächtig wie einer, der eine Erscheinung sieht, während sie mit zitternden Fingern ihr Kleid aufzuknöpfen versuchte. Es wollte einfach nicht klappen. Dann machte ich mich dran, aber mir rutschten die Knöpfe dauernd durch die Finger – wir benahmen uns beide so ungeschickt, daß wir schließlich laut loslachten. Danach waren wir wieder wir selbst, und die Qual der langen Trennung hatte ein Ende.

Als ich später eine Kerze ansteckte, fragte sie mich, ob ich ihr auch treu gewesen wäre, und als ich nickte, meinte sie, das könnte sie nicht glauben, und ich sagte, ich auch nicht, aber es sei tatsächlich wahr. Wir lachten wieder, aber ein paar Minuten später begann sie zu weinen und bat mich, sie nie zu verlassen, und ich sagte, darum müßte ich sie doch bitten und nicht sie mich. Doch sie wollte immer noch nicht glauben, daß ich sie liebte. Ich mußte es viele Male wiederholen und ihr auch wieder beweisen, ehe ich sie schließlich überzeugt hatte.

Als ich sie zur 5. Avenue zurückbrachte, war es Mitternacht, und ihr Bruder wartete noch auf sie. Ohne sein wütendes Gesicht zu beachten, umarmte sie ihn und bat ihn so inbrünstig um Verzeihung, daß er gezwungen war, sich zu beherrschen.

Aber nachdem sie nach oben entschwunden war, sagte er zu mir: „Sarahs wegen scheue ich einen Skandal, Drummond. Meine Schwester soll nicht zum Gespött der New Yorker Gesellschaft werden. Sie kann sich so oft mit Ihnen treffen, wie sie will. Aber erwarten Sie nicht, in diesem Haus zu dinieren oder an Festlichkeiten teilzunehmen, zu denen Sarah eingeladen wird. Auch muß sie jede Nacht unter diesem Dach schlafen, und daher wäre ich Ihnen sehr verbunden, wenn Sie sie das nächste Mal spätestens um zehn Uhr nach Hause bringen würden. Ich spreche nicht aus persönlicher Animosität, wie Sie verstehen müssen, sondern aus Sorge um Sarah, und wenn sie Ihnen nicht völlig gleichgültig ist, so werden Sie ja begreifen, daß meine Überlegungen von reiner Vernunft getragen werden."

„So, Vernunft nennen Sie das?" sagte ich. „Und ich hielt es für Vorurteil, denken Sie mal."

Nachdem er Sarah und mir doch sehr geholfen hatte, wollten wir keinen Streit mit ihm, und so hielt ich nach Möglichkeit meine Zunge im Zaum, und Sarah tat ihr Bestes, um ihn in den Augen der New Yorker Gesellschaft nicht zu blamieren.

Bald erhielt sie von ihrem Mann einen Brief, in dem er sich erkundigte, was aus Charles Marriotts Investitionsangebot geworden sei und wann sie nach Hause käme.

Sie ließ diesen und auch die nächsten Briefe unbeantwortet, und als sie dann schließlich schrieb, rettete sie sich in Ausflüchte.

„Ich muß in Amerika bleiben", sagte ich zu ihr, „bis es mir gelingt, von der Königin eine Begnadigung zu bekommen. Vorher kann ich nicht nach Irland zurück."

„Aber wie kannst du die Begnadigung bekommen?" fragte sie.

„Der Cla-na-Gael wird mir helfen", erwiderte ich zuversichtlich. „Das sind die Fenier, weißt du, und in New York und in Boston wimmelt's nur so von ihnen. Wenn ich für ihren Fonds genügend Geld spende, werden sie meinen Fall mit Parnell verhandeln, und Parnell wird ihn der Königin persönlich vortragen – hoffe ich jedenfalls." Was daran wahr sein mochte und was nicht, konnte ich nicht sagen; aber ich glaubte inzwischen fest daran. Ohne die Überzeugung, eines Tages wieder nach Irland zurückkehren zu können, hätte ich es in New York nicht einen einzigen Tag ausgehalten. „Und wenn ich begnadigt werde", fuhr ich fort, „dann geht's sofort ab über den Atlantik, um es Hugh MacGowan heimzuzahlen."

„Falls es eine Geldfrage ist", meinte Sarah besorgt, „so könnte vielleicht Charles . . ."

„Dein Bruder würde mir nicht mal einen lumpigen Cent leihen", sagte ich. „Ich mache mein Geld auf meine Weise, und so, wie's im Augenblick aussieht, hab' ich's sicherlich schon sehr bald zusammen."

„Wie bald?"

„In einem Jahr."

„Kannst du das versprechen?"

Den Mund voll nehmen, um ihr Mut zu machen, war eine Sache, doch sie bewußt täuschen . . . „Das kann ich nicht", sagte ich schließlich. „Aber ich werde mein Möglichstes tun."

„Es ist wegen der Kinder", sagte sie. „Ich kann den Gedanken nicht ertragen, lange von ihnen getrennt zu sein."

Wenn die Rede auf ihre Kinder kam, fühlte ich mich immer unbehaglich. „Verliere nicht den Mut – vielleicht können wir deinen Mann dazu bringen, daß er sie dir überläßt."

Sehr wahrscheinlich war das allerdings nicht, vor allem wo ihr Lord de Salis dauernd in den Ohren lag mit Fragen wie: Wann kommst du zurück? Hat Charles sich das mit der Investition anders überlegt? Die Kinder wollen in einem fort von mir wissen, wann du endlich wieder hier bist.

War es da ein Wunder, wenn Sarah viel weinte? „Oh, Maxwell, was soll ich nur tun? Ich kann nicht auf unabsehbare Zeit ohne sie sein, dazu bin ich nicht stark genug. Aber nach Cashemara zurück? Dafür habe ich auch nicht die Kraft."

„Wird alles schon werden", sagte ich, aber ihr Zustand machte mir große Sorgen. Stand sie etwa am Rande eines Nervenzusammenbruchs? Soviel Überwindung es mich auch kostete – ich bat Charles Marriott um ein Gespräch unter vier Augen.

„Wenn Sie nach Irland reisen würden", sagte ich fast unterwürfig, „und wenn Sie Lord de Salis dazu bringen könnten, daß er Ihnen die Kinder für einen Besuch in Amerika mitgibt . . ."

„Ausgeschlossen", antwortete er sofort. „Es liegt doch auf der Hand, daß er seine Kinder nicht fortlassen wird – sie sind sein Garantieschein für die Rückkehr seiner Gattin."

„Und Sie meinen wohl, das wäre für Sarah auch das Beste!" explodierte ich. „Lieber bei einem Perversen auf Cashemara als hier in New York bei mir, wie!?"

„Das habe ich nicht gesagt", bemerkte er sehr kühl. „Nach Cashemara kann sie natürlich nicht zurück, wohl aber nach London oder Dublin, sofern die Ehe in den Zuständigkeitsbereich der irischen Gerichte fällt. Eine Scheidung sollte sobald wie möglich in die Wege geleitet werden, denn wie immer man die Situation auch betrachtet – ihre Kinder wird Sarah erst wiedersehen, wenn sie ihr von einem Gericht zugesprochen werden."

„Aber ich kann doch nicht nach Irland oder nach England, ehe ich nicht begnadigt worden bin . . ."

„Allerdings", sagte Charles Marriott. „Entschuldigen Sie, Drummond, aber ich kann nicht umhin, das für das Beste zu halten. Denn wenn Sie bei Sarah sind, dann gefährdet das ihre Aussichten, die Kinder zugesprochen zu bekommen. Ja, es mag sogar fraglich sein, ob es ihr gelingt, die Scheidung durchzusetzen."

„Sie wird mich nicht verlassen."

„Sind Sie sich Ihrer Sache wirklich so sicher?" fragte er kalt, und, verdammt, er hatte recht: Ich war mir tatsächlich nicht mehr sicher.

„Es muß uns gelingen, die Kinder herzuholen!" sagte ich verzweifelt. „Schreiben Sie Lord de Salis . . . schwenken Sie vor MacGowans Nase wieder Geld . . ."

„Wollen Sie mir etwa vorschreiben, was ich zu tun habe!?" unterbrach er mich wütend. „Sie haben mir lange genug Befehle gegeben!"

Nun gut, dachte ich, wenn das so ist, dann muß dir eben Sarah die Befehle geben.

„Mir ist jetzt klar, daß er sich nie von allen vier Kindern trennen wird", sagte sie. Arme Sarah. Sie gab sich soviel Mühe, ruhig und tapfer zu erscheinen. „Aber vielleicht können wir ihn dazu bringen, sich von einem zu trennen ... oder sogar von zweien ...“

Charles Marriott murmelte irgend etwas von einer Rückkehr wegen der Scheidung, doch sie hörte nicht darauf. „Nicht ohne Maxwell“, sagte sie, und ich fühlte mich verdammt stolz und erleichtert. „Von Maxwell werde ich mich nie wieder trennen.“

Charles Marriott lief rot an, aber was sollte er sagen? Sarah war seine Schwester, und so sehr er mich auch verabscheute, für sie tat er alles. Also sagte er: „Ich werde Patrick wieder schreiben und ihm mitteilen, daß ich mich mit der Absicht trage, Ned zu meinem Erben zu machen. Vielleicht veranlaßt ihn das, Ned zu mir zu Besuch zu schicken.“

Und so kam es, daß ich am 14. Dezember 1885 zum erstenmal dem ehrenwerten Patrick Edward de Salis begegnete, dem Sohn und Erben des elften Barons de Salis von Cashemara.

2. KAPITEL

I

Er war jetzt zwölf, und wenn Sarah von ihren Kindern sprach, so fiel sein Name am häufigsten. Als gute Mutter gab sie sich Mühe, kein Kind dem anderen vorzuziehen, aber hätte sie ihren Gefühlen freien Lauf gelassen, so wäre bestimmt Ned ihr Liebling gewesen.

Um Sarahs Ältesten vom Schiff abzuholen, fuhr ich mit ihr zum Hafen. Sie war so aufgeregt, daß ich Angst hatte, sie würde in Ohnmacht fallen. Als die ersten Passagiere erschienen, redete sie wild drauflos und klammerte sich an meinen Arm, wie um vor lauter Nervosität nicht das Gleichgewicht zu verlieren. Währenddessen hielt sie angestrengt Ausschau nach ihrem Liebling.

Und doch sah ich ihn eher als sie. Er lehnte oben auf Deck an der Reling und betrachtete die unten wartende Menge. Ich hatte ihn ein paarmal gesehen, als er mit seinem Vater ausgeritten war, und erkannte ihn vor allem an seinem blonden Schopf wieder.

Sarah fing an zu weinen. Und dann lächelte sie unter Tränen, und ich dachte: Was hilft's? Ich hatte genügend Zeit gehabt, mich an den Gedanken zu gewöhnen, daß ich von nun an Sarahs Gefühle mit Ned teilen mußte, auch wenn mir die Vorstellung nicht besonders behagte. Aber er bedeutete ihr nun mal sehr viel.

Er kam die Gangway herab.

Ein hübscher Junge, recht groß für sein Alter. Er hatte eine starke Ähnlichkeit mit seinem Vater, aber ich nahm mir fest vor, mich dadurch nicht beeinflussen zu lassen. Zuerst ging er sehr langsam, als wollte er der Welt zeigen, wie erwachsen er schon war. Doch als er dann Sarahs Gesicht sah, stürzte er auf sie zu und warf sich in ihre Arme.

„Bist du aber gewachsen!" sagte sie und weinte vor Freude.

Er lachte. Dann versuchte er vorsichtig, sich aus ihrer Umarmung zu befreien, und ich mußte lächeln. Wie jedem Jungen in seinem Alter war es ihm unangenehm, von seiner Mutter zu lange abgeküßt zu werden.

„Bist du denn ganz allein?" fragte sie. „Dein Vater hatte versprochen, dir deinen Lehrer als Begleiter mitzugeben. Du bist noch viel zu jung, um allein zu reisen."

„Mein Lehrer hat gekündigt, und Mr. MacGowan meinte, wir könnten das Geld für das zweite Ticket sparen. Außerdem bin ich nicht zu jung, um allein zu reisen, Mama!"

„Natürlich nicht!" sagte ich, immer noch lächelnd. „Du bist praktisch schon erwachsen."

Er drehte mir den Kopf zu, und als er mich sah, wurde sein Rücken steif.

„Maxwell, ich muß dich vorstellen", sagte sie hastig zu mir. „Dies hier ist Ned . . . Ned, dies ist Mr. Maxwell Drummond – du wirst dich an seinen Namen sicher erinnern."

Er stand wie erstarrt.

„Hallo, Ned – wie geht's?" fragte ich und streckte meine Hand aus.

Er übersah sie. „Für Sie bin ich immer noch Master de Salis, wenn's recht ist", sagte er eisig und fuhr dann auf seine Mutter los: „Wann, zum Teufel, kommst du endlich nach Hause?"

II

Bei Gott, das war eine verdammt heikle Situation. Doch zum Glück konnte Sarah im Augenblick überhaupt nichts aus der Fassung bringen.

Freundlich sagte sie zu Ned: „Liebling, sei zu Mr. Drummond nicht so unhöflich. Seit ich in New York bin, hat er mir sehr geholfen."

Ich sagte rasch: „Ich werde auf das Gepäck warten, Sarah. Geht ihr voraus zur Kutsche."

Es dauerte eine Weile, ehe das Gepäck da war und von einem Mann zur Kutsche getragen wurde. Ich öffnete die Tür, um mich von Sarah zu verabschieden.

„Morgen früh bin ich wie immer bei dir", sagte ich. Mein Arbeitstag begann um fünf Uhr abends, und morgens hatte ich gewöhnlich frei. „Vielleicht können wir alle im Delmonico zu Mittag essen."

„Das wäre reizend." Sie lächelte wieder glücklich, und ich fragte mich, ob sie wohl den Mut haben würde, mich vor Neds Augen zu küssen.

Sie hatte ihn. Sie war nicht nur mutig, sondern auch aufrichtig und ehrlich, und nie liebte ich sie mehr als in diesem Augenblick.

Am nächsten Morgen besuchte ich sie.

Sobald ich das winzige Zimmer betrat, in das ich auf Mrs. Mariotts Wunsch immer verbannt wurde, wenn ich im Haus war, sah ich Sarah am Gesicht an, daß sich das glückliche Wiedersehen mit ihrem Sohn zu einem Problem allererster Güte ausgewachsen hatte.

„Ich habe mit ihm gesprochen", sagte sie erregt, nachdem wir uns geküßt hatten. „Aber ich kann mich einfach nicht überwinden, ihm die Wahrheit anzuvertrauen. Charles meint, er sei dafür noch zu jung, aber wenn Ned nicht alles erfährt, wie soll er dann verstehen, daß ich nicht nach Cashemara zurückkehren will?"

„Warte." Ich hielt sie in meinen Armen, bis sich ihr Zittern legte. „Komm, Sarah", sagte ich dann. „Wir wollen uns setzen und alles in Ruhe besprechen."

Wir nahmen auf einem dick gepolsterten Sofa Platz. An der dunkelroten Wand gegenüber hing ein riesiges Bild vom Hudson-Tal, und davor stand ein ausgestopfter Fisch in einem Glaskasten. Das Tier schien uns unentwegt anzustarren.

„Also", fing ich an und streichelte Sarahs Hand, „ich bin überzeugt, daß Ned weiß, was auf Cashemara vorgeht. Er ist zwölf, und einem Jungen in diesem Alter entgeht so leicht nichts."

„Da irrst du dich! Woher sollte er denn über solche Sachen etwas wissen? Darüber gesprochen hat mit ihm bestimmt niemand. Er ist noch völlig unaufgeklärt."

„Quatsch", sagte ich. „Ist doch völlig ausgeschlossen."

„Maxwell, du verstehst nicht. Ein Knabe seines Standes . . ." Sie biß sich auf die Lippen. „Nun ja, vielleicht hast du recht. Allerdings hatte ich in den Gesprächen, die ich seit gestern mit ihm geführt habe, nicht den Eindruck, daß er auch nur die geringste Ahnung hat."

„Du hast ihm natürlich gesagt, daß du nicht zurückkehren wirst."

„Ja, aber er will es einfach nicht wahrhaben. Ich müßte mich anders besinnen, sagte er. Deshalb bin ich sicher, daß er nicht verstehen kann ..."

„Nun", sagte ich, „dann wird es Zeit, daß man es ihm begreiflich macht. Ich werde mit ihm reden."

„Aber Charles meint ..."

„Egal, was Charles meint. Ich denke nicht daran, den Mund zu halten, während Ned dir die Hölle heiß macht, damit du in die Arme deines perversen Mannes zurückkehrst."

„Aber, Maxwell ..."

„Ja?"

„Vielleicht ist es besser, wenn Charles mit ihm spricht. Ich meine ..."

„Warum?"

„Nun ..." Sie brach ratlos ab.

„Hast du kein Vertrauen zu mir?"

„Aber natürlich! Doch vielleicht ist es für ihn leichter, wenn er die Wahrheit von seinem Onkel erfährt."

„Leichter?" fragte ich. „Leicht wird's für Ned überhaupt nicht, ganz egal, wer es ihm sagt. Dein Bruder hat keine Söhne, und ich habe zwei und weiß, wie man mit Jungens in diesem Alter spricht. Außerdem glaube ich, daß dein Bruder schon ins Stottern geraten würde, wenn er mit seiner eigenen Frau über Geschlechtsverkehr spräche. Nein, Sarah, ich werde mit Ned sprechen, und keine Sorge – ich weiß schon, wie ich's anpacken muß."

„Du wirst es ihm doch schonend beibringen, nicht wahr?" fragte sie und unterdrückte die Tränen. „Du wirst ihn doch nicht verschrecken."

„Er ist dein Sohn", sagte ich, „und ich werde mit ihm umgehen, als ob er mein eigenes Kind wäre." Wenn er mich nur läßt, fügte ich in Gedanken hinzu.

Sehr bald schon bedauerte ich, daß ich so voreilig gewesen war, denn es ließ sich an den Fingern abzählen, daß die Unterhaltung mit Ned eine verdammt harte Nuß werden würde.

III

Ich beschloß, ihm erst einmal eine Woche lang aus dem Weg zu gehen, damit er sich in aller Ruhe abregen konnte. Tatsächlich erfuhr ich von Sarah, daß es gelungen war, ihn nach und nach aus seinem Schmollwinkel zu locken. Charles fand an seinem Neffen offenbar Gefallen und versuchte auf seine Weise, dem Jungen das Verhalten seiner Mutter plausibel zu machen. Ned seinerseits genoß New York in vollen Zügen. Fast jeden Nachmittag fuhr Sarah mit ihm zum Zoo und zum Central Park oder zum Theater, und Charles sorgte dafür, daß er Gelegenheit fand, mit den Kindern von Bekannten zu reiten.

Erst als Sarah mir sagte, daß Ned wieder von Cashemara gesprochen hatte, entschloß ich mich, in Aktion zu treten.

„Ich werde ihn zum Dinner ausführen", sagte ich. Ich kannte ein ausgezeichnetes Restaurant zwischen Grammercy Park und Broadway, wo ich Rabatt bekam, und meine Hoffnung war, daß Ned es sich zweimal überlegen würde, ehe er vor den Augen der Gäste dort einen Streit vom Zaun brach. „Sorge doch dafür, daß er da ist, wenn ich morgen komme, damit ich ihn in aller Form einladen kann."

Mein Vertrauen in Sarahs Überredungskünste war nicht umsonst. Kaum war ich am nächsten Tag in das winzige Zimmer getreten, als er auch schon mit seiner Mutter hereinkam und sich steif neben den ausgestopften Fisch stellte. Diesmal war ich klug genug, ihm nicht meine Hand hinzuhalten. Ich lächelte nur freundlich und fragte ihn, wie ihm New York gefiele.

„Nun ja, Reisen bildet natürlich", sagte er hochmütig. „Allerdings mache ich mir aus Städten nicht viel."

„Dann haben wir wenigstens etwas gemeinsam", sagte ich. „Ich kann sie nämlich auch nicht ausstehen. Vielleicht könntest du mir die Ehre erweisen, an einem Abend mit mir zu dinieren. Dann hätten wir Gelegenheit, uns ein wenig über Irland zu unterhalten."

Er warf seiner Mutter einen Blick zu. Ich bemerkte, wie er schluckte.

„Also gut", sagte er kurz, und das war auch alles. Kein „Dankeschön", kein „Sir", nicht mal ein „Mr. Drummond".

„Würde dir morgen passen?" fragte ich, und als er verdrossen nickte, fügte ich hinzu: „Ich werde dich um sieben abholen."

Sarah sagte rasch: „Mr. Drummond und ich werden jetzt unsere Morgenfahrt machen – falls du Lust hast mitzukommen, Liebling?"

Aber Liebling sagte, vielen Dank, doch dazu hätte er keine Lust, und so konnten Sarah und ich in meine Wohnung entkommen, wo wir das gleiche taten wie jeden Morgen. Noch nie war ich so erleichtert gewesen, dem Haus der Marriotts den Rücken kehren zu können.

Doch nur allzu bald war ich wieder da und wartete auf Ned. Zehn Minuten ließ er verstreichen, ehe er geruhte, in eigener Person zu erscheinen.

Zu Fuß machten wir uns auf den Weg.

Das Restaurant, zu dem ich wollte, hatte Jim O'Malley vor kurzem von einem gewissen Ryan gekauft, und Liam Gallagher, der Geschäftsführer dort, war ein alter Freund von mir.

Ich hatte Liam gesagt, daß ich mit einem Freund kommen würde, und so stand an einem Fenster ein Ecktisch für uns bereit.

„Wer ist denn dein junger Freund, Max?" wollte Liam wissen, als wir eintraten, und ich antwortete rasch: „Dies ist der ehrenwerte Patrick Edward de Salis, Sohn und Erbe von Lord de Salis von Cashemara . . . Master de Salis, dies ist Mr. Liam Gallagher."

Nun, Liam machte natürlich große Augen, faßte sich jedoch schnell und fragte Ned, was er essen wollte.

„Gibt es hier eine Speisekarte?" erkundigte sich Ned hochmütig.

Liam holte eine und zwinkerte mir dann zu. „Steak wie gewöhnlich, Max?"

„Nein, heute abend hätte ich gerne Hammelkotelett, und vergiß ja nicht meine Kartoffeln."

„Ein Fläschchen Bier dazu?"

„Fein. Ned, möchtest du auch Porterbier trinken?"

Er schüttelte den Kopf. Liam meinte, vielleicht sei ihm Obstwein recht. Wieder das Kopfschütteln. Gleich darauf brachte Joe, der Ober, mein Bier sowie einen Korb mit frischem Zwieback und ein Schälchen mit Butter.

„Bediene dich nur", sagte ich zu Ned.

Er schüttelte zum drittenmal den Kopf.

Mir riß die Geduld. Verdammt, dachte ich, wenn er's so haben will, bitte, von mir aus! Also hielt ich den Mund. Das Schweigen zwischen uns war so zäh wie Sirup. Ich trank etwas Bier, aß vom Zwieback, und als unsere Hammelkoteletts kamen, griff ich wortlos zu Messer und Gabel.

Ned wand sich unbehaglich. Dauernd rutschte er auf seinem Stuhl hin und her, und vom Kotelett aß er nur die Hälfte. Schließlich tat er mir leid. War eben erst zwölf und doch noch nicht ganz der Held, für den er gern gehalten werden wollte.

„Pudding?“ fragte ich kurz.

„Nein, danke“, antwortete er und starrte auf seinen Teller. Doch kein Zweifel: Er war jetzt zugänglicher.

Ich bestellte Käsekuchen und Tee. Als die Kanne dann auf dem Tisch stand, beugte ich mich so rasch vor, daß Ned unwillkürlich zurückzuckte, und sagte sehr ruhig zu ihm: „Deine Mutter hat mich gebeten, mit dir über gewisse Dinge zu sprechen – wirst du mir aufmerksam zuhören, oder werde ich ihr berichten müssen, daß du für ein vernünftiges Gespräch zu ungezogen warst?“

Er schluckte und sagte dann zögernd: „Dann erzählen Sie mir schon, was Sie mir erzählen müssen.“

„Nenn mich Sir, wenn du mit mir sprichst“, sagte ich. „Du bist zwölf, und ich bin über vierzig, und schon der Altersunterschied zwischen uns sollte dir vor mir etwas Respekt abnötigen.“

Er starrte auf die Tischdecke.

„Warum fällt es dir so schwer, höflich zu mir zu sein?“ fragte ich. „Es kann doch nicht nur daran liegen, daß deine Mutter meine Geliebte ist, denn als wir dich damals vom Schiff abholten, wußtest du ja nicht, daß wir miteinander ins Bett gehen.“

Er zuckte zusammen, als hätte ich ihm eine Ohrfeige gegeben.

„Du weißt also, was das bedeutet“, sagte ich. „Das dachte ich mir.“

Er brachte kein Wort heraus. Vom Hals her stieg Röte in seine Wangen. Die Lippen preßten sich dicht aufeinander. Und plötzlich begriff ich, daß er mit den Tränen kämpfte. Er war noch sehr jung.

„Sieh mal“, sagte ich, so freundlich ich konnte. „Ich habe wirklich nichts gegen dich. Ich liebe deine Mutter und werde mich immer um sie kümmern, und was uns beide betrifft, so können wir gerne Freunde werden. Und nachdem ich jetzt aufrichtig zu dir gewesen bin, würde es mich sehr freuen, wenn du ebenso aufrichtig zu mir wärst. Warum hast du mich immer wie ein Stück Dreck behandelt?“

Er bewegte die Lippen, doch kein Wort wurde laut.

„Liegt der Grund darin, daß du meinst, ich sei für deine Mutter nicht gut genug?“ fragte ich.

„Nein“, sagte er, „das ist nicht der Grund. Der Grund ist, daß Sie der Feind meines Vaters sind.“

Ich starrte ihn ungläubig an.

„Ich bin MacGowans Feind, Ned“, sagte ich und vermied instinktiv, seinen Vater anzuschwärzen. „Lord de Salis werfe ich nur vor, daß er sich allzu leicht von MacGowan verleiten läßt; und durch MacGowans Schuld hat deine Mutter mehr durchmachen müssen, als man einer Frau zumuten kann."

Zu meiner Überraschung schien ihn diese Feststellung sehr zu erleichtern. Er straffte den Rücken und hob den Kopf.

„Ich weiß, daß meine Mutter auf Cashemara unglücklich war", sagte er. „Aber das lag nur daran, daß sie ihre Ehe nicht mit nüchternen Augen sah. Mein Vater hat mir das alles erzählt. Als feststand, daß sie nicht aus Amerika zurückkommen würde, hatten wir ein langes Gespräch, und mein Vater hat mir alles erzählt."

„Alles!?" fragte ich verwirrt.

„Ja, Sir. Er sagte, er und meine Mutter wären nie miteinander glücklich gewesen, obwohl sie sich beide große Mühe gegeben hätten. Aber am Ende waren sie so unglücklich, daß meine Mutter nicht mehr mit meinem Vater zusammenleben wollte, wie andere Frauen das tun. Er hatte dafür Verständnis, weil es ihm mit ihr genauso ging. Uns Kindern zuliebe wollten sie zwar weiter unter einem Dach leben und so tun, als ob sie noch ein richtiges Ehepaar wären, aber in Wirklichkeit sollte jeder sein eigenes Leben leben. Nur war Mama nicht bereit, Papa seine Freiheit zu lassen. Er sollte weiterlügen, und das konnte er nicht. Er wollte ehrlich und aufrichtig sein. Er liebte Mr. MacGowan mehr als meine Mutter. Er sagte, Mr. MacGowan sei der beste Freund, den er je gehabt hätte, nur in seiner Gesellschaft fühle er sich richtig glücklich. Und er sagte auch, mit Mr. MacGowan könnte er als Freund zusammenleben, mit meiner Mutter als Ehemann aber nicht."

Er hielt inne, musterte mich kurz. Meine Verblüffung schien er als Mißbilligung zu mißdeuten, denn er fuhr hastig fort: „Er sagte, meine Mutter täte ihm leid, aber es sei besser, der Wahrheit ins Auge zu sehen, nur daß meine Mutter eben das nicht wollte. Ihr ginge es nur darum, ihm die Kinder wegzunehmen, aber das könnte er niemals zulassen, weil er uns zu sehr liebte. Er sagte, wenn sie uns wirklich liebte, wäre sie nie von Cashemara fortgegangen oder würde wenigstens jetzt wieder zurückkommen. Nun, da irrt er sich wohl, Sir, denn ich weiß, daß sie uns wirklich liebt, aber ich meine doch, sie sollte auf jeden Fall nach Hause fahren. Für mich ist das nicht mehr so wichtig, denn ich bin ja schon fast erwachsen und brauche keine Mutter mehr, aber meine Schwestern sind noch sehr klein, und mein Bruder ist noch nicht so erwachsen wie ich. Ich weiß, daß sie Mr. MacGowan nicht leiden kann, doch er und Kusine Edith ziehen bald nach Clonagh Court, und dann hätte Mama das Haus wieder ganz für sich ..."

„Ned", unterbrach ich ihn.

„Ja, Sir?"

„Ich glaube, du hast nicht wirklich verstanden, was dein Vater dir sagen wollte. Mit ihm und MacGowan ist es nämlich so – beim Händeschütteln bleibt es zwischen ihnen nicht, weißt du."

Er sah mich verständnislos an.

Ich überlegte angestrengt. Bloß kein unbedachtes Wort, dazu war der Boden zu glatt. Ich mußte die Wahrheit beim Namen nennen und de Salis gleichzeitig schonen; mußte die Hölle schildern, durch die Sarah gegangen war, es jedoch dem Jungen überlassen, seine eigenen Schlußfolgerungen zu ziehen. Nur sachte, nur vorsichtig, nur behutsam ...

„Angenommen, Mr. MacGowan wäre eine Frau, Ned", hörte ich mich schließlich beiläufig sagen. „Würdest du dann immer noch meinen, daß es von deinem Vater richtig ist, deine Mutter zur Rückkehr aufzufordern?"

„Aber er ist doch keine Frau", sagte Ned.

„Ganz recht", sagte ich. „Um so mehr Grund für deine Mutter, nicht nach Hause zurückzukehren."

Er sah mich an und runzelte fragend die Stirn. Nach und nach glätteten sich seine Züge wieder. Er drehte sein junges Gesicht ein kleines Stück zur Seite und blickte auf das schneeweiße Tischtuch.

„Dein Vater hatte recht", sagte ich und gab mir große Mühe, ruhig zu sprechen. „Es ist besser, der Wahrheit ins Auge zu sehen, und wie es mit der Wahrheit bestellt ist, will ich dir jetzt erklären. Dein Vater hat von deiner Mutter erwartet, daß sie sein widernatürliches Liebesverhältnis mit seinem Verwalter billigt. Wenn sie es überhaupt so lange auf Cashemara ausgehalten hat, dann nur deswegen, weil sie euch Kinder nicht verlassen wollte. MacGowan hat ihr das Leben so zur Hölle gemacht, daß sie beinahe zugrunde gegangen wäre. Eine Zeitlang hatte sie zu ihrem Schutz ein Messer bei sich. Denn, in aller Aufrichtigkeit – und ein aufrichtiger Mann ist er ja – hatte ihr dein Vater erzählt, daß er keinen Finger für sie krümmen würde, falls MacGowan ihr was antun wollte."

Ich brach ab. Durch das Restaurant klang das fröhliche Schwatzen der Gäste und das leise Klirren von Porzellan und Glas.

„Wenn's dir um Aufrichtigkeit geht ..." Plötzlich war meine Gelassenheit wie fortgeblasen. Ich konnte mich nicht länger beherrschen. Der Gedanke an das, was Sarah hatte durchmachen müssen, versetzte mich für Augenblicke fast in Raserei. „Wenn's dir um Aufrichtigkeit geht", wiederholte meine Stimme scharf, „dann laß dir folgendes erzählen. Als dein Vater das letztemal als Ehemann zu deiner Mutter kam, da brauchte er MacGowan bei sich im Schlafzimmer, um dazu überhaupt fähig zu sein. Sprich also nicht mehr davon, daß du sie nach Cashemara zurückholen willst. Du hast allen Grund, ihr dankbar zu sein, daß sie nicht schon viel früher fortgegangen ist."

Es war heraus, doch am liebsten hätte ich mir die Zunge abgebissen.

Ned saß immer noch ohne Bewegung. Er starrte jetzt auf die Serviette auf seinem Schoß. Seine Augen konnte ich nicht richtig sehen. Sein Gesicht war sehr blaß.

„Tut mir leid", sagte ich. „Da ist mir mehr herausgerutscht, als ich eigentlich sagen wollte; aber du mußt verstehen, daß deine Mutter in den vergangenen Jahren wirklich Entsetzliches durchgemacht hat . . ."

Er stand auf. Die Serviette flatterte zu Boden.

„Ned . . ."

„Entschuldigen Sie mich bitte, Sir", sagte er höflich und rannte aus dem Restaurant.

„Ich bezahle später", rief ich und lief hinter ihm her.

Erst auf der Nordseite des Gramercy Park holte ich ihn ein. Er stand über ein Geländer gebeugt und erbrach sich.

Armer, kleiner Kerl, dachte ich. Auch mir war übel. Da hatte ich so gute Vorsätze gehabt und dann doch alles heillos verkorkst.

Er wischte sich den Mund mit einem Taschentuch sauber, doch als ich ihn nach Hause bringen wollte, versuchte er wieder, mir davonzulaufen.

Ich hielt ihn fest.

„Ich bringe dich nach Hause", wiederholte ich. „Ich bin für dich verantwortlich, und deine Mutter würde es mir nie verzeihen, wenn ich dich hier allein ließe."

Er strampelte und schlug und gab den Widerstand dann auf. Sein Gesicht war tränennaß.

Zuerst wollte ich zum Broadway, um von dort mit der Straßenbahn zu fahren; aber rechtzeitig fiel mir noch ein, daß Ned sich vor den neugierigen Blicken schämen würde. Und so gingen wir zu Fuß die 14. Straße entlang und kamen über den Union

Square zur 5. Avenue. Der Junge stolperte durch die Dunkelheit und schluchzte leise. Als wir dann kaum noch einen Steinwurf vom Marriott-Haus entfernt waren, versuchte er, seine Tränen mit dem Ärmel abzuwischen.

„Wenn du willst, können wir hier noch einen Augenblick warten", sagte ich, als wir vor dem Tor waren. Er schüttelte heftig den Kopf, begann jedoch wieder zu weinen, und so blieben wir stehen. Ich lehnte mich gegen die Mauer und zündete mir eine Zigarette an, um ihm zu zeigen, daß ich ihn nicht beobachtete; und nach einer Weile sagte er mit leiser, zitternder Stimme: „Ich will nach Hause, und ich will, daß meine Mutter mitkommt. Ich habe versprochen, sie nach Cashemara zu holen. Was soll nun werden?"

„Gar nicht mehr lange, und ich werde mit euch beiden nach Irland fahren", sagte ich. „Dein Vater und deine Mutter werden ihre Streitigkeiten vor einem Gericht austragen, und dann wird alles wieder gut, das verspreche ich dir."

„Aber ich will auf Cashemara leben", sagte er. „Nur auf Cashemara und nirgendwo sonst."

„Ja, warum auch nicht?" sagte ich. „Du bist ja der Erbe, und Cashemara wird dir eines Tages gehören." Und plötzlich dachte ich: Heilige Mutter Gottes, genau da liegt ja der Hase begraben!

„Aber wenn meine Eltern nicht zusammenleben und ich mich um Mama kümmern muß . . ."

„Nur immer langsam", sagte ich so sanft wie ein Lamm. „Daran denken wir jetzt besser nicht. Über eine Brücke geht's immer erst, wenn man da ist."

Gut gesprochen. Aber was mich betraf, so überquerte ich bereits eine Brücke nach der anderen. Irgendwie MacGowan loswerden. Und ohne MacGowan, was sollte de Salis da auf Cashemara? Er mochte Irland ja nicht. Er konnte nach England fahren und bei seinen Brüdern leben. Vielleicht brauchte er einen kleinen Stoß, doch da ließ sich bestimmt eine Lösung finden . . . eine Lösung, die für alle Teile von Vorteil war . . . wenn man ihm gestattete, die Kinder ab und zu zu sehen . . . ihm monatlich oder jährlich eine gewisse Summe garantierte . . . dann konnte Sarah mit den Kindern auf Cashemara leben, und ich . . . nun, Ned würde jemanden brauchen, der sich um alles kümmerte, bis er großjährig wurde . . . und wer konnte ihm ein besserer Verwalter sein als ein Mann wie ich, der das Tal wie seine Hosentasche kannte und Neds Interessen vertrat, als ob es seine eigenen waren? Falls es nötig wurde, konnte ich sogar meine Jungens nach Cashemara rufen, damit sie mir zur Hand gingen. Im Geiste sah ich schon die Briefkuverts vor mir und las die Adresse: Maxwell Drummond, Verwalter, Cashemara, Galway-County . . .

„Ich glaube, ich werde jetzt hineingehen, Sir", sagte Ned schließlich.

„Natürlich, Ned", erwiderte ich freundlich. „Wenn wir uns das nächste Mal sehen, gibt's hoffentlich mehr Grund zur Freude."

Ich sah ihm nach, als er den Hof überquerte und die Stufen zur Eingangstür hinaufstieg. Ich betrachtete das vergoldete Tor und dachte an Cashemara. Aller Ehrgeiz, den ich im Leben je empfunden hatte, schien sich zusammenzuballen und, vom Herzen her, mit raschem, hartem Schlag durch meine Adern zu treiben.

3. KAPITEL

I

Natürlich hatten Sarah und ich oft über die Zukunft gesprochen, aber daß wir vielleicht einmal zusammen auf Cashemara leben würden, daran hatte keiner von uns je gedacht. Sarah meinte immer, bei der Scheidung müßte für sie genug abfallen, um davon ein kleines Landhaus mit etwas Land zu kaufen. Am liebsten wäre ich nach Joyce-Country in die Nähe von Cashemara zurückgekehrt, aber ich begriff, daß es klüger war, woanders neu anzufangen; und da Sarah ein Opfer brachte, wenn sie in Irland blieb, konnte ich ja wohl das Opfer bringen, Connaught den Rücken zu kehren und nach Ulster zu ziehen.

Am Morgen nach dem Dinner mit Ned stand ich früh auf und kochte mir auf meinem Herd eine große Kanne Tee. Eine Weile ging mir die unangenehme Geschichte mit Ned durch den Kopf, aber da sich das ja doch nicht mehr ändern ließ, zwang ich meine Gedanken in eine andere Richtung. Mein Plan, auf Cashemara zu leben. Wie sollte ich das Sarah nur beibringen? Für sie verbanden sich mit diesem Namen so scheußliche Erinnerungen.

Als ich mit dem Brot und dem Speck fertig war, warf ich einen Blick auf die goldene Uhr, die ich vor kurzem beim Pokern gewonnen hatte. Zwei Minuten vor acht. Zeit, meine Pistole zu reinigen, bevor ich mich zur 5. Avenue aufmachte, um Sarah abzuholen.

Meine Waffe war ein Colt-Revolver, das Modell P, das vor jedem Schuß neu gespannt werden mußte. Die Amerikaner meinen, die Treffsicherheit ist auf diese Weise größer. Wahrscheinlich haben sie recht.

Als ich die einzelnen Teile gerade ölen wollte, klopfte es leise an die Tür.

„Wer ist da?“ rief ich.

Ohne die im Augenblick unbrauchbare Pistole fühlte ich mich schutzlos. In New York weiß man nie, was einen erwartet. Also griff ich nach dem Brotmesser, ging zur Tür und nahm den Stöpsel aus dem Guckloch, das ich in das Holz gebohrt hatte.

Es war Sarah. Ich zog sie herein.

„Du?“ fragte ich verblüfft. „Aber ich hätte dich doch bald abgeholt.“

„Ich konnte einfach nicht bis zehn warten. Deswegen sagte ich zu Evadne, daß ich mit meiner Zofe in die City wollte, und nahm die Kutsche, bevor sie protestieren konnte.“ Evadne war ihre Schwägerin, Charles Marriotts Frau. „Maxwell, ich bin so erregt über – was ist denn das da?“

„Ach, nichts weiter. Nur meine Pistole.“

„Pistole!?“

„Brauche ich doch für meinen Job als Wächter – wußtest du das nicht?“

Einfach hinreißend sah sie aus mit dem Pelzcape und dem Pelzmuff. Ich dagegen war noch in Hemdsärmeln und hatte mich noch nicht einmal rasiert.

Ich wischte mir die öligen Hände an einem Stoffetzen ab und sagte: „Laß doch die Pistole. Komm, setz dich und trink eine Tasse Tee.“

Sie nahm Platz, und ich dachte: Daß ich ihr bloß nichts davon sage, wie verkehrt ich die Sache mit Ned gestern angepackt habe.

„Er war sehr aufgeregt“, begann sie. „Und ich war es auch ...“

Wie es schien, hatte er sie gefragt, ob das mit seinem Vater und MacGowan stimmte. Auf ihr Nicken war er in seinem Zimmer verschwunden und nicht wieder erschienen.

„Du mußt ihm Zeit lassen“, sagte ich. „Er wird schon drüber wegkommen. Natürlich war es ein Schock für ihn.“

„Aber warum ist er dann auf mich böse?“ fragte sie verzweifelt. „Ich war so fest davon überzeugt, daß er sich von nun an auf meine Seite schlagen würde.“

„Das wird er auch noch“, versuchte ich sie zu beschwichtigen.

„Maxwell, du hast ihm doch nicht etwa erzählt ...“

„Was denn?“ fragte ich eine Spur zu hastig. Meinte sie MacGowans Perversitäten mit ihr oder nur seine Anwesenheit im Schlafzimmer? Weder das eine noch das andere. Sie meinte unser Verhältnis.

„Aber ja", sagte ich erleichtert. „Warum auch nicht?"

„Nun, ich ..."

„Seit wann schämst du dich deswegen?"

„Aber ich schäme mich doch gar nicht, Maxwell. Es ist nur ... das stürzt alles auf einmal über Ned her. Wie soll er damit fertig werden? Verstehst du das nicht?"

„Er sollte wissen, daß ich dich liebe und mich um dich kümmere. Hör mal, Liebes, ich habe da eine großartige Idee, die Ned sehr gefallen wird ..." Ich erzählte ihr von meinem Plan, nach Cashemara zurückzukehren.

Sie zuckte zusammen. „Ist das dein Ernst? Ich hatte gehofft, Cashemara nie wiederzusehen zu müssen."

„Aber eines Tages wird es Ned gehören, und wenn dein Mann und MacGowan nicht mehr da sind ..."

Wie stets, wenn MacGowans Name fiel, erschien in ihren Augen ein eigentümliches Glitzern. „Du wirst doch mein Halsband nicht vergessen, nicht wahr?" fragte sie, und wir lachten beide.

„Du und dein Halsband", sagte ich und streckte meine immer noch ölverschmierten Hände nach ihr aus. Bald waren überall Flecken, auf ihrem Kleid, auf ihrem Unterrock, auf ihren Schenkeln, auf ihren Brüsten, doch das kümmerte uns nicht. Immer wieder sagte sie: „Liebe mich, bitte", aber, weiß Gott, ich brauchte keine Aufmunterung dazu, und später sagte sie: „Ich weiß nicht, was ich tue, wenn ich dich je verliere."

„Warum solltest du mich denn verlieren?" fragte ich lächelnd und fügte sofort hinzu: „Mach dir deswegen keine Sorgen – und auch nicht um Ned." Ich goß Wasser in eine Waschschüssel. „Damit er keine Zeit hat, vor sich hinzubrüten, muß man ihm etwas zu tun geben. Charles soll einen Privatlehrer für ihn engagieren. Das wird ihn ablenken." Ich stellte die Wasserkanne beiseite. „Wenn er sich erst einmal an mich gewöhnt hat, kann ich mit ihm viel unternehmen. Das würde mir Spaß machen."

„Wenn er nur bereit wäre, dich zu akzeptieren."

„Wird er schon", erklärte ich, obwohl ich meiner Sache gar nicht sicher war. „Sieh mal, Sarah – wenn er erst mal begreift, daß wir beide in seinem Interesse handeln, dann bleibt ihm ja gar nichts übrig, als sich auf unsere Seite zu schlagen. Er wird schon erkennen, daß ich nicht der Schurke bin, für den er mich hält."

„Natürlich", sagte sie lächelnd. „Du hast recht. Es ist wirklich albern, daß ich mir solche Sorgen mache."

Wir wuschen uns. Das Öl haftete an der Haut wie Dung an einem Eselskarren, aber es machte Spaß, sich gegenseitig sauberzuschrubben.

„Schade, daß wir nicht in Charles' Haus sind", meinte Sarah und kicherte wie ein Schulmädchen. „Dort gibt es sechs Badezimmer, alle mit Marmorfußboden und Wasserhähnen aus massivem Gold – die reinen Ballsäle." Sie schwieg einen Augenblick. Als sie weitersprach, klang ihre Stimme sehr bedrückt. „Ich bin es so leid, dort zu wohnen. Gleichgültig, was ich tue – Charles und Evadne rümpfen ja doch die Nase."

„Wie wäre es, wenn du eine Zeitlang in Boston leben würdest?"

„In Boston!?"

„Ja." Ich hüllte uns beide in ein Badetuch und küßte sie. „Liam Gallagher, ein guter Freund von mir, hat dort einen Bruder, der mir vielleicht einen Job verschaffen könnte. Du müßtest allerdings in einer ziemlich kleinen Wohnung leben."

„Solange du da bist, macht mir das nichts aus, das weißt du", sagte sie. „Aber, Maxwell, ich möchte nicht, daß du dein Geld für mich ausgibst. Du mußt sparen, damit du möglichst bald nach Irland zurückkannst. Inzwischen kann ich ja bei Charles wohnen, auch wenn es mir nicht leichtfällt."

„Ich will nicht, daß du dich dort unglücklich fühlst."

„Solange ich dich jeden Tag sehe, bin ich glücklich", sagte sie, und schon glitten wir ins ungemachte Bett und wärmten uns auf altbewährte Weise, bis wir vor Hitze fast glühten. Später rauchten wir zusammen eine Zigarette und gingen ins Wohnzimmer.

Gegen Mittag war auf dem Sofa eine Sprungfeder durchgekracht, und wir waren so ausgepumpt, daß wir wie ein paar alte Maultiere schnauften. Also krochen wir wieder ins Bett und schliefen wie die Toten.

Es heißt immer, daß bei einem Mann über vierzig leicht die bewußten Kräfte versagen, aber das stimmt nicht. Eine leidenschaftliche Frau wie Sarah würde noch einen Neunzigjährigen mobil machen – falls er nicht vom gleichen Schlag ist wie dieser Schwächling de Salis.

Am Nachmittag besuchte ich wieder das Hauptquartier des Clan-na-Gael in New York. Der Clan arbeitete mit der politischen Bewegung in Irland zusammen, an deren Spitze Parnell stand. Der Unterschied war nur, daß Parnell sich dabei alles von der Selbstregierung, der Home Rule, erhoffte, während der Clan radikaler eingestellt war und an eine eigene republikanische Verfassung dachte.

Ich war dem Clan bald nach meiner Ankunft in Amerika beigetreten, ein gar nicht so leichtes Unternehmen. Mitglied der Loge wurde ich im August 1884, nachdem ein Freund von Liam Gallagher ein gutes Wort für mich eingelegt hatte. Was man bei der Aufnahme so alles über sich ergehen lassen mußte – Kreuzverhör, Schwur, eine ausgewachsene Zeremonie.

Als ich dann anerkanntes Mitglied war, machte ich zwei unangenehme Entdeckungen.

Erstens: Hinter den großen Reden, die geschwungen wurden, steckte nicht sehr viel. Dauernd sprach man von der Durchsetzung der irischen Rechte, aber wenn es darum ging, dem einzelnen Iren zu seinem Recht zu verhelfen, so bekam man nur vage Versprechungen zu hören. Zweitens: Was die Haltung des Clans Parnell gegenüber betraf, so war sie jetzt mehr als lau. Er sei nicht radikal genug, hieß es. „Die Republik wird er uns nie bringen“, sagten die Irisch-Amerikaner, und das war in dieser Sache immer ihr letztes Wort. Das Problem lag darin, daß sie nicht in Irland lebten und einfach nicht begreifen konnten, wieviele praktische Erfolge Parnell schon für die Iren errungen hatte.

„Tag, Sean“, sagte ich, als ich in das kleine Zimmer des Logenvorsitzenden trat. „Da bin ich wieder. Was gibt's Neues? Wie steht's mit meiner Begnadigung?“

„Ach, du bist's, Max Drummond“, antwortete er. „Komm und sieh dir mal den Entwurf zu der neuen Bombe an, mit der wir das Ober- und das Unterhaus in die Luft sprengen wollen.“

Ich betrachtete die Zeichnung und versicherte ihm, es handele sich um die beste und schönste und nützlichste Bombe, die sich denken ließe. „Und wie steht es mit meiner Verurteilung?“

„Scheußliche Sache, Max, wirklich“, sagte er. „Du kannst mir glauben, daß wir alles Menschenmögliche tun, um dir zu deinem Recht zu verhelfen. Aber das dauert eben seine Zeit. Nun, wenn wir zur Wahrung deiner Interessen noch etwas Geld schicken könnten . . .“

„Ihr habt von mir schon genug bekommen“, sagte ich. „Jetzt möchte ich endlich Erfolge sehen. Wurde ein Rechtsanwalt damit beauftragt, meinen Fall zu überprüfen?“

„Noch nicht. Aber wenn das Home-Rule-Gesetz erst einmal verabschiedet und die Wahre Republik ausgerufen worden ist, dann wird jedem Gerechtigkeit werden. Wenn du dich also noch ein bißchen gedulden würdest ..."

Am liebsten hätte ich die Tür sofort von außen zugemacht. Doch ich durfte ihn nicht beleidigen, weil er für mich das einzige Bindeglied zur National League war und damit indirekt auch zu Parnell. Also nickte ich nur und spuckte wieder mal ein paar Dollar aus, die todsicher in seine eigene Tasche wanderten, denn er stammte aus Cork-County, und die da unten im Süden sind ein Gaunervolk, wie jeder weiß.

Dann verabschiedete ich mich von Sean und ging in die erstbeste Kaschemme, um mich zu besaufen. Himmel und Hölle, dachte ich, auf diese Weise werde ich nie zu einer Begnadigung kommen, nie nach Irland zurückkehren, nie mit MacGowan abrechnen.

Aber ich mußte zurück, mußte unbedingt zurück. Nun, wenn Parnell vielleicht seinen Kampf um die Home Rule gewann ...

Doch er gewann ihn nicht. Das Home-Rule-Gesetz verschwand von der Tagesordnung. Ich las darüber in der Zeitung. Bei der Abstimmung im Unterhaus sprachen sich dreihundertdreiundvierzig Parlamentsmitglieder dagegen und nur dreihundertdreizehn dafür aus.

In Belfast kam es zu Unruhen, der Clan schwor blutige Rache, und meine leise Hoffnung auf eine baldige Begnadigung schwand dahin. Ich schrieb an Parnell, ich schrieb an den Vizekönig von Irland, und ich schrieb sogar an die Königin. Inzwischen war es Juli und heiß wie im Backofen, und Charles Marriott sprach davon, in sein Sommerhaus im Hudson-Tal überzusiedeln.

„Er möchte, daß ich mitkomme", sagte Sarah. „Aber das werde ich natürlich nicht tun, obwohl es Ned dort sicher gefallen würde."

Ich hatte mich an diesem Morgen verspätet, weil mir der Brief an die Königin Viktoria einiges Kopfzerbrechen gemacht hatte. Darüber war es fast Mittag geworden.

„Du kannst doch hier essen", meinte Sarah, die offenbar bemerkte, daß ich die Flügel ziemlich hängen ließ. „Charles kommt immer erst nach drei von Wall Street zurück, Evadne ist heute den ganzen Tag bei Freunden zu Besuch, und Ned besichtigt mit seinem Lehrer das Naturkundemuseum. Wir haben das Haus ganz für uns."

„Auch die Badezimmer?" fragte ich, und als wir lachten, fühlte ich mich gleich besser.

„Donnerwetter!" rief ich verblüfft, während sie mich von Badezimmer zu Badezimmer führte. Natürlich probierte ich in jedem aus, ob auch die Wasserhähne funktionierten. Dann begannen mich die Wasserklosetts zu faszinieren, und ich mußte überall an der Kette ziehen. „Donnerwetter!" sagte ich immer wieder, und ein- oder zweimal sagte ich auch: „Heiliges Kanonenrohr!" Sarah lachte so laut, daß sie kein Wort hervorbringen konnte, und ich lachte mit.

Schließlich wählten wir ein Badezimmer aus, in dem sich ein mannshoher Spiegel befand, und planschten in der riesigen Wanne herum.

„Zeit, die Schlafzimmer zu erforschen", sagte ich und wickelte mich in ein rosa Badetuch. Und auf ging's, auf Zehenspitzen den Gang entlang, während Sarah nervös kicherte, weil sie Angst hatte, wir könnten einem der Bediensteten in die Arme laufen.

„Halt!" keuchte sie. „Ich habe Seitenstechen und kann keinen Schritt mehr gehen."

„Na, wenn's weiter nichts ist", sagte ich und trug sie in das nächste Schlafzimmer. Wie es der Zufall wollte, war es das von Charles, und zu meiner Überraschung entdeckte ich, daß die Sprungfedern in dem großen Bett jeden Akrobaten zufriedengestellt hätten.

„Alle Achtung", sagte ich. „Hätte ich deinem Bruder gar nicht zugetraut."

„Aber hier können wir nicht bleiben!"

„Warum denn nicht? Mir gefällt's. Herrgott, was für ein Bett!"

Also blieben wir, doch Sarah war so nervös, daß ich bald von mir aus vorschlug, auf ihr Zimmer zu gehen.

„Ja, das ist bestimmt sicherer", sagte sie erleichtert, aber als ich meinte, es wäre das Vernünftigste, Charles' Bett gleich in Ordnung zu bringen, schob sie mich ungeduldig zur Tür, weil sie so wild auf mich war, und meinte: „Dafür ist später noch Zeit."

Aber später war keine Zeit mehr dafür.

Etwa zwei Stunden waren inzwischen vergangen. Wir schlichen uns verstohlen einen Korridor entlang, weil ich aus dem Haus schlüpfen sollte, bevor Ned mit seinem Lehrer vom Museum zurückkam.

Doch plötzlich standen wir Auge in Auge dem Herrn des Hauses gegenüber.

„Charles!" rief Sarah bestürzt. „Du bist heute schon zurück!?"

„Ja, schon seit einiger Zeit", sagte er und funkelte sie böse an. „Ich hatte alle Hände voll zu tun, mein Bett wieder in Ordnung zu bringen und auch die Badezimmer im Nordflügel. Ich wollte nämlich nicht, daß das Personal das sieht."

Sarah wurde über und über rot, was bei ihr eine Seltenheit war. „Charles . . ."

„Halte den Mund!" sagte er wütend und fuhr dann zu mir herum. „Raus mit Ihnen! Und lassen Sie sich nie wieder hier blicken!"

„Augenblick mal!" sagte ich. „Wenn ich für Ihre Schwester gut genug bin . . ."

„Sie sind nicht gut genug für sie", sagte er, ohne die Stimme zu heben. „Sie sind ein verurteilter Verbrecher, der seinen Lebensunterhalt als Revolverheld bei einem kriminellen irischen Unternehmen verdient. Scheren Sie sich jetzt endlich aus dem Haus, oder muß ich die Polizei holen lassen?"

„Charles", flehte Sarah. „Bitte . . ."

„Ich bin nicht gewillt, ihn noch länger in meinem Hause zu dulden. Wer hier verkehrt, bestimme einzig und allein ich, merk dir das!"

„Aber . . ."

„Wie kannst du dich unterstehen, ihn herzubringen und dich wie eine Hure aufzuführen? Besitzt du denn kein Fünkchen Anstand, kein Schamgefühl? Bedeutet es dir nichts, daß du in der New Yorker Gesellschaft so berüchtigt bist, daß man hinter meinem Rücken flüstert: ‚Dort geht Charles Marriott – und es ist seine Schwester, die sich mit billigem irischem Abschaum vergnügt!' "

„Sie verdammter . . ."

„Maxwell!" schrie Sarah und schob sich vor mich, ehe ich dazu kam, ihn die Treppe hinabzuwerfen.

„Das ist die Wahrheit!" brüllte Charles Marriott. „Alle meine Freunde machen sich darüber lustig – Evadne ist sogar geschnitten worden, weil ihre Schwägerin kaum besser als ein Strichmädchen ist!"

„Was für ein Unglück für euch beide!" schrie Sarah. „Nun gut, ich gehe morgen von hier fort."

„Fort? Bist du wahnsinnig? Dieser Mensch ist doch nur hinter deinem Geld her! Der würde nicht im Traum daran denken, für dich aufzukommen!"

„Scheiße!“ brüllte ich. „Ich würde für Sarah sogar sorgen, wenn ich meine Seele dem Teufel verkaufen müßte, um die Miete zu bezahlen! Scher dich aus dem Weg, damit ich mit deiner Schwester endlich aus deinem gottbeschissenen Haus rauskomme!“

Er wurde blaß. „Sarah“, sagte er schließlich, „ich lasse es nicht zu, daß du mit diesem Menschen mitgehst! Ich verbiete es dir! Wie stellst du dir das überhaupt vor? Soll Ned etwa in Gesellschaft dieses . . . dieses . . .“

„Ned ist nicht dein Sohn, sondern meiner!“ schrie Sarah. „Ich habe zu entscheiden, mit wem er verkehren darf!“

„Ich werde ihn enterben. Und die Zuwendungen, die du von mir erhalten hast, werden gestrichen, solange du mit diesem Menschen zusammenlebst!“

Unten läutete die Türglocke.

Wir blickten die Treppe hinab und sahen einige gaffende Augenpaare – der schwarze Butler und die Lakaien. Nach einer Weile raffte sich der Neger zusammen und ging zur Tür.

Ned und sein Lehrer traten ein.

„Ich komme morgen“, sagte Sarah mit zitternder Stimme zu mir. „Erst muß ich meine Sachen packen und mit Ned reden. Aber morgen früh komme ich.“

Ich küßte sie und stieg die Treppe hinab. Ned beobachtete mich. Sein Gesichtsausdruck erinnerte mich an jemanden, doch ich wußte nicht an wen.

„Guten Tag, Mr. Drummond“, sagte er. Seit unserem gemeinsamen Dinner war er zu mir immer sehr höflich gewesen, wenn er meine Einladungen zu irgendwelchen Ausflügen auch regelmäßig mit raschen Ausflüchten abgeschlagen hatte.

„Hallo, Ned“, sagte ich und lächelte ihn an, wie ich es immer tat.

Und dann verließ ich Charles Marriotts Haus zum letztenmal, und als ich zu dem vergoldeten Tor kam, spuckte ich aus.

4. KAPITEL

I

Ich kaufte Sarah einen Trauring und ließ darin unsere Initialen und das Datum eingravieren. Daß eine Scheidung zu einer ordentlichen Hochzeit führen würde, war nicht zu erhoffen, weil der Herrgott, wie jeder weiß, eine Scheidung nicht anerkennt, aber falls es das Schicksal wollte, daß Eileen starb (was Gott verhüten mochte), und falls de Salis sich zu Tode soff . . . nun, dann konnte Sarah sich an Rom wenden, damit wir die Erlaubnis erhielten, von einem Priester ordnungsgemäß getraut zu werden.

Sarah brachte zwei Koffer, zwei Taschen und Ned mit. „Die Zofe werde ich vielleicht später nachkommen lassen“, sagte sie, „und mein übriges Gepäck brauche ich jetzt wohl nicht.“ Sie trug ein blaues Straßenkostüm mit Stickerei und einen großen Hut voll Blumen, und neben ihr kam ich mir so vornehm und elegant vor wie ein Lord, dem ein halbes Dutzend Rittergüter gehört.

„Das ist ein großer Tag heute“, sagte ich. „Mach es dir nur bequem, während ich uns schnell etwas Champagner kaufe.“

Und schon war ich hinaus und im Handumdrehen auch wieder zurück. Sarah war inzwischen dabei, ein paar Gläser zu putzen, und Ned saß ganz still auf dem Sofa.

„Zieh dir doch die Jacke aus und krempel die Hemdsärmel hoch!“ sagte ich zu ihm, denn er schien sich in seinen knappsitzenden Sachen überhaupt nicht wohlzufühlen.

Er gehorchte sofort und hockte dann wieder mucksmäuschenstill in seiner Sofaecke.

„Du mußt mit uns Champagner trinken!“ sagte ich zu ihm, und als er mit einem „Dankeschön, Sir“, antwortete, wollte mir einfach nicht in den Kopf, daß er früher so unhöflich zu mir gewesen war, und ich dachte: Gar nicht mehr lange, und wir sind dicke Freunde.

„Gestern abend war ich mit Liam Gallagher zusammen", sagte ich zu Sarah. „Er meint, sein Bruder in Boston kann bestimmt einen Job für mich finden, und er hat mir versprochen, ihm gleich zu schreiben. Außerdem", fügte ich nach kurzer Pause hinzu, „hilft mir der Clan in Boston bei meiner Begnadigung vielleicht mehr als der Clan hier."

„Ich bin seit Jahren nicht mehr in Boston gewesen", sagte Sarah, „aber die Stadt hat mir früher gut gefallen. Ich würde sie sehr gern wiedersehen." Und sie begann, Ned vom Beacon Hill zu erzählen.

Der Junge nickte ab und zu, und ein paarmal sagte er auch: „Ja, Mama." Später fragte er sie dann, ob er sich ein bißchen in der Nachbarschaft umtun dürfte, und als sie mir einen zweifelnden Blick zuwarf, meinte ich: „Klar. Ned ist ja alt genug, um auf sich selbst aufzupassen, und schließlich wohne ich hier nicht in einer Ganovengegend."

„Aber daß du dich nicht zu weit fortwagst, Ned", sagte Sarah besorgt. Sie gluckte immer wie eine Henne über ihm, und mir war klar, daß das geändert werden mußte. Ein heranwachsender Junge braucht Platz zum Atmen, wie mein Vater immer zu meiner Mutter gesagt hatte, wenn sie mich nicht von ihrem Schürzenzipfel lassen wollte. Aber so sind Frauen nun mal: Wenn nicht alle Eier brav im Nest liegen, gackern sie aufgeregt.

Nachdem Ned verschwunden war, sagte ich zu Sarah: „Liams Bruder Phineas Gallagher in Boston soll sehr reich sein und großen Einfluß haben. Wenn er beim Clan ein gutes Wort für mich einlegt, dann kommt die Sache bestimmt ins Rollen, und du sollst mal sehen – in einem Jahr leben wir in Irland als Mann und Frau." Und dann gab ich ihr den Trauring, goß ihr Glas voll, und wir waren sehr glücklich.

Später sagte sie: „Maxwell, ich werde mir alle Mühe geben, dir finanziell nicht zur Last zu fallen. Was ich an Kleidern brauche, habe ich, nur Waschen und Reinigen wird leider einiges kosten, und wie das mit den Mahlzeiten werden soll, weiß ich nicht. Ob sich wohl jemand finden läßt, von dem ich Kochen lernen kann?"

„Kommt nicht in Frage!" rief ich. „Solange wir in New York wohnen, essen wir in Restaurants, und in Boston nehmen wir uns eine größere Wohnung mit einer Küche, und du wirst ein Dienstmädchen haben, das jeden Tag kommt."

„Aber die hohen Kosten . . . ich möchte nicht, daß dich das belastet . . ."

„Ich werde in Boston gutes Geld verdienen, Sarah. Ich spüre es in den Knochen.“

Eine Woche später kehrten wir New York erleichtert den Rücken. Für uns drei war die Wohnung wirklich zu klein gewesen, und wenn Ned auch so still blieb, daß man ihn kaum bemerkte – es war kein angenehmer Gedanke, ihn nebenan auf dem Sofa zu wissen, wenn wir beide im Bett lagen.

„Tut mir leid, dich zu verlieren, Max“, sagte Jim O'Malley, als die Zeit zum Abschied kam.

Ich wollte ihm seine Pistole zurückgeben, doch er lachte. „Behalte sie und nimm sie mit nach Irland, damit du dort einen Sachsen erlegen kannst. Wenn der Lauf dann mit seinem Blut bespritzt ist, schick sie mir als Souvenir.“

Sein Vater war während der großen Hungersnot in Mayo-County von Lord Lucan exmittiert worden, und er hatte mitansehen müssen, wie sein Geburtshaus von englischen Soldaten niedergebrannt wurde.

„Mein Bruder Phineas weiß, an welchem Tag ihr ankommt“, sagte er. „Werdet ihr mit dem Morgenzug fahren?“

„Ja“, antwortete ich. Sehr behaglich war mir bei diesem Gedanken nicht, weil ich vor der Eisenbahn eine ziemliche Angst hatte. „Eine scheußliche Reise wird das werden.“

Nun, die Eisenbahnfahrt wurde genauso schlimm, wie ich gefürchtet hatte. An diesem Tag war es verdammt heiß, und außerdem hatte ich vergessen, uns im besten Salonwagen Plätze reservieren zu lassen. Zwar fuhren wir erster Klasse, aber da es in Amerika bei der Bahn kaum etwas anderes gibt, wollte das nicht viel besagen. Und so waren wir also sechs endlos lange Stunden eingepfercht wie die Ölsardinen.

Ich versuchte, mich bei Sarah zu entschuldigen, doch sie meinte nur, daß mache ihr nichts aus, solange wir zusammen seien. Sie war wirklich eine Lady, sehr ruhig und gefaßt. Was sich nicht ändern ließ, nahm sie eben hin. Auch Ned beklagte sich nicht. Er saß in seiner Ecke und versuchte, in einem Abenteuerbuch zu lesen, doch weil der Wagen so schwankte, fiel ihm das schwer, und so blickte er meistens durchs Fenster und besah sich die Landschaft.

Es hieß zwar, im Zug gäbe es so etwas wie ein „Luftkühlsystem“, doch offenbar funktionierte es nicht, und als wir endlich in Boston ankamen, war ich bis auf den letzten Faden durchgeschwitzt, und durch das dauernde kräftige Rütteln und Schütteln fühlte sich mein Magen schließlich wie ein Flaschenkorken auf hoher See.

„Wir werden in einem Hotel übernachten", sagte ich zu Sarah. „Und zwar in dem, das dem Bahnhof am nächsten liegt."

Sarah nickte dankbar. Zum Sprechen war sie zu erschöpft.

Wir stolperten voran. Die Hitze war mörderisch. Und dann dieses Gedränge auf dem Bahnsteig! Leute schoben und schubsten und brüllten, und Sarah war so kreideweiß, daß ich Angst hatte, sie würde mir umkippen.

„Ned", sagte ich und spürte, wie mir die Zunge am Gaumen klebte, „setz dich mit deiner Mutter dort auf die Bank. Ich werde mich inzwischen um das Gepäck kümmern."

„Maxwell . . ." Sarah griff nach meinem Arm und streckte die Hand aus. „Sieh doch!"

Ich wollte meinen Augen nicht trauen. Gar nicht weit von uns entfernt stand ein riesiger schwarzer Kerl, tadellos gekleidet, und in den Händen hielt er eine große Tafel, auf der, mit Kohle geschrieben, in steilen Buchstaben zu lesen war: MAXWELL DRUMMOND.

„Heilige Mutter Gottes", sagte ich mit schwacher Stimme. „Das muß eine Botschaft vom Allmächtigen persönlich sein." Ein bißchen benommen schwankte ich auf den Neger zu.

„Ich bin Maxwell Drummond", keuchte ich.

„Guten Tag, Sir", sagte der Schwarze, lüftete seinen Zylinder und verbeugte ich respektvoll. „Wenn Sie mir bitte folgen wollen, Sir."

„Warten Sie . . . meine Frau . . . Sohn . . . Gepäck . . ."

Er nahm mir die Gepäckscheine aus der Hand und sagte, darum werde er sich schon kümmern. Während er verschwand, winkte ich eifrig Sarah und Ned, und im selben Augenblick klopfte mir jemand auf die Schulter.

Ich drehte mich um und sah mich einem kräftigen Mann gegenüber, der ungefähr so alt war wie ich. Er trug einen eleganten Anzug, in der Hand hielt er einen Spazierstock mit silbernem Griff, und das Lächeln auf seinem Gesicht war unverkennbar ein irisches Lächeln.

„Willkommen in Boston, Max", sagte er herzlich, und seine Augen leuchteten so blau wie das Wasser der Lough bei Cashemara. „Mein Name ist Phineas Gallagher", sagte er, „und ein

Freund meines Bruders Liam ist auch mein Freund. Gehen wir jetzt zu meiner Kutsche, damit wir zu meinem Haus auf Beacon Hill fahren können . . ."

II

Daß Liams Bruder ein erfolgreicher Mann war, hatte ich gewußt, aber daß er wirklich soviel Geld und soviel Einfluß besaß, wie ich Sarah erzählt hatte, überraschte mich doch. Ich wußte, daß er, genau wie Jim O'Malley, am Glücksspiel verdiente, doch von den anderen Töpfen, in denen er auch noch rührte (Immobilien, alle möglichen Gesellschaften und Firmen) hatte Liam nie gesprochen. Vielleicht war er auf den jüngeren Phineas ein bißchen neidisch. Bei ihrer Ankunft in Amerika hatten sie beide nichts gehabt als die Lumpen auf ihrem Rücken.

Sein neues Haus blickte nicht auf den Park hinaus (an solchen Häusern klebte der „alte Adel" von Boston, denn hier war man noch versnobter als in New York), sondern auf einen hübschen Platz. Seine Frau war eine lustige Irin, nur wenig älter als Sarah. Die vier Töchter lernten Klavier und Italienisch, und außerdem stickten sie, genau wie Eileen, als sie noch ein junges Mädchen gewesen war.

So groß wie Charles Marriotts Haus war Gallaghers Haus zwar nicht, aber es machte viel mehr Spaß, darin zu wohnen. Die Zimmer wirkten so fröhlich und waren so bunt, als hätte ein Maler die Farben aufs Geratewohl hingekleckst. Ein Salon war ganz in Smaragdgrün gehalten, und auf dem Kaminsims standen marmorne Shamrocks (was Kleeblätter sind, das Wahrzeichen Irlands). Im Speisezimmer konnte man nach Herzenslust zulangen: große, saftige Steaks von Tellergröße, Kartoffeln, schwarzer Pudding, irische Wurst, Käse – weicher Käse wohlgemerkt, irischer Käse, und nicht dieses harte Zeug, das wie Kerzentalg aussieht – und Buttermilch, so dick, daß ein irischer Kobold darauf hätte herumtanzen können. Und der Whisky – „Donnerwetter!" rief ich. „Der haut einen ja fast so um wie Schwarzgebrannter!"

„Schade, daß hier kein Junge ist, mit dem du spielen könntest, Ned", sagte Sarah, aber ich fand, daß ihm die Gesellschaft der vier Mädchen nur guttun konnte. Sie waren alle ein bißchen rundlich (was Wunder, wenn man an das Essen hier dachte!) und kicherten alle viel und waren alle nach irischen Orten benannt. Mir fiel es nicht ganz leicht, sie voneinander zu unterscheiden, aber wenn ich von ihrer Größe ausgehe, und zwar von oben nach unten, so hießen sie Clare, Kerry, Connemara und Donnegal. Die letzteren beiden, stets nur Connie und Donagh gerufen, waren noch nicht einmal zehn, doch Kerry war schon zwölf und Clare sogar vierzehn. Ned hatte also Gleichaltrige, mit denen er spielen konnte.

Ich wollte natürlich nicht, daß wir auch nur einen Augenblick länger blieben, als wir gern gesehen waren, doch Phineas Gallagher erwies sich als sehr großzügiger Gastgeber und meinte, wir sollten uns bei der Wohnungssuche Zeit lassen. Inzwischen übertrug er mir die Leitung seines neuen Konzert-Saloons (was nur ein anderer Name für Spielhölle war) und versprach mir ein Gehalt, das fast um hundert Prozent höher lag als bei Jim O'Malley.

Natürlich fragte ich mich, ob nicht was dahintersteckte, doch da ich nichts zu haben schien, worauf Phineas scharf sein konnte, buchte ich sein Angebot als Zeichen seiner Großzügigkeit ab. Außerdem war ich davon überzeugt, daß er mich genauso mochte wie ich ihn, und wir kamen ja auch großartig miteinander aus.

Mitte August lud uns Phineas ein, einen Monat mit seiner Familie in seiner Villa in Newport zu verbringen.

„Das geht natürlich nicht", sagte Sarah, als ich ihr davon berichtete. „Wir dürfen ihre Gastfreundschaft nicht allzusehr strapazieren, Maxwell. Meinst du nicht, wir sollten uns jetzt um eine Wohnung kümmern?"

„Was hast du gegen einen Monat an der See?" fragte ich.

„Ich möchte, daß wir endlich unser eigenes Heim haben", sagte sie, und der Blick, mit dem sie unser Schlafzimmer betrachtete, verriet mir alles.

„Du kannst sie nicht ausstehen, Sarah, stimmt's?" fragte ich. „Weder Phineas noch Maura. Warum?"

Sie schwieg.

„Sarah!"

„Oh ..." Sie machte eine vage Handbewegung. „Sie sind natürlich sehr lieb und sehr freundlich, aber ... nun ja, so protzig, Maxwell! Ich meine protzig in dem Sinn von neureich ..."

„Danke", sagte ich, „aber ich habe lange genug in New York gelebt, um zu wissen, was das Wort neureich in diesem Sinn bedeutet."

„Ich meine . . . sieh dir doch nur dieses Haus an! Die gräßlichen Möbel, die abscheulichen Tapeten, all diese billigen und vulgären Heiligenstatuen! Und Maura Gallaghers Versuche, die gesellschaftliche Leiter emporzuklimmen, finde ich bemitleidenswert, um das mindeste zu sagen. Nur weil sie es sich leisten kann, ab und zu tausend Dollar für irgendwelche Wohltätigkeitszwecke zu spenden, setzt sie ihren Mädchen Rosinen in den Kopf und bildet sich ein . . ."

Sie sah mein Gesicht und brach ab.

„Das sollte gar nicht so unfreundlich klingen", sagte sie dann hastig. „Ich meine . . ."

Wieder unterbrach sie sich. Ihre Finger spielten an dem Trauring an ihrer Hand. „Tut mir leid", sagte sie schließlich. „Wenn du möchtest, können wir natürlich nach Newport fahren. Tut mir wirklich leid, Maxwell. Ich habe es nicht so gemeint."

„Und ob du es so gemeint hast!" sagte ich. „Wort für Wort hast du es so gemeint, du versnobtes kleines Luder!"

Sie fing an zu weinen und beteuerte immer wieder, wie leid es ihr täte.

„Hör zu", sagte ich und packte sie bei den Schultern und schüttelte sie. „Was für mich gut genug ist, ist auch für dich gut genug, und falls dir das nicht paßt, kannst du jederzeit zu deinem blaublütigen Ehemann zurückkehren. Gute Reise! Ich kann immer eine andere Frau finden, die mit mir schläft."

Es war gemein von mir, hundsgemein. Ich wußte es und konnte doch nicht anders. Eileen fiel mir ein. Eileen, die meinen schönen Bauernhof eine Hütte genannt und bedauert hatte, unter ihrem „Stand" geheiratet zu haben. Mir war, als hätte jemand ein Messer in meinen Bauch gestoßen und wühle jetzt in den Eingeweiden herum.

Sarah schluchzte. Ihr Gesicht war vor Kummer verzerrt, und sie riß an ihren Kleidern und bot sich mir an: Alles, buchstäblich alles, würde sie tun, wenn ich ihr nur verspräche, sie nicht zu verlassen.

Mit einem Schlag kam ich wieder zu Sinnen. Ich nahm sie in die Arme, zog das zerfetzte Mieder über ihre Brüste und strich ihr über das Haar. Endlich hörte sie auf zu weinen, und ich sagte: „Tut mir leid, Sarah. Natürlich werde ich dich nie verlassen. Warum hätte ich dir sonst den Trauring gegeben? Du bist die beste Frau, die es gibt, und du hast mich zum glücklichsten Mann gemacht."

„Wenn wir doch nur heiraten könnten", sagte sie und fuhr sich mit der Hand über die verweinten Augen. „Wenn doch nur ..." Sie begann wieder zu schluchzen.

Da sie schon oft davon gesprochen hatte, begriff ich, was sie meinte. „Liebes, wir sind uns doch seit langem einig, daß es gut ist, daß es kein Baby geben kann."

„Ja, ich weiß, aber ... aber ich würde mich dann irgendwie sicherer fühlen ... geborgener ..."

„Sarah – wenn du glaubst, daß mich nur ein Kind fest an dich binden würde, dann muß das wohl meine Schuld sein."

„Das ist es nicht. Aber ich liebe Babys doch so, und ich würde ... nur zu gern ..."

„Ich weiß."

Sie tat mir aufrichtig leid, weil sie kein Kind mehr bekommen konnte, doch andererseits – nun, mir schien darin auch so etwas wie ein verborgener Segen zu liegen. Schließlich war schon so manche große Liebe versandet, sobald aus den Windeln das erste Krähen ertönte, und außerdem – wir hatten ja beide schon Kinder in die Welt gesetzt.

„Zum Glück haben wir wenigstens Ned", sagte Sarah. „Ihm wird es am Meer bestimmt sehr gefallen."

„Wir werden nicht einen Monat in Newport bleiben", sagte ich, „sondern nur eine Woche. Danach suchen wir uns dann in Boston eine schöne Wohnung. Ist dir's so recht?"

Sie lächelte.

Ich fragte mich, ob wohl auch Ned seine neue Umgebung protzig und kitschig fand. Doch das schien nicht der Fall zu sein. Während er in New York nur wenig Appetit gezeigt hatte, entwickelte er hier einen wahren Bärenhunger. Die irische Küche war offenbar ganz nach seinem Geschmack. Auch machte es ihm einen Riesenspaß, mit den Mädchen im Garten zu spielen, wobei es so ausgelassen zuging, daß es eine Freude war.

„Schön zu sehen, wie so junge Menschen vor Lebenslust sprühen", sagte Phineas Gallagher am Abend vor unserer Abreise nach Newport zu mir. Das Essen war schon vorbei, und wir saßen allein im Speisezimmer. „Nimm dir doch eine Zigarre, Max, mein Freund", forderte er mich auf. „Und dann laß uns ein bißchen miteinander plaudern."

Ich glaube nicht, daß sich eine Katze je so verstohlen an eine Maus herangepirscht hat wie er an diesem Abend an mich.

„Ich möchte dir ein Geheimnis verraten", sagte er, nachdem wir unsere Zigarren angezündet und einen Schluck Portwein getrunken hatten. „Ich trage mich mit dem Gedanken, in die Politik einzusteigen."

„In die Politik? Großartige Idee, Phineas!"

„Nun ..." Er seufzte. „Ich möchte etwas mit meinem Geld anfangen, und ein bißchen Macht hat noch niemandem geschadet. Allzuviel Staat ist mit Politik in Amerika ja nicht zu machen, aber wenn ich Bürgermeister von Boston werden würde, hätten diese Snobs etwas, worüber sie nachdenken könnten – es würde ihnen jedenfalls schwerer fallen, die Nase über mich zu rümpfen, nicht? Ich habe früher zwar nie geglaubt, daß ich mich je um das scheren würde, was die Snobs denken, aber es ist ganz erstaunlich, wie man seine Ansichten ändert, wenn man erleben muß, wie die eigene Frau gesellschaftlich geschnitten wird und die eigenen Töchter sich alle möglichen Kränkungen gefallen lassen müssen. Besonders gerecht geht es auf dieser Welt nun mal nicht zu."

„Da bin ich ganz deiner Meinung, Phineas", sagte ich und nahm wieder einen Schluck Port.

„Mir ist es darum zu tun, das zu werden, was man respektabel nennt", fuhr er fort und zog an seiner Zigarre. „Es gibt nichts, was mir wichtiger wäre. Ich möchte, daß meine Frau und meine Mädchen glücklich sind und wie Damen behandelt werden."

„Nicht mehr als recht und billig", sagte ich und dachte: Verdammt guter Portwein.

„Daher will ich meine Anteile an den Spielsalons und den Bordellen abstoßen. Mein Geld soll sauber sein, so sauber wie das sauberste Geld in ganz Boston; denn, wie wir beide wissen, Max, ist die Politik ein dreckiges Geschäft, in dem man sich zwangsläufig Feinde macht, die vor nichts zurückschrecken, um es einem einzutränken."

Ich vergaß den Portwein. „Auch deine Anteile an den Spielsalons willst du abstoßen?" sagte ich nervös und dachte an meinen Job.

„Ganz recht, Max, aber keine Sorge, ich laß dich schon nicht fallen. Ich habe dich wirklich ins Herz geschlossen und werde selbstverständlich alles tun, um dir zu helfen. Ist schon lange her, daß ich einen kennengelernt habe, der mir so gefallen hat wie du."

Wir gelobten einander ewige Freundschaft und leerten unsere Gläser. Er füllte nach. Ich wartete gespannt.

„Nun, Max", sagte er, als wir wieder unsere Zigarren schmauchten, „ich war aufrichtig zu dir und habe dir gestanden, was mein Herzenswunsch ist. Wenn du jetzt so aufrichtig wärst, mir zu verraten, was dein Herzenswunsch ist ..."

„Aber natürlich werde ich aufrichtig zu dir sein, Phineas", sagte ich. „Mein größter Wunsch ist es, nach Irland zurückzukehren und mit dem Verwalter, der mich ruiniert hat, abzurechnen."

„Ist da nicht irgendwas mit einer Begnadigung – oder irre ich mich? Liam deutete so etwas an, aber vielleicht habe ich das falsch verstanden."

Ich erzählte ihm von MacGowan und meinem Prozeß. Bisher hatte ich ihm die Geschichte verschwiegen, weil es mir irgendwie peinlich war, von ihm als entsprungener Sträfling angesehen zu werden.

„Das ist ja die größte Ungerechtigkeit, von der ich je gehört habe!" sagte Phineas. „Da, trink noch ein bißchen Port."

Ich bediente mich zerstreut.

„Ein abgekartetes Spiel vor Gericht, sagst du?" fuhr Phineas fort. „Und dein Gutsherr und sein Verwalter schlafen miteinander? Verruchte und verderbte Sünder – mag Gott ihren Seelen gnädig sein."

„Alles, was sie getan haben, war ungesetzlich", sagte ich und drückte meine Zigarre im Aschenbecher aus. „Ich war kein gewöhnlicher Pächter. Ich hatte einen richtigen Pachtvertrag, und Lord de Salis konnte mich nicht exmittieren wie die anderen. Aber nachdem ich verhaftet worden war, steckte das Militär meinen Hof in Brand – ein Unglücksfall, hieß es, aber natürlich war es Absicht. Mein Vertrag verbrannte mit, und hinterher behauptete Lord de Salis natürlich, er wüßte von keinem Vertrag. Ich wollte einen Anwalt haben, aber ich hatte ja kein Geld, und sie hätten ihn sowieso nicht zu mir gelassen. Als ich dann vor Gericht gestellt wurde, erzählte dieses Schwein MacGowan lauter Lügen über mich, und die Geschworenen waren sämtlich Protestanten, und der Richter war in einem Ort namens Warwick geboren worden, was in England liegt, und mochte er dem Namen nach auch zehnmal ein irischer Richter sein, in Wirklichkeit war er doch so ein verfluchter Sachse."

„Und ein Freund von Lord de Salis, wie ich annehme", sagte Phineas.

„Ein Freund der Familie, gewiß. Der alte Lord de Salis besaß früher in Warwickshire ein Gut oder sowas. Das muß doch irgendwie mit Warwick zusammenhängen."

„Auf jeden Fall hättest du einen neuen Prozeß verdient, Max. Und vielleicht ..."

„Ich muß begnadigt werden, Phineas. Ich habe nie den Befehl gegeben, Clonagh Court niederzubrennen und auf MacGowan zu schießen. Beim Prozeß war von Verschwörung die Rede, aber eine Verschwörung hat es nie gegeben. Wir hielten ganz einfach zusammen, wir alle, weil wir unsere Familien doch gegen dieses Schwein MacGowan schützen mußten. Aber er hat dann dafür gesorgt, daß vor Gericht fabrizierte Beweise und falsche Beschuldigungen gegen mich vorgebracht wurden. Aber ich war ihm immer schon ein Dorn im Auge gewesen und diesem de Salis auch, weil ich vor zwanzig Jahren die Hand mit im Spiel gehabt hatte, als sein erster Liebhaber vom alten Lord für ein paar Jahre nach Deutschland geschickt wurde ..."

„Ist ein ganz klarer Fall, Max", sagte Phineas. „Hier ist ein Unschuldiger der Rachsucht von zwei Homosexuellen zum Opfer gefallen. Der guten, lieben Königin würde das gar nicht gefallen."

„Ich habe an die Königin geschrieben", sagte ich zornig, „aber mein Brief dürfte nie in ihre Hände gelangt sein. Auch an Parnell habe ich geschrieben, aber ..."

„Wann war das?"

„Nachdem die Home Rule in Westminster abgelehnt wurde."

„Und wohin hast du den Brief geschickt?"

„Nach London. Zum Unterhaus."

„Hm ... da wird Parnell ihn vielleicht gar nicht bekommen haben, aber laß nur – ich weiß, wo man ihn erreichen kann." Er hielt mir wieder das Holzkästchen hin. „Nimm noch eine Zigarre."

Daß Phineas im Clan einen hohen Rang bekleidete, hatte ich wohl gewußt, aber nicht, daß seine Position so hoch war. Während Parnells Besuch in Amerika war er ein paarmal mit ihm zusammengetroffen, und jetzt schien es, daß sie auch miteinander korrespondierten. Wenn es darauf ankam, konnte der Clan seine Geheimnisse offenbar hüten. Tröstlich, das zu wissen, dachte ich.

„Parnell ist ein großer Führer, Max", sagte Phineas. „Es ist jetzt zwar allgemein Mode, mit ihm unzufrieden zu sein, aber wenn er wieder nach Amerika käme, würden sich sofort alle um ihn scharen. Ich werde ihm in deiner Angelegenheit schreiben."

Ich war so aufgeregt, daß ich kaum sprechen konnte. Geträumt hatte ich von so etwas ja, aber daß dieser Traum jemals Wirklichkeit werden sollte ... „Du ... er würde auf dich hören?" stammelte ich. „Wenn du ihm schreibst? In meiner Angelegenheit?"

Phineas lachte. „Zuhören würde er mir auf jeden Fall, Max. Schließlich ist aus meiner Tasche eine Menge Geld nach Irland geflossen – wußtest du nicht, daß die ganze Home-Rule-Bewegung mit amerikanischem Geld finanziert worden ist? Undankbarkeit kann man Charles Stewart Parnell nicht nachsagen."

„Jesus Christus", sagte ich mit schwacher Stimme und trank rasch einen Schluck Port.

„Er wird meinen Brief aufmerksam lesen", fuhr Phineas mit breitem Lächeln fort. „Allerdings wird es einige Zeit dauern, ehe er die Sache richtig in Schwung bringen kann. Die Königin mag ihn nicht, wie sich ja denken läßt, aber Parnell besitzt großen Einfluß in Westminster, und er wird Mittel und Wege finden, um sich deines Falles anzunehmen. Ich werde ihm vorschlagen, einen Rechtsanwalt zu engagieren, damit du dein Land zurückerhältst, sobald du wieder in Irland bist."

„Ja – aber wie kannst du sicher sein, daß Parnell deinen Brief bekommt? Man sagt doch, daß er Briefe nie beantwortet, ja nicht einmal liest ..."

„Er liest sie, wenn sie an die Adresse einer bestimmten Dame geschickt werden, mit der er bekannt ist. Mach dir da keine Sorgen, Max! Der Brief wird Parnell erreichen, und eines Tages wird dein Fall der Königin vorgetragen werden."

„Gott schütze Ihre Majestät!" schrie ich. „Und denk doch nur, Phineas, wenn sie mich begnadigt, kann ich endlich wieder in meine Heimat zurückkehren, zu meinen Feldern, die sich bis zur Lough dehnen – unvergleichlich schöne Lough! Und dann sehe ich Clonareen wieder und gehe in die Kirche und bete ..."

Gott, war ich betrunken! Aber Phineas nicht weniger, denn er wurde genauso rührselig wie ich. Er nannte mich seinen teuersten Freund und sagte, es gäbe nichts, was er nicht tun würde, um mir zu einem triumphalen Einzug in mein geliebtes Tal zu verhelfen, wo ich mit meiner Lady in Frieden leben könnte – und die Gebenedeite sowie sämtliche Heiligen sollten uns beide schützen!

Seine Großmut rührte mich fast zu Tränen, und wir gelobten uns aufs neue ewige Freundschaft.

„Wie kann ich dir das nur je entgelten?“ fragte ich mit feuchten Augen. „Mein teuerster Freund, wie kann ich dich jemals für deine Hilfe belohnen?“

„Nun, an so etwas hätte ich von mir aus natürlich nie gedacht“, sagte er und wischte sich verstohlen eine Träne fort. „Aber da du fragst, Max, mein Freund, da ist so eine kleine Sache, die du für mich tun könntest.“

„Alles, was du willst“, sagte ich. „Alles, Phineas, mein teuerster, liebster Freund. Nenn mir nur deinen Wunsch – und schon ist er dir gewährt.“

„Nun, es wird vielleicht nur ein Traum bleiben, Max“, sagte er. „Aber es wäre mir eine große Freude, wenn ich diesen Snobs, die mich protzig nennen, eines Tages sagen könnte, daß ich einen irischen Adligen zum Schwiegersohn habe.“

Ich war nicht so betrunken, als daß ich nicht sofort begriffen hätte, was hinter seiner so erstaunlichen Gastfreundschaft steckte. Aber ich war viel zu betrunken, um darüber verwundert oder verärgert zu sein. Die Idee erschien mir gar nicht übel. Das einzig Störende war, daß ich über Neds Zukunft ja nicht zu bestimmen hatte.

„Großartiger Plan, Phineas!“ rief ich. „Aber Ned ist nicht mein Sohn . . . ich kann über ihn doch nicht verfügen . . .“

„Nun, du bist praktisch sein Vormund.“

„Ja, aber . . .“

„Sieh mal, Max. Es ist zwar nicht mehr so wie früher, wo die Eltern bestimmten, wen ihre Kinder heiraten sollten, aber man kann zwei jungen Menschen doch eine Chance geben, zueinander zu finden. Natürlich würden wir ihnen davon nichts sagen, um sie nicht kopfscheu zu machen. Aber angenommen, ich schicke später eins meiner Mädchen nach Irland, damit sie für einige Zeit bei dir und Sarah und Ned lebt – wer kann wissen, was passieren wird? Sarah könnte ihr zeigen, wie man sich als richtige Lady benimmt, und sie auf Dublin-Castle einführen.“

Einen klaren Gedanken hatte ich noch: Wenn ich je zu meiner Begnadigung kommen will, so muß ich feierlich schwören, daß ich für seine Tochter Himmel und Erde in Bewegung setze.

„An welche deiner Töchter hast du denn gedacht, Phineas?“ fragte ich.

„Nun, Connie und Donagh sind zu jung, und Clare, meine Älteste, scheint mir für einen so kühnen Plan zu zaghaft. Daher habe ich an Kerry gedacht, sie ist ja ohnehin mein Liebling – mutig wie in Löwe und verwegen wie einer von den alten Recken. Wenn sie älter ist, wird sie schon aus lauter Abenteuerlust darauf brennen, nach Irland zu reisen."

Ich dachte: Ned wird ja nie gezwungen sein, das Mädchen zu heiraten. Selbst Phineas hat zugegeben, daß Ehen heutzutage nicht mehr auf Befehl geschlossen werden. Sarah und ich können uns um das Mädchen nach besten Kräften kümmern, und wenn sie dann wieder nach Amerika fährt, hat keiner den Schaden.

„Natürlich würde sie von mir eine sehr großzügige Mitgift erhalten", sagte Phineas. „Ich weiß natürlich, daß bei einem Ehevertrag das Geld zweckgebunden ist, aber ich könnte es so einrichten, daß auch für dich etwas abfällt. Wenn du dich wieder in Irland niederläßt, könntest du finanziell leicht in die Klemme kommen, Max. Schließlich ist Sarah eine Lady, wie ich sie vornehmer noch nie gesehen habe, und sie dürfte gewisse Erwartungen in dich setzen. Gibt es etwas, das einen Mann mehr lähmen kann als ein leerer Geldbeutel, vor allem, wenn es um eine Lady geht?"

Ich schwieg eine Weile. „Das stimmt", sagte ich schließlich.

„Nun", meinte Phineas, „wir könnten sagen, ein Drittel jetzt und zwei Drittel nach der Hochzeit."

„Und falls sie nicht heiraten?"

„Kannst du den Teil, den ich dir jetzt gebe, behalten."

„Wieviel?"

„Genug, um dir eine stilvolle Heimkehr zu ermöglichen. Genug, um mit deinem Feind MacGowan abzurechnen. Genug, um euch alle über Wasser zu halten, bis Sarah die Scheidung erlangt hat und von ihrem Mann abgefunden worden ist."

Wieder schwiegen wir beide.

„Für mich", fuhr Phineas schließlich fort, „wäre das eine gute Kapitalsanlage und für dich, Max, ein ausgesprochener Glückstreffer. Also was meinst du dazu?"

„Du hast die Karten so verteilt, daß wir bei diesem Spiel beide gewinnen", sagte ich.

„Also abgemacht. Max, du bist ein großartiger Geschäftspartner, und ich schwöre dir beim heiligen Kreuz, daß es keinen gibt, den ich lieber meinen Freund nennen würde! Ich werde von meinen Anwälten einen Vertrag aufsetzen lassen, damit du weißt, daß ich zu meinem Wort stehen werde."

„Dein Wort ist mir auch so gut genug!“ protestierte ich, allerdings nicht besonders laut, denn schließlich konnte es nichts schaden, ein Versprechen schriftlich zu haben.

„Solltest du Kerry, wenn du wieder in Irland bist, allerdings nicht bei dir sehen wollen, so müßtest du mir das Geld natürlich zurückerstatten“, sagte Phineas. „Aber keine Sorge, Max. Das können alles meine Rechtsanwälte austüfteln und schriftlich niederlegen. Dafür werden sie ja bezahlt.“

Ich nahm mir vor, jedes Wort des Vertrages mindestens dreimal zu lesen. „Muß großartig sein, gute Anwälte zu haben“, sagte ich. „Aber vergiß nicht, ihnen klarzumachen, daß die ganze Vereinbarung davon abhängt, daß du für mich eine Begnadigung erreichst.“

Er lachte. „Deine Begnadigung besorge ich dir schon, Max!“ Er erhob sein Glas. „Trinken wir auf die liebe, kleine Königin, die sie dir gewähren wird!“

„Auf die liebe, kleine Königin!“ schrie ich begeistert.

Ja, da saßen wir: zwei betrunkene Iren, die alle Sachsen aus tiefster Seele haßten und auf das Wohl der englischen Königin tranken, nachdem sie Pläne geschmiedet hatten, um ein irisches Mädchen mit einem Jungen zu verheiraten, in dessen Adern nur sächsisches Blut floß.

„Hat es schon mal so ein prachtvolles Volk gegeben wie die Iren?“ rief ich Sarah feurig zu, als ich ins Bett schwankte; doch bevor sie antworten konnte, war ich längst eingeschlafen.

5. KAPITEL

I

Von dem Handel, den ich mit Phineas abgeschlossen hatte, erzählte ich Sarah erst drei Wochen später, nachdem wir eine hübsche Wohnung gefunden hatten und dazu ein Dienstmädchen, das für uns kochte und saubermachte. Die Woche am Meer in Newport lag hinter uns, und Ned war voll auf seine Kosten gekommen. Wie ein Wirbelwind hatte er den ganzen Tag mit den kichernden Mädchen herumgetollt. Folge: eine durch und durch schockierte Gouvernante, die Maura Gallagher klarzumachen versuchte, es ginge keinesfalls an, daß sich die Mädchen wie „Halbwilde im Freien" vergnügten. Doch Maura lächelte nur und meinte, allem Anschein nach bekäme die frische Luft dem jungen Volk ganz ausgezeichnet; kein Grund also, sich unnötig den Kopf zu zerbrechen.

„Sie sind wie die Lausbuben", sagte Sarah, „und voller Sommersprossen." Aber das war auch die einzige kritische Bemerkung, die ich von ihr hörte. Im übrigen behandelte sie die Gallaghers sehr freundlich.

Nach der Woche am Meer fiel es gar nicht leicht, sich wieder an das Stadtleben zu gewöhnen, doch der Einzug in die neue Wohnung versöhnte uns. Ich hatte ein bißchen Angst gehabt, mir für meinen Lohn nicht das leisten zu können, was ich mir für Sarah wünschte. Nach North End, wo die anderen irischen Einwanderer wohnten, wollte ich auf gar keinen Fall. Wieder war es Phineas, der mir zu Hilfe kam. Er besaß ein Haus in der Nähe der Marlborough Street, stinkvornehme Gegend, und er richtete es ein, daß wir dort mietfrei wohnen konnten. Es war eins von diesen modernen Häusern mit der Küche im Keller, einem stummen Diener im Vorratsraum und Zimmer in Hülle und Fülle, so daß wir kaum wußten, was wir mit dem vielen freien Raum anfangen sollten. Zu Anfang hatte ich Angst, daß Sarah die Möbel nicht gefallen würden, doch sie war so glücklich, endlich im eigenen Heim zu sein, daß sie sich daran offenbar nicht stieß.

Glücklich war auch ich – glücklich, daß Sarah glücklich und zufrieden war. Und so kam es, daß ich mich dazu hinreißen ließ, ihr von meinem Handel mit Phineas zu berichten.

„Maxwell!" rief sie entsetzt.

„Aber sieh doch, Sarah, welche Wahl blieb mir denn? Und Ned braucht das Mädchen ja auch nicht zu heiraten."

„Das will ich meinen", sagte sie. „Weißt du, die beiden jüngeren Mädchen sind ja wirklich süß, und die Älteste hat gute Manieren. Aber diese Kerry! Nein, die möchte ich wirklich nicht mehrere Monate um mich haben."

„Wenn sie nach Irland kommt, ist sie vielleicht nicht mehr so – na ja, so unerträglich. Und außerdem: Wegen meiner Begnadigung müssen wir eben einiges in Kauf nehmen."

„Ja, natürlich. Deine Begnadigung ist das Allerwichtigste."

Von den Einzelheiten meines Handels mit Phineas hatte ich noch nicht gesprochen. Ich überlegte kurz und beschloß, das auf später zu verschieben. So sagte ich jetzt nur, Phineas sei bereit, die Kosten für unsere Rückreise nach Irland zu übernehmen, eine Art Belohnung dafür, daß wir uns später um Kerry kümmern würden.

„Das ist sehr großzügig von ihm", sagte Sarah höflich, doch ich wußte, daß sie über den Gedanken, Phineas Gallagher sei in dieser Sache so etwas wie mein Geschäftspartner, nicht sehr erbaut war.

Sie wollte, daß Ned jetzt zur Schule ging. Phineas erbot sich, die Kosten dafür zu übernehmen, und sagte uns auch, auf welche Schule die Snobs ihre Söhne schickten. Der Direktor zeigte sich entzückt, einen Schüler aufnehmen zu können, der einen Lord zum Vater hatte.

Seit der Woche in Newport langweilte Ned sich zu Tode, und so fand ich die Idee mit der Schule gar nicht übel. Doch Ned war da anderer Ansicht.

„Schulen sind wie Gefängnisse", sagte er verdrossen.

„Du redest wie der Blinde von der Farbe", widersprach ich. „Hättest du jemals im Gefängnis gesessen, so würdest du über dich selber lachen. Außerdem wirst du dort ja nicht wohnen. Wie kannst du dich eingekerkert fühlen, wenn du jeden Nachmittag nach Hause kommst?"

Er schwieg mürrisch, doch seine herabgezogenen Mundwinkel verrieten genug.

Sarah war über seine Reaktion bestürzt. Am ersten Schultag wollte sie ihn unbedingt begleiten. Sehr beglückt war er über ihren Vorschlag nicht. Welcher Junge von fast dreizehn möchte auch als Muttersöhnchen gelten? Also bot ich mich an, ihn hinzubringen. Doch auch das wollte er nicht. Ich begleitete ihn trotzdem bis zum Tor.

„Ich möchte dir gern einen Rat geben", sagte ich, bevor wir uns verabschiedeten. Er wirkte so verdammt blaß und nervös. „Steh deinen Mann, und wenn sie dich hänseln, weil du neu bist und nicht wie ein Amerikaner sprichst, so gib ihnen Zunder. Weißt du, als ich nach Amerika kam, mußte ich auch umlernen. Hier mußt du dich mit den Ellbogen durchsetzen. Vergiß das nicht. Viel Glück und auf Wiedersehen bis heute nachmittag."

Ein paar Stunden später kam er nach Hause und erzählte uns so nebenbei, er hätte zwei neue Freunde und außerdem eine Einladung zum Reiten, übers Wochenende.

„Und wie war der Unterricht, Liebling?" erkundigte sich Sarah neugierig.

„Ach, weißt du, von englischer Geschichte haben die ja komische Vorstellungen. Ziemlich rückständig, fürchte ich. Und Französisch kann von denen keiner."

Sie atmete erleichtert auf. Die Sorge mit Ned war sie offenbar los. Dafür gab es anderes, das ihr Kummer machte. Sie hatte ihren Bruder gebeten, ihre Winterkleidung nach Boston zu schicken. Zwei riesige Schrankkoffer trafen ein und dazu ein Haufen Briefe von Cashemara.

Nur einer war an sie adressiert. Die anderen waren an Ned gerichtet.

„Was soll ich nur machen?" fragte sie beunruhigt. „Ich kann sie ihm doch unmöglich geben. Sie würden ihn viel zusehr aufregen."

„Wie kommst du darauf? In New York hat er doch auch Briefe von seinem Vater bekommen."

„Ja, aber damals glaubte Patrick noch, Ned würde auf jeden Fall im Herbst zurückkehren. Von Charles dürfte er inzwischen wissen, daß wir nicht mehr in New York sind, und da kann er sich seinen Teil denken."

„Du meinst also, dein Mann hat Ned geschrieben, er soll nach Hause kommen", sagte ich. „Ned wird nicht darauf hören – im letzten halben Jahr hat er von seinem Vater nicht mehr gesprochen."

„Aber Patrick wird versuchen, Ned gegen mich einzunehmen ... wer weiß, was er alles vorbringt ... bestimmt schreckliche Sachen ... Dinge, die Ned in Verwirrung stürzen ..."

„Nun", sagte ich, „da können wir sehr leicht Klarheit schaffen – wir öffnen die Briefe ganz einfach."

Doch sie sträubte sich und gab erst nach einer ganzen Weile nach.

Schweigend lasen wir die Briefe.

„Oh, Gott", sagte Sarah, als sie den letzten wieder auf den Tisch legte. „Maxwell, diese Briefe darf Ned auf gar keinen Fall zu Gesicht bekommen."

„Was steht denn in dem Brief, den dein Mann dir geschrieben hat?"

Der Brief war womöglich noch gemeiner als die anderen. De Salis begann mit der Feststellung, er habe von Charles erfahren, Sarah sei meine Geliebte. „Heruntergekommen" nannte er sie. Falls ihr daran gelegen sei, die anderen Kinder wiederzusehen, so müsse sie unverzüglich zurückkehren. Von Hugh hätte sie nichts zu fürchten. MacGowan würde sie mit allem schuldigen Respekt behandeln. Doch wenn sie zu Weihnachten nicht wieder zu Hause wäre, so hätte sie die Konsequenzen zu tragen: kein Wiedersehen mit den Kindern. Außerdem würde er dann dafür sorgen, daß man ihr Ned wegnähme. Seinen Anwälten könnte es kaum schwerfallen, das durchzusetzen. Schließlich führe er ein untadeliges Leben, während sie mit ihrer Liebesaffäre die New Yorker Gesellschaft schockiert habe, was vor Gericht ohne jeden Zweifel zu seinen Gunsten sprechen würde. Er schloß mit einem hinterhältigen Angriff auf ihre Gefühle als Mutter. Die Kinder, so schrieb er, weinten sich jeden Abend in den Schlaf, weil sie sich so nach Sarah sehnten.

„Laß dich von ihm bloß nicht ins Bockshorn jagen", sagte ich sofort. „Homosexualität ist schlimmer als Ehebruch, so steht es schon in der Bibel. Und auch das mit den Kindern, die sich jeden Abend in den Schlaf weinen, hat er sich aus den Fingern gesogen. Natürlich fehlst du ihnen, aber er übertreibt, weil er will, daß du ein schlechtes Gewissen hast."

„Ich weiß", sagte sie erschöpft. „Das habe ich mir schon vor

Monaten klargemacht. Aber Maxwell, diese Briefe an Ned – der Junge darf sie nicht lesen!"

„Hm." Ich nahm einen vom Tisch. „‚Liebster Ned, ich fürchte, daß Deine Mutter alles getan hat, um Dich gegen mich einzunehmen ... Es ist mein Recht, Dich zur Rückkehr aufzufordern, und es ist Deine Pflicht, mir zu gehorchen. Aber weißt Du – ich möchte gar nicht von Rechten und Pflichten reden, sondern von Liebe, und wenn Du mich noch so liebst wie früher, so höre nicht länger auf Deine Mutter und komme zu mir zurück. Nicht, daß Du glaubst, ich wolle etwas gegen Deine Mutter sagen – Du liebst ja auch sie, wie ich sehr gut weiß. Doch zu unser aller Unglück läßt sie sich von einem Mann beeinflussen, den ich beim besten Willen nur als böse und niederträchtig bezeichnen kann. Du bist fast schon erwachsen und sehr klug, viel klüger, als ich es in Deinem Alter war, aber allzu viel Erfahrungen hast Du natürlich noch nicht sammeln können, und so ist Dir vielleicht nicht ganz klar, daß dieser Maxwell Drummond in seinem maßlosen Ehrgeiz buchstäblich vor nichts zurückschreckt, selbst nicht vor Gewalttätigkeit und Mord ...' "

„Wir werden Ned die Briefe zeigen", sagte ich. „Er kennt mich inzwischen gut genug, um zu wissen, daß diese Anschuldigungen gemeine Lügen sind."

„Nein", protestierte Sarah.

Wir sahen einander an. Ich lachte. „Wenn man einem Stier gegenübersteht", sagte ich, „ist es das Beste, ihn bei den Hörnern zu packen."

„Maxwell, dies ist kein Pokerspiel ..."

„... und ich habe ja auch nicht die Absicht zu bluffen! Was bekümmert dich nur so, Liebling?"

„Wenn Ned diesen Brief liest, wird er zu Patrick halten. Du glaubst mir nicht? Maxwell, vergiß doch um Himmels willen nicht, daß dem Jungen diese Geschichte von klein auf eingetrichtert worden ist."

„Daß ich der Leibhaftige in Menschengestalt bin?"

„Daß du für den Mord an Derry Stranahan verantwortlich bist."

„So, das hängt er mir immer noch an", sagte ich mit einem Lächeln. „Wo ich nachweislich den ganzen Tag in Leenane gewesen bin."

„Ja, ich weiß, daß du in Leenane warst."

„Aber du glaubst, daß ich einen meiner Verwandten dazu

gebracht habe, Derry Stranahan das Messer in den Rücken zu spießen."

„Das habe ich nicht gesagt", sagte sie nervös. Als ich wieder lachte, fuhr sie hastig fort: „Ich habe Derry gehaßt und war über seinen Tod froh. Ganz gleich, ob du etwas damit zu tun hattest oder nicht, an meiner Liebe zu dir ändert sich dadurch nichts. Nur die Wahrheit würde ich gerne wissen. Warst du für Derrys Tod verantwortlich?"

„Liebling", sagte ich und zog sie an mich und küßte sie. „Ich schwöre dir bei allem, was mir heilig ist, daß ich im Zusammenhang mit Derry Stranahan nie von Mord gesprochen habe."

Sie schmiegte sich dichter an mich. Ihr Haar kitzelte meine Wange.

„Trotzdem ist es wohl besser, wenn wir Ned die Briefe jetzt nicht geben", sagte sie. „Sie würden ihn nur beunruhigen. Ich werde sie aufheben und sie ihm später geben."

„Wie du meinst, Liebling", sagte ich und küßte sie wieder.

Das Thema schien damit abgetan, doch nach einer Weile kam Sarah unvermittelt darauf zurück.

„Maxwell – wenn Patrick nun nach Amerika kommt, um Ned nach Hause zu holen!?"

„Himmel, Sarah", sagte ich, „sie hatten ja nicht einmal genug Geld, um Ned einen Privatlehrer mitzugeben. Nein, keine Bange, bis dein Mann und MacGowan das Geld für die Überfahrt zusammengekratzt haben, sind wir längst wieder in Irland."

Überzeugt war ich davon selber nicht, doch ich wollte Sarah schlaflose Nächte ersparen. Im übrigen plagten mich schon genügend Sorgen. Meine Begnadigung – bei Gott, bis Weihnachten mußte da doch was ins Rollen kommen!

Am Abend schrieb ich Briefe. Ich schickte Eileen etwas Geld, damit sie Weihnachtsgeschenke kaufen konnte. Meiner Lieblingstochter Sally riet ich, sich vor den jungen Männern in Dublin in acht zu nehmen, und Max und Denis versprach ich ein Leben fern der Großstadt.

Vergeblich wartete ich auf ihre Antwort. Nach vielen Wochen traf dann ein Brief von Eileen ein, in dem sie mir mitteilte, daß Sally geheiratet hatte und jetzt in England lebte. Im übrigen wüßten zwar die Jungen, nicht jedoch die Mädchen von meiner „wilden Ehe" – mochten Gott und all seine Heiligen mir den Frevel verzeihen.

„Von Vater Donals Schwester habe ich gehört, daß ganz Clonareen darüber spricht", schrieb sie, „denn die Bediensteten auf Cashemara sagen, daß Lord de Salis euch beide immer wieder verflucht. Wie gut, daß ich nicht mehr im Tal bin, wo mich jeder bemitleiden würde und die Mädchen sich der Schande wegen schämen müßten. Hoffentlich wirst Du begnadigt, damit Du nach Irland zurückkehren kannst, denn ich wünsche keinem Iren, daß er im Exil leben muß. Aber versuche nicht, mich wiederzusehen, es sei denn, Du kommst, um Dich mit mir auszusöhnen. Ob ich Dir allerdings vergeben kann, weiß ich nicht, obwohl mir ein Priester bestimmt raten würde, Barmherzigkeit zu üben. Doch Du wirst gar nicht kommen, nicht wahr? Du willst wieder einmal hoch hinaus, wie immer in Deinem Leben. Mit dem, was Du hattest, warst Du ja nie zufrieden. Dir genügte es nicht, ein großer Fisch in einem kleinen Teich zu sein. Oh nein – Du wolltest größere Teiche, immer größere! Wahrscheinlich glaubst Du, jetzt endlich zu haben, wonach Du immer gestrebt hast, aber ich möchte Dich warnen: In den größeren Teichen gibt es auch größere Fische; Fische, denen Du nicht gewachsen bist und nie gewachsen sein wirst. Wenn Du vernünftig wärst, würdest Du Dich mit dem bescheiden, was Du erreichen kannst, ohne Kopf und Kragen zu riskieren."

Ich wollte den Brief Sarah eigentlich nicht zeigen, doch als ich merkte, daß sie mißtrauisch wurde, gab ich ihn ihr schließlich doch zum Lesen.

„Es läßt sich schon verstehen, daß sie verbittert ist", sagte sie. „Und hat sie nicht sogar ein Recht darauf?"

„Ein Recht!? Sarah – lange bevor ich dich zu lieben begann, war zwischen ihr und mir alles erkaltet. Aus ihr spricht doch nur der pure Neid. Sie will mich nicht, aber sie will auch nicht, daß eine andere mich hat."

Kurz vor Weihnachten kam ein Päckchen von Cashemara an, in dem Sarah einige Briefe von ihren Kindern fand.

Es war das erstemal, daß sie ihr schrieben.

„LIEBSTE MAMA", begann John in Druckschrift. „ICH KANN JETZT SCHREIBEN BITTE KOMM NACH HAUSE ICH LIEBE DICH JOHN."

Eleanor, die erst sieben war, schrieb schon sehr flüssig: „Liebste Mama, Du und Ned, Ihr fehlt uns so sehr, und wir möchten Euch so gern wiedersehen. Jetzt werden wir schon zum zweitenmal

Weihnachten ohne Dich feiern, und Jane weiß gar nicht mehr, wie das war, bevor Du von uns fortgegangen bist. Ich erzähle ihr jeden Tag von Dir, damit sie Dich nicht vergißt. Nanny sagt, Du wirst uns bald besuchen kommen. Wann wird das sein? Bitte, gib Ned einen Kuß von mir. Mit vielen lieben Grüßen Deine Eleanor."

Jane schickte drei Bilder, auf denen dicke, rötliche Tiere zu sehen waren. Darunter stand: „MEINE KATZEN."

Außerdem enthielt das Päckchen zwei Briefe von de Salis. Der erste war an Ned gerichtet (und glich den früheren aufs Haar), der zweite an Sarah: Die Tonart verriet, daß MacGowan dahintersteckte.

„... und so ist es ein Gebot der Fairness, Dir mitzuteilen, daß ich, wenn Du bis Ostern nicht zurückgekehrt bist, auf Wiederherstellung meiner ehelichen Rechte klagen werde, was zur Scheidung führen dürfte, wegen ehebrecherischen Verhaltens und böswilligen Verlassend Deinerseits. Zweifellos würde man mir alle Kinder zusprechen. Von Rathbone bin ich dahingehend informiert worden, daß Du von Dir aus nicht auf Scheidung klagen kannst, weil sich, sofern Du mir einen sittenlosen Lebenswandel vorwerfen solltest, mühelos beweisen ließe, daß Du selbigen Lebenswandel gebilligt hast. Was mein jetziges Verhalten anlangt, so ist es über jeden Zweifel erhaben, und es dürfte Dir unmöglich sein, das Gegenteil zu beweisen. Dein Dir ergebener und zugeneigter Gatte ..."

„Maxwell", sagte Sarah entsetzt, während Tränen über ihr Gesicht strömten, „Maxwell ..."

„Er blufft!" unterbrach ich sie. „Wie oft muß ich dir denn noch sagen, daß er blufft? Er wird seine Drohungen niemals wahr machen!" Verbissen dachte ich: MacGowan, mein Feind, meine Nemesis.

„Aber, Maxwell ..."

„Wenn die bluffen können, können wir auch bluffen", sagte ich. „Schreibe, daß du die Absicht hast, nach Cashemara zurückzukehren. Nenne keinen bestimmten Termin, aber lasse durchblicken, daß es so etwa um Ostern sein wird. Ich werde mit Phineas wieder über meine Begnadigung reden."

Viel Neues bekam ich da jedoch nicht zu hören. Die Anwälte der National League seien noch intensiv mit meinem Fall befaßt – das war praktisch alles, was in Parnells Brief an Phineas stand.

Im April sagte ich zu Sarah: „Schreibe de Salis, daß du im

September wieder zu Hause sein wirst. Ned müßte erst sein Schuljahr beenden.“

Es war wie eine Partie Poker; ich saß am Spieltisch, vor mir die Karten und die Chips, die sich höher und höher türmten, und auf der anderen Seite, mir gegenüber, MacGowan, mein Feind, meine Nemesis: undurchdringliche Maske, der nicht anzusehen war, ob sie nur bluffte oder ob mehr dahintersteckte.

Eines Tages, Ende Mai stürzte ich aus Gallaghers Haus und rannte in Richtung Marlborough Street, bis ich kaum noch Luft bekam.

Als ich endlich bei uns war, fand ich Sarah völlig aufgelöst. Ihre Augen waren verweint, und ihre Hände zitterten so sehr, daß sie mir nur mit Mühe das Schreiben zeigen konnte, das ihr de Salis' Anwälte geschickt hatten: Klage auf Wiederherstellung der ehelichen Rechte.

„. . . und sieh dir doch nur den Brief an, den Mr. Rathbone mir geschrieben hat!“ schluchzte sie.

„Und sieh du dir den Brief an, den die Königin mir geschrieben hat!“ schrie ich und schwenkte das Pergament des Lordkanzlers über meinem Kopf. „Es geht nach Hause, Sarah! Es geht nach Hause!“

II

Ein verdammt schweres halbes Jahr lag hinter uns.

Früher hatte Sarah immer Angst gehabt, ich würde sie verlassen, doch seit sechs Monaten wurde ich das Gefühl nicht los, daß jetzt die Rollen vertauscht waren. Immer wieder sagte ich mir vor: Sie wird dich nicht verlassen, das wird sie niemals tun. Aber da waren die Kinder, nach denen sie sich so sehnte, und dann die Drohungen, vor denen sie sich fürchtete. Ich konnte spüren, wie sie allmählich ungeduldig wurde und kaum noch daran glaubte, daß man mich je begnadigen würde. Sie begann sogar zu glauben, daß ich sie anlog. Wir stritten und versöhnten uns, gerieten erneut aneinander. Je größer meine Angst wurde, sie zu verlieren, desto mehr klammerte ich mich an sie. Je größer ihre Angst wurde, ihre Kinder zu verlieren, desto weniger wollte sie an mich gefesselt sein. Um meine Sorgen zu vergessen, trank ich mehr als mir gut tat, und beim geringsten Anlaß verlor ich die Selbstbeherrschung.

Sarah weinte, ich grollte, und Ned ging uns aus dem Wege und hielt sich soviel wie möglich in Gallaghers Haus auf Beacon Hill auf.

Tag für Tag dachte ich: So nah und doch so fern. Und meine Sehnsucht nach Irland wuchs und wuchs, bis ich schließlich jede Nacht von unserem Tal träumte. Langsam ritt ich auf Cashemara zu, Märchenschloß Cashemara, ein schimmerndes lockendes Gebilde, das mir zu winken schien, näher und immer näher heran, bis der Traum dann irgendwann endete.

„Die liebe kleine Königin hat dir nun doch verziehen, Max", sagte Phineas Gallagher.

Ich sah die runde Vorhalle und den marmornen Fußboden von Cashemara; und die Bibliothek mit den Wänden voller Bücher und dem riesigen Schreibtisch am Fenster. Dort hatte einst der alte Lord de Salis gesessen und mir erklärt, daß er mich zum Royal Agricultural College in Dublin schicken werde, und später ... später sagte er mir dann, ich hätte meine Chance verspielt und er wolle nichts mehr mit mir zu tun haben.

Doch das lag unendlich lange zurück, und bald würde ich dort in der Bibliothek am Schreibtisch sitzen: in seinem Haus, das ich mein Zuhause nennen wollte.

„Wir müssen feiern!" sagte Sarah mit glänzenden Augen, und so legten wir unseren besten Staat an und dinierten im Locke-Ober's, dem größten und besten Restaurant in ganz Boston. Sarah fragte besorgt, ob wir uns das auch leisten könnten, doch mir war das egal. Ich wollte, daß man ihre Schönheit bewunderte.

„Das war ein herrliches Dinner, Maxwell!" seufzte sie, als wir nach dem Essen Champagner tranken, und als ich ihr Lächeln sah, war ich glücklich, weil sie so glücklich war.

Wir fuhren nach Hause, wir gingen ins Bett – und alles war wieder so wie früher: undenkbar, daß es je anders gewesen sein konnte.

Als ich schließlich einschlief, träumte ich nicht von Cashemara, sondern von MacGowan, der durch das große Tor in die ewige Verdammnis ritt.

III

„Maxwell", fragte Sarah, „was wirst du mit MacGowan tun?"

Es war am Morgen nach dem Dinner. Wir saßen im Schlafzimmer. Sarah frisierte sich, ich rauchte eine Zigarette, und von der Küche klang gedämpftes Klirren. Das Dienstmädchen spülte unser Frühstücksgeschirr. Ned war auf dem Weg zur Schule.

Ich ließ einen Rauchring zur Decke steigen.

„Es ist besser, wenn du nicht zuviel weißt", sagte ich schließlich. „Dann fällt es dir später leichter, die Überraschte zu spielen."

„Aber ..."

„Sarah, ich riskiere eine Menge, doch selbst für dich kann ich nicht alles riskieren."

„Aber du kannst mir doch wenigstens sagen ..."

„Sicher. Ich kann dir sagen, daß deine Rache an Hugh MacGowan voll befriedigt werden wird."

„Voll?"

„Ja – bis auf das hübsche Halsband, das wir ihm zugedacht hatten. Leider müssen wir darauf verzichten, weil seine Leiche nur Spuren tragen darf, wie sie durch einen Sturz vom Pferd hervorgerufen werden."

Sie lachte und schüttelte sich dann. „Das war doch immer nur ein Scherz, Maxwell!"

„Meinst du?" fragte ich, und sie blieb mir die Antwort schuldig.

Nach einer Weile sagte sie. „Maxwell, ich habe große Angst. Ich möchte nicht, daß man dich wieder ins Gefängnis wirft. Da ist es mir lieber, wenn MacGowan ungeschoren davonkommt."

„Nun, MacGowan kommt nicht ungeschoren davon, und ich wandere nicht ins Gefängnis", sagte ich. „Du brauchst keine Angst zu haben, Liebling. Wir müssen nur umsichtig vorgehen und soweit möglich Vorkehrungen treffen. Zum Beispiel halte ich es für eine gute Idee, die Brüder deines Mannes auf unsere Seite zu ziehen. Da sie MacGowan ja nicht ausstehen können, dürfte das nicht allzu schwerfallen. Am besten schreibst du ihnen, daß du mit Ned nach Irland zurückwillst. Sage, du möchtest mit ihnen in Galway zusammentreffen, um die Lage zu besprechen."

„Soll ich dich erwähnen?"

„Nein. Es ist besser, wenn sie glauben, daß nur du und Ned da sein werden."

Sie schrieb den Brief an die beiden jüngeren Brüder. Da wir

Boston schon vor Monatsende verlassen wollten, konnten wir allerdings nicht darauf hoffen, noch eine Antwort zu erhalten.

„Ich glaube, ich sollte mit Ned sprechen", meinte Sarah nervös. „Aber was soll ich ihm sagen?"

„Daß seine beiden Onkel in Galway auf uns warten werden, weil sie dir helfen wollen, die Angelegenheit mit seinem Vater zu klären. Mehr braucht er nicht zu wissen."

Doch leider zeigte sich, daß Ned mit dieser knappen Auskunft nicht zufrieden war. Wieder einmal zog er die Mundwinkel nach unten, störrisches Maultier, das er so gut zu spielen verstand.

„Was werden meine Onkel sagen, wenn sie Mr. Drummond sehen?" wollte er wissen, als Sarah zu einer umständlichen Erklärung ansetzte.

„Liebling, Thomas und David haben bestimmt dafür Verständnis, daß ich nicht ohne Begleitung reisen wollte."

„Wissen sie, daß du mit Mr. Drummond zusammenlebst? Daß du seine Geliebte bist?"

„Ned!" rief Sarah bestürzt.

„Würdest du uns bitte einen Augenblick allein lassen, Sarah", sagte ich. „Ned und ich werden die Angelegenheit unter vier Augen besprechen."

Gefügig kam sie meiner Aufforderung nach. Neds Mundwinkel krümmten sich noch tiefer.

„Hör zu", sagte ich, „ich will dir deine Fragen beantworten. Deine Onkel wissen vermutlich Bescheid, weil dein Vater sie informiert haben wird. Und um die Chancen deiner Mutter bei der Scheidung nicht zu beeinträchtigen, werde ich mit ihr nicht mehr so zusammenleben wie bisher. Zufrieden?"

„Ich glaube schon", sagte er und fuhr dann nach kurzem Zögern fort: „Mr. Drummond, Sie haben meiner Mutter sehr geholfen, und dafür bin ich Ihnen auch dankbar. Doch jetzt bin ich alt genug, um mich selbst um sie zu kümmern, und . . ."

„Augenblick, Ned", unterbrach ich ihn. „Möchtest du in den nächsten Jahren auf Cashemara leben oder nicht?"

„Natürlich, aber . . ."

„Dann höre mir zu. Erstens: Deine Mutter ist keine Nonne, und sie ist mit mir genauso glücklich wie ich mit ihr, worum uns die meisten Ehepaare beneiden würden. Zweitens: Was Cashemara betrifft, so werde ich versuchen, eine Lösung zu finden, die auch dich zufriedenstellen wird. Wir sollten also Verbündete sein.

Wenn wir miteinander streiten, so leidet darunter niemand mehr als deine Mutter."

„Ja, Sir", murmelte er betreten, und ich wußte, daß die Schlacht gewonnen war. Plötzlich fügte er hinzu: „Was soll eigentlich mit Mr. MacGowan werden?"

„Mit Mr. MacGowan? Er hat deinen Vater um viel Geld betrogen, und das genügt, um einen Verwalter zu entlassen."

„Aber wer wird ihn entlassen?"

„Nun, es würde mich nicht wundern, wenn deine Onkel vor Gericht glaubhaft machen könnten, daß dein Vater nicht ganz, sagen wir einmal, geeignet ist. Es könnte auch sein, daß MacGowan von sich aus kündigt, wenn er sieht, daß das Spiel aus ist."

„Oh, ich verstehe. Ja. Ich brauche meinen Vater nicht wiederzusehen, nicht wahr?"

„Natürlich nicht."

„Aber wird er nicht auf Cashemara bleiben?"

„Wenn MacGowan fort ist?"

„Oh, Sie meinen, beide werden zusammen fortgehen. Und ich kann mit meiner Mutter wieder nach Cashemara?"

Ich gab keine Antwort, sondern lächelte nur.

„Entschuldigen Sie, daß ich so unhöflich zu Ihnen war", sagte Ned. „Ich weiß, daß Sie für uns tun, was Sie nur können."

Ende Juni war's dann soweit. Die Gallaghers begleiteten uns zum Hafen. Dank Phineas' Großzügigkeit hatten wir Plätze auf dem besten Passagierdampfer gebucht.

Die beiden jüngsten Mädchen und auch Clare weinten, als sie sich von Ned verabschiedeten, doch Kerry kicherte nur. „Fall bloß nicht über Bord!" sagte sie. Sie trug ein rosafarbenes Kleid, in dem sie noch rundlicher wirkte als sonst, und als sie übermütig herumwirbelte, sah ich, daß in ihren Strümpfen Löcher waren.

Natürlich hatten wir Ned nie etwas von unseren Plänen für Kerry erzählt, und so überraschte es uns beide, als er zu dem Mädchen sagte: „Komm mich doch mal in Irland besuchen."

„Aber klar doch", erwiderte Kerry prompt. „Wir werden alle kommen, nicht wahr, Pa?"

Phineas nickte. Ja, ein Besuch in der alten Heimat sei immer schon sein Herzenswunsch gewesen. Sobald Kerry uns den Rücken zuwandte, zwinkerte er mir zu.

Und dann waren wir an Bord, und nach und nach verblich die amerikanische Küste im sonnenüberglänzten Dunst.

6. KAPITEL

I

Ich sah den irischen Himmel mit den dahintreibenden Wolken, und als die Sonne höher über den Horizont stieg, war das Licht nicht hart und grell wie in New York oder Boston, sondern weich und sanft.

„Wie schön, endlich wieder Land zu sehen!“ rief Sarah erleichtert, aber ich konnte nicht sprechen. Dort drüben schlummerten die dunkelblauen Hügel von Clare, während weit in der Ferne die Sonne auf Galway Bay herabstrahlte, und ich hatte das Gefühl, bereits auf der Straße nach Oughterard zu sein: in nördlicher Richtung nach Connemara und Joyce-Country.

„Galway“, sagte Sarah beklommen, „das wird ein merkwürdiges Wiedersehen sein.“

Doch ich hörte ihre Stimme kaum. Es war, als könnte ich den Blick nicht mehr von dem verschwommen schimmernden Licht lösen, das den Raum zwischen dem Meer und dem irischen Himmel füllte.

„Seht doch nur!“ rief Ned. „Die Wiesen! Die Felder! Die Farben! Wie schön!“

Und der sanfte irische Regen fiel, während auf den fernen Bergen immer noch Sonnenschein lag.

„Sieh doch, Mama!“ sagte Ned. „Die vielen Türmchen . . . und die Schiffe . . . und die Häuser von Claddagh . . . wie dicht die zusammenstehen . . . wie lauter Streichholzschachteln . . .“

Ich dachte: Bedauernswerte Iren, die ihre Heimat nie wiedersehen; Phineas und sein Geld? – nein, ich beneide ihn wirklich nicht, solange er in Amerika lebt.

„Von der See aus wirkt es ja ganz bezaubernd“, sagte Sarah zu Ned. „Da sieht man das Elend und die Armut nicht.“

„Niemand, der in Irland lebt, ist arm“, sagte ich, und Sarah lächelte.

In der Luft lag der Geruch von verfaulten Fischen und Abfall, doch das war nicht wichtig; und als wir dann an Land waren, sah ich kaum die Bettler in den gepflasterten, dungüberkrusteten Gassen. Meine Füße standen wieder auf irischem Boden, und in meinen Ohren klangen irische Stimmen, und es gab in diesem Augenblick keinen Menschen, der glücklicher war als ich.

„Ich bin wieder da!“ schrie ich und warf meinen Hut in die Luft. „Ich hab's geschafft! Ich hab's geschafft! Ich bin daheim!“ Und ich packte eine Blumenverkäuferin und wirbelte sie herum und küßte sie und gab ihr einen Goldsovereign. „Trink heute abend auf mein Wohl, mein Schatz!“ rief ich und nahm ihr sechs Veilchensträuße aus der Hand.

„Kutsche, Euer Ehren?“ fragte ein Kutscher, der die Goldmünze gesehen hatte und mit eiligen Schritten seinen Konkurrenten zuvorgekommen war.

„Zum großen Southern Railway Hotel!“ befahl ich, und dieser Name klang nicht weniger verlockend als die klimpernden Münzen in meiner Tasche. Sarah griff nach meinem Arm. Sie lachte und sah so hübsch und so vergnügt aus, daß mir zumute war, als hätte ich schon einen Krug Schwarzgebrannten intus und lange jetzt nach dem zweiten.

„Bei allen Heiligen!“ rief ich. „Ich bin im Himmel!“

„Wir sind alle im Himmel!“ jubelte Sarah und küßte mich, während die Kutsche hügelauf schwankte.

Bald waren wir im schönsten Viertel von Galway, und dort vor uns stand das mächtige Hotel, in dem sämtliche Stutzer und Gecken von Westirland ein und aus gingen.

„Ich möchte das schönste Appartement hier haben“, sagte ich zu dem Livrierten, der uns empfing. „Ganz egal, was es kostet. Und dann möchte ich Champagner, sehr kalt, in einem Eimer voll Eis, und Kaviar in einer Silberschale, und sechs Kartoffeln in der Pelle gebacken, und ein Schüsselchen mit Butter.“

„Jawohl, Sir“, sagte der Livrierte mit großen Augen.

Ein Stück entfernt erklang eine Männerstimme, ein ungläubiger Ruf: „Sarah?“

Ich drehte mich um. Einige Meter von uns stand ein spindeldürrer junger Mann mit rotem Haar und einer funkelnden Brille.

„Thomas!“ rief Sarah erfreut und stürzte sich in seine Arme.

II

Er war mehr als ein Schwager für sie. Er war auch ihr Vetter, der Sohn ihrer Lieblingstante, und Sarahs Freude schien also begreiflich. Aber in meinen Augen blieb er trotzdem ein schwächlicher kleiner Sachse, und der Blick, mit dem er mich musterte, behagte mir ganz und gar nicht. Doch was half's? Wir brauchten seine Hilfe, und so lächelte ich denn höflich und wartete geduldig darauf, mit ihm bekanntgemacht zu werden.

„. . . und David ist auch hier?“ fragte Sarah.

„Ja, oben. Wir sind erst vor einer Stunde angekommen . . . Guter Gott, was Ned gewachsen ist! Wie geht's dir denn, Ned?“

Große Begrüßung.

„Wie ich sehe, war Mr. Drummond so freundlich, euch zu begleiten“, sagte Thomas dann.

Sarah entschuldigte sich verlegen. Vor lauter Wiedersehensfreude hätte sie ganz vergessen, uns miteinander . . .

„Das macht doch nichts“, unterbrach ich Sarah lächelnd und dachte dann: Ob der junge de Salis mir wohl die Hand reichen wird?

Er reichte sie mir. Meine Meinung über ihn wurde bedeutend besser.

„Guten Tag, Mr. Drummond“, sagte er höflich und meinte dann, wir sollten uns erst einmal von den Reisestrapazen etwas erholen.

„Ein lieber Kerl!“ sagte Sarah glücklich, als man uns nach oben zu unserem Appartement führte. „Und wie sehr er jetzt Marguerite ähnelt!“

„Nun“, sagte ich erleichtert, „ich bin jedenfalls froh, daß er hier ist, denn das beweist doch wohl, daß er und sein Bruder auf unserer Seite stehen.“

Die Fenster des Appartements gingen auf den Platz hinaus. Ich blickte mich in den Räumen um. Vorhänge mit goldenen Quasten, dicke Teppiche, Polstermöbel mit rotem Samtbezug.

„Gut“, sagte ich. „Gibt es hier auch ein Badezimmer?“

Es gab eins, zwar bei weitem nicht so etravagant wie die in Charles Marriotts Haus, aber doch ganz passabel.

„Es ist herrlich!“ sagte Sarah. „Wir können das Hauptschlafzimmer haben und Ned das kleinere dort nebenan . . .“

Träger begannen unser Gepäck zu bringen, und in der nächsten halben Stunde waren wir vollauf damit beschäftigt, Ordnung zu schaffen und uns zu erfrischen. Dann kam der Champagner mit dem Kaviar und den Kartoffeln, und später fragte Ned, ob er einen kleinen Spaziergang machen dürfe.

Ich nickte, und als ich dann mit Sarah allein war, sagte ich: „Weißt du, zu langen Unterhaltungen mit deinen beiden Schwägern bin ich heute abend nicht aufgelegt. Außerdem ist es ihnen bestimmt lieber, wenn ich nicht dabei bin. Erfinde irgendeine Ausrede und laß durchblicken, daß ich mich nicht aufdrängen will. Ich möchte einen guten Eindruck auf sie machen."

„Ja, natürlich ... Was soll ich ihnen sagen, wenn sie mich nach meinen Zukunftsplänen fragen?"

„Wiederhole, was du ihnen schon geschrieben hast. Am meisten liegt dir am Herzen, das Fürsorgerecht für die Kinder zu erhalten. Damit scheinen sie einverstanden zu sein, denn sonst wären sie kaum hier. Spiele dann vorsichtig auf die Scheidung an und finde heraus, wie sie dazu stehen. Im übrigen kannst du ja sagen, daß du bereit bist, auf Cashemara zu leben, zusammen mit den Kindern natürlich und unter der Voraussetzung, daß MacGowan und dein Mann nicht mehr dort sind. Sicher brauchst du sie nicht erst mit der Nase darauf zu stoßen, daß es uns lieb wäre, wenn sie deinen Mann mit nach England nehmen würden."

„Was soll ich sagen, wenn sie wegen MacGowan bei mir vorfühlen?"

„Erkundige dich, welche gesetzlichen Möglichkeiten bestehen, ihn aus seiner Stellung als Verwalter zu entfernen. Laß dir überhaupt erzählen, wie alles juristisch aussieht, Trennung, Scheidung, Fürsorgerecht und so weiter. Und mach dir wegen Hugh MacGowan keine Sorgen mehr, Liebling. Gleich morgen früh fahre ich nach Joyce-Country."

„Maxwell – versprich mir, daß du gut auf dich aufpaßt!"

„So gut, wie ein Geizhals auf einen Sack voll Gold", sagte ich lächelnd und war dann, als sie mich allein ließ, doch ein wenig beunruhigt: Würden die beiden jungen Brüder de Salis bereit sein, uns zu helfen?

Als Sarah nach dem Dinner zurückkehrte, hatte sie viel zu berichten. Thomas und David hatten von ihrer Schwester Madeleine erfahren, daß de Salis immer mehr der Trunkenheit verfiel oder anders gesagt: Er stand im Begriff, sich zu Tode zu saufen.

Beide Brüder meinten, er hätte nicht die mindeste Aussicht, eine Scheidungsklage zu seinen Gunsten zu entscheiden und die Kinder zugesprochen zu bekommen. Im übrigen waren beide bereit, notfalls vor Gericht zu gehen, um seine Unzurechnungsfähigkeit feststellen zu lassen und MacGowan von seinem Posten zu entfernen.

„Dann werden sie wohl staunen, wenn sie herausfinden, daß gerichtliche Schritte gar nicht mehr notwendig sind!" sagte ich zu Sarah, und dann küßte ich sie, und wir tranken auf die guten Neuigkeiten, und als ich mich ins Bett legte, fiel ich sofort in einen tiefen, festen und traumlosen Schlaf.

III

Die Überlandkutsche fuhr am nächsten Morgen um acht Uhr von Galway City ab und rumpelte über Hügel und Bodenwellen auf Oughterard zu. Zuerst regnete es, doch hinter Oughterard hörte der Regen auf, und vorn am Horizont sah ich die Twelve Bens, die Berge von Connemara, die wie betende Hände dem Himmel entgegenzustreben schienen. Wolken trieben, rissen auf, die Sonne schien, und plötzlich waren die kleinen Seen, an denen wir vorbeikamen, blau wie funkelnde Juwelen, und der Sumpf, braungrün und friedvoll wie ein Wiegenlied, dehnte sich bis zu den Hügeln hin.

Die Berge. Jetzt gab es nichts mehr, was das Auge von ihnen ablenkte; klarumrissene Linie und die Stille eines verzauberten Traums. Es war nicht das erstemal, daß ich diese Straße entlangfuhr, und doch hatte ich die Landschaft noch nie so gesehen wie jetzt nach drei Jahren Exil in fremden Städten.

„Euer Ehren wollten an der nächsten Abzweigung aussteigen?" rief der Kutscher, und ich sah vor mir das leuchtende Band der Straße, die nach Letterturk führte.

Ich begann zu gehen. Eine wundersame Stille, in der nur das Plätschern des nahen Baches und das gelegentliche Blöken der Schafe auf dem Berghang über mir zu hören war. Ich ging und ging und gelangte durch die schmale Schlucht hinauf zum Paß und beobachtete die treibenden Wolken, die huschende Schatten auf den Boden warfen.

Nach einiger Zeit kam ich zu dem Paß zwischen Bunnacunneen

und Knocknafaughey, und dort unter mir lagen die lange, schlanke Lough und Cashemara.

Ich blieb lange stehen. Der Wind summte durch die Paßenge, und über einen steilen Felshang schoß Wasser hinab ins tiefe Tal.

Schließlich setzte ich meinen Weg hügelabwärts fort. Ich überquerte den Fooey River, ich ging am Tor von Cashemara vorbei und dann am Ufer der Lough entlang nach Clonareen, und plötzlich war meine ganze Sippe da und auch die anderen Familien, sogar die Joyces, und als ich die Hauptstraße von Clonareen erreichte, ging ich längst nicht mehr. Ein paar Männer trugen mich auf ihren Schultern durch die jubelnde Menge, die zu wissen oder doch zu ahnen schien, daß ich gekommen war, um sie von ihrer Nemesis zu befreien, von Hugh MacGowan.

IV

Einige Stunden später legte ich in Jeremiah O'Malleys Hütte meine Pistole auf den Tisch.

„Die hat mir einer unserer Vettern in New York City gegeben", sagte ich. „Sein Name ist Jim O'Malley. Er sagte mir: ‚Nimm sie mit nach Irland, damit du dort eine Sache erledigen kannst. Und wenn sie ihren Zweck erfüllt hat, schick sie mir und auch den tapferen Mann, der sie benützt hat.'"

Irgend jemand goß Schwarzgebrannten in den Becher, der vor mir stand, und ich nahm einen langen Zug.

„Und ich sagte: ‚Am liebsten würde ich dir die Pistole selbst wiederbringen, aber mich werden sie nicht zum zweitenmal nach Amerika entkommen lassen. Außerdem möchte ich aus dem jungen Master de Salis einen guten Herrn machen, und meine Verwandten im Tal werden meine Hilfe brauchen.' Und so sagte er mit Tränen in den Augen: ‚Das ist schade, Max, aber schick mir den Tapfersten deiner Sippe, und ich will es zufrieden sein.' "

Ich nahm die Pistole wieder in die Hand. Der Widerschein des Kerzenlichts flackerte auf dem Lauf. Acht Hälse streckten sich, acht Köpfe beugten sich tiefer.

„Ich werde sie Jim O'Malley bringen, Max", sagte der junge Tim.

„Nein, ich", sagte Jerry, sein Vater.

„Bitte, laßt mich das übernehmen!" bettelte Shaneen. „Ich als der jüngste von neun, der nicht mal einen Kartoffelacker hat – und all das viele Geld, das in Amerika wartet ..."

„Lieber Gott, gib, daß ich Amerika sehe, bevor ich sterbe!" seufzte sein Bruder Joe.

„Laß mich ..."

„Nein, mich ..."

„Wir werden losen", sagte ich. „Dann kann sich keiner beklagen, daß er benachteiligt worden ist. Möge der beste Mann gewinnen."

Wir hoben Strohhalme vom Fußboden auf, und ich glättete sie und hielt sie dann verdeckt hin. Shaneen gewann.

„Was habe ich zu tun, Max?" fragte er eifrig.

„Sei morgen vor Mittag beim Tor von Cashemara. Versteck dich hinter den Felsen und warte dort auf mich. Aber zuerst muß ich dir zeigen, wie man mit dieser Pistole umgeht."

„Herrgott, was ist, wenn ich nicht treffe?" fragte er hinterher nervös.

„Natürlich wirst du treffen – du wirst ja ganz nah sein", sagte ich.

Wir stärkten uns wieder mit dem Schwarzgebrannten, und ich berichtete, daß ich mir Hoffnungen machte, auf Cashemara Verwalter zu werden. „Und wenn ich's erstmal bin", sagte ich, „dann wird dieses Tal hier das Land sein, wo Milch und Honig fließen, ganz wie Gott es Moses verheißen hat. Niemand wird mehr von Haus und Hof gejagt werden, und jeder wird Lord de Salis nur soviel Pacht zahlen, wie es recht und billig ist."

„Aber warum meinst du, daß Lord de Salis ausgerechnet dich zu seinem Verwalter macht, Max?" fragte Joe.

„Lord de Salis wird mit seinen Brüdern nach England fahren, um dort eine Entwöhnungskur zu machen", sagte ich, „und Lady de Salis wird sich für mich einsetzen."

Betretenes Schweigen folgte. Alle mieden meinen Blick.

„Guter Gott", sagte ich entsetzt. „Ihr glaubt doch nicht den bösen Zungen, die überall erzählen, ich hätte Lady de Salis verführt!? Ich mit einer Frau und sechs Kindern in Dublin! Lady de Salis mag ja die schönste und vornehmste Lady auf der ganzen Welt sein – ich habe nicht mehr getan, als jeder Mann tun würde, der einer Dame in ihrer Not helfen will."

Erleichtert sahen sie mich an, und ich wußte, daß es vernünftig gewesen war, die Wahrheit ein bißchen zurechtzustutzen. Der

Kampf gegen den sächsischen Feind war einer, Ehebruch etwas anderes.

„Wirst du dir ein neues Haus bauen und Eileen zurückholen, Max?" fragte Jerry.

„Natürlich werde ich mir ein neues Haus bauen", sagte ich. „Muß ja für meine Kinder sorgen. Doch wenn Eileen sich entschließt, in Dublin zu bleiben, so kann ich sie nicht zwingen, zurückzukommen."

„Eileen hat sich immer für etwas Besseres gehalten", sagte jemand.

„Wenn Max Verwalter wird", scherzte ein anderer, „wird er vielleicht auch nichts mehr von uns wissen wollen."

„Für mich wird es immer eine Ehre sein", sagte ich, „eure Gastfreundschaft zu genießen."

Und so tranken und schwatzten wir, bis vom Schwarzgebrannten kein Tropfen mehr da war und im Osten der Tag heraufdämmerte.

V

Ich lieh mir ein Pferd und ritt die Straße nach Cashemara entlang. Es war elf Uhr, die Sonne stand hoch.

Ich kam zum eisernen Tor, das weit offenstand. Ich mußte lächeln, denn ich begriff sehr wohl, daß mir mein Feind auf diese Weise den Fehdehandschuh hinwarf.

Ohne zu zögern, ritt ich auf das Haus zu. Einen Schuß aus dem Hinterhalt brauchte ich nicht zu fürchten, solange ich MacGowan keinen Vorwand lieferte, auf mich zu schießen. Selbst ein sächsisches Gericht würde einen kaltblütigen Mord ahnden, und ich wollte ja nur einen Morgenbesuch abstatten.

Ich stieg ab, schlang die Zügel um einen Baumast und ging den kiesbestreuten Fahrweg entlang.

Unter meinen Füßen knirschte der Kies. Die hohen, schmalen Fenster starrten mich an.

Ich läutete, wartete eine Weile, und als niemand öffnete, hämmerte ich mit den Fäusten gegen die Tür. Schließlich klaffte ein winziger Spalt auf, durch den Timothy O'Shaughnessy vorsichtig spähte.

„Sieh einmal an, wen wir da haben!" rief ich. „Einen schönen guten Morgen, Timmy! Ich hätte nie erwartet, dich in einem Butlerrock zu sehen!“

Er versuchte, die Tür zu schließen, doch ich stellte rasch den Fuß dazwischen.

„Wenn Sie Lord de Salis sprechen wollen, Maxwell Drummond . . .“

„Lord de Salis?“ unterbrach ich ihn. „Wie kommst du denn auf den Gedanken? Nein, Timmy, ich möchte nicht zu Lord de Salis. Ich bin gekommen, um Mr. MacGowan zu besuchen.“

7. KAPITEL

I

Er kam in die Bibliothek, wo ich auf ihn wartete. Seine Schritte waren so leise, daß ich sie nicht hörte. Das einzige, was an meine Ohren drang, war das sachte Knarren der Tür, und als ich herumfuhr, sah ich mich ihm endlich Auge in Auge gegenüber: MacGowan, der Mann, der mich zugrunde gerichtet hatte.

Er blieb bei der Tür stehen. Ich hatte vergessen, wie gewöhnlich er aussah. Wir waren fast gleich groß, doch er war schlanker als ich und hatte schütteres braunes Haar und farblose Augen.

Seine Haltung verriet mir, daß er bewaffnet war.

„Willkommen in der alten Heimat", sagte er.

Mit seinen dünnen Lippen lächelte er ein dünnes Lächeln. Auch ich lächelte, schwieg jedoch.

„Eine Begnadigung durch die Königin, wie ich höre", sagte er. „Aus Dublin habe ich bereits erfahren, daß Ihnen Ihr Land in vollem Umfang zurückgegeben werden soll. Sie haben in Amerika einflußreiche Freunde gewonnen, nicht wahr?"

„Wie sich das doch herumspricht", sagte ich.

„Ja, mächtige Freunde und eine Edelhure als Mätresse. Ich sollte Ihnen eigentlich gratulieren."

Er wollte mich in Wut bringen, also lachte ich. Dann setzte ich mich auf den Rand des Schreibtischs und griff mit einer beiläufigen Bewegung nach dem Briefbeschwerer aus massivem Glas. „An Sarah erinnern Sie sich also noch", sagte ich. „Ich dachte schon, Sie hätten sie inzwischen vielleicht vergessen."

„Ich habe ein gutes Gedächtnis."

„Das habe ich auch", sagte ich und warf den Briefbeschwerer ein Stück in die Luft, um ihn wieder aufzufangen. „Übrigens auch Sarah."

Er hatte die Tür hinter sich zugezogen. Jetzt öffnete er sie wieder und wies mit der Hand in die Halle hinaus. „Die Achtung, die Sie mir durch diesen Höflichkeitsbesuch beweisen, weiß ich zu schätzen", sagte er, „doch da es zwischen uns kaum etwas zu besprechen gibt, möchte ich Sie jetzt bitten, mich allein zu lassen. Mr. Rathbone, der Londoner Anwalt, hat eine Kopie Ihres Pachtvertrages, und sobald eine weitere Kopie davon vorhanden ist, wird sie Ihnen übermittelt werden. Was Ihr Land betrifft, so können Sie damit tun, was Sie wollen, doch möchte ich Ihnen den Rat geben, sich ruhig zu verhalten, denn wenn Sie Ärger machen, sitzen Sie sofort wieder hinter schwedischen Gardinen. Guten Tag."

Ich spielte wieder mit dem Briefbeschwerer. „Eine mutige Rede", sagte ich höflich, „doch was für eine Vergeudung Ihres Atems!"

Er kam einen halben Schritt näher. „Verlassen Sie sofort dieses Haus."

„Wie energisch Sie sein können", sagte ich.

„Ich gebe Ihnen fünf Sekunden, sich hinauszuscheren."

„Aber, aber", sagte ich vorwurfsvoll.

„Eins ... zwei ... drei." Mit kluger Umsicht war er hinter einen Stuhl geglitten, hinter dessen hoher Rückenlehne er jetzt stand. „... vier ... fünf ..."

Er zog seine Pistole, doch nach amerikanischen Maßstäben war er recht langsam, und so hatte ich genügend Zeit, den Briefbeschwerer zu schleudern.

Er duckte sich. Mit einem Sprung war ich bei ihm und versuchte, ihm die Pistole zu entwinden.

Herrgott, war er stark! Damit hatte ich nicht gerechnet. Zwar gelang es mir, ihn aus dem Gleichgewicht zu bringen, doch sein Handgelenk war steif wie ein Ladestock. Seine freie Hand schlug wie ein Beil auf mich zu. Ich warf mich gegen ihn, preßte ihn an die Wand, drehte ihm den gefährlichen freien Arm auf den Rücken. Er stieß mit Füßen und Knien, und noch immer gab die Hand, die die Pistole hielt, keinen Zentimeter nach. Wir keuchten beide.

Endlich lockerte sich sein Griff. Er schrie vor Schmerz auf, und die Pistole polterte zu Boden.

Ich stieß ihn zurück und zog meine eigene Waffe.

„Kein Wort", sagte ich, „oder du bekommst eine Kugel zwischen die Augen."

Er blieb stumm. Seine Augen funkelten vor Zorn.

Ich hob seine Pistole auf und steckte sie mir in den Gürtel.

„Du verdammter Narr“, sagte er. „Noch heute gehst du ins Loch.“

„Nicht bevor du zur Hölle gehst! Los, geh zum Schreibtisch!“

„Aber wozu denn?“ fragte er, um Zeit zu gewinnen.

„Hast du einen Diener?“

„Warum, zum Teufel, willst du das wissen?“

„Hast du einen Diener?“ wiederholte ich.

„Ja, ich habe einen. Aber . . .“

„Dann setz dich an den Schreibtisch. Oder muß ich dir erst auf die Sprünge helfen?“

Er zögerte einen Augenblick, gehorchte dann.

„Gut so“, sagte ich und lehnte mich an den Kaminsims. „Und jetzt wirst du einen kleinen Brief schreiben. Nimm ein Blatt von dem Papier dort und den Federhalter.“

Wieder zögerte er. Wieder gehorchte er schließlich.

„An den Ehrenwerten Thomas de Salis und den Ehrenwerten David de Salis“, diktierte ich, „St. James' Square, London. Gentlemen . . .“ Ich wartete, bis er soweit war. Die Feder kratzte über das dicke Papier. „ . . . ich möchte Ihnen hiermit mitteilen, daß ich meine Stellung als Verwalter von Cashemara aufzugeben gedenke . . .“

Er lachte, doch ich unterbrach ihn. „Weiter.“

Wieder kratzte die Feder über das Papier, aber er lächelte.

„ . . . da Lord de Salis zu krank ist, als daß ich ihn von meiner Kündigung in Kenntnis setzen könnte“, diktierte ich, „wende ich mich an Sie, seine Brüder. Es ist schon seit einiger Zeit meine Absicht, Cashemara zu verlassen, weil meine Dienste nicht mehr so gewürdigt werden wie früher. Auch hat die Trunksucht meines Dienstherrn ein Ausmaß angenommen, das mir ein weiteres Verbleiben unmöglich macht. Ich bitte Sie dringend, so rasch wie möglich zu kommen, um Lord de Salis vor sich selbst zu schützen. Was mich betrifft, so werde ich Cashemara heute nachmittag um zwei Uhr verlassen, um mit meinem Vater nach Schottland zu reisen, wohin mir meine Frau folgen wird, sobald sie auf Clonagh Court alles Notwendige geregelt hat. Mit vorzüglicher Hochachtung Ihr Ihnen ergebener . . .“

Er schüttelte sich wieder vor Lachen. „Du bildest dir doch nicht wirklich ein, daß ich gehe“, sagte er.

„Unterschreiben! Gut so. Her damit. Und jetzt die Adresse auf ein Kuvert."

„Hier sind keine Kuverts."

Ich ging zum Schreibtisch, stellte mich hinter MacGowan. „Finde eins."

Er spürte meinen Atem auf seinem Nacken und duckte sich. Dann zog er hastig eine Schublade auf, nahm ein Kuvert heraus und begann die Adresse zu schreiben, während ich den Brief überflog, um zu sehen, ob auch alles seine Richtigkeit hatte.

„Gut", sagte ich, als er mit der Anschrift fertig war. „Und jetzt steck den Brief in den Umschlag und versiegel ihn."

„Was soll das Ganze?" erkundigte er sich amüsiert, während er den Siegellack zum Schmelzen brachte. „Welchen Sinn hat diese Komödie – du kannst mich nicht zwingen, Cashemara zu verlassen!"

„Wollen wir wetten?"

Der heiße Siegellack tropfte auf seine Finger, doch er merkte es nicht. Seine Lippen, zusammengepreßt, waren noch schmaler als sonst.

Schließlich sagte er überstürzt: „Du würdest es nicht wagen, mir etwas zu tun."

„Meinst du?" sagte ich. „Nun, wenn ich wollte, könnte ich dich auf der Stelle fertigmachen und deine Leiche irgendwo verscharren. Dein Kündigungsbrief würde dein plötzliches Verschwinden plausibel machen."

Ich sah die Angst in seinen Augen. Mit zitternden, ungeschickten Fingern versiegelte er das Kuvert. „Du willst mich also umbringen."

„Nicht, wenn du tust, was ich dir sage. Heute nachmittag um zwei verläßt du Cashemara und reitest zum Haus deines Vaters. Dein Gepäck kann ein Tragesel schleppen. Von mir aus kannst du es dir auch nachschicken lassen – wie du willst. Aber du mußt allein reiten. Kein Diener, kein de Salis und keine – ist deine Frau hier?"

„Nein, sie ist auf Clonagh Court. Warum soll ich allein reiten?"

„Nur bis zum Haus deines Vaters", erwiderte ich ausweichend. „Mit ihm verläßt du dann das Tal, genau wie du's im Brief geschrieben hast. Und zwar auf Nimmerwiedersehen. Solltest du jemals wieder . . ."

„Du willst mich umbringen", unterbrach er mich mit unsicherer

Stimme. „Schwöre mir, daß mir auf dem Weg zum Haus meines Vaters nichts passiert. Schwöre, daß du . . .“

„Den Teufel werde ich tun“, sagte ich. „Du hast hier keine Forderungen zu stellen. Mit deinem Vater kannst du verschwinden, wohin du willst, und wenn Lord de Salis dir später nachreisen sollte, so werde ich der erste sein, der ihm Lebewohl sagt. Jedenfalls verläßt du heute nachmittag um zwei dieses Haus, oder du bekommst es mit meinen Leuten zu tun. Gib mir den Brief und steh auf.“

„Warum? Wo willst du mit mir hin?“

„Wir werden einen kleinen Spaziergang machen“, sagte ich lächelnd, „und uns über die gute alte Zeit unterhalten. Wo ist Lord de Salis?“

„Im Bett. Er hat sich heute morgen nicht wohl gefühlt.“

„Und die Kinder?“

„Mit der Gouvernante in den Kinderzimmern, nehme ich an.“

„Also gut, gehen wir. Aber merk dir – wenn wir jemandem begegnen, hältst du den Mund. Das Sprechen besorge ich.“

Wir traten in die leere Vorhalle.

„Öffne die Eingangstür.“

Draußen auf dem Fahrweg blieb er einen Augenblick stehen. Im kühlen Wind schien er zu frösteln. „Wo willst du mit mir hin?“ fragte er wieder.

„Zur Kapelle.“

„Zur Kapelle? Um Himmels willen, warum denn?“

„Dort ist es so schön still und friedlich“, sagte ich. „So recht geschaffen für ein Gespräch unter vier Augen.“

Mit einem Ruck drehte er den Kopf zu mir herum. Ich sah den Schweiß auf seiner Stirn. „Hören Sie, Drummond. Ich werde tun, was Sie verlangen. Um zwei Uhr reite ich von hier fort. Und ich komme bestimmt nicht mehr zurück. Ich fahre nach Schottland, und wenn Patrick will, kann er nachkommen und bei mir wohnen. Cashemara ist mir gar nicht so wichtig. Wichtig ist nur, daß er bei mir ist. Ich . . .“

„Halt's Maul!“ sagte ich. Er widerte mich an. Schon die Vorstellung, daß er und de Salis miteinander . . . Ich spürte, wie es, vom Magen her, in meine Kehle stieg. Ich mußte schlucken.

Die Kapelle war klein und dunkel. Ich hatte nicht das Gefühl, in einem Gotteshaus zu sein, und es war ja auch keins: Es war der Götzentempel der schwarzen Protestanten.

„Zieh dich aus!" sagte ich zu MacGowan.

Die Angst schien ihn zu lähmen.

„Los!" befahl ich ungeduldig und richtete die Pistole auf ihn. „Beeil dich!"

„Was wollen Sie denn mit mir . . ."

„Du stellst zu viele Fragen", sagte ich. „Mach schon."

„Sie wollen mich foltern", keuchte er.

„Halt dein gottverdammtes Maul und zieh dich endlich aus!"

Er schälte sich aus seinen Sachen. Ich beobachtete ihn neugierig. Er war nicht schlecht gebaut, doch die weißliche, fast völlig unbehaarte Haut gab ihm das Aussehen einer Leiche.

„Pfui Teufel", sagte ich, „kotzt einen ja an, wenn man sowas sieht. Stell dich an die Säule dort."

Er gehorchte, und ich zog eine starke Schnur aus der Tasche, band seine Handgelenke hinter der Säule zusammen und fesselte auch seine Beine.

Er hörte auf zu wimmern und begann zu brüllen. Ich achtete nicht darauf, sondern setzte mich auf eine Bank, lehnte mich zurück und steckte mir eine Zigarette an.

Seine Flüche waren hörenswert. Doch nach einigen Minuten hatte er sich verausgabt. Wieder dieses jämmerliche Wimmern. Wieder die Frage, was ich denn nur mit ihm vorhatte.

Ich gab keine Antwort.

Schließlich wurde er hysterisch. Fluchen, Wimmern, Heulen, alles wild durcheinander, während ich meine Zigarette rauchte und ihn stumm beobachtete.

Nach einer Weile sagte ich: „Jetzt begreifst du vielleicht, wie es ist, wenn man in ständiger Angst vor Gewalttätigkeit lebt. Aber bei dir sind es erst zehn Minuten. Sarah hat das fünf Jahre lang durchmachen müssen. Laß dir das einmal durch den Kopf gehen."

Ich steckte mir eine zweite Zigarette an. Er schrie und fluchte jetzt nicht mehr, sondern stand sehr still da. Immer wieder lief ein Frösteln über seinen Körper. Ich rauchte, trat die Zigarette dann aus, zog ein Messer hervor, strich mit den Fingern über die Klinge.

„Vor langer Zeit habe ich Sarah etwas versprochen", sagte ich. „Möchtest du vielleicht wissen, was ich ihr versprochen habe?"

Wieder das klägliche Wimmern.

„Nun, ich habe ihr versprochen, ihr eines Tages deine unaussprechlichen Teile zu schenken. Kannst du dir denken, was damit gemeint ist?"

Er schrie. Ich wartete ab. Nach einer Weile begann er zu schluchzen.

Ich sagte: „Du verdammtes Schwein würdest keine Sekunde zögern, aber mich kotzt schon der Gedanke an, auch nur mit dem Messer dort mit dir in Berührung zu kommen."

Ich strich wieder über die Klinge, steckte das Messer dann ein und stand auf.

Dicht vor ihm stehend, sagte ich: „Aber glaube nicht, daß du völlig ungeschoren davonkommst." Ich schlug ihm mit der Hand, dann mit der Faust ins Gesicht, schlug wieder und wieder. „Das", sagte ich, „und das – für die Monate, die ich im Kittchen gesessen habe – und das für die Jahre in Amerika." Hinter meinen Schlägen saß der aufgestaute Zorn, der jetzt mit hemmungsloser Gewalt hervorbrach. „Und das", schrie ich ihn an, „ist für alles, was du Sarah angetan hast – für deine Gemeinheit – für deine Grausamkeit – für deine Brutalität." Und ich stieß ihm das Knie gegen den Bauch und schlug ihm dann mit dem Pistolengriff über den Schädel.

Er sackte zusammen und hing schlaff in den Fesseln. Ich keuchte. Nach und nach beruhigte sich mein Atem.

Ich schnitt die Schnüre durch, und er klatschte mit dem Gesicht auf den Steinfußboden. Dann zog ich ihn an, weil ich nicht wollte, daß ihn, bevor er wieder zu sich kam, irgend jemand nackt in der Kapelle fand. Die Spuren, die meine Schläge hinterlassen hatten, konnten mir kaum gefährlich werden. Nur nackt durfte man ihn nicht finden.

Seine Pistole fiel mir ein. Ich versteckte sie unter einem Kniekissen in der hintersten Sitzreihe. Dann steckte ich die Schnur ein, mit der ich ihn gefesselt hatte, blickte mich noch einmal um und trat hinaus.

Nicht weit von der Kapelle befand sich die Umfassungsmauer von Cashemara. Ich kletterte auf einen nahen Baum, hangelte einen starken Ast entlang und landete vorsichtig oben auf den Ziegelsteinen, in die Glasscherben eingelassen waren. Zum Glück trug ich Schuhe mit dicken Sohlen. Ich sprang die andere Seite hinab. Wenige Minuten später war ich bei dem eisernen Tor, in dessen Nähe mein Pferd angebunden war.

Ich band es los, sah meinen Vetter, gab ihm letzte Anweisungen.

„Er wird bald kommen, Shaneen", sagte ich. „Hast du dir schon ein Versteck ausgesucht?"

Er deutete auf eine Stelle, wo am Rand der Straße drei Felsblöcke nebneinanderstanden.

„Ausgezeichnet", sagte ich und gab Shaneen meine geladene Pistole und noch einige Patronen.

„Und das Geld?" fragte er.

„Das wird in Leenane für dich bereitliegen", sagte ich. Er war zwar mein Vetter, und ich liebte ihn, aber es kann nie schaden, in Gelddingen vorsichtig zu sein, vor allem, wenn soviel auf dem Spiel steht.

„Wo werde ich dich finden, Max?"

„Bei Tomsy Mulligans Kelpboot. Viel Glück, Shaneen."

Wir umarmten uns. Dann stieg ich auf mein Pferd und ritt hügelabwärts auf die Straße zu, die nach Leenane führte.

II

Ich stellte mein Pferd in der Schenke unter. Bald saß ich an der Anlegestelle mit Tomsy Mulligan zusammen und tauschte mit ihm, während wir beide rauchten, alte Erinnerungen aus. Als ich vor drei Jahren aus dem Gefängnis ausgebrochen war, hatte er mich nach meinem Zusammentreffen mit Sarah in seinem Boot von Leenane nach Galway zurückgebracht.

Später kehrte ich zur Schenke zurück und sagte dem Wirt, daß ich bei ihm übernachten würde, ehe ich am nächsten Morgen nach Galway zurückfuhr.

Es war ein herrlicher Nachmittag für einen gemütlichen Bummel durch die Stadt. Ich sah Leenane, und Leenane sah mich. Überall tauschte ich Gruß und Wort, und am Abend saß ich dann in der Schenke, stärkte mich mit Schweinefleisch und schwarzem Pudding, und die Tochter des Wirts brachte mir ein Glas Bier.

An diesem Abend blieb es draußen lange hell. Als es endlich zu dunkeln begann, sagte ich dem Wirt mit einem Gähnen, daß ich vor dem Schlafengehen noch einen kleinen Spaziergang machen würde.

Ich trat vor die Tür. Es war kühl. Am Himmel funkelten die ersten Sterne, und das dunkle Wasser von Killary Harbour warf den Widerschein matt zurück. Tomsy Mulligans Boot hüpfte wie ein schwarzer Korken auf der hochstehenden Flut.

„Ist er noch nicht da?" rief ich Tomsy leise zu.

„Nein, noch nicht.“

Ich wartete. Minuten vertropften. Schließlich hörte ich auf der Straße Schritte.

„Max . . .“

„Ja, hier bin ich. Komm.“ Ich führte ihn zu einem Gehölz in der Nähe der Schenke. Als ich seinen Arm berührte, zuckte er zusammen. An den Fingern spürte ich eine klebrige Masse, Blut.

„Was ist passiert?“

„Ach, nicht so schlimm“, sagte er und glitt zu Boden. „Aber ich fühle mich schwach wie ein neugeborenes Kätzchen und muß erst mal wieder zu Kräften kommen.“

„Laß mich mal sehen.“ Ich riß ein Streichholz an.

„Ist ja nur ein Kratzer, Max“, sagte er. „Mach dir um mich keine Sorgen.“

Ich gab ihm meine Reiseflasche. „Da, trink einen Schluck.“ Ich zog ein sauberes Taschentuch hervor und machte ihm einen Verband.

„Das tut gut“, sagte er und nahm einen zweiten und dritten Schluck. „Herrgott, was für ein Tag.“

„Hast du ihn beim ersten Schuß verfehlt?“

„Ja. Aber hör nur, was passiert ist! Ich hocke hinter den Felsblöcken, als plötzlich Timothy O'Shaugnessy – er ist jetzt Butler auf Cashemara . . .“

„Ich weiß.“

„Also er prescht da auf einem Eselkarren los und jagt über die Brücke zum Haus des alten MacGowan, als ob sämtliche Teufel hinter ihm her wären. Später kommt er dann mit dem Alten zurück, und der Alte hat ein Gewehr.“

„Allmächtiger Gott!“

„Ja, was sollte ich tun, Max? Ihn erschießen? Dann hätte Hugh MacGowan sich doch nicht mehr herausgetraut. Also lasse ich den Alten vorbei, und was soll ich dir sagen – nach einer Weile kommen sie beide aus dem Haus, bis an die Zähne bewaffnet.“

„Hätte ich dir doch noch einen Mann mitgegeben.“

„Nicht nötig, Max, gar nicht nötig. Ich war Mann genug, um's mit beiden aufzunehmen, und sämtliche Heiligen sind meine Zeugen!“ Er trank wieder einen Schluck und bekreuzigte sich. „Als ersten nahm ich Hugh aufs Korn, weil der ja wichtiger war als der Alte. Mit dem zweiten Schuß erwischte ich ihn. Er fiel vom Pferd, als hätte ihn die Hand Gottes gefällt. Inzwischen ballerte der Alte los, und wie du siehst, war er gar kein schlechter Schütze. Ich feuerte wieder und traf sein Pferd. Das arme Vieh kriegte zwar nur einen Streifschuß ab, jagte aber wie verrückt los und warf den Alten ab. Zuerst dachte ich, er stellte sich nur tot, aber dann sah ich, daß er sich das Genick gebrochen hatte. Doch Hugh lebte noch, und ich mußte ihm den Rest geben. Max, ich sage dir, mir war so verdammt schwach, daß ich kaum die Kraft hatte, die Pistole zu heben und richtig zu zielen. Wäre Hugh MacGowan nicht so ein gemeines Schwein gewesen . . . jedenfalls habe ich ihn in die Hölle geschickt und seinen Alten gleich dazu."

„Hier ist das Geld, das du brauchst. Tomsy Mulligan wird dich nach Galway bringen. Sieh zu, daß du so rasch wie möglich nach Claddagh kommst. Dort hält sich ein Mann namens Brian O'Hagan für dich bereit. Er wird sich um dich kümmern, bis du nach Queenstown weiterreisen kannst, um dort an Bord eines Auswandererschiffes zu gehen. Die Reise nach Amerika ist kein Zuckerlecken, aber sobald du in New York bist, gibt Jim O'Malley dir Arbeit – hier habe ich dir seine Adresse aufgeschrieben. Verlier den Zettel nicht."

„Gott segne dich, Max", sagte er, während ihm die Tränen über die Wangen liefen. „Wie soll ich dir dafür danken?"

„Schon gut, Shaneen. Wenn du in New York bist, kannst du in der St.-Patricks-Kirche eine Kerze für mich anzünden und Jim O'Malley sagen, daß ich ihm den tapfersten Mann westlich vom Shannon geschickt habe, um ihm seine Pistole zurückzubringen."

Ich ging mit ihm zum Boot und wartete dann, während Tomsy ablegte. Die kleine Nußschale glitt lautlos davon und verlor sich Sekunden später in der Dunkelheit.

Langsam kehrte ich zum Gasthaus zurück.

„Ist ziemlich feucht draußen", sagte ich zum Wirt.

Er nickte zustimmend, und ich stieg die Treppe hinauf zu meinem Zimmer und legte mich ins Bett. Kaum eine Sekunde später war ich eingeschlafen.

III

Als ich am nächsten Morgen erwachte, konnte ich einfach nicht glauben, daß es vorüber war. Ich dachte: MacGowan, mein Feind, meine Nemesis . . . Doch es gab keinen Zweifel, er war wirklich tot. Ich hatte mit ihm abgerechnet und würde ihn nie wiedersehen. Ein eigentümliches Gefühl. Ein Gefühl der Leere, als hätte ich etwas Kostbares verloren. Erst jetzt wurde mir bewußt, wie sehr mein Haß gegen MacGowan zu einem Teil von mir geworden war.

Es war eine lange Reise zurück nach Galway, und ich hatte Zeit, allmählich zu mir selbst zu finden. In unserem Appartement im Hotel saßen Sarah und Ned mit den beiden Brüdern de Salis beim Tee. Ich wurde mit David bekanntgemacht. Er wirkte noch schwächlicher als Thomas – weißliche Haut, rosa Wangen, kraftloser Händedruck.

„Die Schlacht ist gewonnen", sagte ich, ohne Sarah anzusehen. Ich zog den Brief aus der Tasche und reichte ihn den Brüdern. „Hier ist MacGowans Kündigung. Inzwischen dürften er und sein Vater auf dem Weg nach Schottland sein."

Staunen, fassungslose Blicke. Schließlich fragte Sarah außer Atem: „Oh, Maxwell, erzähle uns, was passiert ist!"

Ich warf ihr einen kurzen Blick zu, und sie zwang sich zur Ruhe.

David sagte bewundernd: „Wie, um alles auf der Welt, haben Sie ihn dazu gebracht, von sich aus zu kündigen?"

„Das war einfach", sagte ich. „Wir hatten eine kurze Unterredung. Er möchte, daß Lord de Salis zu ihm nach Schottland kommt, doch ich bin der Ansicht, daß er sich zuvor einer Entwöhnungskur unterziehen sollte. Aber darüber", sagte ich höflich zu den Brüdern, „haben natürlich Sie zu befinden."

David und Sarah lächelten zufrieden, doch Thomas sagte plötzlich mit unverkennbarer Schärfe: „Ich warte immer noch auf eine volle Erklärung, Drummond."

Ich hatte den jungen Mann zweifellos unterschätzt.

„Offenbar begriff MacGowan", sagte ich, „daß er nach meiner Rückkehr im Tal auf verlorenem Posten stand. Wie Sie vielleicht wissen, bin ich bei meiner Verwandtschaft ein recht angesehener Mann, und man wartete nur auf mich, um an MacGowan gemeinsam Rache zu nehmen. Deshalb ritt ich nach Cashemara und sagte ihm, ich könnte mich, sofern er bliebe, nicht für seine Sicherheit verbürgen. Die Antwort, die er mir gab, war ziemlich ungeschminkt. Er hätte auf Cashemara ein Vermögen gescheffelt, und es sei seine Absicht, sich ergiebigere Weidegründe zu suchen."

„Begreifst du denn nicht, Thomas?" rief David. „Das ist doch alles völlig plausibel. Komm, öffne den Brief, damit wir sehen, was er geschrieben hat."

Widerstrebend löste Thomas das Siegel. „Er behauptet, daß er bei Patricks gegenwärtiger Verfassung nicht mehr für ihn arbeiten könnte", sagte er, nachdem er das Schreiben überflogen hatte.

„Lieber Gott", seufzte David. „Was machen wir nur mit Patrick?"

„Um die Entziehungskur kommt er nicht herum, ehe er MacGowan nach Schottland folgt", sagte Thomas und warf mir einen scharfen Blick zu. „Falls das überhaupt sein Wunsch ist." Er ließ mich nicht aus den Augen. „Mein Bruder und ich werden morgen nach Cashemara reisen. Wir werden mit Lord de Salis und mit unserer Schwester Madeleine sprechen und sehen, was sich für seine Gesundheit tun läßt."

„Die Kinder . . ." warf Sarah leise ein.

„Die schicken wir sofort zu dir. Du weißt ja, daß David und ich schon lange vorhatten, sie von Cashemara fortzuholen. Sollte sich Patricks Zustand bessern, so kannst du mit ihm später vielleicht gütlich vereinbaren, wer von euch für die Kinder sorgt. Im Augenblick ist er jedenfalls nicht in der Lage, sich richtig um sie zu kümmern, und das werde ich ihm auch sagen, falls er uns Schwierigkeiten zu machen versucht."

„Gütiger Himmel!" rief David. „Wie leicht auf einmal alles scheint, wo wir MacGowan nicht mehr gegen uns haben!"

„Wenn Sie die Freundlichkeit hätten, mich einen Augenblick zu entschuldigen", sagte ich und ging auf die Schlafzimmertür zu. „Ich bin von der Reise sehr staubig und möchte mich umziehen."

„Drummond."

Es war Thomas. Ich drehte den Kopf.

„Kann ich Sie einige Sekunden allein sprechen?"

„Natürlich, Sir", antwortete ich.

Er folgte mir ins Schlafzimmer und schloß die Tür. „Ich wollte Ihnen nur sagen", begann er, „daß die Kinder nicht herkommen können, wenn Sie mit Lady de Salis im selben Appartement leben. Entschuldigen Sie, daß ich so direkt zu Ihnen spreche, aber ich trage für meine Neffen und Nichten eine gewisse Verantwortung. Wenn Sie also so freundlich sein wollten, sich ein anderes Zimmer zu nehmen – sofern Sie nicht beabsichtigen, sofort nach Clonareen zurückzukehren."

„Natürlich nehme ich mir ein anderes Zimmer", sagte ich bereitwillig. „Im übrigen brauchen Sie sich wirklich keine Sorgen zu machen, Mr. de Salis. Wenn wir wieder im Tal sind, werden

Sarah und ich sehr diskret sein. Schließlich liegt uns sehr daran, daß Sarah bei einer Scheidung alle Chancen hat, die Kinder zugesprochen zu bekommen.“

Zum erstenmal wich der angespannte Zug aus seinem Gesicht.

„Gibt es sonst noch etwas?“ fragte ich.

Er schüttelte den Kopf. „Im Moment nicht. Besten Dank, Drummond.“

Er verließ das Schlafzimmer. Erst zehn Minuten später gelang es Sarah, die Brüder loszuwerden und auch Ned unter irgendeinem Vorwand hinauszuschicken. Als sie eintrat, lag ich in Unterwäsche auf dem Bett und hielt die Augen geschlossen. Nein, ich durfte sie jetzt nicht öffnen, denn wenn ich Sarah sah, würde ich ihr alles erzählen.

„Maxwell . . .“

„Ja?“

„Erzähle.“

„Nicht jetzt. Später.“

„Warum nicht jetzt?“

„Wenn deine beiden Schwäger von Cashemara zurückkommen, sollst du so unschuldig sein wie Eva, bevor ihr die Schlange begegnete.“

„Hältst du mich für eine so schlechte Schauspielerin, Maxwell?“

„Nein.“

„Oder für zu schwach – zu willensschwach?“

„Nein, Sarah, aber . . .“

„Dann behandle mich nicht, als ob ich aus Porzellan wäre!“

Ich öffnete die Augen und wußte, daß ich ihr jetzt nicht mehr widerstehen konnte.

Doch sie wehrte meine Hand ab.

„Nein“, sagte sie, „wenn du kein Vertrauen zu mir hast, warum sollte ich dann . . .?“

Und so erzählte ich es ihr, erzählte es ihr in jeder Einzelheit, und danach liebten wir uns, wie wir uns noch nie geliebt hatten. Unsere Leidenschaft hatte fast etwas Gewalttätiges. Als wir uns schließlich voneinander lösten, fiel Sarah übergangslos in einen erschöpften Schlaf. Ich lag mit geöffneten Augen neben ihr. Als sie aufwachte, war sie sehr still. Minuten später begann sie beim Frisieren plötzlich zu weinen.

„Es ist ein so sonderbares Gefühl“, sagte sie. „Als ob ein Teil von mir tot wäre.“

„So ist es mir auch gegangen."

„Manchmal habe ich gemeint, er hätte mich zum Wahnsinn getrieben. Aber ich bin doch nicht verrückt, Maxwell, nicht wahr? Jedenfalls jetzt nicht mehr . . . ich verstehe, warum du es mir nicht erzählen wolltest."

„Ich hätte es dir später gesagt."

„Es war dumm von mir, dich zu drängen. Aber habe keine Angst. Ich werde die Kraft haben, mich genau so zu verhalten, als ob ich von nichts wüßte."

„Ich weiß, Liebes", sagte ich. „Ich weiß."

Sie kleidete sich an, und wir gingen zum Dinner in den Speisesaal hinunter.

Am nächsten Morgen brachen Thomas und David nach Cashemara auf. Ich dachte nicht daran, mir ein anderes Zimmer zu nehmen, bat Sarah jedoch, Thomas gegenüber so zu tun, als hätte ich's getan. Sie nickte, lief unruhig hin und her und konnte es kaum erwarten, ihre Kinder nach so langer Zeit wiederzusehen. Manchmal trat sie ungeduldig ans Fenster, als müsse, von ihrem Willen herbeigezwungen, die Kutsche endlich vor dem Hotel vorfahren.

„In drei Tagen könnten sie hier sein", sagte sie. „Einen Tag brauchen Thomas und David für die Reise nach Cashemara. Am zweiten Tag wird gepackt. Am dritten geht's dann zurück."

„Vergiß nicht, daß es länger dauern kann, falls de Salis Schwierigkeiten macht."

„Thomas und David werden sich von ihm nicht dreinreden lassen – und Patrick wird sich sowieso nicht widersetzen, weil er wegen MacGowan . . . du weißt schon. Gott, wie ich es hasse, warten zu müssen!"

Am zweiten Tag, gegen Abend, kehrte Thomas zurück – ohne seinen Bruder, ohne die Kinder. Sobald Sarah ihn sah, brach sie in Tränen aus.

„Hat er es doch nicht erlaubt, daß sie zu mir kommen?" schluchzte sie.

„Doch, doch, sie kommen – morgen", sagte Thomas und küßte sie. „Es mußte erst gepackt werden, und da ging das nicht so schnell. Die Nanny ließ es nicht zu."

„Aber warum hast du nicht gewartet? Warum bist du schon jetzt wieder hier?"

„Weil es gewisse Dinge gibt, über die gesprochen werden muß."

Sekundenlang herrschte Schweigen. Wir waren im Wohnzimmer unseres Appartements. Draußen begann es zu dämmern. Ned saß an einem Tisch am Fenster, wo er in einer Zeitung blätterte. Sarah hielt Nähzeug in der Hand, und vor mir lag noch das Notizbuch, in dem ich genau vermerkt hatte, wieviel Geld bisher ausgegeben worden war.

Eine häusliche, friedvolle Szene.

„... Dinge, über die gesprochen werden muß?" wiederholte Sarah, während ihre Finger, die die Nadel hielten, sich kaum merklich krümmten.

„Ja. Über die Lage auf Cashemara." Thomas stand noch. Er beobachtete uns. „Patrick ist sehr krank. In der Nacht vor unserer Ankunft hat er sich fast zu Tode getrunken. Madeleine wird ihn in ein Privatsanatorium bei London bringen. Es steht dir also völlig frei, mit den Kindern nach Cashemara zurückzukehren, sobald Patrick reisefähig ist."

„Und MacGowan?" fragte Sarah ängstlich. „Ist er wirklich abgereist, wie er es versprochen hat? Und will Patrick denn nicht zu ihm?"

Er musterte sie, dann wandte er sich zu mir herum.

„MacGowan ist tot", sagte er.

Wieder sekundenlange Stille. Obwohl ich Thomas nicht aus den Augen ließ, spürte ich deutlich, daß Ned mich vom Fenster her beobachtete.

„Er ist tot!?" rief ich und machte aus meiner Freude keinen Hehl. „Das ist die beste Neuigkeit, die mir seit Monaten zu Ohren gekommen ist."

„Man hat ihn ermordet", sagte Thomas.

„Natürlich! Was denn sonst? Ein Schurke wie Hugh MacGowan stirbt keinen natürlichen Tod. Und wer ist der Held, der ihm ein Messer ins Herz gestoßen hat?"

„MacGowan ist erschossen worden", sagte Thomas. „Auch seinen Vater hat man getötet. Wer der Mörder war, ist noch unbekannt."

„Mein Segen ist ihm gewiß!" rief ich und lehnte mich in meinen Sessel zurück.

Einen Augenblick schien es, als würde Thomas auf den Köder nicht anbeißen. Aber dann öffnete er seinen kleinen Mund und schnappte doch danach.

„Drummond, ich finde Ihre Haltung äußerst bedauerlich.

Gewiß war MacGowan ein verabscheuenswerter Mensch. Aber einen Mord gutheißen . . . das Gesetz verhöhnen . . ."

„Englische Gesetze haben uns Iren noch nie etwas genützt, Mr. de Salis. Hugh MacGowan konnte mein Tal jahrelang ausplündern und ausrauben, und immer geschah es im Namen von Gesetz und Ordnung, von Recht und Gerechtigkeit und Religion!"

„Ich habe nicht die mindeste Absicht, mich auf eine politische Debatte einzulassen, die unweigerlich damit endet, daß man als Engländer auf das Beispiel des elenden Cromwell bei Drogheda verwiesen wird", sagte Thomas mit überraschender Energie. „England hat eine ganze Menge Geld in Irland hineingepumpt. Das System der sozialen Wohlfahrt hier ist denen in anderen europäischen Ländern bei weitem überlegen . . ."

„Wir wollen euer gottverdammtes Geld nicht!" sagte ich. „Wir wollen unsere Freiheit!"

„Ihr wollt ins Mittelalter zurücksinken", sagte Thomas. „Und wenn man's recht überlegt, so gehört ihr dort auch hin."

„Wir wollen in einer Welt leben, in der uns unser eigenes Land gehört", sagte ich. „Wir wollen in einer Welt leben, wo Männer wie Hugh MacGowan uns nicht schlagen und ausrauben und von Haus und Hof verjagen können. Wir wollen in einer Welt leben, wo ein Prozeß kein abgekartetes Spiel ist und ein Angeklagter nicht für Verbrechen verurteilt wird, die er gar nicht begangen hat. Wir wollen in einer Welt leben, wo ‚Mörder' nicht nur ein anderes Wort für ‚Patriot' und ‚Held' ist."

„Wollen Sie damit zu verstehen geben, daß kein anderer als Sie selbst Hugh MacGowan umgebracht hat?" fragte Thomas. „So hört es sich jedenfalls an!"

„Aber, Thomas!" rief Sarah entsetzt. Sie spielte ihre Rolle sehr gut.

„Sarah, ich glaube, du läßt uns besser allein", sagte Thomas. „Ned, begleite deine Mutter ins Schlafzimmer und bleibe bei ihr, bis ich dich rufe."

Doch Ned rührte sich nicht von der Stelle.

„Komm, Liebling", sagte ich zu Sarah, beugte mich über sie und drückte ihr verstohlen die Hand. „Ich werde dir helfen."

Als sei sie von sich aus keiner Bewegung fähig, ließ sie es willenlos geschehen, daß ich sie stützte und ins Schlafzimmer führte.

„Liebling, du brauchst dir keine Sorgen zu machen", sagte ich so deutlich, daß man im anderen Zimmer jedes Wort verstehen konnte. „Ich kann beweisen, daß ich unschuldig bin.“

Sie nickte, mied jedoch vorsichtshalber meinen Blick. Ich ließ sie allein, schloß die Tür hinter mir und machte mich innerlich bereit, meine Trumpfkarte aus dem Ärmel zu ziehen.

„Mr. de Salis“, begann ich ernst, „ich schwöre Ihnen beim Grab meiner Mutter, daß während der Gespräche, die ich mit meinen Verwandten über MacGowan führte, niemals das Wort ‚Mord‘ über meine Lippen gekommen ist.“

„Wenn das wirklich der Fall ist“, sagte Thomas völlig ungerührt, „dürften Sie kaum etwas dagegen haben, wenn ich Sie frage, wo Sie am Samstagnachmittag waren.“

„Ich war in Leenane. Nach meinem Besuch auf Cashemara ritt ich sofort nach Leenane, um meine Freunde dort wiederzusehen. Sie können das bezeugen. Übernachtet habe ich im Gasthaus. Am nächsten Morgen fuhr ich dann nach Galway.“

Lange fiel kein Wort. Thomas schien zu grübeln. Schließlich sagte er: „Ich verstehe. Aber Sie werden mir mein Mißtrauen nicht verübeln. Immerhin waren Sie an diesem Tag auf Cashemara gewesen, und . . .“

„An Ihrer Stelle wäre ich bestimmt zu ähnlichen Schlußfolgerungen gekommen.“

„. . . und MacGowan hat einen Brief hinterlassen“, beharrte Thomas mit einer Zähigkeit, die einer Bulldogge alle Ehre gemacht hätte. Mich überlief ein unbehagliches Gefühl. „Und ich habe ihn gelesen.“

„So, er hat einen Brief hinterlassen“, sagte ich mit einem Lächeln. „Ein Schuldbekenntnis vielleicht? Eine Aufstellung aller Verbrechen, die er begangen hat?“

„In dem Brief steht, daß Sie MacGowan mit vorgehaltener Pistole gezwungen haben, den Kündigungsbrief zu schreiben. Außerdem hätten Sie ihn geschlagen und gefoltert.“

„Von einem Perversen wie ihm war wohl nichts anderes zu erwarten als eine so abgefeimte Lüge!“

„Warum sollte MacGowan etwas schreiben, das nicht der Wahrheit entspricht?“

„Um sich an mir zu rächen natürlich! Schließlich war ich es gewesen, der ihn wie einen räudigen Köter verjagt hatte. Wo befindet sich denn dieser Brief, Mr. de Salis?“

Er zögerte. „Ich habe ihn dem Bezirksinspektor gegeben.“

Er log. Schließlich mußte er auf seine Schwägerin und deren Kinder Rücksicht nehmen. Außerdem traute ich ihm durchaus zu, den Brief bei passender Gelegenheit als Waffe zu verwenden.

„Sie haben den Brief bei sich, stimmt's?" fragte ich lächelnd. „Aber keine Sorge – ich werde Sie nicht mit vorgehaltener Pistole zwingen, ihn mir auszuhändigen. Erstens habe ich gar keine Pistole, und zweitens kann es mir egal sein, was Sie mit dem Brief machen. Zeigen Sie ihn getrost dem Bezirksinspektor. Vielleicht kann er etwas damit anfangen. Was MacGowan da über mich geschrieben hat, werde ich mit allem Nachdruck bestreiten. Aber was kommt es darauf überhaupt noch an? Das einzige, was zählt, ist die Tatsache, daß ich Hugh MacGowan nicht erschossen habe, und niemand wird je das Gegenteil beweisen können."

„Das glaube ich allerdings auch", sagte Thomas mit ausdrucksloser Stimme.

Einen Augenblick schwiegen wir beide. Genau wie ich schien er sich den nächsten Schritt sehr sorgfältig zu überlegen.

„Mr. de Salis", sagte ich, entschlossen, mir das Heft nicht aus der Hand nehmen zu lassen, „ich möchte Ihnen versichern, daß Sarah mir nicht näherstehen könnte, wenn sie meine Frau wäre. Ich werde alles daran setzen, für sie und ihre Kinder gut zu sorgen. Geben Sie mir eine Chance, das zu beweisen. Sie werden es nicht bereuen. Wollen wir uns nicht die Hand reichen und Verbündete sein?"

Er zögerte.

Rasch fuhr ich fort: „Ich hoffe, Sie haben es mir nicht übelgenommen, daß ich den Mut hatte, gegenüber einem Engländer, wie Sie es sind, für mein Land einzutreten."

Sofort hielt er mir die Hand hin.

„Natürlich nicht", sagte er. „Sie haben das Recht auf eine eigene Meinung. Also gut, da wir beide für Sarah und die Kinder das Beste wollen, kann es nur von Nutzen sein, wenn wir uns miteinander verbünden. Wenn es Ihnen recht ist, möchte ich mich jetzt entschuldigen. Ned, vielleicht hättest du Lust, vor dem Dinner für einige Minuten zu mir zu kommen."

„Ja, Onkel Thomas", sagte Ned vom Fenster her.

Ich hatte ihn völlig vergessen. Er mußte das ganze Gespräch mitangehört haben. Gedankenverloren starrte er auf die Zeitung, die vor ihm auf dem Tisch lag. Doch als sich die Tür hinter Thomas schloß, hob er den Kopf und sah mich an.

„Dein Onkel scheint mich für ein Ungeheuer zu halten", sagte ich lächelnd. „Aber ich wäre ein Lügner, wenn ich behaupten wollte, daß ich MacGowans gewaltsames Ende bedaure. Das verstehst du doch, nicht wahr?"

Er gab keine Antwort. Der Schein der tiefstehenden Abendsonne fiel auf sein Gesicht, und ich sah, daß seine Augen die Farbe von zersplittertem Schiefer hatten.

„Herrgott, wie sehr du doch deinem Großvater ähnelst, Ned", sagte ich unwillkürlich, und als er mich dann anlächelte, war es das Lächeln des alten Lord de Salis, und ich hatte das Gefühl, einen Geist vor mir zu sehen.

NED

RACHE

1887–1891

1. KAPITEL

I

Ich werde nie den Tag vergessen, an dem ich von dem Mord an Hugh MacGowan hörte.

Lange hatte ich bei dem Gedanken an Hugh MacGowan nur Abscheu und Widerwillen empfunden, doch die bestürzende Nachricht von seinem gewaltsamen Tod förderte ältere Erinnerungen zutage, die sich nicht verdrängen ließen. Ich entsann mich, wie er, kaum in Cashemara angekommen, zu meinem Vater sagte: „Komm, wir wollen ausreiten. Aber laß den Jungen diesmal zu Hause."

Mein Vater erwiderte: „Samstagsmorgens reite ich immer mit Ned aus. Wenn du ihn nicht mithaben willst, mußt du schon allein reiten."

Wenn man den Leuten glauben will, so hatte mein Vater nie den Mut, MacGowan zu widersprechen. Doch das stimmt nicht. Auch heißt es, MacGowan hätte nichts erschüttern können, er sei so kalt und so hart gewesen wie ein Marmorblock. Aber auch das entspricht nicht der Wahrheit, denn als mein Vater ihn tadelte, wurde er rot und schien vor lauter Verlegenheit nicht zu wissen, was er sagen sollte.

„Also gut", meinte er schließlich, „dann reiten wir eben zu dritt aus."

Doch natürlich spielte ich sofort den Beleidigten und sagte, daß mir Mr. MacGowans Begleitung bei unserem altgewohnten Samstagmorgenritt nicht recht sei.

MacGowan wirkte noch verlegener. Nervös trat er von einem Fuß auf den anderen und schien darauf zu warten, daß mein Vater ihm zu Hilfe eilte. Doch da dieser schwieg, blieb ihm nichts übrig, als sich selbst zu rechtfertigen.

„Tut mir leid, Ned", sagte er. „Ich wollte mit deinem Vater über geschäftliche Angelegenheiten sprechen und glaubte, das würde dich langweilen. Aber das hat ja noch Zeit. Ich würde mich freuen, wenn du mitkämst."

Natürlich nahm ich ihm das nicht ab. Kinder wissen sehr genau, wann man sie nicht haben will.

Mein Vater hockte sich neben mich auf den Fußboden und blickte mir in die Augen. „Mr. MacGowan wollte dich nicht kränken, Ned", sagte er. „Er hat gesprochen, ohne seine Worte vorher zu bedenken. Das passiert dann und wann jedem von uns. Trage es ihm nicht nach. Und jetzt komm, sonst ist der Morgen vorüber, ehe wir ihn genießen konnten."

Am Abend versuchte MacGowan, sich mit mir zu versöhnen. Er schenkte mir einige Bilder für mein Einklebebuch und erzählte mir von Schottland. Allerdings wußte er bald nicht recht weiter. Er verstand einfach nicht, mit Kindern umzugehen, und so sehr er auch darauf bedacht schien, sich mit mir anzufreunden – seine Schüchternheit war ihm wie immer ein Hemmschuh.

Seine Schüchternheit, ja. Wenn man will, mag man es auch Scheu nennen. Meine Mutter sagte manchmal, er sei sehr reserviert, und nie spräche er über seine Familie oder seine Vergangenheit. Tatsache war jedenfalls, daß sich von seiner Persönlichkeit nur schwer ein Bild gewinnen ließ. Auch gehörte er nicht zu den Menschen, denen es leicht fällt, Freundschaften zu schließen.

Das war wohl auch der Grund, warum er sich an meinen Vater klammerte und mit ihm durch dick und dünn ging. Einzig Geldgier habe MacGowan getrieben, heißt es, doch auch das ist eine Verdrehung der Tatsachen, denn ihm ging es um mehr. Mein Vater war alles, was MacGowan nicht war, stattlich, charmant und sympathisch. Die freundschaftlichen Gefühle, die ihm mein Vater entgegenbrachte, werden ihm zuerst geschmeichelt haben. Doch schon bald verwandelte sich diese Empfindung in Dankbarkeit und Ergebenheit. Seine Eifersucht auf meine Mutter war kaum mehr als eine logische Konsequenz.

Man sagt immer, mein Vater habe völlig unter MacGowans Einfluß gestanden, Wachs in seinen Händen, doch in Wahrheit war MacGowan in viel stärkerem Maße von meinem Vater abhängig, als man sich vorstellen kann. Auch fragt man sich verwundert, was mein Vater in MacGowan nur gesehen haben mag. Für mich liegt das auf der Hand. MacGowan war physisch sehr stark, und diese körperliche Kraft im Verein mit seinem scharfen, gewitzten Verstand umgab ihn mit einer Aura der Macht, die meinen Vater faszinierte.

Nachdem meine Mutter nach Amerika abgereist war, zeigte MacGowan sich von seiner freundlichsten Seite. Der Grund dafür war vermutlich, daß er meinen Vater jetzt ganz für sich hatte. Ich verabscheute ihn längst nicht mehr, mochte ihn jedoch auch nicht. Nur manchmal hatte ich das Gefühl, daß ich ihn im Grunde gar nicht so schlecht leiden konnte. Einmal half er mir dabei, für meinen kleinen Garten einen Baum auszusuchen. Später, viel später, als Maxwell Drummond mir erzählte, mein Vater sei pervers, dachte ich unwillkürlich an diese Szene: wie MacGowan mir half, für meinen Garten ein Tannenbäumchen auszusuchen. Nur an MacGowan dachte ich und verdrängte jede Erinnerung an meinen Vater, denn sonst hätte ich bestimmt nicht ertragen können, was Drummond mir berichtete.

Danach dachte ich lange Zeit weder an meinen Vater noch an MacGowan. Mir war, als stünde ich an einem Abgrund. So klammerte ich mich denn an den festen Boden, auf dem ich stand, und dieser feste Boden war damals Amerika. Nicht die schmerzliche Vergangenheit galt und nicht die ungewisse Zukunft, sondern einzig und allein die Gegenwart. Und diese Gegenwart bestand aus der Gesellschaft meiner Mutter und meines Onkel Charles, der in New York wohnte. Ich liebte meine Mutter, und da mein Vater jetzt für mich verloren war, hatte ich um so mehr Angst, auch sie zu verlieren. Nachdem Onkel Charles meine Mutter aus seinem Haus gewiesen hatte, forderte er mich auf, bei ihm zu bleiben. Doch ich wollte nichts davon hören. Ohne meine Mutter blieb von meiner Welt nichts als eine durcheinandertorkelnde Flut von Ereignissen, über die ich keine Kontrolle besaß.

Meine Mutter zog zu Maxwell Drummond, und da ich keine Wahl hatte, begleitete ich sie.

Zu meiner großen Überraschung zeigte er sich nicht verärgert, als ich mit meiner Mutter zu ihm zog. Ich sei ihm willkommen, sagte er. Während der folgenden Monate sagte er immer wieder zu mir: „Ich liebe deine Mutter und werde für sie sorgen. Und eines Tages fahre ich mit euch beiden nach Irland."

Meine aus den Angeln gehobene Welt kam wieder ins Lot. „Ich fahre mit euch nach Irland", sagte Drummond, „ich fahre mit euch nach Hause." Und plötzlich war die Zukunft nicht mehr voller

Schrecken, sondern sehr verheißungsvoll. Ich erinnerte mich an Cashemara, sah es ganz deutlich vor mir: jenen Teil meiner Vergangenheit, den niemand und nichts zerstören konnte. Und von da an bis zum Tag unserer Abreise betete ich jeden Abend: Lieber Gott, gib, daß ich nach Cashemara zurückkehren kann, und ich werde dich nie wieder um etwas bitten.

II

Drummond hielt sein Versprechen. Er fuhr mit uns in die Heimat. Als er wieder irischen Boden betrat, warf er seinen Hut in die Luft und kaufte meiner Mutter sechs Veilchensträuße. Er war so ausgelassen und gefiel mir so gut, daß ich laut lachte.

Wenige Tage später war MacGowan ermordet, meinen Vater hatte man in ein Sanatorium geschafft, um ihn von seiner Trunksucht zu heilen, und ich wußte wieder nicht, wie ich zu Drummond stand: Mochte ich ihn, haßte ich ihn? Nun, auskommen mußte ich mit ihm jedenfalls, und als das Rad in meinem Kopf wieder zu kreisen begann, sagte ich mir, es würde schon alles in Ordnung kommen, sobald ich auf Cashemara war.

Drummond versuchte mir klarzumachen, daß der Mord an MacGowan unter Umständen gerechtfertigt sein konnte. Zwei Tage später saß ich in dem Zimmer, das mein Onkel Thomas in dem Hotel in Galway gemietet hatte, und hörte zu, wie er sich mit seinem Bruder David über Drummond unterhielt.

Was, so fragten sich beide, sollte mit Drummond werden.

„Bleibt uns denn eine Wahl?“ warf ich schließlich ein.

„Mein lieber Ned“, sagte Onkel Thomas, „Drummond mag sich ja einbilden, daß er mühelos in MacGowans Schuhe schlüpfen kann, aber ich will verdammt sein, wenn ich ihn zum Verwalter ernenne. Ich traue ihm nicht über den Weg.“

„Aber seht ihr denn nicht?“ fragte ich verwundert, weil doch alles so klar auf der Hand lag. „Ob ihr nun ihn oder einen anderen zum Verwalter ernennt, entscheiden wird doch immer Drummond. Ihr beide lebt in England, und meine Mutter wird natürlich Drummond die Verantwortung übertragen, ganz gleich, ob das dem Verwalter gefällt oder nicht.“

„Oh, ich glaube nicht, daß deine Mutter das tun könnte“, meinte Onkel David zweifelnd.

„Juristisch ausgeschlossen", sagte Onkel Thomas.

„Bitte, halte mich nicht für unverschämt, Onkel Thomas", widersprach ich, „aber du verstehst einfach nicht. Drummond wird tun, was er für richtig hält, und meine Mutter wird ihm nichts in den Weg legen. Aber muß das unbedingt schlecht sein? Ich finde, es ist vernünftiger, ihn von vornherein anständig zu behandeln, statt ihn unnötig gegen uns aufzubringen."

„Guter Gott!" sagte Onkel David. „Du sprichst ja wie ein amerikanischer Wanderprediger, Ned."

Und Onkel Thomas fügte hinzu: „Die neue Welt scheint sehr auf dich abgefärbt zu haben. Meinst du nicht, daß du dich allmählich wieder in einen Engländer verwandeln solltest?"

„Teufel, nein", sagte ich wütend. „Warum sollte ich das? Ich bin ja kein Engländer. Ich bin nie einer gewesen und werde auch nie einer sein. Ich bin in Irland geboren worden und in Irland aufgewachsen, und nach zwei Jahren Amerika bin ich endlich wieder daheim. Und jetzt hört zu. Auf Cashemara wird Drummond bestimmen. Bisher hat er alles erreicht, was er wollte. Er ist MacGowan los, mit eurer Hilfe schafft er sich auch meinen Vater vom Hals, und so oder so wird er vorläufig der wahre Herr von Cashemara sein. Warum auch nicht? Wenn ihr ihm nicht in die Quere kommt, ist das vielleicht für alle das Beste – jedenfalls bis ich großjährig bin und selbst ans Ruder komme. Du sagst, du traust Drummond nicht über den Weg, Onkel Thomas. Völlig verkehrt von dir. Du kannst deinen Kopf darauf verwetten, daß er für meine Mutter und ihre Kinder genauso sorgt, wie er für uns in den letzten zwei Jahren gesorgt hat."

Sie starrten mich fassungslos an.

„Nun ja", sagte Onkel Thomas schließlich, „vielleicht sollten wir Drummond wirklich eine Chance geben. Aber er muß, was sein Verhältnis mit deiner Mutter betrifft, sehr diskret sein, sonst gerät sie später bei der Scheidungsklage in die allergrößten Kalamitäten."

„Es ist alles so heikel", sagte Onkel David. „Und unpassend – für die Kinder, meine ich. Mein Gott, ich glaube jetzt schon Madeleines Bemerkungen zu hören. Sie wird sagen, das moralische Wohlergehen der Kinder sei gefährdet."

„Ich bin sicher, daß Tante Madeleine nicht so dumm ist", widersprach ich. „Da werden vier Kinder von einem perversen Säufer erzogen, und kein Mensch schert sich darum. Aber kaum übernimmt die Mutter die Erziehung – die beste Mutter der Welt, auch wenn sie mit einem anderen Mann schläft –, da schreit alles, das moralische Wohlergehen ist gefährdet."

Die Wirkung meiner Worte war erstaunlich. Beide sprangen auf. Beide gestikulierten wild. Beide versuchten, gleichzeitig zu sprechen.

„Mein lieber Ned", begann Onkel David.

Onkel Thomas überschrie ihn. „Hör mir mal zu!" fuhr er mich an. „Dein Betragen ist unter aller Kritik. So geht das nicht. Du bist dreizehneinhalb und solltest inzwischen wissen, daß Kinder zu Erwachsenen höflich zu sein haben. Mit einer derart unflätigen Sprache wirst du nichts erreichen. Im übrigen befindest du dich im Irrtum, wenn du meinst, die wenig erquicklichen Zustände, denen ihr Kinder auf Cashemara ausgesetzt wart, hätten uns gleichgültig gelassen. Ganz im Gegenteil. Madeleine, David und ich waren sehr besorgt, und hätte deine Mutter sich nicht entschlossen, nach Irland zurückzukehren, so wären wir bereit gewesen, vor das Kanzleigericht zu gehen, um die Vormundschaft über deine Geschwister auf eine zuverlässige Person übertragen zu lassen. Wenn wir damit so lange gezögert haben, so nur, weil dein Vater, wie du vielleicht noch wissen wirst, seine Kinder sehr liebt, und wir nicht wußten, was ihnen mehr schaden würde, wenn wir sie auf Cashemara ließen, oder wenn wir sie von dort fortholten."

„Ihr hättet sie ja nach Amerika zu meiner Mutter schicken können!"

„Nein, denn dein Vater wäre sofort vor Gericht gegangen, um eine Verfügung gegen uns zu erwirken, was ihm auch mit Leichtigkeit gelungen wäre. Welcher Richter hätte es zugelassen, daß man die Kinder ins Ausland schickt – zu einer Frau, die ihrem Mann davongelaufen ist und in wilder Ehe lebt?"

„Aber . . ."

„Unterbrich mich nicht! Und sei auch du still, David! Höre mir zu, Ned. Wir wissen alle, daß man deinem Vater in seinem gegenwärtigen Zustand die Kinder nicht überlassen kann. Du scheinst nicht zu begreifen, daß der Richter genau dasselbe von deiner Mutter sagen mag. Deshalb ist es so wichtig, diese Familienstreitigkeiten privat beizulegen, statt damit vor Gericht zu ziehen. Glaube bitte nicht, daß wir gegen deine Mutter sind. Wir stehen auf ihrer Seite und meinen, daß dein Vater sie abscheulich behandelt hat. Aber du mußt dir klarmachen, daß sie nicht ganz so blütenweiß ist, wie du sie siehst, und es gibt so manchen, nicht zuletzt deine Tante Madeleine, der das Verhältnis deiner Mutter mit Drummond zu Recht kritisieren könnte. Habe ich mich deutlich genug ausgedrückt?"

Nach einigen Sekunden sagte ich: „Ich will nach Hause. Das ist alles, was ich will. Ich will mit meiner Mutter nach Hause."

Jetzt erfuhr ich von ihnen, daß es ihre Absicht war, am nächsten Tag nach Cashemara zu reisen, um meinen Vater nach England zu bringen, wo er von seiner Trunksucht geheilt werden sollte. Sobald er fort sei, sagten sie, könnten wir alle nach Hause.

Wir alle – das hieß, meine Mutter und wir Kinder. Denn meine Geschwister waren einen Tag zuvor in Galway angekommen, und zwar in Begleitung von Onkel David, der neuen Gouvernante und Nanny.

Ich wartete in der Hotelhalle, als die Kutsche vorfuhr und, allen voran, Nanny ausstieg. Sie war klein und wendig und trug immer eine Witwenhaube und etwa ein Dutzend roter Flanellunterröcke. Die Haube trug sie zum Andenken an ihren teuren Abgeschiedenen, der im Krimkrieg gefallen war.

Ich stürzte auf sie zu und schwenkte sie herum.

„Gnade!" schrie Nanny, während ihre roten Unterröcke wirbelten. „Du bist ja so groß wie ein Maibaum!"

Ich war es nicht, doch es gefiel mir, das aus ihrem Munde zu hören. „Was für ein schönes Wiedersehen", sagte ich und schwenkte sie noch wilder herum.

„Gütiger Himmel!" keuchte Nanny. „Dieser amerikanische Akzent – einfach gräßlich!"

Ein dunkler Kopf erschien im Fenster der Kutsche. „Ned!" schrie mein Bruder John. „Ned, ich bin jetzt zehn – eins, zwei, drei, vier, fünf, sechs, sieben, acht, neun, zehn!"

„Hallo, John!" rief ich erfreut. „Du bist ja ein Rechenkünstler!"

„Damen zuerst, Johnny!" sagte Nanny tadelnd. „Steig aus, Eleanor!"

Eleanor war noch hübscher, als ich sie in Erinnerung hatte. Das blonde Haar schmiegte sich in sanften Locken an ihren Kopf, und die veilchenblauen Augen im herzförmigen Gesicht wirkten sehr groß.

„Eleanor!" rief ich und küßte sie.

Zu meiner Überraschung blieb sie, entgegen ihrer sonstigen Gewohnheit, stumm wie ein Fisch und brach sogar in Tränen aus.

„Nun, nun, Liebes", sagte Nanny tröstend und nahm sie in die Arme. Zu mir gewandt, fügte sie beschwichtigend hinzu: „Die Aufregung ist für sie zuviel . . . sie ist schon seit einiger Zeit sehr nervös . . . Johnny, hilf Jane beim Aussteigen . . . sei ein lieber Junge."

„Hallo, Neddy", sagte meine jüngere Schwester.

„Nenn mich nicht Neddy!" murrte ich.

„Ich will Mama", sagte Jane, ganz als ob sie in einem Restaurant etwas bestellt. Sie war dunkelhaarig wie John und hatte eine Stupsnase und einen breiten Mund, dem meist ein Zug von Aufsässigkeit anhaftete. „Ich will sie jetzt – auf der Stelle –, und dann will ich nach Hause, bevor Ozymandias vor Sehnsucht nach mir stirbt."

„Wer, um Himmels willen, ist denn Ozymandias?"

„Ozymandias, König der Könige", sagte Jane, „ist meine älteste Katze. Warum ist Mama nicht hier?"

„Aber sie ist ja hier!" rief John. „Sieh doch!"

„Mama!" schluchzte Eleanor.

„Mama!" schrie Jane und stieß Eleanor mit dem Ellbogen beiseite.

Was in den nächsten fünf Minuten folgte, war ein wirres Durcheinander von Umarmungen, Tränen, Rufen, Lachen. Selbst Nanny war so gerührt, wie ich sie noch nie gesehen hatte.

Zwei Tage später, als Onkel Thomas und Onkel David wieder auf dem Weg nach Cashemara waren, um meinen Vater abzuholen, blieb meine Mutter wegen einer Unpäßlichkeit im Bett liegen, und nach dem Frühstück erklärten Nanny und Miß Cameron, die neue Gouvernante, daß sie die Absicht hätten, mit den jüngeren Kindern zum Strand bei Salthill zu fahren, etwa drei Kilometer von Galway entfernt.

„Hättest du nicht Lust mitzukommen, Ned?" fragte Nanny.

Ich nickte. Es war ein herrlicher Sonnentag, und ich hatte die Promenade von Salthill noch in guter Erinnerung.

Am Strand fand sich für uns ein hübsches Plätzchen, und bald zog Miß Cameron mit den Mädchen los, um Muscheln zu suchen. Auch John wanderte umher, weil er, wie er uns anvertraute, ganz für sich „Zählen üben" wollte.

„Er hat sich ganz prachtvoll entwickelt", sagte Nanny liebevoll. „Er kann sogar schon schreiben, weißt du."

„Das wurde aber auch Zeit", erwiderte ich.

„Er verdankt Miß Cameron sehr viel“, sagte Nanny. „Anders als die Privatlehrer hat sie die Geduld aufgebracht, die man mit ihm haben muß. Mr. MacGowan meinte ja immer, schottische Erzieher seien die besten. Nun, was Miß Cameron betrifft, so hat sie bei John und den Mädchen wahre Wunder vollbracht.“

„Hm“, machte ich, während ich eifrig an einem Sandturm baute.

„Ist sie nicht gräßlich, diese Geschichte mit Mr. MacGowan?“

„Hm“, machte ich wieder.

„Natürlich war er in manchem ein sündhafter Mensch, obwohl uns darüber ein Urteil nicht zusteht. Aber Mord? Dafür kann es nie eine Rechtfertigung geben.“

Ich hob den Kopf und blickte über die Bucht von Galway. Die blauen Berge von Clare traten in klaren Umrissen hervor. Ich dachte daran, wie Drummond seinen Hut in die Luft geworfen und für meine Mutter sechs Veilchensträuße gekauft hatte.

„Ein Verbrecher kann zum Tod verurteilt und aufgehängt werden“, sagte ich. „Das ist auch Mord, und doch würde jeder finden, daß es gerechtfertigt ist.“

„So darf man das nicht sehen, Liebling. Der Richter ist von der Königin eingesetzt worden und spricht sein Urteil auf Grund der geltenden Gesetze. Es kann sich doch nicht jeder zum Richter aufwerfen und das Gesetz in die eigene Hand nehmen! Und ‚Du sollst nicht töten‘, heißt es in den Zehn Geboten.“

Wie damals in Amerika begann alles um mich her zu taumeln. Wieder war die Welt aus den Angeln gerissen. Wieder hatte ich keinen festen Halt. Ich stieß die Finger tief in den Sand und schloß die Augen.

„Tut mir leid“, sagte Nanny hastig. „Es ist wohl besser, wenn wir nicht von Mr. MacGowan sprechen. Laß uns über etwas anderes reden . . . Offen gestanden hat es mich peinlich berührt, Mr. Drummond hier bei deiner Mutter zu sehen, aber eine hilflose Frau braucht in dieser bösen Welt nun mal einen Beschützer. Ned, mein Liebling, es fällt mir wirklich nicht leicht, dir das zu sagen, aber du mußt es wohl erfahren. Über deine Mutter und Mr. Drummond sind häßliche Gerüchte im Umlauf. Ich kann nur hoffen, daß er sobald wie möglich seine Frau aus Dublin holt.“

Ich blickte wieder zu den blauen Bergen. Drei Wolken schwebten jetzt über ihnen.

„Deine Mutter ist so ein guter Mensch“, fuhr Nanny fort und klapperte emsig mit den Stricknadeln. „Eine treuergebene Gattin, die ihre Kinder von Herzen liebt, was sich von Damen ihres Standes sonst nicht immer behaupten läßt. Ich habe nie daran gezweifelt, daß sie weiß, was sich schickt – und es auch tut."

Nach einer kurzen Pause sagte ich: „Entschuldige mich bitte, Nanny. Ich möchte mit John sprechen."

Ich richtete mich auf, stolperte über meinen Sandturm und ging zu der Stelle, wo mein Bruder hockte.

„Sieh mal, sind die Zahlen nicht hübsch?" fragte er und wies auf die Ziffern, die er in den Sand gezeichnet hatte.

„Ja. Aber sieben kommt nicht vor sechs, John."

„Papa will wieder die Bäume beschneiden, und er hat mir gesagt, ich soll mir neue Formen ausdenken. Die Fünf hat doch eine hübsche Form. Die Acht wäre natürlich noch hübscher, aber das ist zu schwierig."

„John", sagte ich, „Papa ist sehr krank. Onkel Thomas und Onkel David fahren mit ihm nach England, wo er eine Weile bleiben wird."

„Ja. Aber er wird doch zurückkommen, nicht wahr? Er hat mir versprochen, daß ich ihm im Garten helfen darf."

„Hat er dir nicht gesagt, daß er fortgehen wird?"

„Doch. Bevor wir von Cashemara losgefahren sind. Tante Madeleine war da und natürlich auch Onkel David. Papa hat mir einen Kuß gegeben und gesagt, ich soll auf die Blumen und den Rasen und alles aufpassen, wenn er weg ist, und das habe ich ihm auch versprochen. Und dann wollte er Eleanor küssen, aber sie lief weg. Dann schenkte er Jane eine kleine Katze aus Holz, die er geschnitzt hatte. – Ned, was ist eine Scheidung?"

„Eine Scheidung ist . . . also das heißt, daß Papa und Mama bald nicht mehr miteinander verheiratet sind und auch nicht mehr zusammenleben. Papa hat Mama sehr schlecht behandelt und zugelassen, daß auch Mr. MacGowan übel mit ihr umgesprungen ist."

„Mr. MacGowan ist tot", sagte John. „Das tut mir leid. Er hatte ein paar hübsche kleine Bäume gepflanzt, weißt du."

Ich sagte schroff: „John, du hörst mir ja überhaupt nicht zu!"

„Aber natürlich höre ich dir zu. Papa und Mama sind bald nicht mehr miteinander verheiratet. – Und wann wird Papa nach Cashemara zurückkommen?"

„John, genau das versuche ich dir doch klarzumachen! Er wird nicht zurückkommen. Wir werden mit Mama auf Cashemara leben, und Mr. Drummond wird der Verwalter sein. Wenn Papa wieder gesund ist, zieht er zu Onkel Thomas und Onkel David."

„Aber bestimmt kommt er eines Tages zurück", sagte John. „Da ist doch der Garten, verstehst du. Wir werden zusammen die Bäume beschneiden. Wie ist das mit Mr. Drummond? Mag er auch Gärten?"

„Vielleicht. Aber sicher nicht so wie Papa und du."

„Wenn er dafür nichts übrig hat, was soll er dann bei uns? Sage Mama lieber, sie soll ihn wegschicken."

„John!" rief ich. „John, kannst du denn nicht begreifen? Du bist zehn Jahre alt und sprichst wie ein Baby!"

„Ich bin kein Baby!" schrie er und stürzte auf mich zu.

„Willst du brav sein!" rief Nanny warnend herüber.

Seine kleinen Fäuste wirbelten vor mir durch die Luft. Ich packte ihn bei den Handgelenken. „Johnny, ich wollte dich nicht beleidigen . . ."

„Du gemeiner Kerl!" sagte er, Tränen in den Augen. Er riß sich von mir los und stapfte durch den Sand zum Wasser.

Miß Cameron und meine Schwestern waren nur ein kurzes Stück entfernt.

„Guter Gott!" sagte Miß Cameron, eine große, eckige Frau von etwa fünfunddreißig. „Was war denn nur?"

„Nur ein kleines Mißverständnis." Ich nahm Eleanor bei der Hand. „Komm, wir wollen spazierengehen", sagte ich lächelnd. „Vielleicht können wir uns irgendwo ein Eis kaufen."

„Ich will auch mit", sagte Jane sofort.

„Du bist aber nicht eingeladen. Komm, Eleanor."

„Wir wollen doch sehen, ob Nanny nicht noch mehr von dem Pfefferminz hat, Jane", sagte Miß Cameron.

„Will ich nicht", sagte Jane und grub ihre scharfen Fingernägel in meine freie Hand. „Ich will ein Eis."

„Von mir bekommst du keins. Ich kann verzogene kleine Mädchen, die weder danke noch bitte sagen, nicht ausstehen."

Sofort bekam Jane einen Wutanfall, der bühnenreif war. An Publikum fehlte es nicht. Die Badegäste rundum starrten verwundert, während Nanny herbeistürzte und Miß Cameron mißbilligend den Kopf schüttelte, was allerdings wenig half.

„Los, Eleanor!" sagte ich rasch, und wir rannten über Sand und Steine zu der Treppe, die zur Esplanade hinaufführte.

„Heute morgen geht alles schief!" sagte ich seufzend.

Sie blieb stumm. Meine immer so lustige, ewig lachende und munter drauflos plappernde Schwester Eleanor war nicht wiederzuerkennen.

„Was ist denn, Eleanor?" fragte ich. „Was hast du nur?"

Sie schüttelte den Kopf. Ihre Finger umklammerten meine Hand. Einen Eisverkäufer fanden wir nicht, dafür jedoch einen Mann, der Krabben feilbot.

Wir setzten uns auf eine Bank, um sie zu essen.

„Sag mal, Eleanor", begann ich, „war es schlimm für euch auf Cashemara?"

Sie schüttelte den Kopf.

„War jemand unfreundlich zu dir?"

Sie schüttelte wieder den Kopf.

„Du kannst mir's ruhig sagen. Ist Mr. MacGowan grob zu dir gewesen?"

Sie schüttelte zum drittenmal den Kopf.

„Mr. MacGowan nicht? Wer denn?"

„Papa."

Ich sah sie sprachlos an.

„Was hat er denn getan?" fragte ich schließlich.

„Du darfst es aber keinem erzählen, Ned. Mr. MacGowan hat gesagt, daß ich es niemandem verraten darf, nicht einmal Nanny. Und er hat auch gesagt, daß ich in ein Internat geschickt werde, wenn ich es doch tue."

„Mr. MacGowan ist tot, Eleanor", sagte ich. „Du brauchst keine Angst mehr vor ihm zu haben. Niemand wird dich wegschicken."

„Aber wenn ich ihm nicht gehorche – wird dann nicht sein Geist aus dem Grab steigen und mich verfolgen?"

„Aber woher denn?"

„Ich habe davon geträumt", sagte sie. „Ich habe überhaupt so schreckliche Träume, seit . . ."

„Seit?"

„Seit Papa verrückt geworden ist", sagte sie weinend. „Das war im vergangenen Herbst. Er half mir, gepreßte Wildblumen in mein Album einzukleben, und nannte die lateinischen und die englischen Namen, damit ich sie richtig beschriften konnte. Und dann sah er auf einmal diese schöne, große gelbe Blume und schrie auf und ließ sie fallen und sagte, das wäre eine Schlange. Und dann schrie er wieder und riß an seinen Kleidern. Er sagte, daß ihn

Insekten auffraßen. Und dann kamen Kusine Edith und Mr. MacGowan, und Kusine Edith zerrte mich aus dem Zimmer, und Mr. MacGowan sagte später, ich dürfte es keinem erzählen ..."

„Das hat er getan, weil er nicht wollte, daß Mama etwas davon erfuhr", sagte ich. „Sonst hätte sie dich nämlich Papa weggenommen, und Papa versuchte damals, Mama klarzumachen, daß er ihr die Kinder wegnehmen könnte, wenn sie nicht zu ihm zurückkam.

„Aber jetzt kann ich doch bei Mama bleiben? Ich muß Papa doch nicht wiedersehen?"

„Natürlich nicht. Papa ist ein Trinker, und du brauchst mit ihm nicht im selben Haus zu leben."

„Aber John meint, daß Papa zurückkommt", sagte sie ängstlich.

„Glaub mir, er kommt nicht zurück, wirklich nicht. Mama will auf Scheidung klagen."

„Scheidung!?" Sie war entsetzt. „Aber das ist doch etwas schrecklich Böses, nicht wahr?"

„Es ist das Beste, was Mama tun kann", sagte ich rasch. „Denn dann kannst du bei Mama bleiben und brauchst Papa nicht wiederzusehen."

Sie sah mich erleichtert an. „Ich liebe Papa ja, aber ich hatte solche Angst, daß er wieder verrückt wird ..."

„Ich verstehe schon", sagte ich tröstend und legte den Arm um ihre Schultern.

„Ist Mr. Drummond auch ein Trinker?"

„Nein. Er wird gut für uns sorgen. Bald sind wir wieder auf Cashemara, und dann ist alles gut."

Meine Worte schienen sie zu beschwichtigen, denn sie trocknete sich die Tränen und aß von den Krabben.

Da ich meine Mutter nicht beunruhigen wollte, behielt ich für mich, was ich von Eleanor erfahren hatte. Einen Augenblick spielte ich mit dem Gedanken, mich Drummond anzuvertrauen, doch dann verwarf ich ihn wieder. Ich schämte mich für meinen Vater, und im Grunde wußte ich immer noch nicht, wie ich zu Drummond stand.

Abends, im Bett, während ich allmählich in den Schlaf hinüberglitt, dachte ich benommen: Hätte John doch nur nicht von MacGowan und den kleinen Bäumen gesprochen.

III

Ich war heimgekehrt. Doch alles wirkte verändert, ohne sich wirklich verändert zu haben.

Haus und Stallungen und Pferde, sie waren noch genauso wie früher. Unter dem Personal gab es ein paar neue, doch keineswegs unbekannte Gesichter, denn die Leute stammten sämtlich aus dem Tal. Auch Flannigan, der Butler, würde auf die dringende Bitte meiner Mutter bald zurückkommen. Die Landschaft war herrlich wie eh und je. Gleich einem kostbaren Juwel wurde die Lough von den Bergen umrahmt, und im Gehölz oberhalb des Hauses stand, als stummer Wächter bei den Familiengräbern, die kleine Kapelle – selbst die Spinnweben auf den verstaubten Sitzen schienen noch die gleichen zu sein wie früher.

Und doch war alles anders. Es war anders, weil mein Vater nicht mehr hier war.

Ich ging durch seinen Garten und hatte das Gefühl, an seiner Seite zu schreiten. An prangenden Beeten vorbei, stieg ich zum italienischen Garten hinauf und sah die blühenden Lilien auf dem Teich und blickte zu dem kleinen Teehaus, hinter dem sich das ferne Panorama der Berge erhob. Meine Finger strichen über die Sonnenuhr, und plötzlich war mein Vater wieder bei mir, in schäbiger Arbeitskleidung, die langen, starken Hände voll Schmutz, Augen sehr blau im gebräunten Gesicht.

Ich erinnerte mich, wie ich mich an Holzschnitzereien versucht und kläglich versagt hatte. Seine einzige Reaktion war ein freundliches Lächeln gewesen. „Dafür wirst du dich auf all das verstehen, was ich nie gekonnt habe, Ned." Ich protestierte: „Aber ich möchte doch so sein wie du." Doch er schüttelte den Kopf. „Wenn du versuchst, ein anderer zu sein als du bist, wirst du niemals glücklich werden. Nur wenn man zu sich selber aufrichtig ist, kann man auch zu anderen aufrichtig sein."

Ich begriff nicht, was er meinte.

In den Kinderzimmern sah ich das Schaukelpferd, das er vor langer Zeit für mich gebastelt hatte. In der Bibliothek standen seine zerfledderten Gartenbücher. Und als ich in meinem Schlafzimmer in meinen alten Sachen kramte, fand ich das Buch über die Artus-Sage, ein Geschenk von ihm. Zwischen den Seiten lagen noch die Zeichnungen, die er von meinem Pony gemacht hatte, und als ich sie im Schrank verstauen wollte, fiel mir mein

Photoalbum engegen. Ich klappte es auf, und ich sah die Bilder von Eleanors Taufe. Meine Mutter hielt Eleanor in den Armen, und an ihrer Seite war mein Vater, seine Hand in meiner Hand. Ich trug einen Matrosenanzug. Wir lächelten alle in die Kamera.

1879. Acht Jahre war es her. Wie ließ sich nur erklären, daß die Dinge diese Wendung genommen hatten? Weshalb konnte ich nicht aufhören, an ihn zu denken?

Ich mußte mit jemandem darüber sprechen.

Eine Woche später kamen Onkel Thomas und Onkel David zurück. Mein Vater war in einem Londoner Privatsanatorium untergebracht, und Thomas und David hatten mit Mr. Rathbone, dem Familienanwalt, lange Gespräche geführt, um für Cashemara eine Regelung zu finden. Mit Zustimmung meines Vaters waren meine Onkel und auch meine Mutter als Treuhänder eingesetzt worden. Meine Onkel hatte versprochen, Cashemara regelmäßig zu besuchen. In Irland niederlassen wollten sie sich jedoch nicht. Onkel Thomas war Arzt und Onkel David, der keinem Beruf nachging, hatte sich gerade in eine junge Dame verliebt, die in London lebte.

Beide waren gewillt, Drummond als Verwalter einzusetzen, vorerst für ein halbes Probejahr.

„Ich nehme an, daß du hierüber mit uns sprechen möchtest, Ned“, sagte Onkel Thomas. „Es geht dir darum, über das Verhältnis deiner Mutter mit Drummond Klarheit zu gewinnen.“

„Nein“, sagte ich. „Ich möchte über etwas anderes sprechen, und zwar über das Verhältnis meines Vaters mit MacGowan.“

Beide schwiegen verlegen. Beide starrten vor sich hin.

„Ich habe viel über meinen Vater nachgedacht“, sagte ich hastig, „und es gibt so vieles, was ich wissen möchte. Zum Beispiel – war mein Vater schon immer verderbt? War das zwischen ihm und seinem Freund Stranahan auch so, wie es später mit MacGowan war? Und wenn es so gewesen ist – warum hat er dann überhaupt Mama geheiratet? Und warum sind Menschen eigentlich so? Wie kommt das? Und warum hat Mama ihn geheiratet, wenn ...“

„Mein lieber Ned“, sagte Onkel David, „es besteht für dich im Augenblick wirklich nicht die Notwendigkeit, über solche Dinge Bescheid zu wissen. Du bist noch viel zu jung.“

„Ich werde bald vierzehn“, sagte ich verzweifelt, „und es gibt ein paar Dinge, über die ich unbedingt Bescheid wissen muß, weil ich mir solche Sorgen mache ...“ Ich brach ab.

Onkel Thomas sagte überraschend freundlich: „Du sprichst von Sorgen. Vergiß nicht, daß es jetzt dein Vater ist, der große Sorgen hat. Er ist schwerkrank. Man kann nur hoffen, daß seine Gesundheit wiederhergestellt wird und daß er sich dann mit aller Kraft bemüht, seine Laster abzulegen und ein normales Leben zu führen. Im übrigen gebe ich Onkel David recht, wenn er meint, daß es für dich keine Notwendigkeit gibt, über solche Dinge nachzudenken."

„Ja, aber ..." Ich dachte an meine schlaflosen Nächte. „Ich habe auch noch andere Probleme."

„Was für Probleme?"

Ich öffnete den Mund, schwieg jedoch. Erst nach Sekunden sagte ich: „Ach, nichts. Schon gut."

Ich versuchte mit meiner Mutter zu sprechen. Als Drummond einmal in Clonareen war, ging ich in ihr Boudoir und fragte sie, warum mein Vater überhaupt geheiratet hatte, wenn ihm Männer lieber seien als Frauen.

„Darüber kann ich nicht reden", sagte sie.

„Aber ..."

„Dein Vater ist sehr grausam zu mir gewesen. Ich kann über ihn nicht mehr sprechen."

Ich schickte mich drein. Was blieb mir auch übrig? Später kam es dann zu einem Streit zwischen mir und meinen Onkeln. Es war am Tag vor ihrer Rückreise nach England. Sie meinten, ich sollte eine Internatsschule besuchen.

„Nein, danke", sagte ich höflich.

„Wir meinen ja nicht, daß du auf der Stelle von hier fort sollst", sagte Onkel David behutsam. „Schließlich wissen wir, wie sehr du dein Zuhause liebst. Doch im neuen Jahr vielleicht ..."

„Nein", sagte ich.

„Höre", sagte Onkel Thomas energisch. „Du mußt eine gute Erziehung erhalten und mit Knaben deines Standes zusammenkommen. Es wäre unverantwortlich von uns, dich hier auf dem abgelegenen Cashemara zu lassen, wo sich nur so ein armer Teufel von einem Privatlehrer um deine Bildung kümmert und dein Bruder und deine Schwestern deine einzige Gesellschaft sind."

Ich zwang mich zum Schweigen.

„Aber warum willst du denn nicht auf eine Schule, Ned?" fragte Onkel David freundlich. „Es würde dir dort bestimmt gefallen."

„Scheiße", sagte ich.

„Nimm dich gefälligst zusammen!“ fuhr Onkel Thomas mich wütend an. „So kannst du vielleicht mit Drummond sprechen, aber nicht mit uns! Ein derartiges Benehmen bestärkt uns nur in dem Entschluß, dich sofort nach England mitzunehmen.“

„Ich komme nicht mit“, sagte ich. „Ich weigere mich.“

„Warum?“

„Weil ich es satt habe, von Ort zu Ort geschleppt zu werden. Zwei Jahre lang ist das so gegangen, und alles scheint auf den Kopf gestellt. Nichts ist mehr wie früher, außer Cashemara. Wenn ihr mich von hier fortholt, dann laufe ich weg.“

„Ned . . .“

„Laß mich in Ruhe!“ schrie ich, als Onkel David mir tröstend den Arm um die Schultern legen wollte.

Ehe ich in Tränen ausbrechen konnte, stürzte ich hinaus, war dann in der Halle, Sekunden später auf dem Fahrweg. Jetzt schüttelte es mich. Ich schluchzte, bekam kaum Luft und prallte dann dicht beim eisernen Tor gegen einen breiten, kräftigen Körper.

„Heilige Mutter Gottes!“ rief Drummond überrascht. „Was, zum Teufel, ist denn mit dir?“

IV

Willig folgte ich seiner Aufforderung und setzte mich auf den Wegrand, Rücken gegen einen Baum gelehnt. Er zündete sich eine Zigarette an und ließ mich, wie schon ein paarmal in Amerika, einige Züge machen. Ich atmete den Rauch tief ein und empfand einen leisen Stolz, weil ich nicht husten mußte.

„Nun“, sagte Drummond und setzte sich neben mich, „ich habe dich noch nie weinen sehen, aber es ist gut, zu wissen, daß du ein Mensch bist wie jeder andere. Wem zu Ehren vergießt du denn die Tränen – oder soll ich lieber nicht fragen?“

„Meine Onkel wollen mich nach England auf die Schule schicken“, sagte ich. „Aber ich will nicht hin.“

„Dann ist ja alles im Lot. Zwingen können sie dich nicht. Sie sind ja nicht deine Vormünder.“

„In Amerika bin ich ja auf die Schule gegangen, aber das war etwas anderes“, sagte ich. „Ich will jetzt nicht von Cashemara fort.“

„Natürlich nicht! Warum sollte dich auch jemand, der seinen Grips beisammen hat, nach England schicken wollen? Da, mach noch einen Zug."

„Meinem Vater wäre das bestimmt nicht recht", sagte ich. „Er hat Schulen gehaßt. Zweimal ist er weggelaufen. Das hat er mir selbst erzählt. Und er hat mir auch gesagt, daß er mich nie auf eine Schule schicken würde. Ich habe viel über ihn nachgedacht, Mr. Drummond. Ich muß dauernd über ihn nachdenken." Zu meinem Schrecken begann ich wieder zu weinen. Wirre Gedanken gingen mir durch den Kopf. War ich etwa drauf und dran, verrückt zu werden? Ich weinte doch sonst nie ohne besonderen Grund. Oder . . . oder bedeutete das etwa, daß ich weibisch wurde oder schon war?

„Was liegt dir denn so sehr auf dem Herzen?" fragte Drummond.

„Mein Vater . . . seine Laster . . . seine Trunksucht. Ist . . . ist so etwas erblich?"

Er schüttelte sich vor Lachen. „Die Söhne von Säufern werden meistens Abstinenzler!"

„Ja, aber warum sind manche Menschen überhaupt so lasterhaft? Ich meine – warum trinken sie soviel?"

Er dachte lange nach, ehe er antwortete: „Das ist wie ein Ratschluß Gottes."

„Ein Ratschluß Gottes? Die Laster meines Vaters?" Ich nahm meinen ganzen Mut zusammen. „Alle?"

Er dachte wieder nach und sagte dann mit fester Stimme: „Ja, alle."

„Das verstehe ich nicht."

„Sieh mal – man kann über Sünde und Laster und Schlechtigkeit reden, soviel man will. Bloß bedeutet das nicht viel, denn es sind ja nur Worte." Er blickte zum Haus, und ich begriff plötzlich, daß er an meine Mutter dachte. „Worte für Priester", sagte er, „und für solche, die noch nie einer Versuchung ausgesetzt gewesen sind, der sie nicht widerstehen konnten. Damit will ich niemanden verhöhnen, weder die Priester noch sonst jemanden. Es ist klar, daß wir alle gern ohne Sünde leben würden, um später in den Himmel zu kommen. Aber manchmal gibt es eben etwas, das sich nicht ändern läßt, so sehr man es auch versucht. Und das nenne ich den Ratschluß oder den Willen Gottes."

„Ich glaube, ich verstehe", sagte ich. „Sie meinen, es ist wie eine unheilbare Krankheit, die nicht ansteckend ist. Man hat keine Gewalt darüber."

„Nun, manche vielleicht schon. Andere aber nicht, das weiß ich nur zu gut."

„Und mein Vater gehört zu denen, die keine Kontrolle darüber haben?"

„Glaubst du etwa, daß ein Mann, der nicht mit Blindheit geschlagen ist, einer Frau wie deiner Mutter den Rücken kehren würde? Da muß der Herrgott doch seine Hand im Spiel haben!"

„Dann kann mein Vater ja gar nichts dafür", sagte ich unendlich erleichtert. „Er möchte nicht so sein, wie er ist, aber es ist Gottes Wille."

„Ganz recht", sagte Drummond.

„Ich verstehe. Aber . . . aber wie ist das eigentlich . . . ich meine, wie merkt man, daß der liebe Gott seine Hand im Spiel hat . . . trifft einen das plötzlich . . . wie ein Blitz?" Von der Bibel her glaubte ich mich an gewisse gewaltsame Eingriffe dieser Art zu erinnern.

Drummond schwieg, rauchte, dachte über die Frage nach. Mir gefiel, daß er nicht sofort eine Antwort parat hatte.

„Mein Vater, zum Beispiel", sagte ich. „War er als junger Mensch genau wie alle andern?"

„Ich selbst habe ihn nicht gut genug gekannt, um dir das beantworten zu können", sagte er schließlich. „Aber nach allem, was deine Mutter mir erzählt hat, scheint er schon lange anders gewesen zu sein, nur daß er es erst spät gemerkt hat."

„Aber gibt es denn nicht so . . . so Symptome, die einem das verraten?"

Er sah mich lächelnd an. „Du brauchst dir da wirklich keine Sorgen zu machen, Ned", sagte er, und es klang genauso ruhig und selbstverständlich wie seine Versicherung: „Ich fahre mit euch nach Irland. Ich bringe euch wieder nach Cashemara."

Ich glaubte ihm. Es kam mir gar nicht in den Sinn, ihm nicht zu glauben.

„Ich habe mir eigentlich weniger meinetwegen Sorgen gemacht", sagte ich hastig. „Ich verstehe nur nicht, warum mein Vater nicht gewußt hat, daß er anders war."

„Vielleicht hat er es gewußt. Aber das ist auch gar nicht so wichtig. Wichtig ist nur, daß er lange Zeit nicht anders sein wollte. Deshalb hat er ja auch geheiratet."

„Er hätte nicht heiraten sollen, nicht wahr?"

„Das war ein Fehler von ihm, ja. Deine Mutter hat auch einen Fehler gemacht, als sie ihn geheiratet hat. Teufel, wir machen alle Fehler! Schließlich sind wir keine Heiligen."

Nach kurzem Zögern sagte ich: „Am liebsten würde ich nie heiraten. Dann könnte ich auch nicht an die falsche Frau geraten. Aber ich werde später wohl heiraten müssen, schon damit Cashemara einen Erben hat."

„Sehr gescheit von dir", stimmte er zu. „Außerdem ist es auch ganz angenehm, Kinder zu haben, wenn man alt ist."

„Ist es schwer? . . . Einen Erben zu bekommen, meine ich natürlich."

„Ach was, nicht der Rede wert. Die eigentliche Arbeit hat ja immer die Frau. Und wenn du dann stolzer Vater bist und dir alle gratulieren, fühlst du dich wie ein Held."

„Hört sich nicht schlecht an."

„Wenn's wirklich so schwer wäre, würden die Priester kaum jemanden dazu kriegen, vor den Altar zu treten."

„Sie meinen . . . Sie meinen, alle würden dann unverheiratet bleiben und nur manchmal so . . . Na, das käme für mich nicht in Frage. Andererseits, ich kann mir einfach nicht vorstellen, daß irgendein Mädchen überhaupt die Mühe wert ist, Hochzeit und was nicht noch alles. Mr. Drummond, darf ich noch einen Zug machen, bitte?"

Er reichte mir die Zigarette. „Und was ist mit Kerry Gallagher?"

„Das ist doch etwas ganz anderes", sagte ich. „Mit Kerry bin ich befreundet."

Ich machte einen zweiten und dritten Zug und gab ihm die Zigarette zurück. Und dann kam plötzlich eine Frage nach der anderen über meine Lippen, „Dinge des Fleisches" betreffend, wie man so sagt, und Drummond stand mir in aller Ruhe Rede und Antwort.

Schließlich sagte ich erleichtert: „Jetzt ist mir besser."

„Dann wollen wir ins Haus gehen, bevor es zu gießen anfängt."

Erste Tropfen fielen. Während wir auf das Haus zugingen, fragte ich: „Könnten Sie Mama bitten, meinen Onkeln zu sagen, daß ich nicht von hier weg will?"

„Natürlich. Und falls sie sich scheut, was ich jedoch nicht glaube, tu ich es selbst."

„Wenn ich hierbleiben kann, ist alles gut", sagte ich. „Ich will nicht nach England, und ich will auch nicht meinen Vater sehen. Ich verstehe jetzt besser, wie das mit ihm ist, und es tut mir um ihn leid. Aber sehen möchte ich ihn trotzdem lieber nicht. Es kann mich doch auch keiner dazu zwingen, nicht?"

„Keiner", bestätigte Drummond.

Doch wie sich zeigen sollte, hatte er meine Tante Madeleine vergessen.

2. KAPITEL

I

„Es ist deine Pflicht, deinen Vater zu besuchen, Ned“, sagte Tante Madeleine. „Er hat nach dir gefragt, und da es ihm jetzt besser geht, gibt es für dich keinen Grund, ihn zu meiden.“

Es war im Januar 1888, ein halbes Jahr nach unserer Rückkehr nach Cashemara. Onkel Thomas und Onkel David hatte ich das letzte Mal im Oktober gesehen. Ihr erneuter Vorschlag, mich auf eine Schule zu schicken, war von meiner Mutter abgelehnt worden. Statt dessen hatte sie einen Privatlehrer namens Watson engagiert, einen ältlichen und sehr pedantischen Mann, der mir viel abverlangte. Doch ich gab mir große Mühe, weil ich nicht wollte, daß das Thema Schule wieder auf die Tagesordnung kam.

Inzwischen war meine Mutter von meinem Vater geschieden. Die Kinder hatte man ihr zugesprochen. Da „Grausamkeit“ als Scheidungsgrund nicht genügte, war sie gezwungen gewesen, vor Gericht alles zu enthüllen, was es über das Kapitel „widernatürliche Unzucht“ zu sagen gab. Anders als mein Vater, kam sie nicht umhin, im Gerichtssaal anwesend zu sein, zweifellos eine kaum erträgliche Tortur für sie. Der Skandal war ungeheuer.

Zum Glück drang davon nur wenig nach Cashemara. Für zwei Wochen wurden die Zeitungen abbestellt, drei Bediensteten wurde gekündigt, weil sie geklatscht hatten, und das Wort Scheidung war tabu.

„Warum hat Papa sich denn von uns scheiden lassen?“ fragte Jane verwirrt. „Warum kommt er uns nicht besuchen?“

„Dieses Wort wollen wir nicht mehr gebrauchen, Liebes“, sagte Nanny und fügte dann doch erklärend hinzu: „Er hat sich nicht von euch scheiden lassen, Jane. Ihr Kinder habt damit nichts zu tun.“

Doch Eleanor glaubte ihr nicht. „Es ist meine Schuld, nicht?“ flüsterte sie mir hinter Nannys Rücken zu. „Papa war auf mich böse, weil ich ihn nicht zum Abschied geküßt habe.“

Ich versuchte, ihr das auszureden, und es gelang mir wohl auch. Später bat ich dann meine Mutter, meinen Schwestern zu erklären, was eine Scheidung war, damit sie nicht so wilde Geschichten erfanden.

Doch meine Mutter weigerte sich. „Da führt eine Frage zur anderen“, sagte sie. „Sie werden wissen wollen, warum ich die Scheidung durchgesetzt habe, und wie soll ich ihnen das zwischen deinem Vater und MacGowan erklären?“

„Du könntest ja einfach sagen, daß Papa ein Trinker war und dich schlecht behandelt hat.“

„Ned, Liebling“, sagte meine Mutter kühl, „wenn ich bei Erziehungsfragen deinen Rat einholen möchte, so werde ich dich das rechtzeitig wissen lassen.“

Sie war in dieser schwierigen Zeit hochgradig nervös, und Drummond bat mich unter vier Augen, ihr etwaige Schroffheiten nachzusehen.

Er war zu meiner Mutter sehr gut. Überhaupt benahm er sich untadelig. Er wohnte jetzt in dem Steinhaus auf der anderen Seite des Tals, in dem früher der alte MacGowan gelebt hatte, und wenn er auch jeden Tag nach Cashemara kam, so blieb er doch nie über Nacht. In Gegenwart des Personals sprach er meine Mutter, mit der er einmal pro Woche zu Abend aß, stets mit Lady de Salis an. Am Samstag ritt er immer mit mir aus und erzählte mir von seiner Arbeit und seinen Plänen. Einmal zeigte er mir sogar einige Geschäftsbriefe, die er geschrieben hatte, aber da sie in Stil und Orthographie einwandfrei waren, nahm ich an, daß meine Mutter ihm dabei half. Er arbeitete sehr hart und fand trotzdem Zeit für die Kinder. Meine Schwestern mochten ihn. Eleanor überwand bald ihre Scheu, und Jane erlaubte ihm sogar, Ozymandias zu halten, eine große Ehre.

Der einzige, der Drummond gegenüber gleichgültig blieb, war John. Ich führte das darauf zurück, daß Drummond nichts oder doch nur wenig von Gärten und Blumen wußte.

„Drummond scheint sich besser zu bewähren, als ich zu hoffen gewagt habe“, meinte Onkel Thomas, als er uns im Herbst besuchte. „Vielleicht sollten wir ihm das Geld geben, das er zum Wiederaufbau seines alten Hauses benötigt. Wenn seine Familie ins Tal zurückkehrt, würde er sich vielleicht weiterhin von seiner besten Seite zeigen."

Drummond war überglücklich. Doch als er seine Söhne, Maxwell und Denis, einlud, ihn zu besuchen, um mit ihnen alles zu besprechen, erhielt er auf seinen Brief keine Antwort. So weihte er mich in seine Pläne ein, und am folgenden Samstag ritten wir nach Clonareen, um uns anzusehen, was von seinem alten Haus noch übriggeblieben war.

Mein Verhältnis zu Drummond war jetzt sehr freundschaftlich. Daß MacGowans Tod auf sein Konto kam, störte mich nicht länger. MacGowan war ein Schurke, der nichts Besseres verdient hatte, und Drummond war ein Held, der nur den ihm zustehenden Lohn einstrich, wenn er mit meiner Mutter für alle Zeiten glücklich wurde. Endlich schien alles geklärt, deutlich in Schwarz und Weiß unterschieden. Keine Verwirrung mehr. Selbst mein Vater hatte den ihm zukommenden Platz erhalten – fern von meiner Mutter im Hause von Onkel David.

Aus dem Privatsanatorium war er im Dezember entlassen worden. Weihnachten hatte er mit Thomas und David in dem Landhaus verbracht, das einmal meiner Tante Marguerite gehört hatte.

„Es freut mich, daß es ihm besser geht", sagte ich zu Tante Madeleine, als sie uns besuchte.

Bei dieser Gelegenheit machte sie dann den Vorschlag, ich sollte nach England fahren, um meinen Vater wiederzusehen.

Ich erwiderte höflich, daß mir daran nicht sehr gelegen sei, doch sie wischte meine Antwort mit einer Handbewegung beiseite.

„Das kann ich nicht gelten lassen", sagte sie. „Jeder von uns muß manchmal Dinge tun, die ihm nicht in den Kram passen."

Tante Madeleine war eine bemerkenswerte Frau. Älter als mein Vater und von kleiner, fast zierlicher Statur, verstand sie es, mit ihrer sanften Stimme darüber hinwegzutäuschen, wieviel Energie und Willenskraft in ihr steckte. Wenn ich sie sah, kehrte regelmäßig eine Erinnerung zurück: Als sie einmal in eine Kutsche gestiegen war, hatte der Wind ihre Röcke hochgeweht und wunderschön geformte Fesseln enthüllt. Ein Bild, das ich nie vergaß.

„Nach allem, was geschehen ist, kann mein Vater nicht von mir verlangen, daß ich ihn besuche", sagte ich nervös.

„Mein liebes Kind", wies mich Tante Madeleine zurecht, „es

steht dir nicht zu, über deinen Vater den Stab zu brechen. Über ihn wie über jeden von uns wird Gott einst zu befinden haben."

Wir starrten einander an. Meine Mutter war nach oben gegangen, um meine Geschwister zu holen, und so war außer uns niemand im Salon.

„Es ist deine Pflicht, ihn zu besuchen", beharrte Tante Madeleine.

„Ich will aber nicht", sagte ich patzig. Insgeheim empfand ich bohrende Furcht. Zwar war ich theoretisch bereit, gegen meinen Vater Großmut zu üben, doch praktisch – schon bei dem Gedanken, ihn wiederzusehen, wurde mir übel. Ob aus Beschämung, Verlegenheit oder Zorn, wußte ich nicht, und es war mir auch gleichgültig.

„Du enttäuschst mich sehr, Edward", sagte Tante Madeleine.

Niemand sprach mich je mit meinem vollen Vornamen an. Ich starrte auf den Teppich.

„Dein Vater hat sich einige schreckliche Dinge zuschulden kommen lassen, aber er hat auch schrecklich leiden müssen. Ich war erst vor kurzem bei ihm und kann dir versichern, daß er es tief bereut, seinen Kindern Kummer bereitet zu haben. Muß ich dich erst daran erinnern, wie sehr er euch alle liebt?"

„Ich will ja gar nicht, daß er mich liebt", murmelte ich. Auf meiner Brust schienen Zentnergewichte zu liegen. „Ich will, daß er mich in Ruhe läßt."

„Das ist unchristlich und pflichtvergessen! Wenn du dich dazu überwinden könntest, ihm zu verzeihen, so würde es dir auch nicht schwerfallen, ihn wieder zu lieben . . ."

„Ich will ihn aber gar nicht lieben!" schrie ich sie an. „Ich kann nicht ihn und Mama lieben, ich kann nur den einen oder den anderen lieben. Ich habe es satt, in zwei Stücke gerissen zu werden."

„Liebes Kind, niemand reißt dich in zwei Stücke!"

„Doch – du!" rief ich und stürzte hinaus, das Gesicht von Tränen überströmt. Dieses Mal wartete ich nicht darauf, daß mir der Zufall Drummond über den Weg laufen ließ. Ich sattelte ein Pferd und machte mich auf die Suche nach ihm. Auf der Straße, nicht weit vom Fooey River, traf ich ihn schließlich.

„Ich werde meinen Vater nicht besuchen", sagte ich, nachdem ich kurz berichtet hatte.

„Natürlich nicht", meinte Drummond. „Deine Mutter würde es

gar nicht erlauben, und nur sie hat zu entscheiden. Deine Tante Madeleine kann da gar nichts tun – möge der Herr uns vor wohlmeinenden, naseweisen und wirrköpfigen Jungfrauen schützen!"

Doch zu meinem Schrecken dachte Tante Madeleine nicht im entferntesten daran, die Flinte ins Korn zu werfen. Sie bat meine Mutter um eine Unterredung unter vier Augen, und nach einer heftigen Auseinandersetzung überließ sie ihre Apotheke für einige Zeit Dr. Cahill, um nach England zu fahren und mit meinem Vater zu sprechen.

Einen Monat lang hörte ich über die Angelegenheit nichts mehr, doch als ich mich schon in Sicherheit glaubte, fiel dann der Schlag.

Es war am späten Morgen. Ich kam die Treppe herab. Plötzlich tauchte Drummond in der Tür zur Bibliothek auf.

„Komm doch bitte mal einen Augenblick her, Ned", sagte er.

Meine Mutter saß in einem der hochlehnigen Sessel beim marmornen Kamin. Ihr Gesicht war sehr blaß. Auf dem Kaminsims stand die Elefantenuhr. Darüber hing das Porträt meines Urgroßvaters Henry de Salis.

„Wir möchten etwas mit dir besprechen", sagte Drummond. Er reichte mir einen Brief. „Da, lies."

Ich erkannte die Handschrift meines Vaters und zuckte unwillkürlich zurück.

„Lies nur."

Ich versuchte es. Nach fünf Zeilen wurde mir bewußt, daß ich nicht ein einziges Wort verstanden hatte. Ich fing wieder von vorn an.

„Madam", hatte mein Vater geschrieben, und dieser Ausdruck unversöhnlicher Feindseligkeit gegenüber meiner Mutter brachte mich so gegen ihn auf, daß ich ohne widerstreitende Gefühle weiterlesen konnte. „Es ist nicht daran zu zweifeln, daß Sie die Kinder gegen mich eingenommen und vor allem Ned zum Haß auf mich verleitet haben. Ich bin nicht gewillt, meine gegenwärtige Entfremdung von ihnen so einfach hinzunehmen. Mein Gesundheitszustand hat sich beträchtlich gebessert. Seit fast sechs Monaten habe ich keinen Tropfen Alkohol mehr getrunken, und es ist meine feste Absicht, das auch in Zukunft nicht zu tun. Unter diesen Voraussetzungen, so erfahre ich von berufener Stelle, wird das Kanzleigericht in Dublin meinem Antrag stattgeben, wieder für fähig erklärt zu werden, die Angelegenheiten auf Cashemara selbst in die Hand zu nehmen. Wie Sie wissen, war die Treuhänderschaft befristet und hing von meinem Gesundheitszustand ab. Nach der zu erwartenden eindeutigen Entscheidung des Gerichts kann mich nichts daran hindern, nach Cashemara zurückzukehren, um dort mit meinen Kindern zu leben. Sie und Ihr Geliebter können natürlich wohnen, wo immer es Ihnen gefällt. Sollten Sie jedoch versuchen, die Kinder mitzunehmen, so würde ich auf Widerruf des Sorgerechts klagen. Da leicht zu beweisen ist, daß Sie ein Verhältnis unterhalten, während ich nachweislich einen untadeligen Lebenswandel führe, dürfte es keinen Richter geben, der nicht geneigt wäre, das Wohl der Kinder unter den gegebenen Umständen mir anzuvertrauen.

Nun gibt es jedoch einige Dinge, die es wenig wünschenswert erscheinen lassen, diesen Kurs einzuschlagen. Ich bin hier bei David sehr zufrieden, und so sehr mir auch mein Garten fehlt, Cashemara würde in mir stets traurige Erinnerungen an Hugh wecken. Außerdem liegt mir, im Gegensatz zu Ihnen, wirklich das Wohl der Kinder am Herzen, und ich möchte nichts tun, was in ihr Leben unnötig Verwirrung bringen könnte. Lassen Sie mich Ihnen deshalb folgenden Vorschlag unterbreiten: Sie gestatten den Kindern, mich regelmäßig zu besuchen, und ich unternehme nichts, um Treuhänderschaft und Sorgerecht widerrufen zu lassen. Ich bin sogar bereit, diese Konzession zu machen: Wenn Sie Ned zu Ostern für zwei Wochen zu mir schicken, so werde ich Sie erst im Spätsommer bitten, die jüngeren Kinder sehen zu dürfen.

Bedenken Sie bitte alles sehr genau, bevor Sie meinen Vorschlag zurückweisen. Sie wissen, daß ich sehr hartnäckig und zielstrebig sein kann, und diesmal bin ich fest entschlossen, meinen Willen durchzusetzen.

Da ich bezweifle, daß meine Grüße die Kinder je erreichen würden, verzichte ich vorsorglich darauf. Ich verbleibe, etc. de Salis."

Ich blickte auf. Erschrocken gewahrte ich das stumme Flehen in den Augen meiner Mutter, Bitte und Angst zugleich. Ich sah zu Drummond. Auch er beobachtete mich aufmerksam. Arme vor der Brust gekreuzt, lehnte er am riesigen Schreibtisch. In seinen Reithosen entdeckte ich einen kleinen Riß, und sein Halstuch war so nachlässig gebunden, daß ich die dunklen Haare unter seinem Kehlkopf sehen konnte.

„Das ist das Werk deiner Tante Madeleine", sagte er, und erst jetzt fiel mir auf, wie wütend er war. „Sie ist eine alte Hexe, die in alles ihre Nase stecken muß. Was sie braucht, ist eine gute ..."

Er sagte, was Tante Madeleine seiner Meinung nach brauchte. Es war das erstemal, daß ich in Gegenwart meiner Mutter aus seinem Mund solche Ausdrücke hörte. Meine Wangen brannten. Ich starrte wieder auf den Brief und überlegte, was ich sagen sollte.

„Der Trumpf, den er da aus dem Ärmel gezogen hat, schmeckt mir nicht, verdammt noch mal", erklärte Drummond. „Ich habe einen besseren, aber damit er auch sticht, brauche ich Hilfe – deine Hilfe, Ned."

Wieder sah mich meine Mutter flehend an.

„Du begreifst doch, warum der Handel, den er vorschlägt, nichts taugt?" fragte Drummond. „Selbst wenn deine Mutter einwilligt und ihn die Kinder so oft sehen läßt, wie es ihm paßt, gibt es keine Garantie dafür, daß er nicht später kehrtmacht und deine Mutter von Cashemara verjagt. Sicher hat er uns sein Wort gegeben, daß er das nicht tun wird, aber wieviel ist sein Wort wert? Verflucht wenig, wie deine Mutter zu ihrem Leidwesen entdecken mußte. Nein, er hat uns ein Problem auf den Hals geladen, und es gibt nur eine Lösung: Er muß Cashemara auf dich überschreiben, so richtig mit Brief und Siegel. Dann kann er später nicht mehr zurück, wenn er sich's anders überlegt."

„Dein Vater würde bestimmt einen Vertrag unterschreiben, der dir Cashemara überläßt", sagte meine Mutter behutsam. „Da Patrick kein wirkliches Interesse an dem Besitztum hier hat, wäre er gewiß einverstanden – vor allem, wenn wir ihm versprechen, daß er die Kinder so oft sehen kann, wie er will."

„Verstehst du?" fragte Drummond. „Wir machen mit ihm einen Handel, von dem wir alle was haben – er gibt Cashemara auf, die Kinder dürfen ihn besuchen. Die Sache wird beiden Seiten gerecht – nur daß es in ihm garantiert Mißtrauen weckt, wenn der Vorschlag von deiner Mutter kommt. Deshalb haben wir uns gedacht, daß es besser ist, wenn du ihn machst. Keine Bange – ich erkläre dir schon, was du zu sagen hast. Wie wär's, wenn wir das gleich erledigten? Setz dich doch hier an den Schreibtisch. Da sind Federhalter und Tinte."

Gefügig nahm ich Platz. Vom Porträt an der Wand blickten mich die Augen meines Urgroßvaters an. Ich nahm den Federhalter meines Vaters in die Hand und tauchte ihn in das silberne Tintenfaß, in das der Name meines Großvaters eingraviert war.

„Fang an, wie du willst", sagte Drummond. „‚Lieber Papa' oder wie du ihn sonst anreden würdest."

Ich starrte auf das leere Papier. Die Tinte auf der Schreibfeder begann zu trocknen.

„Ned?" sagte meine Mutter.

Ich dachte: Ich weiß, daß ich ihm vertrauen kann. Er hat mich wieder nach Hause gebracht. Er will mir helfen. Er liebt meine Mutter. Ich brauche jemanden, dem ich vertrauen kann, und wenn ich ihm nicht vertrauen könnte, wem dann sonst?

Ich tauchte die Feder zum zweitenmal ins Tintenfaß und schrieb: „Lieber Papa." Doch in diesem Moment begriff ich, daß es dabei auch bleiben würde. Ich starrte lange auf die beiden Wörter, und schließlich legte ich den Federhalter aus der Hand.

„Was hast du denn?" fragte Drummond.

Ich konnte nicht sprechen.

„Willst du deiner Mutter nicht helfen?"

„Doch", sagte ich. „Ich werde nach England fahren und ihn besuchen. Und dann muß er mir versprechen, daß er sie auf Cashemara leben läßt."

„Ned, auf sein Wort ist kein Verlaß. Solange wir die Sache nicht mit Brief und Siegel haben, findet deine Mutter keine Ruhe. Und jetzt nimm den Federhalter und schreibe weiter, damit wir fertig werden. Ich weiß doch, daß du für deine Mutter das Beste willst."

Ich bewegte mich nicht. Ich konnte mich nicht bewegen. Tränen ließen meinen Blick verschwimmen.

„Wenn er nicht will, dann dränge ihn auch nicht, Maxwell", sagte die Stimme meiner Mutter wie aus weiter Ferne. „Ich werde selbst an Patrick schreiben."

„Aber es würde besser aussehen, wenn . . ."

„Ich weiß. Doch Ned will nun einmal nicht."

Ich rannte aus dem Zimmer. Ich lief in den Garten, in den Garten meines Vaters, und er wartete dort auf mich, so wie er es immer getan hatte, und seine Hand schloß sich warm und fest um meine Hand. Wir gingen über den Rasen, und ich war so glücklich, mit ihm zusammen zu sein, aber dann, bei der Fuchsienhecke, wurde mir plötzlich bewußt, daß ich allein war.

Ich setzte mich, schloß die Augen. Drummond hat für meine Mutter nur das Beste gewollt, dachte ich. Und sofort kam alles ins Lot, trennte sich säuberlich in Schwarz und Weiß.

Aber in der Nacht hatte ich einen Traum, und obwohl der

Traum auch in Schwarz und Weiß war, schien doch alles auf den Kopf gestellt, so daß Schwarz zu Weiß wurde und Weiß zu Schwarz.

Ich befand mich wieder in New York, mitten zwischen den schlimmsten Erinnerungen meines Lebens.

Die Bäume des Grammercy Park bewegten sich sacht im Abendwind. Ich sagte zu dem Mann an meiner Seite: „Ich will nicht in das Restaurant. Ich will kein Dinner mit Ihnen." Doch er lächelte nur und packte mich beim Arm und schleppte mich weiter. Wir gingen die Straße hinab, und ich sah das Schild mit dem Namen „Ryans Restaurant". Wieder sagte ich: „Ich will nicht", und wieder lächelte der Mann und schleppte mich weiter. Und dann waren wir in einem Raum und überall sah ich weiße Tischdecken, bleich wie Schnee und fahl wie der Tod. Der Mann saß mir gegenüber. Er war grausam und von abstoßender Häßlichkeit, doch ich konnte ihm nicht entkommen. Ich mußte ihm zuhören. Ich mußte die endlose Flut brutaler, ekelhafter Wahrheiten, die seine sanfte irische Stimme herbetete, über mich ergehen lassen.

Endlich gelang es mir zu fliehen. Ich lief und lief, aber dann mußte ich stehenbleiben, um mich zu erbrechen, und der Mann holte mich ein, und als er mich herumzwang, sah ich – im Traum – daß er gar nicht der Drummond war, den ich kannte. Zuerst glaubte ich, es sei ein Fremder, doch dann entdeckte ich den kleinen Weihnachtsbaum in seinen Händen, und ich wußte, wer es war.

Es war MacGowan. Drummond war zu MacGowan geworden. Und meine Mutter war mein Vater geworden. Alles war auswechselbar. Schwarz und Weiß gab es nicht mehr, dafür jedoch Rot ... Scharlachrot ... Blutrot ...

Schreiend wachte ich auf.

Zum Glück hatte niemand etwas gehört. Ich hätte mich zu Tode geschämt. Ich zündete meine Lampe an, drehte die Flamme so hoch es nur ging und wartete auf das Morgengrauen.

Doch selbst als die Dämmerung kam, verblich der Alptraum nicht, wie es Alpträume sonst tun. Er blieb in meiner Erinnerung haften, und ich schleppte ihn mit mir herum, wie ein Gefangener auf Schritt und Tritt Kette und Kugel mit sich herumschleppen muß.

II

„Liebes Puddinggesicht“, schrieb ich an Kerry Gallagher, meine Freundin in Boston. „Vielen Dank für Deinen letzten Brief. Ich hoffe natürlich sehr, daß Dein Vater Bürgermeister wird. Bitte sage ihm, daß ich ihm bei den Wahlen viel Glück wünsche. Meinem Vater geht es jetzt besser, und ich soll nach England fahren und ihn zu Ostern besuchen. Wenn er uns Kinder nicht sehen darf, will er nämlich nach Cashemara zurückkommen, und weil das nicht gut wäre, fahre ich lieber hin. Meine Mutter will ihn bitten, Cashemara auf mich zu überschreiben, denn dann kann er sie nicht mehr wegjagen. Sie ist nach England gereist, um mit meinen Onkeln darüber zu sprechen. Im Augenblick herrscht viel Verwirrung, aber ich hoffe doch, daß sich alles bald klären wird. Manchmal wünsche ich, ich wäre in Boston. Herzliche Grüße auch an Deinen Vater, Deine Mutter, Clare, Connie und Donagh. In alter Treue Dein Freund Blaubart.“

Die Bezeichnung Blaubart war eine Anspielung auf einen alten Scherz zwischen uns. Ich hatte seinerzeit verkündet, ich sei gegen die Ehe und könne nur hoffen, daß meinetwegen keine Frau je den Kopf verlieren würde. Daraufhin hatte Kerry prompt ein paar Bilder gezeichnet, auf denen ich gleich mit einem halben Dutzend kopfloser Bräute vor den Altar trat.

Als meine Mutter aus England zurückkehrte, erzählte sie mir, daß sie versprochen hatte, uns Kinder regelmäßig zu meinem Vater zu Besuch zu schicken. Als Gegenleistung hatte er eingewilligt, Cashemara mir zu überlassen. Mutter war nicht persönlich mit ihm zusammengetroffen. Onkel Thomas und Onkel David hatten als Unterhändler fungiert.

„Und sie haben nichts dagegen gehabt, daß Cashemara mir überlassen wird?“ fragte ich. „Schließlich mußte Papa das doch nicht tun, nicht wahr? In seinem Brief schrieb er ja, er könnte vor Gericht gehen, um das Sorgerecht für die Kinder zu bekommen.“

„Gewiß. Aber er schrieb ja auch, er hätte kein wirkliches Interesse daran, nach Cashemara zurückzukehren. Und wer will wissen, ob er mit einer gerichtlichen Klage durchgedrungen wäre? Außerdem hätte das natürlich wieder einen Skandal gegeben, und so setzten Thomas und David alles daran, mit deinem Vater zu einer gütlichen Einigung zu kommen.“ Sie erklärte kurz, daß wieder eine Treuhänderschaft beschlossen worden sei, die gelten sollte, bis ich einundzwanzig wurde. Treuhänder waren, genau wie bisher, meine Mutter und meine beiden Onkel.

„Dann hat Mr. Drummond ja den Handel bekommen, den er sich gewünscht hat", sagte ich. „Aber das ließ sich ja denken."

„Er will nur, daß wir uns auf Cashemara geborgener fühlen, Liebling."

„Ja. Und wie oft muß ich nach England, um Papa zu besuchen."

„Das ist noch nicht genau geklärt worden."

„Aber es muß geklärt worden sein, denn sonst wäre Papa bestimmt nicht bereit gewesen, Cashemara aufzugeben!"

Meine Mutter wirkte peinlich berührt. „Nun ja, es hat so etwas wie eine Vereinbarung über diesen Punkt gegeben, aber . . . Ned, ich möchte im Augenblick nicht darüber sprechen."

Ich starrte sie an. „Über Ostern muß ich jedenfalls für zwei Wochen zu ihm, stimmt's?"

„Ich korrespondiere darüber noch mit deinem Vater."

„Aber . . ."

„Ned, bitte! Du hast kein Recht, mich so ins Kreuzverhör zu nehmen! Wir werden später darüber sprechen."

Ich drehte mich wortlos um und ging.

An diesem Abend kam Drummond zum Dinner, wie er es jeden Tag tat, seit meine Mutter mit den günstigen Neuigkeiten aus England zurückgekehrt war. Ich speiste zwar immer mit ihnen, zog mich jedoch regelmäßig früh zurück und wußte daher nicht, wie lange er blieb.

Diesmal bat Drummond uns anschließend für eine halbe Stunde in den Salon. Mir fiel auf, daß er keinen Schluck Portwein trank.

Portwein verschmähte er sonst nie.

Ohne meine Mutter um Erlaubnis zu fragen, zündete Drummond sich im Salon eine Zigarette an, ließ sich auf die Couch fallen und legte die Füße auf einen kleinen Tisch.

„Wie ich höre, hast du deine Mutter heute gefragt, wie das mit deinem Osterbesuch in England ist", sagte er und blies den Rauch gegen die Zimmerdecke.

„Ich wollte ihr nicht auf die Nerven fallen", sagte ich. „Ich wollte nur wissen, was ich zu erwarten habe."

„Natürlich. Sie hat dir das auch bestimmt nicht übelgenommen."

„Nein, Ned", versicherte meine Mutter. „Doch ich wußte einfach nicht, was ich dir sagen sollte."

Ich schwieg. Meine Mutter blickte zu Drummond. Drummond blies wieder Rauch gegen die Decke.

„Nun, Ned", sagte er schließlich, „deine Mutter und ich halten es für das Beste, wenn du im Augenblick nicht nach England fährst."

„Es würde dich zu sehr aufregen, Ned", fügte meine Mutter hinzu. „Es regt dich ja schon auf, wenn auch nur der Name deines Vaters erwähnt wird. Es wäre von mir falsch, dich nach England reisen zu lassen."

„Aber ich denke, mein Besuch war fest abgemacht", sagte ich. „Du hast Papa doch versprochen, daß ich zu Ostern komme."

Wieder blickte sie hilfesuchend zu Drummond.

„Herrgott nochmal, Ned, was soll denn das?" rief er. „Du willst doch gar nicht zu deinem Vater! Warum tust du auf einmal so, als ob es dir ein Herzenswunsch wäre?"

„Nein", sagte ich, „ich wollte nicht zu ihm. Aber da es keine Wahl zu geben schien, habe ich mich an den Gedanken gewöhnt. Und ich bin *immer* noch der Meinung, daß ich keinen Rückzieher machen kann."

„Ned", sagte meine Mutter. „Ich darf dich einfach nicht reisen lassen."

„Du hast ihm dein Wort gegeben!"

„Sie hat ihm nichts versprochen, was sie nicht, um der Kinder willen, widerrufen könnte", sagte Drummond. Er nahm die Füße vom Tisch und schleuderte die Zigarette ins Kaminfeuer. „Und vor allem hat sie ihm nichts schriftlich versprochen. Sämtliche Vereinbarungen mit deinem Vater haben deine Onkel getroffen, aber da sie nicht deine Vormünder sind, haben nicht sie über dich zu bestimmen, sondern einzig und allein deine Mutter. Und für deine Mutter zählt in erster Linie, daß du zu nichts gezwungen wirst, was dir schaden könnte."

„Wenn das so ist", sagte ich, „liegt der Fall ja klar. Ich werde meinen Vater besuchen. Es würde mir nämlich mehr schaden, das nicht zu tun."

„Du willst mich wohl auf den Arm nehmen!" sagte Drummond.

„Durchaus nicht. Aber Sie scheinen zu glauben, daß jeder ein Lügner ist, nur weil Sie einer sind!"

„Ned!" rief meine Mutter bestürzt.

„Mama, hältst du mich denn für so dumm, daß ich nicht begreife, was Mr. Drummond getan hat? Er hat meinen Vater reingelegt. Ihr habt ihn beide reingelegt. Mit euren leeren Versprechungen habt ihr ihn dazu gebracht, mir Cashemara zu überlassen, und Onkel Thomas und Onkel David mußten für euch die Kastanien aus dem Feuer holen. Das ist ein hundsgemeiner Betrug, und wenn ihr meint, ich mache mit, so habt ihr euch getäuscht!"

Drummond sprang auf. „Sarah, laß uns einen Augenblick allein!"

„Ned hat das nicht so gemeint, Maxwell ..."

„Laß uns allein!"

Langsam verließ sie den Raum. Ich sah, daß ihre Hände zitterten.

„Hör zu", sagte Drummond, kaum daß sich die Tür hinter ihr schloß. „Schreib dir folgendes hinter die Ohren. Erstens: Wage nie wieder, so zu mir oder zu deiner Mutter zu sprechen, kapiert? Zweitens: Tu, was dir gesagt wird, und leg dich nicht quer. Drittens: Du wirst deinen Vater weder besuchen noch ihm schreiben, denn deine Mutter kann einfach nicht zulassen, daß du mit einem Perversen Kontakt hast. Viertens: Wenn du auch nur in einem einzigen Punkt nicht parierst, so bekommst du von mir eine saftige Tracht Prügel, und bilde dir ja nicht ein, daß ich's nicht wage, dich übers Knie zu legen. Ich bin immer der Meinung gewesen, daß man einem Jungen die Zügel möglichst locker lassen soll, und du wirst zugeben müssen, daß ich mich bei dir daran gehalten habe. Aber irgendwo gibt es eine Grenze, und es wäre von dir gescheit, den Kopf rechtzeitig zurückzuziehen, wenn du dir keine Beulen holen willst. Soweit alles klar?"

Nach einer Pause sagte ich: „Ja."

Ein halbes Lächeln huschte über sein Gesicht. „Also gut, Ned. Vergiß nicht, daß deine Mutter nur dein Bestes will und daß es mir nur darum geht, ihr zu helfen. Und habe ich ihr nicht schon geholfen? Habe ich nicht euch beiden geholfen? Du kannst jetzt in Ruhe auf Cashemara leben, ohne daß du Angst zu haben brauchst, daß dir dein Vater hier über den Weg läuft – und genau das hast du doch immer gewollt! Du hast also keinen Grund, dich gegen mich zu stellen. Geh jetzt auf dein Zimmer und nimm dir Zeit, über alles nachzudenken. Gute Nacht."

„Gute Nacht, Sir", sagte ich.

In der Galerie oberhalb der Vorhalle wartete meine Mutter auf mich, um mit mir zu sprechen. Doch ich lief in mein Zimmer, schloß die Tür ab und setzte mich im Dunkeln auf mein Bett.

Plötzlich wurde mir bewußt, daß ich vor Drummond große Angst hatte. Nicht vor dem Drummond, der seinen Hut in die Luft geworfen und für meine Mutter Veilchensträuße gekauft hatte. Ich fürchtete mich vor dem anderen Drummond, dem Drummond der ekelhaften Enthüllungen, dem Drummond der leisen Drohungen, dem Drummond mit der geladenen Pistole.

Die Pistole – was war mit ihr geworden? Daß er sie nach Irland mitgebracht hatte, wußte ich. Dem Bezirksinspektor hatte er jedoch gesagt, daß er keine Waffe besaß.

Mehr Lügen. Für Lügen gab es nie eine Rechtfertigung, sagte Nanny immer. Auch für Mord gab es keine Rechtfertigung.

Aufhören, befahl ich mir. Nicht mehr daran denken. Es hat ja keinen Zweck.

Um zehn Uhr klopfte meine Mutter an die Tür und fragte, ob sie mich einen Augenblick sprechen dürfte. Ich ließ sie herein.

„Bist du mir immer noch böse, Liebling?"

Als ich wortlos den Kopf schüttelte, nahm sie mich in die Arme und drückte mich an sich.

„Tut mir leid, daß du dich über mich geärgert hast, Mama", sagte meine Stimme.

„Oh, Liebling, ich weiß doch, daß das gar nicht deine Absicht war . . . du wirst dich doch bei Mr. Drummond entschuldigen, ja?"

Ich nickte, und als ich ihr Lächeln sah, bemerkte ich plötzlich, wie außergewöhnlich schön sie war. Als Kind war mir das selbstverständlich erschienen, doch jetzt, wo ich älter wurde, entdeckte ich das mit neuen Augen.

Sie war jetzt Ende dreißig, doch wer sie sah, dachte nicht an ihr Alter. Ihr Haar, von dunklem Braun, besaß einen feinen, seidigen Glanz. Ihre Haut war von cremefarbener Helle mit einem leisen Stich ins Olivbraune. Besonders auffallend war ihre Figur, die selbst in meinen Jungenaugen perfekt erschien, auch wenn meine Mutter nicht mehr so schlank war wie früher. Sie trug ein Abendkleid mit einem hauchdünnen Shawl, und ich konnte die lange Linie ihres Halses und die dunkle Kurve zwischen ihren Brüsten sehen.

„Gute Nacht, Liebling. Gib mir noch einen Kuß."

Plichtgemäß hielt ich meine Wange hin. „Mama", fragte ich dann, „wenn Mr. Drummond mich verprügeln wollte – würdest du das zulassen?"

„Nun, ich ... es käme darauf an, ob du es verdient hättest ... und Maxwell würde es bestimmt nicht tun, wenn das nicht der Fall wäre."

„Ich verstehe."

„Er erfüllt dir gegenüber nur Vaterpflichten, Ned. Und da er ein gewisses Maß an Verantwortung trägt, muß man ihm auch gewisse Rechte einräumen."

„Ja."

Sie ging. Ich machte das Licht aus und kroch ins Bett. Erst um halb sechs, als schon die Morgendämmerung kam, fiel ich in Schlaf.

III

Trotz allem wurde der Sommer für mich schöner und vergnügter, als ich zu hoffen gewagt hatte.

Denis Drummond kam von Dublin.

Er traf Ende April ein und wohnte bei seinem Vater in dem Steinhaus, in dem einmal der alte MacGowan gelebt hatte. Doch jeden Morgen nach dem Frühstück brachte Drummond ihn nach Cashemara. Er war in meinem Alter, hatte helles Haar und Sommersprossen und schwieg bedrückt vor sich hin. Er tat mir leid.

„Reitest du?" fragte ich hoffnungsvoll.

Er schüttelte den Kopf.

„Wie ist es mit Angeln, Schwimmen, Bootfahren?"

Wieder das Kopfschütteln.

„Was möchtest du denn am liebsten tun?"

„Nach Dublin zurückfahren", sagte er.

Drummond, der in der Nähe stand, wurde wütend und hielt Denis eine lange Predigt: Wie dankbar er sein müsse, hier auf Cashemara frische Luft zu atmen, statt im Gestank der dreckigen Stadt zu ersticken.

„Kapierst du nicht, daß Ned es gut mit dir meint", sagte er zornig. „Nimm dich gefälligst zusammen, sonst bekommst du es mit mir zu tun!"

Denis verzog die Mundwinkel.

„Wehe dir, wenn du jetzt auch noch beleidigt bist!"

Die Art, in der Drummond seinen Sohn abkanzelte, verblüffte

mich. Wenn er mir die Leviten las, so geschah das stets unter vier Augen, und sah er, daß ich mich bedrückt fühlte, dann war er immer die Freundlichkeit selbst.

„Wir sind nie miteinander ausgekommen", sagte Denis später, als wir auf meinem Bett saßen und aus Zahnputzgläsern Portwein tranken. „Er war immer von mir enttäuscht, und ganz egal, wie sehr ich mich angestrengt habe – ihm war das nie genug."

„Aber er wollte dich unbedingt hier haben", sagte ich. „Er hat sich sehr darauf gefreut. Ärgerlich war er nur, weil dein Bruder nicht mitgekommen ist."

„Max wollte nicht. Er ist jetzt schon zwanzig, und mit zwanzig kann man es sich leisten, seinem Vater nicht zu parieren. Meine Schwestern, die unverheirateten, wären ganz gern mitgefahren, aber meine Mutter hat sie nicht gelassen – wegen der Unmoral." Er wurde rot. „Mir wollte sie's zuerst auch nicht erlauben, doch dann habe ich sie noch rumgekriegt. Weißt du, ich wollte ja zu meinem Vater. Bloß jetzt sehe ich, daß alles für die Katz gewesen ist."

„Ich bin jedenfalls froh, daß du hier bist", sagte ich und gab ihm das halbvolle Zigarettenpäckchen, das Drummond vor ein paar Tagen irgendwo vergessen hatte.

Wir wurden Freunde. Ich brachte ihm Reiten bei. Oft ritten wir nach Clonareen, wo ich seine Vettern kennenlernte, darunter eine ganze Reihe von Jungen in meinem Alter. Bald bildeten wir das, was die Amerikaner eine „Gang" nennen: eine Gruppe, die gern zusammen ist und gemeinsame Interessen hat. Die Gang bestand nicht nur aus O'Malleys. Es war auch ein O'Connor dabei und ein O'Flaherty und ein Costelloe. Nach einer Woche erschienen bei uns zwei von den Joyces mit ganz passablen Freundschaftsgeschenken, einer Reliquienkiste und einem schönen Spaten. Sie baten darum, aufgenommen zu werden. Die O'Malleys sprachen sich dagegen aus, doch ich setzte mich darüber hinweg. Ich fand es absurd, daß selbst die jungen O'Malleys und Joyces ihre uralte Familienfehde nicht vergessen konnten.

Die Joyces wurden also Mitglieder, doch ich ließ sie und auch die O'Malleys heilige Eide schwören, sich gut miteinander zu vertragen. Erstaunlicherweise hielten sie sich auch daran. Bei ihren Eltern und Verwandten taten sie natürlich so, als ob sie einander wie die Pest haßten. In Wirklichkeit waren sie jedoch die besten Freunde.

Auf dem Hang oberhalb von Cashemara stand eine halbverfallene Hütte, die wir zu unserem Hauptquartier machten. Dort kamen wir zusammen und gingen dann auf Hasenjagd oder auf Fischfang, um später zurückzukehren und unsere Beute zu braten. Ich sorgte für den Portwein und beauftragte einen der O'Malleys, von einem herumziehenden Händler Zigaretten zu kaufen. Leider kam der Händler nur einmal im Monat ins Tal, so daß Zigaretten immer knapp waren. Meist teilten wir uns eine, wobei jeder einen Zug machte und sie dann seinem Nachbarn reichte. Wir erzählten uns, um das Feuer sitzend, Geschichten, die fast immer um ein und dasselbe Thema kreisten: die Unterdrückung der armen Iren durch die bösen Engländer. Ich sprach oft über den amerikanischen Westen, den Wilden Westen, und das gefiel ihnen.

Es war ein großartiger Sommer. Der Unterricht bei Mr. Watson blieb mir natürlich nicht erspart, aber da Denis jetzt mein Leidensgenosse war, kamen wir eigentlich beide auf unsere Kosten. Schon bald nahm Mr. Watson seinen Urlaub und Denis und ich konnten mit unserer Zeit anfangen, was wir wollten.

Mitte August schrieb Denis' Mutter, er solle nach Hause kommen.

„Aber du willst doch gar nicht nach Dublin, Denis, oder?" fragte Drummond.

„Wenn Ma mich darum bittet, wie kann ich es ihr dann abschlagen?" erwiderte Denis.

„So, sie bittet dich!" sagte Drummond, sofort gereizt. „Sie hat Max und Bridget und Mary Kate – weshalb solltest du also nicht noch hierbleiben?"

„Weil ich nicht will", erklärte Denis trotzig und sehr gegen seine Überzeugung, wie ich genau wußte.

„Das ist verdammt undankbar von dir!"

„Undankbar? Bloß, weil ich nach Hause will?"

„Dieses Tal ist deine Heimat!"

„Nein, das ist es nicht! Jedenfalls nicht, solange Ma nicht herkommen und mit dir zusammenleben kann!"

„Das will sie ja gar nicht!" brüllte Drummond.

Denis schwieg eingeschüchtert.

„So eine gottverdammte Unverschämtheit!" fluchte Drummond, gab es jedoch auf, Denis zum Bleiben zu bewegen.

Nachdem sein Sohn abgereist war, sagte Drummond zu meiner Mutter: „Ich verstehe den Jungen nicht", und ich dachte: Nein, du verstehst ihn wirklich nicht.

Mir fehlte mein Freund sehr, und ich wußte, daß auch Drummond sich nach Denis sehnte. Es schien, als suche er in mir eine Art Ersatz für seinen Sohn. War ich ihm in den letzten Monaten nach Möglichkeit aus dem Weg gegangen, so wurde das jetzt immer schwieriger. Manchmal halfen alle Ausflüchte nichts, ich mußte mit ihm ausreiten, ob ich wollte oder nicht. Obwohl er zu mir sehr freundlich war, fühlte ich mich in seiner Gesellschaft unbehaglich, und das eigentlich weniger wegen seines Betrugs an meinem Vater. Wenn ich ihm das auch nicht verzeihen konnte, so gab ich mir doch alle Mühe, nicht mehr daran zu denken.

Mein Vater hatte den ganzen Sommer über nichts von sich hören lassen. Von Tante Madeleine erfuhren wir, daß er rückfällig geworden war. Er trank wieder.

„Aber du darfst dir deswegen keine Sorgen machen, Ned", sagte meine Mutter. „Dazu besteht wirklich kein Anlaß."

Sie warf Drummond einen Blick zu, und plötzlich wurde mir bewußt, daß mich seit einiger Zeit störte, was ich solange als gegeben hingenommen hatte: das Verhältnis zwischen beiden.

In mir war eine Veränderung vor sich gegangen. Ich registrierte jede Nuance im Verhalten meiner Mutter Drummond gegenüber: ihre bedeutungsvollen Blicke, ihr Lächeln, selbst Form und Farbe ihrer tiefausgeschnittenen Abendkleider. Ich wollte es nicht, ich wehrte mich dagegen, aber ich konnte nicht anders. Tagsüber flackerte nur dann und wann ein Gedanke daran auf. Doch nachts lag ich wach in meinem Bett, und vieles, was ich längst vergessen geglaubt hatte, kehrte zurück: die Woche in Newport, Drummonds derbe, sonnengebräunte Hand auf dem schlanken, weißen Arm meiner Mutter; Drummonds winzige Wohnung in New York, das quietschende Bett im Zimmer nebenan – überhaupt mußte ich immer und ewig daran denken, wie sie miteinander im Bett lagen. Ich verachtete mich deswegen, und doch ließ sich diese Vorstellung nicht verdrängen.

„Ich muß vernünftig sein", sagte ich laut zu mir, während ich der alten Hütte zustrebte, wo meine Freunde auf mich warteten. „Ich werde nicht mehr daran denken."

Aber dann begannen mir neben meiner Mutter auch andere Frauen aufzufallen. Ich bemerkte, daß Miß Cameron, die Gouvernante, einen flachen Busen hatte, ganz im Gegensatz zu Bridie, einem Küchenmädchen. Als Tante Madeleine zum Tee nach Cashemara kam, gelang es mir, wieder einen Blick auf ihre sagenhaften Fesseln zu werfen. Und jedesmal, wenn ich an diese weiblichen Attribute dachte, kamen die Erinnerungen zurück, an das quietschende Bett, an die Hand auf dem Arm, an die intimen Blicke, deren Bedeutung ich damals nicht begriffen hatte . . .

„Verdammt nochmal, verdammt, verdammt!" fluchte ich mit zusammengebissenen Zähnen, wenn ich im Dunkeln wachlag, und schob die bedrängenden Bilder mit äußerster Willenskraft beiseite. Doch wenn ich dann einschlief, warteten schon die Träume auf mich, obszöne Träume, schlüpfrige, lüsterne, laszive Träume, und jeden Morgen gestand ich mir bedrückt, daß es nichts Übleres und Ekelhafteres gab, als vierzehneinhalb Jahre alt zu sein und einen Körper und einen Geist zu besitzen, die ein völlig unkontrollierbares Eigenleben führten.

Nach Denis' Abreise kam Onkel Thomas zu Besuch, während Onkel David in England blieb, um sich um meinen Vater zu kümmern.

„Ist alles in Ordnung, Ned?" fragte Onkel Thomas, als er mit mir allein war. „Du bist immer so still."

„Ja, es ist alles in Ordnung", erwiderte ich kurz.

„Gut. Drummond scheint in Verwaltungsfragen ja wirklich sehr gewissenhaft zu sein, obwohl man natürlich bedauern muß, daß es ihm an dem notwendigen Rüstzeug fehlt, die Bücher sachgemäß zu führen. Deine Mutter hat mir jedoch versprochen, sich darum zu kümmern . . . Schade, daß sie doch nicht bereit war, die Kinder zu Patrick zu lassen, aber jetzt, wo er wieder angefangen hat zu trinken, ist an einen Besuch natürlich nicht zu denken."

Ich schwieg.

„Ich sage das", fuhr Onkel Thomas fort, „damit du dich nicht unnötig mit Gewissensbissen plagst, weil du dich geweigert hast, über Ostern zu ihm zu fahren."

Ich öffnete den Mund, um ihm zu erklären, wie es sich in Wirklichkeit verhielt. Doch dann schwieg ich. Wenn er die Wahrheit erfuhr, konnte meine Mutter in Schwierigkeiten kommen.

Er mißdeutete meine Verlegenheit. „Sprechen wir von etwas anderem", sagte er hastig. „Wie bist du denn mit Drummonds Sohn ausgekommen?"

„Sehr gut, danke."

„Das freut mich. Schade, daß es hier keine Knaben deines Standes gibt. Solltest du es dir mit der Schule doch anders überlegt haben . . ."

„Nein."

Ende August reiste er wieder ab, und zwei Tage später traf Kusine Edith, Hugh MacGowans Witwe, auf Clonagh Court ein.

Nach MacGowans Ermordung war sie nach Edinburgh gezogen, wo sie ein Stadthaus besaß. Vor kurzem hatte meine Mutter ihr geschrieben und sie gebeten, ihre Sachen von Clonagh Court wegzuschaffen, da sie dort ja ganz offensichtlich nicht mehr wohnen wolle. Der Grund für das unvermittelte Drängen meiner Mutter war Drummonds Wunsch, sich auf Clonagh Court einzurichten. Das Steinhaus des alten MacGowan erschien ihm zu klein, und den Plan, sein eigenes Haus wieder aufzubauen, hatte er vorerst aufgegeben.

Kusine Edith hatte plumpe Hüften und keine Taille, und wenn sie sich bewegte, knarrte ihr Korsett. Den riesigen, formlosen Brüsten entprachen, wie ich vermutete, ebenso massige Schenkel. Als sie uns auf Cashemara besuchte, verbrachte ich die ersten fünf Minuten damit, sie mir nackt vorzustellen, und dieses abstoßende, doch unwiderstehliche Bild beschäftigte mich so, daß ich zuerst überhaupt nicht hörte, was sie sagte.

„Ned!"

Die tadelnde Stimme meiner Mutter klang wie aus weiter Ferne an meine Ohren. Da sie mit Ediths Besuch nicht gerechnet hatte, war sie sehr nervös. Früher hatten beide einander nicht ausstehen können.

„Entschuldige bitte, Kusine Edith", stotterte ich. „Was hast du gesagt?"

Kusine Edith wollte wissen, was ich mit meiner Zeit anfinge, wenn ich bei Mr. Watson keinen Unterricht hatte.

„Ich gehe fischen und jagen", sagte ich. „Und manchmal fahre ich im Coracle auf die Lough hinaus."

„Allein?"

„Nein. Ich habe ein paar Freunde."

„Was für Freunde denn?"

„Edith", sagte meine Mutter, „ich muß dir unbedingt die Bilder zeigen, die Jane gemalt hat. Ganz erstaunlich für ein kleines Mädchen von noch nicht einmal sieben Jahren . . ."

„Wie heißen deine Freunde denn, Ned?"

„Joyce, O'Malley, Costelloe . . ." Der Blick, den meine Mutter mir zuwarf, ließ mich abbrechen. „Wie die Menschen hier eben so heißen", murmelte ich. Am liebsten hätte ich mir wegen meiner

Dummheit einen Tritt gegeben. Was Kusine Edith von meiner Freundschaft mit den Söhnen unserer Pächter halten würde, lag auf der Hand. Ich hätte meiner Mutter die Peinlichkeit gern erspart.

„Ich glaube, am besten hole ich jetzt die Kinder von oben", sagte meine Mutter. „Willst du nicht mitkommen, Ned? Entschuldige uns bitte, Edith."

„Oh, Ned, du kannst mich doch nicht allein lassen", widersprach Kusine Edith und versuchte ein gewinnendes Lächeln, das ihr jedoch kläglich mißlang. „Als junger Kavalier weißt du doch, was sich gehört, nicht wahr? Geh nur, Sarah. Wir beide werden uns schon gut unterhalten."

„Ich weiß nicht, ob . . ."

„Ich bitte dich – hol die Kinder. Ich möchte sie so gern wiedersehen!" sagte Kusine Edith, und meiner Mutter blieb nichts übrig, als sich dreinzuschicken.

„Nun", fuhr Kusine Edith fort, als sie mit mir allein war, „deine Mutter sieht ja blendend aus. Wie hübsch, daß Mr. Drummond zur Hand ist, um sich um sie zu kümmern, nicht wahr?"

„Ja, sie sieht blendend aus, das finde ich auch."

„Mr. Drummond kommt wohl oft her?"

„Dann und wann."

„Wann ist dann?" fragte Kusine Edith. „Und wann ist wann?"

„Er ist manchmal zum Dinner hier."

„Manchmal? Oder jeden Abend? Und vielleicht auch zum Frühstück?"

„Beim Frühstück habe ich ihn noch nie gesehen."

„Dann frühstücken deine Mutter und er also allein, nicht wahr?"

„Er frühstückt überhaupt nicht hier."

„Aber, Ned, vor mir brauchst du doch keine Geheimnisse zu haben! Wir wissen doch beide, wie so etwas arrangiert wird – habe ich nicht recht?"

Ich gab keine Antwort.

„Nimmt deine Mutter dich jeden Sonntag zur Kirche mit?"

„In der Kapelle wird einmal im Monat ein Gottesdienst abgehalten."

„Und deine Mutter geht hin?"

„Nanny geht mit uns", sagte ich und fragte mich sofort, warum ich ihr das auf die Nase binden mußte, statt sie einfach anzulügen.

„Da bin ich aber heilfroh, daß deine Mutter nicht zu den Heuchlern gehört, die gegen ihre Überzeugung zur Kirche gehen", sagte Kusine Edith. „Vom Heucheln halte ich gar nichts. – Magst du Mr. Drummond?"

„Jedenfalls gefällt er mir besser, als mir Mr. MacGowan gefallen hat", sagte ich impulsiv. „Und wenn du meine Mutter genug beleidigt hast, bist du vielleicht so freundlich, dich aus unserm Haus zu scheren."

„Ned! Wie ungezogen!"

Das Wort, das mir über die Lippen rutschte, wäre besser ungesagt geblieben. Es war eine bodenlose Dummheit von mir, denn ich spielte Edith damit nur in die Hände.

„Nicht nur ungezogen, sondern auch noch unflätig!" sagte sie. „Als ob du in der Gosse aufgewachsen wärst!"

Ich verließ das Zimmer.

Zwei Wochen später, nachdem Kusine Edith in Surrey gewesen war, ließ mein Vater meiner Mutter durch seine Anwälte mitteilen, daß er alle notwendigen Schritte unternehmen würde, um ihr das Sorgerecht für die Kinder entziehen zu lassen. Außerdem sei es seine Absicht, den Vertrag, demzufolge er Cashemara mir überlassen hatte, vor Gericht zu widerrufen.

3. KAPITEL

I

„Das wird er niemals schaffen“, sagte Drummond. „Juristisch ist an dem Vertrag nichts zu beanstanden. Und die Kinder wird kein Gericht der Welt einem Säufer zusprechen.“

„Er will sie ja nicht für sich selbst“, sagte meine Mutter, um deren Augen tiefe Schatten lagen. „Er wird es dem Gericht überlassen, einen Vormund nach eigener Wahl zu ernennen.“

„Aber, verdammt nochmal, Sarah, du bist deinen Kindern eine wunderbare Mutter, und niemandem wird es gelingen, das Gegenteil zu beweisen.“

„Vergiß nicht die sogenannte wilde Ehe“, flüsterte meine Mutter, und zu meinem Schrecken sah ich, daß sie weinte. „Edith wird aussagen, daß . . . Ich habe mir ja gleich gedacht, daß sie nur herkam, um hier herumzuschnüffeln . . .“

„Und wenn schon! Was hat sie denn herausbekommen? Daß ich nicht hier wohne – daß ich nie eine Nacht unter diesem Dach verbringe!“

„Aber das Personal . . . das Mädchen, das ich entlassen habe, weil sie uns überraschte . . . ich bin sicher, daß sie schnurstraks zu Edith gegangen ist und daß Edith nur deshalb herkam . . .“ Sie schluchzte so laut, daß sie nicht weitersprechen konnte.

„Mama“, sagte ich und ging mit unsicheren Schritten zu ihr. In meiner Verstörung wußte ich kaum, was über meine Lippen kam. „Du darfst nicht weinen. Papa hat doch auch schon früher gedroht, aber seine Drohungen nie wahrgemacht. Bitte weine nicht. Bitte!“

„Er wird mich nie in Ruhe lassen“, sagte sie. „Solange er lebt, werde ich keinen Frieden vor ihm haben.“

„Liebste, du siehst zu schwarz“, sagte Drummond und beugte

sich über sie. „Hast du denn kein Vertrauen mehr zu mir? Bisher habe ich noch aus allen unseren Schwierigkeiten einen Ausweg gefunden."

„Ja, aber welche Möglichkeiten bleiben denn noch", sagte sie schluchzend. „Ich werde die Kinder verlieren, und wenn er uns Cashemara nimmt, dann verliere ich auch dich."

„Sarah . . ."

„Wir hätten kein Geld, und ich wäre für dich nur eine Last. Ich bin nicht mehr jung. Du würdest mich verlassen."

Er packte sie bei den Schultern und schüttelte sie. „Ich werde dich nie verlassen", sagte er. „Verstehst du, Sarah? Nie. Wie oft muß ich dir das denn noch versichern?"

„Aber wenn wir kein Geld haben . . ."

„Dann werde ich es eben verdienen. Vorläufig bleiben wir hier."

„Wenn es Patrick gelingt, den Vertrag für ungültig erklären zu lassen . . ."

„Alles nur Geschwätz! Das ist doch das einzige, was er kann – schwatzen! Den Vertrag widerrufen? Einfach lächerlich!"

„Er könnte sagen, er sei damals krank gewesen – nicht in der richtigen geistigen Verfassung – man habe ihn beschwindelt und unter Druck gesetzt . . . ach, Maxwell, es gibt so viele Ausflüchte, und Mr. Rathbone ist ein so geschickter Anwalt."

„Er ist nicht der einzige ausgekochte Advokat, den es gibt. Wir werden schon einen Fuchs finden, der es mit ihm aufnehmen kann."

Sie war in seinen Armen, und als ich ihr Gesicht sah, wandte ich mich unwillkürlich ab und starrte wie blind durch das Fenster. Die Stille hinter meinem Rücken verriet mir, daß er sie küßte. Und dann sah ich in der stumpf spiegelnden Fensterscheibe ihre Körper. Meine Gegenwart schienen sie vergessen zu haben.

Ich hatte das Gefühl, zwischen Mauern eingepfercht zu sein, die mir jedes Glied einzwängten. Schließlich konnte ich es nicht mehr ertragen.

Ohne mich umzudrehen, sagte ich überstürzt: „Ich könnte doch zu meinem Vater fahren und ihn bitten, nichts zu unternehmen."

Die Gestalten im spiegelnden Glas trennten sich voneinander, und die Stimme meiner Mutter sagte erbittert: „Dein Vater würde jetzt niemals nachgeben. Dafür sind die Dinge zu weit gediehen. Wenn wir ihm versprechen, daß du ihn in Zukunft besuchen darfst, wird er uns nicht glauben."

„Wir müssen uns mit den Anwälten in Verbindung setzen", sagte Drummond, und schon am nächsten Tag reiste meine Mutter nach Dublin ab, um juristischen Rat einzuholen. Da die Begleitung Drummonds sie nur kompromittiert hätte, fuhr sie allein.

Zwei Tage später erschien Tante Madeleine und berichtete, daß Kusine Edith nach Clonagh Court zurückgekehrt war.

Doch nicht nur das. Sie hatte auch meinen Vater mitgebracht.

II

Mein Vater hatte sofort nach Cashemara kommen wollen, um seine Kinder zu holen. Tante Madeleine war es gelungen, ihn davon abzuhalten. Sie wolle zuvor mit meiner Mutter sprechen, hatte sie zu ihm gesagt.

„Aber Mama ist zu ihren Anwälten nach Dublin gefahren", erklärte ich, „und ich weiß nicht, wann sie zurückkommen wird."

Wir waren im Morgenzimmer. Die Porzellanuhr schlug gerade elf, und draußen wehten Regenschleier über den ungepflegten Rasen.

„Vielleicht ist es ganz gut, daß deine Mutter im Augenblick nicht hier ist", sagte Tante Madeleine. „Sie hätte bestimmt einen nervösen Kollaps, und das würde die Situation nur noch komplizieren. Laß mich überlegen. Sicher läßt es sich arrangieren, daß ihr mit eurer Nanny – Mrs. Gray, nicht wahr? – für ein paar Tage nach Salthill fahrt. Gerade um diese Jahreszeit ist die Seeluft für Kinder sehr gesund."

Ich sah sie verblüfft an. „Ja, bist du denn dagegen, daß Papa uns sieht?"

„Und ob ich dagegen bin! Erstens hat er nicht das mindeste Recht hierher zu kommen und euch im offenen Widerspruch zum Gerichtsbeschluß zu entführen, und zweitens trinkt er wieder und ist in keiner Weise geeignet, euch in seine Obhut zu nehmen. An der gegenwärtigen Situation ist natürlich ausschließlich Edith schuld. Sie war es, die ihn bewog, England zu verlassen. Das Beste ist es, die Kinder wegzubringen und dann mit Patrick zu sprechen, bis er Vernunft annimmt. Es muß ihm klargemacht werden, daß es so auf gar keinen Fall geht. Wenn überhaupt, so führt der Weg einzig über die ordentlichen Gerichte."

„Aber, Tante Madeleine . . . du findest doch auch, daß wir

weiter bei Mama leben sollten – oder nicht? Ich hätte ja gar nichts dagegen, meinen Vater zu besuchen, aber . . ."

„Ich würde es wirklich nicht für empfehlenswert halten, daß ihr auf Dauer bei ihm bleibt. Was deine Mutter betrifft, so weiß ich kaum, was ich denken soll. Ihre Liaison mit diesem Menschen kann ich natürlich nicht gutheißen, und ich finde es skandalös, daß du damit tagtäglich konfrontiert wirst, du und auch deine Geschwister. Einzig Gott weiß, wie groß der moralische Schaden ist, den ihr nehmt!"

„Ich will aber nicht von meiner Mutter weg", sagte ich.

„Natürlich willst du das nicht, und all meinen Bedenken zum Trotz bin ich auch der Meinung, daß du bei ihr bleiben solltest. Dieses endlose Tauziehen zwischen deinen Eltern ist für dich schlimmer als das böse Beispiel, daß dir deine Mutter durch ihr Verhältnis mit Maxwell Drummond gibt. Jetzt werde ich mit Nanny sprechen, damit ihr sobald wie möglich nach Salthill abreisen könnt."

Noch am Nachmittag desselben Tages fuhren wir, zu meiner Erleichterung (und zu Tante Madeleines Unwillen) in Begleitung Drummonds. Wir mußten in Oughterard übernachten, und natürlich war er es, der sich um alles kümmerte, um Zimmer für uns, um Futter für die Pferde, einfach um alles. Was ich ohne ihn gemacht hätte, weiß ich nicht. Am Vormittag des nächsten Tages waren wir dann in Salthill, wo er uns in einem ruhigen Hotel nahe der Promenade unterbrachte und wartete, bis Miß Cameron und Mr. Watson nachkamen und unser Gepäck brachten.

„Ich würde gerne ein paar Tage hier bei euch an der See bleiben", sagte er zu mir, „aber es ist besser, wenn ich wieder nach Hause fahre. Wer weiß, was dein Vater im Schilde führt?"

„Wann mag Mama bloß von Dublin zurückkommen?"

„Vielleicht ist sie morgen schon in Galway. Ich werde im Great Southern Hotel eine Nachricht für sie hinterlassen, damit sie weiß, wo ihr seid. Wie ich sie kenne, wird sie keinen Augenblick zögern, nach Salthill nachzukommen."

Er behielt recht. Sie kam. Ihre Augen waren rotgerändert und ihre Kleider von der langen Bahnfahrt zerdrückt. Sie hatte sich nicht einmal die Zeit genommen, sich ordentlich zu frisieren.

„Sie sehen sehr müde aus, Mylady", sagte Nanny sofort. „Sie sollten sich wenigstens für ein halbes Stündchen hinlegen."

„Oh, nein", erwiderte meine Mutter. „Ich muß die Kinder

sehen. Ich muß unbedingt die Kinder sehen." Ich begriff, daß es nicht Schlafmangel war, was ihre Augen so entzündet aussehen ließ.

„Ich werde sie holen", sagte Nanny nach kurzem Zögern.

„Was ist passiert, Mama?" fragte ich, als wir allein waren.

„Was diesen Vertrag angeht, waren sich die Anwälte nicht sicher. Sie meinten, daß eine Klage deines Vaters nicht unbedingt Erfolg haben müßte. Anders sieht es mit dem Sorgerecht aus. Da könnte dein Vater Erfolg haben und erreichen, daß euch vom Gericht ein Vormund gestellt wird. Weißt du, ob er schon etwas in die Wege geleitet hat?"

„Nein, Mama. Heißt das, daß jemand wie Onkel Thomas oder Tante Madeleine unser Vormund werden würde? Dann könnten wir doch bei dir bleiben."

„Aber der Richter würde es bestimmt nicht erlauben. Da ist dieses sogenannte Konkubinat. Ich bin nicht zur Kirche gegangen und habe euch dadurch für einen christlichen Lebenswandel ein schlechtes Beispiel gegeben. Und was dich betrifft, so habe ich es versäumt, dich auf eine ordentliche Schule zu schicken und dir den Umgang mit diesen Bauernjungen zu verbieten . . ."

„Allmächtiger Himmel!" sagte ich verdutzt. „Über so etwas machen sich die Leute Kopfschmerzen?"

Sie war mit ihren Gedanken beschäftigt. „Ich muß zu deinem Vater. Ich muß mit ihm reden. Ich muß mit ihm reden . . . Noch heute abend fahre ich nach Cashemara, und dann werde ich nach Clonagh Court . . ."

„Mama, du kannst heute abend nicht zurück! Sechzig Kilometer, einfach unmöglich! Bleibe über Nacht hier – bitte bleibe!"

„Dann werde ich morgen in aller Früh losfahren. Ich darf keine Zeit verlieren." Ihre Augen glänzten wie im Fieber. Ihre Finger, auf dem Schoß ineinandergekrümmt, zogen und zerrten. „Ich muß mit ihm reden", sagte sie. „Ich muß unbedingt mit ihm reden."

„Laß mich mitkommen."

„Nein!" sagte sie scharf und fügte dann leiser und sanfter hinzu: „Bleibe hier und paß an meiner Stelle auf die Kleinen auf. Bitte, Ned."

Und so blieb ich. Drei Tage lang spielte ich mit meinen Geschwistern am Strand oder im Hotel. Am Abend des dritten Tages traf dann Maxwell Drummond ein und sagte, er wolle mich unter vier Augen sprechen.

III

Wir gingen in mein Schlafzimmer, einen engen kleinen Raum mit einem Stuhl, einem Waschtisch, einer hochbeinigen Kommode und einem Messingbett. Die Tapete mit dem Rosenmuster ließ alles noch winziger wirken.

„Was ist passiert?“ fragte ich leise.

Er setzte sich auf den Stuhl. Bisher war er mir weder jung noch alt erschienen, doch jetzt sah man ihm seine fünfundvierzig Jahre an. Die Augen waren vor Müdigkeit verquollen, und die Furchen um seinen Mund schnitten tief ein. Er musterte mich ausdruckslos.

„Nimm Platz, Ned“, sagte er.

Ich hockte mich auf mein Bett. Plötzlich erfüllte mich eine böse Vorahnung.

„Deine Mutter besuchte deinen Vater auf Clonagh Court“, sagte er. „Da sie ihn versöhnlich stimmen wollte, brachte sie ihm sogar ein paar Sachen von den Kindern mit. Doch er ließ nicht mit sich reden, und es kam zu einer Auseinandersetzung. Deine Mutter ging. Er betrank sich bis zur Besinnungslosigkeit. Am nächsten Morgen war er so krank, daß deine Kusine Edith deine Tante Madeleine holen ließ, die dann erklärte, dein Vater litte an einer Krankheit namens Leberzirrhosis. Bei deinem Vater war das nicht der erste Anfall. Vierundzwanzig Stunden lang ging es ihm sehr schlecht, und dann verlor er das Bewußtsein.“ Er brach ab.

Ich schwieg. Über uns flackerte das Gaslicht, und hinter den Gardinen trommelte der Regen an die Fensterscheiben.

„Er ist gestorben“, sagte Drummond.

Wieder fiel sekundenlang kein Wort.

„Tut mir leid, Ned“, sagte er. „Ich weiß, daß du ihn gern gehabt hast. Ich weiß, daß dies ein Schock für dich ist.“

Plötzlich wurde mir bewußt, daß ich gar nicht mehr auf dem Bett saß, sondern am Fenster stand und hinausstarrte. Der Regen strömte jetzt herab.

„Würden Sie Nanny bitte ausrichten, daß sie es meinen Geschwistern sagen soll?“ fragte ich.

Er schien zu warten. Als ich nicht weitersprach, erwiderte er: „Natürlich, Ned. Möchtest du, daß ich noch einen Augenblick bei dir bleibe?“

Ich schüttelte den Kopf.

Doch er ging nicht. Nach einer Weile sagte er: „Falls du glaubst, daß ...“ Er stockte. Dann: „Wenn du mich brauchen solltest, findest du mich in Zimmer fünfzehn.“ Ich hörte seine Schritte, hörte das leise Klappen der Tür, die sich hinter ihm schloß.

Ich setzte mich wieder auf mein Bett. Sekundenlang dachte ich an nichts als an dieses eine Wort: Leberzirrhosis. Doch dann grübelte ich weiter. Natürlich mußte alles so arrangiert worden sein, daß die Leiche keine verräterischen Spuren aufwies. Den Totenschein zu bekommen, war nicht schwer. Dr. Cahill würde ihn in gutem Glauben ausfertigen. Keine Autopsie.

Doch wie war es gemacht worden? Nun, jeder wußte, daß mein Vater wieder angefangen hatte zu trinken. Etwas im Schwarzgebrannten wahrscheinlich. Ein Dienstbote? Kusine Edith hatte bestimmt eine Köchin und vielleicht auch ... ja, natürlich: Von Seamus O'Malley wußte ich, daß sein Onkel auf Clonagh Court nach dem Rechten gesehen hatte. Ein O'Malley. Drummonds Verwandter. Wer auch sonst?

Ich riß ein Blatt aus meinem Schreibheft, fand einen Bleistift.

„Lieber Onkel Thomas und lieber Onkel David“, schrieb ich. „Ich habe allen Grund anzunehmen ...“

Halt. Nicht weiter. Vorsichtig sein. Was war mit meiner Mutter? Wenn ich Drummond bezichtigte, mußte dann nicht auch an ihr etwas haften bleiben? Schließlich hatte mein Vater sich an demselben Tag bis zur Besinnungslosigkeit betrunken, an dem sie zu ihm gegangen war, höchstwahrscheinlich ohne Drummonds Wissen, denn er hätte bestimmt nicht zugelassen, daß sie sich einer so gefährlichen Lage aussetzte. Wenn in der Leiche je Giftspuren gefunden wurden, so würde die Polizei meine Mutter als erste verdächtigen.

Und Drummond? Drummond würde dann ungeschoren davonkommen.

Ich zerriß den Brief und verbrannte die Fetzen in der Kerzenflamme auf dem Nachttisch.

Wieder saß ich und grübelte. War mein Vater vielleicht tatsächlich an Leberzirrhosis gestorben? Ausschließen ließ sich das nicht. Ich wußte zwar, wie es Menschen zu ergehen pflegte, die Drummond im Weg standen, doch konnte es sich nicht um ein zufälliges Zusammentreffen von Ereignissen handeln? Ich dachte darüber nach. Meine Mutter hatte in einem verzweifelten Dilemma gesteckt, Drummond hätte alles getan, um ihr zu helfen. Und dann war mein Vater zufällig gestorben.

Zufällig.

Ich fühlte mich völlig ruhig. Ein Mord war schlimm, doch noch schlimmer war, wenn meine Mutter für ein Verbrechen verurteilt wurde, das sie gar nicht begangen hatte. Um meine Mutter zu schützen, mußte ich automatisch auch Drummond schützen. Mir blieb gar keine Wahl. Und dann: War es nicht für alle das Beste, daß mein Vater nicht mehr lebte? Für wen von uns war er je von Nutzen gewesen? Für mich doch am allerwenigsten. Es gab keinen Grund zur Trauer, und es gab auch keinen Grund, über Vergangenes nachzudenken.

Und doch lag ich die ganze Nacht wach und dachte an ihn.

Ich dachte an das Buch, das er mir geschenkt hatte, das Buch über die Ritter von König Artus' Tafelrunde. „Oh, Papa, wie hübsch würdest du in einer Rüstung aussehen mit einem Kreuz auf der Brust . . ." Ich konnte ihn lachen hören. „Ich bin kein Held, Ned", hatte er gesagt. Ich erinnerte mich noch ganz deutlich daran. „Ich bin kein Held . . ."

Ich weinte ein wenig, wußte jedoch nicht, warum.

Wir fuhren nach Cashemara zurück. Meine Mutter war sehr verstört, und Dr. Cahill kam jeden Tag, um nach ihr zu sehen. Als meine Onkel dann aus England eintrafen, wurde das Begräbnis für Ende der Woche festgesetzt. Ich sah, wie die beiden Männer, die meinem Vater im Garten geholfen hatten, den Azaleenweg hinaufgingen, um das Grab auszuheben.

Am Morgen des Begräbnistages kam mir ein Gedanke. Vielleicht gab es einen Beweis dafür, daß Drummond den Mord ohne Wissen oder doch ohne die Billigung meiner Mutter begangen hatte. Vielleicht hatte er ihr geschrieben und einen Plan entworfen, und sie war Hals über Kopf von Dublin zurückgekehrt, um Drummond an der Ausführung zu hindern. Doch als sie ankam, hatte mein Vater den vergifteten Schnaps bereits getrunken. Entsprach diese Hypothese dem wahren Sachverhalt, so wurde auch verständlich, warum meine Mutter meinen Vater sofort aufgesucht und so rasch wieder verlassen hatte. Es war zwischen ihnen gar nicht zum Streit gekommen. Mein Vater hatte deutliche Vergiftunssymptome gezeigt, und vor Entsetzen war meine Mutter davongestürzt . . .

Wenn der Brief noch existierte, so mußte er sich im Schreibtisch im Boudoir meiner Mutter befinden.

Ich zog mich an und verließ mein Zimmer. Leise ging ich durch die Galerie oberhalb der Halle. Niemand war zu sehen, aber es war ja auch noch sehr früh. Meine Mutter würde gewiß nicht vor acht Uhr aufstehen. Dennoch mußte ich sehr vorsichtig sein, denn das Boudoir lag unmittelbar neben ihrem Schlafzimmer.

Der elegante, polierte Damenschreibtisch stand in einer Ecke. Behutsam durchsuchte ich die Schubfächer. Nichts. Schon wollte ich aufgeben, als mir das Geheimfach einfiel. Vor Jahren hatte mir meine Mutter einmal den verborgenen Mechanismus gezeigt.

Ich betätigte ihn. Es klickte leise, dann schwang die Tür auf. Ich entdeckte einen Stoß Briefe, die mit einem roten Band zusammengebunden waren. Doch sie stammten nicht von Drummond. Sie stammten von meinem Vater und waren an mich gerichtet.

Es war das erstemal, daß ich sie zu Gesicht bekam. Mein Vater hatte sie geschrieben, als ich in Amerika gewesen war.

Ich setzte mich auf die Chaiselongue, und während meine Mutter im Zimmer nebenan noch schlief, las ich jedes Wort.

„Maxwell Drummond, für den Mord und Gewalt Trumpfkarten sind . . . Ich weiß, Du bist noch sehr jung . . . schwer für Dich zu verstehen . . . Dein Dich mit ganzem Herzen liebender Vater . . ."

Ich faltete die Briefe zusammen, legte sie säuberlich aufeinander, schlang das rote Band um die vergilbten Ränder und legte das Bündel in das Geheimfach zurück, das ich sorgfältig verschloß. Dann ging ich hinaus.

Wenig später war ich im Garten. Über den Rasen ging ich zum Azaleenweg, wo es noch ziemlich dunkel war. Doch hoch über mir begann sich der Himmel zu lichten, und ich hörte Vogelgezwitscher.

Ich kam zur Kapelle, ging jedoch nicht hinein. In der Nähe sah ich den marmornen Grabstein meines Großvaters. Nicht weit davon befanden sich die Grabhügel meiner Urgroßeltern, die lange vor meiner Geburt gestorben waren. Ich ging daran vorbei und blieb am Rande der offenen Grube stehen. Langsam drehte ich mich um.

Es war sehr still. Selbst die Vögel schienen verstummt zu sein.

Ich lauschte, und wenn hier auf dem Friedhof auch kein Laut zu vernehmen war, so hörte ich dennoch etwas. Ich hörte, was mir meine Erinnerung sagte.

Bilder stiegen aus der Vergangenheit herauf, und ich hörte wieder, was mir mein Vater über seine Freundschaft mit MacGowan sagte.

Damals hatte ich ihn nicht verstanden: Vor der Wahrheit nicht zurückschrecken ... sinnlos, etwas sein zu wollen, das man nie sein kann ... unmöglich für ihn, meine Mutter glücklich zu machen ...

Die Erinnerung an seine Stimme verblaßte. Ich hörte kaum noch darauf, weil ich jetzt an Drummond dachte – nicht an den Drummond, der sein Versprechen hielt und dem ich vertraute, sondern an jenen anderen Drummond: an den Mann, der meinen Vater um Cashemara betrogen und ihm seinen Garten und seine Kinder genommen hatte; der uneingeschränkt über das Besitztum meines Vaters herrschte und mit der Frau meines Vaters schlief.

Mein Vater – wann war er je unaufrichtig gewesen? Wann je verlogen oder falsch? Schwächen hatte er gehabt, gewiß. Doch nie war es ihm eingefallen, sich in Ausflüchte oder Vorspiegelungen zu retten. Er hatte versucht, mir klarzumachen, wie das zwischen ihm und MacGowan war; und darauf kam es entscheidend an.

Plötzlich dachte ich: Es war sehr mutig von ihm, das zu tun.

Ich blickte in die Grube, die auf seinen Sarg wartete, und plötzlich waren meine Gefühle für meinen Vater so klar, daß ich nicht begriff, wie das je anders gewesen sein konnte. Denn mein Vater war in der Tat ein Held: keiner jener unwirklichen Helden, die es nur in Märchen- und Sagenbüchern gab, sondern ein Durchschnittsmensch, der jedoch Mut und Wahrheitsliebe zeigte, wo andere sich in feige Lügen geflüchtet hätten. Seine Trunksucht und seine Abartigkeit fielen nicht länger ins Gewicht. Denn er hatte mich geliebt und war aufrichtig zu mir gewesen. Nur das zählte für mich, und eines Tages ...

Eines Tages würde ich versuchen, an dem Toten gutzumachen, was ich dem Lebenden schuldig geblieben war.

4. KAPITEL

I

Mußte ich seinen Tod nicht rächen? Der Gedanke stieß mich ab. Auch wußte ich nicht, wie ich ihn in die Tat umsetzen sollte, denn jeder Hinweis auf einen Mord mußte unausweichlich auch meine Mutter gefährden. Vielleicht würde es genügen, Drummond von Cashemara zu entfernen. Doch selbst das schien im Augenblick undurchführbar, wenn ich mich mit meiner Mutter nicht verfeinden wollte. Zwar gehörte Cashemara jetzt mir, doch bis zu meiner Großjährigkeit lagen alle Entscheidungen bei den Treuhändern, und selbst wenn meine Onkel Drummond entließen ... meine Mutter würde zweifellos bis zum letzten dagegen kämpfen. Schon der Gedanke an einen erneut aufflammenden Streit stieß mich zutiefst ab. Alles, nur das nicht. Ich würde warten müssen, bis ich mit einundzwanzig mein eigener Herr war. Dann konnte ich höflich, doch entschieden darauf drängen, daß meine Mutter mit Drummond von Cashemara wegzog.

Das Begräbnis fand statt. John hatte einen Asthmaanfall und mußte im Bett bleiben, und auch die Mädchen waren nicht in der Kapelle, weil Nanny meinte, Jane sei noch zu jung und Eleanor zu nervös. Aber ich war dort. Meine Mutter weinte, meine Onkel hatten aschgraue Gesichter, und Tante Madeleine sprach später vom unerforschlichen Ratschluß Gottes. Kusine Edith erschien, wechselte mit meiner Mutter jedoch kein Wort und kehrte am nächsten Tag nach Schottland zurück. Ihre Schwester Clara, die meiner Mutter einmal im Jahr schrieb, teilte uns nach Monaten mit, Edith wohne wieder in Edinburgh und verwende ihre Energie darauf, für das weibliche Geschlecht eine höhere Bildung zu propagieren.

Als wir die Kapelle verließen, wartete Drummond draußen

schon auf meine Mutter, um sie zum Haus zu begleiten. Sofort hörte sie auf zu weinen.

„Arme Sarah", sagte Onkel David zu Onkel Thomas. „Die Jahre, in denen sie mit Patrick glücklich war, scheinen eine Ewigkeit zurückzuliegen . . . und doch sind, allem zum Trotz, ihre Gefühle für ihn vielleicht nicht ganz erkaltet . . . was auch kaum verwundern kann bei einer Frau, die ihrem Mann vier Kinder geschenkt hat . . ."

Onkel Thomas gab keine Antwort. Irgend etwas schien ihn stark zu beschäftigen. Wenig später wußte ich, was es war.

„Wie gut, daß Edith nicht geblieben ist", sagte er zu mir, als wir nach dem kurzen, kalten Lunch allein waren. „Sie hat mir doch weismachen wollen, daß dein Vater ermordet worden sei, und zwar von deiner Mutter! Herr des Himmels, diese Frau schreckt doch vor nichts zurück, um Sarah zu schaden!"

Offenbar bemerkte er mein Erschrecken, denn er fügte hastig hinzu: „Ich habe ihr natürlich gesagt, sie möge ihre Zunge hüten, denn für Behauptungen dieser Art könne sie gerichtlich zur Rechenschaft gezogen werden. Du brauchst dir keine Sorgen zu machen, Ned. Ich glaube nicht, daß wir von ihr noch ein Wort darüber hören werden."

Mit Mühe brachte ich hervor: „Sie kann doch keine Autopsie verlangen, nicht wahr? Ich weiß, daß man nichts finden würde, doch der Skandal wäre für meine Mutter schrecklich . . ."

„Eine Autopsie? Völlig überflüssig", sagte Onkel Thomas, der als Arzt mit solchen Dingen vertraut war. „Es bestehen ja keinerlei Verdachtsmomente. Du hast schon recht, Ned. Es würde nur wieder einen Skandal geben, und deine Mutter und die ganze Familie haben in den letzten Jahren unter Skandalen wirklich genug leiden müssen."

„Dr. Cahill . . . er war sich über die Diagnose doch nicht im Zweifel?"

„Guter Gott, nein! Er befand sich damals zwar in Cong und bekam deinen Vater gar nicht zu Gesicht, aber Madeleine war sich ihrer Sache sicher. Sie hat in ihrem Hospital, was Leberzirrhosen betrifft, viele Erfahrungen sammeln können."

„Ich verstehe."

Er schwieg einen Augenblick. Dann sagte er plötzlich leise: „Ned, wenn ich auch nur den geringsten Verdacht hätte, daß Drummond für den Tod deines Vaters verantwortlich ist, so würde ich keine Sekunde zögern, eine Autopsie zu beantragen. Aber Drummond war den ganzen Tag auf Cashemara, wie das Peronal bezeugen kann. Und außerdem hätte er nicht so leicht in den Besitz einer toxischen Substanz gelangen können. Und drittens . . . nun, er wäre bestimmt nicht bereit gewesen, deine Mutter zu einem so kritischen Zeitpunkt nach Clonagh Court zu lassen. Ich habe mit David darüber gesprochen. Er ist der gleichen Ansicht wie ich. Außerdem meint er, daß Drummond kein Giftmörder sei. Pistolen? Ja. Gift? Nein. Dein Vater ist eines natürlichen Todes gestorben."

„Ja", sagte ich. „Ja, das ist wohl richtig."

Meine Erleichterung war unbeschreiblich. Jetzt brauchte ich mich nicht mehr mit dem Gedanken zu quälen, wie ich es bis zu meiner Großjährigkeit mit dem Mörder meines Vaters unter demselben Dach aushalten sollte. Natürlich war ich es dem Andenken meines Vaters schuldig, Drummond später nicht mehr auf Cashemara zu dulden. Doch das hatte noch Zeit.

Ich fühlte mich so erlöst, daß ich kaum Notiz nahm, als mich Mr. McCardle, der protestantische Kaplan von Letterturk, überraschend aufsuchte.

Er bot mir seinen geistlichen Beistand an.

„Für einen jungen Menschen ist es immer ein schwerer Schlag, den Vater zu verlieren", sagte er mit seinem häßlichen Belfast-Akzent. „Und da deine Mutter leider Gottes keine regelmäßige Kirchgängerin und deine einzige Tante eine Papistin ist, könnte es nicht schaden, wenn ich mich deiner annehme."

Ich hörte ihm höflich zu und akzeptierte, mit den Gedanken nicht recht bei der Sache, sogar sein Angebot, mir Konfirmationsunterricht zu erteilen.

„Ich werde einmal pro Woche herkommen und dir zwei Stunden geben", erklärte er mit freundlichem Lächeln, und ich erwiderte: „Ja, Sir. Vielen Dank, Sir", und lächelte zurück.

Erst nachdem er verschwunden war, machte ich mir klar, daß ich nicht die geringste Lust hatte, ein eifriges Mitglied der Kirche von Irland zu werden. Die schmucklose Kahlheit und die Dunkelheit der kleinen Kapelle hatten mir noch nie gefallen, und nach der Totenandacht für meinen Vater war aus der vagen Abneigung ein ganz entschiedener Abscheu geworden.

„Ned, du spielst gar nicht mehr mit uns", beklagte sich John. Er hatte sich von seinem Asthmaanfall erstaunlich rasch erholt.

„Egal“, sagte Jane und streichelte ihre scheußliche orangenfarbene Katze. „Ich will sowieso nicht mit ihm spielen.“

„Oh, Jane, wie kann man so etwas nur sagen?“ tadelte Eleanor und blickte von ihrem Buch auf.

„Ich sage, was mir paßt“, beharrte Jane und musterte mich finster. „Komm, Ozymandias, mein Liebling. Wir wollen zu Mama gehen. Es gibt hier nämlich jemanden, den wir genauso wenig ausstehen können wie er uns.“

In der Tat hatte ich Jane noch nie so recht leiden mögen.

Rasch sagte ich: „Wie würde euch ein Picknick gefallen? Natürlich nehmen wir Limonade und Sandwiches mit. An der Lough gibt es eine schöne Stelle, wo man Rast machen kann.“

„Hurra!“ rief John und machte einen Freudensprung.

„Oh, wie schön!“ sagte Eleanor und klappte ihr Buch zu. „Aber schickt sich das denn, so kurz nach dem Begräbnis?“

„Nanny meint, es würde uns guttun, und wenn sie das sagt, brauchen wir kein schlechtes Gewissen zu haben.“

Jane stand noch bei der Tür. „Ich bin wohl nicht eingeladen, wie?“

„Das liegt ganz bei dir. Wenn du Zeit und Lust hast, kannst du gern mitkommen.“

„Dann nehme ich aber auch Ozymandias mit“, sagte sie.

„Gut, von mir aus.“

Also zogen wir alle zur Lough hinab, selbst der vermaledeite Ozymandias, der Jane wie ein Hündchen an einer Leine folgte. Der Strand lag am Westufer, und obwohl der Sand recht grobkörnig war, ließen sich daraus doch Burgen bauen. John zeichnete mit einem Stock Bilder in den Sand, Eleanor streckte verträumt die Füße ins Wasser, und ich half Jane bei der Errichtung eines Forts.

„Erzähle uns doch von Amerika, Ned“, sagte Eleanor schließlich.

„Vom Zoo in New York“, bat John. „Ach, wie gern möchte ich auch einmal einen Zoo besuchen.“

„Erzähle uns von den kleinen Mädchen, die Connemara und Donegal heißen“, sagte Jane.

Und so begann ich, zum hundertsten Mal von den Gallaghers zu berichten, und während ich sprach, sehnte ich mich in ihr Haus auf Beacon Hill zurück.

Kurz nach fünf waren wir wieder zu Hause. In der Eingangstür empfing uns Drummond.

„Ich habe eine Neuigkeit für dich, Ned!" rief er und schwenkte einen Brief.

Die Schrift auf dem Kuvert erkannte ich nicht, große, etwas ungelenke Buchstaben. Aber dann sah ich die amerikanische Briefmarke, und mein Herz begann heftiger zu schlagen.

„Er ist von Phineas Gallagher!" sagte Drummond. „Und nun rate mal, wer zu Besuch kommen wird!"

II

Kerry, natürlich! Wer auch sonst? Endlich würde ich wieder jemand haben, mit dem ich lachen und lustig sein konnte.

„Ich bin in Phineas' Schuld", sagte Drummond zu mir. „Wie du weißt, hat er mir geholfen, die Begnadigung zu bekommen, und ich . . . nein, eigentlich war es deine Mutter – also jedenfalls haben wir ihm versprochen, Kerry für einige Zeit zu uns zu nehmen, damit sie lernt, wie sich eine Lady benimmt."

Sie sollten im Frühjahr kommen.

„Alle?" fragte ich erfreut.

„Nein, nur Kerry und Phineas. Aber die anderen kommen vielleicht später nach, wie Phineas schreibt."

Eleanor und Jane waren enttäuscht, weil sie Connie und Donagh vorläufig nicht sehen würden.

„Ich hätte zum Spielen so gern ein Mädchen, das so alt ist wie ich", seufzte Eleanor, und unvermeidlich schnappte Jane sofort ein und sagte, sie würde nie wieder mit Eleanor spielen.

„Die arme Jane ist so sensibel", sagte meine Mutter, nachdem es ihr endlich gelungen war, ihre Jüngste zu beschwichtigen.

„Das liegt nur daran, daß du sie so verhätschelst", erklärte ich. „Deshalb nimmt sie sich ungeheuer wichtig, und wenn nicht alle vor ihr auf den Knien liegen, bringt sie das immer gleich aus der Fassung."

„Also wirklich, Ned!" tadelte meine Mutter und wirkte kaum weniger gekränkt als Jane. „Es steht dir nicht zu, mich zu kritisieren."

Ich entschuldigte mich sofort. Es gab so wenig, was meine Mutter und ich uns in dieser Zeit zu sagen hatten, doch wenn mich das sonst auch oft schmerzte – jetzt hatte ich nur einen Gedanken: Kerry kommt!

Ich erzählte meinen Freunden von ihr. „Im Frühjahr kommt ein Mädchen, das ich gut kenne, aus Amerika“, sagte ich beiläufig, während wir in der rauhen Herbstluft um unser Feuer kauerten. „Sie ist irisch und heißt Kerry Gallagher.“

„Ein Mädchen?“ fragten sie mißbilligend.

„Nun ja, ein Mädchen“, erwiderte ich ernst. „Aber doch nicht so wie andere Mädchen. Bei ihr denkt man gar nicht daran, daß sie eins ist.“

Doch ihre Gesichter blieben so mürrisch, daß ich verstummte und nicht wieder auf Kerry zu sprechen kam.

Inzwischen unternahm meine Mutter alles Mögliche, um unsere Gäste gebührend zu beeindrucken. Der Salon wurde hellgrün tapeziert, die Halle weiß gestrichen und der gesamte Westflügel, wo unsere Besucher wohnen sollten, neu möbliert.

„Mama, was hast du denn da nur für scheußliches Zeug ausgesucht!?“ sagte ich entsetzt, als ich die Kommoden und Schränke sah, die sich überall breitmachten wie gestrandete Wale. Zu meiner eigenen Überraschung entdeckte ich, daß ich gegen düsteres, massives Mobiliar plötzlich eine große Aversion empfand.

„Meinem Geschmack entspricht es auch nicht ganz“, erwiderte meine Mutter, deren Boudoir im eleganten Regency-Stil ausgestattet war, „aber Maxwell meinte, so sei es chic und modern.“

Ich öffnete den Mund, schloß ihn jedoch wieder, ohne etwas zu sagen. Es hatte keinen Zweck, dagegen zu protestieren, daß Drummond mein Geld ausgab, um mein Haus zu möblieren, denn meine Mutter würde zweifellos antworten, sie habe es ihm erlaubt, und es stünde mir nicht zu, sie oder ihn zu kritisieren.

Die Vorbereitungen gingen weiter. Aus Dublin wurde eine Köchin engagiert, und meine Mutter fuhr selbst nach Galway, um bei den Händlern sicherzustellen, daß, solange die Gallaghers bei uns waren, nur Dinge allererster Qualität nach Cashemara geschickt wurden. Mir gefiel es weniger, daß meine Mutter mit Krämerseelen herumfeilschen mußte, doch wir hatten keine Haushälterin, und Drummond meinte, ein persönlicher Besuch bei den Kaufleuten sei unerläßlich. Um Phineas Gallagher vorzuspiegeln, daß wir gesellschaftlich sehr gefragt waren, wollte er Dinner-Partys geben, aber als meine Mutter pflichtgemäß an den benachbarten Landadel schrieb, erhielt sie als Antwort nur Ausflüchte.

Es schmerzte mich, daß meine Mutter so geschnitten wurde,

und ich wußte, daß es auch sie tief traf. Doch sie schwieg. Während Drummond wütend fluchte, nahm sie die Abfuhr in stummer Resignation hin.

Ein einziges Mal nur schien sie die Fassung zu verlieren: als Eleanor weinte, weil die kleinen Knox-Mädchen zu Weihnachten in Clonbur eine Party gegeben hatten, ohne sie einzuladen.

„Wie gern wäre ich hingefahren!" sagte sie schluchzend zu meiner Mutter.

„Du sollst hier eine ganz besondere Party haben, Liebling", versuchte meine Mutter sie zu beschwichtigen, doch ich sah das unruhige Flackern in ihren Augen und den verbitterten Zug um ihren Mund.

Endlich stand der Frühling unmittelbar bevor. Ich begann, auf meinem Kalender die Tage abzuhaken, während im Unterrichtsraum Mr. Watson endlose Vorträge über die Reformation herunterleierte und in der Kapelle Mr. McCardle äußerst ungehalten war, als ich ihm sagte, daß ich meine Konfirmation verschieben wollte.

Die Osterblumen begannen zu blühen. Der Garten meines Vaters erwachte zu neuem Leben. Drummond sprach davon, daß er die Beete umpflügen wollte, um Gemüse anzubauen, doch ich protestierte so energisch, daß er nie wieder darauf zurückkam.

„Ich wußte nicht, daß dir an dem Garten so viel liegt, Ned", sagte er hastig.

Der Garten war das Vermächtnis meines Vaters an mich, das einzige, was mich mit den sorgsam gehüteten Bildern längst vergangener Zeiten verband. Wanderte ich zwischen den Blumen umher, so fiel mir ein, daß ich an meinem Vater noch etwas gutzumachen hatte. Auch stellte ich mir vor, daß der Garten nicht nur ein Bindeglied zur Vergangenheit, sondern ebenso eine Brücke zu einer glücklicheren Zukunft sei.

Der Mai kam. Ich war jetzt fünfzehneinhalb, Kerry neun Monate jünger, und wir hatten einander seit zwei Jahren nicht gesehen.

„Wenn sie sich nun sehr verändert hat", sagte ich besorgt zu Nanny, „wenn sie mir nun nicht mehr gefällt."

„Wahre Freunde bleiben, wer sie sind", tröstete sie mich.

Sorgfältig rief ich mir zurück, wie Kerry ausgesehen hatte: rundliche Figur (die Knöpfe an ihren Kleidern schienen jeden Augenblick abplatzen zu wollen), rotgoldenes Haar, Grübchen im

Kinn. Natürlich sah sie jetzt älter aus, genau wie ich. Wenn ich mich im Spiegel betrachtete, so fand ich zu meinem Verdruß, daß mein Haar, früher blond, einen Stich ins Lehmgelbe hatte und daß mein Gesicht ein Schlachtfeld für mindestens drei verschiedene Arten von Pickeln war.

„Einfach scheußlich sehe ich aus!" sagte ich angewidert zu Nanny. Ich konnte einfach nicht begreifen, warum mir das nicht schon eher aufgefallen war.

„Na, na", meinte Nanny. „Achte darauf, daß deine Haare geschnitten sind, und wasch dir jeden Abend ordentlich das Gesicht, dann wirst du bald genauso hübsch aussehen wie dein armer Papa."

Ich hielt ihren Optimismus für übertrieben, befolgte jedoch getreulich ihre Ratschläge.

Und dann war es endlich soweit. Drummond nahm mich nach Galway mit, um die Gallaghers abzuholen. Ich trug einen neuen dunklen Anzug und kam mir vor wie eine dürre Bohnenstange. Mit jeder Faser meines Herzens beneidete ich Drummond um seine breiten Schultern und kräftigen Muskeln.

Als ersten sah ich Phineas Gallagher. Er hatte eine seiner großen Zigarren zwischen den Lippen. Seine blauen Augen leuchteten, und in seinen Taschen klimperten Münzen.

„Max, mein lieber alter Freund!" rief er und ließ die Zigarre aufs Pflaster fallen, wo sie sofort Beute eines Bettlers wurde. Mit Tränen in den Augen ging er auf Drummond zu.

„Blaubart!" quietschte hinter ihm eine kleine, rundliche Gestalt. Sie tanzte heran. Unter dem riesigen Blumenhut war nur eine winzige Haarsträhne zu sehen, immer noch rötlichgold.

„Puddinggesicht?" fragte ich unsicher.

Aber natürlich war sie es. Unverwechselbar die keß blitzenden blauen Augen, unverwechselbar auch die kecke Art zu sprechen.

„Himmel", rief Kerry erstaunt, „du bist aber gewachsen!"

„Du auch", sagte ich und fügte, weil das unhöflich zu klingen schien, hastig hinzu: „An den richtigen Stellen, meine ich", was alles natürlich nur noch schlimmer machte.

Doch bevor ich rot werden konnte, brach Kerry in helles Gelächter aus. Ihr Lachen war das frechste, das ich je gehört hatte, und es wirkte so ansteckend, daß ich sofort mitlachte.

„Meine Güte!" seufzte sie. „Ist schon herrlich, endlich erwachsen zu sein, nicht?"

III

Zwei Wochen später fuhr Phineas Gallagher nach Wicklow-County, weil er seine alte Heimat wiedersehen wollte. Kerry vertröstete er auf eine spätere Reise, aber Drummond erzählte mir, daß Phineas gewisse Bedenken hegte. Nachdem er seinen Töchtern jahrelang von den elysischen Gefilden vorgeschwärmt hatte, wo er geboren worden war, fürchtete er, die Mädchen zu enttäuschen. Außerdem lag seine bäuerliche Vergangenheit so weit zurück, daß er meinte, seine Verwandtschaft könnte fremd auf ihn wirken.

Doch als er nach Cashemara zurückkehrte, war er in bester Stimmung. Man hatte ihm einen königlichen Empfang bereitet, und was sein altes Dorf betraf, so fand sich keine Spur mehr von den Verheerungen, welche die Hungersnot in den vierziger Jahren angerichtet hatte.

„Wenn Pa auch nur noch einmal von der Hungersnot spricht, krieg ich Schreikrämpfe", sagte Kerry. „Ist dir auch schon aufgefallen, daß alte Leute immer in der Vergangenheit herumwühlen?"

Ich scheute davor zurück, Kerry zu fragen, wieviel sie über die Situation meiner Mutter wußte. In Boston hatten die Gallagher-Töchter sie für Drummonds Frau gehalten, und in meinen Briefen an Kerry hatte ich später nie die Scheidung erwähnt. Daß sie im Bilde sein mußte, war mir klar. Dennoch konnte ich es nicht über mich bringen, mit ihr darüber zu sprechen.

Es gab ja auch soviel anderes, worüber wir uns unterhalten konnten. Außerdem mußte ich ihr natürlich das Tal zeigen und sie mit meinen Freunden bekanntmachen, die sie, trotz ihres anfänglichen Mißtrauens, sehr nett fanden. Doch sie blieben zurückhaltend, fast schüchtern. Meine Hoffnung, der Gang ein neues Mitglied zuzuführen, war vergeblich gewesen, was mich ziemlich bekümmerte, denn natürlich wollte ich weder auf meine Freunde noch auf Kerry verzichten.

Zum Glück fand sich Ende Juni, nachdem Phineas Gallagher nach Amerika zurückgekehrt war, für das Problem eine Lösung.

„Also, Kerry", verkündete meine Mutter ebenso höflich wie entschieden, „es geht nicht, daß du dich mit Ned dauernd in den Bergen herumtreibst, als ob du ein Junge wärst. Gegen kleine Ausflüge am Wochenende habe ich nichts, aber während der Woche mußt du dich dem Unterricht widmen."

Das hieß, daß Kerry morgens von Miß Cameron und nachmittags von meiner Mutter eingespannt wurde. Bei Miß Cameron lernte sie englische Literatur, Französisch und Italienisch, und unter Aufsicht meiner Mutter mußte sie Klavier üben, Nadelarbeiten machen und englisch nach Möglichkeit ohne amerikanischen Akzent sprechen.

„Eine Amerikanerin, die einer Amerikanerin richtiges Englisch beizubringen versucht", sagte Miß Cameron zu Nanny. „Das ist, als ob eine Blinde eine Blinde führen will."

„Lady de Salis spricht ein wunderschönes Englisch", erwiderte Nanny stets bereit, sich für meine Mutter in die Bresche zu werfen.

„Außerdem", sagte meine Mutter später zu mir, „ist es wirklich nicht meine Absicht, eine Engländerin aus ihr zu machen. Wenn es mir nur gelingt, sie dazu zu bringen, daß sie wie eine gebildete Amerikanerin spricht, sind meine Bemühungen nicht völlig vergeblich gewesen."

Da Kerry alles gutmütig über sich ergehen zu lassen schien, machte ich mir ihretwegen weiter keine Sorgen. Ich genoß den Sommer in vollen Zügen. Die Morgenstunden bei Mr. Watson waren zwar vergeudete Zeit, doch dreimal in der Woche traf ich mich auf dem Berghang mit meinen Freunden, und es machte mir nichts, daß ich dann spät am Abend die Schularbeiten zu erledigen hatte.

Ende Juli entdeckte ich dann, daß ich mich geirrt hatte: Kerry fühlte sich durchaus nicht glücklich.

Es war ein Samstag, und wir wollten oben in der verfallenen Hütte ein Picknick halten und dann zur Teufelsmutter wandern, ehe wir zum Tee nach Hause zurückkehrten. Natürlich baten die drei Kleinen darum, mitgenommen zu werden, doch ich ließ mich diesmal nicht erweichen.

„Bis zur Teufelsmutter und zurück, das schaffen sie doch nie", erklärte ich meiner Mutter. „Unterwegs machen sie schlapp, und dann sitzen wir da."

„Aber wenigstens das Picknick oben könntet ihr mit ihnen teilen!" sagte meine Mutter.

„Ein andermal gern", erwiderte ich. „Heute jedoch nicht."

„Weshalb nicht?" fragte meine Mutter mit unverkennbarem Mißtrauen, was ich beim besten Willen nicht begriff.

„Weil ich nur einmal in der Woche Gelegenheit habe, mit Kerry einen Ausflug zu machen", sagte ich.

„Nun, ich weiß wirklich nicht, ob ich das billigen soll", meinte meine Mutter und fügte dann wie erklärend hinzu: „Ich finde das ziemlich egoistisch von dir."

„Also ehrlich, Mama, du machst da aus einer Mücke einen Elefanten."

„Ned!"

Einen Augenblick fürchtete ich, sie würde es verbieten, doch sie zuckte nur die Schultern und ließ uns davonziehen.

Auf dem Weg zur Hütte sagte Kerry: „Ich bin froh, daß du deinen Willen durchgesetzt hast. Gegen die Kleinen hätte ich gar nichts gehabt, aber deine Mama versucht immer, mir den Spaß zu verderben."

Ich blieb stehen. „Wirklich?"

„Na ja", sagte Kerry und stieß mit dem Schuhabsatz einen dürren Zweig beiseite. „Sie ist so ganz anders als meine Ma, weißt du." Nach einer kurzen Pause fügte sie hinzu: „Wenn doch meine Ma bloß hier wäre."

Und brach in Tränen aus.

Ich war entsetzt. Ein Gallagher-Mädchen in Tränen zu sehen, widersprach meinen geheiligten Vorstellungen, und ich hatte das Gefühl, einer grauenvollen Entweihung beizuwohnen. Vergeblich suchte ich nach Trostworten, kramte dann mein Taschentuch hervor, sah, daß es schmutzig war, und stand hilflos und stumm.

„Sag doch was!" schluchzte Kerry. „Steh doch nicht herum wie eine ausgestopfte Puppe!"

Ich sprach aus, was mir gerade in den Kopf kam. „Armes, armes Puddinggesicht. Warum hast du mir nicht schon längst erzählt, daß du Heimweh hast?"

Sie schluckte, griff nach meinem schmutzigen Taschentuch und schnaubte sich mit einem leidlich sauberen Zipfel die Nase. „Ich dachte, du würdest mich für undankbar und gemein halten", sagte sie. „Ich weiß doch, wie sehr du Cashemara liebst. Ich habe nicht geglaubt, daß du verstehen würdest."

„Du hast nicht geglaubt, daß ich verstehen würde? Ja, wie glaubst du, war mir in Amerika zumute, als Drummond und meine Mutter mich mit sich herumschleppten und ich nicht wußte, ob ich je wieder nach Hause kommen würde?"

Sie tupfte sich die Tränen ab. „Zuerst bist du mir damals ja ein bißchen komisch vorgekommen", sagte sie. „Aber ich wußte natürlich nicht, daß das an deinem Heimweh lag. Kaum ein Wort und nie ein Lächeln. Clare und ich fanden dich recht sonderbar, ehe wir dich richtig kennenlernten."

„Daß ich euch beiden begegnet bin, war das Beste, was mir in Amerika passiert ist."

„Heiliger Gott!" sagte sie. „Da kann dir ja nicht viel Gutes in Amerika passiert sein!" Und zu meiner großen Erleichterung lachte sie laut.

„Es war alles so schwierig", erklärte ich. „Mit meiner Mutter und Drummond, meine ich."

„Das will ich dir glauben. Aber denk nur – Ma weiß immer noch nicht, daß beide nicht miteinander verheiratet sind. Ich mußte Pa auf die Bibel schwören, daß ich ihr in meinen Briefen nichts davon schreiben würde."

„Warst du schockiert, als er's dir erzählt hat?"

„Natürlich, aber er hat mir alles so nett erklärt. Eines Tages würde ich ja doch erfahren, wie es auf der Welt wirklich zugeht, und am besten sollte ich gleich damit anfangen. Er sagte, deine Ma und Mr. Drummond liebten sich so sehr, daß sie so gut wie verheiratet seien, aber Mr. Drummond wäre auch sehr vorsichtig und täte so, als ob er in einem ganz anderen Haus wohne, damit es keinen Skandal gäbe. Er sagte auch, es sei eine schreckliche Sünde und ich dürfte nie daran denken, so etwas zu tun, sonst würde mich der liebe Gott bestrafen, aber deine Mutter hätte ein so schweres Leben gehabt, und so wäre das bei ihr etwas anderes, der liebe Gott wolle sie ein bißchen belohnen. Er hat mir von deiner Mutter überhaupt so viel Nettes erzählt, was für eine feine Lady sie ist und daß ich alles tun soll, um ihr zu Gefallen zu sein . . ."

Ich hörte ein unterdrücktes Schluchzen. „Ist meine Mutter unfreundlich zu dir gewesen?"

„Na ja . . ."

„Nun sag schon!"

„Sie kann mich nicht ausstehen", gestand Kerry tapfer und drückte mir mein Taschentuch in die Hand. „Sie versucht es zwar, aber es ist, als ob sie der Heiland wäre und ich das Kreuz, an das man sie genagelt hat. Bei ihr fühle ich mich immer häßlich und schäbig und dumm. Ich weiß ja, daß mit mir nicht viel Staat zu machen ist, aber bei Pa und Ma fühle ich mich nie so minderwertig."

„Mir gefällst du so, wie du bist", sagte ich.

„Häßlich, schäbig und dumm?"

„Genau!“

Sie lachte wieder, und diesmal stimmte ich ein und griff nach ihrer Hand.

„Kerry, ich kann kaum glauben, daß meine Mutter so unfreundlich zu dir ist, aber wenn es stimmt, dann werde ich Mr. Drummond bitten, daß er mit ihr spricht. Auf ihn hört sie.“

„Nein, Ned, sag lieber nichts. Jetzt, wo ich mir das Herz erleichtert habe, fühle ich mich schon besser, und außerdem – wenn Mr. Drummond davon hört, schreibt er es vielleicht meinem Pa, und Pa holt mich dann von hier fort.“

„Aber wäre das für dich nicht das Beste? Wenn du so Heimweh hast . . .“

„Willst du, daß ich abreise?“

„Nicht die Spur!“

„Oh, gut, dann bleibe ich. Ich will nämlich gar nicht nach Hause – weil ich dann das Gefühl hätte, ich wäre ein Versager, und weil ich genau weiß, daß Papa von mir enttäuscht wäre.“

Wir waren bei der verfallenen Hütte angelangt. Ich stellte den Picknickkorb auf den Boden und kramte in dem Torfvorrat, den meine Freunde und ich für das Feuer angelegt hatten.

„Herrgott, macht das Spaß!“ rief Kerry und zauberte aus ihren Unterröcken einen Beutel mit Bonbons hervor. „Das ist wohl das Schönste im Leben eines irischen Bauern – wenn man nichts zu tun hat, um ein Torffeuer sitzen, die Landschaft betrachten und Geschichten erzählen! Das Schlimme bei alten Leuten ist, daß sie die glücklichen Zeiten immer vergessen und sich nur an Hungersnöte und böse Verwalter erinnern. Wenn ich einmal alt bin, werde ich all das Schöne, das ich erlebt habe, nicht vergessen. Dann rufe ich meine zwölf Kinder zu mir und erzähle ihnen . . .“

„Zwölf Kinder!?“

„Ich kriege doch mindestens zwölf, meinst du nicht? Wenn wir beide heiraten, wenn ich achtzehn bin, bleibt doch genug Zeit . . .“

Sie sah mein Gesicht und brach ab. Ich weiß noch genau, wie überrascht sie wirkte. In ihrer Miene war nichts Geziertes oder Verlegenes, sondern einzig diese arglose Überraschung.

„Wer sagt denn, daß wir heiraten?“ fragte ich. „Ich für meinen Teil heirate überhaupt nicht.“ Um sie nicht zu kränken, fügte ich hastig hinzu: „Ja, wenn ich heiraten würde, dann nur dich. Aber ich habe mich entschlossen, Junggeselle zu bleiben.“

„Aber das kannst du doch nicht tun!“ rief sie.

„Es ist natürlich möglich, daß ich mit fünfzig heirate, um einen Erben zu zeugen. Aber ich kann dich ja nicht bitten, noch fünfunddreißig Jahre zu warten. Das wäre nicht fair."

„Aber . . ." Sie war fassungslos. Schließlich brachte sie mit Mühe hervor: „Soll das heißen, daß du es nicht weißt?"

„Wissen? Ja, was denn?"

„Daß alles abgesprochen ist! Pa sagte es mir auf dem Schiff, als er mir von deiner Ma und Mr. Drummond erzählte."

„Oh, Kerry, da hat dir dein Vater aber einen gewaltigen Bären aufgebunden."

„Nein, das hat er ganz bestimmt nicht!" protestierte sie fast schon wütend. „Es stimmt. Er und Mr. Drummond haben miteinander einen Handel abgeschlossen. Er . . ."

„Drummond!?" Ich sprang auf. „Was, zum Teufel, hat Drummond damit zu tun?"

„Na, Pa hat Mr. Drummond doch die Begnadigung verschafft, und außerdem hat er ihm Geld gegeben . . ."

„Geld!"

„Ja – damit ihr nach Irland zurückfahren konntet. Und Mr. Drummond hat Pa dafür versprochen, daß ich euch hier besuchen darf . . . und daß wir beide heiraten. Mr. Drummond meinte, er würde schon dafür sorgen, daß deine Mutter uns nichts in den Weg legt, wenn du mich heiraten willst, und Pa sagte, Mr. Drummond könnte noch mehr Geld haben, wenn aus der Heirat was würde . . ."

„Mein Gott", murmelte ich.

„Pa hat gesagt, ich brauchte dich nicht zu heiraten, wenn ich nicht wollte, aber ich dachte, das würde so romantisch sein . . ."

Ich ging hinaus. Hinter der Hütte lehnte ich meine Stirn gegen die kühle Steinmauer und schloß die Augen. Ich zitterte vor Zorn.

Als ich die Augen wieder öffnete, sah ich, daß Kerry mir gefolgt war. Ich straffte meinen Rücken. Es war sehr still, und im weiten Umkreis schien sich nichts zu bewegen.

„Es tut mir so leid", sagte sie. „Ich habe natürlich gedacht, daß du Bescheid weißt, sonst hätte ich nie davon gesprochen. Sei bitte nicht böse auf mich."

„Ich bin nicht böse auf dich", sagte ich. „Ich bin wütend auf dieses Schwein Maxwell Drummond."

Ich begann, von Drummond zu sprechen. Mit unwiderstehlicher Gewalt drängten Gedanken und Gefühle hervor, von denen ich bislang nicht gewußt hatte. Über Jahre hinweg gewohnt, für meine Mutter gegen meinen Vater Partei zu ergreifen, schien ich unbewußt alle latente Feindseligkeit gegen sie unterdrückt zu haben. Doch jetzt, da ich mich insgeheim mit meinem Vater ausgesöhnt hatte und mich sogar in seiner Schuld wußte, änderte sich in meinen Augen ihr Bild. Während ich sprach, sah ich nicht Kerry an, sondern starrte auf die abbröckelnde Mauer. Und dort erschienen meine Mutter und Maxwell Drummond.

Ich sagte, daß Drummond meine Mutter entwürdigt und entehrt hatte; daß er sie zugrunde gerichtet und mit sich in den Dreck gezogen hatte; daß sie von ihrem eigenen Bruder eine Hure genannt worden war. Ich sagte, daß ihre sogenannte Liaison widerlich sei und daß ich beide dafür verachtete. Ich sprach sogar von dem quietschenden Bett und wie mich das angeekelt habe. Und ich schwor, daß ich, solange ich lebte, mit solchem Schmutz nichts zu tun haben wollte und mich nie in jemanden verlieben würde, ganz gleich ob Mann oder Frau . . .

Ich unterbrach mich, weil ich keine Andeutungen über meinen Vater machen wollte, doch als ich mich umdrehte, um in Kerrys Gesicht zu forschen, ob sie vielleicht etwas ahnte, sah ich sie nicht.

Ich lief auf die andere Seite der Hütte, suchte mit den Augen den Hang ab, konnte Kerry nirgends entdecken. Doch als ich hastig eintrat, fand ich sie zusammengekauert in einer Ecke, Hände gegen die Augen gepreßt, schluchzend.

„Kerry . . .“ Wieder stand ich hilflos, über ihre Tränen bestürzt. Schließlich streckte ich die Hand aus und berührte sie. Ich strich mit einem Finger über ihren Arm, und als sie die Hände fallenließ, fing ich sie mit meinen Händen auf und hielt sie fest.

Nach einer Weile fragte Kerry unsicher: „Aber ein klein wenig magst du mich doch, ja?“

„Aber, Kerry, natürlich mag ich dich! Natürlich!“

„Solange du mich wenigstens ein klein wenig magst, ist alles gut. Dann komme ich bald darüber hinweg, du wirst schon sehen. Und habe keine Angst, daß ich noch einmal davon spreche.“

„Ich hab doch nicht gemeint . . . tut mir leid . . .“

„Es war meine Schuld“, sagte sie. „Ich weiß es selbst. Sage mir bitte, daß du versuchen wirst, mir zu verzeihen, Ned.“

Ich starrte sie an. In ihren Augen schimmerten Tränen und färbten die hellen Wimpern dunkel, so daß sie sehr lang wirkten. Ich hob eine Hand und fuhr Kerry mit dem Zeigefinger über die

Wange. Ich entdeckte, daß ihre Haut sanfter war als die Haut meiner Mutter, sanft und weich und glatt. Mein Finger wanderte tiefer, glitt über ihre Lippen, zeichnete die Linie ihres Halses nach und rutschte dann zu ihren Brüsten hinab. Einen Augenblick hielt ich inne, dann folgte mein Finger der Rundung der linken Brust und verharrte. Es war hell in der Hütte. Draußen ließ die Sonne ihre Strahlen auf das in der Tiefe funkelnde Wasser der Lough fallen, und nicht weit von der Tür schwankte ein Büschel Heidekraut in dem sachten Wind, der von den Bergen herbeistrich.

Ich stützte die linke Hand gegen die Mauer über Kerrys Kopf, schlang den rechten Arm um ihre Taille und beugte mich zu ihr, um sie auf die Wange zu küssen.

Ehe ich recht begriff, was geschah, küßte ich sie auf den Mund. Sie hatte die Hände hinter meinen Kopf geschoben, und ihr Körper drängte gegen mich.

Ich schloß die Augen und vergaß meine Mutter und Drummond, vergaß das quietschende Bett und den mich würgenden Ekel. Nichts war mir bewußt als ein wohliges Prickeln und Brennen, das immer heißer und mächtiger in mir aufstieg, so als wate ich durch das seichte Küstengewässer der unter der Sonne flutenden See. Das Meer schien mir funkelnd zuzuwinken. Ich ging weiter und weiter und wollte schwimmen und hinabtauchen, bis die Wellen über meinem Kopf zusammenschlugen; doch Kerry schob mich zurück. Ich fühlte ihre flachen Hände auf meiner Brust, und als ich die Augen öffnete, sah ich ihr Lächeln.

Sekundenlang fiel kein Wort zwischen uns. Dann fragte sie mit einem sehr scheuen und befangenen Lachen, das so gar nicht zu ihr zu passen schien: „Ned, sag mir bitte die Wahrheit – ich hab doch jetzt eben nicht etwa meine Jungfräulichkeit verloren, nicht?"

Ihr Gesicht zeigte einen so sonderbar besorgten Ausdruck, daß es mir gar nicht in den Sinn kam, sie zu necken.

„Nein", erwiderte ich.

„Gott sei Dank!" seufzte sie erleichtert. „Die Nonnen in der Sonntagsschule sagen immer, das sei das Schlimmste, was einem Mädchen passieren könnte – und schuld daran sollen immer die Männer sein."

Ich lächelte, und sie kicherte, und plötzlich waren wir wieder Freunde, und das funkelnde Wasser der lockenden See wurde zu einem Netz aus matten Lichtreflexen, das irgendwo ganz am Rande meines Bewußtseins sacht hin- und herschwankte.

An Drummond dachte ich erst wieder, als ich ihn abends beim Dinner sah. Wir tranken hinterher zusammen ein Glas Portwein, und er erkundigte sich, wie ich denn mit Kerry auskäme.

„Sehr gut, danke, Sir", erwiderte ich lächelnd und fragte mich, woher ich die Geduld nehmen sollte zu warten, bis ich einundzwanzig war, um diesen Mann mit einem Fußtritt aus meinem Haus in die Jauchegrube zu befördern, in die er gehörte.

5. KAPITEL

I

Bald, nachdem ich von dem Handel erfahren hatte, der über Kerry und mich abgeschlossen worden war, begann Drummonds Lebensstil sich zu ändern. Er überließ sein Steinhaus dem Familienältesten der O'Malleys und zog nach Cashemara, um dort vor aller Augen mit meiner Mutter zusammenzuleben.

„Mama", sagte ich, als ich Gelegenheit fand, mit ihr unter vier Augen zu sprechen, „bitte mißverstehe mich nicht – es ist wirklich nicht meine Absicht, dich zu kritisieren, aber meinst du nicht, es wäre angebracht, wenn Mr. Drummond weiterhin so täte, als ob er in einem eigenen Haus wohnte?"

„Natürlich", erwiderte sie. „Er wird nach Clonagh Court ziehen. Dies ist nur eine Übergangslösung, Liebling."

„Ich verstehe. Wäre es möglich, daß er die Gästezimmer im Westflügel benutzt? Das Personal redet darüber, daß er jetzt deine Räume mit dir teilt."

„Auf Dienstbotengeschwätz darfst du nichts geben, Ned. Ich bin diesen Leuten keine Rechenschaft schuldig."

Ich versuchte es von einer anderen Seite. „Mama, nicht daß es mir etwas ausmacht ..." Das war eine Lüge, doch ich wollte taktvoll sein. „... aber Nanny ist außer sich, und Miß Cameron will sogar nach Schottland zurück. Außerdem ist es für Eleanor und Jane sehr bedauerlich, daß sie keinen Umgang mit Mädchen ihres Alters haben."

„Wenn Nanny und Miß Cameron etwas auf dem Herzen liegt, so sollen sie zu mir kommen", sagte meine Mutter, „und was Eleanors und Janes Probleme betrifft, so sind sie meine und nicht deine Sorge."

Ich war ratlos. Schließlich fragte ich nur: „Wann wird Mr. Drummond denn nach Clonagh Court ziehen?"

„Da bin ich mir nicht ganz sicher, Liebling. In gewissem Maße hängt das von seinen Söhnen ab."

Drummond versuchte immer noch, seine Söhne ins Tal zurückzulocken. Seinen früheren Hof hatte er inzwischen wieder aufgebaut, und erst als seine Jungen auf diesen Köder nicht angebissen hatten, war Clonagh Court für ihn interessant geworden. Wie nicht anders zu erwarten, hatte er dort eine gründliche Renovierung vornehmen lassen.

Ich hielt es für das Beste, nicht zu fragen, woher er das Geld dafür nahm. Sein Gehalt war nicht groß genug, um sich so etwas leisten zu können. Hätte ich mich bei Onkel Thomas und Onkel David beklagt, so wäre meine Mutter in Schwierigkeiten gekommen – sie führte ja die Bücher.

„Auch Clonagh Court wird Mr. Drummonds Söhne nicht dazu verleiten, ins Tal zurückzukehren", sagte ich, mich an meine Gespräche mit Denis erinnernd. „Sie halten zu ihrer Mutter, die nach ihrer Meinung von ihrem Vater schlecht behandelt wird. Und solange sich das nicht ändert, werden sie auch nicht kommen."

„Nun, ich finde, wir sollten erst einmal abwarten", erwiderte meine Mutter.

Ich wartete ab. Doch wie sich schließlich herausstellte, hatte ich die Situation richtig eingeschätzt. Drummonds Söhne blieben in Dublin, Clonagh Court blieb leer, und Drummond blieb auf Cashemara.

„Wie kann deine Mutter nur so etwas dulden?" platzte Kerry eines Tages heraus.

„Sie kann nichts dafür", sagte ich. Als Kerry mich ungläubig anblickte, fügte ich hinzu: „Das ist wie der Wille Gottes."

Sonderbare Worte. Erinnerungen an frühere Alpträume wollten wachwerden. Ich unterdrückte sie.

„Wie, um alles in der Welt, meinst du das?" fragte Kerry verdutzt.

Ich versuchte zu antworten, fand jedoch, daß meine Erklärung wirr und unverständlich klang.

„Sprechen wir nicht von meiner Mutter, Kerry", sagte ich hastig. „Wenn ich einundzwanzig bin, bringe ich alles in Ordnung. Jetzt möchte ich lieber nicht daran denken."

Ich entwickelte immer mehr Geschick, meinen Kopf in den Sand zu stecken, und sehr bald schon entdeckte ich eine zuverlässige Methode, alles zu vergessen, woran ich mich nicht erinnern wollte.

Seit Kerry hier war, hatte Drummond sie sonntags immer zur Kirche in Clonareen begleitet, eine für ihn wohl eher lästige Pflicht, da er selbst, wegen seines Lebenswandels, die Messe ja nicht besuchen durfte. Und hier lag für mich der Ansatzpunkt. Warum sollte ich nicht an seiner Stelle Kerry begleiten? Bei unseren Samstagausflügen mußten wir, auf Anweisung meiner Mutter, jetzt immer die Kleinen mitnehmen. All zu selten fanden wir ein paar Minuten für uns.

Als Vater Donal, wie er es regelmäßig tat, Kerry auf Cashemara besuchte, gelang es mir, ihn einen Augenblick allein zu sprechen.

„Vater", sagte ich, „ich würde gern zu Ihnen zur Messe kommen – könnten Sie meine Mutter fragen, ob sie damit einverstanden ist?"

„Du willst doch nicht etwa zum Katholizismus konvertieren, Ned?" fragte sie mich beunruhigt, nachdem sie von meinem Wunsch erfahren hatte. Wie zum Ausgleich für ihr Verhältnis mit Drummond war sie in allen anderen Dingen äußerst konservativ geworden.

„Das weiß ich noch nicht, Mama", erwiderte ich aufrichtig. „Ich muß es erst herausfinden."

Da sie sich sträubte, mußte ich schließlich meine Tante Madeleine um Hilfe bitten. Auf sie war, wie ich genau wußte, Verlaß. Mit dem Eifer eines Kreuzfahrers eilte sie von ihrer Apotheke herbei und verkündete meiner Mutter, man habe allen Anlaß, dankbar zu sein, daß ich überhaupt religiöse Neigungen erkennen ließe.

Am nächsten Sonntag durfte ich zum erstenmal zur Messe. Der katholische Gottesdienst gefiel mir gut, doch noch mehr gefiel mir die Fahrt zur Kirche und zurück. Aber nach etwa einem Monat fand ich es unbefriedigend, mein vertrauliches Zusammensein mit Kerry auf die Kutsche zu beschränken, und dachte wieder an ein ungestörtes Picknick in der verfallenen Hütte. Und so schlich ich mich eines Nachmittags in die Vorratskammer, während Kerry, um meiner Mutter zu entkommen, Kopfschmerzen vorschützte. Eine halbe Stunde später breitete ich meine Jacke auf dem Boden in der Hütte aus.

Minuten vergingen, ohne daß ein Wort fiel, weil wir zu beschäftigt waren, um zu sprechen.

Schließlich sagte Kerry verzweifelt: „Ned, ich weiß, daß manche Menschen jahrelang ein keusches Leben führen. Bei mir ist es erst sechs Wochen her, und doch kann ich es einfach nicht mehr aushalten. Was wollen wir tun? Bitte, Ned – hilf mir, oder ich werde noch verrückt."

Ich war kaum in der Verfassung, ihr eine vernünftige Antwort zu geben. Ich hatte mein Hemd ausgezogen und sie, bald drängend, bald schmeichelnd, dazu gebracht, ihre Bluse aufzuknöpfen. Unsere unschuldigen Kindertage schienen unendlich weit zurückzuliegen.

„Ned, so sag doch etwas!" Sie schob meine Finger beiseite, die an ihrem Mieder spielten. „Was wollen wir tun?"

Ich machte den einzigen Vorschlag, der mir in den Kopf kam.

„Aber das könnte ich nicht!" rief sie. „Das ist bestimmt eine Todsünde, und wenn ich nicht mehr Jungfrau bin und Ma und Pa das herausfinden, so bringen sie sich um."

„Wenn wir heiraten würden, wäre es keine Todsünde."

„Aber du hast doch gesagt, du möchtest nicht heiraten."

„Ich tu alles, was du willst, Kerry. Heiraten, auf dem Kopf stehen, in die Lough springen, wenn du mich jetzt nur . . ."

„O Gott!" sagte sie.

Ich küßte sie wieder. Doch nach wie vor kam ich mit dem Mieder nicht zurecht. Es war schlimmer als ein Keuschheitsgürtel.

„Würdest du mich wirklich heiraten?" fragte Kerry.

„Natürlich." Ich hörte das Knacken von Fischbein. Irgend etwas gab endlich nach.

„Wann?"

„Morgen."

„Gut", sagte Kerry und stieß mich zurück. „Solange kann ich bestimmt noch warten."

„Aber ich nicht", protestierte ich und triumphierte endlich über die widerwärtige Unterwäsche.

„Ach, ich wohl auch nicht", sagte Kerry. „Aber ich muß. Heilige Muttergottes, bewahre mich vor der Sünde, Amen. Oh, Ned, das fühlt sich so gut. Heilige Muttergottes, bewahre mich – ach, vielleicht ist es gar nicht so schlimm. Pa hat doch gesagt, daß ein Mann und eine Frau auch so gut wie verheiratet sein können, und wenn deine Ma und Mr. Drummond es tun können . . ."

Dieser letzte Satz genügte, um den Zauber zu brechen. Alle Erregung, alle aufgestaute Begierde verebbte. Eine eisige Hand schien über meine Haut zu streichen. Fröstelnd rollte ich zur Seite und lag mit dem Gesicht zur Wand.

Als ich wieder zu Kerry blickte, knöpfte sie gerade ihre Bluse zu. Ihre Finger zitterten.

„Kerry“, sagte ich beschwichtigend, „du brauchst dich nicht zu beunruhigen, wirklich nicht. Wir werden heiraten.“

Sie nickte, doch ich sah, daß sie nicht begriff.

„Ich meine, wir werden alles so tun, wie es sich gehört“, sagte ich. „Wir wollen erst ganz zueinanderkommen, wenn wir verheiratet sind – und das werden wir schon bald sein.“

Sie starrte mich an. Ihre Augen glänzten wieder. Sie sah sehr jung, frisch und sehr hübsch aus.

„Zuerst eine richtige Verlobung“, sagte ich, „und dann eine richtige Hochzeit. Vater Donal kann uns in der Kirche in Clonareen trauen.“

„Ned!“ Sie umarmte mich.

„Ich werde dich nicht so behandeln, wie Drummond meine Mutter behandelt“, versicherte ich.

Auf dem Rückweg nach Cashemara malten wir uns alles genau aus. Kerry wünschte sich fünf Brautjungfern, ihre und meine Schwestern, und ich sagte, die Flitterwochen würden wir in Paris verbringen. Ich wollte sechs Kinder, Kerry acht, und wir einigten uns auf sieben. Wir sprachen auch über Cashemara. Wenn ich großjährig war, wollte ich die Kapelle in eine katholische Kirche umwandeln und die Halle im Haus blau und weiß streichen. Kerry meinte, sie würde in allen Zimmern für neue Vorhänge an den Fenstern und neue Bilder an den Wänden sorgen, und überall müßten Blumen stehen, viele Blumen.

„Und auch viele bunte Heiligenstatuen“, sagte ich. „Und die Tapeten müssen grün sein, mit Kleeblattmuster. Und wir werden Empfänge und Partys und Bälle geben. Die Musiker lassen wir aus Dublin kommen, und alle Welt besucht uns, und wir haben das schönste Haus in ganz Irland!“

„Herrlich! Oh, ich kann fast schon die Musik hören!“

„Straußwalzer“, sagte ich. „Und Quadrillen und Galoppaden und ...“

„... und Polkas! Oh, Ned, ich tanze für mein Leben gern Polka!“

„... Polkas und Jigs und Reels ...“

„Irische Musik!“

„Irische Musik und irische Lieder!“ rief ich und umschlang ihre Taille und wirbelte sie auf dem Rasen herum.

Ein Stück entfernt schwang die Seitentür auf, und meine Mutter betrat die Terrasse.

„Ned!"

„Ja, Mama?" fragte ich und flüsterte Kerry leise zu: „Laß mich mit ihr allein, wenn wir beim Haus sind. Ich will ihr sagen, daß wir heiraten wollen."

„Ned", klang die Stimme meiner Mutter an mein Ohr, „ich möchte dich einen Augenblick unter vier Augen sprechen."

„Ja – komme schon!"

Wir erreichten die Terrasse.

„Wie ich sehe, hast du dich von deinen Kopfschmerzen erholt, Kerry", sagte meine Mutter. „Sehr lange scheinen sie dich nicht gequält zu haben."

„Nein, Lady de Salis", erwiderte Kerry. „Lady de Salis, wenn Sie jetzt so freundlich wären, mich zu entschuldigen . . ."

„Schon recht. Komm, Ned, wir wollen nach oben gehen."

„Ja, Mama", sagte ich gehorsam.

Wir gingen in ihr Boudoir und setzten uns.

„Es ist schon seit geraumer Zeit meine Absicht, mit dir über ein bestimmtes Thema zu sprechen", begann sie so hastig, als rezitiere sie einen auswendig gelernten Text, den sie zu vergessen fürchtete. „Und als ich dich soeben auf dem Rasen . . . herumtollen sah, wurde mir klar, daß die Sache keinen weiteren Aufschub duldet. Mir – und auch Maxwell – ist aufgefallen, daß du zu Kerry vielleicht ein wenig zu . . . freundlich bist. Natürlich sind wir froh, daß ihr beide euch so gut versteht, aber ich meine doch, daß es ratsam ist, wenn du in Zukunft nicht mehr mit ihr allein bist. Verstehe mich bitte richtig. Kerry befindet sich jetzt in einem Alter, in dem junge Mädchen unter die Aufsicht einer Anstandsdame gehören. Natürlich ist mir klar, daß ihr beide kaum mehr als Kinder seid, doch . . . o Gott, wie ungeschickt drücke ich mich da aus, aber ich möchte nicht, daß du mich mißverstehst. Glaube mir, Liebling, ich bin sicher, daß du weißt, was sich für einen Gentleman schickt, und dich auch danach richtest, doch mir ist auch bewußt, was es heißt, einer Versuchung ausgesetzt zu sein, und . . . nun, vielleicht sollte Maxwell mit dir ein paar Worte wechseln . . ."

„Das ist nicht nötig", sagte ich.

„Sei doch nicht gleich gekränkt! Ich weiß, daß du nichts Unrechtes tun würdest, aber die Leute könnten denken . . ."

„Seit wann interessiert es dich, was andere Menschen denken?" sagte ich, bevor ich mich besinnen konnte.

Sie biß sich auf die Lippen. „Es besteht kein Grund, unverschämt zu werden, Ned", wies sie mich dann mit ruhiger Stimme zurecht. „Glaube mir, Kerrys guter Ruf ist sehr wichtig. Er kann ihre ganze Zukunft beeinflussen. Wenn man älter ist, so mag man es unter Umständen wagen, den Konventionen zu trotzen, aber für ein heranwachsendes Mädchen ist es wichtig, einen makellosen Ruf zu besitzen."

„Das begreife ich sehr gut", sagte ich. „Und deshalb wirst du dich auch freuen, wenn du hörst, was ich dir mitzuteilen habe. Kerry und ich wollen heiraten."

Sie blieb stumm, offenbar völlig sprachlos.

„Die Hochzeit könnte im Dezember stattfinden", fuhr ich nach einigen Sekunden fort. „An meinem sechzehnten Geburtstag. Die Gallaghers hätten genügend Zeit, um von Amerika herüberzukommen, und du könntest mit Kerry in aller Ruhe die notwendigen Vorbereitungen treffen. Übrigens werde ich zum römisch-katholischen Glauben übertreten und Vater Donal bitten, uns in der Kirche in Clonareen zu trauen."

Ich brach ab. Dieses eigentümliche Zucken im Gesicht meiner Mutter . . . Nahm sie es mir so übel, daß ich zum Katholizismus konvertieren wollte?

„Was hast du denn?" fragte ich und glaubte dann, eine Erklärung zu finden. „Ach, du meinst, daß wir zu jung sind. Aber wenn wir sowieso einmal heiraten, warum sollen wir dann noch lange warten?"

„Sowieso einmal?" wiederholte sie leise.

„Mama – glaubst du etwa, ich wüßte nicht von dem Handel, den Mr. Drummond mit Mr. Gallagher abgeschlossen hat?"

„Oh . . ." Aus ihrem Gesicht schien alles Blut zu entweichen. „Aber, Ned, damit hatte es nichts weiter auf sich. Ich meine, daraus ergeben sich keinerlei Konsequenzen. Maxwell hat nur versprochen, Kerry eine Zeitlang bei uns leben zu lassen, damit sie es lernt, sich wie eine Dame zu benehmen. Er hat keinesfalls zugesagt, daß du sie heiraten wirst. Zweifellos hegt Mr. Gallagher in dieser Hinsicht gewisse Hoffnungen . . ."

„Genau wie Mr. Drummond", unterbrach ich sie. „Denn soweit ich weiß, ist Geld im Spiel."

Sie wurde, wenn möglich, noch blasser. „Davon weiß ich nichts.

Sollte es jedoch der Fall sein, so ist Maxwell darauf gewiß nur eingegangen, um Mr. Gallagher für sich einzunehmen. Mr. Gallagher war der einzige, der ihm zur Begnadigung verhelfen konnte, und daher lag uns beiden daran, ihn für uns zu gewinnen. Du glaubst doch nicht im Ernst, ich hätte je gewollt, daß du in eine solche Familie einheiratest? Gesellschaftlich steht Kerry weit unter dir, und sie scheint ohnehin nicht geeignet, einem Mann deines Standes die angemessene Gattin zu sein! Gewiß kann sie nichts dafür, daß sie aus einer so vulgären, parvenühaften Familie . . ."

„Ich verstehe", sagte ich. „Dir und Mr. Drummond waren die Gallaghers gut genug, um euch ihr Geld und euren Einfluß zunutze zu machen, und nachdem euch das gelungen ist, macht es euch nichts aus, die Abmachung zu vergessen, die ihr ohnehin nie einhalten wolltet. Und da hast du die unglaubliche Kühnheit, mir zu sagen, daß die Gallaghers vulgär sind!"

„Ned!" Die Farbe kehrte in ihr Gesicht zurück. Sie stand auf. „Was für eine Unverschämtheit! Sofort entschuldigst du dich bei mir!"

„Ich finde, du solltest dich bei mir entschuldigen", sagte ich. „Du hast mich belogen und hintergangen und deinem Liebhaber erlaubt, mich zu verhökern, als ob ich ein altes Stück Möbel wäre . . ."

Sie schlug mir mit der flachen Hand ins Gesicht. Meine Wangen brannten, und ich strich mit den Fingern darüber. Als ich meine Mutter wieder ansah, blickte ich auf einmal in die Augen einer Fremden.

„Höre, Ned", sagte sie mit leiser, vor Wut zitternder Stimme. „Du wirst dieses Mädchen weder jetzt noch später heiraten. Ich verbiete es dir, und du wirst mir dafür einmal dankbar sein. Im übrigen werde ich dich sofort auf eine Schule schicken."

„Ich gehe nicht von Cashemara fort!"

„Du wirst gehorchen!" Ehe ich antworten konnte, stieß sie die Tür auf. „Maxwell!"

Ihre laute Stimme hallte im Korridor wider, und sogar von unten kam ein Echo zurück.

Ich sprang auf, stieß gegen den Tisch, warf eine Vase um. „Mama, ich habe mit Mr. Drummond nichts zu schaffen."

„Komm wieder ins Zimmer!"

In der Halle erklangen Drummonds Schritte. „Sarah, hast du nach mir gerufen?"

„Ja – ich brauche deine Hilfe."

Er eilte die Treppe herauf. Ehe er die Galerie erreichte, wich ich ins Boudoir zurück.

„Was ist denn, Schatz?"

„Ich habe Schwierigkeiten mit Ned. Er scheint völlig den Verstand verloren zu haben." Sie dämpfte ihre Stimme, aber Satzfetzen verstand ich doch. „An allem hat nur dieses elende Mädchen schuld . . . will heiraten . . . nein, nicht später – jetzt! . . . wird frech, unverschämt und ausfallend . . . weiß einfach nicht weiter . . . bitte, sprich du mit ihm . . . braucht einen Mann, der mit ihm wie ein Vater . . ."

Einen Augenblick spielte ich mit dem Gedanken, mich ins Schlafzimmer meiner Mutter zu flüchten. Doch es durfte keinesfalls so aussehen, als ob ich davonlief. Und so blieb ich hinter einem Stuhl stehen und stützte meine Hände steif auf die hohe Rückenlehne.

Drummond trat ein. Er war wie ein Gentleman gekleidet. In der Tasche seiner Samtweste steckte die goldene Uhr, die er beim Pokern gewonnen hatte. Sein Haar war nach hinten gekämmt, seine Koteletten waren gestutzt, und er hatte sich sogar einen kleinen Schnurrbart wachsen lassen. Vergeblich versuchte ich mich an den häßlichen, ungepflegten doch überaus vergnügten Iren zu erinnern, der seinen Hut in die Luft geworfen und für meine Mutter Veilchen gekauft hatte.

„Na, Ned", sagte er lächelnd und schloß die Tür hinter sich. „Deine Mutter macht da ja einen furchtbaren Wirbel. Was soll das, mit dem Heiraten?"

„Das ist kein Thema, über das ich mit Ihnen sprechen möchte."

„Und ich auch nicht mit dir", versicherte er, immer noch lächelnd. „Aber da deine Mutter es mir strikt befohlen hat, bleibt uns beiden wohl keine Wahl. Hör mal, du darfst deiner Mutter das nicht übelnehmen. Sie hat die Gallaghers noch nie leiden können, wofür einer wohl nichts kann, wenn er in einem solchen Palast in der 5. Avenue aufwächst. Aber wenn du mich fragst – also ich finde, du hast einen ausgezeichneten Geschmack. Die Gallaghers sind eine prächtige Familie, die Erziehung der Mädchen läßt nichts zu wünschen übrig, na, und nach Kerry würde sich wohl jeder Mann alle zehn Finger lecken. Wie du siehst, bin ich gar nicht der Meinung deiner Mutter, du solltest Kerry nicht heiraten – im Gegenteil. Aber erst wenn du einundzwanzig und dein eigener

Herr bist, wenn du mehr von der Welt gesehen und mehr gelernt hast. Vorher – nein, lieber nicht, Ned. Ich hab's getan und oft genug bedauert. Hoffentlich bist du nicht zu stolz, dir meine schlechten Erfahrungen als Warnung dienen zu lassen."

Ich schwieg, und nach einigen Sekunden holte er seine Zigaretten hervor und steckte sich eine an. Früher hatte mir diese Geste Vertrauen eingeflößt, jetzt erschien sie mir als billiger Trick.

„Wir wollen uns doch nicht streiten, Ned", sagte er schließlich. „Dazu sind wir doch schon viel zu lange gute Freunde. Wie wär's mit einem Kompromiß? Du heiratest Kerry, aber nicht gleich. Warte mindestens noch ein Jahr."

„Ich will nicht warten", sagte ich.

„Worauf willst du nicht warten? Auf die Hochzeit? Oder auf eine Frau, die bereit ist, dir dein Vergnügen zu lassen?"

Ich drehte den Kopf zur Seite. „Ich wäre Ihnen dankbar, wenn Sie zu dem Thema nichts weiter sagen würden."

„Nicht doch, Ned. Und glaub mir, darauf brauchst du nicht zu warten. Warte auf die Hochzeit und warte auf Kerry. Das übrige kannst du gleich haben."

„Das übrige interessiert mich nicht. Wenn Sie mich jetzt entschuldigen wollen . . ."

„Das sagst du doch nur, weil du nicht zugeben willst, daß mein Rat für dich genau das Richtige sein könnte! Komm, Ned, mach mir und dir doch nichts vor!"

Da er den anderen Ausgang versperrte, ging ich zu der Tür, die zum Schlafzimmer meiner Mutter führte. Doch er verlegte mir den Weg. Seine dicken, rauhen Finger packten meinen Arm und schoben mich gegen die Wand.

„Du willst mich doch nicht vor den Kopf stoßen", sagte er ruhig, doch mit unverkennbarer Wut. „So dumm bist du nicht. Du siehst doch, daß ich auf deiner Seite stehe und dir nur helfen will. Hör mal – nicht weit von Clonareen wohnt eine gewisse Mrs. Costelloe, die ich früher öfter mal besucht habe. Sie wäre für dich natürlich viel zu alt, aber wie ich höre, hat ihre Nichte, die bei ihr lebt, viel Verständnis für junge Männer, die ihr gefallen. Reite morgen mit mir nach Clonareen, und ich mache dich mit ihr bekannt."

Ich hatte nur einen Gedanken: Weg von hier! Weg von ihm!

„Ja, Sir", murmelte ich.

Seine Finger lösten sich von meinem Arm. Seine Hand klatschte freundschaftlich auf meine Schulter. „Ich hab immer schon gewußt, daß du ein kluges Kind bist", sagte er. „Schön, daß du so schnell Vernunft angenommen hast."

Endlich durfte ich gehen. Ich lief auf mein Zimmer und erreichte gerade noch den Waschtisch, ehe ich mich erbrach. Warum mir so übel war, wußte ich nicht genau, doch plausibel schien nur ein einziger Grund zu sein: Drummonds Vorschlag, anstelle von Kerry mit einer Prostituierten vorliebzunehmen.

Erst später begriff ich, daß es etwas gab, was ich mir nicht eingestehen wollte: meine tiefe Furcht vor diesem Mann. Erst als ich mir das klarmachte, vermochte ich mich zu fragen, ob ich immer noch glaubte, daß mein Vater eines natürlichen Todes gestorben war.

II

„Wir machen einen Ausflug", sagte ich am nächsten Tag nach dem Mittagessen zu Kerry.

„Ned, deine Mama wird außer sich sein! Wir wollen ein neues Nadelspitzenmuster anfangen!"

„Mach dir wegen meiner Mutter keine Gedanken. Du kommst mit mir mit."

„Wohin?"

„Zur Hütte. Ich habe eine Flasche Milch und fünf Korinthenbrötchen."

Während wir den Hang hinaufeilten, berichtete ich ihr von der Szene mit Drummond.

„Wie kann es verkehrt sein, wenn du heiratest, aber richtig, wenn du eine Dirne besuchst?" sagte sie entsetzt. „Ich hätte nie geglaubt, daß Mr. Drummond so . . . so verderbt ist. Wenn Ma und Pa das wüßten, würden sie graue Haare bekommen."

„Was mich betrifft, so bleibt es dabei – wir heiraten an meinem Geburtstag", sagte ich.

Sie sah mich erschrocken an. „Ned, Mr. Drummond wird außer sich sein!"

„Von mir aus kann ihn der Schlag treffen. Er ist nicht mein Vater und hat mir keine Vorschriften zu machen. Ich bin fast sechzehn und will verdammt sein, wenn ich mich noch von irgend jemandem herumkommandieren lasse."

„Wie mutig, Ned!“ rief Kerry bewundernd.

Aber ich fühlte mich gar nicht mutig.

„Ich könnte Ma schreiben, daß ich nicht mehr Jungfrau bin“, grübelte Kerry, während sie eifrig draufloskaute. „Dann müßten sie uns doch heiraten lassen, nicht?“

„Deinen Ruf aufs Spiel setzen?“ sagte ich. „Kommt nicht in Frage!“

Als wir uns gegen fünf Uhr nach Cashemara zurückschlichen, hämmerte mein Herz wie eine Pumpe.

„Und was jetzt?“ fragte Kerry leise.

„Am besten gehen wir hinauf zu den Kinderzimmern. Dort kann nichts Schlimmes passieren, und außerdem habe ich John versprochen, mit ihm einen Bauernhof zu bauen. Aber ich werde erst auf meinem Zimmer Schuhe und Strümpfe wechseln.“

„Soll ich schon vorausgehen?“

„Ja. Wir treffen uns oben.“

Leise eilte ich die Hintertreppe hinauf, jagte wie der Wind durch die Korridore und gelangte mit einem Seufzer der Erleichterung in mein Refugium.

„Willkommen daheim“, sagte Maxwell Drummond.

Er hatte hinter der Tür gestanden, und als ich jetzt herumfuhr, warf er sie zu, um mir den Rückzug abzuschneiden. Er hatte seinen Rock ausgezogen und aufs Bett geworfen. Den breiten Ledergürtel, den er zur Arbeitskleidung immer trug, hielt er zusammengeballt in der rechten Hand.

„Wo bist du gewesen?“ fragte er. Er sprach leise und sehr ruhig.

„Ich habe einen Spaziergang gemacht.“

„Mit Kerry?“

„Ja, mit Kerry.“

„Ich dachte, wir hatten uns für heute verabredet. Oder irre ich mich da?“

„Ich habe es mir anders überlegt. Entschuldigen Sie bitte, daß ich vergessen habe, Ihnen das zu sagen.“

„Gar nichts entschuldige ich. Was hast du mit dem Mädchen angestellt?“

Ich starrte ihn an.

„Himmeldonnerwetter!“ fluchte er. „Das hätte ich mir doch gleich denken können, daß ein so verzogener junger Bastard wie du nichts als Dummheiten im Kopf hat! Aber schuld daran sind wir selbst, deine Mutter und ich. Wir haben dich immer mit

Glacéhandschuhen angefaßt. Aber diesmal bist du zu weit gegangen! Ich werde dir einen Denkzettel geben, den du nicht so schnell vergessen wirst!"

Stockend sagte ich: „Ich habe nichts Unrechtes getan. Ich habe Kerry nicht berührt. Ich will, daß alles seine Richtigkeit hat."

„Du gottverdammter Lügner!" fauchte er und beschrieb unzweideutig und mit den gemeinsten und brutalsten Ausdrücken, wie er sich mein Zusammensein mit Kerry vorstellte.

Irgend etwas in mir zerriß. Das Zimmer wirbelte wie in einem roten Nebel um mich herum, und plötzlich war alle Furcht weggewischt. Ohne mich auch nur einen Augenblick zu besinnen, stürzte ich auf ihn los, und es gelang mir, ihn zu überrumpeln. Mit geballter Faust schlug ich zu. Drummond duckte sich, doch nicht rasch genug. Ich traf ihn im Gesicht. Er wich zurück, und ich folgte ihm und schwang wieder die Faust. Und dazu schrie eine Stimme, die ich kaum als meine eigene erkannte, unflätige Schimpfwörter. Dreckskerl, Sauhund, Hurenbock, scher dich aus meinem Haus!

Doch dann gelang es ihm, mein Handgelenk zu packen, und er bog es zurück, so daß ich vor Schmerz laut aufstöhnte. Schließlich drehte er mir den Arm auf den Rücken und zwang mich in die Knie. Und dann klatschte mein Gesicht auf den Fußboden, und ich lag lang auf dem Bauch und konnte mich nicht bewegen, weil Drummonds Griff sich keinen Zentimeter lockerte und ich mir den Arm gebrochen hätte.

„Lassen – Sie – mich – los –"

Endlich glaubte ich, ihm entschlüpfen zu können, doch seine Finger packten noch brutaler zu, und durch meinen Arm schoß ein Schmerz, der mich fast ohnmächtig werden ließ. Der Teppich unter mir roch nach Staub und Feuchtigkeit. In meiner Kehle würgte es. Meine Augen brannten. Und dann spürte ich die hervorquellenden Tränen, noch ehe Drummond zuschlug, und ich wollte nicht, daß er sie sah.

Er schlug mich neunmal. Weste und Hemd hatte er über meinem Oberkörper hochgezerrt, so daß sein Ledergürtel meine nackte Haut traf. Als er fertig war, stand er auf, schob mich von sich weg. Meine Abreibung hätte ich ja nun weg, sagte er, und ich solle mir das verdammt nochmal hinter die Ohren schreiben, denn es sei nur eine Kostprobe von dem, was mich erwartete, wenn ich es mir je wieder einfallen ließe, mit Kerry Spielchen zu treiben. Er habe bei mir mehr Nachsicht und Geduld aufgebracht, als das ein Vater getan hätte, und das solle ich mir gefälligst klarmachen. Aber wenn ich mich nicht schleunigst besserte, so könnte ich ihn mal wirklich kennenlernen.

Und dann ging er.

Ich stand sofort auf, zog mich aus, goß die Waschschüssel voll und spülte und kühlte die Striemen. Schließlich suchte ich frische Kleidung hervor. Der Schmerz in meinem Arm war so heftig, daß ich mich fragte, ob er nicht gebrochen sei. Aber da ich die Finger noch bewegen konnte, schienen Knochen und Gelenke noch intakt zu sein.

Einen Augenblick wollte mich Selbstmitleid überwältigen. Ich verließ das Zimmer, stieg die Treppe hinab.

Unten ging ich in die Bibliothek. Drummond saß in einem Sessel, Füße auf dem großen Schreibtisch beim Fenster. Er hielt ein Glas Whisky in der Hand und rauchte eine von Phineas Gallaghers riesigen Zigarren.

Als er mich sah, war er so überrascht, daß er unwillkürlich die Füße von der Schreibtischplatte nahm und auf den Boden setzte.

„Oh, du bist es", sagte er dann mit harter Stimme. „Sicher bist du gekommen, um dich bei mir zu entschuldigen."

„Nein, Mr. Drummond", erwiderte ich, entschlossen, auf jeden Fall zu bekommen, was ich haben wollte. „Ich bin nicht hier, um mich bei Ihnen zu entschuldigen. Vielmehr möchte ich Ihnen einen Handel vorschlagen."

6. KAPITEL

I

Er lachte, streifte die Asche von seiner Zigarre ab und wies mit der Hand auf einen der Sessel beim Kamin. „Na, dann mach's dir bequem und schieß los."

Als ich seiner Aufforderung nicht folgte, sondern stehenblieb, zuckte er mit den Schultern. „Wie du willst. Aber vielleicht ist es besser, wenn wir warten, bis sich deine Wut gelegt hat. Du kannst mir auch noch morgen sagen, was du mir zu sagen hast."

Ich schwieg immer noch.

„Glaube mir, Ned, es ist kindisch von dir, mir etwas nachzutragen. Du solltest eher froh sein, daß ich dich so behandle, wie ich meine eigenen Söhne behandeln würde."

„Ihre Söhne haben Sie nicht gerade gut behandelt", sagte ich. „Aber wenn es Ihnen recht ist, können wir jetzt vielleicht zur Sache kommen. Als erstes möchte ich Ihnen einige Tatsachen klarmachen. Punkt eins: Kerry ist noch Jungfrau. Punkt zwei: Ich bin kein Lügner, also haben Sie auch kein Recht, mich einen Lügner zu nennen. Punkt drei: Ich heirate Kerry an meinem Geburtstag, dem 5. Dezember, und Sie werden meine Mutter dazu bringen, ihre Einwilligung zu geben. Ist das klar?"

Er schüttelte sich vor Gelächter. „Du schlägst mir da einen Handel vor, von dem du etwas hast!" sagte er amüsiert. „Und wo bleibe ich?"

„Sie wollen doch auch weiterhin hier leben und den Gentleman spielen, nicht wahr?"

Sein Lachen brach ab. Er musterte mich. Offenbar nahm er mich jetzt ernst. „Den Gentleman spielen?" wiederholte er gedehnt. „Jedenfalls bin ich ein guter Verwalter, und daran ist nichts gespielt."

„Ganz richtig", sagte ich. „Es ist schlicht gelogen. Mit dem Einverständnis meiner Mutter haben Sie von meinem Geld einkassiert, was Sie zwischen die Finger kriegen konnten. Es wäre nicht schwer, beim Kanzleigericht zu beantragen, daß meine Mutter als Treuhänderin abgesetzt wird. Und dann würden meine Onkel Ihnen sofort kündigen."

„Nur weiter", sagte er. „Mein alter Hof ist wieder aufgebaut, und den kannst du mir nicht nehmen. Ich bin immer ein guter Bauer gewesen, und wenn man sie richtig betreibt, wirft die Landwirtschaft genug ab. Deine Mutter könnte bei mir leben, und da Cashemara nicht weit ist, hätte sie Gelegenheit, ihre Kinder jeden Tag zu sehen."

Ich begann zu begreifen, wie es ihm gelungen war, beim Pokern eine goldene Uhr zu gewinnen. Einen Augenblick hatte ich das Gefühl, ihm nicht gewachsen zu sein.

„Mr. Drummond", sagte ich, „Sie glauben doch selbst nicht, daß meine Mutter sich so weit erniedrigen würde. Ihre jetzige Lage ist für sie schon unerträglich genug. Wenn man Sie als Verwalter wegen der Veruntreuung von Geldern davonjagte, würde sie Sie verlassen."

„Und genau da irrst du dich", erwiderte er lächelnd. „Sie wird mich nie verlassen."

Ich wußte, daß er recht hatte. Wortlos starrte ich vor mich hin. Auf meinem Rücken brannten die Striemen, die sein Ledergürtel hinterlassen hatte. Im mißhandelten Arm stach der Schmerz. Ich stand stumm und wußte nicht weiter.

Er straffte den Rücken und erhob sich dann, um anzudeuten, daß das Gespräch für ihn beendet sei. „Im übrigen wäre das Kanzleigericht bestimmt niemals bereit, deine Mutter als Treuhänderin abzusetzen. Aus welchem Grund denn auch?" Er sog an seiner dicken Zigarre. „Zugegeben, sie ist mir gegenüber recht großzügig gewesen. Aber du kannst mir glauben, daß sich bis auf den letzten Penny nachweisen läßt, welch guten Zwecken das Geld zugeflossen ist. Denn, siehst du, deine Mutter weiß, wie man Bücher führt, und niemand wird je beweisen können, daß irgend etwas nicht mit rechten Dingen zugegangen ist."

Ich schien auf verlorenem Posten zu stehen. Noch nie war ich so entschlossen gewesen, mich allen Widerständen zum Trotz durchzusetzen. Mein Haß wuchs und wuchs. Ein einziger Gedanke beherrschte mich: Dieser Mann hat meinen Vater getötet.

Ich sagte kalt: „Vielleicht haben Sie recht. Vielleicht läßt sich wirklich nicht beweisen, daß meine Mutter der Mißwirtschaft schuldig ist. Aber ich glaube, daß man sie des Mordes überführen kann."

Sein Gesicht ruckte zu mir herum. Die Hand mit der Zigarre stieß gegen den Schreibtisch. Ein Funkenregen sprühte herab.

Ich sagte: „Natürlich wissen wir beide, daß meine Mutter keine Mörderin ist. Aber sie hat meinen Vater kurz vor seinem Tod besucht, und wenn sich herausstellte, daß er in Wirklichkeit gar nicht an Leberzirrhose gestorben ist, so käme sie in eine äußerst schwierige Lage."

Drummond sagte brutal: „Dein Vater ist am Suff krepiert. Von Mord kann nicht die Rede sein."

„Wie gut, daß Sie sich Ihrer Sache so sicher sind", erwiderte ich. „Dann haben Sie ja auch gewiß nichts dagegen, wenn ich die zuständige Behörde in Dublin bitte, die Leiche meines Vaters exhumieren zu lassen, damit eine Autopsie vorgenommen werden kann."

Er drückte seine Zigarre im Aschenbecher aus und langte nach der Whiskyflasche und goß sich ein Glas voll ein. „Verrückt", sagte er, ohne mich anzusehen. „Einfach verrückt. Mach dich nicht zum Narren."

„Sie haben wirklich alles perfekt eingefädelt, nicht wahr? Zuerst habe ich geglaubt, meine Mutter sei ohne Ihr Wissen auf Clonagh Court gewesen – ein Irrtum, wie ich jetzt sehe. Sie haben das Ganze inszeniert. Wäre später ein Verdacht aufgekommen, so hätte die Familie alles daran gesetzt, die Sache zu vertuschen, um meine Mutter zu schützen, und damit wären auch Sie geschützt gewesen. Sie sind ein gerissener Pokerspieler, aber Ihr Bluff zieht nicht mehr. Ich werde Sie zwingen, die Karten offen auf den Tisch zu legen."

„Du wirst nichts tun, was deiner Mutter schaden könnte", sagte er eiskalt.

„Unter normalen Umständen nicht, ganz recht. Aber dies sind keine normalen Umstände, Mr. Drummond. Wenn ich zwischen meiner Mutter und Kerry zu wählen habe, so entscheide ich mich für Kerry."

Er schwieg.

„Sorgen Sie dafür, daß meine Mutter in die Hochzeit einwilligt, und weder ihr noch Ihnen wird etwas passieren. Andernfalls wird man euch beide in wenigen Wochen vor die Leichenschaukommission zitieren."

Er leerte das Whiskyglas mit einem Zug, brütete vor sich hin. Hatte ich ihn endgültig ausmanövriert? Vielleicht. Aber vor ihm mußte man immer auf der Hut sein.

Und so sagte ich: „Im übrigen habe ich an Mr. Rathbone in London einen Brief geschickt, dem ein zweiter Brief beigefügt ist, der nur im Falle meines Todes geöffnet werden darf. Ich hielt es für klug, alles, was ich über gewisse Dinge weiß, zu Papier zu bringen. Wie Sie sehen, habe ich nicht vergessen, die notwendigen Vorkehrungen zu treffen."

Leeres Glas in der verkrampften Hand, schwieg er immer noch.

„Nun, Mr. Drummond", fragte ich, „sind Sie jetzt bereit, mir zu helfen?"

Langsam ging er um den Schreibtisch herum, setzte sich wieder. Schließlich sagte er, Blick auf seinen halbgeballten Händen: „Also gut. Von mir aus renne in dein Unglück. Ich habe versucht, dich vor einem Fehler zu bewahren, aber wenn du nicht auf mich hören willst, so ist das deine Sache. Heirate das Mädchen, aber versuche später nicht, mir die Schuld in die Schuhe zu schieben."

„Ich erwarte die Einwilligung meiner Mutter innerhalb von vierundzwanzig Stunden."

„Ich werde heute abend mit ihr sprechen."

Es war vorbei. Ich hatte es geschafft.

„Gute Nacht, Mr. Drummond", sagte ich und ging hinaus und eilte die Treppe hinauf zu meinem Zimmer, um Mr. Rathbone den vertraulichen Brief zu schreiben.

II

„Aber, Ned", sagte meine Mutter weinend, „wie kannst du so etwas von Maxwell glauben? Ist er nicht immer gut zu dir gewesen? Und warum drohst du mir? Liebst du mich denn nicht mehr?"

„Doch, ich liebe dich", erwiderte ich. „Aber ich liebe auch Kerry."

„Aber du bist doch noch viel zu jung, um zu wissen, was das Wort überhaupt bedeutet! Ned, vergiß, was ich gestern über Kerrys guten Ruf gesagt habe. Der ist nicht so wichtig, wenn du ... jedenfalls wäre das immer noch besser, als wenn du sie heiratest – mit sechzehn, meine ich."

„Nein, Sarah!" fiel ihr Drummond energisch ins Wort. „Ich bin es Phineas Gallagher schuldig, so etwas nicht zu dulden!"

„Was interessieren mich die Gallaghers?" rief sie. „Ich wünschte, wir wären ihnen nie begegnet."

„So? Nun, dann wären wir heute noch in Amerika. Schatz, so nimm doch endlich Vernunft an ..."

„Ich werde nie meine Einwilligung geben. Nie, nie, nie!"

„Sarah, bist du denn blind? Überlege doch, was für einen Skandal eine Autopsie auslösen würde. Haben deine Kinder nicht schon genug unter Skandalen leiden müssen?"

„Patricks Tod hatte natürliche Ursachen", sagte meine Mutter. „Dieser Meinung sind doch alle gewesen. ‚Das war eine Folge seiner Trunksucht', hat Madeleine gesagt, und Dr. Cahill hat ihr beigepflichtet."

„Ja, natürlich."

„Aber warum spricht Ned dann fortwährend von einer Autopsie?"

Drummond gab keine Antwort. Nach langem Zögern sagte er schließlich: „Laß ihn Kerry heiraten, Sarah."

Meine Mutter schluchzte leise.

„Laß ihm doch seinen Willen", fuhr Drummond mit einschmeichelnder Stimme fort. „Wenn er ihr später überdrüssig ist, kann er sich ja scheiden lassen."

„Bei Katholiken gibt es keine Scheidung, und er will doch katholisch werden."

„Mach dir keine Sorgen", versuchte Drummond sie zu beschwichtigen. „Katholisch wird er nur solange bleiben, solange er für Kerry etwas übrig hat. Glaub mir, das kommt später alles von selbst ins Lot. Gib dir einen Stoß und sage ja."

„Das kann ich nicht", schluchzte meine Mutter. „Dieses plumpe, unansehnliche, gewöhnliche kleine Ding ..."

„Sarah", beschwor er sie. „Sprich nicht weiter, ich bitte dich. Sage nichts, was dir später leid tun könnte."

Sie blickte ihn überrascht an, fügte sich dann schulterzuckend.

Als ich Stunden später mit ihr allein war, schien sie sich mit allem abgefunden zu haben. Sie entschuldigte sich sogar bei mir.

„Ich habe nur dein Bestes im Auge gehabt", sagte sie und versuchte ein Lächeln.

Ich dankte ihr für ihr Verständnis.

Sie schien erleichtert. „Entschuldige bitte, daß ich vorhin zu gereizt war, Liebling ... Es hat mich bestürzt, daß es dir mit Kerry so ernst ist."

Ich durchschaute ihr Spiel. Ich sollte so tun, als glaubte ich, sie hätte mir ihre Einwilligung, widerstrebend zwar, aber doch aus freien Stücken gegeben. Womöglich war es ihr sogar gelungen, sich einzureden, Drummond sei unschuldig und eine Autopsie hätten beide nur wegen des unvermeidlichen Skandals zu fürchten.

„Was ich da über Kerry gesagt habe, war nicht ernst gemeint", sagte sie. „Ich wünsche euch beiden wirklich von Herzen Glück."

„Danke, Mama."

Nach Boston und London wurden Telegramme geschickt, und ein Brief fand seinen Weg nach Clonareen. Eine Stunde später war Tante Madeleine in ihrer Ponykutsche zur Stelle und verlangte, meine Mutter zu sprechen.

Ein Bediensteter holte mich aus dem Unterrichtsraum, und als ich in den Salon trat, sah ich, daß meine Mutter erschlafft auf dem Sofa saß, während Tante Madeleine, in makelloses Marineblau gekleidet, beim Kamin stand.

„Edward", sagte sie, „ich möchte von dir auf der Stelle die Wahrheit hören. Wenn jemand in so jungen Jahren so überhastet heiratet, so gibt es dafür im allgemeinen nur einen einzigen Grund. Ich wäre dir dankbar, wenn du mir einen anderen nennen könntest."

„Gewiß, Tante Madeleine", erwiderte ich. „Ich habe mich entschlossen, zum römisch-katholischen Glauben überzutreten, und möchte es nicht riskieren, meine unsterbliche Seele durch eine Todsünde zu gefährden, womit ich, wie du dir sicher denken kannst, die Sünde des Fleisches meine."

„Sehr erfreulich", sagte Tante Madeleine. „Wirst du von Vater Donal in religiösen Dingen unterwiesen? Das habe ich befürchtet. Der Ärmste ist völlig ungebildet und gar nicht geeignet, dir jene Belehrung zuteil werden zu lassen, deren du bedarfst, ehe du in die Kirche aufgenommen werden kannst. Er scheint es versäumt zu haben, dich darauf hinzuweisen, wie wichtig Selbstverleugnung und Enthaltsamkeit sind. Liebes Kind, niemand ist glücklicher als ich, daß Gott dir die Gnade gewährt hat, deine Seele zu erleuchten, aber daß du mit sechzehn Jahren heiratest – nein, das kommt wirklich nicht in Frage!"

„Ich habe versucht, ihm das klarzumachen, Madeleine", sagte meine Mutter. „Aber er hört ja nicht auf mich."

„Das kann ich mir denken", sagte Tante Madeleine kühl. „Wessen Schuld ist es denn, daß er so widerspenstig geworden ist? Was für ein Beispiel hast du ihm denn in den letzten Jahren gegeben? Die Schuld an der Katastrophe trägst ausschließlich du, Sarah. Guten Tag."

Als eine Woche später meine Onkel auf Cashemara eintrafen, zog meine Mutter sich sofort mit einer Migräne auf ihr Zimmer zurück, und so blieb es mir allein überlassen, mich zu verteidigen.

„Ich will die Wahrheit wissen!" sagte Onkel Thomas mit grimmigem Gesicht.

„Natürlich", erwiderte ich. „Ich möchte heiraten, und meine Mutter ist einverstanden."

„Ich meine, die ganze Wahrheit!"

„Ned", sagte Onkel David behutsam, „als ich sechzehn war, habe ich mich auch verliebt, und seither mindestens noch ein dutzendmal. Aber erst jetzt, mit siebenundzwanzig Jahren, glaube ich die Frau gefunden zu haben, die mich glücklich machen wird."

„Es hat keinen Zweck, Ned klarmachen zu wollen, daß es Wahnsinn ist, mit sechzehn zu heiraten, David", sagte Onkel Thomas. „Du weißt es, ich weiß es, aber Ned kann es nicht wissen. Also stecken wir in einer Sackgasse."

„Aber wir müssen doch zu einem vernünftigen Ergebnis kommen!" rief Onkel David.

„Ich möchte unbedingt wissen", sagte Onkel Thomas halsstarrig, „warum Sarah in eine Ehe eingewilligt hat, die sie unmöglich billigen kann."

„Nun ja", grübelte Onkel David. „Sarah war vielleicht sehr erleichtert, daß Ned strikt moralische Prinzipien befolgt – du verstehst schon."

„Ist das wirklich der Grund, Ned?" fragte Onkel Thomas, der seinem Bruder kein Wort glaubte.

„Für meine Mutter kann ich nicht gut antworten", erwiderte ich.

„Dann will ich dir eine Frage stellen, die du beantworten kannst. Der Kern deines Problems ist natürlich sexueller Natur. Hast du auf diesem Gebiet schon Erfahrungen gesammelt?"

„Aber Thomas!" sagte Onkel David.

„Herrgott nochmal, David, wir können nicht alle nach deinen Grundsätzen von Enthaltsamkeit leben. Also, Ned?"

„Falls du wissen möchtest, ob Kerry schwanger ist, so lautet die Antwort: Nein, sie ist es nicht. Und solltest du mir raten wollen, auf Kerry zu warten und mich inzwischen mit einer anderen Frau zu vergnügen, so spar dir bitte die Mühe."

„Aber das wäre, verflixt nochmal, das Beste für dich!" rief Onkel Thomas, von Minute zu Minute wütender. „Wenn du deinen Geschlechtstrieb nicht unterdrücken müßtest, würdest du bald zur Besinnung kommen und deine Freundschaft mit Kerry im richtigen Licht sehen. Nach meiner Überzeugung ist verklemmte Sexualität die Ursache für die meisten Probleme auf der Welt. Erst kürzlich habe ich darüber ein sehr interessantes Buch gelesen . . ."

„Mein lieber Thomas", sagte Onkel David, inzwischen kaum weniger wütend als sein Bruder, „es dürfte jetzt kaum die richtige Zeit für eine Diskussion über pornographische Literatur sein."

„Das war ein medizinisches Lehrbuch! David, sieh die Sache doch mal realistisch! Welches ist denn das geringere der beiden Übel? Ein Fehler, den Ned vielleicht sein ganzes Leben bedauert, oder eine Nacht, an die er sich ein Jahr später gar nicht mehr erinnert?"

„Es gibt auch noch andere Möglichkeiten!" sagte Onkel David hitzig. „Ned könnte ins Ausland fahren . . . eine große Reise durch den Kontinent . . . ich wäre sogar bereit, ihn zu begleiten. Natürlich möchte ich nicht allzu lange von Harriet getrennt sein, aber . . ."

„Das ist ganz reizend von dir, Onkel David", sagte ich. „Aber ich möchte auch nicht von Kerry getrennt sein."

„Ich weigere mich, dir meine Einwilligung zur Heirat zu geben", sagte Onkel Thomas.

Ich lächelte nur.

„Wir sollten mit Sarah sprechen, Thomas", sagte Onkel David. „Bei Ned ist das zwecklos. Er hört nicht auf uns."

„Mit Sarah ist nicht zu reden, das wissen wir doch schon seit Jahren. Verdammt nochmal, wenn sie diese Heirat nicht verhindert, dann werde ich dafür sorgen, daß Ned vom Gericht zum Mündel erklärt wird und einen Vormund erhält . . ."

„Kommt nicht in Frage!" fiel ihm Onkel David energisch ins Wort. „Der Name unserer Familie ist durch skandalöse Gerichtsaffären schon genug in den Schmutz gezerrt worden. Es gibt gar keinen Zweifel, daß Ned zur Heirat fest entschlossen ist, und selbst, wenn wir ihn zum Mündel erklären lassen, kann ihn nichts daran hindern, nach Schottland durchzubrennen und sich in Gretna Green trauen zu lassen."

„Wie du meinst!" schrie Onkel Thomas, vor Zorn jetzt völlig außer sich. „Wirf die Flinte nur ins Korn! Wenn dir an Ned soviel liegen würde wie mir, so würdest du gegen diese absurde Heirat bis zum letzten Atemzug kämpfen!"

„Onkel Thomas", sagte ich. „Du hast an deiner Meinung keinen Zweifel gelassen. Ich bin dir für deine Anteilnahme dankbar, und ebenso dankbar bin ich Onkel David für seine Sorge um den Ruf der Familie. Ich hoffe, daß ihr beide zu meiner Hochzeit am 5. Dezember kommen werdet."

„Du junger Narr", sagte Onkel Thomas, „du bildest dir wohl ein, daß die Wonnen der Ehe dir ewiges Glück garantieren. Es ist erschütternd."

„Aber, Onkel Thomas", erwiderte ich geduldig, „gibt es auch nur einen einzigen Menschen, der glaubt, daß die Ehe ewiges Glück garantiert?"

Aber Onkel Thomas war zu erregt, um zu antworten, und Onkel David meinte nur, man müsse zutiefst bedauern, daß ein junger Mensch meines Alters schon so zynisch sei.

III

„Es wäre besser, wenn du warten würdest, Ned", sagte Nanny. „Jung gefreit hat leider schon oft gereut."

„Mag sein."

„Ich begreife nicht, wie deine Mama in so etwas einwilligen kann."

Ich schwieg.

„Du hast dich verändert", sagte sie, und plötzlich war sie nicht mehr Nanny, sondern eine unsichere kleine Frau mittleren Alters, die sich in Kinderzimmern vor der Welt versteckte.

„Ich bin noch derselbe wie früher", sagte ich und küßte sie. Doch ich wußte, daß das nicht stimmte.

„Ich verstehe nicht, warum alle meinen, ich sei noch so jung", beklagte ich mich später bei Kerry. „Manchmal fühle ich mich wie mindestens dreißig, und die Zeit, als ich noch ein Kind war, scheint so weit zurückzuliegen, daß ich mich kaum noch daran erinnere."

Auch der Spiegel schien mir das beweisen zu wollen. Aber ich hatte mich an mein Abbild inzwischen gewöhnt. Ich maß jetzt gut über einsachtzig, und wenn ich auch immer noch recht schlank war, so kam ich mir doch nicht wie eine Bohnenstange vor. Meine Haut war rein, und mein Haar, zwar immer noch lehmig gelb, wuchs seitlich auf den Wangen in dichten Büscheln. So stattlich wie mein Vater war ich nicht und würde ich vielleicht auch nie sein, aber ich brauchte mich nicht mehr zu verstecken.

„Ich fühle mich genauso erwachsen wie du", sagte Kerry und fügte mit einem Seufzer hinzu: „Aber wenn man so lange von Zuhause fort ist, geht das wohl schneller."

„Wäre es dir nicht lieber, in Boston zu heiraten?" fragte ich besorgt. Ich wußte, daß sie immer noch Heimweh quälte.

„Ach nein, wenn Ma und Pa und die Mädchen kommen, möchte ich schon eine richtige irische Hochzeit auf Cashemara haben. Schließlich wird dies mein Zuhause sein, und wenn ich hier heirate und die Leute aus dem Tal mitfeiern, dann lernen sie mich gleich kennen."

Meine Mutter bestand jedoch darauf, die Liste der Hochzeitsgäste auf die engere Verwandtschaft und die benachbarten Landbesitzer zu beschränken.

„Warum?" fragte ich ärgerlich. „Es sieht ja beinahe so aus, als ob du etwas vertuschen wolltest. Nein – Kerry wird die schönste Hochzeit haben, die sich ein Mädchen wünschen kann."

Meine Mutter äußerte sich nicht weiter dazu, erhob jedoch plötzlich Bedenken gegen Clonareen als Ort für die Trauung.

„Es wäre besser, wenn sie in Galway stattfinden würde", sagte sie.

„Ich will, daß wir von Vater Donal getraut werden."

Zur Erstkommunion ging ich am 16. November. Meine Mutter weigerte sich trotz meiner Einladung, der Zeremonie beizuwohnen.

„Zu deiner Trauung werde ich kommen", sagte sie. „Ansonsten wäre es von mir nicht richtig, eine Kirche zu betreten. Ich würde mir wie eine Heuchlerin vorkommen, und es ist mir auch nicht lieb, daran erinnert zu werden, daß Maxwell meinetwegen seinem Glauben abtrünnig geworden ist."

Drummond hatte dieses Thema noch nie berührt. Jetzt traf er die notwendigen Vorbereitungen für die Ankunft der Gallaghers, während meine Mutter das halbe Haus auf den Kopf stellte. Ein Teil des Dachbodens wurde in Gästezimmer umgewandelt. Der

Westflügel, wo unsere Besucher früher untergebracht worden waren, sollte Kerry und mir vorbehalten bleiben. Es machte uns einen Riesenspaß, daß häßliche Mobilar hinausschleppen und die tristen Tapeten abreißen zu lassen. Doch das eigentliche Vergnügen begann erst danach. Wir wählten den größten Raum als Schlafzimmer aus und ließen ihn narzissengelb streichen. Der Salon war ein Gemisch aus Weiß und Kleegrün. Später gaben wir den Auftrag, für uns ein Himmelbett anzufertigen, und Kerry entwarf weiße Musselinvorhänge, die mit roten Tupfen besät waren. Im Schlafzimmer gab es eine kleine Nische, die sich als Gebetsecke eignete, und bald steckten wir die Köpfe zusammen, um eifrig in einem Katalog zu forschen, der von einem Dubliner Spezialgeschäft für religiöse Artikel stammte. Wir entschieden uns für ein silbernes Kruzifix und eine große Statue der Madonna mit dem heiligen Kind. Die Madonna trug das traditionelle blaue Gewand und sah genauso rundlich und glücklich aus wie Kerry.

Ich hätte nicht sagen können, wann ich das letzte Mal soviel Freude empfungen hatte.

„Es ist sonderbar, daß dein Geschmack so von meinem abweicht", stellte meine Mutter lakonisch fest. „Aber das liegt wohl an Kerrys Einfluß."

Drummond verdrängte ich völlig aus meinen Gedanken. Wir waren höflich zueinander, doch wenn ich ihn nicht sah, vergaß ich ihn. Lediglich das Bewußtsein, über ihn einen großen Sieg errungen zu haben, wurde gelegentlich wach.

„Was wirst du tun, wenn du erwachsen bist, Ned?" fragte mich John eines Tages.

„Ich bin erwachsen!" erwiderte ich mit einem Lachen. „Und im Augenblick genügt es mir, zu leben und Spaß zu haben."

„Spaß will ich auch haben", erklärte John energisch. „Ich werde immer auf Cashemara wohnen und mich um den Garten kümmern. Mr. Watson hat zu Mama gesagt, er könnte mir nichts mehr beibringen, und das heißt doch, daß ich erwachsen bin."

„Na ja – aber richtig erwachsen kannst du dich erst nennen, wenn du mindestens so alt bist wie ich."

„Wieso? Ich kann jetzt doch lesen."

„Das liest du ja nur, weil du es auswendig kennst", sagte Jane brutal. Sie war inzwischen sieben, liebte nach wie vor Ozymandias und ihre Wasserfarben und führte außerdem, wie meine Mutter, ein Tagebuch, in das sie die Namen all derer eintrug, die sie gekränkt oder beleidigt hatten, damit diese am Tage des Jüngsten Gerichts von Gott gebührend bestraft werden konnten. „Ein Gärtner, was ist das schon?“ fuhr sie verächtlich fort. „Wenn ich einmal groß bin, dann werde ich Tierärztin, und wenn ich nicht Tierärztin werde, dann werde ich Malerin. Vielleicht werde ich auch beides, Malerin und Tierärztin.“

„Also Ideen hast du, Jane!“ rief Eleanor entsetzt. „Was würde dein Mann dazu sagen?“

„Ich will ja keinen“, erwiderte Jane. „Höchstens einen netten Bekannten wie Mr. Drummond, der meine Pinsel für mich saubermacht und Katzenfutter kocht.“

„Aber ich will einen Mann“, erklärte Eleanor. „Doch mit sechzehn, wie Ned, würde ich nicht heiraten, weil alle sagen, daß sich das nicht schickt. Ich werde ein Haus auf dem Land haben und ein Haus in London, und mein Mann muß im Jahr wenigstens zehntausend Pfund verdienen.“

„Zehntausend Pfund im Jahr, das klingt gar nicht übel!“ lachte ich.

Auf welche Summe sich meine jährlichen Einkünfte beliefen, wußte ich nicht. Ich wußte nur, daß es mir viel Spaß machte, das Geld mit vollen Händen auszugeben. Ich bestellte eine Kiste Champagner nach der anderen und gab Anweisung, es unseren Gästen an nichts fehlen zu lassen. An die Pächter verteilte ich Almosen, und der Kirche in Clonareen überließ ich eine große Summe, damit Vater Donal eine Marienkapelle bauen lassen konnte. Meine Mutter bat mich, mit dem Geld vorsichtiger umzugehen, doch ich schenkte ihren Worten keine Beachtung.

Kerrys Brautkleid war fertig, und bald kamen vom Schneider auch meine neuen Anzüge. Auf Cashemara begann es zu summen wie in einem Bienenstock.

Die Gallaghers trafen ein.

„Ma befindet sich in einer schrecklichen Verfassung“, sagte Kerry zu mir. „Sie ist wütend auf Pa, weil er ihr das mit deiner Mutter und Mr. Drummond verschwiegen hat, möchte sich aber nicht mit ihm streiten. Weißt du, was sie mich gefragt hat? Ob ich dich auch wirklich heiraten möchte. Sie meinte, ich sollte mir's überlegen, solange noch Zeit sei. Arme Ma! Ist es nicht raurig, wenn man sieht, wie sich all diese alten Leute so viele Sorgen um uns machen?“

Mr. Gallagher hatte aus Amerika einige Verwandte mitgebracht, und bald trafen aus Wicklow-County noch mehr ein. Sie konnten unmöglich alle auf Cashemara untergebracht werden, doch Drummonds Verwandte unter den O'Malleys waren bereit, ihre Landsleute bei sich aufzunehmen. Wie meine Mutter zu allem stand, wußte ich nicht genau. Vermutlich war es ihr zuwider, mit der Verwandtschaft der Gallaghers in Berührung zu kommen, doch sie ließ sich nichts anmerken, was ich nicht zuletzt auf Drummonds Einfluß zurückführte.

Ich lud seine Söhne zur Hochzeit ein, und zu meiner Überraschung nahmen sie beide an. Das Wiedersehen mit Denis machte nicht nur mir, sondern unverkennbar auch ihm Freude. Was ich von seinem Bruder Maxwell halten sollte, wußte ich nicht recht. Äußerlich hatte er mit seinem Vater zwar keine Ähnlichkeit, doch in seiner Art erinnerte er in vielem an den älteren Drummond. So höflich und wohlerzogen er auch wirkte – hinter den guten Manieren spürte ich eine mir nur zu gut bekannte Härte. Außerdem entdeckte ich bald, daß er in seinem Stolz sehr empfindlich war.

„Ihr Vater wird sich freuen, Sie wiederzusehen", sagte ich, als wir uns das erstemal begegneten.

„Das bezweifle ich", erwiderte er, „denn ich habe ihm nichts zu sagen. Ich bin nur gekommen, um Ihnen meine Achtung zu erweisen, Lord de Salis. Auch möchte ich Ihnen zeigen, daß ich keinen Groll gegen Sie hege. Ich weiß von meinem Bruder, daß Sie ihn sehr gut behandelt haben, als er hier war."

Ich bat ihn, mich beim Vornamen zu nennen, wie es ja auch Denis tat, doch er ging nicht darauf ein.

„Hätten Sie nicht Lust, irgendwann wieder hier im Tal zu leben?" fragte ich ihn.

„Nicht, solange mein Vater hier ist. Da ziehe ich es vor, als Angestellter in Dublin zu bleiben."

„Wäre es Ihnen denn nicht lieber, als Bauer Ihr eigener Herr zu sein?"

„Oh ja. Sehr sogar. Und wenn mein Vater einmal tot ist, werde ich auch keinen Augenblick zögern, ins Tal zurückzukehren."

„Sie sind sehr hart gegen Ihren Vater."

„Mag sein. Aber er war ja auch hart gegen uns. Er hat meiner Mutter das Herz gebrochen und mich gezwungen, in einer elenden Häuserwüste zu arbeiten, wo ich den ganzen Tag in einen stickigen Raum eingepfercht bin und mich mit Zahlenkolonnen abplagen muß. Und dann kommt er von Amerika zurück, läßt sich von einer reichen Frau aushalten – sehen Sie mir die Bemerkung bitte nach, Lord de Salis – und besitzt die unglaubliche Frechheit, uns dann und wann ein wenig Geld schicken zu wollen. Glauben Sie mir, ich werde ihm nie verzeihen, nein, niemals. Hoffentlich ist er nicht so töricht, mich darum zu bitten."

Ob Drummond versuchte, sich mit Denis und Maxwell zu versöhnen, erfuhr ich nicht. Auffällig war nur, daß er sich mir gegenüber wieder sehr freundschaftlich gab. Zum Glück nahmen mich die letzten Vorbereitungen so in Anspruch, daß ich ihm ohne Schwierigkeiten aus dem Weg gehen konnte.

Am Tag vor meiner Hochzeit trafen mit unverkennbarem Widerstreben meine Onkel aus England ein und entdeckten zu ihrem Schrecken, daß sich Cashemara in eine irisch-amerikanische Kolonie verwandelt hatte. Zu allem Überfluß präsentierte ihnen meine Mutter auch noch ein Bündel Rechnungen, mit dem sie meine Verschwendungssucht beweisen wollte.

„Waren denn diese Ausgaben wirklich nötig, Sarah?" fragte Onkel Thomas. „Hättest du auf Ned nicht einwirken können, sich ein wenig zu zügeln?"

„Ich wollte ihm den Spaß nicht verderben", antwortete sie ausweichend – eine Antwort, die meine Onkel nicht im mindesten zufriedenstellte, wie ihre kritischen Mienen verrieten.

„Ich nehme doch an, daß wenigstens einige der anderen Gäste Leute von Rang und Namen sein werden", sagte Onkel David zu mir.

„Da muß ich dich leider enttäuschen", erklärte ich. „Ich denke nicht im Traum daran, die Snobs einzuladen, die meine Mutter in den vergangenen Jahren geschnitten haben. Ich will nur Gäste, die uns wohlgesonnen sind, und im übrigen soll es die schönste Hochzeit werden, die dieses Tal je gesehen hat."

Mein Wunsch ging in Erfüllung. Mild und klar dämmerte der Hochzeitstag herauf, die Gäste legten ihren besten Staat an, und vor der Eingangstür begannen die Mietkutschen vorzufahren. Meine Freunde trafen ein. Ich hatte dafür gesorgt, daß sie an diesem Tag alle beritten waren, und als ich mich auf meinen schönen, schwarzen Hengst schwang, blickte ich über die Schulter und sah, daß sie sich alle hinter mir drängten, Sean und Paddy Joyce, Danny O'Flaherty, Liam Costelloe, Seamus, Brian und Jerry O'Malley, Denis Drummond und sein Bruder Max. Rufe und Gelächter schwirrten durcheinander, die Sonne schien, und Cashemara, schäbig zwar, doch von heiterer Gelassenheit, war in meinen Augen ein ruhender Pol, von dem, in der sanften Winterhelle, ein ganz eigenes Licht ausging.

Ich fühlte mich wie berauscht, und als ich durch das große Tor ritt, stieg meine freudige Erregung noch, denn all meine Pächter waren gekommen, um Spalier zu bilden, und auf dem ganzen Weg nach Clonareen klangen ihre Jubelrufe.

Noch nie war ein Mann auch nur halb so glücklich gewesen wie ich an diesem Morgen, als ich von Cashemara zur Kirche ritt, um mich mit meiner irisch-amerikanischen Braut trauen zu lassen.

7. KAPITEL

I

Es heißt immer, daß eine Trauung für einen Mann eher eine Qual ist, doch ich kann nur sagen, daß ich jede Minute genoß: die Gäste und die Menschenmenge vor der Kirche, das erregte Raunen, die hellen Farben der Kleider, die Kränze aus Immergrün, der Geruch des Weihrauchs, das Flackern der Kerzen, das Erklingen und Verwehen der Melodien.

Später beim Hochzeitsfrühstück, als ich Champagner trank, glaubte ich, weit in meine Zukunft blicken zu können, und die Bilder, die ich sah, waren verlockend und voll Verheißung, so ganz anders als die dunklen Schatten der Erinnerung. Eines Tages, so hoffte ich, würden sie nicht mehr sein als trübe Wolken fern am Horizont.

Eines Tages. Aber nicht jetzt.

Ich trank viel Champagner, vielleicht ein wenig zuviel, wie Mr. Gallagher lächelnd warnte. Doch dann fand sich kaum noch Gelegenheit zu einem Schluck, weil jetzt getanzt wurde. Ich hatte eine Kapelle aus Galway engagiert, die Walzer, Polkas und Galoppaden spielte, doch nach einiger Zeit holte einer der O'Malleys seine Fiedel hervor, und nun erst war Cashemara ganz in irischer Hand, angefangen beim Marmorfußboden der Halle bis hinauf zum gewölbten Dach über der Galerie. Die Irisch-Amerikaner begannen herzzerreißend zu schluchzen.

Als ich mich irgendwann später nach Onkel Thomas und Onkel David umblickte, stellte ich fest, daß sie verschwunden waren. Auch meine Mutter konnte ich nirgends sehen. Es hieß, sie sei nach oben gegangen, um die Kinder zu Bett zu bringen.

Ich vergaß sie rasch. Zwischen den Tänzen mit Kerry blieb mir kaum Zeit, mit meinen Freunden ein Wort zu wechseln. Als Mr.

Gallagher schließlich andeutete, wir beide sollten unsere Gäste jetzt wohl besser sich selbst überlassen, machte ich mir nicht die Mühe, nach meiner Mutter zu suchen, um ihr Gutenacht zu sagen. Ich sah nur Kerry: Kerry in ihrem engen, weißen Satinkleid mit dem Schleier aus irischen Spitzen, der beim Tanzen wie eine helle Wolke hinter ihr her flutete.

Doch als ich mit ihr unauffällig verschwinden wollte, erlebte ich eine Überraschung. Die Männer bestanden ausnahmslos darauf, die Braut zu küssen, und schließlich blieb mir nichts anderes übrig, als Kerry hochzuheben und mit ihr davonzuflüchten, ehe sie totgeküßt werden konnte. Hochrufe begleiteten uns. In halber Höhe der Treppe setzte ich Kerry ab, und wir jagten hinauf zur Galerie, während das ausgelassene Geschrei hinter uns immer lauter wurde. Hand in Hand liefen wir durch den Korridor, der zum Westflügel führte, und vor der Tür unseres Schlafzimmers hob ich Kerry wieder hoch und trug sie über die Schwelle.

II

Hinterher begriff ich, warum alle dagegen gewesen waren, daß wir so jung heirateten, und ich mußte lächeln: Sie, die durch die in ihrer Jugend erzwungene Enthaltsamkeit solche Dinge in einem schiefen Licht sahen, hätten wohl voll Neid registriert, wie mühelos es Kerry und mir gelang, uns solch triste Erfahrungen zu ersparen.

„Ich möchte nur wissen, warum heutzutage so wenige Menschen jung heiraten", sagte Kerry, als wir am nächsten Morgen behaglich in unserem altmodischen Himmelbett lagen und die von der Zugluft sacht bewegten roten Tupfer auf den Musselinvorhängen beobachteten. „Früher war das doch üblich. Denke an Shakespeare. Und noch in diesem Jahrhundert hat man es so gehalten. Pa sagt, vor der großen Hungersnot hätten alle mit sechzehn geheiratet."

„Deine Begeisterung ist für mich recht schmeichelhaft, Kerry."

Sie lachte leise. „Nun bilde dir bloß nichts ein! Aber im Ernst, Ned – wäre es nicht schrecklich, wenn du nicht das Herz gehabt hättest, es mit Mr. Drummond aufzunehmen? Dann müßtest du bei Mr. Watson noch Latein und ich bei Miß Cameron unregelmäßige französische Verben lernen."

Sie war sehr stolz darauf, daß es mir gelungen war, mich gegen Drummond durchzusetzen. Um sie nicht zu beunruhigen, hatte ich ihr nur erzählt, ich hätte damit gedroht, daß meine Mutter ihrer Position als Treuhänderin und Drummond seines Postens als Verwalter enthoben würden.

„... und jetzt können wir tun, was uns gefällt", sagte sie und seufzte glücklich.

Unsere geplante Hochzeitsreise zum Kontinent verschob ich vorerst, weil ich von meinen Onkeln erfahren hatte, daß ich mir in meiner finanziellen Lage ein so teures Vergnügen nicht leisten konnte.

„Natürlich sind wir bereit, dir das Geld zu leihen", sagte Onkel Thomas.

„Vielen Dank", erwiderte ich sofort. „Aber ich warte lieber, bis ich selbst über die notwendigen Mittel verfüge."

Wegen der Rechnungen, die ihnen meine Mutter gezeigt hatte, hielten sie mich für einen Verschwender, und ich wollte ihnen beweisen, daß ich mit Geld umzugehen verstand.

„Paris ist im Frühling ja auch viel schöner", sagte Kerry, nachdem ich ihr verlegen gestanden hatte, daß ich gezwungen gewesen war, unsere Pläne zu ändern. „Außerdem ist es doch herrlich, wenn unsere beiden Familien gemeinsam auf Cashemara Weihnachten feiern."

Sie behielt recht, doch im neuen Jahr kehrten die Gallaghers nach Amerika zurück, und zum erstenmal seit unserer Hochzeit waren wir mit meiner Mutter und Drummond allein.

Ich überlegte, ob ich beide bitten sollte, nach Clonagh Court zu ziehen, doch da vorauszusehen war, daß sie sich sträuben würden, verwarf ich den Gedanken wieder. Schon die Vorstellung, mich erneut mit ihnen anlegen zu müssen, war mir in tiefster Seele zuwider. Ich würde warten, bis ich einundzwanzig wurde, und dann ...

Vorerst fiel es mir jedenfalls leichter, mich Kerry gegenüber in Ausreden zu flüchten und sie um Geduld zu bitten.

„Aber warum willst du solange warten?" fragte Kerry erstaunt. „Bist du denn jetzt nicht Herr im eigenen Haus?"

„Nein, erst wenn ich einundzwanzig bin."

„Trotzdem verstehe ich nicht, warum du deine Mutter nicht bitten willst, nach Clonagh Court zu ziehen. Sie könnte dort doch völlig ungestört ..."

„Sie würde bestimmt John und die Mädchen mitnehmen wollen, und die Kinder sind hier auf Cashemara besser aufgehoben."

„Aber . . ."

„Kerry, bitte. Versuche, für meine Mutter Verständnis aufzubringen. Sie hat ein sehr unglückliches Leben gehabt, und sie liebt ihre Kinder . . ."

„Ich weiß, ich weiß", sagte Kerry.

„Sie ist mir eine sehr gute Mutter gewesen, und ich kann sie jetzt unmöglich vor die Tür setzen. Glaube mir, das kommt alles ins Lot, nur – im Augenblick geht es noch nicht. Tut mir leid."

Sie seufzte. „Ach, so wichtig ist mir das wohl auch gar nicht, solange wir ihr und ihm aus dem Weg gehen und ganz für uns allein sein können."

Wenn irgend möglich, zogen wir uns in unsere eigene Welt zurück, wo es für mich nichts gab als warmes Fleisch und weiche Rundungen und dunkle, feuchte Schlupfwinkel, in denen ich Zuflucht fand.

Dennoch gefiel es mir nicht, in meinem eigenen Haus ein geduldeter Gast zu sein. Der Mangel an Geld tat ein übriges. Kein Wunder also, daß ich in Wut geriet, als Drummond mir beiläufig mitteilte, er hätte die Absicht, mit meiner Mutter nach Paris zu fahren.

„Entschuldigen Sie", sagte ich, ehe ich mich besinnen konnte, „aber wenn ich es mir nicht leisten kann, mit Kerry zum Kontinent zu reisen, so ist kaum anzunehmen, daß Sie in der Lage sind, meiner Mutter Paris zu zeigen."

„Und warum nicht?" fragte er. „Es ist ja mein Geld."

„Sie meinen, Sie haben es sich von Ihrem Gehalt abgespart?" sagte ich und versuchte, meiner Stimme einen forschen und energischen Klang zu geben – leider ohne Erfolg, wie ich sehr genau wußte.

„Nein, nicht von meinem Gehalt abgespart", erwiderte er leichthin. „Im Spiel von Phineas Gallagher gewonnen."

Das konnte durchaus der Wahrheit entsprechen. Im übrigen hatte ich selbst von der Großzügigkeit meines Schwiegervaters profitiert, jedoch das Geld, das uns laut Ehevertrag im ersten Jahr zustand, bereits ausgegeben. Es würde Monate dauern, bevor von dieser Seite wieder etwas kam.

„Sie werden Ihrer Mutter doch wohl einen Urlaub gönnen", sagte Drummond mit freundlichem Gesicht. „Schließlich hat sie ihre ganze Kraft eingesetzt, um Ihrer Hochzeit einen schönen Rahmen zu geben. Ich meine, da hat sie sich ein wenig Abwechslung verdient."

„Natürlich, natürlich", versicherte ich hastig, um einer Auseinandersetzung aus dem Weg zu gehen. Doch in Wirklichkeit gönnte ich meiner Mutter die Ferientage nicht.

„Denk doch nur, wie schön es ist, wenn wir hier ein paar Wochen ganz für uns haben", versuchte Kerry mich zu trösten, doch nachdem beide abgereist waren, kam es sehr bald zu Schwierigkeiten. Drummond hatte die Pacht allgemein heraufgesetzt, seine Verwandten, die O'Malleys, dabei jedoch ausgenommen. In Clonareen entstand eine große Verbitterung. Eine Gruppe von Männern, angeführt von meinen beiden Freunden Sean und Paddy Joyce, kam nach Cashemara, um zu protestieren, und ich versicherte ihnen verlegen, solange Drummond nicht hier sei, brauche niemand die neue Pacht zu zahlen.

„Ich werde ihm sagen, daß alle anständig behandelt werden müssen", versprach ich, obwohl mir bei dem Gedanken nicht sehr wohl zumute war. Aber als Drummond dann zurückkehrte, hörte er nicht auf mich.

„Ich war gezwungen, die Pachtgelder zu erhöhen", erklärte er. „Cashemara warf nicht genug ab. Und wenn die O'Malleys von der neuen Regelung ausgenommen sind, so hat das einen sehr einfachen Grund. Sie sind die Ärmsten im Tal und können nicht mehr zahlen. Und von Exmittierungen halte ich nichts."

Nein, von Exmittierungen hielt er nichts, jedenfalls nicht, solange es seinen eigenen Clan betraf. Als jedoch einige der ärmeren Joyces die geforderte Summe nicht aufbringen konnten, zögerte er keinen Augenblick, sie von ihrem Grund und Boden zu vertreiben. Anschließend verteilte er ihr Land an die O'Malleys.

Fast unausbleibliche Folge war eine Prügelei zwischen den beiden Gruppen, eher schon eine kleine Schlacht. Sie fand am St.-Patricks-Tag statt, und hinterher wußte niemand genau, wer eigentlich gewonnen hatte. Doch es gab sechs Verwundete und mindestens ein Dutzend blutige Nasen. Die alte Fehde zwischen den Joyces und den O'Malleys war wieder heftig aufgeflammt, und bald schrieb jemand mit weißer Tünche an die Umfriedungsmauern von Cashemara: „Maxwell Drummond ist ein Schotte" – eine schreckliche Beleidigung für jeden Verwalter und besonders für Drummond, der Wert darauf legte, als irisch zu gelten.

Ich wußte nicht, was ich tun sollte. Ein neues Gespräch mit Drummond? Es war vorauszusehen, daß er mich wieder abwehren würde wie eine lästige Fliege, nur noch schroffer. Meine Mutter? Nein, eine Unterredung mit ihr hatte keinen Zweck. Onkel Thomas und Onkel David? Das schien noch die beste Lösung zu sein. Doch da ich fürchtete, Drummond könnte den Brief an sie abfangen, beschränkte ich mich darauf, sie für das Frühjahr nach Cashemara einzuladen. Aber beide lehnten ab. Onkel Thomas war zu sehr durch seinen Beruf in Anspruch genommen, und Onkel David, der sich vor kurzem verlobt hatte, traf Vorbereitungen für seine Hochzeit.

„Ich glaube, es wird Zeit, daß wir jetzt endlich unsere Reise machen", sagte ich im April zu Kerry. Die Atmosphäre auf Cashemara war mir inzwischen so zuwider, daß mir nahezu jedes Mittel recht schien, von hier zu entkommen. Da meine finanzielle Lage sich immer noch nicht gebessert hatte, blieb mir nichts übrig, als Onkel Thomas um ein Darlehen zu bitten.

Einen Monat später fuhren wir nach England, um Onkel Davids Hochzeit beizuwohnen, und wenig später überquerten wir den Kanal und begannen unsere sechswöchige Reise durch Frankreich, die Schweiz und Italien.

III

Eigentlich hatte ich mit meinen Onkeln über meine Probleme sprechen wollen, doch Onkel David in seinem Glück mit meinen Sorgen zu belästigen, widerstrebte mir, und Onkel Thomas behandelte mich wegen des Darlehens so kühl, daß ich mich zu einem vertraulichen Gespräch nicht gerade ermutigt fühlte. Später war ich froh, daß ich weder ihn noch seinen Bruder ins Vertrauen gezogen hatte. Allzu leicht hätte es geschehen können, daß sie mit der Sache vor Gericht gegangen wären. Wie aber würde Drummond dann reagiert haben? Warum ich diesen Mann so fürchtete, konnte ich jedoch nicht erklären, ohne meine Mutter zu gefährden: Thomas und David mochte es wichtiger sein, den Mord an ihrem Bruder gesühnt zu sehen als ihre Schwägerin zu schützen.

Onkel Davids Hochzeit wirkte auf mich recht trist. Der Trauung folgte ein steifer und förmlicher Empfang. Der einzige Farbtupfer war Onkel Davids junge Frau, ein hübsches und vergnügtes Geschöpf. Die Hochzeitsreise sollte beide nach Deutschland führen, was ich mit großer Erleichterung vermerkte, denn wären sie nach Paris gefahren, so hätten wir ihre Gesellschaft ertragen müssen, und ich wollte endlich mit Kerry ganz allein sein.

Ich kannte den Kontinent noch nicht, und zuerst war ich von dem vielen Neuen, das ich sah, völlig überwältigt. Doch schon bald fühlte ich mich auf vertrautem Boden, denn Iren und Franzosen hegen seit langem Sympathien füreinander, weil sie sich verbunden wissen in ihrer Haltung gegen den gemeinsamen Feind, die Engländer. Zudem erwies sich mein französischer Nachname als großer Vorteil.

„Mir gefällt's, wie man ihn hier ausspricht", sagte Kerry, und ich stimmte zu.

Es wäre für uns leicht gewesen, in die Pariser Gesellschaft eingeführt zu werden, doch wir hatten beide nicht die mindeste Lust, langweilige Dinner-Partys über uns ergehen zu lassen. So beschränkten wir uns darauf, im besten Hotel zu wohnen und die berühmten Sehenswürdigkeiten zu genießen. Die Franzosen fanden uns sehr romantisch, doch vermutlich glaubte keiner, daß wir miteinander verheiratet waren.

Die Schweiz, wohin unsere Reise uns später führte, gefiel Kerry besser, aber ich hielt Frankreich die Treue, selbst als wir dann Venedig, Florenz und Rom besuchten. Italien war schön, doch ich fühlte mich schmerzlich an den italienischen Garten meines Vaters auf Cashemara erinnert.

Als wir Anfang September nach Hause zurückkehrten, warteten zwei Briefe auf uns. Der eine stammte von Onkel Thomas, der uns mitteilte, er habe die Absicht, für ein Jahr nach Amerika zu gehen, und der andere ... nun, der Zufall fügte es, daß uns mein Schwiegervater nach Boston einlud.

'„Ich glaube, wir sollten fahren", sagte ich zu Kerry.

Es war mir nicht entgangen, daß sich die Situation auf Cashemara noch verschlimmert hatte, und die Vorstellung, im Mittelpunkt eines Konflikts zu stehen, den ich nicht zu lösen vermochte, flößte mir Schrecken ein.

„Ich halte es für meine Pflicht, mit Kerry zu ihren Eltern zu reisen", sagte ich zu meiner Mutter.

„So? Ich bin nach meiner Hochzeit nicht nach New York gefahren", sagte sie.

„Aber, Mama, das liegt viele Jahre zurück. Damals war es noch sehr gefährlich, den Atlantik zu überqueren. Heute ist das schon anders.“

„Ich darf wohl annehmen, daß diese Idee von Kerry stammt“, sagte sie, und als ich das bestritt, musterte sie mich ungläubig.

„Ich finde, daß das von dir recht egoistisch ist, Kerry“, tadelte sie, als wir beim Abendessen saßen. „Ned fühlte sich auf Cashemara glücklich, und du drängst ihn zu dieser Reise nach Amerika.“

Kerry wurde rot.

„Mama . . .“ begann ich.

„Wir würden ja hierbleiben, wenn du nur nach Clonagh Court ziehen wolltest!“ platzte Kerry heraus und sprang dann auf und verließ das Zimmer.

„Einfach unerhört!“ rief meine Mutter wütend.

Ich fand Kerry in unserem Himmelbett, wo sie laut in die Kissen schluchzte. Nach einer Weile gelang es mir, sie zu beruhigen.

Schließlich sagte sie: „Ich will ja gar nicht nach Amerika. Ich will viel lieber hierbleiben und ein Baby haben, aber solange deine Mutter auf Cashemara lebt, bekomme ich bestimmt keins, weil sie mich immer so aus der Fassung bringt.“

Wir waren jetzt seit neun Monaten verheiratet.

„Tante Madeleine hat gemeint, ich müßte ein ruhiges und möglichst sorgenfreies Leben führen“, sagte Kerry. „Das wäre für eine Empfängnis günstiger.“

„Nun, das Problem ist leicht zu lösen“, erklärte ich und küßte sie. „In Amerika hättest du deine Ruhe. Wir werden so bald wie möglich nach Boston abreisen.“

Leider erwies sich, daß wir uns immer noch in Geldschwierigkeiten befanden. Zumindest behauptete Drummond das. Meine Reisepläne müßte ich auf das kommende Frühjahr verschieben.

Ich schrieb Onkel David einen Brief, in dem ich ihn um ein Darlehen bat. Zum Glück befand er sich in Geberlaune. Im übrigen enthielt sein Brief die behutsame Andeutung, man erwarte im neuen Jahr ein Baby.

„Glückliche Harriet“, seufzte Kerry.

Ende Oktober stachen wir in See. Ich war so froh, den Problemen auf Cashemara den Rücken kehren zu können, daß mir kaum bewußt wurde, wie feige ich im Grunde war. Später, dachte ich nur, später: Jetzt kann ich sie ja doch nicht lösen.

Und ich vergrub den Kopf noch tiefer im Sand.

IV

Es war 1890, das Jahr des Niedergangs von Charles Stewart Parnell. Am 1. Dezember enthob man ihn seines Postens als Führer der Irischen Partei.

„Ich habe ja schon lange gesagt, daß es mit ihm aus ist", erklärte Phineas Gallagher, als wir beim Portwein saßen. Er bot mir eine seiner dicken Zigarren an.

„Er war ein großer Mann und hat viel für Irland getan. Wenn man es recht bedenkt, war er der erste Ire, der die Engländer zwang, ihm in Westminster zuzuhören."

„Meinst du?" fragte mein Schwiegervater. „Ich bin mir da nicht ganz sicher. Aber auf dich würden die Sachsen hören. Hast du nicht einen Sitz in Westminster?"

„Ich glaube, ja. Im Oberhaus. Ich habe noch nie daran gedacht."

„Du wärst der richtige Mann für die irische Sache. Ein aufrechter junger Aristokrat mit guten Manieren und scharfem Verstand . . . sicher würde es mehr kosten, einen Teil des Jahres in London zu leben, aber es gibt auf dieser Seite des großen Teiches Iren, die dafür sorgen würden, daß du nicht verhungerst . . ."

„Ich weiß, daß du sehr großzügig bist", sagte ich lächelnd, „doch sollte ich mich einmal dazu entschließen, in Westminster für Irland einzutreten, so würde ich, wenn auch in bescheidenerem Rahmen, von meinem eigenen Geld leben wollen. Ich habe festgestellt, daß ich es hasse, Schulden zu machen."

„Schulden, Ned? Nein, das wären keine Schulden. Das wäre nur eine Unterstützung, die dir deine Landsleute zukommen lassen!"

Ich sah ihn freundlich an und schwieg.

Er lachte. „Himmel, du hast aber wirklich einen alten Kopf auf deinen jungen Schultern."

Als wir abends im Bett lagen, vertraute Kerry mir an, daß . . .

„. . . ja, wirklich, Ned, ich bin bestimmt schwanger."

„Jetzt schon?" fragte ich ungläubig.

„Es muß kurz vor unserer Abreise von Cashemara passiert sein."

„Da bin ich aber froh!" Es war dumm, aber ich nahm an, daß das Kind irischer sei, wenn es auf Cashemara gezeugt worden war statt in Amerika.

„Ich werde sofort Tante Madeleine schreiben", sagte Kerry glücklich und begann, von Wiegen und Babykleidern zu sprechen.

Ich war gewohnt, Kerry ganz für mich zu besitzen, und die Vorstellung, ihre Liebe mit einem anderen Menschen teilen zu müssen, befremdete mich. Ich würde vielleicht einen Sohn und Erben haben, ein stolzes Gefühl. Dennoch hatte der Gedanke etwas Unwirkliches, und es gelang mir nicht, mich so zu freuen, wie Kerry sich freute. Ich versuchte, meine Reaktion damit zu entschuldigen, daß sie zu dem Kind ein anderes Verhältnis hatte, weil es ja in ihrem Körper wuchs und nicht in meinem. Trotzdem blieb das verstörende Bewußtsein, nicht so zu empfinden, wie ich eigentlich hätte empfinden müssen.

„Dann werden wir wohl eine ganze Weile nicht miteinander schlafen können", sagte ich und versuchte, meine Enttäuschung zu verbergen.

„Wirklich?" fragte sie entsetzt. „Wer hat dir denn das gesagt?"

Ich suchte in meiner Erinnerung. Ein verschwommenes Bild tauchte auf: meine Mutter, erschöpft und mit blassem Gesicht auf der Chaiselongue, ehe sie sich in ein Schlafzimmer zurückzog, das sie nicht mit meinem Vater teilte.

„Ich werde Ma fragen", sagte Kerry. „Sie wird es wissen."

Wie sich zeigte, war meine Schwiegermutter eine recht erfahrene Frau, und ich hatte allen Grund, ihr dankbar zu sein. Sie erklärte Kerry, der Ehemann sei noch wichtiger als das Baby, da ein anständiges Mädchen ohne ihn ja nicht gut ein Kind bekommen könne. Also müsse sie mich auch jetzt liebevoll behandeln und mir, sofern ich nur behutsam sei, meinen Willen lassen. Auf Ärzte, die das Gegenteil behaupteten, brauche sie nicht zu hören. Solange wir uns beide vernünftig verhielten, hätten wir eine Fehlgeburt nicht zu fürchten.

Ich atmete auf. Als ich Onkel Thomas im Februar von meiner bevorstehenden Vaterschaft erzählte, klang aus meiner Stimme sogar echte Befriedigung.

Er betrieb Studien an der medizinischen Fakultät der Harvard-Universität und hatte eine Wohnung in Cambridge, der kleinen Stadt bei Boston, wo Harvard liegt. Was er eigentlich tat, hatte ich bislang nie so recht begriffen. Ehe er nach Amerika gekommen war, hatte er Leichen auf unerforschte Krankheiten untersucht.

„Doch auf die Dauer fand ich das wenig befriedigend", erklärte er mir, während wir in seinem kleinen Wohnzimmer saßen, von dem man Ausblick auf den Charles River hatte, „und daher beschloß ich, mich der klinischen Pathologie zuzuwenden, der

Erforschung von Krankheiten bei lebenden Menschen. Obwohl das Studium von Krankheiten schon seit vielen Jahrhunderten so manchen Arzt beschäftigt hat, existiert die Pathologie im Sinne einer modernen Wissenschaft erst seit etwa dreißig Jahren. Mich hat der Kampf gegen die Krankheit immer schon fasziniert."

Er hätte, wie er erklärte, klinische Pathologie zwar auch in London studieren können, habe es jedoch vorgezogen, nach Amerika zu kommen – „... weil ich zur Hälfte ja Amerikaner bin, genau wie du. Und als mir vor einiger Zeit klar wurde, daß ich ja fast schon dreißig bin und über das Heimatland meiner Mutter so gut wie nichts weiß ... nun, ich beschloß, die Gelegenheit beim Schopf zu packen. Den letzten Anstoß gab Davids Hochzeit. Ich muß meine Zeit nutzen, solange ich noch Junggeselle bin und keine Verpflichtungen habe."

„Wirst du nach New York fahren?" fragte ich neugierig, da ich mit dem Gedanken gespielt hatte, mit Onkel Charles Frieden zu schließen. Bisher hatte ich ihm nicht einmal geschrieben, weil ich genau wußte, daß meiner Mutter eine Versöhnung mit ihrem Bruder zuwider war.

„Ja, ich habe die Absicht, die Marriotts im Frühjahr zu besuchen. Wirst du dann noch hier sein?"

„Das glaube ich kaum", erwiderte ich. „Um die Zeit wollen wir wegen Kerrys Zustand wieder in Irland sein."

Er nickte und sagte dann: „Du wirst Geld jetzt dringender brauchen denn je, Ned, und da müssen wir unbedingt Abhilfe schaffen. Es ist absurd, daß du dir von deinen Verwandten Geld leihen mußt, während Drummond und deine Mutter in deinem Haus auf großem Fuß leben."

„Wenn ich einundzwanzig bin ..."

„Kannst du es dir wirklich leisten, so lange zu warten? Wer weiß, wie weit Cashemara dann heruntergewirtschaftet ist! Ich werde David schreiben und sehen, was er dazu meint. Wenn es mir auch widerstrebt, vor Gericht zu gehen, so finde ich doch ..."

„Bloß kein Prozeß", sagte ich hastig. „Ich muß warten, bis ich einundzwanzig bin."

„Ned, du wiederholst diesen Satz, als ob er eine Glaubensformel wäre, aber ich frage dich – was genau willst du denn tun, wenn du einundzwanzig bist?"

„Drummond entlassen und meiner Mutter sagen, daß sie nach Clonagh Court ziehen muß."

„Und wenn sie sich weigert? Außerdem kann es dir passieren, daß du Drummond selbst dann nur mit Hilfe juristischer Instanzen loswirst."

„Darüber werde ich später nachdenken. Wenn die Zeit dafür gekommen ist."

„Höre, Ned", sagte Onkel Thomas behutsam. „Die Zeit dafür ist gekommen. Mach dir das klar."

Ich schüttelte heftig den Kopf und schwieg.

„Ned, was hast du denn? Du fürchtest dich vor Drummond, nicht wahr? Aber warum nur? Glaubst du immer noch, daß er deinen Vater ermordet hat?"

„Ich weiß, daß er ihn ermordet hat", sagte ich, gegen die aufsteigenden Tränen ankämpfend. Und dann berichtete ich, wie es mir gelungen war, den Ehekonsens zu erhalten.

Er war so entsetzt, daß er kein Wort hervorbringen konnte.

„. . . ich kann also nichts unternehmen", sagte ich. „Ich habe Angst, meiner Mutter zu schaden. Er wird sie mit sich hinabzerren, das weiß ich genau, und ich kann doch nicht zulassen, daß meine eigene Mutter . . ." Ich brach ab.

Er sagte mit Mühe: „Ich hätte damals doch auf einer Autopsie bestehen sollen, aber . . . nun, es schien mir einfach unvorstellbar, daß Madeleine sich geirrt haben könnte. Sie war sich ihrer Sache so absolut sicher . . ."

„Es fällt nicht leicht zu glauben, daß Tante Madeleine in irgendeinem Punkt nicht ohne Fehl und Tadel sein könnte", sagte ich.

„. . . außerdem wäre, selbst wenn die Autopsie die Diagnose nur bestätigt hätte, ein Skandal unvermeidlich gewesen. Deshalb habe ich es wohl vorgezogen, in die andere Richtung zu schauen."

„Hast du ja gar nicht", sagte ich rasch, als ich seinen verstörten Blick sah. „Du hast die Möglichkeit eines Giftmordes ins Auge gefaßt und dann verworfen. Das ist nicht dasselbe."

„Ganz richtig", bestätigte er verbittert. „Es ist noch viel schlimmer, denn es beweist nur, daß man Ärzten nicht vertrauen kann, wenn sie ihr Wissen auf ihre eigene Familie anwenden. Ihr Befund wird durch alle möglichen Vorurteile getrübt . . . Herrgott, wie habe ich nur so unprofessionell sein können? Ich hätte auf einer ordnungsgemäßen Untersuchung bestehen müssen."

„Nur gut, daß du das nicht getan hast", sagte ich. „Denn was wäre mit meiner Mutter geworden, wenn es zu einer Autopsie gekommen wäre?"

„Ja, aber ... Ned, irgend etwas muß getan werden. Wenn wir den Fall nicht vor Gericht bringen können, dann bleibt uns nichts übrig, als die Sache auf eine andere Art zu bereinigen."

„Dadurch läßt sich nichts erreichen", sagte ich. „Soviel ich auch darüber nachgegrübelt habe, ich sehe keine Lösung, weil es keinen Punkt gibt, wo wir bei Drummond den Hebel ansetzen könnten. Wenn ich damals durch Drohungen etwas erreicht habe, so nur, weil ich ihm glaubwürdig machen konnte, daß ich, um Kerry heiraten zu können, sogar meine Mutter zugrunderichten würde. Aber das waren außergewöhnliche Umstände. Er weiß, daß ich normalerweise nichts tun würde, was ihr schaden könnte."

„Dann muß es einen anderen Weg geben", sagte er, im Zimmer hastig auf und abschreitend. „Wir müssen beweisen, daß Drummond schuldig und deine Mutter unschuldig ist. Erst wenn wir uns unserer Sache ganz sicher sind, können wir die Polizei einschalten."

„Die Behörden werden glauben, daß sie nach der Tat von dem Mord wußte."

„Nun gut – aber ‚nach der Tat' ist zum Glück nicht ‚vor der Tat'. Das sind zwei ganz verschiedene Dinge. Außerdem gibt es mildernde Umstände, ihr Verhältnis zu Drummond, das fast schon als Hörigkeit bezeichnet werden muß. Jeder gute Anwalt würde ihren Freispruch erreichen." Er schnippte mit den Fingern. „Natürlich! David ist unser Mann! Bei Gott, ich habe wirklich nicht geglaubt, daß ich ihm je für seine gigantische Phantasie und seine Leidenschaft für Detektivgeschichten dankbar sein würde! Wir werden ihn nach Cashemara schicken, wo er unauffällige Nachforschungen anstellen kann. Wenn sich beweisen läßt, daß deinem Vater das Gift erst verabfolgt wurde, nachdem deine Mutter nach Cashemara zurückgekehrt war ..."

„Aber wenn Drummond nun den Brombeerlikör und den Kuchen vergiftet hatte, die sie als Geschenke nach Clonagh Court mitnahm", sagte ich.

„Vielleicht gelingt es David, einen Bediensteten ausfindig zu machen, der bezeugen kann, daß dein Vater weder Likör noch Kuchen angerührt hat. Dann müßte Drummond sich einer anderen Möglichkeit bedient haben, und vielleicht kann man ihn da festnageln, so daß deine Mutter von jedem Verdacht frei bleibt. Der Gedanke sagt mir jedenfalls zu, und David ist für solche Nachforschungen genau der richtige Mann."

Ich versuchte, seine Zuversicht zu teilen, doch es gelang mir nicht. Ich schien der Zukunft hilflos ausgeliefert. In der Nacht träumte ich, daß Cashemara bis auf die Grundmauern niedergebrannt war. Aus den rauchenden Ruinen erhob sich eine Gestalt, die immer größer und machtvoller aufwuchs: Drummond, der mich töten wollte.

Ich versuchte, meine Aufmerksamkeit ganz auf Kerry zu konzentrieren. Bevor die letzten kritischen Monate der Schwangerschaft begannen, mußten wir wieder auf Cashemara sein. Doch ehe wir Anfang April endlich an Bord gingen, hatte ich die Abreise zweimal verschoben und mich in die Ausrede geflüchtet, während der Winterstürme sei die See für eine Überfahrt zu unruhig. Erst als meine Schwiegermutter meinte, wenn ich noch länger zögerte, müßte Kerry zur Entbindung in Boston bleiben, besann ich mich anders.

Ich mußte all meinen Mut zusammennehmen, um mich zur Heimreise zu entschließen.

Onkel David hatte uns mitgeteilt, daß er Cashemara Mitte März besuchen werde. Auf einen zweiten Brief wartete ich vergeblich.

„Alles wird gut werden“, versicherte Onkel Thomas und umarmte mich zum Abschied.

Wie gern hätte ich ihm geglaubt! Doch ich konnte ihm nicht glauben. War es ein Wissen? War es ein Ahnen? Ich war jedenfalls sicher, daß sich irgend etwas ereignen würde.

Ich hatte schreckliche Angst.

V

Meine Mutter wußte nicht, daß Kerry schwanger war. Einzig Tante Madeleine hatte ich es geschrieben mit dem Zusatz, sie möge das Geheimnis vorläufig für sich behalten.

„Und warum willst du nicht, daß deine Mutter etwas von dem Baby weiß?“ fragte mich Kerry kurz vor der Abreise von Boston. „Vielleicht freut sie sich über ein Enkelkind.“

„Natürlich, natürlich“, versicherte ich hastig. „Aber es ist doch viel schöner, wenn ich es ihr persönlich sage.“

Kerry gab sich mit der Antwort zufrieden, doch ich selbst begriff mein inneres Widerstreben nicht. Aber als wir dann auf Cashemara eintrafen und in die Halle traten, erkannte ich, daß mich ein Instinkt gewarnt hatte: Meine Mutter kam zu unserer Begrüßung die Treppe herabgeeilt, ihr Blick streifte über Kerrys gewölbten Leib – und er verriet alles.

„Nun, das war wohl zu erwarten", sagte sie. „Aber ich finde doch, daß ihr beide geradezu lächerlich jung seid, um schon Vater und Mutter zu werden."

Es war Drummond, der uns aus der peinlichen Situation erlöste. Er küßte Kerry, vermied es klugerweise, mir die Hand zu schütteln, und versicherte, das sei eine äußerst erfreuliche Neuigkeit, herzlichen Glückwunsch. Ehe meine Mutter wieder etwas sagen konnte, kamen John und die Mädchen herbeigestürzt, Umarmungen, Küsse, ein wildes Durcheinander.

Erst jetzt fiel mir auf, daß meine Mutter Schwarz trug. Es stand ihr nicht. Ihre Haut wirkte gelblich.

„Wie schön, daß du endlich wieder hier bist, Ned!" rief Eleanor und hängte sich an meinen Hals. Auch sie war schwarz gekleidet.

Doch schon tanzte Jane heran.

„Weißt du, was passiert ist, Neddy? Ozymandias und Percival haben wieder eine Familie gegründet, und ich habe die Kätzchen nach den Farben in meinem Malkasten getauft. Sie heißen Azur, Kobalt und Lapislazuli, und sie sind alle weiß und haben so gelbrosa Pfötchen . . ."

Alle trugen Schwarz.

„Ned, Liebling", sagte meine Mutter, „komm doch bitte einen Augenblick ins Morgenzimmer. Ich muß dich allein sprechen."

Ich folgte ihr, schloß die Tür.

„Wo ist Onkel David?" fragte ich, und meine Stimme klang sehr ruhig, ohne das geringste Zittern.

„Oh, Ned . . ." Häßliche, harte Linien entstellten ihre Züge, und aus ihren Augen quollen dicke Tränen.

„Wo ist er?" wiederholte ich. „Ist ihm etwas zugestoßen?"

„Ned, er . . . er . . ." Sie konnte den Satz nicht vollenden.

„Er ist tot", sagte ich und sah mich im Zimmer um, als erwartete ich, daß die Wände zu mir sprächen: daß sie mir erklärten, was ich nicht fassen konnte. Doch alles blieb stumm, und so blickte ich wieder zu meiner Mutter, betrachtete ihr Gesicht, in dem nichts zu finden war als Trauer und Schmerz.

„Ja", sagte sie leise. „Ja, er ist tot."

Und dann schlang sie plötzlich ihre Arme um mich wie eine Ertrinkende, die sich an eine letzte Hoffnung klammert.

8. KAPITEL

I

Meine Mutter begann mit leiser, ungleichmäßiger Stimme zu sprechen.

„Er kam vor zwei Wochen an und klagte sehr bald über Unwohlsein ... irgend etwas im Unterleib ... Verdauungsbeschwerden ... daran hat er ja schon immer gelitten, wie du weißt ... Ich machte mir also weiter keine Gedanken, und dann sagte er auch, es ginge ihm wieder besser. Doch einen Tag darauf fühlte er sich sehr elend – Schmerzen in der rechten Seite, wie er mir erklärte ... Zu allem Unglück war Dr. Cahill nicht erreichbar ... er befand sich auf der Reise nach Dublin ... Madeleine kam. Als ich ihr die Symptome nannte, meinte sie, es müsse sich wohl um eine Peronitis handeln, Bauchfellentzündung sagt man dazu. Dr. Cahill bestätigte später die Diagnose. David hatte schon etliche Male unter Anfällen dieser Art leiden müssen, von einem Londoner Spezialisten war ihm sogar zu einer Operation geraten worden. Aber Operationen sind natürlich immer sehr unangenehm und dazu auch riskant ... und daher versuchte David es zunächst mit einer strikten Diät ..."

Ich fragte nach dem Begräbnis.

„Es fand am letzten Montag statt. Die Leiche wurde nach Surrey überführt. Auch Madeleine fuhr nach England, um Davids junger Frau zur Seite zu stehen. Thomas schickten wir ein Telegramm ... wir wollten bis zu deiner Ankunft warten ... aber Davids Frau ... für sie wäre es eine Qual gewesen, mit der Bestattung noch zu warten ... ich sagte, du würdest schon verstehen. Ich wollte selbst hinfahren, doch der Schock ... ich war wie gelähmt. Immer mußte ich an Marguerite denken. Auch jetzt denke ich Tag und Nacht an sie. Sie hat David so geliebt."

„Und an der Richtigkeit der Diagnose gab es nicht den geringsten Zweifel?"

„Nein, Liebling. Nicht den geringsten."

II

„An der Diagnose gab es also keinen Zweifel, Tante Madeleine?"

„Nein, Ned", erwiderte Tante Madeleine, die gerade von Surrey zurückgekehrt war. „Nicht im mindesten. Ich berichtete Dr. Cahill, daß dein Onkel erst kürzlich eine Bauchfellentzündung überstanden hatte."

„Und von wem wußtest du das? Hat Onkel David dir das selber gesagt, Tante Madeleine?"

Sie zögerte kaum merklich mit der Antwort, doch ihre Stimme klang sehr ruhig, und ihre Augen waren hell und klar und blau. „Ja, Liebling, das hat er."

„Ich verstehe . . . verzeih bitte. Es schien mir nur merkwürdig, daß mein Vater und Onkel David an Krankheiten mit ähnlichen Symptomen gestorben sind."

„Nein, durchaus nicht. Das läßt sich überhaupt nicht miteinander vergleichen."

Wir schwiegen. Ihre hellen Augen forschten gelassen in meinem Gesicht.

„Tante Madeleine . . ."

„Ja, Ned?"

„Hat Dr. Cahill eine Autopsie vorgeschlagen?"

„Nein. Ich sagte ihm, daß ich das unter den Umständen für überflüssig halte. Wenn Thomas aus Amerika zurückkommt, wird er vielleicht auf einer Autopsie bestehen. Aber das ist seine Entscheidung und nicht meine."

„Ich finde . . ."

„Wir müssen warten, bis Thomas hier ist", sagte Tante Madeleine. „Ich habe ihn gebeten, das umgehend zu tun. Bis dahin müssen wir uns in Geduld fassen.

Ich schwieg einen Augenblick, sagte dann: „Du weißt es, nicht wahr?"

„Wissen? Ja, was denn? Mein liebes Kind, ich habe nicht die leiseste Ahnung, wovon du sprichst. Ich weiß nur, daß du dir über Dinge den Kopf zerbrichst, die . . ."

„Tante Madeleine, hältst du es für richtig, mich wie ein Wickelkind zu behandeln?“

„Ich behandle dich nicht wie ein Wickelkind, sondern wie einen mir sehr lieben und teuren Neffen, der erst siebzehn Jahre alt ist und schon mehr Verantwortung trägt als die meisten seiner Altersgenossen. Du hast bereits genügend Sorgen. Überlaß dies also bitte Onkel Thomas und mir.“

„Aber ...“

„Es gibt nichts weiter zu sagen.“

„Ich möchte mit dir sprechen, Tante Madeleine.“

„Später, Ned. Wenn Thomas hier ist. Aber nicht jetzt.“

Ich ging.

III

Sobald ich von Clonareen zurückgekehrt war, schloß ich mich in meinem Zimmer ein und schrieb an Onkel Thomas.

„Ignoriere bitte Tante Madeleines Brief“, begann ich. „Du brauchst jetzt noch nicht zu kommen. Ich bin überzeugt, daß Onkel David eines natürlichen Todes gestorben ist. Selbst Dr. Cahill hielt eine Autopsie für überflüssig. Du weißt, daß ich es Dir sofort sagen würde, wenn ich der Meinung wäre, Onkel David sei ermordet worden ...“

Weitere Lügen folgten, doch an sie erinnere ich mich nicht mehr. Es war ein recht verworrener Brief mit einer dennoch völlig eindeutigen Aussage. Später ritt ich nach Leenane, um sicherzugehen, daß er mit der nächsten Post befördert wurde.

Erst als ich wieder auf Cashemara war, begann ich mich zu fragen, was mich dazu trieb, so zu handeln. Quälende Gedanken kamen: Tante Madeleine weiß es; wenn sie mit Onkel Thomas spricht, wird er darauf bestehen, daß die Leiche exhumiert wird; dann stellt man Drummond vor Gericht und meine Mutter auch. Das könnte ich nicht ertragen.

Ich muß sie schützen. Muß Onkel Thomas solange wie möglich von hier fernhalten. Brauche Zeit. Zeit um nachzudenken, was ich tun soll.

Doch so viel ich auch grübelte, ich wußte nicht, was ich tun konnte. Und so steckte ich wieder den Kopf in den Sand und wartete.

Dann kam Onkel Thomas' Brief.

„Lieber Ned, ich danke Dir für Deinen freundlichen und teilnahmsvollen Brief. Die Nachricht von Davids Tod war für mich ein fürchterlicher Schlag, ein Leben ohne ihn scheint mir völlig unvorstellbar.

Was Tante Madeleines Brief betrifft, so irrst Du Dich, wenn Du annimmst, sie hätte die Möglichkeit eines Mordes auch nur angedeutet. Sie hat mich lediglich gebeten, sofort nach Hause zu kommen, um Dich und Deine Mutter zu trösten und Davids armer Harriet zu helfen. Ich wäre ihrer Bitte auch unverzüglich nachgekommen, hätten mich nicht drei Dinge bewogen, meinen Entschluß noch einmal zu überdenken. Erstens teilte mir Harriet mit, daß sie jetzt bei ihren Eltern sei und somit meiner unmittelbaren Hilfe nicht bedürfe. Zweitens schriebst Du mir, daß es für ein Verbrechen keinen Anhaltspunkt gäbe. Und drittens erfuhr ich von Deiner Mutter, daß man sich auf Cashemara vom ersten Schock erholt hat. Es wäre, so schrieb sie, von ihr reiner Egoismus, wenn sie mich zur Heimkehr drängen würde, damit ich der Familie eine Stütze sein könnte. Nach eingehender Überlegung habe ich daher beschlossen, bis zur Beendigung meiner Studien in Amerika zu bleiben. Solltest Du jedoch meine Hilfe brauchen, so laß es mich sofort wissen. Ich werde dann so rasch wie möglich zur Stelle sein.

Als Antwort auf Deine Frage: Ja, David hatte schon lange unter Verdauungsbeschwerden zu leiden, doch von Symptomen, wie Du sie schilderst, war mir bislang nichts bekannt. Aber es kann durchaus sein, daß sie bei David erst nach meiner Abreise nach Amerika auftauchten.

Wie Du bin ich der Meinung, daß trotz der besonderen Umstände seines Besuches auf Cashemara ein Mord so gut wie auszuschließen ist. Ich kann mir einfach nicht vorstellen, daß Drummond so töricht ist, ein Gewaltverbrechen zu begehen, solange ihm andere Möglichkeiten bleiben. Wäre es David gelungen, entscheidende Beweise in die Hand zu bekommen, so hätte Drummond sich zweifellos bereitgefunden, mit ihm eine Vereinbarung zu treffen – etwa ein behagliches Leben auf Clonagh Court als Gegenleistung für seine Kündigung als Verwalter. Als Lebender war David für ihn von größerem Nutzen. Mit einem Mord hätte Drummond sich selbst gefährdet, und ich bin überzeugt, daß er nur dann tötet, wenn er sicher ist, unbehelligt davonzukommen.

Trotz des eben Gesagten habe ich nicht die Absicht, den gleichen Fehler zweimal zu begehen. Diesmal werde ich darauf bestehen, daß eine Autopsie vorgenommen wird. Mach Dir jedoch bitte keine Sorgen. Alles wird mit größtmöglicher Diskretion vor sich gehen. Glücklicherweise habe ich durch meine berufliche Tätigkeit gute Beziehungen zu den Beamten, die im Innenministerium und bei Scotland Yard für die Genehmigung von Exhumierungen zuständig sind. Für absolute Geheimhaltung glaube ich mich daher verbürgen zu können. Im Falle Deines Vater wäre mir das unmöglich gewesen, weil er in Irland bestattet ist und mir die zuständigen irischen Behörden völlig unbekannt sind.

Wir können das ausführlicher erörtern, wenn ich im September zurückkehre. Bis dahin grüßt Dich und die ganze Familie sehr herzlich . . ."

Ich verbrannte den Brief im Kamin und gab acht, daß auch nicht der winzigste Rest übrigblieb. Eine Zeile fiel mir ein: „. . . hätte Drummond sich zweifellos bereitgefunden, eine Vereinbarung mit ihm zu treffen . . ." Einen Augenblick spielte ich mit dem Gedanken, wieder einen Handel zu versuchen – keine Autopsie, falls Drummond auf seinen Posten als Verwalter verzichtete und mit meiner Mutter nach Clonagh Court zog. Aber nein. Wenn er nicht nur meinen Vater, sondern auch noch Onkel David ermordet hatte, so war das Maß endgültig voll: Er mußte hängen.

Aber meine Mutter . . .

Immer wieder meine Mutter.

„Ich möchte mit dir sprechen, Ned", sagte sie an einem sonnigen Maimorgen zu mir. Wir saßen allein im Speisezimmer. Die Kinder spielten im Garten, Drummond hatte sich empfohlen, und Kerry frühstückte, wie stets in letzter Zeit, oben in unserem Schlafzimmer.

Auf einen Wink meiner Mutter entfernten sich die Bediensteten.

„Bleibe, bitte", sagte sie hastig zu mir. „Du gehst mir nach Möglichkeit aus dem Weg – glaube nicht, daß ich das nicht bemerkt habe. Aber ich muß mit dir darüber sprechen. Es ist sehr wichtig für mich."

„Natürlich, Mama", erwiderte ich und zwang mich, auf meinem Stuhl sitzen zu bleiben.

„Ich habe mich sehr töricht benommen", sagte sie, „und ich möchte mich entschuldigen – bei dir und bei Kerry."

Sie trug eine Bluse, deren üppige Spitzen die Falten an ihrem

Hals nicht ganz verbergen konnten. Erst jetzt wurde mir bewußt, wie sehr sie sich seit unserer Rückkehr nach Cashemara verändert hatte. Ihr Haar war nicht mehr braun, sondern schwarz – zweifellos gefärbt, weil sie jünger wirken wollte. Doch sie sah älter aus, denn das stumpfe Schwarz hatte eine unnatürliche Tönung und verlieh noch ihrem olivfarbenen Teint einen Stich ins Gelbliche, das sie durch eine dicke Schicht Puder zu überdecken suchte. Und so ähnelte ihr Gesicht einer Maske, welche die von mir so geliebten Züge fast völlig verwischte.

„Du hattest allen Grund, dich beleidigt zu fühlen und mir die kalte Schulter zu zeigen", fuhr sie fort, und in ihrer Stimme fand sich, was ihre äußere Erscheinung vermissen ließ – Altvertrautes. „Es war von mir falsch, mich über Kerrys Zustand so abfällig zu äußern. Glaube mir bitte, daß ich mich wirklich schäme. Aber, Liebling, von jetzt an wird alles anders sein. Ich habe mich an den Gedanken gewöhnt, daß ich bald Großmutter werde, und wenn das Baby da ist, werde ich es lieben. Du weißt, daß ich Babys immer geliebt habe. Warum ich so töricht war, weiß ich nicht, es sei denn . . ."

„Laß nur, Mama, ich verstehe schon."

„Nein, das kannst du unmöglich verstehen. Ich . . . ich habe Kerry beneidet – um ihre Jugend, um ihr Glück, um das Leben, das noch vor ihr liegt . . . und weil sie ein Kind bekommt von einem Mann, den sie liebt. Als ich sie sah, fühlte ich mich plötzlich so leer, denn, weißt du, ich selbst . . . nach Janes Geburt erklärte mir der Arzt, daß ich nie wieder . . ."

„Ja", sagte ich.

„Du kannst das vielleicht nicht verstehen, aber wenn eine Frau nicht mehr jung ist – die Furcht vor dem Alter, die Angst, für Maxwell nicht mehr anziehend zu sein . . ."

Ich stand auf. Meine Serviette flatterte zu Boden.

„Geh nicht, Ned, ich bitte dich!" sagte sie. „Diese Wochen, in denen du mit mir kaum ein Wort gewechselt hast, waren für mich fürchterlich. Ich habe mich sehr einsam gefühlt."

Eine Erinnerung tauchte auf: der Hafen von New York; meine Ankunft; unten am Kai meine Mutter; die Freude, mich endlich wiederzusehen. Andere Bilder stellten sich ein. Sonnenhelle Tage im Kinderzimmer. Liebevolle Umarmungen und Küsse. Dann dunkle Wolken: die Bedrohung durch MacGowan. Drummonds Schatten, der wie stickiger Nebel über ihr Leben fiel.

Aber wenn ich meinem Vater MacGowan verziehen hatte, so mußte ich meiner Mutter auch Drummond verzeihen.

Mit plötzlicher Schärfe wurde mir bewußt, daß ich mich nicht mehr zwischen ihnen zu entscheiden brauchte: daß ich sie beide lieben konnte.

„Ich muß mich bei dir entschuldigen, Mama", sagte ich und küßte sie. „Es war gemein von mir, dich so . . . so kühl zu behandeln."

„Oh, Ned – wie leicht mir jetzt ums Herz ist! Aber laß uns nicht mehr von der Vergangenheit reden. Sprechen wir von der Zukunft. Das Baby – ihr seid ja offenbar beide fest davon überzeugt, daß es ein Junge wird. Welchen Namen wollt ihr ihm denn geben?"

„Nun, wir meinen, wir sollten der Tradition folgen und ihn Patrick Edward nennen."

„Wie hübsch! Soll er auch Ned gerufen werden, so wie du?"

„Nein", sagte ich. „Patrick, so wie mein Vater."

Sie sah mich stumm an.

„Kerry wollte einen irischen Namen", fuhr ich fort. „Und Patrick erschien uns besonders geeignet."

„Ja", sagte meine Mutter. „Ja, natürlich."

Ich erhob mich langsam.

„Weißt du", sagte sie, „es wird wunderschön sein, wieder ein Baby im Haus zu haben. Du kannst dir gar nicht vorstellen, wie ich mich darauf freue . . ."

IV

Mein Sohn kam am 28. Juni um vier Uhr nachmittags zur Welt. Bald darauf sah ich ihn zum erstenmal.

Doch zunächst kümmerte ich mich um Kerry. Obwohl die Wehen nicht allzu lange gedauert hatten, wirkte sie sehr erschöpft. Schläfrig sagte sie: „Er ist hübsch, so hübsch. Er wird dir gefallen."

Ich küßte sie und ging dann ins Zimmer nebenan, wo ich Tante Madeleine, Dr. Cahill, Nanny und das neue Kindermädchen aus London fand.

Leise Laute erklangen, wie das Miauen eines verirrten Kätzchens. Ich sah etwas Winziges, das in ein großes Tuch eingewickelt war.

„Ein prächtiger Kerl!" sagte Tante Madeleine. „Fast so prächtig wie du seinerzeit. Komm nur und sieh ihn dir an – er beißt nicht!"

Langsam trat ich näher. Daß dieses kleine Bündel ein Mensch sein sollte, wollte mir nicht in den Kopf.

„Ein großes, gesundes Baby", versicherte Dr. Cahill mit strahlendem Gesicht. „Mindestens acht Pfund schwer."

„Acht Pfund und zwei Unzen", korrigierte ihn Nanny.

„Na, was sagst du?" fragte Tante Madeleine. „Ist er nicht entzückend?"

Wieder dieses eigentümliche Miauen. Das winzige Etwas hatte ein rotes Gesicht. Die Augen waren geschlossen.

„Oh, ja", sagte ich. „Sehr hübsch."

„Möchtest du ihn vielleicht einen Moment in den Armen halten?" fragte Tante Madeleine.

„Nein, lieber nicht. Ich . . . ich bin nicht geübt und möchte nicht, daß ihm etwas passiert."

„Sei nicht albern!" sagte Tante Madeleine und nahm das winzige Bündel und reichte es mir.

Ich nahm es, hielt es ängstlich, lockerte dann die verkrampften Muskeln. Kein Laut mehr. Mein Sohn schlief in meinen Armen, und auf dem kleinen Gesicht spiegelten sich Ruhe und Frieden: das blinde Vertrauen, daß diese Welt, in der er nun lebte, eine gute Welt war.

Plötzlich fiel die Hülle, in die ich mich verkrochen hatte, von mir ab. Endlich zog ich den Kopf aus dem Sand, und als ich mich umsah, als mir die Wirklichkeit bewußt wurde, fand ich ebendiese Welt, der mein Sohn so blindlings vertraute, völlig unerträglich.

Ich weiß noch, wie ich dachte: Eine Rechnung ist zu begleichen, ein Schlußstrich muß gezogen werden. Ich darf davor nicht länger zurückscheuen. Und ich werde es auch nicht tun.

V

Nein, es gab kein Zögern mehr. Jetzt war ich bereit, das Unvermeidliche in Kauf zu nehmen. Ich liebte meine Mutter und wußte, daß sie sehr leiden würde. Doch da sie an der Tat selbst nicht beteiligt gewesen war, konnte ein guter Anwalt ihren Freispruch erwirken; davon hatte Onkel Thomas mich überzeugt.

Nach dem Prozeß würde ich sie für einige Zeit nach Cashemara holen, ehe ich ihr in aller Behutsamkeit nahelegte, nach Clonagh Court zu ziehen.

Ich holte Papier, Feder und Tinte hervor und begann zu schreiben: „Lieber Onkel Thomas, vergiß bitte, was in meinem letzten Brief gestanden hat, und komm so schnell wie möglich nach England zurück . . ."

Drei Monate waren es noch bis zu seiner geplanten Rückkehr im September, aber ich konnte nicht länger warten. Ich hatte schon viel zu lange gewartet. Ein Mörder, der zweimal gemordet hat, schreckt auch vor einem dritten Mord nicht zurück, und wenn ich jetzt nichts unternahm, so wurde ich zu seinem Komplizen. Ich mußte handeln, und außerdem . . . ich ertrug es nicht länger, mit dem Mörder meines Vaters und meines Onkels unter demselben Dach zu wohnen.

„Ich bin überzeugt, daß Onkel David vergiftet worden ist . . ."

Ich versuchte zu erklären, warum ich mich in meinem ersten Brief in Lügen geflüchtet hatte. Ich hatte die Konsequenzen von mir geschoben, indem ich leugnete, daß es sie überhaupt gab.

Ich beendete den Brief. Am nächsten Morgen ritt ich nach Leenane und brachte ihn zum Postwagen. Danach fühlte ich mich tief erschöpft. Wieder auf Cashemara, wäre ich am liebsten sofort auf mein Zimmer gegangen, hätte mir Jane in der Halle nicht den Weg verlegt.

„Oh, Neddy, es ist etwas Schreckliches passiert – der arme Ozymandias ist todkrank, und niemand will Dr. Cahill holen lassen, niemand will helfen . . ."

Ich versuchte, sie zu beschwichtigen, und begleitete sie in ihr Zimmer, wo der Kater schlaff in seinem Körbchen lag. Ein Blick genügte, um sich über seinen Zustand klar zu werden. Die Augen waren glasig, der Atem ging mühsam. Der Gestank des Erbrochenen wurde so unerträglich, daß wir uns auf den Korridor zurückzogen.

„Das war das Rattengift", sagte Jane, während Tränen über ihr Gesicht strömten. „Ich habe ja gewußt, daß das kein gutes Ende nehmen würde. Oben auf dem Dachboden stehen kleine Untertassen herum, da ist das Gift drin, und ich hatte immer Angst, daß der arme Ozymandias es für Milch halten würde, wenn er da oben herumstreunte. Ich verstehe überhaupt nicht, was das Rattengift soll. Onkel David soll sich über Mäuse beklagt haben, doch das muß ein Irrtum von ihm gewesen sein, denn ich habe in diesem Haus keine Maus gesehen, seit Ozymandias ein kleines Kätzchen war ..."

„Warte mal", sagte ich rasch. „Bist du sicher, daß das Rattengift erst gekauft worden ist, nachdem Onkel David zu Besuch kam?"

„Natürlich bin ich sicher! Es war drei Tage nach Onkel Davids Ankunft, und als er über die Mäuse klagte, fand sich im ganzen Haus kein Gift, und deshalb mußte welches von der Apotheke geholt werden. Tante Madeleine hat davon immer was zur Hand, weil bei ihr die Mäuse die reine Plage sind. Wenn sie eine Katze hätte oder einen Kater wie Ozymandias ..."

„Jane", fragte ich, „wer hat das Gift aus der Apotheke geholt – erinnerst du dich noch daran? War es Flannigan? Oder O'Malley? Oder war es ... Mr. Drummond?"

„Oh, nein, es war nicht Mr. Drummond", erwiderte Jane mit ernstem Gesicht. Halbgetrocknete Tränenspuren auf den Wangen, blickte sie mich aufmerksam an. „Er ist zu meinen Katzen immer sehr nett gewesen, und er hat auch oft gesagt, daß sie bestimmt klug genug sind, um Mäuse zu fangen. Nein, es war Mama, die gemeint hat, daß wir das Rattengift brauchen, und sie ist selbst zur Apotheke gefahren, um sich welches von Tante Madeleine zu borgen ..."

9. KAPITEL

I

Ich dachte: Ich werde später darüber nachdenken. Später werde ich herausfinden, was das alles zu bedeuten hat.

Ich war sicher, daß es dafür eine einfache Erklärung geben mußte, doch im Augenblick fühlte ich mich so müde, um danach zu suchen. Später ... ja, später würde ich bestimmt über meine eigene Begriffsstutzigkeit lachen. Später.

Ozymandias verendete qualvoll, und wie aus weiter Ferne beobachtete ich mich selbst beim Ausheben des kleinen Grabes zwischen den Sträuchern im Garten. John nagelte ein Kreuz zusammen, und Eleanor schrieb mit Zeichenkohle darauf: „Ozymandias. 1885–1891. R. I. P."

Ich hörte die Stimmen der Kinder neben mir an der zugeworfenen Grube, doch sie klangen wie durch eine Trennwand und wirkten fremd.

„Ich werde nicht immer um ihn trauern, dazu bin ich noch zu jung, aber wenn ich sterbe, wird man den Namen Ozymandias in mein Herz eingraviert finden."

„Ob es dafür groß genug ist, Jane? ‚Ozymandias' ist so lang ..."

Ich hatte inzwischen den Dachboden durchforscht und entdeckt, daß die Untertassen mit dem Rattengift entfernt worden waren, bis auf eine – in der Eile übersehen vermutlich. „... und man kann Mama ja nicht für die Unachtsamkeit eines Dienstmädchens verantwortlich machen", sagte meine Stimme wie von weither.

„Ich gebe ihr ja auch gar nicht die Schuld, aber ..."

Die Kinder begannen zu streiten. Ich beschwichtigte sie und bat sie dann, meiner Mutter nichts vom Rattengift zu sagen: Sie wäre sicher darüber betrübt, daß sie, wenn auch ohne eigene Schuld, den Tod des Tieres mitverursacht hatte.

Meine Mutter sollte nicht erfahren, daß ich vom Gift aus der Apotheke wußte.

Wenig später saß ich in der Bibliothek.

Ich konnte keinen einzigen Gedanken fassen.

Zeit verstrich, Minuten, Stunden. Draußen begann es zu dämmern. Janes letzter Satz fiel mir ein: ... kann ... nichts ... dafür ...

Ja, dachte ich, ja. Sie kann nichts dafür, weil sie wahnsinnig ist.

Irgendwie machte das alles leichter. Ich erinnerte mich an die Wendungen, die Drummond so gern gebrauchte: „Gottes Wille“, „Gottes Fügung“, „der Ratschluß Gottes“.

So und nicht anders mußte man es sehen. Sie war wahnsinnig. Für ihre Handlungen nicht verantwortlich. Ein bemitleidenswertes Geschöpf, das Hilfe brauchte.

Ich setzte mich hinter den Schreibtisch, zündete die Lampe an und versuchte, Schritt für Schritt vorzugehen. Warum war ich nur nie darauf gekommen, daß meine Mutter meinen Vater umgebracht hatte? Ihre Motive überwogen die Drummonds bei weitem. Daß er von dem Mord wußte, glaubte ich mit Sicherheit annehmen zu können; doch vielleicht hatte er erst nach der Tat davon erfahren. Ungeschoren davonkommen sollte er jedoch nicht. Auch er hatte gemordet. Zumindest MacGowan war ihm zum Opfer gefallen. Außerdem trug kein anderer als er die Schuld an der Zerrüttung meiner Mutter, die sie dazu getrieben hatte zu töten, um ihn und die Kinder nicht zu verlieren. Ja, er war der eigentlich Schuldige, und ihn mußte die Strafe treffen.

Ich dachte lange nach.

Als erstes galt es, meine Mutter zu retten. Ihr Geisteszustand schützte sie nicht, denn die juristische und die medizinische Definition des Begriffes Wahnsinn waren keineswegs identisch. Das Risiko war zu groß. Es durfte keinen Prozeß geben.

Ich saß und grübelte.

Als ich nach einer Weile den Kopf hob, sah ich, daß es draußen stockfinster war. Noch immer wußte ich nicht, wie ich mir eine Pistole beschaffen sollte.

MacGowan hatte eine besessen. Später war sie in Drummonds Besitz gelangt. Er hatte sie mir einmal gezeigt, weil ich mich damals für Schußwaffen interessierte.

Wo mochte sie geblieben sein? Befand sie sich irgendwo hier im Haus? Wo? Welchen Raum auf Cashemara bevorzugte er?

Von der Wand über dem Kamin lächelte mich mein Urgroßvater Henry de Salis freundlich an. Die Lampe verbreite sanfte Helle in diesem Raum, wo Drummond so gern Zigarren rauchte, wenn er über Rechnungsbüchern saß . . .

Ich fand die Pistole im untersten Schubfach des Schreibtischs. Ich zählte drei Patronen, legte die Pistole dann wieder zurück.

Meine Hände zitterten. Mir war übel.

Erst nach Minuten wurde ich ruhiger. Ich dachte: Es bleibt mir keine Wahl. Entweder stirbt sie oder er, und wenn ich es den Gerichten überlasse, so hängen sie meine Mutter.

Nach einer schlaflosen Nacht, sattelte ich in aller Frühe mein Pferd und ritt nach Clonareen, um meine Freunde unter den Joyces aufzusuchen.

II

„So ist also die Lage", sagte ich zu ihnen. „Bald kommt mein Onkel Thomas aus Amerika zurück, und er wird dafür sorgen, daß man in England die Leiche seines Bruders David ausgräbt, um eine Autopsie vorzunehmen. Ärzte können bei einem Toten feststellen, woran er gestorben ist. Ich bin sicher, daß man meinen Onkel vergiftet hat. Muß ich euch noch sagen, wer allein dafür in Frage kommt?"

„Das Schwein Maxwell Drummond!!" riefen sie wie aus einem Mund.

Ich lächelte. Dann fuhr ich fort: „Begreift ihr, wie ärgerlich die Sache für mich ist? Mir sind die Hände gebunden, bis durch die Autopsie mein Verdacht bestätigt wird. Der Brief nach Amerika ist wenigstens eine Woche unterwegs. Zwei bis drei weitere Wochen wird es dauern, ehe mein Onkel in England eintrifft. Bis das Ergebnis der Autopsie vorliegt, können Monate vergehen – und solange kann ich nichts unternehmen."

„Dann bringen wir den Kerl für dich um!" schrien sie hitzig, und einer fügte hinzu: „Hauptsache, wir haben hinterher das Geld für die Überfahrt nach Amerika."

„Nein!" sagte ich kopfschüttelnd. „Ihr dürft keinen Mord begehen! Ich bin zwar sicher, daß euch die Flucht gelingen würde, aber was ist, wenn die Polizei hört, daß ich dahinter gesteckt habe?"

Sie sahen mich enttäuscht an.

„Wir müssen uns an die Gesetze halten", fuhr ich fort.

„An die Gesetze? An die sächsischen Gesetze!?" riefen sie durcheinander. „Herrgott, die sind doch gegen uns gemacht!"

„Das mag schon sein. Trotzdem könnt ihr sie euch zunutze machen. Männer wie MacGowan und Drummond, die verstehen sich darauf, die Gesetze für ihre Zwecke zurechtzubiegen. Deshalb können sie mit euch auch umspringen, wie es ihnen paßt. Hört mir genau zu. Ich werde mir Drummond mit Hilfe der Gesetze vom Hals schaffen. Er wird unter Mordanklage gestellt werden, und ihr sollt dafür sorgen, daß er mir nicht entschlüpft. Ihr braucht ihn nicht umzubringen, begreift ihr? Warum ein Ei mit einem Hammer zerschmettern, wenn man die Schale mit den Fingern zerbrechen kann?"

Ihre Augen glänzten jetzt. Fragen schwirrten durcheinander: Wie können wir dir denn helfen?

„Das will ich euch sagen", erklärte ich. „Wenn das Ergebnis der Autopsie klar ist, schickt mein Onkel mir ein Telegramm. Was in einem Telegramm steht, kann man jedoch leicht herausbekommen, vor allem, wenn man, wie Drummond, unter den Bediensteten seine Spitzel hat. Ich bin sicher, daß er dann versuchen wird, nach Amerika zu entkommen. Und das werden wir verhindern, indem wir ihn vorher verhaften, und zwar nachts, wenn er im Bett liegt und unbewaffnet ist."

Gut, sagten sie; und ob sie sich von der Bruderschaft Schußwaffen besorgen sollten.

„Auf gar keinen Fall. Die Dinger gehen nur zu gern von alleine los, und ich will nicht, daß jemand zu Schaden kommt. Aber eure Messer könnt ihr mitbringen, wenn auch nur zur Selbstverteidigung. Ihr sollt den Mann nur festnehmen."

Erhitzte Gesichter, leuchtende Augen. Wieder klangen ihre Stimmen wild durcheinander. Dann fiel der Name O'Malley.

„Wenn die O'Malleys herausfinden, was wir mit Drummond gemacht haben, bringen sie uns um!" sagte Paddy Joyce.

„Nein", widersprach ich. „Sobald Drummond nicht mehr im Tal ist, kommen seine Söhne zurück, und ich weiß, daß Max und Denis ihren Vater hassen, und wenn sie sich nicht an euch rächen wollen, so braucht ihr auch die O'Malleys nicht zu fürchten."

Sie überlegten einen Augenblick, nickten dann.
Und so war es beschlossen. Sie gelobten Stillschweigen, und ich kehrte nach Cashemara zurück. Jetzt galt es, sich in Geduld zu fassen, bis das Telegramm von Onkel Thomas eintraf.

III

Doch zuerst kam ein Brief von ihm. Er schrieb, daß er sofort nach England fahren werde, um sich dort mit dem Innenministerium und der Polizei in Verbindung zu setzen. Sobald ein Ergebnis vorläge, würde er mir telegraphieren.

Und eines Tages hielt ich das Telegramm dann in den Händen. Der Text lautete: „Verdacht bestätigt. Komme nach Cashemara. Sei tapfer. Thomas."

Ich verbrannte das Telegramm und verständigte meine Freunde.

Es war ein Freitag.

Ich holte die Pistole aus dem Schreibtisch. Einen Augenblick überlegte ich, ob ich sie reinigen sollte. Nein, lieber nicht. Ich war den Umgang mit Schußwaffen nicht gewohnt, und es ließ sich nicht ausschließen, daß ich den Mechanismus beschädigte. Ich steckte die Pistole ein und kletterte weit den Hügelhang hinauf in Richtung Teufelsmutter, um mich durch einen Probeschuß zu überzeugen, daß sie noch gebrauchsfähig war.

Zwei Patronen blieben mir noch. Sie mußten genügen.

Ich ging zurück.

Später war ich mit Kerry und dem Baby in einem unserer Zimmer. Das Kleine strampelte und krähte, und Kerry lachte glücklich. Doch dann musterte sie mich und fragte, ob ich mich nicht wohl fühlte. Doch, erwiderte ich, nur ein wenig müde; ich hätte in der vergangenen Nacht schlecht geschlafen.

„Schrecklich, daß du so an Schlaflosigkeit leidest", sagte sie. „Du mußt unbedingt zu Dr. Cahill, und zwar bald. Vielleicht kann er dir helfen."

Der Nachmittag kam. John rupfte im Garten Unkraut. Die Mädchen nahmen bei Miß Cameron Zeichenunterricht, und oben im Salon spielte meine Mutter auf dem Klavier einen Chopin-Walzer. Kerry und das Baby ruhten, und ich saß in der Bibliothek auf der Couch und starrte vor mich hin.

Dann der Abend. Gemeinsames Essen mit Kerry in unseren

Zimmern. Später lag sie im Bett, und ich ging hinaus, um meiner Mutter und Drummond wie immer Gutenacht zu sagen.

„Was ist denn, Ned?" fragte meine Mutter. „Du siehst so entsetzlich müde aus."

Drummond lächelte. „Ja, es ist nicht leicht, Vater zu sein", sagte er.

Sein Lächeln. Sein freundliches, herzliches Lächeln.

Verzweifelt versuchte ich mir klarzumachen, wie sehr ich diesen Mann doch haßte. Doch jetzt empfand ich keinen Haß gegen ihn. Alle Feindseligkeit war wie fortgewischt, und ich begriff, daß ich sie mir nur eingebildet hatte, um nicht an die Schuld meiner Mutter denken zu müssen. Quälend kamen Erinnerungen. Drummonds Hilfsbereitschaft, wenn ich mich ratlos gefühlt hatte. Seine Geduld. Seine Bereitwilligkeit, mir zuzuhören und Anteil zu nehmen.

Eine Stimme in meinem Kopf sagte: Ich kann es nicht tun.

Doch ich wußte, daß ich es tun mußte.

Ich küßte meine Mutter. Sie lächelte. „Gute Nacht, Ned."

„Gute Nacht, Mama", sagte ich. „Gute Nacht, Mr. Drummond."

Ich ließ sie allein.

Um elf Uhr gingen sie zu Bett, und eine halbe Stunde später war ich unten bei der Hintertür.

Sean, Paddy und Nial traten ein.

„Vergeßt nicht, was ich euch über die Messer gesagt habe", flüsterte ich ihnen im Dunkeln zu.

„Aber wenn er uns nun entwischen will?" fragte Sean nervös.

„Keine Sorge. Ich habe eine Pistole und werde in der Galerie warten, um ihm den Fluchtweg abzuschneiden."

„Aber hast du nicht gesagt . . ."

„Ich will ihn ja nicht erschießen, doch ich wäre ein schöner Freund, wenn ich euch nicht helfen würde, falls es Ärger gibt."

„Nicht, daß du glaubst, wir hätten Angst vor ihm", sagte Nial. „Jeder von uns nimmt es mit einem halben Dutzend Max Drummonds auf, aber . . ."

Wenn ich das nur glauben könnte, dachte ich, schwieg jedoch. Dann holte ich eine Kerze hervor, zündete sie an und führte meine Freunde die Hintertreppe hinauf zur Galerie.

„Hier werde ich warten", sagte ich. „Und keine Sorge – ich stehe für alle Fälle bereit."

Noch einmal ging mir der Plan durch den Kopf: Verhaftung unumgänglich, weil Fluchtverdacht ... Drummonds heftiger Widerstand ... meine Freunde in Gefahr ... hatte ihn nicht erschießen wollen ... konnte jedoch den Mörder meines Onkels nicht entkommen lassen ...

Ich stellte die brennende Kerze auf den Tisch beim Geländer. Dann teilten meine Hände den Vorhang, hinter dem die Tür zum Schlafzimmer meiner Mutter lag.

Durch die Ritzen schimmerte noch Licht.

Ich winkte meinen Freunden, und sie schlüpften lautlos an mir vorbei. Über die Wände huschten unsere Schatten. Die Pistole in meiner Hand war wie ein Klumpen Eis. Meine Freunde warteten auf mein Zeichen. Ich hob den Arm und nickte.

Sean stieß die Tür auf. Krachend prallte Holz gegen Stein. Drei dunkle Gestalten stürzten durch die Öffnung ins Zimmer.

Meine Mutter schrie.

Ich hörte Drummonds Stimme, verstand jedoch nicht, was er sagte.

Sean rief: „Ich erkläre Sie für verhaftet, weil ..."

Weiter kam er nicht, denn Paddy schrie: „Paß auf, er hat eine ..."

Ein Schuß peitschte. Dröhnend hallte das Echo nach, und tief in mir flackerte etwas auf, das sich nicht bezwingen ließ – Furcht.

Ich wußte, daß Drummond außer dem Colt noch einen Smith & Wesson Revolver besaß. Doch bisher hatte er ihn immer im Schrank unten aufbewahrt. Warum befand sich die Waffe jetzt im Schlafzimmer? War Drummond bedroht worden? Fürchtete er um sein Leben?

Ich wußte es nicht. Ich wußte nur, daß ich damit nicht gerechnet hatte.

Kreischende, gellende Stimmen. Dann Poltern und Krachen. Ich versuchte mich zu bewegen, doch meine Beine waren wie gelähmt. Mit Mühe gelang es mir, den Vorhang auseinanderzuteilen.

Hellschimmernde Türöffnung. Ein Schatten, der aus dem Nichts aufzuwachsen schien. Drummond, rauchende Pistole noch in der Hand. Hinter ihm im Zimmer Sean in einer Blutlache liegend. Und Paddy: wutverzerrtes Gesicht, gezücktes Messer. Er stürzte hinter Drummond her.

Ein Instinkt schien Drummond zu warnen. Er fuhr herum, hob seine Waffe, zielte auf seinen Verfolger.

Der Schuß dröhnte mir in den Ohren. Nicht Drummonds Schuß. Der Schuß aus meinem Revolver. Vom gewölbten Dach über der Halle kam ein Klirren, das Vibrieren des kristallenen Kronleuchters.

Über Drummonds Kopf splitterte das Holz des Türrahmens. Dann sah ich plötzlich, daß der Lauf der Pistole jetzt auf mich gerichtet war. Doch Drummond schoß nicht.

Auch ich drückte nicht ab. Eine Patrone hatte ich noch, aber sie blieb, wo sie war.

Drummonds Gesicht. Ich sah, daß er begriff, daß er alles verstand. Schatten. Schatten vor meinen Augen. Sie trübten meinen Blick, so daß ich nicht mitansehen brauchte, wie Paddy Joyce Drummond das Messer in den Rücken stieß. Doch ich hörte Drummonds Schrei. Ich hörte, wie sein Körper gegen das Geländer taumelte; hörte, wie seine Pistole zu Boden polterte; hörte das Splittern von Holz; und hörte, nach Sekunden tödlicher Stille, wie die Leiche unten auf dem Marmorfußboden aufschlug.

Leere. Tiefe Leere. Dann das Kreischen meiner Mutter, wie das irre Gellen einer Besessenen.

Ich war mit Kerry in unserem Schlafzimmer. Wie ich dort hingelangt war, wußte ich nicht. Irgend jemand sagte mit meiner Stimme: „Ich konnte es nicht tun. Ich brachte es einfach nicht fertig."

Kerry hielt mich in den Armen. Ich spürte ihre großen und warmen Brüste.

„Aber es ist geschehen", sagte der Fremde, der mit meiner Stimme sprach. „Es ist vorbei. Doch ich werde gutmachen, was ich ihm schulde. Ich werde es an seinen Söhnen gutmachen."

„Ned", flüsterte Kerry, und plötzlich wußte ich, wer der Fremde war.

„Oh, Gott", sagte ich und begann zu schluchzen wie ein Kind. „Oh, Gott."

Eine Gestalt tauchte neben uns auf. „Hier, Ned, Liebling", sagte Nanny. „Trink das. Es ist heiße Milch, und die hast du ja immer gern getrunken."

Ich konnte nicht sprechen. An meiner Stelle erwiderte Kerry:

„Vielen Dank, Mrs. Gray. Geben Sie mir bitte sofort Bescheid, wenn Miß de Salis und Dr. Cahill ankommen.“

„Ja, Mylady“, sagte Nanny.

„Wie geht es Sean Joyce?“

„Unter den Umständen ganz leidlich, Mylady. Ich habe ihm den Arm verbunden, und er liegt auf der Couch im Boudoir.“

„Gut. Sagen Sie Miß Cameron bitte, sie möchte dafür sorgen, daß die Kinder oben in ihren Zimmern bleiben.“

„Sehr wohl, Mylady.“

Sie verschwand. Wir waren wieder allein.

„Kerry“, fragte ich, „bin ich bewußtlos gewesen?“

„Aber nein, Liebling, erinnerst du dich denn nicht? Du warst sehr ruhig und umsichtig. Nach den Schüssen kam alles herbeigestürzt, und du ...“

Ich starrte auf das Glas mit der dampfenden Milch. „Ja?“

„... du hast sofort alles getan, was getan werden mußte. Zu Nanny hast du gesagt, sie soll Seans Arm verbinden. Flannigan hast du beauftragt, Tante Madeleine und Dr. Cahill holen zu lassen. Miß Cameron mußte die Kinder wieder nach oben bringen. Und deine Mutter ...“

„Was war mit ihr? Was hat sie gesagt? Was hat sie getan?“

„Weißt du es wirklich nicht mehr? Sie lag ohnmächtig beim zerbrochenen Geländer der Galerie. Du hast sie in ihr Schlafzimmer getragen und ihrer Zofe befohlen, bei ihr zu bleiben. Und dann ...“

„Ja?“

„... dann hast du mich gesehen und gesagt, du müßtest dich unbedingt hinsetzen. Und ich habe dich schnell hierher gebracht.“

Die dampfende Milch, wie dünne Nebelschwaden. Nach Sekunden sagte ich: „Ich bin müde, so entsetzlich müde.“

„Du gehörst ins Bett, und zwar sofort.“

„Aber wer kümmert sich dann um ...“

„Ich“, sagte sie. „Und jetzt komm. Ich werde dir beim Auskleiden helfen.“

Ich schlief sofort ein. Sechzehn Stunden schlief ich, und als ich endlich wieder aufwachte, war es vier Uhr nachmittag, und an meinem Bett saß Tante Madeleine.

IV

„Ich werde es mir nie verzeihen“, sagte sie. „Ich habe etwas Schreckliches getan.“

In ihren Augen lag ein Ausdruck, wie ich ihn so noch nie bei ihr wahrgenommen hatte: Trauer und Schmerz.

„Tante Madeleine . . .“

Bisher war sie mir immer als herrische Heilige erschienen, der es nie schwerfiel, zwischen Gut und Böse zu unterscheiden und, ungeachtet aller Konsequenzen, ihre Entscheidungen zu fällen. Jetzt, zum erstenmal, zeigte sie menschliche Züge.

„Was hast du denn getan?“ fragte ich.

„Ich habe gelogen. Ich wollte zwar nur das Beste, doch ich habe gehandelt, als ob ich der Herrgott wäre, und dafür hat Gott mich bestraft.“ Sie zog ein spitzenbesetztes Taschentuch hervor und tupfte sich damit die Augen. „Der Tod deines Vaters. Ich ahnte, daß da etwas nicht mit rechten Dingen zugegangen war, und irgendwann fiel mir dann das Arsen ein. Lange bevor dein Vater starb, hatte deine Mutter mich einmal darum gebeten, wegen der Mäuseplage, die damals wirklich schlimm war. Ich wußte also, daß es auf Cashemara Arsen gab.“ Sie schwieg einen Augenblick. „Zuerst glaubte ich, sie hätte das Gift in den Likör getan, aber ich sah sehr bald, daß dein Vater ihn gar nicht angerührt hatte. Doch dann entdeckte ich einen Krug, wie man ihn in den Schnapskneipen verwendet. Sie hatte das Gift in den Fusel gemischt. Vom süßen Likör würde ein Trunksüchtiger wie dein Vater höchstens ein wenig nippen, aber den Schnaps . . . nein, den konnte er nicht stehenlassen.“

Ich starrte sie wortlos an. Sie tupfte sich wieder die Augen und fuhr dann fort: „O Gott, ich wußte nicht, was ich tun sollte. Ihr vier Kinder . . . wieviel hattet ihr schon durchmachen müssen. Und ich liebte Sarah. Wieviel hatte sie in den letzten Jahren mit Patrick zu erleiden gehabt . . . dieser schreckliche MacGowan. Sollte sie noch mehr leiden? Verdiente sie, die euch eine so gute Mutter war, nicht etwas Glück? Gewiß, Patrick war mein Bruder. Aber glaube mir, Ned, er hatte ohnehin nicht mehr lange zu leben. Seine Leber war in einem schlimmen Zustand. Und so sagte ich mir, daß die Lebenden wichtiger waren als die Toten und daß ich die Pflicht hatte, euch Kinder zu beschützen. Ich verheimlichte den Mord.“

„Tante Madeleine.“ Ich griff nach ihrer Hand, hielt sie zwischen meinen Händen.

„Es war so leicht. Ich spülte den Krug aus, und als Dr. Cahill zurückkehrte, sprach ich von schwerem Leberschaden. Dr. Cahill glaubte mir natürlich. Warum auch nicht? Seit dreißig Jahren pflege ich Kranke, und ich habe hier in Irland viele Trinker sterben sehen. Dr. Cahill setzte in mein Urteil volles Vertrauen. Und dann ...“ Jetzt strömten die Tränen über ihre Wangen. „... dann starb David“, sagte sie. „Sarah hatte mich wieder um Arsen gebeten. Ich gab es ihr, wenn auch widerstrebend. Erstens wäre es für sie verdächtig gewesen, wenn ich es ihr plötzlich verweigert hätte, und zweitens mochte es auf Cashemara ja tatsächlich wieder Mäuse geben, wie sie behauptete. Doch der eigentliche Grund für meine Bereitwilligkeit war ein anderer – ich konnte es mir einfach nicht vorstellen, daß es noch jemanden gab, den sie umbringen wollte.“

„Und sie liebte Onkel David ja.“

„Ganz recht. Wie konnte ich ahnen, daß sie es für notwendig hielt, ihn zu töten? Doch später ... als ich davon erfuhr ... Ned, du kannst nicht wissen, was für Gewissensqualen ich gelitten habe ... und ich werde mich von dem Schuldgefühl nie, nie befreien können ... denn hätte ich rechtzeitig gesprochen, wäre David heute noch am Leben ...“

„Du hast getan, was dir richtig erschien, Tante Madeleine. Mehr konntest du nicht tun.“

„Es genügt nicht zu tun, was einem richtig scheint. Man muß tun, was richtig ist. Es war falsch von mir, euch Kinder beschützen zu wollen. Euer Schicksal konnte ich getrost in Gottes Hände legen. Aber ich habe ihm nicht vertraut, das ist es. Seit ich erwachsen bin, verkünde ich Gottes Wort, doch als ich in Bedrängnis war, versagte mein Glaube, und ich wurde kleinmütig.“

Sie schluchzte, und ich wartete einen Augenblick und sagte dann behutsam: „Mir war klar, daß du wußtest, wer Onkel David vergiftet hatte.“

„Ja ... ja. Aber ich konnte mit dir nicht darüber reden. Nur mit Thomas – glaubte ich jedenfalls. Ich war so verwirrt ... verstört ... daß ich nicht die Kraft hatte, etwas zu unternehmen, irgendeinen Entschluß zu fassen, ohne mich vorher mit jemandem zu beraten.“

„Onkel Thomas wird das schon verstehen. Wenn er ankommt . . ."

„Er ist bereits hier, vor einer Stunde eingetroffen. Ich weiß, daß er mit dir so bald wie möglich sprechen möchte. Ich werde ihm sagen, daß du jetzt wach bist."

„Gut, Tante Madeleine." Ich setzte mich im Bett auf, streckte die Arme aus und küßte sie.

„Ach, Ned, mein Liebling", sagte sie, „was für eine entsetzliche Last hast du doch tragen müssen!"

„Aber das ist jetzt vorbei, Tante Madeleine", sagte ich.

Doch ich wußte, daß das nicht stimmte. Nicht ganz.

V

„Der Bezirksinspektor möchte dich sprechen, wenn du dich besser fühlst, Ned", sagte Onkel Thomas, nachdem wir uns umarmt hatten. „Doch mach dir keine Sorgen. Madeleine und ich haben die Situation bereits gründlich besprochen, um uns darüber klar zu werden, was gesagt werden soll. Wir halten es für das Beste, wenn die begangenen Verbrechen offiziell Drummond zur Last gelegt werden."

Er sah mich prüfend an, doch ich schwieg.

„Wir brauchen nur darauf hinzuweisen, daß sich hier im Haus ein gewisser Vorrat an Arsen befand – Drummonds Ruf wird das übrige tun. Man wird annehmen, daß er deinen Vater vergiftet hat, um nicht aus seinem behaglichen Nest auf Cashemara verjagt zu werden, und daß er dann David umbrachte, weil dieser entdeckt hatte, was geschehen war."

„Hat meine Mutter irgend etwas über Onkel David gesagt?"

„Deine Mutter hat noch mit niemandem gesprochen. Sie befindet sich in einem Schockzustand."

„Ich möchte, daß der Polizei klargemacht wird, daß sie am Vorgefallenen nicht die geringste Schuld trägt."

„Das dürfte nicht schwerfallen, da Drummond ja nicht mehr da ist, um zu widersprechen – wie du sehr richtig vorausgesehen hast."

Er schwieg einen Augenblick.

„Versuche, darüber zu sprechen, Ned", sagte er schließlich. „Es wäre das Beste, weil es dich erleichtern würde."

Ich schüttelte den Kopf. „Ich kann nicht."

„Wenn du darüber nicht sprichst, wird es dich noch viele Jahre bedrücken. Es ist sehr wichtig, daß du mit dir selbst in Frieden lebst."

„Ich kann nicht", wiederholte ich. „Eines Tages werde ich mit dir darüber sprechen, und dann wird alles in Ordnung kommen. Aber jetzt – jetzt geht das nicht. Ich kann nicht einmal darüber nachdenken."

„Ich verstehe. Dennoch wünschte ich . . . na, lassen wir das. Es wäre verkehrt, dich zu drängen. Mit dem Bezirksinspektor gibt es im übrigen wegen gestern nacht keine Schwierigkeiten. Deine Freunde haben ihm gesagt, daß du dich entschlossen hattest, Drummond zu verhaften, weil Fluchtverdacht bestand. Mit seinem bewaffneten Widerstand hätte keiner von euch gerechnet. Paddy Joyce wird nicht gerichtlich belangt werden. Man ist überzeugt, daß er in Notwehr gehandelt hat, um seinen Bruder und sich selbst vor Drummond zu schützen."

Er brach ab. Draußen schien die Sonne, und in mir regte sich das Verlangen, aufzustehen und hinauszuwandern, weit, weit in die Berge.

„Ned."

„Ja?"

„Ich weiß nicht, ob du dich kräftig genug fühlst, um darüber zu reden, aber ich fürchte, wir müssen uns klar werden, was mit deiner Mutter geschehen soll."

„Da gibt es nichts zu reden", sagte ich. „Ich weiß, was ich tun werde."

„Ned, man darf sie nicht einfach sich selbst überlassen. Soll sie weiterleben, als ob nichts geschehen wäre? Nein, das geht nicht. Sie gehört in gute Obhut – ärztliche Pflege . . ."

„Ich werde später darüber sprechen, Onkel Thomas", sagte ich. „Jetzt bin ich dazu nicht fähig. Habe dafür bitte Verständnis."

„Natürlich habe ich dafür Verständnis", versicherte er und fügte dann hinzu: „Armer Ned."

Er nahm meine Hand, hielt sie einen Augenblick mit festem Druck, strich dann wie tröstend mit den Fingern darüber. Wir saßen schweigend und dachten an meine Mutter.

VI

Ich mußte meine Mutter sehen. So sehr es mich auch drängte, nach draußen zu entkommen: Ich konnte das Haus nicht verlassen, ehe ich sie nicht gesehen hatte.

Ich möchte über das schreiben, was sich ereignete, als ich sie sah; doch es fällt mir sehr schwer. Viele Jahre sind seitdem vergangen. Ich lebe in einer anderen Welt und sogar in einem anderen Jahrhundert. Dennoch widerstrebt es mir, an jenen Augenblick zu denken, da ich ins Zimmer meiner Mutter trat und sie zum erstenmal seit Drummonds Tod sprechen hörte.

„Ich will dich nicht sehen ... scher dich fort ... du hast ihn umgebracht, ja du ... versuche nicht, mich anzulügen ... du hast seinen Tod geplant ... ich will dich nie wieder sehen ... nein, niemals ..."

„Ich habe es für dich getan, Mama", sagte ich. Doch sie hörte mir nicht zu.

„ ... er fand es heraus", sagte sie. „Er überlistete mich. Armer David, wahrscheinlich hat er sich für sehr klug gehalten. Er erfand diese absurde Geschichte – behauptete, ich müßte mich retten, solange noch Zeit sei, denn eines Tages würde Patrick zurückkehren und dafür sorgen, daß man Maxwell wegen versuchten Mordes anklagte. Ich begriff überhaupt nicht, was er meinte! Ich sagte: ‚Aber Patrick ist doch tot!' und David, der arme, törichte David, der diese lächerlichen Detektivgeschichten so sehr liebte – David sagte: ‚Du hast doch nie seine Leiche gesehen, nicht wahr? Einer der Bediensteten hat beobachtet, wie Drummond das Gift in den Likör tat, und daher konnte Patrick rechtzeitig gewarnt werden.' Mein Gott, wenn ich doch nur einen Augenblick darüber nachgedacht hätte! Aber ich bekam plötzlich große Angst, und ehe ich mich besinnen konnte, sagte ich: ‚Das Gift war ja gar nicht in dem Likör – ich habe es in den Schnaps gemischt!' – ‚Du hast es in den Schnaps gemischt!' sagte David verblüfft, und ich begriff, daß er erwartet hatte, ich würde sagen, Maxwell habe es getan. Lieber Gott, ich weiß nicht, wer entsetzter war, David oder ich ... Er sagte mir schließlich, er würde keiner Menschenseele etwas davon verraten, aber darauf konnte ich natürlich nicht vertrauen. Ich wußte, daß er es Thomas sagen würde, und Thomas ist so unerbittlich ... so gnadenlos ... Mir war plötzlich klar, daß meine ganze Zukunft auf dem Spiel stand, Maxwells und meine ...

Alles wäre zu Ende gewesen, denn Maxwell wäre fortgegangen, und mir wären nicht einmal die Kinder geblieben . . . Du begreifst doch, Ned. Ich wollte niemanden umbringen. Ich konnte nur den Gedanken an eine Zukunft ohne Maxwell und die Kinder nicht ertragen. Deshalb habe ich es getan."

Sie sah mich an, blickte jedoch sofort wieder zur Seite.

„Ich werde mich bald besser fühlen", sagte sie dann. Ihre Stimme klang jetzt ruhiger. „Ich fühle mich bereits ein wenig besser. Entschuldige, daß ich so schreckliche Dinge gesagt habe, als du hereingekommen bist. Ich muß auf dich ja einen furchtbar verstörten Eindruck gemacht haben, aber jetzt bin ich wieder ich selbst, wie du siehst, und ich weiß, daß ich sehr stark sein kann. Wieviel Entsetzliches habe ich schon überstehen müssen, und ich werde auch jetzt nicht zerbrechen. Maxwell hat einmal gesagt, ich sei die tapferste Frau, die er je kennengelernt hätte."

Ich sprach von einem Privatsanatorium, irgendwo außerhalb Londons in ländlicher Umgebung, wo sie sich von dem Schock erholen konnte und die beste ärztliche Pflege erhielte.

„Oh nein, das wird nicht notwendig sein", sagte sie hastig. „Es ist ganz reizend von dir, daß du so um mich besorgt bist, Liebling, aber es gibt für mich keinen Grund, von Cashemara fortzugehen. Ich könnte es nicht ertragen, ohne die Kinder zu sein."

Ich versuchte ihr klarzumachen, daß nach meiner Meinung ärztliche Pflege für sie jetzt das Allerwichtigste sei.

„Liebling", sagte sie, „glaube mir doch, daß ich das nicht brauche. Warum sprichst du nur immer wieder von diesem Sanatorium? Oh, du fürchtest wohl, daß ich, weil Maxwell tot ist, Selbstmord begehen könnte. Selbstmord ist Feigheit, und ich bin tapfer. Maxwell hat immer gesagt, daß ich tapfer bin."

„Ich weiß, daß du das bist, Mama", versicherte ich. „Du bist tapfer genug, um dich einige Wochen in einem Sanatorium zu erholen, und wenn deine Nerven dann wieder in Ordnung sind, wirst du tapfer genug sein, um einen neuen Anfang zu machen."

Sie lächelte unsicher. „Einen neuen Anfang?"

„Ja. Ich würde dir ein kleines Haus in England kaufen – in irgendeinem Dorf in Surrey oder Hampshire. Ich weiß, daß es dir in England immer gefallen hat. Einsam wärst du nicht, denn ich würde eine nette Gesellschafterin engagieren, die sich um dich kümmern könnte. Auch eine Krankenschwester könntest du haben, die dich pflegt, wenn du dich einmal unwohl fühlst."

„Oh, Liebling, wie nett von dir. Aber ich darf deine Großzügigkeit nicht ausnutzen ... die Kosten ... und außerdem würde John seinen Garten nicht im Stich lassen wollen ..."

„Richtig, John ... ich wollte dich schon vorhin fragen ... meinst du nicht, daß du auf ihn verzichten könntest, damit er bei uns bleiben und für mich den Garten in Ordnung halten kann? Ich weiß wirklich nicht, wie ich ohne ihn damit fertig werden soll."

„Aber ich ..." Sie brach ab. Ohne mich anzusehen, sagte sie schließlich: „Johnny wird mir sehr fehlen. Doch mir bleiben ja noch die Mädchen, nicht wahr?"

Ich gab keine Antwort.

Nach einer Pause sprach sie weiter. „Du willst mir die Kinder wegnehmen. Du willst sie mir nicht lassen."

„Es wäre ja nur eine vorübergehende Lösung, Mama. Solange du nicht ganz gesund bist, werde ich mich um sie kümmern."

„Ich gebe sie nicht her!" sagte sie heftig. „Lieber sterbe ich!"

„Wirklich?" fragte ich. „Willst du damit sagen, daß ich Drummond umsonst getötet habe und daß du bereit bist, den Galgen zu besteigen?"

Alles Blut entwich aus ihrem Gesicht. Dann verlor sie die Selbstbeherrschung und begann zu schreien, mich zu beschimpfen. Doch bald hatte sie sich wieder gefaßt. Sie bezwang sich, und ich sah, daß sie nicht übertrieben hatte. Sie war wirklich eine starke Frau, und eines Tages in ferner Zukunft, dessen war ich sicher, würde sie sich von ihrer Krankheit erholen und wieder sie selbst sein.

„Wirst du mich denn besuchen?" fragte sie leise, nachdem sie sich beruhigt hatte.

„Natürlich, Mama", sagte ich. „Ich werde dich jedes Jahr besuchen und dir jede Woche schreiben."

Tränen strömten über ihr Gesicht. „Und die Kinder ... die Enkelkinder ..."

„Wenn du gesund bist, wirst du sie alle wiedersehen", sagte ich.

Sie trocknete sich die Tränen, doch als sie mich wieder anblickte, entdeckte ich in ihren Augen einen sonderbaren, furchtsamen Ausdruck.

„Du bist nicht mehr Ned", sagte sie, „und doch bist du auch kein Fremder. Ich habe dich vor langer, langer Zeit gesehen, als ich noch ein Kind und Marguerite erst siebzehn war. Ich hatte immer ein wenig Angst vor dir, und jetzt weiß ich auch endlich, warum."

Ich beugte mich zu ihr und küßte sie. „Du bist sehr müde und sehr erschöpft, Mama. Versuche, ein wenig zu schlafen."

„Ich bin nicht verrückt", sagte sie. „Ich weiß, daß du mich für verrückt hältst, aber ich bin es nicht."

„Du hast überlebt, Mama. Wir haben beide überlebt, und nur das ist jetzt wichtig." Ich küßte sie wieder und ließ sie dann allein.

Im Korridor war es dunkel, und in der Vorhalle hingen die Erinnerungen wie Spinnweben. Ich stolperte die Treppe hinab, lief über den Marmorfußboden und begriff erst nach einer ganzen Weile, daß ich nach Kerry suchte. Durch das Fenster des Morgenzimmers sah ich sie dann. Sie spielte mit dem Baby auf dem Rasen, und hinter ihr schienen sommerhell die Blumen den Horizont zu säumen.

Ich öffnete die Seitentür und winkte. Kerry winkte zurück, und endlich entkam ich der Düsternis des Hauses und trat hinaus in den sonnenüberglänzten Garten meines Vaters.